興膳宏編

六朝詩人傳

大修館書店

題字／李善注『文選』より

華[96]性好人物、誘進不倦、至于窮賤候門之士有一介之善者、便咨嗟稱詠、爲之延譽。雅愛書籍、身死之日、家無餘財、惟有文史溢于机篋。[97]嘗徙居、載書三十乘。祕書監[98]摯虞撰定官書、皆資華之本以取正焉。天下奇祕、世所希有者、悉在華所。由是[99]博物洽聞、世無與比。

[100]惠帝中、人有得鳥毛長三丈、以示華。華見、慘然曰「此謂海鳧毛也、出則天下亂矣」。[101]陸機嘗餉華鮓、于時賓客滿座、華發器、便曰「此龍肉也」。衆未之信、華曰「試以苦酒濯之、必有異」。既而五色光起。機還問鮓主、果云「園中茅積下得一白魚、質狀殊常、以作鮓、過美、故以相獻」。[102]武庫封閉甚密、其中忽有雉雊。華曰「此必蛇化爲雉也」。開視雉側、果有蛇蛻焉。[103]吳郡臨平岸崩、出一石鼓、槌之無聲。帝以問華、華曰「可取[104]蜀中桐材、刻爲魚形、扣之則鳴矣」。於是如其言、果聲聞數里。

初、吳之未滅也、[105]斗牛之閒常有紫氣、道術者皆以吳方强盛、未可圖也、惟華以爲不然。及吳平之後、紫氣愈明。華聞豫章人[106]雷煥妙達緯象、乃要煥宿、屏人曰「可共尋天文、知將來吉凶」。因登樓仰觀。煥曰「僕察之久矣、惟斗牛之閒頗有異氣」。華曰「是何祥也」。煥曰「寶劍之精、上徹於天耳」。華曰「君言得之。吾少時有相者言、吾年出六十、位登三事、當得寶劍佩之。斯言豈效與」。因問曰「在何郡」。煥曰「在豫章豐城」。華曰「欲屈君爲宰、密共尋之、可乎」。煥許之。華大喜、卽補煥爲豐城令。煥到縣、掘獄屋基、入地四丈餘、得一石函、光氣非常、中有雙劍、並刻題、一曰龍泉、一曰太阿。其夕、斗牛閒氣不復見焉。煥以南昌西山北巖下土以拭劍、光芒艷發。大盆盛水、置劍其上、視之者精芒炫目。遣使送一劍幷土與華、留一自佩。或謂煥曰「得兩送一、張公豈可欺乎」。煥曰「本朝將亂、張公當受其禍。此劍當繫[107]徐君墓樹耳。靈異之物、終當化

去、不永爲人服也」。華得劍、寶愛之、常置坐側。華以南昌土不如華陰赤土、報煥書曰「詳觀劍文、乃干將[一〇八]也、莫邪何復不至。雖然、天生神物、終當合耳」。因以華陰土一斤致煥。煥更以拭劍、倍益精明。華誅、失劍所在。煥卒、子華爲州從事、持劍行經延平津、劍忽於腰閒躍出墮水。使人沒水取之、不見劍、但見兩龍各長數丈、蟠縈有文章。沒者懼而反。須臾光彩照水、波浪驚沸、於是失劍。華歎曰「先君化去之言、張公終合之論、此其驗乎」。華之博物多此類、不可詳載焉。

後倫[一〇九]・秀伏誅、…（略）。

初[一一〇]、陸機兄弟志氣高爽、自以吳之名家、初入洛、不推中國人士、見華一面如舊、欽華德範、如師資之禮焉。華誅後、作誄[一一一]、又爲詠德賦[一一二]以悼之。

華著博物志[一一三]十篇、及文章[一一四]並行于世。二子、禕・韙。

華 性[九六] 人物を好みて、誘進 倦まず、窮賤候門の士の一介の善有る者に至るまで、便ち咨嗟稱詠して、之が爲めに延譽す。雅より書籍を愛し、身 死するの日、家に餘財無し、惟だ文史のみ有りて机篋に溢てり。嘗て[九七]居を徙すに、書を三十乘に載す。祕書監 摯虞[九八] 官書を撰定するに、皆な華が本に資りて以て正を取る。天下の奇祕、世の希に有る所の者、悉く華が所に在り。是に由り博物洽聞[九九]、世に與に比する無し。

惠帝中[一〇〇]、人に鳥毛の長さ三丈なるを得るもの有り、以て華に示す。華 見て、慘然として曰く「此は海鳧毛と謂うなり、出づれば則ち天下 亂る」と。陸機[一〇一] 嘗て華に 鮓 を餉る、時に于いて賓客滿座、華 器を發きて便ち曰く「此れ龍肉なり」と。衆 未だ之を信ぜず、華 曰く「試みに苦酒を以て之を濯え、必ず異有らん」と。既にして五色の光 起こ

る。機 還りて鮓主に問う、果して云う「園中の茅 積める下に一白魚を得、質狀 常に殊なり、以て鮓に作るに、過だ美し、故に以て相い獻ず」と。〔一〇二〕武庫封閉 甚だ密なり、其の中に忽として雉有りて雊く。華 曰く「此れ必ず 蛇 化して雉と爲るなり」と。開きて雉の側を視れば、果して蛇蛻有り。〔一〇三〕吳郡の臨平の岸 崩れて、一石鼓を出だす、之を槌つに聲無し。帝 以て華に問う、華 曰く「〔一〇四〕可し蜀中の桐材を取りて、刻みて魚形と爲し、之を扣てば則ち鳴らん」と。是に於いて其の言の如くす、果して 聲 數里に聞ゆ。

初め、吳の未だ滅びざるや、〔一〇五〕斗牛の間 常に紫氣有り、道術の者 皆な以えらく 吳 方に強盛なり、未だ圖るべからざるなりと、惟だ華のみ以爲えらく然らずと。吳 平ぐの後に及び、紫氣愈いよ明らかなり。華 豫章の人〔一〇六〕雷煥 緯象に妙達すと聞きて、乃ち煥を要めて宿せしめ、人を屛けて曰く「共に天文を尋ねて、將來の吉凶を知るべし」と。因りて樓に登りて仰ぎ觀る。煥 曰く「僕 之を察すること久し、惟だ斗牛の間 頗や異氣有り」と。華 曰く「是れ何の祥ぞや」と。煥 曰く「寶劍の精、上 天に徹するのみ」と。華 曰く「君が言 之を得たり。吾 少き時 相者の有りて言わく、吾 年六十を出でて、位 三事に登らん、當に寶劍を得て之を佩すべしと。斯の言豈に效あるか」と。因りて問いて曰く「何れの郡にか在る」と。煥 曰く「豫章の豐城に在らん」と。華 曰く「君を屈して宰と爲さんと欲す、密かに共に之を尋ねんことを、可ならんか」と。煥 之を許す。華 大いに喜び、卽ち煥を補して豐城令と爲す。煥 縣に到りて、獄屋の基を掘る、地に入ること四丈餘、一石函を得、光氣非常なり、中に雙劍有り、並びに題を刻む、一には曰く龍泉、一には曰く太阿と。其の夕、斗牛の間の氣 復た見えず。煥 南昌の西山の北巖の下の土を以て、以て劍を拭う、光芒艷發す。大盆に水を盛り、劍を其上に置く、之を視る者 精芒 目に炫し。使を遣わし一劍幷びに土を送りて華に與え、一を留めて自ら佩す。或るもの煥に謂いて曰く「兩を得て一を送る、張公 豈に欺くべけんや」と。煥 曰く「本朝 將に亂れんとす、張公 當に其の禍を受くべし。此の劍 〔一〇七〕當に徐君の墓樹に繫ぐべきのみ。靈異の物、終に當に化し去るべし、永く人の爲めに服せられざるなり」と。華 劍を得て、之を寶愛し、常に坐側に置く。華 以えらく 南昌の土 華陰

の赤土に如かずと、煥に書を報じて曰く「詳かに劍文を觀るに、乃ち[一〇八]干將なり、莫邪 何ぞ復た至らざる。然りと雖も、天生の神物、終に當に合うべきのみ」と。因りて華陰の土一斤を以て煥に致す。煥 更に以て劍を拭う、倍益精明なり。華 誅せられて、劍の在る所を失う。煥 卒し、子華 州從事と爲り、劍を持して行き延平津を經るや、劍 忽ち腰間より躍り出で水に墮つ。人をして水に沒して之を取らしむるに、劍を見ず、但だ兩龍の各長さ數丈なるを見る、蟠縈して文章有り。沒する者 懼れて反る。須臾にして光彩水を照らし、波浪 驚沸し、是に於いて劍を失う。華 歎じて曰く「先君化し去るの言、張公終に合わんの論、此れ其の驗か」と。華の博物 此の類多し、詳かには載すべからず。

[一〇九]後 倫・秀 誅に伏す、…（略）。

初め、[一一〇]陸機兄弟 志氣高爽なり、自ら吳の名家なるを以て、初めて洛に入り、中國の人士に推らざるも、華を見て一面舊の如く、華が德範を欽いて、師資の禮の如くす。華 誅せられて後、[一一一]誄を作る、又た「[一一二]詠德の賦」を爲り以て之を悼む。

華『[一一三]博物志』十篇を著す、[一一四]文章と並びに世に行わる。二子、禕・韙。

華は生来人材を好み、推挙して倦まなかった。貧しく身分の賤しい者でも何か長所があれば、誉め称えて、その名を世間に広めた。根っからの本好きで、死んだ時、何の財産も残さなかったが、書物だけが机や本箱に溢れていた。引っ越しの時には、三十台の車で本を運んだ。秘書監摯虞が朝廷の書物を校定した時も、すべて華の本によって誤りを正した。天下の奇書珍本や、稀覯本は、何でも揃っていた。そのため知識の広さにかけては、並ぶ者がなかった。

恵帝の時代に、三丈もの長さの鳥の毛を手に入れた者がおり、華に見せた。華は一目見て、青ざめて言った。「これは海鳧の毛です。現れると天下が乱れます」。陸機が華に漬け魚を贈ったことがあった。ちょうど客が大勢居て、華は容器を開けた

途端に言った。「これは龍の肉だ」。皆は信じなかったが、華は言った。「ためしに酢を注いでみよ。変化するはずだ」。すると五色の光を発した。陸機は帰宅してから漬け魚の主に尋ねた。果たして次のように答えた。「庭に積んである茅の下で、白い魚を一匹手に入れました。変わった形をしており、漬けてみると、たいへん美味だったので、差し上げました」。武庫はとても厳重に閉ざされていたが、中でとつぜん雉の鳴き声が聞こえた。華は言った。「きっと蛇が雉に化したのだろう」。開けて雉の側をみると、その通りに蛇の抜け殻があった。呉郡の臨平（浙江省）の崖が崩れて、石鼓が一つ出てきた。槌で打ったが音がしない。帝が華に尋ねると、華は言った。「蜀（四川省）の地方の桐を、魚の形に彫って打てば、鳴るはずです」。言われたとおりにすると、果たして音が数里に響き渡った。

まだ呉が滅びないころ、斗宿と牛宿のあたり（呉越の分野）に、いつも紫のもやが見えており、道術家たちはこぞって、呉の勢いが強いさなかなので、いくさを仕掛けてはならないとしたが、華だけがそうではないと考えていた。呉が平定されると、紫のもやはますますはっきりしてきた。華は、豫章（江西省）出身の雷煥が予兆の判断に長けていると聞き、煥を召し出して館に泊め、人払いして言った。「いっしょに天文を観察して、将来の吉凶を予知しよう」。そこでたかどのに登り空を仰ぎ見た。煥は言った。「それがし長いこと観察しておりますが、斗宿と牛宿のあたりに変わったもやがございます」。華が「何の兆しか」と尋ねると、「宝剣の精気が、立ち上って届いているのです」と答える。華は言った。「あなたの言葉で分かった。若いころに人相見が、私が六十歳を過ぎたら、三公に出世して、宝剣を手に入れ身に帯びるはずだと言っていた。その言葉が当たっているのだろう」。そこで「どこの郡にあるのか」と尋ねると、煥は「豫章郡の豊城にございます」と言う。華が「あなたにそこの長官になっていただきたい。ともに密かに捜したいが、宜しいか」と言うと、煥は承諾した。華はおおいに喜び、すぐに煥を豊城県の長官にした。煥は県に赴任すると、牢獄の土台を、四丈あまりも掘り下げて、不思議な光を放つ石函を手に入れた。中に二振りの剣が入っており、一振りには「龍泉」、もう一振りには「太阿」と名が刻まれていた。その夜、斗宿と牛宿のあたりのもやは二度と現れなくなった。煥が南昌（江西省）の西山の北巌の下の土で、剣を磨くと、光芒が美しく発した。大きな皿に水を入れ、剣をその上に置くと、素晴らしい光が見る者の目を眩ませた。煥は使者を立てて一振りの剣と土を華に送り、もう一振りを自分で帯びた。ある者が煥に「二振り手に入れたのに一振りしか送らないとは。張公が騙されるものか」

と言った。煥が答えた。「本朝は乱れようとしており、張公も災いに巻き込まれるはず。この剣は（季札の剣のように、死んだ）徐君の墓の樹に結び付ける羽目になろう。神秘の器物は、最後には変化して去ることになっており、いつまでも人が身に付けていることはできない」。華は剣が届くと、宝物として大事にし、いつも側に置いた。南昌の土は華陰《かいん》（陝西省）の赤土に及ばないと考え、煥に手紙を書いた。「剣の文様をよく見ると、何と干将《かんしょう》です。すると妻の莫邪《ばくや》はどうして来ないのか。とはいえ、天の生んだ神秘の器物です、最後には一緒になるでしょう」。そこで華陰の土一斤を付けて煥に送った。煥がその土でさらに剣を磨くと、ますます輝きが増した。華が処刑され、彼の剣の行方が分からなくなった。煥も死に、子の華が州の属官となり、父の剣を持って赴任の途中に延平津《えんぺいしん》（福建省）を通ると、剣がふいに腰から躍り出て水に落ちた。人を水に潜らせ取り戻そうとしたが、剣は見当たらず、ただ長さ数丈の龍が二匹、美しい模様をなして絡み合っているのが見えた。潜った人は恐くなって引き返した。たちまち色とりどりの光が水面に輝き、波が湧きたち、かくて剣を失ってしまった。華は感嘆して言った。「父上が『変化して去る』と言い、張公が『最後には一緒になる』と書いたのは、これがその証しなのか」。張華の博識はこうしたものが多く、いちいちは記しきれない。

のちに趙王倫と孫秀が処刑された…（略）。

華の生前、陸機《りくき》兄弟は意気軒昂で、呉の名家をもって任じ、上京しても、中原の人士にへりくだらなかった。だがひとたび華に会うや昔なじみのように慕い、華の徳を敬って、師に対するようにふるまった。華が処刑されると、誄《るい》を作り、さらに「詠徳の賦」を書いて、死を悼んだ。

華は『博物志』十篇を著し、その文学作品とともに世に流布した。二人の息子の禕と韙がいる。

九六 性好人物、誘進不倦　史書は、張華が中書令時代から、陸機（本書「陸機伝」参照）・褚陶・薛兼・陳寿などの呉や蜀の遺臣の子弟も、左思（本書「左思伝」参照）・成公綏・陶侃などの寒門出身者も、劉聡・慕容廆などの異民族の血を引く者も、隔てなく推挙したことを記す。注三五も参照。

九七 嘗徙居、載書三十乗　『文士伝』（『北堂書鈔』巻一〇一・『太平御覧』

巻六一二所引）にも「張華は古今を窮覧し、嘗て居を徙すに、書三十乗有り」。張華の「居」については、『洛陽伽藍記』巻二に、秦太上君寺のある暉文里に冀州刺史李韶の邸宅がある、とあり、注に引く趙逸の言に「暉文里は是れ晉の馬道里、…李韶宅は是れ晉の司空張華の宅なり」と記す。

九八　摯虞　?〜三一三年ごろ。字は仲洽、京兆長安の人。父の模は、魏の太僕卿。礼制にくわしく、文学者でもあり、『文章志』『文章流別集』『三輔決録注解』などを著した。懐帝の時に太常卿に至り、八王の乱後の荒廃の中で餓死した。『晋書』巻五一。

九九　博物洽聞、世無與比　『晋諸公賛』（『三国志』巻二二盧毓伝裴注所引）に「張華 博識多聞、物として知らざる無し」とあり、『北堂書鈔』巻六六所引本には「博識多聞、問うて知らざる無し」と作る。また『竹林七賢論』（『藝文類聚』巻四所引）に「（王）濟曰く、張華は善く史（記）漢（書）を説く」とある。

一〇〇　惠帝中…　「海鳧毛」の逸話は『異苑』（『太平広記』巻一九七所引）にも見える。

一〇一　陸機…　「龍肉」の逸話は『世説』（『太平広記』巻一九七所引）にも見える。

一〇二　武庫封閉甚密…　「蛇蛻」の逸話は『小説』（『太平広記』巻一九七所引）にも見える。

一〇三　吳郡臨平岸崩…　臨平は、浙江省余杭県の湖。「石鼓」の逸話は『異苑』（『水経注』漸江水・『藝文類聚』巻八八・『太平御覧』巻五二・同巻五八二所引）、および『小説』（『太平広記』巻一九七所引）にも見える。「石鼓」は、周の宣王の時、鼓型の石を十塊作り、上に史籀（ちゅう）の頌を刻んだとされるものの一つであろう。

一〇四　可取蜀中桐材…　劉道民（何焯は宋の武帝の小字だという）詩（『水経注』漸江水所引）に「事に遠きも合する有り、蜀桐 吳石を鳴らす」とある。

一〇五　斗牛之閒…　斗宿と牛宿は、吳越の方面に配当される星宿。『晋書』巻一一天文志上に、范蠡・張良・諸葛亮・張衡らの説として、「斗・牽牛・須女は、吳・越、揚州なり」とある。「豊城の剣」の逸話は、『水経注』巻三四三所引）、『豫章記』（『書鈔』巻一二二・同巻一五七・『藝文類聚』巻六〇・『太平御覧』巻三四四所引）、蕭方等『三十国春秋』（『初学記』巻二四所引）、王隱『晋書』（『太平御覧』巻一五所引）などにも見える。

一〇六　雷煥　『雷煥別伝』（『太平御覧』巻三四三所引）に「煥、字は孔章、鄱陽の人、星暦卜占を善くす」とある。

一〇七　當繫徐君墓樹　春秋呉の王子の季札が、季札の剣を気に入っていた徐の君の死後、その墓に立ち寄り剣を懸けて去った故事を踏まえる。『史記』巻三一呉太伯世家など。

一〇八　干将…、莫邪…　干将は春秋呉の刀工、莫邪はその妻の名で、彼らの作った雌雄の剣の名でもある。

一〇九　後倫・秀…　趙王倫と孫秀の処刑後、摯虞（↓注九八）が実権者の斉王冏（けい）（本書「潘岳伝」注四六参照）に手紙を出し、かつて張華が、武帝に、冏の父の斉王攸（↓注三三）を推薦したことを明かした上、愍懐太子の事件は不可抗力だったと弁護した。冏はそこで、孫秀の「逆乱」によって滅ぼされた功臣たちの名誉回復を進言、かくて太安二年（三〇三）に詔が下り、張華を以前の地位に戻すよう、爵位については、恵帝時代の「小功」によって与えられた壮武郡公にではなく、武帝時代に伐呉の功によって授けられた広武県侯に復爵させるよう、定められた。

二〇 陸機兄弟　以下の陸機兄弟の叙述については、本書「陸機伝」「陸雲伝」参照。

二一 作誄　現存しない。

二二 詠徳賦　現存しない。

二三 博物志十篇　『博物志』は初め四百巻だったが、武帝の詔により十巻に精選された、と『拾遺記』巻九が記す。ただし現存の『博物志』十巻は、原本散逸後に輯補されたものと『四庫全書総目』巻一四二子部小説家三が考証している。

二四 文章…　張華の詩風は、王粲詩を源流とし、謝混・袁淑・鮑照らに受け継がれたと『詩品』が説き、「茂先の寒夕」（『文選』巻二九雑詩上所収「雑詩」）を「五言の警策」として推奨する。『文心雕龍』明詩篇は「五言は流調なれば、則ち清麗　宗に居る。…茂先は其の清を凝らし、景陽（張協）は其の麗を振るう」とし、『文選』は上記「雑詩」のほか「情詩」二首（巻二九雑詩上）、「何劭に答う」詩二首（巻二四贈答二）を収録している。

〔参考文献〕

姜亮夫『張華年譜』（古典文学出版社　一九五七年）
林田愼之助「魏晋南朝文学に占める張華の座標」（『日本中国学会報』一七　一九六五年。『中国中世文学評論史』創文社　一九七九年）
Anna Straughair "CHANG HUA : A Statesman-Poet of the Western Chin Dynasty" (The Australian National University Faculty of Asian Studies, 1973)
廖蔚卿「張華年譜」（『文史哲学報』二七　一九七八年）
松本幸男「若き日の張華について」（『立命館文学』五〇〇　一九八七年。『魏晋詩壇の研究』朋友書店　一九九五年）
佐藤利行「六朝文人伝『張華』（『晋書』張華伝）」（『中国中世文学研究』二一　一九九一年）

（佐竹保子）

潘岳（二四七～三〇〇）

潘岳（はんがく）は、西晉を代表する詩人として、陸機と並び称されるが、「陸の才は海の如く、潘の才は江の如し」（『詩品』）の評のように、詩風は対照的であった。『文選』にも、賦・詩・文にわたって多くの作が採録され、とくに哀傷の修辞に巧みである。妻の死を悼む「悼亡詩」が名高く、「秋興賦」や「閑居賦」など、賦にも新境地を開く。出世に執着するものの満たされることなく、不幸な最期を迎えた。甥の潘尼とともに「両潘」と称される。『詩品』上。

晉書卷五五　潘岳傳

潘岳[一]字安仁、滎陽中牟人也。祖瑾[二]、安平太守、父芘[三]、琅邪內史。岳少以才穎見稱、鄉邑號爲奇童、謂終[四]・賈之儔也。早辟[五]司空・太尉府、擧秀才。

泰始中、武帝[六]躬耕藉田、岳作賦[七]以美其事、曰…（略）。

岳才名冠世、爲衆所疾、遂棲遲[八]十年、出爲河陽[九]令。負其才而鬱鬱不得志。時尙書僕射山濤[一〇]領吏部、王濟[一一]・裴楷[一三]等並爲帝所親遇。岳內非之、乃題閣道爲謠[一二]曰「閣道東、有大牛。王濟鞅、裴楷鞧。和嶠[一四]刺促[一五]、不得休」。轉懷令[一六]。時以逆旅逐末[一七]廢農、姦淫亡命多所依湊、敗亂法度、敕當除之、十里一官櫛、使老小[一八]貧戶守之、又

差吏掌主、依客舍收錢。岳議[一九]曰…（略）。請曹列上、朝廷從之。

岳頻宰二邑、勤於政績。調補尚書度支郎、遷廷尉評、以公事免。[二〇]楊駿輔政、高選吏佐、引岳爲太傅主簿。駿誅、除名。初、譙人[二一]公孫宏少孤貧、客田於河陽、善鼓琴、頗能屬文。岳之爲河陽令、愛其才藝、待之甚厚。至是、宏爲[二二]楚王瑋長史、專殺生之政。時駿[二三]綱紀皆當從坐、同署主簿[二四]朱振已就戮。岳其夕[二五]取急在外、宏言之瑋、謂之[二六]假吏。故得免。未幾、選爲長安令、作[二七]西征賦、述所經人物山水。文清旨詣、辭多不錄。徵補博士。未召、以母疾輒去官免。尋爲著作郎、轉散騎侍郎、遷給事黃門侍郎。

岳性輕躁、趨世利。與[二九]石崇等諂事[二八]賈謐、每候其出、與崇輒望塵而拜。[三〇]構愍懷之文、岳之辭也。謐[三一]二十四友、岳爲其首。謐[三二]晉書限斷、亦岳之辭也。其母數誚之曰「爾當[三三]知足、而[三四]乾沒不已乎」。而岳終不能改。

既仕宦不達、乃作[三五]閑居賦曰「岳嘗讀[三六]汲黯傳、至[三七]司馬安四至九卿、而良史書之、題以巧宦之目、未曾不慨然廢書而歎也。曰『嗟乎、巧誠有之、拙亦宜然。顧常以爲士之生也、非至[三八]聖無軌[三九]微妙玄通者、則必立功立事、效當年之用。是以[四〇]資忠履信以進德、修辭立誠以居業』。僕少竊鄉曲之譽、忝司空・太尉之命。所奉之主、卽太宰魯武公其人也。擧秀才爲郎。逮事世祖武皇帝、爲河陽・懷令、尚書郎、廷尉評。今天子諒闇之際、領太傅主簿。府主誅、除名爲民。俄而復官、除長安令。遷博士、未召拜、親疾、輒去官免。自弱冠涉于知命之年、八徙官而一進階、再免、一除名、一不拜職、遷者三而已矣。雖通塞有遇、抑亦拙之者效也。…（略）」。

初、芘爲琅邪內史、[四一]孫秀爲小史給岳、而狡黠自喜。岳惡其爲人、數撻辱之。秀常銜忿。及[四三]趙王倫輔政、秀爲中書令。岳於省內謂秀曰「孫令猶憶疇昔周旋不」。答曰「[四二]中心藏之、何日忘之」。岳於是自知不免。俄而秀遂誣岳及石崇・[四四]歐陽建謀奉[四五]淮南王允・[四六]齊王冏爲亂、[四七]誅之、夷三族。岳將詣市、與母別曰「負阿母」。初被收、俱不相知、石崇已送在市、岳後至。崇謂之曰「安仁、卿亦復爾邪」。岳曰「可謂白首同所歸」。岳「[四八]金谷詩」

云「投分寄石友、白首同所歸」、乃成其讖。岳母及兄侍御史釋・弟燕令豹・司徒掾據・據弟詵、兄弟之子、已出之女、無長幼一時被害。唯釋子伯武逃難得免、而豹女與其母相抱號呼不可解、會詔原之。

岳美姿儀、辭藻絶麗、尤善爲哀誄[四九]之文。[五〇]少時常挾彈出洛陽道、婦人遇之者、皆連手縈繞、投之以果、遂滿車而歸。時張載甚醜、毎行小兒以瓦石擲之、[五一]委頓而反。岳從子尼[五二]。

[一]潘岳 字は安仁、滎陽中牟の人なり。祖は[二]瑾、安平の太守、父は[三]芘、琅邪の内史たり。岳 少くして才穎を以て稱せられ、郷邑號して奇童と爲し、[四]終・賈が儔なりと謂えり。早に[五]司空・太尉の府に辟され、秀才に擧げらる。

泰始中、[六]武帝 躬ら[七]藉田を耕し、岳 賦を作りて以て其の事を美めて曰く…（略）。

岳 才名世に冠たり、衆の疾む所と爲り、遂に栖遲すること十年、出でて[九]河陽令と爲る。其の才を負んで鬱鬱として志を得ず。時に尚書僕射[一〇]山濤 吏部を領し、[一一]王濟・[一二]裴楷等並びに帝の親遇する所と爲る。岳 内かに之を非り、乃ち閣道に題して[一三]謠を爲りて曰く「閣道の東に、大牛有り。王濟は鞅、裴楷は鞧。[一四]和嶠は[一五]刺促として、休むを得ず」と。

[一六]懷令に轉ず。時に逆旅[一七]末を逐いて農を廢し、姦淫亡命の依りて湊まる所多く、法度を敗亂するを以て、敕して當に之を除くべしとし、十里に一官[一八]櫳、老小貧戶をして之を守らしめ、又吏を差わして掌主せしめ、客舍に依りて錢を收めしむ。岳 [一九]議して曰く…（略）。曹に請いて列上し、朝廷之に從う。

岳 頻りに二邑を宰し、政績に勤む。尚書度支郎に調補せられ、廷尉評に遷り、公事を以て免ぜらる。[二〇]楊駿 政を輔け、吏佐を高選し、岳を引きて太傅主簿と爲す。駿 誅せられ、名を除かる。初め、譙の人[二一]公孫宏少くして孤貧、客として河陽に田し、善く琴を鼓し、頗る能く文を屬す。岳の河陽令爲りしとき、其の才藝を愛しんで、之を待するこ

と甚だ厚し。是に至りて、宏 楚王瑋の長史爲りて、殺生の政を専らにす。時に駿が綱紀 皆な當に従坐せらるべくして、同署の主簿 朱振已に戮に就く。岳 其の夕 急を取りて外に在り、宏 之を瑋に言いて、之を假吏と謂う。故に免るるを得。未だ幾ばくならずして、選ばれて長安令と爲り、「西征の賦」を作り、經る所の人物山水を述ぶ。文 清にして旨詣れるも、辭多ければ錄さず。徵せられて博士に補せらる。未だ召されざるに、母疾むを以て輒ち官を去りて免ぜらる。尋いで著作郎と爲り、散騎侍郎に轉じ、給事黄門侍郎に遷る。

岳 性輕躁にして、世利に趨る。石崇等とともに賈謐に諂い事え、毎に其の出づるを候ち、崇とともに輒ち塵を望みて拜す。愍懷を構るの文は、岳の辭なり。謐の二十四友、岳は其の首爲り。謐が「晉書限斷」も、亦た岳の辭なり。其の母 數しば之を誚めて曰く「爾 當に足るを知るべきに、而ぞ 乾沒して已まざるや」と。而るに岳 終に改むること能わず。

既に仕宦達せず、乃ち「閑居の賦」を作りて曰く「岳 嘗て 汲黯の傳を讀み、司馬安の四たび九卿に至り、而して良史之を書し、題するに巧宦の目を以てするに至りて、未だ曾て慨然として書を廢てて歎ぜずんばあらず。曰く『嗟乎、巧は誠に之有り、拙も亦た宜しく然るべし。顧みて常に以爲えらく、士の生や、至聖の軌無く、微妙玄通する者に非ざれば、則ち必ず功を立て事を立て、當年の用を效す。是を以て忠を資り信を履み以て德に進み、辭を修め誠を立て以て業に居る』と。僕 少くして鄕曲の譽れを竊み、司空・太尉の命を忝くす。奉ずる所の主は、卽ち太宰魯の武公其の人なり。秀才に擧げられて郎となる。世祖武皇帝に事うるに逮んで、河陽・懷の令、尚書郎、廷尉評と爲る。今の天子諒闇の際、太傅主簿を領す。府主誅せられ、名を除かれて民と爲る。俄かにして官に復し、長安令に除せらる。博士に遷るも、未だ召し拜せられざるに、親疾めば、輒ち官を去りて免ぜらる。弱冠自り知命の年に涉るまで、八たび官を徙され、一たび階を進められ、再び免ぜられ、一たび名を除かれ、一たび職に拜せられず、遷さるること三たびなるのみ。通塞には遇有りと雖も、抑そも亦た拙なる者の效なり。…（略）」。

初め、芘 琅邪内史爲りしとき、[四一]孫秀 小史と爲りて岳に給して、狡黠にして自ら喜ぶ。岳 其の人と爲りを悪みて、數しば撻ちて之を辱む。秀 常に忿を銜む。[四二]趙王倫の政を輔くるに及んで、秀 中書令と爲る。岳 省内に於て秀に謂いて曰く「孫令 猶お疇昔の周旋を憶うや不や」と。答えて曰く「[四三]中心に之を藏す、何れの日か之を忘れん」と。岳 是に於て自ら免れざるを知る。俄かにして秀 遂に岳 及び石崇・[四四]歐陽建の[四五]淮南王允・[四六]齊王冏を奉じて亂を爲さんことを謀ると誣て、[四七]之を誅し、三族を夷らぐ。岳 將に市に詣らんとして、母と別れて曰く「阿母に負けり」と。初め收めらるるとき、倶に相い知らず、石崇 已に送られて市に在り、岳 後れて至る。崇 之に謂いて曰く「安仁 卿も亦た復た爾るか」と。岳曰く「白首まで歸する所を同じうせんと謂うべし」と。岳が「金谷詩」[四八]に云わく「分を投じて石友に寄す、白首まで歸する所を同じうせん」と、乃ち其の讖を成す。岳が母及び兄の侍御史 釋・弟の燕令 豹・司徒掾 據・據の弟の詵、兄弟の子、已に出づるの女、長幼と無く一時に害せらる。唯だ釋の子 伯武のみ難を逃れて免るるを得、而して豹の女と其の母と相い抱き號呼して解くべからず、會たま詔して之を原す。

岳 姿儀美にして辭藻絶麗たり、尤も善く[四九]哀誄の文を爲る。[五〇]少き時常に彈を挾みて洛陽道に出づれば、婦人の之に遇う者、皆な手を連ねて縈繞し、之に投ずるに果を以てし、遂に車に滿ちて歸る。時に張載甚だ醜し、行く毎に小兒瓦石を以て之を擲ち、[五一]委頓して反る。岳の從子は尼[五二]。

潘岳は字を安仁といい、滎陽中牟（河南省）の人である。祖父の瑾は安平（河北省）の太守、父の芘は琅邪（山東省）の内史であった。潘岳は若いときから英才の誉れ高く、郷里では奇童と呼ばれ、終軍や賈誼に並ぶと言われた。早くに司空・太尉（賈充）の府に招かれ、秀才に挙げられた。

泰始年間（二六五～二七四）に、武帝は藉田の儀式を行い、潘岳は賦を作ってその行事を讃えて言うには…（略）。

潘岳は才知のほまれ当代随一であったが、周囲にねたまれ、十年の間、官から退くことになった。ついで都から出て河陽県（河南省）令となったが、才能を自負しながら思うように出世できず、面白くなかった。ちょうど尚書僕射の山濤が吏部を兼任し、王済や裴楷らはともに武帝のおぼえがめでたかった。潘岳はひそかに非難して、俗謡を作って閣道に書きつけた。「閣道の東に、大牛（山濤）がいる。王済は鞅、裴楷は鞦、和嶠はやいやい急き立てるばかり」。

ついで懐県の令に移った。当時、旅舎が農事をおろそかにして金儲けに走り、ごろつきやお尋ね者が多くたむろするところとなって、治安を乱していた。そこで旅舎廃止の勅令を布告し、（かわりに）十里に一つ官営の宿舎を置き、老人・子供や貧民に運営させ、さらに下役人を派遣して管轄させ、宿舎ごとに料金をとらせることとなった。潘岳がそれを論じて言うには…（略）。当局より奏上し、朝廷の採用するところとなった。

潘岳は、相前後して二つの県の長官となり、政務にいそしんだ。尚書度支郎に転任し、廷尉評に移り、公事によって罷免された。楊駿が政治の実権を握り、すぐれた幕僚を求め、そこで潘岳を召して太傅主簿とした。楊駿が誅されると、官位を剥奪された。これより先、譙県（安徽省）出身の公孫宏が早くに父を亡くして貧しく、故郷を離れて河陽県で耕作を事としていたが、琴を弾くのがうまく、文章もなかなかのものであった。潘岳が河陽令だったとき、その才藝を重んじて、手厚く遇した。さてここに至って、公孫宏は楚王司馬瑋の長史となっていて、生殺与奪の権を握っていた。その時、楊駿の主簿はみな連座させられることになり、同僚の主簿である朱振はすでに殺害されていた。潘岳はその晩私用のため不在であったが、公孫宏が潘岳は臨時の官吏であると司馬瑋に告げたため、命拾いをした。ほどなく長安令に任じられた。「西征の賦」を作り、道中にまつわる人物や風景を述べた。文章は清冽、意趣は至善だが、長文なのでここには載せない。博士に任用されるが、着任しないうちに、母の病気のために官を去り免職となった。まもなく著作郎となり、散騎侍郎に転任し、給事黄門侍郎に異動した。

潘岳は軽はずみな気質で、俗利を追い求めた。賈謐に石崇らとおもねり仕え、その外出の見送りをするたびに、石崇とともにいつも車の後塵に拝礼した。愍懐太子をおとしいれるための文章を書いたのは、潘岳である。謐の二十四友のうち、潘岳はその第一であった。賈謐の「晋書限断」もまた潘岳の文章である。母はたびたび潘岳を叱って、「おまえは足るということを知らねばならないのに、どうしていつもがつがつしてばかりいるのだ」と言った。けれども潘岳は終生改められなかったので

ある。

昇官がおもわしくなく、そこで「閑居の賦」を作って言うには、「私はかつて汲黯の伝を読んでいるとき、（その伯母の子の）司馬安が四たびも九卿の位についたことを、すぐれた史家が『巧宦』と評している箇所に至ると、必ず大きくため息をついて書物を手から離したものだ。

そして云うのだ、『ああ、（官界における）巧ということがあるのなら、拙もまたあるはずなのだ。いつも思うに、士たるものの生き方は、融通無碍に玄妙の境地に到達した聖人でないならば、必ず功名を揚げて時代の役に立とうとするものだ。だから忠信を尽くして徳に励み、ことばを磨き誠実に任務を勤めるのだ』と。私は若いときから郷里の名声を頂戴し、司空・太尉の命をたまわった。お仕えしたのは、ほかならぬ太宰魯の武公（賈充）だった。秀才に推挙されて郎となった。世祖武皇帝（司馬炎）にお仕えしてからは、河陽県・懐県の知事、尚書郎、廷尉評を歴任した。今の皇帝（恵帝司馬衷）が喪に服しておられるとき、太傅主簿を拝命した。府主（楊駿）が誅殺されると、官から除籍されて平民となった。しばらくして官に戻り、長安の知事に任命された。博士に転任したが、拝命しない間に、親が病気になり、辞任を申し出て免職された。弱冠二十歳のころから、知命五十歳に至るまで、八回官職を移ったが、昇進が一回、免職が二回、除籍が一回、未着任が一回、横すべりが三回。出世するかしないかは巡り合わせだが、やはり私が拙なる者ことの証左だろう。…（略）」と。

これより先、父の潘芘が琅邪内史であったとき、孫秀が潘岳のお付きだったが、ずる賢くしかもそれが得意気であった。潘岳はその性格を嫌って、たびたびむち打って辱め、孫秀は日ごろから恨みを抱いていた。趙王倫が実権を握ると、孫秀は中書令となった。潘岳が中書省の中で孫秀に「孫令どの、昔のつきあいは覚えておられますかな」と言うと、「『中心に之を蔵す、何れの日か之を忘れん』ですな」と孫秀は答えた。それを聞いて潘岳はもう逃れられないことを覚悟したのである。まもなく孫秀は、潘岳と石崇・欧陽建が、淮南王司馬允および斉王司馬冏を奉じて反乱を起こそうとしていると讒言し、（かれらは）誅殺のうえ、三族戮殺となった。潘岳は刑場に赴かんとするとき、母に別れを告げて、「母さんに背いてしまいました」と言った。逮捕されたときは、潘岳も石崇も互いがどうなったか知らなかった。石崇が先に刑場に送られ、潘岳が後から着いた。石崇が潘岳に「安仁、きみもやはりこうなったか」と言うと、潘岳は、「『白首まで帰する所を同じうせん』ということさ」と

答えたのであった。潘岳の「金谷詩」に「分を投じて石友に寄せん、白首まで帰する所を同じうせん」と言うが、予言が現実となってしまったのだ。潘岳の母、兄の侍御史潘釈、弟の燕令潘豹と司徒掾潘拠、拠の弟の潘詵、兄弟の子、嫁した娘など一族すべてが、老いも若きも一度に殺害された。ただ潘釈の子の潘伯武だけが難を逃れて一命をとりとめた。また潘豹の娘とその母とは抱きあって泣いて引き離すことができず、詔勅が下って赦された。

潘岳は容貌辞儀うるわしく、文章は華麗、哀誄の文がもっとも得意であった。若いころ弾き弓を手に洛陽の町中に出ると、出会った婦人はみな手をつないで取り囲み、果物を投げこみ、車を果物でいっぱいにして帰るのが常であった。ときに張載はたいへん醜男で、外出のたびに子供が石ころを投げつけ、すごすごと帰ったものだ。岳の従子は尼。

一 潘岳　生年を正始八年（二四七）とするのは、「秋興賦」に「晋の十有四年（二七八）、余 春秋三十有二にして、始めて二毛を見る」とあるのに拠る。『隋志』には『晋黄門郎潘岳集』十巻を録し、『旧唐志』および『新唐志』もともに『潘岳集』十巻とするが、『宋史』藝文志では『潘岳集』七巻となっている。『全晋文』巻九〇～九三、『全晋詩』巻四、『漢魏六朝百三名家集』に「潘黄門集」、『古詩紀』巻三八。

二 瑾　『元和姓纂』巻四は潘氏について、「岳家譜に云えらく、潘氏は楚の公族、芈姓の後、崇の子尫黨を生む、漢潘瑾、後漢の潘勖、勖は茈・滿を生む、茈は岳を生む、滿は尼を生む」という。瑾が漢の人であれば、「祖」とは「祖父」でなく「先祖」ということになり、また、「勖生茈・滿」、すなわち潘勖が潘岳の祖父ということになる。さらに『晋書』では潘尼は潘岳の「従子」であるが、「岳家譜」によるなら、二人の関係は従兄弟である。松本幸男「潘岳の伝記と文学」（→参考文献）参照。

三 茈　『世説』仇隙篇1劉注所引王隠『晋書』には「岳の父文德、琅邪太守たり」とあり、また『水経注』洛水にも「又西北して潘岳父子の墓前を逕。碑有り、岳の父茈、琅邪太守、碑石破落し、文字缺敗す」と見える。

四 終賈　終軍（?～前一一二）と賈誼（前二〇一～前一六九）。ともに若くして才知の誉れがあった。潘尼「司空掾安仁に贈る」詩（『文館詞林』巻一〇五）には「終・賈は口を杜ぎ、楊（雄）・班（固）は翰を韜む」とある。

五 辟司空太尉府　司空・太尉は、当時、車騎将軍・魯公であった賈充（二一七～二八二）のこと。賈充が司空となるのは泰始八年（二七二）、太尉となるのは咸寧五年（二七九）のことであるが、この記述は、「閑居賦」（『文選』巻一六志下）序に「僕 少くして郷曲の譽れを竊み、司空・太尉の命を忝くす。奉ずる所の主は、卽ち太宰

魯の武公其の人なり」として、後年の官位をもって賈充を呼んだことを踏襲するものか。なおこの前に滎陽の名望である楊肇に認められ、その娘と結婚したことが「懐旧賦」（『文選』巻一六哀傷）の序に「余 十二にして父の友東武戴侯楊君に獲見せられ、始めて名を知られ、遂に之に申するに婚姻を以てす」と見える。

六 武帝躬耕藉田　武帝は司馬炎（二三六～二九〇、在位二六五～二九〇）。武帝が藉田を行なったのは、泰始四年（二六八）正月丁亥（『晋書』巻三武帝紀）。本書「張華伝」注一八参照。

七 賦　藉田賦。『文選』巻七耕藉に載録され、李善注の引く臧栄緒『晋書』は「司空掾潘岳 藉田頌を作るなり」と言う。天子みずから鍬入れをする藉田の行事を讃える賦。

八 栖遅十年　「秋興賦」（『文選』巻一三物色）の序には「晋十有四年、余 春秋三十有二にして、始めて二毛を見る。太尉掾を以て虎賁中郎将を兼ね、散騎の省に寓直す」と見えるが、この官歴は『晋書』には記載されない。あるいはその時期も含めて「栖遅十年」としたものか。

九 河陽令　河陽県は現在の河南省。当時の潘岳の身辺は、「河陽県作」二首（『文選』巻二六行旅上）および潘尼「河陽に贈る」一首（『文選』巻二五贈答二）からうかがえる。また県内に桃李を植えさせたことが、「若し金谷満園の樹に非(あらざ)れば、即ち是れ河陽一縣の花」（庾信「枯樹賦」）、また「潘岳 河陽令たりしとき、桃李花を樹う。人號して河陽一縣の花と曰う」（白居易『六帖』）と伝えられる。

一〇 山濤　二〇五～二八三。字は巨源。懐（河南省）の人。宣帝司馬懿の外戚。また竹林七賢の一人。吏部を領したことは、『晋書』巻四三本伝に「咸寧（二七五～二七九）の初、太子少傅に轉じ、散騎常侍を加せらる。尚書僕射に除せられ、侍中を加せられ、吏部を領す」と見え、また「濤再び選職に居ること十有餘年」ともあり、長く人事を掌握していた。本書「嵆康伝」注一九参照。

一一 王濟　生卒年未詳。字は武子。晋陽（山西省）の人。『晋書』巻四二本伝には「少くして逸才有り、風姿英爽、氣は一時を蓋う。弓馬を好み、勇力絶人、易及び莊老を善くし、文詞俊茂、伎藝人に過ぎ、當世に名有り、姉夫和嶠及び裴楷と名を齊しくす」とある。本書「孫楚伝」注二〇参照。

一二 裴楷　二三七?～二九一?。字は叔則。聞喜（山西省）の人。『晋書』巻三五。本書「張華伝」注四二参照。

一三 謠　「牛」「鞅」「休」が韻を踏む（平声十八尤韻）。また、同種の話柄が『世説』政事篇に見える（潘岳の名はない）が、謡の字句にいささかの異同があるほか、潘岳ではなく「或いは云う、潘尼が之を作れりと」と言う。

一四 和嶠　?～二九二。字は長輿。西平（河南省）の人。夏侯玄の甥にあたり、また王済の義弟であった。賈充によって武帝に推挙され、帝の親遇するところとなったが、性格は清廉剛直で、諫言を憚らなかった。恵帝の暗愚を直言した逸話などが有名（『世説』方正篇）。『晋書』巻四五。

一五 刺促　畳韻の語。せっつく、せきたてる。

一六 懷令　懐県は現在の河南省。このころの作に、「懐県に在りて作る」詩二首（『文選』巻二六行旅上）などがある。

一七 逐末　農業を行わず、金儲けに精を出すこと。農を本とするところから言う。

一八 老小　ちなみに晋の戸籍制度では、六十六歳以上が老、十二歳以下が小とされた（『晋書』食貨志）。

一九 議　「上客舍議」。『藝文類聚』巻六四、『太平御覧』巻一九五に載

録される。内容は、民間の旅舎を廃して官営の旅舎を設けよとの布告に対して、官営の旅舎では数が足りずに往来が寂しくなって却って危険であること、門限があるので野宿する旅人が増えること、職権を乱用して勝手な通行税をとりかねないこと、などを挙げて、従来通り民営の旅舎を存続させるべきだとしたもの。

二〇 楊駿 ?〜二九一。字は文長。華陰（陝西省）の人。武帝の皇后楊氏の父。『晋書』巻四〇の本伝に「帝（武帝）太康自より以後、天下事無く、復た萬機を心に留めず、惟だ酒色に耽り、始めて后黨を寵し、請いて公行を謁せしむ。而して駿及び珧・濟 勢 天下を傾け、時人に三楊の號有り」と見える。武帝亡きあとも権勢を振るうが、賈充の娘、賈皇后の命を受けたクーデターによって殺害される。

二一 公孫宏 ?〜二九一。『晋書』に伝は立てらず、名が散見されるのみで、詳しい事跡は不明。

二二 楚王瑋 二七一〜二九一。司馬瑋。字は彦度。武帝の第五子。元康元年（二九一）、賈后の命を受けて楊駿を誅殺するが、結局賈后にうとまれ、誅殺された。享年二十一。『晋書』巻五九。

二三 綱紀 主簿のこと。

二四 朱振 ?〜二九一。『晋書』に伝は立てられず、他に「楊駿伝」に見えるのみ。

二五 取急 官にある者が私用で休暇をとること。

二六 假吏 臨時に任にあたっている役人。

二七 西征賦 元康二年（二九二）、長安令に赴任する途次の景物にことよせて、古今を論じた賦。伝記的関心から言えば、楊駿をことさらに罵るなど、自己の置かれた政治的立場への配慮が注目される。またこの旅次にて生まれたばかりの子を失ったことが、「赤子を新安に夭し、路側に坎して之を瘞む」と見える。『文選』巻十紀行下。

二八 賈謐 ?〜三〇〇。字は長深。平陽・襄陵（山西省）の人。母は賈充の女、賈午。賈后の権勢に乗じて勢力を振るい、天子（恵帝）を凌ぐほどであったと、『晋書』巻四〇本伝は記す。潘岳ら「二十四友」と呼ばれる文学集団のパトロンであった。愍懐太子を廃そうとして、趙王倫に殺された。本書「張華伝」注五七参照。

二九 石崇 二四九〜三〇〇。潘岳より二歳年少の友人。『晋書』巻三三。本書「石崇伝」参照。

三〇 愍懐 二七八〜三〇〇。愍懐太子、司馬遹。字は熙祖。恵帝の長子。恵帝が即位すると皇太子に立ち、裴楷・張華・和嶠などの文人が師傅となった。聡明の誉れ高きがゆえに賈后に憎まれたが、太子も賈謐の専横を嫌ってことさらに反感を示し、ついに賈氏の謀略によって、元康九年（二九九）、廃されることとなった。欺かれて泥酔し、禱神文を書写させられたのが謀反の証拠とされたのだが、この文の作者が潘岳だという。この間のいきさつについては本書「張華伝」も参照。太子が廃されたことで賈后専横への不満がわき起こると、孫秀は趙王倫に説いて、まず賈后に太子を殺させ、さらに仇を討つとして賈后を誅殺させるよう唆した。元康十年（三〇〇）、太子は毒を盛られようとして拒み、薬を擣る杵で殺された。享年二十三。『晋書』巻五三。

三一 二十四友 『晋書』賈謐伝によれば、以下の二十四人。石崇、欧陽建、潘岳、陸機、陸雲、繆徵、杜斌、摯虞、諸葛詮、王粋、杜育、鄒捷、左思、崔基、劉瓌、和郁、周恢、牽秀、陳眕、郭彰、許猛、劉訥、劉輿、劉琨。

三二 晋書限断 陸機「晋書限断議」の断片が『初学記』巻二一に見られ、『北堂書鈔』巻五七の引く干宝『晋紀』には、「祕書監賈謐 束晳に請いて著作佐郎と爲らしめ、陸機の晉書限斷を難ぜしむ」とある。

る。「晋書限断」とは、『晋書』の起年をどこにおくかという問題を論じたもので、正始起年、嘉平起年、泰始起年の三説があり、賈謐は泰始起年説を唱えたと、『晋書』賈謐伝に見える。

三三　知足　『老子』四六章に「禍は足るを知らざるより大なるは莫し」と言う。『世説』仇隙篇劉注所引王隠『晋書』には、「初め、岳が母岳を誡むるに止足の道を以てす」とある。

三四　乾没　貪欲なさま。がつがつすること。

三五　閑居賦　隠遁の志をいい、自らの荘園での自足した暮らしぶりをうたう。『文選』巻一六志下。

三六　汲黯　漢の武帝の時の人。硬骨で知られる。『史記』巻一二〇、『漢書』巻五〇。

三七　司馬安　汲黯の伯母の子。『史記』『漢書』ともに「汲黯伝」に付される。「巧宦」は、『史記』に「安は文深巧にして、善く宦え、官四たび九卿に至る」とあるのを踏まえる。

三八　無軌　『老子』二七章に「善行は轍の迹無し」とあるのによる。

三九　微妙玄通　『老子』一五章に「古えの善く士爲る者は、微妙玄通にして、深きこと識るべからず」とあるのによる。

四〇　資忠履信以進德…　『易』乾卦文言に「君子は徳に進み業を修む。忠信は徳に進む所以なり。辭を修めて其の誠を立つるは、業に居る所以なり」とあるのによる。

四一　孫秀　?～三〇一。字は俊忠。琅邪（山東省）の人。趙王司馬倫に重用され、意に染まぬ者をことごとく処刑した。孫秀と潘岳の因縁については『世説』仇隙篇1に同様の話柄があり、孫秀と石崇との確執についても述べる。本書「張華伝」注七八、「石崇伝」参照。

四二　趙王倫　?～三〇一。司馬倫。字は子彝。宣帝司馬懿の子。八王の一。『晋書』巻五九。本書「張華伝」注七三参照。

四三　中心藏之、何日忘之　『詩経』小雅隰桑の句。

四四　歐陽建　?～三〇〇。字は堅石。渤海（河北省）の人。石崇の甥。本書「欧陽建伝」参照。『晋書』巻三三。

四五　淮南王允　二七二～三〇〇。司馬允。字は欽度。武帝の子。永康元年（三〇〇）、趙王倫に叛して挙兵したが、計略にはまって殺された。享年二十九。『晋書』巻六四。

四六　齊王冏　?～三〇二。司馬冏。字は景治。司馬攸の子、すなわち太祖文帝司馬昭の孫。八王の一。永寧元年（三〇一）、趙王倫の帝位簒奪を誅して大司馬となったが、翌太安元年（三〇二）、長沙王乂に殺された。『晋書』巻五九。

四七　注三に引いた『水経注』洛水には、「碑に云えらく、君 孫秀の難に遇い、門を闔げて 禍を受く。故に門生感じて醢を覆して以て慟を増す。乃ち碑を樹てて以て事を紀す、と」と見える。

四八　金谷詩　「金谷の集いにて作れる」詩。『文選』巻二十祖餞。

四九　哀誄　潘岳が哀誄の文に巧みであったことは、たとえば『文心雕龍』誄碑篇に「潘岳の構意は、専ら孝山（蘇順）を師とす。悲しみを序するに巧みにして、新切に入り易し。代を隔てて相い望み、能く厥の聲を徽う所以なり」、哀弔篇に「潘岳の繼いで作るに及んで、實に其の美を鍾む。觀るに其の慮は贍かにして辭は變じ、情は洞くして悲苦し、事を敍するは傳の如し。言を結ぶに詩を模し、節を四言に促して、緩句有ること鮮なし。故に能く義は直にして文は婉に、體は舊にして趣は新なり。金鹿（「金鹿哀辭」『藝文類聚』巻三四）・澤蘭（「任子咸の妻の爲に孤女澤蘭哀辭を作る」『藝文類聚』巻三四）は、之を繼ぐもの或る莫きなり」と評される。

五〇　同種の話柄が『世説』容止篇に見えるが、石を投げられたのは張載ではなく左思であり、「亦た復た岳に效って遨遊するに」との句

がある。また該条の劉注所引『語林』では、石を投げられるのは張協。

五一　委頓　意気阻喪するさま。すごすご。

五二　潘尼　本書「潘尼伝」参照。

〔参考文献〕

興膳宏『潘岳・陸機』（筑摩書房　一九七三年）
高橋和巳「潘岳論」（『中國文學報』七　一九五七年）
興膳宏「潘岳年譜稿」（『名古屋大学教養部紀要』一八　一九七四年）
傅璇琮「潘岳系年考證」（『文史』一四　一九八二年）
松本幸男「潘岳の伝記と文学」（『魏晋詩壇の研究』朋友書店　一九九五年）

（齋藤希史）

石崇（二四九～三〇〇）

石崇は、賈謐をパトロンとする西晋の文学集団、二十四友の一人で、巨万の富を有し、奢侈の限りを尽くした人物として有名。とりわけ金谷の別荘での豪遊と詩会は、後世の語り草となった。賈謐が誅殺されると、愛妾緑珠を政敵孫秀に渡すことを拒んで死刑となった。『詩品』はその詩を「英篇有り」と評する。『詩品』中。

晉書巻三三　石苞傳附

[一]崇字季倫。生於青州、故小名齊[二]奴。少敏惠、勇而有謀。苞臨[三]終、分財物與[四]諸子、獨不及崇。[五]其母以爲言、苞曰「此兒雖小、後自能得」。年二十餘、爲修武令、有能名。入爲散騎郎、遷[六]城陽太守。伐[七]吳有功、封安陽鄕侯。在郡雖有職務、好學不倦、以疾自解。頃之、拜黃門郎。

兄統忤扶[八]風王駿、有司承旨奏統、將加重罰、既而見原。以崇不詣[九]闕謝恩、有司欲復加統罪。崇自[一〇]表曰…（略）。由是事解。累遷散騎常侍・侍中。

武帝以崇功臣子、有幹[二]局、深器重之。元[三]康初、楊[三]駿輔政、大開封賞、多樹黨援。崇與散騎郎蜀郡何攀共立議、奏於惠帝[四]曰…（略）。

書奏、弗納。出爲南中郎將・荊州刺史、領南蠻校尉、加鷹揚將軍。崇在南中、得[一五]鴆鳥雛、以與[一六]後軍將軍王愷。時制、鴆鳥不得過江、爲司隷校尉傅祗[一七]所糾。詔原之、燒鴆於都街。

崇穎悟有才氣、而任俠[一八]無行檢[一九]。在荊州、劫[二〇]遠使商客、致富不貲。徵爲大司農、以徵書未至擅去官免。頃之、拜太僕、出爲征虜將軍、假節・監徐州諸軍事、鎭下邳。崇有別館在河陽之金谷[二一]、一名梓澤、送者傾都、帳飲[二二]於此焉。至鎭、與徐州刺史高誕[二三]爭酒相侮、爲軍司所奏、免官[二四]。復拜衞尉、與潘岳[二五]諂事賈謐[二六]。謐與之親善、號曰[二七]二十四友。廣城君[二八]每出、崇降車路左[二九]、望塵而拜。其卑佞如此。

崇[一] 字は季倫。青州に生まれ、故に小名は齊奴[二]。少くして敏惠、勇にして謀有り[三]。苞 終りに臨み、財物を分かちて諸[四]子に與うるに、獨り崇にのみ及ばず。其の母[五] 以て言を爲すに、苞 曰く「此の兒 小と雖も、後 自ら能く得ん」と。年二十餘にして、修武令と爲り、能名有り。入りて散騎郎と爲り、城陽太守に遷る[六]。吳を伐つ[七]に功有りて、安陽鄕侯に封ぜらる。郡に在りては職務有りと雖も、學を好みて倦まず、疾を以て自ら解く。頃くして、黃門郎に拜せらる。

兄の統 扶風王 駿に忤い、有司 旨を承けて統を奏し、將に重罰を加えんとするも、既にして原さる。崇の闕[九]に詣りて恩に謝せざるを以て、有司 復た統に罪を加えんと欲す。崇 自ら表して[一〇]曰く…(略)。是れに由りて 事 解す。累りに散騎常侍・侍中に遷る。

武帝 崇は功臣の子にして、[一一]幹局有るを以て、深く之を器重す。[一二]元康の初め、楊駿[一三] 政を輔け、大いに封賞を開き、多く黨援を樹つ。崇 散騎郎蜀郡の何攀と共に議を立て、[一四]惠帝に奏して曰く…(略)。書奏するも、納れられず。出でて南中郎將・荊州刺史と爲り、南蠻校尉を領し、鷹揚將軍を加えらる。崇 南中に在り

しとき、鴆鳥の雛を得、以て後軍将軍王愷に與う。時の制に、鴆鳥は江を過ぐるを得ずして、司隷校尉傅祗の糾す所と爲る。詔して之を原し、鴆を都街に燒く。

崇 穎悟にして才氣有るも、俠に任せて行檢無し。荊州に在りしとき、遠使商客を劫かし、富を致すこと貲あらず。徵して大司農と爲すに、徵書 未だ至らざるに擅りに官を去るを以て免ぜらる。頃くして、太僕に拜せられ、出でて征虜將軍と爲り、假節・監徐州諸軍事たりて、下邳に鎭す。崇 別館の河陽の金谷に在る有り。一名は梓澤。送る者 都を傾けて、此に帳飮す。鎭に至りて、徐州刺史 高誕と酒を爭いて相い侮し、軍司の奏する所と爲りて、官を免ぜらる。復た衞尉に拜せられ、潘岳と與に賈謐に諂事す。謐 之と與に親善し、號して二十四友と曰う。廣城君 出づる每に、崇 車を路左に降り、塵を望みて拜す。其の卑佞 此くの如し。

石崇は字を季倫という。青州（山東省）で生まれたので、幼名を斉奴といった。幼いころから利発で、勇敢ではかりごとに長けていた。（父の）石苞は臨終にあたって財産を子供たちに分与したのだが、崇にだけは与えなかった。崇の母がそれを申し立てたところ、苞は「この子は年は下だが、将来自分で手に入れるだろうよ」と言った。二十歳すぎで修武（河南省）の令となり、有能だと評判だった。宮中に入って散騎郎となり、城陽（山東省）の太守に遷った。呉を伐った時の手柄で、安陽郷侯に封じられた。太守の役所では職務があるにもかかわらず学問に熱中し、病気を理由に辞職した。しばらくして黄門郎を拝命した。

兄の統が扶風王 駿に逆らったため、係官は扶風王の意をうけて、統に重罰を科そうと奏上したが、結果として罪は免れた。係官は崇が恩赦に謝するために参内しなかったという理由で、また統に罪を着せようとした。崇は自ら上表文を奉り、申し述べた。…（略）。これによってこの件は解決した。崇は散騎常侍、散騎侍中へと昇官した。

武帝は崇が功臣の子であり、才能も器量もあることから、大変彼を買っていた。元康（実は永熙）の初めに楊駿が恵帝の政を補佐するようになると、駿は封爵や行賞を乱発して、大いに派閥を形成しようとした。崇は散騎郎の蜀郡の何攀とともに奏議文を作り、恵帝に上奏した。…（略）。

その書は上奏されたものの、意見は納れられなかった。そこで崇は中央政界を出て南中郎将・荊州（湖北省）刺史となり、南蛮校尉を兼任し、鷹揚将軍の称号も与えられた。崇が南中郎将であったとき、鴆の雛を手に入れて後軍将軍の王愷に与えた。当時の規則では、鴆を長江以北に持込むことは許されず、司隷校尉の傅祗によって弾劾された。詔によって罪は不問にされ、鴆は街なかで焼かれた。

崇は呑み込みが早く才気もあったが、おとこだてに生きて品行に問題があった。荊州刺史だったとき、遠来の使者や商人から金品を強請り取って、とてつもない富を築いた。大司農に召し出されたものの、辞令が届かぬうちに勝手に現職を辞めたので、罷免されてしまった。しばらくして太僕卿を拝命してから、征虜将軍に転出し、仮節・監徐州諸軍事も兼務し、下邳に駐留した。崇には河陽の金谷に別荘があり、梓澤ともいった。崇を見送るために、都中の人士がここに集まり、野外での送別の宴を開いた。駐屯地の下邳に到着すると、徐州刺史の高誕と酒がもとで侮辱しあい、軍司の上奏するところとなって官を罷免された。のち再び衛尉を拝し、潘岳とともに賈謐にへつらいおもねった。謐は彼らと親しく交際し、彼らは二十四友と呼ばれた。賈后の母 広城君が外出するときはいつも、崇は車から降りて道路脇で広城君の後塵に拝礼していた。そのへつらいぶりときたら、こんな調子だったのだ。

一　崇字季倫　石崇は、石苞（→注三）の末子（字の季倫の季は末子の意）で、伝記は石苞伝に付載されている。生年は、恵帝の永康元年（三〇〇）に五十二歳で刑死していることから逆算して、魏の斉王の正始一〇年すなわち嘉平元年（二四九）の生まれとなる。作品は、『隋志』に「石崇集六巻、梁有録一巻」と見え、『旧唐志』・『新唐志』は五巻というが、現在は『文選』所収の「王明君の辞」（巻二七楽府上）と「思帰の引の序」（巻四五序上）を含めて、詩十首・文九篇が伝わるに過ぎない。『全晋詩』巻四・『古詩紀』巻三〇・『全

晉文』巻三三所収。

二 斉奴　青州は斉（山東省）の地にあるのでこのようにいう。父石苞が琅邪（山東省）太守として赴任していた（→注三）時に生まれたのであろう。

三 苞臨終　石苞（?～二七三）は字を仲容といい、渤海南皮（河北省南皮県）の人。もと県吏（県の役人）であったが、鄴の市場の長をしていた沛国の趙元儒に認められ、吏部郎許允の推挙を得る。景帝（司馬師）の中護軍司馬となり、鄴の典農中郎将に徙り、東莱・琅邪の太守を経て徐州刺史となった。文帝（司馬昭）が東関で呉との戦いに敗れた時、石苞の軍だけが無傷であったことから文帝の信任を得て、奮武将軍・仮節・監青州諸軍事となった。武帝（司馬炎）が魏からの禅譲（天子が有徳者に帝位を譲ることだが、実質的には簒奪に他ならない）によって即位すると、禅譲の工作をした功によって大司馬（宰相）となり、楽陵郡公に封ぜられ、侍中を加えられた。苞が死去すると、武帝は朝堂にて哀を発し、宮中の器物をはじめ朝衣や銭などを下賜し、葬送用の楽隊・車・のぼりなどを整えさせ、自ら棺を東掖門の外まで見送った。武と諡された。『晉書』石苞伝はその死を泰始八年（二七二）二月癸巳とするが、同武帝紀および『通鑑』は泰始九年（二七三）二月癸巳（二十五日）に作る。陸侃如『中古文学繫年』は泰始八年二月に癸巳の日が無いことから、泰始九年説を採る。これに従えば、石苞が亡くなった時、石崇は二十五歳だったことになる。

四 諸子　石苞には、崇を含めて六人の男子がいた。すなわち、越（字は弘倫）・喬（弘祖）・統（弘緒）・浚（景倫）・儁（彦倫）・崇（季倫）である。このうち長子の越は早世し、喬は魏朝では尚書郎・散騎侍郎に至ったものの、武帝（司馬炎）の召し出しに応じなかったため武帝の不興を買って廃嫡になり、晋での出仕を許されなかった。石崇が誅された際、ともに殺されている。喬の廃嫡後に苞の嫡子となったのは統で、射声校尉や大鴻臚を歴任した。浚と儁も任官したが、石崇より先に没している。

五 其母　姓名、生卒年とも未詳。ただ、『太平御覧』巻八六三引『太康起居注』に、石崇の母が病気になり朝廷から清酒と粳米を五升ずつ、豚肉と羊肉を一斤半ずつ贈られた記事がみえる。また『太平御覧』巻三七一引『志怪集』には、石崇の母の殯には、都中の人士が参列したとある。

六 遷城陽太守　山濤（二〇五～二八三）の「啓事」によれば、山濤は城陽太守となった石崇を太子左衛率に二度、中庶子に一度推薦しているが、石崇伝には任官の記載がない。これについて清の呉士鑑『晉書斠注』は、楊駿（→注一三）が石崇を嫌ったため用いられなかったのだろうと推測する。

七 伐呉　晋が呉を滅ぼしたのは太康元年（二八〇）のことである。

八 扶風王駿　?～二八六。宣帝の第七子で、武帝の叔父にあたる。武帝が即位した泰始元年（二六五）、汝陰王に封じられ、咸寧三年（二七七）八月に扶風王に改封、太康七年（二八六）九月に死去している。『中古文学繫年』はこれを総合して、この事件を石崇が安陽郷侯に封じられて一～二年後（二八一～二八二）のこととする。『晉書』巻三八。

九 詣闕謝恩　朝堂に赴いて自ら謝表を上ること。闕は宮闕すなわち宮廷を指す。

10 自表　『全晉文』巻三三は「自理表」と題する。この上表文で石崇は、皇族であることをかさに着た扶風王 駿の傲慢を批判する。また、恩赦に対する謝表を上っていないという非難に対しては、今月

十四日に兄の統や湊らとともに公車門（皇宮の外門）に謝表を提出して皇帝への奏上を待っていたところ、二十日に突然禁足令が出るに至ったという事情を詳述している。

一一 幹局　才幹器局の略。物事をうまく処理する才能と器量。

一二 元康初　永熙初の誤り。

一三 楊駿輔政…　太熙元年（二九〇）四月、武帝が死んで恵帝が即位すると、五月に永熙元年と改元した。皇太后楊芷は父楊駿（?～二九一）を太傅に任命、恵帝の輔政とした。しかし自ら人望の無いのを慮った楊駿は、全ての群臣に一等を、武帝の葬儀に関わった者は特に二等を加増し、二千石以上の者は全て関中侯に封じるという大盤振る舞いをした。石崇は散騎侍郎の（王隠『晋書』は散騎常侍に作る）何攀とともにこれに抗議し、上奏文（→注一四）を奉ったが納れられず、同年八月、南中郎将として地方に転出した。

一四 奏於恵帝曰…　「封賞は當に舊事に依準すべきを議奏す」（『全晋文』巻三三）を指す。石崇は行賞に反対する理由として、この度の行賞が泰始元年の魏晋革命や太康元年に行われた呉の征伐の時より大規模であること、これが先例となり数世の後には公侯が増大するおそれがあることなどを挙げている。

一五 得鴆鳥雛　同様の話が『世説』汰侈篇4注引『晋諸公賛』に見える。それによれば、鴆の羽を酒に浸すと必殺の毒（鴆毒）となるため、当時、鴆を長江以北に持ち込むことは禁じられていた。王愷が譲り受けた鴆の雛は、ガチョウぐらいの大きさに育ち、嘴が一尺あまりで、専ら蛇やまむしを食べていたという。

一六 後軍将軍王愷　王愷（生卒年未詳）の字は君夫、東海の人である。武帝の母方の叔父（文明王皇后の弟）。事件当時の王愷の官職は翊軍（近衛軍）校尉であり、後軍将軍となったのは後年のことである。『晋書』巻九三外戚伝。

一七 傅祗　『晋書』巻四七傅祗伝によれば、傅祗が司隷校尉であったのは楊駿が討伐されてから楚王瑋が賈后に殺されるまで（恵帝の元康元年三月から六月）である。よってこの事件は元康元年夏におこったことになる。また『中古文学繫年』は、崇の「思帰歎」（『全晋詩』巻四）はこの時期の作品だろうという。

一八 任俠　おとこだてをいう。俠は俠気、おとこぎ。

一九 行検　品行、身持ち。

二〇 劫遠使商客　石崇が略奪によって財をなしたという話は、『世説』汰侈篇1注引王隠『晋書』や『北堂書鈔』巻七二引『晋中興書』などにも見える。荊州刺史は西南交通の要衝である湖北湖南の郡二十二・県一百六十九を統べ、通行権や交易権など莫大な権益を握っていた。

二一 有別館在河陽之金谷　金谷の別荘については、『水経注』巻一六穀水に「穀水又た東して、左に金谷水に會す。水、太白原より出で、東南に流れて金谷を歴、之を金谷水と謂う。東南に流れて晉の衛尉卿石崇の故居に逕る」とあり、『太平寰宇記』巻三洛陽県引『述征記』にも「金谷は谷なり。地に金有りて、水は太白原より出で、東南に流れて此の谷を經。晉の衛尉卿 石崇 因りて川阜に即きて園館を造制す」という記事が見え、洛陽の郊外にあったことがわかる。また、梓澤という別名についても、『藝文類聚』巻九引『西征記』は「梓澤は洛陽を去ること六十里（一に二十里に作る）、梓澤は金谷なり。中朝の賢達の集う所にして、賦詩 猶ほ存す。是れ石崇の居處なり」という。『晋書』は「河陽之金谷」に作るが、河陽は黄河の北で、ここには合わない。「金谷詩の叙」（→注二二）がいうように、金谷は河南県に属している。

二二 帳飲　野外に幕を張って送別の宴会をすること。この詩会は、後世、金谷の宴として有名。ここではこの集まりの目的を石崇の送別としているが、『世説』品藻篇57注が引く石崇の「金谷詩の叙」は「余、元康六年（二九六）を以て、太僕卿従り出でて使持節・監青徐諸軍事・征虜将軍と爲る。…時に征西大将軍・祭酒 王詡長安に還らんとするに當たり、余、衆賢と共に送りて澗中に往き、晝夜遊宴し…」といっており、王詡の送別を兼ねていたことがわかる。さらに別荘のたたずまいについては、「別廬の河南縣の界 金谷澗中に在る有り。或いは高く或いは下く、清泉茂林有りて、衆果・竹柏・藥草の屬、畢く備わらざるは莫し。又、水碓・魚池・土窟有りて、其の目を娯しませ心を歡ばしむるの物爲るや、備われり」という。参加者は蘇紹（石崇の姉婿、字は世嗣）を始めとする総勢三十名。宴では詩が賦され、詩が出来ないと罰杯は三斗だったという。なお、この時の詩は現在ほとんど伝わらず、わずかに『文選』巻二〇祖餞に潘岳の「金谷の集いにて作る詩」が残るのみである。なお、『世説』品藻篇57によれば、のちに東晉の謝霊運は、金谷の詩会では石崇の姉婿 蘇紹が最も優れると評した。

二三 高誕　生卒年未詳。陳留圉の人で、魏の太尉高柔（『三国志』巻二四高柔伝）の次子。『晋書』巻四一高光伝には「光の兄 誕は上官巳等の用うる所と爲りて、徐・雍の二州の刺史を歴たり（『三国志』引『晋諸公賛』では「三州の刺史、太僕を歴たり」に作る）。誕、性は任放にして倫次無く、決烈人に過ぎ、光と操を異にす。常て光の小節を謂い、恒に之を輕侮するも、光、誕に事ること愈いよ謹なり」とあり、誕が放埒で激昂しやすい人物であったことがわかる。徐州刺史時代、石崇と一悶着あったのだろう。

二四 免官　石崇の「思帰の引の序」には「歴位二十五年、五十にして事を以て官を去る」（『文選』巻四五序上）とあり、李善注は、大司農を罷免された時のこととするが、歴位二十五年の数に合わない。『中古文学繫年』が指摘するように、むしろこの時の作と見るべきである。

二五 潘岳　二四七〜三〇〇。字は安仁、滎陽中牟の人。賈謐の文学サロン「二十四友」の一人。本書「潘岳伝」参照。

二六 賈謐　?〜三〇〇。字は長深または士安。父は韓寿だが、母が賈充（二一七〜二八二）の娘で、賈充の子黎民が早世したため、母方を継いだ。賈皇后の母で、自らの祖母にあたる広城君郭槐とともに権力を掌握した。広城君の死後は賈皇后とともに謝氏の生んだ愍懐太子を廃し、外戚の力を誇示したが、趙王倫がクーデターによって帝位を簒奪するに及び、一族は誅殺された。『晋書』巻四〇賈充伝付。本書「張華伝」注五七参照。

二七 二十四友　賈謐をパトロンとする文学サロンに集った二十四人の文学者をさす。そのメンバーは、本書「潘岳伝」注三一参照。

二八 廣城君　本名郭槐。賈充の後妻。娘が恵帝の皇后となるや、孫の賈謐とともに権力をふるった。のち宜城君に改封せられ、死後、宣と諡された。

二九 路左　道左に同じ。道路脇をいう。

[三〇]財産豐積、室宇宏麗。後房百數、皆曳紈繡、珥金翠。絲竹盡當時之選、庖膳窮水陸之珍。與貴戚王愷・[三一]羊琇之徒以奢靡相尙。愷以[三二]粭澳釜、崇以蠟代薪。愷作紫絲布[三三]步障四十里、崇作錦步障五十里以敵之。崇[三四]塗屋以椒、愷用[三五]赤石脂。崇・愷爭豪如此。[三六]武帝每助愷、嘗以珊瑚樹賜之、高二尺許、枝柯扶疎、世所罕比。愷以示崇、崇便以鐵[三七]如意擊之、應手而碎。愷既惋惜、又以爲嫉己之寶、聲色方厲。崇曰「不足多恨。今還卿」。乃命左右悉取珊瑚樹。有高三四尺者六七株、條榦絕俗、光彩曜日。如愷比者甚衆。愷怳然自失矣。

[三八]崇爲客作豆粥、咄嗟便辦。每冬、得[三九]韮蓱齏。嘗與愷出游、爭入洛城、崇牛迅若飛禽、愷絕不能及。愷每以此三事爲恨、乃密貨崇帳下問其所以。答云「豆至難煑。豫作熟末、客來、但作白粥以投之耳。韮蓱齏是擣韮根、雜以麥苗耳。[四〇]牛奔不遲、良由馭者逐不及反制之。可聽蹁轅則駃矣」。於是悉從之、遂爭長焉。崇後知之、因殺所告者。

嘗與王敦[四一]入太學[四二]、見顏回[四三]・原憲之象。顧而歎曰「若與之同升[四四]孔堂、去人何必有閒」。敦曰「不知餘人云何、[四五]子貢去卿差近」。崇正色曰「士當[四六]身名俱泰。何至[四七]甕牖哉」。[四八]其立意類此。

[四九]劉輿兄弟少時爲王愷所嫉。愷召之宿、因欲坑之。崇素與輿等善、聞當有變、夜馳詣愷、問二劉所在。愷迫卒不得隱。崇徑進於後齋索出、同車而去。語曰「年少何以輕就人宿」。輿深德之。

* * *

[三〇]財産　豐積にして、室宇(しつう)宏麗たり。後房百數、皆な紈繡(がんしゅう)を曳(ひ)き、金翠を珥(みみだま)とす。絲竹(しちく)は當時の選を盡くし、庖膳(ほうぜん)は水

陸の珍を窮む。貴戚の王愷・羊琇が徒と奢靡を以て相い尙ぶ。愷 粭を以て釜を澳くに、崇 蠟を以て薪に代う。愷 紫絲布の歩障四十里を作るに、崇 錦の歩障五十里を作り以て之に敵す。崇 屋に塗るに椒を以てするに、愷 赤石脂を用ってす。崇・愷 豪を爭うこと此くの如し。武帝 毎に愷を助け、嘗て珊瑚樹を以て之に賜う。高きこと二尺許り、枝柯 扶疏にして、世に比 罕なる所なり。愷 以て崇に示すに、崇 便ち鐵の如意を以て之を撃ち、手に應じて砕けり。愷 既に惋惜し、又た以て己の寶を嫉むと爲し、聲色方に厲し。崇 曰く「多く恨むに足らず。今 卿に還さん」と。乃ち左右に命じて悉く珊瑚樹を取らしむ。高きこと三四尺の者 六七株有り、條幹 俗に絶え、光彩 日に曜く。愷が比の如き者 甚だ衆し。愷 怳然として自失す。

崇 客の爲に豆粥を作り、咄嗟にして便ち辦す。毎冬、韮蓱齏を得たり。嘗て愷と出游し、爭いて洛城に入るに、崇の牛 迅きこと飛禽の若くして、愷 絶えて及ぶ能わず。愷 毎に此の三事を以て恨みと爲し、乃ち密かに崇が帳下に貨して其の所以を問う。答えて云わく「豆は至って煮難し。豫め熟末と作し、客 來らば、但だ白粥を作りて以て之に投ずるのみ。韮蓱齏は是れ韮の根を擣きて、雜うるに麥苗を以てするのみ。牛 奔りて遲からず。良に馭者逐いて及ばずして反って之を制するに由れり。蹁轅を聽さば則ち駃るべし」と。是に於て悉く之に從い、遂に長を爭う。崇 後之を知り、因りて告ぐる所の者を殺す。

嘗て 王敦と太學に入り、顏回・原憲の象を見る。顧みて歎じて曰く「若し之と同に孔堂に升らば、人を去ること何ぞ必ずしも閒有らんや」と。敦 曰く「餘人の云何を知らざるも、子貢は卿を去ること 差 近し」と。崇 色を正して曰く「士は當に身名倶に泰なるべし。何ぞ 甕牖に至らんや」と。其の意を立つること 此に類す。

劉輿兄弟 少き時 王愷の嫉む所と爲る。愷 之を召して宿せしめ、因りて之を坑めせんと欲す。崇 素より輿等と善く、當に變有るべきを聞きて、夜 馳せて愷に詣り、二劉の所在を問う。愷 迫りて卒かに隱すを得ず。崇 徑ちに後齋に進み索き出し、車を同じうして去る。語りて曰く「年少 何を以てか輕しく人に就きて宿する」と。輿 深く之を德とす。

石崇には財産がたっぷりあり、邸宅も広大華麗であった。妻妾は百をもって数え、皆な白絹や刺繍の衣服をまとい、黄金や翡翠の耳飾りをしていた。管弦の調べは当代一流の選りすぐりばかり、食膳は山海の珍味を尽くしたものだった。帝室の親戚筋にあたる王愷や羊琇といった人たちと互いに奢侈を自慢しあっていた。愷が飴でもって釜をたけば、崇は蠟を薪代わりにする。愷が長さ四十里（十七キロ）に及ぶ紫の絹張りの幔幕を作れば、崇は錦の幔幕を五十里（二十一キロ）作ってこれに張り合う。崇が山椒を壁に塗れば、愷は赤石脂を用いる。石崇と王愷はこんなふうに豪奢を競ったのである。武帝はいつも愷に肩入れし、ある時、珊瑚樹を王愷に下賜した。高さが二尺ぐらいで、枝のよく張った、世にたぐいまれなものだった。王愷が崇に見せびらかしたところ、崇は鉄の如意で叩き、珊瑚樹は瞬時に砕けてしまった。愷は悔しくてならず、また自分の宝を妬んでのことと思い、血相変えて声を荒らげた。すると崇は言った。「そんなに残念がることはないさ。今、君に返してやるから」。そこで近侍の者に命じて珊瑚樹をそっくり持って来させた。三尺四尺といった高さのものが六、七株あり、枝といい幹といい世にも稀な逸品で、陽の光にきらきら輝いていた。愷が持っていた程度のものならざらにある。愷は呆然自失の態であった。

石崇が客に豆粥をふるまう際は、即座に粥が出て来た。また冬いつも韮蓱虀を口にすることが出来た。ある時、崇と愷とが外出し、洛陽に入る順番を競ったことがあった。崇の牛の速さときたら飛ぶ鳥のようで、愷は到底かなわなかった。愷はいつもこの三つの事をくやしがっていた。そこで、ひそかに崇の家来に袖の下を渡し、その理由を問うた。その答えは、「豆は大変煮えにくいので、あらかじめ煮てすりつぶしておいて、客がやって来たら白粥を作ってそれを加えるだけのことです。韮蓱虀は韮の根を搗いて麦の新芽をまぜるだけです。牛は本来鈍足ではありません。御者が牛を逐うに間に合わず、かえってペースを抑えているからなので、轅の片方をはずしてやれば走ります」。そこで愷が全てそのとおりにすると、崇と優劣を競えるまでになった。崇はのちにこのことを聞き、しゃべった者を殺した。

ある時、王敦と太学に入って、顔回や原憲の像をみた崇は、王敦を振り返ってため息まじりに言った。「もしも僕が彼らと一緒に孔子の弟子になれたなら、彼らにそう引けはとるまい」。王敦は言った。「他の弟子はどうだか知らぬが、子貢ならまあまあの所までいくさ」。崇はきっとなって言った。「男子たるもの、（子貢のように）地位も名誉もともに安泰であるべきだ。何も（原憲のように）甕を窓にするような貧乏暮しをすることもあるまい」。崇の考え方とはこの類のものだったのだ。

劉輿兄弟は若いころ王愷に憎まれていた。ある時、愷は彼らを呼んで家に泊らせ、これを生き埋めにしようとした。石崇はもともと劉輿らと親しく、異変がおこりそうだと察すると、夜中に愷の家に駆けつけ、劉兄弟の所在を問うた。愷は不意を突かれて隠すことができない。石崇はそのままずかずか奥の部屋に踏み込んで、二人を引っ張り出して同じ車にのせて帰った。石崇は言った。「若僧がなぜ軽々しく他人の家に泊ったりした」。劉輿はこれに深く感謝の念を抱いた。

三〇 財産豊積…　『世説』汰侈篇8注引『続文章志』に、これとほぼ同じ話が見える。「崇 資産は巨萬金を累ね、宅室輿馬は王者に僭擬す。庖膳は必ず水陸の珍を窮め、後房は百數、皆な紈綉を曳き、金翠を珥とす。而して絲竹の藝は一世の選を盡くし、榭を築き沼を開くに人巧を殫極す。貴戚の羊琇・王愷の徒と相い高きを競うに侈靡を以てし、崇は居最の首爲り。琇等 毎に愧羨し、以て及ばずと爲す」。

三一 羊琇　生卒年未詳。字は稚舒、泰山南城（山東省）の人。景帝の献皇后の従父弟。豪奢な生活のために出費を惜しまず、細かく砕いた炭を獣の形に練りあげ、それで酒を温めてみせると、洛陽の富貴は皆なそれに倣ったという。『晋書』巻九三外戚伝。

三二 以粭澳釜…　以下、『世説』汰侈篇4に同様の話が見える。粭は飴に同じ。澳は燠に同じ。

三三 歩障　貴人が外出する際に防寒防塵のため道の両側に張られた幕。

三四 塗屋以椒　山椒の実を壁に塗り込めること。香りが良く寒を防ぎ、子孫繁栄の意から、しばしば后妃の居室に用いられた。

三五 赤石脂　石の風化し、赤いやにのようになったもの。済南や呉郡に産するという。

三六 武帝毎助愷…　『世説』汰侈篇8に同様の話が見える。

三七 如意　長さが三〇～四〇センチの蕨のような形をした平たい棒。木製・玉製・鉄製のものがある。本来は僧侶または道士の法具。物事が思いのままになることから如意（意の如し）という。

三八 爲客作豆粥…　以下、『世説』汰侈篇5に同様の話が見える。

三九 韮蓱虀　韮と蓱（浮き草）のあえもの。蓱は冬には手に入らないので、石崇の家では麦苗（麦の新芽）を用いたのである。

四〇 牛奔不遲…　この部分、読みにくい。語の誤りがあろう。『世説』汰侈篇5では「牛本不遲、由將車人不及制之爾、急時聽偏轅則駛矣（牛は本遲からずして、車を將いる人の及ばずして之を制するに由るのみ。急なる時は偏轅を聽せば則ち駛す）」に作る。

四一 王敦　二六六～三二四。字は処仲、琅邪臨沂（山東省）の人。妻は武帝の娘の襄陽公主。南渡（東晋創業）の際、従弟の王導とともに元帝を援けて功績があったが、のち王氏の擡頭を警戒した元帝がこれを遠ざけると、姦臣の排除を名目に挙兵した（『晋書』巻九八）。『世説』に逸話の多い人物だが、ここでは石崇が登場する次の二つの話を挙げておく。

石崇は宴席で美女に酌をさせ、客が飲まないとその女を殺してい

た。それで下戸の王導は無理をして飲んでいたのだが、王敦は女三人が殺されても素知らぬ顔。王導が責めると「勝手に自分の家の者を殺しているのであって、君に何の関係がある」と答えたという(汰侈篇1。ただし『晋書』王敦伝では石崇が王愷となっている)。また、石崇の家の廁にはいつも着飾った侍女が控えていて、甲香や沈香などが備わり、至れり尽くせりのサービス。そのうえ新しい服に着替えさせたりするものだから、客は恥ずかしがって廁に立たない。しかし、王敦だけはさっさと廁に行き、新しい服に着替えて何くわぬ顔。侍女たちは「この客人は謀反でもやってのける人だわ」と言いあったという(汰侈篇2)。

四二 入太學…『世説』汰侈篇10に同様の話が見え、そこでは「太學」の下に「戯」の字がある。太学は今日の国立学校にあたり、首都に置かれていた。太学の中には孔子とその弟子を祭る廟堂があり、聖賢たちの像が安置されていた。

四三 顔回・原憲 顔回(字は子淵)は、三十二歳で早逝した、孔子最愛の弟子。孔子はその清貧を「一簞の食、一瓢の飲、陋巷に在り…其の樂しみを改めず」(『論語』雍也)と評した。原憲(字は子思)も孔子の弟子で、「環堵の室、茨くに生草を以てす。蓬戸 完からず、桑以て樞と爲し、而して甕牖(底の割れた甕をはめ込んだ窓)二室、褐(ぼろ布)以て塞と爲す。上は漏り下は濕る」(『莊子』譲王篇)という貧乏暮らしであった。孔子の弟子の中でも清貧で知られる顔回と原憲の名を挙げたのは、子貢(↓注四五)と対比させるための伏線である。

四四 升孔堂 『論語』先進の「由(子路)や堂に升れり、未だ室に入らず」を踏まえた言葉。ここでは、孔子の弟子となり、その堂で学ぶこと。

四五 子貢 本名は端木賜、衛の人。字で呼ばれることの方が多い。弁が立ち、魯や衛の宰相となった。貨殖を善くし、孔門一の理財家として知られ、家産千金をのこした。注四三の『莊子』譲王篇の続きには、立派ないでたちをした子貢が原憲のあばら家を訪れる場面がある。原憲のみすぼらしい姿を見た子貢が「先生、何ぞ病れたる」と声をかけたところ、原憲は「財無き、之を貧と謂い、學びて行う能わざる、之を病れたりと謂う。今、憲は貧なり。病れたるに非ざるなり」と答えた。子貢は甚だしく慚愧したという。王敦は大きな口をたたく石崇を揶揄するつもりで、子貢の名をわざともち出したのである。

四六 身名俱泰 身名は地位と名誉とを指す。地位には身分のみならず、それに見合う財産も含まれる。子貢のような処世をいう(↓注四五)。

四七 甕牖 注四三に挙げた原憲のような貧乏暮らしをいう。

四八 其立意類此 以上は石崇の人生観や価値観を知る上で重要なエピソードであると同時に、石崇が晩年に賈后一派として名を汚し、生命も財産も共に失ってしまうことの伏線となっている。

四九 劉輿兄弟 以下、『世説』仇隙篇2に同様の話が見える。劉輿兄弟とは劉輿と劉琨。賈謐の二十四友に数えられ、しばしば石崇の金谷の宴席に連なった文人。本書「劉琨伝」参照。

*　　*　　*

及賈謐誅、崇以黨與免官。時趙[50]王倫專權、崇甥歐陽建[51]與倫有隙。崇有妓曰綠珠[52]、美而豔、善吹笛[53]。孫秀[54]使人求之。崇時在金谷[55]別館、方登涼臺、臨清流、婦人侍側。使者以告、崇盡出其婢妾數十人以示之。皆蘊蘭麝、被羅縠。曰「在所擇」。使者曰「君侯服御麗則麗矣。然本受命指索綠珠。不識孰是」。崇勃然曰「綠珠吾所愛、不可得也」。使者曰「君侯博古通今、察遠照邇。願加三思[56]」。崇曰「不然」。使者出而又反、崇竟不許。秀怒、乃勸倫誅崇・建。崇・建亦潛知其計、乃與黃門郎潘岳陰勸淮南王允[57]・齊王冏[58]以圖倫・秀。秀覺之、遂矯詔收崇及潘岳・歐陽建等。崇正宴於樓上、介士[59]到門。崇謂綠珠曰「我今爲爾得罪」。綠珠泣曰「當效死於官前[60]」。因自投于樓下而死。崇曰「吾不過流徙交[61]・廣耳」。及車載詣東市、崇乃歎曰「奴輩利吾家財」。收者答曰「知財致害、何不早散之」。崇不能答。崇母[62]兄妻子無少長皆被害、死者十五人。崇時年五十二。

初、崇家稻米飯在地、經宿皆化[63]爲螺。時人以爲族滅之應。有司簿閱[64]崇水碓[65]三十餘區、蒼頭[66]八百餘人、他珍寶貨賄[67]田宅稱是。

及惠帝復阼、詔以卿禮葬之。封崇從孫演爲樂陵公[68]。

賈謐の誅せらるるに及びて、崇 黨與を以て官を免ぜらる。時に趙[50]王倫 權を專らにし、崇の甥 歐陽建[51] 倫と隙有り。崇 妓有りて 綠珠[52]と曰うは、美にして豔、善く笛を吹く[53]。孫秀[54] 人をして之を求めしむ。崇 時に金谷[55]の別館に在りて、方に涼臺に登り、清流に臨み、婦人 側らに侍す。使者以て告ぐるに、崇 盡く其の婢妾數十人を出だして以て之に示す。

皆な蘭麝を蘊らせ、羅縠を被る。曰く「擇ぶ所に在り」と。使者曰く「君侯の服御 麗は則ち麗。然れども本 命を受くるは指して綠珠を索む。孰か是れなるかを識らず」と。崇 勃然として曰く「綠珠は吾の愛する所にして、得べからざるなり」と。使者曰く「君侯は古に博くして今に通じ、遠きを察して邇きを照らす。願わくは三思を加えんことを」と。崇 曰く「然らず」と。使者 出でて又た反るも、崇 竟に許さず。秀 怒りて、乃ち倫に崇・建を誅せんことを勸む。崇・建 亦た潛かに其の計を知り、乃ち黃門郎潘岳と陰に淮南王允・齊王冏に勸めて以て倫・秀を圖らんとす。秀 之を覺り、遂に詔を矯りて崇及び潘岳・歐陽建等を收む。崇 正に樓上に宴するに、介士 門に到る。崇 綠珠に謂いて曰く「我 今 爾が爲に罪を得たり」と。綠珠泣きて曰く「當に死を官前に效すべし」と。因りて自ら樓下に投じて死せり。崇 曰く「吾 交・廣に流徙するに過ぎざるのみ」と。車 載せて東市に詣るに及び、崇 乃ち歎じて曰く「奴輩 吾家の財を利せん」と。收者 答えて曰く「財 害を致すを知れば、何ぞ早に之を散ぜざる」と。崇 答うる能わず。崇の母兄妻子 少長と無く 皆な害を被り、死者十五人。崇 時に年五十二なり。

初め、崇の家 稻米 飯して地に在り、宿を經て 皆な化して螺と爲る。時人 以て族滅の應と爲す。有司 簿閱するに崇が 水碓三十餘區、蒼頭八百餘人、他の珍寶・貨賄・田宅 是れに稱えり。

惠帝復阼するに及び、詔して卿の禮を以て之を葬る。崇の從孫 演を封じて 樂陵公と爲す。

賈謐が誅殺されると、石崇はその一党ということで官を罷免された。おりしも趙王 倫が権力を掌握し、崇の甥にあたる欧陽建は倫との間でもめ事があった。崇には緑珠という名の家妓がいて、麗しくかつなまめかしく、笛が上手だった。（趙王 倫に付して権力を握った）孫秀は、人をやって彼女を譲るように要求した。崇はその時 金谷の別荘に居て、ちょうど涼み台の楼上で清流に臨み、側らには婦人達が侍っていた。使いの者が用件を告げると、石崇は婢妾数十人を全部召し出して使いの者

に見せた。皆な蘭麝香の匂いを薫らせ、うすぎぬを身にまとっていた。石崇が「好きに選ばれよ」というと、使者は、「御前様の家の婦人達は、本当にみめ麗しい方ばかりです。しかし、もともと緑珠様をお名指しでした。してどの方が緑珠様やら」という。すると石崇は憤然として言った。「緑珠は儂の愛妾じゃ。渡すわけにはいかぬ」。使者が「御前は古今に博く通じ、遠きも近きも御明察。どうか御再考のほどを」と言うが、石崇は「だめだ」と言う。使者は一旦外に出てまた引き返してきたが、石崇はついに許さなかった。孫秀は怒り、そこで趙王倫に石崇と欧陽建とを誅殺するよう献言した。石崇と欧陽建の方でもその計略を察知し、黄門郎の潘岳とともに密かに淮南王允と斉王冏に働きかけ、趙王倫と孫秀の失脚を図った。孫秀はこれに気付き、偽の詔勅を出して石崇・潘岳・欧陽建らを収監した。ちょうど崇が楼上で酒宴をしていた時に、兵士が門に到着した。崇が緑珠にむかって「儂は今、お前のことで罪を得ることになったぞ」と言うと、緑珠は泣いて、「御前様の前で死んでこれに報いましょうぞ」と言って、そのまま二階から身を投げて死んだ。崇は「儂はせいぜい交州（ベトナム）か広州（広東省と広西省）に流刑と言ったところさ」と言っていたのだが、車で（刑場の）東市に連れてこられると、はじめて嘆いて言った。「奴らは儂の財産を横取りするつもりだ」。崇をひったてていた者が「財が禍を招くとわかっていたのなら、なぜ早く使ってしまわなかったのか」というと、崇はこれに答えられなかった。崇の同腹の兄や妻子など年齢に関係なく、皆な巻き込まれて被害に遭い、死者は十五人にのぼった。その時石崇は五十二歳であった。

　話が前後するが、石崇の家では地面にこぼれた飯粒が、一夜のうちに皆な田螺になったことがあった。当時の人達はこれを一族が滅びる兆しとみなした。係官が崇から没収した財産を調べてみると、水力の米搗きが三十数箇所、召し使いは八百余人、その他の珍宝・金品・不動産もこれに見合うほどの量だった。

　恵帝が復位すると、石崇は詔によって公卿の礼でもって葬られ、崇の従孫に当たる演が楽陵公に封ぜられた。

五〇　趙王倫　?～三〇一。字は子彝、司馬懿の第九子で八王の一人。賈謐らをそそのかして愍懐太子を殺させ、賈后一派が衆望を失ったと

ころで事を起こして帝位を簒奪したが、翌年誅殺された。八王の乱の始まりである。このいきさつは、本書「張華伝」参照。『晋書』巻五九。

五一 欧陽建　二六〇年代後半～三〇〇。字は堅石、渤海の人。伝記は本書「欧陽建伝」参照。趙王倫との仲違いの原因について、『世説』仇隙篇1注引『晋陽秋』は次のようにいう。「初め、建　馮翊太守為り。趙王倫　征西將軍と爲り、孫秀　腹心と爲りて、關中を撓亂す。建　毎に匡正す。是に由りて隙有り」。

五二 緑珠　以下、『世説』仇隙篇1注引干宝『晋紀』に同様の話が見える。緑珠という名の由来について『太平御覧』巻一七二引『嶺表録異』上は、「白州に一派水有りて、雙水山自り出で、容州の江に合す。呼びて綠珠井と爲し、雙角山下に在り。昔、梁氏の女　容貌有り。石季倫　交趾採訪使と爲りて、眞珠三斛を以て之を買う。梁氏の居、舊井　焉に存す」という。しかし、晋に交趾採訪使という官はなく、石崇が交趾に赴任した事実もない。『続談助』五に一部残る楽史『緑珠伝』は、「越の俗　珠を以て上寶とし、女を生まば珠娘と名づけ、男を生まば珠兒と名づく。綠珠の名、此に由りて稱す」と説明する。

五三 善吹笛　緑珠の作品として、現在「懊儂歌」一曲（『楽府詩集』巻四六・『古詩紀』巻三〇）が伝わる。

五四 孫秀　?～三〇一。字は俊忠、琅邪（山東省）の人。趙王倫の謀反を陰で画策した人物。本書「張華伝」注七八参照。『世説』賢媛篇17注引『晋諸公賛』『晋陽秋』。

五五 金谷別館　『世説』仇隙篇1注引干宝『晋紀』は、「金谷別館」を「別館北邙下」に作る。北邙は洛陽の北郊に位置する北邙山のこと。

五六 三思　三たび思う。慎重に考えること。『論語』公冶長篇に「季文子は三思して後行う」とある。

五七 淮南王允　二七二～三〇〇。字は欽度、武帝の子。趙王倫の帝位を簒奪せんとする意図を知り、病気を理由に参内しなかったが、召し出しの詔勅が孫秀の手になるのを見て、「趙王　我が家を敗らんとす」といって怒り、宮中に攻め入ったが敗死した。『晋書』巻六四。

五八 齊王冏　?～三〇二。字は景治、武帝の弟　斉王攸の子で八王の一人。趙王倫を誅殺し恵帝を復位させた。本書「潘岳伝」注四六参照。『晋書』巻五九。

五九 介士　兵士、武士。

六〇 效死於官前　效死は効死ともいい、死をいたす、すなわち命を捨てること。官は妻妾の夫に対する呼称。

六一 交・廣　交州（現在のベトナム辺り）と広州（現在の広東省・広西省辺り）を指す。

六二 母兄妻子　母兄は同腹の兄をさす。長兄の高は崇とともに殺されたが、高の二子の超と熙は逃げて無事だったという。また、石崇の妻は、魏の尚書（山海の「啓事」によれば光禄大夫）だった蘇愉の娘である（『三国志』巻一六蘇則伝裴松之注）。

六三 化爲螺　螺は田螺。清・銭大昕『二十二史考異』は、これと同様の話を二つ挙げている。一つは『晋書』巻三六衛瓘伝の「初め、瓘の家人　飯を炊き、地に墮ちて盡く化して螺と爲る。歳餘にして禍に及ぶ」。もう一つは、巻三五裴楷伝の「初め、楷の家　黍を炊きて甑に在り。或いは變ずること拳の如く、或いは血と作り、或いは蕪菁子（かぶらの実）と作る。其年（一年）にして卒す」。いずれも凶事の前兆である。

六四 簿閲　簿は簿録、すなわち財産没収のための目録を作成すること。閲は査閲。ここでは石崇から没収した財産を調べることをいうので

あろう。

六五　水碓　水力を利用して穀物を精白または製粉する器械。水車。『世説』倹嗇3には「司徒王戎（おうじゅう）、既に貴にして且つ富み、區宅僮牧、膏田水碓の屬、洛下に比無し（たぐい）」（司徒の王戎は、地位も高く裕福で、家屋敷や召使い、美田や水碓の類は、洛陽でも並ぶものがなかった）とみえる。大規模な仕掛けを必要とすることから水碓は富の象徴であった。自分の荘園以外の穀物も扱い、製粉料を徴収するなどしていたのであろう。

六六　蒼頭　召し使い。使用人。

六七　田宅　石崇の洛陽城内の邸宅について、『洛陽伽藍記（らくようがらんき）』巻一は次のように伝える。「昭儀尼寺は東陽門内一里の御道の南に在り。池有りて、京師の學徒之を翟泉と謂う。後、隱士趙逸云う、此の池は是れ晉の侍中石崇の家の池にして、池の南に綠珠樓有りと。是に於て學徒始めて寤（さと）り、經過する者綠珠の容を想（おも）い見るなり」。

六八　樂陵公　元来は、石崇の父石苞の爵号。『北堂書鈔』巻四八引『晉起居注』には「石苞の國祚（こくそ）繼（あとつぎ）莫（な）く、孫の行を以て公と爲す」とある。「行」は「演」の誤りか。後考をまつ。

（野村鮎子）

欧陽建（二六〇年代後半～三〇〇）

欧陽建は、西晋元康年間（二九一～二九九）の実権者賈謐が開いた文学サロンの二十四友の一人である。若くして頭角をあらわしたが、趙王倫のクーデターの折り、同じ二十四友の潘岳や、おじの石崇とともに殺された。享年三十余歳。刑死に臨んで作られた「臨終詩」がもっとも有名である。また、当時流行っていた『易』や『荘子』に基づく「言は意を尽くさず」という説に、敢えて異を唱えた「言は意を尽くすの論」は、西晋の清談の様相を伝えている。『詩品』下。

晉書巻三三　石苞傳附

[一]歐陽建字堅石、[二]世爲冀方右族。[三]雅有理思、才藻美贍、擅名北州。[四]時人爲之語曰「渤海赫赫、歐陽堅石」。辟公府、歴山陽令・尚書郎・[五]馮翊太守、甚得時譽。[六]及遇禍、莫不悼惜之。年三十餘。[七]臨命作詩、文甚哀楚。

[一]歐陽建 字は堅石、[二]世よ冀方の右族爲り。[三]雅に理思有り、才藻 美贍、名を北州に擅らにす。[四]時人 之が語を爲りて曰く「渤海に赫赫たるは、歐陽堅石」と。公府に辟され、山陽令・尚書郎・[五]馮翊太守を歴、甚だ時譽を得。[六]禍いに遇う

に及び、之を悼惜せざる莫し。年 三十餘。[七]命に臨み詩を作り、文 甚だ哀楚なり。

欧陽建は字を堅石といい、冀（河北省）の地方の名門の出だった。筋道だった考え方をし、詩文の才がゆたかで、北方に名声が高かった。当時の人びとは彼のことを「渤海（河北省）にかがやくのは、欧陽堅石」と言いはやした。お上に召され、山陽（山東省）令・尚書郎・馮翊（陝西省）太守を歴任し、はなはだ評判がよかった。（趙王倫のクーデターのために）災禍に巻き込まれ（処刑され）ると、悲しみ惜しまない人はいなかった。享年三十余歳。臨終のときに詩を作り、その表現はたいそう痛ましかった。

一 歐陽建　卒年が趙王倫のクーデターの起こった永康元年（三〇〇）であり、この時「年三十餘」と『晋書』本伝が伝えるので、生年は西晋武帝の泰始年間（二六五〜二七四）前半と考えられる。『隋志』に「晉頓丘太守歐陽建集二卷」とあり、『旧唐志』、『新唐志』も「歐陽建集二卷」と録す。現存の作は、「臨終詩」（『文選』巻二三詠懐）、「石崇に答えて贈る」詩（『文館詞林』巻一五六。ただし一部が『藝文類聚』巻三一に引かれ「棗腆に答う」詩と題される）、「櫓に登る賦」（『藝文類聚』巻六三）、「言は意を尽くすの論」（『藝文類聚』巻一九。『世説』文学篇21注も断片を引く）に止まる。詩は『全晋詩』巻四、『古詩紀』巻三〇。文は『全晋文』巻一〇九。

二 世爲冀方右族　「冀方」は『尚書』五子之歌其の三に「惟れ彼の陶唐、此の冀方に有り」とある。『晋陽秋』（『世説』仇隟篇1劉注所引）に「歐陽建、字は堅石、渤海の人」、王隠『晋書』（『文選』巻二三「臨終詩」李注所引）に「石崇の外生歐陽建は、渤海の人なり」、『太平寰宇記』巻六五に「建、渤海重合の人なり」とある。渤海重合は、河北省滄州市東南。石崇（本書「石崇伝」参照）の外甥であることは、『晋書』巻三三石崇伝も「崇の甥歐陽建」と記す。

三 雅有理思、才藻美贍　『晋陽秋』（『世説』劉注所引）にも「才藻有り」、『欧陽建別伝』（『北堂書鈔』巻一〇〇所引）には「建は文辭美贍、理を構えて清微なり」とある。

四 時人爲之語曰「渤海赫赫、歐陽堅石」　『晋陽秋』にも同文があり、「赫」「石」が押韻する（→注二）。

五 馮翊太守　欧陽建が馮翊太守の官に在ったのは元康六年（二九六）前後で、この時、反乱を起こした匈奴軍と戦い敗績している。「六年…五月…匈奴郝散の弟の度元 馮翊・北地の馬蘭羌・盧水胡を帥いて反し、北地を攻め、太守張損 之に死す。馮翊太守歐陽建 度

三石崇伝)、「俄かにして(孫)秀 遂に岳及び石崇・歐陽建の謀りて淮南王允・齊王冏を奉じて亂を爲さんとすると誣い、之を誅し、三族を夷す」(同巻五五潘岳伝)。

七 臨命作詩　孫盛『晋陽秋』(『文選』巻二三「臨終詩」李注所引)には「刑に臨みて作る」とある。詩は五言三十四句で、我が運命は甘受しても(「窮達に定まりし分有り、慷慨して復た何ぞ歎かん」)、母や子供たちの非命は諦観できず(「上に慈母の恩に負き、痛酷 心肝を摧く。下に憐む所の女を顧み、惻惻 中心 酸たり。二子は棄てられ遺らるが若く、皆な凶殘に遘いしならんと念う」)、「此れを惟えば循る環の如し」と止むことなく乱れゆく思いを綴った絶唱である。注六の王隠『晋書』に「母妻をも収め、少長と無く皆な斬刑を行う」とあるのを参照されたい。

なお、この一年後に趙王倫と孫秀が誅され、斉王冏の上奏によって、歐陽建は、張華らとともに名誉を回復した。『晋書』巻三六張華伝と巻六〇解系伝に収められる上奏文に、「歐陽建等 罪無くして死し、百姓 之を憐れむ」とある。『太平寰宇記』巻六五には「歐陽建の墓は臨津縣東南二十七里に在り」と記される。臨津県は河北省南皮県の西南。

(佐竹保子)

元と戦うも、建 敗績す」(『晋書』巻四恵帝紀)。

また、右の『晋書』本伝は、欧陽建の最終官位が馮翊太守であるように記すが、『詩品』には「晉頓丘太守歐陽建」、『隋志』にも「晉頓丘太守歐陽建集」とあり、三〇〇年に殺される以前に、頓丘(河南省)太守に移ったと考えられる。

六 遇禍　永康元年(三〇〇)、趙王倫(?~三〇一)が賈皇后(二五七~三〇〇)に対して起こしたクーデターで、賈皇后の甥の賈謐(?~三〇〇)の一派と目された潘岳(本書「潘岳伝」参照)や石崇や欧陽建らが刑死させられた事件を指す。当時の史書は、欧陽建が趙王倫を諌めたため倫に疎まれていたこと、欧陽建が淮南王允に倫の誅殺を勧めたこと、それは倫の腹心の孫秀がでっち上げたデマであることなどを記す。「初め、建 馮翊太守と爲りしに、趙王倫 征西將軍と爲り、孫秀(倫の)腹心爲りて、關中を撓亂す。建 毎に匡正す。是れに由りて隙有り」(『世説』劉注所引『晋陽秋』)、「趙王倫の征西と爲るや、關中を撓亂す。建 毎に匡正し、私欲に従わず。是れに由りて隙有り。倫の位を簒するに及び、淮南王允に倫を誅せんことを勸むるも、未だ行わずして事覺わる。倫 (石)崇・建及び母妻をも收め、少長と無く皆な斬刑を行う」(『文選』李注所引王隠『晋書』)、「時に趙王倫 權を專らにし、崇の甥の歐陽建 倫と隙有り。…孫秀…遂に詔を矯り崇及び潘岳・歐陽建等を收む」(『晋書』巻

陸機（二六一～三〇三）

陸機（りくき）は、西晋を代表する詩人。呉の名家に生まれ、二十歳にして亡国の憂き目にあった。十年の棲遅ののち、偉丈夫の体軀に儒家の風気をそなえて上洛するや、その文名はたちまち世に広まるが、同時に北方貴族との強烈な軋轢を引き起こした。しばしば潘岳（はんがく）と並び称され、修辞の精緻さを競ったが、「文賦」などに見られる哲学的洞察の深さは、他の詩人の及ぶところではない。『詩品』上。

晉書卷五四　陸機傳

[一]陸機字士衡、[二]吳郡人也。[三]祖遜、吳丞相。[四]父抗、吳大司馬。[五]機身長七尺、其聲如鐘。少有異才、文章冠世。[六]伏膺儒術、非禮不動。抗卒、[七]領父兵爲牙門將。[八]年二十而吳滅、退居舊里、閉門勤學、[九]積有十年。以孫氏在吳、[一〇]而祖父世爲將相、有大勳於江表、深慨孫皓[一一]擧而棄之。乃論權所以得、皓所以亡、又欲述其祖父功業、遂作[一二]辯亡論二篇。

其上篇曰…（略）。

其下篇曰…（略）。

至[一三]太康末、與[一四]弟雲倶入洛、造太常張華[一五]。華素重其名、如舊相識。曰[一六]「伐吳之役、利獲二俊[一七]」。又嘗詣侍中[一八]王濟、濟指羊酪謂機曰「卿吳中何以敵此」。答云「千里蓴羹、未下鹽豉」。時人稱爲名對。張華薦之諸公。後太傅楊駿[一九]辟爲祭酒[二〇]。會駿誅、累遷太子洗馬[二一]・著作郎。范陽盧志[二二]於衆中問機曰「陸遜・陸抗於君近遠」。機曰「如君於盧毓[二三]・盧珽[二四]」。志默然。既起、雲謂機曰「殊邦遐遠、容不相悉、何至於此」。機曰「我父祖名播四海、寧不知邪」。議者以此定二陸之優劣[二五]。

吳王晏[二六]出鎮淮南、以機爲郎中令[二七]、遷尚書中兵郎[二八]、轉殿中郎。趙王倫[二九]輔政、引爲相國參軍。豫誅賈謐[三〇]功、賜[三一]爵關中侯。倫將篡位、以爲中書郎。倫之誅也、齊王冏[三二]以機職在中書、九錫文及禪詔[三三]疑機與焉。遂收機等九人付廷尉。賴成都王穎[三四]、吳王晏並救理之[三五]、得減死徙邊、遇赦而止。

初[三六]機有駿犬、名曰黄耳、甚愛之。既而羈寓京師、久無家問。笑語犬曰「我家絶無書信、汝能齎書取消息不」。犬搖尾作聲。機乃爲書以竹筩盛之而繫其頸、犬尋路南走、遂至其家、得報還洛。其後因以爲常。時中國多難。顧榮[三七]、戴若思[三八]等咸勸機還吳、機負其才望、而志匡世難、故不從。

冏既矜功自伐、受爵不讓。機惡之、作豪士賦[三九]以刺焉。其序曰…（略）。

冏不之悟、而竟以敗[四〇]。

機又以聖王經國、義在封建。因採其遠指[四一]、著五等論、曰…（略）。

時成都王穎推功不居[四二]、勞謙下士[四三]。機既感全濟之恩[四四]、又見朝廷屢有變難、謂穎必能康隆晉室、遂委身焉[四五]。穎[四六]以機參大將軍軍事、表爲平原內史[四七]。太安初、穎與河閒王顒[四八]起兵討長沙王乂[四九]、假機後將軍・河北大都督、督北中郎將王粹[五〇]・冠軍牽秀[五一]等諸軍二十餘萬人。機以三世爲將[五二]、道家所忌、又羈旅入宦、頓居羣士之右、而王粹・牽秀等皆有怨心、固辭都督。穎不許。機鄉人孫惠[五三]亦勸機讓都督於粹、機曰「將謂吾爲首鼠避賊[五四]、適所以速禍[五五]

也」。遂行。穎謂機曰「若功成事定、當爵爲郡公[五六]、位以台司、將軍勉之矣」。機曰「昔齊桓任夷吾[五七]以建九合[五八]之功[五九]、燕惠疑樂毅以失垂成之業、今日之事、在公不在機也」。穎左長史盧志心害機寵、言於穎曰「陸機自比管樂、擬君闇主、自古命將遣師、未有臣陵其君而可以濟事者也」。穎默然。機始臨戎、而牙旗折、意甚惡之。列軍自朝歌至於河橋[六〇]、鼓聲聞數百里、漢魏以來、出師之盛未嘗有也。長沙王乂奉天子與機戰於鹿苑、機軍大敗、赴七里澗而死者如積焉、水爲之不流、將軍[六一]賈棱皆死之。

初、宦人[六二]孟玖弟超並爲穎所嬖寵。超領萬人爲小都督、未戰、縱兵大掠。機錄其主者。超將鐵騎百餘人、直入機麾下奪之、顧謂機曰「貉奴[六三]能作督不」。機司馬孫拯[六四]勸機殺之、機不能用。超宣言於衆曰「陸機將反」。又還書與玖、言機持兩端、軍不速決。及戰、超不受機節度、輕兵[六五]獨進而沒。玖疑機殺之、遂譖機於穎、言其有異志。將軍王闡・郝昌・公師藩等皆玖所用、與牽秀等共證之。穎大怒、使秀密收機。其夕、機夢黑幰繞車、手決不開、天明而秀兵至。機釋戎服、著白帢[六六]、與秀相見、神色自若、謂秀曰「自吳朝傾覆、吾兄弟宗族蒙國重恩、入侍帷幄[六七]、出剖符竹[六八]。成都命吾以重任、辭不獲已。今日受誅、豈非命也」。因與穎牋、詞甚悽惻。既而歎曰「華亭鶴唳[六九]、豈可復聞乎」。遂遇害於軍中[七〇]、時年四十三。二子蔚・夏亦同被害。機既死非其罪、士卒痛之、莫不流涕。是日昏霧晝合、大風折木、平地尺雪[七一]、議者以爲陸氏之冤。

機天才秀逸、辭藻宏麗、張華嘗謂之曰「人之爲文[七二]、常恨才少、而子更患其多」。弟雲嘗與書曰「君苗[七三]見兄文、輒欲燒其筆硯」。後葛洪[七四]著書、稱機文猶玄圃之積玉[七五]、無非夜光焉、五河之吐流[七六]、泉源如一焉。其弘麗妍贍、英銳漂逸、亦一代之絕乎。其爲人所推服如此。然好游權門、與賈謐親善、以進趣獲譏、所[七七]著文章凡三百餘篇、並行於世。

陸機 字は士衡、吳郡の人なり。祖の遜は吳の丞相、父の抗は吳の大司馬。機は身の長七尺、其の聲 鐘の如し。少くして異才有り、文章世に冠たり。儒術を伏膺し、禮に非ざれば動かず。抗 卒して、父の兵を領し牙門の將為り。年二十にして吳滅ぶ。退きて舊里に居り、門を閉じて學に勤み、積みて十年有り。孫氏の吳に在りては、祖・父世よ將相たりて、江表に大勳有るを以て、深く孫皓が擧げて之を棄つるを慨く。乃ち權の得る所以、皓の亡ぶる所以を論じ、又其の祖・父の功業を述べんことを欲して、遂に「辯亡論」二篇を作る。

其の上篇に曰く…（略）。

其の下篇に曰く…（略）。

太康の末に至りて、弟雲と倶に入洛し、太常 張華に造る。華 素より其の名を重んじ、舊より相い識るの如くす。曰く「吳を伐つの役、二俊を獲るを利とす」と。又た嘗て侍中王濟に詣るに、濟 羊酪を指して機に謂いて曰く「卿の吳中は、何を以て此に敵せん」と。答えて云う「千里の蓴羹、未だ鹽豉を下さざるのみ」と。時人稱して名對と為す。張華 之を諸公に薦む。後に大傅 楊駿 辟きて祭酒と為す。駿の誅せらるるに會し、累ねて太子洗馬・著作郎に遷る。范陽の盧志 衆中に於いて機に問いて曰く「陸遜・陸抗、君に於いて近遠なるか」と。機曰く「君の盧毓・盧珽に於けるが如し」と。志 默然たり。既に起ちて、雲 機に謂いて曰く「邦を殊にすること遐遠なり。相悉ならざるべし。何ぞ此に至る」と。機曰く「我が父祖の名は四海に播く。寧ぞ知らざらんや」と。議する者、此を以て二陸の優劣を定む。

吳王晏出でて淮南を鎮し、機を以て郎中令と為し、尚書中兵郎に遷し、殿中郎に轉ぜしむ。趙王倫 政を輔けて、引きて相國の參軍と為す。賈謐を誅する功に豫かり、關中侯を賜爵さる。倫 將に位を簒ぜんとするに、以て中書郎と為す。倫の誅せらるるや、齊王冏 機の職の中書に在るを以て、九錫文及び禪詔 機の焉に與るを疑う。遂に機等九人を收めて廷尉に付す。成都王穎、吳王晏の並びに之を救理するに賴りて、死を減じて邊に徙さるるを得、赦に遇いて止む。

初め[36]機に駿犬有り、名づけて黃耳と曰い、甚だ之を愛す。既にして京師に羈寓して、久しく家問無し。笑いて犬に語りて曰く「我が家絶えて書信無ければ、汝能く書を齎んで消息を取るや不や」と。犬尾を搖らして聲を作す。機乃ち書を爲りて竹筩を以て之を盛りて其の頸に繫ぐ。犬路を尋ねて南に走り、遂に其の家に至り、報を得て洛に還る。其の後因りて以て常と爲す。時に中國多難なり。[37]顧榮・[38]戴若思等、咸な機に勸めて吳に還らしめんとするも、機其の才望を負みて、世の難を匡さんことを志し、故に從わず。

冏既に功に矜りて自ら伐り、爵を受けて讓らず。機之を惡む。[39]「豪士賦」を作りて以て焉を刺る。其の序に曰く…（略）。

冏之を悟らず、而して[40]竟に以て敗る。

機は又以えらく、聖王の國を經むること、義は封建に在り、と。因りて其の遠指を採りて、[41]「五等論」を著して曰く…（略）。

時に成都王穎[42]功を推りて居らず、[43]勞謙して士に下る。機既に[44]全濟の恩に感じ、又朝廷屢しば變難有るを見、穎は必ず能く晉室を康隆せんと謂い、[45]遂に身を焉に委ぬ。穎[46]機を以て大將軍軍事に參ぜしめ、表して[47]平原內史と爲す。太安の初め、穎[48]河閒王顒と兵を起こして、[49]長沙王乂を討つ。機に後將軍・河北大都督を假し、北中郎將[50]王粹・冠軍[51]牽秀等諸軍二十餘萬人に督たらしむ。機[52]以えらく三世の將爲るは、道家の忌む所、又た羈旅入宦して、頓に羣士の右に居り、而して王粹・牽秀等皆な怨む心有り、と。固く都督を辭するも、穎許さず。機の[53]鄉人孫惠も亦た機に勸めて都督を粹に讓らしめんとす。機曰く「將た吾に[54]首鼠して賊を避くることを爲せと謂わんか、適に[55]禍を速く所以なり」と。遂に行く。穎機に謂いて曰く「若し功成り事定まらば、當に爵は郡公爲り、[56]位は台司を以てすべし。將軍之を勉めよ」と。機曰く「昔齊桓[57]夷吾に任じて以て[58]九合の功を建て、[59]燕惠樂毅を疑いて以て垂成の業を失す。今日の事は公に在りて、機には在らざるなり」と。穎が左長史盧志、心に機が寵を害み、穎に言いて曰く「陸機自らを管樂に比し、君

を闇主に擬す、古え自り將を命じ師を遣るに、未だ臣の其の君を陵ぎて以て事を濟すべき者は有らざるなり」と。穎默然たり。機始めて戎に臨みて牙旗折る。意甚だ之を惡む。軍を列ねて朝歌自り[六〇]河橋に至り、鼓聲數百里に聞こゆ。漢魏以來、出師の盛んなる 未だ嘗て有らざるなり。長沙王乂 天子を奉じて機と鹿苑に戰う。機の軍大敗す。七里澗に赴きて死する者積むが如くして、水 之が爲に流れず。[六一]將軍賈棱 皆な之に死す。

初め、[六二]宦人孟玖・弟超並びに穎の嬖寵する所と爲る。超 萬人を領して小都督と爲る。未だ戰わずして、兵を縱ちて大いに掠う。機 其の主者を錄す。超 鐵騎百餘人を將いて、直に機が麾下に入りて之を奪う。顧みて機に謂いて曰く「[六三]貉奴能く督を作すや不や」と。機の司馬 [六四]孫拯 機に之を殺すを勸むも、機 用いる能わず。超 衆に宣言して曰く「陸機 將に反かんとす」と。又た書を還して玖に與えて言えらく「機 兩端を持して、軍速かに決せず」と。戰に及びて、超 機が節度を受けず、[六五]輕兵にて獨り進みて沒す。玖 機の之を殺すを疑いて、遂に機を穎に譖して、其の異志有るを言う。將軍王闡・郝昌・公師藩等皆な玖の用うる所にして、牽秀等と共に之を證す。穎大いに怒りて、秀をして密かに機を收せしむ。其の夕、機 夢むらく、黑幰 車を繞り、手もてして決するも開かず、と。天明けて秀が兵至る。機 戎服を釋きて、[六六]白帢を著け、秀と相い見る。神色自若たり。秀に謂いて曰く「吳朝傾覆して自り、吾が兄弟宗族 國の重恩を蒙むる、入りて[六七]帷幄に侍し、[六八]出でては符竹を剖る。成都王 吾に命ずるに重任を以てし、辭するも已むを獲ず。今日誅を受く、豈命に非ずや」と。因りて穎に牋を與う。詞甚だ悽惻なり。既にして歎じて曰く「[六九]華亭の鶴唳、豈復た聞くべけんや」と。[七〇]遂に軍中に害せらる。時に年四十三。二子蔚・夏も亦た同に害せらる。機 既に其の罪に非ざるに死すれば、士卒之を痛みて、流涕せざるは莫し。是の日昏霧晝合し、大風木を折り、平地に[七一]尺雪あり。議する者以て陸氏の冤となす。

機 天才秀逸、辭藻宏麗、張華嘗て之に謂いて曰く「[七二]人の文を爲るは、常に才少きを恨むも、子は更に其の多きを患う」と。弟雲 嘗て書を與えて曰く「[七三]君苗兄の文を見れば、輒ち其の筆硯を燒かんと欲す」と。後に[七四]葛洪 書を著して稱

すらく「機の文は猶お玄圃[75]の積玉の、夜光に非ざるは無く、五河[76]の流れを吐き、泉源一なるが如し。其の弘麗妍贍、英鋭漂逸、亦た一代の絶ならんか」と。其の人の推服する所と為ること此くの如し。然れども好んで権門に游び、賈謐と親善し、進趣を以て譏らるるを獲。著す[77]所の文章凡そ三百餘篇、並びに世に行わる。

陸機、字は士衡は、呉郡の人である。祖父の遜は呉の丞相で、父の抗は呉の大司馬であった。機の身の丈は七尺、鐘のように響く声であった。年少のころから優れた才能を発揮し、文章は当世の雄であった。儒学の教えを守り、礼にかなわない事柄には見向きもしなかった。抗の死後、その軍を分領し、牙門将となった。

二十歳の時（二八〇）に呉が滅ぶと、機は故郷に退居し、門を閉じて学問に励むこと十年に上った。（陸氏は）孫氏の呉にあっては、祖父・父と代々の将軍、宰相で、江南の地に大きな勲功を上げていたこともあって、孫晧の代にすっかりその国土を失ったことを深く慨歎していた。そこで、孫権が時を得たわけや、孫晧が滅びたいきさつを論じ、さらにその祖父・父の功績を述べようと考えて、「辯亡論」二篇を著した。その上篇にはいう、…（略）。下篇にはいう、…（略）。

太康年間の末になって、弟の雲とともに入洛して、太常張華の門を訪うた。張華は早くからその名声に注目していたので、旧知のように厚く遇し、言うには、「呉を伐つ戦役では、この二人の俊秀を獲得したのが手柄だったな」と。侍中王済を訪ねたが、王済は、羊酪を指差して機に訊ねて、「あなたの呉の国には、何かこれに匹敵するものはありますかな」。機は答えて「千里湖の蓴菜の汁物です。まだ味付けはしてませんがね」と言った。時の人は見事な切り返しと誉め称えた。張華は、陸機を諸侯に推薦した。後に、大傅楊駿が招いて祭酒とした。駿が誅せられるに当たって、さらに太子洗馬、著作郎に移ることとなった。范陽の盧志が、衆人の中で陸機に質問したことがあった。「陸遜・陸抗は、君とはどういう間柄かな」。機が、「君の盧毓・盧珽との関係と同じだよ」と答えると、志は黙って口をつぐんでしまった。席を立つと、雲が機に言った。「ここは遠い異国の地ですから、本当に知らなかったのでしょうから、どうしてあそこまで言ったのですか」。機は、「我が父祖の名は

世に轟いているのだ。知らないわけがない」と言い放った。批評家達は、このことから二陸の優劣を定めた。

呉王晏が淮南に駐屯すると、機は郎中令に任命され、尚書中兵郎に移り、殿中郎に転任した。趙王倫が帝政を輔佐するようになると、倫は機を抜擢して相国参軍とした。賈謐を誅した功績にあずかって、関中侯の爵を賜った。倫が帝位を簒奪しようとするに際し、（機を）中書郎とした。倫が誅せられるや、斉王冏は、機の職務が中書にあったことから、「九錫文」や「禅詔」の起草に機も関わっていたのではないか、と考え、機ら九人を逮捕して廷尉の下に拘禁した。成都王穎や呉王晏らがともにその事態を取りなした結果、死罪は減ぜられ、辺地に追放されることとなったが、恩赦に遇って沙汰止みとなった。

さかのぼるが、機は足の早い犬を飼っていて、黄耳と名づけ、たいそうかわいがっていた。洛都に寄寓するようになって、長らく家からの便りがなかったため、ふざけて犬に語りかけていった。「我が家からはとんと手紙が来なくなったな。おまえ、手紙をくわえてその返事をもって帰ることができるかな」と。犬は尾っぽを振ってわんわんと鳴いた。そこで機は便りをしためて、竹筒にそれを納めて首に繋いでやった。すると、犬は道をたどって南に走り、とうとう機の家に到着し、返信を持って洛陽に帰ったのであった。その後は、それがならいとなった。

時に中土には騒乱が多く、顧栄・戴若思らはみな、機に呉に帰ってくるよう勧めたのだが、機は自らの才望をたのんで世の難事を正すことを願っていたために、その勧めに従わなかった。

冏は、功績を自ら誇り、爵を受けても譲ろうとしなかった。機はそれを憎み、「豪士の賦」を作り、諷刺した。その序にはいう…。

しかし、冏はその道理を悟らずに、ついに敗れてしまった。

機はまた、聖王が国を治める、その義は封建にある、と考え、その深い主旨を採りあげ「五等論」を著していう…（略）。

時に、成都王穎は、功績を譲って受けず、誠実かつ謙虚な人柄だった。機はそもそも死罪を救ってもらった恩義を感じていたのに加え、朝廷の度重なる騒乱を見、穎にはきっと晋王室を立て直すことができると考え、その身を彼に委ねることとした。穎は機を大将軍の軍事に参与させ、平原内史にとりたてた。太安年間の初め、穎は河間王顒と兵を起こし、長沙王乂を討つに際して、機に後将軍・河北大都督を託し、北中郎将王粋、冠軍牽秀らの諸軍二十万人余を指揮させようとした。機は、一

家三代にわたる戦将は道家の忌む所であり、また流離の身で入官し、にわかに並み居る士人の上位に坐ることになれば、王粋・牽秀らは怨み心をもつに違いないと考え、都督への任官を固辞したのだが、穎は許さなかった。機の同郷の孫恵もまた都督の地位を粋に譲るように勧めたが、機は、「わたしに右往左往して、賊を避けろ、というのか。かえって災いをまねくことになるだけだ」といい、任に就いた。穎は機に言った、「もし功成って事が定まれば、おぬしの爵位は郡公に、位は台司に昇るであろう。将軍、せいぜい励むように」と。機は言った、「昔、斉の桓公は管仲夷吾を任用して、九のたび諸侯を糾合する功を建てましたが、燕の恵公は楽毅を疑って、成就を目前にした事業を落としてしまいました。今日の事の成否は公にかかっていて、わたくし陸機にはございません」と。穎の左長史盧志は、機が寵愛を受けるのが心中面白くなく、穎に向かって言った、「陸機は自らを管仲・楽毅に、主君を闇主になぞらえました。昔から、将に命じ軍隊を動かすに臨んで、臣下がその君主をさしおいて事が成就した例しなどございませんぞ」と。穎は憮然として一言も発しなかった。

さて、機が出陣しようとすると、その軍旗が折れてしまい、そのことをひどく気にかけた。陸機は、朝歌（河南省）から河橋（河南省）に到るまで軍を連ね、陣太鼓の音は数百里のかなたにまでとどろいた。漢魏以来、かくもものものしい出陣は例がなかったという。

長沙王乂は天子をいただき、機と鹿苑（陝西省）にて戦ったが、機の軍は大敗を喫し、七里澗（河南省）に飛び込んで死んだ者が累々と積み重なり、水の流れがせき止められてしまうほどであった。将軍の賈棱以下は皆このいくさで命を失った。

それより先、宦官の孟玖・弟の超は、ともに穎のお気に入りであった。超は万人を率いて小都督となり、戦う前から、軍をのばなしにして掠奪をほしいままにさせたので、機がその首謀者を捕えると、超は武装騎兵百余人を率いて、ずかずかと機の幕下に押し寄せ、それらを奪いかえしてしまった。そして振り返りざま機に向かい、「むじなぞに、軍の指揮が務まるのかよ」と罵声を浴びせた。機の司馬孫拯は、機に孟超を斬るよう進言したが、機はそれを聞き入れることができなかった。超は人々に、「陸機が謀反を起こそうとしている」とふれまわり、さらに手紙を孟玖にしたためて、「機は日和見を決めこんで、軍を迅速に動かさない」と告げたのである。戦いが始まると、超は機の指揮を守らず、軽い装備で独断で進軍し、討ち死にしてしまった。孟玖は、陸機が殺したのではと疑い、機に二心有りと穎に誣告した。機の将軍王闡・郝昌・公師藩らは、皆孟

玖の息のかかった者たちで、牽秀らとつるんでその言に口裏を合わせたため、穎は大いに怒り、秀を遣わして密かに機を逮捕しようとした。その夜、機は、車が黒い幌に覆われて、手で引き裂こうとしても開かないでいる夢を見た。夜明けとともに秀の兵がやって来た。機は軍服を脱いで、白い頭巾を着け、秀と向かい合った。表情は平静であった。そして秀に言うには、「呉朝が滅びてより、兄弟宗族はお国の厚いご恩を蒙って、内では政務の枢要として、外では外交使節としてお仕え申してきた。このたび成都王は吾に重要な任務を与えられ、辞退しても聞き入れられなかった。今日、誅せられるのも、運命というものであろう」と。そこで穎にあてての遺書をしたためた。その文章は極めて悲痛なものであった。そして慨歎して言った。「華亭の鶴の声も、もう聞くことはかなわなくなったな」。そして軍中で刑死した。時に四十三歳。二人の息子、蔚と夏も同時に殺された。機が罪なくして死すと、部下達はみなそれを痛み、涙を流さないものはいなかった。その日は昼間から暗く霧が立ちこめて、大風が木々をへし折り、平地には雪が一尺も積もった。人々は陸氏の無実の冤みだと言い合った。

機は天才秀逸で、文章は雄壮華麗であった。張華は機に言った。「人は文をつづるのに、ふつうは才の乏しいのに苦しむものだが、君は才が多すぎるのにてこずっていますね」と。弟雲は、兄への手紙でいう。「君苗は、兄上の文を見るたびに、その筆や硯を焼き捨てたくなるそうですよ」と。また後に葛洪は書物を著して称えた、「機の文章は、遠く仙境に敷きつめられた玉が、ことごとく夜の名玉で、五色の吐流の、源泉は一つであるかのようで、その壮麗さ艶やかさ、勢いや軽やかさ、すべて一代に抜きん出ている」と。彼の作品が人々にもてはやされ敬服されるさまはこのとおりであった。しかしながら、進んで権門と交遊し、賈謐と親しく付き合うなどによって人々の非難を受ける事となった。その文章およそ三百余篇、みな世に行われている。

一 陸機　その生卒は、「年二十にして呉滅ぶ」という本伝の記載から判断できる。つまり、呉の亡国が太康元年（二八〇）であるので、生年は、呉の永安四年（二六一）と考えられる。彼の文学を論ずる言には、「潘陸」と並称される同じ太康の詩人、潘岳との対比で語られるものが多い。例えば、『世説』文学篇84の「潘の文は爛なること錦を抜くが若く、處として善からざるは無し。陸の文は沙を排

して金を簡ぶが若く、往往にして寶を見る」や、同じく89「潘の文は浅くして清らか、陸の文は深くして蕪なり」、また、『詩品』では、「陸機は太康の英にして、安仁・景陽は輔たり」（序）、「其の源は陳思に出づ、才は高く辭は贍み、體を擧げて華美なり」（上品）と、極めて高い評価を下す。また、深い内省を基礎に、文学そのものについての高度に思弁的かつ修辞的な議論を展開する「文の賦」は、中国における文学論の発展に大きく寄与することとなった作品である。陸機はそもそも多作で、陸雲の「与兄平原書」には、「集兄文爲二十巻」とあり、『隋志』には、「晉平原内史陸機集十四巻、梁四十七巻、錄一巻、亡」と著録され、また、『文選』に最多の作品を収録される作家でもあったが、『郡齋読書志』、『直齋書録解題』ともに「陸機集十巻」とあって散佚の進んだことが見て取れ、『郡齋読書志』には「著す所の文章凡そ三百餘篇、今詩・賦・論議・箋・表・碑・誄一百七十餘首を存するも、晉書・文選を以て校正する外、舛誤餘多し」と記される。しかし、その宋十巻本『陸機集』も失われ、現存するのは、四部叢刊影印明陸元大翻宋本『陸士衡文集』十巻などで、これを底本にした『陸機集』（中華書局、一九八二年）が刊行されている。なお、唐の太宗勅撰『晉書』には、太宗自身論贊を執筆した巻があるが、それは、巻一高祖宣帝紀・巻三世祖武帝紀・巻五四陸機伝・巻八〇王羲之伝の四巻のみで、そこでは、陸機の文学を、「百代の文宗、一人のみ」と絶讃している。

二 呉郡人也　陸機にとって、実際の故郷と呼ぶべきは、祖父の時代からの別荘があり、呉滅亡後に弟雲とともに退居した由拳県華亭（浙江省嘉興県）であった。ちなみに、陸機の幼少年期は、呉の孫皓が都を武昌においていた時期に当たり、また、父抗ら一族の任官地も西陵・益州・武昌などの長江中流域であったことから、呉滅亡に至るまで、故郷で過ごすことはなかったと考えられる。

三 祖遜　一八三～二四五。字は伯言、呉郡呉の人。赤烏七年（二四四）呉の丞相となる。『三国志』巻五八陸遜伝。陸氏の遠祖は、『史記』巻九七陸賈伝の「索隠」に引く「陸氏譜」、および『元和姓纂』巻一〇などによれば、戦国時代の斉の田氏より出で、子孫が平原般県の陸郷に封ぜられたことによって陸姓を称したという。「齊の宣王は田氏の後なり。宣王、少子通を平原陸郷に封ず。因りて氏とす。漢の太中大夫陸賈、子孫、江を過りて呉郡呉縣に居る。陸賈の裔孫、呉の丞相遜・丞相抗を生む。抗 晏・景・機・雲・耽を生む」（『元和姓纂』）。

四 父抗　二二六～二七四。字は幼節。大司馬・荊州牧を拝す。晉の羊祜と戦場にて厚情を交わしたことで有名。呉の孫晧にしばしば進言を行うも、容れられなかった記録が残る。陸遜伝に附伝がある。

五 機身長七尺、其聲如鐘　『世説』賞誉篇39に、「蔡司徒 洛に在りしとき、陸機兄弟の參佐廨中の三間の瓦屋に住むに見ゆ。士龍は東頭に住み、士衡は西頭に住む。士龍 人と爲り文弱にして愛すべし。士衡 長け七尺餘り、聲は鐘聲を作し、言には忼慨多し」という。

六 伏膺儒術、非禮不動　当時、北人の間でもてはやされていたのは、干宝「晉紀総論」（『文選』巻四九）に「學ぶ者は莊・老を以て宗と爲して、六經を黜け、談ずる者は虚薄を以て辯と爲して、名儉を賤しむ」とあるように、儒学よりむしろ道学・玄学で、軽妙洒脱な言動が名誉とされていたのだが、周辺国では依然儒学を治める事が重んじられていた。南人である陸機が身につけていたのも、当時の北人から見て愚直にすぎる名教であったことは、この後に述べられるような、北人貴族の中での陸機兄弟の孤立、北人の彼らへの明らさまなからかいの言と無縁ではない（高橋和巳「陸機の伝記とその文

学」上など)。

七 領父兵爲牙門將　前掲『三国志』陸抗伝に、「抗 字は幼節、呉の大司馬荊州牧。卒するや、子の晏嗣ぎ、晏及び弟景・玄・機・雲、抗の兵を分領す」、また、『文選』「文賦」注が引く臧栄緒『晋書』に「機、少き時父の兵を襲い、牙門將軍と爲る」とある。

八 年二十而呉滅　晋の太康元年、呉の天紀四年(二八〇)に当たる。

九 積有十年　十年余り。臧栄緒『晋書』陸機伝には、「年二十にして呉滅び、舊里に退臨す。弟雲と學に勤むること、積みて十一年、譽れは京華に流れ、聲は四表に溢る」とある。また、『世説』尤悔篇3の注に引く『八王故事』には、「華亭、呉の由拳縣郊外の墅なり。清泉茂林有り。呉の平げられし後、陸機兄弟共に此に遊ぶこと、十餘年」とあり、華亭に蟄居して学問に励んだ年月を、十年以上とする説は多い。また、高橋和巳氏は、この間に陸兄弟が捕虜として洛陽に連れ去られた可能性を指摘される(「陸機の伝記とその文学」上『中国文学報』第一一冊。また本書「陸雲伝」注一三を参照)。

一〇 祖父世爲將相…　陸氏は、呉の四大姓の一つ。『世説』賞与篇142に「呉の四姓舊目に云う、張は文、朱は武、陸は忠、顧は厚」とあり、その注に引く『呉録志林』に「呉郡に顧陸朱張有りて四姓を爲す。三國の間、四姓盛んたり」という。『世説』規箴篇5に、陸一族の隆盛ぶりを伝える、次のような逸話が記録される。「孫晧 丞相陸凱に問いて曰く、卿の一宗にして朝に在るものは幾人か有る、と。陸曰く、二相五侯、將軍十餘人なり、と。晧曰く、盛んなる哉、と」。陸凱(一九八～二六九)は、字は敬風、陸遜の族子。『三国志』巻六一に伝がある。

一一 孫晧　字は元宗、孫権の孫。暴君で呉の滅亡を導いた。二四二～二八四。在位二六四～二八〇。孫権は、字は仲謀、呉郡富春の人。一八二～二五二。在位二二二～二五二。

一二 辯亡論二篇　『文選』巻五三所収。上篇では、孫権が位につくまでの戦功と忠臣たちの活躍、そしてその治世の素晴らしさから死後後を継ぐべきものがいなかったことを述べる。下篇では、孫権の治政が徳の高いものであったことの要因やその意味を分析し、孫晧の没落は、陸機の父抗ら功臣を納れず、人材を見抜き用いることができなかったことにある、と論ずる。

一三 太康末　太康は、十年間続いた。「太康末」をまさにその末年と解釈すれば、西暦二八九年、陸機二十七歳の年に当たる。

一四 與弟雲倶入洛　『晋書』巻六九戴若思伝には、陸機の入洛に関して、船出がたいそう盛大なものであったと、次のような逸話を伝える。「…陸機の洛に赴くに、船裝甚だ盛んなるに遇い、遂に其の徒と之を掠す」。陸機・陸雲と相前後して入洛した呉人に顧栄がいる。その伝に「呉平ぜられ、陸機兄弟と同に入洛し、時人號して三俊と爲す」。陸機の入洛道中の詩としては、「赴洛」二首や「赴洛道中」二首が残り、ともに『文選』巻二六に収められる。

一五 張華　二三二～三〇〇。本書「張華伝」参照。張華は、太康八年正月には、太廟倒壊の責任を負って太常を免官になっているので、二陸の入洛時の官位はすでに太常ではなかったことになる。

一六 華素重其名、如舊相識　『晋書』三六張華伝には、「初め、陸機兄弟、志氣高爽なり。自ら呉の名家なるを以て、初めて洛に入り、中國の人士に推らず。華に見えて一面舊の如く、華が徳範を欽いて、師資の禮の如くす」、さらに臧栄緒『晋書』には、「司徒張華其の名を重んじ、舊相識の如くす、文を以て華に呈するや、天才綺練、當時に獨絶たり、新聲妙句、縱横に張蔡たり」とあり、陸機・陸雲と張華が互いに高く評価しあったことを示すエピソードは多い。

一七 伐呉之役、利獲二俊　『三国志』陸遜伝に引く『機雲別伝』には、「晉太康の末、倶に入洛す。司空張華に造る。華一見して之を奇として、曰く、呉を伐つの役、利は二儁を獲るに在り、と。遂に之が爲に譽れを延べ、之を諸公に薦む」とある。

一八 嘗詣侍中王濟…　『世説』言語篇26に同じ話が記録される。ここに登場する王済、字は武子は、太原晋陽（山西省）の人。晋の武帝、司馬炎の女婿。『世説』汰侈篇には、人乳を飲ませた豚で武帝をもてなしたという、常軌を逸した贅沢ぶりが伝えられる。

一九 楊駿　?～二九一。字は文長、弘農の人。司馬炎の外戚で、司馬炎の死後、専権を誇っていた。賈后のクーデターによって誅殺され、この事件により、広義の「八王の乱」の幕がきって落とされた。

二〇 辟爲祭酒　太熙元年（二九〇）のこと。『文選』巻二四潘岳「為賈謐作贈陸機詩」の注が引く臧栄緒『晋書』に「太熙末、太傅楊駿機を辟きて祭酒と爲す」とある。太熙は四ケ月しか続いていない。楊駿が官にあったのは、太熙年間の直後、恵帝が即位して年号が永熙と改元した後のことであり、実際には微妙な時間のずれがある。

二一 累遷太子洗馬・著作郎　注一七でも引いた『機雲別伝』では、楊駿に招かれて祭酒となり、其の後太子洗馬および尚書著作郎となった、と記されている。

二二 盧志　?～三一一。字は子道、范陽涿（河南省）の人。『晋書』巻四四に伝あり。

二三 盧毓　?～二五七。盧志の祖父。字は子家。魏の僕射・光禄大夫。魏の末に司空に至る。『三国志』巻二二に伝あり。

二四 盧珽　盧志の父。字は子笏。西晋の尚書。『晋書』巻四四盧志伝に伝が付せられる。

二五 議者以此定二陸之優劣　『世説』方正篇18には、同じ話が記録されるが、陸機の言を聞きうろたえる雲と、きっとなって反論する機の様子を表わす「士龍色を失う」「士衡色を正す」、機が「この世で吾が父祖の名を知らぬ者はいない」に続けて、「鬼子敢て爾す」という罵声を放つ描写など、逸話としての潤色がより濃厚である。なお、二陸の優劣を判定したのは、『世説』では謝公（謝安）となっている。「議する者二陸の優劣を疑うも、謝公此を以て之を定む」。

二六 呉王晏　字は平度。太康十年（二八九）、呉王に封ぜられる。『晋書』巻六四武十三王伝。

二七 以機爲郎中令　元康四年（二九四）のこと。陸機「皇太子清宴詩」の序に「元康四年秋、余 太子洗馬を以て、出でて呉王郎中に補せらる」と見える。なお、時を同じくして、弟陸雲も晏の郎中令となっていて、兄弟はともに故郷の呉に赴任することとなった。潘尼「贈陸機出為呉王郎中令」（『文選』巻二四所収）に、「昔 余は私を忝くし、我に恵蘭を貽れり。今 子の東に徂かんとするに、何を以てか旃に贈らん」とある。

二八 遷尚書中兵郎、轉殿中郎　臧栄緒『晋書』に「元康六年、入りて尚書中兵郎と爲り、殿中郎に轉ず」とある。また、陸機「答長淵」の序に「余 昔太子洗馬たりしとき、賈長淵參騎を以て東宮に侍す。積年、余 出でて呉王郎中令に補せらる。元康六年、入りて尚書郎と爲り、魯公に詩一篇を贈る」とある。

二九 趙王倫　?～三〇一。字は子彝。『晋書』本伝では宣帝司馬懿の第九子。『晋書』巻五九に伝が見える。本書「張華伝」注七三参照。

三〇 賈謐　?～三〇〇。字は長深。賈充の外孫。本書「張華伝」注五七参照。

三一 賜爵關中侯　永康元年（三〇〇）のこと。『晋書』趙王倫伝に、賈謐らの誅殺を命ずる恵帝の次のような詔勅が、倫によってでっち上

げられたと記されている。「中宮は賈謐等と我が太子を殺す。今、車騎をして入りて中宮を廢せしめんとす。汝等皆當に命に従えば、關中侯に賜爵し、従わざれば三族を誅すべし」。詔勅を受け取った者は、皆その旨に従ったとされる。陸機が関中侯に封ぜられたのには、このようないきさつがあった。なお、「関中侯」は、名目のみの礼遇を示す、散侯の一つ。

三二 齊王冏以機職在中書… この事件の後、平原内史に表せられた際に著した「平原内史を謝するの表」（『文選』巻三七）には、次のように記す。「而も横に故の齊王冏の爲に枉げ陥られ、臣は衆人と共に禪文を作ると誣らる。…（中略）…片言隻字も其の間に關わらず、事蹤筆跡、皆推校すべし」。『文選』には、この注に王隠『晋書』の「趙王簒じ、誅せられ、禪詔、機 焉に與ると疑われ、收して廷尉に付さる。機は呉王晏に表を與えて曰く、禪文本草、今中書に見在せり、一字一迹、自ずから分別さるべし」を引く。これらはすべて自らの身の潔白を訴える内容であるが、同じく逮捕され刑に下った鄒捷の伝には、「捷は陸機等と倶に禪文を作る」と、陸機の関与が記される。同様の記事は、傅祗伝にも見える。また、斉王冏、字は景治、斉王司馬攸の子。八王の一人。?~三〇二。『晋書』巻五九。

三三 九錫文 「九錫」は、もと天子が諸侯や大臣にささげた九種の器物のことで、最高の礼遇を意味する。「九錫文」は、その「九錫」の賜予を告げる天子の詔勅で、大臣が位を簒奪するに際して、先触れとして発せられることが多かった。『廿二史劄記』九錫文の条に、「毎朝禪代の前、必ず先ず九錫文有りて、其の人の功績を總敍す」とある。

三四 成都王穎 二七九~三〇六。字は章度。『晋書』本伝では武帝の第十六子。八王の一人。『晋書』巻五九。

三五 並救理之 園葵詩は、この時、一命を取り止めたことを成都王穎に感謝して詠んだものとされる。『文選』巻二九の注に引く『晋書』に「齊王冏 機の倫の爲に禪文を作らんを譖るも、成都王穎の之を救いしを賴みて死を免る。故に此の詩を作り、葵を以て穎に謝するを喩うなり」。

三六 初機有駿犬 『藝文類聚』九四などに引く『述異記』にも同様の逸話が見える。

三七 顧榮 ?~三一二。字は彦先、呉郡の人。『晋書』巻六八に伝がある。陸機兄弟とともに入洛し、「三俊」と称された。『隋志』に「驃騎將軍顧榮集五巻」が著録される。本書「張翰伝」注八参照。

三八 戴若思 ?~三二二。一に伝える名は淵。唐の高祖の廟諱を犯すので『晋書』では字で行われるという。広陵の人。名はまた儼とも記される。祖父の烈は呉の大将軍、父昌は会稽太守という名門の出であったが、素行が悪く、盛大な陸機の洛陽への船出を見て、狼藉を働こうとした所を、機に見出され、のち、趙王倫に推薦された経緯が、『世説』自新篇や『晋書』巻六九の本伝に見える。

三九 作豪士賦以刺焉 『文選』巻四六「豪士賦」序の注に引く臧栄緒『晋書』では、「齊の亡ぶるに及び、豪士の賦を作る」とあって、斉王冏失脚後の作とする。

四〇 竟以敗 太安元年（三〇二）のこと。

四一 著五等論 『文選』巻五四所収。封建制度の五等の義を求めるよう訴えた史論である。まず封建制・郡県制の沿流を論じ、聖王が五等（公侯伯子男）の立てられた意義について述べ、漢以降、古の制に悖るようになったことに警告を発し、封建・郡県の得失を論じ、五等封建制が優ることを主張する。

四二 推功 功績を他に譲ること。『抱朴子』行品に「毎に卑に居りて功

を推（ゆず）り、泰に處ると雖も恭滋き者は謙人なり」とある。

四三 勞謙　労を惜しまず謙虚であること。『易』謙「勞謙、君子に終り有りて、吉」。

四四 全濟　刑罰から免れること、命を救われること。『後漢書』献帝紀に、「詔して曰く、未だ汝を理に致すに忍びず、杖うち五十にすべし、と。是自りの後、多くは全濟を得たり」。

四五 遂委身焉　『三国志』陸抗伝の注に引く『機雲別伝』に、「時に朝廷に故多し、機・雲並びに成都王穎に結ぶ」とある。

四六 穎以機參大將軍軍事　『文選』歎逝賦の注に引く王隠『晋書』には、「成都王穎 機を以て司馬と爲し、大將軍軍事に參ぜしむ」。姜亮夫の考証では、永寧元年（三〇一）のこととなる。

四七 表爲平原内史　太安元年（三〇二）のこと。平原は、現在の山東省聊城県から河南省徳州市にかけての一帯をさす。『文選』巻三七に「平原内史を謝するの表」が見える。

四八 河間王顒　?～三〇六。字は文載、八王の一人。『晋書』巻五九。

四九 起兵討長沙王乂　太安二年（三〇三）八月のこと。『晋書』恵帝紀に、「八月、河間王顒・成都王穎兵を擧げて長沙王乂を討つ。帝は乂を以て大都督と爲し、軍を帥いて之を禦せしむ」とある。長沙王乂、二七七～三〇四。字は士度、『晋書』本伝では武帝の第六子。八王の一人。東海王越によって殺される。『晋書』巻五九。

五〇 王粹　字は弘遠。弘農の人。太康十年、官は魏軍太守に至る。晋の建国に功績のあった、撫軍大将軍・散騎常侍王濬（二〇六～二八五）の甥。賈謐二十四友の一人でもあった。

五一 牽秀　?～三〇四。字は成叔、武邑観津（河北省）の人。『晋書』巻六〇に伝が見える。王粋と同じく賈謐二十四友の一人。また、『隋志』には、「晋平北將軍牽秀集四巻、梁三巻、錄一巻」と著録される。

五二 機以三世爲將、道家所忌　『老子』第三一章は、「兵なる者は不祥の器にして、君子の器に非ず」という。また、『史記』白起王翦伝には、秦の名将王離の敗北を、「夫れ三世に將たる者は必ず敗る」と論ずる。

五三 機鄕人孫惠…　『晋書』巻七一孫恵伝にも同じ記載が見える。「是の時、穎 將に長沙王乂を征たんとし、陸機を以て前鋒都督と爲す。惠は機と鄕里を同じくす。其の禍を致すを憂えて、機に都督を王粹に讓ることを勸む。機兄弟の戮さるるに及び、惠 甚だ之を傷恨す」。

五四 首鼠　双声の語。びくびくとして優柔不断なこと。『史記』巻一〇七武安侯伝に「何すれぞ首鼠兩端す」の「集解」に『漢書音義』を引いて、「首鼠、一前一却なり」という。

五五 速禍　速は招く、の意。『左伝』隠公三年に、「順を去り逆に效うは、禍を速く所以なり」という。

五六 郡公　晋になって制定された爵名。開国郡公ともいう。

五七 夷吾　管仲の名。?～前六四五年。『史記』巻六二管晏列伝。

五八 九合之功　九たび諸侯を会すること。管仲が、「通貨積財」「富国強兵」とともに、天下を正すために斉の桓公に進言した「九合諸侯」を指す。斉はこれによって、春秋五覇の一つとなった。『論語』憲問篇「（齊）桓王 九たび諸侯と合す」。

五九 燕惠疑樂毅以失垂成之業　楽毅は、戦国燕の将であった。燕の昭公の時に功績を挙げ、斉を討ちその領地を奪ったのだが、位を継いだ恵公は、騎劫を楽毅に代え、楽毅は趙に出奔することとなった。その間に斉は燕軍を大破して失地を回復してしまったことをいう。

六〇 河橋　現河南省孟県の西南、孟津県の東北にあたる黄河にかかる橋。

六一 将軍賈棱皆死之　『晋書』恵帝紀に、「太安二年十月、陸機を建春門に破り、其の大將賈崇を斬る」とあって、没したのは賈崇となっている。『水経注』穀水注に「昔陸機 成都王穎の爲に入洛し、敗北して返る」。また「其の水（穀水）又た東し、左に七里澗に合す」以下『晋後略』を引いて次のようにいう、「成都王穎 呉人陸機をして前鋒都督と爲して京師を伐たしむるも、輕進して洛軍の乘ずる所と爲り、鹿苑に大敗す。人 相い登躡して塹中及び七里澗に死し、澗 之が爲に滿つ」。

六二 宦人孟玖弟超　未詳。孟超の生卒は、？〜三〇三。『晋書』巻四三王戎伝に、「穎の嬖豎孟玖 陸機兄弟を譖殺し、天下切齒す。澄 玖の私姦を發し、穎に玖を殺すを勸め、穎乃ち之を誅す。士庶善と稱せざるは莫し」とあるので、孟玖は、或いは、陸機兄弟の死後遠からずして生を終えたのかもしれない。

六三 貉奴　人を罵る語であるが、多く北人が南人に対して用いたらしい。『世説』惑溺篇4「（孫秀の）妻嘗て妒み、乃ち秀を罵りて貉子と爲す」とある。孫秀は呉郡呉の人。妻は襄陽の人である。

六四 孫拯　『晋書』陸機伝にその伝が付される。字は顕世、呉郡富春の人であった。文を作るのに優れており、呉では黄門郎として出仕した。

六五 輕兵　軽装の部隊。『三国志』魏志郭嘉伝「輜重を留め、輕兵道を兼ねて出で、其の不意を掩うに如かず」。

六六 著白帢　張華『博物志』巻九に、「漢の中興、士人皆葛巾を冠す。建安中、魏の武帝 白帢を造り、是に於て遂に廢る」とあり、曹操が白頭巾の着用を始めた、という。その色から死に装束を連想させる。

六七 帷幄　皇帝の乗る車のおおいをいうが、転じて帝王を指すのに用いられる。

六八 出剖符竹　分封され、郡主となること。『史記』韓信盧綰列伝「遂に剖符を與えて韓王となり、穎川に王たり」。

六九 華亭鶴唳　この陸機の嘆きは、『世説』尤悔篇3に、「陸平原河橋にて敗れ、盧志の譖する所と爲りて誅せらる。刑に臨み歎じて曰く、華亭の鶴の唳くを聞かんと欲すれども、聞くを得べけんや」とあり、その注に『陸機別伝』を引き、「機の七里澗にて大敗するに及び、玖は機の謀反の致す所と誣す。穎乃ち牽秀をして機を斬らしむ」という。華亭は、現在の浙江省嘉興県に属す。『世説』尤悔篇3の注に引かれた『八王故事』に、「華亭、呉由拳縣郊外の墅なり。清泉茂林有り。呉 平らげられし後、陸機兄弟、共に此に遊ぶこと十餘年」とある（→注九）。『元和郡県図志』巻二五に、「華亭谷は縣西三十五里に在り。陸遜陸抗の宅、其の側に在り。遜は華亭侯に封ぜらる。陸機の「華亭鶴唳」と云うは、此の地是れなり」。

七〇 遂遇害於軍中…　『晋書』巻五九成都王穎伝には「（穎）乃ち顒の將張方と京都を伐たんとし、平原內史陸機を以て前鋒都督・前將軍・假節と爲す。（中略）陸機戰敗し、死者甚だ衆し。機は又孟玖の譖する所と爲り、穎 機を収して之を斬り、其の三族を夷す」という。

七一 尺雪　一尺以上もの大雪。『左伝』隠公九年に「平地尺たる大雪を爲す」。

七二 人之爲文…　『世説』文学篇84に引かれた『文章伝』に、次のようにいう。「機は善く文を屬す。司空張華其の文章を見るや、篇篇善と稱するも、猶お其の文を作るに大治なるを譏る。謂いて曰く、人の文を作るや、不才に患う、子の文を爲るに至りては、乃ち太だ多きに患うなり、と」。

七三　君苗　陸雲の「兄平原に与うる書」一八から、姓が蔡であったことは知れるが、それ以上のことはわからない。また、同じくその三二には次のようにいう、「君苗の文、天才中にも亦た少なきのみ、然るに自ずから亦た能く文を作る。…（中略）。兄の文を見れば、輒ち筆硯を焼かんと欲すと云う、以て此が故に出すを喜ばずと爲す」。

七四　後葛洪著書…　このままの文面では無いが、『北堂書鈔』巻一〇〇に引く葛洪『抱朴子』に、「陸機の文、猶お玄圃の積玉のごとくして、夜光に非ざるは無し」と見える。

七五　玄圃　崑崙山中の神仙たちの住み処で、珍しい花や玉が敷き詰められていたという。「玄圃積玉」という語は、後に、優れた精華の多く集まるさまを形容するのに用いられる。庾肩吾『書品』後序。

七六　五河　伝説中の五色の河。『漢書』司馬相如伝の顔師古注に、「五河、五色の河なり。『仙經』に、紫・碧・絳・青・黄の河有りと説く」。

七七　所著文章凡三百餘篇　『隋志』には、「晉平原内史陸機集十四巻」と著録される。『全晉文』巻九六～九九、『全晉詩』巻五。

〔参考文献〕

姜亮夫『陸平原年譜』（上海古典文学出版社　一九五七年）
興膳宏『潘岳・陸機』（中国詩文選一〇、筑摩書房　一九七三年）
『陸機集』（中国古典文学基本叢書、中華書局　一九八二年）
松本幸男『魏晉詩壇の研究』（朋友書店　一九九五年）
佐藤利行『西晉文学研究』（白帝社　一九九五年）
高橋和巳「陸機の傳記とその文学」上下（『中国文学報』第一一冊・一二冊、一九五九年・一九六〇年）

（木津祐子）

陸雲（二六二〜三〇三）

陸雲（りくうん）は、西晋の詩人。若くして文名を得、兄の陸機とともに「二陸」と称された。呉滅亡後、陸機とともに上洛し、太康文人の一員となる。兄の高名ゆえに後世への印象は薄いが、四言詩を得意とし、数多く遺された兄陸機への書簡からは、その清新な発想から生まれた文学論の一端をうかがうことができる。才知に溢れ信望も厚く、民衆にも慕われたという。『詩品』中。

晉書卷五四　陸雲傳

[一]雲字士龍、六[二]歳能屬文。性[三]清正、有才理。少與兄機齊名。雖文章不及機、而[四]持論過之。號曰[五]二陸。幼時、吳尚書廣陵閔[六]鴻見而奇之、曰「此兒若非龍駒、當是鳳雛」。後擧雲賢良。時年十六。吳平、入洛。機初詣[七]張華、華問雲何在、機曰「雲有笑疾、未敢自見」。俄而雲至。華爲人多姿制、又好帛繩纏鬚。雲見而大笑、不能自已。先是[八]、嘗著縗[九]絰上船、於水中顧見其影、因大笑落水、人救獲免。[一〇]雲與荀隱素未相識、嘗會華坐。華曰「今日相遇、可勿爲常談」。雲因抗手曰「雲[二]間陸士龍」。隱曰「日下荀鳴鶴」。鳴鶴、隱字也。雲又曰「既開青雲覩白雉、何不張爾弓、挾爾矢」。隱曰「本謂是雲龍騤[三]騤、乃是山鹿

野麋。獸微弩强、是以發遲」。華撫手大笑。刺史周浚[一三]召爲從事、謂人曰「陸士龍當今顏子也」。

俄以公府掾爲太子舍人、出補浚儀令[一四]。縣居都會之要、名爲難理。雲到官肅然。下不能欺、市無二價[一五]。人有見殺者、主名不立。雲錄其妻、而無所問、十許日遣出、密令人隨後、謂曰「其去不出十里、當有男子候之與語、便縛來」。既而果然。問之、具服[一六]云「與此妻通、共殺其夫。聞妻得出、欲與語、憚近縣。故遠相要候」。於是一縣稱其神明。郡守害其能、屢譴責之、雲乃去官。百姓追思之、圖畫形象、配食縣社[一七]。

尋拜[一八]吳王晏郎中令。晏於西園大營第室。雲上書[一九]曰…（略）。

時晏、信任部將、使覆察諸官錢帛。雲又陳[二〇]曰…（略）。

雲愛才好士、多所貢達。移書[二一]太常府薦同郡張贍曰…（略）。

入爲尚書郎・侍御史・太子中舍人・中書侍郎。成都王穎[二二]表爲清河內史。穎將討齊王冏[二三]、以雲爲前鋒都督。會冏誅、轉大將軍右司馬。穎晩節政衰、雲屢以正言忤旨。孟玖[二四]欲用其父爲邯鄲令、左長史盧志等並阿意從之。而雲固執不許、曰[二五]「此縣皆公府掾資、豈有黃門[二六]父居之邪」。玖深忿怨。張昌[二七]爲亂、穎上雲爲使持節・大都督・前鋒將軍、以討昌、會伐長沙王、乃止。

機之敗也、并收雲。穎官屬江統[二八]・蔡克[二九]・棗嵩[三〇]等上疏[三一]曰…（略）。穎不納。統等重請、穎遲[三二]廻者三日。盧志又曰[三三]「昔趙王殺中護軍趙浚、赦其子驤。驤詣明公而擊趙、卽前事也」。蔡克入至穎前、叩頭流血、曰「雲爲孟玖所怨、遠近莫不聞。今果見殺、罪無彰驗、將令羣心疑惑。竊爲明公惜之」。僚屬隨克入者數十人、流涕固請。穎惻然有宥雲色。孟玖扶穎入、催令殺雲。時年四十二。有二女[三四]、無男。門生故吏迎喪[三五]葬清河、修墓立碑、四時祠祭。所著文章三百四十九篇、又撰新書[三六]十篇、並行於世。

初、雲嘗行、逗宿故人家。夜暗迷路、莫知所從。忽望草中有火光、於是趣之。至一家、便寄宿、見一年少

美風姿、共談老子、辭致深遠。向曉辭去、行十許里至故人家。云此數十里中、無人居。雲意始悟。却尋昨宿處、乃王弼冢[一七]。雲本無玄學、自此談老殊進。

[一]雲 字は士龍[二]、六歳にして能く文を屬す。性 清正[三]にして、才理有り。少くして兄機と名を齊しくす。文章は機に及ばずと雖も、論を持する[四]は之に過ぐ。號して「二陸[五]」と曰う。幼かりし時、吳の尚書廣陵の閔鴻[六]見て之を奇として、曰く「此の兒 若し龍駒に非ずんば、當に是れ鳳雛なるべし」と。後に雲を賢良に擧ぐ。時に年十六。

吳平らげられて洛に入る。機 初め 張華[七]に詣りしに、華の雲何くにか在るを問えば、機曰く「雲は笑疾有り、未だ敢て自ら見えず」と。俄かにして雲至る。華 人と爲り姿制多く、又た帛繩もて鬚を纏るを好む。雲 見て大いに笑いて自ら已むこと能わず。[八]是より先、嘗て縗絰[九]を著て船に上り、水中に於て、顧みて其の影を見、因りて大いに笑いて水に落ち、人救いて免るるを獲。

[一〇]雲 荀隱と素より未だ相い識らずして、嘗て華の坐に會す。華曰く「今日相い遇するは、常談を爲すこと勿るべし」と。雲 因りて手を抗げて曰く[一一]「雲閒の陸士龍」と。隱曰く「日下の荀鳴鶴」と。鳴鶴は隱の字なり。雲 又た曰く「既に青雲を開きて白雉を覩るに、何ぞ爾の弓を張りて爾の矢を挾まざる」と。隱曰く「本是れ雲龍は騤騤[一二]たりと謂うも、乃ち是れ山鹿野麋なり。獸微くして弩強ければ、是を以て發つこと遲し」と。華 手を撫ちて大いに笑う。刺史[一三]周浚召して從事と爲し、人に謂いて曰く「陸士龍は、當今の顏子なり」と。

俄かにして公府掾を以て太子舍人と爲り、出でて[一四]浚儀令に補せらる。縣は都會の要に居り、名づけて理め難しと爲す。雲 官に到りて肅然たり。下 欺くこと能わず、市に[一五]二價無し。人 殺さるる者有り、主の名 立たず。雲 其の妻を錄して問う所無し。十許日にして出だしめ、密かに人をして後に隨わしめ、謂いて曰く「其の去ること十里を出でず

して、當に男子有りて之を候ち、與に語るべし。便ち縛り來れ」と。既にして果して然り。之を問えば、[16]具服して云うに「此の妻と通じ、共に其の夫を殺す。妻出づることを得と聞きて、與に語らんと欲すれども、縣に近きことを憚る。故に遠く相要え候つ」と。是に於て一縣其の神明を稱す。郡守其の能を害み、屢しば之を譴責し、雲乃ち官を去る。百姓之を追思し、形象を圖畫し、縣社に[17]配食す。

尋いで[18]吳王晏の郎中令に拜せらる。晏西園に於て大いに第室を營む。雲[19]書を上りて曰く…（略）。

時に晏、部將を信任するに、諸官の錢帛を覆察せしむ。雲[20]又た陳して曰く…（略）。

雲才を愛し士を好み、貢達する所多し。[21]太常府に移書して同郡の張贍を薦めて曰く…（略）。

入りて尙書郎・侍御史・太子中舍人・中書侍郎爲り。[22]成都王穎表して清河內史と爲す。穎將に[23]齊王冏を討たんとし、雲を以て前鋒都督と爲す。冏の誅せらるるに會い、大將軍の右司馬に轉ず。穎晩節政衰え、雲屢しば正言を以て旨に忤らう。[24]孟玖其の父を用て邯鄲令と爲さんと欲し、左長史盧志等並びに意に阿りて之に從う。而るに雲固く執りて許さずして、曰く「[25]此の縣は皆公府掾の資なり、豈に黃門の[26]父之に居ること有らんや」と。玖深く忿怨す。[27]張昌亂を爲すや、穎雲を上せて使持節・大都督・前鋒將軍と爲して、以て昌を討たしめんとするも、長沙王を伐つに會いて、乃ち止む。

機の敗るるや、幷せて雲を收す。穎が官屬の[28]江統・[29]蔡克・[30]棗嵩等[31]上疏して曰く、…（略）。穎納れず。統等重ねて請うに、穎[32]遲廻する者三日。盧志又た曰く「[33]昔趙王中護軍趙浚を殺して、其の子驤を赦す。驤明公に詣りて趙を擊つは、卽ち前事なり」と。蔡克入りて穎が前に至り、叩頭して血を流して曰く「雲孟玖の怨むところと爲るは、遠近聞かざるもの莫し。今果して殺されて、罪に彰驗無ければ、將に羣心をして疑惑せしめん。竊かに明公の爲に之を惜しむ」と。僚屬克に隨いて入る者數十人、涕を流して固く請う。穎惻然として雲を宥さんとする色有り。孟玖穎を扶けて入り、催して雲を殺さしむ。時に年四十二、[34]二女有れども男無し。門生故吏[35]喪を迎えて清河に葬り、墓を

修し碑を立て、四時祠祭す。著す所の文章三百四十九篇、又た『新書』[三六]十篇を撰し、並びに世に行わる。

初め、雲嘗て行きて、故人の家に逗宿す。夜暗うして路に迷い、従る所を知る莫し。忽ち草中に火光有るを望めば、是に於て之に趣く。一家に至り、便ち寄宿するに、一年少の風姿美なるを見、共に老子を談ずるに、辭致深遠なり。曉に向んとして辭し去り、行くこと十許里にして、故人の家に至る。云く「此の數十里の中、人居無し」と。雲 意に始めて悟る。却って昨に宿せる處を尋ぬれば、乃ち[三七]王弼の冢なり。雲 本玄學無けれども、此自り老を談ずること殊に進む。

雲、字は士龍、六歳で文章を作ることができた。性格はさっぱりとして正直で、頭脳明晰であった。若くして兄の機と並び称されていた。文学では機には及ばなかったが、議論は兄より優っており、「二陸」と呼ばれていた。幼少のころ、呉の尚書広陵（江蘇省）の閔鴻は彼を一目見て高く評価して言った、「この子は、龍の子供でなければ、鳳凰の雛だな」と。のちに雲を賢良に推挙したが、その時雲は十六歳であった。

呉が平定されて入洛した。機が初めて張華を訪ねた時、華が雲はどこにいるのかと訊ねたところ、機は、「雲は笑い癖が有って、お目通りをはばかっております」と答えた。やがて雲が現れた。華はそもそも装いに凝るたちで、絹の布で鬚をくくるのがお気に入りであった。雲はそれを見て笑いころげてとまらなかった。これより前、喪服を着て船に乗りこんで、河の中にその自分の姿が映るのを見ただけで、大笑いして水中に落ちてしまい、人に助けられて命拾いしたこともあった。

雲は荀隠とはもと面識はなかったのだが、ある時、華の宴席で一緒になったことがあった。華は、「今日の会席では、平凡な会話はやめよう」と告げた。雲はそこで手を高く挙げて名乗った、「雲間の陸士龍」と。隠は名乗った、「日下の荀鳴鶴」と。鳴鶴は、荀隠の字である。雲はまたいう、「青雲が開けて白雉を目にしたのに、どうして貴殿の弓を引き絞り貴殿の矢をつがえないのですか」と。隠は言った、「雲龍はそもそも力強く雄々しいものと思っておりましたのに、なんと山野の鹿では

ないですか。獣が貧弱なのに弓の方は強いので、矢を放つのを躊躇していたのです」と。華は手をたたいて大笑いした。刺史の周浚は、雲を招いて従事とし、人に語った。「陸士龍は、当世の顔子（顔回）だな」と。

やがて公府掾の身分のまま太子舎人となり、浚儀令として赴任した。浚儀県（河北省）は交通の要所にあって、治めるのが難しい所として有名であった。雲は任官すると、厳然たる統治を実行し、下々には欺くことが無くなり、市場も掛け値がなくなった。（また）殺人事件が起こり、首謀者の名が挙がらなかった。雲は、その妻を捕えたが何も問わず、十日ばかりで釈放し、こっそり人にあとを尾行させ、「女が十里も行かぬうちに、きっと男がそれを待ち受け、女と話をしようとするはずだから、引っ立ててまいれ」と命じた。はたしてその通りであった。そこでその者を問い質すと、観念して申すには、「この女と密通して共にその夫を殺したのですが、女が釈放されたと聞き、話をしたいと思ったものの、県府に近いうちはまずいと考え、遠い場所で待ち伏せたのです」ということであった。こうして、県を挙げてその洞察ぶりを称えた。しかし、郡守はその能力を憎んで、しばしば雲を責め、雲は官を退くこととなった。民衆は雲を追慕してその肖像を描き、県の社にお祭りした。

ついで呉王晏の郎中令となった（二九四年）。晏は西園に大規模な別荘を営んでいたが、それについて雲は上書して言った、…（略）。

時に晏は、部曲の将にまかせて、諸官庁の財政を何度も調査させた。雲はそれについても次のように進言した。…（略）。雲は才能ある優れた人材を愛し、しばしば彼らを推挙した。太常府に回し文を送り、同郡の張贍を推薦して言った。…（略）。

朝廷に入り尚書郎・侍御史・太子中舎人・中書侍郎となった（二九六年）。成都王穎は表して清河内史（河北省）とした（三〇二年）。穎は、斉王冏を討とうとしていて、雲を前鋒都督に任じた。冏が誅せられるに当たって、大将軍右司馬に転じた。穎は晩年統治がゆるみ、雲はしばしば正論を持して穎の考えに逆らうこととなった。孟玖がその父を邯鄲令としようとし、左長史盧志らはともにその意におもねって彼に追従した。しかし、雲はそれを断固として許さず、「この県は（大県で、七品以上が任官する）公府掾資であるのだから、どうして宦官の父がその官につくことができよう」といった。孟玖は深くそのことを恨みに思った。張昌が乱を起こすと、穎は雲を取り立てて使持節・大都督・前鋒将軍とし、昌を討伐させようとしたが、長

沙王乂を伐つのに遭い、沙汰止みとなった。

機が敗北すると、同時に雲をもとらえた。穎の属官である江統・蔡克・棗嵩らは、上疏して請願した。…（略）

穎はその請願を受け入れなかった。統らが再度請願した所、穎は、三日ばかり処罰を躊躇していた。盧志は穎に言った、「先般、趙王倫は中護軍張浚を殺しながら、その子の驤を釈放いたしました。その驤が閣下に走って趙を撃ちましたのは、さだめし前例でございましょうぞ」と。蔡克は、穎の前にやってくると、叩頭し額から血を流して訴えた、「雲が孟玖に怨まれておりますのは、遠近を問わず知らぬ者はございません。いまもし殺されて、明らかな罪状がなければ、必ず人々は不信の念をいだきましょう。閣下のために心から遺憾に存じます」と。幕僚達で、克とともに穎の前に進み出た者数十人、皆涙を流してひたすら請願した。穎もほろりとして雲を赦そうとする気配を見せた。すると孟玖は穎を抱えて内に入り、急かして雲を殺させてしまった。雲は時に四十二歳。二人の娘があったが息子はなかった。門生やかつての部下たちは、喪を迎えて清河に雲を葬り、墓を作り碑を建て、四季ごとにそれをお祭りした。その著す所の文章三百四十九篇と、『新書』十篇はともに世に行われた。

その昔、雲は外出して、友人の家に投宿したことがあった。夜暗くなって道に迷い、どういけばよいかわからなかった。ふと草むらの中に光がもれているのが見えたので、その方に向かうと、一軒の家にたどり着き、寄宿することになった。そこで一人の年若くて風采の美しい青年に会い、共に老子を論じ合ったが、ことばは深遠であった。暁になろうとするころに辞去し、十里ばかり行って、友人の家にたどり着いた。ところが、その友人が言うに、その近辺数十里の内に、人家は一軒もないということで、そこで雲は、はたと気づき、後戻りして昨夜泊ったあたりを探してみると、なんと王弼の墓であった。雲は本来玄学の素地はなかったのだが、それ以降、老荘の論議において特に目覚ましい進歩があった。

一 雲　陸雲は、陸機の一つ違いの弟。文章は兄陸機には及ばぬものの、簡潔で洗練された文体を旨とし、『文心雕龍』才略篇には「士龍は

朗練にして、識を以て亂を検し、故に能く釆を布くこと鮮淨にして、短篇に敏なり」、同鎔裁篇に「士龍は思い劣なれども、雅に清省を好む」と称される。『詩品』には、「清河の平原に方ぶるは、殆ど陳思の白馬に匹するが如し。その哲昆におけるが故に二陸と稱す」(中品)という。『隋志』に「晉清河太守陸雲集十二卷　梁十卷、錄一卷」と著録され、『旧唐志』・『新唐志』ともに「陸雲集十卷」とする。現存する最も古い伝本は、北京図書館に所蔵される宋慶元六年華亭県学刻本『陸士龍文集』十巻で、六朝人の体裁をよくとどめる。なお、これは一九八六年に中華書局から影印されている。『全晋詩』巻三、『全晋文』巻一〇〇・一〇一、『古詩紀』巻三六・三七。

二　六歳能屬文　『世説』賞誉篇20の注に引く『陸雲別伝』に、次のようにある。「雲、字は士龍、呉の大司馬抗の第五子、機の同母の弟なり。儒雅にして俊才有り、容貌瓌偉、口敏にして能く談じ、博聞彊記なり。著述を善くし、六歳にして便ち能く詩を賦し、時人以て項託・楊烏の疇と爲すなり」とある。

三　清正　清白で正直なこと。『論衡』累害篇に「清正の仕、行を抗げて志を伸ぶ」とある。

四　持論過之　『三国志』陸遜伝の注に引く『機雲別伝』に、「雲も亦善く文を屬す。清新は機に及ばざれども、口辯持論は之に過ぐ」とある。

五　二陸　『文選』巻二〇「大将軍の讌会にて命ぜられて作るの詩」の注に「陸雲、字は士龍、少くして兄と名を齊しくし、號して〝二陸〟と曰う」という。また、『晋書』巻五五張亢伝に「時人 載・協・亢、陸機・雲を謂いて〝二陸〟〝三張〟と曰う」とある。

六　閔鴻　二五〇年ごろ在世。広陵の人。呉の尚書。「五儁」の一人(『晋書』巻六八薛兼伝)。『隋志』に、「晉徵士閔鴻集三卷」が採られる。

七　張華　本書「張華伝」参照。

八　先是…　陸雲の笑い癖を伝えるこの逸話は、『藝文類聚』巻一九にも、「『世説』に曰く」として記されるが、そこでは、喪服を着た自分の姿を見て笑いころげた陸雲は、危うく水中に落ちるところであった、とされる。「陸雲 好く笑う。嘗て縗幘を著て船に上り、水中に自ら其の影を見れば、便ち大いに笑いて已まず、幾(ほとん)ど水に落つ」。

九　縗絰　喪服。『墨子』節葬下「縗絰して涕を垂れ、倚廬に處り、苫枕凷に寢ぬ」。

10　雲與荀隱素未相識…　このやりとりは、『世説』排調篇9にも記される。荀隠は、正史に伝は見られず、陸雲とのこのやりとりで名を知られる人物であるが、排調篇の注に引かれる『晋百官名』に、「荀隠 字は鳴鶴、穎川の人」、同じく『荀氏家伝』には「隠の祖昕、樂安の太守、父の岳、中書郎なり。隠 陸雲と張華の坐に在りて語り、互相反覆し、陸 連ねて屈を受く。隠の辭は皆美麗にして、張公は善と稱す。世に此の書有り、と云うも、之を尋ねて未だ得ず。太子舍人・廷尉平を歴て、蚤に卒す」とあって、穎川の人であったことや、その祖・父のこと、また官名などを伝える。余嘉錫『世説新語』箋疏は『晋書斠注』に、「荀岳墓碣」の「岳、字於伯、小字異姓、樂平府君の第一子、夫人は東萊の劉仲雄の女、息男隠、字鳴鶴、隠は司徒左西曹掾」とあるを引き、隠の官位が先に廷尉平となり、西曹掾に終ったと述べた上で、この墓碣が『芒洛家墓遺文』三編に建立年が元康五年十月、隠「年十九」の時の「墓誌銘」と題して収められることを論ずる。それによるならば、陸雲は十五歳年下の荀隠に言い負かされたことになる。

二　雲間　陸兄弟の故郷である華亭の古名を雲間といった。『元和郡県

志』に「華亭、天寶十載に置く。『呉地記』に『地名雲閒』とあり」という。

一二 騤騤　馬の勇壮に駆ける様をいう。『詩経』小雅「采薇」「彼の四牡を駕る、四牡騤騤たり」。なお、この陸雲と荀隠のやりとりは、まず「雲間陸士龍」と「日下荀鳴鶴」（○は平、●は仄）というようにきれいに対をなしており、後半は『広韻』の上声紙韻の「雉・矢」と転じて「騤・麋・遅」と押韻しており、両者の声韻に関しての当意即妙さが見てとれる。

一三 周浚　字は開林、汝南安成の人。魏の時、揚州刺史となる。呉の討伐に功績をあげ、また呉の俊秀たちの抜擢に熱心であった。『晋書』巻六一の伝には、次のようにある。「時に呉初めて平らぎ、屢しば逃亡する者有れば、頻りに之を討平す。故老を賓禮し、俊乂を捜求す。甚だ威德有りて、呉人悦服す」。また、注二に挙げた『世説』賞誉篇20注所引の『陸雲別伝』にはさらに、「年十八、刺史周浚命じて主簿と為す。浚常に歎じて曰く、陸士龍は、當今の顔淵なり」とあり、当時陸雲十八歳であったという。もっとも、十八の年とは、呉の末年のことであり、それをにわかに信じることはできない。なお、高橋和巳氏は、刺史周浚が雲を招聘するのは太康二年から六年（二八一～二八五）の間にしか起りえず、陸雲は件の「俊乂」の一人であった可能性を指摘し、陸兄弟の入洛の時期が太康末年（一〇年、二八九）より早い時期、呉滅亡直後のことではなかったか、と述べられる（「陸機の伝記とその文学」上『中国文学報』第一一冊、一九五四年）。

一四 浚儀　現在の河南省開封市に属す。汴水・睢水・陰溝水などがその地で合流していた。

一五 市無二價　国がよく治ったことを象徴的にいう。『漢書』王莽伝上に、「市に二價無く、官に獄訟無し」とある。

一六 具服　完全に罪に服すること。『漢書』趙広漢伝に「長安の少年數人 窮里の空舍に會して共に人を劫うを謀る。坐語未だ訖らずして、廣漢の使吏捕治すれば、具服す」。

一七 配食　他の神と祖先などを合わせ祭ること。ここでは、雲の死後に県の社神と合わせ祭ったということか。しかし、『三国志』陸抗伝注に引く『機雲別伝』には、「雲 呉王の郎中令たりしとき、出でて浚儀に宰す。甚だ惠政有りて、吏民之を懷しみ、生きながら爲に祠を立つ」とあって、生前に祠が建てられたことになっている。

一八 呉王晏　本書「陸機伝」注二六を参照。

一九 雲上書曰…　宋本『陸士龍文集』巻九に「國に西園第を起つるの表啓」と題され、『藝文類聚』巻六四には、「陸雲西園第を起つるに宜しく節倹に遵ずべきの制表」とある表の前半部分に該当する。内容は、西晋が建国以来豪奢を戒め、節倹の教えが根を下ろしていることを高く評価しつつ、晏が西園に造営した邸宅が華麗に過ぎることを諫め、素朴さを大切にしてこそ国を教化することができるのだ、と晏の反省を促すものである。

二〇 雲又陳曰…　宋本『陸士龍文集』巻九に、「言事者啓使部曲將司馬給事覆校諸官財用出入啓」と題される啓の前半に該当する。内容は、部曲将や司馬給事などの小官を官庁の大臣以上に信任するということでは、秩序を保つことができない。御史に一任して、有能の士を用いるという原則を曲げぬように、と進言している。

二一 移書太常府薦同郡張贍曰…　この張贍を推薦する書は、「移書太常府薦張贍」として『陸士龍文集』巻一〇に収められる。張贍が才能・思慮ともに秀でた人物であること、それなのに官途に恵まれず人々から惜しまれていることを述べ、登用を強く進めている。また、

同様に、呉出身の人士を推薦した折の書簡として、「與張光祿書」(其三)などが残されている。

二二 成都王穎　本書「陸機伝」注三四参照。

二三 齊王冏　本書「潘岳伝」注四六参照。

二四 孟玖　本書「陸機伝」注六二参照。この逸話は以下のようにも記録される。『三国志』陸抗伝に引く『機雲別伝』に、「宦人孟玖、穎の嬖幸する所にして、寵に乗じて權に豫る、雲 數しば其の短を言うも、穎は納る能わず、玖 又從いて之を毀る」。また、『世説』尤悔篇3の注に引く『陸機別伝』には、「成都王長史盧志、機の弟雲と趣舍同じからず。又、黄門孟玖 穎に邯鄲令たらんことを求め、穎 雲に付す。雲 時に左司馬たりて、曰く『刑餘の人、以て民に君たるべからず』と。玖此を聞きて雲を恨み、志とともに讒し、日の至るを構う」とあって、盧志および孟玖の陸雲へ向けた旧恨と、陸機の大敗に乗じた讒言との因果關係が、よりはっきりと描かれる。

二五 此縣皆公府掾資　邯鄲(河北省)は、古来大県であって、その令には公府掾つまり七品以上の官でなければつくことのできない地位であったことをいう。(宮崎市定『九品官人法の研究』第二章六「郷品と官吏生活」にも陸雲伝のこの箇所を引く)。

二六 黄門　ここでは、宦官をいうか。嵇康「山巨源に与うる絶交書」に「豈に黄門に見えて貞と稱すべけんや」とあり、その李周翰注には、「黄門、閹人なり」という。

二七 張昌　もと義陽の蛮族。山都の県吏であった丘沈を天子と立てて、自らは相国となり、乱を起こし、陶侃らに討伐される。『晋書』巻一〇〇に伝有り。

二八 江統　?～三一〇。字は応元、陳留圉県の人。黄門侍郎・散騎常侍などに任ぜられる。『晋書』巻五六の伝には、「統は静默にして遠志有り、時人之が為に語りて曰く『嶷然稀言の江應元』と。郷人蔡克と倶に名を知らる」と記し、陸雲の命請いをしたこの上疏文については、「陸雲兄弟を申論し、辭は甚だ功至たり」という。『隋志』に「散騎常侍江統集十卷錄一卷」が著録される。

二九 蔡克　字は子尼、陳留考城の人。公正な人柄で、「正人」と称えられたと正史には語る。『晋書』巻七七蔡謨伝(蔡克の父)に附伝がある。『隋志』に「車騎從事中郎蔡克集二卷錄一卷」が著録されるが、すでに亡逸していたという。

三〇 棗嵩　?～三一四。字は臺産、穎川長社の人。『晋書』九二文苑伝棗據(棗嵩の父)伝に附伝が見える。『隋志』に「晉散騎常侍棗嵩集一卷　梁二卷錄一卷」が著録される。このように、雲の弁護に当たった三人は、ともに北人で、みな文人としても名を残していることが注意される。

三一 上疏曰…　この上疏文は、極めて痛切に陸機・陸雲の無実を訴えたものである。まず、軍期を逸したことによって大敗を招いた陸機に対しては、法にもとづき刑を加えるのも当然ではあるが、そこに反逆の志があったとするのは、にわかに首肯しがたい、そもそも穎の英断による陸機兄弟の抜擢は、彼らにとっては大恩に外ならず、それに背こうとする志をもつはずがないことを述べる。機の思慮が浅く大敗を喫した罪で死刑というのは、処罰が重大であるから、必ず王粋(本書「陸機伝」注五〇参照)・牽秀(本書「陸機伝」注五一参照)に精査させて、その後に刑を実施しても遅くはないことを切々と訴える。最後に、この措置は陸雲一人の命の問題には留まらず、世の心をつかむか離すかを決定する大事なものとなるであろうから、是非とも正しい決断を下されるよう、と請うて終わる。

三二 遲廻　躊躇すること。「遲回」も同じ。『魏書』郭祚伝に「卿の忠

諫、李彪の正辭、朕をして遲回して復た決する能わざらしむ」。

三三 昔趙王殺中護軍趙浚… 趙王倫は、愍懷太子を陥れた罪状によって賈謐を誅殺したのであるが、その際、張華らとともに趙浚なる人物が殺されている。『晉書』巻五九趙王倫伝「趙粲の叔父中護軍趙浚及び散騎侍郎韓豫等を誅し、内外の羣官黜免する所多し」。また同巻成都王穎伝では、倫によって命を助けられた趙浚の子驤が後に穎のもとで、倫の軍勢を潰滅させ、倫を破滅に追い込む上での功績を挙げることになった経緯が述べられる。

三四 二女 陸雲の娘に関しては未詳ながら、『晉書』巻六八紀瞻伝に、「少くして陸機兄弟と親善す。機の誅せらるるに及び、瞻 其の家を恤(たす)くること周至、機の女(むすめ)を嫁がしむるに及びては、資送すること所生に同じくす」とあるのを見れば、一族の娘として同じ待遇を受けたであろうと思われる。

三五 門生故吏… 門生故吏は、学生と昔の部下を指す。『後漢書』袁紹伝に「袁氏樹恩四世、門生故吏偏於天下」とある。また、陸雲の人望の厚さを示す逸話は数多いが、本書「陸機伝」注五に挙げた『世説』賞誉篇39の注に引く『文士伝』には、「雲は性弘靜にして、怡怡然として士友の宗とする所と爲る。機は清厲にして風格有り、郷黨の憚る所と爲る」というのもその一つ。

三六 新書十篇 『隋書』経籍志に『新書』なる書名は見えないが、子部道家類に、陸雲撰として『陸子』十巻が著録される。あるいはこれに当たるか。

三七 王弼 二二六〜二四九。字は輔嗣、山陽の人。老荘を好み、十数歳で『老子道徳論』『易』などに注を施した。享年二十四。『魏志』鍾会伝に伝が付される。

〔参考文献〕

中國古典文學基本叢書『陸雲集』（中華書局 一九八八年）
佐藤利行『陸雲研究』（白帝社 一九九〇年）
佐藤利行『西晉文學研究』（白帝社 一九九五年）
松本幸男『魏晉詩壇の研究』（朋友書店 一九九五年）
釜谷武志「陸雲 兄への書簡」（中国文学報二十八冊 一九七七年）

（木 津 祐 子）

左思（二五三？～三〇七？）

左思（さし）は、「洛陽の紙価」の故事を生んだ「三都の賦」の作者として知られる。豊かな詩文の才能を持ちながら、門閥の後ろ盾を持たない寒門の出身であり、出世の希望は無いに等しかった。歴史的故事と豊富なイメージを用いつつ、そうした社会矛盾を鋭く突き無念さを露わにしたのが「詠史詩」八首、また俗世と袂を分かって隠棲しようとする志向が窺えるのが「招隠詩」二首であり、後世に主題を同じくする作を多く生んだ。『詩品』上。

晉書卷九二　左思傳

[一]左思字太沖、齊國臨淄人也。其先齊之[二]公族有左右公子、因爲氏焉。家世儒學。[三]父雍、起小吏、以能擢授殿中侍御史。思少學[四]鍾・胡書及鼓琴、並不成。雍謂友人曰「思所曉解、不及我少時」。思遂感激勤學、兼善[五]陰陽之術。[六]貌寢、口訥、而辭藻壯麗。不好交遊、惟以閑居爲事。

[七]造齊都賦、一年乃成。復[八]欲賦三都、會[九]妹芬入宮、移家京師、乃詣著作郎[一〇]張載訪岷[一一]邛之事。遂構思十年、門庭藩溷皆著筆紙、遇得一句、卽便疏之。自以所見不博、[一二]求爲祕書郎。及賦成、時人未之重。思自以其作不謝[一三]班張、[一四]恐以人廢言、[一五]安定皇甫謐有高譽、思造而示之。謐稱善、[一六]爲其賦序。[一七]張載爲注魏都、[一八]劉逵注吳蜀而序之

曰「觀中古以來爲賦者多矣、相如子虛擅名於前、班固兩都理勝其辭、張衡二京文過其意。至若此賦、擬議數家、傅辭會義、抑多精致、非夫研覈者不能練其旨、非夫博物者不能統其異。世咸貴遠而賤近、莫肯用心於明物。斯文吾有異焉、故聊以餘思爲其引詁、亦猶胡廣之於官箴、蔡邕之於典引也」。陳留衞權又爲思賦作略解、序曰「余觀三都之賦、言不苟華、必經典要、品物殊類、稟之圖籍、辭義瓌瑋、良可貴也。有晉徵士故太子中庶子安定皇甫謐、西州之逸士、耽籍樂道、高尚其事、覽斯文而慷慨、爲之都序。中書著作郎安平張載・中書郎濟南劉逵、並以經學洽博、才章美茂、咸皆悅玩、爲之訓詁、其山川土域、草木鳥獸、奇怪珍異、僉皆研精所由、紛散其義矣。余嘉其文、不能默已、聊藉二子之遺忘、又爲之略解、祇增煩重、覽者闕焉」。自是之後、盛重於時、文多不載。司空張華見而歎曰「班張之流也。使讀之者盡而有餘、久而更新」。於是豪貴之家競相傳寫、洛陽爲之紙貴。初、陸機入洛、欲爲此賦、聞思作之、撫掌而笑、與弟雲書曰「此閒有傖父、欲作三都賦、須其成、當以覆酒甕耳」。及思賦出、機絕歎伏、以爲不能加也、遂輟筆焉。

祕書監賈謐請講『漢書』、謐誅、退居宜春里、專意典籍。齊王冏命爲記室督、辭疾、不就。及張方縱暴都邑、舉家適冀州、數歲、以疾終。

左思 字は太沖、齊國臨淄の人なり。其の先 齊の公族に左右の公子有り、因りて氏と爲す。家世は儒學たり。父 雍は、小吏より起ち、能を以て擢でられ殿中侍御史を授かる。思 少くして鍾・胡の書と鼓琴とを學ぶも並びに成らず。雍 友人に謂いて曰く「思の曉解する所、我れの少き時に及ばず」と。思 遂に感激して學に勤め、兼ねて陰陽の術を善くす。貌は寢くく、口は訥、而るに辭藻は壯麗たり。交遊を好まず、惟だ閑居するを以て事と爲す。

「齊都の賦」を造り、一年にして乃ち成る。復た三都を賦せんと欲するに、妹芬の宮に入るに會い、家を京師に移す、乃ち著作郎 張載に詣り 岷邛の事を訪う。遂に思を構うること十年、門庭藩溷 皆な筆紙を著け、遇たま一句を得れば、即便ち之を疏す。自ら見る所博からずと以い、求めて祕書郎と爲る。賦 成るに及び、時人未だ之を重んぜず。思自ら其の作 班・張に謝せずと以うも、人を以て言を廢せんことを恐る、安定の 皇甫謐高譽有り、思 造りて之を示す。謐 善しと稱し、其の賦の爲に序す。張載 爲に「魏都」に注し、劉逵「吳」「蜀」に注して之に序して曰く「中古以來を觀るに賦を爲る者多し、相如が子虛は名を前に擅いままにし、班固が兩都は理 其の辭に勝り、張衡が二京は文 其の意に過ぐ。此の賦の若きに至りては、數家を擬議し、辭を傅し義を會し、抑そも精致多く、夫の 研覈する者に非ずば其の旨に練るる能わず、夫の 博物の者に非ずば其の異を統ぶる能わず。世は咸な遠きを貴びて近きを賤しみ、肯て心を物を明らむるに用うる莫し。斯文 吾れ異なる有り、故に聊か餘思を以て其の引詁を爲る、亦た猶お胡廣の官箴に於ける、蔡邕の典引に於けるがごときなり」と。陳留の衞權 又た思が賦の爲に略解を作り、序して曰く「余三都の賦を觀るに、言は苟くも華やかならず、必ず 典要を經、品物の殊類は、之を圖籍に稟く、辭義は瓌瑋、良に貴ぶべきなり。有晉の 徵士 故の太子中庶子 安定の皇甫謐は、西州の逸士なり、籍に耽り道を樂しみ、其の事を 高尚にす、斯の文を覽て慷慨し、之が都の序を爲る。中書著作郎 安平の張載・中書郎 濟南の劉逵、並びに經學の洽博、才章の美茂なるを以て、咸皆な悅玩し、之が訓詁を爲る、其の山川 土域、草木鳥 獸、奇怪珍異は、僉皆な由る所を研精し、其の義を紛散せしむ。余 其の文を嘉し、默する能わざるのみ、聊か二子の遺忘に藉り、又た之が略解を爲るも、祇だ煩重を增すのみ、覽る者焉を闕かんことを」と。是れよりの後、盛んに時に重んぜらる、文多ければ載せず。司空 張華見て歎じて曰く「班・張の流なり。之を讀む者をして盡きて餘す有り、久しくして更に新たならしむ」と。是に於て豪貴の家競って相い傳寫し、洛陽 之が爲に紙貴し。初め、陸機洛に入り、此の賦を爲らんと欲す、思の之を作るを聞き、掌を撫して笑い、弟雲に書を與えて曰く「此の間 傖父有り、三都の賦を作らんと欲す、其の成るを須ち、

當に以て四六酒甕を覆うべきのみ」と。思が賦の出づるに及び、機絶だ歎伏し、加うる能わずと以為い、遂に筆を輟む。祕書監四七賈謐 請いて『漢書』を講ぜしむ、謐誅せられ、四八宜春里に退居し、意を典籍に専にす。四九齊王冏 記室督と為るを命ずるも、疾と辭し、就かず。五〇張方の暴を都邑に縱にするに及び、家を擧げて冀州に適き、數歳にして、疾を以て終る。

左思 字は太沖、斉国臨淄（山東省）の人である。その祖先をたどれば、斉の国の公族に左右の公子がもうけられていたので、そこでそれを姓氏としたのである。代々儒学を修める家柄であった。父の雍は、低い官吏から身を起こし、仕事の能力によって抜擢され殿中侍御史の位を授かった。左思は、若いころから鍾繇と胡昭の書法と、琴の演奏とを学んだが、いずれもものにならなかった。それを見て雍は友人に「思が会得したことは、私の若い時に及ばないね」と言った。それで思は奮い立って学問につとめ、併せて陰陽の算法に巧みとなったのである。容貌は醜く、口はどもりだったが、文章の美しさはさかんですばらしいものだった。人との交遊を好まず、ただ世に出ず隠棲するのが通常であった。

「斉都の賦」を作ったときには、一年を費やして出来上がった。今度は三国の都を賦に仕立てようとしたが、おりしも妹の芬が後宮に入ったのに伴い、家を都に移した。そこで著作郎の張載のもとを訪れて蜀の地方のことについてたずねた。そのようにして想を練ること十年、家の前から庭先、まがき、厠所に至るまで、どの場所にもすべて筆と紙とを備えておき、たまたま一句を思いつくと、すぐさまその一々を書きつけた。また見聞の博さに欠けると自ら考え、求めて秘書郎の官に就いた。その賦が出来上がった当初、人々はそれを重んじなかった。左思は、自分ではその作が班固や張衡の作に引けを取らないと思っていたのだが、人（作者に対する評価）によって言葉（作品）が棄てられることを恐れた。当時、安定（甘粛省）の人皇甫謐は名声を博していたので、思は彼のもとを訪れて自作を披露したところ、謐は良くできていると称え、その賦の序を書いた。張載は「魏都の賦」に注を施す労をとり、また劉逵は「呉都の賦」と「蜀都の賦」とに注を施し、その序文を次のように書い

た。「中古からのことを考えてみると、賦を作る者の数は多く、司馬相如の「子虚の賦」は先の世に名声をほしいままにしたが、班固の『両都の賦』は理が辞に勝つきらいがあり、張衡の『二京の賦』は文彩が意趣を超えている。この賦のような作に至っては、諸家の作品を吟味し、措辞とその意味をまとめ、なおかつこまやかな趣が多い。物事を周到に究明する者でなければ、その趣旨を練り上げることができないし、博く物事に通ずる者でなければ、そこに描かれた異なる事物を統べ括ることができない。いったい世人はみな、自分に縁遠いものをありがたがり、身近なものをいやしむばかりで、物事（の本質）を闡明することに意を用いようとする者がいない。だが、私はこの文章に格別の感じを抱いており、そこで先ずは未だ尽きせぬ思いによって、そこに注釈を加えるのだ。これもまた『官箴』における胡広の、『典引』における蔡邕の存在に類するものである」。陳留（河南省）の衛権もまた左思の賦の簡略な注解を作り、以下のように序文を書いた。「私が『三都の賦』をみたところでは、そのことばは妄りに華美ではなく、必ず確かな根拠に由来しており、様々な種類の事物が描かれているのは、典籍に依拠したものであり、文辞も内容も抜群にすばらしく、まことに貴ぶべきものである。晋の徴士で元の太子中庶子、安定の皇甫謐は、西国のすぐれた人物で、典籍を耽読し聖賢の道を楽しみ、自らの志を高潔に保つ人物である。彼はこの文章をみるや心を高ぶらせ、これらの都城（の賦）の序を書いた。中書著作郎の安平（河北省）の張載、中書郎の済南（山東省）の劉逵は、共に経書の学に広く通じ、文学的才能に豊かに恵まれていることにより、いずれも悦び楽しんで、その訓詁を作った。そこに描かれた山川とその地域、草木や鳥獣、変わった珍しい事物は、すべて拠り所を充分に考究された上で、それぞれに正しい在り方を散りばめられているのである。私はその文章に嘆賞し、黙ってはいられなくなった。そこで少しくお二方の遺漏にかこつけ、またもやその略解を作り、かくして煩瑣を増すことになったのだ。冗漫な点については読者諸兄のこれを省かれんことを」。これから後、時の世にたいそう珍重されるようになったが、その文章は長大なので記載しない。司空の張華はそれをみて感嘆して言った。「班固・張衡の類だ。読者には読み終わってなお余情を抱かせ、時がたってまた思いを新たにさせる」。そこで富貴の家の者は、競ってそれを書写して伝え合い、このため洛陽の紙の値が高騰した。当初、陸機が洛陽に入ったとき、この賦を作ろうとしていたのだが、左思がそれを作ると聞いて、手をたたいて笑い、弟の雲に手紙を与えて言った。「このごろ、ある田舎者が『三都の賦』を作ろうとしているとか。出来上がるのを待って、酒甕の蓋にでもしてやるのがよかろう」。左思の賦が世に出ると、陸機はたいそう感服し、そこに何も書き加えることはできないと思って、そのまま筆を擱いてしまった。秘書監の賈謐は、左思に要請して『漢書』を講じさせたが、謐が誅殺されると、左思は宜春里に引きこもり、典籍を読むことに専念した。斉王冏が記室督となるよう命じたが、病を理由に断り、仕えなかった。張方が都で暴虐の限りを尽くすに至り、家をあげて冀州（河北省）に行き、数年後、病により没した。

一 左思　正確な生卒年は未詳だが、葉日光『左思生平及其詩之析論』は魏の嘉平五年（二五三）の生まれと推定する。また本伝末に記す張方の戦乱が太安二年（三〇三）、その数年後に病没したとの記述から、卒年は永嘉初年（三〇七）前後に掛けられる。いま葉氏に従う。『晋書』左思伝以外の左思の伝記資料としては、①『世説』文学篇68に引く『左思別伝』（作者未詳）、②『文選』『北堂書鈔』などが引く諸家『晋書』（断片的）が主である。①は比較的まとまった記述だが、厳可均の考証（『全晋文』巻一四六 闕名『左思別伝』）によれば、同書には資料として取るべき部分は少ないとする。大きな理由は、左思が賈謐により秘書郎に推挙されたとするなど、歴史的事実に合わない粗放な記述が有ること、左思が当時の名士達の名を借りて自ら自作に注釈を施したとするなど、誣説と思しい箇所があることである。左思の別集について、『隋志』に「『晋齊王府記室左思集』二巻、梁有五巻、錄一巻」と記す。『旧唐志』『新唐志』、『通志』いずれも五巻を録する。現存する詩文は『全晋文』巻七四、『全晋詩』巻七に収め、『百三家集』に『左太沖集』一巻が有る。

二 齊之公族…　『元和姓纂』巻七「左」の条も、この記述に同じく「齊之公族有左右公子、因爲氏焉」といい、更に「齊國臨淄縣」「南陽沮陽縣」に二分する。左思は前者の系統に属し、『左伝』『国語』を著したという左邱明の後裔とされる。また「左」氏は、古代、天子・諸侯の発言と行動とをそれぞれ別に記録した「左・右」の史官に由来するという説もある（清・江永『群経補義』雑説）。

三 父雍　左雍に関しては『北堂書鈔』巻一〇二に引く王隠『晋書』に「父の雍は卑吏より起つ、晋武以て能と爲し、擢で殿中侍御史たらしむ」、『世説』文学篇68に引く『左思別伝』に「父の雍は筆札より起ち、掌練する所多し。思 蚤に母を喪う。雍 之を憐れみ、甚だしくは其の書學を敎えず。長ずるに及んで、博く名文を覽、遍く百家を閲す」というように、胥吏の出であった。なお、左思の妹左芬（→注九）の墓誌には「父熹、字彦雍、太原相弋陽太守」とあり、名が一致しない。「相・太守」の位は、左芬の入宮によって（或いは死後）受けたものか。

四 鍾・胡書及鼓琴　三国魏の鍾繇と胡昭。唐・張懐瓘『書断』（唐・張彦遠編『法書要録』所収）に伝が有る。両者とも行書の作者として名高い後漢末の劉徳升を師法とし、「胡が書の體は肥、鍾が書の體は瘦」（同書劉徳升の条）であったという。

五 陰陽之術　陰陽二気の表象である日月星辰の運行により、暦数を定め吉凶を占うこと。天体の観測による暦の作成から、天文の変化と人事の禍福を関わらせる占星術までを広く指す。語は『史記』太史公自序に「嘗て竊かに陰陽の術を観るに、大いに祥なるも而して忌諱すること衆し、人をして拘んで畏るる所多からしむ。然るに其の四時の大順を序するは、失うべからざるなり」と見える。

六 貌寝　左思の容貌に関しては、以下の『世説』容姿篇7の故事が知られる。「潘岳は妙にして姿容有り、神情好し。少き時、弾を挾みて洛陽の道に出づるに、婦人の遇う者、手を連ねて共に之に縈わざるは莫し。左太沖は絶だ醜し、亦復た岳に效いて遊遨す。是に於て羣嫗齊しく共に之に亂唾し、委頓して返る」。（同所注に引く『語林』および『晋書』潘岳伝は、左思を張載とする）。

七 齊都賦　大部分は伝わらない。『隋志』には、撰者未詳『雑都賦』十一巻の条に「齊都賦二巻并音、左思撰（亡）」と記し、『新唐志』『旧唐志』『通志』は共に「齊都賦一巻」を録する。わずかな断片が『初学記』『太平御覧』『水経注』に引かれる。『全晋文』参照。『北堂書鈔』巻一〇八に引く王隠『晋書』にこの時の様子を「一年戸牖を出でず」と記す。

八 三都　三国魏、呉、蜀の都である鄴（河南省安陽市北）、建業（江蘇省南京市）、成都（四川省成都市）。「三都の賦」（『文選』巻四〜六）は「蜀都の賦」「呉都の賦」「魏都の賦」の順。

九 妹芬　左芬の伝は『晋書』巻三一（左貴嬪伝）にある。学問に秀で文章の才が有り、泰始八年（二七二）、武帝の修儀（女官の一）となり（本文にいう「入宮」）、後に貴嬪（后妃の一）となって、永康元年（三〇〇）に没した。「姿陋くく寵無し」と伝えるが、その詞藻を武帝に愛され、特に哀悼の文に卓れた。後宮入りに際しての作「離思賦」、兄に答えた詩「感離」などを伝える。なお、『晋書』の伝とは別に、洛陽跡から発掘された左芬の墓誌では「芬」を「棻」に作る。

一〇 張載　二五〇?〜三一〇。安平（河北省）の人。蜀郡の太守であった父のもとを訪れる際に、「剣閣銘」などの四川に取材する詩文を創作した。本書「張載伝」参照。

一一 岷邛　岷山と邛僰山。四川の峻険で広大な山並みのこと。左思が教えを乞うた張載の作『剣閣銘』（本書「張載伝」参照）にもその名が見える。岷山は四川省松潘県北部から甘粛省にまたがる山で、長江と黄河の分水嶺。『尚書』禹貢に「岷山の陽より、衡山に至る」とある。左思の「蜀都の賦」に「西に於いては則ち右のかた岷山を挾み、瀆を湧かし川を發す」。邛僰は邛崍に同じく、四川省栄経県の西にある山名。「蜀都の賦」「彭門の闕に出で、九折の坂に馳す」の「九折の坂」がその地に当たる。『世説』文学篇68に引く『左思別伝』には、左思が削った「蜀都の賦」の一部と思しい一節が見える。厳可均は、左思が張載に蜀に関する教えを乞うた後に、この部分が削られたと推測する。張載が蜀に父を見舞い『剣閣銘』を著したのが太康初（二八〇以後）であるから、左思が「三都の賦」に想を構えてから張載に会うまで、およそ十年を要している。

一二 求爲祕書郎　『左思別伝』は、左思は張華に招かれて祭酒となり、賈謐により挙げられて秘書郎となったとするが、厳可均はこれを誤謬とする（→注一）。賈謐は、太康初（二八〇）ごろ改姓して賈充の世孫となり、恵帝の代（二九〇以後）に漸く重きをなした。しかし、左思が長年秘書郎として知識を深めた成果である「三都の賦」に序した皇甫謐は、二八二年にすでに没している。したがって賈謐が左思の秘書郎就任に与ったとは考えられない、というのが理由である。また本伝には祭酒に関する記事はないが、『北堂書鈔』巻六九に引く王隠『晋書』には「司徒隴西王太（泰）辟して祭酒と爲す」と見える。隴西王司馬泰の伝（『晋書』巻三七）には「司空」となったことのみ記す。

一三 班張　漢賦の代表的作家、後漢の班固と張衡。班固（三二～九二）、字は孟堅、安陵（陝西）の人。「両都の賦」「幽通の賦」などの作者。また『漢書』を著し、「五経」に関する当時の学者の議論をまとめた『白虎通徳論』を編む（『後漢書』巻四〇）。張衡（七八～一三九）、字は平子、西鄂（河南）の人。「二京の賦」「思玄の賦」「帰田の賦」などの作者。また、渾天儀（天体観測機器）を作った科学者としても知られる（『後漢書』巻五九）。この「班張」の称は、都城の壮麗な描写を基調とする「両都の賦」「二京の賦」を意識したもの。

一四 以人廢言　『論語』衛霊公「君子は言を以て人を擧げず、人を以て言を廢せず」をふまえる。

一五 皇甫謐　二一五～二八二。安定朝那（甘粛省）の人、字は士安、号は玄晏先生。二十歳より学問に勤め、諸家の典籍に博通した。著述に専念して仕えず、『帝王世紀』『高士伝』など多くの書を著した。『文章志』『文章流別集』の撰者摯虞は彼の門人の一人（『晋書』巻五一）。

一六 爲其賦序　いま『文選』「三都の賦」に付される序文は左思自身の手になるもの。皇甫謐「三都賦序」は『文選』巻四五に収める。賦は本来美麗な文章に起源をもち、元来『詩経』の風雅の正しさを受けていたことから説き起こして、荀子や屈原以来の歴代の賦作家を批評する。その上で、「三都の賦」が魏を正統として王道を説き、典籍に依拠しつつ正確に国々の様子を描くことを讃えて結びとする。
『世説』文学篇68には、この序文が成った経緯を記す。「三都の賦」が出来上がった時、世人の悪評を不快とした左思が張華を訪ね相談した。張華は班固・張衡の作とともに三部作に数えられる程だと激賞し、悪評は左思の無名によるものだから、名のある人の手を借りよと指示した。かくて左思は皇甫謐に序文を求め、世人は手のひらを返すようにほめそやしたという。

一七 張載爲注魏都　張載は、本書「張載伝」参照。『文選』「三都の賦」李善注に「『三都の賦』成るや、張載爲に『魏都』に注し、劉逵爲に『呉』『蜀』に注す。是よりの後、漸く俗に行わるるなり」という。単行の本としては、『隋志』『雑賦注本』三巻（撰者未詳）の項に「張載及晉侍中劉逵・晉懐令衛權注左思三都賦三巻…亡」と記す。

一八 劉逵注呉蜀而序之　劉逵は生卒年未詳。字は淵林、済南（山東省）の人。晋の中書郎、黄門侍郎、侍中を歴任した。左思の賦の注は基本的に『文選』に録する（→注一七）。その他、『隋志』に「『喪服要記』二巻、晉侍中劉逵撰、亡」の記載がある。

一九 中古　なかむかし。ほぼ殷周から秦漢までの間。語の指示範囲には幅があるが、西晋時代の認識では、「蜀都の賦」に「夫れ蜀都なる者は、蓋し基を上世に兆し、國を中古に開く」と云い、李善は揚雄『蜀王本紀』（『太平御覧』巻一六六にも引く）を引いて、「上世」は文字や礼楽が普及する以前の未開時代、「中古」は秦が蜀地を版図とし、李冰が郡守となって蜀を「中華」と同様に開化させた頃を指すとする。ここでいう文学史的な意味でも、初期の辞賦である『荀子』賦篇が成立した戦国時代から、賦が盛んに作られた漢代までを幅広く指すと考えられる。

二〇 相如子虚　漢の司馬相如（前一七九～前一一七）の作「子虚の賦」（『文選』巻七）。「上林の賦」（『文選』巻八）と合わせて「天子遊猟賦」の名で呼ばれる。斉王に狩猟に招待された楚の子虚が、楚王の狩猟が如何に規模壮大であるかを、山川草木鳥獣の延々たる描写によって述べたてる。これに斉の烏有先生が反駁して斉のお国自慢をするが、最後に漢の亡是公が、漢の天子が上林苑において行う狩猟の桁外れの規模の大きさを縷々述べる。しかし、漢の天子は狩猟を終えた後に自らの奢侈を恥じ、国家の政治に専念し仁政を施すので、国は益々栄えると結ぶという筋。武帝はこの「子虚の賦」に感嘆して司馬相如を用いた。『史記』巻一一七・『漢書』巻五七上下に伝がある。

二一 班固両都　後漢の班固（→注一三）の作「両都の賦」（『文選』巻一）。両都とは長安（西都）と洛陽（東都）のことで、「西都の賦」「東都の賦」より成る。まず「西都の客」が、旧都長安の美観や宮殿の盛観などを口を極めて述べ立て、これに対して「東都の主人」が反駁しつつ、中華世界の中心たる洛陽の威儀や文物制度の充実ぶりを微細にわたって描写し、洛陽こそ都たるにふさわしいと説く。

二二 張衡二京　後漢の張衡（→注一三）の作「二京の賦」（『文選』巻二）。班固「両都の賦」に倣うもの。「二京」は長安（西京）と洛陽（東京）のことで、「西京の賦」「東京の賦」より成る。古記録に通じた憑虚（ひょうきょ）公子なる人物が、漢の旧都長安の宮殿の豪奢さや都城の熱鬧、天子の田獵の盛大さなどを延々と述べる。これに対する安処（あんしょ）先生は、国家の隆盛とは節度や倹約によってもたらされること、東京洛陽こそは倹徳を旨とする天子の教化が遍く行き渡った文明の都であることを詳述し、憑虚公子の鼻を折るという内容。『後漢書』張衡伝によれば、当時著しかった奢侈の風への諷諫としての作で、十年の歳月を経て作られたという。

二三 擬議　『周易』繫辭上「之を擬して後言い、之を議して後動く、擬議以て其の變化を成す」の注に「擬議して以て動けば則ち變化の道を盡す」。考え論議すること。左思「魏都の賦」に「遐迩は悅豫として子のごとく來り、工徒は擬議して巧を騁す」と見える。

二四 傅辭會義　「傅會」は会得すること、よく理解すること。「辭を傅し義を會す」とは、文章作成において、形式と内容を程良く組織し統一すること。『文心雕龍』四十三章「附会」に詳しく説明される。『後漢書』巻五九張衡伝に「衡乃ち班固の両都に擬して『二京の賦』を作る……精思し傅會し、十年にして乃ち成る」。

二五 研覈　くわしく調べて明らかにすること。張衡「東京の賦」に「之を如何ぞ其れ故きを溫ね新しきを知り、是非を研覈するを以て、此の惑いに近きや」。

二六 博物　ひろく物事に通じていること。『漢書』劉向伝贊「皆な博物洽聞にして、古今に通達す」。

二七 貴遠而賤近　『漢書』巻八七下揚雄伝に桓譚の言として「凡そ人は近きを賤しんで遠きを貴ぶ、親しく揚子雲が祿位・容貌の人を動かす能わざるを見る、故に其の書を輕んず」を引く。左思はその揚雄を敬慕していた（→注四六）。

二八 斯文　『論語』子罕篇にある語だが、元は単なる文章ではなく、人として身につけるべき文化そのものを意味する。「天の將に斯の文を喪ぼさんとするや、後死の者、斯の文に與ることを得ざるなり」

二九 胡廣之於官箴　後漢の胡広（九一〜一七二）は南郡華容（湖北）の人、字は伯始、後漢末の六帝に仕えた。上奏文にすぐれ、司空、司徒、太尉、太傅などを歴任した（『後漢書』巻四四）。「箴」は戒めを説く韻文で、周武王の太史辛甲が百官に命じて作成させたという文の中の「虞人之箴」に倣い、揚雄が十二州の牧と二十五の職官に関する「十二州二十五官箴」を著した。その一部は失われたが、後漢の崔駰、爰父子が増補、胡広はさらに書き継いで四十八篇とし「百官箴」と再び名付けた。『太平御覽』などにその一部を引く。

三〇 蔡邕之於典引　「邕」字を諸本は「雍」に作るが、中華書局本は前後の文脈から「邕」に改める。後漢の蔡邕（一三二〜一九二）は陳留（河南）の人、字は伯喈。孝子として知られ、胡広（↓注二九）に師事、文章・天文・音楽に卓れた。郎中、議郎、左中郎将などを経た。董卓に用いられたことが災いし、卓の失脚後獄死する。六経の文字を校定して「熹平石経」を建て、漢代の制度について『独断』を著す（『後漢書』巻六〇下）。「典引」は後漢の班固の作。題は『尚書』堯「典」を「引」き継がんとする意で、蔡邕はこれに注を施した。漢王朝の功徳を讃えようとする班固が、同種の創作意図による司馬遷「封禅文」、揚雄「劇秦美新」（以上三篇共に『文選』巻四八所収）に飽きたらず書いた文章。この「官箴、胡廣」「典引、蔡邕」はいずれも、太古の典墳に倣わんとする学者（揚雄、班固）の著作と、その後にあって彼らの文業を完結させるに功績の有った者という関係にあり、それを左思の「三都の賦」と張載・劉逵との関係になぞらえる。

三一 陳留衛權　『晉書』諸本は「權」字を「瓘」に作るが、中華本は厳可均の考証により「權」とする。「衛權」は魏、陳留襄邑の人、衛臻の孫で字は伯輿、汝南王亮に仕え尚書郎となる。左思「呉都の賦」の敍と注を書いたが、裴松之は「敍には粗ぼ文辭有り、注を爲るに至りては、了に發明する無く、直だ塵穢の紙墨を爲るのみ、合に傳寫すべからず」と云う（『三国志』巻二二衛臻伝注）。「衛瓘」は、河東安邑の人衛覬の子で、魏の咸熙年間（二六四～五）に鎮西将軍となった（『三国志』巻二一衛覬伝注）。「權」「瓘」両者とも実在するが、厳可均は右記史料の記載により「權」とする。

三二 典要　確固とした準則。『周易』繫辭下「『易』の書たるや……上下常無く、剛柔相い易わり、典要を爲すべからず」。注に「定準を立つべからざるなり」。

三三 辭義瓌瑋　「辭義」は文辞と内容。魏文帝（本書「魏文帝伝」参照）「呉質に与うるの書」に徐幹（本書「徐幹伝」参照）を評して『中論』二十餘篇を著し、一家の言を爲す。辭義は典雅、後に傳うるに足り、此の子を不朽と爲す」という。「瓌瑋」は群を抜いてすぐれること。『莊子』天下篇「其の書は瓌瑋なりと雖も而も連犿として傷る無きなり」。

三四 徵士　高い道徳や学識を有し、朝廷に招かれながら出仕しない人のこと。例えば陶淵明（本書「陶淵明伝」参照）の追悼文「陶徵士の誄」が顔延之（本書「顔延之伝」参照）により書かれている。

三五 皇甫謐　↓注一五。

三六 高尚其事　自分の志を高潔に保つこと。『周易』蠱卦爻辞「王侯に事えず、其の事を高尚にす」。

三七 張載　注一七および本書「張載伝」参照。

三八 劉逵　↓注一八。

三九 土域　地域、地方。『史記』巻六秦始皇本紀「惠は功勞を論じ、賞は牛馬に及び、恩は土域を肥えしむ」。

四〇 張華　二三二～三〇〇。范陽方城（河北省）の人。西晋の太康文学を代表する存在で、政治家としても宰相の任にまで昇った。本書「張華伝」参照。

四一 班張之流也　「班張」は注一三参照。前後関係は一致しないが、張華が「三都の賦」を班固・張衡の作と同列に置いた話は『世説』に見える（↓注一六）。

四二 洛陽爲之紙貴　のち、ベスト・セラーを意味する成語となる。この故事は、後漢の元興元年（一〇五）に、蔡倫（『後漢書』巻七八）が紙を皇帝に献上してより約二百年後のことだが、恐らくは、当時の紙の生産量はまだ微少であったことをも物語る実話である。清水茂『中国目録学』（筑摩書房）を参照。

四三 陸機　二六一～三〇三。呉郡（江蘇省）の人。もと三国呉の貴族で、青年時の亡国を経て晋に仕えた。西晋を代表する詩人。本書「陸機伝」参照。

四四 與弟雲書曰　陸雲は陸機（→注四三）の弟。二六二～三〇三。兄と同じく西晋を代表する文学者で、兄弟間で交わした多くの書簡を今日に遺す。本書「陸雲伝」参照。『太平御覧』巻五八七に引く『世説』にも、この尺牘がほぼ同じ形で見える。

四五 傖父　いなかもの。魏晋時に呉地の人が北方人を貶めて言った語。『世説』雅量篇18、東晋の褚裒（河南の人）が庾亮（二八〇～三四〇）の記室参軍となる話の中に見える。劉孝標注は『晋陽秋』を引いて「呉人、中州人を以て傖と為す」という。文化的後進地の粗野な人間を嘲っていう語。（余嘉錫『世説新語箋疏』参照）

四六 覆酒甕　『漢書』巻八七下揚雄伝に、劉歆が揚雄（前五三～後一八）の『太玄経』『法言』（それぞれ『周易』『論語』に倣ったもの）などの著作を評して「今の學者祿利有るも、然るに尙お『易』を明らかにする能わず、又た『玄』を如何せん、吾れ後人の用て醬瓿を覆わんことを恐るるなり」と言ったとある。書物が読むために用いられず、醬油壺の蓋となることで、世に重んじられない書を喩えていう。左思が揚雄を深く敬慕していたことは「詠史詩」其一、四などの作に見られる。揚雄には右の作の他、「甘泉賦」「劇秦美新」など、著作が多いが、左思と同じく貧寒で風采あがらず、どもりであったという。

四七 賈謐　?～三〇〇。襄陵（山西）の人、字は長深。西晋開国の功臣賈充の養孫で、賈后の外戚の首領として権力をふるった。声望のある張華（→注四〇）を片腕として用い、また潘岳（本書「潘岳伝」参照）、陸機（本書「陸機伝」参照）や左思らを集めた文学サロンは「二十四友」と呼ばれる。最後は愍懐太子を陥れた罪で趙王倫に誅殺された。『晋書』巻四〇。

四八 宜春里　前後の文からみて洛陽城内の里名と考えられるが、他に傍証が無い。清の洪亮吉は『東晋彊域志』巻二洛陽の条で、左思伝の記述により「宜春里」を里名として暫時あげているが、あるいは他書に見える「宜都里」との混同かと疑っている。

四九 齊王冏　晋武帝の弟、斉献王司馬攸（ゆう）の子、字は景治、八王の一人。初め趙王倫が賈皇后を廃するのを助けたが、のち成都王穎とともに趙王を攻め殺し、恵帝を復位させて専横、しかし最後に長沙王乂（がい）に捕らわれ殺された。『晋書』巻五九。

五〇 張方縦暴都邑　張方（?～三〇六）は河間（河北）の人、貧しい家柄の出だったが、河間王顒（ぎょう）に勇猛さを見込まれ取り立てられた。西晋末の八王の乱では顒の部将として働き、斉王冏（→注四九）を殺して洛陽に拠る長沙王乂を攻殺した（太安二年　三〇三）。『晋書』巻六〇張方伝はこれを「大いに洛中の官私の奴婢萬餘人を掠す」と記す。その後も彼は軍を率い洛陽に留まって略奪を続け、更に長安への遷都を画策するが、最後は謀反を疑う顒により殺された。

（西岡　淳）

〔参考文献〕

葉日光『左思生平及其詩之析論』（台湾文史哲出版社　一九七九年）
興膳宏「左思と詠史詩」（『中国文学報』第二十一冊　一九六六年）
長谷川滋成「左思の苦悩」（『小尾博士退休紀念中国文学論集』汲古書院　一九七六年）

潘尼（二五〇頃～三一一頃）

潘尼は、おじの潘岳と併せて両潘と称され、『文選』には詩四首が採られる。美文家としてはやはり潘岳には及ばないものの、温雅な詩風は世に迎えられ、「藝文を含咀し、危を履みて正に居る」（『晋書』巻五五「論讃」）と評されるごとく処世は対照的に堅実であり、位は太常卿にまで至った。『詩品』中。

晋書巻五五　潘岳傳附

尼[一]字正叔。祖勗[二]、漢東海相[三]、父滿[四]、平原內史。並以學行稱。尼少有清才[五]、與岳俱以文章見知。性靜退不競[六]、唯以勤學著述爲事。著安身論[七]以明所守。其辭曰…（略）。

初應州辟、後以父老、辭位致養。太康中、舉秀才、爲太常博士。歷高陸令・淮南王允鎭東參軍[八]。元康初、拜太子舍人、上釋奠頌[九]。其辭曰…（略）。

出爲宛令、在任寬而不縱、恤隱[一〇]勤政、厲公平而遺人事[一一]。入補尚書郎、俄轉著作郎。爲乘輿箴[一二]。其辭曰…（略）。

及趙王倫篡位[一三]、孫秀專政[一四]、忠良之士皆罹禍酷。尼遂疾篤取假、拜掃墳墓[一五]。聞齊王冏起義[一六]、乃赴許昌。冏引

はしがき

「いくら詩人の伝記を研究しても、それがそのまま文学研究になるわけではない」と、私は常に学生諸君にいいつづけてきた。だが、詩あるいは詩人を理解するために、伝記研究が必要なことはいうまでもない。今から千数百年を隔てる六朝の詩人たちの伝記は、なにしろ限られた資料的な制約があるから、砂の山から砂金を集めるような作業を根気よくつづけるほかはない。私も自分がかつて零細な伝記資料を求めて苦労した経験を想起する。

日本でも、中国でも、六朝詩人の伝記に関するまとまった著作は、これまでまだ出ていない。しかし、個々の詩人の伝記研究は、決して乏しいとはいえないだろう。もし個別の伝記研究を総合するような形で、基礎的な蓄積の成果が提供されるなら、六朝詩の研究者や愛好者のみならず、日本古代文学の研究のためにも裨益するところは少なくないにちがいない。私が大修館書店の要請を受けて、この『六朝詩人伝』を企画したのは、こうした理由からである。

本書のモデルとなったのは、一九七五年に刊行された小川環樹編『唐代の詩人―その伝記』(大修館書店)である。この書は唐代の詩人の伝記を知るための基礎的な原典資料について、そのできるだけ正確な訳注を試みたものであった。本書も基本的にこの方法を踏襲している。それが、現在のところ、本書の意図を達成するためにもっとも有効な手段と考えたからである。

私は編者を引き受けるに当たって、『唐代の詩人』の場合と同様に研究会方式をとり、参加者の討論を通じて原文の理解を深めるのが妥当と考え、その方針のもとに作業を進めることにした。選定した七十九人の詩人について、三十代を中心とする二十二人の研究者に執筆を依頼し、毎月一回の会合を開いて、担当者の原案をもとに検討を加えた。例会は一九九七年四月から九九年一〇月まで欠かさずつづいたが、それだけでは予定された計画を消化しきれなくなり、九八年と九九年の八月にはそれぞれ二泊三日の合宿を行なって討議を進めた。

各詩人伝に見える官職については、個別に注釈を加えるのではなく、巻末に全体を見わたした解説を設けることにし、礪波護氏に執筆をお願いした。礪波氏の要を得た解説によって、本書の内容に精彩が増したことを喜びたい。

編集の作業をできるだけ円滑に運ぶために、編集協力者として川合康三・釜谷武志の両氏に加わってもらい、また原田直枝・木津祐子・齋藤希史の三氏による事務局を構成して、会の運営をはじめ原稿のとりまとめや調整に関する煩瑣な実務を処理していただいた。校正段階になって、さらに道坂昭廣氏にも支援を依頼した。当初は三年間でまとめ上げるつもりだったが、なにぶん大部の書であるために作業はかなり難渋した。しかし、予定よりも半年遅れでともかく刊行の運びとなったのは、これらの人々の尽力によるところが大きい。また、筆者が多数に上るため、大平幸代・堂薗淑子の二人に委嘱して、校正刷りを通読してもらい、全体にわたる内容・形式の調整に協力していただいた。大修館書店編集部の池田菜穂子・池澤正晃の両氏には、滞りがちな私どもの仕事を辛抱強く見まもり、励ましていただいた。いま編者として、これらすべての方々に対し、心からお礼を申し述べたい。

この書が一つの機縁となって、六朝詩の研究がさらに進展することを願ってやまない。

二〇〇〇年九月三〇日

興膳　宏

*なお、本書は、一九九九年度から始まった文部省科学研究費の特定領域研究A2「古典学の再構築」において、興膳が代表者となった計画研究「六朝期の著作における伝統の継承と変容」の研究成果の一部である。

目次

はしがき　iii
凡例　x
六朝の詩人とその伝記　興膳宏　xi

詩人伝

魏

孔融　谷口洋　三
阮瑀　林香奈　二四
応瑒・劉楨　林香奈　三八
陳琳　林香奈　四五
王粲　林香奈　五〇
徐幹　林香奈　五九
曹操　川合康三　六三
曹丕　川合康三　七六
曹植　林香奈　八六
何晏　大野圭介　一〇四
繆襲　松家裕子　一〇七
応璩　谷口洋　一一三
嵇康　中純子　一一六
阮籍　西岡淳　一三一

晋

応貞　谷口洋　一五〇
傅玄　松家裕子　一五四
孫楚　野村鮎子　一六五
傅咸　森賀一恵　一七二
張翰　湯浅陽子　一八七
張載　原田直枝　一九三
張協　原田直枝　一九七
張華　佐竹保子　二〇三
潘岳　齋藤希史　二一三
石崇　野村鮎子　二四五
欧陽建　佐竹保子　二六二
陸機　木津祐子　二六五

陸雲　木津祐子　二八二
左思　西岡　淳　二九三
潘尼　齋藤希史　三〇四
劉琨　湯浅陽子　三〇八
郭璞　森賀一恵　三一一
許詢　佐竹保子　三一九
盧諶　湯浅陽子　三四二
王羲之　興膳　宏　三四八
孫綽　野村鮎子　三七三
袁宏　原田直枝　三八二
謝混　坂内千里　三九四

宋

陶淵明　釜谷武志　四〇〇
謝恵連　中　純子　四一〇
謝霊運　齋藤希史　四一四
袁淑　幸福香織　四三五
顔延之　釜谷武志　四四五
鮑照　幸福香織　四六二
鮑令暉　幸福香織　四六七
謝荘　幸福香織　四六九

南斉

釈恵休　幸福香織　四八四
王融　林　香奈　四八六
謝朓　齋藤希史　五〇七

梁

范雲　坂内千里　五一六
江淹　田口一郎　五二四
任昉　大野圭介　五三二
丘遅　田口一郎　五六五
沈約　木津祐子　五七〇
鍾嶸　佐竹保子　五八九
何遜　森田浩一　五九五
呉均　森田浩一　六〇一

劉　勰　森賀一恵　六〇五
蕭　統　谷口　洋　六一二
蕭子顕　田口一郎　六三一
劉孝綽　木津祐子　六四二
梁武帝　森田浩一　六五四
梁簡文帝　釜谷武志　六八三
庾肩吾　副島一郎　六九七
梁元帝　興膳　宏　七〇三

陳

陰　鏗　道坂昭廣　七一五
張正見　道坂昭廣　七二〇
徐　陵　道坂昭廣　七三五
江　総　松家裕子　七五三
陳後主　中　純子　七六六

北朝・隋

高　允　西岡　淳　七八五
温子昇　大野圭介　八一五
魏　収　野村鮎子　八三二
王　褒　原田直枝　八六四
庾　信　原田直枝　八七八
盧思道　副島一郎　八八六
顔之推　坂内千里　八九五
薛道衡　副島一郎　九一〇
隋煬帝　道坂昭廣　九二五

＊　＊　＊

晋書文苑伝序　興膳　宏　九四八
宋書謝霊運伝論　興膳　宏　九五五
南斉書文学伝論　興膳　宏　九六六
隋書文学伝序　川合康三　九七八

＊　＊　＊

六朝の官職名　礪波　護　九八九

世系略図
河内温県司馬氏
瑯邪臨沂王氏
陳陽夏謝氏
蘭陵蕭氏　大平幸代・堂薗淑子　齋藤希史　一〇〇一
六朝詩人関係年表　大平幸代・堂薗淑子　谷口洋　一〇〇七

人名索引　4
書名・作品名索引　14
執筆者紹介　3
六朝詩人関係地図　木津祐子／永田知之　（巻末）

凡例

㈠ 本書に収めた詩人の伝記は、時代順に従い、魏・晋・宋・南斉・梁・陳に区別して排列し、北朝・隋については南朝の後に一括して排列する。

㈡ 詩人の伝記の後に、晋書文苑伝序、宋書謝霊運伝論、南斉書文学伝論、隋書文学伝序の訳注を収める。

㈢ 詩人の伝記の底本は、正史の伝による場合は中華書局標点本により、殿本、百衲本をも参照した。

㈣ 各詩人の伝記は、①詩人小伝　②本伝　③書き下し文　④現代語訳　⑤注　⑥参考文献の順により、②本伝と③書き下し文は正字体を用い、④現代語訳は原則として常用漢字体・現代仮名遣いによる。

㈤ 注の中に見える書名のうちで、次の書は、略称を用いて標記した。

『左伝』　春秋左氏伝　　『公羊伝』　春秋公羊伝　　『穀梁伝』　春秋穀梁伝
『隋志』　隋書経籍志　　『新唐志』　新唐書藝文志　　『旧唐志』　旧唐書経籍志
『通鑑』　資治通鑑
『世説』　世説新語
『全（　）文』　全上古三代秦漢三国六朝文（（　）には該当の朝代名）
『全（　）詩』　先秦漢魏晋南北朝詩（同前）

㈥ 参考文献は、特に当該の詩人に関わるものを中心に挙げた。

㈦ 詩人伝の参考として、(1)六朝の官職名についての概説　(2)河内温県司馬氏・瑯邪臨沂王氏・陳陽夏謝氏・蘭陵蕭氏の世系略図　(3)年表　(4)地図　を附す。

㈧ 巻末に、本書各詩人の本伝および各文学伝論中に見える人名、書名・作品名の索引を附す。

六朝の詩人とその伝記

興膳　宏

一

はじめに断っておかねばならないが、本書にいう「六朝」とは、三国から隋の統一に至る四百年余りの期間を意味している。すなわち「魏晋南北朝」に隋を加えた時代である。「六朝」の名の由来は、建康（もとの名は建業、あるいは建鄴、現在の南京市）に都を置いた六つの王朝ということであり、狭義には三国の呉に始まって、東晋から宋・南斉・梁・陳へと連なる南方の六王朝を指すが、より広義にはそれらと同じ時代の魏・西晋から北魏・北斉・北周を経て隋に及ぶ北方の六王朝を併せて「六朝」と称する。ただ、現在の中国の学界では、「魏晋南北朝」の語で、三国から隋までの時期を総称するのが普通で、それと等値である「六朝」の語を用いることはさほど多くないようだ。日本ではむしろ逆に、この時期の文学を称して「六朝文学」と呼ぶのがむしろ一般である。

この六朝時代の文学を特徴づける現象をただ一言で表わすとすれば、詩ごとに五言詩のめざましい興隆ということになろう。この四百年間に、詩はさまざまな個性的な詩人たちの創意と工夫を蓄積することにより、内容・形式ともしだいに洗練されながら、充実した文学ジャンルに成長していった。前後漢四百年が辞賦の時代であるとすれば、次なる六朝四百年はまさに五言詩の時代である。それは三千年に及ぶ中国詩史において、唐詩という最高潮の時期を準備する過渡期として重要な意義を有するが、また六朝詩自身が成長過程にある若者のようなみずみずしい未完成の魅力を備えることによって、今日なお多くの読者を引きつける輝きを失っていない。

六朝初期の三国魏の時代について、魯迅が「文学の自覚の時代」と評し、近代文学でいう「芸術のための芸術の時代」とまでも称したように（「魏晋の風度及び文章と酒及び薬の関係」一九二七年）、六朝時代はまた文学それ自体の価値に対する認識が高まった時期でもあった。漢の宮廷文人たちが君主に娯楽を供することを目的として辞賦を書いたのとはちがって、曹操・曹丕父子に仕えた建安詩人たちは、主従が宴席などの一つの場を共有しながら、詩という様式を通して創作の腕を競いあった。その際、旧い宮廷文学の様式である辞賦ではなく、民間の歌謡に源流を発する五言詩という新しいジャンルに着目したところに、新文学運動としての発展が約束されていたといえる。つまり、五言詩に文学の鉱脈としての潜在的な可能性が豊かに備わっていたわけである。もちろん七言詩の形式もいくらか遅れて発展してゆくのだが、六朝の詩人といえば、やはり基本的には五言詩の作者として名を成した人々としてよいであろう。そのことは、本書にも収載した「宋書謝霊運伝論」や「南斉書文学伝論」など、六朝後期の史家による文学史の記述において、すでにかなり明確な形で確認することができる。

では、五言詩の作者はいったいどれほどの数に上るのか。最も網羅的にこの時期の詩を収集した逯欽立『先秦漢魏晋南北朝詩』（一九八三年、中華書局）によって、一首以上の詩を録される作者を数えてみると、七百五十人以上に達する。これは『全唐詩』に作品を収められる作者の数二千二百人余りに比べると、約三分の一程度だが、もちろん詩人として名を知られる人となれば、その数はずっと限定される。本書には七十九人の伝を収録するが、うち書家として著名な王羲之、文学理論家の劉勰・鍾嶸、『顔氏家訓』の著者顔之推などを除けば、純粋に詩人というべき人物は七十人余りで、全作者数の約一割に相当する。割合としてはかなり高いというべきである。ただその中で、現在もなお詩人として名声を保ちつづけている人となれば、曹植・陶淵明・謝霊運など、寥々十指に満たない数にとどまるだろう。しかし、五言詩発展の歴史の上では、いずれも確実に一定の役割を果たした人々ばかりである。

「唐詩を愛好する読者が詩人たちの伝記、その生涯とその時代、さらにその作品が書かれて世に出るまでのいきさつなどを知ろうと望むのは、ごく自然なことであろう」。小川環樹氏は、本書の姉妹編ともいうべき『唐代の詩人―その伝記』（一九七五年、大修館書店）の「序説」を、このようなことばで切り出しておられる。「唐詩」の一語さえ改めれば、それはそのまま六朝詩にもあてはまることである。だが、そうした要望に応えるのは、実際には相当な難事である。なぜなら、唐代の詩人にしても、かなり詳しい生涯をたどるだけの資料を存する人はごく少数だが、それがさらに時間をさかのぼって六朝ともなると、資料的な制約はいっそう増すことになるからである。

その原因は、伝記資料の絶対数の不足によるところがもちろん大きいが、また六朝詩そのもののあり方に起因するところもある。近代の作家の伝記を研究するための欠かせない資料は、作家自身の手で書かれた日記や書簡である。（本書に取り上げた六朝詩人の中で、例外的に多くの書簡文が伝存するのは、「書聖」王羲之のみである）。のちの宋代の詩人は、詩の題や序において、あたかも日記を記すようにその作品の書かれた状況を具体的に語っていることが多く、それが作品の排列などとともに、彼らの伝記考証のための有力な手がかりになることはいうまでもない。これは詩人自らをして語らしめる、いわば作品そのものに内在する伝記資料である。ところが、六朝の詩人たちについて、そうした方法がある程度通用するのは、せいぜい陶淵明（三六五〜四二七）などごく少数の例外的な詩人に限られる。陶淵明の詩には、たとえば—

「辛丑の歳七月、赴假して江陵に還らんとし、夜 塗口を行く」
「癸卯の歳、始春、田舎に懐古す」
「乙巳の歳三月、建威參軍と爲りて都に使いし、錢溪を經たり」
「戊申六月中、火に遇う」
「己酉の歳、九月九日」

などのように、詩の作られた時点を（時には場所も）明記しているものがある。それらの詩を読むことによって、そこに記された日に陶淵明が何を考え、何をしたかについて、読者は作者からの直接の情報を得ることができるだろう。陶淵明の作品は、彼の死から百年後に、梁の昭明太子蕭統によって始めて八巻本の文集に編まれ、そののちさらに北斉の陽休之の手で十巻本に再編されているから、六朝詩人の詩文集の中では比較的早くまとめられたものであることは疑いない。昭明太子がいかにして淵明の作品を収集したかは不明だが、「飲酒」二十首の序に、「聊か故人に命じて之を書せしめ、以て歡笑と爲さんのみ」とあるから、彼の詩文は作品ができる片端から書写されて、愛好家に珍重されていたのかも知れない。陶淵明のような社会的な地位の高くない人の詩文が後世に伝わるためには、彼の周辺にその作品を愛好する少なからぬ人々が存在して、次々と書写を重ねながら広まっていった、と考えるのがむしろ自然ではなかろうか。（王羲之の尺牘が数多く伝わるのは、まさに彼の書を愛するマニアが遍在していたからである）。だから、現行の『陶淵明集』の詩題も、作者が自ら題したものである可能性がきわめて高いはずである。

　陶淵明よりやや後輩になる謝霊運（三八五～四三三）にも、「九日、宋公の戯馬台の集に従いて孔令を送る」「永初三年七月十六日、郡に之き、初めて都を発す」のように、具体的な状況を詩題に記している作品もないではないが、その数は淵明に比べればごくわずかにとどまる。それに、謝霊運の場合、六朝期に編まれた元来の詩文集はつとに佚してしまったので、『文選』に採録される上記二首のようなものを除いて、現行の輯本がどこまでもとの詩題を保っているかはかなり問題である。因みにいえば、陶淵明のように詩作の状況を具体的に記した詩題は、六朝詩人ではまだ稀だが、唐の杜甫になるとずっと増え、さらに中唐の白居易になると、もはやそうした詩題を与えるのがごく普通の状態にまでなってきている。もちろん宋詩になると、そうした状況がさらに普遍化する。その意味でも、陶淵明の文学は未来を先取りしたようなところがある。

　六朝詩人の年譜はこれまでにも少なからず作られており、たとえばその近年の成果は劉躍進・范子燁編『六朝作家年譜輯要』上下（一九九九年、黒龍江教育出版社）に集成されているが、この書に付されている「六朝作家年譜参考文献」を参照しても、圧倒的に多いのは陶淵明の年譜である。その詩人としての重要度や、作品数の多さなどのほかに、陶淵明の詩文に内在する伝記的な要因が、彼の文学の研究者をして年譜制作の意欲をそそるという事情がないではあるまい。正史などに記載される陶淵明の伝記には、むしろあいまいな記述が多いのも、逆の面から彼の伝記研究を盛んにしているようである。

もちろん小川環樹氏がいわれるように、「詩人が現実の自己、社会の中での自己の生活のありさまを作品において語るとは限らない。それを好んで語るかどうかは、詩人の気質と考えかたによって異なる」（前掲書）ことはいうまでもないから、詩題や詩の内容から知られる詩人の伝記的な事実には限りがある。しかし、大多数の六朝詩人については、作品と作者の伝記を結びつけるわずかな手がかりさえもなかなか得にくいのが実状である。それは彼らの作品数の少なさは別として、現存する作品集の大多数が、『陶淵明集』などとはちがって、はるか後の明代において再編された輯本であること、また詩題も作者の命名したもとの姿ではなく、後世の類書などに題される形をそのまま採用したものが多くを占めているためである。（厳可均『全上古三代秦漢三国六朝文』の凡例によれば、唐以前の旧集がそのまま現存するものは、阮籍・嵇康・陸雲・陶潜（淵明）・鮑照・江淹の六家のみである）。

もう一つの六朝詩に顕著な現象として、この時期の詩人たちは、これも陶淵明は別として、自分たちの生活の周辺を作品の中に再現することにさして関心を持っていなかったということがある。詩人の生きた現実と彼の形象した文学作品とは、往々にして表面的には平行線をたどるばかりで、明確な接点を結ばないことがある。六朝の詩人に、物語的な発想に仮託して自分の心情をうたう「楽府（がふ）」の詩が多いのは、その現象を例証するものである。詩人を取りまく現実は、いわば生の形のままでは作品中に反映されない。後述するようなこの時期特有の苛酷な状況が、表現におのずと抑制を加えたという背景も一つにはあろう。たとえば、阮籍（げんせき）（二一〇～二六三）の「詠懐詩」が、不透明な象徴的手法を通じて現実社会への批判を試みているのは、その一つの典型であろう。作品を通して詩人の実人生を想像することは、六朝詩の場合、こうした障害によってさえぎられることが多い。

以上述べたような複合的な理由のために、六朝詩人について、作品そのものに内在する伝記資料は、質量ともにはなはだ貧しいといわざるを得ないのである。六朝詩の読者が、作品を通じて関心を抱く詩人について、伝記的な面からその人物に関する理解を深めようとするとき、正史の本伝などの外的な資料に依存する度合いは、唐代の詩人たちに比べて相対的に大きいとせねばなるまい。

二

六朝詩人の伝記について知ろうとするとき、必ず参照しなければならないのは正史の伝である。そのほかにも、正史の記述の資料となったはずの同時代人の筆になる行状や墓誌などが当然考えられるが、六朝詩人の場合、正史の伝以外にそうした伝記資料を有する人は、よほど幸運な例外的存在といってよい。（たとえば、陶淵明に顔延之の「陶徴士誄」があるのがそれ。左思の妹左芬（棻）の墓誌が一九三〇年に洛陽跡から発見されたのも、希少な例外の一つである）。また、南朝においては、墓碑の類が禁じられていたことも、そうした伝記資料の乏しさの原因となっている。だから、本書に収められる詩人の伝記は、そのほとんどすべてが正史の伝を資料としている。そこには、詩人の生きた社会の中での経歴について、個人による精粗のちがいはあっても、一応の知識を得るだけの記述は備わっているからである。詩人としての内面的な生活の跡を知りたいという要求には十分に応えられないにしても、史家が描き出した詩人の像をもとに、彼の文学をより深く理解するための一助とすることはできよう。

六朝約四百年は、時間的には前後漢の四百年にほぼ相当するが、王朝は目まぐるしく入れ替わった。「二十四史」に名を連ねる王朝だけでも、三国の魏・蜀・呉、晋（西晋・東晋）、南朝の宋・斉・梁・陳、北朝の魏（東魏・西魏を含む）・斉・周、そして南北を統一した隋と、すべて十二である。これにいわゆる五胡十六国や南朝末の後梁などの群小王朝を加えると、その数はさらにふくれ上がる。それだけに、一代の王朝の命脈は短い。西暦四二三年に即位した太武帝から数えて百年余りつづいた北魏は、むしろ例外的に長かったといえるし、三十年間君臨した宋の文帝（在位四二四

～四五三）や、四十八年もの間帝位を保った梁の武帝（在位五〇二～五四九）は、六朝の帝王としては希有の存在だったといえる。

詩人といえども、当世における表向きの顔はあくまで官僚である。彼らがそうした秩序の不安定な時代を生き延びるためには、節を屈しても複数の王朝に仕えなければならなかった。たとえば呉の名門貴族だった陸機（二六一～三〇三）は、祖国が晋に滅ぼされたあと、弟の陸雲とともに洛陽に赴いて、かつての仇敵だった晋に仕えている。陸機はその時期の重い無念の心境を詩文の中で隠そうとしていないが、祖国呉に殉じて郷里に逼塞して生涯を終える気はまったくなかった。いや、南北朝のころになると、一朝に仕えて生を終える人の方がむしろ少数だっただろう。沈約（四四一～五一三）は宋・斉・梁の南朝三代の高官だったし、庾信（五一三～五八一）は、南朝梁での前半生から、強制されてのことではあるにせよ、北朝周での後半生へと、その人生を大きく転換しなければならなかった。そのやり場のないルサンチマンが、彼の関外の文学として結実したのである。

だから、六朝時代の人々の倫理観には、後世の、ことに趙宋以後の人々とは一律に論じがたいところがある。二朝に仕えることを峻拒して南宋の亡国に殉じた文天祥（一二三六～一二八二）や、明の遺民たることを頑強に貫き通して清の圧力に屈しなかった顧炎武（一六一三～一六八二）に相当する人物は、この時代にはほとんど無縁であった。『宋書』陶淵明伝によれば、劉裕が東晋を簒奪してのち、淵明は宋の年号を用いず、干支によって詩の制作年月を記したとされる（ページxiv参照。また本書「陶淵明伝」参照）。それは新王朝に対する不服従の姿勢を示す態度といえるが、現行の文集による限りでは、淵明は宋建国の前から干支のみによって制作年月を記している。『宋書』の著者沈約に、ある思いこみが全くなかったとはいえまい。一つの王朝が二百年三百年と長く持続すればこそ、二姓に仕えることを恥じる節義の念も生まれよう。近いところでは、辛亥革命後の王国維（一八七七～一九二七）のような人の処世態度が想起されるところだ。だが、乱世に生きる人々には、それとは自ずと別種の倫理感覚があったはずなのだ。安定した体制の秩序を維持する側の感覚からすれば、確かにそれは容認することのできぬ無節操な生き方に見えただろう。宋の朱子学にもとづく倫理観が形成されてのち、六朝という時代があらゆる面でとかく疎んぜられ、軽んぜられたのも、理由のないことではなかった。

権力の所在が絶えず移り変わる不安定な社会にあっては、そこに生きる人々の運命もまた苛酷で不安定なものであらざるをえない。たとえば三世紀末の西晋王朝が、「八王の乱」と称された王族間の内戦によって無秩序状態に陥ったとき、陸機は八王の一人趙王倫に仕えた。趙王のクーデターが成功して、久しく権力の中枢にあった賈皇后とその一族は失脚する。陸機自身もそのときの活躍が認められて、出世の足がかりを得るのだが、やがて趙王が権力の頂上からすべり落ちると、陸機自身も罪を問われて窮地に立った。彼は危うく殺されそうになったが、他の王族の取りなしもあって、なんとか難を逃れることができた。彼が次に仕えたのは、やはり八王の一人に数えられる成都王穎である。だが、陸機が信望を託した成都王も、権力の頂点に立つと、結局はやはり趙王と同じ頽廃の道をたどり、その過程で陸機は忠誠心を疑われて、死罪に処せられてしまう（本書「陸機伝」参照）。

陸機の生涯には国士的なひたむきさが感じられるが、彼と並ぶ西晋詩人の双璧潘岳（二四八〜三〇〇）は、対照的に権力者の間を巧みに泳ぎまわって、ひたすら自己の保身と栄達を追い求めようとしたことで、とかくかんばしくない評判がある。彼は貴族社会の中での家柄に対するコンプレックスと、自己の才能に対する自負とがないまぜになって、常に最高実力者の周辺に自分の位置を求めつづけた。趙王倫によって権力の座を失墜した賈皇后とその甥賈謐は、彼の第三のパトロンだったが、賈謐の外出の際には、その車の塵を伏し拝んで見送ったというような逸話は、潘岳のオポチュニスト的な側面をよく暗示している。だが、そうした世渡り上手の潘岳も、賈謐の失脚後は、盟友石崇の愛妾緑珠をめぐる私怨に巻き込まれて、実にあっけなく刑死した（本書「潘岳伝」「石崇伝」参照）。

陸機と潘岳は対照的ともいえる生き方をしながら、いずれも非命によって生涯を閉じた。彼ら二人の生と死は、個人の次元を越えた六朝詩人全体の運命を示唆しているようだ。大胆、慎重、誠実、軽薄など、人の性格にはさまざまなタイプがあり、また具体的な状況に応じての処世態度も各人各様だが、個人の力を超越した時代の波浪の前には、誰も抗することができなかった。潘・陸に先立つ魏末の詩人嵆康（けいこう）（二二三～二六二）は、喜怒哀楽を表に出さぬ人と評判されながら、時の権力者司馬氏への批判を敢然と貫いて死についたし、彼と併称される阮籍は、司馬氏からの誘惑を断るために、屈折した韜晦の姿勢によって本心を覆うほかはなかった。「至慎の人」と称された阮籍の人となりは、やはり外からの激しい圧力との相対的な関係から形づくられていったものだったにちがいない。また謝霊運のような、門地と才能を恃むがゆえに、与えられた境遇に耐えきれず、無謀な滅びの道を選んでいった人もあれば、王融（四六八～四九四）のように、名門貴族の立場を利用した権力闘争の演出者たらんとして、三十に満たぬ若さで急逝した人もあった（本書所収の各詩人伝参照）。

六朝詩人たちの伝を見わたすとき、読者は非命に死んだ詩人の多さに、改めてこの時代に生きた人々の苛酷な運命を思わずにはいられないだろう。（例外はやはり五十年近い治世を維持した梁武帝の時代であろう。七十三歳で亡くなった沈約をはじめ、江淹・范雲・丘遅・任昉・何遜・劉孝綽など、この時期に活躍した詩人たちはいずれも天寿を全うしている。しかし、侯景の乱以後、詩人たちの運命は再び時代の激浪に翻弄される）。六朝四百年間に生きた詩人たちの立場も、処世も、思想もまことにとりどりだったが、彼らが明日という未来を頼みがたい現実の中で、それぞれ今日という日を懸命に生きようと努めたことは共通している。彼らの文学は、この現実との絶えざる緊張関係の軋みがもたらしたものでもあった。

六朝の歴史をかえりみるとき、もう一つの大きな現象は、南北の対峙であろう。三国時代における魏と呉・蜀の対峙以来、中国全土が常に何らかの形で南北対決の様相を呈しており、それが文学・芸術などの文化面にも直接・間接に影を落としていたといってよかろう。ただし、政治・軍事面での南北の力関係は、かならずしも文化面における両者の優劣と正比例しなかった。もちろん初期の魏対呉・蜀の関係では、すべての面で魏が他の二国に断然たる優位を占めていた。特に文化面での魏の優位は、両漢四百年の北方文化の伝統がそのまま継続していたことに負うところが大きいというべきであろう。だから三国の文学といえば、すなわち魏の文学を意味した。陸機・陸雲兄弟のような次の時代の文学をになう人材が、呉という後進国で育ちつつあったのは事実だが、魏を継承した西晋に至るまで、北方の圧倒的な優勢は誰の目にも明らかである。

四世紀初頭の永嘉の騒乱に端を発する晋の南遷は、確かに南北対峙の様相を一変させた。胡族の小国家群立の状況を長く抜け出せなかった北方に対して、江南の建康に拠って中興を果たした東晋王朝は、文化面における南方優位の体勢をゆるがぬものにした。だが、典型的な貴族文化の繁栄したこの時代は、北方からの亡命貴族によって権力機構が支えられていた。琅邪の王氏や陳郡の謝氏を頂点とする貴族文化の担い手たちは、だから北方文化の長い伝統を江南の地に根づかせたともいえる。その華やかさを誇る南朝文化は、いわば南の土壌に移植されて花開いた北の文化という性格を持つものでもあった。

五世紀以降の南北朝時代になると、南朝の支配体制はしだいに軍事政権的な性格を強めるとともに、北方においては強力な軍事力を背景にした北魏政権が出現して、南北対峙の様相はより鮮明さを増したが、文化面における南高北低の情勢は基本的に変わらなかった。北朝政権に参画した知識人たちの多くが、南朝文化へのあこがれと、それと裏腹の関係にある自国文化への劣等感を持ちつづけたのである。それは客観的な事実としても裏づけられることであり、たとえば南斉の永明年間に、北魏から正規の外交ルートを通じて典籍の貸与を求めてきたのに対し、王融一人が副本を貸すことを提議したものの、けっきょく実現に至らなかったといった話（本書「王融伝」参照）は、南北間の文化的な落差を端的に物語るものである。

また、王融の作った「曲水詩の序」（『文選』巻四六）が北魏で早くから評判になっていて、王融が北魏の使者を接待した際に、ぜひそれを見せてくれるよう請われたという記述（同上）も、北方における南朝文化への憧憬をよく示している。梁に仕えていたころの庾信が外交使節として東魏を訪れたとき、彼の「文章辭令」が「盛んに鄴下の稱する所と爲」った（本書「庾信伝」参照）のも、同様の事情からである。『顔氏家訓』文章篇によると、東魏の詩人邢卲（四九六～？）は梁の沈約の文学を慕い、彼と並び称される魏収（五〇五～五七二）は沈約のライバル任昉の文学を愛して、それがそのまま東魏から北斉における文壇の派閥になっていたというから、北朝詩人の南朝に対するコンプレックスにはかなり根深いものがあったようだ。南朝陳を併合して南北統一を実現した隋にあっても、南朝文化に淫して国を滅ぼした煬帝（五六九～六一八）のような君主を出している。南朝文化の毒は、北朝側の人々にとってそれほどまでに魅惑的だったのである。

『顔氏家訓』の著者顔之推（五三一～五九一）は、前半生を南朝梁、後半生を北朝斉に生きて、南北双方の実体をよく知っていただけに、南朝社会の実態に触れるときの筆致はきわめて冷厳である。「車から落っこちなければ著作佐郎、ご機嫌いかがと挨拶できれば秘書郎になれる」（『顔氏家訓』勉学篇）と、梁朝全盛期の貴族の子弟の無能ぶりを揶揄する彼の醒めた認識は、しかし大部分の北朝知識人の南朝熱を冷ますだけの効果をおそらく期待できなかったのではあるまいか。

六朝文学はその終焉に至るまで、南高北低の状態がつづいた。ただ唐に入ると、新しい時代の詩風は、一転して南朝とも貴族社会とも無縁だった人々の中から出現した。王勃・楊炯・盧照鄰・駱賓王の四傑をはじめとして、杜審言・宋之問・沈佺期と、主要な初唐の詩人たちは、そのほとんどが北方の出身者である。そして彼らにつづく世代の李白や杜甫は、もちろん南朝旧文化から遠く隔たった地域から現われた（李白は北人ではないが）。長い雌伏の準備期間を経て、北方の風土と文化からはじめて独自の成果がはぐくまれていったのだった。

三

章を改めて、ここでは、六朝詩人の基本的な伝記資料である正史のありかたについて触れておきたい。唐以後になると、新しく興った王朝が亡びた旧王朝のために、国家的事業として正史の編纂を行う慣習が定着する。それは新王朝が天命を受けて成立したことを証明するためにも、国の威信をかけて遂行されるべき使命として意識された。しかし、六朝期においては、それほどまでに明確な自覚を新王朝が持っていたとはいいがたい。六朝に先立つ後漢では、光武帝から霊帝に至る歴史を記した『東観漢記』百四十三巻が、劉珍（?～一二六）等によって撰述され、数世代にわたる続修を経て、最後の献帝の時代に完成している。これは現王朝の正史を編纂する事業であった。

もちろん各王朝には「国史」を担当する史官が置かれて、将来の正史の基礎となる史書の撰述に当たっていた。『隋書』経籍志（『隋志』）史部雑史類に見える梁・周興嗣『梁皇帝実録』三巻（武帝の事を記す）、梁・謝昊『梁皇帝実録』五巻（元帝の事を記す）などは、編年体の形式でそれぞれの治世の大事を記していたと思われる。

『隋志』は六朝における正史の撰述の多さに言及して、「一代の史は、数十に至る」（史部正史類）と記しているが、確かにそうした現象は珍しいものではなかった。後漢の正史はその一つの典型で、『隋志』に著録される書には、范曄『後漢書』九十七巻のほかに、謝承『後漢書』百三十巻、薛瑩『後漢記』六十五巻（もと百巻）、司馬彪『続漢書』八十三巻、華嶠『後漢書』十七巻（もと九十七巻）、謝沈『後漢書』八十五巻（もと百二十二巻）、張瑩『後漢南記』四十五巻（もと五十五巻）、袁山松『後漢書』九十五巻（もと百巻）の七種がある。（これらの書の逸文を集めた汪文台『七家後漢書』等の輯本がある）。范曄の書がもっぱら行われるようになってから、他の書は急速に影を薄くしていったのであろう。『宋史』藝文志には、司馬彪『続漢書』の「志」三十巻のみが録されるだけで（現行の『後漢書』の「志」は、司馬彪の書から取ったもの）、他はすべて名が消えている。中国における古籍の伝存は、一つの有力な書が広く行われると、他の同類の書は消失してしまうことが多い。『後漢書』の場合も、その例外ではなかった。

数多く編纂された正史の中でも、その最たるものは晋史であり、『隋志』に書名を録されるものだけでも、王隠『晋書』八十六巻（もと九十三巻）、虞預『晋書』二十六巻（もと四十四巻）、朱鳳『晋書』十巻（もと十四巻）、何法盛『晋中興書』七十八巻、謝霊運『晋書』三十六巻、臧栄緒『晋書』百十巻、蕭子雲『晋書』十一巻（もと百二巻）、蕭子顕『晋史草』三十巻の八種を数え、このほか梁代に存した書として、鄭忠『晋書』七巻、沈約『晋書』百十一巻、庾銑『東晋新書』七巻の三種を挙げている。（輯本に湯球『九家旧晋書輯本』がある）。唐の劉知幾『史通』古今正史篇には、これらの書を評して、「前後の晉史は十有八家、制作多しと雖も、未だ能く善を盡くさず」といい、唐太宗の勅撰による『晋書』百三十二巻が出ると、「是自り晉史を言う者は、皆な其の舊本を棄てて、競いて新撰の者に従う」状態になったとされる。

しかし、それだけの勢力を擁した唐太宗勅撰『晋書』も、後世の史家からは必ずしも全面的に高い評価を得ているわけではない。たとえば唐の史論家劉知幾は、論賛のありかたについて次のような不満を漏らしている。「大唐 晉書を修むるに、作者は皆な當代の詞人にして、遠く史・班（司馬遷・班固）を棄てて、近く徐・庾（徐陵・庾信）を宗とす。夫れ以て彼の輕薄の句を飾りて、編みて史籍の文と爲すは、粉黛を壯夫に加え、綺紈を高士に服せしむるに異なる無き者なり」（論賛篇）。要するに、史書でありながら、文学的に過ぎるというのである。清の趙翼も『陔餘叢考』で、末梢の異聞細事にこだわりすぎることを批判している。「論者猶お謂えらく、史官に文詠の士多く、好みて詭謬の碎事を採り、以て異聞を廣む。又た史論は競いて豔體を爲す。此れ其の短とする所なり」（巻六「晋書舛訛」。同じ著者の『廿二史劄記』巻七にも同内容の批評が見える。ただ、そこでは当時の史官が「文学に老け」ていた点には好意的である）。いずれにしても、現行の『晋書』は多くの先行する晋史から記事を選んで、多数の編者がまとめた編著だったから、一人の著者の強烈な個性が発揮される『史記』のような史書と同列には論じられないのである。（なお、清の呉士鑑・劉承幹の共著になる『晋書斠注』百三十巻は、現行『晋書』が拠った原史料や異説を丹念に収集して、考証を加えており、『晋書』を読む上で欠かせない文献である）。

晋以後の正史も、沈約の『宋書』、蕭子顕の『南斉書』、さらに魏収の『魏書』（後魏書）などは、六朝人撰述の複数の書が存在した中から、他を圧倒して生きのこったものである。また、梁・陳・北斉・北周・隋の五朝の正史は、いずれも唐の初期に令狐徳棻（五八三～六六六）の建議を受けて、史官による編纂事業が始まったことになっているが（『旧唐書』巻七三、『新唐書』巻一〇二本伝）、それらも実は唐以前からの個人による修史の成果を受け継いだものがほとんどだったといってよい。編纂を担当した史官には、南北両朝の旧臣だった人が多く含まれていた。彼らは唐という現王朝の立場から、すでに亡びた王朝の歴史を記したのではあるが、そこに編纂者自身あるいは彼の祖先のかかわった過去が微妙な形で影を落としていることは、むしろ異とするに足りない。

同じ一つの史実でも、立場によって正反対の見かたを生むのは当然である。その好例は陳寿『三国志』と、同書の裴松之注に引く諸書であろう。『三国志』の著者陳寿（二三三～二九七）は蜀の出身ではあるが、魏の禅譲によって正統王朝としての地位を継承した晋に仕える身分である。だから、彼自身の心情がどうであったかはともかく、魏の立場から見て妥当と考えられる史実の核心だけを、できるだけ修飾を省いた簡潔な筆致で綴っている。おもしろさという点だけに評価の基準を限定していうなら、『三国志』の本文はおそらく読者の関心を十分に満足させてはくれないだろう。それに対して、裴松之（三七二～四五一）は、晋の地位を奪った宋の人である。彼が魏や晋の王朝に配慮する必要は、公的にも私的にも全くないといってよい。彼は陳寿が排除した（あるいは排除せざるを得なかった）異説を、遠慮なく自分の注に取りこんでいる。極端な場合には、『曹瞞伝』のように、史料としての信憑性には問題があっても、話としてはまことにおもしろい曹操への悪意に満ちた書さえ、はばかることなく採用している。その好奇心溢れる歴史家の眼が、

『三国志』の人物や事件の振幅をとてつもなく大きくして、あの小説『三国志演義』に展開してゆく道筋を準備してくれているのだ。

同じ時代を対象としながら、筆者の立場のちがいによって、全く異なった印象を読者に与えるもう一つの例は、『梁書』と『南史』の場合である。

『梁書』の著者は唐の姚思廉《ようしれん》（生卒年未詳）とされているが、より正確には『陳書』とともに、彼の父姚察《ようさつ》（五二二～六〇五）との共著というべきである。『陳書』巻二七の姚察伝によれば、梁・陳の二史は大部分が姚察の手によって完成していたが、序論と本紀・列伝の一部がなお未完のまま残されていた。（『隋志』史部正史類には、姚察撰『梁書帝紀』七巻が録されているから、彼の執筆部分の一部は在世中におおやけになっていたと想像できる）。彼は死に臨んで、息子の思廉に体例を示し、未完成部分の継続執筆を委嘱した。このとき、時代はすでに隋の文帝の大業年間に移っていたが、内史侍郎虞世基が姚思廉による続撰を奏上して聞きとどけられた。その後さらに唐代に至って、前述したように南北五史の編纂が国家的事業として企画され、そこに組み込まれることによって、ようやく父子二代にわたる撰史の事業が日の目を見たのだった。（『陳書』姚察伝は、もとより息子思廉の執筆になるもの。『新唐書』巻一〇二姚思廉伝によれば、思廉自身が父の遺言にもとづく二書の続撰を願い出て、許可されたことになっている）。

ところで、ここでぜひとも注意しておかねばならないのは、姚氏の家系は、呉興武康（浙江省）を本貫とする生粋の南人だったことである。姚察から数えて九代の祖信が呉の太常卿であったことが姚察伝に見えているが、おそらくは代々にわたって南朝に仕えた家柄だったにちがいない。姚察の父姚僧垣《ようそうえん》は梁武帝に仕えて上開府となり、手厚く遇されたことがやはり姚察伝によって知られる。姚察は年少のころから、皇太子時代の蕭綱（のちの簡文帝）にその才能を愛され、蕭綱の即位後は、南郡王行参軍兼尚書駕部郎等の任に起用されている。のち侯景の乱を平定した元帝が江陵で即位すると、いち早くその下に馳せ参じて、原郷令を授けられ、乱の後遺症に苦しむ地方行政に成果を上げた。陳の建国後は、引き続き南にとどまって新王朝に仕え、隋が陳を併合すると、やがて秘書丞の地位を授かって、梁・陳二代の正史編纂に着手している。

他方、息子の姚思廉は、陳の会稽王主簿をスタートに、隋に入ってからは漢王府参軍事、河間郡司法書佐、代王侍読などを歴任し、唐においては秦王府文学から太子洗馬を経て、著作郎・弘文館学士となり、この時期に改めて太宗の勅命を受けて、魏徴とともに『梁書』『陳書』を撰した、と『新唐書』本伝には記される。彼は「謝昊・顧野王等の諸家の言を采り、推究綜括して、梁・陳二家の史を爲し、以て父の業を卒」えたのだった。（謝昊は、『隋志』史部正史類に見える『梁書』四十九巻をいう。顧野王の方は何を指すか不明だが、『陳書』巻三〇顧野王伝には、「大著作を領して、國史を掌り、梁史の事を知す」とあるから、彼に梁史に関する著作があったのは事実だろう）。姚思廉はその功績によって通直散騎常侍を加えられ、のちさらに散騎常侍・豊城県男を拝し、没後は太常卿を追贈されて、太宗の昭陵に陪葬されるという栄誉を受けている。

姚思廉が『梁書』を完成したのは唐太宗の時代になってからであり、魏徴という共著者も新たに加わってはいたが、やはり父姚察の仕事が大きな影を落としていると考えるべきであろう。姚察は基本的に南朝の人であり、梁元帝は自ら親しく仕えてその恩顧を受けた旧主だったから、その人間性に関して生前からとかくの評判があったらしい元帝について、率直にマイナス面にわたる記事を書くことは、人情としてははばかられたと想像するのはむしろ自然ではあるまいか。事実、『梁書』の元帝紀は、ただ淡々と元帝の治世に起こった史実を記すのみで、蕭繹という生身の人間像を彷彿とさせるような記事はほとんど見られない。姚察は梁と元帝のために忌み、息子の姚思廉は父の意を全面的に取り入れざるを得なかっただろう。

かたや『南史』『北史』の著者李延寿はどうか。李延寿は代々相州（河南省）に住んだと『旧唐書』巻七三及び『新唐書』巻一〇二の本伝にはあるから、姚氏父子とは対照的に純粋の北人である。貞観年間に太子典膳丞・崇賢館学士に任ぜられ、のち御史台主簿に転じて、国史の仕事を兼務している。彼の場合も、撰史の業は父の代にその機縁があった。父の大師は「前世の旧事」に通じていたが、当時の南朝は北朝を「索虜」とののしり、北朝は南朝を「島夷」とあなどって、史書も自国の史実にのみ詳しく、敵対する他国にはおろそかだったので、そうした欠陥を改める通時的な南北朝の史書を計画していた。しかし、その実現を見ることなく父は亡くなったので、延寿はその遺志を継いで、北魏から隋に至る『北史』百巻と、宋から陳に至る『南史』八十巻を独力で編纂して、皇帝にたてまつった。『新唐書』本伝によれば、「其の書は頗る條理有り、釀辭を刪落して、本書（その本となった各国の史書）を過ぐること遠く甚だし」というできばえだったが、著者が年少で地位も低かったために、時人の評判は芳しくなかった。

李延寿は根っからの北人だったから、南朝に対して何ら顧慮する必要がなかった。さらに彼には、「志怪」的な話柄に対する旺盛な好奇心があった。彼には各国の史書の記述を公平な目によって統一するという父大師以来の宿願とともに、読者の関心を呼びそうな興味ある逸事を収集して、それらを要所に配して叙述をおもしろくしたいというもう一つの方針があったのではないか。だから、たとえば南朝各国の記事についていえば、『南史』は『宋書』『南斉書』『梁書』『陳書』の四正史よりも総体として分量は減りながら、各正史にはなかった内容を多く含んでいる。そのため、巻によっては、正史の記事とは大きく異なった印象を与えることも珍しくない。ことに南人姚察・姚思廉父子の『梁書』との対比においてその感を深くする。

一例として、『梁書』と『南史』の元帝紀の場合を見てみよう。元帝の母は阮修容（四七四〜五四〇）というが（「修容」は、後宮での地位）、『梁書』本紀には、彼女に言及する記事は何もない。巻七后妃伝によれば、阮修容は諱を令嬴、本姓を石といい、会稽餘姚（浙江省）の人であった。南斉の始安王遥光に見いだされたが、遥光が敗れてのち、南斉最末期の皇帝東昏侯宝巻の後宮に入り、やがて斉から梁に王権が移ると、梁武帝に引き取られて、采女となった。「采女」は、民間から選んで後宮に入れた下級の女官だから、本来なら皇帝の目に留まるような存在ではないはずである。もちろん兄の昭明太子蕭統や簡文帝蕭綱の母丁貴嬪よりは低い出自にちがいない。その彼女が武帝の子繹を生んで阮氏の姓を賜り、死後には文宣太后を追贈される高貴の人になったについては、何らかの特別の事情があったのではないか、と好奇の目を向ける人は少なくなかったであろう。姚氏父子がそうした関心を黙殺しているのに対して、李延寿の態度は対照的である。『南史』では、元帝蕭繹の出生を記すに当たり、母阮修容が武帝の愛を受けるに至った次のような秘話が紹介されている（本書「梁元帝伝」参照）。

初、武帝夢眇目僧執香鑪、稱託生王宮。既而帝母在采女次侍、始褰戶幔、有風回裾、武帝意感幸之。采女夢月墮懷中、遂孕。天監七年八月丁巳生帝。擧室中非常香、有紫胞之異。武帝奇之、因賜采女姓阮、進爲修容。

話はさかのぼるが、あるとき武帝の夢に片目の僧が現われて香炉を手に持ち、自分は王宮に生まれ出づるのだと称していた。そのころ元帝の母は采女の列にあって武帝に侍していたが、戸口の幔幕をかかげようとしているところへ、風が吹いて着物の裾がまくれあがり、武帝はその姿に心動かされて彼女に愛を賜った。采女は月が懐に落ち入る夢を見て、懐妊した。天監七年（五〇八）八月丁巳の日（六日）に元帝を生んだ。そのとき部屋中にえもいえぬ妙なる香りがたちこめ、〔赤子は〕紫色の胞衣に包まれる異相を呈していた。武帝はそれを愛でて、采女に阮という姓を賜り、修容の地位に昇進させた。

これは一種の宮廷秘話ともいうべき内容で、真偽のほどは確かめるすべもない。『梁書』がこの話を採録しなかったのは、阮修容や元帝の側からすれば必ずしも名誉とはいいかねる性質の話だからであろう。史料の面でいうなら、阮修容の最も詳しい伝記は、息子元帝の著作『金楼子』后妃篇に収められている。そこには阮氏の本姓である石氏が渤海の石氏と「同出異源」の家系であることに始まって、父祖の名やその官歴、彼女が幼時から「三都賦」などをたちどころに暗誦する利発な素質だったこと、両親の木像を刻んで朝夕仕える敬虔な孝徳の持ち主だったことなど、母に関する多くの情報が語られている。しかし、もちろん彼女がはじめて武帝の愛を受けたときの秘話は記されていない。それにまた、片目の僧の夢の話は、蕭繹が幼時から片目を失明したことの予兆をなす内容だから、梁の家臣の立場からすれば、はなはだ不敬で忌むべき話柄にちがいない。姚氏父子の『梁書』がそれに触れなかったのは、彼らの心情からすれば十分理解できることである。

清の学者趙翼の『廿二史劄記』は、「南史の梁書を増刪せし處」（巻一〇）の項で、『梁書』と『南史』の記述のちがいを次のように評している。

> 「『南史』は『梁書』の事蹟を増すこと最も多し。李延壽は専ら博采を以て長るとせられ、正史の所有る文詞は必ず之を刪汰し、事蹟は必ず之を彙括めて、以て簡淨に歸す。而して正史に無き所の者、凡そ瑣言碎事、新奇喜ぶ可きの蹟は、補綴して巻に入れざるは無し。而るに『梁書』は本と國史の舊文に據り、關係有れば則ち書き、關係無ければ則ち書かず。卽い關係有るも、其の中に忌諱無くんばあらざれば、亦た卽ち隱して書せず、故に行墨最も簡にして、遂に『南史』の増益する所多きを覺ゆるなり」。

この批評は両書の特徴をよく簡潔に捉えている。趙翼は上記の元帝紀の条を、つづく「南史の梁書を増せし瑣言碎事」の項（巻一一）で引き、「（『南史』のこれらの増補部分は）どれも瑣言碎事で、大して関係のないことを増している」と批判し、「この類の記事をことこまかに装入するために、行文に渋滞するところが多くなってしまい、『梁書』の爽勁（歯切れのよさ）なのに及ばない」と結論している。ただ、こうしたところになると、興味を引く逸話を多く挿入する李延寿の筆法を喜ぶ読者もあろうから、なかなか一概には適否を決しがたい問題でもある。

『梁書』と『南史』の叙述の異質さは、このほかにも随所に看取できる。いまひとつ、梁元帝の兄、昭明太子蕭統（五〇一～五三一）の伝について、両者の筆のちがいを比べてみることにしよう。『梁書』によれば、蕭統は中大通三年（五三一）三月、病にかかり、そのまま亡くなった（本書「蕭統伝」参照）。しかし、『梁書』は単に「疾に寝ぬ」とだけ記して、その間の詳しい事情については伏せられたままである。一方、『南史』の昭明太子伝には、太子が病にかかった前後のことを次のように説明している。

三年三月、游後池、乘彫文舸、摘芙蓉、姫人蕩舟、沒溺而得出。因動股、恐貽帝憂、深誡不言、以寝疾聞。

三年三月、〔太子は〕宮中の後ろの池に遊び、屋形船に乗って蓮の花を摘んでいると、女官が舟をゆすったので、水に落ちて溺れかけたところを助けられた。それから下肢が震えるようになり、武帝に心配をかけるのを恐れて、いきさつは決していわぬよう口止めし、病気で寝ているとだけ報告した。

これも確かに瑣事にはちがいない。だが、もしこの話が事実なら、蕭統の死因は病死というよりは、むしろ事故死というに近い。その意味でこの記事は重要な情報を提供している。『梁書』にも、確かに太子が父武帝に心配をかけぬよう、詳しい病状を伏せていたことは書かれている。しかし、『南史』の記すように、女官のいたずらに発した事故による病気だったとすれば、秘匿の理由は単なる孝心によるものだけとはいえまい。何しろ皇太子にしては、はなはだ外聞の悪いスキャンダルである。「この真相を父に知られたくない」——その気持ちが彼に箝口令の処置を取らせたのかも知れない。そう考えれば、上記のような瑣事の挿入によって、武帝と太子の人間関係もずいぶん変わってくる。

そのあと、『梁書』でも『南史』でも、太子の病状を案ずる武帝と、「云何(いかん)ぞ至尊をして我の此(か)くの如く悪しきを知らしめん」と嗚咽する太子との間に何度かやりとりがあったのち、太子は容態が急変してみまかるのだが、病気の原因を伏せてしまえば、これはまことにうるわしい父子の美談である。『梁書』の描き出す昭明太子像は、「孝勤なること天至」という模範的な仁愛の人であり、その死に際しては「京師の男女、宮門に奔走し、號泣 路に滿つ」と記されるほどに、人々の敬慕を集めた。そうした記述は『南史』にも踏襲されている。ただ、先の挿話の有無によって、その奥行きに違いが生じてくるのだ。

『梁書』は、趙翼のいう「卽い關係有るも、其の中に忌諱無くんばあらざれば、亦た卽ち隠して書せず」という態度を持して、太子の病気の原因にはあえて触れなかったのだろう。『南史』ではこのあたりから、『梁書』に見えない記事がしだいに増える傾向がある。その一つは、太子薨去後の後継者問題。『梁書』武帝紀によれば、中大通三年（五三一）四月乙巳（六日）に蕭統が亡くなったあと、弟の晋安王蕭綱が皇太子に決定したのは、三か月後の七月乙亥（七日）である。三か月という空白期間が、逡巡する武帝の心の内を想像させる。『南史』には、そのころ「心徘徊す」という謡が流行ったと記される。

確かに本来なら、次の太子には蕭綱の長子の蕭歓が立てられるはずである。武帝の心が歓に傾かなかったのは、彼が年若く、また武帝の「心に銜む」ところがあったからだと、『南史』昭明太子伝はいう。大方の予想が覆されたため、世間でもとかくの噂が飛び交ったらしい。武帝はそれに配慮して、蕭統の五人の子を大郡に封じて彼らの心を慰めたが、遺児たちの無念の思いはなお晴れなかった。三男の岳陽王蕭詧は、「流涕して受拝し、累日食らわず」というありさまだったと、『南史』は記している。

やがて、侯景の大乱の渦中で、昭明太子の長子歓の子棟は侯景の手によって傀儡皇帝の座に据えられ、太子の次男誉は叔父の元帝に反抗して斬死し、三男詧は西魏と通じて元帝の江陵政権を倒壊させたあと、敵国西魏に擁立されて後梁の君主に押し立てられた。梁の皇族の地位にありながら、梁と敵対する関係になってしまったわけである。そして蕭詧の孫娘が隋煬帝の皇后となり、その弟瑀が隋から唐にかけて栄達の道を歩んだように、昭明太子の子孫は北朝に移って命脈を保った。『梁書』の著者姚思廉はもちろんその事実を熟知していたが、彼の筆はそれをにおわせさえしない。

一方、『南史』においては、父武帝と晩年の昭明太子との間に抜きがたい不信感のあったことが伏線として記述の中に流れている。さて、『梁書』には記述を欠く秘事の第二は、昭明太子の母丁貴嬪の墓地購入をめぐるトラブルである（「蕭統伝」注七五参照）。道士や宦官などいかにもいかがわしげな人物たちが暗躍するこの奇怪な事件は、もちろんそのまま事実であったかどうかは保証できない。しかし、李延寿によると、この事件を昭明太子は終生気に病み、また彼の嗣子が太子に立てられなかったのも、この事件の結果だという。その後の昭明太子一族の運命の暗転を思い合わせると、武帝と昭明太子との間に必ずや何らかの感情的な行きちがいのあったことが想像できる。李延寿は昭明太子伝の論において、「昭明の親と賢、梁武帝の愛と信とを以てするも、謗言一たび及べば、死に至るまで自ら明らかにする能わず」と、父子の不幸な齟齬を慨嘆している。『梁書』の簡約で禁欲的な叙述の及ばない歴史の裏面を、『南史』の増補した「瑣言砕事」は想像させてくれるといえよう。

こうした「瑣言砕事」は、しかし決して『南史』だけに特有の現象ではない。正史のような正統的な史書ではないが、歴史の余剰として生まれた零細な話を記述した書が六朝期には多く著されている。その一つの系統は、『隋志』の史部に「雑伝類」の名でまとめられる一群の書である。そこには『高僧伝』『列女伝』『列仙伝』の類から、『列異伝』『捜神記』といった「志怪」の書に至るまで、まさにさまざまな「雑伝」が収載されている。『隋志』がいうように、その類の書には「虚誕怪妄の説」さえ少なからず含まれているのは事実だが、当時の感覚からすれば、それらは史実そのものではないにしても、ことの「本源」をたどれば、「史官の末事」にはちがいないと認識されていた。つまり、少しスケールを大きく取れば、それらのかなり怪しげな話も、歴史の一部に組みこまれてよい資格を備えていた。さらにいえば、常識では処理できない伝承をも人間の営みの一部として容認する時代の雰囲気があったということだろう。だから、『晋書』郭璞（かくはく）伝のように、正史がもっぱらそれら「虚誕怪妄の説」を史料とすることによって、伝の主人公の人となりを描くようなことも不思議ではなかったのである（本書「郭璞伝」参照）。

零細な逸事を集成したもう一類の史料は、『隋志』子部の「小説家類」に録される『世説新語』のような、名士のエピソードを集めた書である。そうした逸話は、日常的な何くれとない言行を点出することを通じて、ある人物の人間性を瞬時に鮮やかに捉えている。本書に収められる伝でいえば、魏晋交替期の閉塞的な状況下にあって逆説的な自己主張を貫いた阮籍・嵆康、東晋貴族社会のエスプリに富む洒脱さと奔放さを印象づける王羲之など、『世説新語』の形象する人間像が正史『晋書』によって踏襲されている例に事欠かない。『史記』において、司馬遷はすでにその先蹤となる手法を用いていたが、それを凝縮された掌編形式の中で精錬した六朝人の人間認識のあり方に注目すべきであろう。「志怪」に代表される非日常的あるいは反常識的なものへの志向、『世説新語』を典型とする逸事によるスナップショット的な人物形象――そうした人間把握のあり方は、六朝の各正史の記述にも大なり小なり浸透している。先に挙げた『南史』の例は、そのいみじきものの一つであろう。現代の実証的な史学研究によって解明される人間像とは、おそらく多くの点で相容れないところもあるにちがいない。しかし、六朝詩人の文学を理解するために、彼らの人生を彼らが生きた時空にもう一度還元してやることは、文学研究の一環として、やはりどうしても欠かせないことなのである。

史書が歴史のすべての真実をよく明らかにするわけではない。史実の舞台から遠く隔てられた後世の読者は、遺された史料の隙間を想像力で補いながら、ことがらの実相を組み立ててゆくほかはない。それは困難な作業であるとともに、また歴史を読む楽しみでもあるだろう。千数百年の時空の彼方に生きた六朝詩人たちの姿が、本書によって多少とも彷彿とできるならば、私ども執筆者にとってうれしいことである。

詩人傳

孔融（一五三～二〇八）

孔融は、後漢末、特異な生き方を貫いた文学者。曹丕の「典論論文」以来、建安七子の一人に数えられるが、七子のうちただ一人曹操より年長であるうえ、その事跡も他の文人とは異なり、七子の中ではやや孤立した位置にある。とはいえ、その文業は『文心雕龍』にも再三論及されるし、「鸚鵡の賦」の作者禰衡との邂逅なども含めて、建安文学を語るのに欠かせない人物である。

後漢書巻七〇　孔融傳

[一]孔融字文擧、魯國人、孔子[二]二十世孫也。七世祖霸[三]、爲元帝師、位至侍中。父宙[四]、太山都尉。

融[五]幼有異才。年十歲、隨父詣京師。時河南尹李膺[六]以簡重自居、不妄接士賓客、敕外自非當世名人及與通家、皆不得白。融欲[七]觀其人、故造膺門、語門者曰「我是李君通家子弟」。門者言之。膺請融、問曰「高明祖父嘗與僕有恩舊乎」。融曰「然。先君[八]孔子與君先人李老君、同德比義、而相師友、則融與君累世通家」。衆坐[九]莫不歎息。太中大夫陳煒[一〇]後至、坐中以告煒。煒曰「夫人小[一一]而聰了、大未必奇」。融應聲曰「觀君所言、將不早惠乎」。膺大笑曰「高[一二]明必爲偉器」。

[一三]年十三喪父、[一四]哀悴過毀、扶而後起。州里歸其孝。性好學、博渉多該覽。
山陽[一五]張儉爲中常侍[一六]侯覽所怨、覽爲[一七]刊章下州郡、以名捕儉。儉與融兄褒有舊、[一八]亡抵於褒、不遇。[一九]時融年十六、儉少之而不告。融見其有窘色、謂曰「兄雖在外、吾獨不能爲君主邪」。因留舍之。後事泄、國相以下、密就掩捕。儉得脱走、遂幷收褒・融送獄。[二〇]二人未知所坐。融曰「保納舍藏者、融也、當坐之」。褒曰「彼來求我、非弟之過、請甘其罪」。[二一]吏問其母、母曰「家事任長、妾當其辜」。一門爭死、郡縣疑不能決、乃上讞之。詔書竟坐褒焉。融由是顯名、與[二二]平原[二三]陶丘洪・陳留[二四]邊讓齊聲稱。州郡禮命、皆不就。

[一]孔融 字は文擧、魯國の人、[二]孔子二十世の孫なり。七世の祖の[三]霸、元帝の師と爲り、位 侍中に至る。父の[四]宙 太山都尉たり。

[五]融 幼くして異才有り。年 十歳にして、父に隨いて京師に詣る。時に河南尹[六]李膺、簡重を以て自ら居り、妄りに士・賓客に接せず、外に勅めらく 當世の名人及び通家に非ざる自りは、皆な白すことを得ずと。[七]融 其の人を觀んと欲して、故に膺が門に造り、門者に語りて曰く「我は是れ李君の通家の子弟なり」と。門者 之を言す。膺 融に請い、問いて曰く「高明の祖父 嘗て僕と恩舊有りや」と。融曰く「然り、先君孔子と君が先人李老君とは、徳を同じうし義を比べ、相い師友たれば、則ち融と君とは累世の通家なり」と。[九]衆坐 歎息せざるは莫し。太中大夫[一〇]陳煒 後れて至り、坐中以て煒に告ぐ。煒曰く「夫れ人は小にして[一一]聰了なれども、大なれば未だ必ずしも奇ならざらん」と。融 聲に應じて曰く「君の言う所を觀れば、將た早惠ならざりけんや」と。膺 大いに笑いて曰く「[一二]高明必ずや偉器と爲らん」と。
[一三]年十三にして父を喪い、[一四]哀悴 毀するに過ぎ、扶けて而る後に起つ。州里 其の孝に歸す。性 學を好み、博く渉りて

多く該覧(がいらん)す。

山陽の[一五]張儉(ちょうけん) 中常侍[一六]侯覽(こうらん)の怨む所と爲(な)り、覽[一七]刊章を爲りて州郡に下し、以て儉を名捕せんとす。儉 融の兄の褒[一八]と舊有り、亡(に)げて褒に抵(いた)れども、遇わず。[一九]時に融は年十六、儉 之(これ)を少(わか)しとして告げず。融 其の窘色(きんしょく)有るを見て、謂いて曰く「兄は外に在りと雖(いえど)も、吾(われ) 獨り君が主と爲(な)ること能(あた)わざらんや」と。因りて之を留舍す。後に事泄(も)れ、國相以下、密(ひそ)かに就(つ)きて掩捕(えんぽ)せんとす。儉は脱走することを得、遂に幷(あわ)せて褒・融を收めて獄に送る。二人[二〇] 未だ坐する所を知らず。融曰く「保納して舍藏せる者は、融なり、當に之に坐すべし」と。褒曰く「彼 來たりて我を求む、弟の過ちには非ず、請う其の罪に甘んぜん」と。吏[二一] 其の母に問うに、母曰く「家事は長なるに任ず、妾(わらわ) 其の辜(つみ)に當たる」と。一門して死を爭えば、郡縣 疑いて決すること能(あた)わず、乃(すなわ)ち之(これ)を上讞(じょうげん)す。詔書ありて竟(つい)に褒を坐す。融 是(これ)に由りて名を顯(あらわ)し、[二二]平原の[二三]陶丘洪(とうきゅうこう)・陳留(ちんりゅう)の[二四]邊讓(へんじょう)と聲稱を齊(ひと)しゅうす。州郡 禮もて命ずれど、皆な就(つ)かず。

孔融(こうゆう)は字(あざな)を文挙(ぶんきょ)といい、魯(ろ)国（山東省）の人で、孔子の二十代めの子孫である。七代前の祖先の霸(は)は、（前漢）元帝の師となり、位は侍中に至った。父の宙(ちゅう)は、太山（山東省）の都尉であった。

融は幼いときからめだってすぐれた才能があった。十歳で、父に連れられて都に出てきた。そのころ、河南（河南省）の尹(いん)だった李膺(りよう)は、大人(たいじん)の風があって落ち着いているのを自認していて、むやみに士や賓客に会わず、門番にも、当世の名士か古なじみの家の者でない限りは、皆自分に取りついではならぬとクギを刺していた。融はその人を見てやろうと思って、わざわざ膺の家の門に行って、門番に「私は李様の古なじみの子弟だ」と言った。門番はこれを（李膺に）お伝えした。膺は融を招き入れ、「あなた様の御祖父は、これまでわたくしめと古いおつき合いがございましたかな」とたずねた。融が言うには、「はい、私の先祖の孔子とあなたの祖先の李老君（老子）とは、ともに高い徳と義を備え、互いに師とする友人であったのですから、融とあなたとは何代にもわたる古なじみでございましょう」と。居合わせた者たちはみな感心してどよめいた。太中大夫の陳煒があとからやって来て、その場の者が先ほどのことを煒に話した。煒は言った。「だいたい人間というのは、小さいころにかしこいからといって、大きくなっても優秀だとは限らぬものだ」。融がすぐさま言う、「あなたのおっしゃることから見ると、子供のころはさぞ優秀でいらしたのでしょうね」。膺は大いに笑って言った。「あなた様はきっと大物になりますよ」。

十三歳で父を亡くしたときには、悲しみやつれてひどくやせ細ってしまい、人に支えてもらってやっと立ち上がるほどだった。土地の人々はその孝心を慕った。もともと学問好きのたちで、あれこれ書物をあさって幅広く読書をしていた。

山陽（山東省）の張倹が中常侍の侯覧に怨まれ、覧は告発者の名を伏せた逮捕状を出して州郡に下し、指名手配して倹を捕らえようとした。倹は融の兄の褒と古いつき合いだったので、逃げて褒のところにやってきたが、会えなかった。当時融は十六歳で、倹は彼を子供だと思って事情を話さなかった。融は倹が困った様子でいるのを見て、「兄は外出しておりますが、私だってあなたに主人として接することはできますとも」と声をかけた。こうして融は倹を住まわせてやった。後にこのことが露見し、国相以下、こっそりやって来て捕らえようとした。倹は脱走することができ、そこで褒と融を一緒に捕らえて獄に送った。二人のうち誰が罪に服することになるかわからなかった。融が言った。「倹を招き入れてかくまったのは、私です。当然私が罪にふれるはずです」。褒は言った。「彼がやって来たのは私のつてを求めてのことです、弟のせいではございません、私がその罪を甘んじて受けたくお願い申し上げます」。役人がその母に問うと、母が言うには、「家の事は年寄りに任されておるのでございますから、私がその罪にあたるのでございます」。一門の者が争って死罪に服そうとするので、郡県の役所ではためらって決裁ができず、そこでこの件を皇帝におうかがいすることにした。詔書が下って結局褒が罰せられた。融はこの件によって評判が高くなり、平原（山東省）の陶丘洪・陳留（河南省）の辺譲と名声を並べるようになった。州郡の役所では礼をつくして融を任命しようとしたが、融はどこにも出仕しなかった。

一　孔融　その伝記は、『後漢書』本伝のほか、『三国志』巻一二崔琰伝注、袁宏『後漢紀』建安十三年条および『世説』言語篇参照。

孔融は詩賦にはめぼしい作品を残さなかったが、その文章の評価は極めて高かった。『文心雕龍』才略篇には、禰衡（→注九六）と対比して「孔融 氣は筆を爲すに於て盛ん、禰衡 思は文を爲すに於て鋭し」という。禰衡の「思鋭」に対し、孔融の「気盛」は、外にほとばしり出る激越なまでの勢いをいうようである。

二　孔子二十世孫　『世説』言語篇3注引『続漢書』は誤って「孔子二十四世孫也」とする。『三国志』崔琰伝注引『続漢書』は誤らない。

三　霸　孔霸。生卒年未詳。字は次儒。孔子十三世の孫。皇太子時代の元帝（在位、前四八—前三三）に『尚書』を教えた。元帝は即位すると、霸に関内侯の爵を賜い、褒成君と号し、給事中（ここに侍中というのと合わない）の官と黄金二百斤を与え、戸籍を長安に移し、しまいには宰相にしようとまでするが、霸は辞退した。没後、烈君と諡された。『漢書』巻八一孔光伝。

四子のうち福は、孔子をまつるために魯に戻った。莽（後に王莽を避けて均と改名）は、孔子の末裔ということで褒成侯として封ぜられ、『後漢書』巻七九上儒林伝上の孔禧伝にその後の系譜をしるす。孔融は魯国の人というからには、福の血筋をうけているはずだが、褒成侯の系譜には属さない。

四　宙　孔宙。一〇三～一六三。殿本は「宙」を「伷」に作るが、誤り。『隷釈』巻七「泰山都尉孔宙碑」に、「君 諱は宙、字は季將、孔子十九世の孫なり」。碑によると、厳氏の春秋を修め、郎中・都昌（山東省）長・元城（河北省）令を歴任したのち、泰山都尉となり、延熹六年（一六三）六十一歳で卒した。碑はその翌年に建てられ、現在は山東省曲阜の孔子廟にある。

このほか孔融の祖先については、『三国志』崔琰伝注および『世説』言語篇3注引『続漢書』に「高祖父の尚、鉅鹿（河北省）の太守たり」という。

孔融の兄弟については、『後漢書』本伝の注に引く『融家伝』に、「兄弟七人、融は第六」とある。のちに名の見える褒（→注一八）は長兄。清の雍正三年（一七二五）に出土した「孔褒碑」に、「君 諱は褒、字は文禮、孔子廿世の孫、泰山都尉の元子なり」という。また、『隷釈』巻六「孔謙碣」に、「孔謙 字は徳譲、宣尼公廿世の孫、都尉君の子なり。年廿四にして、永興二年（一五四）七月、疾に遭いて不祿す」とあり、謙（一三一～一五四）という名の兄がいたことがわかる。「孔褒碑」「孔謙碣」とも、今は山東省曲阜の孔子廟におかれる。さらに、『後漢書』巻六七党錮列伝に「孔昱 字は元世、魯國魯の人なり。七世の祖の霸」云々とある昱も、融と同輩になる。

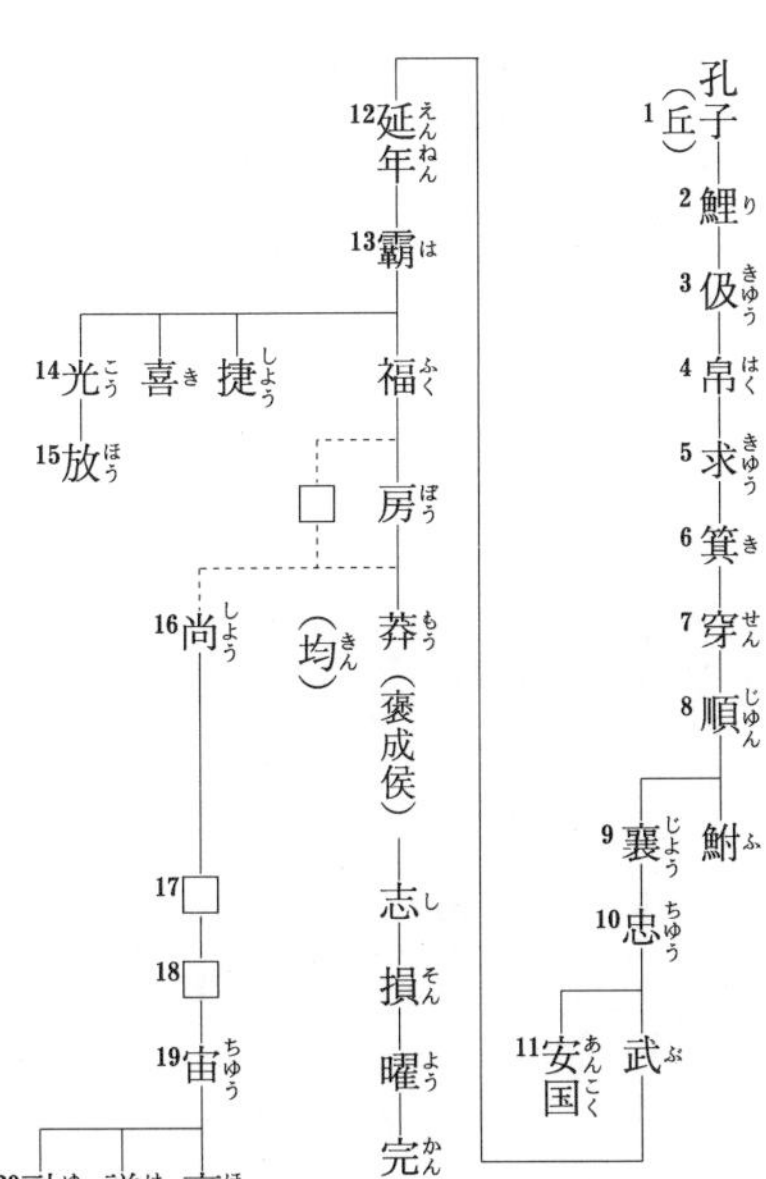

五 融幼有異才　『後漢書』の注には、『融家伝』の次の逸話を引いている（『世説』言語篇3注引『融別伝』もほぼ同じ）。

年四歳の時、諸兄と共に梨を食らう毎に、融輒ち小なる者を引く。大人 其の故を問えるに、答えて曰く、我は小児なり、法として當に小なる者を取るべしと。是に由りて宗族 之を奇とす。

六 李膺　一一〇?～一六九。字は元礼、潁川襄城（河南省）の人。「天下の模楷 李元礼」といわれ、「八俊」の筆頭に挙げられた名士。めったに人に会わず、お目通りを許されると「龍門に登る」とよばれた。皇帝や宦官にとり入るエセ占い師張成を捕らえて殺したところ、その弟子牢脩に誣告され、太学の遊士と結んで世を乱す「党人」として逮捕された。有名な党錮の禍の起こりである。のち釈放されるが、陳蕃・竇武の宦官制圧計画が失敗すると、再び捕らえられて獄死した。『後漢書』巻六七党錮伝。

七 融欲観其人…　孔融が李膺にまみえた際の逸話は、よほど人口に膾炙したものとみえて、『三国志』崔琰伝に引く『續漢書』、『後漢紀』建安十三年の条、『世説』言語篇3、およびその注に引く『融別伝』にも見える。『後漢書』章懐注引『融家伝』は、融がこの時会いに行ったのは李膺ではなく、漢中の李公すなわち李固とするが、李固は孔融が生まれる前の建和元年（一四七）に没しているから、誤り。融が李膺に会った時の年齢については、十余歳・十二歳など種々の伝承があり、李膺の官職も、『世説』では司隷校尉とする。

なお、『三国志』注、『世説』注および『後漢紀』は、「融欲観其爲人」に作る。『世説』本文はこの句を欠く。

八 先君孔子…　『史記』巻六三老子伝に、孔子が周に行って老子に礼について問うたという伝承がある。後漢の人辺韶の「老子銘」（『隷釈』巻三）にも「孔子…年十有七にして、禮を老聃に學ぶ」という。また、老子の姓が李であるというのも、『史記』老子伝に「姓は李氏、名は耳、字は耼」とある。

九 衆坐莫不歎息　『三国志』崔琰伝注、『世説』言語篇3注および『後漢紀』では、この下に「僉曰く、異童子なりと」の一文がある。

一〇 陳煒　『後漢紀』では「陳禕」、『世説』およびその注では「陳韙」に作る。この人はここに名が見えるだけで、伝記は未詳。

一一 聰了　『三国志』注・『後漢紀』・『世説』およびその注、みな「了了」に作る。いずれにしても子供のかしこいさまの形容。

一二 高明必爲偉器　『三国志』注・『後漢紀』では、「高明」の下に「長大」二字があり、『世説』注では「高明」二字がないかわりに「長大」二字がある。王先謙『後漢書集解』では、「長大」二字はあるべきだとする。『世説』本文には「膺大笑曰」以下がなく、「韙 大いに踧踖（恐れ入るさま）せり」という。

なお、『太平御覧』巻四六三に引く范曄『後漢書』には、陳煒にまつわる一段がなく、かわりに李膺との対話にまだ続きがあることになっている。恐らく他の諸家の『後漢書』を誤って引いたものであろうが、そこでも機智に富んだ返答で李膺をやりこめている。

他に『太平御覧』巻四〇九引虞預『会稽典録』には、盛憲が「容貌非常」なる童子に出会い、名をたずねると「魯国の孔融」というので、家に連れ帰って兄弟の契りを結んだとある。

一三 年十三喪父　孔融の父孔宙は延熹六年（一六三）没（→注四）。孔融の没年から逆算すれば、このとき融はまだ十一歳。

一四 哀悴過毀、扶而後起　『礼記』檀弓上篇に「君子の親の喪を執るや、水漿 口に入らざる者三日、杖して而る后に能く起つ」、問喪篇に「孝子の親を喪えるや、哭泣 數無く、勤めに服すること三年、身は病み體は羸せ、杖を以て病を扶くるなり」とある。ここで「扶而後起」というのは、杖をついて立つという礼の規定より悲しみようがはなはだしいことを示し、孔融の孝心の篤さをいうものである。

一五 張倹　一一五?～一九八?。字は元節、山陽高平（山東省）の人。李膺（→注六）らの「八俊」、郭林宗らの「八顧」に次いで「八及」の筆頭に挙げられた。ここで述べられるのは、同郷の二十四人と党派を組んで社稷を脅かしているとして告発されたときのことである。これがきっかけで、いったん釈放されていた李膺らの「党人」が再び捕らえられ、多くの死者を出すことになる。倹自身は各地を転々として逃がれ、党人への弾圧が収まってのち帰郷し、以後政事に関わらなかった。『後漢書』巻六七党錮伝。

なお、倹をかくまったことに関する以下の逸話は、『三国志』崔琰伝注引『続漢書』、『後漢紀』建安十三年の条にも見える。『藝文類聚』巻四九には、融の手になる「衛尉張倹碑銘」をのせる。

一六 侯覧　?～一七二。字は未詳、山陽防東（山東省）の人。桓帝（在位一四七～一六七）の初め中常侍となり、関内侯の爵を賜り、高郷侯に封じられた。張倹によってその奢侈と無道を訴えられると、逆に倹ら党人を弾圧した。のちに再び専権驕奢を告発され、官爵を没収されて自殺した。『後漢書』巻七八宦者伝。

一七 刊章　訴えた者の名を書かず、ただ逮捕されるべき者だけを書いた告訴状・逮捕状。『後漢書』注に「刊は、削なり。謂うこころは告人の姓名を削去す」。また、『後漢書』党錮伝にもこの件の記述があるが、その注に「(朱) 並の名を宣露するを欲せず、故に之を削除し、直だ倹等を捕らえんとす」。

一八 褒　孔褒。?～一六九。融の長兄。『後漢書』注に『融家伝』を引いて「褒 字は文禮」と。「孔褒碑」（→注四）の額題によれば、豫州（河南・安徽・山東の三省にまたがり、孔家のある魯国を含む）の従事であった。また、『隷釈』巻一「史晨饗孔廟後碑」に「處士孔褒文禮」とあるから、史晨が孔廟を拝謁した建寧元年（一六八、すなわちこの事件の前年）には出仕していなかったことになる。褒・融の兄弟である孔謙は永建六年（一三一）に生まれているから（→注四）、褒は一三〇年以前に生まれており、この事件のときには四十歳代であったとみられる。張倹をかくまったために処刑されたことは、残闕の多い文ながら「孔褒碑」にも記されている。

一九 時融年十六　この時（建寧二年＝一六九）融は十七歳のはず。

二〇 二人未知所坐　『三国志』注・『後漢紀』ともこの句を欠く。

二一 吏問其母…　『三国志』注・『後漢紀』ではこれ以下の母に関する記述を欠き、下文の「一門争死」も「兄弟争死」に作る。

二二 平原陶丘洪…　『後漢紀』にはこれ以下の記述がなく、『三国志』注では次のように作る。「平原の陶丘洪・陳留の邊讓と、並びに俊秀を以て、後進の冠蓋と爲る。融 持論經理は讓等に及ばざれども、逸才宏博は之に過ぐ」。

二三 陶丘洪　生卒年未詳。陶丘が姓、洪が名。『後漢書』巻六四史弼伝注に『青州先賢伝』を引いて、「洪 字は子林、平原（山東省）の人なり。清達博辯にして、文は當代に冠たり、孝廉に擧げらるれども行かず、太尉の府に辟さる。年三十にして卒す」。

二四 邊讓　生卒年未詳。字は文礼、陳留浚儀（河南省）の人。文をよくし、本伝にその作「章華賦」をのせる。大将軍何進（→注二七）の令史となり、孔融とも交わった。『辺譲別伝』（『太平御覧』巻六九一引）によれば、融は辺譲を曹操に推薦してやったともいう。九江（安徽省）の太守となるが、初平中（一九〇～一九三）に官を辞して家に帰った。才に任せてしばしば曹操をののしったが、建安中（一九六～二二〇）に殺された。『後漢書』巻八〇下文苑伝下。

* * *

辟司徒[25]楊賜府。[26]時隱覈官僚之貪濁者、將加貶黜、融多擧中官親族。尙書畏迫內寵、召掾屬詰責之。融陳對罪惡、言無阿撓。河南尹[27]何進當遷爲大將軍、楊賜遣融奉謁賀進。不時通、融卽奪謁還府、[28]投劾而去。河南官屬恥之、私遣劍客欲追殺融。客有言於進曰「[29]孔文擧有重名、將軍若造怨此人、則四方之士[30]引領而去矣。不如因而禮之、可以示廣於天下」。進然之。[31]既拜而辟融。擧高第、爲侍御史。與[32]中丞趙舍不同、託病歸家。後辟[33]司空掾。拜[34]中軍候、在職三日、遷虎賁中郎將。會[35]董卓廢立、融每因對答、輒有匡正之言。以忤卓旨、轉爲議郞。時[36]黃巾寇數州、而[37]北海最爲賊衝。卓乃諷三府、同擧融[38]爲北海相。

[39]融到郡、收合士民、起兵講武、馳檄飛翰、引謀州郡。賊[40]張饒等羣輩二十萬衆從冀州還、融逆擊、爲饒所敗、乃收散兵保朱虛縣。稍復鳩集吏民爲黃巾所誤者男女四萬餘人、更置城邑、立學校、表顯儒術、薦擧賢良[41]鄭玄・[42]彭璆・[43]邴原等。郡人[44]甄子然・[45]臨孝存、知名早卒。融恨不及之、乃命配食縣社。其餘[46]雖一介之善、莫不加禮焉。郡人無後及四方游士有死亡者、皆爲棺具而斂葬之。時黃巾復來侵暴。融乃出屯都昌、爲賊[47]管亥所圍。融逼急、乃遣東萊[48]太史慈求救於平原相[49]劉備。備驚曰「孔北海乃復知天下有劉備邪」。卽遣兵三千救之、賊乃散走。

時[50]袁・曹方盛、而融無所協附。[51]左丞祖者、稱有意謀、勸融有所結納。融知紹・操終圖漢室、不欲與同、故怒而殺之。

融負其高氣、[52]志在靖難、而[53]才疎意廣、迄無成功。[54]在郡六年、[55]劉備表領青州刺史。建安元年、爲[56]袁譚所攻。自春至夏、戰士所餘裁數百人、流矢雨集、戈矛內接。融[57]隱几讀書、談笑自若。城夜陷、乃奔[58]東山、妻子爲譚所虜。

司徒[25]楊賜の府に辟さる。時に[26]官僚の貪濁なる者を隱覈し、將に貶黜を加えんとするに、融 多く中官の親族を擧ぐ。尚書 內寵に迫るを畏れ、掾屬を召して之を詰責せしむ。融 罪惡を陳對し、言に阿撓無し。河南尹[27]何進 遷りて大將軍と爲るに當たりて、楊賜 融を遣わして謁を奉じて進を賀せしむ。時に通ぜざれば、融 卽ち謁を奪いて府に還り、[28]劾を投じて去る。河南の官屬 之を恥じ、私かに劒客を遣わして追いて融を殺さんと欲す。客に進に言すもの有りて曰く「[29]孔文擧は重名有り、將軍若し怨みを此の人に造せば、則ち四方の士は[30]領を引きて去らん。因りて之を禮するに如かず、以て廣きことを天下に示すべし」と。進 之を然りとす。既にして拜して融を辟す。[31]高第に擧げられ、侍御史と爲る。[32]中丞の趙舍と同ぜず、病に託して家に歸る。

後 [33]司空の掾に辟さる。[34]中軍候を拜し、職に在ること三日にして、虎賁中郎將に遷る。會たま[35]董卓廢立せるに、融 因りて對答する每に、輒ち匡正の言有り。卓の旨に忤れるを以て、轉じて議郞と爲る。時に[36]黃巾 數州に寇し、而も[37]北海 最も賊衝爲り。卓乃ち三府に諷し、同じく融を擧げて[38]北海相と爲さしむ。

[39]融 郡に至るや、士民を收合し、兵を起こし武を講じ、檄を馳せ翰を飛ばして、謀を州郡に引く。賊[40]張饒等羣輩二十萬衆 冀州從り還るに、融 逆え擊ち、饒の敗る所と爲りて、乃ち散兵を收めて朱虛縣を保つ。稍く復た吏民の黃巾の誤る所と爲る者男女四萬餘人を鳩集し、更めて城邑を置き、學校を立て、儒術を表顯し、賢良[41]鄭玄・[42]彭璆・[43]邴原等を薦擧す。郡人[44]甄子然・[45]臨孝存、名を知られたれども早く卒す。融 之に及ばざるを恨み、乃ち命じて縣の社に配食せしむ。其の餘[46]一介の善と雖も、禮を加えざるは莫し。郡人の後無き及び四方の游士の死亡すること有る者は、皆棺具を爲りて之を斂葬す。時に黃巾 復た來たりて侵暴す。融 乃ち出でて都昌に屯し、賊[47]管亥の圍む所と爲る。融

逼急し、乃ち東萊の[四八]太史慈を遣わして救いを平原相[四九]劉備に求む。備 驚きて曰く「孔北海乃ち復た天下に劉備有ることを知れるや」と。即ち兵三千を遣わして之を救い、賊乃ち散走す。

時に[五〇]袁・曹方に盛んなれども、融は協附する所無し。[五一]左丞祖なる者は、意謀有りと稱せられ、融に勸めて結納する所有らしめんとす。融 紹・操の終に漢室を圖るを知りて、與に同じゅうするを欲せず、故に怒りて之を殺す。

融 其の高氣を負み、[五二]志は難を靖んずるに在れども、而るに[五三]才は疎くして意は廣ければ、迄に成功すること無し。[五四]郡に在ること六年、[五五]劉備 表して青州の刺史を領す。建安元年、[五六]袁譚の攻むる所と爲る。春自り夏に至るまで、戰士の餘す所 裁に數百人、流矢 雨のごと集まり、戈矛 内に接す。融[五七]几に隠りて書を讀み、談笑すること自若たり。城 夜に陥ちて、乃ち東山[五八]に奔り、妻子は譚の虜する所と爲る。

司徒の楊賜の役所にとりたてられた。当時官僚の汚職を秘密裡に調査し、左遷や免官の処分を下そうとしていたが、融は多く宮中の宦官の親族を摘発した。尚書は事が皇帝お気に入りの宦官に及ぶのを恐れ、属官を呼びよせて融を詰問した。融はそれでも宦官一族の罪悪を述べたて、その言葉にはおもねったところがなかった。河南尹の何進が大将軍に昇進したとき、楊賜は融を使いとして名刺を持たせ、進への祝いを述べさせようとした。ところが訪れた時にすぐに通されなかったので、融は名刺を奪い返して楊賜の役所に戻り、辞表をたたきつけて立ち去ってしまった。河南尹の属官たちはこれを恥じ、こっそり剣客を送って融を追って殺させようとした。賓客のある者が進に申し出て言うには、「孔文挙はたいへんな名声がございますから、将軍どのがもしこの方に怨みを買うようなことをなさいましたら、各地から来ておる士人どもはみな連れ立って帰ってしまうでしょう。この機会に文挙を礼をもって遇するのがよろしいかと存じます。将軍どのの度量の広さを天下に示すことができましょうから」。進はもっともだと思った。こうして礼をつくして融を招き寄せた。高第（成績優秀者）として推挙され、侍御史となった。ところが中丞の趙舎とそりが合わず、病気を口実に家に帰ってしまった。

のちに司空の属官に取りたてられた。中軍候の官を授かると、在職わずか三日で、虎賁中郎将に昇進した。ちょうどそのころ董卓が少帝を廃して献帝を立てたのだが、融は下問に答えるたびに、いつも正道を貫いた発言をした。それが董卓の気にさわって、左遷されて議郎となった。当時黄巾の賊が数州を荒らし回っており、しかも北海国（山東省）が最も賊の多く集まる地域であった。卓はそこで三府（太尉・司徒・司空の役所）にそれとなく勧めて、そろって融を推挙して北海国の相にさせるようにした。

融は郡に着くと、士人・民衆を集め、軍隊を組織し教練を行なって、檄を飛ばして、黄巾討伐のはかりごとを各地に伝えた。賊の張饒らのやから二十万人が冀州（河北省）から戻ってくると、融はこれを迎え撃ったが、饒に敗れ、そこで逃げのびた兵を集めて朱虚県（北海国の県名）を守った。しばらくすると再び官吏・民衆で黄巾の賊にたぶらかされていた者、男女四万余人を結集し、町を築き直し、学校を建て、儒術を顕彰し、大学者鄭玄・彭璆・邴原らを朝廷に推挙した。郡人の甄子然・臨孝存は、名を知られていたが早く世を去った。融は彼らの表彰が間に合わなかったのを残念に思い、そこで県の社（土地神のほこら）にあわせまつるよう命じた。そのほか、ほんの小さな善行をした者でも、みな礼をもって遇した。郡人であとつぎのない者や、各地からやってきた遊士で死亡した者は、みな棺を作って埋葬してやった。そのとき黄巾の賊がまたやってきて乱暴をはたらいた。融はそこで国府を出て都昌（北海国の県名）にとどまったが、賊の管亥にとり囲まれてしまった。融はせっぱつまって、東萊（山東省）の太史慈を派遣して平原（山東省）の相だった劉備に助けを求めた。備は驚いて言った。「あの孔北海どのまでがなんと天下にこの劉備がおることをご存じであられたか」。すぐに兵士三千人を送って融を救い、賊はやっと散らばり逃げた。

当時袁紹・曹操が勢力盛んな時期にあたっていたが、融はどちらにもすり寄ったりはしなかった。左丞祖という者は、策謀家として通っていたが、融に勧めて彼らと結ばせようとした。融は袁紹・曹操が最後には漢の帝室をねらっているのを知り、彼らには同調したくないと思い、それで怒って左丞祖を殺した。

融は高い気位をもち、世の乱れを鎮めたいという理想があったが、やることはずぼらで、気ばかりがむやみに大きかったので、結局成功することがなかった。北海国に着任して六年めに、劉備の上奏により青州（山東省、北海国をも含むより広い地域）の刺史を兼務した。建安元年（一九六）、袁譚に攻められた。春から夏にかけて、戦士の残った者はわずかに数百人、飛ぶ矢は雨のごとく集まり、敵のほこが城内にまで迫ってくるありさまであった。しかし融は机にもたれかかって本を読み、泰然自若として談笑していた。城壁は夜に陥落し、融はやむなく東の山中に逃亡したが、妻子は譚の捕虜になってしまった。

二五 楊賜　?～一八五。字は伯献、弘農華陰（陝西省）の人。代々の学者で、霊帝に『尚書』を講じ、相次ぐ災異によく治国の事を説いた。司空・司徒を二度ずつ務め、文烈侯と謚された。『後漢書』巻五四。司徒在職は、熹平五年（一七六）十一月から翌年十二月までと、光和二年（一七九）十二月から翌々年閏九月まで。

二六 時隠覈官僚之貪濁者…　『後漢紀』によれば、光和五年（一八二）に「三公に詔して謠言を以て刺史・二千石の貪汙濁穢にして蠹害を爲す者を擧げしむ」とあるが、このときには楊賜は司徒を退いている。『後漢書』巻六七党錮伝范滂伝には、滂が「權豪の黨二十餘人」を挙げたことを記す。その際も「尚書　滂の劾する所猥りに多きを責め、私故有らんことを疑う」といい、官僚の抵抗があったことをうかがわせる。

二七 何進　?～一八九。霊帝の何皇后の異母兄。弟の苗とともに、黄巾の乱の平定に力があった。霊帝が崩じ、のちに廃される少帝辯が立つと、袁紹（→注五〇）らと謀って宦官を誅滅しようとするが、何皇后の抵抗にあって躊躇するうちに逆に殺された。『後漢書』巻六九。大将軍になったのは中平元年（一八四）。

二八 投劾而去　自らの罪を述べた弾劾状を提出して官を去ること。実際には不満があるときの辞職の手段であった。

二九 孔文擧有重名…　『後漢書』注に引く『融家伝』では、進言の内容を以下のように作る。「孔文擧は時に於て英雄の特傑たり、諸を物類に譬うれば、猶お衆星の北辰有り、百穀の黍稷有るがごとく、天下目を屬けざるは莫し」。

三〇 引領　『漢書』巻九八元后伝に「敕して親屬をして引領して以て丁・傅を避けしむ」とあり、顔師古注に「引領は、自ら首領を引きて退くなり」という。

三一 既拝而辟融　『後漢書』巻八〇下文苑伝下辺譲伝に、大将軍何進が譲を召したとき、孔融と王朗が府の掾であったことが見える。陸侃如『中古文学繋年』では、これを中平四年（一八七）にかけているが、本伝の記述による限り、中平元年のことであろう。

また、『後漢書』巻六六王允伝には、「中平元年、黄巾の賊起こり、特に選ばれて豫州の刺史を拝す。荀爽・孔融等を辟して従事と爲す」とある。陸氏（前掲書）は中平元年のうちに侍御史を辞して豫州の従事になったと解している。

三二 中丞趙舎　中丞は、御史中丞。侍御史はその属官。趙舎は、未詳。

三三 司空　この司空が誰をさすかは定かでないが、陸侃如氏（前掲書）

のいうように楊賜（↓注二五）であるならば、中平二年（一八五）のこと。一方、下文の董卓（↓注三五）のことであるとすれば、中平六年（一八九）。

三四 中軍候　『三国志』崔琰伝注に引く『続漢書』によって、「北軍中候」に改めるべきである。

三五 董卓　?～一九二。字は仲潁、隴西臨洮（陝西省）の人。霊帝のとき前将軍。霊帝が崩じると、宦官を討って自ら司空となり、少帝を廃して献帝を立てた。その後山東の袁紹（↓注五〇）らの挙兵を逃れて、天子をひきつれ長安に遷都し、洛陽を焼きつくした。腹心の家来だった呂布に殺された。『後漢書』巻七二、『三国志』巻六。

三六 黄巾　鉅鹿（河北省）の張角を「大賢良師」とし、黄老の道を奉ずる教団による反乱。張角はまじないによる医療で全国各地に数十万の勢力を築いた。光和七年（一八四）二月に乱を起こし、信徒は黄色い頭巾を頭につけたため「黄巾」という。同年十一月にはほぼ鎮圧され、翌月これを記念して中平と改元した。経過は『後漢書』巻七一皇甫嵩伝に詳しい。残党の活動はこの後も各地で続いた。

三七 北海最爲賊衝　『後漢書』巻八霊帝紀中平五年（一八八）冬十月の条に「青・徐の黄巾復た起こり、郡縣に寇す」という。『後漢書』巻三五鄭玄伝に「董卓 長安に遷都し、…會たま黄巾 青部に寇す」、おそらく同じことが『三国志』巻一二崔琰伝に「徐州の黄巾の賊攻めて北海を破る」とあるが、董卓の遷都（初平元年＝一九〇）はちょうど孔融が北海国の相になった年である（↓注三八）。『後漢書』鄭玄伝には「建安元年（一九六）徐州自り高密（北海の侯国）に還るに、道に黄巾の賊數萬人に遇う」ともいい、山東での黄巾の勢いはとどまるところを知らない状態であったといえる。

三八 爲北海相　『三国志』崔琰伝注引『続漢書』に「時に年三十八」といい（ただし殿本・百衲本は「二十八」に作る）、これによると初平元年（一九〇）のことである。『後漢紀』建安十一年条では「年二十八にして、北海の太守と爲る」というが、誤りであろう。

三九 融至郡…　以下に述べられる北海の相としての孔融の功績は、『三国志』崔琰伝注引『続漢書』や、『後漢紀』建安十一年条では、みな融に好意的な書きぶりである。ところが『三国志』崔琰伝注引司馬彪『九州春秋』では、同じことが辛辣な批判をこめて語られる。それによると、融は自らの才気をたのんで軍功を挙げようとし、山東で勢力を養っていた。ただ、その任用するところはみな軽はずみな奇人で、まじめな学者には形だけ敬意を払うが、政治の話はしなかった。また、その命令は「辭氣溫雅」ではあるが、到底実行不可能なものだったという。ちなみに『通鑑』建安元年条では、融の北海相としての行状を述べるのに、ほぼ『九州春秋』に拠る。

　なお、北海国は建安十一年に除かれて郡となるが、孔融がいたころはまだ国であった。

四〇 張饒　『後漢紀』では「張餘」に作る。伝記については未詳。

四一 鄭玄　一二七～二〇〇。字は康成、北海高密（山東省）の人。盧植・馬融らの大学者に学ぶ。何進・袁紹に召されてもすぐに辞去し、おおむね郷里で教学にあたった。その学は後漢経学の二大潮流である今文学と古文学を統合したものといわれる。『毛詩』『周礼』『儀礼』『礼記』の注釈は今なお必読の文献とされ、経学史上最大の学者である。『後漢書』巻三五。

　なお、孔融が鄭玄を厚遇したことは『後漢書』鄭玄伝にも見え、高密県に特に一郷を立てて「鄭公郷」と名づけたこと、家に通じる道に「通徳門」を建てたことを記す。「鄭公郷」のことは、『三国志』崔琰伝注引『続漢書』、『後漢紀』建安十三年条にも見える。

四二　彭璆　未詳。『三国志』崔琰伝注引『続漢書』、『後漢紀』建安十三年条には「彭璆を以て方正と爲し、邴原を有道と爲し、王脩を孝廉と爲す」といい、『三国志』巻一一邴原伝注引『原別伝』には「乃ち鄭玄を以て計掾と爲し、彭璆を以て計吏と爲し、原を計佐と爲す」という。

四三　邴原　生卒年未詳。字は根矩、北海朱虚（山東省）の人。孔融によって「有道」に挙げられるが、黄巾の賊を逃れて遼東（遼寧省）に渡った。戻ってのち、曹操に召され、五官将長史に至る。曹操が呉を討ったとき従軍して没した。『三国志』巻一一。その注に引く『原別伝』には、孔融がかつて目をかけた者を殺そうとしたときこれをいさめた話をのせ、「有道」の一端を伝える。また、孔融が邴原を有道に挙げた際の書と、遼東から戻ろうとする邴原を呼び寄せた書も引かれている。

四四　甄子然　未詳。事跡としては、『後漢書』巻四一第五種伝に、種を助け出してかくまったことを載せるのみである。

四五　臨孝存　生卒年未詳。名は碩、孝存は字。『後漢書』巻三五鄭玄伝に、鄭玄の著書として『答臨孝存周礼難』というのがあったことを記す。賈公彦「周礼の廃興を序す」（『周礼注疏』巻首）に、林孝存が『周礼』を排撃し、鄭玄がそれに答えたことが述べられている。その内容は経書の疏に散見し、いま数種の輯本がある。

なお、『三国志』崔琰伝注引『続漢書』や『後漢紀』建安十三年条では、甄子然にふれるのみで、臨孝存の名は見えない。

四六　雖一介之善…　『藝文類聚』巻八五引『秦子』に、次のようなエピソードを伝える。融は、父の喪にあって、墓前に哭していながらやつれた様子のない者を見て、形だけの孝だとしてこれを殺した。一方、病み上がりの母に食べさせる麦を隣家から盗んだ者には褒美を与え、もう盗みはするなと諭して罪に問わなかった。

四七　管亥　未詳。

四八　太史慈　一六六～二〇六。字は子義、東莱黄県（山東省）の人。郡に仕えていたころ、命に背いて遼東（遼寧省）に逃れるが、うわさを聞いた孔融に見いだされ、その恩返しとして賊に囲まれた融を助ける。のち孫策と戦って敗れ、そのもとで折衝中郎将となった。『三国志』巻四九。

四九　劉備　一六一～二二三。字は玄徳、涿郡涿県（河北省）の人。赤壁（湖北省）の戦いに代表される、曹操との激しい勢力争いの末、蜀（四川省）に拠り、漢を継ぐと称して帝位につき、魏の曹丕・呉の孫権と並んで三国時代をもたらす。昭烈皇帝と諡された。『三国志』巻三二。

五〇　袁・曹　下文の「紹・操」と同じく、袁紹・曹操をさす。

袁紹　?―二〇二。字は本初、汝南汝陽（河南省）の人。大将軍何進（→注二七）に宦官を討つよう勧めるが、進が殺されたので、自ら挙兵して宦官を皆殺しにする。皇帝廃立をめぐって董卓（→注三五）と対立し、各州の勢力を結集して董卓討伐の兵を挙げる。卓の死後は曹操と勢力を争い、大将軍となり、冀・青・幽・并（河北・山東・遼寧・山西各省）を領するが、官渡（河南省）の戦いで曹操に敗れ、病を得て没した。『後漢書』巻七四上、『三国志』巻六。

曹操　一五五～二二〇。字は孟徳、沛国譙（安徽省）の人。魏文帝曹丕の父。没後、魏武帝とよばれる。本書「曹操伝」参照。

五一　左丞祖　未詳。殿本は「左丞黄祖」に作るが、黄祖は、劉表（→注六一）の将で、ここの記述と合わない。『三国志』崔琰伝注に引く司馬彪『九州春秋』でも「左丞祖」に作っているから、それに従って左丞祖という人名として扱うべきである。

なお、左丞祖はここでは賊臣扱いされているが、『九州春秋』では「清雋の士」とされ、全く逆の評価を与えられている。またその死も、融が青州刺史となってからのこととして述べられている。

五二 志在靖難 銭大昭は、このことの例として、『後漢紀』興平元年（一九四）四月に、陶謙とともに天子を洛陽に迎えようとしたが、曹操に襲撃されて断念したとあることを挙げる。

五三 才疎意廣、迄無成功 晋の葛洪の『抱朴子』清鑒篇に「孔融・邊讓、文學は俗に邈かなれども、並びに治務に達せざれば、在る所に績を敗る」といい、『文心雕龍』詔策篇では「孔融の北海に守たるや、文教は麗なれども理に於て罕なれば（「罕に施さるれば」に作るべきという説もある）、乃ち治體乖けるなり」と評する。注三九に引いた司馬彪の評とあわせ見ても、孔融が気ばかり大きくて実務にうとかったのは定評であったといえよう。

五四 在郡六年 『後漢紀』建安十三年条に「年餘にして羣賊の攻むる所と爲る」というから、青州刺史となったのは、袁譚に攻められる前年の興平二年（一九五）と考えられる。孔融が北海相となった初平元年（一九〇）（→注三八）から数えて六年めにあたる。『三国志』崔琰伝注引張璠『漢紀』では「在郡八年」に作るが、青州刺史であった期間を合算しても八年にはならないから、誤りであろう。

五五 劉備表領青州刺史 『三国志』崔琰伝注引『九州春秋』には、この間の経過についてのやや詳しい記述がある。これによると、孔融は青州刺史となる前に、一度所領をすてて徐州にのがれたという。融はそこで当時徐州刺史であった劉備の助力を得て刺史の位についたのであろう。

五六 袁譚 ?〜二〇五。字は顯思。袁紹（→注五〇）の長子。紹の後妻劉氏が末弟の尚をかわいがったため、紹の兄の後を継ぐという名目で青州刺史に出された。すなわち孔融の前任者であるが、孔融にあとから割り込まれたというのが実態であろう。紹の死後、尚が後を継ぐと、譚は自ら車騎将軍を名のり尚を攻めるが、曹操の軍に急襲されて死んだ。『後漢書』巻七四下、『三国志』巻六。

なお以下の一節は、『三国志』注引『九州春秋』にほぼ同じ内容が述べられている。

五七 隱几讀書 『後漢書』の注に、「隱は、憑るなり。莊子に曰く、南郭子綦 几に隱りて坐ると」。『莊子』云々は、斉物論篇に見える。

五八 東山 『三国志』崔琰伝注引『九州春秋』では「山東」に作る。『後漢書』でも殿本は「山東」に作るが、青州はもともと山東にあるのだから、「山東に奔る」では文意が通じない。『通鑑』建安元年条でも、ここの記述によりながら「東山」に作る。

* * *

及[五九]獻帝都許、徵融爲將作大匠、[六〇]遷少府。每朝會訪對、[六一]融輒引正定議、公卿大夫皆隸名而已。…（略）。

初、[六二]曹操攻屠鄴城、袁氏婦子多見侵略、而操子丕[六三]私納[六四]袁熙妻[六五]甄氏。[六六]融乃與操書稱「[六七]武王伐紂、以[六八]妲己賜周公」。[六九]操不悟、後問出何經典。對曰「以今度之、想當然耳」。後操[七〇]討烏桓、又嘲之曰「大將軍遠征、[七一]蕭條海外。

昔肅[七二]愼不貢楛矢、丁零[七三]盜蘇武牛羊、可并案也」。

時年飢兵興、操[七四]表制酒禁。融[七五]頻書爭之、多侮慢之辭。既見操[七六]雄詐漸著、數不能堪、故發辭偏宕、多致乖忤。又[七七]嘗奏宜準古王畿之制、千里寰內、不以封建諸侯。操疑其所論建漸廣、益憚之。然以融名重天下、外相容忍。而潛忌正議、慮鯁[七八]大業。山陽郗[七九]慮承望風旨、以微法奏免融官。因顯明讎怨、操[八〇]故書激厲融曰…（略）。

融[八一]報曰…（略）。

歲餘、復[八二]拜太中大夫。性寬容少忌、好士、喜誘益後進。及退閑[八三]職、賓客日盈其門。常歎曰「坐[八四]上客恆滿、尊中酒不空、吾無憂矣」。與蔡[八五]邕素善。邕卒後、有虎賁士貌類於邕。融每酒酣、引與同坐曰「雖[八六]無老成人、且有典刑」。融聞人之善、若出諸己、言有可採、必演而成之、面告其短、而退稱所長。薦達賢士、多所獎進、知而未言、以爲己過。故海內英俊皆信服之。

曹操既積嫌忌、而郗慮復搆成其罪、遂令丞相軍謀祭酒路[八七]粹[八八]枉狀奏融曰「少府孔融、昔在北海、見王室不靜、而招[八九]合徒衆、欲規不軌、云『我[九〇]大聖之後、而見滅於宋。有天下者、何必卯[九一]金刀』。及與孫[九二]權使語、謗訕朝廷。又融爲[九三]九列、不遵朝儀、禿巾微行、唐突宮[九四]掖。又前與[九五]白衣禰[九六]衡跌蕩放言云『父[九七]之於子、當有何親。論其本意、實爲情欲發耳。子之於母、亦復奚爲。譬如寄物缻中、出則離矣』。既而與衡更相贊揚。衡謂融曰『仲[九八]尼不死』。融荅曰『顏[九九]回復生』。大逆不道、宜極重誅」。書奏、下獄[一〇〇]弃市。時年五十六[一〇一]。妻子皆被誅。

獻[五九]帝の許に都するに及びて、融を徵して將作大匠と爲し、少[六〇]府に遷る。朝會訪對する毎に、融[六一]輒ち正を引き議を定め、公卿大夫は皆名を隷くるのみ。…（略）。

初め、[六二]曹操 攻めて鄴城を屠るに、袁氏の婦子 多く侵略せられて、操の子 [六三]丕 私かに [六四]袁熙の妻 [六五]甄氏を納る。融[六六] 乃ち操に書を与えて稱せらく「[六七]武王 紂を伐ち、[六八]妲己を以て周公に賜う」と。[六九]操 悟らず、後に何れの經典に出ずるかを問う。對えて曰く「今を以て之を度らば、想うに當に然るべきのみ」と。後に[七〇]操 烏桓を討てるに、又た之を嘲りて曰く「大將軍 遠征し、海外に [七一]蕭條たり。昔 [七二]肅愼 楛矢を貢ぜず、[七三]丁零 蘇武の牛羊を盜む、幷びに案ずべきなり」と。

時に年飢え兵興れば、[七四]操 表して酒禁を制す。[七五]融 頻りに書して之を爭うに、侮慢の辭多し。既に[七六]操の雄詐漸く著るるを見、數しば堪うること能わず、故に辭を發すること偏宕にして、多く乖忤を致す。又た[七七]嘗て奏せらく、宜しく古の王畿の制に準じて、千里の寰內に、以て諸侯を封建せざるべしと。操 其の論建する所漸く廣きことを疑い、益ます之を憚る。然れども融の名 天下に重きを以て、外は相い容忍す。而るに潛かに正議を忌み、大業に[七八]鯁たらんことを慮る。山陽の [七九]郗慮 風旨を承望し、微法を以て融の官を免ぜんことを奏す。因りて讎怨を顯明にし、操 [八〇]故に書して融を激厲して曰く…（略）。

[八一]融 報いて曰く…（略）。

歲餘にして、[八二]復た太中大夫を拜す。性 寬容にして忌むこと少なく、士を好み、喜びて後進を誘益す。[八三]閑職に退くに及びて、賓客 日び其の門に盈つ。常に歎じて曰く「[八四]坐上に客 恆に滿ち、尊中に酒 空しからざれば、吾 憂い無けん」と。[八五]蔡邕と素より善し。邕 卒して後、虎賁の士有りて貌 邕に類す。融 酒の酣なる每に、引きて與に坐を同じゅうして曰く「[八六]老成の人 無しと雖も、且く典刑有り」と。融 人の善を聞きては、これを己より出づるが若くし、言に採るべきこと有れば、必ず演じて之を成し、面えて其の短を告ぐるも、退きては長ずる所を稱う。賢士を薦達し、獎進する所多く、知りて未だ言わざれば、以て己が過ちと爲す。故に海內の英俊 皆之に信服す。

曹操 既に嫌忌を積み、而も郗慮 復た其の罪を搆成すれば、遂に丞相軍謀祭酒 [八七]路粹をして [八八]枉狀して融を奏せしめて曰く「少府孔融、昔北海に在りて、王室の靜かならざるを見、[八九]徒衆を招合して、不軌を規らんと欲し、云えらく『[九〇]我は大聖の後にして、宋に於て滅ぼさる。天下を有つ者は、何ぞ必ずしも[九一]卯金刀ならん』と。[九二]孫權の使いと語るに及びて、朝廷を謗訕す。又た融は[九三]九列爲るに、朝儀に遵わず、禿巾微行し、[九四]宮掖に唐突す。又た前に[九五]白衣[九六]禰衡と跌蕩放言して云えらく『[九七]父の子に於けるや、當に何の親か有るべし。其の本意を論ずるに、實に情欲の發すると爲すのみ。子の母に於けるも、亦た復た奚をか爲さん。譬うるに物を缻中に寄するが如し、出づれば則ち離る』と。既にして衡と更ごも相い贊揚す。衡 融に謂いて曰く『[九八]仲尼は死せず』と。融 荅えて曰く『[九九]顔回 復た生まる』と。大逆不道にして、宜しく重誅を極むべし」と。書 奏せられ、獄に下され[一〇〇]弃市せらる。時に年五十六。[一〇一]妻子も皆な誅せらる。

献帝が許（河南省）に都を移した際、融を召し出して将作大匠とし、やがて少府に転任した。皇帝にまみえ諮問に答えるたびに、融がいつも正論によって議論にけりをつけ、他の公卿・大夫といった高官たちはそこに名を連ねるだけであった。……（略）。

これより前、曹操が鄴城（河北省）を攻め狼籍をはたらいたとき、袁氏の婦人や子供は多く暴行や略奪に遭い、操の子の丕はかってに袁熙の妻の甄氏を自分のものにした。融はそこで操に手紙をよこし、「周の武王が紂を討ったときに、妲己を周公に賜ったといったところですな」と言い放った。操はその真意を悟らず、あとになって、あれはどういう経典から出た言葉なのかと問うた。融が答えて言うには、「今そなたがなさっておることから推し量れば、さだめしこういうことになろうと思ったまででござる」と。その後、操が烏桓を討ったときにも、またこれをあざけって言った。「大将軍どのが遠征して、辺境はすっかり静かになりました。昔、粛慎は楛の木で作った弓を貢がなかったし、丁零は蘇武の牛や羊を盗んだのだが、どうせならそれらもまとめてカタをつけてくれればよろしかろうに」。

この時は不作であったところへ兵事が起こったので、曹操は上表して禁酒法を制定した。融は何度も手紙をよこして言い争ったのだが、その内容には人を小ばかにしたような言葉が多かった。融は以前から、天下を乗っ取ろうとする曹操の策略が次第に明らかになるのを目にして、何度も耐え難い思いをしてきたので、言葉遣いがはめをはずし、まともな道理に合わないことが多くなってしまったのである。また、かつて上奏文をたてまつり、古代の王畿の制にならって、都から千里四方の範囲内には、諸侯を封建しないようにすべきだと主張したこともあった。曹操は、その論じる問題が次第に大きくなるのを不審に感じ、ますます融を煙たく思うようになったのだが、融の名は天下に重きをなしていたから、表向きは黙認していた。しかし内心では融の正論をうとましく思い、自らの天下取りの大事業にとってじゃまになるのではないかと心配していた。山陽（山東省）の郗慮（ちりょ）は、そんな曹操の意向を察し、ささいな法の規定によって融の官職を免ずるよう上奏した。これがきっかけで恨みがあらわになり、曹操はわざわざ手紙をよこして融を叱責して言った。…（略）。

融は返事をよこして言った。…（略）。

一年あまりして、また太中大夫に任じられた。融は性格が寛容で、あまり人を憎んだりせず、士を好み、喜んで若い者をひきたててやった。暇な仕事に回されてからは、賓客が日ごとに家の門前に詰めかけた。いつも嘆息して言うには、「座敷にはいつも客がいっぱいで、樽の中には酒を切らすことがない限り、わしに悩みなどありはせぬ」。蔡邕（さいよう）とふだんから親しかった。邕が亡くなってから、虎賁の士で邕に容貌の似た者がいた。融は酒宴が盛り上がってくるといつも、彼を連れてきて同席して言った。「『古き賢者は逝（ゆ）けるとも、残せし典刑（のり）は今にあり』というわけかね」。融は、人の善行を耳にすると、それが我が身から出たかのように喜び、他人の言葉に採るべきものがあれば、必ずそれを推し広めて実行に移した。面と向かって人の短所を指摘するが、陰ではその長所をほめてやった。賢士を推薦して出世できるようはからい、彼のすすめで仕官した者も多く、人材があるのを知っていながら進言しないようなことがあれば、それは自分の落ち度であるとした。こういうわけで、国じゅうの才子はみな融に心服した。

曹操は以前から融への憎しみを募らせていたところへ、郗慮（ちりょ）がさらに彼の罪をデッチ上げたので、ついに丞相軍謀祭酒の路（ろ）粋（すい）に、事実をまげて融を弾劾させた。その文にいわく、「少府の孔融は、かつて北海国に在職していた際、王室の不穏なるを見て、群衆を結集し、反乱をたくらんでかくの如く言った。『自分は大聖人である商の湯王の末裔であるが、宋においては滅ぼされたのだ。天下をとる者は、何も劉氏に限ったわけではない』。孫権の使者と会談した折にも、朝廷を誹謗した。また融は九卿の高位にありながら、朝廷の礼儀を遵守せず、頭巾を着用せずに身分を隠して行動し、断りもなくみだりに女官の居室に出入りした。また以前には、無位無官の禰衡なる人物と放埒なる言辞を以て大言壮語し、かくの如く言った。『おやじと子供に、どんなきずながあるというのかね。ほんとのことを言ってしまえば、なんのことはない、欲情のしでかしたことじゃないか。子供とおふくろにしたって、いったい何ほどのものなんだい。かめの中にものを入れたみたいに、出ちまったらハイさよならさ』。その後には衡とあい互いに賛美し合った。衡は融に『孔子は死なかったのだ』と言い、融は『顔回が生まれ変わった』と答えたのである。これらは大逆不道の行為であり、極刑に処するのが適当と認むるものである」。書が奏せられると、融は獄に入れられ、公開処刑に付せられた。ときに五十六歳であった。妻子もみな誅殺された。

五九　献帝都許　後漢の都は、初平元年（一九〇）に董卓（↓注三五）が献帝を連れて洛陽を逃れて以来長安に移っていたが、建安元年（一九六）になって再び洛陽に戻った。しかし洛陽の荒廃がひどいため、曹操が同年八月に許（河南省）に遷都した。

六〇　遷少府　孔融が少府にいた時期については明文がない。袁術（↓注六一）が自ら帝と称したとき（建安二年＝一九七の春）、孔融は、術と姻戚関係にあった楊彪を弁護した。このときの融の肩書は将作大匠であった（『後漢書』巻五四楊彪伝）。また、『後漢書』巻七四上袁紹伝に「将作大匠孔融をして節を持して紹を大将軍に拝せしむ」とあり、これは建安二年三月のことである。ところが、『後漢紀』ではこれを同年七月にかけ、すぐ後に続けて馬日磾に関する議論を引くが、そこでの孔融はすでに少府となっている。一方、『通鑑』では、楊彪を救ったことも馬日磾のこともともに同年秋にかけ、孔融の官位は将作大匠としている。このように若干問題は残るが、建安二年の夏以降に少府に就任したと見ておけば大過あるまい。

なお、孔融は少府にあったころ、謝該を朝廷に推薦している。謝該（生卒年未詳）、字は文儀、南陽章陵（河南省）の人。『左伝』を修めた。公車司馬令となる。父母が年老いたというので官を退くが、孔融が上書して再び召し出された。この上書は『後漢書』の謝該の伝記中にのせる。『後漢書』巻七九下儒林伝下。

六一　融輒引正定議…　このあとには、融の四篇の文章を載せ、その議論の一端を伝える。

①太傅の馬日磾は、淮南（安徽省）に使いした折、袁術と結ぼうとしたが、失敗して死んでしまった。遺体が都に戻ってくると、朝廷では礼を尽くして弔おうとしたが、融は、逆臣にへつらう者を礼遇する必要はないといってやめさせた。

②肉刑（体の一部を傷つける刑）は前漢以来廃止されていたが、代替となるむち打ちが激しすぎて障害を残すため、当時肉刑復活論が盛んだった。しかし融はこれに反論し、改革を沙汰やみにしてしまった。
③荆州（湖北・湖南両省）牧の劉表は、僭越なふるまいが多く、ついには天地をまつり、皇帝のまねをはじめた。融は、いずれ瓦解するのだから、表ざたにすべきでないと論じた。
④帝は、南陽王の馮と東海王の祇が早く亡くなったのを悼み、二人をまつろうとした。融は、礼の規定を越えてまで祭祀を行うことはないと諫めた。

馬日磾　?～一九四。字は翁叔、扶風茂陵（陝西省）の人。馬融の族孫（族子ともいう）。『後漢書』孔融伝の注に『三輔決録』を引いて「少くして融の業を伝え、才學を以て進む。楊彪・盧植・蔡邕らと中書に典校し、位を九卿に歴、遂に台輔に登る」。『三国志』巻六袁術伝注では同じものを『三輔決録注』として引く。

袁術　?～一九九。字は公路、袁紹（→注五〇）の従弟。袁紹とは仲が悪く、その敵公孫瓚と結んだ。袁紹と曹操の連合軍に敗れ、九江（安徽省の淮水南岸）を領する。建安二年（一九七）に自ら帝と称するが、呂布と曹操に相次いで敗れ、帝号を袁紹に譲り、袁譚（→注五六）のもとに逃れる途中で病死した。『三国志』巻六。

劉表　?～二〇八。字は景升、山陽高平（山東省）の人。張倹（→注一五）とともに「八及」の一人に数えられた。のち荆州牧となり、袁紹（→注五〇）と結ぶ。しかし紹が官渡（河南省）で曹操と戦った折は傍観し、結局二十年近く荆州にとどまったままで没した。『後漢書』巻七四下、『三国志』巻六。

六二　曹操攻屠鄴城　鄴城は現在の河北省南部にあり、冀州（河北省）を中心に黄河以北を勢力圏としていた袁紹（→注五〇）とその継嗣袁尚の拠点であった。曹操がここを攻めて冀州を平定したのは建安九年（二〇四）八月。だがこれでは、わざわざ「初め（前のことにさかのぼって記述する際の筆法）」と断る理由がない。また、曹丕が甄氏をめとったのがこのときであるとすると、その子叡（のちの魏明帝）は景初三年（二三九）に三十六歳で崩じたとする『三国志』巻三明帝紀の記述と合わない（裴松之の注を参照）。あるいは、建安五年（二〇〇）九月に曹操が袁紹を敗った官渡の戦いとの混同があるのかもしれない。ただ、曹丕が甄氏をめとった時期については、『三国志』巻五后妃伝でも冀州平定後としている。

なお、建安五年の戦いのあと、孔融は荀彧と、袁紹の兵力を論じている。融は袁紹に打ち勝つのは難しいと言うが、彧はこれに反論し、その後の事態は彧の言葉通りに展開したという（『後漢書』巻七〇荀彧伝。『三国志』巻一〇荀彧伝で「三年」というのは誤り）。

六三　丕　一八六～二二六。曹操の長子。字は子桓。父のあとをうけ、漢を倒し魏を建てた。諡は文帝。本書「曹丕伝」参照。

六四　袁熙　?～二〇七。袁紹（→注五〇）の中子。字は顕雍。幽州（河北省北部、遼寧省）刺史となる。鄴城で曹操に敗れた袁尚を保護し、ともに烏桓（→注七〇）に逃れる。曹操が烏桓を討つと遼東（遼寧省）に走るが、太守の公孫康に殺された。事跡は『後漢書』巻七四上袁紹伝、同下袁譚伝、『三国志』巻一武帝紀などに散見。

六五　甄氏　?～二二一。中山無極（河北省）の人。上蔡（河南省）令逸の娘。家は代々高官であった。建安中（一九六～二二〇）袁熙に嫁ぐ。熙が幽州刺史になると、鄴にとどまってその母を養った。曹丕に嫁して明帝と東郷公主を生んだ。曹丕が即位すると寵愛を失い、怨み言を言って怒りを買い、自殺させられた。『三国志』巻五。

六六　融乃与操書…　このエピソードは、『三国志』崔琰伝注および『世説』惑溺1注引『魏氏春秋』にも見える。

六七 武王伐紂　武王は周武王。姓は姫、名は発。父の文王西伯の後を承け、弟の周公旦の補佐を得て、殷王朝を倒し、周王朝の開祖となった。その功業は『尚書』の諸篇に伝えられる。

紂は殷王朝最後の王。「酒池肉林」のぜいたくな暮らしを送り、王子比干を虐殺した。夏王朝最後の王桀とともに、後世からは悪虐非道の君主の代名詞と目される。

六八 妲己　妲はよび名で、己が姓。紂の寵愛厚く、妲己の言うことなら紂は何でもしたという。周武王がこれをさして言った「牝雞の晨するは、惟れ家の索く」（『尚書』牧誓）の語はあまりにも有名。なお妲己は、紂とともに殺されており、これを周公に与えたというのは、もちろん孔融自作のたとえ話である。

六九 操不悟　『世説』惑溺1注引『魏氏春秋』では、「太祖 融の博學なるを以て、眞に書傳の記す所と謂えり」に作る（『三国志』崔琰伝注引では「眞」字を欠く）。

七〇 操討烏桓　烏桓は、現在の内モンゴル自治区東部一帯にいた異民族。『三国志』では「烏丸」に作る。袁氏と結び、曹操に敗れた袁尚を守った。曹操はこれを討つため建安十二年（二〇七）に出兵し、二十余万人を捕虜とした。『後漢書』巻九〇、『三国志』巻三〇。

七一 蕭條　畳韻の語。ひっそりと静かなさま。班固の「燕然山に封ずるの銘」（『文選』巻五七）に竇憲の武功をたたえて、「萬里に蕭條として、野に遺寇（残党）無し」と。

七二 肅愼不貢楛矢　肅慎は、北方の異民族の名。殿本は「肅愼氏」に作る。楛は木の名。むかし陳侯の庭で楛矢の刺さった隼が死んでいたので、侯がこれを孔子にたずねたところ、それは肅愼氏の矢であり、粛慎が周武王に貢納して、陳に分与されたものだと答えたという（『国語』魯語下）。

七三 丁零盗蘇武牛羊　丁零も、北方の異民族の名。現在のバイカル湖周辺にいた。蘇武（前一四〇ころ〜前六〇）、字は子卿、杜陵（陝西省）の人。武帝の天漢元年（前一〇〇）匈奴に使いするが捕らえられ、投降を迫られる。しかし屈せず、牧人の生活を送るが、丁零に牛羊を盗まれて困窮したこともあった。胡地にとどまること十九年、次の昭帝が匈奴と和親するに至ってようやく帰国する。匈奴に敗れて投降した李陵との交情は有名で、『文選』巻二九雑詩上にはそれにちなむ詩を収めるが、もとより偽託である。『漢書』巻五四。

七四 操表制酒禁　『後漢紀』建安十三年条、『三国志』崔琰伝注引張璠『漢紀』でもふれられるが、その具体的な内容は伝わらない。

七五 融頻書爭之…　『後漢書』章懐注に、融の集から二篇の書を引いている。第一の書は、堯から漢代に至る酒にちなむ故事を列挙して酒の徳をたたえるものだが、高祖が酔って白蛇を斬らなかったら（『史記』・『漢書』高祖本紀）その運勢は開けなかったろうだとか、景帝が酔って唐姫を抱かなかったら漢の中興はなかったろう（唐姫の子長沙定王発は後漢の光武帝の先祖）だとか、こじつけめいたものが目立つ。第二の書に至っては、徐の偃王は仁義を行なって国を失った（『韓非子』五蠹篇）が、今なお仁義を禁じていないし、夏も商も婦人のために天下を失った（夏の桀王・商の紂王は、それぞれ妺喜・妲己を寵愛して政事を怠り国を失った）のに、今も婚姻は続けられているなどと屁理屈をこねて、酒を禁じる必要のないことを説いている。こうした点が「侮慢の辞」と受け取られたのであろう。

なお、第二の書の冒頭に「昨 訓答を承るに、二代の禍及び衆人の敗を陳ぶ。酒を以て亡ぶ者は、實に來誨の如し」とあり、曹操からは、酒で身を誤った故事を連ねた返書があったらしい。ただしその内容は伝わらない。

七六 操雄詐漸著　建安十二年（二〇七）に烏桓を討ち、袁氏一族との積年の勢力争いにけりをつけたことで、国の大権は実質的に曹操の手中に収まることとなった。翌年六月には三公（太尉・司徒・司空）の官を廃し、代わっておかれた丞相の位に自らつくことになる。

七七 又嘗奏…　『三国志』崔琰伝注引張璠『漢紀』では「融の建明する所は、時務を識らず」と評される。王畿の制とは、国土を都からの距離に応じて同心円状に（ただし円ではなく方形）区分する制度。都を中心とした千里四方が王畿、その外側を五百里ごとに区切る（『周礼』夏官職方氏）。もとより実際に施行されたわけではなく、観念的なものである。

　なお、『後漢紀』では、このことを建安九年（二〇四）にかけ、孔融の上書を引用した上で、「帝 之に従う」という。

七八 鯁　本来は魚の骨を意味し、転じて言論などが正しく遠慮がないさま、また、邪魔になるさまをさす。

　もっとも、このように曹操に反抗する一方では、彼を頼りにしていたふしもある。親しくしていた盛憲（字は孝章）が、孫策にねらわれているのを知ると、曹操に書を送ってこれを用いるよう求めている（『三国志』巻五一孫韶伝注引『会稽典録』）。この書は『文選』巻四一書上に「盛孝章を論ずる書」として収める。

七九 郗慮　生卒年未詳。字は鴻予、山陽高平（山東省）の人。鄭玄（→注四一）に学び、建安の初めに侍中となる。曹操の腹心の家来で、操が丞相になると（→注七六）まもなく御史大夫に任じられる。その後曹操が魏公になったときも、献帝伏皇后が廃されたときも、郗慮が使者として策命を奉じている。事跡は『後漢書』巻九献帝紀、巻一〇下皇后紀下、『三国志』巻一武帝紀などに散見。

　『後漢書』章懐注引虞浦（虞溥の誤りか）『江表伝』には、郗慮と孔融をめぐる別の逸話を伝える。二人が献帝にお目通りした際、融が、慮は有道の士だが、ともに政事を語ることはできぬと評したところ、慮は融の北海における失政を引き合いに出して反論し、両者なじり合いになり、曹操が手紙をやって和解させたという。この手紙が以下に引かれるものをさすなら、その意味づけは『後漢書』本文とかなり異なることになる。

八〇 操故書激厲融曰…　古来身を捨てて君主に尽くす忠臣は、周囲の怨みを買いがちである。大人は細かいことは気にせぬもので、古くからの知己でもある郗慮と仲たがいせぬようにと説く。前半で鼂錯・屈原ら、直諫が災いして非業の死をとげた人物が挙げられるあたり、孔融の反抗的言動へのあてつけと見ることもできよう。

　なお、王補は、『文選』巻四六序下任昉「王文憲集序」の李善注に、路粋の「曹公の為に孔融に与うる書」が引かれることを指摘し、この書を路粋（→注八七）の作とする（王先謙『後漢書集解』所引。ただし、『文選』注所引は『後漢書』と一致しない）。厳可均もこれに従い、この書を路粋の項に収める（『全後漢文』巻九四）。

八一 融報曰…　自分はかつて郗慮を推薦したが、見返りに自らの罪を隠すよう望んだわけではないとして、免職処分を甘んじて受けることを述べ、曹操の意にこたえている。

八二 復拜太中大夫　曹操の烏桓討伐（建安十二年、二〇七。→注七〇）のあと免官になり、その後一年余りして太中大夫になったとすれば、建安十三年（二〇八）のことになる。ところが、『後漢紀』では、建安九年（二〇四）に王畿の制に準ずべきことを奏した（→注七七）時点で、すでに太中大夫とされており、『後漢書』と合わない。

八三 閑職　『後漢書』李賢注に「太中大夫　職は言議に在り、故に閑職と云う」。直接政事にかかわる職ではなかったのである。

（八四）坐上客恆滿、尊中酒不空　明の夏樹芳は、古書に見える酒好きの話を集めて『酒顛』二巻を著したが、孔融のこの語もそこに収められている。青木正児氏の訳がある（『酒中趣』、全集第九巻）。

なお、『魏書』巻七一夏侯道遷伝では、「毎に孔融の詩を誦して曰く」としてこの二句を引く。

（八五）蔡邕　一三二～一九二。字は伯喈、陳留圉（河南省）の人。霊帝のとき議郎。熹平四年（一七五）経書の文字を校定して石に彫らせ、太学の門外に立てた。董卓（→注三五）に重用されるが、卓の死後その関係を指弾され獄死した。制度について述べた『独断』の著がある。漢の歴史を撰述していたが、未完に終わり散佚した。書に巧みで、飛白書（かすれ書き）の創始者として崇拝される。琴をもよくし、『琴操』の著者に仮託された。文学では、辞賦のほか、大量の碑文を残し、碑文を一つの文学ジャンルとして確立する。数術・天文にも通じ、後漢知識人の理想である「通人」の一典型であった。後人の編んだ『蔡中郎集』がある。『後漢書』巻六〇。

（八六）雖無老成人、且有典刑　『毛詩』大雅「蕩」の句。「且」は原詩では「尚」に作る。原詩は周の文王が殷商の頽廃を責めるもので、「老成人」は伊尹ら商の建国につくした賢臣をさし、彼らが世を去っても、その規範は今なおあるはずだという。孔融は蔡邕を「老成人」になぞらえ、邕は没したがとりあえずこの男がいるといって無聊を慰める（『三国志』崔琰伝注は原詩通り「尚」に作る）。

なお、郗慮の上奏によって免官されてからの事蹟は、『三国志』崔琰伝注引張璠『漢紀』にも簡略にふれられている。

（八七）路粋　?～二一四。字は文蔚、陳留（河南省）の人。蔡邕（→注八五）に学び、尚書郎・揚州刺史を経て軍謀祭酒となり、陳琳・阮瑀らと文書をつかさどった。孔融が誅せられてのちは、人々はその文才をたたえつつも、その筆鋒を畏れたという。秘書令に転じ従軍中に、微罪に問われて死んだ。『三国志』巻二一王粲伝注引『典略』。

（八八）枉状奏融曰…　『後漢紀』建安十三年条では、孔融が『論語』季氏篇の「遠人服せざれば則ち文徳を脩めて以て之を來す」を引き、曹操の武力による征伐を暗に批判したことが、この上奏のきっかけになったとする。なおこの書の一部は、『三国志』王粲伝注の路粋の伝にも引かれる。

（八九）招合徒衆、欲規不軌　上文に「稍く復た吏民の黄巾の誤る所と爲る者男女四萬餘人を鳩集す」とあったのを参照。「不軌」は、人の道にはずれた行いということだが、多く反乱をさす。

（九〇）我大聖之後、而見滅於宋　『左伝』昭公七年に、孟僖子の臨終の言葉として「吾聞けり 将に達者有らんとす、孔丘と曰う、聖人の後なり、宋に於て滅ぶ」とあり、杜預の注に「孔子六代の祖孔父嘉、宋督の殺す所と爲り、其の子 魯に奔る」。『史記』巻四七孔子世家にも同じ話があり（「孟僖子」を「孟釐子」に作る）、集解に服虔を引いて「聖人は商湯を謂う」。商王朝が倒れたあと、その末裔は宋（河南省東部）にあった。

（九一）卯金刀　卯・金・刀（刂）の三字を組み合わせると「劉」になるところから、漢の帝室劉氏をさす隠語としてよく用いられた。

（九二）孫権　一八二～二五二。字は仲謀、呉郡富春（浙江省）の人、孫堅の次男、孫策の弟。兄の後を継いで長江中下流域に勢力を築き、建業（江蘇省）で帝と称して呉を開き、魏・蜀と並んで三国時代をもたらす。大皇帝と諡された。『三国志』巻四七。

（九三）九列　九卿とよばれた九つの高官。後漢の九卿は、太常・光禄勲・衛尉・太僕・廷尉・大鴻臚・宗正・大司農・少府。三公（太尉・司徒・司空）に次ぐ高位であった。

九四 宮掖 「掖」は「わき」の意で、宮廷のわきの御殿（掖庭）をさす。皇妃や女官の居所であった。

九五 白衣 「布衣」と同じく、官服を着ない者、すなわち無位無官の庶民をいう。

九六 禰衡 一七三～一九八。字は正平、平原般（山東省）の人。才気はあったが傲慢で、「大兒孔文擧、小兒楊德祖（楊脩）」とうそぶき、他の名士は歯牙にもかけなかった。孔融とは二十歳の年齢差を超えて友情を結び、融は上疏して衡を推薦してやった。この疏は『後漢書』禰衡伝のほか、『文選』巻三七表上に「禰衡を薦むる表」として採られる。曹操は衡に粗末な身なりをさせ、賓客の前で太鼓をたたかせるが、衡は曹操の面前で素っ裸になって着がえ、逆に曹操をはずかしめる。この時は孔融に言い含められて謝罪に行くが、実際には謝罪どころか門前でわめき散らすので、怒った曹操は衡を劉表（→注六一）のもとに送る。劉表もこれをもてあまし、黄祖のところへ送るが、最後には黄祖の怒りを買い、二十六歳の若さで殺された。『後漢書』巻七〇下文苑伝下、『世説』言語8注引『文士伝』。『文選』巻一三鳥獣上には、その作「鸚鵡の賦」を収める。晋の葛洪（二八三～三六三、一説に三四三）は、その著『抱朴子』において、特に「弾禰」の一篇を設けて論評している。

九七 父之於子… 後漢の思想家王充（二七～九〇？）の『論衡』物勢篇に、これと類似した議論がある。

　夫れ天地 氣を合すれば、人偶たま自ら生まるるなり。猶お夫婦 氣を合すれば、子則ち自ら生まるるがごときなり。夫婦 氣を合するは、當時子を生むことを得んと欲するには非ず、情欲動きて合し、合して子を生めり。

串田久治氏（→参考文献）は、孔融の言葉には、王充のような天の意志を否定しようとする思想性はなく、生きたいように生きようという人生観の発露だとする。しかし儒教の倫理では子の親に対する孝を最も重んずるから、このような発言が許されるはずはない。

九八 仲尼不死 仲尼は孔子の字。

九九 顔回復生 顔回、字は子淵、魯（山東省）の人。孔子の弟子で、孔子より三十歳若かった。「一を聞いて十を知る」（『論語』公冶長篇）といわれた聡明な人で、孔子の信頼が最も厚かった。しかし孔子より先に没し、孔子は「天 予を喪ぼせり、天 予を喪ぼせり」といって悲しんだ（『論語』先進篇）。孔融は若くして才気あふれる禰衡を顔回になぞらえて敬愛したのだが、それは自ら孔子を気取ることにもなる。禰衡も孔融に先んじて早世したことからすると、禰衡の死後に生まれた伝説であるかもしれないが、二人の関係をよく示す逸話ではある。

一〇〇 弃市 『礼記』王制篇に「人を刑するには市に於てし、衆と之を弃つ」とあるのに由来する語。本来は刑の執行後追放処分にすることであったが、一般には公開処刑をさす。

　なお、融の処刑の時期については、『後漢書』巻九献帝紀建安十三年（二〇八）に「（八月）壬子、曹操 太中大夫孔融を殺し、其の族を夷す」という。『三国志』崔琰伝注引『魏氏春秋』によれば、曹操は、融を誅したことが議論を招くのを恐れて、改めて令を下して融の罪状を述べたてている。そこでは、路粹の上奏にもあった禰衡との放言にふれるほか、饑饉に遭った際も、父親が愚か者であれば、他人を救った方がよいという発言をも挙げ、「融は天に違い道に反し、倫を敗り理を亂す。市朝に肆すと雖も、猶お其の晩きを恨む」と言葉を極めて非難している。

一〇一　妻子皆被誅　ここでは一家根絶やしにされたように述べられているが、『晋書』巻三四羊祜伝には、「祜の前の母は、孔融の女なり、兄發を生む」とあり、これによると少なくとも一人の娘が生き延びたことになる。

＊　　＊　　＊

初、女[一〇二]年七歲、男年九歲、以其幼弱得全、寄它舍。二子方弈棊[一〇三]、融被收而不動。左右[一〇四]曰「父執而不起、何也」。答曰「安[一〇五]有巢毀而卵不破乎」。主人[一〇六]有遺肉汁、男渴而飲之。女曰「今日之禍、豈得久活、何賴[一〇七]知肉味乎」。兄號泣而止。或言於曹操、遂盡殺之。及收至、謂兄曰「若死[一〇八]者有知、得見父母、豈非至願」。乃延頸就刑、顏色不變、莫不傷之。

初、京兆人脂習[一〇九]元升、與融相善、每戒融剛直。及被害、許下莫敢收者、習往撫尸曰「文舉[一一〇]舍我死、吾何用生爲」。操聞大怒、將收習殺之、後得赦出。

魏[一一一]文帝深好融文辭、每歎曰「楊[一一二]・班儔也」。募天下有上融文章者、輒賞以金帛。所著詩[一一三]・頌・碑[一一四]文・論[一一五]・議・六言[一一六]・策文・表[一一七]・檄[一一八]・教令[一一九]・書[一二〇]記[一二一]凡二十五篇。文帝以習有欒[一二二]布之節、加中散大夫。

初め、女[一〇二]は年七歳、男は年九歳にして、其の幼弱なるを以て全きを得、它舎に寄す。二子方に弈棊[一〇三]し、融収えらるるも動ぜず。左右[一〇四]曰く「父執えらるるに起たざるは、何ぞや」と。答えて曰く「安[一〇五]くにか巣毀たれて卵破れざること有らんや」と。主人[一〇六]肉汁を遺ること有り、男渇きて之を飲む。女曰く「今日の禍、豈に久しく活くるを得んや。何[一〇七]に頼りてか肉の味を知らんや」と。兄號泣して止む。或るひと曹操に言いて、遂に盡く之を殺す。収の至るに及びて、兄に謂いて曰く「[一〇八]若し死者に知有れば、父母に見ゆるを得ん、豈に至願に非ずや」と。乃ち頸を延ばして刑に就き、顔色變わらず。之を傷まざるは莫し。

初め、京兆の人[一〇九]脂習元升、融と相善く、毎に融の剛直なるを戒む。害を被るに及びて、許下敢えて收むる者莫きに、習往きて尸を撫して曰く「[一一〇]文擧我を舍てて死せり、吾何を用て生を爲さん」と。操聞きて大いに怒り、將に習を收めて之を殺さんとすれども、後に赦し出だすことを得。

[一一一]魏の文帝深く融の文辭を好み、毎に歎じて曰く「[一一二]楊・班の儔なり」と。天下に募りて融の文章を上る者有れば、輒ち賞するに金帛を以てす。著す所の詩[一一三]・頌・[一一四]碑文・[一一五]論議・[一一六]六言・策文・[一一七]表・[一一八]檄・[一一九]教令・[一二〇]書記[一二一]凡そ二十五篇。文帝習に[一二二]欒布の節有るを以て、中散大夫を加う。

話が前後するが、融の娘は七歳、息子は九歳で、まだ幼かったために事なきを得て、よその家に身を寄せていた。二人の子はちょうど碁を打って遊んでいて、融が捕らえられても動じなかった。そばの者が「お父様が捕らえられたというのに席を立たないとは、どうしたことだ」と言うと、「巣が壊されたというのに、卵がかち割られずにいられましょうか」と答えた。主人が肉の入ったスープを出してやったところ、男の子はのどが渇いていたのでこれを飲んだ。女の子が言った。「今日のようなわざわいがおこりましたからには、もはや長く生きることはできますまい。いったいどういうわけで肉の味がおわかりになるのでございますか」。兄は号泣して飲むのをやめた。曹操に告げ口したものがいて、それで二人とも殺された。追っ手がやって来た時になって、女の子は兄に向かって言った。「もし死んだ者にものがわかるのでございますなら、父母にお会いすることができるのでございますから、まったく願ってもないことではございませんか」。そう言うと、自ら首をさし出して処刑に臨み、顔色ひとつ変えなかった。周囲の者はみなこれを見ていたましく思った。

また話が戻るが、京兆（陝西省西安付近）の人脂習、字は元升という者は、融と仲が良く、いつも融の強情を戒めていた。融が処刑されたとき、許の都では誰一人として死体を引き取ろうとはしなかったが、習はそのもとに赴いてなきがらをさすりながらこう言った。「文挙さんがわしをおいて死んじまうとは。わしはこれから何を頼りに生きていけばいいんだい」。曹操はこれを聞いて大いに怒り、習を捕らえて殺そうとしたが、あとになって許して釈放してやった。

魏の文帝は融の文章を深く愛し、いつも感嘆しては、「楊雄や班固にも匹敵する大作家だ」と言っていた。天下にひろく募って、融の文章を献上する者があれば、必ず金や絹をほうびに与えた。融の著作には詩・頌・碑文・論議・六言・策文・表・檄・教令・書記など、全部で二十五篇ある。文帝は習に欒布のような節義があるというので、中散大夫の官を加えた。

一〇二 女年七歳、男年九歳… 孔融の子女についての逸話も多く、ことに、融が捕らわれた際の話は、『世説』言語篇5、『三国志』崔琰伝注および『世説』言語篇5注引『魏氏春秋』にも見える。ただしそれらでは単に「二子」とのみ言い、年齢も八歳と九歳であったとする（『三国志』注は「二子年八歳」とのみ）。

一〇三 弈棊 『世説』言語篇5では、「弈棊」（囲碁）ではなく「琢釘戯」（地面の的をめがけて釘をさす遊び）をして遊んでいたとある。

一〇四 左右曰… 『世説』では、孔融自らが子供らの身の安全を使者にたずね、子供がそれに答えたことになっている。

一〇五 安有巣毀而卵不破乎 『世説』言語篇5注引『魏氏春秋』では「毀」を「覆」に作り、『世説』本文では「大人豈に覆巣の下に復た完卵有るを見んや」とする。『史記』巻四七孔子世家に孔子の言葉として「丘之を聞けり、…巣を覆し卵を毀てば、則ち鳳皇翔ばず」とある（ただしこの語自体は他書にも見える）。

なお、『三国志』崔琰伝注および『世説』言語篇5注には、『魏氏春秋』に続けて、融の二子が父とともに死ぬ覚悟をきめたという『世語』の伝承を引く。『三国志』注の撰者裴松之は、親の刑死に覚悟をきめるのはともかく、平然と碁を打つとは奇をてらった話だとして『魏氏春秋』の内容を批判している。

一〇六 これ以下の、孔融の娘をめぐる逸話は、他書には見えない。

一〇七 何頼知肉味乎 『論語』述而篇に、孔子が斉の国（山東省）で、古代の帝王舜の時代の音楽である韶を聴いて感激し、三か月間肉の味を感じなかったという話がある。

一〇八 若死者有知 漢の劉向の『説苑』弁物篇に、孔子の弟子の子貢が、死者には知覚があるのかないのかと問うた話がある。孔子は、死者に知覚があると言えば、孝行者は残された者を犠牲にしても手厚く葬ろうとするだろうし、ないと言えば、不孝者は葬式をしなくなるだろう。どちらか知りたければ、自分が死んでからでも遅くはなかろうと答えたという。

一〇九 脂習　生卒年未詳。中平年間（一八四〜一八九）郡に出仕し、のち太医令となる。孔融の死に同情したため捕らえられ、釈放後は許の都の東の土橋の下に住まわされる。のち魏文帝に召し出されるが、高齢のため、中散大夫の官位を賜って家に戻り、八十余歳で没した。『三国志』巻一一王脩伝注引『魏略』純固伝。

一一〇 文擧舍我死、吾何用生爲　この話は『三国志』注引『魏略』（前条参照）にものせるが、そこでは「文擧、卿 我を捨てて死せり、我當に復た誰と語るべきなる者ぞ」に作る。

一一一 魏文帝深好融文辭　魏文帝は、曹操の子曹丕。この記述は、文帝の『典論』論文（『三国志』巻二一王粲伝注引、および『文選』巻五二論二）の次の部分に基づく（引用は『文選』李注本による）。

　孔融は體氣高妙にして、人に過ぐる者有り。然れども論を持すること能わず、理 詞に勝たず、以て雜うるに嘲戲を以てするに至る。其の善き所に及びては、楊・班の儔なり。

一一二 楊・班　楊は楊雄、字は子雲（前五三〜後一八）、揚雄とも書く。班は班固、字は孟堅（三二〜九二）。楊雄には『法言』『太玄経』『方言』などの思想的・学問的著作があり、班固は『漢書』を著した史家だが、両者はともに両漢を代表する辞賦家でもあった。楊の「甘泉賦」「羽猟賦」「長楊賦」、班の「両都賦」「幽通賦」はいずれも『文選』に収める。孔融は辞賦の作品を残していないが、それでも楊班に比肩するとは、融の文辞に対する最大級の賛辞であろう。

一一三 詩　孔融の詩作品は、『全漢詩』巻七によれば、「離合して郡姓名字を作る」詩・「臨終」詩・「六言」詩三首（ただしこれは下文の「六言」であろう。→注一一六）の五篇の完篇のほか、「坐上に客 恆に滿ち、樽中に酒 空しからず」という残句がある。ただこの残句は本来詩であったかどうか疑わしい（→注八四）。「離合して郡姓名字を作る」詩は、六つの字謎を順に解くと「魯国孔融文挙」になるという遊戯的なものである。「臨終」詩も『古文苑』に出るもので、その信憑性には問題がある。『漢魏六朝百三名家集』の「孔少府集」には、この他に、「雑詩二首」と「失題」詩をも収めるが、前者は李陵、後者は李白の詩が誤ってまぎれこんだものともいわれる。『文心雕龍』でも、融の詩にふれたところはない。

一一四 碑文　『文心雕龍』誄碑篇に、「孔融の創る所、伯喈（蔡邕）を慕うこと有り。張・陳兩文、辨給 采に足る、亦た其の亞なり」という。蔡邕は碑文にかけては第一人者であった（→注八五）から、これはかなり高い評価といえる。ここでいう「張」とは、張倹のために書いた碑文（→注一五）をさすようであるが、「陳」は何をさすか明らかでない。また張倹碑文以外の作品も伝わらない。

一一五 論議　『全後漢文』巻八三には、「周武王漢高祖論」など論五篇、「馬日磾宜しく礼を加うるべからざるの議」「肉刑議」（→注六一）を収める。『文心雕龍』論説篇には「孔融の『孝廉』は、但だ嘲戲を談ず」というが、該当する議論は今は伝わらない。

一一六 六言　注一一三参照。その名の通り、六言一句をなす詩歌である。ただその内容には、曹操を賛美しているところがある。『四庫全書総目提要』「孔北海集」の条では、融の言動から推して、このようなものを作るはずがないといい、文帝が懸賞付きで融の文章を求めたときに、偽託した者があったのではないかと疑っている。

一一七 表　『全後漢文』巻八三には「表」と題した文はないが、『文心雕龍』章表篇では、「禰衡を薦むる疏（→注九六）」をとりあげ、「文擧の禰衡を薦むるに至りては、氣揚がりて采飛ぶ」と評する。

一一八 檄　現存する作品は見あたらないが、本伝の北海での事跡を述べた部分に「檄を馳せ翰を飛ばして」とあったのが思いおこされる。

二九 教令　教とは諸侯が出す命令であり、北海国の相であったころの作ということになる。『全後漢文』巻八三に五篇を収める。『文心雕龍』に酷評されたことは注五三参照。

三〇 書記　『全後漢文』巻八三では、「書」と題するものは十八篇を数える。うち「曹公に与うる書 盛孝章を論ず」は、『文選』巻四一書上に「盛孝章を論ずる書」の名で収める。『初学記』巻二一に引く晋の李充の「翰林論」に「孔文擧の書・陸士衡（陸機）の議は、斯に文を成すと謂うべし」とあり、孔融の書への高い評価を示す。『文心雕龍』書記篇には、魏文帝が融の文章を懸賞付きで集めたことをふまえ、「文擧 章を屬れば、半簡たりとも必ず錄す」という。

三一 凡二十五篇　『隋志』に「後漢少府孔融集九卷。梁十卷、錄一卷」。明人の輯録にかかる『孔北海集』一巻（『四庫全書』所収）には、三十七篇（うち詩六篇）を収める。現在伝わる孔融の作品は、断片まで含めれば、『全漢詩』巻七に詩六篇、『全後漢文』巻八三に文三十九篇を数え、他に題のみ伝わるものもあり、二十五篇よりはるかに多い。

なお、『隋志』には、「梁には『春秋雜議難』五卷、漢の少府孔融撰なるもの有り、亡ぶ」ともいう。孔宙碑・孔褒碑・孔謙碣（いずれも注四参照）に、みな『春秋』を修めたことが見え、『春秋』は孔氏の家学であったらしい。ただそれらは『公羊伝』の系統に属するが、融のこの著は、『左伝』関連書の中に列せられている。

三二 欒布　生卒年未詳。梁（河南省）の人。奴隷として燕（河北・遼寧両省一帯）に売られるが、梁王となった旧友彭越によってあがなわれる。彭越が謀反の疑いをかけられ刑死したとき、その首の下で霊をまつって捕らえられる。しかし布が彭越の生前の功績を述べ、処刑の不当を訴えると、漢高祖はこれを許し、都尉に任ずる。文帝の時には燕国の相となり、燕・斉の地には「欒公社」という社が多く建てられた。『史記』巻一〇〇、『漢書』巻三七。

なお、この伝につけられた范曄の論は、融の「高志直情」のために、曹操も生前に天下を奪えなかったと述べ、「懍懍焉たり、皜皜焉たり、其れ琨玉秋霜と質を比ぶるも可なり」と賛美する。

また、『太平寰宇記』巻一二三揚州江都県には、「孔融の墓、高士坊の西北に在り、州を去ること九里」という。

〔参考文献〕

繆荃孫『孔北海年譜』（南陵徐氏烟画東堂四譜本）
龔道耕『孔北海年譜』（鉛印本）
孫至誠『孔北海集評注』附孔北海年譜（商務印書館　一九三五年）
本田済『漢書・後漢書・三国志列伝選』（平凡社　一九六八年（中国古典文学大系）、一九七三年（中国の古典シリーズ））
吉川幸次郎『三国志実録・曹植兄弟』（筑摩書房　一九六二年、のち全集第七巻　一九七四年）
張可礼『建安文学論稿』附・建安文学年表、建安文学研究論著索引（山東人民出版社　一九八六年）
郁賢皓・張采民『建安七子詩箋註』（巴蜀書社　一九八八年）
兪紹初『建安七子集』附・佚文存目考、著作考、年譜等（中華書局　一九八九年）
許齢「孔融評伝」（香港大学中文学会会刊　一九五六年）

閔嗣礼「孔融生平及其詩文」（台中商専学報一　一九六九年）
徐公持「建安七子詩文系年考証」（文学遺産増刊一四　一九八二年）
串田久治「孔融と禰衡」（愛媛大学法文学部論集（文学部編）一七　一九八四年）

（谷口　洋）

阮瑀（一六五頃～二一二）

阮瑀は建安七子の一人で、曹操の下で書記を司った。詩人阮籍の父。詩人としての才能は息子阮籍には及ばぬが、書や檄などの文章にすぐれたとされる。曹操に代わって作った「曹公の為に書を作り孫権に与う」の一文が名高い。また、詩で今に伝わるものとしては「駕して北郭門を出づる行」「七哀詩」などがある。『詩品』下。

三國志卷二一魏書　王粲傳附

[一]瑀少[二]受學於蔡邕。建安中[三]都護曹洪欲使掌書記、瑀終不爲屈。太祖並以琳・瑀[四]爲司空軍謀祭酒、[五]管記室、軍國書檄、多琳・瑀所作也。琳徙門下督、瑀[六]爲倉曹掾屬。

[一]瑀は少きとき[二]學を蔡邕に受く。建安中に[三]都護曹洪 書記を掌らしめんと欲するも、瑀 終に爲に屈せず。太祖 並びに琳・瑀を以て[四]司空軍謀祭酒と爲し、[五]記室を管らしむ、軍國の書檄、多く琳・瑀が作る所なり。琳は門下督に徙り、瑀は[六]倉曹掾屬と爲る。

阮瑀は若いころ蔡邕について学んだ。建安年間に都護の曹洪が書記を掌らせようとしたが、阮瑀はこの要請に決して応じなかった。太祖は陳琳と阮瑀を司空軍謀祭酒とし、記室を司らせた。軍事や国の政治に関わる書簡や檄文の多くは、陳琳と阮瑀が書いたものである。陳琳は門下督に移り、阮瑀は倉曹掾屬となった。

一 瑀　阮瑀は字は元瑜。陳留尉氏（河南省）の人。本伝に卒年は建安十七年（二一二）とあるが、生年は未詳。曹丕「寡婦の賦」序（『文選』巻一六哀傷、潘岳「寡婦賦」注所引）に、「陳留の阮元瑜 余と舊有り、薄命にして早に亡す」とあり、俞紹初『建安七子集』附「年譜」は、阮瑀が早逝したことと蔡邕に学んだことを併せ考えると、生年は延熹六年（一六三）～建寧二年（一六九）の間と推測できるとする。家世も未詳。『元和姓纂』巻六によると、阮姓は周の文王が伐った汧渭（甘粛省）の辺りにあった国名に由来する。息子は阮籍（本書「阮籍伝」参照）、孫は阮咸。『隋志』に「後漢丞相倉曹屬阮瑀集五卷。梁有錄一卷、亡」とある。『漢魏六朝百三名家集』には阮元瑜集一巻を収める。『全後漢文』巻九三、『全魏詩』巻三、『古詩紀』巻二七。その詩については『詩品』下に、「元瑜・堅石七君の詩は、並びに平典なるも、古體を失わず」とある。また謝霊運「魏の太子の鄴中集の詩に擬す」詩（『文選』巻三〇雜擬上）其七の序は、その文章の特徴を記して、「書記の任を管る。優渥の言有り」という。

二 受學蔡邕　蔡邕については、『後漢書』巻六〇下および本書「孔融伝」注八五参照。『文士伝』（『太平御覧』巻三八五）に、「阮瑀 少くして儁才有り、機に應じて捷麗、蔡邕に就いて學ぶ。歎じて曰く、童子 奇才なること、朗朗として雙無し、と」とある。また、阮瑀「曹公の為に書を作りて孫権に与う」李善注所引「魏志」（『文選』巻四二書中）にも、「阮瑀は字は元瑜、宏才卓逸にして、俗に群せず」とあり、阮瑀が卓抜の才能を有していたことを伝える。

三 都護曹洪　曹洪（?～二三二）、字は子廉。譙（安徽省）の人。魏の武将。曹操のいとこに当たり、曹操を助け、呂布や劉表を征討するのに従った。驃騎将軍に拝せられた。『三国志』巻九。

四 爲司空軍謀祭酒　司空軍謀祭酒となる経緯については、裴松之注所引『文士伝』に、阮瑀の才あるを知り、太祖が召し寄せたが、阮瑀が山中に逃げ込んだので、太祖は山を焚き捕らえて召し入れた。その後もしばらく太祖は阮瑀に腹を立てていたが、阮瑀が作曲や歌にすぐれることを知って機嫌をなおした、とある。これに対して裴松之は、魚豢の『典略』、摯虞の『文章志』によれば、阮瑀は病を理由に辞したのであって、山を焚いた可能性はないことを指摘している。また『太平御覧』巻二四九所引『典略』には、曹洪の招きを阮瑀は笞打たれても固く拒んだが、これを聞いた曹操が阮瑀を呼んだところ、懼れてすぐに駆けつけ、曹操に迫られるや帰属を承諾し、記室となったとある。

五 管記室…多琳・瑀所作也　記室は、いわゆる書記官。瑀は陳琳や路粋らとともに記室をつかさどった（『三国志』巻二一王粲伝附路粋伝注所引『典略』）。瑀が文章を善くしたことは、裴松之注所引『典略』に、曹操に随行した阮瑀が馬上で即座に仕上げた書簡は、曹操ですら少しも直すところがなかったという逸話があることからも窺われる。梁元帝『金楼子』（『太平御覧』巻六〇〇）にも、「劉備 叛走す。曹操 阮瑀をして書を爲らしめ備に與う。馬上 立ちどころに成る」と同様の逸話がある。また王傑「阮元瑜誄」（『北堂書鈔』巻一〇三、『全三国文』巻三六）に、「允に文章を司り、爰に軍旅に及ぶ。庶績 維れ殷にして、簡書 雨の如し」とあることからも、阮瑀は多くの書簡を書いたことが知られる。裴松之注所引『典略』には、「太祖 初めて荊州に征くに、瑀をして書を作らしめて劉備に與う、馬超を征するに及び、又た瑀をして書を作らしめて韓遂に與う、此の二書 今 具に存す」とあるが、このうち「魏武の為に劉備に与うる書」（『文選』巻二〇祖餞、潘岳「金谷の集いにて作る詩」注。『全後漢文』巻九三）のみ断片が残っている。ほかに「曹公の為に書を作り孫権に与う」（『文選』巻四二書中）などが今に伝わる。

六 爲倉曹掾屬　阮瑀「曹公の為に書を作りて孫権に与う」注所引「魏志」（『文選』巻四二書中）に、「太祖 司空と爲り、召して軍謀祭酒と爲す。又た記室を管る。書檄 多く瑀の作る所なり。又た丞相倉曹屬に轉じ、卒す」とある。また『晋書』巻四九阮籍伝に「父の瑀は魏の丞相掾、名を世に知らる」とある。

〔参考文献〕

吉川幸次郎『三国志実録』（『世界』一九五六年一月—十二月、『新潮』一九五八年一月—十二月。のち、筑摩書房『吉川幸次郎全集』七　一九六八年。ちくま学芸文庫『三国志実録』一九九七年）

狩野直喜『魏晋学術考』（筑摩書房　一九六八年）

兪紹初校点『王粲集』（中華書局　一九八〇年）

兪紹初輯校『建安七子集』（中華書局　一九八九年）

郁賢皓・張采民箋注『建安七子箋注』（巴蜀書社　一九九〇年）

韓格平『建安七子詩文集校注訳析』（吉林文史出版社　一九九一年）

李文献『徐幹思想研究』（文津出版社　一九九二年）

Ronald C. Miao, "Early Medieval Chinese Poetry.——The life and verse of Wang Ts'an (A. D. 177-217)" (Münchener Ostasiatische Studien, Band 30, 1982)

中川薫「劉楨考」（『鳥取大学学芸学部研究報告』人文科学六　一九五五年）

同「劉楨伝」（『斯文』一五　一九五六年）

同「建安文人伝（一）— 陳琳伝」（『鳥取大学学芸学部研究報告』人文科学一二　一九六一年）

同「建安文人伝（二）— 阮瑀伝」（同一四　一九六三年）

同「建安文人伝（三）— 徐幹伝」（同一五　一九六四年）

同「建安文人伝（四）— 応瑒伝」（同一六　一九六五年）

伊藤正文「王粲詩論考」（『中国文学報』二一　一九六五年）

同「王粲伝論（一）（二）」（『漢文教室』六六、六七　一九六四年）

同「劉楨伝論」（吉川博士退休記念『中国文学論集』　一九六八年）
同「劉楨詩論考」（『近代』五一　一九七六年）
下定雅弘「王粲詩について」（『中国文学報』二九　一九七八年）
池田秀三「徐幹中論校注」（上）（中）（下）（『京都大学文学部研究紀要』二三、二四、二五　一九八四、八五、八六年）
今鷹真「「三国志集解」補」（『名古屋大学文学部研究論集』文学四三　一九九七年）
徐公持「建安七子論」（『文学評論』一九八一年第四期　一九八一年）
同「建安七子詩文繫年考證」（『文学遺産増刊』一四　一九八二年）
Jean-Pierre Diény, "Lecture de Wang Can (177–217)" (T'oung Pao, LXXIII 4-5, Vol. 73, livre 1-3, 4-5, 1987)

（林　香奈）

応瑒（？～二一七）・劉楨（？～二一七）

応瑒は、代々学者を輩出した家柄の出で、伯父は『風俗通』を著した応劭。建安七子の一人、曹丕のもとで五官将文学をつとめた。つねに書を著す志を持っていたとも伝えられ、詩人としての才よりはむしろ、学者的な資質のまさっていた人物であったと思われる。曹丕は「典論論文」で応瑒の作を評して「和にして壮ならず」という。代表作に「五官中郎将の建章台の集に侍する詩」がある。『詩品』下。

劉楨は、建安七子の一人。曹操の丞相掾属となった後、五官将文学、平原侯庶子となった。文章でも名を知られ、奏書などに秀でたとされる。気力に富む優れた作風の詩が多い。代表作に「徐幹に贈る」「従弟に贈る」「五官中郎将に贈る」などの詩がある。『詩品』上。

三國志巻二一魏書　王粲傳附

[一]瑒・[二]楨[三]各被太祖辟、爲丞相掾屬。[四]瑒轉爲平原侯庶子、後爲五官將文學。[五]楨以不敬被刑、刑竟署吏。咸著文賦數十篇。

瑀以十七年卒。幹・琳・瑒・楨二十二年卒。文帝書與元城令[六]吳質曰「[七]昔年疾疫、親故多離其災、徐・陳・應・劉、一時倶逝。觀古今文人、類不護細行、鮮能以名節自立。而偉長獨懷文抱質、恬淡寡欲、有[八]箕山之志、可謂[九]彬彬君子矣。著[一〇]中論二十餘篇、辭義典雅、足傳于後。德璉常斐然有述作意、其才學足以著書、美志不遂、良可痛惜。孔璋章表殊健、微爲繁富。公幹有逸氣、但未遒耳。元瑜書記翩翩、致足樂也。仲宣獨自善於辭賦、惜其體弱、不起其文。至於所善、古人無以遠過也。昔[一一]伯牙絶絃於鍾期、[一二]仲尼覆醢于子路、痛知音之難遇、傷門人之莫逮也。諸子但爲未及古人、自一時之儁也」。

自潁川[一三]邯鄲淳・[一四]繁欽・陳留[一五]路粹・沛國[一六]丁儀・[一七]丁廙・弘農[一八]楊脩・河内[一九]荀緯等、亦有文采、而不在此七人之例。

[一]瑒・[二]楨は[三]各おの太祖に辟され、丞相掾屬と爲る。[四]瑒は轉じて平原侯庶子と爲る。後に五官將文學と爲る。[五]楨は不敬を以て刑せられ、刑竟りて吏に署す。咸な文・賦數十篇を著す。

瑀十七年を以て卒す。幹・琳・瑒・楨は二十二年に卒す。文帝書して元城令[六]吳質に與えて曰く「[七]昔年疾疫あり、親故多く其の災いに離り、徐・陳・應・劉、一時に倶に逝く。古今の文人を觀るに、類ね細行を護らず、能く名節を以て自ら立つこと鮮し。而るに偉長は獨り文を懷いて質を抱き、恬淡にして寡欲、[八]箕山の志有り、[九]彬彬たる君子と謂うべし。[一〇]中論二十餘篇を著し、辭義典雅、後に傳うるに足る。德璉は常に斐然として述作の意有り。其の才學以て書を著わすに足るも、美志遂げず、良に痛惜すべし。孔璋は章表殊に健にして、微しく繁富爲り。公幹は逸氣有り、但だ未だ遒からざるのみ。元瑜は書記翩翩として、致樂しむに足るなり。仲宣は獨り自ら辭賦を善くす、惜しむらくは其の體弱くして、其の文を起こさず。善くする所に至っては、古人も以て遠く過ぐること無し。昔[一一]伯牙は絃を鍾期に絶ち、[一二]仲尼は醢を子路に覆するは、知音の遇い難きを痛み、門人の逮ぶ莫きを傷むなり。諸子但だ未だ古人に及ばずと爲すも、自ら一時の儁なり」と。

穎川の[一三]邯鄲淳・[一四]繁欽・陳留の[一五]路粋・沛國の[一六]丁儀・[一七]丁廙・弘農の[一八]楊脩・河内の[一九]荀緯等も、亦た文采有りと曰ども、而れども此の七人の例に在らず。

応瑒、劉楨はそれぞれ太祖に招かれ、丞相掾属となった。瑒は平原侯庶子に転任し、後に五官将文学となった。楨は不敬の罪により刑を受け、刑が終わると吏に任ぜられた。いずれも文と賦を数十篇著している。

阮瑀は建安十七年（二一二）に亡くなり、徐幹・陳琳・応瑒・劉楨は建安二十二年（二一七）に亡くなった。文帝は、元城（河北省）令の呉質に手紙を送って次のように言った。「昔、疫病がはやり、親類や知人の多くがその災いにあい、徐幹・陳琳・応瑒・劉楨がみな一度に逝ってしまった。古今の文人を見てみると、概して細かな礼儀作法に拘ることがないので、名誉や節義でもって名をあげてひとり立ちできた者は少ない。しかし徐幹だけは外面の美しさと内実とを兼ねそなえ、心穏やかで欲少なく、隠棲の志を抱いていた。文（外面）と質（内実）とがうまく調和した立派な人物と言ってよいであろう。『中論』二十余篇を著したが、文章も内容も典雅で、後世に伝えるに足るものである。応瑒は常にあふれる才能に輝いており、著述の志を持っていた。その才能と学問は書物を著すのに十分であったが、立派な志は遂げられなかった、本当に残念でならない。陳琳は、章や表などの上奏文にとりわけ優れるが、些か繁雑なところがある。劉楨は優れた気質の持ち主ではあるけれども、ただ文章に力強さが欠けている。阮瑀は、書や記といった書簡類が美しく、楽しめるだけのものに仕上がっている。ひとり王粲だけは辞や賦を善くしたが、残念なのはその構えが弱々しく、文章の勢いに欠けていることである。但し、優れたものについては、古人にもひけを取らぬほどの出来映えである。昔、琴をよくした伯牙は彼の音楽の理解者であった鍾子期が死ぬと琴の絃を切り、孔子は弟子の子路が殺されたと知るや、醢を捨てさせた。これは、自分を理解する人に遇い難いことを痛み、門人が届かぬ存在となってしまったことを悲しんだからである。ここに挙げた諸子は、古の人には及ばないとはいうものの、当然ながら一時代の俊英であったのだ。

穎川（河南省）の邯鄲淳・繁欽・陳留（河南省）の路粋・沛国（安徽省）の丁儀・丁廙・弘農（河南省）の楊脩・河内（河南省）の荀緯らもまた文学的な才能があったが、この七人の中には入らない。

一 瑒　応瑒（本伝注に「瑒は音は徒哽の反、一に音は暢」とある）は、字は徳璉。汝南南頓（河南省）の人。生年は未詳。『後漢書』巻四八応奉伝によれば、瑒の祖父は応奉、その父は郴（武陵太守）、祖父は畳（江夏太守）、曾祖父は順（河南尹）。瑒の祖父応奉は、字は世叔。官は司隷校尉。「厳厲」であることで知られたが、党錮の禍に際し病を理由に退いた。「感騒」三十篇を作る。また裴松之注所引華嶠の『漢書』に、「瑒の祖奉は、字は世叔。才は敏にして善く諷誦す、故に世は、應世叔 書を讀むに、五行倶に下る、と稱す。『後序』十餘編を著し、世の儒者と爲る。延熹中、司隷校尉に至る」とある。応奉の十人の息子の中に、博学多識で知られる『風俗通』の著者応劭（字は仲遠、応瑒の伯父）と、その弟で応瑒の父である応珣（字は季瑜）がいる。応劭は建安二年（一九七）袁紹の軍謀校尉となり、鄴で卒した（『後漢書』巻四八）。裴松之注所引『続漢書』に、「劭は又た『中漢輯敍』『漢官儀』及び『禮儀故事』、凡そ十一種、百三十六巻を著す。朝廷の制度、百官の儀式、亡ばざる所以は、劭の之を記すに由る。官は泰山太守に至る」とある。応珣は、司空掾となった（『後漢書』漢四八応邵伝注所引『華嶠書』）。また応瑒の弟は璩、字は休璉。『三国志』巻二一。本書「応璩伝」参照。瑒の文集については、『隋志』に「魏太子文學應瑒集一卷。梁有五卷、錄一卷、亡」、『旧唐志』『新唐志』には「應瑒集二卷」とある。『漢魏六朝百三名家集』に「應徳璉集」一巻が収められる。『全後漢文』巻四二、『全魏詩』巻三、『古詩紀』巻二七。

二 楨　劉楨、字は公幹、東平寧陽（山東省）の人。生年は未詳。父は劉梁、字は曼山。裴松之注所引『文士伝』に、「楨の父は名は梁、字は曼山、一名恭。少くして淸才有り、文學を以て貴ばる。野王令に終る」とある。一方『後漢書』巻八〇下劉梁伝には、「劉梁、字は曼山、一名岑、東平寧陽の人なり。梁は宗室の子孫なるも、少くして孤貧。…桓帝の時 孝廉に擧げられ、北新城長に除せらる。…後に野王令と爲るも、未だ行われず。光和中に、病にて卒す。孫の楨も亦た文才を以て名を知らる」とあり、こちらは劉楨を劉梁の孫とする。劉楨の才能や人柄については、『文士伝』（『太平御覧』巻三八五）に、その才能は少き時より知られ、八、九歳で論語・詩・論・賦数万言を誦じ、明敏で、弁舌は当意即妙かつ舌鋒鋭い人物であったとある。また『三国志』巻二七王昶伝にも、博学で真心があるが、遠慮のない一面があったことが伝えられている。

その詩については、『詩品』上に「其の源は古詩に出づ。氣に仗りて奇を愛し、動に振絶多し。眞骨 霜を淩ぎ、高風 俗に跨る。但し氣は其の文に過ぎ、彫潤は少なきを恨む。然れども陳思自り以下は、楨のみ獨歩と稱す」とあり、「文」よりも「気」にまさる劉楨の詩を絶賛している。「七子」の中で劉楨と並んで評価の高い王粲が、「気」よりも「文」に優れたのとは対照的な作風であったと言える。『文心雕龍』体性篇に「公幹は氣褊、故に言壮にして情駭く」とも見える。また文章については、『文心雕龍』書記篇に「公幹の牋記は、麗にして規益あるも、子桓 論ぜず、故に世の共に遺るる所なり」とある。『隋志』に「魏太子文學劉楨集四卷。錄一卷」、経部に「毛詩義問十卷、魏太子文學劉楨撰」とある。また『旧唐志』『新唐志』には「劉楨集二巻」とある。『漢魏六朝百三名家集』に「劉公幹集」一巻が収められる。『全後漢文』巻六五、『全魏詩』巻三、『古詩紀』巻二六。

三 各被太祖辟　太祖に招かれるまでの経緯は、謝霊運「魏の太子の鄴中集の詩に擬す」詩八首（『文選』巻三〇雑擬上）に見える。応瑒については、まず漢末の騒乱に遭い、転々とさすらったことが、ついで曹操の下に身を寄せ、袁紹討伐、官渡の戦い、烏林の戦いに従軍したことが記されている。その序では彼の詩の特徴を評して「世故に流離し、頗しく飄薄の歎有り」と言う（其六）。一方、劉楨については、東平での貧しい暮らしすら騒乱により奪われ転々としたが、曹操に招かれて後は、袁紹、劉表の討伐に加わり、文書の仕事を司ったことが記されている（其五）。

四 瑒轉爲平原侯庶子、後爲五官將文學　『後漢書』巻八〇下劉梁伝注所引『魏志』に、「楨は、字は公幹、司空軍謀祭酒、五官郎將文學と爲り、徐幹・陳琳・阮瑀・應瑒と倶に文章を以て名を知られ、轉じて平原侯庶子と爲る」とあり、応瑒だけでなく劉楨もまた、五官将文学・平原侯庶子を歴任した。『世説』言語篇10注所引『典略』にも、「建安十六年、世子 五官中郎將と爲り、文學を妙選し、楨をして太子に隨侍せしむ」と見え、劉楨には「五官中郎将に贈る」詩（『文選』巻二三贈答一）が残る。また、曹植が平原侯となったのは建安十六年正月（『三国志』巻一武帝紀注『魏書』）。『晋書』巻六四琅邪悼王煥伝には、「昔 魏の臨菑侯 邢顒を以て家丞と為し、劉楨庶子と為る」とあり、これによれば、劉楨は臨菑侯庶子ともなったことになる。『通鑑』漢紀献帝建安十九年にも、劉楨が臨菑侯庶子になったと見える。

五 楨以不敬被刑　裴松之注所引『典略』によれば、劉楨は文辞の巧妙なることで諸公子に親愛された。後に太子（曹丕）の催した酒宴において、劉楨が夫人の甄氏を直視したことから、太祖は劉楨を捕らえたが、死刑を免じて懲役に付したとある。刑に服している間の故事として、『世説』言語篇10に、曹丕がなぜ法を守らないのかと尋ねると、「陛下の網の目が粗くないからです」と答えたとある。またその注に引く『文士伝』には、服役中の劉楨に曹操が声をかけると、絶妙な返答をしてすぐに刑を許されたことが伝えられている。劉孝標注と同様の記載は、『太平御覧』巻四六四所引『文士伝』、『水経注』巻一六穀水注所引『文士伝』にも見える。このころの作と思われるものに、「徐幹に贈る」詩（『文選』巻二三贈答一）がある。

六 呉質　呉質（一七七～二三〇）は、字は季重。済陰（山東省）の人。官は振威将軍、仮節都督河北諸軍事。文才に恵まれ学識があったので、曹丕の寵愛を受けた。権威をかさにきた振る舞いが見られたので、醜侯と謚された（『三国志』巻二一王粲伝附呉質伝および注）。「思慕の詩」（本伝注）のほか、「魏の太子に答うる牋」「元城に在りて魏の太子に与うる牋」（ともに『文選』巻四〇牋）、「東阿王に答うる書」（『文選』巻四二書中）などが伝わる。呉質は「魏の太子に答うる牋」の中で、陳琳・徐幹・劉楨・応瑒らの才能や学問が優れているという、彼らに対する曹丕の評価を一応は認めながらも、自論を持することもなければ、病と称して政事に参与することもない、安泰な世でのみ用いられる者たちである、と建安諸子を評している。『隋志』に「侍中呉質集五巻」とある。『全三国文』巻三〇、『全魏詩』巻五、『古詩紀』巻二七。

七 昔年疾疫… 曹丕「呉質に與うる書」。建安二十三年（二一八）に書かれた書簡。本伝以外に、裴松之注所引「魏略」、『文選』巻四二書中、『藝文類聚』巻二六にも収められている。曹丕は「典論論文」（『文選』巻五二論。裴松之注所引『典論』）の中でも、建安の詩人たちについて「建安七子はいずれも学問に怠りなく、文辞にも優れている。王粲は辞賦に長じ、徐幹は粲にやや劣るが、いずれの賦も（後漢の賦の大家である）張衡や蔡邕ですら及ばぬ出来である。陳琳・阮瑀は上奏文に秀でる。応瑒には勢いがなく、劉楨には勢いはあるが緻密さが足りない。孔融は論理性に欠ける」と評している。

八 箕山之志 隠棲の志。『呂氏春秋』慎行論求人篇に「昔者 堯は許由を沛澤の中に朝して曰く、…天下を夫子に屬せしめんことを請う、と。許由 辭し、…遂に箕山の下、潁水の陽に之き、耕して食い、終身天下の色を經る無し」とあるのに拠る。

九 彬彬 文（外面）と質（内実）が兼ね備わるさま。『論語』雍也篇に「文質彬彬、然る後君子」とあるのに拠る。徐幹の優れた人柄については、本書「徐幹伝」参照。

一〇 中論二十餘篇 政治哲学の書。二十篇。本伝には「二十餘篇」とあるが、『四庫全書総目』巻九一によれば、宋代以降今の篇数となったという。『群書治要』に逸文二篇が残っており、この二篇が『郡斎読書志』巻一〇の「李献民云う、別本に『復三年』『制役』の二篇有り、と」と指摘する、二十篇以外のものに相当するか。

一一 伯牙絶絃於鍾期 琴の名手である伯牙は、彼の奏でる音色の素晴らしさを理解できた鍾子期が死ぬと、弦を絶って二度と琴を弾かなかったという故事。『呂氏春秋』孝行覧本味篇に見える。

一二 仲尼覆醢于子路 弟子の子路が殺されて醢にされたことを聞くや、孔子は醢を捨てさせたという故事。『礼記』檀弓下篇に見える。

一三 邯鄲淳 生卒年未詳。字は子叔。一名は竺。潁川（河南省）の人。裴松之注所引『魏略』に拠ると、博学で文才があり、古代の文字についても詳しかった。曹丕と曹植はともにその才能を求めたが、植についた。黄初の初め、博士給事中となった。「投壺の賦」を文帝に献上し、称賛された。『文心雕龍』才略篇では、「丁儀・邯鄲も亦た論述の美を含む。算うるに足る有り」と評される。「答贈詩」（『藝文類聚』巻三一）が伝わる。『隋志』に「魏給事中邯鄲淳集二巻。梁有録一巻」、また子部に「笑林三巻、後漢給事中邯鄲淳撰」とある。『全三国文』巻二六、『全魏詩』巻五。

一四 繁欽 ?〜二一八。注に「繁は音は婆」とある。字は休伯。潁川（河南省）の人。文学的才能によって若いころから名を挙げ、曹操の時、丞相主簿になった。書や記の文体を得意とし、詩賦にも長じた。「定情詩」（『玉臺新詠』巻一）や「魏の文帝に与うる牋」（『文選』巻四〇牋）などの作がある。『隋志』に「後漢丞相主簿繁欽集十巻。梁録一巻、亡」とある。『全後漢文』巻九三、『全魏詩』巻三、『古詩紀』巻二七。

一五 路粋 字は文蔚。本書「孔融伝」注八七参照。

一六 丁儀 ?〜二二〇。字は正礼。沛郡（安徽省）の人。『三国志』巻一九陳思王植伝注所引『魏略』に拠ると、父親の丁沖の時から曹操と親交があった。曹操が才能を見込んで娘（清河公主）を娶そうとしたが、曹丕が眇である丁儀は相応しくないとしてそれを妨げた。恨んだ丁儀は曹植につき、植の才能を称えて太子に据えることに賛同したため、曹丕の恨むところとなり、殺された。丁儀らが植を賛翼したことは、ほかに同伝裴松之注所引『世語』、『三国志』巻二一衛奏伝、同巻一二邢顒伝にも見える。『隋志』に「後漢尚書丁儀集一巻。梁二巻、録一巻」、『旧唐志』『新唐志』に「丁儀集二巻」とある。『全後漢文』巻九四。本書「曹植伝」注八参照。

一七 丁廙 ?〜二二〇。字は敬礼。丁儀の弟。『三国志』陳思王植伝注所引『文士伝』に拠れば、若くして才能・容姿に優れ、博学であった。初め公府に召され、建安年間に黄門侍郎となった。曹植との関わりが深く、曹操に曹植の才能を絶賛した。そのために兄と同じく、文帝即位後に殺された。『隋志』に「後漢黄門郎丁廙集一巻。梁二巻。録一巻」、『旧唐志』『新唐志』に「丁廙集二巻」とある。『全後漢文』巻九四。本書「曹植伝」注九参照。

一八 楊脩 一七五〜二一九。字は徳祖、弘農華陰（河南省）の人。『三国志』陳思王植伝注所引『典略』に拠ると、父は大尉楊彪。建安年間に孝廉に推挙され、郎中に命ぜられるが、曹操の要請により倉曹属主簿となる。あらゆる事を処理して曹操の意にかない、曹丕をはじめ、誰もが競って楊脩と交友を結んだ。曹植との親交は厚く、曹操に疎んじられていた曹植のために、曹操の質問を予め曹植に洩らしたかどで、結局曹操に殺された。曹植に与えた書簡「臨淄侯に答うる牋」（『文選』巻四〇牋）が知られる。『文心雕龍』才略篇には楊脩を評して、「路粋・楊脩は頗る筆記の工を懐く」とある。『隋志』に「後漢丞相主簿楊脩集一巻。梁二巻、録一巻」『旧唐志』『新唐志』に「楊修集二巻」とある。『全後漢文』巻五一。本書「曹植伝」注一〇参照。

一九 荀緯 一八一〜二二三。字は公高。裴松之注所引荀勗『文章叙録』に拠れば、若いころから文学を好み、建安年間に軍謀掾、魏の太子庶子となり、散騎常侍、越騎校尉にまでなった。

〔参考文献〕

「阮瑀伝」（三六ページ）参照。

（林　香奈）

陳琳（?～二一七）

陳琳は、何進の主簿（書記官）をつとめ、袁紹の幕下では文章を司り、曹操に帰属後も書記となった。この経歴からも窺われるように、陳琳は「章・表・書・記」といった実用文を得意とした。建安七子の一人に名を連ねるが、『詩品』には言及されておらず、詩や辞賦などの韻文は、後世わずかに伝わるのみである。代表作としては、「飲馬長城窟行」、「東阿王に答うる牋」などがある。

三國志卷二一魏書　王粲傳附

琳[一]前爲[二]何進主簿。進欲誅諸宦官、[三]太后不聽。進乃召四方猛將、並使引兵向京城、欲以劫恐太后。[四]琳諫進曰「[五]易稱『即鹿無虞』。諺有『掩目捕雀』。夫微物尚不可欺以得志、況國之大事、其可以詐立乎。今將軍總皇威、握兵要、龍驤虎步、[六]高下在心、以此行事、無異於鼓洪爐以燎毛髮。但當速發雷霆、[七]行權立斷、違經合道、天人順之、而反釋其利器、更徵於他。大兵合聚、強者爲雄、所謂[八]倒持干戈、授人以柄。功必不成、祇爲[九]亂階」。進不納其言、竟以取禍。琳避難冀州、[一〇]袁紹[一一]使典文章。袁氏敗、琳歸太祖。太祖謂曰「[一三]卿昔爲本初移書、但可罪狀孤而已、惡惡止其身、何乃上及父祖邪」。[一二]琳謝罪、太祖愛其才而不咎。

[1]琳 前に[2]何進が主簿爲り。進 諸宦官を誅せんと欲するも、[3]太后 聽かず。進 乃ち四方の猛將を召び、並びに兵を引きて京城に向かわしめ、以て太后を劫恐せんと欲す。琳[4] 進を諫めて曰く「[5]易に稱わく『鹿に卽いて虞無し』と。諺に『目を掩いて雀を捕る』と有り。夫れ微物尚お欺りて以て志を得べからず、況や國の大事、其れ詐を以て立つべけんや。今 將軍 皇威を總べ、兵要を握り、龍驤虎歩、[6]高下 心に在り、此を以て事を行うは、洪爐を鼓して以て毛髪を燎くに異なる無し。但だ當に速かに雷霆を發し、[7]權を行い斷を立つべし、經に違いて道に合うときは、天人 之に順う、而れども反って其の利器を釋て、更に他に徵む。大兵合聚して、強き者の雄と爲る、所謂[8]倒に干戈を持し、人に授くるに柄を以てするなり。功 必ず成らずして、祇だ[9]亂階と爲るのみ」と。進 其の言を納れず、竟に以て禍を取る。琳 難を冀州に避け、[10]袁紹[11] 文章を典らしむ。袁氏 敗れ、琳 太祖に歸す。太祖 謂いて曰く「卿は昔 [12]本初が爲に書を移すに、但だ孤を罪狀すべきのみ、惡を惡むは其の身に止まる、何ぞ乃ち上は父祖に及ぼすや」と。琳[13] 罪を謝す、太祖 其の才を愛して咎めず。

陳琳はかつて何進の主簿であった。何進は宦官たちを殺そうとしたけれども、太后が許さなかった。そこで何進は四方の猛将を招き寄せ、いずれにも兵を率いて都に向かわせ、太后を脅そうとした。陳琳は何進を諫めて次のように言った。『易』に『鹿を追うのに道案内がいない』、諺に『目を掩いかくして雀を捕る』という言葉があります。そもそも小さな生き物でも馬鹿にしては思い通りにはならぬものなのです。ましてや国の大事ともなれば、詐術でもって事が成功するでしょうか。今、将軍は朝廷の権力を一手に握り、軍事の中枢も掌握し、まるで龍が上り虎が歩むような勢いで、すべてのことが思うままです。これでもって事を起こすのは、大きな炉で火を起こして髪の毛を焼くようなものです。速やかに雷霆を発するが如く命令を下し、臨機応変の処置をとって決断を下されるべきです。法に背いても人の道理に合えば、天も人もこれに従うものです。それなのに逆に有利な手段を捨てて、他に方法を求めておられる。大軍が集まれば、強い者がその雄となるもので、こんなことをなさるのは、いわゆる干と戈をさかさに持って、相手にその柄を渡すというようなことです。きっと事は成らず、禍のもとを残すだけとなりましょう」。何進はその諫言を聞き入れず、結局、禍を招いてしまった。陳琳が冀州に避難すると、袁紹は陳琳に文章を司らせた。袁紹が敗れると、太祖（曹操）に帰属した。太祖は陳琳に、「おまえはかつて袁紹のために檄文を書いたとき、私の罪だけをとがめるべきであった。悪を憎んでもその人物だけにとどめておくべきで、何も私の父や祖父のことまで持ち出すことはなかったのだ」と言った。陳琳はその罪を詫びた。太祖は彼の才能を愛して、その罪を咎めなかった。

注二七参照。

三 太后　何太后。何進の異母妹。霊帝の皇后で皇太子辯を生んだ。中平六年（一八九）、霊帝が崩じると辯（少帝）が即位し、皇太后となった。宦官を誅滅しようとした何進が逆に殺されると、董卓が辯を廃位して異母弟の協（献帝）を擁立、何皇后は辯ともども在位十年で殺された（『後漢書』巻十下）。

四 琳諫進曰　中平六年（一八九）七月のこと（『通鑑』漢紀霊帝）。何進の宦官殺害計画に対し、何太后が宦官の制度は漢代以来伝わるもので、廃すべきでないと反対した。そこに袁紹が大軍を集めて何太后を脅す策を持ちかけると、何進はその謀略にのってしまった。陳琳はこの辞で、小手先の策でもって事を起こすべきではなく、また袁紹らを侮ってはならぬと何進を諫めている。『後漢書』巻六九何進伝にも同様の記載がある。厳可均はこの辞を陳琳の作として引くが（「何進の外兵を召すを諫む」、『全後漢文』巻九二）、『漢魏六朝百三名家集』は採らない。

一 琳　陳琳、字は孔璋。広陵射陽（江蘇省）の人（『三国志』巻七臧洪伝に、射陽の臧洪と同邑とある）。生年および家系は未詳。『三国志』巻五二呉書張昭伝に、張昭が弱冠の年に「州里の才子」に陳琳らがいたとあることなどから推して、陳琳の生年は張昭の生年である永寿二年（一五六）前後と見る説もある（兪紹初『建安七子集』附年譜）。人柄については、「孔璋は傯恫にして以て麤疎なり」（『文心雕龍』程器篇）とあり、粗雑な一面があったとされる。また文章については、謝霊運「魏の太子の鄴中集の詩に擬す」詩（『文選』巻三〇雑擬上）其三の序に「袁本初が書記の士なり、故に喪亂の事を述ぶること多し」と評されている。『隋志』に「後漢丞相軍謀掾陳琳集三巻。梁一巻、録一巻」、『旧唐志』『新唐志』に「陳琳集十巻」とある。輯本としては、『漢魏六朝百三名家集』に「陳記室集」一巻が収められる。『全後漢文』巻九二、『全魏詩』巻三、『古詩紀』巻二六。

二 何進　？〜一八九。字は遂高。『後漢書』巻六九。本書「孔融伝」

五　易稱卽鹿無虞…　いずれも、相手を侮って子供だましの策を弄することをいう。『易』屯卦に「鹿に卽きて虞無し、惟だ林中に入る（鹿を追うのに道案内も無しで、むやみに林の中に入る）」とある。虞は山澤を司る官のこと。「正義」に「虞は虞官を謂う。人の田獵に如う。鹿に從い就かんと欲すれば、當に虞官の助有るべし」とある。また、『文心雕龍』書記篇に「陳琳の諫辭に『目を掩いて雀を捕る』と稱し、潘岳の哀辭に『掌珠の伉儷』と稱するに至っては、並びに俗説を引いて文辭を爲す者なり」とある。

六　高下在心　もとは『左伝』宣公十五年に、「諺に曰く、高下 心に在り、と」とある言葉で、何事も成否は自分の心がけ次第であり、時宜に合わせて行動すべきことを言う。ここでは、あらゆる事が意のままになること。

七　行權　臨機応変に対処すること。『易』繋辞下伝に「巽は以て權を行う」とあり、注に「權は經に反して道に合す」とある。また『公羊伝』桓公十一年に「權なる者は、何。權なる者は經に反し、然る後に善有る者なり」とある。

八　倒持干戈　戈などの武器を逆さまに持って、味方を攻撃すること。『書』武成に「前徒 戈を倒にし、後を攻めて以て北ぐ」とある。

九　亂階　騒乱のもととなること。『詩』小雅、巧言に「拳無く勇無く、職として亂階を爲す」とある。

一〇　袁紹　?—二〇二。字は本初。『後漢書』巻七四上、『三国志』巻六。本書「孔融伝」注五〇参照。

一一　使典文章　袁紹のもとで文章を司ったとあるが、陳琳「東阿王に答うる牋」（『文選』巻四〇牋）注所引『文章志』には、「亂を冀州に避く。袁紹 之を辟して、密事を典らしむ」とある。『文心雕龍』章表篇に「琳・瑀の章表、當時に譽れ有り」と見えるように、陳琳は章表などの文章に秀でていた。裴松之注所引『典略』には、陳琳の書いた檄などの文章を見て、曹操の頭痛が治ったという逸話も見られる。また、このころの陳琳の行いについて次のような記述が見える。『後漢書』巻五八臧洪伝、『三国志』巻七臧洪伝に拠れば、陳琳と同邑の臧洪（字は子源）は袁紹のために恩人の張昭を救援できなかったことを恨み、袁紹と絶交した。興平二年（一九五）十二月、袁紹に包囲された臧洪に、陳琳は袁紹の命で降服を勧める書を送り、臧洪の怒りをかった。その返書には、「行け、孔璋。足下 利を境外に徼め、臧洪 命を君親に投ず。吾子 身を盟主に託し、臧洪 名を長安に策す。子 謂らく余の身 死して名滅ぶと。僕も亦た子の生 死するも聞こゆる無きを笑う。本は同じくして末離る。努力努力、夫れ復た何をか言わん」（『後漢書』臧洪伝）と、陳琳に対する痛烈な批判の辞が綴られている。また陳琳は、建安四年（一九九）春、公孫瓚が敗北を悟って息子の公孫続に送った手紙を、袁紹の命で書き換えたともいう（『三国志』巻八公孫瓚伝注所引『献帝春秋』）。

一二　爲本初移書　建安五年（二〇〇）、袁紹（本初は袁紹の字）のために書かれた檄文（『後漢書』巻七四上袁紹伝、『三国志』巻一武帝紀）。『文選』巻四四檄に「袁紹の爲に豫州に檄す」として収められている。この文の中で陳琳は「司空曹操、祖父の中常侍騰は、左悺・徐璜と並びに妖孽を作し、饕餮放橫にして、化を傷い民を虐ぐ。父の嵩は乞匄攜養せられ、贓に因り位を假り、金を輿とし璧を輦とし、貨を權門に輸し、鼎司を竊盜し、重器を傾覆す。操は贅閹の遺醜にして、本より懿徳無し」と、曹操の父祖に触れ、彼が宦官の養子の息子で生まれの良くないことを暴露している。のちに曹操は、陳琳が父祖を口汚く罵ったことを責めたのである。『文心雕龍』檄移篇はこの檄文を評して、「陳琳の豫州に檄するは、壯にして骨鯁有り。姦閹攜養は、密を章らかにすること太甚しく、發邱摸金は、誣其の虐に過ぐと雖も、然れども辭を抗げ釁を書すること、皦然として骨を露わせり。敢えて曹公の鋒を指すも、幸いなるかな、袁黨の戮を免るるなり」という。ほかに「呉の将校部曲に檄する文」(『文選』巻四四檄)の一文も残っている。

三 琳謝罪　別の記述に拠れば、陳琳は曹操に罪を謝して、「矢の絃の上に在らば、發せざるべからず」と答えたともいう(『文選』巻四四檄、陳琳「袁紹の為に豫州に檄す」注所引「魏志」および李周翰注、『太平御覧』巻五九七「魏書」)。また、『群書治要』巻二六「王粲伝」所引『文士伝』には、「臣下はただ君主に忠実なだけであって、そのために一時の誤ちを犯すこともある。明公(曹操)はどんな人物でも優秀な人材なら必ず受け入れるということなので、私はその決断に従うまでだ」と陳琳が言うと、曹操はその罪を咎めなかったとある。

〔参考文献〕

「阮瑀伝」(三六ページ)参照。

(林　香奈)

王粲（一七七～二一七）

王粲は、曹操父子のもとで活躍した建安七子の一人。若いころ、後漢の学者蔡邕に称賛され、名をあげた。博学多識、詩文の才のみならず、制度や算術にも明るかった。とりわけ辞賦にすぐれ、「登楼の賦」は名高い。その詩は辞賦同様、抒情的で表現には優れるが、内容的な力強さに欠けるところがあるとされる。代表作に、騒乱を避け長安・荊州へと逃れた際に、その光景や自らの心情を詠んだ「七哀」詩などがある。『詩品』上。

三國志卷二一魏書　王粲傳

〔一〕王粲字仲宣、山陽高平人也。〔二〕曾祖父龔、祖父暢、皆爲漢〔三〕三公。〔四〕父謙、爲〔五〕大將軍何進長史。〔六〕進以謙名公之冑、欲與爲婚、見其二子、使擇焉。謙弗許。以疾免、卒于家。〔七〕獻帝西遷、粲徙長安、〔八〕左中郎將蔡邕見而奇之。時邕才學顯著、貴重朝廷、常車騎塡巷、賓客盈坐。聞粲在門、倒屣迎之。粲至、年既幼弱、容狀短小、一坐盡驚。邕曰「此王公孫也、有異才、吾不如也。〔九〕吾家書籍文章、盡當與之」。〔一〇〕年十七、司徒辟、詔除黃門侍郎、〔一一〕以西京擾亂、皆不就。乃〔一二〕之荊州依劉表。表以粲〔一三〕貌寢而體弱通侻、不甚重也。〔一四〕表卒。粲勸表子琮、令歸太祖。〔一五〕太祖辟爲丞相掾、賜爵關內侯。〔一六〕太祖置酒漢濱、粲奉觴賀曰「方今[一七]袁紹起河北、仗大衆、志兼天下。然好賢而不能用、故奇士去之。劉表雍容荊楚、坐觀時變、自以爲西伯可規。士之避亂荊州者、皆海內之儁傑也。表不知所任、故國危而無輔。[一八]明公定冀州之日、下車卽繕其甲卒、收其豪傑而用之、以橫行天下。及平江・漢、引其賢儁而置之列位。使海內回心、望風而願治、文武並用、英雄畢力、此三王之擧也」。後[一九]遷軍謀祭酒。魏國既建、拜侍中。博物多識、問無不對。時[二〇]舊儀廢弛、興造制度、粲恆典之。

初、粲與人共行、讀道邊碑、人問曰「卿能闇誦乎」。曰「能」。因使背而誦之、不失一字。觀人圍棊、局壞、粲爲覆之。棊者不信、以帊蓋局、使更以他局爲之。用相比校、不誤一道。[二一]其彊記默識如此。性善算、[二二]作算術、略盡其理。善屬文、擧筆便成、無所改定、時人常以爲宿構、然正復精意覃思、亦不能加也。著[二三]詩・賦・論・議垂六十篇。建安二十一年、[二四]從征吳。[二五]二十二年春、道病卒。時年四十一。[二六]粲二子、爲[二七]魏諷所引、誅、後絕。

[一]王粲《おうさん》 字《あざな》は仲宣《ちゅうせん》、山陽高平《さんようこうへい》の人なり。[二]曾祖父の龔《きょう》、祖父の暢《ちょう》は、皆《み》な漢の[三]三公爲《た》り。[四]父の謙《けん》は、[五]大將軍何進《かしん》の長史《ちょうし》爲《た》り。[六]進は謙が名公の冑《ちゅう》なるを以て、與《ため》に婚を爲《な》さんと欲し、其の二子を見せて、擇《えら》ばしむ。謙 許さず。疾を以て免ぜられ、家に卒《しゅっ》す。

[七]獻帝《けんてい》 西遷し、粲 長安に徙《うつ》る、[八]左中郎將蔡邕《さちゅうろうしょうさいよう》 見て之を奇とす。時に邕は才學顯著《さいがくけんちょ》にして、朝廷に貴重《きちょう》せられ、常に車騎 巷に塡《み》ち、賓客 坐に盈《み》つ。粲の門に在るを聞き、屣《し》を倒《さかしま》にして之を迎う。粲 至る、年既《すで》に幼弱にして、容狀《ようじょう》短小、一坐 盡《ことごと》く驚く。邕曰く「此れ王公が孫なり、異才有りて、吾《われ》 如《し》かざるなり。[九]吾が家の書籍文章、盡く當《まさ》に之に與《あた》うべし」と。[一〇]年 十七にして、司徒《しと》に辟《め》され、詔もて黃門侍郎《こうもんじろう》に除せらるるも、[一一]西京の擾亂《じょうらん》を以て、皆な就《つ》かず。乃《すなわ》

ち[一二]荊州に之きて劉表に依る。表 粲が[一三]貌寝にして體弱通侻なるを以て、甚だしくは重んぜず。[一四]表 卒す。粲 表が子の琮に勸めて、太祖に歸せしむ。[一五]太祖 辟きて丞相掾と爲し、爵關內侯を賜う。[一六]太祖 漢濱に置酒するに、粲 觴を奉じて賀して曰く「方に今[一七]袁紹 河北に起ち、大衆に仗り、志 天下を兼ぬ。然れども賢を好むも用うること能わず、故に奇士 之を去る。劉表 荊楚に雍容として、坐して時變を觀、自ら以爲らく西伯 規るべし、と。士の亂を荊州に避くる者、皆な海內の儁傑なり。表 任ずる所を知らず、故に國危くして輔くる無し。[一八]明公 冀州を定むるの日、車を下りて卽ちに其の甲卒を繕め、其の豪傑を收めて之を用い、以て天下に横行す。江・漢を平ぐるに及んで、其の賢儁を引きて之を列位に置く。海內をして心を回らし、風を望みて治を願わしめ、文武並用し、英雄 力を畢くす、此れ三王の擧なり」と。後に[一九]軍謀祭酒に遷る。魏國既に建ち、侍中に拜せらる。博物多識、問いて對えざること無し。時に[二〇]舊儀廢弛し、制度を興造するに、粲 恆に之を典る。

初め、粲 人と共に行き、道邊の碑を讀むに、人 問いて曰く「卿 能く闇誦するか」と。曰く「能くせん」と。因りて背きて之を誦んぜしむるに、一字をも失せず。人の圍棊を觀るに、局 壞る、粲 爲に之を覆す。棊する者 信ぜず、帊を以て局を蓋い、更に他局を以て之を爲らしむ。用て相い比校するに、一道をも誤らず。其の[二二]彊記默識 此くの如し。性 算を善くし、[二一]算術を作りて、略ぼ其の理を盡くす。善く文を屬し、筆を擧ぐれば便ち成り、改定する所無し、時の人 常に以爲らく宿構せりと。然れども正に復た精意覃思するも、亦た加うること能わざるなり。[二三]詩・賦・論・議を著して六十篇に垂とす。建安二十一年、[二四]呉を征するに從う。[二五]二十二年春、道にて病みて卒す。時に年四十一。粲が[二六]二子、[二七]魏諷が爲に引かれて、誅せられ、後絕ゆ。

王粲は字は仲宣、山陽高平（山東省）の人である。曾祖父の龔、祖父の暢は、いずれも漢王朝の三公の職を務めた。父の謙は大将軍何進の長史であった。何進は、王謙が名家の出であったので、姻戚関係を結ぼうとして、二人の息子に会わせ、選ばせようとしたが、王謙はこれを承知しなかった。やがて病気のために職を免ぜられ、無官のまま亡くなった。

献帝が西へ（洛陽から長安へ）遷ると、王粲は長安に移り住んだ。左中郎将の蔡邕は王粲に会って、彼の非凡さを認めた。当時蔡邕は才能にも学問にも非常に優れ、朝廷においても重んじられていたので、いつも路地は車馬で埋まり、家には客人があふれていた。王粲が門のところまで訪ねてきていると聞き、急ぎ出迎えた蔡邕は、履き物をさかさに履くほどの慌てようであった。入ってきた王粲は、まだ年若く、容貌のぱっとしない小男だったので、一座の者はみな驚いた。蔡邕は「こちらは王氏のお孫さんです。優れた才能の持ち主で、私は彼には及びません。私の家にある書籍や文章は、すべて彼に譲り渡すことになるでしょう」と言った。十七歳のとき、司徒に招かれ、詔勅により黄門侍郎に任ぜられたが、都の騒乱を理由に、いずれも就任しなかった。そうして荊州（湖北省）に赴き劉表を頼った。劉表は、風采があがらず、体格も貧弱で、性格も大まかであった王粲をあまり重用しなかった。劉表が亡くなると、王粲は劉表の息子の劉琮に勧めて、太祖（曹操）に帰順させた。太祖は王粲を招いて丞相掾とし、関内侯の位を与えた。太祖が漢水のほとりで酒宴を催したとき、王粲は太祖に杯を奉じて次のように祝いの言葉を述べた。「袁紹は河北に挙兵したとき、多勢であることを頼りに、天下をも治めようという志を持っておりました。しかしながら、袁紹は賢人を好みながらも、うまく任用することができなかったので、優れた人物はみな彼のもとを去ったのです。劉表は荊州の地にのんびり構え、座したまま時代の趨勢を見守るありさまでしたが、西伯（周の文王）を手本とすべしと自ら任じておりました。騒乱を避け荊州に逃れた人物は、いずれも天下の俊傑ばかりでしたが、劉表は任用するすべを知らず、国が危うくなっても輔ける者がおりませんでした。明公は冀州を平定された日、車から降りてすぐにそこの兵士をあつめ、豪傑達を引き入れて任用され、そうして天下にその威力を揮われました。長江・漢水一帯を平定されるに及んでは、そこの優れた人物を登用して官位をお与えになりました。天下の人々は帰順して、太平の治を願っておりますし、また、文武いずれの人材も登用されるので、英雄達は力の限りを尽くしてお仕えする、これこそ三王（夏の禹・殷の湯・周の文王）の行いと言えましょう」。王粲は後に軍謀祭酒となった。魏の国が立てられると侍中に任命された。王粲は博識で、尋ねられて答えないことはなかった。当時、昔の儀礼や制度が失われてしまっていたので、新たに制度を定めたが、常にこの仕事は王粲がつかさどった。

以前、王粲は人と道を歩いていて、道ばたの碑を読んでいたところ、同行の人が「君はこれを暗唱できるかね」とたずねたので、「できるとも」と答えた。そこで後ろを向いて暗唱させたところ、一文字も間違えなかった。また、囲碁の見物をしているときに、盤面が乱れてしまったので、王粲がこれをもと通りに並べ直した。碁を打っていた人は信用せず、布で盤面を覆い、別の碁盤でやり直させた。その二つを比べたところ、一手として間違ってはいなかった。彼の記憶力のよさはこのようであった。また計算が得意で、計算術を作ったが、ほぼその原理をきわめていた。文章も巧みで、筆をとればたちまち文章ができあがり、改める箇所もなかった。当時の人は、いつも予め考えてあったのだと思ったが、もう一度じっくり考えてみても、それ以上手を加えることはできなかった。著した詩・賦・論・議は六十篇にもおよんだ。建安二十一年（二一六）、呉の討伐に従軍し、二十二年（二一七）春、道中、病気で亡くなった。四十一歳であった。王粲の二人の息子は、魏諷に誘われて（謀反に加担し）、殺されたので、後は絶えてしまった。

一　王粲　王粲の事績を記すものとしては、ほかに曹植「王仲宣の誄」（『文選』巻五六誄）がある。本伝および「誄」によれば、王粲は建安二十二年（二一七）に四十一歳で没しているので、生年は霊帝の熹平六年（一七七）。文集については『隋志』に「後漢侍中王粲集十一巻」とあるが、『旧唐志』、『新唐志』には「王粲集十巻」、『郡斎読書志』巻一七および『宋史』藝文志には「王粲集八巻」とある。輯本としては、『漢魏六朝百三名家集』に「王侍中集」一巻が収められる。『全後漢文』巻九〇・九一、『全魏詩』巻二、『古詩紀』巻二五。

二　曾祖父龔、祖父暢　王氏は名族で知られた。曹植「王仲宣誄」によれば、その祖先は周の文王の子畢公高。その子孫の畢万が晋の献公によって魏に封ぜられ、さらにその末裔が王氏を名乗り、代々功績を上げたという。曾祖父の王龔（?～一四〇）は、字は伯宗。永和元年（一三六）大尉に拝せられ、「深く宦官の専権を疾み、志は匡正に在り、乃ち上書して其の狀を極言し、放斥を加うるを請う」た。在位五年で病死（『後漢書』巻五六王龔伝）。祖父の王暢（?～一六九）は、字は叔茂。大将軍梁商に召されて以後、幾つかの職を歴任、建寧元年（一六八）司空となった（『後漢書』巻五六王暢伝）。また裴松之注所引張璠『漢紀』によれば、王暢は司空の時、直道を以て政界に容れられず、水害の責任をとらされて免職となった。

人々は、同じく罷免された李膺（本書「孔融伝」注六参照）とともに彼を高潔の士と仰ぎ慕い、後に災害が続くと三公を王暢・李膺に変えるべきだと言うようになった。宦官等はこれを恨み、李膺は刑死、王暢は無官のまま亡くなった。

三 三公　大尉、司徒、司空のこと。

四 父謙　王謙については、事績、生卒年ともに未詳。『後漢書』巻五六王暢伝も何進の長史であったと記すのみである。曹植「王仲宣誄」に「伊れ君の顯考、葉を弈ね時を佐く。入りて機密を管れば、朝政は以て治まり、出でて朔岱を臨むれば、庶績咸く熙らかなり」とあり、李善注は「粲の父 傳無し、其の官 未だ詳らかならず」とするが、呂向注には「粲の父 出でて岱郡太守と爲る」とある。

五 大將軍何進　何進（?～一八九）、字は遂高。当時、霊帝の外戚として政権を掌握し、中平元年（一八一）から六年（一八六）まで大将軍をつとめた。『後漢書』巻六九。本書「孔融伝」注二七参照。

六 進以謙名公之胄…　何進の家はもともと屠者の出身であったので（『後漢書』巻十下霊思何皇后伝）、名流の王氏としては受け入れがたい婚姻であった。

七 獻帝西遷、粲徒長安　董卓（?～一九二）は何進の死後、少帝（弘農王。霊帝の皇太子）を廃位、献帝を擁立して専横を極め、後に弘農王、何太后（霊帝の皇后。何進の妹）を殺害した。初平元年（一九〇）二月、袁紹らが挙兵するや、董卓は献帝を伴って長安に遷都した（『三国志』巻一武帝紀、巻六董卓伝。董卓については本書「孔融伝」注三五参照）。曹植「王仲宣誄」にも、このとき王粲も長安に移っていて難に遭ったとある。

八 左中郎將蔡邕　蔡邕（一三二～一九二）、字は伯喈。後漢の学者。『後漢書』巻六〇下。本書「孔融伝」注八五参照。

九 吾家書籍文章、盡當與之　『三国志』巻二八鍾会伝注所引『博物記』に、「蔡邕 書の萬巻に近き有り、末年 數車に載せて粲に與う」とある。兪紹初『建安七子集』附「年譜」は、『後漢書』巻八四董祀妻伝に蔡邕の娘の蔡琰が「昔亡き父は書四千許巻を賜うも、流離塗炭し、存する者有る罔し」と曹操に言ったとあることから、その残りが王粲に譲られたと見る。王粲の死後、蔡邕の書は族兄王凱の子、業に伝えられた（『三国志』巻二八鍾会伝注所引『博物記』）。業は字は長緒、謁者僕射となった。その子が王弘・王弼で、兪紹初は蔡邕の書が後に王弼に伝わった可能性を指摘する。王弼は魏の学者、著に『老子道徳経』二巻、『易経』六巻がある。

一〇 年十七、司徒辟　王粲が十七歳となるのは初平四年（一九三）。『三国志集解』は司徒は淳于嘉とする。淳于嘉が司徒となるのは初平三年九月（『後漢書』巻九孝献帝紀）。これに対し兪紹初（↓注九）は、初平三年にはすでに王粲は長安を離れたと見て、司徒は王允とする。

一一 西京擾亂　初平三年（一九二）四月、司徒王允らが呂布と共謀して董卓を誅殺（『三国志』巻一武帝紀、巻六董卓伝）。六月には董卓側の武将である李傕・郭汜らが長安に攻め入り、王允や司隷校尉黄琬らを殺害、長安を支配下に置いた。

一二 之荊州依劉表　荊州は湖北省襄陽を中心とする地。劉表（一四二～二〇八）については、『後漢書』巻七四下、『三国志』巻六および本書「孔融伝」注六一参照。『三国志』巻六劉表伝注所引謝承『後漢書』に「表は學を同郡の王暢に受く」とあり、劉表は王粲の祖父暢の弟子であった。そのよしみで王粲は荊州に身を寄せたと思われる。荊州に赴くこの時の心情を詠んだのが、代表作「七哀詩」（『文選』巻二三哀傷）である。荊州での王粲の居宅は、襄陽の西北にある方山の麓にあったというが（『文選』巻五六曹植「王仲宣誄」注所引盛弘之「荊州記」）、杜甫「一室詩」に「應に王粲の宅に同じうし、井を峴山の前に留むべし」とあるのに拠れば、襄陽の南の峴山の麓にあったことになる。また梁元帝『金楼子』（『太平御覧』巻六〇二）によると、王粲の荊州での著作は数十篇に及んだが、曹操によって荊州が陥れられた際、すべて焼き払ったという。このころの作としては、ほかに「登楼の賦」（『文選』巻一一遊覧）、「士孫文始に贈る」詩、「蔡子篤に贈る」詩、「文叔良に贈る」詩（いずれも『文選』巻二三贈答一）「荊州文学記官志」（『藝文類聚』巻三八、礼部上、学校）などがある。

一三 貌寝而體弱通侻　貌寝は容貌のさえないこと。通侻は性格が大まかなこと。裴松之注に「貌寝は、貌の其の實に負くを謂うなり。通侻は、簡易なり」とある。また本伝注に引く魚豢の語に、韋仲将が「王粲は肥っているところと馬鹿正直なところに欠点がある」と王粲を評したとある。『三国志』巻二三杜襲伝には「粲 性は躁競」とあり、王粲は競争心の強い人物でもあった。劉表は王粲の才能は愛したが、その容貌を嫌い、ともに荊州に逃れきていた、粲よりも風貌のまさった族兄の王凱に娘を与えたという（『三国志』巻二八鍾会伝注所引「博物記」、張華『博物志』巻四）。劉表は身の丈八尺余りのすぐれた容貌の持ち主であった（『後漢書』巻七四下劉表伝）。こうした荊州時代の不遇の日々を曹植「王仲宣誄」は「身は窮するも志は達し、居は鄙なるも行いは鮮らかなり。冠を南嶽に振るい、纓を清川に濯う。蓬室に潜處し、勢權を干めず」と伝えている。

一四 表卒…　劉表は建安十三年（二〇八）八月没。同年七月、曹操は劉表討伐のため進軍し、九月荊州を平定した。劉表は長男の劉琦を外に出し、下の子の劉琮を後継としたので、劉表の死後、内紛がおこり、そのことが曹操の荊州攻略を容易にした。裴松之注所引『文士伝』には、王粲が劉琮に「みな帝王になりたがるが、予め事態を見通せる者のみが福を受けるものである。曹公は人傑で、優れた能力の持ち主なので、曹公に帰順し一族の幸福を守るべきである」と説き、劉琮は納得したとある。

一五 太祖辟爲丞相掾、賜爵關内侯　曹操が丞相となるのは建安十三年（二〇八）六月。関内侯は爵位名。封邑はなく、京畿に居て俸禄のみを取る名誉職。

一六 太祖置酒漢濱…　王粲の辞と同様の記述が『三国志』巻二三裴潜伝および『世説』識鑒篇2注所引『魏志』にも見える。しかしいずれも、「自ら西伯を以て任じている劉表だが、王の器ではない」と厳しく劉表を批判した語は、王粲らとともに荊州に難を逃れ、後に曹操に帰順した裴潜のものとする。

一七 袁紹　?～二〇二。字は本初。汝南汝陽（河南省）の人。『後漢書』巻七四下、『三国志』巻六。本書「孔融伝」注五〇参照。

一八 明公　地位や名誉ある人物に対する尊称。ここでは曹操を指す。

一九 遷軍謀祭酒…　軍謀祭酒は、曹操が建安三年（一九八）に置いた司空軍師祭酒のこと。「師」を「謀」とするのは、晋の司馬師の諱を避けたため（『三国志集解』）。同じころ、陳琳・阮瑀も軍謀祭酒となり、記室を管った。また『三国志』巻一武帝紀に、建安十八年（二一三）十一月侍中を置いたとあり、注所引『魏氏春秋』に王粲らが侍中となったとある。曹植「王仲宣誄」は、「乃ち祭酒に署せられ、君と行止す。筭に遺策無く、畫に失理無し。…君は顯を以て舉げられ、機を省闥に秉る。…當世に榮曜し、芳風は晻藹たり」として、王粲がこれらの職に在って有能であったことを伝えている。

二〇 舊儀廢弛… 裴松之注所引摯虞『決疑要注』に「漢末の喪亂、絶えて玉珮無し。魏の侍中王粲 舊珮を識り、始めて復た之を作る。今の玉珮、法を粲に受く」とある。さらに王粲は曹操の命で「太廟頌」を作ったほか、漢の「巴渝舞」の歌辞を改作した「兪児舞歌」四篇や、「登歌安世詩」を作った（『宋書』楽志）。

二一 其彊記默識如此… 王粲の多才ぶりを曹植「王仲宣誄」も次のように伝える。「既に令徳有り、材技は廣く宣ぶ。强記洽聞、微言を幽讚す。文は春華の若く、思いは涌泉の若し。言を發すれば詠ず可く、筆を下ろせば篇を成す。何れの道か洽くせざらん、何れの藝か閑わざらん。棊局は巧を逞しくし、博奕は惟れ賢なり」。また裴松之注所引『典略』にも、弁論に優れ、文章に巧みで、王粲の起草する上奏文は、大臣であっても筆を加える余地のない出来であったと見える。

二二 作算術 算術を作るとは、数学書『九章算術』の類を著したことを指すか。漢代には成立したと伝えられる『九章算術』に対して、後世多くの注が書かれたが、特に三国、魏の劉徽による注（『隋志』子部、暦数に「九章算術十巻、劉徽撰」とある）は最もよく知られる。王粲による同類の著述の有無は、記述がなく明らかではない。

二三 著詩・賦・論・議垂六十篇 王粲の詩について、『詩品』上に「其の源は李陵に出づ。愀愴の詞を發し、文は秀づるも質羸し。曹・劉の間に在りて、別に一體を構う。陳思に方ぶれば足らず、魏文に比ぶれば餘り有り」とある。また『文心雕龍』明詩篇に、「建安の初めに暨び、五言騰踊す。文帝・陳思、轡を縦ちて以て節を馳せ、王・徐・應・劉、路を望んで驅を争う。並びに風月を憐れみ、池苑に狎れ、恩榮を述べ、酣宴を敍し、慷慨して以て氣に任じ、磊落にして以て才を使う。懷を造し事を指すに、纖密の巧を求めず、辭を驅り貌を逐うに、唯だ昭晰の能を取る。此れ其の同じき所なり」、「兼ねて善きは則ち子建・仲宣、偏に美なるは則ち太沖・公幹なり」と、同じく才略篇に「仲宣には溢才あり、捷にして能く密。文は兼善多く、辭は瑕累少なし。其の詩賦を摘れば、則ち七子の冠冕か。琳・瑀は符檄を以て聲を擅にし、徐幹は賦論を以て美を標わす。劉楨は情高くして以て采を會し、應瑒は學優にして以て文を得たり」とあり、王粲は曹植に次ぐ優れた詩賦の才を持つ者として、高く評価されている。また、王粲らはしばしば鄴中の讌集に加わり詩作をした。そのことを詠んだものに、謝霊運「魏の太子の鄴中集の詩に擬す」詩八首（『文選』巻三〇雑擬上）があるが、王粲の詩については「亂に遭いて流寓し、自ら傷みて情多し」と評している（其二）。詩賦のほかに、『尚書問』、『去伐論』などの著があった。『隋志』経部に「尚書釋問四巻、魏侍中王粲撰」、子部に「梁有去伐論集三巻、王粲撰。亡」とある。また『英雄記』なる書もあり、『隋志』史部に「漢末英雄記八巻、王粲撰、殘缺。梁有十巻」、『旧唐志』に「漢末英雄記十巻 王粲等撰」、『新唐志』に「王粲漢書英雄記十巻」と見える。宋代には失われたが、現在は輯本が伝わる。

二四 従征呉 曹植「王仲宣誄」も「嗟 彼の東夷、江に憑り湖を阻つ。邊境を騷擾し、我が師徒を勞す。…君は華轂に侍し、王塗に輝輝たり」と、王粲が従軍したことを伝える。また「従軍詩」（『文選』巻二七軍戎）は、この時の作である。

二五 二十二年春、道病卒 曹植「王仲宣誄」によると、王粲は従軍途中の建安二十二年（二一七）正月二十四日に四十一歳で没した。『世説』傷逝篇1には、驢馬の鳴き声を好んだ王粲のために、葬儀に参列した者達が曹丕の呼びかけで一斉に驢馬の鳴きまねをして王粲を送った、との故事が見える。『元和郡県図志』巻一〇によると、王粲の墓は兗州任城県（山東省）の南五十二里に在るという。

二六 粲二子…　建安二十四年（二一七）九月のこと。魏諷が謀反の罪で曹丕によって誅された際、数十人の者が連座した（『三国志』巻一武帝紀注所引『世語』）。裴松之注所引『文章志』に、「太祖 時に漢中を征す。粲の子の死するを聞き、歎じて曰く、孤若し在らば、仲宣をして後を無からしめざらん、と」とある。

二七 魏諷　『三国志』巻一武帝紀注所引『世語』に拠れば、魏諷（?〜二一七）、字は子京。沛（江蘇省）の人。民心を動かす才能があり、それは鄴都を揺るがすほどであったので、鍾繇に召されて西曹掾となった。陳禕と共謀して鄴都を襲わんことを企てたが、陳禕が懼れて曹丕に告げたため、果たさずに殺された。

〔参考文献〕

「阮瑀伝」（三六ページ）参照。

（林　香奈）

徐幹（一七〇?～二一七?）

徐幹は、建安七子の一人。曹丕の配下で五官中郎将文学をつとめた。曹丕は「典論論文」において、文質兼ね備わった人物として彼の人柄を絶賛している。『詩品』においてはその評価はあまり高くなく、作品も劉楨との贈答詩が一部残っているほか、「室思」詩、「情詩」などが数首伝わるのみである。詩文の制作を廃して著したとされる政治哲学書『中論』が名高い。『詩品』下。

三國志卷二一魏書　王粲傳附

始[一]文帝爲五官將、及[二]平原侯植皆好文學。粲與[三]北海徐幹字偉長、[四]廣陵陳琳字孔璋、[五]陳留阮瑀字元瑜、[六]汝南應瑒字德璉、[七]東平劉楨字公幹並見友善。

幹[八]爲司空軍謀祭酒掾屬、[九]五官將文學。

始め[一]文帝　五官將《ごかんしょう》爲《た》りしとき、[二]平原侯植《へいげんこうしょく》と皆《み》な文學を好《この》む。粲《さん》　[三]北海《ほっかい》の徐幹《じょかん》、字《あざな》は偉長《いちょう》、[四]廣陵《こうりょう》の陳琳《ちんりん》、字は孔璋《こうしょう》、[五]陳留《ちんりゅう》の阮瑀《げんう》、字は元瑜《げんゆ》、[六]汝南《じょなん》の應瑒《おうとう》、字は徳璉《とくれん》、[七]東平《とうへい》の劉楨《りゅうてい》、字は公幹《こうかん》と並《なら》びに友とせられて善《よ》し。幹　[八]司空軍謀祭酒掾屬《しくうぐんぼうさいしゅえんぞく》、[九]五官將文學と爲《な》る。

かつて文帝が五官将であったとき、平原侯曹植《そうしょく》とともに文学を好んだ。王粲《おうさん》は、北海（山東省）の徐幹《じょかん》、字《あざな》は偉長《いちょう》、広陵（江蘇省）の陳琳《ちんりん》、字は孔璋《こうしょう》、陳留（河南省）の阮瑀《げんう》、字は元瑜《げんゆ》、汝南（河南省）の応瑒《おうとう》、字は徳璉《とくれん》、東平（山東省）の劉楨《りゅうてい》、字は公幹《こうかん》らと並んで友とされ、親交を結んだ。徐幹は、司空軍謀祭酒掾属《しくうぐんぼうさいしゅえんぞく》、五官将文学となった。

一　文帝　曹丕《そうひ》（一八七～二二六、在位二二〇～二二六）。『三国志』巻二。本書「曹丕伝」参照。

二　平原侯植　曹植《そうしょく》（一九二～二三二）。『三国志』巻一九。本書「曹植伝」参照。

三　北海徐幹字偉長　徐幹の事績は、その著『中論』に付される無名氏の序に詳しい。序の作者について陳振孫《ちんしんそん》『直斎書録解題』は徐幹と同時代の人物とし、『四庫全書総目提要』および盧弼《ろひつ》『三国志集解』もそれに従う。また、姚振宗《ようしんそう》『隋書経籍志考證』は注を付した人物によるとし、厳可均《げんかきん》『全三国文』巻五五は魏の任嘏《じんか》の可能性を示す。吉川幸次郎『三国志実録』は弟子の手になるとする。徐幹の出自については『中論』序に、「世に雅達《がたつ》の君子なる者有り、姓は徐、名は幹、字は偉長、北海の劇《げき》の人なり。其の先業は清亮臧否《せいりょうぞうひ》を以て家を爲し、世《よ》よ其の美を濟《な》し、其の徳を隕《おと》さず、君の身に至るまで十世なり」とある。徐幹が劇県出身の才徳ある人物の一人であったことは、『世説』言語篇72注にも見える。生卒年については二説ある。本伝に建安二十二年（二一七）卒とある（本書「応瑒・劉楨伝」参照）のによれば、建寧三年（一七〇）の生まれとなるが、『中論』序に「年四十八、建安二十三年春二月、厲疾《れいしつ》に遭《あ》い、大命殞頽《いんたい》す」とあるのによれば、建寧四年（一七一）の生まれとなる。盧弼は、曹丕「呉質《ごしつ》に与うる書」の記述に拠って、二十二年に疫病で没したとし、『中論』序に二十三年とあるのは伝写の誤りであろうとする。余嘉錫『疑年録稽疑』巻一（『余嘉錫論学雑著』所収、一九六三年、中華書局）、陸侃如『中古文学繫年』、吉川氏『三国志実録』も二十二年説をとる。一方、池田秀三「徐幹中論校注（上）」（『京都大学文学部研究紀要』二三、一九八四年）は、二十二年に発病して年明けすぐに没した可能性もあるとする。兪紹初『建安七子集』附年譜、姜亮夫『歴代人物年里碑傳綜表』も二十三年卒とする。ここでは本伝に従う。『隋志』に「魏太子文學徐幹集五卷。梁、目一卷」とある。子部に「徐氏中論六巻、魏太子文學徐幹撰。梁有錄一卷、亡」、『全後漢文』巻九三、『全魏詩』巻三、『古詩紀』巻二六。

四　廣陵陳琳字孔璋　本書「陳琳伝」参照。

五　陳留阮瑀字元瑜　本書「阮瑀伝」参照。

六　汝南應瑒字德璉　本書「応瑒伝」参照。

七　東平劉楨字公幹　本書「劉楨伝」参照。

八　司空軍謀祭酒掾屬　裴松之注所引『先賢行状』は、「幹は清玄にして道を體し、六行脩備し、聰識洽聞にして、翰を操れば章を成す。官を輕んじ祿を忽にし、世榮に耽ぜず。建安中、太祖 特に旌命を加うるも、疾を以て休息す。後に上艾の長に除せらるるも、又た疾を以て行われず」と、徐幹が病と称して曹操の招きに応じなかったことを伝えるが、『中論』序では「迹を山谷に絶ち、幽居して幾を研し、用って深妙を思う。疾疢の發するを以て、潛伏すること延年なり。會たま上公 亂を撥め、王路 始めて闢く。遂に疾を力めて命に應じ、戎に從い征行す」として、病をおして曹操の命に従ったとする。『中論』序に拠れば、曹操に帰属するまでの徐幹は、幼少から文を誦んじ、十四歳で五経を読み始めた。父親が体を気遣って止めるほど寝食を忘れて学び、十九歳で五経をすべて暗唱した。博聞で優れた文才があったが、爵号のみを尊んで権門に競って自らを売り込もうとする世の風潮を嫌い、専ら読書をたのしみとして幽居し、誰からの招きにも応じなかった。献帝の初平元年（一九〇）二月、董卓が長安に西遷すると、徐幹は乱を避けて他の地に逃れたという。謝霊運「魏の太子の鄴中集の詩に擬す」詩其四（『文選』巻三〇雑擬上）に「伊れ昔 臨淄に家し、提携して齊瑟を弄す。置酒して膠東に飲み、淹留して高密に憩う」と、また楊脩「臨淄侯に答うる牋」（『文選』巻四〇牋）李善注に「偉長 高密に淹留す」、劉良注に「徐幹 高密に昌んなり」とある。高密は現在の山東省高密県。兪紹初は、徐幹の旧居は臨淄（山東省）にあって、戦乱の際そこから高密や膠東（山東省）に避難したのではないかと推測する。また『中論』序に「君 地を海表に避け、舊都に歸りし自り、州郡の牧守 禮命もて踧踖として武を連ね、之を致さんと欲す」とあり、その後臨淄に戻ったと思われる。

九　五官將文學　『晉書』巻四八閻纘伝に「昔 魏の文帝の東宮に在りしとき、徐幹・劉楨 友爲り、文學 相接えて道を之くこと並に氣類の如し」とあり、徐幹は劉楨とともに五官将文学をつとめた。曹丕が五官中郎将となるのは、建安十六年（二一一）春正月（『三国志』巻一武帝紀）。また『晉書』巻四四鄭袤伝には「魏武帝初めて諸子を封じて侯と爲すに、賓友を精選し、袤と徐幹と倶に臨淄侯文學と爲る」という記述も見え、その後徐幹は臨淄侯文学にもなったと思われる。徐幹「劉楨に答うる詩」（『藝文類聚』巻三一）、劉楨「徐幹に贈る」詩（『文選』巻二三贈答一）などの贈答詩は、このころの作と思われる。『詩品』下品はこの二人の贈答詩を「偉長と公幹との往復は、莛を以て鐘を扣くと雖も、亦た能く閒雅なり」と評す。また建安二十年（二一五）には、徐幹と劉楨が、文帝と曹植のために「行女哀辭」、「仲雍哀辭」を作っている（太平御覧巻五九六所引摯虞『文章流別論』。行女は曹植の子、仲雍は文帝の子）。

『中論』序に拠れば、後に徐幹は病が次第に重くなり、公務を辞して身を窮巷に潜め、静かに暮らした。その人柄や生き方は、大変優れたものであったという。『三国志』巻二七王昶伝にも「北海の徐偉長は、名は高きを治めず、苟も得るを求めず、澹然として自ら守り、惟だ道を是れ務む。其の是非する所有れば、則ち、古人に託して以て其の意を見し、當時に褒貶する所無し」と見える。さらに謝霊運「魏の太子の鄴中集の詩に擬す」詩（『文選』巻三〇雑擬上）其四の序にも、彼の人柄や文章が「少くして宦情無く、箕穎の心事有り。故に世に仕えて素辭多し」と評されている。また詩文の製作を廃して『中論』の執筆に専心するようになる経緯については、その序に次のように記されている。「辭人の美麗の文、時に並んで作らるるも、曾ち大義を闡弘し、道教を敷散し、上は聖人の中を求め、下は流俗の昏きを救う者無きを見、故に詩・賦・頌・銘・贊の文を廢し、中論の書二十篇を著す。其の甄紀する所、君の昔の志を邁ゆること、蓋し千百の一なり。文義未だ窮めざるに、年四十八にして、建安二十三年春二月、厲疾に遭いて大命殞頽せり」。徐幹の墓については、『三国志集解』に「冢紀に曰く、徐幹の墳は濰縣の東五十里、俗に博士冢と呼ぶ、と」、また「趙一清曰く、魏書地形志に北海郡都昌に徐偉長の冢有り、と」とある。現在の山東省昌邑県西。

〔参考文献〕

「阮瑀伝」（三六ページ）参照。

（林　香奈）

曹操（一五五～二二〇）

曹操（そうそう）は三国・魏の詩人。後漢末の群雄のなかから抜きん出て魏の基礎を築いた武人であり政治家であるが、文学の方面においても五言詩の最も早い作者として知られ、息子の曹丕（そうひ）、曹植（そうしょく）とともに建安文学の中心に位置した。『詩品』下。

三國志卷一　武帝紀

[一]太祖武皇帝、沛國譙人也。姓曹、諱操、字孟德、[二]漢相國參之後。桓帝世、[三]曹騰爲中常侍大長秋、封費亭侯。[四]養子嵩嗣、官至太尉、莫能審其生出本末。嵩生太祖。

太祖少機警、有權數、而任俠放蕩、不治行業、故世人未之奇也。惟[五]梁國橋玄・[六]南陽何顒異焉。玄謂太祖曰「天下將亂、非命世之才不能濟也、[七]能安之者、其在君乎」。年二十、擧孝廉爲郎、除洛陽北部尉、遷頓丘令、徵拜議郎。

光和末、[八]黃巾起。拜騎都尉、討潁川賊。遷爲[九]濟南相、國有十餘縣、長吏多阿附貴戚、贓汚狼藉、於是奏免其八。[一〇]禁斷淫祀、姦宄逃竄、郡界肅然。久之、徵還爲東郡太守、不就、[一一]稱疾歸鄉里。

頃之、冀州刺史[一二]王芬・[一三]南陽許攸・[一四]沛國周旌等連結豪傑、謀廢靈帝、立[一五]合肥侯、以告太祖。[一六]太祖拒之、芬等遂敗。

金城邊章[一七]・韓遂殺刺史・郡守以叛。衆十餘萬、天下騷動。徵太祖爲典軍校尉。[一八]會靈帝崩、太子卽位、太后臨朝。[一九]大將軍何進與袁紹[二〇]謀誅宦官、太后不聽。進乃召董卓[二一]、欲以脅太后、卓未至而進見殺。卓到、廢帝爲弘農王而立獻帝[二二]、京都大亂。卓表太祖爲驍騎校尉、欲與計事。太祖乃變易姓名、閒行東歸[二三]。出關、過中牟、爲亭長所疑、執詣縣、邑中或竊識之、爲請得解。卓遂殺太后及弘農王。太祖至陳留、散家財、合義兵、將以誅卓。冬十二月、始起兵於己吾、是歲中平六年也。

[一]太祖武皇帝、沛國譙の人なり。姓は曹、諱は操、字は孟德、漢の[二]相國參の後。桓帝の世に、[三]曹騰は中常侍大長秋と爲り、費亭侯に封ぜらる。[四]養子の嵩嗣ぎ、官は太尉に至るも、能く其の生出本末を審びらかにする莫し。嵩 太祖を生む。

太祖は少くして機警、權數有り、而うして任俠放蕩にして、行業を治めず。故に世人未だ之を奇とせざるなり。惟だ[五]梁國の橋玄・[六]南陽の何顒のみ焉を異とす。玄は太祖に謂いて曰く「天下將に亂れんとし、命世の才に非ざれば濟う能わざるなり、[七]能く之を安んずる者は、其れ君に在るか」と。年二十にして、孝廉に擧げられて郎と爲り、洛陽の北部尉に除せられ、頓丘令に遷り、徵して議郎に拜せらる。

光和の末、[八]黃巾起こる。騎都尉を拜し、潁川の賊を討つ。遷りて[九]濟南相と爲り、國に十餘縣有り、長吏多く貴戚に阿附し、贓汚狼藉たり、是において奏じて其の八を免ぜしむ。[一〇]淫祀を禁斷し、姦宄は逃竄し、郡界肅然たり。久しくして、徵して還た東郡太守と爲さんとするも、就かず、[一一]疾と稱して鄉里に歸る。

頃して、冀州刺史の[一二]王芬・南陽の[一三]許攸・沛國の[一四]周旌等、豪傑を連結し、靈帝を廢し、[一五]合肥侯を立てんことを謀り、以て太祖に告ぐ。[一六]太祖之を拒み、芬等遂に敗る。

金城の[一七]邊章・韓遂 刺史・郡守を殺して以て叛す。衆は十餘萬、天下騷動す。太祖を徵して典軍校尉と爲す。[一八]會たま靈帝崩じ、太子位に卽き、太后 朝に臨む。[一九]大將軍何進 [二〇]袁紹と宦官を誅せんことを謀るも、太后聽かず。進乃ち董卓を召し、以て太后を脅かさんと欲するも、卓未だ至らずして進殺さる。卓到りて、帝を廢して弘農王と爲して[二一]獻帝を立つ。京都大いに亂る。卓 太祖に表して驍騎校尉と爲し、與に事を計らんと欲す。太祖乃ち姓名を變易し、[二二]閒行して東に歸る。關を出で、中牟を過り、亭長の疑う所と爲り、執えて縣に詣る。邑中に或るもの竊かに之を識り、爲に請いて解かるるを得たり。卓は遂に太后及び弘農王を殺す。太祖 陳留に至り、家財を散じて、義兵を合め、將に以て卓を誅せんとす。冬十二月、始めて兵を己吾に起こす。是の歳は中平六年なり。

太祖武皇帝は、沛国譙（安徽省）の人である。姓は曹、諱は操、字は孟徳、漢の相国であった曹参の子孫にあたる。後漢・桓帝の御代（一四六〜一六七）に、曹騰は中常侍大長秋となり、費亭侯に封ぜらた。養子の曹嵩が爵位を継いで、官位は太尉にまでなったが、その出自の委細についてはわからない。曹嵩が太祖の父である。

太祖は若い時からはしこく、権謀術数に富んでいたが、任俠に走って放蕩を尽くし、操行や学業は身につけなかった。そのために世間では誰も注目しなかった。ただ梁国の橋玄と南陽の何顒だけが非凡さを認めた。橋玄は太祖に向かって、「天下が混乱しそうな今、世に抜きん出た才がなければ救済することはできない。世の中を安定できるのは、君だろう」と言った。二十歳の時に、孝廉に推挙されて郎となり、洛陽（河南省）の北部尉に任命され、頓丘（河南省）の県令に移り、中央に召し出されて議郎に任じられた。

光和年間（一七九～一八四）の終わりに、黄巾の乱が起こった。太祖は騎都尉を拝命して、潁川（河南省）の賊軍を討伐した。済南国（山東省）の相に転任し、その国には十余りの県があったが、県の長官には貴族や外戚におもねる者が多く、賄賂・汚職で乱れきっていた。そこで上奏して八割の首を切った。邪教の祭祀は厳しく禁じられ、悪者は逃亡し、郡中は粛正された。そののち、召還されて東郡の太守に任じられたが断り、病気を理由に郷里に帰った。

しばらくして、冀州（河北省）刺史の王芬・南陽（河南省）の許攸・沛国の周旌たちは、力のある者を一つにまとめて、霊帝を廃立して合肥侯を擁立しようと計画し、それを太祖に知らせた。太祖は拒絶し、王芬らは結局敗北した。

金城（甘粛省）の辺章と韓遂が刺史・郡守を殺して反乱を起こした。軍勢は十余万にのぼり、国中が混乱した。太祖は召し出されて典軍校尉になった。ちょうど霊帝が崩御し、太子（少帝）が即位して、太后が朝政を執り行なった。大将軍の何進は袁紹と宦官誅殺を計画したが、太后は許さなかった。そこで何進は董卓を召しだして、太后を脅迫しようとしたが、董卓が到着しないうちに何進は殺されてしまった。董卓は着くと、帝を廃立して弘農王とし、献帝を即位させ、都は大混乱に陥った。董卓は太祖を驍騎校尉にするよう上奏し、一緒に政策を練ろうとした。すると太祖は姓名を変えて、脇道を通って東に帰った。関所（虎牢関）を出て、中牟（河南省）に通りかかった時、亭長に怪しまれて、取り押さえて県庁まで連れて行かれたが、町の中にひそかに太祖だとわかったものがいて、願い出て釈放されることができた。董卓は結局太后と弘農王を殺害した。太祖は陳留（河南省）に着くと、身代をはたいて、義兵を集め、董卓を誅伐しようとした。冬十二月、始めて己吾（河南省）において挙兵した。時に中平六年（一八九）であった。

一 太祖武皇帝　太祖は廟号、武皇帝は死後に贈られた尊号。

二 漢相國参　曹参（?～前一九〇）は蕭何とともに胥吏から身を起こした漢創業の功臣、相国として位、人臣を極めた。『史記』巻五四、『漢書』巻三九。

三 曹騰　後漢の四人の天子に三十余年にわたって仕えた宦官。外戚と宦官とが激しく抗争した後漢の宮廷にあって、宦官の最高位に達した。父は曹節というが、曹節と曹参の関係は定かでない。『後漢書』巻七八宦者列伝。

四 養子嵩　曹崇の出自も低かったようで、のちに陳琳は「袁紹の為に予州に檄す」文（『文選』巻四四）のなかで「父崇は乞匄（こじき）より携養さる」と曹操をそしっている。太尉の官も買官によって得たものであった。

五 梁國橋玄　一〇九～一八三。字は公祖、梁国睢陽の人。後漢の三公をすべて歴任した大官僚。『後漢書』巻五一。のちに曹操は橋玄に対して「祭文」を綴って弱小の自分を認めてくれたことに感謝している。

六 南陽何顒　字は伯求、南陽襄郷の人。宦官の迫害を受けながら清流の士を守り、党錮の禍が解けると司空になったが、のちに董卓に逮捕されて死んだ。『後漢書』巻六七党錮列伝。

七 能安之者、其在君乎　曹操の将来を予測したことばとして、『三国演義』にも引かれてよく知られているのは、「治世の能臣、亂世の姦雄」であるが、『三国志』注の引く孫盛『異同雑語』、范曄『後漢書』許劭伝、『世説』識鑒篇、それぞれに多少の異同がある。

八 黄巾　太平道の教祖、張角に率いられて起こった農民の反乱。頭に黄色の頭巾を着けてしるしとしたところからいう。一八四年に蜂起し、その年のうちにほぼ壊滅したが、後漢王朝が崩壊する契機となった。

九 濟南相　済南は地方のなかでも格が高い王国にあたり、長官は宰相の意味で相と称された。

一〇 禁斷淫祀　済南には前漢の皇族である劉章を祀る邪教が盛んで、商人たちはそのために散財し、庶民の暮らしを圧迫していたという。

一一 稱疾歸鄉里　この間の経緯については、曹操自身がのちに半生を回顧しつつ、当初から自分には権力欲がなかったことを言明した「十二月己亥の令」によれば、済南に任官中に宦官や権力者の反感を買って身の危険を覚え、故郷の譙に退去して、そののちに都尉に取り立てられたという。

一二 王芬　『三国志』巻一三華歆伝によれば、王芬は霊帝廃位を企てた際に華歆、陶丘洪を引き入れようとしたが、華歆の判断によって二人は加わらなかった。

一三 許攸　字は子遠。若いころから袁紹、曹操と親しく、初めは袁紹に就いたが後に曹操のもとへ移った。袁紹が敗れて冀州が曹操に帰するとその功を誇って不遜な態度を取ったために曹操に殺害された。

一四 周旋　未詳。

一五 合肥侯　合肥侯には建武六年（三〇）、堅鐔が封じられて以後、その子孫の堅鴻、堅浮、堅雅が代々嗣いでいるが、誰を指すかは未詳。

一六 太祖拒之　王沈『魏書』（『三国志』注）には曹操が拒絶した際のことばを載せているが、そこでは情勢を冷静に判断すれば勝算はないことを理由にしている。

一七 邊章・韓遂　二人は涼州の宋揚・北宮玉らの反乱軍に担がれて主となったが、返章はほどなく病没、韓遂はやむなくそのまま兵を保持し、三十二年を経た建安二〇年（二一五）に至って殺された（「武帝紀」建安二〇年注引『典略』）。

一八 會靈帝崩　中平六年（一八九）四月、霊帝が三十四歳で崩御、皇子の劉辯が実母の何皇后とその異母兄何進の力によって十七歳で即位した（少帝）。のちに董卓によって廃位されて弘農王となる。

一九 大將軍何進　?～一八九。字は遂高、南陽郡宛県（河南省）の人。異母妹が霊帝の寵愛を受けたことから出世して権力を握ったが、宦官勢力と対立して殺された。『後漢書』巻六九。

二〇 袁紹　?～二〇二。字は本初、汝南汝陽の人。後漢の名門に生まれ、朝廷に重きをなしていくが、董卓と対立して都を離れ、群雄の一人として覇を争って、曹操に敗れたのち没した。『後漢書』巻七四下、『三国志』巻六。

二一 董卓　?〜一九二。字は仲穎、隴西臨洮（りんとう）の人。武名を挙げて朝廷に入り、実権を掌握して少帝を廃位させ、その弟の献帝を立てるが、のちに部下の王允・呂布によって殺された。『後漢書』巻七二、『三国志』巻六。

二二 献帝　一八一〜二三四。後漢王朝最後の天子。名は協、霊帝の子。母の王美人は何皇后によって殺された。董卓によって九歳で即位。のちには曹操の傀儡となる。

二三 間行東帰　洛陽から郷里へ帰る途次のこととして、裴松之の注には成皐（せいこう）（河南省）の呂伯奢の家に立ち寄った際の出来事を語る三つの資料を挙げる。それがさらにふくらまされて『三国演義』ではその一家を皆殺しにする話に発展する。

＊　　＊　　＊

初平元年春正月、後將軍袁術[二四]・冀州牧韓馥[二五]・豫州刺史孔伷[二六]・兗州刺史劉岱[二七]・河内太守王匡[二八]・勃海太守袁紹・陳留太守張邈[二九]・東郡太守橋瑁[三〇]・山陽太守袁遺[三一]・濟北相鮑信[三二]同時倶起兵、衆各數萬、推紹爲盟主。太祖行奮武將軍。

二月、卓聞兵起、乃徙天子都長安。卓留屯洛陽、遂焚宮室[三三]。…（略）。卓兵彊、紹等莫敢先進。太祖[三四]曰…（略）。遂引兵西、將據成皐。邈遣將衞茲[三五]分兵隨太祖到滎陽汴水、遇卓將徐榮、與戰不利、士卒死傷甚多。太祖爲流矢所中、所乘馬被創、從弟洪[三六]以馬與太祖、得夜遁去。榮見太祖所將兵少、力戰盡日、謂酸棗未易攻也、亦引兵還。

太祖到酸棗、諸軍兵十餘萬、日置酒高會、不圖進取。太祖責讓之[三七]、因爲謀曰…（略）。邈等不能用。

太祖兵少、乃與夏侯惇[三八]等詣揚州募兵、刺史陳溫[三九]・丹陽太守周昕[四〇]與兵四千餘人。還到龍亢[四一]、士卒多叛。至銍・建平、復收兵得千餘人、進屯河内。…（略）。

袁紹與韓馥謀立幽州牧劉虞[42]爲帝、太祖拒之。紹又嘗得一玉印、於太祖坐中擧向其肘、太祖由是笑而惡焉。…（略）[43]。

初平元年の春正月、後將軍[24]袁術・冀州牧[25]韓馥・豫州刺史[26]孔伷・兗州刺史[27]劉岱・河内太守[28]王匡・勃海太守袁紹・陳留太守[29]張邈・東郡太守[30]橋瑁・山陽太守[31]袁遺・濟北相[32]鮑信、時を同じくして倶に兵を起こし、衆は各おの數萬、紹を推して盟主と爲す。太祖は奮武將軍を行う。

二月、卓兵の起こるを聞き、乃ち天子を徙して長安に都す。卓は留りて洛陽に屯し、遂に宮室を焚く[33]。…（略）。卓は兵彊く、紹ら敢えて先に進む莫し。太祖曰く[34]…（略）。遂に兵を引きて西し、將に成皐に據らんとす。邈は將[35]衞茲を遣わして兵を分けて太祖に隨わしむるも、滎陽の汴水に到りて、卓の將徐榮に遇い、與に戰いて利あらず、士卒の死傷するもの甚だ多し。太祖は流矢の中る所と爲り、乘る所の馬は創を被り、從弟[36]の洪馬を以て太祖に與え、夜に遁れ去るを得たり。榮は太祖の將いる所の兵の少なくして、力戰すること盡日なるを見て、酸棗は未だ攻め易からずと謂い、亦た兵を引きて還る。

太祖は酸棗に到り、諸軍の兵十餘萬、日びに酒を置きて高會し、進取を圖らず。太祖之を責讓し、因りて[37]謀を爲して曰く…（略）。邈ら用うる能わず。

太祖兵少なくして、乃ち[38]夏侯惇らと揚州に詣りて兵を募り、刺史[39]陳溫・丹陽太守[40]周昕兵四千餘人を與う。還りて龍亢に到り、[41]士卒多く叛す。銍・建平に至り、復た兵を收めて千餘人を得、進みて河内に屯す。…（略）。

袁紹は韓馥と幽州牧[42]劉虞を立てて帝と爲さんことを謀るも、太祖之を拒む。紹は又た嘗て一玉印を得て、太祖の坐中に於いて擧げて其の肘に向かい、太祖是に由りて笑いて焉を惡む。…（略）[43]。

初平元年（一九〇）の春正月、後将軍の袁術・冀州牧の韓馥・豫州刺史の孔伷・兗州刺史の劉岱・河内太守の王匡・勃海太守の袁紹・陳留太守の張邈・東郡太守の橋瑁・山陽太守の袁遺・濟北相の鮑信が、一斉に蜂起し、軍勢はそれぞれ数万、袁紹を盟主に立てた。太祖は奮武将軍を兼任した。

二月、董卓は挙兵されたことを知ると、天子を（洛陽から）長安に移してそこを都とした。董卓自身は洛陽にとどまって駐屯し、洛陽の宮殿を焼き払ってしまった。（中略）董卓の兵力が強いので、袁紹たちは誰も自分から攻撃しようとしなかった。太祖が言った、…（略）。そして兵を引いて西に進み、成皋（河南省）に依拠しようとした。張邈は将軍の衛茲に兵を分け与えて太祖に随行させたが、滎陽（河南省）の汴水まで来ると、董卓の将軍の徐栄と鉢合わせし、刃を交えて不利な形勢となり、多くの士卒が死傷した。太祖は流れ矢に当たって、乗っていた馬は傷つき、従弟の曹洪が馬を太祖にあたえて、夜闇に紛れて落ち延びることができた。徐栄は太祖がひきいる兵が少く、終日奮戦するのを目にして、酸棗（河南省）を攻撃するのは容易でないと判断し、彼も兵を引いて戻った。

太祖は酸棗に着いたが、十余万にのぼる諸軍の兵士たちは、毎日酒を設けて大宴会を開くばかりで、進んで攻撃しようとしなかった。太祖はそれを責め立てて、そこで戦略を立てて言った、…（略）。しかし張邈たちはそれを取り上げることができなかった。

太祖は兵力が少ないので、夏侯惇らとともに揚州（江蘇省）に赴いて兵士を募集し、刺史の陳温・丹陽太守の周昕が四千人余りの兵を与えた。戻って龍亢（安徽省）まで来ると、士卒の多くは反旗を翻した。銍（安徽省）・建平（河南省）に到着するまでに、また兵士を加えて千人余りを手に入れ、進軍して河内（河南省）に駐屯した。…（略）。

袁紹は韓馥と共謀して幽州牧の劉虞を天子に立てようと企てたが、太祖はそれを拒絶した。袁紹はまた玉印を一つ手に入れて、太祖のいる席でその肘に向かって掲げてみせたことがあったが、太祖はそのことのために笑いながらも彼を憎悪した。…（略）。

二四 袁術　?〜一九九。字は公路、汝南汝陽の人、袁紹の従弟。群雄の一人として蜂起して南陽（河南省）に依拠したが、のちに曹操に敗れた。『後漢書』巻七五、『三国志』巻六。

二五 韓馥　字は文節、潁川（えいせん）の人。初め、董卓に用いられたが、のちに袁紹に寝返った。

二六 孔伷　字は公緒、陳留の人。

二七 劉岱　字は公山、東萊牟平の人。初平三年（一九二）黄巾の攻撃に対して、鮑信の止めるのを聞かずに迎え撃って戦死した。『後漢書』巻七六劉寵伝付。

二八 王匡　字は公節、泰山の人。

二九 張邈　字は孟卓、東平寿張の人。初め、曹操と肝胆相照らす関係にあったが、のちに呂布に就いて曹操の攻撃を受けるなかで自軍の兵によって殺された。『後漢書』巻七五、『三国志』巻七。

三〇 橋瑁　字は元偉、梁国睢陽の人。

三一 袁遺　字は伯業、汝南汝陽の人、袁紹の従兄。

三二 鮑信　泰山平陽の人。群雄のなかで抜きん出るのは曹操をおいてないとして力を尽くし、初平三年（一九二）黄巾との戦いに敗れて死んだ。

三三 逐焚宮室　この時、董卓は宮殿のみならず、人家にも火を放ち、洛陽の町二百里四方が焼け野原となった。その惨状は曹操の楽府「薤露（かいろ）」にも唱われている。

三四 太祖曰　曹操は天下の混乱した今こそ董卓攻略の時であると進軍を勧めた。他の群雄が腰を上げようとしない時に曹操一人が出撃を主張したのは、群雄のなかで曹操の兵は少なく拠点も確保していなかったために、合戦によって強化することをはかったのである。

三五 衛茲　字は子許、陳留の人。曹操が最初に挙兵した時、曹操こそ天下を平定する人と見込んで財産を寄贈した。汴水における董卓軍との交戦で戦死。

三六 従弟洪　字は子廉。その後も数々の武功を立て、文帝にはいとわれたが明帝の世に特進の位に進み、驃騎将軍を拝命した。『三国志』巻九。

三七 因為謀曰　この時の曹操の計は群雄が協力して洛陽を三方からじわじわ包囲しようというもの。

三八 夏侯惇　?〜二二〇。字は元譲、沛国譙の人。曹操とともに歴戦を勝ち抜き、文帝が即位してから大将軍を授かった。曹操の父の曹嵩は宦官の養子になる前の姓が夏侯氏であったといわれ、同族と思われる。

三九 陳温　字は元悌、汝南の人。この時、揚州刺史であった陳温はもともと曹洪と親しかった。

四〇 周昕　字は大明。若い時に都洛陽に出て陳蕃に師事した。のちに孫策に応戦して戦死。

四一 士卒多叛　裴松之注『魏書』によれば、反乱兵は夜に曹操のテントに火を放ち、曹操はみずから数十人を殺して脱出した。反乱に加わらなかった兵はわずか五百人ほどであったという。

四二 劉虞　字は伯安、東海郯（たん）（山東省）の人。光武帝の子である東海恭王劉彊の子孫にあたる。これは結局、劉虞自身が承諾しなかったために実現しなかった。『後漢書』巻七三。

四三 以下、初平二年（一九一）から建安二〇年（二一五）までの曹操の主な事跡は以下のとおり。

初平二年（一九一）　東郡の黒山軍を討伐して東郡太守となる。荀彧が袁紹のもとから曹操政権に移る。

初平三年（一九二）　兗州牧となる。青州の黄巾軍を破り、三十余万の兵を得る。

興平元年（一九四）呂布に敗れ、兗州の大部分を失う。

興平二年（一九五）呂布を破り、兗州を奪還。

建安元年（一九六）建徳将軍、ついで鎮東将軍となり、費亭侯に封ぜられる。司隷校尉、録尚書事となり、献帝を許に迎える。大将軍となり、武平侯に封ぜられる。司空、車騎将軍となる。屯田を始める。

建安二年（一九七）袁術を討つ。


建安三年（一九八）呂布を捉えて殺す。

建安五年（二〇〇）官渡の戦いで袁紹を破り、河北を支配する。

建安九年（二〇四）袁紹の遺児、袁尚を討ち、鄴を攻め落とす。

建安一三年（二〇八）丞相となる。赤壁の戦いで劉備・孫権に大敗する。

建安一八年（二一三）魏公に封ぜられる。

建安二〇年（二一五）漢中の張魯を討つ。

＊　＊　＊

二十一年春二月、公還鄴。三月壬寅、公[44]親耕籍田。夏五月、天子進公爵爲[45]魏王。代郡烏丸行單于普富盧與其侯王來朝。天子命王女爲公主、食[46]湯沐邑。秋七月、匈奴南單于呼廚泉將其名王來朝、待以客禮、遂留魏、使右賢王去卑監其國。八月、以大理[47]鍾繇爲相國。冬十月、治兵、遂征[48]孫權、十一月至譙。

二十二年春正月、王軍居巣、二月、進軍屯江西郝谿。權在濡須口築城拒守、遂逼攻之、權退走。三月、王引軍還、留夏侯惇・[49]曹仁・[50]張遼等屯居巣。夏四月、天子命王設天子旌旗、出入稱警蹕。五月、作[51]泮宮。六月、以軍師[52]華歆爲御史大夫。冬十月、天子命王[53]冕十有二旒、乘金根車、駕六馬、設五時副車、以五官中郎將丕爲魏太子。[54]劉備遣[55]張飛・[56]馬超・[57]呉蘭等屯下辯。遣曹洪拒之。

二十三年春正月、漢太醫令[58]吉本與少府[59]耿紀・司直韋晃等反、攻許、燒丞相長史[60]王必營、必與潁川典農中郎將嚴匡討斬之。曹洪破呉蘭、斬其將任夔等。三月、張飛・馬超走漢中、陰平氐強端斬呉蘭、傳其首。夏四月、代郡・上谷烏丸無臣氐等叛、遣[61]鄢陵侯彰討破之。…（略）。秋七月、治兵、遂西征劉備、九月、至長安。冬十月、宛守將侯音等反、執南陽太守、劫略吏民、保宛。初、曹仁討關羽[六二]、屯樊城、是月使仁圍宛。

二十四年春正月、仁屠宛、斬音。[六三]夏侯淵與劉備戰於陽平、爲備所殺。三月、王自長安出斜谷、軍遮要以臨漢中、遂至陽平。備因險拒守。夏五月、引軍還長安。秋七月、以夫人[六四]卞氏爲王后。遣[六五]于禁助曹仁擊關羽。八月、漢水溢、灌禁軍、軍沒、[六六]羽獲禁、遂圍仁。使[六七]徐晃救之。九月、相國鍾繇坐西曹掾魏諷反免。冬十月、軍還洛陽。孫權遣使上書、以討關羽自效。王自洛陽南征羽、未至、晃攻羽、破之、羽走、仁圍解。王軍摩陂。

二十五年春正月、至洛陽。權擊斬羽、傳其首。庚子、王崩于洛陽、年六十六。[六八]遺令曰…（略）。[六九]諡曰武王。二月丁卯、葬高陵。

二十一年春二月、公 鄴に還る。三月壬寅、公[四四] 親ら籍田を耕す。夏五月、天子 公の爵を進めて魏王と爲す。[四五]代郡の烏丸 行單于の普富盧 其の侯王と與に來朝す。天子 王の女に命じて公主と爲し、[四六]湯沐の邑を食す。秋七月、匈奴南單于の呼廚泉 其の名王を將いて來朝し、待するに客禮を以てし、遂に魏に留め、右賢王去卑をして其の國を監せしむ。八月、大理[四七] 鍾繇を以て相國と爲す。冬十月、兵を治め、遂に[四八]孫權を征し、十一月、譙に至る。

二十二年春正月、王 居巢に軍す。二月、軍を進めて江の西 郝谿に屯す。權は濡須口に在りて城を築きて拒守し、遂に逼りて之を攻め、權 退走す。三月、王 軍を引きて還り、夏侯惇・[四九]曹仁・[五〇]張遼らを留めて居巢に屯せしむ。夏四月、天子 王に命じて天子の旌旗を設け、出入に警蹕を稱せしむ。五月、[五一]泮宮を作る。六月、軍師[五二]華歆を以て御史大夫と爲す。冬十月、天子 王に[五三]冕十有二旒、金根車に乘り、六馬を駕し、五時の副車を設けしめ、五官中郎將丕を以て魏太子と爲す。[五四]劉備 [五五]張飛・[五六]馬超・[五七]吳蘭らを遣わして下辯に屯せしむ。曹洪を遣わして之を拒ましむ。

二十三年春正月、漢の太醫令[五八]吉本・少府の[五九]耿紀・司直の韋晃らと反し、許を攻め、丞相長史[六〇]王必の營を焼き、必は潁川典農中郎將嚴匡と討ちて之を斬る。曹洪 吳蘭を破り、其の將任夔らを斬る。三月、張飛・馬超は漢中に走り、陰平の氐の强端 吳蘭を斬り、其の首を傳う。夏四月、代郡・上谷の烏丸無臣氐ら叛し、[六一]鄢陵侯彰を遣わして之を討破せしむ。…(略)。秋七月、兵を治め、遂に西のかた劉備を征し、九月、長安に至る。冬十月、宛の守將侯音ら反し、南陽太守を執え、吏民を劫略し、宛を保つ。初め、曹仁 關羽[六二]を討ち、樊城に屯し、是の月 仁をして宛を圍ましむ。

二十四年春正月、仁は宛を屠り、音を斬る。[六三]夏侯淵は劉備と陽平に戰い、備の殺す所と爲る。三月、王 長安より斜谷に出で、軍は要を遮りて以て漢中に臨み、遂に陽平に至る。備は險に因りて拒守す。夏五月、軍を引きて長安に還る。秋七月、[六四]夫人卞氏を以て王后と爲す。[六五]于禁を遣わして曹仁を助けて關羽を擊たしむ。八月、漢水溢れ、禁の軍に灌ぎ、軍沒す。[六六]羽は禁を獲え、遂に仁を圍む。[六七]徐晃をして之を救わしむ。九月、相國鍾繇 西曹掾魏諷の反に坐して免ぜらる。冬十月、軍 洛陽に還る。孫權 使いを遣わして書を上り、關羽を討つを以て自ら效さんとす。王 洛陽より南して羽を征し、未だ至らずして、晃 羽を攻め、之を破る。羽走げ、仁の圍解く。王 摩陂に軍す。

二十五年春正月、洛陽に至る。權 擊ちて羽を斬り、其の首を傳う。庚子、王 洛陽に崩ず。年六十六。[六八]遺令に曰く…(略)。[六九]諡は武王と曰う。二月丁卯、高陵に葬る。

(建安)二十一年(二一六)春二月、公は鄴に帰還した。三月壬寅の日、公みずから籍田を耕した。夏五月、天子(献帝)は公の爵位を昇進させて魏王とした。代郡(河北省)の烏丸族の単于を兼任していた普富盧がその下の王侯たちとともに来朝した。天子は王(曹操)の娘に公主の称を与え、湯沐の領地を与えた。秋七月、匈奴南単于の呼廚泉がその上位の王を引き連れて来朝し、賓客の礼をもってもてなし、そのまま魏に滞在させて、右賢王の去卑にその国を監督させた。八月、大理の鍾繇を相国に任命した。冬十月、閲兵してから、孫権征伐に向かい、十一月に譙に至った。

二十二年（二一七）春正月、王は居巣（安徽省）に陣を張った。二月、軍を進めて長江の西の郝谿に駐屯した。孫権は濡須口（安徽省）にあってそこに城を築いて応戦したが、ついには接近して攻め立て、孫権は退却した。三月、王は軍を引いて帰還し、夏侯惇・曹仁・張遼らはのこして居巣に駐屯させた。夏四月、天子は王に天子の旗を用いること、出入に際しては（天子と同じく）先払いして通行止めにすることを許した。五月、泮宮を作った。六月、参謀の華歆を御史大夫に任命した。冬十月、天子は王に（天子と同じく）十二の玉を垂らした冕、金根車に乗ること、六馬立ての馬車、五つの色の副車を使うことを許し、五官中郎将の曹丕を魏の太子とした。劉備は張飛・馬超・呉蘭らを派遣して下辯（甘粛省）に駐屯させた。曹洪を派遣してそれに対抗させた。

二十三年（二一八）春正月、漢の太医令の吉本が少府の耿紀・司直の韋晃らとともに反乱を起こして、許（河南省）を攻撃し、丞相長史の王必の軍営を焼き払い、王必は潁川典農中郎将の厳匡とともに戦って彼らを斬り殺した。曹洪が呉蘭を破り、その将軍の任夔らを斬り殺した。三月、張飛・馬超は漢中（陝西省）に逃げた。陰平（山東省）の氐族の強端は呉蘭を斬り殺して、その首を送ってきた。夏四月、代郡（河北省）と上谷（河北省）の烏丸族の無臣氐らが反乱を起こしたため、鄢陵侯の曹彰を派遣して討伐させた。…（略）。秋七月、閲兵してから、劉備を征伐するために西へ向かい、九月、長安に到着した。冬十月、宛（河南省）の守将侯音らが反乱を起こし、南陽（河南省）の太守を捉えて、役人住人をおびやかし、宛を固守した。それより先のこと、曹仁が関羽討伐のために、樊城（湖北省）に駐屯していたが、この月には曹仁に宛を包囲させた。

二十四年（二一九）春正月、曹仁は宛を攻め落とし、侯音を斬り殺した。夏侯淵は劉備と陽平（河北省）で交戦し、劉備に殺された。三月、王は長安から斜谷（陝西省）に出て、軍は要害の地を遮断して漢中に臨み、そうして陽平に到着した。劉備は険阻な地に依拠して固守した。夏五月、軍を引いて長安に帰還した。秋七月、夫人の卞氏を王后とした。于禁を派遣して曹仁を援護して関羽を攻撃させた。八月、漢水が氾濫して、于禁の陣営に流れ込み、陣営は水没した。関羽は于禁を生け捕りとし、そして曹仁を包囲した。それを徐晃に救援させた。九月、相国の鍾繇が西曹掾の魏諷の反乱に連座して免職させられた。冬十月、軍隊は洛陽に帰還した。孫権は使者を派遣して書をたてまつり、関羽を討つことによって誠をあらわしたいとした。王は洛陽から南へ関羽征伐に向かい、到着する前に、徐晃が関羽を攻めたてて撃ち破った。関羽は逃走して、曹仁の包囲を解いた。王は摩陂（まひ）（河南省）に陣営を張った。

二十五年（二二〇）春正月、洛陽に到着した。孫権は関羽を攻撃して斬り殺し、その首を送ってきた。庚子、王は洛陽で崩御した。六十六歳であった。遺令にいう…（略）。諡（おくりな）は武王という。二月丁卯の日、高陵に葬った。

四四 親耕籍田　天子がみずから農作業を行う行事。

四五 魏王　王は本来皇族にのみ許される称号であり、曹操の不遜に対して非難が生じたが、批判する者は殺された。

四六 湯沐邑　公主などに化粧費用の名目で与えられる領地。

四七 鍾繇　字は元恒、潁河長社の人。後漢の朝廷に仕官していたが、曹操のもとへ移り、武帝・文帝・明帝の三朝を通じて重用された。

四八 孫権　一八二～二五二。字は仲謀、呉郡富春の人。兄の孫策を継ぎ、赤壁の戦いでは曹操を破って建業に呉を立てた。『三国志』巻四七。

四九 曹仁　一六八～二二三。字は子孝、曹操の従弟。曹操を助けて数々の軍功を立て、文帝の時に大将軍、大司馬に至る。『三国志』巻九。

五〇 張遼　字は文遠、雁門馬邑の人。何進、董卓、呂布に次々と仕え、最後に曹操政権のもとに入って武功をあげ、文帝にも重用される。『三国志』巻一七。

五一 泮宮　諸侯が設置する学校。

五二 華歆　字は子魚、平原高唐の人。孫策に重用されたが、その死後、曹操に求められて孫権のもとから移った。知謀にすぐれ、文帝の時に司徒にのぼった。『三国志』巻一三。

五三 冕十有二旒　『礼記』玉藻に「天子の玉藻は十有二旒」とあるように、冕のまわりに垂らす玉の数が天子と同じことを意味する。

五四 劉備　一六一～二二三。字は玄徳、蜀の建国者。『三国志』巻三二。

五五 張飛　?～二二一。字は益徳。関羽とともに劉備を助けた武人。『三国志』巻三六。

五六 馬超　字は孟起、扶風茂陵の人。劉備に仕えた武将。『三国志』巻三六。

五七 呉蘭　劉備の武将。

五八 吉本　この反乱の中心には金日磾（きんじってい）の子孫にあたる金禕（きんい）がおり、吉本の子供の吉邈、字は文然、および吉穆、字は思然も加わった。

五九 耿紀　字は季行。曹操から信任されていた。

六〇 王必　その前年、曹操は王必に許を監督させていた。王必は襲撃から逃げて、親しくしていた金禕の邸に駆け込んだが、夜陰のなかで王長史は死んだかと聞かれたために敵とわかり、ほかに逃げたが、結局その傷のために死んだ。

六一 鄢陵侯彰　字は子文。曹操の子、曹丕の弟。武人としてすぐれ、数々の戦功をあげた。『三国志』巻一九。

六二 關羽　?～二一九。字は雲長、河東解の人。張飛とともに劉備を支えた蜀の武人。『三国志』巻三六。

六三 夏侯淵　?～二一九。字は妙才。沛国譙の人。曹操の挙兵以来、軍事に参加して官渡で袁紹を破るなど功をあげた。『三国志』巻九。

六四 夫人卞氏　曹操の最初の正妻は丁氏、丁氏が離縁されたあとに正妻の座に着いたのが卞氏。もとは歌妓であったが、曹操が譙に隠棲していた時に側室に入れ、曹丕・曹彰・曹植ら四人の子を生んだ。『三国志』巻五。

六五 于禁　字は文則、泰山鉅平の人。曹操が兗州牧であった時期にその傘下に加わり、呂布、袁紹の討伐などに軍功をあげた。『三国志』巻一七。

六六 羽獲禁　于禁は関羽に降伏し、関羽が孫権に敗れると孫権のもとに移ったが、のちに文帝の時に孫権は于禁を魏に返した。関羽に降伏した場面を描いた絵を見せられて恥じて死んだ。

六七 徐晃　字は公明、河東楊の人。楊奉に仕えていたが、曹操が楊奉を破ると曹操の傘下に移って武功をあげ、文帝・明帝にも仕えた。『三国志』巻一七。

六八 遺令曰　『三国志』に引かれた遺令は、天下がまだ平定していない時期であるから葬儀のために軍備をおろそかにしてはならぬと戒めたもの。しかし、のちに晋の陸機が見た曹操の遺令には死後の財産処置などについて細かな指示が記されている（『文選』巻六〇、陸機「魏武帝を弔う文」）。

六九 謚曰武王　『逸周書』謚法解に、「剛彊直理を武と曰う、威彊叡徳を武と曰う、克く禍亂を定むるを武と曰う、民を刑して克く服さしむるを武と曰う、大志多窮を武と曰う」。

〔参考文献〕

余冠英『三曹詩選』（人民文学出版社　一九五六年）

中華書局編集部『曹操集』（中華書局　一九五九、一九七四年増補版）

吉川幸次郎『三国志実録』（筑摩書房　全集七巻）

竹田晃『曹操―その行動と文学―』（評論社　一九七三年、のちに一九九六年、講談社学術文庫）

安徽亳県曹操集訳注小組『曹操集訳注』（中華書局　一九七九年）

趙福壇『曹魏父子詩選』（三聯書店　一九八二年）

邱英生・高爽『三曹詩訳釈』（黒龍江人民出版社　一九八二年）

今鷹眞・小南一郎・井波律子『三国志』（筑摩書房　一九八二年）

張可礼『三曹年譜』（斉魯書社　一九八三年）

川合康三『曹操』（集英社　一九八六年）

夏伝才『曹操集注』（中州古籍出版社　一九八六年）

韓泉欣・趙家瑩『三曹詩文選注』（上海古籍出版社　一九九四年）

陳舜臣『曹操』上下（中央公論新社　一九九八年）

石井仁『曹操　魏の武帝』（新人物往来社　二〇〇〇年）

（川合康三）

曹丕（一八七〜二二六）

曹丕（そうひ）は三国・魏の詩人。曹操（そうそう）の嫡子として生まれ、魏の最初の皇帝となった。皇太子の時から曹操の配下に集められた文人たちの中心として、いわゆる建安の文学を築きあげた。詩においては七言詩の最も早い作者であり、『典論』「論文」は中国最初の文学批評とされるなど、文学の広いジャンルに足跡をのこした。『詩品』中。

三國志卷二　文帝紀

文皇帝諱丕、字子桓、武帝太子也[一]。中平四年冬、生于譙。建安十六年、爲五官中郎將・副丞相。二十二年、立爲魏太子。太祖崩、嗣位爲丞相・魏王。尊王后曰王太后[二]。改建安二十五年爲延康元年。元年…（略）。五月戊寅、天子命王追尊皇祖太尉曰太王[三]、夫人丁氏曰太王后、封王子叡爲武德侯[四]。…（略）。六月辛亥、治兵于東郊、庚午、遂南征。秋七月…（略）。甲午、軍次於譙、大饗六軍[五]及譙父老百姓於邑東。…（略）。冬十月…（略）。丙午、行至曲蠡。漢帝以衆望在魏、乃召羣公卿士、告祠高廟。使兼御史大夫張音持節奉璽綬[六]禪位、册曰[七]…（略）。乃爲壇於繁陽。庚午、王升壇卽阼、百官陪位。事訖、降壇、視燎成禮而反。改延康爲黄初、大赦。

文皇帝 諱は丕、字は子桓、武帝の太子なり[一]。中平四年冬、譙に生まる。建安十六年、五官中郎將・副丞相と爲る。二十二年、立ちて魏太子と爲る。太祖崩じ、位を嗣ぎて丞相・魏王と爲る。王后を尊びて王太后と曰う[二]。建安二十五年を改めて延康元年と爲す。

元年…（略）。五月戊寅、天子 王に命じて皇祖太尉を追尊して[三]太王と曰い、夫人丁氏を太王后と曰わしめ、王の子叡[四]を封じて武德侯と爲す。…（略）。六月辛亥、兵を東郊に治め、庚午、遂に南征す。秋七月…（略）。甲午、軍 譙に次り、大いに六軍[五]及び譙の父老百姓を邑東に饗す。…（略）。冬十月…（略）。丙午、行きて曲蠡に至る。漢帝 衆望の魏に在るを以て、乃ち羣公卿士を召し、告げて高廟を祠る。兼御史大夫の張音をして節を持して璽綬[六]を奉じて位を禪り、冊[七]して曰く…（略）。乃ち壇を繁陽に爲る。庚午、王 壇に升りて阼に即き、百官 位に陪す。事訖り、壇を降り、燎を視て禮を成して反る。延康を改めて黃初と爲し、大赦す。

文皇帝は諱は丕、字は子桓、武帝の太子である。中平四年（一八七）冬、譙（安徽省）に生まれた。建安十六年（二一一）、五官中郎将・副丞相となった。二十二年（二一七）、魏の太子に立てられた。太祖が崩御し、位を継承して丞相・魏王となった。王后（魏王曹操の后であった卞后）に尊称をたてまつって王太后とした。建安二十五年（二二〇）を改めて延康元年とした。

元年（二二〇）…（略）。五月戊寅の日、天子（献帝）は王（曹丕）に命じて皇祖にあたる太尉（曹崇）に尊称を追贈して太王とし、その夫人の丁氏を太王后とさせ、王の子の曹叡を武徳侯に封じた。…（略）。六月辛亥の日に、東の郊外で閲兵してから、庚午の日に、南方征伐に向かった。秋七月…（略）。甲午の日、軍隊は譙に駐留し、全軍の兵、譙の長老や住人をもてなして盛大な宴会を催した。…（略）。冬十月…（略）。丙午の日、曲蠡（河南省）にまで到った。漢の天子（献帝）は人心が魏に移ったことから、公卿・士大夫を召集して、高祖の廟で祭祀を執り行なって退位を告知した。兼御史大夫の張音に使者のしるしを持たせて玉璽・綬を捧げて帝位を譲り、その詔勅にはいう…（略）。そこで繁陽（河南省）に壇をしつらえた。庚午の日、王は壇に登って帝位につき、すべての官員が陪席した。儀式が終わると、壇から降り、燎祭を執り行なって儀礼を滞りなく終えて帰還した。年号を延康から黄初に改め、大赦を行なった。

一 武帝太子　曹操は十三人の夫人との間に二十五人の男児をもった。その長男は劉夫人の子で曹昂といったが、建安二年に戦死し、曹丕は卞氏の長子であった。曹丕が幼少の時から英才教育を受け、その結果文武にわたって通暁していたことは、裴松之注の引く曹丕の『典論』自叙に誇らかに綴られている。

二 王后　本書「曹操伝」注六四参照。

三 皇祖太尉　曹崇は本書「曹操伝」注四参照。

四 王子叡　二〇五〜二三九。のちの魏・明帝。曹叡も文学を好み、楽府に長じた。後世、曹操・曹丕と併せて「三祖」と称される。『三国志』巻三。

五 六軍　軍は軍隊の単位。『周礼』夏官・大司馬に「萬有二千五百人を軍と爲す。王は六軍、大國は三軍…」とあるように本来は天子の軍をいう。

六 璽綬　天子の印鑑とその組み紐。『漢書』宣帝紀に「羣臣 璽綬を奏上して皇帝の位に卽く」というように、天子のしるし。

七 冊曰　曹丕が即位するまでには再三にわたって献帝から冊がくだされ、そのたびに曹丕が固辞することが繰り返されたが、それらの文書は裴松之注に引かれている。

＊　＊　＊

黄初元年…（略）。十二月、初營洛陽宮、戊午幸洛陽。…（略）。

二年春正月、郊祀天地・明堂[九]。甲戌、校獵至原陵[一〇]、遣使者以太牢祠漢世祖[一一]。乙亥、朝日于東郊[一二]。…（略）。令魯郡脩起舊廟[一三]、置百戸吏卒以守衞之、又於其外廣爲室屋以居學者。…（略）。六月庚子、初祀五嶽四瀆、咸秩羣祀。丁卯、夫人甄氏卒[一四]。…（略）。十二月、行東巡。是歳築陵雲臺。

三年…（略）。三月乙丑、立齊公叡爲平原王、帝弟[15]鄢陵公彰等十一人皆爲王。…（略）。甲戌、立[16]皇子霖爲河東王。甲午、行幸襄邑。夏四月戊申、立[17]鄄城侯植爲鄄城王。癸亥、行還許昌宮。…（略）。九月…（略）。庚子、立[18]皇后郭氏。…（略）。冬十月、…（略）。是月、[19]孫權復叛。復郢州爲荊州。帝自許昌南征、諸軍兵並進、權臨江拒守。十一月辛丑、行幸宛。…（略）。

　四年春正月、…（略）。築南巡臺于宛。三月丙申、行自宛還洛陽宮。…（略）。秋八月丁卯、以廷尉[20]鍾繇爲太尉。辛未、校獵于滎陽、遂東巡。論征孫權功、諸將已下進爵增戶各有差。九月甲辰、行幸許昌宮。

　五年春正月、初令謀反大逆乃得相告、其餘皆勿聽治、敢妄相告、以其罪罪之。三月、行自許昌還洛陽宮。夏四月、[21]立太學、制五經課試之法、置春秋穀梁博士。…（略）。秋七月、行東巡、幸許昌宮。八月、爲水軍、親御龍舟、[22]循蔡・潁、浮淮、幸壽春。揚州界將吏士民、犯五歲刑已下、[23]皆原除之。九月、遂至廣陵、赦青・徐二州、改易諸將守。冬十月乙卯、太白晝見。行還許昌宮。…（略）。

　六年春二月、遣使者循行許昌以東盡沛郡、問民所疾苦、貧者振貸之。三月、行幸召陵、通討虜渠。乙巳、還許昌宮。并州刺史梁習討鮮卑軻比能、大破之。辛未、帝爲舟師東征。五月戊申、幸譙。…（略）。秋七月、立[24]皇子鑒爲東武陽王。八月、帝遂以舟師自譙[25]循渦入淮、從陸道幸徐。九月、築東巡臺。冬十月、行幸廣陵故城、臨江觀兵、戎卒十餘萬、旌旗數百里。是歲大寒、水道冰、舟不得入江、[26]乃引還。十一月、東武陽王鑒薨。十二月、行自譙過梁、遣使以太牢祀故漢太尉[27]橋玄。

　七年春正月、將幸許昌、許昌城南門無故自崩、帝心惡之、遂不入。壬子、行還洛陽宮。三月、築九華臺。夏五月丙辰、帝疾篤、[28]召中軍大將軍曹眞・[29]鎭軍大將軍陳羣・[30]征東大將軍曹休・[31]撫軍大將軍司馬宣王、並受遺詔輔嗣主。遣後宮[32]淑媛・昭儀已下歸其家。丁巳、帝崩于嘉福殿、時年四十。六月戊寅、葬首陽陵。自殯及葬、皆以終制從事。

初、帝好文學、以著述爲務、自[二三]所勒成垂百篇。又使諸儒撰集經傳、隨類相從、凡千餘篇、號[二四]曰皇覽。

黄初元年…（略）。十二月、初めて洛陽宮を營み、戊午、洛陽に幸す。…（略）。

二年春正月、天地・明堂[九]を郊祀す。甲戌、校獵[一〇]して原陵に至り、使者を遣りて太牢[一一]を以て漢世祖を祠らしむ。乙亥、日[一二]を東郊に朝す。…（略）。魯郡をして舊廟[一三]を脩起せしめ、百戸の吏卒を置きて以て之を守衛せしめ、又た其の外に廣く室屋を爲りて以て學者を居らしむ。…（略）。六月庚子、初めて五嶽四瀆を祀り、咸な羣祀を秩づ。丁卯、夫人甄氏[一四]卒す。…（略）。十二月、行きて東巡す。是の歲 陵雲臺を築く。

三年…（略）。三月乙丑、齊公叡を立てて平原王と爲し、帝の弟の鄢陵公彰[一五]ら十一人を皆な王と爲す。…（略）。甲戌、皇子霖[一六]を立てて河東王と爲す。甲午、襄邑に行幸す。夏四月戊申、鄄城侯植[一七]を立てて鄄城王と爲す。癸亥、行きて許昌宮に還る。…（略）。九月…（略）。庚子、皇后郭氏[一八]を立つ。…（略）。是の月、孫權[一九]復た叛す。郢州を復して荊州と爲す。帝 許昌より南征し、諸軍の兵並び進み、權は江に臨みて相い守る。十一月辛丑、宛に行幸す。…（略）。

四年春正月、…（略）。南巡臺を宛に築く。三月丙申、行きて宛より洛陽宮に還る。…（略）。秋八月丁卯、廷尉 鍾[二〇]繇を以て太尉と爲す。辛未、滎陽に校獵し、遂に東巡す。孫權を征する功を論じ、諸將已下に爵を進め戶を增し各おの差有り。九月甲辰、許昌宮に行幸す。

五年春正月、初めて謀反・大逆は乃ち相い告ぐるを得るも、其の餘は皆な聽治すること勿く、敢えて妄りに相い告ぐるは、其の罪を以て之を罪すを令す。三月、行きて許昌より洛陽宮に還る。夏四月、太學[二一]を立て、五經課試の法を制し、春秋穀梁博士を置く。…（略）。秋七月、行きて東巡し、許昌宮に幸す。八月、水軍を爲り、親ら龍舟を御し、蔡[二二]・潁に循り、淮に浮かび、壽春に幸す。揚州界の將吏士民、犯五歳已下は、皆な之を原除す[二三]。九月、遂に廣陵に至り、青・徐二州を赦し、諸將の守を改易す。冬十月乙卯、太白晝見わる。行きて許昌宮に還る。…(略)。

六年春二月、使者を遣わして許昌以東 沛郡を盡すまで循行せしめ、民の疾苦する所を問い、貧者は之を振貸す。三月、召陵に行幸し、討虜渠を通ず。乙巳、許昌宮に還る。幷州刺史梁習 鮮卑軻比能を討ち、大いに之を破る。辛未、帝 舟師を爲りて東征し、五月戊申、譙に幸す。…(略)。秋七月、皇子鑒[二四]を立てて東武陽王と爲す。八月、帝遂に舟師を以て譙より渦[二五]に循りて淮に入り、陸道に從いて徐に幸す。九月、東巡臺を築く。冬十月、廣陵故城に行幸し、江に臨みて觀兵し、戎卒は十餘萬、旌旗は數百里なり。是の歳 大いに寒く、水道冰り、舟 江に入るを得ず、乃ち引き還す[二六]。十一月、東武陽王鑒薨ず。十二月、行きて譙より梁を過り、使いを遣わして太牢を以て故の漢の太尉橋玄[二七]を祀る。

七年春正月、將に許昌に幸せんとして、許昌城の南門 故無くして自ら崩れ、帝 心に之を惡み、遂に入らず。壬子、行きて洛陽宮に還る。三月、九華臺を築く。夏五月丙辰、帝 疾篤く、中軍大將軍曹眞[二八]・鎭軍大將軍陳羣[二九]・征東大將軍曹休[三〇]・撫軍大將軍司馬宣王[三一]を召し、並びに遺詔を受け嗣王を輔く。後宮の淑媛[三二]・昭儀已下を遣りて其の家に歸らしむ。丁巳、帝 嘉福殿に崩ず。時に年四十。六月戊寅、首陽陵に葬る。殯より葬に及ぶまで、皆な終制を以て從事す。

初め、帝 文學を好み、著述を以て務めと爲し、自ら勒成する所[三三] 百篇に垂んなんとす。又た諸儒をして經傳を撰集せしめ、類に隨いて相い從え、凡そ千餘篇、號して皇覽[三四]と曰う。

黄初元年(二二〇)…(略)。十二月、初めて洛陽宮を造營し、戊午の日、洛陽に行幸した。…(略)。

二年(二二一)春正月、天地と明堂の祭祀を執り行なった。甲戌の日、柵をしつらえて狩猟をして原陵にまで行き、使者を派遣して太牢(三種の供物)を捧げて漢の世祖(後漢・光武帝)の祭祀を行わせた。乙亥の日、東の郊外で太陽を祀った。…

（略）。魯郡（山東省）に（孔子の）旧廟を修復させ、それを守護するのに百戸の吏卒を設け、さらにその外側に広々と建物を造って学者を住まわせた。…（略）。六月庚子、初めて五岳（泰山・華山・衡山・恒山・嵩山）と四瀆（長江・黄河・淮水・済水）を祀ったが、諸々の祭祀をみな礼のとおりに行なった。丁卯の日に、夫人の甄氏がなくなった。…（略）。十二月、東へ巡行した。この年、陵雲台を建築した。

三年…（略）。三月乙丑の日、斉公曹叡を平原王に立て、文帝の弟の鄢陵公曹彰ら十一人はみな王とした。…（略）。甲戌の日、皇子曹霖を河東王に立てた。甲午の日、襄邑（河南省）に行幸した。夏四月戊申、鄄城侯曹植を鄄城王に立てた。癸亥の日、許昌宮（河南省）に帰還した。…（略）。九月…（略）。庚子の日、郭氏を皇后に立てた。…（略）。この月、孫権がまた反乱を起こした。郢州（河南省）を元にもどして荊州とした。帝は許昌から南征し、諸軍の兵が一斉に進軍して、孫権は長江を前にして固守した。十一月辛丑、宛（河南省）に行幸した。…（略）。

四年春正月、…（略）。宛に南巡台を造営した。三月丙申の日、宛から洛陽宮に帰還した。…（略）。秋八月丁卯、廷尉の鍾繇を太尉とした。辛未の日、滎陽（河南省）で猟を行い、それから東方へ巡行した。孫権征伐の論功行賞を行い、諸将以下それぞれ功績に応じて爵位を上げ食戸を増やした。九月甲辰の日、許昌宮に行幸した。

五年春正月、謀反と大逆罪は告発してよいが、それ以外は聞いたり取り調べたりしてはいけない、みだりに告発した者は、かぶせた罪によって告発者を罰するという命令を初めて出した。三月、許昌から洛陽宮に帰還した。夏四月、太学を設置して、五経の試験制度を設け、春秋穀梁博士を置いた。…（略）。秋七月、東方へ巡行し、許昌宮に行幸した。八月、水軍を設け、みずから龍舟を指揮して、蔡河・潁水を経由して、淮水を通り、寿春（安徽省）に行幸した。揚州（安徽省）一帯の軍人・役人・住民のうち、五年以下の刑を受けた罪人は、すべて放免した。そのまま広陵（江蘇省）にまで行き、青州（山東省）・徐州（江蘇省）の二州を特赦し、守備の将卒を交替させた。冬十月乙卯の日、太白星（金星）が真昼にあらわれた。許昌宮に帰還した。…（略）。

六年春二月、使者を派遣して許昌から東、沛郡（江蘇省）に至るまでの全域を巡行させ、住民の苦しさを問いただして、貧しい民を救済した。三月、召陵（河南省）に行幸し、討虜渠を開通させた。乙巳の日、許昌宮に帰った。并州刺史の梁習が鮮卑族の軻比能を攻め、撃破した。辛未の日、帝は水軍を作って東征し、五月戊申の日、譙に行幸した。…（略）。秋七月、皇子の曹鑒を東武陽王に立てた。八月、帝はそのまま水軍を率いて譙から渦水を通って淮水に入り、陸路をとって徐州に行幸した。九月、東巡台を築いた。冬十月、広陵の故城に行幸し、長江を前にして閲兵し、兵卒は十万を越え、軍旗は数百里に翻った。この年寒さがひどく、川の水も凍って、舟が長江に入ることができなかったので、引き返した。十一月、東武陽王曹観がなくなった。十二月、譙からの途次に梁国に立ち寄り、使者を派遣して太牢を捧げてもとの漢の太尉橋玄を祀った。

七年春正月、許昌に行幸しようとした時に、許昌城の南門がわけもなく崩壊したので、帝はいやな気持ちがして、結局入城しなかった。壬子の日、洛陽宮に帰還した。三月、九華台を造営した。夏五月丙辰の日、帝は病気が重くなり、中軍大将軍曹真・鎮軍大将軍陳羣・征東大将軍曹休・撫軍大将軍司馬宣王を呼び寄せて、彼らはそろって遺詔を受けてあとを継ぐ王を補佐することになった。後宮の淑媛・昭儀以下の宮女を解放してそれぞれの実家に帰らせた。丁巳の日、帝は嘉福殿において崩御した。時に年四十歳であった。六月戊寅の日、首陽陵に葬った。棺に安置するところから埋葬に至るまで、すべて葬儀のしきたりどおりに執り行われた。

もともと帝は文学を愛好し、著述に努めて、自分で制作した作品は百篇近くにのぼった。また学者たちに経伝を撰述させ、分類整理して、あわせて千篇あまりになり、それを『皇覧』と名付けた。

八 洛陽宮　洛陽の表記に関して、裴松之注『魏略』によれば、漢は五行の火徳にあたるために水を忌み、「雒」の字を用いたが、魏は土にあたるので「洛」に戻したという。

九 明堂　政教を行い先祖を祀った殿堂。

10 校獵　柵を設けて逃げ道を塞いだうえで行う猟。かつて揚雄が「校猟の賦」を作って戒めたというように控えるべきものとされたが、この前年に曹丕は猟が頻繁に過ぎると諫言した者を罰している。

11 太牢　祭祀の供え物として最上級のもの。牛・羊・豕（豚）の三種を捧げる。

12 朝日　天子が日を祀る礼。『礼記』祭儀に「日を東に祭る」とある。

13 脩起舊廟　この際に出された詔勅では、孔子の功績を讃え、その廟が荒廃している現状を嘆いている。

一四 夫人甄氏　初め、袁紹の子の袁熙に嫁いだが、曹操が冀州を平らげた際に曹丕に帰した。文帝の皇后となり明帝を生んだが、のちに寵を失って死を命じられた。曹植「洛神の賦」のモデルとされる。『三国志』巻五。

一五 鄢陵公彰　本書「曹操伝」注六一参照。

一六 皇子霖　曹丕の子。母は仇昭儀。のちに東海定王となる。『三国志』巻二〇。

一七 鄄城侯植　曹植は本書「曹植伝」参照。

一八 皇后郭氏　安平広宗の人。知謀に富み、様々な意見を呈して影響力をもった。寵愛を奪って甄皇后を失墜させ、曹丕は周囲の反対を押し切って皇后に立てた。『三国志』巻五。

一九 孫權　本書「曹操伝」注四八参照。

二〇 鍾繇　本書「曹操伝」注四七参照。

二一 立太學　後漢末の混乱で、初平年間以来廃絶していた制度を旧に復したもの。易・書・詩・礼・春秋の五経について各学派の博士を置いた。

二二 循蔡・潁　蔡河は陳留浚儀から流れて潁水に合流し、潁水は慎県で淮水に合流する。

二三 原除　原も除も免除すること。

二四 皇子鑒　曹丕と朱淑媛の間に生まれた子。『三国志』巻二〇。

二五 循渦入淮　渦水は譙郡を流れて淮陰県で淮水に合流する。

二六 乃引還　長江を渡って呉を攻めようとしたが、断念したのである。

二七 橋玄　本書「曹操伝」注五参照。

二八 中軍大将軍曹眞　字は子丹。曹操の一族。父を早くなくしたために曹操に育てられ、数々の武功をあげて文帝・明帝に仕えた。『三国志』巻九。

二九 鎮軍大将軍陳羣　字は長文、潁川許昌の人。初め劉備に仕えたがのちに曹操のもとに移った。知謀にすぐれ、三帝に仕えて、明帝の時に司空に至った。『三国志』巻二二。

三〇 征東大将軍曹休　字は文烈。曹操の一族。幼くして曹操に見込まれ、曹丕と兄弟のようにして育つ。三帝のもとで軍功をあげた。『三国志』巻九。

三一 撫軍大将軍司馬宣王　司馬懿、字は仲達。河内の人。曹操のもとに加わって武人として頭角をあらわし、次々軍功を立てるが、のちにクーデターを起こして魏の崩壊を導いた。『晋書』一。

三二 淑媛・昭儀　後宮の位。皇后・貴嬪・夫人・淑妃に次ぐのが淑媛で位は御史大夫、爵は県公に相当し、昭儀はその次に当たって県侯に相当する。

三三 自所勒成垂百篇　曹丕の作品はのちに『魏武帝集』にまとめられ、梁では二十三巻、『隋書』経籍志では十巻が著録されている。

三四 號曰皇覽　曹丕が命じて王象・繆襲・劉劭・桓範・韋誕らが編纂。総集の始まりとされる。『隋書』経籍志では一百二十巻、梁では六百八十巻。ほかに『隋書』経籍志に著録されている曹丕の著述には『列異伝』三巻、『典論』五巻、『士操』一巻がある。

〔参考文献〕

余冠英『三曹詩選』（人民文学出版社　一九五六年）
黄節『魏文帝詩注』（藝文印書館・世界書局　一九六二年）
趙福壇『曹魏父子詩選』（三聯書店　一九八二年）

邱英生・高爽『三曹詩訳釈』（黒龍江人民出版社　一九八二年）
章新建『曹丕』（安徽人民出版社　一九八二年）
張可礼『三曹年譜』（斉魯書社　一九八三年）
洪順隆『魏文帝曹丕年譜暨作品繫年』（台湾商務印書館　一九八九年）
韓泉欣・趙家瑩『三曹詩文選注』（上海古籍出版社　一九九四年）

（川合康三）

曹植（一九二～二三二）

曹植は、魏の武帝曹操の子、文帝曹丕の弟。幼少から卓抜の詩文の才があり曹操に寵愛されたが、曹丕との後継争いに敗れ、終生不遇であった。動きに富んだスケールの大きな表現が特徴的で、「白馬王彪に贈る」詩や「七哀」詩、「雑詩」六首などの五言詩に傑作が多いほか、「美女篇」、「白馬篇」などの楽府にも秀でる。詩以外のジャンルにも「洛神の賦」など多くの優れた作品を残す。後世に与えた影響も大きく、唐以前の最大の詩人と評される。『詩品』上。

三國志卷一九魏書　陳思王植傳

[1]陳思王植字子建。年十歲餘、誦讀詩・論及辭賦數十萬言、善屬文。[2]太祖嘗視其文、謂植曰「汝倩人邪」。植跪曰「言出爲論、下筆成章、顧當面試、奈何倩人」。時鄴[3]銅爵臺新成、太祖悉將諸子登臺、[4]使各爲賦。植援筆立成、可觀、太祖甚異之。性簡易、不治威儀。輿馬服飾、不尚華麗。每進見難問、應聲而對、特見寵愛。建安十六年、封平[5]原侯。十九年、徙封臨菑侯。[6]太祖征孫權、使植留守鄴、戒之曰「吾昔爲頓[7]丘令、年二十三。思此時所行、無悔於今。今汝年亦二十三矣、可不勉與」。植既以才見異、而[8]丁儀・[9]丁廙・[10]楊脩等爲之羽翼。[11]太祖狐疑、幾爲太子者數矣。而植任性而行、不自彫勵、飲酒不節。[12]文帝御之以術、矯情自飾、宮人左右、並

爲之說、故遂定爲嗣。二十二年、增置邑五千、幷前萬戶。植嘗乘車行馳道中、[13]開司馬門出。太祖大怒、公車令坐死。由是重[14]諸侯科禁、而植寵日衰。[15]太祖既慮終始之變、以楊脩頗有才策、而又袁氏之甥也、於是以罪誅脩。植益內不自安。二十四年、[16]曹仁爲[17]關羽所圍。太祖以植爲南中郎將、行征虜將軍、欲遣救仁、呼有所敕戒。[18]植醉不能受命、於是悔而罷之。

[19]文帝卽王位、誅丁儀・丁廙幷其男口。植與諸侯並就國。黃初二年、[20]監國謁者灌均希指、[21]奏「植醉酒悖慢、劫脅使者」。有司請治罪、帝以[22]太后故、[23]貶爵安鄉侯。其年[24]改封鄄城侯。三年、立爲鄄城王、邑二千五百戶。四年、徙封[25]雍丘王。其年、朝京都。[26]上疏曰…（略）。帝嘉其辭義、[27]優詔答勉之。

[1]陳思王植字は子建。年十歲餘にして、詩・論及び辭賦數十萬言を誦讀し、善く文を屬す。[2]太祖嘗て其の文を視て、植に謂いて曰く「汝人を倩うや」と。植跪きて曰く「言出ださば論を爲し、筆を下して章を成す、顧だ當に面試せらるべし、奈何ぞ人を倩わん」と。時に鄴の[3]銅爵臺新たに成り、太祖悉く諸子を將いて臺に登り、[4]各おのをして賦を爲らしむ。植筆を援りて立ちどころに成り、觀るべし、太祖甚だ之を異とす。性は簡易にして、威儀を治めず。輿馬服飾、華麗を尙ばず。進見難問せらるる每に、聲に應じて對え、特に寵愛せらる。建安十六年、[5]平原侯に封ぜらる。十九年、徙りて臨菑侯に封ぜらる。[6]太祖孫權を征するに、植をして留めて鄴を守らしめ、之を戒めて曰く「吾昔[7]頓邱令爲りしとき、年二十三。此の時行いし所を思うに、今に悔ゆること無し。今汝の年も亦た二十三なり、勉めざるべけんや」と。植既に才を以て異とせられ、而も[9]丁儀・丁廙・[10]楊脩等之が羽翼と爲る。[11]太祖狐疑し、幾ど太

子と爲さんとすること數しばなり。而れども植は性に任せて行い、自ら彫勵せず、酒を飲んで節あらず。[12]文帝 之を御するに術を以てし、情を矯めて自ら飾る、宮人左右、並びに之が爲に說き、故に遂に定めて嗣と爲す。二十二年、增して邑五千を置く、前と幷せて萬戶。植 嘗て車に乘り馳道の中を行き、[13]司馬門を開いて出づ。太祖 大いに怒り、公車令坐して死す。是に由りて[14]諸侯の科禁を重くして、植が寵 日に衰う。[15]太祖 既に終始の變を慮り、楊脩の頗る才策有りて、又た袁氏の甥なるを以て、是に於いて罪を以て脩を誅す。植 益ます內に自ら安んぜず。二十四年、[16]曹仁 [17]關羽の圍む所と爲る。太祖 植を以て南中郎將と爲し、征虜將軍を行わしめ、遣わして仁を救わんと欲し、呼びて敕戒する所有り。[18]植 醉いて命を受くる能わず、是に於いて悔みて之を罷む。

[19]文帝 王位に卽き、丁儀・丁廙幷びに其の男口を誅す。植 諸侯と並びに國に就く。黃初二年、[20]監國謁者灌均[21]指を希いて、奏す「植 酒に醉いて悖り慢れ、使者を劫脅す」と。有司 罪を治めんことを請うも、帝 [22]太后の故を以て、[23]爵を安鄉侯に貶す。其の年 [24]改めて鄄城侯に封ぜらる。三年、立ちて鄄城王と爲る、邑は二千五百戶。四年、徙りて雍丘王に封ぜらる。[25]其の年、京都に朝す。[26]上疏して曰く…（略）。

帝 其の辭義を嘉し、[27]優詔もて答えて之を勉めしむ。

陳思王 植は、字は子建という。十歳余りで、『詩経』や『論語』、『楚辞』や賦、数十万言を誦じ、文章を綴るのがうまかった。太祖は以前その文章を見て、植に「お前は人に頼んだのか」と言った。すると植は跪いて答えた。「言葉が出るとそれが論となり、筆を下ろすと文章ができるのです。目の前でお試しになってください。どうして人に頼んだり致しましょう」。そのころ、鄴（河南省）に銅爵台が新しく完成したので、太祖は息子たちを全員引き連れて銅爵台に登り、それぞれに賦を作らせた。植は筆をとるとたちまち賦が出来上がり、その出来もすばらしかったので、太祖は植の人並み優れた才能を認めた。

植の性格は大雑把で、威儀を正すことがなかった。乗り物や服装は華美であることを尊ばなかった。謁見して難しい質問をされても、いつも即答したので、とりわけ寵愛された。建安十六年（二一一）、平原侯（山東省）に封ぜられた。十九年（二一四）には、臨菑侯（山東省）にうつされた。太祖は孫権を攻めたとき、植を鄴に留めて守らせたが、その際植を戒めてこう言った。「私が昔、頓丘（河北省）令となったのは、二十三歳のときであった。この時に行なったことを思い返してみると、今になって悔やまれることは何もない。今、お前もまた二十三歳になったのだから、勉め励むべきであるぞ」。植はその才能が非凡であるとされたうえに、丁儀や丁廙・楊脩らがその補佐にあたった。太祖は迷って心を決めかね、植の方を皇太子としかけたことがたびたびあった。しかし、植は思うままに行動し、自ら飾ることもつとめ励むこともせず、酒を飲むとだらしがなかった。文帝が、術策でもって後継争いをめぐる周囲の状況を操り、感情を抑えて自らを装うと、宮人や側近はみな丕のために進言したので、かくて丕が後継に決まった。二十二年（二一七）、領邑五千戸を加えられ、それまでと併せて一万戸となった。植はかつて車に乗って天子の御成道を通り、司馬門を開けて外に出た。太祖はひどく怒り、公車司馬令はその罪に坐して死んだ。これがもとで、諸侯への禁令が重くなり、植への寵愛も日に日に衰えていった。太祖はいつ何時変事が起こるやも知れぬと考え、楊脩が才能と策略を持つうえに、袁氏の甥であったこともあり、罪を負わせて楊脩を殺した。そのため植は、内心ますます不安になった。二十四年（二一九）、曹仁が関羽に包囲された。太祖は植を南中郎将とし、征虜将軍を兼ねさせて、曹仁の救援に当たらせようと、植を呼んで戒めた。しかし、植は酒に酔って命を受けることができなかったので、太祖は後悔してやめた。

　文帝が王位に即くと、丁儀・丁廙並びにその一族の男性を皆殺しにした。植は諸侯とともに藩国に赴いた。黄初二年（二二一）、監国謁者灌均は文帝に迎合して、次のように奏上した。「植は酒に酔っては傲慢になって乱れ、使者を脅しております」。役人達はこの罪を調べて裁くように求めたが、文帝は皇太后のことを慮って、植の爵位を安郷侯（河北省）に貶とすにとどめた。その年、改めて鄄城侯（山東省）に封じられた。三年（二二二）、鄄城王となった。領邑は二千五百戸であった。四年（二二三）、雍丘王（河南省）に遷された。その年、都に参内した。そこで次のように上疏して言った。…（略）。

文帝はその詩の内容をほめたたえ、懇ろな詔でもってこれに答え、植を励ました。

一　陳思王植　譙（安徽省）の人。字は子建。曹操の子。陳思王と称されるのは、最後に陳王（河南省）に封ぜられ、「思」と諡されたことによる。胡三省によれば「諡法に前過を追悔するを思と曰う」（『通鑑』魏紀明帝太和六年）という。曹操には併せて二十五人の息子がいたが、曹植と太子の位を争った兄の文帝曹丕や任城王曹彰は、いずれも母親（卞氏）が同じである（『三国志』巻二〇武文世王公伝）。なお、『世説』文学篇66劉孝標注所引『魏志』に、曹植の事績について、本伝の初めの一段と同様の記述がある。

二　太祖　曹操（一五五～二二〇）、字は孟徳、小名は阿瞞。植の父。後漢の末、董卓を討伐し漢の献帝を奉じて許に遷都、黄河一帯を統一して魏王に封ぜられた。本書「曹操伝」参照。

三　銅爵臺　建安十五年（二一〇）冬に建立された（『三国志』巻一武帝紀）。現在の河南省臨漳県西南。

四　使各爲賦　文帝「登台の賦」序（『藝文類聚』巻六二）によれば、兄弟が賦を作ったのは建安十七年（二一二）春のこと。裴松之注所引陰澹『魏紀』に、銅爵台での遊びの素晴らしさを称えた植の賦が見える。ほかに宋本『曹子建文集』巻三、『藝文類聚』巻六二、『初学記』巻二四にもこの賦を採るが、『魏紀』収載のものとは若干字句の異同がある。

五　平原侯　建安十六年（二一一）の春正月、曹丕は五官中郎将に命ぜられ（『三国志』巻一武帝紀）、曹植は平原侯に、曹據は范陽侯に、曹豹は饒陽侯に封じられ、食邑はそれぞれ五千戸であった（同前裴松之注所引『魏書』）。「離思の賦」序（『藝文類聚』巻二一）に「建安十六年、大軍　西のかた馬超を討つに、太子　監國に留まり、植時に従う」とあるのに拠れば、この年、曹植は太祖の西征に従っている。但し、曹丕が太子となったのは建安二十二年（二一七）で、この記述とは合わない。従軍に際し、当時、平原侯庶子であった応瑒とその弟応璩との別れを詠んだ「応氏を送る」詩（『文選』巻二〇祖餞）がこのころの作と思われる。

六　太祖征孫權…　孫権（一八二～二五二）は、字は仲謀。呉郡富春（浙江省）の人。『三国志』巻四七、本書「孔融伝」注九二参照。曹植「東征の賦」（『藝文類聚』巻五九、『太平御覧』巻三三六）の序によれば、従軍したのは建安十九年（二一四）のこと。

七　頓邱令　『三国志』巻一武帝紀、裴松之注所引『曹瞞伝』に拠ると、曹操は洛陽北部尉の時、禁令に違反した者は権勢者であっても厳しく罰した。そのため洛陽では敢えて禁を犯す者がなくなり、曹操はその功により頓邱令に昇進したという。

八　丁儀　?～二二〇。字は正礼。沛郡（安徽省）の人。曹植の側近の一人。詳細は本書「応瑒・劉楨伝」注一六参照。曹植に、不遇である丁儀を慰め思いやった「丁儀に贈る」詩、「丁儀王粲に贈る」詩（ともに『文選』巻二四贈答二）がある。

九　丁廙　?～二二〇。字は敬礼。丁儀の弟。本書「応瑒・劉楨伝」注一七参照。曹植に「丁翼に贈る」詩（『文選』巻二四贈答二）がある。裴松之注所引『文士伝』によると、丁廙は曹操に「曹植は生まれながらに仁孝の徳を備え、聡明で博学、文章も抜群。天下の賢才君子は年齢を問わず、彼に従って遊び、命を捧げたいと思っているほどで、植こそが魏に福をもたらし、無窮の位を天から授けられるべき人である」と曹植を評し、この言葉に曹操は心を動かされたという。

10　楊脩　一七五～二一九。字は徳祖。弘農華陰（河南省）の人。本書「応瑒・劉楨伝」注一八参照。楊脩は曹植の側近で、曹操に疑われ殺されたが、曹丕にとっても厄介な存在であった。裴松之注所引『典略』には、曹丕が楊脩の死後、嘗て脩から献上された剣を撫でながら脩に冷たくあしらわれたことを思い返したという逸話も残っている。同前『典略』所引の植との間で交わされた書簡は、曹植「楊徳祖に与うる書」（巻四二書中）、楊脩「臨淄侯に答うる牋」（巻四〇牋）と題していずれも『文選』に収められる。『典略』所引の書簡で植は、「私は薄徳の者とはいえ、国のために尽力し、功業を立てたいと思っているが、叶わぬ時は史官として事実を記し、一家の言を成したいと思う。今日の評価は問題にせず、白髪となって以後、人々の理解を得ることを願う」と、唯一の理解者である楊修に自らの心情を訴えている。

〔一〕太祖狐疑　曹操は植を寵愛したので（『三国志』巻一二毛玠伝）、太子を決めかね、封書でもって内密に外の者に相談した（同巻一二崔琰伝）。また党派ができて後継争奪の議論が起こったりもしたという（同巻一〇賈詡伝）。

〔二〕文帝　曹丕（一八七～二二六、在位二二〇～二二六）。曹操の子、植の兄。操の死後、魏王の位を継ぎ、漢王朝に代わって文帝と称した。本書「曹丕伝」参照。

〔三〕開司馬門出、太祖大怒　司馬門は皇宮の外門。門ごとに司馬が立ってこれを守った。『史記』巻一〇二および『漢書』巻五〇張釈之伝に、太子が梁王と車で入朝する際、司馬門で車を下りなかったために張釈之に制止され、二人とも中に入れなかったという故事が見え、如淳注によれば、車で入朝する者は皆ここで下りなければ罰金を課せられたという。胡三省は、魏の制度では司馬門は天子の車が出るときにだけ開けられた門ではないかとしている（『通鑑』漢紀献帝建安二十二年）。裴松之注所引『魏武故事』には、曹操が布令して「かつて私は、植が最も大事を決定できる子だと思っていたが、勝手に司馬門を出てからは違う目で見るようになった。以来、誰を腹心とすべきか、諸侯はすべて信用できなくなった」と言ったとあり、この一件が原因で植ら諸侯への曹操の信頼が薄れたことを伝えている。

〔四〕重諸侯科禁　『三国志』巻一二崔琰（さいえん）伝注所引『世語』に、曹植の妻が繡（縫いとりをした美しい着物）を着ていたところ、曹操がそれを見て制度に違っているとして家に帰り死を賜るよう命じたという話が伝えられている。当時、後宮の衣服は繡でないこととされていた（『三国志』巻一武帝紀注所引『魏書』）ため、厳しい処罰を受けた。曹植の妻は崔琰の兄の娘。

〔五〕太祖既慮終始之變…　楊脩が卓越した才能の持ち主であったことは、『三国志』巻一武帝紀注所引『九州春秋』の故事（曹操の「鶏の肋（あばら）」という布令を、真先に帰還の命、つまり「食べても（攻めても）仕方がない」の意と悟ったこと）や、『世説』捷悟篇1（建造中の丞相府の門を見た曹操が、門に「活」の字を書かせて立ち去ると、すぐに楊脩は「闊」（門が広すぎる）の意と判断して取り壊させた）、同2（曹操が、献上された乳飲料の蓋に「合」の字を書いて周囲に示したところ、楊脩のみが即座に一人一口ずつ飲んでよいという意と解した）、同3（道中見かけた碑文の意味を楊脩が即座に理解したのに対し、曹操は三十里先まで進んでようやく理解できたので、楊脩の才能に感嘆した）といった故事によっても知られる。また裴松之注所引『世語』によると、曹操の信頼の厚い楊脩が植を後継に推すことを恐れた丕は、呉質（ごしつ）と組んで楊脩を陥れ、曹操に不審を抱かせるようにしむけた。ある時不審に思った曹操が、植と丕に城門から出て行くよう命じ、同時にひそかにそれを阻止するよう門番に命じて二人の行動を観察した。すると丕は引き返したが、植は「王の命を受けているのだから、門番を斬って出るがよろしい」という楊脩の助言通りにしたため、楊脩が植と結託していることが発覚、結局それが死罪を賜るもととなったという。しかし、楊脩は曹操の寵愛を失った植との関係を最後まで自ら断ち切ることをしなかった（裴松之注所引『典略』）。『後漢書』巻五四楊脩伝は本伝と同様、楊脩は袁術の甥であったこともあって、後の禍を恐れた曹操に殺されたとするが、注所引『続漢書』には、楊脩が植と酒を飲んで一緒に車に乗り、司馬門から外に出たと告げ口する者があったため、曹操の怒りに触れて殺されたとある。

一六 曹仁　一六八～二二三。字は子孝。譙（安徽省）の人。曹操の従弟。魏の武将。建安二十四年（二一九）秋七月、曹操は樊城を守る曹仁のもとに于禁を遣って、関羽に当たらせたが、翌八月、関羽が于禁を降し、曹仁を包囲した。『三国志』巻九、本書「曹操伝」注四九参照。

一七 關羽　?～二一九。字は雲長。河東解県（山西省）の人。蜀の武将。建安二十四年（二一九）、樊城の曹仁を攻めたが、まもなく荊州において曹操と組んだ呉に殺された。『三国志』巻三六。本書「曹操伝」注六二参照。

一八 植酔不能受命　裴松之注所引『魏氏春秋』は、植が王命を受けられなかったのは、太子（曹丕）が無理に酒をのませて酔わせたからだとする。

一九 文帝即王位…　侯王には封地は与えられたものの実権はなく、常に監視下におかれていた。『三国志』巻二〇武文世王公伝注所引『袁子』に「千里の外に縣隔せられ、朝聘の儀無く、鄰國に會同の制無し。諸侯 游獵するに三十里を過ぐるを得ず、又た爲に防輔監國の官を設けて以て之を伺察す。王侯 皆な布衣と爲るを思うも得る能わず。既に宗國藩屛の義に違い、又た親戚骨肉の恩を虧く」と、その処遇の厳しさが伝えられている。この時、曹植は臨菑侯であった。丕の弟彰は先帝のときに功績があったので任用されることを願っていたが、叶わぬと知り、指示が出る前に藩国に赴いたとも伝えられている（『三国志』巻一九任城威王彰伝注所引『魏略』）。また『三国志』巻一六蘇則伝および注所引『魏略』には、漢帝が文帝に譲位したと聞いて植と蘇則は喪に服して泣いたが、その事実が誤りだと知ると、今度は先帝の機嫌を損ねたことを悔やんでまた声をあげて泣いたので、文帝が腹を立てたという逸話も残っている。曹植はこのころ、文帝の即位を祝う「文帝の禅を受くるを慶ぶ章」「文帝の禅を受くるを慶び礼を上る章」（いずれも『藝文類聚』巻一三）、「魏徳論」（『藝文類聚』巻一〇）などの作を残している。

二〇 監國謁者灌均　監国謁者は諸侯王の監視のために置かれた官。灌均については未詳。本伝は黄初二年の出来事とするが、『通鑑』は魏紀文帝黄初元年に配す。

二一 希指　人の考えに合わせようとすること。上の者に迎合すること。

二二 以太后故　太后は丕と植の母卞氏のこと。卞氏は丕が弟たちに辛くあたることに心を痛めていた。任城王彰は黄初四年（二二三）に参内した折り、公邸内で病死したとされる（『三国志』巻一九任城威王伝）が、注所引『魏氏春秋』では、彰が璽綬の在処を尋ねたために謀反の心ありとされ、参内の折りに目通りが叶わず憤死したとされる。一方『世説』尤悔篇1には、丕が彰の勇猛であることを憎んで、毒入りの棗を食べさせて殺した上にさらに植も殺そうとしたので、卞太后が止めたと伝えられる。また文学篇66には、文帝が植に七歩の内に詩を作らなければ極刑に処すと迫ったところ、すぐさま植は「豆を煮て持って羹を作り、菽を漉して以て汁と爲す。萁は釜の下に在りて然え、豆は釜の中に在りて泣く。本と同根自り生ず、相い煎ること何ぞ太だ急なる」と詠み、文帝は深く恥じ入ったという逸話が残っている。この詩は「七歩の詩」として名高く、『古詩紀』巻一四、『文選』巻六〇行状（任昉「斉竟陵文宣王行状」）李善注、『初学記』巻一〇、『太平御覧』巻八四一、『蒙求』下などに引かれているが曹集には見えず、後世の偽作の可能性が高いとされる。

二三 貶爵安郷侯　『三国志』巻一九周宣伝にも同様の記載がある。また本伝裴松之注所引『魏書』に、曹丕が「植は朕の同母弟なり。朕は天下に容れざる所無し、而して況や植をや。骨肉の親、舍して誅せず、其れ改めて植を封ず」と詔して寛容に処したとある。これに対し曹植は「初めて安郷侯に封ぜらるるに謝するの表」（『藝文類聚』巻五一）を残している。

二四 改封鄄城侯　鄄城侯に封ぜられたことに対し、曹植は「鄄城王に封ぜらるるに謝する表」（『藝文類聚』巻五一）を残しているが、「自誡令」（『文館詞林』巻六九五・『全三国文』巻一四）、「東阿縣魚山陳思王墓道隋碑文」（『曹集考異』巻一二）によると、鄄城で曹植は東郡太守王機・防備吏倉輯らに誣告され、旧居に退き蟄居する日々を二年送ったが、王機らは何かにつけて欠点をあげたので、雍丘に遷された。しかし、雍丘でも監官の謗りに遇ったという。

二五 其年、朝京都　「白馬王彪に贈る」詩（『文選』巻二四贈答二）の李善注所引自序に、「黄初四年五月、白馬王・任城王とともに都に参内することになったが、洛陽につくと任城王が亡くなった。七月、白馬王と国に帰ろうとすると、役人達が二人別々に帰るよう指示したので、これをひどく恨んだ」とある。裴松之注所引『魏氏春秋』にも、「是の時、諸國を待遇するの法　峻し。任城王　暴かに薨じ、諸王　既に友于の痛みを懷く。植　白馬王彪と國に還るに、路を同じくして東に歸り、以て隔闊の思いを敍べんと欲するも、監國使者は聽さず。植　憤りを發し離れを告げて詩を作る」とあり、諸王に対する処遇の厳しさを伝えて、このときの心情を詠った「白馬王彪に贈る」詩を載せる。また、「洛神の賦」（『文選』巻一九情）の序には「黄初三年、余は京師に朝し、還りて洛川を濟る」とあるが、李善注は三年とするのは誤りとする。なお「洛神の賦」は洛水の女神への想いを詠んだものだが、その女神のモデルは曹植が思いを寄せていた文帝の妻の甄皇后であるとされる。

二六 上疏曰　この上奏文は『文選』巻二〇献詩に、併せて献上された「躬を責む」詩、「詔に応ず」詩とともに伝わる。上奏文の大意は、「私は陛下の恩沢に浴しつつ、ただただ己の罪を心から悔い改める日々をを送ってきたが、図らずも詔により参内を許され、心踊らせている。その心情を表す詩二篇を献上する」というもの。なお、「躬を責む」詩は、罪を犯して曹丕の怒りを招いた自らを責め、曹丕の慈悲に感謝する内容。罪を得た経緯について、植はこの詩の一節で「私は寵愛を恃みとして驕り、そのため朝儀を犯し、皇使に対しては傲慢で、結局退けられるに至った。天子は私を憐んで、刑を加えず封地がえにとどめられた」と詠んでいる。一方の「詔に応ず」詩には、詔に応じて鄴から洛陽に赴き、拝謁が許されるのを待つ複雑な心境を詠んでいる。

二七 優詔答勉之　裴松之注所引『魏略』に次のような故事も見える。植は自らの罪を文帝に謝ろうと、ひそかに都に入った。関所の役人にそのことを知らされた文帝は迎えをやったが、植に会えなかったので、太后は植が自殺したものと思いこみ文帝に向かって泣いた。そこへ偶然、植が首を切るおのと台とを背負い、冠も頭巾も着けずに訪れたので、二人は喜んだが、植に会う段になって文帝は厳しい表情をして口もきかず、冠も履き物も着けさせなかった。植は地に伏して涙を流し、詔によってようやく許された。

* * *

六年、帝東征、還過雍丘、幸植宮、増戸五百。太和元年、徙封浚儀。二年、復還雍丘。植常自憤怨、抱利器而無所施、[28]上疏求自試曰…（略）。

三年、徙封[29]東阿。五年、復[30]上疏求存問親戚、因致其意曰…（略）。

[31]植復上疏陳審擧之義、曰…（略）。

帝輒優文答報。

[32]其年冬、詔諸王朝六年正月。其二月、以陳四縣封植爲陳王、邑三千五百戸。植毎欲求別見獨談、論及時政、幸冀試用、終不能得。既還、悵然絶望。時法制、待藩國既自峻迫、寮屬皆賈豎[33]下才、兵人給其殘老、大數不過二百人。又植以前過、事事復減半、十一年中而三徙都、常汲汲無歡、遂發[34]疾薨、時年四十一。遺令薄葬。以[35]小子志保家之主也、欲立之。初、植[36]登魚山、臨東阿、喟然有終焉之心、遂營爲墓。子志嗣、徙封濟北王。景初中詔曰「陳思王昔雖有過失、既克己愼行、以補前闕、且自少至終、篇籍不離於手、誠難能也。其收黄初中諸奏植罪狀、公卿已下議尚書・祕書・中書三府、大鴻臚者皆削除之。[37]撰錄植前後所著賦頌詩銘雜論凡百餘篇、副藏内外」。志累增邑、幷前九百九十戸。

評曰、任[38]城武藝壯猛、有將領之氣。陳思文才富豔、足以自通後葉、然不能克讓遠防、終致攜隙。傳曰「[39]楚則失之矣、而齊亦未爲得也」、[40]其此之謂歟。

六年、帝 東征し、還りて雍丘を過ぎり、植の宮に幸し、戸五百を増す。太和元年、徙りて浚儀に封ぜらる。二年、復た雍丘に還る。植 常に自ら利器を抱くも施す所無きを憤怨し、[二八]上疏して自ら試みられんことを求めて曰く…（略）。三年、徙りて[二九]東阿に封ぜらる。五年、[三〇]復た上疏して親戚を存問せんことを求め、因りて其の意を致して曰く…（略）。[三一]植 復た上疏して審二九の義を陳べて曰く…（略）。帝 輒ち優文もて答報す。

[三二]其の年の冬、諸王に詔して六年正月に朝せしむ。其の二月、陳の四縣を以て植を封じて陳王と爲す、邑は三千五百戸なり。植 毎に別に見えて獨り談じ、時政に論及せんことを求めんと欲し、試用せられんことを幸冀うも、終に得ること能わず。既に還りて、悵然として望みを絶つ。時に法制、藩國に待すること既に自ら峻迫、寮屬には皆な[三三]賈竪 下才、兵人には其の殘老を給し、大數 二百人に過ぎず。又た植 前過を以て、事事に復た半を減ず、十一年の中にして三たび都を徙し、常に汲 汲として歡び無し、[三四]遂に疾を發して薨ず、時に年四十一。遺令して薄葬す。[三五]小子志が家を保つの主なるを以て、之を立てんと欲す。初め、植[三六] 魚山に登り、東阿に臨み、喟然として終焉の心有り、遂に營みて墓と爲す。子の志 嗣ぎ、徙りて濟北王に封ぜらる。景初中に詔して曰く「陳思王 昔 過失有りと雖も、既に己に克ち行いを愼しみ、以て前闕を補う、且つ少き自り終りに至るまで、篇籍 手を離れず、誠に能くし難し。其れ黄初中の諸もろの植が罪を奏するの狀、公卿已下の議の尙書・祕書・中書三府、大鴻臚の者を收め、皆な之を削除せよ。[三七]植が前後して著す所の賦頌詩銘雜論、凡そ百餘篇を撰錄して、內外に副藏せよ」と。志 累りに邑を增す、前と幷せて九百九十戸。

評して曰く、[三八]任城は武藝壯猛、將 領の氣有り。陳思は文才富豔、以て自ら後葉に通ずるに足れり、然れども克く讓り遠く防ぐ能わず、終に攜隙を致す。傳に曰く「[三九]楚は則ち之を失せり、而れども齊も亦た未だ得たりと爲さず」と、[四〇]其れ此の謂なるか。

六年（二二五）、文帝は東征した際、帰りに雍丘（河南省）に立ち寄り、植の宮殿を訪れて、五百戸を加増した。太和元年（二二七）、浚儀（河南省）に遷された。二年（二二八）、再び雍丘に戻った。植は自ら優れた才能を持ちながら、それをいかすすべが無いことを常に憤り怨んでいたが、上疏して自らを試みに登用してくれるよう求めて、次のように言った。…（略）。三年（二二九）、東阿（山東省）に遷された。五年（二三一）、再び上疏して親戚を訪ねたいと願い、そこでその思いを述べて次のように言った。…（略）。

植はまた上疏して、審査して人材を登用すべきである旨を述べて言った。…（略）。明帝は上訴のたびに懇ろな文書によって植に答えた。

その年の冬、明帝は諸王に詔を下して、六年（二三二）正月に宮廷に召し寄せた。その二月、陳（河南省）の四県に植を封じて陳王としたが、領邑は三千五百戸であった。植はいつも、自分だけが特別に帝に謁見して、当時の政治の問題について議論し、試みに登用されることを願っていたが、とうとうその願いは叶わなかった。藩国に戻ってからは、気落ちして望みを失ってしまった。当時の法律制度は藩国に対する処遇が厳しく、下役人にはみな商人か才能の劣る者、兵士には年老いた者があてがわれたが、その数はおよそ二百人足らずであった。さらにまた植は、かつての過ちを理由に、事あるごとにさらに半分を減ぜられ、十一年の間に三度領地をかえられて、つねに心安まらずおそれおののき、喜びもないままに、病気で亡くなってしまった。四十一歳であった。遺言により葬儀は簡単に行なった。下の子の志が家督を継いで主となるべき器であったので、これを主に立てたいとした。以前、植は魚山（山東省）に登り、東阿を見下ろしたとき、深くため息をついてここに身を落ちつけて晩年を送る心境に至ったので、その地に墓を作ることにした。子の志は後を嗣いで、済北王（山東省）に遷された。景初年間に明帝は詔を下して次のように言った。「陳思王は、昔、過ちを犯しはしたが、自らを克服し、行いを慎んで、かつての欠点を補ったばかりでなく、幼少から死期を迎えるまで、書物を手から離すことがなかった。これはなかなかできることではない。そこで、黄初年間に植の罪を述べた諸々の上奏文の、大臣以下の者が議論したもので、尚書・秘書・中書の三府、大鴻臚にあるものを集めて、これらをすべて削除せよ。また、植が前後して著した賦・頌・詩・銘・雑論、凡そ百余篇を撰録して、副本を作り内外に所蔵せよ」。曹志はさらに幾たびか加増され、前の封地と併せて九百九十戸となった。

評に言う。任城王は武藝にすぐれ勇壮で猛々しく、将軍の気質を有していた。陳思王は文才が豊かで、後世に名を残すだけの才能があった。しかし、よく譲っておいて将来ふりかかる災いを防ぐということができなかったので、最後には兄との間に溝を作ってしまった。伝えられた言葉に「楚は誤っているが、斉もまた正しいとは言えない」というのは、彼らのことを言っているのだろうか。

二八 上疏求自試曰　この表は「自ら試みられんことを求むる表」と題して、『文選』巻三七表にも収められている。大意は以下の通り。「私は三代にわたって帝の恩沢を蒙り、語るべき徳も記すべき功績もないまま、高い爵位と厚い俸禄を受けている。このまま終生、国に裨益することがなければ、謗りを受けることになる。古来、臣下は我が身をすてて危難を救うことを志したものであり、私もまた命を捧げてわずかな功績でも立て、陛下のご恩に報いたいと願っている。もし、西方の大将軍（曹真）に属して一部隊を率いるか、東方の大司馬（曹休）に属して一船隊を率いるか、いずれかの命を下し賜うたならば、一時の勝利をおさめて終生の恥をすすぎ、我が名を後世に伝えるような功績を残すであろう」。裴松之注所引『魏略』に拠れば、曹植は上表してもなお疑われて登用されなかった。そのため植は、「功無くして爵位が高く、徳無くして俸禄が厚いのは、恥でしかない。だからこそ功績や徳行を立て、名を後世に残したいと考えたのである。しかし私の主張はとり上げられなかった。後世の君子に私の気持ちを理解してもらいたいものだ」と言ったとある。また、『三国志』明帝紀注所引『魏略』には、明帝が長安から洛陽に帰還する際、帝が崩御し随行した群臣が雍丘王の曹植を迎えて立てたとの謡言が流れ、卞太后や群公が恐れおののいたという逸話が見える。

二九 徙封東阿　『通鑑』魏紀明帝太和三年十二月に見える。「遷都の賦」の序（『太平御覧』巻一九八）によれば、度重なる封地替えで、爵号は六度も変わり、居を三たび遷したが、いずれもやせた土地で衣食にも事欠いたという。

三〇 復上疏求存問親戚　この上奏文は、「親親に通ぜんことを求むる表」と題して『文選』巻三七表上にも採られている。大意は次の通り。「私は参内も許されず、姻戚・兄弟同士の連絡や慶弔の礼もなく、すっかり隔絶された状態にある。どうか詔によって、諸国への慶弔の見舞と四季の挨拶を許され、骨肉間の情愛をかわし、厚誼を全うできるようにしていただきたい。また、天子のお側近くにお仕えすることが、私の心からの望みである」。

三一 植復上疏陳審擧之義　この上奏文は『太平御覧』巻五六・三五九にも一部採られている。大意は以下の通り。「政治はすべて優秀な人材を用いるか否かにかかっている。賢人を推挙する形式があるのに、賢人を得たという実績がないのは、仲間を推薦するからにほかならない。今、官職を空けたままにしているために諸々の政治が整わず、また軍や兵士を失ってさえも辺境で戦が止まぬのは、常識や慣習にとらわれた三公や将軍の責任である。明君が本当に能力ある人材を用いたならば、国内は治まり辺境は危難から救われるはずである。よい時は位を専らにし悪い時は禍から遠ざかるのが異姓の臣であり、死ぬときは禍をともにするのが一族の臣下である。必ずや一族・藩王の中から挙用に応ずる優れた人物が現れるはずである」。裴松之注『魏略』によると、この上奏文が出されて後、朝廷は大いに若者を徴発して諸国の人材を召集した。残った孤児はみな幼く、もはや人もいないのに重ねて召集があったため、曹植は現状を報告し、徴発を取りやめるよう上奏したところ、全員が帰されたとある。

三二 其年冬… 『三国志』巻三明帝紀によれば、太和五年秋八月にも詔が出されている。この詔によって、諸王および親族の公侯に、嫡子一人を参内させることが許された。

三三 賈豎 商人の蔑称。賈は商い、商人。豎は人を卑しめていう言葉。

三四 遂發疾薨、時年四十一 『三国志』巻三明帝紀に「(太和六年十一月) 庚寅、陳思王薨ず」とある。謝霊運が「魏の太子の鄴中集の詩に擬す」詩(『文選』巻三〇雑擬上)の序で、「公子 世事に及ばず。但だ遨游のみ美す。然れども頗る憂生の嗟有り」と曹植を評するように、植は終生起用されることを望みつづけたが、実際は不遇であった。晩年、各地を転々とする自らを転蓬に準えて、その心情を「吁嗟篇」(『楽府詩集』巻三三。宋本『曹子建文集』巻六。裴松之注所引『魏略』では「琴瑟調歌」と題される)に次のように詠んでいる。「吁嗟 此の轉蓬、世に居て何ぞ獨り然る。長く本根を去りて逝き、夙夜 休閒無し。東西 七陌を經て、南北 九阡を越ゆ。卒かに回風の起こるに遇いて、我を吹きて雲閒に入る。自ら天路を終えんとするを謂うも、忽然として下りて淵に沈む。驚飆 我を接えて出し、故より彼の中田に歸る。當に南すべくして更に北し、東せんと謂いて反って西す。宕宕として當に何にか依る、忽ち亡びて復た存す。飄颻として八澤に周く、連翩として五山を歴たり。流轉して恆の處無し、誰か吾が苦艱を知らん。願わくは中林の草と爲り、秋には野火に隨って燔かれん。糜滅するは豈に痛ましからずや、願わくは根荄と連らん」。

三五 小子志 曹志(?～二八八)、字は允恭、謚は定公という。曹植の庶子。曹植の「二子を封じて公と爲す、恩に謝する章」(『藝文類聚』巻五一)に、「詔書もて臣の息男を封じて、苗は高陽郷公と爲し、志は穆郷公と爲す」とあるのによれば、曹植には志のほかに苗という息子がいたが、伝には見えない。裴松之注所引『曹志別伝』によれば、曹志は学を好み、才能も行いも優れていた。晋の武帝(司馬炎)によって中撫軍に取り立てられた際、その才能を高く評価された。後に鄄城公に封じられ、楽平・章武・趙郡の太守を歴任し、散騎常侍・国子博士となった後、博士祭酒に転じた。斉王(司馬攸)が藩国に赴くにあたり、その処遇に対して「かくも才能があり、親族(武帝の同母弟)でもある人が、どうして根本を樹立して教化を助けることもできずに、遠い斉の地に送られるのか」と嘆き、武帝に建議して諫めたため、武帝の怒りに触れて免職となったが、後に再び散騎常侍となった。『晋書』巻五〇曹志伝では、曹志は父の植が魏において志を得ることができなかったことを常に恨んでいたこともあって、斉王のために建言したとある。母親の死に遭い、悲しみのあまり病気で亡くなった。『隋志』に「散騎常侍曹志集二卷、錄一卷」とある。『全晋文』巻三二。また志の子臣は元康中、中郎と爲り、関中侯に封ぜられた(『三国志集解』、『全晋文』巻三二)。

三六 植登魚山… 魚山は山東省東阿県西北八里にある山で、吾山ともいい（『方輿紀要』巻三三）、曹植はこの山の西側に葬られた（『太平寰宇記』巻一三）。この一文に拠って後世生まれた説に、曹植が魚山で梵天の讃を聞き、これに倣って梵唄を作ったというものがある。その最も古いものは南朝宋、劉敬叔撰『異苑』巻五の記述で、「陳思王曹植、字は子建、嘗て魚山に登り、東阿に臨む。忽として巖岫の裏に經を誦んずるの聲有るを聞く。清通深亮にして、遠谷に響を流し、肅然として靈氣有り。覺えず衿を斂めて祇敬するに、便ち終焉の志有り、即ち效いて之に則る。今の梵唱、皆な植の造る所に依擬す」とある。また梁、釈慧皎『高僧伝』巻一三経師篇論には「始め魏の陳思王曹植有り、深く聲律を愛し、意を經音に屬す。既に般遮の瑞響に通じ、又た魚山の神製に感ず。是に於いて刪して『瑞應本起』を治め、以て學者の宗と爲る。聲を傳えて則ち三千有餘、契に在りては則ち四十有二」とあり、梵唄三千余声、四十二契を作ったとする。慧皎と同時代の僧祐の編である『出三蔵記集』巻一二にも、同編『法苑雑縁原始集』十四巻（亡佚）の目録が残されており、その中に「陳思王感漁山梵聲製唄記第八」（經唄導師集巻第六）という、植が梵唄を作ったとする一文が収載されていたことが知られる。

三七 撰錄植前後所著…　曹植の文集はこの時代、植自撰のものと景初年間に明帝が撰録したものと、二種類が作られた。『晋書』巻五〇曹志伝には、晋の武帝（司馬炎）が曹志に『六代論』は曹植の作かと尋ねると、志は、植自らが作った目録にはこの書は無く、族父の冏が植の文名を借りて伝えたものだと答えたという逸話が見える。『隋志』には「魏陳思王曹植集三十巻」「畫讚五巻、漢明帝殿閣畫、魏陳思王讚。梁五十巻」、史部に「烈女傳頌一巻、曹植撰」とある。また『旧唐志』には「魏陳思王集二十巻、又三十巻」、『新唐志』に「陳思王集二十巻。又三十巻」とある。姚振宗『隋書経籍志考證』巻三九は、曹植「文章序」（『藝文類聚』巻五五）に「刪定して別に撰し、前録七十八篇を爲る」とあるのに拠って、「前後所著…凡百餘篇」というのは、この植自撰の前録七十八篇と後に録したものとを併せて百余篇としたとし、『唐書』に見える二十巻と三十巻は、それぞれ前後して録したものに相当すると見るが、『四庫全書総目提要』巻一四八、集部、別集類一は、三十巻本は隋の旧本、二十巻本は後に編修しなおしたもので、二集あるのではないとする。現在は宋本『曹子建文集』十巻（『続古逸叢書』所収）が伝わるほか、『漢魏六朝百三名家集』に「陳思王集」二巻が収められる。『古詩紀』巻二三・二四、『全魏詩』巻六・七、『全三国文』巻一三〜一九。

曹植の詩について『詩品』では、その序に「陳思は建安の傑爲り」、上品に「其の源は國風に出づ。骨氣は奇高にして、詞彩は華茂なり。情は雅怨を兼ね、體は文質を被る。粲として今古に溢れ、卓爾として羣せず。嗟乎、陳思の文章に於けるや、人倫の周・孔有り、鱗羽の龍鳳有り、音樂の琴笙有り、女工の黼黻有るに譬う。爾ら鉛を懷き墨を吮る者をして、篇章を抱きて景慕せしめ、餘暉に映じて以て自ら燭らさしむ。故に孔氏の門に如し詩を用うれば、則ち公幹 堂に升り、思王 室に入り、景陽・潘・陸は、自ら廊廡の閒に坐すべし」と記して、曹植があらゆる優れた要素を兼ね備えた最高の詩人で、後世にも少なからぬ影響を与えた存在であったと評する。また『文心雕龍』は曹植の詩について「建安の初めに暨び、五言 騰踊す。文帝、陳思 轡を縱ちて以て節を騁せ、王・徐・應・劉、路を望んで驅を爭う」（明詩篇）、「子建は思捷にして才は儁、詩は麗にして表は逸」（才略篇）と評し、上奏文については「陳思の表は、獨り群才に冠たり。其の體贍にして律調い、辭清くして志顯われ、物に應じて巧を掣し、變に隨って趣を生ずるを觀るに、轡を執って餘り有り、故に能く緩急 節に應ず」（章表篇）と評している。このほか、曹植の詩才に関する記述に「天下の才 一石有らば、曹子建 獨り八斗を占め、我 一斗を得、天下 共に一斗を分かつ」（『説郛』弓一二所収『釈常談』巻中。『蒙求』巻中「子建八斗」）という謝霊運の評や、「子建・仲宣 氣質を以て體と爲し、並びに標して能く美を擅にし、獨り當時に映ゆ。是を以て一世の士、各おの相い慕習す」（『宋書』謝霊運伝論）などの辞が伝わる。

三八 任城 曹彰（？～二二三）、字は子文。丕・植の同母の兄弟。若いころから弓や馬車の扱いに優れ、人並み以上の力の持ち主で、気性も荒かった。北中郎将、驍騎将軍、越騎将軍を歴任し、多くの武功をあげた。黄初三年（二二二）、任城王に封ぜられ、翌年病死した（→注二二）。

三九 楚則失之矣、而齊亦未爲得也 司馬相如「上林の賦」（『文選』巻八畋猟）に見える言葉。子虚が楚の雲夢沢における狩猟の様を称えると、斉の烏有先生がそれに反論し批判したという司馬相如「子虚の賦」（『文選』巻八畋獵）の内容を受けて、「上林の賦」の冒頭で、亡是公が笑って二人に「楚は則ち失せり、而して齊もまた未だ得たりと爲さず」（楚は間違っているが、斉も正しいという訳ではないという意）と言ったのに拠る。ここでは、植と丕の関係に準えている。

四〇 其此之謂歟 曹丕・曹植兄弟の争いについて、魚豢（裴松之注所引）は次のように評している。「假令に太祖の植等を防遏すること疇昔に在らば、此の賢なるの心、何に縁りてか窺望すること有らん。彰の恨みを挾むも、尙お至す所無し。植に至っては豈に能く難を興こさんや。乃ち楊脩をして倚注するを以て害に遇わしめ、丁儀をして意に希うを以て族滅せしむ、哀しいかな。余 植の華采を覽る毎に、思い神有るが若し。此を以て之を推さば、太祖の心を動かすこと、亦た良に以有るなり」。

〔参考文献〕

吉川幸次郎『三国志実録』（『世界』一九五六年一月―十二月。『新潮』一九五八年一月―十二月。のち、筑摩書房『三国志実録』一九六二年。筑摩書房『吉川幸次郎全集』七 一九六八年。ちくま学芸文庫『三国志実録』一九九七年）

伊藤正文『曹植』（岩波書店「中国詩人選集三」 一九五八年）

小守郁子『曹植と屈原』（丸善名古屋出版サービスセンター、一九八九年）

古直『曹子建詩箋』（中華書局 一九二八年。広文書局 一九六六年）

黄節『曹子建詩注』（商務印書館 一九三〇年。人民文学出版社 一九五七年）

余冠英『三曹詩選』（作家出版社 一九五六年。人民文学出版社 一九七九年）

丁晏『曹集銓評』（文学古籍出版社 一九五七年）

法蘭西学院漢学研究所『曹植文集通検』（漢学通検提要文献叢刊之六 一九七七年）

李宝均『曹魏父子和建安文学』（上海古籍出版社 一九七八年）

河北師範学院中文系古典文学教研組編『三曹資料匯編』（中華書局 一九八〇年）

趙福壇『曹魏父子詩選』（三聯書店 一九八二年）

張可礼編著『三曹年譜』（斉魯書社　一九八三年）
趙幼文『曹植集校注』（人民文学出版社　一九八四年）
George W. Kent.: "Worlds of dust and jade. 47 poems and ballads of the third century Chinese poet Ts'ao Chih." (N. Y. Philosophical Library, 1969)
井波律子「曹植の世界」（『中国的レトリックの伝統』影書房　一九八七年。のち、講談社学術文庫　一九九六年）
鄧永康「曹子建年譜新編（上）（中）（下）」（『大陸雑誌』第三四巻、一期・二期・三期　一九六七年）
徐公持「曹植生平八考」（『文史』第一〇期　中華書局　一九八〇年）
Hans H. Frankel.: "Fifteen poems by Ts'ao Chih. An attempt at a new approach." (Journal of the American Oriental Society. Vol. LXXXIV, 1. 1964)

（林　香奈）

何晏（一九〇?～二四〇）

何晏は学者として有名だが、文学においても「景福殿の賦」が『文選』に採られるなどの作品を残す。『論語』の注釈書『論語集解』は現存する代表的著作であるが、その本領はむしろ老荘の学にあり、『老子』注を著した王弼と並んで玄学の祖とされている。『詩品』中。

三國志卷九魏書　曹爽傳附

晏、何進之孫也。母尹氏、爲太祖夫人。晏長于宮省、又尙公主、少以才秀知名。好老莊言、作道德論及諸文賦。著述凡數十篇。

晏は、何進の孫なり。母尹氏、太祖の夫人爲り。晏宮省に長じ、又た公主に尙す。少くして才秀を以て名を知らる。老莊の言を好みて、『道德論』及び諸文賦を作る。著述凡そ數十篇なり。

晏は、（後漢の大将軍）何進の孫である。母の尹氏は、太祖（曹操）の側室である。晏は（母とともに曹操に引き取られて）宮中で成長し、さらに公主を娶った。若くして才能優秀なことで評判があった。老荘の学説を好み、『道徳論』と種々の文・賦を著した。著述は全部で数十篇ある。

一 晏 『三国志』曹爽伝裴松之注などによると、何晏の字は平叔である。その官職は何晏自らが『論語集解』の序文で「尚書駙馬都尉関内侯臣何晏等上る」と記すが、裴松之注は晏が尚書となる前に爵位を得て列侯になったという。劉宝楠は両者の食い違いを「最初列侯に封ぜられ、次いで関内侯に封ぜられたのであろう」と解する（『論語正義』）。『三国志』の何晏伝は、曹爽伝の末尾に附伝するにとどまる。曹爽（?～二四九）は魏の武帝曹操の族子曹真の子。明帝の寵愛を受け、明帝の死後幼少の斉王芳が即位すると、大将軍の地位を利用して専権をふるった。何晏も曹爽に取り立てられて権勢をほしいままにした一人であるが、後に謀反の疑いをかけられて曹爽らとともに一網打尽にされ、全員が一族皆殺しの刑に処せられた（『三国志』巻九 曹爽伝）。

　このほか何晏の伝記資料としては『三国志』裴松之注の引く『魏略』『魏末伝』があり、さらに『世説』言語篇14、文学篇6・7・10、識鑑篇3、品藻篇31、規箴篇6、夙恵篇2、容止篇2、また『初学記』巻一九および『太平御覧』巻三八〇・巻三八五・巻三九三の引く『何晏別伝』に何晏にまつわる逸話が見える。

二 何進 本書「王粲伝」注五参照。なお何進の子、すなわち何晏の父については諸書とも記載がなく不明。

三 母尹氏、爲太祖夫人 太祖は曹操（本書「曹操伝」参照）。夫人は中国古代においては天子の側室、または諸侯の正室の称であった。ここでは前者である。なお曹操の側室の子である晏が「何進の孫」であり得るのは、曹操が後漢の司空であった時に、すでに晏を生んでいた尹氏を側室に迎えたからである（『三国志』裴松之注引『魏略』）。

四 尚公主 君主の娘（公主）を娶る。『三国志』裴松之注によると、この公主は金郷公主といい、その母は沛王太妃（曹操の子の沛穆王曹林の母）である。

五 少以才秀知名 何晏は『文選』巻一一・何晏「景福殿の賦」李善注引『典略』に「奇才有り、頗る材能有り、美しき容貌なり」と評され、『世説』夙恵篇2などにその早熟ぶりを示す逸話がある。『世説』容止篇2などにも彼の美男ぶりにまつわる逸話が見える。

六 道徳論 『隋志』子部および『旧唐志』子録に『老子道徳論』二巻が、『新唐志』子部および『通志』藝文略に『老子道徳講疏』四巻と『道徳問』二巻が見えるが、いずれも現存しない。なお「道徳」とは『老子』の別名『道徳経』のこと。

七 著述凡數十篇 『隋志』および『旧唐志』・『新唐志』に『何晏集』十巻が見えるが現存しない。何晏の文学作品で残るのは、詩賦では

『文選』巻一一宮殿「景福殿の賦」と、『全魏詩』巻八・『古詩紀』巻一七「言志詩」のみで、『全三国文』巻三九は他に十篇の文を集めている。

（大野圭介）

繆襲（一八六～二四五）

繆襲は、三国魏の学者、文人。詩人としては、『文選』に採られ、魏晋南北朝の挽歌詩の系譜の先声ともいえる「挽歌詩」によって知られ、また魏の楽府、鼓吹曲十二曲の歌詞を残している。曹操より魏四代にわたって仕えた息の長い文人であり、皇帝を嘉した賦など数篇の文章が残るほか、『皇覧』などの書物の編纂にも携わった。『詩品』下。

三國志卷二一魏書　劉劭傳附傳　幷注

[一]劭同時[二]東海[三]繆襲亦有才學、多所[四]述敍、官至[五]尚書・光祿勳。

[六]先賢行狀曰、繆斐字文雅。該覽經傳、事親[七]色養。徵博士、六辟公府。[八]漢帝在長安、公卿博學名儒、時擧斐任侍中。[九]並無所就。卽襲父也。

[一〇]文章志曰、襲字熙伯。[一一]辟御史大夫府、歷事魏四世。正始六年、年六十卒。[一二]子悅、字孔懌、晉光祿大夫。

襲孫紹・[一三]播・[一四]徵・[一五]胤等、並皆顯達。

[一]劭の同時の[二]東海の[三]繆襲も亦た才學有りて、[四]述敍する所多し。官は[五]尚書・光祿勳に至る。

[六]『先賢行狀』に曰く、繆斐 字は文雅。經傳を該覽し、親に事えて[七]色養す。博士に徴せられ、六たび公府に辟かる。[八]漢帝長安に在り、公卿博く名儒を擧げ、時に斐を擧げて侍中に任ず。[九]並びに就く所無し。即ち襲が父なり。

[一〇]『文章志』に曰く、襲 字は熙伯。[一一]御史大夫の府に辟かれ、魏の四世に歴事す。正始六年、年六十にして卒す。子の[一二]悅、字は孔懌、晉の光祿大夫なり。襲の孫、紹・[一三]播・[一四]徵・[一五]胤等、並びに皆な顯達す。

劉劭と同じ時代の人、東海（山東省）の繆襲もまた才知にたけて学問があり、多くの著作をものした。官位は尚書・光禄勲にまでのぼった。

『先賢行状』に言う。繆斐は字を文雅といい、儒学の経典とその注釈書をひろく閲し、親には孝養を尽くした。博士として招しだされ、公府にも六度招かれた。後漢の献帝が長安にいたとき、大臣らが名だたる学者をひろくとり立てようとし、そのとき繆斐も選ばれて侍中に任命された。しかし、いずれの場合も就任しなかった。これすなわち繆襲の父である。『文章志』に言う。繆襲は字を熙伯という。御史大夫のもとに招かれ、魏の皇帝四代（武帝・文帝・明帝・斉王芳）にわたって仕えた。正始六年、六十歳で没した。息子の繆悦は、字を孔懌といい、晋の光禄大夫となった。繆襲の孫の繆紹・繆播・繆徴・繆胤らはみな出世した。

一 劭　劉劭。生没年未詳、字は孔才、広平邯鄲（河北省）の人。繆襲と同じ時期の文人である。後漢の末、太子舎人から秘書郎となり、魏に入って尚書郎、散騎侍郎、明帝の時には陳留（河南省）太守、騎都尉を経て散騎常侍となった。正始年間に関内侯に封じられ、死後光禄勲の肩書きが贈られた。人物批評の書『人物志』三巻の著者として知られる。律令・制度に通じてその方面の業績多く、著作も百余篇にのぼったと伝えられるが、今日では『人物志』のほかは断片が残るのみである。文学作品には、明帝を感心させたという「趙都の賦」がある。『三国志』巻二一劉劭伝。繆襲の伝が、劉劭伝に附したかたちになっているのは、時代とともに、その立場や役割に似通うところがあったためであろう。

二 東海　東海の繆氏とはすなわち蘭陵の繆氏である。『通志』氏族略巻二八によれば、穆氏あるいは繆氏は宋の穆公（子姓）を祖とし、のちにその謚を姓としたものという。一族の遠祖には、魯詩を伝えた申公の弟子で、楚元王（劉邦の弟劉交）から尊崇を受けた繆生がいる。繆生の名は、『史記』儒林伝に見え、長沙内史となり、孔安国はじめ申公の他の弟子たちとともに、「其の官民を治むるに、皆な廉節有りて、其の學を好むを稱せら」れたことが記されている。繆襲の孫、繆播に『論語旨序』三巻があり、梁の皇侃の『論語集解義疏』の序に江熙所集の十三家の一人としてその名が挙がっていることを考えあわせると、蘭陵の繆氏は儒を家学として伝える一族であったことがわかる。また、年代や伝記は不明であるが、繆協なる人物の説も、『論語集解義疏』に引用されている。

繆は「びゅう」と読まれ、あるいは「ぼく」と読まれる。『史記』儒林伝の索隠に「繆、音は亡救の反、（中略）一音穆」といい、古くから両方の読みがなされていたことがわかる。「ぼく」の読みをするのは経書で、『経典釈文』では、「繆」の読みは「穆」とされる。一方たとえば『広韻』では、繆姓は去声幼韻で読むといい、『元和姓纂』でも繆姓は「宥」韻に分類されている。ここでは後者に従い、「びゅう」と読む。なお、「繆」の読みについては、松浦友久「「繆氏」の発音の史的変化と日本漢字音」（『村山吉廣教授古稀記念中国古典学論集』二〇〇〇年）参照。

三 繆襲　繆襲の事跡を伝える資料は多くはないが、それらからまず浮かび上がるのは、魏の四代、ことに明帝の信任厚い学者としての繆襲の姿である。『三国志』巻一三華歆伝に、明帝が病と称して引きこもった華歆に再出馬をうながすため、散騎常侍の繆襲を使いに立てたことが見えている。また、『世説』言語篇13に、明帝が母方の祖母である甄皇后の母のために館を築き、それにふさわしい名を侍臣たちに募ったところ、侍中繆襲が、秦の康公が亡き母を思って作ったうたとされる『詩』秦風の詩題に基づいて、「渭陽」と名づけることを、明帝の母方の一族を想うこころをほめつつ進言したという。ただし、『三国志』巻五后妃伝によれば、「渭陽里」は甄皇后の同姓の甥の母のために造営されたものという。また、『宋書』巻一九楽志などに宮中の礼楽に関する繆襲の上奏文が数篇見え、さらに『三国志』巻一四蔣済伝の注は、曹氏の祖が舜か否かをめぐって繆襲と蔣済との間で論争がなされたことを記している。

四 多所述敍　『隋志』に『魏散騎常侍繆襲集』五巻が著録されているが、作品の多くは失われ、現在は十三篇の詩とわずかの文が残るだけである。繆襲の詩として今日もっともよく知られているのは、『文選』巻二八所収の挽歌詩である。また、魏の軍楽である鼓吹曲の歌詞が、『宋書』楽志に残されている。『晋書』巻二三楽志に「魏の受命するに及び、其の十二曲を改め、繆襲をして詞を爲らしめ、述ぶるに功德の漢に代わるを以てす」と見える。最後の曲「太和」は明帝の年号であるから、現存の歌詞は明帝の時に完成されたものであろう。繆襲の鼓吹曲は、『三国志通俗演義』につながる、三国の戦いを内容とした芸能の濫觴とみることもできる（金文京『三国志演義の世界』東方書店、一九九三年、三『三国志』から『三国志演義』へ参照）。繆襲の詩は『古詩紀』では巻二七に収められ、また『全魏詩』には鼓吹曲のみが採られて挽歌は漏れている。

　繆襲の文では、友人仲長統のために作った「統の昌言を撰するの表」（『三国志』巻二一劉劭伝注引）が比較的よく知られている。仲長統（一八〇〜二二〇）は、後漢末の思想家。字は公理、山陽高平（山東省）の人。献帝が許（河南省）にあるとき（一九六〜）、荀彧に招かれて尚書郎となり、曹操の軍事に参与したのち、尚書郎にもどり、四十歳で世を去った。独立不羈の人で、おし黙っているかと思えば急にぺらぺらしゃべり出したりするため、「狂人」と呼ばれたという。古今のことに発憤して、論説『昌言』を著した。繆襲の文は、これを推薦する上奏文である。『後漢書』仲長統伝には、友人である繆襲が、仲長統の優れた才能は前漢の董仲舒・賈誼・劉向・揚雄の後継者たるに足るものだと常にほめていたことが見える。このほか、繆襲の文としては、明帝の御代を嘉した「青龍の賦」（『初学記』巻一〇）や「神芝賛」（『藝文類聚』巻九八）などが伝わっており、『全三国文』巻三八にまとめられている。また『隋志』には、『魏散騎常侍繆襲集』五巻のほか、繆襲撰として史部雑伝類に『列女伝賛』一巻、繆襲（繆卜に作るが繆襲とされる）ら撰として子部雑家類に『皇覧』一百二十巻を挙げる。『皇覧』については、本書「曹丕伝」注三四参照。さらに『史通』巻一二古今正史によれば、繆襲は勅命により『魏書』の編纂にも携わったという。

『詩品』では下品に、張載・傅玄・夏侯湛とあわせて繆襲の名が挙がり、「繆襲の挽歌は悲哀の表出だ（熙伯の挽歌は唯以て哀しみを告げしのみ）」との批評がなされている。『文心雕龍』では、楽府篇に繆襲の楽府についての言及があり、また時序篇に「（高貴郷公曹髦の）時代には、正始時代の余韻があって、文学は軽くさらりとした趣が主流であったが、その中にあって嵆康・阮籍・応璩・繆襲が活躍していた（時に於いて正始の餘風ありて、篇體輕澹なるも、嵆阮應繆、並びに文路を馳す）」という。ただし、高貴郷公曹髦の在位は二五四〜二六〇であるのに対し、繆襲は斉王芳の正始六年（二四五）に没している。

五　尚書・光祿勳　『世説』言語篇13の注に引く『文章叙録』は繆襲の官について、「侍中、光祿勳に累遷す」という。繆襲の官職で記録されるものに、このほか散騎常侍（『三国志』巻一三華歆伝）がある。

六　先賢行状　『旧唐志』『新唐志』『通志』藝文略に『海内先賢行状』三巻、李氏撰が著録され、『隋志』には「先賢集三巻、撰者未詳」とある。

七　色養　『論語』為政篇の「子夏 孝を問う、子曰く、色難しと」に出ることば。色とは、古注によれば「父母の表情からその意向をよみとってその通りにすること」で、「色養」とはそのようにして孝養を尽くすことをいう。

八　漢帝在長安　董卓が都を長安に移した初平元年（一九〇）から、献帝が洛陽にもどった建安元年（一九六）までの間をいう。

九　並無所就　『太平御覧』巻一〇一引蕭繹孝徳伝に繆斐が「世亂れて家を將いて地を海濱に避く、遯世を以て悶と爲さず、窮居を以て傷と爲さ」なかったという。

一〇　文章志　『隋志』に「文章志四巻、摯虞撰」と著録され、漢魏の文人に関する記述を内容とする。

一一　御史大夫府　建安十三年（二〇八）、司空を御史大夫に改め、この年には郗慮が、また建安二十二年（二一七）には華歆が御史大夫となっている。後年繆襲が華歆のもとへ使いに立ったことを考えれば、この御史大夫は華歆をいうか。

一二　悦　繆悦は同時代の正史には名前が見えないが、『南史』巻四八陸澄伝に、時の尚書令王倹が国子博士となった陸澄に、「昔曹志・繆悦此の官と爲る。君を以て之に係がしめば、始めて徳に慚ずる無し」と言ったことが記され、学者として知られた人物だったことがわかる。

一三　播　繆播、字は宣則。繆悦の子である。高密王司馬泰が司空であったとき祭酒に任じられ、のち太弟（恵帝の弟、すなわちのちの懐帝）中庶子となった。泰の子東海王司馬越は繆播を信頼し、繆播といとこの繆胤を、皇帝を長安にとどめていた河間王顒の説得に向かわせ、成功した。懐帝即位ののちは、給事黄門侍郎に任じられ、侍中に転じ、さらに中書令に遷って、政治の枢要に参与するようになったが、これを怖れた東海王越は、永嘉二年（三〇八）宮中に乗りこんで播を殺した。その死に懐帝は涙し、人々は憤ったという。東海王越の死後、衛尉の位を贈られた。『晋書』巻六〇繆播伝。また、『隋志』には、「論語旨序三巻、晋衛尉繆播撰」が著録されている。

一四　徴　繆徴は、賈謐の文学サロンに集った二十四友の一人。そのメンバーについては、本書「潘岳伝」注三一参照。『晋書』巻四八閻纘伝にみえる纘の上疏では、二十四友の代表として潘岳と繆徴二人の名が挙げられている。晋の武帝受命後に、著作郎に任命されたほか、後監の職にあったことが見える。『隋志』に、「祕書監繆徴集二巻、錄一巻、亡」の著録がある。

一五　胤　繆胤、字は休祖、安平献王の外孫である。尚書郎から太弟左衛率に遷り、さらに魏郡（河北省）太守に転じた。東海王司馬越は、河間王顒の説得に成功した胤を冠軍将軍、南陽（河南省）太守としたが、懐帝即位ののち、胤が左衛将軍から散騎常侍、太僕卿に任じられて機密に参与するようになると、これを殺した。『晋書』巻六〇繆播附伝。

〔参考文献〕

松家裕子「繆襲とその作品」（『アジア文化学科年報』第一号　追手門学院大学　一九九八年）

（松家裕子）

応璩（一九〇？～二五二）

応璩は、建安七子の一人応瑒の弟。『文選』にも収める「百一詩」で知られる。内容は時事を風刺したもので、その鋭い批判精神と独特のスタイルは、当時において相当の影響力を有したようである。『詩品』でも、その風刺は『詩経』にも通じると高く評価するほか、建安文学を引き継ぎ、陶淵明の詩風を先取りするものとして、文学史の上に占めるその位置の重要性を指摘する。『詩品』中。

三國志卷二一魏書　王粲傳注引　文章敍錄

[一]璩字休璉。博學好屬文、[二]善爲[三]書記。文・明帝世、歷官散騎常侍。齊王即位、稍遷侍中・大將軍長史。[四]曹爽秉政、多違法度、[五]璩爲詩以諷焉。其言雖頗[六]諧合、[七]多切時要、世共傳之。[八]復爲侍中、[九]典著作。[一〇]嘉平四年卒、追贈衞尉。

[一]璩　字は休璉。博學にして文を屬ることを好み、[二]善く[三]書記を爲る。文・明帝の世、官を散騎常侍に歷。齊王　位に即つ

き、稍く侍中・大将軍長史に遷る。[四]曹爽 政を秉るや、多く法度に違えば、璩[五]詩を為りて以て諷す。其の言は頗る[六]諧合なりと雖も、[七]多く時要に切なれば、世 共に之を傳う。[八]復た侍中と為り、[九]著作を典る。[一〇]嘉平四年卒し、衞尉を追贈せらる。

璩は字を休璉という。博学で、文章を書くのを好み、たくみに書簡を書いた。文帝・明帝の時代、散騎常侍の官についた。斉王が即位して、次第に侍中・大将軍長史と転任していった。曹爽が政治の実権を握ったとき、法律や人倫に反したふるまいが多かったので、璩は詩を作って風刺した。その言葉はいささか通俗的なくすぐりに流れるところはあったが、多くは時局の重要な問題を鋭く突いていたので、世間ではみなこれを伝えた。その後再び侍中となり、著作を担当した。嘉平四年（二五二）に亡くなり、衛尉の位を追贈された。

一 璩　応璩の生まれた汝南（河南省）の応氏については、本書「応場伝」参照。『三国志』巻二一王粲伝では、応場ら建安七子（ただし孔融は除く）にふれ、応璩についても、「場の弟の璩、璩の子の貞、咸な文章を以て顯る。璩は官 侍中に至る」という。ここに訳出したのは、その注に引く『文章叙録』の記述である。他に、『文選』巻二一・百一「百一詩」の李善注および五臣呂向注に引く『文章録』をも参照。

詩人としての応璩は、「百一詩」の作者ということにつきる。『文選』には一首を巻二一に収めるのみだが、『藝文類聚』『初学記』『太平御覧』などの類書には、「百一詩」「新詩」「雑詩」などの題をもつ応璩の詩を多数引用する。『文選』李善注引『今書七志』によれば、「新詩」は「百一詩」の別名であり、「雑詩」「詩」と題された断章も、内容から見ると、そのほとんどすべてが「百一詩」の引用と考えられる。いま『全魏詩』巻八にそれらを収めるほか、吉川幸次郎氏の研究がある（→参考文献）。

応璩の詩については、『文心雕龍』明詩篇に「獨立不懼、辭は譎あれども義は貞し、亦た魏の遺直なり」、『詩品』に「事を指すこと殷勤、雅意 深篤にして、詩人激刺の旨を得たり」といい、ともにその批評性を高く評価する。『詩品』では詩風の継承についてもふれ、応璩について「魏文（帝）を祖襲し、善く古語を為す」、陶潜（陶淵明）について「其の源は應璩に出ず」という。

二 善爲書記文・明帝世　『文選』李善注および呂向注に引く『文章志』は「善爲書記文」の五字を欠き、「文を屬ることを好む。明帝の時…」とあって、散騎常侍の官にあったのは明帝の時（二二六〜二三九）に限定される。吉川氏は、『文章叙録』のテキストによりながら、「善く書記の文を爲る」で断句し、やはり散騎常侍のことを明帝の世のみにかけているが、ここでは一般的な解釈に従う。ちなみに文帝在位は二二〇〜二二六。

兄の応瑒が建安七子のひとりであるから、若いころの応璩が建安文人たちと交わっていた可能性は大いにある。『文選』巻二六行旅上陸機「呉王の郎中たりし時梁陳に従いて作る」詩の李善注には「応璩の劉公幹（劉楨）に与うる書」を引く（ただし、この「応璩」が「応瑒」の誤りでないとは保証できないのだが）。『三国志』巻二九方技伝の朱建平伝には、魏文帝が即位以前に、自分と賓客の寿命を建平に占わせた話をのせるが、応璩もその中に含まれ、彼が建安年間に曹丕のもとに出入りしていたことが確認できる。

なお、李善は『文選』所収の「百一詩」の「三たび承明の廬に入る」に注して、「璩 初め侍郎と爲り、又た常侍と爲り、又た侍中と爲る。故に三たび入ると云う」という。ただし応璩が侍郎となったことは他書に見えず、侍中には二度なっているなど疑問も残る。

散騎常侍時代の応璩の作品としては、『三国志』巻一五劉靖伝に引く、「劉文達（靖の字）に与うる書」がある。これは私的な書簡ではなく、靖の善政をたたえたもの。対句を多用し、応璩の「書記」の才の一端をうかがわせる。

三 書記　『文心雕龍』書記篇では、書簡をはじめ、譜・籍・簿・録など各種の文体について論じる。応璩にもふれて、「休璉 事を好み、意を詞翰に留む」という。また、『三国志』巻二五高堂隆伝「任城の棧潜」の裴松之注には、「潜 字は彦皇、應璩の『書林』に見ゆ」とある。この『書林』について、盧弼『三国志集解』巻二一は、諸家の「書記の文」を収録したものと推測する。

書簡は、応璩の文業の中で、「百一詩」とならぶ大きな位置を占める。『文選』巻四二書中に四篇の書を収めるほか、断片まで含めれば二九篇が伝わる（厳可均『全三国文』巻三〇）。その内容は親類や友人にあてた、個人的な交遊にかかわるものが多い。

四 曹爽　?〜二四九。魏の帝室の一員で、幼帝斉王芳（在位二三九〜二五四）のとき専権をふるった。本書「何晏伝」注一参照。

五 璩爲詩以諷焉　「百一詩」の制作をさす。「百一」の題意については、『文選』李善注、南宋の葛立方『韻語陽秋』巻四、同じく南宋の王楙『野客叢書』巻二七に諸説を引く。篇数が百一篇であった、百言で一首としたなどの形式面から説くものもあるが、一般には「百一詩」の風刺性と結びつける説が有力である。李善は「百一詩序」の「時に曹爽に謂いて曰く、公 今周公のごと巍巍たるの稱を聞けども、安くんぞ百慮に一失有るを知らんや」を引き、この説を支持する。胡適『白話文学史』では、漢の揚雄の「百を勸めて一を諷す」（『漢書』巻五七下司馬相如伝賛引）の語と結びつける。

ただ、『文選』の「百一詩」はちょうど百字であり、梁の何遜の「聊か百一体の詩を作る」詩（本集巻二）は百十字である。このいささか謎めいた命名には、そうした形式面をも含む幾重もの意味がこめられているとも考えられるだろう。

「百一詩」の篇数についても、百一篇とする説の他に、百三十篇とも百数十篇ともいう。『隋志』集部総集類に「應貞注應璩百一詩八巻、亡」というが、『旧唐志』・『新唐志』とも応璩の「百一詩八巻」を著録する。ところが、『韻語陽秋』巻四・『野客叢書』巻二七では、応璩の「百一詩」は『文選』所収の一首の他にも伝わることをわざわざ紹介しているから、南宋のころには「百一詩」の大部分は佚していたことになる。

「百一詩」の作は応璩の他にもあり、『隋志』に「百一詩二巻、晋蜀郡太守李彪撰、亡」という。吉川氏は、『北堂書鈔』巻三九に引く晋の裴秀の「新詩」（「百一詩」が「新詩」ともよばれたことは、注一参照）に注意し、批評性をもった詩の制作が当時流行したことを示唆する。先に述べた何遜の擬作とも考え合わせると、『文選』が、応璩の一首だけのために「百一」の類を立てたのもうなずける。

六 諧合 『文選』巻一七論文陸機「文賦」に、「或いは奔放にして以て諧合、嘈囋にして妖冶なるを務むるは、徒らに目を悦ばして俗に偶うも、固より聲のみ高くして曲は下し」という。吉川氏はこれをふまえ、「諧合」を「放胆、通俗」の意に解し、そのような「百一詩」の特質が当時にあっては風変わりなものであったことを指摘する。『文心雕龍』の「辭は譎あり」（→注一）という評も同じ趣旨であろうし、『詩品』が「善く古語を爲す」といい（→注一）、陶淵明の先声と位置づけるのも、「百一詩」が、修辞の洗練に走る当時の文学の主流からはずれたものであるからだろう。

七 多切時要 「百一詩」の批評性については、注一の『文心雕龍』『詩品』に指摘されるほか、『文選』李善注引張方賢『楚国先賢伝』によれば、高官たちは「百一詩」を見て大いに驚き、焼却せよと言う者すらいて、何晏だけが平気であったという。

八 復爲侍中 『三国志』巻二九方技伝の朱建平の占い（→注三）では、応璩は六十二歳で常伯（侍中、散騎常侍など皇帝の近臣）である時に厄に遭い、その一年前に自分一人だけが白い犬を見るだろうという。はたして六十一歳で侍中となり、宮中で白い犬を見かけ、皆にたずねたが他に見た者はいなかったとある。

九 著作 応璩の「著作」として名の知れるものには、『書林』（→注三）の他に、『南斉書』巻五二文学伝論に、「傅咸の五経」と並べて「応璩の指事」なるものを挙げる。「事を緝め類を比べ、對に非ざれば發せず、博物は嘉すべきも、職に拘制を成す」という典故過多の例とされ、その散文のスタイルをしのばせる。もう一つ、『史通』古今正史篇に、応璩が、繆襲（本書「繆襲伝」参照）のあとをうけ、阮籍・傅玄（本書「阮籍伝」「傅玄伝」参照）らとともに魏史の編纂チームの一員となったことを記す。

10 嘉平四年卒 『三国志』朱建平伝によれば、宮中で白い犬を見て死期を悟った（→注八）応璩は、遊覧や宴会を楽しみ、予言より一年おくれて、六十三歳で没した。これを信じるなら、璩の生年は後漢献帝の初平元年（一九〇）となる。ただ『太平御覧』巻八八五引『魏志』では、予言通り六十二歳で没したとあり、『晋書』巻二八五行志中の犬禍の条でも、犬を見た翌年に没したという。これらによれば、生年は一年繰り下がることになる。

（谷口　洋）

〔参考文献〕

吉川幸次郎「応璩の百一詩について」（全集第七巻　筑摩書房　一九七四年）

嵇康（二二四〜二六三）

嵇康は阮籍と併称され、竹林の七賢の代表的な人物とされる。詩人としては、『詩経』以来の伝統をもつ四言詩にすぐれ、この古い形式を用いながらもそこに清澄な魅力を賦与していった。現存する嵇康の文集十巻は、唐以前の伝存の形をかなり忠実に受け継ぐ点でも重要であるが、文集の大半は「声無哀楽論」、「養生論」、「釈私論」などの哲学的論文で占められている。『詩品』中。

晉書卷四九　嵇康傳

[一]嵇康字叔夜、[二]譙國銍人也。其先姓奚、會稽上虞人、以避怨、徙焉。銍有嵇山、家于其側、因而命氏。[三]兄喜、有當世才、歷太僕・宗正。

[四]康早孤、有奇才、遠邁不羣。[五]身長七尺八寸、美詞氣、有風儀、而[六]土木形骸、不自藻飾、人以爲龍章鳳姿、天質自然。恬靜寡慾、[七]含垢匿瑕、寬簡有大量。學不師受、博覽無不該通、[八]長好老莊。[九]與魏宗室婚、拜[一〇]中散大夫。常[一一]修養性服食之事、[一二]彈琴詠詩、自足於懷。以爲神仙稟之自然、非積學所得、至於導養得理、則[一三]安期・[一四]彭祖之倫可及、乃著[一五]養生論。又以爲君子無私、[一六]其論曰…（略）。蓋其胸懷所寄、以高契難期、每思[一七]郢質。所與

神交者惟陳留[18]阮籍・河內[19]山濤、豫其流者河內[20]向秀・沛國[21]劉伶・籍兄子[22]咸・琅邪[23]王戎、遂爲竹林之游、世所謂[24]竹林七賢也。戎[25]自言「與康居[26]山陽二十年、未嘗見其喜慍之色」。

康嘗採藥游山澤、會其得意、忽焉忘反。時有[27]樵蘇者遇之、咸謂爲[28]神。至汲郡山中見[29]孫登、康遂從之遊。登沈默自守、無所言說。康臨去、登曰「君[30]性烈而才雋、其能免乎」。康又遇[31]王烈、共入山、烈嘗得石髓如飴、即自服半、餘半與康、皆凝而爲石。又於石室中見一卷素書、遽呼康往取、輒不復見。烈乃歎曰「叔夜志趣非常而輒不遇、命也」。其神心所感、每遇幽逸如此。

山濤將去[32]選官、擧康自代。康乃[33]與濤書告絕、曰…（略）。此書既行、知其不可羈屈也。

性絕巧而好[34]鍛。宅中有一柳樹甚茂、乃激水圜之、每夏月、居其下以鍛。東平[35]呂安服康高致、每一相思、輒千里命駕、康友而善之。後[36]安爲兄所枉訴、以事繫獄、[37]辭相證引、遂復收康。康性愼言行、一旦縲紲、乃作[38]幽憤詩、曰…（略）。

初、康居貧、嘗與[39]向秀共鍛於大樹之下、以自贍給。潁川[40]鍾會、貴公子也、精錬有才辯、故往造焉。康不爲之禮、而鍛不輟。良久會去、康謂曰「[41]何所聞而來、何所見而去」。會曰「聞所聞而來、見所見而去」。會以此憾之。及是、言於[42]文帝曰「嵇康、[43]臥龍也、不可起。公無憂天下、顧以康爲慮耳」。因譖「康欲助[44]毌丘儉、賴山濤不聽。昔齊戮[45]華士、魯誅[46]少正卯、誠以害時亂教、故聖賢去之。康・安等言論放蕩、非毀[47]典謨、帝王者所不宜容。宜因釁除之、以淳風俗」。帝既昵聽信會、遂幷害之。

康將刑[48]東市、[49]太學生三千人請以爲師、弗許。[50]康顧視日影、索琴彈之、曰「昔[51]袁孝尼嘗從吾學[52]廣陵散、吾每靳固之、廣陵散於今絕矣」。時年四十。海內之士、莫不痛之。帝尋悟而恨焉。初、康嘗游于洛西、暮宿[53]華陽亭、引琴而彈。夜分、忽有客詣之、稱是古人、與康共談音律、辭致淸辯、因索琴彈之、而爲廣陵散、聲調絕倫、遂以授康、仍誓不傳人、亦不言其姓字。

康[五四]善談理、又[五五]能屬文、其高情遠趣、率然玄遠。撰上古以來高士爲之傳[五六]贊、欲友其人於千載也。又作[五七]太師箴、亦足以明帝王之道焉。復作[五八]聲無哀樂論、甚有條理。子[五九]紹、別有傳。

[一]嵇康字は叔夜、[二]譙國銍の人なり。其の先の姓は奚、會稽上虞の人なるも、怨を避くるを以て、焉に徙る。銍に嵇山あり、其の側に家し、因りて氏に命づく。[三]兄喜、當世の才あり、太僕・宗正を歴す。

康は早く[四]孤なるも、奇才あり、遠邁にして羣れず。[五]身長は七尺八寸、詞氣に美れ、風儀あり、而して[六]形骸を土木のごとくし、自ら藻飾せず、人以爲らく龍章鳳姿は、天質自然なりと。恬靜にして寡慾、[七]垢を含み瑕を匿し、寛簡にして大量あり。學は師より受けずして、博覽にして該通せざるなく、[八]長じては老莊を好む。[九]魏の宗室と婚し、[一〇]中散大夫を拜す。常に[一一]養性服食の事を修め、[一二]琴を彈き、詩を詠じ、懷に自足す。以爲らく、神仙はこれを自然より稟くるものにして、積學の得る所に非ざるも、導養して理を得るに至れば、則ち[一三]安期・[一四]彭祖が倫にも及ぶべしと、乃ち[一五]「養生論」を著す。又た以爲らく君子には私無し、其の[一六]論に曰く…（略）。蓋しその胸懷の寄する所は、高契の期し難きを以て、毎に[一七]郢質を思う。與に神交する所の者は惟だ陳留の[一八]阮籍・河内の[一九]山濤、その流れに豫る者は河内の[二〇]向秀・沛國の[二一]劉伶・籍の兄の子の[二二]咸・琅邪の[二三]王戎、遂に竹林の游を爲し、世に所謂[二四]竹林の七賢なり。[二五]戎自ら言うに、「康と與に[二六]山陽に居ること二十年、未だ嘗てその喜慍の色を見ず」と。

康は嘗に藥を採りて山澤に游び、其の意を得るに會いては、忽焉として反るを忘る。時に[二七]樵蘇する者有りて之に遇えば、咸な[二八]神爲りと謂う。汲郡の山中に至りて[二九]孫登に見え、康遂に之に從いて遊ぶ。登沈默して自守し、言說する所なし。康の去るに臨みて、登曰く「君は[三〇]性は烈しくして、才は雋る、其れ能く免れんや」と。康は又た[三一]王烈に遇い、共に山に入る、烈 嘗て石髄の飴の如きを得て、即ち自ら半ばを服し、餘の半ばを康に與うるも、皆な凝りて石と爲る。又た石室の中に於いて一巻の素書を見、遽かに康を呼びて往きて取らしむるも、輒ち復た見えず。烈 乃ち歎じて曰く「叔夜は志趣常にはあらざれども輒ち不遇なるは、命なり」と。その神心の感ずる所、毎に幽逸に遇うこと此くの如し。

山濤將に[三二]選官を去らんとし、康を擧げて自ら代わらしめんとす。康乃ち[三三]濤に書を與えて絶するを告げて曰く…（略）。此の書既に行われ、その羈屈すべからざるを知るなり。

性は絶巧にして[三四]鍛を好む。宅中に一柳樹有りて甚だ茂り、乃ち水を激して之を圜み、毎に夏月には、その下に居りて以て鍛す。東平の[三五]呂安は康が高致に服し、一たび相い思う毎に、輒ち千里 駕を命ず、康 友として之と善し。後、[三六]安が兄の枉訴する所と爲り、事を以て獄に繋がる、[三七]辭もて相い證引して、遂に復た康を收む。康 性は言行を愼しむも、一旦縲紲されて、乃ち[三八]「幽憤詩」を作りて曰く…（略）。

初め、康 貧に居り、嘗に[三九]向秀と共に大樹の下に於いて鍛し、以て自ら贍給す。潁川の[四〇]鍾會は、貴公子なり、精鍊にして才辯有り、故に往きて焉に造る。康 之に禮を爲さず、而して鍛して輟めず。良や久しくして會去らんとするに、康謂いて曰く[四一]「何の聞く所にして來り、何の見る所にして去るか」と。會曰く「聞く所を聞いて來り、見る所を見て去る」と。會 此を以て之を憾む。是に及び、[四二]文帝に言いて曰く「嵇康は[四三]臥龍なり、起こすべからず。公 天下を憂うることなく、顧だ康を以て慮と爲すのみ」と。因りて譖うるに、「康は[四四]毌丘儉を助けんと欲するも、頼に山濤聽さず。昔 齊[四五]華士を戮し、魯[四六]少正卯を誅す、誠に時を害し教えを亂すを以て、故に聖賢は之を去るなり。康・安等の言論は放蕩にして、[四七]典謨を非毀し、帝王なるもの宜しく容るべからざる所なり。宜しく釁に因りて之を除き、以て風俗を淳くすべし」と。帝既に昵聽して會を信じ、遂に幷びに之を害す。

康 將に[四八]東市に刑せられんとし、[四九]太學生三千人以て師と爲さんことを請うも、許されず。康[五〇]日影を顧視し、琴を索めて之を彈じて、曰く「昔[五一]袁孝尼嘗に吾從り[五二]廣陵散を學ばんとするも、吾毎に靳みて之を固り、廣陵散今に絶えんとす」と。時に年四十なり。海内の士、之を痛まざるなし。帝尋で悟りて焉を恨む。初め、康嘗て洛西に游び、暮に[五三]華陽亭に宿し、琴を引きて彈ず。夜分、忽ち客の之に詣る有り、是れ古人と稱して、康と共に音律を談じ、辭致清辯なり、因りて琴を索めて之を彈じ、しかして廣陵散を爲す、聲調絶倫にして、遂に以て康に授く、仍りて人に傳えざることを誓わしめ、亦たその姓字を言わず。

康善く理[五四]を談じ、又た能く文[五五]を屬る、その高情遠趣、率然として玄遠なり。上古以來の高士を撰して之が[五六]傳贊を爲し、その人を千載に友とせんと欲するなり。又た[五七]「太師箴」を作し、亦た以て帝王の道を明らかにするに足るなり。復た[五八]「聲無哀樂論」を作し、甚だ條理有り。子[五九]紹、別に傳有り。

嵆康は字を叔夜といい、譙国銍（安徽省）の人である。その祖先の姓は奚であり、会稽上虞（浙江省の西方および江蘇省の東方）の人であったが、仇を避けるために、譙国銍へ移住した。銍に嵆山があり、その傍らに居を構えたので、それに因んで嵆を姓とした。兄の嵆喜には処世の能力があり、太僕・宗正という職を歴任した。

嵆康は幼くして父をなくしたが、すぐれた才能をもち、凜としていて妄りに人と交わらなかった。身長は七尺八寸（約一八〇センチ）もあり、言葉つきも美しく、風格があった。しかも、まったく自然にまかせて外見を飾ることがなかった。人びとは彼の非凡なる風采は、天性の資質によると考えた。恬淡として私欲なく、どんなものでも包み込むような、寛大さと度量をもっていた。学問は特定の師にはつかず、博識で知らないことはなかった。長じては老荘を好んだ。魏の王室とは姻戚関係を結び、中散大夫の官を拝命した。日ごろから心身を修錬し丹薬を服用し、琴を弾き詩を詠じて、満ちたりていた。神仙というものは天性であって、仙道を学んでなれるものではないが、心身を修養し道理を悟れば、安期生や彭祖の類の仙人には届くと考えて、そこで「養生論」を著した。さらに君子には私心がないと考え、その論「釈私論」にいうには…（略）。嵆康はその胸のうちを打ち明けようにも、意気投合するような友人をなかなか得られず、いつも知音を求めていた。ともに忘形の交わりを結ぶものとしては、ただ陳留（河南省）の阮籍・河内（河南省）の山濤がおり、その仲間に加わったものには、河内の向秀・沛国（江蘇省）の劉伶・阮籍の兄の子の阮咸・琅邪（山東省）の王戎などがおり、かくて竹林の遊をなしたのである。世にいう「竹林の七賢」というものである。王戎自身が言うには、「嵆康とともに山陽（河南省）に住んで二十年になるが、いままでに嵆康が喜びや怒りを顔に表したのを見たことがなかった」と。

嵆康はいつも仙薬を採るのに山や沢を散策し、興が乗ると、たちまち帰ることをも忘れてしまった。時に樵が嵆康を見かけると、皆な嵆康のことを神仙かと思った。嵆康は汲郡（河南省汲縣の西南）の山中に行って孫登に会い、彼に従って遊行したが、孫登は黙したままでなにも語らなかった。嵆康が去る段になって、孫登は「あなたは気性が烈しくて、優れた才能がある。災いはさけられないだろう」と言った。嵆康はまた仙人の王烈と出会い、ともに山に入った。ある時王烈は鍾乳石の飴状になったものを得て、すぐ自分でその半分を飲み、残りの半分を嵆康に与えたが、すべて固まって石となってしまった。また石室のうちに『素書』一巻をみつけ、すぐに嵆康をよんで取りにいかせたが、たちまち書は見えなくなってしまった。すると王烈は嘆いて言った。「叔夜はこころばせが非凡であるにもかかわらずいつもうまくいかないのは、運命であろう」と。彼の心神が感応していつもこのように幽逸の現象に出会ったのである。

山濤が吏部の官を辞めようとして、自分の代わりに嵆康を推薦した。嵆康はそこで山濤に手紙を書いて絶交することを告げた。その文は…（略）。この書が広く知られたものだから、嵆康が自らの意思を曲げて従うものではないことがはっきりとした。

嵆康はうまれつきとても器用で、鉄を打つのが上手だった。庭には一株の柳がみごとに茂っており、そこで水を引いてそれを囲むように流し、夏になると、その柳の下で鉄を打った。東平（山東省）の呂安は嵆康の気高い趣きに感服し、嵆康のことを想うたびに、すぐ千里のみちのりを飛んできた、嵆康は彼と親しく交わった。その後、呂安は自らの兄に無実の罪で訴えられ、そのことのために、獄に繫がれ、証言の応酬をするうちに、とうとうまた嵆康も囚われた。嵆康はもともと言葉や行動には慎重だったが、ひとたび獄中に入れられると、「幽憤詩」を作っていうには…（略）。

嵇康がまだ貧しい生活をしていたころ、いつも向秀と大樹の下で鉄を打って、生計にあてていた。潁川（河南省禹縣）の鍾会というものは、家柄も地位も立派で、洗練された機知をもっており、わざわざ嵇康に会いにやってきたのであった。だが嵇康は彼に対して礼をとらず、鉄を打つ手をとめようともしなかった。ややしばらくして、鍾会が帰ろうとすると、嵇康は「何を聞いてやってきたのか、何を見て帰るのか」と言った。それに対し鍾会は「聞こえたことを聞いてきた、見えたものを見て帰るのだ」と答えた。鍾会はこのために深く恨みを抱いた。それで呂安の事件が起こると、鍾会は文帝（司馬昭）に申し述べた。「嵇康は臥龍ですので、決して起こしてはなりません。公におかれましては、ほかになんの患いもおありではありませんが、ただ嵇康のことだけが気掛かりです」と。それについてさらに讒言して言うには、「嵇康は毌丘倹を助けようとしましたが、幸いにも山濤がそれを承知しませんでした。古えには斉は華士を戮し、魯は少正卯の罪を咎めました。おおいに時世を乱し、教えを汚すゆえに、聖賢は彼らを除くことにしたのです。嵇康と呂安たちの言論は勝手きままで、聖賢の教えをばかにしております。帝王たるものの許すべきことではありません。その罪によって彼らを抹殺することで、風俗を正すべきです」と。文帝は日ごろから鍾会をすっかり信じこんでいたので、とうとう嵇康と呂安ふたりを殺してしまった。

嵇康がいましも東市で処刑されようという時に、三千人の太学生が嵇康を師としたいと申し出たが、聞き入れなかった。嵇康は日影をみつめながら、七絃琴を求めて弾いて言った。「以前に袁孝尼がいつも私から広陵散を学びたいと言っていたが、私はそのたびに惜しんで教えなかった。広陵散はいま絶えてしまうのだな」と。この時彼は四十歳であった。天下の士人でその死を悼まぬものはなかった。文帝（司馬昭）もやがて自らの非を悟り、彼を死にいたらしめたことを後悔した。以前、嵇康は洛西に遊び、夕方になって華陽亭に宿泊し、琴を引きよせて奏でた。夜中に、不意にひとりの客がやってきて、自分は古えの世のものだと称して、嵇康と音律について話しあった。彼の話は非常に明晰であり、ついで琴を求めて弾いた、それは広陵散の曲であった。その音色は比類なきものであり、そのままこれを嵇康に伝授したが、さらに他人に伝えないように誓わせ、また自らの姓名をも名乗らなかった。

嵇康は老荘の玄理を説くのがうまく、また文才もあった。彼の世俗を超越した趣きは、飄々として玄妙であった。上古からの高士のことを叙述して伝賛をこしらえ、彼らが永遠に親しまれるようにとした。ほかに「太師箴」をつくり、君王の道を明らかにした。さらに「声無哀楽論」を著し、それは論理甚だ明晰であった。嵇康の子の嵇紹には別に伝がある。

一 嵇康　生卒年については、『歴代人物年里碑傳綜表』によれば、二二三～二六二であり、その説をとっているものが多いが、ここでは、陸侃如『中古文学繋年』（一九八五年・人民文学出版社）によって、二二四～二六三とした。嵇康が刑死した時、司馬昭は相国であったことから、嵇康の死を司馬昭が相国となった景元四年（二六三）とする。また、嵇康が「山濤に与えて交わりを絶つ書」を書いたのは景元二年（二六一）で、その時嵇康の息子嵇紹は八歳であり、彼が処刑された時は十歳であるから、やはり嵇康の没年はその二年後の景元四年（二六三）となるという。その作風に関しては、『文心雕龍』明詩篇には「若し夫れ四言の正體は、則ち雅潤を本と爲し…故に平子（張衡）は其の雅を得、叔夜（嵇康）は其の潤を含み」とあるように、嵇康は四言詩にすぐれており、それは作品数においても質においてもその五言詩に勝っており、早くから定評があった。「幽憤詩」はその代表的な作品と言える。また、『文心雕龍』才略篇には「嵇康は心を師として以て論を遣り…」とあるように、彼は論にすぐれ、代表的なものには「養生論」、「声無哀楽論」、「釈私論」などがあり、当時流行した清談のあとが作品中にみえるものもある。『詩品』中では「頗る魏文に似、過ぎて峻切を爲す。訐直にして才を露わし、淵雅の致を傷う。然れども託喩清遠にして、良に鑑裁あり、亦た未だ高流たるを失わず」と評価され、歯に衣きせぬ峻烈さ、率直さが嵇康の作品の特徴とされている。文集に関しては、『隋志』には「魏中散大夫嵇康集」十三巻とあるが、梁代では十五巻あった。『旧唐志』『新唐志』ではどちらも「嵇康集十五巻」とある。宋以降は十巻と伝えられている。

二 譙國銍人　『世説』徳行篇16の注に引く王隠の『晋書』には、「嵇本と姓は奚、其の先は怨を避けて上虞より徙り、譙國銍縣に移る」とあり、また同所に引く虞預の『晋書』には「銍に嵇山有り、其の側に家す、因りて焉を氏とす」とある。

三 兄喜　『三国志』魏書巻二一王粲伝の注に引く「嵇氏譜」によると、嵇康の父は嵇昭、字は子遠で、督軍糧治書侍御史とあり、兄の嵇喜は、字は公穆で、揚州刺史、宗正とある。嵇康のために伝を作った。『嵇喜集』（『北堂書鈔』巻六八）も存在した。嵇康が兄の嵇喜に寄せた詩として「兄秀才公穆の軍に入るに贈るの詩」十九首がある。この兄が幼くして父を亡くした嵇康を養ったとする見方もあるが、「嵇康との年齢はかなり接近していたのであろう。なお幽憤詩その他いくつかの作品に登場する、父代わりとなって嵇康の養育に當った兄なる人物は嵇喜とは別人と思われる」（興膳宏「嵇康詩小論」）との見解もある。本書「阮籍伝」注四八参照。

四 早孤　幼少にして父を失うこと。嵇康の「幽憤詩」にも「嗟 余の薄祜なる、少くして不造に遭う」という。「山巨源に与えて交わりを絶つ書」にも、「少くして加孤露」という。

五 身長七尺八寸　『世説』容止篇5に、「嵇康身長七尺八寸にして、風姿は特に秀る。見る者歎じて曰く『蕭蕭肅肅として爽朗清擧たり』と。或いは云う『肅肅として松下の風の高く徐ろに引くが如し』と」と、その美男子ぶりをいう。

六 土木形骸　土や木のように自然で、うわべを飾らない様子。『世説』容止篇5の注に引く「嵆康別伝」に「形骸を土木のごとくし、飾厲を加えず、しかして龍章鳳姿は、天質自然なり」とある。

七 含垢匿瑕　大徳あるものは、瑕や恥辱を包み込むほど寛大で度量がひろいことをいう。『左伝』宣公十五年に「瑾瑜瑕を匿し、國君垢を含むは、天の道なり」とある。『世説』徳行篇16に引く「嵆康別伝」にも「康 性は垢を含み瑕を藏し、愛惡は懷に爭わせず、喜怒は顔に寄せず」とある。

八 長好老荘　嵆康の「幽憤詩」に「好みを老荘に託し、物を賤しみ身を貴び、素を養い眞を全うす」という。『三国志』魏書巻二一王粲伝の注に引く嵆喜の「嵆康伝」にも「長じて老荘の業を好み、恬靜にして無欲」とある。

九 與魏宗室婚　嵆康の姻戚関係については、『世説』徳行篇16の注に『文章叙録』を引いて、「康は魏の長樂亭主の壻を以て、郎中に遷り、中散大夫を拜す」とみえる。また、妻については、江淹「恨みの賦」(『文選』巻一六哀傷)の注に、王隱の『晋書』を引いて、「嵆康の妻は、魏武帝の孫、穆王林の女なり」と曹操の孫の娘を妻にしたという説がみえる。彼が魏王室と婚籍関係にあったことも、後に司馬氏によって殺される伏線となっている。

一〇 中散大夫　嵆康がこの官であったことから、後世には「中散」によって嵆康のことをいうようになる。顔延之「五君詠」(『文選』巻二一詠史)に「中散 世に偶わず、本自り霞を餐う人なり」とあり、江淹「恨みの賦」(『文選』巻一六哀傷)の「夫の中散 獄に下り、神氣激揚するに及んでは、濁醪夕べに引き、素琴 晨に張る」というのも嵆康を指す。

一一 養性服食之事　喜怒哀楽の情に心を乱されず、精神を養い、丹薬を服することによって生命を外から涵養してゆき、それによって長生をめざすこと。『三国志』魏書第二一王粲伝の注にひく嵆喜の「嵆康伝」に「性は服食を好み、嘗に上薬を採御す。善く文論を屬り、懷抱の中に自足す」とある。嵆康は自らの詩中にも長生や神仙へのあこがれを詠じており、「薬を鍾山の隅に採り、服食して姿容を改む」(「游仙詩」)などとある。

一二 弾琴　嵆康の「琴賦」(『文選』巻一八音楽下)自序に、「余、少くして音聲を好み、長じてこれを翫ぶ。以爲らく物に盛衰あるも此變ずるなく、滋味に厭うことあるも此に倦むことなく、以て神氣を導養し、情志を宣和し、窮獨に處りても悶えざるべきは、音聲に近きはなし」とあり、嵆康にとって琴は心の涵養のための手段でもあったであろう。この賦にも音の描写を巧みに織りまぜており、六朝屈指の琴の演奏家としても知られている。

一三 安期　安期生、安其生ともいう。秦の始皇帝の時代の仙人。『列仙伝』巻上に記載がある。

一四 彭祖　養生の法を心得て、導引の術にすぐれ、八百歳まで生きたといわれる仙人。『列仙伝』巻上、『神仙伝』巻一に記載がある。

一五 養生論　「養生論」(『文選』巻五三論三)。「導養し理を得て以て性命を盡くさば、上は千餘歳を獲、下は數百年たる可し」と、養生さえうまくすれば長生きできるとして、その方法(喜怒哀楽の情を慎み、肉体上の欲望を節し、服薬によって性命を養うこと)を述べている。この論の禁欲主義に反駁し、向秀は「嵆叔夜の養生論を難ず」(『嵆中散集』所収)を書き、さらに嵆康にはそれに答える形で「養生論を難ずるに答う」という論争的な作品がある。

一六 其論 「釈私論」のこと。君子には私心がないことをいうのだが、私心の意味するところはひろく、是非を弁別して選択するのも一つの私心と考え、是非の心をなくして、その行うところが道に違わないものを君子とする。また、君子は越名（名教を超越すること）と任心（心の欲するままにすること）を旨とすべきであり、気を静かにし神虚にし、矜尚の心を去ること、欲を除き私を断つこと、これらができれば、真の道となるという。

一七 郢質 『荘子』徐無鬼に、郢人の匠石は、人の鼻の先の白粉を斧の先で削り落として、鼻自体はまったく無傷であったという故事があるが、後に郢質とは最良の知音のことを指すようになる。嵇康の「兄秀才公穆の軍に入るに贈る」詩の十五に「郢人逝くなり、誰か言を盡くすべけんや」とある。

一八 阮籍 二一〇～二六三。字は嗣宗。陳留尉氏（河南省）の人。『晋書』巻四九に伝あり。「竹林の七賢」のうちでも、特に嵇康と一対の存在と意識される。共通点としては、詩人・老荘の流れをひく思想家・琴の名手が挙げられる。彼は常軌を逸した奇矯な言動で知られるが、そこには権力者に対して終始本心を明らかにしない慎重な処世が窺える。その点嵇康とは対照的である。本書「阮籍伝」参照。

一九 山濤 二〇五～二八三。字は巨源、河内懐の人。『晋書』巻四三の伝によると、四十歳でようやく郡の主簿・功曹・上計掾になり、七十九歳で司徒の位にまでなった。『世説』賢媛篇11の注に引く『晋陽秋』に「濤 雅素に恢達、度量は弘遠にして、心は事外に存し、しかれども時と與に俛仰す」といい、度量が大きく性根は世事の外にありながら時世の波にもうまくしたがったということが書かれている。嵇康が殺害されたあと、そのひとり息子は山濤に託された。

二〇 向秀 二二七?～二七二?。字は子期。河内の懐の人。『晋書』巻四九に伝がある。同郡の山濤に知られ、『荘子』に注した。『世説』文学篇17にはその『荘子注』を後に郭象が竊んで自らの注としたという故事がみえる。向秀は嵇康とも呂安とも親しく、嵇康と呂安が刑死した後、それを悼んで「思旧賦」（『文選』巻一六哀傷）をこしらえた。

二一 劉伶 字は伯倫。建威参軍となる。「酒徳頌」一篇（『文選』巻四七頌）を著し「唯だ酒のみ是れ務め、焉くんぞ其の餘を知らん」と当時の礼法などものともせず、傍若無人な大上戸ぶりを描いている。『晋書』巻四九。

二二 咸 阮咸、字は仲容。『晋書』巻四九。叔父の阮籍と竹林の遊をなす。能く音律を解し、当時の音律に詳しかった学者の荀勖が、自分は阮咸に遠く及ばないと称賛した。琵琶が上手であったが、南京の西善橋六朝墓より出土の竹林七賢磚刻画のうちの阮咸の演奏している楽器は、古くは秦琵琶とか月琴とよばれた楽器に似ており、唐代になって阮咸と呼ばれるようになった。唐代に流行った「三峡流泉」という琴曲も阮咸の作品と言われている（『楽府詩集』巻六〇に引く『琴集』より）。『世説』任誕篇10には、彼が世俗の虚栄に反発するひとつの故事として、当時七月七日に虫干しをして富を誇示する習慣があったのを、彼は褌を干して「まだ俗っぽさがぬけないので、ちょっとそうやってみただけ」とうそぶく姿が描かれている。本書「阮籍伝」注七一参照。

二三 王戎 二三四～三〇五。字は濬沖、琅邪臨沂の人。『晋書』巻四三に伝あり。名門琅邪の王氏出身の王戎は、竹林の七賢のうちでも、目立って俗物性が強く、嵇康、阮籍、山濤、劉伶が竹林で痛飲しているところに、遅れてやって来ると、阮籍から、「俗物がやってきて、人の気分をぶちこわす」とからかわれたという故事もある。

二四 竹林七賢　七人の交遊グループが「竹林の七賢」と呼ばれるようになったのは、四世紀の東晋時代に始まる。「竹林の七賢」を一つの交遊グループとして最初に挙げたのは、『三国志』魏書第二一王粲伝の注にひく『魏氏春秋』であるようで、そこには「康 河内の山陽縣に寓居し、之と游ぶ者は、未だその喜慍の色を見ず。陳留の阮籍・河内の山濤、河南の向秀・籍の兄の子の咸・琅邪の王戎・沛人の劉伶と相い與に友善し、竹林に遊び、號して七賢と爲す」と記されている。東晋末の人である陶淵明の『集聖賢群輔録』は、古来の聖賢のグループを列挙した書であるが、そこにも七人の名があり、「右、魏の嘉平中（二四九～二五四）、並びに河内の山陽に居まい、共に竹林の游びを爲す。世は竹林の七賢と號す。晉書・魏書に見ゆ。袁宏・戴逵は傳を爲り、孫統も又た贊を爲る」と書かれていて、それまでの「七賢」の伝承のようすが垣間見られる。詳しくは、福井文雅「竹林七賢についての一試論」（『フィロソフィア』三七号）に考証されている。また竹林の七賢たちが行なった「清談」については、青木正児『支那文学思想史』（岩波書店、一九四三年）など参照。

二五 戎自言　『三国志』魏書第二一王粲伝の注にひく『魏氏春秋』にも「嵇康は河内の山陽縣に寓居し、これと游ぶ者、いまだ嘗てその喜び慍りの色を見ず」という。『世説』徳行篇16には王戎の言として「嵇康とともに居ること二十年、未だ嘗て其の喜び慍りの色を見ず」とある。

二六 山陽　魏晋の際に嵇康、向秀らがここに住んで竹林の游をなしたことにより、後には、高雅な人士の聚会の地をさすようになる。『水経注』巻九に「清水…又た七賢祠の東を逕る、左右の筠篁列植し、冬夏に貞萋を變ぜず。魏歩兵校尉陳留の阮籍、中散大夫譙國の嵇康、晉司徒河内の山濤、司徒琅邪の王戎、黄門郎河内の向秀、建威參軍沛國の劉伶、始平太守の阮咸など、同に山陽に居り、自得の游を結ぶ。時人は之を號して竹林の七賢と爲す。向子期の山陽の舊居と謂いし所なり」とある。

二七 樵蘇　たきぎをとり草を刈ること、またその人。

二八 神　この世のものではないような、玄妙な働きをそなえ不老不死を体得したもの。神とは本来、『易』繫辞伝上に、「陰陽測られざる、之を神と謂う」とあるように、ふしぎなもの、そのはたらきが玄妙で測り知ることができず、万物の根元となるものをさす。ここでは道家で不老不死の術を得て、変化自在な者をいう「神仙」と同様に捉えた。

二九 孫登　晋の隠者。『太平広記』巻九に引く『神仙伝』にも記載がある。嵇康「幽憤詩」には「昔 柳惠に慚じ、今 孫登に愧ず」として、春秋時期の魯の柳下恵とともに、彼が尊崇する隠者としてあげられている。嵇康は孫登とともに三年を過ごしその考えを聞こうとしたが、孫登は最後まで答えようとしなかった。別れる段になってようやく孫登は、「あなたは「才」があっても「識」（身を保つための見識）がないので今の時世に身をまっとうするのは難しいだろう」と語った。それについては、『世説』棲逸篇2の注に引く「文士伝」、また『晋書』巻九四隠逸伝参照。本書「阮籍伝」注六〇参照。

三〇 性烈而才儁　気性が烈しく、すぐれた才能をもっていること。『文心雕龍』体性篇には嵇康の個性と作風を「叔夜は儁俠、故に興高くして采烈し」として、才気縦横な男だて嵇康の文学は高邁な趣きと峻烈な措辞をそなえるという。

三一 王烈　字は長休、伝説中の神仙、年は三百三十八歳でも容貌は若く、歩行は飛ぶようで黄精という薬草や鉛を飲んでいた。『文選』巻二二遊覧の沈約「遊沈道士館」の李善注に引く袁宏の「竹林名士伝」にも、飴のような石髄（鍾乳石のこと、薬として服用する）に嵇康が触れると、それが石のようになってしまったという故事がみえる。『太平広記』巻九に引く葛洪『神仙伝』巻六にも、石髄の故事とともに、嵇康が神仙になりきれないことをいう逸話として、石室で『素書』二巻（黄石公の著と伝えられる。二巻または一巻。道術の要言の書かれた書）をみつけた王烈が、その字体がわかる嵇康を連れて再びその石室へ行こうとすると、石室がなくなっていて、嵇康はそれを目にすることができなかったという故事がある。

三二　選官　人事を司る吏部の役人のこと。

三三　與濤書告絶　「與山巨源絶交書」（『文選』巻四三書）。自分がいかに官吏に不向きな人間であるかを列挙しながら、礼教の掟、支配機構を痛罵するものである。『文心雕龍』書記篇に、高潔な思想を雄大な文章に包んでいると評価されている。西順蔵は「『湯・武の行いは非であってとらない』（『魏氏春秋』）という言葉があってそれを聞いた司馬氏は怒ったという。…儒教伝説のもっともらしさを非難した…彼の司馬氏に対する抵抗だとはっきり言える」という。この書が後の嵇康の処刑に繫がっていくとも考えられている。

三四　鍛　鉄を鍛えること。鉄を打って生計をたてていた。『世説』簡傲篇3の注に引く「文士伝」に「康 性 絶巧にして、能く鐵を鍛す…」とある。『元和郡県図志』巻一六「天門山」の条にも記載あり。

三五　呂安　?～二六二。字は仲悌、東平の人、冀州刺史呂招の第二子。作品集としては、『隋志』に「嵇康集」の下注に「魏徵士呂安集二巻、錄一巻、亡」とみえる。『旧唐志』には「呂安集二巻」、『新唐志』にも「呂安集二巻」とあるが、宋以後散逸した。現存する作品としては「髑髏賦」（『藝文類聚』巻一七所収）がある。『世説』簡傲篇4には、ある日、呂安が嵇康を訪れると不在で、兄の嵇喜がいたので、呂安は「鳳」という字を門に題して帰った。嵇喜はよろこんだが、「鳳」とは実は凡鳥の意味であったという故事がみえる。その注に引く『晉陽秋』には、呂安について「志量開曠にして、抜俗の風氣あり」という。

三六　安爲兄所枉訴　呂安の事件。『文選』巻一六哀傷の向秀「思旧賦」に引く干寶『晉書』の記事によると、呂安がその妻を兄の巽に私通され、そのため兄の巽を告発しようと、友人の嵇康に相談していた。ところが、兄の巽が身の危険を感じ、先に弟の呂安を親不孝のかどで告発した。嵇康が呂安の弁護に証人として出ていくと、それを機会に嵇康も人心惑乱のかどで告発され、呂安とともに陥れられたという。『世説』雅量篇2に引く『晉陽秋』には、呂安が兄に訴えられて、遼東へ追放されようとし、呂安は「安 徙るに當り、訴えて自ら理し、辭して康を引く」と、自分の言い分を申し立て、嵇康に証言を頼んだことがみえる。『晉書』嵇康伝の本文に見える「辭も て相い證引して」というのがそれをいうと考えられる。嵇康は呂安の兄の呂巽に対して、この際「呂長悌と交（まじわり）を絶つの書」を書いている。この事件に関しては、松本幸男「嵇康と呂安事件」に詳しい。

三七　辭　争議や訴訟のことば。『周礼』秋官・郷士に、「其の獄訟を聴き、其の辭を察す」とあり、ここでも呂安事件をめぐる訴訟のことばを指すと考えられる。

三八　幽憤詩　『文選』巻二三哀傷に所収。獄中で書かれた長篇の四言詩で、幼児期以来の生涯を告白的に回顧しながら、死を前にして世を憤り人を呪うのではなく、その禍は己の非にあるとして従来の行いに対する後悔の様子がみえる。

三九　向秀　『世説』言語篇18の注に引く『向秀別伝』に「秀 字は子期、河内の人。少くして同郡山濤の知る所となり、又た譙國の嵆康、東平の呂安と友善たり、並びに抜俗の韻あり、その進止同じからざるなし…常に嵆康とともに洛邑にて偶び鍛す」とあり、嵆康と鍛をした相手としてあらわれている。

四〇　鍾會　二二五～二六四。字は士季、潁川長社（河南省）の人。『三国志』巻二八参照。『世説』言語篇12には、兄の鍾毓とともに幼いときからなかなか機知に富んでいたことが記されているが、長じてからは評判がわるく、『世説』文学篇5に、鍾会が『四本論』を著し、嵆康にみてもらおうとおもったが、嵆康の反駁をおそれて戸外に投げ捨てて急いで帰ったという逸話がある。『世説』雅量篇2の注に引く『文士伝』には、鍾会の嵆康に対する弾劾文が記載されている。鍾会の作品集としては、『隋志』に「魏司徒鍾會集、九巻。梁十巻、録一巻」とあり、『旧唐志』には「鍾會集 十巻」、『新唐志』にも「鍾會集 十巻」とみえる。本書「阮籍伝」注二三参照。

四一　何所聞而來、何所見而去　このとき嵆康がもし鍾会を相手に挨拶でもしたなら、それは鍾会が設定したとおり、鍾会の地位を認めることになるので、ここでは黙殺した。そして終わりに、「何を聞いてやってきたのか。何を見て帰るのか」と言ったのは、なにも問うたのではなく、おまえの相手にはならないということであり、それに対する鍾会の答えは単なるオウム返しになったにすぎず、ゆえに鍾会の嵆康に対する憎悪の念が膨らんでいくのである。『世説』簡傲篇3、『三国志』魏書第二一王粲伝の注に引く『魏氏春秋』にも同様の記載がある。

四二　文帝　二一一～二六五。晋の宣帝司馬懿の子で、景帝司馬師の弟の司馬昭のこと。武帝である司馬炎の父にあたる。景元四年（二六三）の十月に天子は司馬氏一家の累次の勲功をかぞえて、司馬昭を相国とした。司馬昭は鍾会の讒言を聞いたこの時はまだ相国ともなっておらず、文帝というのは、後に子の司馬炎が武帝に即位した時に諡されたものである。

四三　臥龍　まだ頭角を現してはいないが傑出した人物のことだが、ここでは姦雄の潜伏することをいう。

四四　毌丘儉　字は仲恭、河東聞喜（山西省）の人。魏の重鎮であり、司馬氏の専横に怒り、兵を挙げるも、敗北して殺される。『三国志』巻二八に伝がある。『三国志』巻二一魏書王粲伝の注に引く郭頒『世語』に、嵆康が毌丘倹の挙兵に加担しようとしたことについて、「毌丘儉反く、康は力有りて、且つ兵を起こしてこれに應ぜんと欲し、以て山濤に問うも、濤曰く『不可なり』と。儉亦た已に敗る」とみえる。

四五　華士　周代の人。太公望が斉に封ぜられた時、居士の狂矞と華士の兄弟がおり、彼らは天子の臣とならず、諸侯を友とせず、ただ耕作して食らい、井戸を穿って水を飲む生活をしたので、君のためにならないとして太公望が誅した。『韓非子』巻一三外儲説参照。

四六　少正卯　春秋、魯の人。天下の五大悪を兼ね、孔子が魯の相となると、少正卯を政治を乱すものとして誅した。『史記』孔子世家、『孔子家語』始誅参照。

四七　典謨　『書』の堯典、舜典、並びに大禹謨、皐陶謨、益稷をいう。二典三謨、また、ひろく古聖賢訓戒の辞をいう。

四八　東市　漢代には長安の東市に罪人処刑場があったことから、後世処刑場を「東市」という。『水経注』巻一六穀水の条に、「穀水又た東して南に屈し、建春門の石橋の下を逕る…、水南は即ち馬市なり、舊く洛陽に三市あり、斯れ其の一つなり。亦た嵆叔夜の司馬昭の害する所と爲りし處なり」という。『洛陽伽藍記』巻二城東にも、「建春門の外に出づること一里餘り、東の石橋に至り、西北して行く、晉太康元年橋を造り、南に魏朝の時の馬市あり、嵆康を刑せるの所なり」とある。

四九 太學　古代、天子の建てた学校。天子、公卿・大夫の子および庶民の優秀な者の教育を行なった。前漢の武帝の時、周代の制度により、官吏養成の機関として太学を設置した。多くの太学生が嵆康を師としたいと請願したことについては、『世説』雅量篇2にも、「太學生三千人書を上りて、以て師と爲さんことを請うも許さず」とある。その部分の注には、王隱の『晉書』が引かれており、「康の獄に下るや、太學生數千人之を請う。時において豪俊皆な康に隨いて獄に入り、悉く解喩するも、一時に散遣せらる。康 竟に安と同に誅せらる」とある。

五〇 康顧視日影　刑死した嵆康と呂安のことを思って作られた向秀の「思旧賦」(『文選』巻一六哀傷)にも「命に就くに當るに臨みて、日影を顧視し、琴を索めてこれを彈ず」とあり、影の長さを見て処刑の時の迫るのを知り、琴を奏でたことがみえる。

五一 袁孝尼　袁準、字は孝尼、陳郡陽夏(河南省)の人。儁れた才をもち、泰始年間(二六五〜二七四)に給事中となる。阮籍とも交友をもつ(『世説』文学67に引く『袁氏世紀』『兗州記』参照)。

五二 廣陵散　琴曲。『三国志』巻二一魏書王粲伝の注に引く「嵆康別伝」には「終わるに臨みての言に曰く袁孝尼嘗に吾に從いて廣陵散を學ばんとするも、吾每にこれを固りて與えず。廣陵散 今に絶ゆ」とある。また、刑死する前に嵆康が弾いた曲は「太平引」であるという説もある(『世説』雅量篇2に引く「文士伝」)。『太平御覧』巻五七九に引く『霊異志』にもすでにこの世のものではないものが、嵆康の弾く琴の音によせられてやってきて、嵆康と音声のことについて論じあい、他人に伝えないように約束させて、広陵散の曲を嵆康に伝授したことが記されている。

五三 華陽亭　密県にあった亭の名。嵆康はいつもこのあたりの山沢に薬を採り、この亭で古人から琴を学んだという(『水経注』巻二二洧水に引く司馬彪の説)。

五四 談理　老子・荘子の形而上学的理論をもとに議論すること。

五五 能屬文　『三国志』巻二一魏書王粲伝の注に引く『魏氏春秋』に、「康の著す所の諸文論六七萬言は、皆な世の玩詠する所と爲る」とある。

五六 傳贊　『隋志』には嵆康撰として「聖賢高士傳贊」三巻が記録されている。『三国志』巻二一魏書王粲伝の注に引く嵆喜の「嵆康伝」に、「上古以來の聖賢・隱逸・遁心・遺名なる者を撰錄し、集めて傳贊を爲し、混沌より管寧に至り、凡そ百一十九人有り。蓋しこれを宇宙の内に求め、而してこれを千載の外に發するなり。故に世人得て名づくるなし」という。現在、戴明揚『嵆康集校注』の付録に広成子以下六十九名のものが集められている。

五七 太師箴　上古には君道は自然にして、必ず賢明なるものに託されていたが、次第に世の中は名利を競い、刑教を争って施すようになり、私利私欲のために狂ってきたことを述べ、帝王は自らの徳に慢心することなく、自らの強さに驕ることのないようにするべきだと説く。

五八 聲無哀樂論　秦客と東野主人との問答形式によって、音声には自然の本質があり、人間の喜怒哀楽には関係ないことを主張する。従来の儒教的な音楽論では、とかく心の動きと音楽のあり方が結び付けられ、さらに政治と音楽が関連づけられるという図式になっていたが、その関わりを否定するところにこの論の特徴がある。『文心雕龍』論説篇では、この「声無哀楽論」が、傅嘏(ふか)の「才性論」などとならんで独創的な発想や鋭い論鋒を持つ点で評価され、数ある論のなかでも白眉とされている。西順蔵「嵇康「声無哀楽論」日語訳並びに註」(『大倉山学院紀要』二　一九五六年)、吉聯抗『嵇康・声無哀楽論』(人民音楽出版社　一九八七年)、張前・石黒健一『嵇康著声無哀楽論—中国音楽美学入門—』(シンフォニア　一九九八年)などが参考となる。

五九 紹　嵇紹、二五三～三〇四。字は延祖。『晋書』巻八九忠義列伝。獄中の嵇康は、息子のために「家誡」を書いた。これには、上役との接し方や中傷されない心得などがこまごまと説かれている。十歳で父嵇康を亡くし、父の友の山濤に託される。『晋書』巻四三山濤伝には、嵇康が死に臨み、嵇紹に対して、「巨源(山濤)在り、汝孤ならず」と言ったとある。『世説』政事篇8には「嵇康誅されて後、山公は康の子紹を擧げて祕書丞と爲す」とみえる。現実主義者の山濤は、父を刑死させた西晋王朝に仕えるべきか躊躇する嵇紹に、状況の変化に即して身を処すことは恥ではないと言い聞かせ、それに応えて嵇紹は西晋王朝に仕官する。『世説』方正篇16には、嵇紹の父譲りの剛直な性格も描かれている。

〔参考文献〕

魯迅『嵇康集』(一九二四稿)(北京・文学古籍出版社　一九五六年)
戴明揚校注『嵇康集校注』(北京・人民文学出版社　一九六二年)
荘萬壽『嵇康研究及年譜』(学生書局　一九九〇年)
王瑶『中国の文人—「竹林の七賢」とその時代』(大修館書店　一九九一年)
吉川忠夫『竹林の七賢』(世界思想社　一九九六年)
大上正美『阮籍・嵇康の文学』(創文社　二〇〇〇年)
西順蔵「嵇康たちの思想」(『一橋論叢』四三—三　一九六〇年／『西順蔵著作集』第二巻)
興膳宏「嵇康詩小論」(『中国文学報』第十五冊　一九六一年)
興膳宏「嵇康の飛翔」(『中国文学報』第十六冊　一九六二年)
福永光司「嵇康における自我の問題—嵇康の生活と思想」(『東方学報』三十二冊　一九六二年)
狩野直喜「正始時代の文学—嵇康」(『魏晋学術考』筑摩書房　一九六八年)
アンリ・マスペロ「詩人嵇康と竹林七賢のつどい」(『道教』平凡社　一九七八年)
福井文雅「竹林の七賢についての一試論」(『フィロソフィア』三七号)
松本幸男「嵇康と呂安事件」(『立命館文学』第四三〇・四三一・四三二号　一九八一年)
松本幸男「嵇康釈私論訳注」(『学林』第四号　一九八四年)
興膳宏「嵇康—孤独の求道者」(『中国思想史』上　一九八七年　ぺりかん社)

(中　純子)

阮籍（二一〇〜二六三）

阮籍は阮瑀の子で、嵇康とともに「竹林七賢」の中心的人物。常軌を逸した奇矯な言動で知られるが、その根底には欺瞞に満ちた当時の社会に対する批判が込められている。五言詩の連作「詠懐詩」八十二首は、生の移ろい易さへの嗟嘆や自己の孤独感などの「懐い」を、象徴的比喩、歴史への寄託といった手法により「詠」じたもので、古来難解とされる。この連作様式は知識人が心情を述べる一形式として定着、陶淵明および唐の陳子昂、李白らに継承された。『詩品』上。

晉書卷四九　阮籍傳

[一]阮籍字嗣宗、陳留尉氏人也。[二]父瑀、魏丞相掾、知名於世。籍[三]容貌瓌傑、志氣宏放、傲然獨得、任性不羈、而喜怒不形於色。或閉戶視書、累月不出、或登臨山水、經日忘歸。博覽羣籍、尤[四]好莊老。嗜酒[五]能嘯、善彈琴。當其得意、忽忘形骸。時人多謂之癡、惟[六]族兄文業每歎服之、以爲勝己、由是咸共稱異。

籍嘗隨[七]叔父至東郡、[八]兗州刺史王昶請與相見、終日不開一言、自以不能測。[九]太尉蔣濟聞其有儁才而辟之、籍詣[一〇]都亭[一一]奏記曰…（略）。

初、濟恐籍不至、得記欣然。遣卒迎之、而籍已去、濟大怒。於是鄉親共喩之、乃就吏。後謝病歸。[一二]復爲尚書郎、少時、又以病免。[13]及曹爽輔政、召爲參軍。籍因以疾辭、[14]屏於田里。歲餘而爽誅、時人服其遠識。[15]宣帝爲太傅、命籍爲從事中郎。及帝崩、復爲景帝大司馬從事中郎。[16]高貴鄉公卽位、[17]封關內侯、徙散騎常侍。

籍本有濟世志、[18]屬魏晉之際、天下多故、[19]名士少有全者、[20]籍由是不與世事、[21]遂酣飲爲常。[22]文帝初欲爲武帝求婚於籍、籍醉六十日、不得言而止。[23]鍾會數以時事問之、欲因其可否而致之罪、皆以酣醉獲免。[24]及文帝輔政、籍嘗從容言於帝曰「籍平生曾游東平、[25]樂其風土」。[26]帝大悅、[27]卽拜東平相。籍[28]乘驢到郡、[29]壞府舍屏鄣、使內外相望、法令清簡、旬日而還。帝引爲大將軍從事中郎。有司言有子殺母者、[30]籍曰「嘻、殺父乃可、至殺母乎」。坐者怪其失言。帝曰「殺父、天下之極惡、而以爲可乎」。籍曰「[31]禽獸知母而不知父、殺父、禽獸之類也。殺母、禽獸之不若」。衆乃悅服。

籍聞步兵廚營人善釀、[32]有貯酒三百斛、乃求爲步兵校尉、遺落世事。雖去佐職、[33]恆游府內、朝宴必與焉。會[34]帝讓九錫、[35]公卿將勸進、[36]使籍爲其辭。[37]籍沈醉忘作、臨詣府、使取之、見籍方據案醉眠。使者以告、籍便書案、使寫之、無所改竄。辭甚清壯、[38]爲時所重。

一 阮籍 字は嗣宗、陳留尉氏の人なり。[2]父の瑀は、魏丞相の掾たり、名を世に知らる。籍[3]容貌は瓌傑、志氣は宏放、傲然として獨り得、任性不羈なるも、喜怒色に形れず。或いは戸を閉じ書を視、累月出でず、或いは山水に登臨し、經日歸るを忘る。羣籍を博覽し、尤も[4]莊老を好む。酒を嗜んで能く[5]嘯き、善く琴を彈ず。其の意を得るに當りては、忽ち形骸を忘る。時人多く之を癡と謂うも、惟だ[6]族兄の文業のみ毎に之に歎服し、以て己に勝ると爲す。是に由りて咸な共に異と稱す。

籍嘗て[七]叔父に随いて東郡に至る、[八]兗州刺史王昶請いて與に相見るも、終日一言をも開かず、自ら測る能わずと以う。[九]太尉蔣濟其の雋才有るを聞きて之を辟す。籍[一〇]都亭に詣り[一一]記を奏して曰く…（略）。
初め、濟籍の至らざるを恐るるも、記を得て欣然たり。卒を遣わして之れを迎えしむるも、籍已に去り、濟大いに怒る。是に於て郷親共に之を喩し、乃ち吏に就く。後、病と謝して歸る。[一二]復た尚書郎と爲り、少時にして、又た病を以て免る。[一三]曹爽政を輔くるに及び、召して參軍と爲す。籍因りて疾を以て辭し、[一四]田里に屏く。歳餘にして爽誅せられ、時人其の遠識に服す。[一五]宣帝太傅たり、籍に命じて從事中郎たらしむ。帝崩ずるに及び、復た景帝の大司馬從事中郎と爲る。[一六]高貴郷公位に卽くや、[一七]關內侯に封ぜられ、散騎常侍に徙る。

籍本と[一八]濟世の志有るも、魏晉の際に屬し、天下[一九]故多く、名士[二〇]全うする者有ること少なし、籍是に由りて世事に與らず、遂に酣飮するを常と爲す。[二一]文帝初め武帝の爲に婚を籍に求めんと欲す、籍醉うこと六十日、言うを得ずして止む。[二二]鍾會數しば時事を以て之に問い、其の可否に因りて之を罪に致さんと欲するも、皆な酣醉するを以て免るるを獲。[二三]文帝政を輔くるに及び、籍嘗て從容として帝に言いて曰く「籍平生曾て[二五]東平に游び、其の風土を樂しむ」と。[二六]帝大いに悅び、卽ち[二七]東平の相を拜せしむ。籍[二八]驢に乘りて郡に到るや、[二九]府舍の屏鄣を壞り、內外をして相望ましめ、法令を清簡にし、旬日にして還る。帝引きて大將軍從事中郎と爲す。有司[三〇]子の母を殺す者有りと言う、籍曰く「嘻、父を殺すは乃ち可なり、母を殺すに至れるか」と。坐する者其の言を失するを怪しむ。帝曰く「父を殺すは、天下の極惡たり、而して以て可と爲すか」と。籍曰く「[三一]禽獸は母を知りて父を知らず、父を殺すは、禽獸の類なり。母を殺すは、禽獸にすら之れ若かず」と。衆乃ち悅服す。

籍[三二]歩兵廚營の人の善く釀し、酒三百斛を貯うる有るを聞き、乃ち求めて歩兵校尉と爲り、世事を遺落す。[三三]佐職を去ると雖も、恆に府內に游び、朝宴には必ず與る。會たま帝[三四][三五]九錫を讓る。公卿將に[三六]勸進せんとし、籍をして其の辭を爲らしむ。籍沈醉して作るを忘る。府に詣るに臨み、之を取らしむるに、籍の方に案に據り醉いて眠るを見る。

使者以て告ぐ、籍便ち案に書し、之を寫さしむるに、改竄する所無し。辭は甚だ[38]清壯、時の重んずる所と爲る。

阮籍、字は嗣宗、陳留尉氏（河南省）の人である。父の瑀は、魏の丞相の属官であり、その名を世に知られた。籍は、姿かたちがすぐれて立派で、志は大きく自由であり、傲然と構えて自信に満ち、性情のままに振る舞って束縛を受けず、それでありながら喜怒の感情は顔色に表れない。ある時には家の戸を閉じ引きこもって書物を読み、幾月も外出せず、ある時には山に登り水に臨み、何日も帰宅を忘れた。多くの書物に博く目を通していたが、もっとも老荘を好んだ。日ごろより酒を好み、嘯くことに巧みで、琴を弾くのが上手だった。自ら満足して愉快な時には、たちまち我が身の有るを忘れるほどであった。当時の人には彼を痴れ者呼ばわりするものが多かったが、族兄の文業だけがいつも彼に感服し、自分よりすぐれた者だとした。それで皆も共に彼を非凡であると称えたのだ。

籍はある時叔父について東郡（河南・山東両省にまたがる地域）に行った。このとき兗州（山東省）刺史の王昶は請うて会見したが、籍が終日一言も述べなかったので、自分にははかり知れない者だと思った。太尉の蔣済は籍にすぐれた才能が有ると聞いて彼を召し出した。籍は郡都の亭まで行き、文書を差し上げて言うには…（略）。

当初、蔣済は籍がやってこないのではないかと恐れたが、この文書を手にして喜んだ。そして吏卒に迎えに行かせたが、籍はすでに立ち去った後だったので、済はたいそう腹を立てた。そこで郷里の縁故の者らが皆で籍を諭し、ようやく吏となったのである。後に病気を理由に辞職して帰郷した。再び（出て）尚書郎となり、短期間でまた病気により免職になった。曹爽が政治を補佐するようになると、籍を召して参軍とした。籍はそこで病気を理由にいなかに退いた。一年余りして曹爽は誅されたので、当時の人はその先見の明に感服したのである。宣帝（司馬懿）が太傅となり、籍を従事中郎に任命した。宣帝が崩御すると、再び景帝（司馬師）の大司馬従事中郎となった。高貴郷公が帝位に即くと、関内侯に封ぜられ、散騎常侍にうつった。

籍は元々世を救わんとする志を持っていたが、おりしも魏晋の交代の時にあたり、天下に変事多く、すぐれた人物が終わりを全うすることがほとんど無かった。籍はそのことから世の出来事に関与せず、かくて盛んに酒を飲むを常態としたのである。文帝（司馬昭）は初め（息子の）武帝（炎）のために、籍に縁組みを求めたが、籍は六十日の間酔い続けたので、申し入れることもできず沙汰止みとなった。鍾会はしばしば彼に時事について尋ね、回答の如何によって罪を着せようとしたが、いずれも泥酔状態にあったので免れることができたのである。文帝が政治を補佐すると、籍はある時さりげなく帝に申し上げた。「私は以前に東平に遊んだことがございますが、彼の地の風土が気に入りました」。帝は大いに悦び、すぐに東平国相の位を授けた。籍は驢馬に跨って東平郡（国）に着くと、役所の塀やしきりを取り壊し、内からも外からも互いによく見渡せるようにさせ、法令はすっきりと簡潔にし、十日ほどで引き返した。帝は彼を召し寄せて大将軍従事中郎とした。役人が、母親を殺した子が有ると申し上げたとき、籍は言った。「ああ、父親を殺すのなら許せるが、母親を殺してしまうとは」。居合わせた者は何たることを言うかといぶかった。帝は言った。「父親を殺すといえば、天下にこの上ない悪道ですが、許せるとおっしゃるか」。籍は言った。「鳥獣は、自分の母親は知っておりますが、父親を知りませぬ。父親を殺すのでしたら鳥獣と同類でございます。母親を殺すとなれば、鳥獣にも劣りましょう」。人々はそこではじめて心より彼に服したのである。

籍は、歩兵校尉部署の調理場の係りが酒を醸すのに巧みで、三百斛（こく）の酒をたくわえていることを耳にし、自ら進んで歩兵校尉となり、世間のことは打ち捨てた。補佐官の職からは離れたが、いつも役所に出かけ、朝廷内での宴会には必ず参加した。おりしも帝が（司馬昭に）九錫を賜うに当たって、高官たちは（昭に）即位を勧めようとし、籍にその文章を書かせることにした。籍はといえば酔いつぶれて書くのを忘れており、（高官らが）役所に出るというときに、その文章を（使者に）取りに行かせたところ、籍は机に寄りかかり酔って眠っていた。そこで使者がわけを話すと、籍はすぐに（文章を）机の上に書きつけ、それを写させたのだが、改める箇所は無かった。そのことばは甚だすっきりとして快く、当時の人に重んぜられた。

一 阮籍　『晋書』以外に見える阮籍の伝記の主なものは、①『三国志』巻二一（王粲伝附）阮籍伝、および同書注に引く『魏氏春秋』。②『世説』徳行篇15注に引く『魏氏春秋』、および他の諸篇・注。③『全三国文』巻五三に録する「魏散騎常侍歩兵校尉東平相阮嗣宗碑」（『広文選』所収）など。ただし③は作者が嵆康と伝わるなどの点で、来歴が疑わしい（『四庫全書総目提要』巻一九二『広文選六〇巻』参照）。

二 父瑀…　一六五?〜二一二。陳留尉氏の人。詳しくは本書「阮瑀伝」参照。阮姓は、『詩』皇矣が記す、周文王が討伐した甘粛省内の国名に由来するという（『元和姓纂』巻六。注一③「魏散騎常侍歩兵校尉東平相阮嗣宗碑」もこれに拠る）。詳しい家世は分からないが、本伝中の父瑀（丞相掾）、族兄の武（清河太守）、武の父諶（侍中）などの存在からも、阮氏が当時の盛族であったことが窺われる。しかし『世説』任誕篇10には、籍や甥の咸らの「南阮」が、他の「諸阮（北阮）」に比して貧しく風変わりであった様子を記す。七月七日の衣服の虫干しの時、錦や絹の衣服を干す北院に対し、阮咸はふんどしを竿にかけて「俗気が脱けず、世の習いに従ったまでのこと」と言ったという。

　阮籍が三歳の時に父瑀は逝去する。遺された家族の境遇は、魏文帝（曹丕。本書「曹丕伝」参照）「寡婦の賦」「寡婦の詩」、王粲（本書「王粲伝」参照）「寡婦の賦」、丁廙（い）「寡婦の賦」（いずれも『藝文類聚』巻三四に引く）、が成る契機となった。魏文帝「寡婦の賦序」が、「陳留の阮元瑜、余と舊有り、薄命にして早に亡ず、故に斯の賦を作り、以て其の妻子の悲苦の情を叙し、王粲等に命じて並びに之を作らしむ」（『文選』巻一六　潘岳「寡婦の賦」李善注に引く）と、その由来を説明する。曹植（本書「曹植伝」参照）にも「寡婦の詩」（『文選』巻二三謝霊運「廬陵王墓下作」李善注に引く）があるが、断句を存するのみで関係の有無は不明。

三 容貌瓌傑　「瓌傑」は、すぐれて立派なこと。少時の阮籍に対する評語に、「阮籍 幼くして奇才異質有り、八歳にして能く文を屬す、性は恬靜たり」（『太平御覧』巻六〇二に引く『魏氏春秋』）という。また「詠懐詩」其十五には「昔年十四五、志尚好書詩」という。

四 好荘老　『三国志』巻二一阮籍伝にも「瑀の子籍、才藻艶逸にして倜儻（てきとう）放蕩、己を行うに欲寡く、荘周を以て模則と為す」という。現存する阮籍の著作の中では、後出「大人先生伝」（→注六四）「達荘論」（→注五九）の他、「通老論」「老子賛」（この二者は『太平御覧』に引く断片のみ）などが老荘の思想を説く。『世説』文学篇12注に引く『晋諸公賛』には、阮籍に「道徳論」の著作があったことを記す。

五 能嘯　神仙術の一つで、口をすぼめて音を出す発声の方法。青木正児「『嘯』の歴史と字義の変遷」（『青木正児全集』第八巻）参照。

六 族兄文業　「文業」は阮武の字。『三国志』巻一六杜恕伝、巻二二盧毓伝によれば、阮武は魏の青龍二年（二三四）に盧毓により推挙され、正始年間（二四〇〜二四九）までに清河太守、のち廷尉となった。著書に『阮子正論』五巻（『隋志』子部に著録）がある。『世説』賞誉13、および同所注に引く杜篤『新書』と『陳留志』にも、彼が見識ある博通の士であったことが記される。

七 叔父　未詳。

八 兗州刺史王昶…　兗州は現在の山東省内、刺史は地方政治の監査役。王昶（?〜二五九）、字は文舒、太原晋陽の人。『三国志』巻二七魏書に伝がある。魏武帝以降五代に仕えた。文帝が太子であった時の太子文学で、散騎侍郎、兗州刺史を歴任、嘉平二年（二五〇）には呉蜀討伐を奏上して自ら戦線（江陵、荊州など）に赴き、その戦功により征南大将軍となった。兗州刺史となるのは文帝在位中（二二〇～二二六）のこと。したがってこの記事は阮籍が十七歳以前のこととなる。『世説』徳行篇15注に引く『魏氏春秋』にもこの話が見える。

九 太尉蔣濟… 蔣済（?～二四九）、字は子通、楚国平阿の人。『三国志』巻一四に伝がある。魏武帝以降四代に仕えた。丹陽太守、護軍将軍、領軍将軍などを歴任、国家の軍事面に深く参画した。曹爽が敗死する際、彼は宣王司馬懿に与し、曹爽を弾劾する文を奏上したが、ほどなく没した。蔣済が太尉となるのは正始三年（二四二、『三国志』巻四 三少帝紀）、この記事もその当時のことと考えられる。

一〇 都亭　亭とは十里に一箇所設けられた宿場で、郡県の治所にあるものが都亭。『史記』巻一一七司馬相如伝に「是に於て相如往き、都亭に舎（やど）る」とある。

一一 奏記　この文は「記を奏して蔣公に詣る」と題して『文選』巻四〇（奏記）に収められる。蔣済の招きに対し、相手の高徳盛誉を称えつつ、布衣の身から抜擢された古人の例に比べ、自分にはとてもその才は無いとして、招聘を断る内容。なお、『文選』のいわゆる李善五臣注系統の本（茶陵本、四部叢刊本）は、李善および呂延済の注として臧栄緒『晋書』を引き、蔣済が属官の王黙に命じて阮籍を招請したが失敗、恐れた王黙が籍に書簡を与えて説得し、親族がこれに応じて籍を諭したと注する（胡刻本注には王黙の名は見えない）。王黙は注八の王昶の兄の子（『三国志』巻二七王昶伝）。『晋書』巻七五王嶠伝には「祖默、魏尚書」と記す。

一二 復爲尚書郎　「竹林七賢」の一人、王戎と識ったのはこの時と思われる。『世説』簡傲篇2注に引く『竹林七賢論』および『晋陽秋』に、王戎の父渾と同じく尚書郎であった阮籍が、子の戎の方と意気投合したことが記される。蔣済が大尉となるのは阮籍が三十三歳のとき。その後籍が尚書郎となった日時は明記されないが、この王戎との逸話から逆算すると正始六年（二四五）、三十六歳ごろのこととなる。王戎（二三四～三〇五）、字は濬沖、琅邪臨沂（山東省）の人。父渾を介して阮籍と知り合い、竹林の游を為す。官は司徒に至ったが、晋室の乱れるに当たっては特に為す所がなかった。蓄財を好み、吝嗇家であったと伝えられる。『晋書』巻四三に伝がある。「竹林七賢」は本書「嵇康伝」注二四、王戎は「嵇康伝」注二三をそれぞれ参照。

一三 及曹爽輔政… 曹爽（?～二四九）は魏の一宗族の出身。曹操の族子として養育された父曹真ともども軍人派の棟梁で、『三国志』巻九に伝がある。「輔政」については『三国志』巻四 三少帝紀に「景初三年（二三九）…大將軍曹爽・太尉司馬宣王（懿）政を輔く」と見える。曹爽が司馬懿と対立し、政権独占に失敗して誅せられたのは、その十年後の正始十年（二四九）初であるから、阮籍が参軍に召されたのは、その一年余り前の正始八年（二四七）ごろのことになる。

一四 屏於田里　『水経注』巻一六穀水の条には、洛陽の東、穀水が注ぐ「阮曲」の地が阮籍の故居であったとする。

一五 宣帝爲太傅、命籍從事中郎… 「宣帝」は、晋の高祖司馬懿（一七九～二五一）。魏の武帝、文帝に仕えた後、大将軍曹爽を殺して魏朝の実質的な支配者となり、晋朝創立の基礎を築いた（『晋書』巻一）。「景帝」は懿の長子司馬師（二〇八～二五五）。父と同じく魏朝の執権として威勢を張ったが、淮南征伐に際し眼に瘤疾を得て没した（『晋書』巻二）。司馬懿は景初三年（二三九）、すでに魏斉王（曹芳）の太傅となっている。没年は嘉平三年（二五一）であるから、阮籍が従事中郎となるのは、曹爽伏誅（二四九）から二年の間のこと。懿没して後、景帝司馬師は大将軍に従る。ここに記す「大司馬」の号は死後に加えられたものである（『晋書』巻二景帝紀）。『三国志』阮瑀伝に引く『魏氏春秋』の「太傅及び大将軍乃ち以て従事中郎と爲す」との記述に拠れば、阮籍が司馬師の従事中郎となったのは、師が大将軍となった嘉平四年（二五二）以後のことになる。

一六 高貴郷公　魏五代皇帝曹髦（二四一～二六〇、在位二五四～二六〇）、文帝の孫、東海定王霖の子。正元元年（二五四）、晋文帝司馬昭により廃立された斉王芳（在位二三九～二五四）に次いで帝位に即く。司馬氏の専横に憤り蹶起を試みるが、あっけなく敗死する。享年二十歳。『三国志』巻四に伝がある。『北堂書鈔』巻五八に引く『竹林七賢伝』はこの出仕に対する阮籍の心境を「高貴郷公以て散騎常侍と爲すも、其の好むに非ざるなり」と説く。以上の彼の官歴全般に関して、『三国志』巻二一王粲伝に引く『魏氏春秋』は「後に朝廷では、阮籍の名声の高さから彼を重用しようとしたが、籍は多難な世相であったので禄を得るために出仕するだけだったのである」と評する。

一七 關内侯　爵位の一つ。「關内」は都近辺のこと。称号としての位は与えられるが、実際の領地は持たない（『後漢書』百官志五）。なお、時を同じくして鍾会（→注二三）もこの関内侯の爵位を賜っている（『三国志』巻二八鍾会伝）。

一八 濟世　世人、社会を救済する。道徳規範の普及、社会秩序の安定を主とする。『莊子』庚桑楚に「竊竊乎たり、又た何ぞ以て世を濟うに足らんや」、『後漢書』巻六四盧植伝に「性は剛毅、大節有り、常に濟世の志を懷く」とある。

一九 多故　事変、事件が多い。『国語』鄭語に「王室故多く、余及ばんことを懼る、其れ何れの所か以て死を逃るべき」とある。

二〇 名士少有全者　本書所収の詩人では、何晏（一九〇?～二四〇。字は平叔。宛の人。本書「何晏伝」参照）、嵆康（二二四～二六三。字は叔夜。譙国銍の人。本書「嵆康伝」参照）がこれに相当する。注二二参照。

二一 遂酣飲爲常　阮籍の飲酒の故事は多いが、その意味合いについて『世説』任誕篇51にいう。「王孝伯（恭）王大（忱）に問えらく、『阮籍は司馬相如に何如ぞ』と。王大曰く『阮籍は胷中に壘塊あり、故に酒を須いて之を澆ぐ』」と。

二二 文帝初欲爲武帝求婚於籍　「文帝」は晋の司馬昭（二一一～二六五）。司馬懿（→注一五）の子。父の後を受けて輔政の任に当たり、彼を除こうとした魏帝曹髦を弑して陳留王を立て、実質的な帝位を得たが、正式の譲位を受けないうちに没した（『晋書』巻二。並びに本書「嵆康伝」注四二参照）。「武帝」は司馬昭の子で、晋の初代皇帝司馬炎（二三六～二九〇、在位二六五～二九〇）。父の没後、晋王・相国の位を継ぎ、禅譲の形式によって帝位を受けた（『晋書』巻三）。当時、勢族と婚姻関係を結ぶことは凡そ慎重な行為と言えない。例えば魏末に刑死した嵆康（二二四～二六三。字は夙夜。譙国銍の人。本書「嵆康伝」参照）は魏の長楽亭主の婿であり（『世説』徳行16所引『文章叙録』）、何晏（一九〇?～二四〇。字は平叔。宛の人。本書「何晏伝」参照）は金郷公主を娶っている。なお、司馬昭が司馬炎に阮籍の娘を嫁がせようとしたことは、この『晋書』阮籍伝の他には見えない。

二三 鍾會　二二五～二六四。字は士季、潁川長社（河南省）の人。初め魏に仕えるが、司馬師、昭の腹心となり魏末の諸乱を平定するに功有り。嵆康に憾みを抱いて司馬昭に讒訴し、康が刑殺される因をなした。蜀漢攻撃の後、その地で自立を図るも部下に殺害される。『三国志』巻二八。本書「嵆康伝」注四〇参照。

二四 及文帝輔政… 正元二年（二五五）、司馬師逝去直後のこと。『晋書』巻二文帝紀に「景帝崩ずるや…、（文帝）洛陽に至り、位を大将軍に進め、…政を輔け…」とある。

二五 東平 当時、「東平国」が現在の山東省に置かれた。漢代では、「郡」が朝廷の直轄地で、「国」には諸王を封じた。「曾て東平に遊ぶ」とは、前出の「叔父に随いて東郡に至」った時のことかとも思われるが、東平国は東郡より更に東に位置するため、確かではない（『後漢書』郡国志三）。現存する阮籍の「東平賦」は、現世への失望と神仙世界への憧れをうたうが、この「東平」一帯に対する描写は、「風土を楽しむ」趣というより、むしろその土地の暮らしにくさや自然の厭わしさを基調としている。籍が東平相となった経緯は、『世説』任誕篇5注に引く『文士伝』、『太平御覧』巻四九八に引く『文士伝』、同巻九〇一に引く『晋陽秋』などがほぼ同じく記録する。

二六 帝大悦 司馬昭の阮籍に対する好意的な態度は他にも見える。（↓注四九）『世説』任誕篇5注に引く『文士伝』は、「籍 放誕にして世に傲るの情有り、仕宦を楽しまず。晋文帝親しんで籍を愛し、恒に与に談戯し、其の欲する所に任せ、迫るに職事を以てせず」と記す。

二七 東平相 注二五の諸「国」には、中央官制の丞相に相当する「相」が置かれた。『後漢書』百官志五に「皇子封王、其郡爲國、毎置傅一人、相一人、皆二千石。本注曰、傅主導王以善、禮如師、不臣也。相如太守。有長史、如郡丞」とある。

二八 乗驢到郡 「乗驢」は、仰々しい供回りの類を引き連れない簡素なさまをいう。「郡」と「国」は同レベルの行政単位ではあるが、「東平国」は漢から晋にわたって置かれており、正確には「国」とすべき。ただし、阮籍の「東平相」にしても、『世説』任誕篇5所引『文士伝』では「東平太守」（「国」の場合は「相」）と記されるなど、資料により表記には幅がある。（↓注二五・二七）

二九 壊府舎屏鄣… 『世説』任誕篇5注に引く『文士伝』は、このくだりを以下のように作る。「籍便騎驢徑到郡、皆壊府舎諸壁障、使内外相望、然後教令清寧。十餘日、便復騎驢去」。

三〇 殺母 礼教上、当時の女性に期待された姿勢を知る一助として、例えば後漢、班昭の手になる『女誡』七篇（『後漢書』列女伝）が、女性はひたすら夫に従い家を維持すべきことを説いている。

三一 禽獣… 『儀礼』喪服「禽獣は母を知りて父を知らず」をふまえる。

三二 歩兵… 「歩兵校尉」は、宿直警護兵を管掌する武官。『後漢書』百官志四「歩兵校尉」の条に引く『漢官』に「員吏七十三人、領士七百人」という。「歩兵廚營」は、その部署の調理場である。この故事は『世説』任誕篇5（「貯酒數百斛」とする）、および同所注に引く『文士伝』『竹林七賢論』にも見える。『竹林七賢論』は阮籍が「七賢」の一人劉伶とともに歩兵廚中に酔死したとするが、両人の卒年は同一でなく、史実ではない。

三三 佐職 一官吏として政治を補佐する、その職業。『漢書』巻五六董仲舒伝に「衆聖輔德、賢能佐職」とある。当時、阮籍は晋文帝（司馬昭）の大将軍従事中郎の職に在った。

三四 帝 陳留王曹奐、字は景明（二四五～三〇二、在位二六〇～二六五）。魏武帝曹操の孫、燕王曹宇の子。甘露三年（二五八）、安次県（河北省）常道郷公に封ぜられ、五年、高貴郷公の死去に伴い即位した。蜀を滅ぼして晋公に封じられた司馬昭が病死した後、これに代わった炎に譲位を要求され、咸熙二年（二六五）に帝位を譲り魏は亡ぶ。

その後陳留王に封ぜられ、五十八歳で没した。『三国志』巻四に伝がある。

三五 譲九錫　「九錫」は、本来帝王が諸侯や臣下に与える品物で、非常な礼遇を表す。『公羊伝』荘公元年何休注に引く『礼緯含文嘉』によれば、1車馬　2衣服　3楽則　4朱戸　5納陛　6虎賁　7弓矢　8鈇鉞　9秬鬯（異説あり）。前漢の王莽が、帝位簒奪に当たって先ず九錫を受け（『漢書』巻九九上王莽伝上）、魏の曹操もこれに倣う（『後漢書』巻九献帝紀、『三国志』巻一武帝紀）。以後魏晋南北朝の王朝交代の際、簒位に先だって皇帝が有力者に九錫を加えることが慣例となった。その有力者がこれを何度か固辞した後、「禅譲」の形式で帝位に即くことになる。司馬昭には、最後に拝命したこの景元四年（二六三）十月まで合計六回、この詔命が下っている（『三国志』巻四　三少帝紀、『晋書』巻二文帝紀）。『文選』巻三五（冊）には、後漢献帝が魏武帝曹操に九錫を譲る際の「魏公に九錫を冊するの文」（潘勖）を録する。

三六 勧進　王朝交代の際、実質的に帝位に在りながら形式的に即位を固辞する有力者に対し、周囲がその功業や美徳を頌えて執権を天命に帰する文章を奉り、新帝の即位を促す。これを「勧進」という。この時の阮籍の文章は「鄭沖の為に晋王に勧むる牋」として『文選』巻四〇に収め、『晋書』巻二文帝紀にも見える。景元四年（二六三）十月、司馬昭はこれにより命を受ける。注三五を参照。「勧進」の文章については、魏文帝曹丕の即位に際しての先例がある（『三国志』巻二文帝紀の注など）。『文選』巻三七には、東晋元帝司馬睿の即位に際して、劉琨らが奉った「勧進の表」を収める。

三七 使籍爲其辭　この経緯については、『世説』文学篇67、『太平御覧』巻七一〇に引く戴勝『竹林七賢論』がほぼ同じ内容を記録するが、両者共に、当日朝の阮籍は袁準の家に居たとする。ここでも、阮籍は当日府外に在ったものと解した。袁準については、本書「嵇康伝」注五一参照。

三八 清壮　すかっとしていること。陸機「文賦」に「銘は博約にして温潤、箴は頓挫して清壮」とある。

＊　＊　＊

籍雖不拘禮敎、然[三九]發言玄遠、口不臧否人物。性至孝、[四〇]母終、正與人圍棊、對者求止、籍留與決賭。既而飮酒二斗、擧聲一號、吐血數升。及將葬、[四一]食一蒸肫、飮二斗酒、然後臨訣、直言「[四二]窮矣」、擧聲一號、因又吐血數升。[四三]毀瘠骨立、殆致滅性。[四四]裴楷往弔之、籍散髮[四五]箕踞、醉而直視、楷弔唁畢便去。或問楷「凡弔者、主哭、客乃爲禮。籍既不哭、君何爲哭」。楷曰「阮籍既方外之士、故不崇禮典。我俗中之士、故以軌儀自居」。時人歎爲兩得。籍又能爲[四六]靑白眼、見[四七]禮俗之士、以白眼對之。及[四八]嵇喜來弔、籍作白眼、喜不懌而退。喜弟康聞之、乃齎酒挾琴造焉、籍大悅、乃見青眼。[四九]由是禮法之士疾之若讎、而帝每保護之。

[五〇]籍嫂嘗歸寧、籍相見與別。或譏之、籍曰「禮豈爲我設邪」。[五一]鄰家少婦有美色、當壚沽酒。籍嘗詣飲、醉、便臥其側。籍既不自嫌、其夫察之、亦不疑也。[五二]兵家女有才色、未嫁而死。籍不識其父兄、徑往哭之、盡哀而還。其外坦蕩而內淳至、皆此類也。[五三]時率意獨駕、不由徑路、車迹所窮、輒慟哭而反。嘗登[五四]廣武、觀楚漢戰處、嘆曰「時無英雄、使[五五]豎子成名」。[五六]登武牢山、望京邑而嘆、於是賦豪傑詩。[五七]景元四年冬卒、時年五十四。

籍能屬文、初不留思。作[五八]詠懷詩八十餘篇、爲世所重。著[五九]達莊論、敍無爲之貴。文多不錄。

籍嘗於蘇門山遭[六〇]孫登、與商略[六一]終古及栖神導氣之術、登皆不應、籍因[六二]長嘯而退。至半嶺、聞有聲若[六三]鸞鳳之音、響乎巖谷、乃登之嘯也。遂歸著[六四]大人先生傳、其略曰「世人所謂君子、惟法是修、惟禮是克、手執[六五]圭璧、足履[六六]繩墨。行欲爲目前檢、言欲爲無窮則。少稱鄉黨、長聞鄰國。上欲圖[六七]三公、下不失[六八]九州牧。獨不見[六九]羣蝨之處褌中、逃乎深縫、匿乎壞絮、自以爲吉宅也。行不敢離縫際、動不敢出褌襠、自以爲得繩墨也。然炎丘火流、焦邑滅都、羣蝨處於褌中而不能出也。君子之處域內、何異夫蝨之處褌中乎」。此亦籍之胸懷本趣也。

[七〇]子渾、字長成、有父風。少慕通達、不飾小節。籍謂曰「[七一]仲容已豫吾此流、汝不得復爾」。太康中、爲太子庶子。

籍　禮教《れいきょう》に拘《かかわ》らずと雖《いえど》も、然《しか》るに[三九]言を發《はっ》すること玄遠《げんえん》、口に人物を臧否《ぞうひ》せず。性は至孝《しこう》、[四〇]母終わるに、正《まさ》に人と圍棊《いき》し、對《たい》する者止《や》めんことを求むるも、籍留《とどま》りて與《とも》に賭《と》を決す。既にして酒を飲むこと二斗《にと》、聲《こえ》を擧《あ》げて一號《いちごう》し、血を吐くこと數升《すうしょう》たり。將に葬《ほうむ》らんとするに及び、[四一]一蒸肫《いちじょうとん》を食し、二斗の酒を飲む。然る後訣《わか》るるに臨み、直だ「[四二]窮《きわま》れり」と言い、聲を擧げて一號し、因りて又た血を吐くこと數升たり。[四三]毀瘠骨立、殆ど性を滅するを致す。[四四]裴楷往きて之を弔うに、籍[四五]髪を散じて箕踞し、醉いて直視す、楷弔喭し畢りて便ち去る。或るひと楷に問えらく「凡そ弔う者、主哭し、客乃ち禮を爲す。籍既に哭せず、君何爲れぞ哭するや」と。楷曰く「阮籍は既に方外の士たり、故に禮典を崇ばず。我は俗中の士たり、故に軌儀を以て自ら居る」と。時人歎じて兩つながら得と爲す。籍又た能く[四六]青白眼を爲し、[四七]禮俗の士を見れば、白眼を以て之に對す。[四八]嵆喜の來りて弔うに及び、籍白眼を作す、喜懌ばずして退く。喜の弟康之を聞き、乃ち酒を齎し琴を挾みて造る、籍大いに悦び、乃ち青眼を見す。[四九]是に由りて禮法の士の之を疾むこと讎の若きも、帝每に之を保護す。

籍の[五〇]嫂嘗て歸寧し、籍相見て與に別る。或るひと之を譏る、籍曰く「禮豈に我が爲に設けんや」と。[五一]鄰家の少婦美色有り、壚に當り酒を沽る。籍嘗て詣り飲み、醉いて便ち其の側に臥す。籍既に自ら嫌わず、其の夫之を察し、亦た疑わざるなり。[五二]兵家の女才色有り、未だ嫁がずして死す。籍其の父兄を識らず、徑ちに往きて之を哭し、哀しみを盡して還る。其の外は坦蕩にして內に淳至なること、皆な此の類なり。[五三]時に意に率いて獨り駕し、徑路に由らず、車迹窮まる所、輒ち慟哭して反る。嘗て[五四]廣武に登り、楚漢の戰いし處を觀、嘆じて曰く「時に英雄無く、[五五]豎子をして名を成さしむ」と。[五六]武牢山に登り、京邑を望んで嘆じ、是に於て「豪傑の詩」を賦す。[五七]景元四年冬卒す、時に年五十四。

籍能く文を屬し、初めより思を留めず。[五八]「詠懷詩」八十餘篇を作り、世の重んずる所と爲る。[五九]「達莊論」を著し、無爲の貴きを敍す。文多ければ錄せず。

籍嘗て蘇門山に於て[六〇]孫登に遭う、與に[六一]終古と棲神導氣の術とを商略せんとするも、登皆な應ぜず、籍因りて[六二]長嘯して退く。半嶺に至り、聲の[六三]鸞鳳の音の若く、巖谷に響く有るを聞く、乃ち登の嘯くなり。遂に歸りて[六四]「大人先生傳」を著す、其の略に曰く「世人の所謂る君子は、惟だ法のみ是れ修め、惟だ禮のみ是れ克くす。手に[六五]圭璧を執り、足に[六六]繩墨を履む。行は目前の檢を爲さんと欲し、言は無窮の則を爲さんと欲す。少くしては鄉黨に稱せられ、長じては鄰國に聞こゆ。上は[六七]三公を圖らんと欲し、下は[六八]九州の牧たるを失せず。獨り見ずや、[六九]羣蝨の褌中に處り、深縫に逃れ、壞絮に匿れ、自ら以て吉宅と爲すを。行は敢えて縫際を離れず、動は敢て褌襠を出でず、自ら以て繩墨を得ると爲すなり。然るに炎丘火流の、邑を焦き都を滅ぼすに、羣蝨は褌中に處りて出づる能わざるなり。君子の域内に處る、何ぞ夫の蝨の褌中に處るに異ならんや」と。此れも亦た籍の胸懷の本趣なり。

[七〇]子は渾、字は長成、父の風有り。少くして通達を慕い、小節を飾らず。籍謂いて曰く「[七一]仲容已に吾が此の流に豫る、汝復た爾するを得ず」と。太康中、太子庶子と爲る。

籍は礼教にはこだわらなかったけれども、その話題は奥が深く、人の良し悪しを口にはしなかった。この上なく孝行な性分で、母親が亡くなった時には、ちょうど人と囲碁をしており、相手が止めようと言っても、籍は留まったまま決着をつけた。そうしたのち酒二斗を飲み、声を挙げて泣き叫び、血を数升吐いた。母を葬ろうという時には一頭の蒸した豚を食べ、二斗の酒を飲んだが、その後永の別れに臨むと、ただ「もうだめだ」と言い、声を挙げて泣き叫び、それでまた数升の血を吐いた。骨と皮ばかりに痩せ衰え、命が危ういほどであった。裴楷が弔問に行った時、籍は髪を振り乱してあぐらをかき、酔って相手をじろりと見た。楷はお悔やみをを終えるとすぐに立ち去った。ある人が楷に尋ねた。「いったい弔いというものは、主人が哭したあとで、客が（弔いの）礼を行うものです。籍が哭さないのに、貴公はなぜ哭されたのですか」。楷は言う。「阮籍は世俗を超越した者ですから、礼の定めなどありがたがりません。私は俗界に生きる者ですから、作法通りにしたまでです」。当時の人は両人それぞれに当っていると感嘆した。籍は青眼と白眼を使うことができ、礼儀作法に囚われた者を見ると、白眼によって応対した。嵇喜が弔問に来たとき、籍は白眼をあらわし、喜は気分を損ねて退出した。喜の弟の康はそれを聞き、酒を提げ琴を抱えてやって来ると、籍は大喜びし、青眼をあらわした。こうしたことが元で礼のきまりを重んずる者たちは彼を仇のように憎んだのだが、帝（司馬昭）がいつも彼を守ったのである。

籍の嫂が実家に還ったとき、籍は彼女に面会して別れを告げた。ある人がこれを譏ると、籍は言った。「礼は私のために作られたものではない」。（籍の）隣家の若妻が器量好しで、酒場で酒を売っていた。籍はあるときそこにやって来て酒を飲み、酔ってそのまま傍らで寝てしまった。籍自身何の悪びれるところも無く、その夫もその様子をみて、疑いをかけることがなかった。ある兵士の家の娘は才色ともに優れていたが、嫁がないままに亡くなった。籍はその家の親兄弟とは面識が無かったのだが、すぐに行って哭泣し、哀悼を尽くして還った。彼が表面的には大らかにしていながら、内面的にはこの上なく人情に厚いこと、皆なこのようであった。時々思うに任せて独り馬車を馳せ、道によらず、車の跡が行き止まりになっているところに来ると、いつも大声で泣き叫んで引き返した。ある時広武山に登り、楚軍と漢軍が戦ったところをながめ、嘆いて言った。「かの時に英雄無く、小僧に名を成さしめたのだ」。武牢山に登り、都を望んで嘆き、そこで「豪傑の詩」をうたった。景元四年冬に没した。時に五十四歳。

籍は文章を作るのがうまく、（書く際には）無造作に書き上げた。「詠懐詩」八十余篇を作り、世に重んぜられた。「達荘論」を著し、無為の貴さを述べた。文が長いためここには録さない。

籍は嘗て蘇門山（河南省）で孫登に出会い、太古の事情と精神を養い気を導く術について共に話し合おうとしたが、登はことごとく返事をしないので、籍は長嘯して立ち去った。山の中腹に至ったとき、鸞鳳の鳴き声のような声が谷あいに響きわたったが、それが登の嘯きであった。かくして籍は帰って後「大人先生伝」を著した。あらましは以下のようである。「世の人間の謂う君子というのは、ひたすら法を修得し、礼を体得し、手には圭と璧とを持ち、足には規則を履み行う。行動は身の回りの世間の規範であろうとし、言論は永遠の世界の法則であろうとする。若くして村里に称えられ、長じては隣国に名が聞こえる。上は三公の高みを目指し、下は九州の牧（長官）の位を失わない。ふんどしの内に巣くう蝨が、縫い目の奥にかくれ、ほころんだ糸の中にかくれ、自分では結構な住まいだと思っているのを知っているかい。縫い目の際を離れて行く勇気もなく、ふんどしから出て行く勇気もないのに、自分では規則を守っていると思いこんでいるのだ。ところが燃え上がる丘から火が移り、村を焼き都を滅ぼすとき、蝨どもはふんどしの中に巣くったままで出ることができないのだ。君子がちっぽけな区域の中に居るのは、かの蝨がふんどしの中に巣くうのと異なろうか」。これもまた籍の胸中の本来の志向であった。

子の渾は、字を長成といい、父のおもむきが有った。若くして自由達観にあこがれ、些細な礼節で体裁をつくろうことがなかった。籍は言った。「仲容（阮咸）がもう私の仲間に入っている、おまえは真似をしてはいかん」。太康年間に、太子庶子となった。

三九 發言玄遠、口不臧否人物　阮籍が人の好悪を容易に口にしなかったことは以下にも見える。『世説』徳行篇15「晉文王稱すらく『阮嗣宗は至愼なり、毎に之と言うに、言は皆な玄遠、未だ嘗て人物を臧否せず』と」。また、同所の注に引く李康（余嘉錫は李「秉」とする）『家誡』も、司馬昭の言「…天下の至愼なる者、其れ唯だ阮嗣宗のみか。毎に之と言うに、言は玄遠に及ぶ、而して未だ嘗て時事を評論し、人物を臧否せず、至愼と謂うべきかな」を引く。他に『文選』巻二一顔延之「五君詠」に引く臧栄緒『晉書』、『文選』嵆康「与山巨源絶交書」などにもほぼ同内容の記事が見える。

四〇 母終…　この故事は以下にも見える。『世説』任誕篇9、および同所注に引く鄧粲『晉紀』、『太平御覧』巻七四三引鄧粲『晉記』。当時の一斗（十升）は現在の約二リットルに相当する。

四一 食一蒸肫　肫は豚に通ず。（『集韻』平声二　魂第二十三「豚…、通作肫」）

四二 窮矣　『春秋』哀公に「十有四年、春、西のかた狩して麟を獲」とある。すなわち太平の世に現れるはずの瑞獣、麒麟が、周室の衰微した世に姿を見せ捕獲された。『公羊伝』は、この時孔子が絶望して発したことばを「吾が道は窮せり」と記す。

四三 毀瘠骨立、殆致滅性　悲しみのあまり骨だけが立つような姿に痩せ衰え、命が危ういような状態になる。特に肉親の喪に服する場合にいう。『礼記』曲礼上「喪に居るの禮は、毀瘠形れず、視聽衰えず」。『孝経』喪親「三日にして食するは、民をして死を以て生を傷る無く、毀せて性を滅せざらしむ」。

四四 裴楷　二三七～二九一。字は叔則、河東聞喜（山西省）の人。様々な書物に通じ、特に『老子』『周易』に精通した。晉武帝に仕え、侍中、中書令などを歴任、容姿人品共に人に抜きんで、「玉人」と称された。『晉書』巻三五に伝がある。この故事は『世説』任誕篇11、および同所注に引く『名士伝』、『太平御覧』巻四九八に引く王隠『晉書』、同巻五六一に引く『裴楷別伝』などに見える。

四五 散髪箕踞　冠をかぶらず、髪を束ねずにふりみだし、両足を箕の形のように投げ出してすわる。無礼なようす。『礼記』曲礼上に「坐するに箕すること毋かれ」とある。

四六 青白眼　「青眼」は喜んで相手をまともに見ること。「白眼」は白目をむいて相手を軽んずること。この故事は『世説』簡傲篇4注に引く『晉百官名』、『太平御覧』巻五六一に引く鄧粲『晉紀』にも見える。やはり「口に人物を臧否」しないのである。

四七　禮俗　礼儀や習俗、作法やしきたり。『周礼』天官大宰に「八則を以て都鄙を治む…六に禮俗と曰う、以て其の民を馭す」、疏に「舊と常に行う所の者を俗と爲す」という。

四八　嵇喜　嵇康の兄（本書「嵇康伝」注三参照）。「當世の才有り」（『晋書』嵇康伝）と評される。『世説』簡傲篇4には、呂安が親友の嵇康を訪ねたとき、兄の喜しか居ないのを見て、門に「鳳」（凡鳥の意）と書きつけ立ち去ったという故事が見える。

四九　由是禮法之士疾之若讎…　礼法は、人としての正しい行いの標準。『漢書』巻九一貨殖伝に「周室衰うるに及び、禮法墮る」。特に「青白眼」に原因を限らず、母の逝去をめぐって阮籍が主に何曾に受けた批判と、これに対する司馬昭の庇護が以下の資料に見える。うち一つを掲げる。何曾（一九九～二七八）、字は潁考、陳国陽夏の人。初め魏明帝に仕えたが、魏晋政権交代時には司馬氏に與し、晋武帝の時丞相となった。『晋書』巻三三に伝がある。『世説』任誕篇2「阮籍　母の喪に遭い、晋文王の坐に在りて酒肉を進む。司隷何曾も亦た坐に在り、曰く『明公方に孝を以て天下を治む、而るに阮籍は重喪を以て、顯らかに公坐に於て酒を飲み肉を食う、宜しく之れを海外に流し、以て風教を正すべし』と。文王曰く『嗣宗の毀頓すること此の如し、君共に之れを憂う能わざるは、何の謂いぞや。且つ疾有りて酒を飲み肉を食うは、固より喪禮なり』と。籍飲噉して輟めず、神色自若たり」（『礼記』曲礼上「喪に居るの禮…疾む有れば則ち酒を飲み肉を食う」をふまえる）。同所に引く干宝『晋紀』および『魏氏春秋』、『三国志』王粲伝注に引く『魏氏春秋』、『晋書』巻三三何曾伝。

五〇　籍嫂嘗歸寧…　帰寧は、遠地に赴任した男や嫁いだ女が、帰省して父母の安否を問うこと。この故事は『世説』任誕篇7にも見え、「我」を「我輩」に作る。劉孝標は「曲禮（『礼記』曲礼上）に『嫂叔は問を通ぜず』と。故に之れを譏る」と注する。『礼記』同所の鄭玄注に「通問とは相い稱謝するを謂うなり」。

五一　鄰家少婦…　壚は、酒がめを置くために土を盛って作った所。また、酒屋を指す。この故事は『世説』任誕篇8に見える。「阮籍の鄰家の婦美色有り、壚に當りて酒を酤る。阮　王安豐（戎）と常に婦に従いて酒を飲む。阮酔えば、便ち其の婦の側に眠る。夫始め殊に之を疑い、伺察するも、終に他意無し」。王戎については注一二参照。

五二　兵家女…　兵家は兵士の出身、家柄のこと。『晋書』巻四九王尼伝に「王尼、字孝孫…本兵家子」。この故事は『世説』任誕篇8注に引く王隠『晋書』に見える。「籍の鄰家の處子才色有り、未だ嫁せずして卒す。籍與に親しむ無く、生きて相識らざるに、往きて哭し、哀しみを盡して去る。其の達にして檢無きこと、皆な此の類なり」。

五三　時率意獨駕…　この故事は『三国志』巻二一王粲伝に引く『魏氏春秋』、『太平御覧』巻一五八に引く『魏氏春秋』に見える。

五四　廣武　現在の河南省滎陽県。漢の劉邦と楚の項羽が広武山に戦ったこと。詳しくは『史記』巻七項羽本紀、巻八高祖本紀を参照。それまで敗走を続けた劉邦が糧食を有して此の地に持久し、和睦の後に約を違えて項羽を追撃、項羽は敗死するに至る。

五五　豎子　小僧、青二才。人を罵って言うことば。『史記』巻七項羽本紀では、鴻門の会に於いて劉邦を殺す機会をみすみす逃した項羽に対し、范増が「豎子、與に謀るに足らず」と嘆く。ただし、ここで阮籍の言う「豎子」が指しているのは劉邦である。

五六　武牢山　未詳。陳伯君は「虎牢」（河南省汜水県西北）を指すかと言う（『阮籍集校注』付『晋書』阮籍伝注、「虎」は唐朝の避諱字）。

『通典』巻一七七（州郡七）河南府汜水県の条に、周穆王が虎を捕獲し養ったことに因むという「故虎牢城」の沿革を記す。なお、ここにいう「豪傑詩」を題とする詩は伝わらない。

五七　景元四年冬卒　阮籍の墓については、『大清一統志』巻一八七、開封府二に「阮籍墓、在、有碑」といい、『河南通志』を引いて「河南府新安縣亦有墓」という。

五八　詠懐詩　現存する「詠懐詩」は四言三首、五言八十二首、うち五言十七首が顔延之、沈約らが注して『文選』巻二三に収められる。「詠懐詩」全体の中で四言三首、五言三十首が宋代以前の総集や類書に散見するが、その他の作については『古詩紀』『漢魏六朝一百三家集』などに拠る。『隋志』には「魏歩兵校尉阮籍集十巻」、『直斎書録解題』詩集類上に「『阮歩兵集』四巻。其題曰詠懷、首巻四言十三篇、餘皆五言八十篇、通爲九十三篇。『文選』所収十七篇而已」という。『文選』李善注に引く臧栄緒『晋書』には「…籍 文を屬するに初めより苦思せず、率爾として便ち作り、『陳留』八十餘篇を成す」といい、「詠懐」の先に「陳留」の名があった可能性がある。顔延之は「阮籍晉文の代に在り、常に禍患を慮る、故に此の詠を発するのみ」（『文選』「詠懐詩」注）と記す。『詩品』上品「晋歩兵阮籍」に、「詠懐詩」を評して以下のように言う。「其の源は小雅に出で、雕蟲の功無し。而して詠懷の作は、以て性靈を陶し、幽思を發すべし。言は耳口の内に在るも、情は八荒の表に寄す。洋洋乎として風雅に會い、人をして其の鄙近を忘れて、自ら遠大を致さしむ。頗る感慨の詞多きも、厥の旨は淵放にして、歸趣求め難し。顔延年注するも、其の志を言うに怯ず」。「詠懐詩」を含む阮籍の詩文は、『全三国詩』魏詩巻一〇、『全晋文』巻四四～四六に、それぞれ収められる。『阮籍集校注』（陳伯君　中華書局）は、それらを収録し注釈を施す。

五九　達荘論　荘周の思想を体現し、融通無碍の境地に遊ぶ「先生」が、「吉凶、死生」などの「名」を重んずる人物の論難に答える形の文章。「先生」が「小より之れを視れば則ち萬物も小ならざるは莫く、大より之れを観れば則ち萬物も大ならざる莫し」などの『荘子』斉物の哲学を展開し、物事に区別を立てることの非を説き、荘周が「道徳の妙」「無爲の本」を述べた所以を論ずる。

六〇　孫登　『晋書』巻九四隠逸伝に伝がある。家族を持たず、『周易』と一絃の琴を有し、汲郡北山（河南省）の土窟に住んだ。『晋書』本伝では、晋文帝が阮籍を孫登のもとに遣わしたが、登は応えなかったとし、或る者の語として「登以えらく、魏晉に去就すること嫌疑を生じ易しと。故に或いは嘿する者ならん」という。同様の故事を引くのは『世説』棲逸篇1、および同書に引く『魏氏春秋』、『太平御覧』巻三九二に引く『魏氏春秋』および『竹林七賢論』（この四種は孫登の名を記さない）、『三国志』阮籍伝に引く『魏氏春秋』、『太平御覧』巻三九二に引く『孫登別伝』など。いずれの場合も阮籍と孫登は言語により語り合うことがないが、対照的に嵆康は孫登と言葉を交わし、今世に禍を免れないであろうという予言を与えられる。本書「嵆康伝」参照。

六一　終古及栖神導氣之術　「終古」には「永遠」の意味もあるが、ここでは、「上は黄農玄寂の道を陳べ、下は三代盛徳の美を考う」（『世説』棲逸篇1）、「與に太古無爲の道を談じ、五帝三王の義を論ず」（『三国志』巻二一王粲伝に引く『魏氏春秋』）などの異文に鑑みて、太古の意味に解した。「栖神導氣之術」は、霊妙な精神のはたらきを保ち、独特の呼吸をして大気を体内に入れる。道家の養生法。『淮南子』泰族に「精を内に藏し、神を心に棲ましむ」、『論衡』道虚に「道家或いは導氣を以て性を養い、世を度して死せず」とある。

六二　長嘯　→注五。

六三　鸞鳳　神鳥の名。鳳凰の一種で、赤みがかった五色の羽毛を持ち、形は鶏に似て、鳴き声は五音の音階に合うという（『説文解字』）。

六四　大人先生傳　姓名年齢ともに未詳で、嘗て蘇門山に住まったという「大人先生」の寓話的伝記。『莊子』在宥篇に「大人の教え」として説かれる、老荘の道を得た者の、時空を超越した境地を寓する。造物主にも匹敵する超人的存在「大人先生」が、儒家的道徳に忠実な君子、俗世に背を向け木石の隣に棲む隠士、禍福や窮達に拘泥しない木こりらと対話した後、真人の境地を歌いつつ天地を逍遥して何処かへ去った、という内容。この「先生」像が孫登に範を仰ぐことは否定できないが、やはり老荘を好んだ阮籍自身の理想像の一形象と思しい。なお、ここに引用される一節は原文では同一人の言ではなく、「惟法是修」から「下不失九州牧」までの部分は「君子」が「先生」に呈した言辞の一部（韻字「克、墨、則、國、牧」）。「獨不見」以下はそれに対する「先生」の答えの一部である。

六五　圭璧　圭は角を尖らせた玉、璧は円形の玉。この二つを組み合わせた玉器が「圭璧」で、古代、諸侯が朝会や祭礼を行う際に用いられた。『周礼』考工記　玉人「圭璧五寸、以て日月星辰を祀る」。

六六　繩墨　縄を墨に浸して直線を引くのに用いる大工道具の名。のち広く法則や規則を意味する。『楚辞』離騒に「賢を擧げて能に授け、繩墨に循いて頗らず」とある。

六七　三公　臣下として最高の三つの位、「三司」とも。時代により異なるが、後漢では大尉、司徒、司空。

六八　九州牧　古代、中国全土を九地域に分かち、それぞれに置いたという長官のこと。

六九　羣蝨之處褌中…　『莊子』徐無鬼篇に見える「濡需者」（束の間の安らぎに甘んずる者）の話をふまえる。「濡需なる者は豕の蝨是なり。疏鬣を擇び、自ら以て廣宮大囿と爲す。奎蹄曲隈、乳間股脚、自ら以て安室利處と爲す。屠者の一旦臂を鼓し草を布き、煙火を操るや、而ち己の豕と倶に焦かるるを知らざるなり。此れ域を以て進み、此れ域を以て退く。此れ其の謂わゆる濡需なる者なり」。

七〇　子渾…　「太康」は晋武帝の治世（二八〇～二八九）。阮渾の他の伝記資料としては、『三国志』阮籍伝の注に引く『世語』に「渾は閒澹寡欲を以て名を京邑に知らる。太子庶子と爲り、早に卒す」、『世説』賞誉篇29に「林下の諸賢各おの儁才の子有り、籍の子渾、器量弘曠たり」、同所の注に引く『世語』に「渾　字は長成、清虚にして寡欲、位は太子中庶子に至る」などがある。『世説』任誕篇13にもほぼ同じくこの故事を記し、注に「籍の渾を抑うる、蓋し渾の未だ己の達たる所以を知らざるを以てなり」（『竹林七賢論』）を引く。

七一　仲容…　「仲容」は阮咸の字。阮籍の兄、熙の子で、「竹林の七賢」の一人。歴任して散騎侍郎となったが、その放埒な行いはやはり当時の礼法の士に非難された（→注二）。音楽に対する造詣が深く、特に琵琶に堪能であったが、同じ趣向を有した荀勖に才をねたまれ、始平（陝西省）太守に出されて長寿を以て終わった。『晋書』巻四九に伝がある。本書「嵇康伝」注二二参照。

〔参考文献〕

陳伯君『阮籍集校注』（中華書局　一九八七年）
田文棠『阮籍評伝』（広西教育出版社　一九九四年）
韓伝達『阮籍評伝』（北京大学出版社　一九九七年）
吉川幸次郎「阮籍伝」（『全集』第七巻　筑摩書房　一九七四年）
吉川幸次郎「阮籍の『詠懐詩』について」（『全集』第七巻　筑摩書房　一九七四年）
松本幸男『魏晋詩壇の研究』（朋友書店　一九九五年）
松本幸男『阮籍の生涯と詠懐詩』（木耳社　一九七七年）
鷹橋明久「『晋書』阮籍伝訳注」（『中国中世文学研究』第32号　一九九七年）
大上正美『阮籍・嵆康の文学』（創文社　二〇〇〇年）

（西岡　淳）

応貞（？—二六九）

応貞は、応璩の子。詩作品としては、伝の中に引かれる、華林園での宴射の際の作が、完全な形で伝わる唯一のものである。『文心雕龍』才略篇では、その作「臨丹賦」を、「吉甫は文理、則ち臨丹に其の采を成す」といい、文章の深い条理が鮮やかに表現されていると評する。時序篇では、傅玄や三張（張載・張協・張亢）らとともに「結藻清英にして、流韻綺靡たり」とされ、その文辞の華麗さを指摘される。

晉書卷九二文苑傳　應貞傳

[一]應貞字吉甫、汝南南頓人、魏侍中[二]璩之子也。[三]自漢至魏、世以文章顯、軒冕相襲、爲郡盛族。貞善談論、以才學稱。[四]夏侯玄有盛名、貞詣玄、玄甚重之。擧高第、頻歷顯位。[五]武帝爲撫軍大將軍、以爲參軍。[六]及踐阼、遷給事中。帝於[七]華林園宴射、貞[八]賦詩最美。其辭曰…（略）。

[九]初置太子中庶子官、貞與護軍長史[一〇]孔恂俱爲之。後遷散騎常侍、以儒學與太尉[一一]荀顗撰定[一二]新禮、未施行。泰始五年卒、[一三]文集行於世。

弟純。純子紹、永嘉中、至黄門郎、爲[一四]東海王越所害。純弟秀。秀子[一五]詹、自有傳。

[一]應貞 字は吉甫、汝南南頓の人、魏の侍中[二]璩の子なり。[三]漢自り魏に至るまで、世よ文章を以て顯れ、軒冕 相襲ぎ、郡の盛族爲り。貞は談論を善くし、才學を以て稱せらる。[四]夏侯玄 盛名有り、貞 玄に詣り、玄 甚だ之を重んず。高第に擧げられ、頻りに顯位を歷。[五]武帝 撫軍大將軍と爲り、以て參軍と爲す。[六]踐阼に及びて、給事中に遷る。帝[七]華林園に於て宴射せるに、[八]貞 詩を賦すこと最も美なり。其の辭に曰く…（略）。

[九]初めて太子中庶子官を置けるに、貞 護軍長史[一〇]孔恂と倶に之を爲す。後散騎常侍に遷り、儒學を以て太尉[一一]荀顗と[一二]新禮を撰定するも、未だ施行されず。泰始五年卒す。[一三]文集 世に行わる。

弟は純。純の子紹、永嘉中、黄門郎に至り、[一四]東海王越の害する所と爲る。純の弟は秀。秀の子[一五]詹、自ら傳有り。

応貞は字を吉甫といい、汝南郡南頓（河南省）の人で、魏の時の侍中だった応璩の子である。漢のころから魏に至るまで、代々文章で有名になり、高官を輩出して、郡の名族であった。貞は議論を得意とし、才能学識で評判になっていた。当時夏侯玄が名声盛んであったが、貞が玄を訪問すると、玄はたいそう貞を大事にした。成績優秀ということで推挙され、何度も高官を歴任した。（晋の）武帝（司馬炎）が撫軍大将軍となったときには、（貞を）参軍にした。（晋武帝が）帝位に即くと、給事中に昇任した。帝が華林園で燕射の礼を行なった際には、貞のつくった詩が最もみごとであった。その詩にいう…（略）。

初めて太子中庶子官を置いたとき、貞は護軍長史の孔恂とともにこの職についた。のちに散騎常侍に昇任し、儒学の学識があるということで太尉の荀顗とともに新礼を制定したが、施行されなかった。泰始五年（二六九）に亡くなった。文集は世に流布した。

貞の弟は純である。純の子の紹は、永嘉中（三〇七〜三一三）黄門郎となり、東海王の越に殺された。純の弟は秀である。秀の子の詹には、別に伝がある。

一 應貞　応貞の伝記は、『晋書』本伝のほか、『三国志』巻二一王粲伝注引『文章叙録』にも、応璩の伝に続いて述べられている。内容は『晋書』とほぼ同じだが、夏侯玄のもとに出入りしたのが魏の正始年間（二四〇〜二四九）であること、貞が五言詩を作って玄に喜ばれたことが特に述べられている。この五言詩は今は伝わらない。

二 璩　応璩、一九〇?〜二五二。字は休璉。本書「応璩伝」参照。

三 自漢至魏…　応氏は、後漢の学者で『風俗通義』の著者である応劭（生卒年未詳）、建安七子のひとりである応瑒（?〜二一七）らの名士を輩出していた。本書「応瑒伝」参照。

四 夏侯玄　二〇九〜二五四。字は太初、沛国譙（安徽省）の人。魏の帝室曹氏の姻戚として権勢をふるった夏侯氏の一員。玄も、曹爽の父の姉妹の子であったため、曹爽が実権を握った正始年間には、中護軍、征西将軍となって勢い盛んであった。曹爽が誅せられ、将軍職を解かれると、李豊らと結んで大将軍司馬景王を倒そうとしたが、事が未然に洩れて処刑された。玄は度量が大きく、斬首に際しても顔色を変えず、泰然自若としていたという。『三国志』巻九。

五 武帝爲撫軍大將軍　晋国がおかれた魏の陳留王奐の咸熙元年（二六四）のこと。『三国志』王粲伝の本文では、「貞は咸熙中參相國軍事たり」というが、当時の相国は司馬昭であった。もっとも昭は咸熙二年（二六五）八月に没し、炎があとをついで相国になっている。

六 及踐阼　晋武帝が魏を倒し、正式に帝位につくのは、泰始元年（二六五）十二月。

七 華林園　洛陽にあった庭園の名。『文選』巻二〇応吉甫「晋武帝華林園集詩一首」（すなわちこのあとの本伝に引く応貞の詩）の李善注に『洛陽図経』を引いて、「華林園は城内東北隅に在り。魏の明帝起こし、芳林園と名づく。齊王芳 改めて華林と爲す」と。「宴射」は、もと「燕射」と書く。君臣ともに宴飲して弓を射る。『周礼』春官楽師に、「燕射には、射夫を帥いて弓矢を以て舞う」とある。ここでいう宴射は、『文選』李善注（同前）に引く干宝『晋紀』に「泰始四年二月、上 芳林園に幸し、羣臣と宴し、詩を賦せしめて志を觀る」とあって、泰始四年（二六八）のこととわかる。

八 貞賦詩最美　この詩は『文選』巻二〇にも「晋武帝華林園集詩」の題で（ただし五臣注本は「園」字を欠く）収められ、応貞の作品としては唯一、完全な形で伝わるものである。『文選』李善注に引く孫盛『晋陽秋』には「散騎常侍應貞の詩 最も美なり」というが、本伝によれば貞が散騎常侍になるのはこれよりのちのことである。詩は四言三十八韻のかなり長いもので、換韻によって四ないし五韻の九章に分かたれる。第一章では、「悠悠たる太上、民の厥の初め」に始まり、世に秩序がもたらされ、陶唐（堯）から虞（舜）への禅譲が行われることがうたわれる。第二章では、上帝のめぐみによって晋が禅譲を受けたことをいい、第三章では、次々と現れる瑞祥が詠み込まれる。第四章は、「恢恢たる皇度、穆穆たる聖容」という武帝が、よく賢臣を用いることを述べ、第五章は、「義として經せざるは無く、理として踐まざるは無し」（『文選』では「義」と「理」が入れかわっている）という、その道にかなった行いをほめたたえる。第六章では、晋の感化があまねく及び、辺境遠国からも苦労をいとわず来朝するさまが描かれ、第七章では、諸侯が時期正しく朝貢し、天子から羽蓋朱輪の車を賜ることが語られる。第八章は、このたびの燕射のさまを写し、第九章は、射の意義を説いて、「凡そ厥の羣后、位に懈ること無かれ」としめくくる。

九 初置太子中庶子官　『晋書』巻三武帝紀の泰始三年（二六七）春正月の条に、「丁卯、皇子衷を立てて皇太子と爲す」とある（ただしこの年正月に丁卯の日はなく、誤記かと疑われる）ので、このときに任じられたのであろう。

一〇 孔恂　生卒年未詳。孔子の後裔。『三国志』巻一六倉慈伝「濟南相魯國孔乂」の注に、『孔氏譜』を引いて「子の恂 字は士信、晉の平東將軍衞尉なり」とある。

一一 荀顗　?〜二七四。字は景倩、潁川（河南省）の人、荀彧の第六子。魏の末に司空となった。晋の新礼（→注一二）の制定に中心的役割を果たした。晋では侍中・太尉を兼ね、太子太傅をも務めた。礼経に明るく、朝廷の儀式に通じていたが、荀勖・賈充ら実力者にへつらう一面もあったという。『晋書』巻三九。

一二 新禮　その制定のいきさつは、『晋書』巻一九礼志上に詳しい。晋が魏のもとで王国として認められたとき、司馬昭（文帝）が荀顗に新礼の作成を命じ、羊祜・任愷・庾峻・応貞らが百六十五篇を奏した。ところがすぐには施行されず、太康（二八〇〜二八九）の初めに、尚書郎摯虞のもとに回されて検討が加えられたが、まだ終わらないうちに、中原は異民族の手におちてしまったのである。なお応貞伝では、新礼の制定は武帝即位後のことのように書かれているが、礼志および『晋書』巻二文帝紀では文帝に始まったことになっている。あるいは、応貞はあとから加わったのかもしれない。

一三 文集　応貞の集は、『隋志』に「晉散騎常侍應貞集一巻、梁五巻」、『旧唐志』『新唐志』に「應貞集五巻」を著録する。『隋志』には、集部総集類に「應貞注應璩百一詩八巻、亡」ともあり、父の作「百一詩」に注を施したことが知られる（なお、清代の著作で、「古遊仙詩一巻、応貞注」を挙げるものがあるが、これは「応貞注」三字を誤って前の条につけたもの。姚振宗『隋書経籍志考証』参照）。他に、『旧唐志』経部易類に「周易論一巻、應吉甫撰」があり、おそらく同じものを、『新唐志』は「應吉甫明易論一巻」の名で収める。

応貞の作品は、注八でふれた「晋武帝華林園集詩」の他には、詩の残句が一篇、「臨丹賦」をはじめとする賦や文の断片が数篇残るのみである。『全晋詩』巻二、『全晋文』巻三五。

なお、『文心雕龍』序志篇に「又た君山（桓譚）・公幹（劉楨）の徒、吉甫・士龍（陸雲）の輩、汎く文意を議し、往往にして間ま出ず」とあり、応貞に、文章を論じた何らかの著作があったかのようであるが、今は伝わらない。先ほどふれた「応璩百一詩注」をさすという説もある。

一四 東海王越　司馬越、?〜三一一。字は元超、高密王司馬泰の長男。張方・河間王顒らによって長安に連れ去られていた恵帝を洛陽に連れ戻し、つづく懐帝の永嘉年間に太傅として権勢をふるった。「八王の乱」の八王の一人。諡は孝献。『晋書』巻五九。

一五 詹　二七四〜三二六。字は思遠。晋の東遷後の混乱時に、軍官として多くの功を挙げ、江州（江西省）刺史に至る。没後、鎮南大将軍を贈られた。諡は烈。『晋書』巻七〇。

（谷口　洋）

傅玄（二一七〜二七八）

傅玄は、西晉の詩人、学者。正始と太康という二つの文学のピークの間の時期に位置し、特に楽府に長じた。政治的に司馬氏と近かったこともあり、晋の宮廷の雅楽作者として手腕を振るったが、剛直な人柄に似あわず、本領はむしろ女性をうたう俗楽系の楽府や古詩に発揮された。詩風は、漢魏の作にならっておおむね古風である。多作で文集百余巻にのぼる著作と、古今百般について論じた大部の著書『傅子』を著したが、現在はそのごく一部しか伝わらない。『詩品』下。

晉書卷四七　傅玄傳

[一]傅玄字休奕、[二]北地泥陽人也。祖燮[三]、漢漢陽太守。父幹[四]、魏扶風太守。玄少孤貧、博學善屬文、解鍾律。性剛勁亮直、不能容人之短。郡上計吏再擧孝廉、[五]太尉辟、皆不就。州擧秀才、除郎中、與東海[六]繆施倶以時譽選入著作、撰集魏書。後參[七]安東・衞軍軍事、轉[八]溫令、再遷弘農太守、領典農校尉。所居稱職、數上書陳[九]便宜、多所匡正。[一〇]五等建、封鶉觚男。[一一]武帝爲晉王、以玄爲散騎常侍。及[一二]受禪、進爵爲子、加[一三]駙馬都尉。帝初卽位、廣納直言、開[一四]不諱之路、玄及散騎常侍[一五]皇甫陶共掌諫職。[一六]玄上疏曰…（略）。詔報曰「擧清遠有禮之臣者、此尤今之要也」。乃使玄草詔進之。[一七]玄復上疏曰…（略）。

書奏、[18]帝下詔曰…（略）。俄遷侍中。
初、玄進皇甫陶、及入而抵、玄以事與陶爭言諠譁、爲有司所奏、二人竟坐免官。
泰始四年、以爲[19]御史中丞。時頗有[20]水旱之災、[21]玄復上疏曰…（略）。
[22]詔曰…（略）。
五年、遷太僕。時[23]比年不登、[24]羌胡擾邊、詔公卿會議。玄應對所問、陳事切直、雖不盡施行、而常見優容。
轉司隸校尉。
[25]獻皇后崩於弘訓宮、設喪位。[26]舊制、司隸於端門外坐、在諸卿上、[27]絕席。其入殿、按本品秩在諸卿下、以次坐、不絕席。而謁者以弘訓宮爲殿內、制玄位在卿下。玄恚怒、厲聲色而責謁者。謁者妄稱尚書所處、玄對百僚而罵尚書以下。御史中丞[28]庾純奏玄不敬、玄又自表不以實、坐免官。然玄天性峻急、不能有所容、每有奏劾、或值日暮、捧[29]白簡、整簪帶、[30]竦踊不寐、坐而待旦。於是貴游懾伏、臺閣生風。尋卒於家、時年六十二、[31]諡曰剛。
玄少時避難於[32]河內、專心誦學、後雖顯貴、而著述不廢。撰論經國[33]九流及[34]三史故事、評斷得失、各爲區例、名爲[35]傅子、爲內・外・中篇、凡有四部・六錄、合百四十首、數十萬言、并[36]文集百餘卷行於世。玄初作內篇成、子[37]咸以示司空[38]王沈。沈與玄書曰「省足下所著書、[39]言富理濟、經綸政體、存重儒教、足以塞[40]楊墨之[41]流遁、齊[42]孫孟於往代。每開卷、未嘗不歎息也。[43]『不見賈生、自以過之、乃今不及』、信矣」。
其後追封清泉侯。子咸嗣。

傅玄[一] 字は休奕、[二]北地泥陽の人なり。祖[三]燮は漢の漢陽太守、父[四]幹は魏の扶風太守なり。玄 少くして孤貧、博學にして善く文を屬し、鍾律を解す。性は剛勁亮直にして、人の短を容るる能わず。郡の上計吏 孝廉に再擧し、[五]太尉 辟くも、皆な就かず。州 秀才に擧げ、郎中に除せらる。東海の[六]繆施と倶に時譽を以て選ばれて著作に入り、魏書を撰集す。後[七]安東・衞軍の軍事に參かり、溫令に轉じ、弘農太守に再遷し、典農校尉を領す。居る所 職に稱い、數しば上書して[九]便宜を陳べ、匡正する所多し。[一〇]五等建ち、鶉觚男に封ぜらる。[一一]武帝 晉王と爲り、玄を以て散騎常侍と爲す。

[一二]禪を受くるに及び、爵を進めて子と爲し、[一三]駙馬都尉を加えらる。

帝 初め卽位するや、廣く直言を納れ、[一四]不諱の路を開き、玄 及び散騎常侍[一五]皇甫陶 共に諫職を掌る。[一六]玄 上疏して曰く…（略）。詔 に報じて曰く「淸遠 有禮の臣を擧ぐるは、此れ尤も今の要なり」と。乃ち玄をして詔を草し之を進めしむ。玄[一七] 復た上疏して曰く…（略）。

書 奏せられ、帝[一八] 詔を下して曰く…（略）。俄かに侍中に遷る。

初め、玄 皇甫陶を進むるに、入るに及びて抵る。玄 事を以て陶と爭言 諠譁し、有司の奏する所と爲る。二人 竟に坐して官を免ぜらる。

泰始四年、以て[一九]御史中丞と爲す。時に頗る[二〇]水旱の災 有り、玄[二一] 復た上疏して曰く…（略）。

[二二]詔に曰く…（略）。

五年、太僕に遷る。時に[二三]比年 登らず、[二四]羌胡 邊を擾がし、公卿に詔して會議せしむ。玄 問わるる所に應對するに、事を陳ぶること切直、盡くは施行せられずと雖も、常に優容せらる。司隷校尉に轉ず。

[二五]獻皇后 弘訓宮に崩じ、喪位を設く。[二六]舊制、司隷は端門外に坐するに、諸卿の上に在りて、[二七]席を絶つ。其の殿に入るや、本の品秩の諸卿の下に在るを按じて、次を以て坐し、席を絶たず。而して謁者は弘訓宮を以て殿內と爲し、玄の位を制えて卿の下に在らしむ。玄 恚怒し、聲色を厲しうして謁者を責む。謁者妄りに尙書の處する所と稱し、玄 百

僚に對して尙書以下を罵る。御史中丞[二八]庾純 玄の不敬を奏し、玄 又た自から表するに實を以てせず、坐して官を免ぜらる。然るに玄は天性峻急にして、容るる所有る能わず、奏劾有る毎に、或いは日暮に値えば、[二九]白簡を捧げ、簪帶を整え、[三〇]竦踊寐ねず、坐して旦を待つ。是に於いて貴游 懾伏し、臺閣 風を生ず。尋いで家に卒す。時に年六十二、[三一]謚して剛と曰う。

玄 少き時 難を[三二]河内に避け、專心して誦學し、後 顯貴となると雖も、著述 廢さず。經國の九流及び[三三]三史の故事を撰論し、得失を評斷し、各おの區例を爲し、名づけて[三五]傅子と爲す。内・外・中篇を爲り、凡よそ四部・六錄有り、合して百四十首、數十萬言。幷びに[三六]文集百餘巻 世に行わる。玄 初め内篇を作りて成り、子の[三七]咸 以て司空[三八]王沈に示す。沈 玄に書を與えて曰く「足下の著す所の書を省るに、[三九]言は富み理は濟い、政體を經綸し、重きを儒教に存し、以て[四〇]楊墨の[四一]流遁を塞ぎ、[四二]孫孟に往代に齊しくするに足る。卷を開く毎に、未だ嘗て歎息せずんばあらざるなり。『[四三]賈生に見わずして、自ら之に過ぐると以うに、乃ち今及ばず』とは、信なるかな」。

其の後 清泉侯に追封せらる。子の咸 嗣ぐ。

傅玄は字を休奕といい、北地泥陽（陝西省）の人である。祖父の傅燮は後漢の漢陽（甘粛省）太守、父の傅幹は魏の扶風（陝西省）太守であった。傅玄は若くして父を亡くし貧しかったが、博学で文章を書くのがうまく、音楽理論にも通じていた。人柄は剛直で、人の落ち度を許すことができなかった。（北地）郡の上計吏が二度孝廉に推薦し、またときの太尉から招かれもしたが、いずれも応じなかった。州から秀才に推挙され、郎中に任じられ、東海（山東省）の繆施とともに世評によって選ばれて著作の官に仲間入りし、魏書の編纂にたずさわった。のち、安東軍と衛軍の軍事にあずかり、温（河南省）令に転じ、さらに弘農（河南省）太守に遷って、典農校尉を兼任した。担当部署ではよくその任にたえ、たびたび上書を行なって意見を陳べ、政治の改善に寄与するところが多かった。五等の爵位の制が設けられると、鶉觚男に封じられ、司馬炎（武帝）が晋王になると、傅玄を散騎常侍とした。晋朝が立つと、爵位が子に上がり、駙馬都尉の官を加えられた。

武帝が即位したばかりのころ、広く諫言を受け入れるべく、直言の路を開き、傅玄と散騎常侍の皇甫陶が共同で諫職をすべることになった。傅玄は上疏して次のように述べた…（略）。帝は「徳高く礼節有る臣下をとり立てることは、今もっとも肝要なことである」と詔で答え、傅玄に詔を起草させこれを提出させた。傅玄はまた上疏して、次のように述べた…（略）。

上疏ののち、帝は次のような詔を下された…（略）。まもなく侍中に遷った。

さて、もともと皇甫陶は傅玄が推挙したのであったが、皇甫陶が官につくとそりがあわなくなり、傅玄はあることから皇甫陶といさかいを起こして、声を荒立ててしまった。そこで担当官から訴えられて、二人ともそのために免官となった。

泰始四年（二六八）、御史中丞となった。当時、水害と干ばつがよく起こったので、傅玄はまた上疏して、次のように述べた…（略）。

（これに対して）次のような詔が下された…（略）。

（泰始）五年（二六九）、太僕に遷った。時に数年来の不作のうえ、羌族が国境を荒らすので、大臣らに詔を下して会議をさせた。傅玄は下問に答えたが、そのことばは誠実率直なもので、すべてが実行に移されたわけではなかったけれども、いつもお褒めにあずかった。それから司隷校尉に転じた。

献皇后が弘訓宮で崩じ、葬礼の席次を按配することになった。前朝からのきまりでは、司隷校尉は宮殿の（正南門）の外にあっては、諸大臣より上座のしかも別席にすわるが、宮殿内に入ると、もとの品秩に従って大臣たちより下座に順番通りにすわり、別席は設けられないことになっていた。ところが、謁者は弘訓宮を宮殿内とみなして、傅玄の席を大臣たちの下座に置いた。傅玄はカッとなり、怒りもあらわに謁者をなじった。謁者がくるしまぎれに尚書さまのご指示ですとでたらめをいうと、傅玄はなみいる官僚たちの面前で尚書以下を罵倒した。御史中丞の庾純が傅玄の不敬を奏上し、傅玄は傅玄で釈明の上奏文に事実を書かなかったため免官となった。とはいえ、傅玄は生まれもっての性格がせっかちで我慢ができなかったので、告発の上奏があるときには、あるいは日が暮れていたりすると、弾劾の上奏文を捧げもち、衣冠束帯を整えて、じりじりと眠りもせず、座ったまま夜明けを待った。そこで、貴族たちも傅玄をおそれ、中央も威厳を恢復したのである。まもなく無官のまま亡くなった。享年六十二歳、「剛」というおくり名が与えられた。

傅玄は若いころ戦乱を避けて河内（山西省）にあって、一心に学問に励み、のち高位にのぼってからも、著作をやめなかった。各学派の経国の哲学や、『史記』『漢書』『東観漢記』三史の諸事を記録・論述して、その是非を評し、それぞれを内容によって分類して、『傅子』と題し、内篇・外篇・中篇を作った。全部で四部・六録から成り、百四十条、数十万字にのぼった。またこれとともに傅玄の詩文集百余巻も世に流布した。そのかみ、傅玄が内篇を完成したとき、息子の傅咸が（のちの）司空王沈に見せたところ、王沈は傅玄に手紙で次のように言った。「貴殿の著された書物を拝読いたしましたところ、言辞豊富にして理路整然、国家の統治について述べ、儒教を重んじておられる。これは、楊朱・墨翟らの放逸を防ぎ、いにしえの孟子・荀子にも匹敵するものと申せましょう。読むごとに、感嘆のためいきをもらしております。『賈誼に会わぬうちは、自分のほうがまさっていると思いこんだが、いま（会ってやはり）及ばぬことを思い知った』とは、まことこのことです」。

のちに、清泉（北京）侯の爵位を贈られた。息子傅咸が後を嗣いだ。

一 傅玄　傅玄の事跡は、本伝のほか、『晋書』の他の部分に散見される。そのうち見るべき記述としては、文帝崩御の際、武帝の服喪期間について、三年とすべしとする羊祜と議論して羊祜にこれを思いとどまらせたこと（巻三四羊祜伝）、張載（本書「張載伝」参照）が「濛汜の賦」を作ったとき、司隷校尉であった傅玄がこれを賞賛したことから、張載の名が知られるようになったこと（巻五五張載伝）、杜有道なるものの妻、厳氏が、自らの娘を今をときめく何晏（本書「何晏伝」参照）らと不仲であった傅玄の継室として嫁がせ、のちにその鑑識眼をたたえられた話（巻九六列女伝）などがある。最後の話からもわかるように、傅玄は当時、文化の主流であった清談派に対立する立場にあった。『晋書』『宋書』にみえる楽府作者としての傅玄については、注三六を参照。

二 北地泥陽　北地泥陽の傅氏は殷の王、武丁を助けた賢者傅説（『史記』殷本紀）に始まるという。一族の遠祖には、前漢に楼蘭に赴き王の首をとった傅介子（『漢書』巻七〇傅介子伝）、後漢章帝のとき西羌と戦って破れた傅育らがおり、傅玄の祖父傅燮の事跡を考え合わせても、この一族が国境付近に根拠地を置く、武人の家柄であったことがわかる。北地泥陽の傅氏には、傅玄の家のほかに、傅睿から、傅巽、傅嘏、傅祗と連なる系統がある。このうちもっともよく知られるのが、傅嘏で、『三国志』巻二一に伝が立てられている。傅嘏（二〇九～二五五）は字を蘭石といい、魏の河南尹や尚書を務めた。対呉戦略に参画するなど、司馬氏を助けて功あったが、晋朝の成立を待たずに没した。傅嘏は『世説』にも名が見え、今をときめく何晏らが交際を求めても断わった（識鑒篇3）ことが記録されていて、やはり清談の主流派と対立する立場にあったことがわかる。

三 燮　傅燮は、字は南容。身の丈八尺の偉丈夫であったという。皇甫嵩とともに張角を討伐して功あり、またその人柄は異民族からも畏敬されるほどであったが、宦官趙忠に憎まれるなどして官位に恵まれず、漢陽太守に終わった。羌胡の軍が漢陽を囲んだとき、兵粮尽きてなお町を守る傅燮に向かい、敵は叩頭して、郷里につつがなく送り届けることを約して城から出ることを勧めたが聞き入れず、息子傅幹の説得も甲斐なく、決死の出陣をして果てた。傅燮の戦死は『後漢書』霊帝紀の中平四年（一八七）の条にも記録されている。『後漢書』列伝四八。

四 幹　傅幹は、百衲本・和刻本では傅韓に作る。正史に伝はなく、その事跡は『三国志』本文と裴松之注に散見される。『三国志』巻一武帝紀の建安十九年（二一四）の注によれば、字は彦材、丞相（曹操）のもとで参軍や倉曹属を務めた。馬騰に対し、袁尚につかず曹操に与することを勧めたり（巻一三鍾繇伝注引司馬彪『戦略』）、曹操に性急に呉を攻めぬよう進言したり（巻一武帝紀建安十九年注引『九州春秋』）、劉備が劉璋を攻めたとき、魏国内にこれを軽く見る者があったのに対して、まだ無官の傅幹が、劉備侮るべからずとの意見を述べたことなど、先見の明のあったことが記録されている。

五 太尉　この太尉は、傅玄が司馬氏と近く、また司馬懿が青龍三年（二三五）から景初三年（二三九）に太尉の位にあったことを考え合わせると、司馬懿である可能性が高い。

六 繆施　『晋書』のこの部分に名が見えるだけで、詳しい事跡は未詳。繆襲（本書「繆襲伝」参照）の一族であろう。

七 安東・衞軍　このときの安東将軍・衛将軍は司馬昭であった可能性が高い。司馬昭は『三国職官表』によれば、嘉平年間（二四九～二五四）に安東将軍、嘉平六年（二五四）から正元二年（二五五）には衛将軍の任にあった。

八 温令　温県は司馬氏の出身地である。

九 便宜　治世に益のあることの意から、皇帝に奉る意見書すなわち上奏文のことをいう。『文心雕龍』奏啓篇に、『史記』晁錯伝にもとづいて「晁錯は『（尚）書』を（伏生に）受けて、還って便宜を上る」という。

一〇 五等建　五等の爵位の制が設けられたのは、晋朝成立の前年、魏の咸熙元年（二六四）のことである（『晋書』巻二文帝紀）。これは、司馬氏がスムーズな政権交代を行うべく、魏の貴族らの特権を新しい王朝のもとでも保証することを示したものであることが、宮崎市定『九品官人法の研究』第一編 緒論―漢より唐へ―に述べられている。

一一 武帝爲晉王　晋朝成立の直前、魏の咸熙二年（二六五）の五月のことである（『晋書』巻三武帝紀）。

一二 受禪　武帝の即位は泰始元年（二六五）十二月、傅玄四十九歳の時のことである。

一三 駙馬都尉　駙馬都尉は「魏晉の後、公主（皇帝の娘）を尚とれば皆な駙馬都尉を拜す」といわれるように、皇帝の女婿に与えられる官職であるが、傅玄が司馬氏の娘をめとったという記録は見あたらず、詳しいことはわからない。

一四 不諱之路　君主に忌憚なく直言のできる道をいう。『説苑』君道篇に「規諫には必ず不諱の門を開く」、また『後漢書』安帝紀に「公卿郡國をして賢良方正を擧げ、遠く博選を求め、不諱の道を開かしめて、至謀を得、逮ばざるを鑑みんことを冀う」と見える。

一五 皇甫陶　『晋書』に伝がなく、詳しい事跡はわからない。安定（甘粛省）の皇甫氏の一族であろう。傅燮が張角討伐を皇甫嵩とともに行なったことからも、北西辺境の武人である二つの家の関係が深かったことがうかがわれる。右将軍であった皇甫陶が武帝と辺境の人事について論じて言い争いになったが、帝は皇甫陶を許し、かえって皇甫陶の処罰を申し出た者を免官にしたことが、『晋書』巻三武帝紀の泰始八年二月の条に見える。この一族の有名な人物に、傅玄と同時期の皇甫謐（二一五～二八二）がいる。

一六 玄上疏曰　この上疏は、魏の文帝のあと天下の綱紀がゆるんで「虚無放誕の論　朝野に盈ち、天下をして復た清義なからしめ、亡秦の病　復た今に發」しているから、当今の急務として「清遠　有禮の臣を擧げ、以て風節を敦うす」るべきことを述べたもので、傅玄の意図は清談派を政治から退けることにあったであろう。しかし、『通鑑』は泰始元年の条に、傅玄伝のこの部分を引用したあと、「然るに亦た革うる能わざるなり」と書き添えている。

一七 玄復上疏曰　この上疏は、いま天下には仕事をしない者が多いから、それぞれに職務を与えてこれを果たさせるべしとの進言である。工・商はもちろん、役人でも、名だけで実際仕事をしていない者にはみな農業をさせれば、天下足りて世に益をもたらすであろうと述べる。ことに、儒教や太学での教育が重要視され、官の粛正をめざしたものと考えられる。

一八 帝下詔曰　この詔は、まず傅玄と、それに先んじて出された皇甫陶の上書を誉めて、各担当部署に検討を指示し、さらに、忠心より出た優れた諫言には応分の報いを与えるなど、広く諫言を受け入れる用意があることを示したものである。

一九 御史中丞　御史中丞は「弾劾という誰しも好まぬ仕事をさせられるので、要職ではあるが清官ではない」ことが、宮崎市定『九品官人法の研究』、第二編 第二章 魏晋の九品官人法に述べられている。

二〇 水旱之災　『晋書』巻三武帝紀には、泰始四年九月、青州、徐州、兗州、豫州に大水害が起こって伊水、洛水があふれて黄河と合したこと、翌五年にも同じく豫州を除く三州で水害があったことが記録され、五行志では、翌六年にも、六月長雨で黄河、洛水、伊水、沁水が同時に溢れて、四千九百余戸が流され、死者二百余人にのぼり、千三百六十余頃の農作物が被害を受けたこと、また続く七年・八年には、日照りの害があったことが記録されている。

二一 玄復上疏曰　この上疏で、傅玄は五つの具体的な策を提出している。一つに、屯田について、税率を引き下げて農業生産の安定を図る。二つに、域内の地の利を十分に生かしていない太守は漢にならって死刑に処することとして、農業生産の向上に努めさせる。三つに、水利担当官である河堤謁者は現在の人数では足りないから五人とし、あわせて現職の車誼は水利に通じていないので更迭する。四つに、最近は屯田の面積を増やすことばかり考えて効率を重んじず、かえって収量は増えていない。河堤謁者の石恢が農事に通暁しているので、これに策を問う。五つに、鮮卑対策について、秦州刺史の胡烈は西方にはにらみがきくが、鮮卑が東に流れて安定・武威方面に出たときには対応し切れぬので、ここ高平の地に新たに一つ郡を置いて国境の守りとする。このうち少なくとも五については、この翌年、高平で胡烈が鮮卑に破れて殺されているから、傅玄の進言が的を射たものであったことがわかる。

二二　詔曰　傅玄の上疏に対し、農事と国境防衛という国の大事について、まこと適切かつ周到な意見を述べたものであると、とりあえずお褒めのことばを並べてある。

二三　比年不登　数年来の不作については、注二〇参照。また、『晋書』巻三武帝紀には、泰始七年五月に、傅玄の故地、雍州・涼州・秦州の三州に飢饉が起こったことが記されている。

二四　羌胡擾邊　『晋書』巻三武帝紀泰始六年の条に、秦州刺史の胡烈が異民族の反乱の鎮圧に赴き、万斛堆（甘粛省）で敵に破れて殺されたことが見えている。『通鑑』同年の条によれば、これは鮮卑の禿髪樹機能なるものの反乱であったという。

二五　獻皇后崩於弘訓宮　献皇后は、すなわち景帝の皇后羊氏、泰山南城（山東省）の人。蔡邕の孫に当たる。武帝即位後は弘訓宮に住まい、咸寧四年（二七八）に没した。『晋書』巻三一后妃伝上。弘訓宮の位置は未詳。

二六　舊制　漢魏以来の制度をいう。司隷校尉は、『通典』に「糾さざる所無し、唯だ三公のみ察せず」（巻三二）といい、後漢末、司隷校尉となった陽球が、今をときめく宦官王甫を死罪にして曹節をふるえあがらせたことからもわかるように、強い権力を持っていた。また、『通典』には「廷議は九卿の上に處り、朝にては九卿の下に處る」（巻三二）ともいう。

二七　絶席　『後漢書』王常伝に「絶席」の語が見え、李賢はこれに「絶席は之を尊顯するを謂うなり」と注して尊貴をあらわすための処置であることをいう。さらに同所に引かれた『漢官儀』に「御史大夫、尚書令、司隷校尉は皆な席を専らにし、三獨坐と號す」という。

二八　庚純　字は謀甫、博学で才能・節義があり、人々から「儒宗」と称された。黄門侍郎、中書令、河南尹、国子祭酒、侍中、御史中丞、尚書などを歴任した。河南尹のとき、もともとそりの合わなかった時の実力者、賈充と酒の席で争いを起こし、免官の詔が下ったことから、庚純に与するもの、排するものそれぞれを巻き込んで論争となった事件が知られている。『晋書』巻五〇。

二九　白簡　弾劾の訴状を白簡、つまり白い書状という。任昉「曹景宗を弾奏す」（『文選』巻四〇弾事）の結びにも、「臣　謹んで白簡を奉じて以聞す云云」という。

三〇　竦踊　畳韻の語。いらいらそわそわと待つさまをあらわす。

三一　謚曰剛　漢の劉熙撰『謚法』（晋の孔晁注、『問経堂叢書』輯本）には、剛という謚は「彊毅果敢」を表し、あるいは「前過を追補した」ことを意味するという。

三二　河内　司馬氏の出身地である。傅玄が若いときここに戦乱を避けたことと、司馬氏と近かったことは無関係ではないだろう。

三三　九流　諸子百家である儒家、道家、陰陽家、法家、名家、墨家、縦横家、雑家、農家をいう。『漢書』藝文志・諸子略では、諸子十家のうち、小説家を除くこの九家がみるべきものとされ、儒家の柱である六藝を補うことのできるものであると述べられている。

三四　三史　南北朝以前に三史と言う場合は、『史記』『漢書』『東観漢記』を指す。唐以降は『東観漢記』が亡んで、『後漢書』がこれにとってかわった。

三五　傅子　『傅子』は、『隋志』子部雑家類以下、『旧唐志』、『新唐志』に一百二十巻と記されているが、宋代に散逸したらしく、『崇文総目』には五巻、二十三篇が著録されるのみである。のち『四庫全書』編纂の際、『永楽大典』からの輯本一巻と附録四八条がまとめられ、さらに厳可均が『群書治要』『藝文類聚』などの類書、『三国志』裴松之注、また『意林』から補充・校訂し、五巻にまとめた。これは、『全晉文』で見ることができる。『傅子』がもともとどのような書物だったかは、現在残るものからでは十分にわからないが、正当儒学を根本として、倹約、重農を説き、合理主義や技術重視の傾向をもつものであったろう。「四部・六録」の構成については、厳可均もいうように未詳である。

三六 文集百餘巻　傅玄の集は『隋志』以下、『旧唐志』『新唐志』に五〇巻が著録されるが、『宋史』藝文志では一巻のみとなっている。今日残る傅玄の著作は、『傅子』以外に、上奏文、賦、楽府、古詩などがある。文については、『文心雕龍』才略篇に「傅玄の篇章は義に規鏡多し（教訓的な内容が多い）」と言及される。一方、俗楽系の楽府や古詩については、張溥が『百三名家集』傅鶉觚集の題辞に「獨り詩篇を爲るに、新たに婉麗を溫め、善く兒女を言う。強直の士も、情を懷くこと正に深し」というように、女性の感情をうたうものに佳作が多く、またその作風は、おおむね建安文学より前の漢の作品に近い。『詩品』下品に、「孟陽（張載）の詩は、乃ち遠く厥の弟（張協）に慚ずるも、近く兩傅を超ゆ。長虞（傅咸）父子は、繁富 嘉すべし」といい、傅玄・傅咸父子が多作だったことがわかる。『文選』には巻二九に雑詩一首が収められるのみだが、『玉臺新詠』巻二および巻九には、俗楽系の楽府と古詩がまとまって収録され、うち女性の苦労をうたう「豫章行・苦相篇」がよく知られる。しかし、傅玄が生前もっとも華々しく活躍したのは、同じ楽府でも宮廷の雅楽の作詩者としてであろう。『宋書』楽志や『晉書』楽志には、「晉武泰始五年、尚書奏して太僕傅玄、中書監荀勖、黄門侍郎張華をして各おの正旦の行禮および王公上壽、酒食擧の樂の歌詩を造らしむ。詔して又た中書郎成公綏にも亦た作らしむ」など、傅玄が新しい王朝の雅楽の作成にあずかった経緯や、その歌詞が記録されている。ここに名が挙げられている張華については、本書「張華伝」参照。傅玄の詩は、『全晉詩』巻一・巻十、『古詩紀』巻三二に収録され、文は『全晉文』巻四五～五〇に集められている。

三七 咸　傅玄の息子傅咸（二三九～二九四）は、御史中丞・司隷校尉などを歴任、父譲りの剛直な人柄で、論理明晰な議論の文が高く評価される。詳しくは、本書「傅咸伝」参照。

三八 王沈　魏晉の交代期に曹爽、高貴郷公、武帝のそれぞれに信任された重鎮。字は処道、太原晉陽の人である。曹爽の属官から中書門下侍郎となり、曹爽が殺されたあといったん免官になったが、再び官途について散騎常侍や侍中を務め、阮籍らとともに魏の歴史書の編纂にも携わった。のち、高貴郷公からその才を愛されたにもかかわらず、司馬昭と内通してこれを裏切ったが、これも、しばらくは不忠のかどで地方に出たものの、武帝が即位すると御史大夫という高位を与えられ、晉建国の功臣として厚遇された。羊祜、荀勖、裴秀、賈充といった当時の実力者たちのよき相談役でもあったという。司空の位は死後に贈られたものである。『晉書』巻三九。王沈の逝去は泰始二年（二六六）であるから、『傅子』内篇はこれ以前に完成していたことになる。

三九 言富理濟　まったく同じ表現ではないが、陸機「文の賦」には「文は繁く理は富み」、「理は朴にして辭は輕く」、「辭に害ありて理は比がい」など、「文」「辭」つまりことばづかいと「理」を対応させたいいまわしが多くみられる。

四〇 楊墨　楊は楊子、すなわち楊朱である。戦国時代初期の哲学者で、『孟子』尽心篇上に「一毛を抜きて天下を利することも爲さざるなり」と批判されるように、その哲学はおのれと、おのれの生命をもっとも重要視する。これが、魏晋の清談の担い手たちにたいへんもてはやされた。『列子』に楊朱篇があってその哲学が開陳されているが、この書そのものが魏晋の時に成立したものといわれている。墨は墨子、すなわち墨翟のこと。この時代とくに墨家の思想が流行したわけではないが、『孟子』滕文公篇下に「楊朱・墨翟の言、天下に盈つ」というように、儒家の正統に対する異端の思想の代表として、古くから楊朱と並称されてきた。

四一 流遁　『淮南子』本経訓に、「凡よそ亂の由って生ずる所の者は、皆な流遁に在り」といい、高誘はこれに「流は放なり、遁は逸なり」と注している。

四二 孫孟　孫は荀子、すなわち荀卿、荀況のこと。『史記』孟子荀卿列伝の索隠に「後亦た之を孫卿子と謂う」と見える。孟は孟子。孫孟で儒教の正統をあらわす。

四三 不見賈生…　『史記』賈生列伝に、左遷の地から久方ぶりに都に戻った賈誼に会って話をした漢の文帝が、「吾 久しく賈生を見ずして、自ら之に過ぐると以爲うに、今及ばざるなり」と言ったという。賈誼は、「洛陽の才子」として名高い才人。長沙に左遷され、そのときに作った「屈原を弔うの文」や「鵩鳥の賦」で知られる。

〔参考文献〕

魏明安・趙以武『傅玄評伝』（南京大学出版社　一九九六年）
王絵絜『傅玄及其詩文研究』（文津出版社　一九九七年）
Jordan D. Paper, “The Fu-Tzu —A Post-Han Confucian Text,” (Monographies du T'OUNG PAO Volume XIII, 1987)
岡村貞雄「楽府題の継承と傅玄」（『支那学研究』三五　一九七〇年）
松家裕子「傅玄楽府初探」（『東洋文化学科年報』九　追手門学院大学　一九九四年）
狩野雄「傅玄の〈詠史楽府〉制作—魏晋文人楽府制作の一背景—」（『集刊　東洋学』八二　一九九九年）

（松家裕子）

孫楚（二二〇？〜二九三）

孫楚は、卓絶した才をもつ詩人であったが、強情な性格で、周囲の人間と悶着が絶えなかった。とくに「石に枕し流れに漱ぐ」を「石に漱ぎ流れに枕す」と言い間違えてそれを押し通したエピソードは有名。夏目漱石の筆名の由来でもある。『晋書』の論賛は、超俗の文才を讃える一方で、その人となりについては、「遜譲の道に違い、陵憤の氣を肆にし、丁年沈廢するは、諒に自ら取るなり」と手厳しい。『詩品』中。

晉書巻五六　孫楚傳

[一]孫楚字子荊、太原中都人也。祖資[二]、魏驃騎將軍。父宏、南陽太守。楚才藻卓絶、爽邁不羣[三]、多所陵傲、缺鄉曲之譽。年四十餘、始參鎭東軍事。

文帝遣符劭[四]・孫郁使吳、將軍石苞[五]令楚作書遺孫晧[六]曰…（略）。劭等至吳、不敢爲通[七]。

楚後遷佐著作郎、復參石苞驃騎軍事。楚既負其材氣、頗侮易於苞。初至、長揖[八]曰「天子命我參卿軍事」。因此而嫌隙[九]遂構。苞奏楚與吳人孫世山[一〇]共訕毀時政、楚亦抗表[一一]自理。紛紜經年、事未判、又與鄉人郭奕[一二]忿爭。

武帝雖不顯明其罪、然以少賤受責、遂湮廢積年。初、參軍不敬府主。楚既輕苞、遂制施敬[一三]、自楚始也。

征西將軍・扶風王駿與楚舊好、起爲參軍[一四]。轉梁令[一五]、遷衞將軍司馬。時龍見武庫井中[一六]、羣臣將上賀。楚上言[一七]曰…（略）。

惠帝[一八]初、爲馮翊太守。元康[一九]三年卒。

初、楚與同郡王濟[二〇]友善。濟爲本州大中正[二一]、訪問銓邑人品狀[二二]。至楚、濟曰「此人非卿所能目[二三]。吾自爲之」。乃狀楚曰「天才英博、亮拔不羣」。楚少時欲隱居、謂濟曰「當欲枕石漱流」、誤云「漱石枕流[二四]」。濟曰「流非可枕、石非可漱」。楚曰「所以枕流、欲洗其耳。所以漱石、欲厲其齒」。楚少所推服、惟雅敬濟[二五]。初、楚除婦[二六]服、作詩以示濟。濟曰「未知文生於情[二七]、情生於文、覽之悽然、增伉儷[二八]之重」。三子[二九]、衆・洵・纂。衆及洵俱未仕而早終。惟纂子統[三〇]・綽並知名。

[一]孫楚 字は子荊、太原中都の人なり。祖[二] 資は、魏の驃騎將軍なり。父 宏は、南陽太守なり。楚 才藻卓絕にして、[三]爽邁 羣せざるも、陵傲する所多く、鄉曲の譽を缺く。年四十餘にして、始めて鎭東軍事に參ず。[四]文帝 符劭・孫郁をして吳に使いせしむるに、將軍[五]石苞 楚をして書を作らしめ[六]孫晧に遺りて曰く…（略）。劭等 吳に至り、[七]敢えて爲に通ぜず。

楚 後に佐著作郎に遷り、復び石苞の驃騎軍事に參ず。楚 既に其の材氣を負い、頗る苞を侮易す。初めて至るに、[八]長揖して曰く「天子 我に命じて卿の軍事に參ぜしむ」と。此に因りて[九]嫌隙 遂に構う。苞 楚の吳人孫世山[一〇]と共に時政を訕毀するを奏し、楚 亦た表[一一]を抗げて自理す。紛紜として年を經、事 未だ判ぜざるに、又た鄉人[一二]郭奕と忿爭す。武帝 其の罪を顯明にせずと雖も、然れども少賤を以て責を受け、遂に湮廢して年を積む。初め、參軍は府主を敬せず。楚既に苞を輕んじ、遂に敬[13]を施すを制するは、楚自り始まるなり。

征西將軍扶風王駿楚と舊好ありて、起てて參[14]軍と爲す。梁[15]令に轉じ、衞將軍司馬に遷る。時に龍[16]武庫の井中に見われ、羣臣將に賀を上らんとす。楚言[17]を上りて曰く…（略）。

惠[18]帝の初め、馮翊太守と爲る。元[19]康三年卒す。

初め、楚同郡の王[20]濟と友として善し。濟本[21]州の大中正と爲り、訪[22]問邑人を銓して品狀す。楚に至りて、濟曰く「此の人卿の能く目[23]する所に非ず。吾自ら之を爲さん」と。乃ち楚を狀して曰く「天才英博にして、亮拔羣せず」と。楚少き時隱居せんと欲し、濟に謂いて、「當に石に枕し流れに漱がんと欲すべし」と曰うを、誤りて「石[24]に漱ぎ流れに枕す」と云う。濟曰く「流れは枕すべきに非ず、石は漱ぐべきに非ず」と。楚曰く「流れに枕する所以は、其の耳を洗わんと欲するなり。石に漱ぐ所以は、其の齒を厲かんと欲するなり」と。楚推服する所少なく、惟[25]だ雅より濟を敬するのみ。初め、楚婦[26]の服を除い、詩を作りて以て濟に示す。濟曰く「未[27]だ文の情より生ずるか、情の文より生ずるかを知らざるも、之を覽れば悽然として、伉[28]儷の重きを增せり」と。

三[29]子、衆・洵・纂あり。衆及び洵倶に未だ仕えずして早に終わる。惟だ纂の子統[30]・綽のみ並びに名を知らる。


孫楚は字を子荊といい、太原中都（山西省）の人である。祖父の資は、魏の驃騎将軍だった。父宏は、南陽太守をつとめた。楚は卓絶した文才と、他に例を見ぬ豪快でさっぱりした気性のもち主であったが、他人を見下した傲慢なふるまいが多く、郷里での評判は良くなかった。四十を過ぎて、初めて鎮東軍事参軍になった。

文帝（司馬昭）が苻劭（徐劭の誤り）と孫郁を使者として呉に遣わした際、将軍の石苞は楚に孫晧宛ての書簡を作成させた。…（略）。劭らは、呉に着いてこの書簡を渡す勇気がなかった。

楚はのちに佐著作郎に遷り、再び石苞の驃騎軍事参軍となった。楚は自分の才能を鼻にかけ、苞を小馬鹿にしていた。初めて赴任した時、略式の拱手（きょうしゅ）の礼を行なって、「天子様があなたの参軍になれとお命じになったので」と言った。これによって両者の間には溝（みぞ）ができてしまった。苞は、楚が呉の人である孫世山とともに時の政（まつりごと）を誹謗（ひぼう）していると奏上し、楚も表を上（たてまつ）って自ら弁明した。ごたごたして何年も決着がつかないうちに、楚はさらに同郷の人郭奕（かくえき）と揉（も）め事を起こした。武帝は楚に罪があるとはっきり認定したわけではないが、（楚は）歳も身分も下だということで責めを受け、長年うだつがあがらなかった。当初、参軍が幕府の府主にうやうやしい態度をとることはなかった。楚が苞を軽侮したことから、（府主を）敬うことが定められたのであり、これは楚に始まったことなのだ。

征西将軍で扶風（ふふう）王の駿（しゅん）は楚の古馴染（ふるなじ）みだったので、彼を参軍に起用した。梁（河南省）の県令に転出し、衛将軍司馬に遷った。おりしも、兵器を管理する役所の井戸に龍が現われ、群臣たちがお祝いの文を上ろうとしていた。楚は次のように言上（ごんじょう）した…（略）。

恵帝の御代の初め、馮翊（ひょうよく）（陝西省）の太守となり、元康三年（二九三）に没した。

話は戻るが、楚は同じ太原郡の王済と親しかった。済が郷里の大中正だった時、（属官の）採訪使（さいほうし）が郷人を調べて品評状を作成していた。楚の番になると、済は「この人は君が品評できるような相手ではない。わたしが自分で書こう」と言った。そうして楚の品評状に「英邁なる天賦の才は、凡人をはるかに卓越している」と記したのである。楚は若いころ、隠遁生活をやろうとして、済にむかって「石に枕（まくら）し流れに漱（くちすす）がんと欲す」というところを間違って、「石に漱ぎ流れに枕す」と言ってしまった。済が「流れに枕することはできないし、石に漱いだりはできまい」というと、楚は「流れに枕するのは、（俗世の言に汚れた）耳を洗うためで、石に漱ぐのは、（俗人に噛みつく）歯を磨くためさ」とやり返した。楚はめったに他人のことを誉めなかったが、平素から済にだけは敬服していた。以前、楚は妻の喪（も）が明けた時、詩を作って済に見せたことがあり、済は、「情から文が生まれるのか、文から情が生まれるのか、どちらかわからないが、この詩を見ると切なくて、夫婦というものの重みを感じるよ」と言ったのだった。

男子が三人いて、衆（しゅう）・洵（じゅん）・纂（さん）という。衆と洵はともに仕官しないまま早世した。纂の子にあたる統（とう）と綽（しゃく）だけが、世に知られている。

一 孫楚　生年は、四十過ぎで石苞の参軍となったことから推定。『隋志』には、「晉馮翊太守孫楚集六巻、梁十二巻、錄一巻」とあり、『旧唐志』と『新唐志』はともに「十巻」というが、亡佚して伝わらない。明代に二種の輯佚本が編纂されている。一つは張燮の『七十二家集』の『孫馮翊集』二巻・『付録』一巻、もう一つは張溥の『漢魏六朝百三名家集』の『孫馮翊集』一巻。『全晉文』巻六〇は文四十五篇、『全晉詩』巻二は詩八首を収める。『文選』は本伝にも見える「石仲容の為に孫晧に与うる書」（巻四三書下）のほか、詩では「征西の官属の、陟陽侯に送りしときの作」（巻二〇祖餞）を採録する。これは、孫楚が任地に赴く際、陟陽亭まで見送ってくれた元同僚に宛てた詩で、老荘思想の影響が濃厚な作品である。張溥は「今亦た其の絶倫を見ざるなり」（『漢魏六朝百三名家集』孫子荊集題辞）と絶賛し、清の何焯も、「時に方に老荘を貴び、而して之を詩に見わし、亦た創めて爲に變ず。故に世を擧げて推して高しとす」（『義門読書記』巻四六）と評している。

二 祖資　孫資（二世紀後半～二五一）は魏の功臣の一人である。字は彦龍、三歳で父を亡くし兄と嫂に養育され、後漢末に太学に学んで経学に通じた。郡の功曹から県令や参丞相軍事を経て、魏の秘書郎となった。文帝が秘書を中書と改めた際に中書令となり、給事中の位階と関中侯の爵位を賜った。明帝即位後は最も信任を受け、散騎常侍を加えられ、正始元年（二四〇）には右光禄大夫の位階と金印紫綬・儀同三司（ともに宰相の待遇）を授かっている。退官後、列侯に除せられ、特進（三公に次ぐ地位）となった。謚は貞侯。『三国志』巻一四劉放伝注引『孫資別伝』。その嗣子孫宏については、南陽太守になった以外詳しい伝記は伝わらない。

三 爽邁　豪快でさっぱりしていること。

四 符劭・孫郁使呉　符劭は徐劭の誤り。孫郁も孫彧に作るものがある。二人が呉に使いしたことは、『晉書』文帝紀に「咸熙元年（二六四）冬十月丁亥、呉人相國參軍徐劭・散騎常侍水曹屬孫彧をして呉に使いせしめんことを奏す。孫晧に喩すに蜀を平らぐるの事を以てし、馬錦等の物を致し、以て威懐を示す」とあることなどからも知られる。なお、『三国志』巻四八　三嗣主伝によれば、徐劭（紹に作るのは誤り）と孫郁はかつて寿春を守っていた呉の降将。このうち徐劭は、使いが終わって魏に返る途中、孫晧に捕らえられて殺された。

五 石苞　?～二七三。字は仲容、勃海南皮（河北省）の人。石崇の父。司馬昭（後の晉文帝）の信任を得て奮武将軍・仮節・監青州諸軍事となり、呉との戦いで寿春を平らげて鎮東将軍に任じられ、のち征東大将軍、さらに驃騎将軍になった。武帝（司馬炎）が即位すると、大司馬（宰相）となり、楽陵郡公に封ぜられ、侍中を加えられた。『晉書』巻三三。本書「石崇伝」注三参照。

六 遺孫晧　『文選』巻四三祖餞に「石仲容の為に孫晧に与うる書」として採録される。即位したばかりの呉の孫晧に降伏を勧める書簡である。魏が漢の禅譲によって開国した正統な王朝であることをいい、蜀が滅びた今、呉だけが降伏しないことの非を責め、降伏しなければ魏が討伐することになり、家系が絶えるだろうと脅（おど）している。

七 不敢爲通　過激な内容であったため使者が渡すのをためらったのであろう。この時孫晧に手渡されたのは、司馬昭の書簡であり、それは『三国志』巻四八 三嗣主伝注引『漢晋春秋』に見えている。

八 長揖　略式の礼。手をこまねいて、やや上に挙げて下におろす礼。

九 嫌隙遂構　『北堂書鈔』巻六九引『世語』および『藝文類聚』巻四七引王隠『晋書』にも同様の話が見える。

一〇 孫世山　伝記未詳。

一一 抗表自理　上表文を奉って申し開きをすること。抗はあげること。

一二 郭奕　?～二八七。字は大業、太原陽曲（山西省）の人。官は尚書に至った。『晋書』巻四五に伝があるが、孫楚との不和についての記載はない。

一三 施敬　うやうやしい態度を強要すること。『礼記（らいき）』檀弓（だんぐう）下篇の「未だ敬を民に施さざるに、民 之を敬す」に基づく。

一四 爲參軍　『晋書』武帝紀によれば、駿は咸寧二年（二七六）十月に征西将軍に任じられ、三年（二七七）八月に汝陰（じょいん）王から扶風（ふふう）王に改封されている。孫楚が征西参軍となったのは、これ以後のことである。

一五 轉梁令　扶風王 駿は、太康七年（二八六）九月に亡くなっている。孫楚は、それをしおに征西参軍から梁（河南省）の県令に転じたのであろう。

一六 武庫　兵器を管理する役所。

一七 上言　内容は次の通り。このごろ武庫の井戸に二匹の龍が現れたと聞くが、本来、龍とは深い泉か高い天に存在するもので、井戸のような所に居るべきものではない。これは賢者や有能な人物が世に埋没している証拠である。出身や家柄にかかわらず広く人材登用の道を開くべきである。陸侃如の『中古文学繫年』は、武帝の太康九年（二八八）の作と推定する。

一八 惠帝初　恵帝の永熙元年（二九〇）を指す。

一九 元康三年卒　「太康三年（二八二）卒」に作るテキストが多いが、太康は武帝の年号で、前文の「惠帝初…」と矛盾する。また、恵帝朝には永康という年号もあるが、永康三年という年は存在しない。元康三年とするのが最も自然。

二〇 王濟　生卒年未詳。字は武子、太原晋陽（山西省）の人。魏の司空王昶（おうちょう）の孫で、晋の司徒王渾（おうこん）の次子。妻は晋武帝（司馬炎）の娘、常山公主。二十歳で中書郎となり、侍中に至ったが、免官となった後は豪奢な生活に耽った。『世説』汰侈3の、武帝を招いた宴席に、人乳を飲ませて肥えさせた豚を出した話は有名。のちに太僕となるも、四十六歳で父より先に亡くなり、驃騎将軍を追贈された。『晋書』巻四二。

二一 本州大中正　太原の大中正を指す。晋の人材登用法は魏の九品中正の法を踏襲する。郡邑に置かれたのが小中正、州に置かれたのを大中正といい、その職責は郷人の人物品行について詮議（せんぎ）し、品状を作成することにあった。品状は官吏選用の基準となる。

二二 訪問　中正官の属官で、郷人の人物品評にあたる者をさす。『晋書』劉卞（りゅうべん）伝に「卞 後に（縣）令に従いて洛（洛陽）に至り、太學に入りて、經を試みられて臺四品の吏と爲るを得。訪問 黄紙一鹿車（小さな車ほどの量の役所の文書）を寫さしむるに、卞曰く、劉卞は人の爲に黄紙を寫す者に非ざるなりと。訪問 知りて怒り、中正に言い、乃（すなわ）ち退けて尙書令史と爲す」とみえ、清の趙翼（ちょうよく）『二十二史劄記（さっき）』巻八はこれを引いて、「訪問」に「中正を助けて採訪する人」と注する。

二三 目　ここでは品評の意。『世説』言語24の劉孝標注および『魏志』

劉放伝注引『晉陽秋』にも同様の話が見え、そこでは、「目」を「名」に作る。意味は同じ。

二四 漱石枕流 『世説』排調6に同様の話が見える。「其の耳を洗う」とは、昔の隠者許由が国を譲ろうという堯の申し出に対し、けがれた話を聞いたとして耳を洗った故事に基づく（『逸士伝』）。「其の歯を厲（『世説』は礪に作る）く」とは、利歯（舌鋒鋭く相手に噛みつく）のためと考えられるが、典拠未詳。

二五 惟雅敬濟 『晉書』王済伝および『世説』傷逝3は、王済が亡くなった時の孫楚の様子を伝えている。それによれば、名士達に後れて弔問に来た孫楚は、亡き骸を前にひとしきり慟哭した後、済が生前好きだったことをしようと、やおらロバの鳴き声を真似てみせた。居合せた賓客がこれを嘲笑すると、「君たちを生かしておいて、この人を死なせるとは」と歎いたという。孫楚の王済に対する真情を示す逸話である。

二六 楚除婦服… この話は『世説』文学72に見える。劉孝標の注は、妻を胡母氏とし、「婦の服を除う詩」を引用する。「時過ぎて停まらず、日月電流す。神爽びて登遐し、忽ち已に一周なり。禮制敍有り、除を靈丘に告ぐ。祠に臨めば痛みを感じ、中心抽くが若し」。張溥『漢魏六朝百三名家集』孫子荊集題辞は、この詩を「王武子（済）歎じて情文相い生ずと爲すも、然れども以て嵇君道（含）の『伉儷詩』に方ぶるに、兄弟の閒なるのみ」と評する。嵇含（二六三〜三〇六）は西晉の詩人で、「伉儷詩」の作者として有名。兄弟の間とは月とスッポンの意。つまり、張溥は孫楚の「婦の服を除う詩」は嵇含に及ばぬとするのである。しかし、劉孝標注が引くのが詩の全編だとは思われず、これをもって二つの詩の優劣を論ずる張溥の説には首肯し難い。このほか孫楚の亡妻をテーマとした作品には、「胡母夫人哀辞」（『全晋文』巻六〇）もあり、『文館詞林』巻一五二には「婦胡母夫人に贈る別一首」という詩題（詩は散逸）が見えている。

二七 文生於情、情生於文 『文心雕龍』情采篇には「昔 詩人の什篇は情の爲に文を造る」とある。余嘉錫『世説新語箋疏』は、劉勰の文と情の関わりについての理論は、この王済の言葉に触発されたものではないかという。

二八 伉儷 夫婦をいう。

二九 三子 洵は恂に作るテキストもある。『魏志』劉放伝注引『晉陽秋』は、「楚の子 洵は、潁川太守たり」といい、『晉書』巻八二孫盛伝にも、「父の恂は、潁川太守なり。恂は郡に在りて賊に遇い、害せらる。盛は年十歳にして難を避けて江を渡る」と見える。衆と纂については伝記未詳。

三〇 統・綽 孫纂の子である統の伝がこの後に続く。生卒年未詳だが、永和九年（三五三）の蘭亭の詩会に参加しているので、三五三年までは存命であったことが知られる。字は承公。幼い時、西晋末の乱を避けて弟の綽や従弟らと江南に移住した。世の規範にとらわれぬ性格で、文才があり、孫楚の気風を受け継いだとされる。征北将軍褚裒が参軍に招いたが就かず、会稽に居を構えて山水に親しんだ。余姚（浙江省）の県令で終わった。『隋志』に「晉餘姚令 孫統集二巻、梁九巻、錄一巻」とある。子の騰は、字を伯海といい、幼い時の呼び名は僧奴。博学をもって鳴り、位は廷尉に至った。騰の弟登は、尚書郎に至り、『老子』の注釈書を著した。『隋志』に「孫登、老子道德經二巻、音一巻」とある。綽は本書「孫綽伝」参照。

（野村鮎子）

傅咸（二三九～二九四）

傅咸（ふかん）は西晋の詩人。傅玄の子。父ゆずりの剛直な人柄で、冗官整理による農業振興や質素倹約の奨励などを建議したほか、しばしば貴戚を弾劾し、時の権力者を諫めた。詩は、現存する二十首足らずのうち、大半が四言詩で、荘重典雅で教訓的な内容を持つとされるが、何焯に「深婉、陳思（曹植）の一体を得」（『義門読書記』巻四六）と評された「何劭・王済に贈る詩」（『文選』巻二五）のような五言詩もある。三十篇余りを存する賦には、抒情・詠物の作が多い。『詩品』下。

晋書巻四十七　傅玄傳附

[一]咸字長虞、剛簡有大節。風格峻整、識性明悟、疾惡如仇、推賢樂善、常慕[二]季文子・[三]仲山甫之志。好屬文論、雖綺麗不足、而言成[四]規鑒。[五]潁川[六]庾純常歎曰「長虞之文、近乎詩人之作矣」。

[七]咸寧初、襲父爵、[八]拜太子洗馬、累遷[九]尚書右丞。出爲冀州刺史、[一〇]繼母杜氏不肯隨咸之官、自表解職。三旬之閒、遷司徒左長史。[一一]時帝留心政事、詔訪朝臣政之損益。[一二]咸上言曰…（略）。

咸在位多所執正。豫州大中正[一三]夏侯駿上言、魯國小中正・司空司馬[一四]孔毓四[一五]移病、所不能接賓、求以尚書郎[一六]曹馥代毓、旬日復上毓爲中正。司徒三却、駿故據正。咸以駿與奪惟意、乃奏免駿大中正。司徒[一七]魏舒、駿之姻屬、屢却不署、咸據正甚苦。舒終不從、咸遂獨上。舒奏咸激訕不直、詔轉咸爲車騎司馬。

咸以世俗奢侈、[18]又上書曰…（略）。

又議移[19]縣獄於郡及[20]二社應立、[21]朝廷從之。遷尚書左丞。

[1]咸 字は長虞、剛簡にして大節有り。風格峻整、識性明悟、悪を疾むこと仇の如く、賢を推し善を楽しみ、常に[2]季文子・[3]仲山甫の志を慕う。文論を屬るを好み、綺麗足らずと雖も、而れども言は[4]規鑒を成す。[5]潁川の[6]庾純常て歎じて曰く「長虞の文、詩人の作に近し」と。

[7]咸寧の初め、父の爵を襲ぎて、[8]太子洗馬に拝せられ、累ねて[9]尚書右丞に遷る。出でて冀州刺史と爲るも、[10]繼母杜氏 咸の官に之くに随うを肯ぜず。自ら職を解かれんことを表す。三旬の閒、司徒左長史に遷る。時に[11]帝 政事に留心し、詔して朝臣に政の損益を訪う。[12]咸 言を上りて曰く…（略）。

咸 位に在りて正を執る所多し。豫州大中正[13]夏侯駿 魯國小中正・司空司馬[14]孔毓四たび[15]移病して賓に接する能わざる所を上言し、尚書郎[16]曹馥を以て毓に代えんことを求む。旬日にして復た毓を上げて中正と爲す。司徒三たび却け、駿故らに正に據る。咸 駿の與奪惟だ意のままなるを以て、乃ち駿の大中正を免ぜんことを奏す。司徒[17]魏舒、駿の姻屬なれば、屢しば却けて署せず、咸は正に據ること甚苦し。舒 終に従わず、咸 遂に獨り上る。舒 咸は激し訕りて直ならずと奏し、詔して咸を轉して車騎司馬と爲す。

咸は世俗の奢侈なるを以て、[18]又た書を上りて曰く…（略）。又た[19]縣獄を郡に移す及び[20]二社應に立つべきを議り、[21]朝廷之に従う。尚書左丞に遷る。

咸は字を長虞といい、剛直で、気骨があった。毅然とした風格があって、透徹した見識を備えており、悪をまるで仇のように憎んで、賢者を推挙して善人と交わり、常に季文子・仲山甫の志を慕っていた。詩文や論を書くのが好きで、（作品は）きらびやかさに欠けるとはいえ、規範となるものを書き、潁川（河南省）の庾純が感嘆して「長虞の作品は詩経の作風に近い」といったことがあった。

咸寧の初めに、父の爵位を襲いで、太子洗馬を授けられ、すぐに尚書右丞に転任した。冀州（河北省）刺史に転出しようとしたが、継母の杜氏が咸の赴任先についていくことを承知しなかったので、自ら上表して解任を願い出た。一月ほどして、司徒左長史にうつった。そのころ、帝は政治を気にかけ、詔勅を下して朝臣に政治の改めるべき点を諮られたので、咸は次のように申し上げた。…（略）。

咸は在任中、正論に拘ることが多かった。豫州（河南省、山東・湖北省の一部）大中正の夏侯駿が、魯国（山東省）小中正で司空の司馬である孔毓は何度も辞表を提出し客の応対ができないということを上奏して、毓にかえて尚書郎の曹馥を小中正とするよう求め、十日ほどしてまた毓を中正にしようとした。司徒は三度却下したが、駿はわざと道理をたてに譲らなかった。咸は駿が官職の任免を意のままにしているので、駿の大中正を免ずるよう上奏した。司徒の魏舒は駿の姻戚で、何度も却下して署名しなかったが、咸は筋を通そうと頑張り、舒が最後まできき入れなかったので、咸はとうとう一人で上奏した。舒は、咸が腹を立てて誹謗しただけで本当ではないと奏上し、詔勅によって咸は車騎司馬に転任させられた。

咸は世の贅沢する風潮を憂えて、また次のような文を奉った。…（略）。

この他、県獄を郡に移すことと二社を立てるべきことを論じ、朝廷はそれに従った。咸は尚書左丞に転任した。

一咸　北地泥陽（陝西省）の人。父祖および家系については本書「傅玄伝」参照。『文選』収録は「何劭・王済に贈る詩」一首のみだが、『詩品』は「長虞父子繁富嘉すべし」と傅玄とともに多作であることを称える。『隋志』は「晉司隷校尉傅咸集十七巻、梁三十巻、録一巻」を著録し、輯本としては、『漢魏六朝百三名家集』所収の『傅中丞集』一巻がある。『全晋詩』巻三、『古詩紀』巻二二、『全晋文』

巻五一・五二。

二 季文子　?〜前五六八。春秋魯の宰相。季孫氏（春秋後期に政権を掌握した三桓の一つで、桓公の末子季友の後裔）、字は行父。文公、宣公、成公、襄公の四公に仕え、宣公の時始めて政権の座についた。三公を宰相として補佐したが、私財を貯えず、倹約家として知られた。

三 仲山甫　西周宣王の時の卿士で、魯の献公の次子。樊侯に封ぜられたので樊仲、樊穆仲ともいう。『詩』大雅「烝民」は宣王が仲山甫を任用したことを讃え、仲山甫の徳を頌めたもの。『国語』周語上には、宣王が太原で料民を行なった時と魯の武公の末子を太子に立てようとした時に、諫言して却けられたことが見える。『国語』では「仲山父」、『漢書』古今人表は「中山父」に作る。

四 規鑒　いましめとなるようなことば。教訓。

五 潁川…　『北堂書鈔』巻一〇〇に引く『傅咸別伝』には「咸少くして文を属し、詞人の賦を貴とせず、潁川の庾純嘗て歎じて曰く、傅長虞の意、及ぶべからざるなりと」とある。

六 庾純　字は謀甫。博学で、世の儒宗として尊敬を集めた。郡の主簿から、黄門侍郎・中書令・河南尹・侍中・御史中丞・尚書・少府などを歴任。『晋書』巻五〇。

七 咸寧初、襲父爵　父の爵は子爵。傅玄の卒年は咸寧四年（二七八）。本書「傅玄伝」参照。

八 拝太子洗馬　中華書局本校勘記は、『藝文類聚』巻一〇〇および『太平御覧』巻一一に引く傅咸「喜雨賦」自序により泰始九年（二七三）には既に太子洗馬であったことが知られるので、「咸寧初、襲父爵」の後に列ねるのは正確でないとする。また、『文選』巻二五「何劭・王済に贈る詩」注に引く王隠『晋書』は「拝太子洗馬」の前に「孝廉に挙げらる」と記す。

九 尚書右丞　『北堂書鈔』巻六〇に引く王隠『晋書』に、咸が右丞であった時、百官が駆けつけた殿中の火事の際に傍観していた尚書の東平王楙らを弾劾したことが見える。

一〇 繼母杜氏　『晋書』巻九六列女伝に収められる母の厳氏の伝により、杜有道の娘の杜韡であることが知られる。なお、列女伝には、「識量有り」とされた厳氏の見識の高さを示す逸話の一つとして、継母の里帰りについてきた六歳の咸をみた厳氏が「汝は千里の駒也、必ず當に遠きに至るべし」といい、妹の娘を娶せたことがみえる。

一一 時帝…　『通鑑』によれば咸寧五年（二七九）のことで、傅咸が泰始開元から十五年というのとあう。なお、『通鑑』では、当時の州郡県の吏を半分にして農業に従事させるべしという議論に対して、中書監の荀勖（じゅんきょく）が、一律に半分に減らすことは不可能で、慎重に対処すべきだとしたことが見える。

一二 咸上言曰　晋開国から十五年たっても国が富まず穀物の収穫が十分でないのは、耕作せず俸給を得る官吏がいたずらに多いからであるとし、役所を併合して官吏を減らし農業に人員を配置して生産力を高めることを建議するもの。

一三 夏侯駿　「駿」は殿本同じ。百衲本・和刻本など、各本「俊」に作る。中華書局本校勘記は周処伝、『文選』巻二〇潘岳「関中詩」注に引く王隠『晋書』、『三国志』巻九夏侯淵伝注に引く『世語』、『通鑑』晋紀永熙元年により、「駿」に改めるとする。夏侯駿の字は長容。『晋書』に伝は立てられていないが、傅咸伝により、咸寧末から太康初のころ（二八〇前後）に豫州大中正をつとめ、汝南王亮の姻戚で武帝の没後に少府となったことがわかるほか、太康四年（二八二）に斉王攸を封国に赴かせることを諫めた庾旉らの処刑に尚書として反対したこと（庾純伝附庾旉伝）、元康六年（二九六）十一月に安西将軍として斉万年の討伐に派遣されたこと（恵帝紀）などが知られる。

一四 孔毓　魯国（山東省）の人。孔子二十一世の子孫。文の子、衍の父。官は征南軍司に至る（『晋書』巻六一儒林伝孔衍）。

一五 移病　病気を理由に辞表を提出すること。『漢書』公孫弘伝「弘乃ち移病し免ぜられて帰る」注に「移病は移書して病を言うを謂うなり、一に曰く、病を以て居を移す」とある。

一六 曹馥　『晋書』に伝がなく、事跡は未詳だが、『晋書』には、東海王越が劉洽に勧められて挙兵したとき尚書で、軍司にされたこと（巻五九東海王越伝）、劉曜が都に攻め入り宮廟を焼いた時、右僕射で殺されたこと（孝懐帝紀）が見える。

一七 魏舒　二〇九〜二九〇。任城樊県（山東省）の人。字は陽元。年四十余りで孝廉に挙げられ、浚儀令から尚書郎になり、武帝の時、司徒に至った。『晋書』巻四一。

一八 又上書曰…　物資の不足をもたらす贅沢を戒めるためには、上に立つ者が範を垂れるべきだということを、魏の毛玠（『三国志』巻一二に伝がある）の故事を引いて説いたもの。

一九 移縣獄於郡　監獄を併合することを建議したものだろう。

二〇 二社應立　太康九年（二八八）、宗廟の改修にともなって社・稷・壇を移設することになった際、開国以来、魏の制度に仍ってきた二社一稷を改め二社を併せる詔が出されたが、それに対する傅咸の表が『晋書』巻一九礼志上、『宋書』巻一七礼志四、『通典』巻四五に見える。二社は、『礼記』祭法に「王 羣姓の爲に社を立つるを太社と曰い、王 自らの爲に社を立つるを王社と曰う」とあることによるもので、王社は帝社ともいう。『晋書』『宋書』礼志、『通典』によると、魏は後漢の制により、太社・太稷と官社の二社一稷を立てた。また『通典』に、魏の明帝景初年間に、太社・太稷と帝社の二社一稷に改められたという。傅咸は、『礼記』祭法の二社にはそれぞれ異なった役割があり、二社を立てないことは経・記の明文に見えず、『周礼』春官・司服の文は王社にも稷があることを示すものだから、旧制を踏襲して二社を立てた上で帝社の稷も加え二社二稷にすべきであると論じた。

二一 朝廷從之　『晋書』『宋書』礼志、『通典』に「詔に曰く、社實は一神、而して二位を相い襲う、衆議同じからず、何ぞ必ずしも改め作らん、其れ便ち舊に仍り、一に魏の制の如くす」とある。

＊　＊　＊

[二二]惠帝卽位、[二三]楊駿輔政。[二四]咸言於駿曰…（略）。時司隷[二五]荀愷從兄喪、自表赴哀、詔聽之而未下、愷乃造駿。咸因奏曰「[二六]死喪之戚、兄弟孔懷。[二七]同堂亡隕、[二八]方在信宿、聖恩矜憫、聽使臨喪。詔未下而便以行造、急諂媚之敬、無友于之情。宜加顯貶、以隆風教」。帝以駿管朝政、有詔不問、駿甚憚之。咸復與駿箋諷切之、駿意稍折、漸以不平。由是欲出爲京兆・弘農太守、駿甥[二九]李斌說駿、不宜斥出正人、乃止。

[三〇]駿弟濟素與咸善、與咸書曰「江海之流混混、故能成其深廣也。[三一]天下大器、非可稍了、而相觀每事欲了。[三二]生子癡、了官事、官事未易了也。了事正作癡、復爲快耳。[三三]左丞總司[三四]天臺、維正[三五]八坐、此未易居。以君盡性而處未易居之任、益不易也。想慮破頭、故具有白」。咸答曰「[三六]衞公云、酒色之殺人、此甚於作直。坐酒色死、人不爲悔。逆畏以直致禍、此由心不直正、欲以苟且爲[三七]明哲耳。自古以直致禍者、當自矯枉過直、或不忠允、欲以亢厲爲聲、故致忿耳。安有悾悾爲忠益、而當見疾乎」。居無何、駿誅。咸轉爲太子中庶子、遷御史中丞。

時太宰・[三八]汝南王亮輔政、[三九]咸致書曰…（略）。咸復以亮輔政專權、[四〇]又諫曰…（略）。亮不納。長容者、夏侯駿也。

[二一]惠帝卽位し、[二三]楊駿政を輔く。[二四]咸駿に言いて曰く…（略）。時に司隷[二五]荀愷従兄の喪に、自ら表して哀に赴き、詔之を聽して而して未だ下らざるに、愷乃ち駿を造う。咸因りて奏して曰く「『[二六]死喪の戚しみ、兄弟孔だ懷う』、同堂[二七]亡隕して方に[二八]信宿に在り、聖恩矜憫し、聽して喪に臨ましむ。詔未だ下らずして而るに便ち以て行き造るは、諂媚の敬を急とし、友于の情を無みす。宜しく顯貶を加え、以て風教を隆すべし」。帝駿朝政を管るを以て、詔有りて問わず、駿甚だ之を憚る。咸復た駿に箋を與えて之を諷切す、駿意稍や折け、漸く以て平らかならず。是に由りて出して京兆・弘農太守と爲さんと欲す、駿の甥[二九]李斌駿に說きて、宜く正人を斥け出すべからずと、乃ち止む。

[三〇]駿の弟濟素より咸と善し、咸に書を與えて曰く「江海の流れは混混たり、故に能く其の深廣を成すなり。[三一]天下は大器にして、稍やありて了うるべきに非ず。而るに相い觀るに、事每に了えんと欲す。『[三二]子を生みて癡なれば、官事を了えしむ』、官事未だ了え易からざるなり。事を了うるに正に癡と作れば、復た快と爲すのみ。[三三]左丞は[三四]天臺を總司し、[三五]八坐

を維正し、此れ未だ居り易からず。君 性を盡すを以て而して未だ居り易からざるの任に處れば、益ます易からざるなり。想慮頭を破る、故に具さに白す有り」と。咸答えて曰く「衞公[三六]云く、酒色の人を殺すは、此れ直を作すより甚しと。酒色に坐して死すれば、人悔いと爲さず、逆って直を以て禍を致すを畏る。此れ心直正ならず、苟且を以て[三七]明哲と爲さんと欲するに由るのみ。古え自り直を以て禍を致す者、當自に枉を矯むること直るを過ぐべし。或いは忠允ならず、亢厲を以て聲を爲さんと欲す。故に忿りを致すのみ。安くんぞ悾悾として忠益を爲し、而して當に疾まるべきこと有らんや」と。居ること何ばくも無くして、駿 誅せらる。咸 轉じて太子中庶子と爲り、御史中丞に遷る。

時に太宰・[三八]汝南王亮 政を輔く、咸[三九] 書を致して曰く…（略）。咸 復た亮 政を輔けて權を專らにするを以て、[四〇]又た諫めて曰く…（略）。亮 納れず。長容なる者は、夏侯駿なり。

恵帝が即位し、楊駿が政治を補佐すると、咸は駿に次のように言った。…（略）。そのころ、司隷の荀愷は従兄を亡くし、喪に駆けつける許可を願い出て、許可の詔がまだ下されないうちに、駿を訪ねた。そこで、咸は「『死別の悲しみは、兄弟の場合非常に大きい』といいますが、（愷は）いとこが亡くなって、二三日の行程の離れた所にいたので、皇帝陛下が憐れみたまい、弔いに帰ることをお許しになられました。それなのに、詔も下されないうちに、人を訪問するなど、媚び諂って敬意を表することを優先し、兄弟の友愛の情を蔑ろにしたものです。はっきりと譴責を加え、おおいに風俗を教化なさるべきです」と上奏した。帝は、駿が朝政を掌っているので、罪は問わないという詔を下した。駿は、このことを非常に気に病んだ。咸はさらに駿にも一筆書き送って遠回しに責めたので、駿は少々気を挫かれ、だんだんと腹がたってきた。そこで、京兆（陝西省）・弘農（河南省）太守として転出させようとしたが、甥の李斌が駿に正しい人を追い払うべきではないと説いたので、やめた。

駿の弟の済は平素から咸と親しかったので、咸に次のような手紙を書いた。「長江や海の流れは滾々と尽きないので、深くも広くもなります。『天下は大器』ですから、簡単に片の付くものではありません。見たところ、何事でも片を付けようとしておられるようですが、『子供が馬鹿なら、役所勤めをさせろ』というように、役所の仕事は簡単に片の付くことではありませんが、事を処理するのに馬鹿になれば、気分よくすませられるのです。左丞は尚書省を総括して尚書省の上官たちを支え助けるもので、なかなかやりにくい職です。あなたは、もともとやりにくい職に就いているのに本性を発揮するので、ますますやりにくくなります。心配でしかたがないので、具陳いたす次第です」。咸は次のように答えた。「衛公は『酒色に溺れることの方が、正直に身を処することよりもずっと人を殺すことが多い』といいました。酒色のために死んでも、人は後悔せず、かえって正直によって禍を招くのを恐れますが、これは心が正しくなく事をうやむやにすますことを賢明と考えているためです。古くから正直によって禍を招く者は、弊害を正そうとして行き過ぎたり、誠の忠義の心もなく声高にものをいうので、怒りを招くだけです。真心から忠義を尽くそうとして憎まれる者などいるでしょうか」。ほどなくして、駿は誅された。咸は太子中庶子に転じ、御史中丞に遷った。

そのころ、太宰の汝南王亮が朝政を補佐していたが、咸は次のような手紙を書いた。…（略）。咸はさらに亮が朝政を補佐し、権力を独占していたので、また次のように諫めた。…（略）。亮は聞き入れなかった。長容というのは、夏侯駿である。

二二 恵帝　二五九～三〇七。在位二九〇～三〇六。諱は衷、字は正度、武帝の第二子。泰始三年（二六七）皇太子になり、太熙元年（二九〇）四月、武帝崩御の日に即位。賈后の専横をゆるし、八王の乱をまねいた。

二三 楊駿　?～二九一。字は文長。弘農華陰（陝西省）の人。武帝悼皇后の父であったため、重用され、弟の珧・済と併せて「三楊」と呼ばれた。恵帝が即位すると、武帝の臨終に際して皇后が中書監・令に作らせた遺詔によって太傅・大都督となり政治の実権を握ったが、翌年、賈后・楚王瑋に殺され、三族（父族・母族・妻族）を夷げられた。故実に通じず、武帝崩御の後、年を踰えずして改元したことでも非難された。『晋書』巻四〇。

二四 咸言於駿曰…　天子が先帝の喪に服して親政を行わず臣下に委任

するのは、時代錯誤で、民意にも反するとして、周公の故事を引き、駿に隠退を勧めたもの。

二五 荀愷 『晋書』に伝はないが、巻四五武陔伝附武茂伝により潁川(河南省)の人で、武帝の姑子(父方のおばの子)であったことが知られる。また、武茂伝、傅玄伝附傅祗伝に、楊駿が誅された時、尚書左僕射だった荀愷が駿の縁者のうち、自分と反りの合わない武茂や裴楷を陥れようとしたことが見える。

二六 死喪之戚… 『詩』小雅「常棣」は「戚」を「威」に作る。伝に「威は畏、懐は思也」、箋に「死喪は畏怖すべきの事、維れ兄弟の親甚だ相い思念する也」とある。

二七 同堂 祖父を同じくする者。父親の兄弟の子。

二八 信宿 『詩』周頌「有客」毛伝に「一宿を宿と曰い、二宿を信と曰う」、『左伝』荘公三年に「凡そ師は一宿を舎と爲し、再宿を信と爲す」とあるように、もと二泊することを指すが、転じて二、三日の意味になる。

二九 李斌 ?~二九一。楊駿伝附楊済伝にも、済とともに駿を諫めたことが見える。恵帝紀によると、楊駿が討たれ族滅にあった時、河南尹であった。

三〇 駿弟濟 ?~二九一。楊済。字は文通。武藝に秀で武官として重用され、官は鎮南将軍、征北将軍を経て、太子太傅に至った。恵帝即位後、兄珧や甥李斌らと駿の専横を諫めたが、聞き入れられず、駿が誅された日に殺された。『晋書』巻四〇。

三一 天下大器 『荘子』譲王篇、子州支伯が「幽憂の病」を理由に舜が天下を譲ろうとしたのを断った条の末に「故に天下は大器なり、而れども以て生に易えざるは、此れ道有る者の俗に異なる所以の者なり」とある。

三二 生子癡 『通鑑』では、「生子癡」の前に「諺に云く」とある。

三三 左丞 尚書左丞の職掌について、『晋書』職官志には「臺内の禁令・宗廟祠祀・朝儀禮制・署吏を選用する・急假を主どる」とあげられている。また、『太平御覧』巻二一三に引く『晋諸公讃』に「傅咸…左丞爲りて臺閣小大風を望みて自粛す」、同じく「傅咸の表」に「左丞、職は輕く事は重し、賤を以て貴を制するは居り難き所以、臣闇劣を以て猥りに斯の任を忝なくし、稱わざるを愧じ罪の及ぶを懼れ、夙夜惶恐して寢食寧きこと無し」、また同じく「傅咸辛曠の詩序に答う」に「尚書左丞、八座以下を彈じ萬機の會に居る、斯れ乃ち皇朝の司直、天臺の管轄、餘前に右丞爲りて具さに此の職の要を知り後に此の任を忝なくし僶俛として従事し日び一日を愼む」とある。

三四 天臺 尚書省のこと。

三五 八坐 列曹尚書、左右僕射、尚書令の総称。八座の名称は漢に始まり、魏は五曹尚書・二僕射・一令を八座とした。晋では列曹尚書の種類や数に変化があったが、数に関わりなく「八座」と称した。『晋書』巻二四職官志、『通典』巻二二など参照。

三六 衞公 未詳。

三七 明哲 本来、賢明であることを指すが、『詩』大雅「烝民」に「既に明且た哲、以て其の身を保つ」とあり、転じて、身の処し方を弁えて、災いに関らず身をまっとうすることを指し、賢く立ちまわって身の安全をはかるというニュアンスを持つ。

三八 汝南王亮 ?~二九一。字は子翼。司馬懿の第四子。咸寧三年(二七七)汝南王に封ぜられた。武帝は死に臨み、亮に楊駿と政治を輔佐するように命じたが、楊駿に排斥され許昌に鎮した。楊駿が賈后らに殺されると、入朝したが、楚王瑋の兵権を剝奪しようとして逆に賈后と瑋に殺された。『晋書』巻五九。

三九 咸致書曰…『通鑑』は、亮が人心を得るため楊駿討伐の論功行賞において行き過ぎた褒賞を行なったことに対して書かれたとする。(晋紀元康元年)内容も、功績もない者に過分の褒賞を与えるのは国が乱れるもとであるから、東安公(司馬繇)による行き過ぎを是正すべきであるのに、さらに賞を厚くすると人心を失うであろうとし、正当な評価を下すことを進言するもの。なお、東安王繇伝(巻三八琅邪王伷伝附)によれば、楊駿の誅殺当日に行われた誅賞は全て繇に出たもので、それに乗じて繇の兄の武陵荘王澹が亮に讒言したため、繇は官を免ぜられたという。

四〇 又諫曰… 楊駿の失敗を教訓にして、専横な振る舞いを慎むべきであるのに、高官の任免権を握って権勢をふるっていることを諫めたもの。功績がないにもかかわらず、姻戚の長容(夏侯駿)を少府にしたことについても、情実人事は行えばきりがないとして非難する。

* * *

會[四一]丙寅、詔羣僚[四二]擧郡縣之職以補内官。咸復[四三]上書曰…(略)。

咸再爲本郡中正、遭繼母憂去官。頃之、起以議郎、[四四]長兼司隸校尉。咸前後固辭、不聽、敕使者就拜、咸復送還印綬。公車不通、催使攝職。[四五]咸以身無兄弟、喪祭無主、重自陳乞、乃使於官舍設靈坐。咸又[四六]上表曰…。

詔曰「但當思必應繩中理、威風日伸、何獨[四七]劉毅」。

時朝廷寛弛、豪右放恣、交私請託、朝野溷淆、咸奏免[四八]河南尹澹・左將軍倩・廷尉[四九]高光・兼河南尹[五〇]何攀等、京都肅然、貴戚懾伏。咸[五一]以「聖人久於其道、天下化成。是以[五二]唐虞三載考績、九年黜陟。[五三]其在周禮、三年大比。[五四]孔子亦云『三年有成』。而中間以來、長吏到官、未幾便遷、百姓困於無定、吏卒疲於送迎」。時僕射王戎[五五]兼吏部、咸奏「戎備位台輔、兼掌選擧、不能謐靜風俗、以[五六]凝庶績、至令人心傾動、開張浮競。中郎[五七]李重・[五八]李義不相匡正。請免戎等官」。詔曰「政道之本、誠宜久於其職、咸奏是也。戎職在[五九]論道、吾所崇委、其解禁止」。御史中丞[六〇]解結以咸劾戎爲[六一]違典制、越局侵官、干非其分、奏免咸官。[六二]詔亦不許。

咸[六三]上事以爲…(略)。咸累自上稱引故事、條理灼然、朝廷無以易之。

吳郡[六四]顧榮常與親故書曰「傅長虞爲司隷、勁直忠果、劾按驚人。雖非周才、偏亮可貴也」。[六五]元康四年卒官、時年五十六。詔贈司隷校尉・朝服一具・衣一襲・錢三十萬、[六六]謚曰貞。有三子、敷・晞・纂。長子敷嗣。

會たま[四一]丙寅、羣僚に詔して[四二]郡縣の職を擧げ以て內官に補す。咸 復た[四三]書を上りて曰く…（略）。

咸 再び本郡の中正と爲り、繼母の憂に遭いて官を去る。之を頃くして、起つに議郎を以てし司隷校尉を[四四]長兼す。咸 前後固辭するも、聽さず、使者に敕して拜に就かしめ、咸 復た印綬を送還す。公車通ぜず、催して職を攝せしむ。[四五]咸 身兄弟無く、喪祭主無きを以て、重ねて自ら陳べ乞えば、乃ち官舍に於いて靈坐を設けしむ。咸 又た上表して[四六]曰く…（略）。詔に曰く「但だ當に必ず繩に應じ理に中るを思うべし、威風日に伸ぶるは、何ぞ獨り[四七]劉毅のみならん」と。

時に朝廷寬弛し、豪右は放恣にして、交ごも私かに請託し、朝野溷淆す。咸 [四八]河南尹澹・左將軍倩・廷尉[四九]高光・兼河南尹[五〇]何攀等を免ぜんことを奏す。京都肅然として、貴戚懾伏す。咸 [五一]以えらく「聖人其の道に久しくして、天下化成す。是を以て[五二]唐虞三載績を考え、九年黜陟す。[五三]其れ周の禮に在りては、三年大比す。[五四]孔子亦た云く『三年にして成すこと有らん』」と。而るに中間以來、長吏官に到り、未だ幾ばくもなくして便ち遷る、百姓無定に困しみ、吏卒送迎に疲る」と。時に僕射王戎[五五]吏部を兼ぬ、咸 奏すらく「戎 位を台輔に備え、兼ねて選擧を掌り、風俗を謐靜して以て[五六]庶績を凝むる能わず、人心を傾動し浮競を開張せしむるに至る。中郎李重[五七]・李義[五八]相い匡正せず。戎等の官を免ぜんことを請う」と。詔して曰く「政道の本、誠に宜しく其の職に久しかるべきは、咸の奏是なり。戎の職の道を論ずるに[五九]在るは、吾が崇委する所、其れ解くは禁止す」と。御史中丞[六〇]解結 咸の戎を劾するを以て、[六一]典制に違い局を越え官を侵し其分に非ざるを干すと爲し、咸の官を免ぜんことを奏す。[六二]詔して亦た許さず。

咸 [六三]事を上りて以爲えらく…（略）。咸 累ねて自ら上り故事を稱引し條理灼然たり、朝廷以て之を易うる無し。

呉郡の顧榮[六四]常て親故に書を與えて曰く「傅長虞 司隷と爲り、勁直忠果、劾按 人を驚かす。周才に非ずと雖も、偏亮貴とすべきなり」。元康[六五]四年官に卒す、時に年五十六。詔して司隷校尉・朝服一具・衣一襲・錢二十萬を贈り、諡[六六]して貞と曰う。三子有り、敷・晞・纂。長子敷嗣ぐ。

おりしも丙寅の日に、官僚たちに、郡・県の役人を推薦して中央の官職を授けよとの詔があり、咸はまた次のような文を奉った。…（略）。

咸は再び本籍の郡（北地）の中正となり、継母の喪にあい官を辞した。しばらくして、議郎として出仕し司隷校尉を臨時に兼ねた。咸は終始固辞したが、ゆるされず、使者が勅命をうけて官を授けた。咸はまた印綬を送り返したが、公車は取り次がず、職につくよう催促した。咸が、兄弟がいないので、（官に就くと）喪祭ができないとして、重ねて辞職を願い出ると、官舎に霊位を設けさせた。咸はまた上表していった。…（略）。「必ず規則にあう範囲で道理に適ったことをするように心掛ければ、どうして劉毅だけが日々威光が高まるということがあるだろうか」という詔が下された。

当時、朝廷は綱紀がゆるみ、権門は気ままに振る舞い、それぞれ密かに請託しあって、官民入り乱れていたが、咸が、河南尹澹・左将軍倩・廷尉高光・兼河南尹何攀らを罷免するよう上奏すると、都は粛然とし、権力者たちはおそれおののいた。咸は「聖人がその道を長く実践して天下は教化されます。そこで尭・舜は三年で勤務業績を調べ、九年で免職・降格・昇進を決めました。周の礼では、三年ごとに評定が行われます。孔子はまた、『三年で成果が上がる』とおっしゃいました。しかし、最近は、長吏が赴任するとすぐ転任してしまい、民衆は政治が安定しないのに苦しみ、吏卒は送り迎えるのにうんざりしています」。そのころ、僕射の王戎は吏部尚書を兼ねていたので、咸は「戎は宰相の位にあり、兼ねて官吏の登用のことも掌りながら、世の風潮を落ち着かせて功績をあげることもできず、人心を動揺させ、軽々しく媚びて利を争う風潮をはびこらせました。中郎の李重・李義もそれを正そうとしません。戎らの官職を免ずることを御願い申し上げます」と上奏した。「政治の基本はその職に長くいることだという咸の奏はもっともである。戎が宰相を務めるのは、余が委任したものであり、解任はまかりならぬ」という詔が下った。御史中丞の解結は、咸が戎を弾劾したのは典制に違反し、越権行為で、自分の職務でないことを行ったとして、咸を罷免するよう上奏した。帝はこれも許されなかった。

咸が上奏していうには、…（略）。咸は何度も自ら上奏し故事を引いて理路整然と説いたので、朝廷もやめさせることはできなかった。

呉郡（江蘇省）の顧栄はかつて知人に手紙を出して「傅長虞は司隷として剛直・忠実・果断で驚くべき弾劾を行なった。万能ではなかったが、一面に突出した才はなかなか得難いものだ」と書いた。元康四年、在職中に亡くなった。享年五十六歳。詔勅により司隷校尉・朝服一そろい・衣一襲ね・銭二十万を贈られた。諡は貞。息子は、敷・晞・纂の三人で、長子の敷が跡を継いだ。

四一 丙寅　百衲本・和刻本は「丙」を「景」に作る。唐では、高祖の父昞の諱を避けて「丙」を「景」に改めた。

四二 擧郡縣…　宮崎市定『九品官人法の研究』は、尚書令史のような比較的下級の官に採用するために郡県の吏を中央に招く廉吏の制のようなものであるとする。

四三 上書曰…　官吏登用について意見を述べたもの。先ず、内官（中央官）を尊び外官（地方官）を軽んじる風潮を是正すべきであるとし、次いで、官吏を登用するのに規則で制限を設けると臨機応変に人事を行えず責任の所在も曖昧になるが、魏の何晏のような人物に一任して責任を持たせれば、適材適所の人員配置が可能になるとする。

四四 長兼　正式の任命でないこと表す語。『晋書』巻六九劉隗伝に「太興初、侍中を長兼し、爵都郷侯を賜る」、『南史』巻二二王倹伝に「昇明二年、長兼侍中と爲るも、父此の職に終わるを以て、固譲す」などの例がある。『廿二史考異』南史二「王倹伝」条に「昇明初、長兼侍中に遷る。長兼なる者は、未だ正授せざるの稱、…孔愉傳に『長兼中書令』と、是れ長兼の名、晉自り已にこれ有り」。

四五 咸以…陳乞　喪祭は、父母を埋葬した後、家でその霊魂を安んじる祭祀。『周礼』喪祝「掌喪祭祝號」注に「喪祭は虞なり」、小宗伯「詔相喪祭之禮」注に「喪祭は虞祔なり」、『儀礼禮』士虞礼疏引く鄭目録に「虞は安なり、士既に父母を葬り、精を迎えて而して反り、日中に之を殯宮に祭りて以て之を安んず」、『釈名』釈喪制に「既に葬り還りて殯宮に祭るを虞と曰う、虞は虞樂して神を安んじ此こに還らしむるを謂うなり」とある。なお、『文選』巻三九任昉「蕭太傅に啓して禮を奪うを固辭す」注に引く王隠『晉書』に「傅咸繼母の憂に遭い、上書して曰く、咸身に兄弟無く、官に到るの日、喪祭主無し」とある。

四六 上表曰… 任に堪えないとはいえ、司隷となったからには無為に過ごすわけにもいかず、賄賂を根絶すべく都官（尚書郎の一）に厳重に取り締まらせたが、帝の支持が得られず、効果が上がらなかった。劉毅（→注四七）が司隷であった時は、本人の努力もさることながら、上奏したことが帝に取り上げられたことで、威光がますます高まったのであると、自分の意見が採用されないことに対する不満を訴えたもの。

四七 劉毅 ?〜二八五。東萊掖の人、字は仲雄。漢の城陽景王章の後裔。官は司隷校尉・尚書左僕射に至る。清廉潔白な人柄で、人物の善悪の評価を好んで行なったので、権力者たちにも一目おかれた。九品中正法を廃止するよう、武帝に諫言したことでも知られる。『晉書』巻四五。

四八 河南尹澹・左將軍倩 ともに未詳。王族か?

四九 高光 ?〜三〇八。字は宣茂。陳留圉城（河南省）の人。魏の太尉柔の子。太子舍人で起家。少くして家学の刑理に通じ、武帝が黄沙に獄を置くと、黄沙御史をつとめ、廷尉に遷った。元康中、三公曹尚書となった。恵帝が張方に逼られて長安に幸した時に従って尚書左僕射となり、懐帝が即位すると、尚書令に任ぜられ間もなく病没した。『晉書』巻四一。

五〇 何攀 二四三〜三〇一。字は恵興。蜀郡郫の人。刺史の皇甫晏に認められ州の主簿となり、晏が張弘に殺され誣告されると冤罪を晴らし、王濬の參軍事・補国司馬を経て、滎陽令・廷尉平・散騎侍郎・東羌校尉・揚州刺史などを歴任した。趙王倫が帝位を簒奪すると、やむを得ず病をおして召辟に応じようとして、五十八歳で洛陽で没した。『華陽国志』巻一一後賢志の伝は『晉書』巻四五の伝より詳しく、揚州刺史の前に河南尹を領したことが見え、享年を五十七とする。

五一 咸以… 『晉書』巻四三王戎伝に、王戎が甲午制（先ず地方長官を務めさせた後に中央の官職につける制度）を行い、官吏の在職期間が短くなったため、傅咸が王戎の官を免ずるよう奏したことが見える。

五二 唐虞… 『尚書』舜典に「三載にして績を考え、三たび考えて幽明を黜陟す」、僞孔伝に「『三年にして成すこと有らん』、故に以て功を考うること九歳、則ち能否幽明別有り、その幽なる者を黜退し、その明なる者を升進す」とある。

五三 其在周禮… 『周礼』小司徒に「三年に及べば則ち大比す」。ただし、この「比」は、績ではなく、人口調査。

五四 孔子… 『論語』子路「子曰く、苟くも我を用うる者有らば、期月のみにして可なり、三年にして成すこと有らん」。

五五 王戎 二三四〜三〇五。琅邪臨沂（山東省）の人。字は濬仲。竹林の七賢の一人。恵帝の時、外戚の賈氏と姻を通じ、しばしば政変を経ながら、たくみに保身をはかり、尚書令・司徒などの重職を歴任した。甲午制を行い傅咸に弾劾された時は尚書左僕射と吏部尚書を兼ねていた。『晉書』巻四三。

五六 凝庶績 『尚書』皐陶謨に「庶績其れ凝る」、僞孔伝に「凝は成なり」。

五七 李重 二五三〜三〇〇。字は茂曾、江夏鍾武（河南省）の人。始平王文学となり、九品中正法の廃止を建議した。後、太子舍人・尚書郎・廷尉平・中書郎を経て、尚書王戎の下で、李毅とともに吏部郎をつとめ「清尚を以て称せられ」た。趙王倫が相国になり左司馬

（巻三九荀組傳では左長史）として出仕するよう逼られたのを憂い病を発して四十八歳で没した。『晋書』巻四六。

五八 李義　労格校勘記は、「『義』、當に『毅』に作るべし」とし、李重伝の「字は茂彦」を挙げ、『太平御覧』巻二五九の引く潘尼の「李郎に贈る詩」序により、元康六年（二九六）、尚書吏部郎から汲郡太守に移ったとする。（ただし『御覧』は字を「光彦」に作る）李重伝によれば、李毅茂彦は、李重とともに吏部郎となり「清尚」を称えられた李重に対して「淹通にして智識有り」とされ、王戎は「識會を以て之を待ち、各おの其の所を得」たという。

五九 職在論道　三公・宰相の任にあること。『尚書』周官に「太師・太傅・太保を立て、茲れ惟れ三公、道を論じて邦を經し、…」、偽孔伝に「此れ惟れ三公の任は王を佐けて道を論じ以て國事を經緯し、…」とある。

六〇 解結　?〜三〇〇。字は叔連。済南著（山東省）の人。若い時から兄の系・弟の育とともに令名高く、公府の掾に召され、黄門侍郎・散騎常侍・豫州刺史・魏郡太守を経て、御史中丞に至ったが、趙王倫が孫秀と謀って帝位を簒奪しようとしていた時に、秀を誅すべしと論じて殺された。『晋書』巻六〇。

六一 違典制…　下の傅咸の上奏から判断すれば、法令の規定では尚書のような内官を弾劾することは司隷校尉ではなく御史中丞たる自分の役割であると主張したらしい。

六二 詔　傅咸の上奏文によれば、弾劾は過失とされたが、職務に怠慢なのではないという理由で免官は免れたようである。

六三 上事以爲…　令の規定を引き御史中丞のみならず司隷校尉も内外を問わず皇太子以下の官をすべて弾劾できるという解釈を述べて、前の詔が弾劾を非とすることに異を唱え、武帝の時、司隷校尉の荀愷が光禄大夫・開府・司徒・司空・太子大傅（いずれも内官）などの重職を歴任した石鑒を弾劾した際には、「官を侵す」とされなかったという故事を引く。

六四 顧榮　?〜三一二。字は彦先。顧雍の孫。呉では黄門侍郎、太子輔義都尉に任ぜられ、呉滅亡後、入洛して晋に仕え、陸機兄弟と併せて「三俊」と称された。後、司馬睿（元帝）の軍司として東晋創業に力を尽くした。『晋書』巻六八。本書「張翰伝」注八参照。

六五 元康四年…　『通鑑考異』引く『三十国晋春秋』には「元康四年七月、傅咸司隷と爲り、五年五月、始めて親ら職り、十月卒す」とあり、ここと卒年が一年食い違う。

六六 謚曰貞　謚法解に「清白にして節を守るを貞と曰う、大慮にして克く就るを貞と曰う、隱さず克（盧文弨は「克」を「屈」に改め、『通鑑前編』は「私」に作る）する無きを貞と曰う」とある。

（森賀一恵）

張翰（三世紀後半）

張翰（ちょうかん）は、吹き始めた秋風に故郷の鱸（すずき）の美味な季節であることを思い出し、官職を捨てて故郷へ帰った故事と、その思いを述べた「呉江を思う歌」で有名。現在にまで伝わる作品は少ないが、他に「雑詩三首」其一の対句の評価が高く、『晉書』巻九二文苑伝論でも、「季鷹は一時に縱誕し、名爵を邀（もと）めず、黄花の什、濬（ふか）く神府より發す」と言及される。『詩品』中。

晉書卷九二文苑傳　張翰傳

[一]張翰字季鷹、吳郡吳人也。父儼[二]、吳大鴻臚。[三]翰有清才、善屬文、而縱任不拘、時人號爲[四]江東步兵。[五]會稽[六]賀循赴命入洛、經吳閶門、於船中彈琴。翰初不相識、乃就循言譚、便大相欽悅。問循、知其入洛、翰曰「吾亦有事北京」。便同載卽去、而不告家人。

[七]齊王冏辟爲大司馬東曹掾。冏時執權、翰謂同郡[八]顧榮曰「天下紛紛、禍難未已。夫有四海之名者、求退良難。吾本山林閒人、無望於時。子善以明防前、以智慮後」。榮執其手、愴然曰「吾亦與子[九]採南山蕨、飮[一〇]三江水耳」。

翰因見秋風起、[一一]乃思吳中菰菜・蓴羹・鱸魚膾、曰「人生貴得適志、何能羈宦數千里以要名爵乎」。遂命駕而歸。著[12]首丘賦、文多不載。俄[13]而冏敗、人皆謂之見機。然府以其輒去、除吏名。

翰任心自適、不求當世。或謂之曰「卿乃可縱適一時、獨不爲身後名邪」。答曰「使我有身後名、不如即時一杯酒」。時人貴其曠達。[14]性至孝、遭母憂、哀毀過禮。[15]年五十七卒。[16]其文筆數十篇行於世。

[1]張翰 字は季鷹、呉郡呉の人なり。父[2]儼、呉の大鴻臚たり。翰は[3]清才有り、善く文を屬し、而して縱任にして拘らず、時の人 號して「[4]江東歩兵」と爲す。[5]會稽の[6]賀循 命に赴いて洛に入るに、呉の閶門を經、船中に琴を彈ず。翰 初めより相い識らず、乃ち循に就いて言譚し、便ち大いに相い欽悦す。循に問いて、其の洛に入らんとするを知り、翰曰く「吾も亦た北京に事有り」と。便ち同に載りて卽ち去りて、家人に告げず。

[7]齊王冏 辟して大司馬東曹掾と爲す。冏 時に權を執り、翰 同郡の顧榮に謂いて曰く「天下紛紛、禍難未だ已まず。夫れ四海の名有る者は、退くを求むること良に難し。吾 本より山林の閒人にして、時に望無し。子 善く明を以て前に防ぎ、智を以て後を慮れ」と。榮 其の手を執り、愴然として曰く「吾も亦た子と與に[9]南山の蕨を採り、[10]三江の水を飲まんとするのみ」と。翰 因りて秋風の起つるを見て、[11]乃ち呉中の菰菜・蓴羹・鱸魚の膾を思い、曰く「人生 志に適うを得るを貴ぶ、何ぞ能く數千里に羈宦して以て名爵を要めんや」と。遂に駕を命じて歸る。「[12]首丘の賦」を著すも、文 多ければ載せず。[13]俄にして冏 敗れ、人 皆 之を機を見ると謂う。然るに府は其の輒ち去れるを以て、吏名を除く。

翰 心に任せて自適し、當世に求めず。或ひと之に謂いて曰く「卿は乃ち適を一時に縱ままにし、獨り身後の名を爲さざるべきか」と。答えて曰く「我をして身後の名有らしむるは、卽時一杯の酒に如かず」と。時の人 其の曠達を貴ぶ。[14]性 至孝にして、母の憂に遭うに、哀毀 禮を過ぎたり。[15]年 五十七にして卒す。[16]其の文筆數十篇 世に行わる。

張翰は、字は季鷹、呉郡呉（江蘇省）の人である。父の儼は、呉の大鴻臚であった。翰には優れた才能があり、文章を綴るのが巧みで、放縦で拘らぬ性格だったので、当時の人は「江東の阮籍」という名をつけた。会稽（浙江省）の賀循が勅命を受けて洛陽に赴く途上、呉の閶門を通り、船中で琴を弾いていた。翰は全く面識がなかったのに、循のところに行って話をし、すぐに大いにうちとけあった。循に尋ねて、彼が洛陽の都に行こうとしているのを知り、翰は「わたしも北京に用事があります」と言って、そのまま一緒に船に乗ってただちに出かけ、家族には知らせなかった。

斉王冏が翰を招聘して大司馬東曹掾に任じた。冏は当時権力を握っていたが、翰は同郡出身の顧栄に「天下はごたごたと乱れて、わざわいはまだ収まりません。天下にとどろく名声がある人は、引退を求めても実に難しいでしょう。私はもともと山林に住まうひまな人間で、当世に何の望みもありません。あなたは明察をもって（災難を）未然に防ぎ、智恵をもって後のことをよくお考えなさい」と言った。栄はその手を取り、悲痛な面持ちで「私もあなたとともに南山の蕨を採り、三江（松江・婁江・東江）の水を飲もうと思うのみです」と言った。翰はそこで秋風が立つのを見ると、それで呉中のまこも（の料理）・じゅんさいの吸い物・鱸の膾のことを思い、「人生は心に満足を得ることが大切なのだ。どうして故郷から数千里も離れた土地で仕官して名誉や爵位を求めることなどできよう」と言い、かくて車に馬をつけさせて郷里へ帰った。「首丘の賦」を著したが、長文なので記載しない。まもなく冏が敗れ、人はみな翰がうまく潮時を見極めたと思った。しかし役所は翰が勝手に去ったという理由で、職員録から除名した。

翰は自らの心のままに楽しみ、現在の世の中に何も求めなかった。ある人が彼に「あなたはいっときを気ままに過ごすのにこと足りて、死後の名誉を残さないのですか」と言うと、「私には死後の名誉を得るより、その時その時の一杯の酒のほうがいいのだ」と答えた。当時の人は彼の物事に対するこだわりの無さを貴んだ。人となりは至って孝行で、母の喪に遭うと、嘆き悲しんで痩せ衰えるありさまが、礼の規定を超えていた。五十七歳で亡くなった。その詩文数十篇が世間に行われた。

一　張翰　生卒年は未詳だが、父 儼の卒年および本文中の賀循・顧栄の生卒年などから、三世紀後半の人とわかる。詩人としての評価は、『文心雕龍』才略篇に「季鷹の辨は短韻に切にして、各おの其れ善きなり」とあり、短編の作品に優れているとされる。なかでも「雑詩三首」其一の、晩春の庭園が日差しに照らされる様子を詠じた「青條 總翠の若く、黄華 散金の如し」の対句が著名で、『詩品』中は、これを潘尼の「緑蘩」の章と併せて、「美を備えずと雖も、文彩 高麗たり。並(ひと)しく虬龍の片甲、鳳凰の一毛を得、事は駁聖に同じく、宜しく中品に居くべし」と評する。またこの「青條 總翠の若く」の句は、『文心雕龍』比興篇でも「皆 其の美しき者なり」と評される。なおこの「雑詩三首」其一は、『文選』巻二九雑詩上にも取られている。現存する作品としては、『全晋詩』巻七に「張弋陽に贈る詩」七章、「周小史の詩」、「雑詩三首」、「呉江を思う歌」が、『全晋文』巻一〇七に「首丘の賦」（題のみ。→注一二）、「杖の賦」、「豆羹の賦」、「詩の序」がある。『古詩紀』巻二九にも四首が採録される。

二　儼　?〜二六六。字は子節。『三国志』巻四八注所引『呉録』。若くして名を知られ、高位を歴任し、知識の豊かさを評価されて呉の大鴻臚となった。宝鼎元年（二六六）正月に晋の文帝の弔問に使者として赴いたが、その帰途に病死した。『隋志』に『默記三巻』、および『呉侍中張儼集一巻』が著録される。また、『史記』巻六六の索隠に、「張勃、晉人、呉の鴻臚 嚴（一に儼に作る）の子なり。『呉錄』を作る」とあり、翰の他に勃という息子がいた。

三　翰有清才、善屬文　『世説』識鑒篇10の注に引く『文士伝』には、「翰 清才美望有り、博學にして善く文を屬す。造次 立ちどころに成り、辭義 清新なり」とあり、また『文選』巻二九の張翰「雑詩」の李善注に引かれる『今書七志』には、「文藻新麗なり」とある。

四　江東歩兵　張翰の人となりを、魏の歩兵校尉であった阮籍が、文章に優れ、物事に拘(こだわ)らなかったことになぞらえ、さながら現代の阮籍であると評した呼び名（本書「阮籍伝」参照）。「江東」は、張翰の出身地である呉の地域を指す。『世説』任誕篇20にも同様の記述がある。

五　會稽賀循赴命…　『世説』任誕篇22に同じ逸話を多少詳しく載せる。「賀司空 洛に入りて命に赴き、太孫舍人爲り。呉の閶門を經、船中に在りて琴を彈ず。張季鷹 本 相い識らず、先づ金閶亭に在り、絃の甚だ清きを聞き、船に下りて賀に就き、因りて共に語り、便ち大いに相い知説す。賀に問うらく『卿は何くにか之かんと欲する』と。賀 曰く『洛に入りて命に赴き、正に爾の路を進む』と。張 曰く『吾も亦た北京に事有り』と。因りて路に寄載し、便ち賀と同(とも)に發す。初めより家に告げず、家 追問して迺ち知る」。

六　賀循　二六〇〜三一九。字は彦先。会稽山陰（浙江省）の人。『晋書』巻六八。秀才に挙げられて陽羨令・武康令となり、その手腕を評価されて太子舎人に任命された（『世説』任誕篇22によると、張翰と会ったのはこの時とされる。→注五）。しかし、趙王倫が帝位を奪ってからは、再三にわたって官に任じられても病気を理由に固辞し続けた。元帝期に太子太傅となったが、退任を願い出て左光禄大夫、開府儀同三司を与えられた。幼いころから書物に親しみ、文章を綴るのが上手であったという。博学であり、なかでも礼の注釈に最も詳しかったとされる。『隋志』に、『喪服要記六巻』『同十巻』『喪服譜一巻』『会稽記一巻』、および『晋司空賀循集十八巻』が著録される。

七　齊王冏辟爲大司馬東曹掾　斉王冏は、司馬冏。本書「潘岳伝」注四

六参照。『晋書』巻四恵帝紀によると、斉王冏は永寧元年（三〇一）六月に大司馬となり、翌太安元年（三〇二）に太師となった。『世説』識鑒篇10注に引かれる『文士伝』には「大司馬齊王冏辟爲東曹掾」に作る。

八 顧栄 ?～三一二。字は彦先。呉国呉（江蘇省）の人。『晋書』巻六八。若くして呉に仕え、呉が平定された後は陸機兄弟とともに晋に移り、「三俊」と称された。趙王倫の長史、斉王冏の中書侍郎となったが、斉王冏の失脚後も官職を歴任し、司馬睿の軍司、散騎常侍となった。『隋志』に『驃騎将軍顧栄集五巻』が著録される。酒を好み、『晋書』本伝には顧栄が張翰に「ただ酒だけが憂いを忘れさせる。しかし病気になるのはどうしようもないね」と語ったという逸話が記されている。張翰との逸話としてはその他に、『世説』傷逝篇7に、「顧栄は生前より琴を好んだので、その喪中にも家族は常に琴を霊牀の上に置いていた。張翰が弔問に行ったが、慟哭のあまりに牀に上がって琴を弾き、数曲弾き終わった後で琴を撫で、『顧彦先殿、誉めてくださるか』と言ってまた慟哭し、とうとう顧栄の遺児の手を取らないままで退出した」を載せる。

九 採南山蕨 周の初め、伯夷・叔斉が殷を武力で平定した周の粟を食むのを恥とし、首陽山で蕨を採って食べ、餓死した故事に倣おうとするもの（『史記』巻六一）。

一〇 飲三江水 「三江」の語で示される川は漢以降様々であるが、ここでは太湖（江蘇・浙江両省にまたがる）から東に流れ出る松江と、その分流である婁江・東江を指すと考えられる。また「飲水」は、『論語』述而「疏食を飯らい水を飲み、肱を曲げて之を枕とす、樂は亦た其の中に在り」などを踏まえ、清貧の生活を象徴する。

一一 乃思呉中菰菜・蓴羹・鱸魚膾 『世説』識鑒篇10には「因思呉中菰菜羹、鱸魚膾」に作る。「菰」はまこも、イネ科の多年水草で、実を食用とする。「蓴羹」はじゅんさいの吸い物、「鱸魚膾」はすずきのなます。後魏、賈思勰『斉民要術』巻八羹臛法篇には、一般的に蓴は四月から七月の間、羹にして食し、九、十月ごろには虫が付くので食用としないと記すが、宋、談鑰『嘉泰呉興志』巻二〇物産は、呉中のものだけは初秋まで軟らかく美味なので、張翰が特にそれを思ったのだと述べる。また『太平御覧』巻八六二所引の『春秋佐助期』に、呉中では初秋に、鱸魚の膾とまこもの羹の料理を「金羹玉鱠」と呼んで珍重すると記し、また南宋、范成大『呉郡志』巻二九土物には、特に松江産の鱸魚が膾に好適で、初秋になると人々が競って買い求めると記される。なお、このとき張翰が作った「呉江を思う歌」（『古詩紀』は「秋風歌」とも呼ぶという）、「秋風起ちて佳景の時、呉江の水や鱸魚肥えん。三千里や家未だ歸らず、得ること難きを恨みて天を仰ぎて悲しむ」が有名であり、『古詩紀』巻二九・『歳華紀麗』巻三・『輿地紀勝』巻五・『中呉紀聞』巻三に採録される。

一二 首丘賦 この『晋書』張翰伝にその題名が記されるのみで、本文は失われている。「首丘」は、『礼記』檀弓上を踏まえ、狐が死んでもなお自分の住んだ丘の方に首を向けるということを、人が故郷を思うことに喩える。例えば、『後漢書』巻四七に「況んや遠處絶域に於いて、小臣 能く依風首丘の思い無からんや」とある。

一三 俄而冏敗 『晋書』巻四恵帝紀によると、太安元年（三〇二）十二月に、河間王顒が、斉王冏は帝位をねらい、恵帝を亡き者にせんとしていると上表し、成都王穎・新野王歆・范陽王虓らと洛陽に会して、冏を退けることを協議した。長沙王乂が帝の乗り物を奉じて冏を攻めて殺害し、その子らを金墉城に幽閉し、弟である北海王寔を廃した。

一四　性至孝、遭母憂、哀毀過禮　母の死の際の逸話は伝わらないが、張翰が親しい友人であった顧栄の死を悲しむあまりに、弔問に訪れても、礼の規定である遺児の手を取って泣くことをしなかったという逸話が『世説』傷逝篇7、または『晋書』巻六八に見える（↓注八）。また、母の死を悲しむ様が尋常ならざることも阮籍に類似する（注四および本書「阮籍伝」注四〇参照）。

一五　年五十七卒　『世説』識鑒篇10注に引く『文士伝』ではこの部分を欠き、「自ら年宿を以て、當世に營まず、疾を以て家に終わる」に作る。

一六　其文筆數十篇行於世　張翰の別集として、『隋志』に「大司馬東曹掾張翰集二卷」と著録され、『旧唐志』、『新唐志』には「張翰集二卷」とある。

〔参考文献〕

瀧澤精一郎「悲秋文學の系譜—見秋風起思呉中菰菜羹・鱸魚膾」（國學院雜誌六八—七　一九六七年）

（湯浅陽子）

張載（三世紀後半）

張載は、「三張」の一人で、張協の兄。博識であり、左思が「三都の賦」のうち「蜀都の賦」を作る際、蜀に関係する事柄を張載に質した故事は有名であるが、載の作品中「剣閣の銘」「叙行の賦」「成都白菟楼に登る」詩など、蜀にまつわる詩文は少なくない。詩の代表作として「七哀詩」や、後漢の張衡「四愁詩」に擬した七言詩「擬四愁詩」がある。『詩品』下。

晉書卷五五　張載傳

[一]張載字孟陽、[二]安平人也。父收、蜀郡太守。載性閑雅、博學有文章。[三]太康初、至蜀省父、道經劍閣。載以蜀人恃險好亂、因著[四]銘以作誡曰…（略）。[五]益州刺史[六]張敏見而奇之、乃表上其文、武帝遣使鐫之於劍閣山焉。

載又爲[七]榷論曰…（略）。

載又爲[八]濛汜賦。司隸校尉[九]傅玄見而嗟歎、以車迎之、言談盡日、爲之延譽、遂知名。起家佐著作郎、出補肥鄉令。復爲著作郎、轉太子中舍人、遷[一〇]樂安相、弘農太守。[一一]長沙王乂請爲記室督。拜中書侍郎、復領著作。載見[一二]世方亂、無復進仕意、遂稱疾篤告歸、卒於家。

[一]張載 字は孟陽、[二]安平の人なり。父 收は、蜀郡太守たり。載は性 閑雅にして、博學にして文章有り。[三]太康の初め、蜀に至りて父を省するに、道 劍閣を經。載 蜀人の 險を恃み亂を好むを以て、因りて[四]銘を著して以て誡を作りて曰く…（略）。[五]益州 刺史[六]張敏 見て之を奇とし、乃ち表して其の文を上れば、武帝使を遣りて之を劍閣山に鐫らしむ。

載 又た「[七]権論」を爲りて曰く…（略）。

載 又た「[八]濛汜の賦」を爲る。司隸校尉 [九]傅玄 見て嗟歎し、車を以て之を迎えて、言談して日を盡くし、之が爲に延譽すれば、遂に名を知らる。佐著作郎より起家して、出でて肥鄉令に補せらる。復た著作郎と爲りて、太子中舍人に轉じ、[一〇]樂安相、弘農太守に遷る。[一一]長沙王乂請いて 記室督と爲る。中書侍郎に拜せられ、復た著作を領す。載 世の[一二]方に亂るるを見て、復た進仕の意無く、遂に疾篤しと稱して告歸し、家に卒す。

張載は字を孟陽といい、安平（河北省）の人である。父の収は蜀郡（四川省）の太守となった。載は、生まれつき物静かで、幅広い知識があり文学の才能をそなえていた。太康（二八〇～二八九）年間の初め、蜀に赴いて父を見舞う際、道中、剣閣山を通った。載は、蜀の人々が剣閣山の険しい地勢をたのみにして乱を好むことについて、銘を著していましめて言うには…（略）。益州（四川省）刺史の張敏が、この銘文を読んで優れていると思い、そこでこれを武帝に奉ったところ、武帝は使者を送ってこの銘文を剣閣山に彫り刻ませた。

載はまた「権論」をつくって言う…（略）。

載はまた「濛汜の賦」をつくった。司隷校尉の傅玄がこれを読んで感嘆し、車を遣って載を迎え、終日語りあって過ごし、載の評判を言いふらすうちに、その名が知られるようになった。官に起用されて佐著作郎となり、地方に出て肥郷（河北省）令に任ぜられた。また著作郎となって、太子中舎人に転じ、楽安国の相、弘農郡（河南省）太守に遷った。長沙王 乂が、記室の督となるよう願い入れた。中書侍郎を授けられて、再び著作の職を兼任した。載は世の中の乱れたさまを見て、これ以上の仕官の気持ちも無くなり、そこで病気が重いことを理由に郷里へ帰り、家で亡くなった。

一　張載　生卒年については未詳。陸侃如『中古文学繫年』に拠れば、二五〇?～三一〇?。弟張協、字は景陽、さらにその下の弟張亢、字季陽と三人で「三張」と称され、陸機・陸雲兄弟の「二陸」、潘岳・潘尼兄弟の「両潘」と併称される（『詩品』序）。上品に列せられる弟協と比較して「孟陽の詩は、乃ち遠く厥の弟に慚ず」と評されるが、『文心雕龍』才略篇では「孟陽・景陽は、才 綺にして相埒しく、魯・衛の政、兄弟の文と謂うべきなり」と、五言詩以外の賦や文も含めた才に於ては載・協両者は甲乙つけ難いものであったと評されている。後に載・協併せて「張孟陽景陽集」を録する張溥『百三名家集』の「題辞」に於ても「景陽 文は稍や兄に譲るも、詩は獨り勁出す。蓋し二張は驅を齊しくして、詩文の閒、互いに短長有り、若し才を家庭に論ずれば、則ち伯は兄たり難く、仲は弟たり難し」と述べて、五言詩に於て弟協に及ばぬと評される載も、こと文にかけてはその弟を凌ぐ存在であり、兄弟斉駆であることを明言している。『文選』には「七哀詩」（巻二三）「擬四愁詩」（巻三〇）「剣閣銘」（巻五六）が採録されている。

二　安平人　『全晋文』巻八五に「安平灌津の人なり」。また臧栄緒『晋書』（『文選』巻二三「七哀詩」題下李善注引）では「武邑の人なり」とあるが、武邑も灌津も河北省で、晋代の安平国内の地。

三　太康初　『文選』の「剣閣銘」題下李善注引く臧栄緒『晋書』では「載 父に随って蜀に入り、剣閣銘を作る」とあり、蜀郡太守に赴任する父に付いて入蜀した際の作ということになっている。これを晋太康六年（二八五）のことと推定する説がある（一海知義「西晋の詩人張協について」・『中国文学史大事年表』三一八頁）。また、この入蜀の旅に材をとった作品に「敍行賦」（『藝文類聚』巻二七人部「行旅」）「成都 白菟楼に登る」詩（『藝文類聚』巻二八人部「遊覧」）がある。

四　銘　「剣閣銘」は本伝のほか、『文選』・『藝文類聚』巻七山部にも録されている。『文心雕龍』銘箴篇に歴代の銘文とその作家の得失を論ずる中で、この銘も採り上げられ「唯だ張載の『剣閣』のみ、其の才清采なり。迅速駸駸として、後に發して前に至る。詔して岷漢に勒せしは、其の宜を得たり」と、称賛されている。剣閣山は、長安から蜀に入る桟道に存在し、難所として知られる要害。連山が屹立する中を、飛閣（谷底から高く架けた橋）で渡してあるので「剣閣」と言う（『水経』巻二〇漾水注）。張載の「銘」では「地の険を窮め、路の峻を極む」という形容がされている。

五　益州　現在の四川省・貴州省。

六　張敏　正史に伝は見えないが、『全晋文』巻八〇に「張敏は、太原中都（山西省）の人、咸寧中（二七五～二八〇）尚書郎となり、祕書監を領す。太康初、出でて益州刺史と為る」と言う。『隋志』に「晋尚書郎張敏集二巻」と著録されるほか、『世説』排調篇7の劉注にも「張敏集に『頭子羽を責むるの文』を載せて曰く…」との記載があり、その所在が確かめられる。宋の洪邁『容斎五筆』に、この張敏「頭 子羽を責むるの文」について「故簏中に舊書一帙を得、題して『晉代名臣文集』と爲す、凡そ十有四家あり。載する所は多く全きこと能わず。張敏なる者あり、太原の人、仕えて平南參軍、太子舍人、濟北長史を歴。其の一篇を『頭 子羽を責むるの文』と曰う、極だ尖新たり。古來文士、皆此の作無し。…『集仙傳』に載する所の『神女成公智瓊傳』の『太平廣記』に見ゆるは、蓋し敏の作なり」との札記が見える。

七 権論　士がその才能や志にふさわしい名声をあげるには、時世との遇不遇が大きく左右することを論じたもの。たとえ賢人君子と呼ばれる人々でも、それにふさわしい名声をあげられたのは、概ね乱世という舞台に遭遇したことに与かるのであって、安定して動き難い守平・太平の世に当っては、なかなか自己の初志を実現することもままならないことを歴史の実例に即して論じた上で、まして「庸庸之徒」すなわち並みの人間が、守平・太平の世に生まれれば、時世に役立つこともできず、利益や名誉の追求に汲々とするばかりで、そうした生き方は話にもならない、と説く。

八 濛汜賦　『藝文類聚』巻九水部に「濛汜池賦」が録される。「濛汜」とは、古代に太陽が没すると考えられていた所で、張衡「西京賦」に「日月是（昆明池）に於て出入し、扶桑と濛汜とに象る」（『文選』巻二）と歌われる。賦は、そうした地の果てとも言える壮大なイメージを帯びた「池」について詠じている。

九 傅玄　二一七～二七八。字は休奕。『詩品』下に、張載と並べて論じられる。本書「傅玄伝」参照。

10 楽安　楽安国。山東省北部渤海湾に面した地域。「〇〇国」の称は、それが諸王の封地であることを表し、楽安は、晋泰始元年（二六五）、武帝が「郡」から「国」へと改め格上げした宗室諸王の封地の一つ（『晋書』地理志）。文帝の六王のうち鑒、字は大明が封ぜられた。

11 長沙王乂　長沙厲王司馬乂（二七六～三〇四）、字は士度。晋武帝の第六子。『晋書』巻五九。西晋末の八王の乱の主人公の一人で、趙王倫の簒奪に対して討伐挙兵した四王の一人。

12 世方亂　三〇〇年前後の時期の西晋の混沌状態を指すか。このころ王室内部の抗争が加速して、八王の乱が勃発。さらに三〇四年には、以後百三十年余に亙る五胡十六国の時代が始まる。この混迷に永嘉の乱が致命傷となって政権は南渡を余儀なくされ、結局三一七年、司馬睿が建康（南京市）で王位に就き、東晋の時代に移行することとなる。その最後までを張載が見届けたとは言えないが、その序盤の状況を、この伝の「世方乱」は指すであろう。

（原田直枝）

張協（三世紀後半）

「三張」と呼ばれる張氏三兄弟の真ん中に当る張協（ちょうきょう）は、詩においては最も優れ、潘岳（はんがく）・陸機（りくき）とともに西晋太康（たいこう）期を代表する詩人とされる。しかし、当時の花形文人より成る賈謐（かひつ）の二十四友（にじゅうしゆう）には列（なら）ばず、また二十四友の多くが翻弄された西晋末の政争を自ら避けて、隠遁（いんとん）の生活を選び寿命を全うするなど、その生きかたには独自の〝道〟が窺われる。『詩品』上。

晋書巻五五　張協傳

協[一]字景陽、少有儁才、與載齊名。辟公府掾[二]、轉祕書郎、補華陰令[三]、征北大將軍從事中郎[四]、遷中書侍郎。轉河閒內史[五]、在郡清簡寡欲[六][七]。

于時天下已亂[八]、所在寇盜[九]。協遂棄絕人事[一〇]、屏居草澤[一一]、守道不競[一二]、以屬詠自娛[一三]。擬諸文士作七命[一四]。其辭曰[一五]…

（略）。世以爲工。

永嘉初[一六]、復徵爲黃門侍郎、託疾不就、終於家。

亢[一七]字季陽、才藻不逮二昆[一八]、亦有屬綴、又解音樂伎術。時人謂載・協・亢、陸機・雲[一九]曰「二陸三張」。中興[二〇]

初過江、拜散騎侍郎。祕書監[21]荀崧擧亢領佐著作郎、出補烏程令、入爲散騎常侍、復領佐著作。述[22]曆贊一篇、見律曆志。

[23]史臣曰「…（略）。孟陽[24]鏤石之文、見奇於[25]張敏、[26]濛汜之詠、取重於[27]傅玄、爲名流之所挹、亦當代之文宗矣。景陽摛光[28]王府、[29]棣蕚相輝。洎乎[30]二陸入洛、三張減價。考覈遺文、非徒語也」。

[1]協 字は景陽、少くして儁才有り、載と名を齊しくす。[2]公府掾に辟され、祕書郎に轉じ、[3]華陰令、[4]征北大將軍從事中郎に補せられ、中書侍郎に遷る。[5]河閒內史に轉じ、[6]郡に在りては[7]淸簡にして欲寡なし。時に天下已だ亂れ、在る所[9]寇盜あり。協 遂に[10]人事を棄絕して、[11]草澤に屛居し、[12]道を守って競わず、[13]屬詠を以て自ら娛しむ。[14]諸文士に擬して[15]「七命」を作る。其の辭に曰く…（略）。世 以て工みと爲す。

[16]永嘉の初め、復た徵せられて黃門侍郎と爲るも、疾に託して就かず、家に終わる。

[17]亢 字は季陽、[18]才藻は二昆に逮ばざるも、亦た屬綴有り、又た音樂伎術を解す。時の人 載・協・亢、[19]陸機・雲を謂いて「二陸三張」と曰う。[20]中興の初めに江を過ぎり、散騎侍郎に拜せらる。祕書監[21]荀崧 亢を擧げて佐著作郎を領せしむ、出でて烏程令に補せられ、入りて散騎常侍と爲り、復た佐著作を領す。[22]『曆贊』一篇を述す、「律曆志」に見ゆ。

[23]史臣曰く「…（略）。孟陽が[24]鏤石の文、[25]張敏に奇とせられ、[26]濛汜の詠、重きを[27]傅玄に取る。名流の挹む所と爲る

は、亦た當代の文宗なり。景陽は光[三八]を王府に摛べて、[三九]棣蕚相い輝らす。二陸[四〇]洛に入るに洎んで、三張價を減ず。遺文を考覈すれば、徒語に非ざるなり」。

張協は字を景陽といい、若いころから優れた才能があり、兄の張載と同じくらい有名であった。三公の府の属官に取り立てられ、秘書郎に移り、華陰（陝西省）の県令、征北大将軍の従事中郎の職に任じられ、中書侍郎に遷った。河間国（河北省）の内史に移って、任地においては清廉倹約で私欲に動かされることがまずなかった。

そのころ、天下は非常に乱れており、ほうぼうで略奪狼藉がはびこっていた。そこで協は官途の生活を捨て去って、市井に退いて家に籠り、自らの道を守って人と競うこともなく、詩歌を愉しみとして暮らした。歴代の諸文人に「七」の文体があるのに倣って自分でも「七命」を作った。その文には…（略）。世間の人々はこれを巧みで優れている、と評した。

永嘉年間（三〇七～三一〇）の初め、再び黄門侍郎に召されたが、病気にかこつけて出仕せず、無官のまま亡くなった。

張亢は字を季陽という。二人の兄たちほどには詩文の才能が豊かではなかったものの、やはり詩文を作り、音楽や技藝にも通じていた。当時の人々は載・協・亢、陸機・雲のことを「二陸三張」と呼んだ。晋が中興したばかりのころ長江を南へ渡り、散騎侍郎を授けられた。秘書監の荀崧が亢を取り立てて佐著作郎を兼任させた。地方官に出て烏程（浙江省）の令に任命され、中央に入って散騎常侍となり、再び佐著作郎を兼任した。『暦賛』一篇を著述し、これは「律暦志」に見える。

史臣が述べる「…（略）。張孟陽は、剣閣山に刻まれた銘文を、張敏によって優れていると認められ、濛汜池について詠んだ賦を、傅玄に重んじられた。名士たちに取り立てられたのは、やはりこの時代の文学の大家であった。張協は、河間王の府でその才能を発揮し、兄弟仲良く名を挙げた。陸機・陸雲の兄弟が都洛陽に上って来るに至って、張氏三兄弟に対する世間の評価は下がった。彼らの遺した作品を検討してみると、それも無根の話ではない」。

一 協　生卒年については未詳。陸侃如『中古文学繫年』（一九八五年・人民文学出版社）に拠れば、二五五？～三一〇？年。本伝に記載は無いが、兄張載の伝に拠り、安平（河北省）の人。張載に比して五言詩において優れると評される（『詩品』下品・張載条）が、現存する詩は、『文選』所収の「詠史」一首（巻二一詠史）、「雑詩」十首（巻二九雑詩上）のほかに、断片を併せても三篇ほど（『全晋詩』巻七）で、分量としては決して多くない。とは言え、六朝期においては非常に評価の高い詩人であった。例えば、『詩品』では上品にランクされている。因みに晋代で上品に入るのは、阮籍・左思・陸機・潘岳とこの張協のみである。『詩品』の張協の条には、張協を前代・同時代の詩人と対比して「其の源は王粲に出づ。文體は華淨にして、病累少なし。又た巧みに形似の言を構う。潘岳より雄に、太沖より靡なり」と述べ、その詩風の特長については「風流調達、實に曠代の高手なり。詞彩は葱蒨にして、音韻は鏗鏘なり。人をして之を味わいて亹亹として倦まざらしむ」と捉えている。また、江淹「雑体詩」（『文選』巻三一雑擬下）のうち第十四首に採りあげられる。江淹のこの作品は、漢から宋の主要な詩人三十家それぞれを特長づけるスタイルに擬した五言詩の連作であるが、張協についての篇は「苦雨」と題され、これは、量的にも張協の代表作と見られる「雑詩」十首のうち、第十首を踏まえたもの。この第十首は『詩品』序の歴代詩人の秀作を列挙する中でもやはり「（張）景陽の苦雨」と掲げられており、張協の五言詩作品を代表する篇として「苦雨」（『藝文類聚』巻二）の名で知られる。ともあれ、これも張協が六朝当時、西晋を代表する詩人と考えられていたことを裏づける事例である。詩以外では、辞賦および銘文十数篇の断片が現在見られる（『全晋文』巻八五）。なお、『隋志』に「晉黃門郎張協集三卷」と著録される。

二 公府　三公（太尉・司徒・司空）もしくは三公に準ずるクラスの重臣が率いる役所。

三 華陰　首都洛陽を囲む司州の西部、弘農郡の中の県。

四 征北大將軍　陸侃如『中古文学繫年』（→注一）では、西晋期唯一の征北大将軍は衛瓘だが、その在任は泰始年間（二六五～二七四）末ゆえ張協がその下官として仕えるには時期的に早すぎるとし、この「征北大將軍」は太康末から永熙元年（二九〇）にかけて征北将軍であった楊濟、字は文通であろうとする（七二八頁）。

五 河間　河間国は、晋王室の諸王の封地であるため「国」と称されるが、地方の行政単位としては「郡」に相当する。内史は、王国に於て郡太守（長官）の役割を果たす職名（『通典』巻三三）。河間国の王は、咸寧三年（二七七）より、後に八王の乱の中心人物の一人となる平王司馬顒、字は文載（？～三〇六）であった。張協が、そのような王を主とする国の内史となったことと、本伝下文に見える、致仕の決断とは決して無縁ではなかろう。

六 郡　単に行政単位としての郡を指すとも考えられるが、また「郡」は郡守が職務を執行する役所「郡府」を指す場合もある。

七 清簡　清廉で倹約なこと。『後漢書』巻三九趙咨伝に「咨は官に在りて清簡、日を計えて奉を受け、豪黨も其の倹節を畏る」。

八 天下已亂　西晋末（三世紀末から四世紀初めの時期）八王の乱に始まり、永嘉の乱を経て晋室そのものが南渡に追い込まれるまでの内紛と、中国西北方に於ける五胡十六国の始まりとその外圧とによる混乱状況を指すか。

九 寇盗　もともと盗賊を指す言葉だが、賊による狼藉の行為そのものをも表す。『史記』巻一一三大宛伝に「昆明の屬は君長無く、寇盗を善くす、輒ち漢使を殺略して、終に通ずるを得ること莫し」。

一〇 人事　官吏として仕えること、またその生活。下文に見える「草沢」と対を成す語。陶潜「帰去来の辞」序に「嘗て人事に従いしは、皆口腹に自ら役せらる」。

一一 草澤　文字通りには草地や沼沢のこと。転じて、民間あるいは民間に身を置くこと、在野を指す。

一二 守道不競　兄の張載も天下混乱の下、やはり官を辞し去ったことは、その伝に見える通りで、『文選』巻二一の張協「詠史詩」題下注所引臧栄緒『晋書』には「兄弟並守道不競」と記される。

一三 屬詠　詩文を製作すること。「屬」とは撰し綴ること。

一四 諸文士　張協以前の文人で「七」の文体の作品が確認できるのは、例えば前漢の枚乗「七発」以下、後漢・傅毅「七激」、崔駰「七依」、張衡「七弁」、崔瑗に「七厲」、魏の曹植「七啓」、王粲「七釋」などがある（以上『文心雕龍』雑文篇所載。→注一五）。

一五 七命　「七…」と篇題に「七」を冠した文章は、前漢・枚乗「七発」以来、歴代の文人によって相次いで作られ、架空の人物による問答体が、共通の様式。『文選』で巻三四・三五に「七」の項目が立てられるほか、『文心雕龍』雑文篇にも「七」の文体を扱う一段が設けられている。この文体による作品の内容は、諷諫を主旨とするものであるが、最後にその主旨に至るまでの、淫靡奢侈に満ちた事物の描写が延々と続く部分は辞賦的であり、一種の辞賦としても扱われる。この張協「七命」も、そうした様式・内容を踏襲してやはり架空の問答形式をとり、大荒の幽山に世俗を避けて隠れ棲む「沖漠公子」に「殉華大夫」がこの世の六つの楽しみと天子の徳を説いて、出仕の意欲を引き起こすまでの過程の描写より成る。大夫が示す六つの楽しみとは、順に音楽、宮殿園遊、田猟、武勇、遠遊、美食。これも「七発」以来の一つのパターンを踏んだものである。なお、「七命」八首は、本伝のほか『文選』巻三五に、枚乗「七発」、曹植「七啓」とともに収録される。

一六 永嘉初　永嘉年間の初年、三〇七年は、西晋の崩壊の前ぶれともなった王室の内紛「八王の乱」がようやく終息した翌年に当たり、また中国西北方に於ては五胡十六国の時代が三〇四年より始まっている。

一七 亢　以下は、張氏三兄弟の末、張亢についての伝である。亢の生卒年も兄たち同様未詳であるが、本伝下文に見える佐著作郎任官が太寧中（三二三～三二六）のこと（→注二一）である可能性が高く、その後もさらに官を重ねていることから推すと、兄二人に比べだいぶ長命であったようである。西晋末の混乱をしおに官途を自ら退いた兄たちとは異なって、その混乱の中もかいくぐり、東晋政権で引き続き出仕の道を通したことは、本伝の通り。一方、その詩文の佚亡は甚だしく、『北堂書鈔』巻一〇四藝文部紙に「張抗」の名で五言詩の断片四句が確認されるのみである。因みに『隋志』には、張亢の集は著録されていないが、『新唐志』『旧唐志』ではともに「張抗集二巻」が東晋初期の集の中に見える。

一八 才藻　才知と文藻。詩文の才能の豊かさを評する言葉。

一九 陸機・雲　陸機と陸雲の兄弟については、それぞれ本書「陸機伝」「陸雲伝」を参照。

二〇 中興　晋室が、三一六年首都洛陽の陥落をもっていったん滅んだ後、三一八年司馬睿が建業で即位し東晋の政権を開いたことを、晋室の中興と言う。

二一 荀崧　二六二～三二八。字は景猷、潁川（河南省）臨潁の人。『晋書』巻七五の本伝に拠れば、若いころより文章学問を非常に好み、泰始年間（二六五～二七四）に濮陽王に仕えた際には、陸機や王敦と親交を持った。その後、官を歴任し、特に東晋に移って以降は高位を極める。張亢の伝に見える「秘書監」となったのも太寧中のことである。

二二 暦賛　現在『晋書』律暦志には、張亢「暦賛」に関する記述は見当たらず、またその文も佚して伝わらない。王隠『晋書』（『太平御覧』巻一六）には、後漢の蔡邕が『明堂月令　中台要解』に注したのに倣って、暦数に関する諸説をあつめて『暦賛』を著したところ、秘書監の荀崧（→注二一）がこれを高く評価して「信に暦表の義を該ね羅ぬ」と述べた、という記事が見える。

二三 史臣曰　以下は、『晋書』巻五五巻末に附された論賛より、張載、協、亢三兄弟について評した部分である。

二四 鏤石之文　張載「剣閣銘」のこと。「張載伝」注四参照。

二五 張敏　「張載伝」注六参照。

二六 濛汜之詠　張載「濛汜賦」のこと。「張載伝」注八参照。

二七 傅玄　本書「傅玄伝」参照。また、張載との関わりについては「張載伝」参照。

二八 王府　張協が河間王の府に内史として仕えたこと（→注五）を踏まえるか。

二九 棣蕚　棣は常棣（にわうめ）、蕚は草木に咲く花のこと。『詩経』小雅・常棣に「常棣の華、鄂として韡韡たらざらんや。凡そ今の人、兄弟に如くは莫し」とあるのに本づき、にわうめの花が寄せ合ってつくように互いに仲のよい兄弟を比喩する語句として用いられる。ここでは、張載と張協の兄弟を指す。

三〇 二陸入洛　陸機・陸雲兄弟が晋の都洛陽に上ったのは、武帝太康（二八〇～二九〇）末年と推定される。本書「陸機伝」参照。

〔参考文献〕

一海知義「西晋の詩人張協について」（『中国文学報』七　一九五七年）

（原田直枝）

張華（二三二〜三〇〇）

張華（ちょうか）は、寒門の出ながら司空（宰相）に昇りつめ、陸機・陸雲・左思など西晋文学を担う俊英たちを推挽した。潘岳・石崇らとともに八王の乱に巻き込まれ、非命の最期を遂げた。賦・詔策・章表・箴・宮廷楽府などあらゆる文体を善くし、詩では男女の情愛を描く「情詩」に冴えを見せる。当代随一の蔵書家でもあり、博学多識で、怪異譚や民間伝承を集めた『博物志』十巻を撰している。『詩品』中。

晉書卷三六　張華傳

[一]張華、字茂先、范陽方城人也。[二]父平、魏漁陽郡守。華[三]少孤貧、自牧羊、同郡[四]盧欽見而器之。鄉人[五]劉放亦奇其才、以女妻焉。華學業優博、辭藻溫麗、朗贍多通、[六]圖緯方伎之書莫不詳覽。[七]少自修謹、造次必以禮度。勇於赴義、篤於周急。器識弘曠、[八]時人罕能測之。

[九]初未知名、著[一〇]鷦鷯賦以自寄。其詞曰…（略）。[一一]陳留阮籍見之、歎曰「王佐之才也」。由是聲名始著。郡守[一二]鮮于嗣薦華爲太常博士。盧欽言之於[一三]文帝、轉河南尹丞、未拜、除佐著作郎。頃之、遷[一四]長史、[一五]兼中書郎。朝議表奏、多見施用、遂卽眞。晉受禪、[一六]拜黃門侍郎、封[一七]關內侯。

華强記默識、四海之內、若指諸掌。[18]武帝嘗問漢宮室制度及[19]建章千門萬戶、華應對如流、聽者忘倦、畫地成圖、左右屬目。帝甚異之、時人比之[20]子產。數歲、拜[21]中書令、後加散騎常侍。遭母憂、哀毀過禮。中詔勉勵、逼令攝事。

初、帝潛與[22]羊祜謀伐吳、而[23]羣臣多以爲不可、唯華贊成其計。其後、祜疾篤、帝遣華詣祜、問以伐吳之計、[24]語在祜傳。及將大擧、[25]以華爲度支尚書、乃量計運漕、決定廟算。衆軍既進、而未有克獲、[26]賈充[27]等奏誅華以謝天下。帝曰「此是吾意、華但與吾同耳」。時大臣皆以爲未可輕進、華獨堅執、以爲必克。[28]及吳滅、詔曰「尙書・關內侯張華、前與故太傅羊祜共創大計、遂典掌軍事、部分諸方、算定權略、運籌決勝、有謀謨之勳。其進封爲廣武縣侯、增邑萬戶、封子一人爲[29]亭侯、千五百戶、[30]賜絹萬匹」。

華名重一世、衆所推服、[31]晉史及儀禮憲章並屬於華、多所損益、當時詔誥皆所草定、聲譽益盛、有台輔之望焉。而[32]荀勖自以大族、恃帝恩深、憎疾之、每伺閒隙、欲出華外鎭。會帝問華「誰可託寄後事者」。對曰「明德至親、莫如[33]齊王攸」。既非上意所在、微爲忤旨、閒言遂行。[34]乃出華爲持節・都督幽州諸軍事・領護烏桓校尉・[35]安北將軍。撫納新舊、戎夏懷之。[36]東夷[37]馬韓・新彌諸國依山帶海、去州四千餘里、歷世未附者二十餘國、並遣使朝獻。於是遠夷賓服、四境無虞、頻歲豐稔、士馬强盛。

[38]朝議欲徵華入相…（略）。

[1]張華、字は茂先、范陽方城の人なり。[2]父平は、魏の漁陽郡守。華[3]少くして孤貧、自ら羊を牧し、同郡の[4]盧欽見て之を器とす。鄉人の[5]劉放も亦た其の才を奇とし、女を以て妻わす。華學業優博、辭藻溫麗、朗贍にして多通し、[6]圖

緯方伎の書 詳覧せざる莫し。[七]少くして自ら修謹し、造次にも必ず禮度を以てす。義に赴くに勇めり、急に周するに篤し。器識弘曠にして、時の人 能く之を測ること罕なり。

[九]初め未だ名を知られず、[一〇]「鷦鷯の賦」を著し以て自ら寄す。其の詞に曰く…（略）。[一一]陳留の阮籍 之を見て、歎じて曰く「王佐の才なり」と。是に由りて聲名 始めて著る。

郡守 [一二]鮮于嗣 華を薦めて太常博士と爲す。盧欽 之を[一三]文帝に言いて、河南尹丞に轉ぜしめ、未だ拜せずして、佐著作郎に除せらる。頃ありて、[一四]長史に遷り、[一五]中書郎を兼ぬ。朝議表奏、多く施用せられ、遂に眞に卽く。晉 禪を受けて、[一六]黃門侍郎に拜せられ、[一七]關內侯に封ぜらる。

華 强記默識、四海の內、諸を掌に指すが若し。[一八]武帝 嘗て漢の宮室の制度及び[一九]建章の千門萬戶を問う、華 應對流るるが如く、聽く者 倦むを忘れ、地に畫きて圖を成し、左右 屬目す。帝 甚だ之を異とし、時の人 之を[二〇]子產に比す。數歲にして、[二一]中書令に拜せられ、後 散騎常侍を加えらる。母の憂に遭いて、哀毀禮に過ぐ。中詔もて勉勵し、逼りて事を攝せしむ。

初め、帝 潛かに[二二]羊祜と吳を伐つことを謀る、而して[二三]羣臣 多く以爲えらく不可なりと、唯だ華のみ其の計を贊け成す。其の後、祜 疾篤し、帝 華を遣わして祜に詣らしめ、問うに吳を伐つの計を以てす、[二四]語 祜が傳に在り。將に大擧せんとするに及び、[二五]華を以て度支尙書と爲し、乃ち運漕を量計し、廟算を決定せしむ。衆軍既に進みて、未だ克獲有らず、[二六]賈充等 [二七]華を誅し以て天下に謝せんことを奏す。帝曰く「此は是れ吾が意、華 但だ吾と同じきのみ」と。時に大臣 皆な未だ輕がるるしく進むべからずと以爲うに、華 獨り堅く執りて、必ず克たんと以爲う。[二八]吳 滅するに及び、詔して曰く「尙書・關內侯張華、前に故の太傅羊祜と共に大計を創む、遂に軍事を典掌し、諸方を部分し、權略を算定し、籌を運し勝を決して、謀謨の勳有り。其れ封を進めて廣武縣侯と爲し、邑萬戶を增し、子一人を封じて[二九]亭侯千五百戶と爲し、[三〇]絹萬匹を賜う」と。

華の名 一世に重く、衆の推服する所なり、[三一]晉史及び儀禮憲章 並びに華に屬し、損益する所多し、當時の詔誥 皆な草定する所、聲譽 益ます盛んにして、台輔の望有り。而して [三二]荀勗 自ら大族を以て、帝の恩の深きを恃み、之を憎疾し、毎に間隙を伺いて、華を外鎭に出さんと欲す。會たま帝 華に問うに「誰か後事を託寄すべき者か」と。對えて曰く「明德の至親、[三三]齊王攸に如くは莫し」と。既に上の意の在る所に非ず、微や旨に忤うと爲し、間言 遂に行わる。[三四]乃ち華を出して持節・都督幽州諸軍事と爲し、護烏桓校尉・[三五]安北將軍を領せしむ。新舊を撫納して、戎夏 之に懷く。[三六]東夷[三七]馬韓・新彌の諸國 山に依り海を帶び、州を去ること四千餘里、世を歴て未だ附せざる者二十餘國、並びに使を遣わして朝獻す。是に於いて遠夷 賓服し、四境 虞い無く、頻歲 豐稔に、士馬 强盛す。[三八]朝議 華を徵して入りて相たらしめんと欲す…（略）。

張華は字を茂先といい、范陽方城（河北省）の人である。父の平は、魏の漁陽郡（河北省）の太守だった。華は若いころに父を亡くして貧しく、自分で牧羊して生計を立てていたが、同郡の盧欽に見出され重んじられた。同郷の劉放も、華の才能を認めて、娘をめあわせた。華は学問が広く深く、文辞は穏やかで美しく、聡明でさまざまなことに通じており、河図・洛書などの予言書や医術・神仙術・占いなどの書物まで、読んでいないものはなかった。若いころから意識して身を修め、どんな時にも礼儀正しかった。節義には勇敢に赴き、困っている人を手厚く助けた。度量も見識も広く、当時の人々にはほとんど計り知れなかった。

まだ名前が知られていないころ、「鷦鷯の賦」を書いて自らの思いを託した。その中身は…（略）。陳留（河南省）の阮籍がこれを見て「帝王の片腕となれる才能だ」と嘆賞した。そのため名声が高まり始めた。

郡太守の鮮于嗣が華を太常博士に推薦した。盧欽が華のことを文帝（司馬昭）に上奏したので、河南（河南省）尹の丞に配置替えとなり、拝命を受ける前に、佐著作郎に任命された。しばらくしてから、（司馬昭の）長史に移り、中書郎を兼務した。朝廷での議論や皇帝への上奏の多くが用いられて、中書郎が本務となった。晋朝が魏朝の禅譲を受けると（二六五）、黄門侍郎に任命され、関内侯に封じられた。

　華は記憶力にすぐれ、世界中のことを、掌を指すようによく識っていた。武帝が、漢の宮室の制度と（『史記』に言う）建章宮の千門万戸について尋ねたことがあった。華が流れるように答えるので、聞く者は退屈を忘れ、また（華が）地面に図を描きながら説明するので、側近たちも目を離せなかった。帝は実に素晴らしいと思い、時の人々は彼を鄭の名宰相の子産になぞらえた。数年後に中書令に任命され、後に散騎常侍の位も加えられた。母が世を去ると、悲しんで痩せ細るさまは喪礼の定める範囲を越えていた。そこで帝がじきじきに励まし、強いて抑制させた。

　これより先、武帝はひそかに羊祜と呉を伐つ計画を進めていた。群臣の多くが反対したが、華だけがその計画を助けた。その後、祜が重い病に陥ったので、帝は華を祜のもとに遣わし、呉を伐つ計略を尋ねさせた。その言葉は羊祜伝にある。いよいよ大軍を起こす時になると、華を度支尚書に任じた。そこで華は船団の輸送力を見積もり、大本営の方針を決めた。いざ実際に進撃すると、なかなか戦果が上がらないので、賈充たちが華を処刑して天下に謝罪するよう上奏した。武帝は言った。「これは私の意向であり、華は私と同じ考えだったのだ」。当時大臣たちはこぞって、軽々しく進軍すべきでないとしたが、華だけが譲らず、必勝を期していた。呉が滅亡すると（二八〇）、詔がくだった。「尚書・関内侯の張華は、前から、もとの太傅の羊祜と、呉征討という大計に着手していた。かくて軍事を取り仕切り、地域を区分けして、戦略を練り、参謀として勝利をもたらし、知謀の勲功を立てた。位を進めて広武県（山西省）侯とし、領地一万戸を増して、息子の一人を領地千五百戸の亭侯に封じ、絹一万匹を下賜する」。

　華の名は当代に重んぜられ、人々に尊敬された。晋史の著述や儀礼や法律がすべて華に任せられ、その多くが改訂された。当時の詔や布告もすべて華が草稿を書いた。声望はますます高まり、宰相になってもいいとの評判が立った。だが荀勖は名門だというので、武帝の恩顧の深さを自負し、華を憎んでおり、隙をうかがっては、華を地方官に出そうとしていた。たまたま武帝が華に「誰に将来を託したらよいか」と尋ねた。華は「徳がすぐれたお身内ということでは、斉王攸にまさる方はおられません」と答えた。だが攸は武帝の意中の人物ではなかったので、思し召しに逆らうこととなり、荀勖の讒言が実行された。かくて華を地方に出して持節・都督幽州（河北省・遼寧省）諸軍事とし、護烏桓校尉・安北将軍を兼務させた。華は新参者も土着の者も隔てなく安んじたので、異民族も漢民族も彼になついた。東方の馬韓・新弥などの国々は、山を背にし海に囲まれた要害の地で、幽州を四千余里も離れており、歴代帰服しないものが二十余国もあったが、それらが一斉に使者を送り朝貢してきた。かくて遠方の異民族が来朝して服従し、四方の国境に不安が無くなり、毎年豊作となり、軍事力も増強した。

廟議では、華を呼び寄せて宰相に任じようとした…（略）。

一 張華　『晋書』巻四恵帝紀に「永康元年（三〇〇）…八月…司空張華…害に遇う」、巻三六本伝に「時年六十九」とあるので、生年は魏の明帝の太和六年（二三二）。『隋志』に「晋司空張華集十巻　録一巻」、『日本国見在書目』・『旧唐志』・『新唐志』にも「張華集十巻」と記すが、『郡斎読書志』は「張華集三巻　…集に詩一百二十・哀詞冊文二十一・賦三有り」、『直斎書録解題』は「張司空集三巻　…前二巻は四言五言詩爲り、後一巻は祭祀哀誄等の文爲り」と録す。現存の作は、楽府および詩が三十篇強、賦が六篇、表が二篇、議が三篇、哀策文が二篇、誄が三篇、箴が三篇、銘が四篇、書が三篇など。ほかに『博物志』十巻があるが、原本のままではない（↓注一一三）。詩は『全晋詩』巻三、『古詩紀』巻二一。文は『全晋文』巻五八。

二 父平　未詳。正史に伝を持たない。『新唐書』巻七二下宰相世系表二下では、後漢の司空の張皓（『後漢書』列伝巻四六）の曾孫で、漢の張良の十三代目ということになっている。

三 少孤貧、自牧羊　虞預『晋書』（『三国志』巻二二盧毓伝裴注所引）に「同郡の張華、家單にして少くして孤、郷邑の知る所と爲らず」、徐広『晋紀』（『藝文類聚』巻五三所引）に「張華　少くして自ら牧羊す」とある。

四 盧欽　?～二七八。字は子若、范陽涿の人。諡は元。祖の植は漢の侍中、父の毓は魏の司空、自らも尚書左僕射に至った。盧諶（本書「盧諶伝」参照）の従祖父に当たる。張華との関わりでは、前掲の虞預『晋書』に「欽、少くして名位に居り、財利を顧みず、清虚淡泊、動に禮典を脩む。同郡の張華、…惟だ欽のみこれを貴異とす」、徐広『晋紀』に「張華…初めて縣吏と爲り、盧欽 其の才を奇とし、數しば之を稱薦す」とある。『晋書』巻四四。

五 劉放　?～二五〇。字は子棄、涿郡の人。諡は敬。漢の広陽順王の末裔。「景初二年（二三八）、…本縣に封じ、放を方城侯とす」（『三国志』巻一四本伝）とあり、涿郡は、『水経注』巻一二聖水に「晋の太始元年、改めて范陽郡と爲す」と記す。後漢末の混乱の際、身を寄せた王松に、曹操（本書「曹操伝」参照）に付くことを勧め、曹魏政権の中で頭角をあらわし、司馬懿にも近づき、驃騎将軍に至った。文才に恵まれ、「三祖の詔命、招喩する所有るは、多く放の爲る所なり」、陳寿の評にも「劉放文翰」と称され、『文心雕龍』詔策篇は「魏晉の誥策より、職は中書に在り、劉放・張華、互いに斯の任を管り、施令發號、洋洋として耳に盈つ」と、張華と併称する。張華に「魏の劉驃騎の誄」（『藝文類聚』巻四八）が残っている。

六　圖緯方伎之書　「図」は、伏羲の時、黄河から出た龍馬の背に現れていたとされる「河図」。「緯」は、経書に真似て作られ、未来を予言するとされた「緯書」。「方伎」は、医術・神仙術・うらないなどの総称。『文士伝』（『北堂書鈔』巻一〇一所引）にも「張華　古今を窮覽す」、臧栄緒『晉書』（『文選』巻一三鳥獣所収「鷦鷯賦」李注所引）にも「少くして文義を好み、墳典を博覧す」とある。

七　少自修謹、造次必以禮度　『論語』里仁篇の「君子　終食の間も仁に違う無し。造次にも必ず是に於いてし、顚沛にも必ず是に於いてす」に基づく。ただし『文士伝』（『世説』排調篇7劉注所引）には「華は、人と爲り威儀少なく、姿態多し」。

八　時人罕能測之　『世説』品藻篇8に「劉令言（納）始めて洛に入り、諸名士を見て歎じて曰く『…張茂先は我が解せざる所なり』と」。

九　初未知名…　臧栄緒『晉書』は「雲閣に棲處すと雖も、慨然として感有り、鷦鷯賦を作る」と、製作時期を昇官後とする。

一〇　鷦鷯賦　『荘子』逍遥遊篇の「鷦鷯は深林に巣くうも一枝を過ぎず」をヒントに、「色淺く體陋しき」鷦鷯（みそさざい）が「物と患い無く」「自楽」するさまを、「物を妨げ」「終にこの世に戮せらる」美しく強く珍しい鳥達と対比しつつ、賞賛したもの。前注参照。『文心雕龍』才略篇は「張華の短章、奕奕として清暢、其の鷦鷯の寓意は、即ち韓非の説難なり」と評する。

一一　陳留阮籍見之、歎曰…　阮籍については本書「阮籍伝」参照。王隠『晉書』（『藝文類聚』巻五六所引）に「阮籍　華の鷦鷯賦を見、以て王佐の才と爲す。中書郎成公綏も亦た華を推し、文義　已れに勝るとす」とある。ただし成公綏（二三一～二七三）は、『晉書』巻九二本伝では張華に推薦されて任官している。

一二　鮮于嗣　正史に伝を持たないが、『三国志』巻三〇烏丸鮮卑東夷伝韓伝に「景初中（二三七～二三九）、明帝　密かに帯方太守劉昕・樂浪太守鮮于嗣を遣わし海を越え二郡を定めしむ」と出てくる。

一三　文帝　二一一～二六五。晋の宣帝司馬懿の子で、景帝師の弟、武帝炎の父に当たる司馬昭のこと。帝位には就かず「晉王」に留まって権勢を振るい、武帝即位後に「文皇帝」と追号された。『晉書』巻二。

一四　長史　景元四年（二六三）十月に晋公兼相国となった司馬昭の長史である。

一五　兼中書郎…　『張華別伝』（『藝文類聚』巻五八所引）に「大駕　西に鍾會を征し（二六四）、長安に至る、華　中書侍郎を兼ねて從行し、軍事中の書疏表檄を掌り、文帝　之を善みす」（『太平御覧』巻五九七所引本にも同様の記述あり）。また『晉書』巻三〇刑法志には、泰始四年（二六八）以後のこととして「侍中盧珽・中書侍郎張華　又た表すらく『新律の諸の死罪の條目を抄し、之を亭傳に懸け、以て兆庶に示せ』と。詔有りて之に従う」とあるが、これは次注の黄門侍郎時代のことで、「中書」は「黄門」の誤りだと『晉書斠注』が指摘する。盧珽は盧欽（→注四）の弟。

一六　拜黄門侍郎　王隠『晉書』（『北堂書鈔』巻五八所引）に「泰始三年（二六七）、詔して張華を黄門侍郎と爲す」。『晉書』巻二二楽志上には「泰始五年（二六九）に至り、尚書 奏して、太僕傅玄・中書監荀勖・黄門侍郎張華に各おの『正旦行禮』及び『王公上壽酒』『食擧樂』の歌詩を造らしむ」、「郭夏・宋識等をして、『正徳』『大豫』の二舞を造らしめ、其の樂章も亦た張華の作る所と云」と、宮廷楽府の作詩をしたことが記され、『文心雕龍』楽府篇にも「晉世に逮び…、張華の新篇、亦た庭萬に充つ」とある。

一七 關內侯　五等爵の下の爵位。領地はなく、都に居住していた。

一八 武帝　二六五〜二九〇。生年は二三六。司馬昭（→注一三）の長子の炎。張華は武帝崩御の折り、「武帝哀策文」（『藝文類聚』巻一三）を書いている。

一九 建章千門萬戶　漢の武帝が、柏梁台焼失後に建てた壮麗な宮殿群のこと。『史記』巻一二孝武本紀に「是に於いて建章宮を作り、度して千門萬戶と爲す」。王隱『晉書』（『北堂書鈔』巻九七・『藝文類聚』巻四八所引）には「長安の千門萬戶」に作り、『晉陽秋』（『世說』言語篇23劉注所引）にも同様の記事がある。

二〇 子產　前五八五?〜前五二二?。春秋時代の鄭の名宰相、公孫僑の字。

二一 中書令　『晉書』巻三九荀勖伝に「俄にして祕書監を領し、中書令張華と劉向『別錄』に依り、記籍を整理す」とあり、このころ、荀勖（→注三一）と宮中の図書の整理に当たっていた。

二二 羊祜　二二一〜二七八。西晉の重臣。字は叔子、泰山南城の人。諡は成。九代続けて地方長官を出した家柄で、外祖父は蔡邕であり、姉が景帝司馬師に嫁いでいる。車騎将軍・開府儀同三司を授けられたときに奉った「開府を讓る表」が『文選』巻三七に収められる。征南大将軍に至って病死した。『晉書』巻三四。

二三 羣臣多以爲…　『晉書』巻三四杜預伝に、杜預・羊祜・張華のみ贊成したとあり、同巻三九馮紞伝に、馮紞・賈充・荀勖が「苦諫」したと記す。同巻四二王濬伝にも同様の記事がある。

二四 語在祜傳　『晉書』巻三四羊祜伝は、羊祜が「今なら呉の虐政甚だしいので戦わずして勝てるが、もし呉主の孫晧が没し明君が立つようなことになれば、天下統一は不可能になる」と語ったと記す。

二五 以華爲度支尙書　『晉起居注』（『太平御覽』巻二一七所引）にこの時の詔が収められる。

二六 賈充　二一七〜二八二。字は公閭、平陽襄陵の人。諡は武。父の逵は魏の豫州刺史・陽里亭侯。長女の賈南風を、後の恵帝の皇太子妃とした実力者で、太尉・魯公に至った。『晉書』巻四〇。同巻四五任愷伝には「庾純・張華・溫顒・向秀・和嶠の徒は、皆な愷と善く、楊珧・王恂・華廙等、充の親敬する所、是に于いて、朋黨紛然たり」とあり、張華を反賈充派と位置付ける。

二七 奏誅華以謝天下　『晉書』賈充伝によれば、賈充が「呉が降らないうえ、南方での夏の戦さは疾病が蔓延します。そうなれば張華を腰斬に処しても天下に謝罪できません」と上表し、荀勖がこれに贊同している。

二八 及呉滅　二八〇年三月のこと。『晉書』巻三四杜預伝によれば、武帝は総攻撃を繰り延べようとしていたが、前線にいる杜預が、即刻攻めるべきだとの上表文を奏し、張華がそれに贊同した。

二九 亭侯　五等爵のすぐ下、関内侯の上に位置する爵位。

三〇 賜絹萬匹　虞預『晉書』（『太平御覽』巻八一七所引）に「武帝 平呉の功を論じ、唯だ羊祜・王濬・張華の三人のみ各おの絹萬疋を賜う、其の餘は此に比ぶを得る莫し」。なお『晉書』巻二一礼志や巻四一魏舒伝によれば、張華は、この年（二八〇）の九月に、衛瓘・山濤・魏舒・劉寔らとともに封禅を行うよう上奏しており、『陸雲集』所収「兄の機に与うる書」にも「頃ろ張公封禪の事を得」とある。

二一 晉史及儀禮憲章… 『太平御覧』巻六〇六に「晉の張華に文雅の才有り、晉の儀禮、制度を釐革するに、有司に敕し、筆札を給せしめ、多く損益する有り」という一条があり、出典が記されていない。この前条が「續漢書曰く」、後条が「晉陽秋曰く」なので、『晉陽秋』の一文と思われる。

二二 荀勖 ?～二八九。『晉書』巻三九荀勖伝に「字は公曾、潁川潁陰の人、漢の司空爽の曾孫なり」、『後漢書』巻六二荀淑（爽の父）伝に「荀卿十一世の孫なり」とあって荀子十五世の孫とされ、祖父の従兄弟が荀悦や荀彧、彧の女婿が陳群、勖の外祖父は書家の鍾繇と、家系には著名人が綺羅星のように並ぶ。本人も尚書令、左光禄大夫に至った。諡は成。本伝には「人主の微旨を探り得、犯顔迕争せず、故に始終其の寵祿を全うするを得」と、ほとんど佞臣として描かれるが、汲冢書の整理に当たり、また、鄭默の『中経』に基づいて『新簿』を著した書誌学者でもある（『隋志』参照）。注一六や注二一にあるように、中書監時代の荀勖は黄門侍郎張華とともに宮廷楽府を作り、秘書監時代には中書令張華と宮中の図書を整理しているが、張華と合わなかったことは、注二三・二七からも窺える。さらに、楽府の作詩に当たっていた時には、荀勖が漢魏の宮廷楽府が『詩経』に則らないことを嫌い、ほとんどを四言句に作り変えているのに対し、張華は、曲に合わせて漢魏の体裁のままにした。また晉史の限断についても、荀勖は魏の正始（二四〇）起年を主張したが、張華は司空になってから、泰始（二六五）を起年とする議論を展開している。荀勖の事大主義に対する、張華の現実主義がうかがわれる。

二三 齊王攸 二四八～二八三。字は大猷、武帝司馬炎の同母弟。祖父の司馬懿に嘱望され、伯父の景帝司馬師の後嗣となり、武帝の晩年に「太子不令」のため内外の信望を集めたが、荀勖や馮紞の画策で封国に遠ざけられそうになり、憤懣を発して死んだ。諡は献王。『晉書』巻三八。

二四 乃出華 二八二年正月のこと。『晉書』巻三武帝紀太康三年（二八二）春正月の条に「甲午、尚書張華を以て幽州諸軍事を都督せしむ」。

二五 安北将軍 『晉書』巻一〇八慕容廆載記に、「安北将軍張華」が、幼い慕容廆の器量を見抜いて、身に着けていた「簪幘」を贈った、とある。

二六 東夷馬韓… 『晉書』巻三武帝紀太康三年（二八二）九月の条に「東夷二十九國歸化し、其の方物を獻ず」とある。また張華が中央に呼び戻された後ではあるが、太康七年の条に「八月、東夷十一國内附す」「是の歳…馬韓等十一國 使を遣わし來獻す」、太康八年八月の条に「東夷二國 内附す」とある。

二七 馬韓 古代朝鮮南部の国名。三韓（馬韓・弁韓・辰韓）の一つ。

二八 朝議… 張華を宰相に、という声が起こった時、武帝の寵臣の馮紞が、鍾会（本書「嵇康伝」注四〇、「阮籍伝」注二三参照）の反逆は、文帝司馬昭（→注一三）が彼を増長させたためであり、張華も、過分に遇すれば鍾会の二の舞となろう、と讒言した。武帝はそこで張華を実権のない太常（宗廟の儀礼を司る官）に任じ、御廟の棟木が折れた事件をきっかけに、太常の官をも罷免した。

＊　＊　＊

[39]惠帝卽位、[40]以華爲太子少傅、與[41]王戎・[42]裴楷・[43]和嶠俱以德望爲[44]楊駿所忌、皆不與朝政。及駿誅後、將廢[45]皇太后、會羣臣於朝堂、議者皆承望風旨、以爲「[46]春秋絶文姜、今太后自絶於宗廟、亦宜廢黜」。[47]惟華議以爲「夫婦之道、父不能得之於子、子不能得之於父、皇太后非得罪於先帝者也。今黨其所親、爲不母於聖世、宜依漢[48]廢趙太后爲孝成后故事、貶太后之號、還稱武皇后、居異宮、以全貴終之恩」。不從、遂廢太后爲庶人。

[49]楚王瑋受密詔殺[50]太宰[51]汝南王亮、[52]太保衞瓘等、內外兵擾、朝廷大恐、計無所出。[53]華白帝以「瑋矯詔擅害二公、將士倉卒、謂是國家意、故從之耳。今可遣[54]騶虞幡使外軍解嚴、理必風靡」。上從之、瑋兵果敗。及瑋誅、華以首謀有功、拜[55]右光祿大夫・開府儀同三司・侍中・中書監・[56]金章紫綬。固辭開府。

[57]賈謐與[58]后共謀、以華庶族、儒雅有籌略、進無逼上之嫌、退爲衆望所依、欲倚以朝綱、訪以政事。疑而未決、以問[59]裴頠、頠素重華、深贊其事。華遂盡忠匡輔、彌縫補闕、雖當闇主虐后之朝、而海內晏然、華之功也。華懼后族之盛、作[60]女史箴以爲諷。賈后雖凶妒、而知敬重華。久之、論前後忠勳、進封[61]壯武郡公。[62]華十餘讓、中詔敦譬、乃受。數年、代[63]下邳王晃爲[64]司空、領著作。

及賈后謀廢太子、[65]左衞率[66]劉卞甚爲太子所信遇、每會宴、卞必預焉。屢見[67]賈謐驕傲、太子恨之、形于言色、謐亦不能平。卞以賈后謀問華、華曰「不聞」。卞曰「卞以寒悴、自須昌小吏受公成拔、以至今日。[68]士感知己、是以盡言、而公更有疑於卞邪」。[69]華曰「假令有此、君欲如何」。卞曰「東宮俊乂如林、四率精兵萬人。公居阿衡之任、若得公命、皇太子因朝入錄尚書事、廢賈后於[70]金墉城、兩黃門力耳」。華曰「今天子當陽、太子、人子也、吾又不受阿衡之命、忽相與行此、是無其君父、而以不孝示天下也。雖能有成、猶不免罪、況權戚滿朝、威柄不一、而可以安乎」。及帝會羣臣於式乾殿、出[37]太子手書、偏示羣臣、莫敢有言者。[38]惟華諫曰「此國之大禍。自漢武以來、每廢黜正嫡、恆至喪亂。且國家有天下日淺、願陛下詳之」。尙書左僕射裴頠以爲宜先檢校傳書者、又請比校太子手書、不然、恐有詐妄。賈后乃內出太子素啓事十餘紙、衆人比視、亦無敢言非者。議至日西不決、后知華等意堅、因表乞免爲庶人、帝乃可其奏。

[39]惠帝即位して、[40]華を以て太子少傅と爲し、[41]王戎・[42]裴楷・[43]和嶠と倶に德望を以て[44]楊駿の忌む所と爲り、皆な朝政に與らず。駿 誅せられし後に及んで、將に[45]皇太后を廢せんとして、羣臣を朝堂に會し、議する者 皆な風旨を承望し、以爲えらく「『[46]春秋』文姜を絕つ、今 太后 自ら宗廟に絕つ、亦た宜しく廢黜すべし」と。[47]惟だ華が議に以爲えらく「夫婦の道、父は之を子に得ること能わず、子は之を父に得ること能わず、皇太后 罪を先帝に得る者に非ざるなり。今其の所親に黨し、聖世に母たらずと爲す、宜しく漢 [48]趙太后を廢して孝成后と爲すの故事に依りて、太后の號を貶して、還して武皇后と稱し、異宮に居らしめ、以て貴もて終るの恩を全うすべし」と。從われず、遂に太后を廢して庶人と爲す。

[49]楚王瑋 密詔を受けて[50]太宰[51]汝南王亮・太保[52]衞瓘等を殺す、內外 兵擾れ、朝廷 大いに恐る、計 出さん所無し。[53]華 帝に白して以えらく「瑋 詔を矯りて擅に二公を害す、將士 倉卒に、是れ國家の意なりと謂い、故に之に從うのみ。今[54]騶虞幡を遣わして外軍をして嚴を解かしむべし、理として必ず風のごとく靡かん」と。上 之に從う、瑋が兵 果して敗る。瑋 誅せらるるに及び、華 首謀にして功有るを以て、[55]右光祿大夫・開府儀同三司・侍中・中書監・[56]金章紫綬に拜せらる。固く開府を辭す。

[五七]賈謐 [五八]后と共に謀りて、華は庶族、儒雅にして籌略有り、進みて上に逼るの嫌い無く、退きて衆望の依る所爲るを以て、倚るに朝綱を以てし、訪ぬるに政事を以てせんと欲す。疑して未だ決せず、以て[五九]裴頠に問う、頠 素より華を重んずれば、深く其の事を賛く。華 遂に忠を盡して匡輔し、彌縫して闕けたるを補う、闇主虐后の朝に當たると雖も、海內晏然たるは、華が功なり。華 后族の盛んなるを懼れ、[六〇]「女史の箴」を作りて以て諷を爲す。賈后 凶妒なりと雖も、華を敬重することを知る。久しうして、前後の忠勳を論じて、[六一]封を壯武郡公に進む。[六二]華 十餘たび讓るも、中詔もて敦く譬して、乃ち受く。數年、[六三]下邳王晃に代りて[六四]司空と爲り、著作を領す。

賈后の[六五]太子を廢せんと謀るに及びて、左衞率[六六]劉卞 甚だ太子の信遇する所と爲り、會宴する毎に、卞 必ず預る。屢しば見るに[六七]賈謐 驕傲にして、太子 之を恨み、言色に形われ、謐も亦た平らかなる能わず。卞 賈后の謀を以て華に問う、華 曰く「聞かず」と。卞 曰く「卞 寒悴を以て、須昌の小吏自り公の成拔を受け、以て今日に至る。[六八]士は知己に感ず、是を以て言を盡くす、而るに公 更に卞に疑う有るか」と。華 曰く[六九]「假令此有るとも、君 如何せんと欲す」と。卞 曰く「東宮の俊乂 林の如し、四率の精兵 萬人。公 阿衡の任に居り、若し公の命を得ば、皇太子 朝するに因りて入りて尚書の事を錄し、賈后を[七〇]金墉城に廢さんこと、兩黃門の力のみ」と。華 曰く「今 天子 當陽して、太子は、人の子なり、吾 又た阿衡の命を受けず、忽ち相い與に此を行わば、是れ其の君父を無みして、不孝を以て天下に示すなり。能く成る有りと雖も、猶お罪を免れず、況んや權戚 朝に滿ち、威柄 一ならざるに、以て安かるべけんや」と。帝 羣臣を式乾殿に會するに及び、[七一]太子の手書を出だし、徧く羣臣に示すも、敢えて言う者有ること莫し。[七二]惟だ華のみ諫めて曰く「此れ國の大禍なり。漢武自り以來、正嫡を廢黜する毎に、恆に喪亂に至る。且つ國家 天下を有つこと日淺し、願わくは陛下 之を詳らかにせよ」と。尚書左僕射裴頠 以爲えらく、宜しく先ず書を傳うる者を檢校すべし、又た太子の手書に比校せんことを請う、然らずんば、恐らくは詐妄有らんと。賈后 乃ち內より太子の素の啓事十餘紙を出だす、衆人 比べ視て、亦た敢えて非と言う者無し。議 日西するに至るも決せず、后 華等が意 堅きことを知りて、因りて表して免じて庶人と爲さんことを乞う、帝乃ち其の奏を可とす。

恵帝が即位して、華を太子少傅に任命したが、王戎・裴楷・和嶠と並んで人望があったために実力者の楊駿に嫌われ、四人とも政治に参画できなかった。駿が処刑された後、（恵帝とその黒幕の賈后は）楊皇太后を廃そうと、群臣を廟堂に集めて会議を開いた。議論する者は誰もがご意向を迎えて、『『春秋』は文姜を絶縁しました。いま皇太后は自ら（晋朝の）宗廟と絶縁していますので、廃黜すべきでございます」とした。華の論だけが「夫婦の道については、父は子から知り得ず、子は父から知り得ないもので、皇太后は（文姜と異なり）夫である先帝に対して罪があるのではありません。（とはいえ）今、父親と党派を組み、かしこき御代の国母としてふさわしくありませんので、漢が趙皇太后を廃して孝成后にした故事にならい、皇太后の尊称を落して武皇后に戻し、住まいをほかの宮殿に移して、貴いままで終わらせる恩情を全うされるのがよいでしょう」というものだった。だがそれは従われず、皇太后は廃されて庶人となった。

楚王瑋が秘密の詔を受けて太宰の汝南王亮や太保の衛瓘たちを殺すと、禁中も市街も戦場と化し、朝廷は恐れおののき、なすすべも無かった。華は恵帝に申し上げた。「瑋は偽の詔で勝手に二公を殺害しました。将兵たちは突然だったので、これは国家の命令だろうと勘違いして、瑋に従ったのです。すぐに騶虞幡をさしむけて外の軍に戒厳を解かせるのがよいでしょう。（軍は）道理として風のようにこちらに靡くはずです」。恵帝が従うと、瑋の軍は華の言ったとおりに敗北した。瑋が処刑されると、華は勝利の立役者であることから、右光祿大夫・開府儀同三司・侍中・中書監に任ぜられ金章紫綬を授けられたが、開府だけは固く辞退した。

賈謐は伯母の賈皇后と相談し、華は寒門の出で、儒学の教養がある上知略に長け、出世しても権勢者を脅かす恐れがなく、退けられても人望が集まることから、朝廷の綱紀を任せ、政事に参画させようとした。逡巡して決められずにおり、裴頠に尋ねると、頠は昔から華を重んじていたので、賈謐の考えに心から賛成した。華はそこで、忠義を尽くして政事を補佐し、欠点を補った。暗愚な皇帝と残酷な皇后の時代にあっても、国内が平穏だったのは、華の功績である。華は皇后の一族に権勢があるのを心配し、「女史の箴」を作ってそれとなく諫めた。賈皇后は凶暴で嫉妬深かったが、華を尊重すべきであることは弁えていた。やがて、これまでの忠節と勲功を評価して、位を壮武郡（山東省）公に進めた。華は十数回も辞退したが、じきじきの詔で手厚く諭され、受けることとなった。数年後には、下邳王晃に代って司空となり、著作を兼任した。

　賈后が皇太子の廃嫡を謀り始めた。左衛率の劉卞は、太子に深く信頼されており、宴会には、必ず同席した。しばしば賈謐の傲慢ぶりが目立ち、太子がそれを憎んで言動にあらわし、賈謐も穏やかではいられなかった。卞は賈后の陰謀のことを華に問いただした。華は「耳にしていない」と答えた。卞は言った。「私は低い身分の者ですが、須昌（山東省）の小役人から殿に抜擢され、今日に至りました。士はおのれを知ってくれる人物に感動します。だから言葉を尽くして申し上げました。それなのに殿はまだ私をお疑いですか」。華は言った。「かりにそういうことがあるとしても、あなたはどうしようというのか」。卞は言った。「東宮の俊英は林のように多く、前後左右の衛率府の精兵は万人もおります。殿は宰相の任におられますので、もしもご命令が得られれば、皇太子が朝見にかこつけて宮中に入り文書事務を取り仕切ります。賈后を金墉城に廃するのは、二人の宦官の力で十分です」。華が言った。「今、天子は南面され、太子は人の子だ。その上私は宰相の命を受けていない。倉卒に共謀して事を起こせば、（太子は）君主である父上をないがしろにし、不孝を天下に示すことになる。成功したとしても、罪を免れない。まして今は、権勢のある外戚が朝廷に満ち、権力が一つに集中していないのに、事が穏やかに運べようか」。帝が群臣を式乾殿に集めて、太子の自筆の（反逆を意図する）手紙を取り出し、皆に見せたが、思い切って発言する者もいなかった。華だけが諫めて言った。「これは国の大難です。漢の武帝の時から、嫡子を廃黜するたびに、天下が乱れております。その上本朝は天下を統一してからまだ日が浅いのです。どうぞ陛下にはよくよくお確かめ下さいますよう」。尚書左僕射の裴頠が次のように言った。まず手紙を持ってきた者を取り調べるべきで、さらには太子の筆跡に比較されたい、そうしなければ騙される恐れがある、と。賈后はそこで後宮から、太子の普段の手紙を十数枚持ってきた。多くの人が見比べたが、思い切って違うと言う者はやはりいない。日が西に傾いても結論がでない。賈后は華たちの意志の固いことが分かったので、太子を（殺さず身分を）庶人に降ろすよう上表した。帝はそれを許可した。

三九　恵帝　二九〇～三〇六。生年は二五九。武帝司馬炎の次子の司馬衷。九歳で皇太子となり、三十二歳で即位、在位期間は八王の乱に明け暮れた。暗君の典型で、天下が乱れ餓死者が続出した時に「（米が無ければ）何ぞ肉糜を食らわざる」と言ったとされ、その死も、東海王越による毒殺との説がある。『晋書』巻四。

四〇　以華爲太子少傅　『晋書』巻五三愍懐太子伝に、太子には当代の名望家を選んでつけ、何劭をその太師に、王戎を太傅に、楊済を太保に、裴楷を少師に、張華を少傅に、和嶠を少保に任じた、とある。

四一　王戎　二三四～三〇五。字は濬沖。琅邪臨沂の人。諡は元。竹林の七賢の一人。『晋書』巻四三。本書「嵆康伝」注二三参照。

四二　裴楷　二三七ごろ～二九一ごろ。字は叔則。河東聞喜の人。諡は元。父の徽は魏の冀州刺史。若いころから玄学に精通し、王戎（→注四一）と併称され、時人に「玉人」と呼ばれ、中書令・侍中に至った。息子が楊駿（→注四四）の娘を娶っていたが「然れども楷は素より駿を輕んじ、之と平らかならず」と本伝にある。『晋書』巻三五。

四三　和嶠　?～二九二。字は長輿。汝南西平の人。諡は簡。祖父の洽は魏の尚書令、父の逌は魏の吏部尚書。太子少傅・散騎常侍に至った。『晋書』巻四五。本書「潘岳伝」注一四参照。

四四　楊駿　?～二九一。字は文長。弘農華陰の人。『晋書』巻四〇。本書「傅咸伝」注二三参照。

四五　皇太后　二五九～二九二。武悼楊皇后のこと。諱は芷、字は季蘭。武帝の皇后で、楊駿の娘。恵帝を生んだ従姉の楊艶（二三八～二七四）皇后が崩じた二年後に、皇后に立てられた。皇太子妃時代の賈后（二五七～三〇〇）の失脚を防いだにもかかわらず、武帝の死後、賈后によって父母を殺され、翌年自らも弑された。『晋書』巻三一。なお、このころの後宮には左思（本書「左思伝」参照）の妹の左芬が居て、楊艶への誄や楊芷を迎える頌を書いており、張華も、楊艶崩御の折り、「元皇后哀策文」（『藝文類聚』巻一五）を献じている。

四六　春秋絶文姜　文姜は、魯の桓公（前八世紀末～前七世紀初）の妻。夫と斉に同行して斉侯と通じ、夫が斉の彭生に殺された。そのため、『春秋』が文姜の名を記さず、魯との絶縁を示した事件を指す。桓公のあとを継いだ荘公の元年（前六九三）の『春秋』に「三月　夫人　斉に孫る」とあり、『左伝』が「姜氏と稱せざるは、絶ちて親と爲さず、禮なり」と説明する。

四七　惟華議以爲…　張華の議論は『晋書』巻三一武悼楊皇后伝にも収められている。「中書監張華等　以爲えらく『太后　罪を先帝に得る者に非ざるなり。今　所親に黨悪し、聖世に母たらずと爲す。宜しく孝成趙皇后の故事に依り、武帝皇后と曰い、之を離宮に居らしめ、以て貴もて終るの恩を全うすべし』と」。

四八　趙太后　前漢の成帝の皇后趙飛燕のこと。生まれた時父母が取り上げなかったが、三日間生きていたので養われ、公主の館で歌舞を仕込まれ、成帝の皇后となった。成帝の死後、妹の趙昭儀とともに成帝の落胤を次々に殺した罪が暴かれ、王莽の働きかけで「皇太后」から「孝成皇后」に称号を変え、一月余り後に庶人に落とされて自殺した。『漢書』巻九七下外戚伝下。

四九　楚王瑋　二七一～二九一。武帝司馬炎の第五子。字は彦度。諡は隠王。楊駿（→注四四）が誅殺された後、賈后（→注五八）の密詔を受けて汝南王亮（→注五一）と衛瓘（→注五二）を殺害、その同じ月に、偽詔で二人を殺した罪により二十一歳の若さで殺された。『晋書』巻五九。

五〇 太宰　三公の首位の太師のこと。当時、景帝司馬師の名を避けて太宰と称した。

五一 汝南王亮　?～二九一。宣帝司馬懿の第四子。字は子翼。諡は文成王。楊駿が誅殺されたのち太宰に任ぜられ、太保の衛瓘とともに輔政に当たったが、賈后および楚王瑋によって殺された。『晋書』巻五九。

五二 衛瓘　二二〇～二九一。字は伯玉、河東安邑の人。諡は成。楊駿の死後、太保として太宰の汝南王亮とともに輔政に当たったが、恵帝の太子時代にその廃立を願ったことから賈后の恨みをかい、また、「諸王は藩に帰るべき」との汝南王亮の提言に一人賛成したため楚王瑋に怨まれ、二人の結託によって、子や孫九人とともに殺された。書家としても有名で、「瓘は（漢末の書家の）張芝の筋を、（索）靖は張芝の肉を得た」と言われた。子の衛恒も草隷書を得意とし『四体書勢』を残している。『晋書』巻三六。

五三 華白帝以…　干宝『晋紀』（『文選』巻四九史論上の干宝「晋紀総論」李注所引）には「董猛をして后に言わしむ」とあり、恵帝に直接上奏したという本伝の記述と異なっている。

五四 騶虞幡　騶虞（すうぐ）とは、聖人の徳に感じて現れるとされる虎に似た霊獣。それを描いた騶虞幡（すうぐはん）は、軍隊を解散させる時に用いた旗。

五五 拝右光祿大夫…中書監　以上の官を拝したのは二九一年。王隠『晋書』（『北堂書鈔』巻五七所収）や『晋起居注』（『太平御覧』巻二四三所収）を参照。

五六 金章紫綬　紫の組み紐のついた黄金の印章。当時光祿大夫が用いた。

五七 賈謐　二七〇以後～三〇〇。字は長深。賈充（→注二六）の外孫で、賈后（→注五八）の甥。賈充の息子が夭折したため、異姓だったが、詔によって特例として賈充の後を嗣いだ。「二十四友」と呼ばれる文学サロンを主催し、侍中に至ったが、愍懐太子（→注六五）を陥れた罪で、趙王倫（→注七三）に宮殿内で斬殺された。『晋書』巻四〇。

五八 后　賈后。二五七～三〇〇。諱は南風。賈充（→注二六）の娘で、十六歳で二歳下の恵帝に嫁ぎ、三十四歳で皇后に立てられた。『晋書』巻三一本伝に「性　酷虐、嘗て手ずから数人を殺す」「荒淫放恣」とある。楊駿・楊太后・汝南王亮・衛瓘・楚王瑋・愍懐太子らを死に追いやり、太子殺害の罪状で、趙王倫・斉王冏らに毒殺された。

五九 裴頠　二六七～三〇〇。字は逸民、河東聞喜の人。諡は成。曾祖父の茂は漢の、祖父の潜は魏の尚書令、父の秀は晋の司空。賈充（→注二六）の妻の従子に当たる。博学で筆が立ち、清談にも巧みだったが、王衍らが儒学を貴ばず実務をおろそかにするのを憂い、『崇有論』を著した。賈后の廃立を画策し、愍懐太子の廃黜に抗弁し、趙王倫の求官を許さなかった。そのため趙王倫に怨まれ、賈后が廃された時とともに殺された。『晋書』巻三五。

六〇 女史箴　夫婦の秩序を天地の秩序に結び付け、婦徳の歴史を追った後、『易』や『老子』に基づいて、隆盛が必ず衰滅に至ることを説いたもの。『文選』巻五六箴所収。

六一 進封壮武郡公　王隠『晋書』（『太平御覧』巻二〇〇所収）に「華を郡公三千戸に封ず」、『元和郡県図志』巻一一には「即墨縣、…壮武故城、縣の西六十里に在り。晋 張華を封じて壮武侯と爲す」とあるが、『晋書斠注』巻三六は、「侯」は「公」の誤りであろうと考証している。また『晋書』巻一五地理志下に、「城陽郡」の統括する十県の一つとして「壮武」県はあるが、「壮武郡」は存在しない。

『晋書斠注』巻三六は、「壯武縣」の誤りか、或いは、張華を封じた時に郡に昇格したがすぐに県に戻ったのではないか、と記す。

六二 華十餘讓　これらの譲表文は現存しないが、『文心雕龍』章表篇は「晋初の筆札に逮べば、則ち張華 儁爲り、其の三たび公封を讓るは、理周く辭要に、義を引き事を比べ、必ず其の偶を得」と賞賛している。

六三 下邳王晃　?～二九六。字は子明。謚は獻王。宣帝司馬懿の次弟の五男。武帝の時に尚書左僕射、恵帝の時に司空・侍中に至り、太傅を追贈された。『晋書』巻三七。

六四 爲司空　『晋書』巻四恵帝紀に「六年（二九六）春正月、…司空下邳王晃薨じ、中書監張華を以て司空と爲す」、また『初学記』巻二六所収蕭方等『三十国春秋』に「晋の永康元年（三〇〇）正月、大いに會すに、鵂有りて御坐の武帳の中に入り、司空張華の冠を拂う」とある。

六五 太子　二七八～三〇〇。恵帝司馬衷の長子である愍懐太子遹のこと。字は熙祖。母は謝才人。「性剛」であったため、同世代の賈謐（→注五七）やその伯母の賈后と確執があり、賈后らの策謀によって廃黜・幽閉され、翌年撲殺された。『晋書』巻五三。本書「潘岳伝」注三〇参照。

六六 劉卞　?～二九六以後三〇〇以前。字は叔龍、東平須昌の人。兵士の家に生まれ、散騎常侍・并州刺史に至り、太子左衛率（太子護衛軍の長官の一人）となったが、本文に記される張華への建言を、賈后のスパイに聞かれ、恐れて服毒自殺した。『晋書』巻三六。

六七 賈謐驕傲…　『晋書』巻四〇賈謐伝に「愍懐太子と共に遊處するも、屈降の心無し。常に太子と奕棊し道を爭い」、成都王穎に叱責され、賈后と謀って穎を地方に出した、と記され、巻五三愍懐太子伝にも同様の記述がある。

六八 士感知己　『史記』巻八六刺客列伝に「士は己れを知る者の爲めに死す」とある。

六九 華曰…　裴頠（→注五九）も、張華と賈模に賈后の廃立を持ちかけているが、張華らに「帝自身に廃立の意向がない上、下手に動けば諸王による内乱を引き起こすことになる」と止められている。

七〇 金墉城　魏の明帝が洛陽の西に築き、最後の魏帝や晋の楊后・愍懐太子らが幽閉された。

七一 太子手書　潘岳（本書「潘岳伝」参照）が草したとされる、反乱成就の祈禱文。「陛下宜しく自ら了すべし、自ら了せずんば、吾當に入りて之を了すべし。中宮も又た宜しく速かに自ら了すべし。了せずんば、吾當に手ずから之を了すべし」と始まる奇妙な文章である。

七二 惟華諫曰　『晋書』巻三五裴頠伝に「愍懷太子の廢さるるや、頠は張華と苦だ爭い從わず、語は華傳に在り」、同巻五三愍懐太子伝にも張華と裴頠だけが太子の無実を主張した、とある。

*　*　*

初、趙王倫[七三]爲鎭西將軍[七四]、撓亂關中、氐羌[七五]反叛、乃以梁王肜[七六]代之。或說[七七]華曰「趙王貪昧、信用孫秀[七八]、所在爲亂、而秀變詐、姦人之雄。今可遣梁王斬秀、刈趙之半、以謝關右、不亦可乎」。華從之、肜許諾。秀友人[七九]辛冉從西來、言於肜曰「氐羌自反、非秀之爲」。故得免死。[八〇]倫既還、諂事賈后、因求錄尚書事、後又求尚書令。華與裴頠皆固執不可、由是致怨、倫・秀疾華如讎。[八一]武庫火、華懼因此變作、列兵固守、然後救之、故累代之寶及[八二]漢高斬蛇劍・[八三]王莽頭・孔子屐等[八四]盡焚焉。時華見劍穿屋而飛、莫知所向。

初、華所封[八五]壯武郡有桑化爲柏、識者以爲不祥。又華[八六]第舍及監省數有妖怪。[八七]少子韙以[八八]中台星坼、勸華遜位。華不從、曰「天道玄遠、惟修德以應之耳。不如靜以待之、以俟天命」。及倫・秀將廢賈后、秀使[八九]司馬雅夜告華曰「今社稷將危、趙王欲與公共匡朝廷、爲霸者之事」。華知秀等必成簒奪、乃距之。雅怒曰「刃將加頸、而吐言如此」。不顧而出。華方晝臥、忽夢見屋壞、覺而惡之。[九〇]是夜難作、詐稱詔召華、遂與裴頠倶被收。華將死、謂[九一]張林曰「卿欲害忠臣耶」。林稱詔詰之曰「卿爲宰相、任天下事、太子之廢、不能死節、何也」。華曰「[九二]式乾之議、臣諫事具存、非不諫也」。林曰「諫若不從、何不去位」。華不能答。須臾、使者至曰「詔斬公」。華曰「臣先帝老臣、中心如丹。臣不愛死、懼王室之難、禍不可測也」。遂害之於前殿馬道南、[九三]夷三族、[九四]朝野莫不悲痛之。[九五]時年六十九。

初め、[七三]趙（ちょう）王倫（りん）[七四]鎭西將軍と爲り、關中を撓亂して、[七五]氐羌（ていきょう）反叛す、乃ち[七六]梁（りょう）王肜（ゆう）を以て之に代う。[七七]或るもの華に說きて曰く「趙王 貪昧にして、[七八]孫秀（そんしゅう）を信用し、所在亂を爲し、秀 變詐にして、姦人の雄なり。今 梁王を遣（つかわ）して秀を斬り、趙の半ばを刈りて、以て關右に謝すべし、亦た可ならずや」と。華 之に從う、肜 許諾す。秀が友人[七九]辛冉（しんぜん）西從（よ）り來り、肜に言いて曰く「氐羌 自ら反す、秀が爲めに非ず」と。故に死を免るることを得。[八〇]倫 既に還りて、賈后に諂い事え、因りて錄尙書事を求め、後 又た尙書令を求む。華と裴頠と 皆な固く執りて可かず、是れに由りて怨みを致し、倫・秀 華を疾むこと讎の如し。武庫[八一] 火あり、華 此に因りて 變の作らんことを懼れ、兵を列ねて固く守り、然る後に之を救う、故に累代の寶及び漢高斬蛇の劍[八二]・王莽[八三]が頭・孔子の屐等、盡く[八四]焚えぬ。時に華 劍 屋を穿ちて飛ぶを見る、向う所を知る莫し。

初め、華が封ぜられたる所の 壯武郡[八五]に桑有り、化して柏と爲り、識者 以て不祥と爲す。又た華が第舍[八六]及び監省數しば妖怪有り。少子韙[八七] 中台星[八八]坼くを以て、華を勸めて位を遜らしむ。華 從わずして曰く「天道 玄遠なり、惟だ德を修めて以て之に應ぜんのみ。如かず 靜にして以て之に待し、以て天命を俟たんには」と。倫・秀 將に賈后を廢せんとするに及び、秀 司馬雅[八九]をして 夜 華に告げしめて曰く「今 社稷 將に危うからんとす、趙王 公と共に朝廷を匡して、覇者の事を爲さんと欲す」と。華 秀等が必ず簒奪を成さんことを知り、乃ち之を距く。雅 怒りて曰く「刃 將に頸に加えんとするに、言を吐くこと此くの如し」と。顧ずして出づ。華 方に晝臥す、忽として夢に屋の壞るるを見、覺めて之を惡む。是の夜[九〇] 難 作る、詐りて詔を稱し華を召す、遂に裴頠と倶に收めらる。華 將に死せんとし、張林[九一]に謂いて曰く「卿 忠臣を害さんと欲するや」と。林 詔を稱して之を詰めて曰く「卿 宰相爲り、天下の事に任ず、太子の廢、節に死する能わざるは、何ぞや」と。華 曰く「式乾[九二]の議、臣が諫事 具さに存す、諫めざるに非ざるなり」と。林 曰く「諫めて若し從われずんば、何ぞ位を去らざる」と。華 答うる能わず。須臾にして、使者至りて曰く「詔ありて公を斬る」と。華 曰く「臣は先帝の老臣、中心 丹の如し。臣 死するを愛まず、懼らくは王室の難、禍 測るべからざるなり」と。遂に之を前殿の馬道の南に害し、三族[九三]を夷ぐ、朝野[九四] 之を悲痛せざる莫し。時に[九五]年六十九。

これより先、趙王倫が鎮西将軍となっていたが、中原を乱し、氐羌が反乱をおこしたので、梁王肜に更えられた。ある者が華に説いた。「趙王は欲深く愚かで、孫秀を信任し、至る所で混乱を引き起こしています。秀はずる賢く、邪悪な人物の典型です。今、梁王に秀を斬らせて、趙の領土の半ばを召し上げ、中原の人々に謝罪したら、どんなによいでしょう」。華はそれに従い、肜も承諾した。（ところが）秀の友人の辛冉が西方からやってきて、「氏羌が勝手に反乱を起こしたのであり、秀のせいではありません」と肜に言った。そのため秀は命拾いをした。倫は都に戻ると、賈后に諂って、録尚書事の位を求め、その後さらに尚書令の位を求めた。華と裴頠はともに頑張って許さなかった。そのために怨みを買い、倫も秀も華を仇敵のように憎んだ。武庫が出火した。華は火事に乗じてクーデターが起こることを恐れ、兵を揃え守備を固めてから、消火に当たった。そのため歴代の宝物や漢の高祖の斬蛇の剣、王莽の頭蓋骨、孔子の履き物などが、すべて灰燼に帰した。折しも華は剣が屋根を破って飛んでゆくのを見たが、行き先は分からなかった。

　先に、華が封じられた壮武郡で、桑の木が柏に化す事件があり、識者は不吉だと思っていた。そのうえ華の屋敷や役所にはしばしば怪異が起きた。末子の韙は、中台星が裂けたことを理由に、華に位を退くよう勧めた。華は聞き入れずに言った。「天の道は奥深くはかりしれないので、（人は）徳を修めて応じるしかない。じたばたせずに、天命をまつのが一番だ」。倫と秀が賈后を廃そうとし、秀は司馬雅を使者に立てて夜中に華に告げさせた。「今や国家は危機に瀕しており、趙王は貴公と朝廷を正し、覇者の事業を行いたいと願っております」。華は秀たちが帝位を簒奪するつもりだと知り、申し出を断った。雅は怒って言った。「刃が首に当てられようとしているのに、まだそんなことを抜かすか」。振り返りもせず出ていった。華が昼寝をしていた時、ふと夢に家が壊れ、目覚めてからいやな予感がした。その日の夜にクーデターが起こった。偽の詔で華を召し出し、裴頠とともに捕らえられた。死に臨み、華は張林に言った。「君は忠臣を殺そうとするのか」。林は詔だと言い張って華をなじった。「君は宰相で、天下の政事を任されていたのに、太子が廃された時、節義を全うして死ななかったのは、どうしてだ」。華が言った。「式乾殿での会議の折りの、私の諫言はきちんと残っている。諫めなかったのではない」。林が言った。「諫めて従われなかったのなら、どうして位を退かなかったのだ」。華は答えられなかった。たちまち使者がやってきて言った。「貴公を斬れとの詔です」。華は言った。「私は先帝からの老臣で、心は丹のように忠義一筋だ。死ぬことを惜しみはしないが、王室の災禍が、計り知れないほど大きくなりはすまいかと心配だ」。かくて前殿の馬車道の南で殺害され、一族もすべて殺された。朝野すべての者が悲しみ痛んだ。享年六十九歳。

七三　趙王倫　?～三〇一。宣帝司馬懿の九男。字は子彝。三〇〇年に、愍懐太子（→注六五）殺害を罪状として賈后（→注五八）らを殺し、権力を握ったが、翌年、斉王冏らの挙兵により毒酒を飲まされて死んだ。『晋書』巻五九。

七四　鎮西将軍　労格『晋書校勘記』（『晋書斠注』所引）に「鎮西は當に征西に作るべし」とある。張華は、倫が外鎮に出た時「征西を祖道し詔に應ず」詩（『藝文類聚』巻二九）を書いている。

七五　氐羌反叛　『晋書』巻五九趙王倫伝に「倫 刑賞 中を失し、氐羌反叛す、徴されて京師に還る」とある。氐羌は西方の異民族。

七六　梁王肜　?～三〇二。字は子徽。諡は孝王。宣帝司馬懿の八男。三〇〇年四月に、趙王倫とともに賈后を廃し、太宰・守尚書令となり、翌年四月に倫が殺されると、太宰・領司徒に任ぜられ、一年後に死んだ。『晋書』巻三八。

七七　或説華曰　『晋書』巻六〇解系伝に「系（孫）秀を殺し以て氐羌に謝せんことを表するも、従われず」とある。

七八　孫秀　?～三〇一。『晋書』に伝が無く、『晋諸侯賛』（『世説』賢媛篇17注所引）によれば、字は俊忠、琅邪の人。趙王倫（→注七三）が琅邪に封ぜられた時「近職小吏」となり、無学な倫のために手紙を代筆し文才を気に入られたという。趙王倫のクーデターで中書令に任ぜられ、郡吏時代の孫秀を鞭打って辱めた潘岳や、楽妓の緑珠を与えなかった石崇（本書「石崇伝」参照）らを族滅し、孫秀を侮った劉琨（本書「劉琨伝」参照）兄弟を免官した。クーデターの失敗とともに、斉王冏に殺された。

七九　辛冄　『晋書』に伝が無く、字・本貫・生年未詳。三〇〇年に益州刺史趙欽が反乱を起こした時広漢太守となり、三〇二年ごろに李特と戦って潰走し（『華陽国志』巻八大同志・『晋書』巻一二〇李特載記）、三〇四年以降に劉弘に斬殺されている（『晋書』巻六六劉弘伝）。

八〇　倫既還…　『晋書』巻五九趙王倫伝に「徴されて京師に還る。尋いで車騎将軍・太子太傅を拜す。深く賈・郭に交わり、中宮に諂事し、大いに賈后の親信する所と爲る。錄尚書を求むるも、張華・裴頠固執して可さず。又た尚書令を求むるも、華・頠 復た許さず」、同巻三五裴頠伝にも同様の記事がある。

八一　武庫火　二九五年の事件。『晋書』巻四恵帝紀元康五年の条に「冬十月、武庫火あり、累代の寶を焚く」、同巻二七五行志上に「恵帝元康五年の閏月庚寅、武庫火あり」とある。この話は『異苑』（『北堂書鈔』巻一二二および『藝文類聚』巻六〇・巻八〇所引）にもある。ただし、『書鈔』と『類聚』所引『異苑』は「三年」と記すが、これは誤記で学津討源本『異苑』は誤っていない、と『晋書斠注』巻三六が考証している。

八二　漢高斬蛇剣　若き日の劉邦（前二五六～前一九五）が大蛇を斬り捨てた場所で、老婆が「吾が子は白帝の子なり。化して蛇と爲り、道に當たる。今 赤帝の子 之を斬る、故に哭く」と哭いていたという故事を踏まえる。『史記』巻八高祖本紀。

（八三）王莽頭　王莽（前四五～二三）の首については、『漢書』巻九九下王莽伝下に次のようにある。「校尉の東海の公賓就…莽の首を斬る。…莽の首を傳え更始に詣らしめ、苑市に懸く。百姓共に之を提撃し、或いは切りて其の舌を食う」。

（八四）盡焚焉　『晋書』巻四六劉頌伝には、頌の弟の彪が「計を建て屋を斷じ、諸ろの寳器を出すを得」とあり、本文の記述と異なっている。

（八五）壯武郡有桑化爲柏　『晋書』巻二八　五行志中に「永康元年（三〇〇）四月、…是の月、壯武國に桑有り化して柏と爲り、而して張華害に遇う」。

（八六）華第舎及監省數有妖怪　『晋書』巻二九　五行志下に「永康元年…四月、張華の第舎　飆風起き、木を折り繒を飛ばし、軸を折ること六七。是の月、華　害に遇う」。

（八七）少子韙　『晋書』巻三六張華伝末尾に「韙　儒博にして、天文に曉るく、散騎侍郎たり。同時に害に遇う」とある。

（八八）中台星坼　『晋書』巻一三天文志下に「永康元年（三〇〇）三月、中台星坼け、太白　晝に見わる。占して曰く『台星　常を失えば、三公　憂あり、太白　晝に見わるれば、臣たらずと爲す』と」。中台星とは、紫微星を守る三群の星の中央に位置する星。

（八九）司馬雅　『晋書』に伝が無く、字・生卒年ともに未詳。「宗室の疏属」で、愍懐太子の「右衛督」または「左衛司馬督」だった。太子が廃された時、張華と裴頠に賈后の廃黜と太子の復位を提言したが断られ、趙王倫を動かそうとしてかえって孫秀の術中にはまり、太子を殺すこととなった。その後、趙王倫の簒奪の折りには、彼の前軍将軍として、その敗戦の時は、鎮軍将軍として働いている。以上は『晋書』巻五三愍懐太子伝および巻五九趙王倫伝による。

（九〇）是夜難作　『晋書』巻四恵帝紀に「永康元年（三〇〇）…夏四月…司空張華・尚書僕射裴頠　皆な害に遇う」、巻五九趙王倫伝に「仍ち賈謐等を收捕し、中書監・侍中・黄門侍郎・八坐を召し、皆な夜に殿に入らしめ、張華・裴頠・解結・杜斌等を執り、殿前に之を殺す」。

（九一）張林　『晋書』に伝が無く、字・本貫・生卒年ともに未詳。趙王倫の配下。倫の簒奪により衛将軍に至ったが、官位への不満から、孫秀を誅すべしとの手紙を倫の世子の荂に送り、荂が密告したため、孫秀によって一族皆殺しにされた。以上は『晋書』巻五九趙王倫伝による。

（九二）式乾之議　愍懐太子の廃嫡を決めた式乾殿での会議を指す。注七二参照。

（九三）夷三族　『晋書』巻四六劉頌伝は、張華の息子が一人逃れ得たことを記す。

（九四）朝野莫不悲痛之　たとえば『晋書』巻四八閻纘伝に、纘は華の尸を撫でて慟哭したが、賈謐の尸に対しては「小兒は國を亂すの由、誅することの其れ晩きか」と叱した、とある。王隠『晋書』（『太平御覧』巻五四九所引）にも同様の記事がある。

（九五）時年六十九　『太平寰宇記』巻六九に「薊縣（北京市南西）、…張華の冢あり、華は郡の人なり、宅の存する有り。『郡國志』に云う『今　張華村有り、桑乾河に臨む』と」とある。

爲參軍、與謀時務、兼管書記。事平、封[一七]安昌公。歷黃門侍郎、散騎常侍、侍中、祕書監。永興末、爲中書令。時[一八]三王戰爭、皇家多故[一九]。尼職居顯要、從容而已。雖憂虞不及、而備嘗艱難。永嘉中、遷太常卿。洛陽將沒、攜家屬東出成皐[二〇]、欲還鄉里。道遇賊、不得前、病卒於塢[二一]壁、年六十餘。

[一]尼 字は正叔。[二]祖 勖は、漢の[三]東海相、父[四]滿は、平原內史たり。並びに學行をもって稱せらる。尼は少きより清才有[五]り、岳と倶に文章を以て知らる。性は[六]靜退にして競わず、唯だ勤學著述を以て事と爲す。[七]「安身論」を著して以て守る所を明かにす。其の辭に曰く…（略）。

初め州の辟きに應じ、後父の老いたるを以て、位を辭して養を致す。太康中、秀才に擧げられ、太常博士と爲る。高陸令・淮南王允の鎭東參軍を歷。元康の初め、太子舍人を拜し、[九]「釋奠の頌」を上る。其の辭に曰く…（略）。出でて宛令と爲り、任に在りては寛なれども縱にせず、[一〇]恤え隱みて政に勤み、公平を厲まして人事を遺つ[一一]。入りて尚書郎に補せられ、俄かに著作郎に轉じ、[一二]「乘輿の箴」を爲る。其の辭に曰く…（略）。

[一三]趙王倫の位を簒い、[一四]孫秀の政を專らにするに及んで、忠良の士 皆な禍酷に罹る。尼 遂に疾篤として假を取り、墳[一五]墓を拜掃す。[一六]齊王冏の起義を聞き、乃ち許昌に赴く。冏 引きて參軍と爲し、與に時務を謀り、兼て書記を管らしむ。事平ぎ、[一七]安昌公に封ぜらる。黃門侍郎・散騎常侍・侍中・祕書監を歷。永興の末、中書令と爲る。時に[一八]三王戰爭し、皇家多故[一九]なり。尼 職は顯要に居るも、從容するのみ。憂虞及ばずと雖も、備さに艱難を嘗む。永嘉中、太常卿に遷る。洛陽將に沒せんとし、家屬を攜て東のかた[二〇]成皐を出で、鄉里に還らんと欲す。道に賊に遇い、前むを得ず、病みて塢[二一]壁に卒す、年六十餘。

潘尼は字は正叔。祖父の勖は、漢の東海国の相、父の満は、平原郡（山東省）の内史であった。ともに学問品行によって称えられた。尼は若いころからすぐれた才能を示し、潘岳とともに、文章で世に知られた。出世欲のない恬淡とした気性で、学問に励んで著作するのを本分としていた。「安身論」を著して、処世の方針を明らかにした。その辞に言うには…（略）。

はじめ州の招きに応じたが、のちに父の高齢を理由に、位を辞し孝養を尽くした。太康年間（二八〇〜二九〇）、秀才に挙げられ、太常博士となった。高陸県（湖北省）の県令、淮南王司馬允の鎮東参軍を歴任した。元康（二九一〜二九九）の初年、太子舎人を拝任し、「釈奠の頌」を上呈した。その辞に言うには…（略）。

宛県（河南省）の県令に赴任したが、職務にあたっては寛大ではあるものの放任することはせず、民衆の苦しみに思いを致して政務にいそしみ、公平を追求して情実を廃した。朝廷に入って尚書郎に任命され、やがて著作郎に転じ、「乗輿の箴」を作った。その辞に言うには…（略）。

趙王司馬倫が帝位を奪い、孫秀が専権を握ると、忠義の士はみなひどい目にあった。尼は重病を理由に暇乞いをし、（郷里に帰って）先祖の墓を守った。斉王司馬冏が義軍を挙げたと聞き、許昌県（河南省）に赴いた。冏は尼を招いて参軍とし、時局を相談し、また書記を司らせた。騒乱が平定されると、安昌公に封ぜられた。黄門侍郎・散騎常侍・侍中・秘書監を歴任した。永興（三〇四〜三〇六）末年、中書令となった。当時は三王が矛を交え、皇族に紛争が多かった。尼は高官の位にあったが、超然としていた。身に危険は及ばなかったが、つぶさに辛酸を嘗めることとなった。永嘉年間（三〇七〜三一三）、太常卿に転任した。洛陽が陥落しそうになると、一族を率いて東の成皋関を抜けて、郷里に帰ろうとした。途中で賊軍にあい、進むことができず、とりでの中で病没した。六十歳あまりであった。

一 尼　潘氏の家系については、本書「潘岳伝」注二参照。『元和姓纂』（巻四）によれば、岳と尼は従兄弟ということになるが、尼の「司空掾安仁に贈る」詩（『文館詞林』巻一五二）には「議は惟れ諸父なるも、好みは朋友に同じ」とあり、本伝に「従子」とあるのにしたがうべきであろう。『三国志』巻二一魏書衛覬伝注に引く「尼別伝」に、「尼 少きより清才有り、文辭溫雅なり。初め州の辟きに應じ、後ち父の老いたるを以て、歸りて供養す。家に居ること十餘年、父終わり、晩れて乃ち出仕す」という。『隋志』には「晉太常卿潘尼集十卷」が録されるが、伝わらない。『文選』には詩が巻二四に三首、巻二六に一首採られている。また潘岳の死を悼んだ「給事黄門侍郎潘君の碑」は、おじの死を慟哭して名高い。『漢魏六朝百三名家集』に「潘太常集」、『古詩紀』巻二八、『全晉詩』巻八。『全晉文』巻九四・九五。

二 勖　『三国志』巻二一衛覬伝注に引く『文章志』に「勖 字は元茂。…（建安）二十年、東海相に遷り、未だ發せずして、留まりて尙書左丞を拜す。其の年病に卒し、時に年五十餘。魏公の九錫策命は勖の作る所なり」という。

三 東海相　東海は国名。現在の山東省から江蘇省にかけての沿海地域。

四 滿　『元和姓纂』巻四は「勖生芘・滿、芘生岳、滿生尼」とする。また前掲『文章志』には「勖の子 滿、平原太守たり、亦學行を以て稱せらる」という。本書「潘岳伝」注二参照。

五 清才　すばらしい才能。魏晉期からしばしば使われる語。『三国志』巻二一劉楨伝引『文士伝』に「楨の父は、名は梁、字は曼山、一に名を恭。少くして清才有り、文學を以て貴ばる」。

六 靜退　出世を求めず、物事に恬淡としていること。

七 安身論　名利を求め私欲を恣にする者が身を滅ぼし国を傾けることを非難し、無私の境地に至り、人と争わず修養に励んでこそ、身を安んずることができるのだ、と述べる。

八 淮南王允　二七二〜三〇〇。司馬允。武帝の子。本書「潘岳伝」注四五参照。

九 釋奠頌　元康三年（二九三）、皇太子が上庠（大学）で学び始める際に行われた釈奠の儀（孔子を祭る儀式）に捧げられた頌。

一〇 恤隱　民衆の苦しみに同情を寄せること。

一一 人事　ここでは、口利き、コネ、情実のこと。袁宏『後漢紀』殤帝紀に「儒生寡少にして、其の京師に在るものは經術に務めず、人事を競い、貨賄を争う」。

一二 乘輿箴　乘輿とは皇帝の乗る車、皇帝を換喩的に指示する。この文は、皇帝が日夜鑑戒とするために、歴代の成敗得失を述べて箴としたもの。

一三 趙王倫　司馬倫。?〜三〇一。八王の一。本書「潘岳伝」注四二参照。

一四 孫秀　?〜三〇一。本書「潘岳伝」注四一参照。

一五 拜掃墳墓　墓参りをすること、転じて郷里に帰ったことをいう。

一六 齊王冏　司馬冏。?〜三〇二。太祖文帝司馬昭の孫。八王の一。本書「潘岳伝」注四六参照。

一七 安昌公　安昌は、現在の湖北省襄樊市の東。

一八 三王　長沙王乂、成都王穎、河間王顒の三王。

一九 多故　争乱や災難の多いこと。

二〇 成皐　洛陽の東にある成皐関のこと。洛陽から潘尼の郷里の滎陽郡中牟県へ行く途中にある。

二一 塢壁　土塁を築いたとりで。隖壁。

（齋藤希史）

劉琨（二七一～三一八）

劉琨（りゅうこん）は、西晋から東晋にかけての動乱期に生きた詩人。若年期には賈謐（かひつ）をパトロンとする文学集団である「二十四友」の一人であったが、後には武人として不運な人生を送り、動乱に翻弄される者の深い悲しみをうたった。現存する作品は決して多くはないが、『文選』に収められる「扶風歌（ふふうか）」や盧諶（ろしん）との応酬詩が有名である。『詩品』中。

晉書卷六二　劉琨傳

[一]劉琨字越石、中山魏昌人、漢[二]中山靖王勝之後也。祖邁[三]、有經國之才、爲相國參軍・散騎常侍。父蕃[四]、淸高沖儉、位至光祿大夫。琨少得儁朗之目、與范陽祖納[五]俱以雄豪著名。年二十六、爲司隸從事。時征虜將軍石崇河南金谷澗中有別廬、冠絕時輩、引致賓客、日以賦詩。琨預其閒、文詠頗爲當時所許。祕書監賈謐參管朝政、京師[六]人士無不傾心。石崇[七]・歐陽建・陸機・陸雲之徒、並以文才降節事謐、琨兄弟亦在其閒、號曰「二十四友」。太尉高密王泰辟爲掾、頻遷著作郎・太學博士・尚書郎。…（略）[九]。

[一〇]永嘉元年、爲并州[一二]刺史、加振威將軍、領匈奴中郎將。琨在路[一一]上表曰…（略）。

朝廷許之。…（略）。

[一]劉琨 字は越石、中山魏昌の人、漢の[二]中山靖王勝の後なり。[三]祖の邁、經國の才有り、相國參軍・散騎常侍爲り、[四]父の蕃、清高沖儉、位は光祿大夫に至る。琨 少くして儁朗の目を得、范陽の[五]祖納と倶に雄豪を以て名を著す。年二十六にして、司隷從事爲り。時に征虜將軍石崇 河南の金谷澗の中に別廬有り、時輩に冠絶し、賓客を引き致して、日び以て詩を賦す。琨 其の間に預かり、文詠 頗る當時の許す所と爲る。祕書監賈謐 朝政を參管し、[六]京師の人士 心を傾けざる無し。[七]石崇・歐陽建・陸機・陸雲の徒、並びに文才を以て節を降して謐に事え、琨の兄弟も亦た其の間に在り、號して「二十四友」と曰う。太尉 高密王泰 辟して掾と爲し、頻りに著作郎・太學博士・尚書郎に遷る。…（略）。[九]
[一〇]永嘉元年、并州刺史と爲り、振威將軍を加えられ、匈奴中郎將を領す。[一一]琨 路に在りて上表して曰く…（略）。朝廷 之を許す。…（略）。[一二]

劉琨は、字は越石、中山魏昌（河北省）の人であり、漢の中山靖王勝の子孫である。祖父の邁には、国を治める才能があり、相国の参軍・散騎常侍となり、父の蕃は、謙虚な人柄で、位は光禄大夫に至った。琨は幼くして俊才の評判を得、范陽（河北省）の祖納とともに豪気さで有名になった。琨は二十六歳で、司隷従事となった。当時、征虜将軍の石崇は河南の金谷澗（河南省）に別荘があって、それは当時の人々のもののうちで最も豪奢であり、賓客を招いて、毎日詩を作っていた。琨はその場に連なり、詩文が当時にかなり認められるようになった。秘書監の賈謐が朝廷のまつりごとを取り仕切り、都の人士で（この人に）靡かない者はなかった。石崇・欧陽建・陸機・陸雲らは、みな文才により節を折って謐に仕え、琨の兄弟もまた彼らの仲間に加わっており、これらの人々を「二十四友」と呼んだ。太尉であった高密王泰が琨を招聘して掾とし、（その後）次々に著作郎・太学博士・尚書郎に移った。…（略）。

永嘉元年（三〇七）、并州（山西省）の刺史となり、振威将軍を加えられ、匈奴中郎将を兼任した。（琨は）赴任の途上で上表して次のように述べた。…（略）。
朝廷はこれを許可した。…（略）。

一 劉琨　伝記資料としては、この『晉書』の伝の他、『世説』に逸話九条が残されている。また『隋志』には、『晉太尉劉琨集九巻』並びに『劉琨別集十二巻』が著録されるが、現存する詩作品は四首のみであり、そのうち三首が『文選』に採られている。その詩風を『詩品』中は、王粲に源を発するものであり、才能に恵まれていたが、不運に見舞われたため世の乱れを悲しむ表現に秀でたと評し、『詩品』序でも「劉越石 清剛の氣を仗くし、厥の美を贊成す。然れども彼は衆く我は寡なく、未だ能く俗を動かさず」と言及される。また『文心雕龍』才略篇に「劉琨は雅壯にして風多く、盧諶は情發して理昭らかにして、亦た之を時勢に遇するなり」と評される。『全晉詩』巻一一、『全晉文』巻一〇八、『古詩紀』巻三一。

二 漢中山靖王勝　劉勝。?～前一一三。『史記』巻五九、『漢書』巻五三。前漢景帝の子。景帝三年（前一五四）に中山王となり、在位四十二年で没した。河北省満城県で発掘された墓からは、金縷玉衣をまとった劉勝夫妻の遺体が発見されている。百二十人余りの息子がいたとされ、後世、その子孫と称する者は多い。なお百衲本と和刻本はこの部分を「漢中山靜王勝」とする。

三 祖邁　未詳。

四 父蕃　生卒年、字未詳。『元和姓纂』巻五には「(中山靖王勝) 裔孫劉蕃、晉の宛陵令たり、太尉越石を生む」と記す。

五 祖納　字は士言。平北将軍の王敦の従事中郎、後には中護軍・太子詹事となり、晉昌公に封じられた。『晉書』巻六二祖逖伝。

六 京師人士　百衲本と和刻本は「京師人事」に作る。これならば、賈謐が都の種々の事柄で心を寄せないことはなかった、の意になる。

七 石崇・歐陽建・陸機・陸雲　本書の諸伝参照。「二十四友」は、本書「潘岳伝」注三一参照。なお『世説』仇隟篇2に、劉輿・琨兄弟が若年のころ、王愷に憎まれ、殺されかけたところを石崇に助けられたという逸話が見える。また兄輿は、?～三一九?。字は慶孫。弟の琨とともに若くして才能を評価され、斉王冏の執政時には中書侍郎となった。のちに東海王越と范陽王虓の挙兵に参加し、虓の没後は越の左長史となり、越に説いて琨を并州太守にさせた。洛陽陥落（三一一）の前に指疽を病み、四十七歳で没した。『晉書』巻六二劉琨伝附。

八 高密王泰　?～二九九。司馬泰。字は子舒。彭城穆王権の弟。武帝の封禅に際して隴西王に封じられたが、楚王瑋が誅殺された後、改めて高密王に封じられた。『晉書』巻三七。

九 その後、劉琨は斉王冏の執政下で重用され、冏の失脚後は范陽王虓の司馬となり劉喬らとの戦闘を重ねた。

一〇 永嘉元年　本伝には記載がないが、『晉書』巻五孝懐帝紀の永嘉四年十月の条に「平北将軍劉琨を平北大將軍と爲す」と記される。

二 路上表曰 「幷州刺史と爲りて壺關に到り上る表」。この表で琨は、当地の荒廃と人民の疲弊の状況を述べ、皇帝に理解と援助を求めている。

三 幷州刺史となった劉琨は、荒廃したこの土地の復興に努めつつ、劉元海（劉淵）の勢力を牽制し、また王浚や、元海の後を継いだ劉聡と戦った。さらに永嘉三年に琨は都督幷・冀（河北省）・幽（河北省）三州諸軍事に任命され、内部分裂して滅びた拓抜氏の兵馬を得るなどして力を蓄えて石勒と戦ったが、大敗し、援助を求めて、幽州刺史の段匹磾のもとへ赴いた。

* * *

是時西都不守、元帝[三]稱制江左、琨乃令長史溫嶠[四]勸進[五]、於是河朔征鎭夷夏一百八十人連名上表、語在元紀。令報[六]曰…（略）。建武元年、琨與匹磾[七]期討石勒[八]、匹磾推琨爲大都督、喢血載書、檄諸方守、倶集襄國。琨・匹磾進屯固安、以俟衆軍。匹磾從弟末波[九]納勒厚賂、獨不進、乃沮其計。琨・匹磾以勢弱而退。是歲、元帝轉琨爲侍中・太尉、其餘如故、幷贈名刀。琨答曰「謹當躬自執佩、馘截二虜」。

是の時 西都 守られず、[三]元帝 制を江左に稱し、琨 乃ち長史[四]溫嶠をして[五]勸進せしめ、是に於いて河朔の征鎭夷夏一百八十人 名を連ねて上表す、語は「元紀」に在り。[六]令報いて曰く…（略）。建武元年、琨 [七]匹磾と期して[八]石勒を討たんとし、匹磾 琨を推して大都督と爲し、血を喢り書を載せ、諸方守に檄して、倶に襄國に集わしむ。琨・匹磾進みて固安に屯し、以て衆軍を俟つ。匹磾が從弟[九]末波 勒の厚賂を納めて、獨り進まず、乃ち其の計を沮む。琨・匹磾 勢弱きを以て退く。是の歲、元帝 琨を轉じて侍中・太尉と爲し、其の餘は故の如し、幷びに名刀を贈る。琨 答えて曰く「謹みて當に躬から自から執り佩びて、二虜を馘し截るべし」と。

この当時、西都（長安）は守られず、元帝は江左（揚子江下流）で天子に代わって政治を行なっていたが、琨はそこで長史の温嶠に帝位に即くよう（元帝に）勧進させた。ここで河朔（河北省）の異民族と漢族の双方を含む征鎮の百八十人が名を連ねて上表文を奉り、その文面は「元帝紀」に記載されている。元帝が答えて令を下して言うには…（略）。

建武元年（三一七）に琨は匹磾と、石勒を討とうと約束し、匹磾は琨を推挙して大都督とし、血を啜って誓いの文書を書き記し、各地の太守たちにふれぶみを送って、襄国（河北省）に結集させた。琨と匹磾は進軍して固安（河北省）に駐屯し、（ほかの）軍を待った。匹磾の従弟である末波は勒からたくさんの賄賂を受け取って、一人だけ進軍せず、それがその計略の妨げとなった。琨と匹磾は軍勢の弱さのために退いた。この歳、元帝は琨を侍中・太尉に昇進させ、その他の待遇は従来のままとし、あわせて名刀を贈った。琨は答えて「謹んでみずから（この名刀を）身に佩び、二人の敵どもの首を切りましょう」と言った。

一三　元帝稱制江左　元帝は司馬睿。字は景文、宣帝の曾孫。咸寧二年（二七六）に洛陽で生まれる。永嘉元年（三〇七）、愍帝の平陽拉致を受けて建鄴（江蘇省南京市）に移り、正式に即位しないままで政治を執り行なった。本書「王羲之伝」注四参照。

一四　温嶠　字は太真。温羨の弟の子。劉琨の妻が彼の従母であったので琨の参軍となる。琨が大将軍になると、嶠は従事中郎・上党太守となり、石勒との戦いでしばしば軍功を挙げた。その後琨が司空となると、嶠は右司馬となって琨に信頼された。また琨の没後、嶠は、琨の忠誠を弁明する上表を行なった。その後は始安郡公に封じられたが、中風を発し、鎮に着いて十日も経たずに四十二歳で没した。『晋書』巻六七。なお劉琨が温嶠を使者として江南の元帝のもとへ行かせた際の逸話が『世説』言語篇35・36に記されている。

一五　勧進　天子としての公務を実質的に行いながら、即位を遠慮している人物に対して、臣下が即位を勧めること。『晋書』巻六元帝紀に収められた「勧進表」本文で劉琨は、乱れた世の中を立て直すために、人徳有る司馬睿（元帝）が即位し、漢族と異民族とをあわせて治めるよう求めている。

一六　令報曰　「劉琨の勧進に報う令」。「勧進表」への返答。世の乱れを収拾するべく皇位に即くことを受諾し、異民族と戦う劉琨らに寄せる信頼を述べる。

一七　匹磾　段匹磾（？～三二一）。東部鮮卑（内モンゴル自治区）の人。父務勿塵は東海王越への援軍の功績によって、王浚より親晋王とされ、遼西公に封じられ、さらに懐帝は務勿塵を大単于、匹磾を左賢王とした。劉曜が洛陽に迫ると、王浚の要請によって匹磾は弟の文鴦、従弟の末杯（末波）らを率いて襄国に石勒を討伐したが、石勒が破れてとりでに帰った時、末杯はその門内まで追撃して石勒に捕えられ、そこで石勒は末杯を人質として和議を結んだ。建武元年（三一七）に、匹磾と劉琨が石勒を討伐した際に末杯が進軍しなかったのは、この時の恩義に報いたのだという。その後末杯は自ら単于となり、彼に敗れた匹磾は、琨が自分を謀ることを懼れて殺害した。『晉書』巻六三、『魏書』巻一〇三、『北史』巻九八。

一八 石勒　二七四―？。字は世龍、上党武郷（山西省）の羯人。太興二年（三一九）に後趙を建国する。『晉書』巻一〇四・一〇五。

一九 末波　『晉書』の他の箇所では「末杯」と表記される（→注一七）。

＊　＊　＊

[20]匹磾奔其兄喪、琨遣世子羣[21]送之、而末波率衆要擊匹磾而敗走之、羣爲末波所得。末波厚禮之、許以琨爲幽州刺史、共結盟而襲匹磾、密遣使齎羣書請琨爲內應、而爲匹磾邏騎所得。時琨別屯故征北府小城、不之知也。因來見匹磾、匹磾以羣書示琨曰「意亦不疑公、是以白公耳」。琨曰「與公同盟、志奬王室、仰憑威力、庶雪國家之恥。若兒書密達、亦終不以一子之故負公忘義也」。匹磾雅重琨、初無害琨志、將聽還屯。其中弟叔軍[22]好學有智謀、爲匹磾所信、謂匹磾曰「吾胡夷耳、所以能服晉人者、畏吾衆也。今我骨肉構禍、是其良圖之日、若有奉琨以起、吾族盡矣」。匹磾遂留琨。琨之庶長子遵懼誅、與琨左長史楊橋[23]・并州治中如綏閉門自守。匹磾諭之不得、因縱兵攻之。琨將龍季猛迫於乏食、遂斬橋・綏而降。

初、琨之去晉陽也、慮及危亡而大恥不雪、亦知夷狄難以義伏、冀輸寫至誠、僥倖萬一。每見將佐、發言忼慨[24]、悲其道窮、欲率部曲死於賊壘。斯謀未果、竟爲匹磾所拘。自知必死、神色怡如也。爲五言詩[25]贈其別駕盧[26]諶曰…（略）。

琨詩託意非常、攄暢幽憤、遠想張陳[27]、感鴻門[28]・白登之事、用以激諶。諶素無奇略、以常詞酬和、殊乖琨心。[29]重以詩贈之、乃謂琨曰「前篇帝王大志、非人臣所言矣」。

匹磾[二〇] 其の兄の喪に奔り、琨 世子羣[二一]をして之を送らしめて、末波 衆を率いて匹磾を要え撃ちて敗りて之を走らしめ、羣 末波の得る所と爲る。末波 厚く之を禮し、琨を以て幽州刺史と爲さんと許して、共に盟を結びて匹磾を襲わんとし、密かに使いを遣して羣の書を齎して琨に內應を爲すを請い、而して匹磾が邏騎の得る所と爲る。時に琨 別に故の征北府の小城に屯し、之を知らざるなり。來たりて匹磾に見ゆるに因り、匹磾 羣の書を以て琨に示して曰く「意 亦た公を疑わず、是を以て公に白すのみ」と。琨曰く「公と同じく盟い、王室を奬けんと志す、仰ぎて威力に憑り、庶くは國家の恥を雪がんことを。若し兒の書 密かに達すれども、亦た終に一子の故を以て公に負き義を忘れざるなり」と。匹磾 雅より琨を重んじ、初めより琨を害する志無く、將に聽して屯に還さんとす。其の中弟[二二] 叔軍 學を好みて智謀有り、匹磾の信ずる所と爲り、匹磾に謂いて曰く「吾は胡夷なるのみ、能く晉人を服せしむるゆえんは、吾が衆を畏るればなり。今 我が骨肉 禍を構う、是れ其の良圖の日、若し琨を奉じて以て起こること有らば、吾が族 盡きん」と。匹磾 遂に琨を留む。琨の庶長子遵 誅を懼れて、琨の左長史[二三] 楊橋・幷州の治中如綏と門を閉じて自ら守る。匹磾之を諭せども得ず、因りて兵を縱ちて之を攻む。琨の將龍季猛 食の乏するに迫られて、遂に橋・綏を斬りて降る。

初め、琨の晉陽を去るや、危亡に及びて大恥雪がれざらんことを慮り、亦た夷狄の義を以て伏し難きことを知り、至誠を輸し寫ぎて、萬が一に僥倖せんことを冀う。將佐を見る毎に、言を發して慷慨し、其の道[二四] 窮まることを悲しみて、部曲を率いて賊壘に死せんことを欲す。斯の謀未だ果たさざるに、竟に匹磾の拘うる所と爲る。自ら必ず死せんことを知りても、神色怡如たり。[二五]五言詩を爲りて其の別駕[二六]盧諶に贈りて曰く…（略）。

琨の詩 意を託すること常に非ず、幽憤を攄暢し、遠く[二七]張陳を想い、[二八]鴻門・白登の事に感じて、用いて以て諶を激す。諶 素より奇略無くして、常詞を以て酬和し、殊に琨が心に乖く。[二九]重ねて詩を以て之に贈り、乃ち琨に謂いて曰く「前篇は帝王の大志、人臣の言うべき所にあらず」と。

匹磾がその兄の葬儀に赴き、琨は後継ぎの群にこれを送らせたが、末波は兵を率いて匹磾を迎え撃ち、これを敗走させ、群は末波に捕えられた。末波は手厚く彼をもてなし、琨を認可して幽州刺史とし、ともに同盟を結んで匹磾を襲撃しようとし、密かに使者を派遣して群の手紙を齎して、琨に内応するよう求めたが、匹磾の巡邏の騎兵に没収された。その時琨は別にもとの征北府の小城（北京市）に駐屯していて、このことを知らなかった。やって来て匹磾に面会すると、匹磾は群の手紙を琨に示して「やはり貴殿を疑ってはいないから、申しあげる」と言った。琨は「貴殿とともに誓いを立てて、王室をお助けすることを志しております。（貴殿の）お力におすがりして、国の恥をすすぎたいのです。息子の手紙が密かに届いていたとしても、やはり決してわが子だからといって貴殿に背いて恩義を忘れたりはいたしません」と言った。匹磾はもとから琨を重んじていたので、彼を殺す気は少しもなく、駐屯地に帰ることを認めようとした。その中弟の叔軍は学問を好みはかりごとに巧みで、匹磾に信用されていたのだが、（この人が）匹磾に「我々は夷狄であり、晋の人を服従させることができるのは、我々の兵力を恐れているからなのです。今 私の身内がことを構えようとしていますが、これこそ思案を巡らせるよい契機です。もし琨を奉じて戦を起こすことがあれば、我が一族は滅びるでしょう」と言った。匹磾はかくて琨をとどめた。琨の庶出の長子である遵は誅殺されることを懼れて、琨の左長史である楊橋・并州治中の如綏とともに門を閉じて立てこもった。匹磾はこれを諭したが説得できず、それで兵をつかわして攻撃した。琨の将である龍季猛は食糧が底をつきそうになって、橋・綏を斬って降伏した。

そのかみ、琨が晋陽を去った時には、滅ぶに及んでも国家の恥をすすげないことを憂い、また夷狄は正しい道によって服従させることが難しいことを知り、真心を十分に打ち明けて、万が一にも思いがけない成功を得られるよう願った。将軍佐官を見るごとに、心を高ぶらせて説き、その道が行き止まりであることを悲しみ、部隊を率いて敵の立てこもる砦で戦死したいと願った。（しかし）このはかりごとがまだ現実にならないうちに、匹磾に捕えられてしまった。自分がきっと死ぬだろうと分かっていたが、態度は平然としていた。五言詩を作って匹磾の別駕である盧諶に贈って言うには…（略）。

琨の詩には並外れた心境が託されており、心中に鬱積した憤りを述べ、遠く張陳の事跡に思いを馳せ、鴻門・白登の故事に心を動かして、これらの故事によって諶を奮い立たせようとした。（しかし）諶にはもともとすぐれた才略がなく、ありきたりの言葉を用いて酬和し、ひどく琨の心に背いた。重ねて詩を琨に贈り、そこで琨に「前の（琨の）詩の述べる帝王の大志は、臣下の言うべきことではありません」と言った。

二〇 匹磾奔其兄喪　太興元年（三一八）、遼西公疾陸眷が没し、弟である匹磾は薊から右北平へ葬儀に赴いたが、末波は匹磾が単于の位を奪おうとしているという名目で彼を撃破した。末波は、疾陸眷の後継者となっていた渉復辰とその子弟二百人余りを殺害し、自ら単于となった。『晋書』巻六三。

二一 世子羣　字は公度。父に従って晋陽に滞在して争乱に遭い、何度も討伐軍を率いた。父が殺されると、従事中郎の盧諶らは残っていた軍勢を率い、群を奉じて末波を頼った。咸康二年（三三六）に晋の成帝が群らを召し寄せたが、末波兄弟は路程の険しさを理由に行かせなかった。石季龍が遼西を滅ぼすと、群と盧諶は共に異民族のなかに留まり、季龍は彼らを優遇して群を中書令とした。冉閔が敗退した後、群も殺害された。『晋書』巻六二劉琨伝附。

二二 叔軍　未詳。

二三 楊橋…如綏…龍季猛　ともに未詳。

二四 悲其道窮　道が行き止まりであることを悲しむのは、阮籍の故事を踏まえるもの。本書「阮籍伝」注五三参照。

二五 五言詩　「重ねて盧諶に贈る詩」。すぐれた部下に恵まれて戦った過去の偉大な人々に思いを馳せ、それに対して自らは功績も立てられぬままに時を空しく過ごしていることを嘆く。なおこの詩に先立ち劉琨は「盧諶に答うる詩ならびに書」を書いて、天下の争乱とその中で弄ばれる自分とを悲しみ、盧諶が自分のもとを離れることを惜しみつつ、新しい上官である段匹磾によく仕えるよう、はなむけの言葉を贈っている。

二六 盧諶　もとは劉琨に仕えていたが、琨とともに段匹磾のもとに身を寄せた後、匹磾に別駕としてとりたてられ、琨のもとを去ることになった。その心苦しさを長編の「劉琨に贈る詩ならびに書」に表現している。本書「盧諶伝」参照。

二七 張陳　漢の高祖劉邦の参謀である張良と陳平。

二八 鴻門・白登之事　詩中の「白登　曲逆に幸し、鴻門　留侯を頼る」の句の表現を踏まえる。漢と楚が戦った際に漢の高祖劉邦が楚の項羽とまみえた「鴻門」の会で劉邦が部下の張良（留侯）を頼みとし、「白登」での包囲から逃れた劉邦が陳平の領地である曲逆に立ち寄ったことを言う。

二九 重以詩贈之　盧諶はこれに先立って「劉琨に贈る詩ならびに書」を書いている。注二五・二六および本書「盧諶伝」参照。

* * *

然琨既忠於晉室、素有重望、被拘經月、遠近憤歎。匹磾所署代郡太守辟閭嵩[三〇]、與琨所署雁門太守王據・後將軍韓據連謀、密作攻具、欲以襲匹磾。而韓據女爲匹磾兒妾、聞其謀而告之匹磾、於是執王據・辟閭嵩及其徒黨悉誅之。會王敦[三一]密使匹磾殺琨、匹磾又懼衆反己、遂稱有詔收琨。初、琨聞敦使至、謂其子曰「處仲使來而不我告、是殺我也。死生有命、但恨讎恥不雪、無以下見二親耳」。因歔欷不能自勝。匹磾遂縊之、時年四十八。子姪四人俱被害。朝廷以匹磾尚强、當爲國討石勒、不擧琨哀。

三年、琨故從事中郎盧諶・崔悅[三二]等[三三]上表理琨曰…（略）。

太子中庶子溫嶠又上疏理之、帝乃下詔曰「故太尉・廣武侯劉琨忠亮開濟[三四]、乃誠王家、不幸遭難、志節不遂、朕甚悼之。往以戎事、未加弔祭。其下幽州、便依舊弔祭」。贈侍中・太尉、諡[三五]曰愍。

琨少負志氣、有縱横之才、善交勝己、而頗浮誇。與范陽祖逖[三六]爲友、聞逖被用、與親故書曰「吾枕戈待旦、志梟逆虜。常恐祖生先吾著鞭」。其意氣相期如此。在晉陽、嘗爲胡騎所圍數重、城中窘迫無計、琨乃乘月登樓淸嘯、賊聞之、皆悽然長歎。中夜奏胡笳、賊又流涕歔欷、有懷土之切。向曉復吹之、賊並棄圍而走。子羣嗣。

然れども琨既に晉室に忠にして、素より重望有り、拘えられて月を經、遠近憤歎す。匹磾が署する所の代郡の太守[三〇]辟閭嵩、琨が署する所の雁門太守王據・後將軍韓據と與に謀を連ねて、密かに攻具を作り、以て匹磾を襲わんと欲す。而るに韓據が女 匹磾の兒の妾爲り、其の謀を聞きて之を匹磾に告げ、是に於いて王據・辟閭嵩及び其の徒黨を執らえて悉く之を誅す。王敦が密かに匹磾をして琨を殺さしむるに會し、匹磾 又た衆の己に反かんことを懼れ、遂に詔有りと稱して琨を收う。初め、琨 敦の使い至ると聞きて、其の子に謂いて曰く「處仲が使い來たるも吾に告げざるは、是れ我を殺さんとするなり。死生命有り、但だ恨むらくは讎恥 雪がず、以て下りて二親に見ゆること無きのみ」と。因りて歔欷して自ら勝う能わず。匹磾 遂に之を縊る、時に年四十八。子姪四人 倶に害せらる。朝廷 匹磾の尙お強くして、當に國の爲に石勒を討つべきを以て、琨が哀を擧げず。

三年、琨の故の從事中郎盧諶・崔悅等 上表して琨を理して曰く…（略）。太子中庶子溫嶠 又た上疏して之を理し、帝 乃ち詔を下して曰く「故の太尉・廣武侯劉琨 忠亮開濟、王家に乃誠あり、不幸にして難に遭いて、志節遂げず、朕 甚だ之を悼む。往に戎事を以て、未だ弔祭を加えず。其れ幽州に下し、便ち舊に依りて弔祭せよ」と。侍中・太尉を贈る、謚して愍と曰う。

琨 少くして志氣を負み、縱橫の才有り、善く己に勝るるに交わる、而れども頗る浮誇なり。范陽の祖逖と友爲り、逖の用いらるるを聞きて、親故に書を與えて曰く「吾 戈を枕にして旦を待ち、逆虜を梟せんことを志す。常に恐るらくは祖生の吾に先んじて鞭を著せんことを」と。其の意氣 相い期すること此くの如し。晉陽に在り、嘗て胡騎の圍む所と爲ること數重、城中 窘迫して計無し、琨 乃ち月に乘じて樓に登りて淸嘯し、賊 之を聞きて、皆な悽然として長歎す。中夜に胡笳を奏し、賊 又た涕を流して歔欷し、土を懷うの切なる有り。曉に向んとして復た之を吹き、賊 並びに圍を棄てて走る。子羣 嗣ぐ。

しかし琨は晉の王室に忠義をつくして、平素から甚だ人望があったので、捕えられて一月も経つと、遠方の者も近くの者も憤り嘆いた。匹磾の任命した代郡の太守である辟閭嵩は、琨の任命した雁門の太守である王抶・後将軍の韓抶とともに、密かに兵器を作り、それで匹磾を襲おうとした。しかし韓抶の娘が匹磾の息子の側室となっており、そのはかりごとを聞いてこれを匹磾に告げた。（匹磾は）そこで王抶・辟閭嵩およびその徒党を捕えて悉く殺してしまった。また王敦が密かに匹磾に琨を殺させようとすると、匹磾はまた兵が自分に背くことを恐れ、詔が下されたと偽って琨を拘束した。琨は敦の使者がやって来たと聞き、息子に「処仲の使者がやって来たのに私に告げないのは、私を殺そうとしているのだ。死ぬのにも生きるのにも天命がある、ただ無念なのは仇を討つことができなかったことであり、泉下で両親に合わせる顔がない」と言った。そのためにすすり泣いてこらえることができなかった。匹磾がついに彼を絞め殺したが、時に四十八歳であった。息子と甥の四人も一緒に殺された。朝廷は匹磾がまだ勢力を維持し、国のためにに石勒を討伐するべきであるとして、琨の喪を行わなかった。

大興三年（三二〇）、琨の生前の従事中郎であった盧諶・崔悦らが上表文を奉って琨のことを弁明して言うには…（略）。

太子中庶子の温嶠がさらに上表文を奉って琨のことを弁明し、帝はそこで詔を下して「もと太尉・広武侯であった劉琨は国家を広く治めようとする心を持ち、皇室に忠誠を尽くしたが、不幸にして災難に遭ったため、志を遂げることができず、余は彼に対して深く哀悼の意を表する。さきには戦のために、弔いをしてやっていない。幽州に下して、旧来のままで弔祭を行うように」と仰せになった。侍中・太尉を贈り、愍と諡した。

琨は幼少のころから志し高く、縦横の才知があり、自分よりも優れた人物と付き合ったが、非常に大風呂敷であった。范陽の祖逖と友達であったが、逖が登用されると聞き、親しい人に手紙を送って「私は鉾を枕にして夜明けを待ち、夷狄をさらし首にすることを志しております、常に恐れておりますのは祖生が私よりも先に着手することです」と述べた。その意気込みはこのようであった。晋陽にいたころ、夷狄の騎兵に幾重にも包囲され、城内では差し迫った状態になっても打開策がなかったところへ、琨が月夜に乗じて楼台に登り清らかな声で嘯くと、敵はこれを聴いて、みなしんみりして嘆息した。夜半に胡笳を奏でると、敵はさらに涙を流してむせび泣き、故郷への思いを痛切にした。夜が明けようとするころふたたびこれを吹くと、敵はみな囲みを放棄して逃走した。子の群が後継ぎとなった。

三〇 辟閭嵩…王據…韓據　ともに未詳。

三一 王敦　二六六～三二四。字は処仲、司徒王導の従父兄。琅邪臨沂（山東省）の人。武帝の襄城公主を妻とし、附馬都尉を拝した。永嘉元年（三〇七）に中書監となり、元帝期に王導とともに政治を補佐するが、後に反乱を起こした。『晋書』巻九八。

三二 崔悦　未詳。

三三 上表理琨曰　盧諶「劉司空を理する表」。劉琨が武人として異民族と戦い続けた経歴とその時々の状況を振り返り、琨がいかなる局面においても晋への忠誠を貫こうとしていたと説いて、皇帝の理解を求める。

三四 乃誠　忠誠のこと。『晋書』巻六元帝紀に収められた劉琨「勧進表」に、元帝に即位を勧めて「是を以て其の乃誠を陳べ、之を執事に布く」と述べている。

三五 諡曰愍　鄭樵『通志』諡略中諡法に「愍」など十四字について「之を閔傷に用う。之を後無き者に用う」と記す。

三六 祖逖　二六六～三二一。字は士稚、范陽の人。前出の祖納の異母兄。劉琨と共に司州主簿となり、意気投合した。斉王冏の大司馬掾、また長沙王乂の驃騎祭酒となり、主簿に転じ太子中舎人、豫章王の従事中郎に至った。その後鎮西将軍にまで進められたが、五十六歳で急死した。『晋書』巻六二祖逖伝。なお『世説』賞誉篇43には琨が祖逖の快活さを誉めて、「若いころから王敦に感嘆されたものだ」と言った逸話が見える。

〔参考文献〕

趙天瑞『劉琨集』（一九九六年　天津古籍出版社）

後藤秋正「劉琨小論―「答盧諶」詩を中心として」（『漢文学会会報』三四　一九七五年）

（湯　浅　陽　子）

郭璞（二七六〜三二四）

郭璞は、晋の文人。永嘉の戦乱を避けて南渡し、卜筮の術により東晋初めの権力者たちに重んじられたが、王敦の記室参軍となり、その反乱の失敗を予言して殺された。史書には超人的な予言者としての逸話が多く記載されるが、卜筮や五行・天文暦法に通暁するのみならず、古典にも造詣が深く、『毛詩』『爾雅』『方言』『楚辞』『山海経』『水経』などに注した。詩には「遊仙詩」十四首（うち七首は『文選』巻二一所収）、賦には「江賦」（『文選』巻一二）などがある。『詩品』中。

晋書巻七二　郭璞傳

郭璞[一]字景純、河東聞喜人也。父瑗、尚書都令史[二]、時尚書杜預[三]有所增損。瑗多駁正之、以公方著稱。終於建平太守。璞好經術[四]、博學有高才、而訥於言論、詞賦爲中興之冠。好古文奇字、妙於陰陽算曆。有郭公者、客居河東、精於卜筮、璞從之受業[五]。公以青囊中書九卷與之[六]、由是遂洞五行・天文・卜筮之術、攘災轉禍、通致無方、雖京房[七]・管輅[八]不能過也[九]。璞門人趙載嘗竊青囊書、未及讀、而爲火所焚。

惠[一〇]・懷之際、河東先擾。璞筮之、投策而嘆曰「嗟乎[一一]、黔黎將湮於異類、桑梓其翦爲龍荒乎[一二]」。於是潛結姻昵及交遊數十家、欲避地東南。抵將軍趙固[一四]、會固所乘良馬死[一五]、固惜之、不接賓客。璞至、門吏不爲通。璞曰

「吾能活馬」。吏驚入白固。固趨出、曰「君能活吾馬乎」。璞曰「[一六]得健夫二三十人、皆持長竿、東行三十里、[一七]有丘林社廟者、便以竿打拍、當得一物、宜急持歸。得此、馬活矣」。固如其言、果得一物似猴、持歸。此[一八]物見死馬、便噓吸其鼻。頃之馬起、奮迅嘶鳴、食如常、不復見向物。固奇之、厚加資給。

[一九]行至廬江、太守胡孟康被[二〇]丞相召爲[二一]軍諮祭酒。時江[二二]淮清宴、孟康安之、無心南渡。璞爲占曰「敗」。康不之信。璞將促裝去之、愛主人婢、無由而得、乃取小豆三斗、繞主人宅散之。主人晨見赤衣人數千圍其家、就視則滅、甚惡之、請璞爲卦。璞曰「君家不宜畜此婢、可於東南二十里賣之、愼勿爭價、則此妖可除也」。主人從之。璞陰令人賤買此婢。復爲符投於井中、數千赤衣人皆反縛、一一自投於井、主人大悅。璞攜婢去。後數旬而廬江陷。

璞既過江、宣城太守殷祐[二三]引爲參軍。……(略)[二四]。祐遷石頭督護、璞復隨之。……(略)[二五]。[二六]王導深重之、引參己軍事。嘗[二七]令作卦、璞言「公有震厄、可命駕西出數十里、得一柏樹、截斷如身長、置常寢處、災當可消矣」。導從其言。數日果震、柏樹粉碎。……(略)[二八]。

璞著江[二九]賦、其辭甚偉、爲世所稱。後復作南郊[三〇]賦、帝見而嘉之、以爲著作佐郎。于時陰陽錯繆、而刑獄繁興、璞上[三一]疏曰……(略)。疏奏、優詔報之。

其後日有黑氣、璞復上[三二]疏曰……(略)。

頃之、遷尚書郎。數言便宜、多所匡益。明帝[三三]之在東宮、與溫嶠[三四]・庾亮[三五]並有布衣之好、璞亦以才學見重、埒於嶠・亮、論者美之。然性輕易、不修威儀、嗜酒好色、時或過度。著作郎[三六]干寶[三七]常誡之曰「此非適性之道也」。璞曰「吾所受有本限、用之恆恐不得盡、卿乃憂酒色之爲患乎」。

璞既好卜筮、縉紳多笑之。又自以才高位卑、乃著客傲[三八]、其辭曰……(略)。

永昌元年、皇孫生、璞上疏曰[三九]…（略）。疏奏、納焉、卽大赦改年[四〇]。…（略[四一]）。

[一]郭璞字は景純、河東聞喜の人なり。父瑗[二]尙書都令史たり、時に尙書杜預[三]增損する所有り。瑗多く之を駁正し、公方を以て著稱せらる。建平太守に終わる。璞[四]經術を好み、博學にして高才有り、而して言論に訥にして、詞賦は中興の冠爲り。古文奇字を好み、陰陽算曆に妙なり。郭公なる者有りて、河東に客居し、卜筮に精し。璞[五]之に從いて業を受く。公『青囊中書』[六]九卷を以て之に與え、是に由りて遂に五行・天文・卜筮の術に洞らかにして、災を攘い禍を轉じて、通致無方、京房[七]・管輅[八]と雖も過ぐる能わざるなり[九]。璞の門人趙載嘗て『青囊書』を竊み、未だ讀むに及ばずして、火の焚く所と爲る。

[一〇]惠・懷の際、河東先ず擾る。璞之を筮し、策を投じて歎じて曰く「嗟乎[一一]、黔黎將に異類に湮み、桑梓其れ翦られて龍荒[一二]と爲らんか」と。是に於いて[一三]、潛かに姻昵及び交遊數十家と結び、地を東南に避けんと欲す。將軍[一四]の趙固[一五]に抵る。會たま固乘る所の良馬死し、固之を惜しみて、賓客に接せず。璞至るに、門吏爲に通ぜず。璞曰く「吾能く馬を活かす」と。吏驚き入りて固に白す。固趨り出でて曰く「君能く吾が馬を活かさんか」と。璞曰く「健夫二三十人[一六]を得、皆な長竿を持たしめ、東に行くこと三十里にして、丘林社廟[一七]なる者有れば、便ち竿を以て打拍すれば、當に一物を得べし、宜しく急ぎ持ち歸るべし。此を得れば、馬活らん」。固其の言の如くす、果して一物の猴に似たるを得、持ち歸る。此の物[一八]死馬を見て、便ち其の鼻を噓吸す。頃之くして馬起ちて、奮迅嘶鳴し、食すること常の如し、復た向の物を見ず。固之を奇とし、厚く資給を加う。

[一九]行きて廬江に至る。太守胡孟康、丞相に[二〇]召されて軍諮祭酒[二一]と爲る。時に江淮[二二]淸宴にして、孟康之に安んじ、心南渡に無し。璞爲に占いて曰く「敗」と。康之を信ぜず。璞將に促裝して、之を去らんとす。主人の婢を愛するも、

由りて得る無し。乃ち小豆三斗を取り、主人の宅を繞りて之を散らす。主人 晨に、赤衣の人數千其の家を圍むを見、就きて視れば則ち滅ゆ。甚だ之を惡み、璞に請いて卦を爲さしむ。璞曰く「君の家宜しく此の婢を畜うべからず、東南二十里に於いて之を賣るべし、愼みて價を爭う勿れ、則ち此の妖 除くべきなり」と。主人之に從う。璞 陰かに人をして賤く此の婢を買わしむ。復た符を爲り井中に投ず、數千の赤衣の人皆な反縛し、一一自ら井に投ず、主人大いに悅ぶ。璞 婢を攜えて去る。後數旬にして廬江陷つ。

璞 既に江を過ぎ、宣城太守[二三]殷祐 引きて參軍と爲す。…(略)。[二四]祐 石頭督護に遷り、璞 復た之に隨う。…(略)。[二五]

[二六]王導深く之を重んじ、引きて己が軍事に參ぜしむ。[二七]嘗て卦を作さしむるに、璞言う「公 震厄有り、駕を命じて西に出ずること數十里にして一柏樹を得、截斷して身の長の如くし、常の寢處に置くべし、災 當に消ゆべし」と。導 其の言に從う。數日ありて果して震して、柏樹粉碎す。…(略)。[二八]

璞「[二九]江の賦」を著す。其の辭 甚だ偉にして、世の稱する所と爲る。後復た「[三〇]南郊の賦」を作る。帝 見て之を嘉し、以て著作佐郎と爲す。時に陰陽錯繆して、刑獄繁く興る、璞[三一]上疏して曰く…(略)。疏奏せられ、優詔もて之に報ゆ。

其の後 日に黑氣有り、璞復た[三二]上疏して曰く…(略)。

頃之くして、尙書郎に遷る。數しば便宜を言いて、匡益する所多し。[三三]明帝の東宮に在るや、[三四]溫嶠・[三五]庾亮と並びに布衣の好み有り、璞も亦た才學を以て重んぜられ、嶠・亮に埒し、論ずる者之を美とす。然れども性輕易にして、威儀を修めず、酒を嗜み色を好むこと、時に或いは度を過ぐ。著作郎[三六]干寶[三七]常て之を誡めて曰く「此れ性に適するの道に非ざるなり」と。璞曰く「吾が受くる所 本限有り、之を用て恆に盡くすを得ざらんことを恐る、卿乃ち酒色の患を爲さんことを憂うるか」と。

璞 既に卜筮を好み、縉紳多く之を笑う。又た自ら才高く位卑きを以て、乃ち「[三八]客傲」を著す。其の辭に曰く…(略)。

永昌元年、皇孫生まる。璞上疏して[39]曰く…（略）。疏奏せられ、これを納れ、即ち大赦改年す[40]。…（略）[41]。

郭璞は字を景純といい、河東聞喜（山西省）の人である。父瑗は尚書都令史であった、時に尚書の杜預が何かと制度を改めたので、瑗はしばしば、その非を論じて正し、公正さで知られ、最後は建平（四川省）の太守だった。璞は経学を好み、博学ですぐれた才能を持ち、訥弁であったが、辞賦では中興の第一人者であった。古文奇字を好み、陰陽暦法に詳しかった。郭公という者がいて、河東に旅住まいし、卜筮に精通していた。璞は郭公について教えを受け、郭公は『青嚢中書』九巻を璞に与えた。璞はこれによって、五行・天文・卜筮の術に通じて、災厄を除き、福に転じるなど、あらゆる方面に通暁し、京房・管輅でもかなわないほどだった。璞の門人の趙載が『青嚢書』を盗んだことがあったが、まだ読まないうちに、焼けてしまった。

恵帝（二九〇〜三〇六）から懐帝（三〇七〜三一二）にかけての頃おい、河東に先ず戦乱が起こった。璞は筮竹で占ったが、筮竹を投げて嘆き、「ああ、人民は夷狄に埋没し、故郷は夷狄に蹂躙されるのか」といった。そこで、こっそりと近い親戚や友人の数十家と語らって、東南に避難しようとした。将軍趙固に遭遇したが、ちょうど、固の乗用の良馬が死に、固はそれを残念がって、客に会わなかった。璞が出向くと、門吏は取り次がなかった。璞が「私は馬を生き返らせることができます」といったところ、吏は驚いて中に入って固に告げた。固は走り出て、「あなたは私の馬を生き返らせることができるのか」というと、璞は「元気な若者二、三十人に、めいめい長い竿を持たせ、東に三十里行くと、社の森が有りますが、竿を打ち鳴らせば、ある物がつかまるはずですから、急いで連れて帰りなさい。これが手に入れば、馬は生き返ります」といった。固がその言葉通りにすると、果たして猴に似たものがつかまり、連れて帰った。このものは死んだ馬を見ると、その鼻に息を吹き込んだ。しばらくすると、馬は起き上がり、奮い立って嘶き、普段と同じように餌を食べたが、先程のものはもう見えなくなっていた。固はこれを非常に有り難く思い、手厚く礼をした。

途中、廬江（安徽省）までくると、太守の胡孟康が、丞相に軍諮祭酒に任じられていたが、当時、長江・淮河流域の情勢は落ち着いていたので、孟康はそれに安んじ、南に渡る気は全くなかった。璞は孟康のために占い、「凶」といったが、孟康は信じなかった。璞は急いで旅装を整え、立ち去ろうとしたところ、主人の婢が気に入ったものの、得るすべがなく、小豆三斗を主人の宅の周りに播いた。主人は明け方、赤い衣を着た人数千が自分の家を取り囲むのが見えたので、近づいてよく見ると消えてしまった。そこで、たいへん気味悪がって、璞に頼んで筮で占わせた。璞は、「あなたのお宅にこの婢を置いてはいけません。東南二十里のところで、売りなさい、決して値段に文句を付けてはいけません。そうすれば、この怪を除くことができます」といった。主人はその通りにした。璞はこっそりと人をやって安値で婢を買わせ、さらに、おふだを作って井戸の中に投げこむと、数千の赤い衣を着た人々は皆後ろ手に縛られ、一人ずつ井戸に自ら身を投げた。主人は非常に喜んだ。璞は婢を連れて去った。その後、数十日して廬江は陥落した。

璞が長江を渡った後、宣城（安徽省）太守の殷祐が召して参軍とした。…（略）。祐は石頭督護にうつり、璞もつきしたがった。…（略）。

王導は郭璞を非常に重んじ、召して軍事に参与させた。ある時、卦をたてさせると、璞が「あなたには震災の厄があります。馬車を命じて西へ数十里のところに出掛ければ、檜が一本あるので、背の高さと同じくらいにきり、いつもお寝みになるところに置きなさい。そうすれば、災いは消えるはずです」といった。導はその言葉通りにした。数日して果たして地震が起こり、檜は粉々に砕けた。…（略）。

璞は「江の賦」を作った。その文辞は非常に立派で、世間で評判になった。その後、さらに「南郊の賦」を作ると、帝はそれを読んで賞め、璞を著作佐郎にした。そのころ、天体の運行が不順で頻繁に刑罰が下され、裁判が行われた。璞は次のような疏を上った。…（略）。疏が奏上されると、優渥なる詔でお答えがあった。

その後、太陽に黒い気が現れ、璞はまた次のような疏を上（たてまつ）った。…（略）。

璞は、しばらくして、尚書郎に移り、しばしば時宜に適ったことをいって、弊害を正し益するところが多かった。明帝が皇太子であった時、温嶠（おんきょう）・庾亮（ゆりょう）と身分をこえたつきあいをし、璞も才能・学識によって尊重されて、嶠・亮と同じように遇されていた。人はそれを褒めた。しかし、璞は性格が軽薄で、礼儀を弁えず、時々度を越して酒や色に溺れることがあった。著作郎の干宝がある時、璞を誡めて「これは性に適った生き方ではありません」といったところ、璞は「私の命数には限りが有り、私は、この限りある命分を思う存分に生きられないことを常に恐れているのです。あなたはといえば、酒色の害を思い煩うのですか」といった。

璞は卜筮を好んだが、士大夫はこれをあざ笑うことが多く、また自ら高い才能に比して位が低いと思い、「客傲」を作った。その文は以下のようである。…（略）。

永昌元年（三二二）、皇帝に孫が生まれた。璞は次のような疏を上った。…（略）。疏が上奏されると、聞き入れられ、ただちに大赦・改元が行われた。…（略）。

一 郭璞　伝記としては、このほか、『世説』文学篇76注に引く王隠『晋書』璞別伝、術解篇7引く璞別伝、術解篇8引く王隠『晋書』、『文選』巻一二「江賦」李善注引く臧栄緒『晋書』など、断片的に残るものがある。『晋書』では、本伝のほか、康帝紀・簡文帝紀・恭帝紀・天文志中・五行志中・王導伝附子薈伝・庾亮伝・桓彝伝・王羲之伝附許邁伝・王隠伝・顔含伝・外戚伝・藝術伝・桓温伝に郭璞の事跡が見えるが、王隠伝以外は全て、占筮に関する記載で、『世説』術解篇に見える占筮にまつわる逸話も全て『晋書』本伝に見える。占筮を行う術士としての郭璞は、『捜神記』『後捜神記』にも登場し、『神仙伝』（『太平広記』巻一三引、現行本巻九）では「兵解」して「水仙伯」になったとされる。その文学は、『詩品』に「潘岳を憲章し、文體相い輝き、彪炳翫ずる可し。始めて永嘉平淡の體を變ず。故に中興第一と稱せらる」と評され、『南史』巻五九江淹伝の「五色の筆」の逸話からも窺えるように、同時代の人々からは華麗な文体が評価されていた。『隋志』に『晋弘農太守郭璞集』十七巻が著録され、輯本としては『漢魏六朝百三名家集』に『郭弘農集』二巻が収められている。

二 尚書都令史　『通典』巻二二「歴代都事主事令史」に「都事、晉に尚書都令史八人有り、秩は二百石、左右丞と都臺の事を總知す」とある。

三 杜預　二二二～二八四。字は元凱、京兆杜陵（陝西省）の人。『晋書』巻三四の本伝に、「預内に在ること七年、損益萬機、勝げて數うべからず。朝野 美を稱し、號して杜武庫と曰う。其の有らざる所無きを言う也」とあるように、様々な政策を実施した有能な官僚であったばかりでなく、羊祜の後を承けて鎮南大将軍・都督荊州諸軍事となり襄陽（湖北省）に鎮し、太康元年（二八〇）には、呉の平定に成功した。自ら「左傳癖有り」と称し、『春秋左氏伝経伝集解』を著す。「増損」の詳細については本伝のほか、律暦志下・礼志中・食貨志などを参照。

四 璞好經術…　『世説』文学篇76注引く「璞別伝」に「璞 奇博多通、文藻粲麗、才學賞豫、上流に参ずるに足る。而るに言に訥にして、造次の詠語は常人異なる無し」。また、『太平広記』巻一三、神仙一三に「出神仙伝」として「周識博聞にして出世の道鑒有り。天文地理、龜書龍圖、爻象讖緯、安墓卜宅、微を窮めざる莫し。善く人鬼の情状を測る。李弘範林『明道論』（明鈔本「林」上に「翰」字有り）に『景純 遂寄を善くし、綴文の士は皆な同に之を宗とす』」とある。

五 璞従之受業　『中古文学繫年』では、璞の二十歳前後のころのことと考え、「二九五年、郭公に従いて業を受く」とする。

六 青嚢中書　『隋志』には見えない。『郡斎読書志』衢本巻十四・五行類に郭璞撰として「青嚢補注三巻」を著録するが、「葬書」の類らしく、偽書の可能性が高い。

七 京房　紀元前七七～三七。本姓は李、字は君明、東郡頓丘の人。焦延寿に易を学び、元帝の時、博士となったが、しばしば災異説により時の政治の得失を論じたため、石顕らに憎まれて魏郡太守に遷され、まもなく獄死した。『漢書』列伝巻四五に伝があり、儒林伝にも見える。

八 管輅　二〇八～二五六。字は公明、三国魏の平原（山東省）の人。幼時より天文を好み、長じて『周易』に通じて卜筮をよくした。京房易の流れをくむ。官は少府丞に至る。『三国志』巻二九方技伝中。

九 不能過也　『晋書』巻七六王廙伝所収の王廙の上疏に「璞の爻筮、京房・管輅と雖も過ぎざる也」、また、『世説』術解篇8注引く王隠『晋書』に「璞の消災轉福・扶厄擇勝、時人咸な京・管及ばずと言う」。なお、『晋書』巻九五芸術伝中の杜不愆伝には郭璞の外孫杜不愆の占筮を評して「管・郭の奇と雖も、何を以てか此に尙えん」と、管輅と郭璞を併称する表現が見える。

一〇 惠・懷之際、河東先擾　『文選』巻二一詩乙・遊仙「游仙詩」「青溪千餘仞、中に一道士有り」の李善注引く庚仲雍『荊州記』に「臨沮縣に青溪山有り、山の東に泉有り、泉の側に道士の精舎有り。郭景純嘗て臨沮縣を作む、故に『游仙詩』は青溪の美を嗟す」、『晋書斠注』に『寰宇記』一百四十五庚仲雍『荊州記』に『臨沮縣清溪山、山の東に泉有り。晉の郭璞臨沮長爲りて、常に此こに游ぶ』。『游仙詩』を賦して『青溪千餘仞、中に一道士有り』と云うは、卽ち此れ也。案ずるに璞の臨沮長爲るは、傳に見えず、當に江を過ぐるの前に在るべし」などとあることから、『中古文学繫年』は、郭公に師事した五年ほど後のことと仮定して、「三〇〇年、爲臨沮長」とする。

一一 嗟乎…　『世説』術解篇7引く璞別伝は「黔黎將に異類に同ぜん矣」、胡一桂『周易発明啓蒙翼伝』外伝（通志堂経解所収）引く郭氏洞林上巻之首は「嗟乎、黔黎 時に異類に漂い、桑梓の邦 其れ其の魚と爲らんか」に作る。

一二 龍荒　荒涼とした土地のこと。『漢書』叙伝下「龍荒幕朔、庭に來たらざる莫し」顔師古注に「孟康曰く『白龍堆の荒服沙幕を謂う也』、師古曰く『龍は、匈奴 天を祭るの龍城、白龍堆を謂うには非ざる也、…』」。

一三 於是潛結姻昵…　『世説』術解篇7引く璞別伝に「便ち親暱十餘家と結び、南のかた江を渡り、暨陽に居る」、『周易発明啓蒙翼伝』外伝引く郭氏洞林上巻之首に「是に於て、潛かに姻 妮に命じ密かに交わりて數十家を得、與に共に流遁す、…」。

一四 抵將軍趙固、…　趙固の馬を蘇生させる話は、『太平御覧』巻八九七に引く『続捜神記』、『藝文類聚』巻九三に引く『捜神記』、『太平広記』巻四三五に引く『捜神記』、また、現行二十巻本『捜神記』巻二および現行本『捜神後記』巻二にも見える。

一五 趙固　生卒年未詳。劉淵・劉聡の将だったが、後、李矩に降服し、その傘下に入る。その事跡は『晋書』巻五孝愍帝紀・巻三五裴楷伝・巻六三李矩伝・巻一〇一載記（劉元海伝）巻一〇二載記（劉聡伝）巻一〇四載記（石勒伝上）などに散見する。

一六 得健夫二三十人、皆持長竿　『捜神記』（現行二十巻本、『藝文類聚』『太平広記』所引）は「數十人を遣りて竹竿を持たしむべし」。

一七 有丘林社廟者　『太平御覧』引く『続捜神記』は「當に丘陵林樹の、狀　社廟の若き有るべし」（現行本『捜神後記』は「丘」を「邱」に作る）。現行二十巻本『捜神記』巻三は「山林陵樹有り」、『藝文類聚』所引は「當に丘陵林樹有るべし」、『太平広記』所引は「山陵林樹有り」。

一八 此物見死馬、便噓吸其鼻　『捜神記』は「門に入りて死馬を見、跳梁し走りて死馬の頭に往き、其の鼻を噓吸す」（現行二十巻本、『藝文類聚』『太平広記』所引）、『太平御覧』引く『捜神後記』は「門に入り、此の物 遙かに死馬を見て、便ち跳梁して往かんと欲す。璞之を放たしむ。此の物便ち自ら走りて馬頭の間に往き、其の鼻を噓吸す」（現行本は「入門」二字無し）。

一九 行至廬江…　胡孟康の婢を騙し取る話は現行二十巻本『捜神記』巻三にも見える。

二〇 丞相　『中古文学繫年』では、「丞相」を琅邪王睿を指すとし、司馬睿が丞相になったのが建興元年（三一三）であることから、「三一三年、爲殷祐參軍」とするが、注二三に見るように郭璞は永嘉五年（三一一）以前に殷祐の参軍になっている。この「丞相」は永興元年（三〇四）に丞相となり光熙元年（三〇六）に殺された成都王穎か。

二一 軍諮祭酒　司馬師の諱を避けて軍師祭酒から改名。諸将軍府に置かれ、位は僚佐の上にあった。司馬睿が鎮東将軍・丞相であった時に多く用いた。

二二 清宴　殿本は「宴」を「晏」に作る。それに従う。

二三 殷祐　『晋書』巻九五藝術伝（韓友）に拠り、宣城太守、石頭督護について呉郡太守になったことが知られ、巻六八顧栄伝に拠り、永嘉六年（三一二）に「呉郡内史」であったことがわかるが、『晋書』巻二四職官志に「郡皆な太守を置く、河南郡は京師の在る所なれば、則ち尹と曰う。諸王の國は内史を以て太守の任を掌どらしむ、…」とあるので、「呉郡内史」と「呉郡太守」は同じものであろう。郭璞が、延陵に出没した鼴鼠（蝘鼠）について占った年（永嘉五年、→注二五）、殷祐は石頭督護。郭璞は少なくとも永嘉五年（三一一）以前には殷祐の参軍になっている。

二四 このころ、郭璞は町に現れた化け物を占い「驢鼠」と名づけた。同じ逸話は現行二十巻本『捜神記』巻四にも見える。

二五 このころ、郭璞は延陵に出現した鼴鼠を反乱の予兆だと占い、その反乱の失敗とその後の妖樹の出現を予言した。この時、郭璞が予言したという反乱は、建興三年（三一五）春正月に徐馥が呉興太守袁琇を殺害した事件で、その顛末は『晋書』巻五八周顗伝に詳しい。なお、鼴鼠の話は、『宋書』五行志二、『晋書』五行志中、現行二十巻本『捜神記』巻七にも見える（ただし、『晋書』『捜神記』は蝘鼠、『宋書』は偃鼠）。いずれも延陵の鼴鼠の出現を永嘉五年（三一一）とし、『捜神記』ではさらに「十一月」とする。また、妖樹の出現を予言する話は『晋書』五行志中、現行二十巻本『捜神記』巻七にも見え、いずれも妖樹の出現を永嘉六年（三一二）とし『晋書』は

「五月」という。

二六 王導　二七六〜三三九。字は茂弘、琅邪臨沂（山東省）の人。王敦の従弟。琅邪王司馬睿（後の元帝）を補佐して建康に入り、東晋王朝の基礎を固めた。元・明・成三代の皇帝の丞相をつとめた。『晋書』巻六五。

二七 嘗令作卦…　王導の震厄を予言した逸話は、『世説』術解篇8にも見え、『世説』では、「子弟皆な慶を稱するも、大將軍（王敦）云く、『君乃ち復た罪を樹木に委ぬ』と」という後日談もある。

二八 郭璞は王導の参軍として、元帝（司馬睿、本書「王羲之伝」注四参照）即位（三一七）前後、銅鐸や銅鍾の出土という、東晋の正統性を裏付けるべき瑞祥の出現を予言し、元帝にも重用されるに至った。

二九 江賦　『文選』巻一二江海に収められ、『藝文類聚』巻八水部上にも部分的に録されている。賦は、源から次第に大河に発展する長江の流れを述べ、次いでその激しい流れの様・水辺の険しい地勢・水中の魚類の姿を、古典学者らしく、水に従う文字・石に従う文字・魚に従う文字を多用して描き、長江を船で往来する人々を写し、江の伝説に触れて終わるが、『文選』李善注引く『晋中興書』に「璞中興の王の江外に宅するを以て、乃ち江の賦を著して川瀆の美を述ぶ」というように、長江の美を描きつつ、その長江のほとり建康に都した東晋の建国を言祝ぐものでもある。

三〇 南郊賦　『藝文類聚』巻三八礼部上、『初学記』一三に一部が収録され、『水経注』巻三九贛水に、それらに見えない一句が引かれる。「南郊」は、都の南の郊外で、天子が天を祭る場所。賦は「時は惟れ青陽、日は方旭に在り、我が后将に命を靈壇に受けんとするに方り、乃ち歩を改めて以て玉を鳴らす、…」と、太興元年（三一八）春の元帝の即位による晋の中興を言祝いだもの。

三一 上疏　自らの占筮の卦、前年十二月二十九日に太白が月を蝕したこと、昨年の秋以来の長雨などを述べ、それらが全て「刑獄が殷繁」であることによるとして刑の減免を建議したもの。『晋書』天文志中は「元帝太興…、三年十二月己未、太白　月に入る、斗に在り」の下に、郭璞の上疏の一部を引く。太興三年（三二〇）十二月己未は二十九日。この「省刑疏」は太興四年（三二一）の初めに上奏されたことがわかる。

三二 上疏　疏に「赦宜しく數すべからざるは、實に聖詔の如し」とあり、「優詔」は刑罰の減免を許さぬものであったらしい。郭璞は、詔に対する謝辞を述べながら、「此月四日」の日の黒気について「計うるに微臣の陳ぶる所を去ること、未だ一月に及ばざるに、而るに便ち此の變有り」と、これが度を失した刑罰に対する更なる警告であるとして帝に再考を促している。『晋書』天文志中に「元帝太興…、四年二月癸亥、日闘す、三月癸未、日中に黒子有り」とあるが、中華書局本校勘記は「宋書五行志五及び通鑑九一並びに『三月癸亥日中有黒子』に作る、疑うらくは是なり。二月癸亥無く、三月癸未無し、疑うらくは此れ誤れり」とする。『宋書』巻三四・五行志五に「晋太興四年三月癸亥、日に黒子有り、四月辛亥、帝親ら囚徒を錄訊す」、『通鑑』巻九一に「（元帝太興四年）三月癸亥、日中に黒子有り、著作佐郎、河東の郭璞　帝の刑を用うること過ち差うを以て上疏す、…」。陳垣『二十史朔閏表』に従えば、太興四年二月は庚寅（27）朔なので、二月に癸亥（60）はなく、三月は庚申（57）朔なので、三月癸未（20）は二十四日になり、また『宋書』『通鑑』の太興四年（三二一）三月癸亥なら四日で、郭璞の上疏が日に黒気が現れたのは四日で癸亥だとするのに合う。太陽の黒気については陳遵嬀『中国天文学史』第三冊天象紀事編・第二十五章太陽紀事・第二節太陽黒子を参照。

三三 明帝 在位三二三〜三二五。諱は紹。父の元帝に愛された。『晋書』巻六。

三四 溫嶠 二八八〜三二九。字は太真、太原祁（山西省）の人。庾亮らと王敦を討伐し、蘇峻の討伐にも功績があった。官は驃騎大将軍に至る。『晋書』巻六七。本書「劉琨伝」注一四参照。

三五 庾亮 二八九〜三四〇。字は元規、潁川鄢陵（河南省）の人。明帝穆皇后の兄。老荘を好み、談論をよくした。元・明・成三帝に仕えた。成帝の初、中書令として政権を掌握したが、蘇峻の乱の責任をとって予州刺史に転じた。のち、江・荊・予三州の刺史となる。『晋書』巻七三。本書「孫綽伝」注三〇参照。

三六 干寶 生卒年未詳。字は令升、新蔡（河南省）の人。王導の推挙により史官として東晋王朝に仕え、『晋紀』を著した。『易』『周礼』などにも注した学者で、『捜神記』の作者でもある。『晋書』巻八二。

三七 常誠之曰… 干宝が郭璞を戒めた話は、『世説』文学篇76注引く王隠『晋書』にも「又た儀檢を持せず、形質頽索、縱情㛮惰、時に酔飽の失有り。友人干令升 之を戒めて曰く『此れ性を伐つの斧也』、璞曰く『吾が受くる所分有れば、恆に之を用いて盡さざらんことを恐る、豈に酒色の能く害せんか』」と見える。

三八 客傲 東方朔の「客難に答う」のスタイルを襲い、客の非難に答えて自らの人生観を述べたもの。

三九 上疏 先の上疏と同じく、度を過ぎた刑罰に対する警告としての天変地異について述べ、皇孫の誕生という慶事にことよせて大赦を行うことを建議するもの。

四〇 大赦改年 『晋書』巻六元帝紀に「永昌元年（三二二）春正月乙卯、大赦、改年す」。

四一 このころ、出自の怪しい宦官の任谷が道術の心得があると称し元帝にとりいって宮中に入り込み、郭璞はそれを諌める上疏を奉った。任谷は元帝が崩御（三二二）したため、逃げ去ったという。

*　　*　　*

璞以母憂去職、[四二]卜葬地於曁陽、去水百歩許。人以近水爲言、璞曰「當卽爲陸矣」。其後沙漲、去墓數十里皆爲桑田。未朞、[四三]王敦[四四]起璞爲記室參軍。是時潁川陳述[四五]爲大將軍掾、有美名、爲敦所重、未幾而沒。璞哭之哀甚、呼曰「嗣祖、嗣祖、焉知非福」。未幾而敦作難。[四六]時明帝卽位踰年、未改號、而熒惑守房。[四七]璞時休歸、帝乃遣使齎手詔問璞。會曁陽縣復上言曰「赤烏見」。璞乃上疏請改年肆赦、文多不載。[四八]璞嘗爲人葬、帝微服往觀之、因問主人何以葬龍角、此法當滅族。主人曰「郭璞云、此葬龍耳、不出三年當致天子也」。帝曰「出天子邪」。答曰「能致天子問耳」。帝甚異之。[四九]璞素與[五〇]桓彝友善、彝每造之、或値璞在婦閒、便入。璞曰「卿來、他處自可徑前、但不可廁上相尋耳。必客主有殃」。彝後因醉詣璞、正逢在廁、掩而觀之、見璞裸身被髮、銜刀設醊[五一]。璞見彝、撫心大驚曰「吾每屬卿勿來、反更如是。非但禍吾、卿亦不免矣。天實爲之、將以誰咎」。璞終嬰[五二]王敦之禍、彝亦死蘇峻之難。

王[五三]敦之謀逆也、溫嶠・庾亮使璞筮之、璞對不決。嶠・亮復令占己之吉凶、璞曰「大吉」。嶠等退、相謂曰「璞對不了、是不敢有言、或天奪敦魄。今吾等與國家共擧大事、而璞云大吉、是爲擧事必有成也」。於是勸帝討敦。初、璞每言「殺我者山宗」、至是果有姓崇者構璞於敦。敦將擧兵、又使璞筮。璞曰「無成」。敦固疑璞之勸嶠・亮、又聞卦凶、乃問璞曰「卿更筮吾壽幾何」。答曰「思向卦、明公起事、必禍不久。若住武昌、壽不可測」。敦大怒曰「卿壽幾何」。曰「命盡今日日中」。[五四]敦怒、收璞、詣南岡斬之。璞臨出、謂行刑者「欲何之」。曰、「南岡頭」。璞曰「必在雙柏樹下」。既至、果然。復云「此樹應有大鵲巢」。衆索之不得。璞更令尋覓、果於枝閒得一大鵲巢、密葉蔽之。初、[五五]璞中興初行經越城閒、遇一人、呼其姓名、因以袴褶遺之。其人辭不受、璞曰「但取、後自當知」。其人遂受而去。至是、果此人行刑。時年四十九。及王敦平、追贈弘農太守。

⋯⋯(略)[五六]。

璞撰前後筮驗六十餘事、名爲洞林[五七]。又抄京・費諸家要最、更撰新林十篇[五八]・卜韵一篇[五九]。注釋爾雅[六〇]、別爲音義・圖譜。又注[六一]三蒼・方言・穆天子傳・山海經及楚辭、子虛・上林賦數十萬言、皆傳於世。所作詩賦誄頌亦數萬言。子驁、官至臨賀太守。

璞 母の憂を以て職を去る。[四二]葬地を暨陽に卜す。水を去ること百歩許り。人 水に近きを以て言を爲す。璞曰く「當に即ち陸と爲るべし」。其の後、沙漲りて、墓を去ること數十里皆な桑田と爲る。未だ朞ならずして、[四三]王敦[四四]璞を起て記室參軍と爲す。是の時、潁川（河南省）の[四五]陳述 大將軍の掾と爲り、美名有り、敦の重んずる所と爲る、未だ幾ならずして沒す。璞 之を哭して哀 甚し、呼びて曰く「嗣祖、嗣祖、焉んぞ福に非ざるを知らんや」と。未だ幾ならずして敦 難を作す。[四六]時に明帝即位し年を踰えて、未だ號を改めず、而して[四七]熒惑 房を守る。璞 時に休歸す。帝乃ち使を遣りて手詔を齎して璞に問わしむ。會たま暨陽縣復た言を上りて曰く「赤烏見る」と。璞 乃ち上疏して年を改め肆赦せんことを請う、文多ければ載せず。[四八]璞 嘗て人の爲に葬る、帝 微服して往きて之を觀、因りて主人に問う「何を以てか龍角に葬らん、此の法 當に族を滅すべし」と。主人曰く「郭璞云う『此れ龍耳に葬る、三年を出でずして當に天子を致すべきなり』」と。帝曰く「天子を出だすか」。答えて曰く「能く天子の問を致すのみ」。帝 甚だ之を異とす。[四九]璞 素より[五〇]桓彝と友善、彝每に之に造り、或いは璞の婦閒に在るに値るも、便ち入る。璞曰く「卿來たれば、他處は自ら徑ちに前むべし。但だ廁上に相い尋ぬべからざるのみ。必ず客・主 殃 有らん」。彝 後 醉に因りて璞に詣り、正に廁に在るに逢い掩いて之を觀、璞の裸身被髮して、刀を銜え[五一]醊を設くるを見る。璞 彝を見て、心を撫ち大いに驚きて曰く「吾れ每に卿に屬すらく、來ること勿れと、反って更に是くの如し。但だ吾れに禍するのみに非ず、卿も亦た免れざらん。天 實に之を爲す、將に以て誰をか咎めん」。璞 終に王敦の禍に嬰り、彝も亦た蘇峻の難に死す。[五二]王敦の逆を謀るや、溫嶠・庾亮 璞をして之を筮せしむ。璞 對えて決せず。嶠・亮復た己の吉凶を占わしむ。璞曰く「大吉」と。嶠等退き、相い謂いて曰く「璞對えて了らかならざるは、是れ敢えて言有らず、或いは天 敦の魄を奪う。今吾等 國家の與に共に大事を擧ぐ、而して璞 大吉と云う、是れ事を擧ぐれば必ず成有りと爲すなり」と。是に於いて帝に勸めて敦を討つ。初め、璞 每に「我を殺す者は山宗」と言う。是に至りて果して崇を姓とする者有りて璞を敦に構す。敦將に兵を擧げんとし、又た璞をして筮せしむ。璞曰く「成る無し」と。敦 固より璞の嶠・亮に勸むるを疑う。又た卦の凶を聞き、乃ち璞に問いて曰く「卿 更に筮せよ、吾が壽幾何ぞ」と。答えて曰く「向の卦を思うに、明公 事を起こせば、必ず禍久しからず。若し武昌に住まれば、壽測るべからず」と。敦 大いに怒りて曰く「卿の壽幾何ぞ」。曰く「命 今日の日中に盡きん」。[五四]敦怒りて、璞を收え、南岡に詣りて之を斬らしむ。璞 出づるに臨み、刑を行う者に謂う「何くに之かんと欲するか」と。曰く「南岡頭」と。璞曰く「必ず雙柏樹の下に在らん」と。既に至れば、果して然り。復た云う「此の樹に應に大いなる鵲の巢有るべし」と。衆 之を索めて得ず。璞 更に尋ね覓めしむ。果して枝間に一大鵲巢を得、密葉之を蔽う。[五五]初め、璞 中興の初め、行きて越城の閒を經、一人に遇う、其の姓名を呼び、因りて袴褶を以て之に遺る。其の人辭して受けず。璞曰く「但だ取れ、後自ら當に知るべし」と。其の人遂に受けて去る。是に至りて、果して此の人 刑を行う。時に年四十九。王敦平らげらるるに及び、弘農太守を追贈せらる。…[五六](略)。

璞 前後の筮驗六十餘事を撰し、名づけて[五七]『洞林』と爲す。又た京・費諸家の要最を抄して、更に[五八]『新林』十篇・[五九]『卜韵』一篇を撰す。[六〇]『爾雅』に注釋し、別に『音義』・『圖譜』を爲る。又た[六一]『三蒼』・『方言』・『穆天子傳』・『山海經』及び『楚辭』、「子虚」「上林賦」に注すること數十萬言、皆な世に傳わる。作る所の詩賦誄頌亦た數萬言。子の驁、官は臨賀太守に至る。

璞は母の喪に服するために辞職し、暨陽（江蘇省）で埋葬地を卜したが、川から百歩ほどしか離れていなかった。人は川に近いことをとやかく言ったが、璞は「すぐに陸になるはずです」といった。その後、水べの砂地が広がり、墓から数十里の地が全て桑畑になった。喪が明けないうちに、王敦が璞を記室参軍に取り立てた。この時、潁川（河南省）の陳述は大将軍掾で、評判がよく、敦に重んじられたが、ほどなく、没した。璞は哭してひどく悲しみ、「嗣祖よ、嗣祖よ、どうして幸せでないといえよう」と叫んだ。まもなく、敦は反乱を起こした。当時、明帝が即位して年を越したが、まだ改元せず、火星が房宿に留まっていた。璞はそのころ、休暇をとっていた。帝は親書を持たせて使者を遣り璞に尋ねさせた。ちょうどそのころ、曁陽県からも「赤い鳥が現れた」との報告が上奏された。璞は、そこで疏を上り、年号を改め刑罰を減免することを請願したが、文が長いので記載しない。璞はある時、人の埋葬をしたが、帝はおしのびで出かけ、それを見て、主人に「どうして竜角に葬るのか、これだと、一族皆殺しになるだろうに」と尋ねた。主人は、「郭璞がいうには、これは龍耳に葬るのであって、三年たたないうちに天子を招き寄せるだろうとのことです」といった。帝は「天子を出すということか」と尋ねた。主人は答えて「天子のご下問を受けることができるということです」といった。帝は舌を巻いた。璞は以前から桓彝と親しく、彝はいつも璞のところに押しかけ、璞が妻のところにいるときであっても、さっさと上がり込んだ。璞は「あなたが来たときに、他の所なら勝手にすぐに通ってくれてもいいが、ただ私が廁にいる時だけは入ってきてはいけない。きっと、あなたにも私にも災いがふりかかるだろうから」といった。彝は、その後、酔って璞の所にきて、ちょうど璞が廁にいるところにぶつかり、隠れて見ていると、璞が裸で髪を振り乱し、刀をくわえて酒を地に注いでいるのが目に入った。璞は彝を見ると、胸を打ち大変驚いて、「私がいつもあなたに来ないように頼んでいたのに、こんなことになるなんて。私が災いを受けるだけでなく、あなたも災いを免れることはできない。天がなしたことなのだから、誰を責めることができよう」といった。璞は終には王敦の乱に巻き込まれ、彝も蘇峻の乱で死んだ。

王敦が謀反を起こすと、温嶠・庾亮は璞に筮竹でそれを占わせたが、璞の答えは要領を得なかった。嶠・亮がさらに自分たちの吉凶を占わせると、璞は「大吉」といった。嶠らは、璞の所を出ると、「璞がはっきりと答えなかったのは、あえて言わなかったのだ。もしかすると、天が敦の命を奪うのかもしれない。今我らが国の為に共に大事を起こそうとしていて、璞が大吉と言ったということは、事を起こせば必ず成功するということだ」と話し合った。そこで帝に敦の討伐を勧めた。以前、璞はいつも「私を殺すのは山宗だ」といっていたが、その時になるとやはり崇姓の者が敦に璞を誣告した。敦が挙兵しようとして、また璞に筮で占わせると、璞は「成功しません」といった。敦はもともと璞が嶠・亮を唆したのではないかと疑っていたところに、さらに卦が凶だと聞いて、璞に「あらためて占ってみよ。私の寿命がどれほどか」といった。璞は、「先程の卦から見ますと、あなたさまが事を起されますと、必ず近いうちに災難におあいになりますが、武昌（湖北省）にとどまられますと、ご寿命は計り知れません」と答えた。敦がかんかんに怒って、「おまえの寿命はどれほどだ」というと、璞は「今日の正午に尽きるでしょう」といった。敦は怒って、璞を捉え、南岡に連れていって斬らせた。璞が連れて行かれるときに、刑の執行人に「どこにいこうとしているのか」と尋ねると、「南岡の頂」という。璞は、「きっと二本の檜の木の下だろう」といった。いってみると果してそうであった。璞はさらに、「この木に大きな鵲の巣があるだろう」といった。人々が探したが見つからず、璞がもう一度探させると、果して枝の間に大きな鵲の巣が見つかり、密集した葉に覆われていた。以前、中興の初めに、璞が越城の嶺（一名、始安嶺。広西の東北部）のあたりを通ったとき、ある人に会い、その姓名を呼んで、馬乗り袴を贈った。その人は辞退して受け取らなかったが、璞は「とにかく受け取ってください。時が来ればわかります」といい、その人は結局は受け取って立ち去った。その時になってみるとやはりこの人が刑を執行した。時に、璞は四十九歳。王敦の乱が平定されると、弘農（河南省）太守を追贈された。…（略）。

璞は前後合わせて六十余りの筮の占験について書を著し、『洞林』と名付け、京房・費直ら諸々の易学の要点を抜粋して、さらに『新林』十篇・『卜韵』一篇を著した。また『爾雅』に注釈をつけ、それと別に『音義』・『図譜』を作り、『三蒼』・『方言』・『穆天子伝』・『山海経』・『楚辞』・「子虚の賦」「上林の賦」に合わせて数十万字の注をつけたが、皆な後世に伝わった。詩賦・誄・頌の作品も数万字に及ぶ。子の驁は、臨賀（広西）太守にまでなった。

四二　卜葬地於曁陽…　『世説』術解篇7に、同趣の逸話が見える。『世説』では、「郭景純　江を過り、曁陽に居る」に次いで墓所を卜したことが見え、後に「北阜烈烈、巨海混混、壘壘三墳、唯だ母と昆と」という詩が付されている。

四三　王敦　二六六～三二四。字は処仲、琅邪臨沂（山東省）の人。妻は武帝の女。王導とともに東晋王朝建設に尽力した。強大な武力を擁して中央と対立し、永昌元年（三二二）、劉隗を誅するという名目で武昌で挙兵して石頭城を陥し、一時は丞相を自称したが、明帝太寧二年に再び反乱を起こして兵を挙げ、途中で病死した。『晋書』巻九八。

四四　起璞爲記室參軍　『世説』文学篇76注引く王隠『晋書』は「王敦取りて參軍と爲す。敦 兵を都輦に縦ち、乃ち咨るに大事を以てす。璞 成敗を極言し、爲に回屈せず。敦忌みて、之を害す」とするが、『太平御覧』巻二四九引く『晋中興書』は「郭璞 尚書郎爲り。大將軍王敦 璞 術有るを以て取りて參軍と爲す。璞畏れて敢えて辭せず」という。

四五　陳述　生卒年未詳。『世説』術解篇5に同じ話が見える。注に「陳氏の譜に曰く、述 字は嗣祖、潁川許昌の人、美名有り」。

四六　時明帝…　『晋書』巻六明帝紀に「(太寧元年) 三月戊寅朔、改元す、…」とあるので、「明帝即位して年を踰えて、未だ號を改めず」とは、三二二年閏月から三二三年二月までの間。

四七　熒惑守房　『晋書』天文志中に「熒惑は南方夏火と曰い、禮也、視也。…又た曰く、熒惑動かざれば、兵戰わず、誅將有り。…其の入りて太微・軒轅・營室・房・心を守犯するは、主命 之を惡む。」、天文志下に「(魏) 明帝太和五年五月、熒惑 房を犯す。占に曰く『房四星は股肱の臣、將相の位也、月・五星 之を犯守すれば、將相に憂有り』」、「咸康…八年六月、熒惑 房上の第二星を犯す。占に曰く、『次相憂う』」とあるように、「熒惑が房を守る」ことは、国の將軍・丞相クラスの臣下に災いがおこる予兆であるらしい。

四八　璞嘗…　『世説』術解篇6に同趣の話柄が見える。劉孝標注に「『青鳥子相冢書』に曰く『龍の角に葬れば、暴かに富貴にして、後、當に門を滅ぼすべし』」という。

四九　璞素…　『晋書』巻七四桓彝伝では「初め、彝 郭璞と善し。嘗て璞をして筮せしむ。卦成り、璞手を以て之を壞す。彝 其の故を問う。曰く『卦 吾と同じ。丈夫 此の非命に當るは、如何』。竟に其の言の如し」となっている。

五〇　桓彝　二七六〜三二八。字は茂倫、譙国龍亢 (安徽省) の人。桓温らの父。官は宣城内史に至る。蘇峻の乱で、俊の将、韓晃に殺された。『晋書』巻七四。

五一　醊　『説文』五篇下食部に「餟、祭酹也」、一四下酉部に「酹、餟祭也」、段注に「蓋し餟・酹は皆な地に於てす、餟は肉を謂う、…、酹は酒を謂う、故に酉に从う」というように、「醊」の本義は酒を地に注いで祭ること。

五二　王敦之禍　『晋書』本紀により王敦の乱の概略を示す。『晋書』元帝紀に「永昌元年 (三二二) 春正月…、戊辰、大將軍王敦 武昌に擧兵し、劉隗を誅するを以て名と爲す、…、四月、…辛未、大赦す。敦乃ち自ら丞相・都督中外諸軍・錄尚書事と爲り、武昌郡公に封ぜられ、邑は萬戶。…」明帝紀に「太寧元年 (三二三) …、三月…、王敦 皇帝に信璽一紐を獻ず。敦 簒逆を謀り、朝廷の己を徵すを諷す、帝乃ち手詔もて之を徵す。夏四月、敦下りて于湖に屯す、…、二年 (三二四)、…六月、敦將に擧兵して內向せんとす、帝密かに之を知り、…于湖に至り、陰かに敦の營壘を察して出ず。…秋七月…帝躬ら六軍を率いて、出でて南皇堂に次る。癸酉の夜に至り、壯士を募る、…平旦、越城に戰い、大いに之を破り、其の前鋒の將の何康を斬る。王敦憤惋して死す」。

五三　王敦之謀逆也…　この占については『晋書』巻二八五行志中・詩妖にも見える。

五四　敦怒…　『初学記』巻二〇引く鄧粲『晋紀』に「建康南坑に至り、參軍郭璞を殺す」。『太平広記』巻一三引く『神仙伝』に「敦 璞を誅す。江水暴かに市に上り、璞の尸 城の南坑に出で、璞の家 棺器及び送終の具を載せ已に坑側に在るを見る…」。『中古文学繫年』は王敦の挙兵が六月、憤死したのが七月であることから、璞が殺害されたのは「六・七月の間」とする。

五五 初、… 璞が刑の執行人を予知し、衣服を贈った話は、『北堂書鈔』巻一二九・『太平御覧』巻七二八引く『続捜神記』、『太平御覧』巻六九三引く『捜神記』、現行本『捜神後記』巻二にも見える。『太平御覧』巻七二八および現行本『捜神後記』では出逢った場所は「越城の間」でなく「建康の柵塘」(『北堂書鈔』は「建康見塘」に作る)。また、贈った衣服はいずれも「袍」とする。

五六 郭璞は生前、庾氏と東晋王室の将来を占っていたが、郭璞の死後の康帝の運命や庾氏の滅亡は璞の予言通りであったという逸話が載せられている。『晋書』巻七康帝紀、巻七三庾亮伝を参照。

五七 洞林 『隋志』子部五行類に「易洞林三巻 郭璞撰」。輯本としては、『玉函山房輯佚書』に易洞林二巻がある。

五八 新林 『隋志』子部五行類に「周易新林四巻 郭璞撰」、また「周易新林九巻 郭璞撰」下に「梁に周易林五巻有り、郭璞撰、亡ぶ」。

五九 卜韵 『晋書斠注』は『左伝』荘公二二年疏「郭璞自ら卜する所の事を撰して、之を『辞林』と謂う、其の辞皆な韻するは、古に習うなり」を引き、「此に拠れば則ち『卜韻』は即ち『洞林』の一篇、而して又た之を『辞林』と謂う」とするが、疑問。

六〇 注釋爾雅 『隋志』経部論語類に「爾雅五巻 郭璞注」「爾雅圖十巻 郭璞撰」が著録され、「爾雅音八巻」下に「梁に爾雅音二巻有り、孫炎・郭璞撰」とある。

六一 注三蒼… 『隋志』経部小学類に「三蒼三巻 郭璞注」、経部・論語類に「方言十三巻 漢揚雄撰、郭璞注」、史部・起居注類に「穆天子傳六巻 汲冢書、郭璞注」、史部・地理類に「山海經二十三巻　郭璞注」、集部・楚辞類に「楚辭三巻 郭璞注」が、著録され、集部・総集類「雜賦注本三巻」下に「梁に郭璞注子虛上林賦一巻有り」とある。

〔参考文献〕

周因夢「博聞強記的郭璞」(『中国語文』四九 一九五六年)
林田愼之助「郭璞における詩人の運命」(『九州中国学会報』七 一九六一年)
興膳宏「詩人としての郭璞」(『中国文学報』一九 一九六三年)
游信利「郭璞年譜初稿」(『中華学苑』一〇 一九七二年)
晋言「歴代山西文学家介紹(郭璞)」(『語文教学通訊』1978-6 一九七八年)
曹道衡「『晋書・郭璞伝』志疑」(『蘇州大学学報』1983-2 一九八三年)
高国藩「郭璞簡論」(『斉魯学刊』1985-3 一九八五年)

(森賀一恵)

許詢（四世紀前半）

許詢は、孫綽と並んで、東晋前半期を代表する清談と玄言詩の名手である。清談家としての逸話は、『世説』に二十条ほど収められている。その五言詩は、東晋の簡文帝に「時人に妙絶す」と絶賛されたと伝えられるが、現存の詩の断片や六朝の詩評を見る限りでは、孫綽同様、玄言詩の域を出ない。孫綽に異なるのは、許詢が仕官しないまま生涯を終えた点であり、後の世に「許徴士」と呼ばれ、「風情簡素」「高情遠致」と称えられている。『詩品』下。

世說新語言語篇注所引續晉陽秋

[一]許詢字玄度、[二]高陽人、[三]魏中領軍允玄孫。[四]總角秀惠、衆稱神童。[五]長而風情簡素、[六]司徒掾辟、[七]不就、蚤卒。

[一]許詢字は玄度、[二]高陽の人、[三]魏の中領軍の允の玄孫なり。[四]總角にして秀惠、衆は神童と稱う。[五]長じては風情簡素、[六]司徒掾に辟かるるも、[七]就かず、蚤く卒す。

許詢は字を玄度といい、高陽（河北省）の人で、魏の中領軍将軍許允の玄孫である。子供のころから賢く、人びとは神童とたたえた。すっきりと飾りのない人柄に成長し、司徒の掾に任命されたが、任官せず、早く亡くなった。

一　許詢　生卒年未詳だが、三五〇年前後に活躍したと見られ（→注六）、石川忠久氏は、許詢の在世期間を三二三年ごろ～三五二年ごろと推定する。『隋志』に「晋徴士許詢集三巻梁八巻、錄一巻」、『旧唐志』と『新唐志』にも「許詢集三巻」とある。現存する詩は、「竹扇詩」五言四句（『藝文類聚』巻六九）、「詩」五言二句（同巻八八）、「農里詩」五言二句（『文選』巻三一雑擬江淹「雑体詩」李注所引）。ほかに「黒麈尾銘」四言十句（『北堂書鈔』巻一三四）、「白麈尾銘」四言八句（同。および『太平御覧』巻七〇三）があり、清談家（麈尾を振るって談じたという）許詢の面目を伝えている。詩は『全晋詩』巻一二、『古詩紀』巻三二。文は『全晋文』巻一三五。

二　高陽　『文選』巻三一江淹「雑体詩」李注所引『晋中興書』と『晋書』巻七九謝安伝に「高陽の許詢」、『建康実録』巻八にも「詢、字は玄度、高陽の人」とある。

三　魏中領軍允　許允（?～二五四）のことは、『三国志』巻九夏侯尚伝と同裴注所引『魏略』・『魏氏春秋』・『世語』・傅暢『晋諸公賛』に記される。字は士宗。侍中、中領軍将軍などを歴任したが、クーデター計画に加担した疑いから別件逮捕され、流刑の途次に死んだ。妻の阮氏は聡明な女性として有名であり、『世説』賢媛篇に三条の逸話を提供している。

許允から許詢までについては、余嘉錫『世説新語箋疏』が言語篇69で、允→猛→式→帰→詢の系譜を考証している。父の帰は「琅邪（山東省）太守を以て中宗（元帝の司馬睿、二七六～三二二。在位三一七～三二二）に随い江を過ぎ、會稽（浙江省）内史に遷り、因りて山陰（浙江省）に家す」（『建康実録』巻八。宋高似孫『剡録』所引『晋中興書』にも類似の記述あり）。母については、『許氏譜』（『世説』賞誉篇95裴注所引）に「華軼の女なり」。華軼（?～三一二）は平原の人、魏の司徒華歆の曾孫にあたり、西晋の江州（江西省・湖北省）刺史だったが、元帝に帰順しなかったため誅殺されている。『晋書』巻六一。

四　總角秀惠…　総角は、髪を頭の両側に集め、角の形に結んだ、少年・少女の結髪。

五　長而風情簡素　『建康実録』巻八は、許詢が幼いころから山水を好み、脱俗の風格があったと記す。

六　司徒掾辟　李慈銘『越縵堂読書簡端記』および余嘉錫『世説新語箋疏』言語篇69はともに「辟司徒掾と作るべきだが、どのテキストも誤って逆にしている」と指摘する。『晋中興書』（『文選』李注所引）は、「司徒蔡謨 辟すも起たず」と記す。蔡謨が司徒の任にあったのは、康帝の即位時（三四二年六月）から穆帝永和六年（三五〇）十二月まで（『晋書』巻七七蔡謨伝、同巻八穆帝紀）。『建康実録』巻八は、最初元帝に議郎に召されて永興（浙江省）に隠れ、その後さらに明帝（三〇〇～三二六。在位三二三～三二六）に司徒掾に召されたと記す。また『晋中興書』は、「司徒蔡謨辟不起」の直前に「會稽（浙江省）に寓居す」、直後に「詢 才藻有り、屬文を善くし、時人皆な之を欽愛す」という文を付す。後文は、『晋中興士人書』（『世説』言語篇73劉注所引）には「許珣 清言を能くし、時に士人 皆な之を欽慕仰愛す」と作る。

会稽に寓居していたころの許詢は、孫綽（本書「孫綽伝」参照）や名僧の支遁、後に東晋の名宰相となる謝安、書聖の王羲之（本書「王羲之伝」参照）らと交遊し、神仙思想や仏教にも傾倒していたと伝えられる。『世説』賞誉篇119、棲逸篇13、同16、『晋書』巻六七郗愔伝、同巻七九謝安伝、同巻八〇王羲之伝、『建康実録』巻八、釈道宣『三宝感通録』（大正蔵経巻五二）巻上、『隠録』（『文選集注』巻六二所引）、『雑説』（同所引）、『文選抄』（同所引）など参照。

同じ清談家で都知事を務める劉惔や、のちに簡文帝となる司馬昱との交流も伝えられる（『世説』言語篇69、同73、文学篇85、賞誉篇95、同111、同144、品藻篇50、寵礼篇4、『晋書』王羲之伝、『三宝感通録』巻上所引『地誌』）。

『晋書』孫綽伝では、許詢の詩文は「高情遠致」と称されるものの、「道家の言」が強いと後世の批評家たちに評判がよくない。『続晋陽秋』（『世説』文学篇85劉注所引）や、沈約の『宋書』謝霊運伝論（本書「宋書謝霊運伝論」参照）、鍾嶸（本書「鍾嶸伝」参照）の『詩品』序、蕭子顕（四八九～五三七）の『南斉書』文学伝論（本書「南斉書文学伝論」参照）を参照されたい。

七 不就　清談家・玄言詩人として併称される孫綽と許詢の差異は、仕官したか否かにあった。孫綽・許詢の比較論は当時盛んだったようで、『世説』品藻篇54、同61、同劉注所引宋明帝『文章志』に逸話や論が残っている。

〔参考文献〕

石川忠久「許詢について」『陶淵明とその時代』所収（研文出版　一九九四年）

（佐竹保子）

盧諶（二八四〜三五〇）

盧諶（ろしん）は、西晉末から東晉初期の動乱期に生きた詩人。彼が仕えた劉琨（りゅうこん）との応酬詩が有名であるため、『詩品』では琨とひとまとめにして評し、また『文心雕龍』では琨の詩風と比較して、諶の詩は感情の表現に優れ、かつ筋道も通っていると評している。『詩品』中。

晉書卷四四　盧欽傳附

[一]諶字子諒、清[二]敏有理[三]思、好老莊、善屬文。選尚[四]武帝女滎陽公主、拜駙馬都尉、未成禮而公主卒。後州舉秀才、辟太尉掾。洛陽沒、隨[五]志北依劉琨、與志[六]俱爲劉粲所虜。粲據晉陽、留諶爲參軍。琨收散卒、引[七]猗盧騎還攻粲。粲敗走、諶得赴琨、先父母兄弟在平陽者、悉爲劉聰所害。琨爲司空、以諶爲主簿、轉從事中郎。琨妻卽諶之從母、既加親愛、又重其才地。

[八]建興末、隨琨投段匹[九]磾。匹磾自領幽州、取諶爲別駕。匹磾既害琨、尋亦敗喪。時南路阻絕、段末波在遼西、諶往投之。元帝之初、末波通使于江左、諶[一〇]因其使抗表理琨、文旨甚切、於是卽加弔祭。累徵諶爲散騎中書侍郎、而爲末波所留、遂不得南渡。[一一]末波死、弟遼代立、諶流離世故且二十載。[一二]石季龍破遼西、復爲季龍所得、

以爲中書侍郎・國子祭酒・侍中・中書監。屬冉[三]閔誅石氏、諶隨閔軍、于襄國遇害、時年六十七、是歲永和六年也。

諶名家子、早有聲譽、才高行潔、爲一時所推。値中原喪亂、與淸河崔悅[一四]・潁川荀綽[一五]・河東裴憲[一六]・北地傅暢[一七]並淪陷[一八]非所[一九]、雖倶顯于石氏、恆以爲辱。諶每謂諸子曰「吾身沒之後、但稱晉司空從事中郞爾」。撰祭法[二〇]、注莊子、及文集、皆行於世。

諶[一] 字は子諒[二]、淸敏にして理思[三]有り、老莊を好み、善く文を屬す。選ばれて武帝[四]の女 滎陽公主を尚し、駙馬都尉に拜せられ、未だ禮を成さずして公主卒す。後 州 秀才に擧し、太尉掾に辟す。洛陽沒するに、志[五]に隨いて北のかた劉琨に依り、志と倶に劉粲[六]の虜とする所と爲る。粲 晉陽に據り、諶を留めて參軍と爲す。琨 散卒を收め、猗盧[七]の騎を引きて還た粲を攻む。粲 敗走し、諶は琨に赴くを得、先ず父母兄弟の平陽に在る者、悉く劉聰の害する所と爲る。琨 司空と爲り、諶を以て主簿と爲し、從事中郞に轉ず。琨の妻は卽ち諶の從母なれば、既に親愛を加え、又た其の才地を重んず。

建興[八]の末、琨に隨いて段匹磾に投ず。匹磾[九] 自ら幽州を領し、諶を取りて別駕と爲す。匹磾 既に琨を害し、尋いで諶[一〇] 亦た敗喪す。時に南路は阻絶し、段末波 遼西に在り、諶 往きて之に投ず。元帝の初、末波 使いを江左に通じ、諶 其の使いに因りて抗表して琨を理し、文旨甚だ切なり、是に於いて卽ち弔祭を加う。累ねて諶を徵して散騎中書侍郞と爲すも、末波の留むる所と爲り、遂に南渡するを得ず。末波死し[一一]、弟遼 代わりて立ち、諶 世故に流離すること且に二十載ならんとす。石季龍[一二] 遼西を破り、復た季龍の得る所と爲り、以て中書侍郞・國子祭酒・侍中・中書監と爲る。[一三]冉閔の石氏を誅するに屬い、諶 閔の軍に隨い、襄國に于いて害に遇う、時に年六十七、是の歳 永和六年なり。

諶は名家の子、早に聲譽有り、才高く行 潔く、一時の推す所と爲る。中原の喪亂に値い、清河の[一四]崔悅・潁川の[一五]荀綽・河東の[一六]裴憲・北地の[一七]傅暢と並に非所に[一八]淪陷し、倶に石氏に顯るると雖も、恆に以て辱と爲す。諶 毎に諸子に謂いて曰く「吾が身沒するの後、但だ晉司空從事中郎とのみ稱せ」と。[二〇]『祭法』を撰し、『莊子』に注し、及び文集あり、皆な世に行わる。

諶 字は子諒、頭の回転が速く、筋道立った考え方をし、老荘を好んで、文章を書くのが上手だった。選ばれて武帝の娘の滎陽公主を娶ることになり、駙馬都尉を拝命したが、まだ婚礼を挙げないうちに公主が亡くなった。後に州は（彼を）秀才に推挙し、太尉掾として招聘した。洛陽が陥落した時、父の盧志に従って北方の劉琨を頼ろうとして、志とともに劉粲の捕虜となった。粲は晉陽（山西省）を占拠し、諶をとどめて参軍とした。琨は敗残兵を集めて、猗盧（のちの北魏穆帝）の騎兵を率い、また粲を攻撃した。粲は敗走し、諶は琨のもとに赴くことができたが、それより前から平陽（山西省）にいた父母や兄弟は、悉く劉聡に殺害されてしまった。琨は司空となり、諶を彼の主簿とし、また従事中郎にした。琨の妻は諶の母方のおばであったので、彼をかわいがり、また、その才能と家柄を重んじたのである。

建興末年（三一六）に、（諶は）琨に従って段匹磾を頼った。匹磾は幽州（河北省）をおさえ、諶を取り立てて別駕とした。匹磾は琨を殺害した後、間もなく自らもまた戦いに敗れて滅亡した。当時、南へ行く道は阻まれており、段末波が遼西（河北省北東部から遼寧省西部）にいたので、諶は行ってこれに身を寄せた。元帝の初年（建武元年、三一七）に、末波が使者を江南に派遣し、諶はその使者に託して天子に意見書を奉って劉琨のことをとりなし、その文章の趣旨は甚だ真率であったので、そこですぐに琨の弔祭を行うことになった。（元帝は）諶を召して散騎中書侍郎としたが、（諶は）末波にとどめられ、結局南方へ行くことができなかった。末波が死に、弟の遼が代わって王位に即き、諶は争乱にさすらうこと二十年になろうとしていた。

石季龍が遼西を破ると、（諶は）今度は季龍に捕らえられ、中書侍郎・国子祭酒・侍中・中書監となった。冉閔が石氏を誅殺すると、諶は閔の軍に襄国へ連行されて殺され、時に六十七歳、この年は永和六年（三五〇）であった。

諶は名家の子で、早くから評判が高く、豊かな才能と行いの高潔さで、世間で推称された。（しかし）中原の戦乱に遭遇して、清河（山東省）の崔悦・潁川（河南省）の荀綽・河東（山西省）の裴憲・北地（陝西省）の傅暢らとともに敵の占領下に捕らわれ、ともに石氏のもとで高位に上りはしたが、常にこれを恥辱と感じていた。（それで）諶はいつも子らに「私の死後は、ただ晋の司空従事中郎だけを称号とするように」と言っていた。『祭法』を撰し、『荘子』に注釈を付け、文集があったが、それらはみな世間に流布した。

一 諶　盧諶。晋武帝期に尚書僕射・侍中・奉車都尉・領吏部であった欽（?〜二七八）の弟珽の子の志（→注五）の長子。この一族について、『元和姓纂』巻三の范陽涿県（河北省）の盧氏の条に、後漢の尚書であった盧慎の後裔であると記されており、この伝の中にも「諶は名家の子」という表現が見えるように、名族の出身である。また、諶の詩風については、『詩品』中では、諶が仕えた劉琨とあわせて「其の源は王粲より出づ。善く悽戾の詞を爲し、自ら清拔の氣有り」と評し、特に諶の詩風について、劉琨がその豊かな才能を争乱の悲哀の表現に注いだことを敬うも、琨にはいま少し及ばないものであると述べている。また『文心雕龍』才略篇でも「雅壯にして風多」い作風の劉琨と対比して、「情發して理昭らか」と評されている。詩では劉琨との応酬詩や、琨のもとでの同僚であった崔悦と温嶠への贈詩など、断句のみのものを含めて十篇が、また文では劉琨に宛てた書や彼のことをとりなした表、その死を悼む誄、および賦の断句などの十五篇が伝わっている。『全晋詩』巻一二、『古詩紀』巻三一、『全晋文』巻三四。

二 清敏　頭の回転の速いこと。例えば陸機「張暢を薦むる表」に「暢は才思清敏にして志節貞厲たり」とある。

三 理思　筋道の通った思考。『宋書』巻七一に「（僧綽は）學を好みて理思有り、朝典に練悉す」とある。

四 武帝女滎陽公主　未詳。

五 志　字は子道。盧欽の弟の子。永嘉六年（三一二）に尚書となった。洛陽が陥落すると妻子を伴って北へ逃れ、并州刺史の劉琨のもとに赴こうとしたが、陽邑まで来て劉粲の捕虜となり、次子の謐・詵らとともに平陽で殺害された。『晋書』巻四四盧欽伝附。

六 劉粲　?〜三一八。字は士光。前趙の隠帝劉聡の子。太興元年（三一八）に聡が没した後、帝位を継承するが、酒色に耽って国政を顧みず、臣下の靳準に一族もろとも誅殺される。『晋書』巻一〇二劉聡載記附、『魏書』巻九五匈奴劉聡伝附。

七 猗盧　拓抜猗盧（?〜三一六、在位二九五〜三一六）。北魏穆帝。即位三年目にあたる晋懐帝永嘉四年（三一〇）に劉琨の子の遵を人質に取り、同六年（三一二）に劉聡が琨を攻撃した際には、弟の子平（文帝）を将とする援軍を差し向けてこれを退けた。『魏書』巻一、『北史』巻一。

八 建興末　劉琨が段匹磾のもとに赴き、遂には殺害されるに至った経緯については、本書「劉琨伝」参照。また段匹磾が弟の末波に敗れた状況については本書「劉琨伝」注二〇参照。

九 匹磾自領幽州　建興二年（三一四）三月に石勒が幽州刺史の王浚を下した後、段匹磾は幽州刺史としてこの地を治めた。

一〇 譖因其使抗表理琨　「劉司空を理する表」を指す。内容については本書「劉琨伝」注三三参照。なお「劉琨伝」では、盧諶と崔悦の上表に続いて温嶠も上表して琨のことをとりなし、そこで初めて朝廷は弔祭を行う許可を与えたとされている。

一一 末波死…　晋明帝太寧三年（三二五）に段末波が没し、弟の牙が即位したが、同年十二月に段就陸眷の孫の遼（護遼）がこれを討伐し、自ら即位した。『晋書』巻六三、『魏書』巻一〇三、『北史』巻九八。

一二 石季龍　?〜三四九。石虎。後趙の太祖武帝（在位三三四〜三四九）。石勒の従子。唐の太祖李虎の諱を避けて『晋書』では字を用いる。若年期より狩猟と遊蕩を好み、残忍なことで知られた。晋成帝咸和八年（三三三）に石勒が没すると、季龍は勒の子の弘を即位させて自らは丞相となり、さらに翌年十一月には弘を廃して自らが王位に即いた。季龍は咸康四年（三三八）には、段遼を破って令支に入城した。『晋書』巻一〇六・一〇七、『魏書』巻九五。

一三 冉閔誅石氏　冉閔、字は永曾、小字は棘奴。実父の瞻が石季龍の養子となっていたため、閔は季龍の孫として育てられた。季龍の没後、閔は石氏の一族を悉く滅ぼし、冉姓に復して晋穆帝永和六年（三五〇）に自ら大魏を建国したが、同八年（三五二）に慕容儁に討伐され殺害された。『晋書』巻一〇七載記 石季龍下附、『魏書』巻九五羯胡石勒伝附。

一四 崔悦　劉琨の従事中郎として、盧諶と同僚であった。本書「劉琨伝」参照。

一五 荀綽　字は彦舒、潁川潁陰（河南省）の人。博学かつ有能で『晋後書』十五篇を撰し世に行われた。永嘉六年（三一二）に司空従事中郎として石勒に投じ、勒の参軍となった。『晋書』巻三九荀勖伝附荀綽。

一六 裴憲　字は景思。河東聞喜（山西省）の人。初め、東宮の侍講となり、東海王越によって豫州刺史・北中郎将に任じられた。王浚の政権下では尚書となったが、永嘉末年に王浚が石勒に敗れると、荀綽とともに今度は勒に重用されて太中大夫・司徒となり、さらに石季龍のもとでも高遇された。『晋書』巻三五裴秀伝附。

一七 傅暢　?〜三三〇。字は世道。北地泥陽（陝西省）の人。若年より名声高く、東宮の侍講・秘書丞となる。石勒に投じた後は大将軍右司馬として重用される。『晋諸公叙讃』二十二巻・『公卿故事』九巻を著す。『晋書』巻四七傅玄伝附。

一八 淪陷　敵の占領下に没落すること。例えば『晋書』巻二八五行志中に「是れ懐・愍 淪陷の徵、元帝 中興の應なり」とある。

一九 非所　人が正常な生活を送れない場所、監獄や辺境などを指す。例えば『後漢書』巻六六陳蕃伝に「或いは閉隔に禁錮せられ、或いは非所に死徙せらる」とある。

二〇 撰祭法… 祭法については、『隋志』に「(梁有) 雑祭法六巻晋司空中郎盧諶 撰 (亡)。」と著録される。盧諶注『荘子』については未詳。文集については『隋志』に「晋司空従事中郎盧諶集十巻。梁有録一巻」と著録される。

(湯浅陽子)

王羲之（三〇三〜三六一）

王羲之は、書家として不朽の名声をとどめ、「書聖」と称される。名門貴族琅邪（ろうや）の王氏の出で、六朝貴族文化の象徴的な人物。心の赴くままに自由闊達に生きた生涯は、時に他者との摩擦を引き起こすこともあったが、長く人々のあこがれるところとなった。会稽（浙江省紹興）の蘭亭における曲水の宴での詩会を主催し、そのさまを叙した「蘭亭序」は、書の代表作たるにとどまらず、散文詩の趣を持つユニークな文章。

晉書卷八〇　王羲之傳

王羲之字逸少、司徒導[一]之從子也。祖正[二]、尚書郎。父曠[三]、淮南太守。元帝[四]之過江也、曠[五]首創其議。羲之幼訥[六]於言、人未之奇。年十三、嘗謁周顗[七]、顗察而異之。時重牛心炙[八]、坐客未噉、顗先割啗羲之、於是始知名。及長辯贍、以骨鯁稱。尤善隸書[九]、爲古今之冠[一〇]。論者稱其筆勢、以爲飄若浮雲[一一]、矯若驚龍。深爲從伯敦[一二]・導所器重。時陳留阮裕[一三]有重名、爲敦主簿。敦嘗謂羲之曰「汝是吾家佳子弟、當不減阮主簿」。裕亦目羲之與王承[一四]・王悅[一五]爲王氏三少。時太尉[一六]郗鑒[一七]使門生求女壻於導、導令就東廂偏觀子弟。門生歸、謂鑒曰「王氏諸少並佳、然聞信至、咸自矜持。惟一人在東牀坦腹食、獨若不聞」。鑒曰「正此佳壻邪」。訪之、乃羲之也、遂以女妻之。

[一八]起家祕書郎、征西將軍庾亮[一九]請爲參軍、累遷長史。亮臨薨、上疏稱羲之淸貴有鑒裁、遷寧遠將軍・江州刺史。羲之既少有美譽、朝廷公卿皆愛其才器、頻召爲侍中・吏部尚書、皆不就。復授護軍將軍、又推遷不拜。揚州刺史殷浩[二〇]素雅重之、勸使應命、乃遺羲之書曰「悠悠[二一]者以足下出處足觀政之隆替、如吾等亦謂爲然。至如足下出處、正與隆替對、豈可以一世之存亡、必從足下從容之適。幸徐求衆心。卿不時起、復可以求美政、不若豁然開懷。當知萬物[二二]之情也」。羲之遂報書曰「吾素自無廊廟[二三]志、直王丞相時果欲內吾、誓不許之、手跡猶存、由來尚矣、不於足下參政而方進退。自兒娶女嫁、便懷尚子平[二四]之志、數與親知言之、非一日也。若蒙驅使、關[二五]隴・巴蜀、皆所不辭。吾雖無專對[二六]之能、直謹守時命、宣國家威德、固當不同於凡使。必令遠近咸知朝廷留心於無外、此所益殊不同居護軍也。漢末使太傅馬日磾[二七]慰撫關東、若不以吾輕微、無所爲疑、宜及初冬以行、吾惟恭以待命」。

[二八]羲之既拜護軍、又苦求宣城郡、不許、乃以爲右軍將軍・會稽內史。時殷浩與桓溫[二九]不協、羲之以國家之安在於內外和、因以與浩書以戒之、浩不從。[三〇]及浩將北伐、羲之以爲必敗、以書止之、言甚切至。浩遂行、果爲姚[三一]襄所敗。復圖再擧、又遺[三二]浩書曰…（略）。

[三三]又與會稽王牋陳浩不宜北伐、幷論時事曰…（略）。

時東土饑荒、羲之輒開倉振貸。然朝廷賦役繁重、吳會尤甚、羲之每上疏爭之、事多見從。[三四]又遺尚書僕射謝[三五]安書曰…（略）。

王羲之、字は逸少、司徒導の從子なり。祖正は、尙書郎。父曠は、淮南太守。元帝の江を過ぐるや、曠首めに其の議を創す。義之幼にして言に訥[六]なれば、人未だ之を奇とせず。年十三、嘗て周顗[七]に謁するに、顗察して之を異とす。[八]時に牛心の炙を重んず、坐客未だ噉わざるに、顗先ず割きて義之に啗わしむ、是に於いて始めて名を知らる。長ずるに及びて辯贍にして、骨鯁を以て稱せらる。尤も隷書[九]に善く、古今[一〇]の冠爲り。論者其の筆勢を稱して、以爲えらく[一一]飄たること浮雲の若く、矯たること驚龍の若しと。深く[一二]從伯敦・導の器重する所と爲る。時に陳留の[一三]阮裕重名有り、敦の主簿と爲る。敦嘗て義之に謂いて曰く「汝は是れ吾が家の佳子弟、當に阮主簿に減らざるべし」と。裕も亦た義之を目して[一四]王承・[一五]王悅と與に王氏の三少と爲す。[一六]時に太尉[一七]郗鑒門生をして女壻を導に求めしめ、導東廂に就きて徧く子弟を觀せしむ。門生歸りて、鑒に謂いて曰く「王氏の諸少並びに佳なり、然れども信至ると聞きて、咸な自ら矜持す。惟だ一人東牀に在りて坦腹して食らい、獨り聞かざるが若し」と。鑒曰く「正に此れ佳壻ならんか」と。之を訪ぬれば、乃ち義之なり、遂に女を以て之に妻わす。

[一八]起家して祕書郎たり、征西將軍[一九]庾亮請いて參軍と爲し、累りに長史に遷る。亮薨ずるに臨んで、上疏して義之の清貴にして鑒裁有るを稱え、寧遠將軍・江州刺史に遷る。義之既に少くして美譽有り、朝廷公卿皆な其の才器を愛し、頻りに召して侍中・吏部尚書と爲すも、皆な就かず。復た護軍將軍を授けらるるも、又た推遷して拜せず。揚州刺史殷[二〇]浩素雅より之を重んず、勸めて命に應ぜしめ、乃ち義之に書を遺りて曰く「[二一]悠悠たる者以えらく足下の出處、政の隆替を觀るに足ると、吾等が如きも亦た謂いて然りと爲す。足下の出處の、正に隆替と對するが如きに至りては、豈に一世の存亡を以て、必ず足下從容の適に從う可けんや。幸くは徐ろに衆心を求めよ。卿時に起たざるも、復た以て美政を求む可きも、豁然として懷いを開くに若かず。當に萬物[二二]の情を知るべきなり」。義之遂に報書して曰く「吾素より自ら[二三]廊廟の志無し、王丞相の時に直いて果して吾を內れんと欲するも、誓いて之を許さず。手跡猶お存す、由來尚し、足下の政に參わるに於いて方めて進退するならず。兒娶り女嫁して自り、便ち[二四]尚子平の志を懷き、數しば親知と之を言う、一日に非ざるなり。若し驅使を蒙らば、[二五]關隴・巴蜀、皆な辭せざる所なり。吾[二六]專對の能無しと雖も、直だ

謹みて時命を守り、國家の威德を宣べんこと、固より當に凡使に同じからざるべし。必ず遠近をして咸な朝廷の心を無外に留むることを知らしめん、此れ益する所殊に護軍に居るに同じからざるなり。漢末、太傅[二七]馬日磾をして關東を慰撫せしむ、若し吾が輕微を以てせずんば、疑いを爲す所無からん。宜しく初冬に及びて以て行くべし、吾惟だ恭しみて以て命を待たん」。

[二八]義之既に護軍に拜し、又た苦ろに宣城郡を求むるも、許さず、乃ち以て右軍將軍・會稽內史と爲す。時に殷浩[二九]桓溫と協せず、義之以えらく國家の安きは內外の和に在りと、因りて以て浩に書を與えて以て之を戒むるも、浩從わず。[三〇]浩の將に北伐せんとするに及び、義之以爲えらく必ず敗れんと、書を以て之を止む、言甚だ切至なり。浩遂に行く、[三一]果して姚襄の敗る所と爲る。復た再擧を圖る、[三二]又た浩に書を遺りて曰く…（略）。

[三三]又た會稽王に牋を與えて浩の宜しく北伐すべからざることを陳べ、幷せて時事を論じて曰く…（略）。

時に東土饑荒し、義之輒ち倉を開いて振貸す。然して朝廷の賦役繁重にして、吳會尤も甚だし、義之每に上疏して之を爭い、事多く從わる。[三四]又た尚書僕射[三五]謝安に書を遺りて曰く…（略）。

王羲之、字は逸少、は司徒王導の従弟の子にあたる。祖父の正は尚書郎、父の曠は淮南（安徽省）太守だった。晋の元帝が長江を渡って南するとき、曠は率先してその議を提起した。羲之は子どものころ口べたで、さして注目もされなかったが、十三の年に、周顗に会ったとき、顗は彼の才を見抜いて高く評価した。当時、牛の心臓の炙り焼きは美味として珍重されていたが、一座の客がまだ手をつけないうちに、顗はまっさきにそれを裂いて羲之に食べさせた。それから彼の名は人に知られるようになった。成長するに及んで弁舌さわやかに、硬骨漢として名を売った。羲之はことに楷書を善くし、古今に冠絶するとされる。論者は彼の筆づかいを評して、「軽やかさはただよう雲のようだし、たくましさは馳せめぐる龍のようだ」といった。

彼は一族のおじ王敦・王導に、逸材として将来を嘱望されていた。そのころ陳留（河南省）の阮裕は令名高く、王敦の主簿となっていた。王敦はかつて羲之に向かって、「お前はわが一族期待の若者じゃ、阮主簿にだって劣りはしまい」といった。その阮裕もまた羲之に目をつけ、王承・王悦とともに「王氏の三少」と呼んでいた。あるとき、太尉の郗鑒が書生を王導のもとにやって、娘婿を選ばせたが、導は書生を東棟の若者部屋に案内して、ひとわたり若者たちを見せた。書生が帰って郗鑒に報告していうには、「王氏の若殿がたはみなご立派ですが、使いが来たというので、みなことさらにとりつくろっておられました。中でただ一人、東側の寝台に腹ばいでものを食べている方がありまして、全くどこ吹く風といった様子でした」。郗鑒は「それこそ良き婿殿じゃ」といって、調べてみると、それが羲之だった。そこで彼に娘をめあわせた。

羲之はまず秘書郎に起用されたが、征西将軍庾亮が要請して自らの参軍とし、さらに長史に昇進した。庾亮はいまわの際に臨み、上書して羲之の清潔な人格と識見をたたえ、羲之は寧遠将軍江州刺史に昇任した。羲之は若年のころからすでに誉れ高く、政府の高官たちはみな彼の才能を愛で、いくたびも召して侍中や吏部尚書に任命しようとしたが、いずれも受けつけなかった。次には護軍将軍を授けられたが、また辞退して受けなかった。揚州刺史殷浩は平素から彼を高く買っていたが、説得して命に応じさせようとし、羲之に手紙をやっていった。「世間では、あなたの進退によって政治の興廃が判断できると評判されていますが、私のような者もまたさように思います。あなたの進退が政治の興廃と対応するとなれば、一世の存亡を放っておいて、あなた個人の好みに従っていてもよいものでしょうか。どうかじっくりと人々の心をお察し下さるように。貴君がここでお起ちにならずとも、良きまつりごとは求められるのかも知れませんが、やはりひと思いに決意を固められるのが一番です。多くの人々の待望の気持ちをお察し下さい」。羲之はそこで返書をしたためていった。「私にはもともと宮仕えの意志はありません。王丞相の時代に、私を政府に入れようとする動きがありましたが、断固としてお断りいたしました。その文書はまだ手元にあります。私の気持ちはずっとこの通りで、何もあなたが政治にたずさわられるようになってから進退を問題にしているわけではありません。息子が嫁をめとり娘が縁づいてからこのかた、かの気ままに晩年を過ごした尚子平の志を慕い、しばしば家族や知己とそれを語り合うこと、今に始まったことではないのです。もし国家の駆使をこうむるとすれば、たとえ関隴・巴蜀の地であれ、辞するものではありません。独自の外交手腕とてありませんが、ひたすら慎んで時代の要請をかしこみ、国家の威徳を上げるべく努めましょう。もとより凡庸な使者とは違うつもりです。かならず遠近の地に、朝廷の限りなき配慮を理解させましょう。私のはたらきがもたらす利益は、十人並みの護軍将軍などとは大いに異なるはずであります。漢末に太傅馬日磾を遣わして、関東一帯を手なずけた例もあります。もし私をつまらぬ奴として、疑いを抱かれることさえなければ、初冬にも出立いたしましょう。ただつつしんで命をお待ちいたします」。

羲之は護軍将軍に任ぜられたあと、さらに宣城郡（安徽省）太守の地位をけんめいにねらったが、許されず、ようやく右軍将軍・会稽（浙江省）内史に任命された。折から殷浩は桓温と不仲だったが、羲之は内外で平和が維持されてこそ国家の安定があると考え、殷浩に書簡で自重を求めたが、浩は聞き入れなかった。殷浩が北伐を企てるに及び、羲之は敗北は必至と予見して、書簡で思いとどまるよう要望し、切々たる心情が行間にあふれていた。結局、浩はことを決行し、果たせるかな姚襄に敗れた。またしても再起を図る殷浩に対して、羲之はまた書をやっていった…（略）。

羲之はまた会稽王（司馬昱）に申し文を奉って、殷浩に北伐を敢行させぬよう訴え、あわせて時事を論じていった…（略）。

そのころ東部地方一帯はひどい飢饉にみまわれ、羲之はただちに穀倉を開いて食料を給付した。しかし朝廷の税金と徭役は頻繁で重く、ことに呉郡・会稽郡一帯はひどかった。羲之はことあるごとに上書して削減を要求し、多くの場合聞き届けられた。また尚書僕射謝安に書をやっていった…（略）。

一 導　王導。二七六〜三三九。字は茂弘。王覧の長子裁の子。琅邪臨沂（山東省）の人。東晋初期の重臣で、元帝を助けて東晋中興の礎石を築いた功労者。いわゆる琅邪の王氏の宗家で、南朝貴族社会における王氏一族の絶対的な権力基盤を確立した人物としても、特記される存在である。『晋書』巻六五。

二 祖正　王覧の第四子。正史に伝がなく、その生涯の詳細は不明。宋本『世説』に付録される汪藻『叙録』の「琅邪臨沂王氏譜」によれば、字を士則という。

三 父曠　正の長子だが、『晋書』には伝がない。丹楊・淮南の太守を歴任し、永嘉の乱の渦中で、北方から侵入した劉聡に敗れたことが、『晋書』懐帝紀などに見える。

四 元帝　二七六〜三二二。司馬睿、字は景文。東晋初代の皇帝で、晋中興の祖。在位三一七～三二二。永嘉元年（三〇七）、安西将軍・都督揚州諸軍事として建鄴（のちの建康）に陣を定めた。建武七年（三一七）には晋王を称し、太興元年（三一八）に愍帝が弑逆されると、正式に帝位に即いた。

五　曠首創其議　この話は、『太平御覧』巻一八四に引く『語林』によりくわしく見える。

六　訥於言　『論語』里仁篇に、「君子は言に訥にして、行に敏ならんことを欲す」。『世説』軽詆篇5には、「王右軍は、少時甚だ澁訥」とある。

七　周顗　二六九～三二二。字は伯仁。汝南・安城（河南省）の人。若いころから、奔放な処世を以て鳴る名士として定評があった。のち、王敦に反抗して殺された。『晋書』巻六九。

八　時重牛心炙…　この話は『世説』汰侈篇12に見えるが、細部にはいくらか異同がある。「王右軍は少き時、周侯の末坐に在りて、牛心を割きて之を啗う。此に於いて観を改む」。劉孝標注には、「俗に牛心を以て貴と爲す、故に羲之 先に之を食う」という。

九　隷書　この場合は楷書のことをいう。庾肩吾『書品』に、隷書を説明して、「今時の正書是れなり」という。また宋・王応麟『玉海』巻四五に、「唐自り以前、皆な楷字を謂いて隷と爲す」とある。

一〇　爲古今之冠　本伝の後に付される唐太宗御撰の制は、「所以に古今を詳察し、篆素を研精するに、善を盡くし美を盡くす者は、其れ惟だ王逸少か」と絶賛する。王羲之を古今を通じての最高の書家と見なす評価は、六朝梁の庾肩吾『書品』に始まって、初唐・孫過庭『書譜』によって継承され、盛唐・張懐瓘『書断』に至って定着する。彼の書が鍾繇や張芝をしのぐ高い評価を得るに至ったのは、いくつかの批評基準から見て、総合的にバランスよく調和が取れているという点にあった。『書品』によれば、工夫（人為的な巧みさ）において第一とされる張芝、天然（自然の妙味）において第一とされる鍾繇に対して、「王は工夫は張に及ばざるも、天然之に過ぎ、天然は鍾に及ばざるも、工夫之に過ぐ」と評する。また『書譜』では、鍾繇を隷書の名手、張芝を草書の名人と評した上で、羲之は隷・草一体だけの巧さは両者にやや劣るが、いずれをも善くするという総合力で遙かにまさると評価している。

一一　飄若浮雲…　『世説』容止篇30には、「時人は王右軍を目して、飄たること遊雲の如く、矯たること驚龍の若しとす」とあり、この評語がもとは羲之の書に対するものではなく、彼の人となりを評したものであったことが知られる。

一二　従伯敦　二六六～三二四。字は処仲。王導の従兄にあたる。東晋初期の軍事を掌握した実力者。はじめ王導とともに晋の中興に尽力したが、のち反乱を企てて成らず、病死した。『晋書』巻九八。

一三　阮裕　生卒年未詳。字は思曠。陳留尉氏（河南省）の人。阮籍の族弟で、東晋名士の一人。『晋書』巻四九。

一四　王承　生卒年未詳。字は安期。王湛の子で、王述の父。東晋名士の一人。ただし、王承は太原晋陽（山西省）の王氏の出で、羲之とは別族。『晋書』巻七五。

一五　王悦　生卒年未詳。字は長予。王導の長子。才秀でて、父の寵愛を一身に受けたが、若くして亡くなった。『晋書』巻六五。

一六　時太尉郗鑒使門生求壻於導…　この話は、『世説』雅量篇19に見える。『太平御覧』巻八六〇に引く王隠『晋書』では、このときの羲之の様子を、「羲之獨り東床に坦腹して、胡餅を嚙り、神色自若たり」と記す。この故事にもとづいて、女婿のことを「坦」「坦腹」あるいは「東牀」と称することがある。

一七 郗鑒　二六九～三三九。字は道徽。高平金郷（山東省）の人。東晋初期の将軍で、王敦・祖約・蘇峻らの反乱鎮定に功績を遺した。『晋書』巻六七。

一八 起家祕書郎　当時、名門貴族の子弟は、まず秘書郎として登用されることが多かった。宮崎市定『九品官人法の研究』参照。

一九 庾亮　二八九～三四〇。字は元規。潁川鄢陵（河南省）の人。王導と並ぶ東晋草創期の重臣。『晋書』巻七三。庾亮が征西将軍に任じられて武昌に鎮したのは、咸和九年（三三四）のことで、以後病死するまでの六年間、その任に在った。王羲之の年齢では、三十二歳から三十八歳までのことになる。

二〇 殷浩　?～三五六。字は淵源。陳郡（河南省）の人。東晋初期の将軍、また清談家としても知られる。のち桓温の対抗馬として担ぎ出され、北伐を敢行するが、失敗した。『晋書』巻七七。

二一 悠悠者　当事者から物理的・心理的に遠い位置にある人。

二二 萬物之情　「萬物」は、「萬人」というに同じ。

二三 廊廟　政治を執り行う表御殿。また政治に参画する行為をいう。

二四 尚子平　名は長。後漢の隠者。姓は「向」字をあてることもある。『後漢書』巻八三逸民伝に、「（長は）家に潜隠し、易を讀んで損の卦に至るに、喟然として歎じて曰く、『吾已に富の貧に如かず、貴の賤に如かざるを知るも、但だ未だ死の生に何如なるかを知らざるのみ。建武中、男女娶り嫁ぐこと既に畢わる。家事を敕斷して、相い關する勿らしむ。當に我の死するが如くすべきなり』」。そういいのこして、山中に隠遁した。王羲之が自らの処世の手本とした言動であろう。

二五 關隴・巴蜀　「關隴」は、関中と隴、現在の陝西省から甘粛省一帯の地。「巴蜀」は、現在の四川省一帯。いずれも当時の北方異民族国家群との最前線の地域にあたる。

二六 專對之能　外国での交渉に際して、自分一人の判断で的確に応対できる能力。『論語』子路篇に、「子曰く、詩三百を誦するも、之に授くるに政を以てして達せず、四方に使いして專對すること能わず。多しと雖も、亦た奚を以て爲さん」。

二七 馬日磾　後漢末の人で、著名な学者馬融の族孫。献帝の初平三年（一九二）八月、太傅馬日磾を遣わして天下を慰撫せしめたことが、『後漢書』献帝紀に記される。

二八 羲之既拜護軍　『通鑑』巻九八は、羲之の護軍将軍任命を、穆帝の永和四年（三四八）に繫ける。

二九 桓温　三一二～三七三。字は元子。譙国龍亢（安徽省）の人。東晋初期の将軍。北方の失地回復のためにしばしば北伐を敢行して、かなりの成果を収め、実力者として地歩を固めた。やがて、王朝の簒奪を企てるが、こと成らず、病死した。『晋書』巻九八。

三〇 及浩將北伐　殷浩が北伐を開始したのは、永和八年（三五二）九月のこと。

三一 果爲姚襄所敗　殷浩が姚襄の裏切りがもとで敗北したのは、永和九年（三五三）十月のこと。姚襄、字は景国、羌族の首長で、はじめ殷浩の北伐軍に加わっていたが、途中で寝返った。『晋書』載記一六。

三二 又遺浩書曰…　羲之はこの書簡で殷浩に対して、長くつづいた戦乱により疲弊した国内の状況を冷静に見きわめながら、一時の失敗によって血気にはやることなく、自重するよう呼びかけている。

三三 又與會稽王牋…　「會稽王」は、司馬昱。三二〇～三七二。字は道萬。元帝の子で、当時の東晋政府の最高責任者。殷浩を桓温の対抗馬に起用したのも、彼の意による。のちに即位したが、在位わずか二年足らずで亡くなり、簡文帝と諡された。『晋書』巻九。羲之が司馬昱にあてた牋では、劣悪な軍事・経済の現況を客観的に認識して、現実的な対処を考えること、とくに北伐軍を召還して、より身近な国境線である淮水一帯の防備を強化すべきことを訴えている。

三四 又遺尚書僕射謝安書曰… 謝安あての書簡では、当面の緊急な課題として食糧の輸送を挙げ、その目的遂行のために他の繁雑な公務を削減して、民衆の立場をよく理解しながら、混乱した社会を救うよう提言している。

三五 謝安 三二〇～三八五。字は安石。陳郡陽夏（河南省）の人。東晋の重臣で、清談家としても著名。王羲之と親交が深かった。『晋書』巻七九。

* * *

羲之雅好服食養性、不樂在京師、初渡浙江、便有終焉之志。會稽有佳山水、名士多居之、謝安未仕時亦居焉。[三六]孫綽・[三七]李充・[三八]許詢・[三九]支遁等皆以文義冠世、並築室東土、與羲之同好。[四〇]嘗與同志宴集於會稽山陰之蘭亭、[四一]羲之自爲之序以申其志、曰、

「永和九年、歲在癸丑、暮春之初、會于會稽山陰之蘭亭、[四二]修禊事也。羣賢畢至、少長咸集。此地有崇山峻嶺、茂林修竹、又有清流激湍、映帶左右、引以爲[四三]流觴曲水、列坐其次。雖無絲竹管絃之盛、一觴一詠、亦足以暢敍幽情。

是日也、天朗氣清、惠風和暢、仰觀宇宙之大、俯察品類之盛、所以游目騁懷、足以極視聽之娛、信可樂也。夫人之相與俯仰一世、或取諸懷抱、[四四]悟言一室之內、或因寄所託、放浪形骸之外。雖趣舍萬殊、[四五]靜躁不同、當其欣於所遇、暫得於己、快然自足、[四六]不知老之將至。及其所之既倦、情隨事遷、感慨係之矣。向之所欣、俛仰之閒、已爲陳跡、猶不能不以之興懷。況修短隨化、終期於盡。古人云、[四七]死生亦大矣、豈不痛哉。

毎覽昔人興感之由、若合一契、未嘗不臨文嗟悼、不能喩之於懷。固知[四八]一死生爲虛誕、[四九]齊彭殤爲妄作。[五〇]後之視今、亦猶今之視昔、悲夫。故列敍時人、錄其所述、雖世殊事異、所以興懷、其致一也。後之覽者、亦將有

感於斯文」。

[五一]或以潘岳金谷詩序方其文、義之比於石崇、聞而甚喜。

性愛鵝、會稽有孤居姥、養一鵝善鳴、求市未能得、遂攜親友命駕就觀。姥聞義之將至、烹以待之、義之歎惜彌日。[五二]又山陰有一道士、養好鵝、義之往觀焉、意甚悅、固求市之。道士云「爲寫道德經、當擧羣相贈耳」。義之欣然寫畢、籠鵝而歸、甚以爲樂。其任率如此。[五三]嘗詣門生家、見棐几滑淨、因書之、眞草相半。後爲其父誤刮去之、門生驚懊者累日。[五四]又嘗在蕺山、見一老姥持六角竹扇賣之。義之書其扇、各爲五字。姥初有慍色、因謂姥曰「但言是王右軍書、以求百錢邪」。姥如其言、人競買之。他日、姥又持扇來、義之笑而不答。其書爲世所重、皆此類也。

每自稱「[五五]我書比鍾繇、[五六]當抗行、比張芝草、[五七]猶當雁行也」。[五八]曾與人書云「張芝臨池學書、池水盡黑、使人耽之若是、未必後之也」。義之書初不勝庾翼・[五九]郗愔、[六〇]及其暮年方妙。[六一]嘗以章草答庾亮、[六二]而翼深歎伏、因與義之書云「我昔有伯英章草十紙、過江顚狽、遂乃亡失、常歎妙迹永絕。忽見足下答家兄書、煥若神明、頓還舊觀」。

義之雅より服食養性を好み、京師に在るを樂しまず、初め浙江を渡りて、便ち終焉の志有り。會稽に佳山水有り、名士多く之に居る、謝安未だ仕えざる時亦た居る。[三六]孫綽・[三七]李充・[三八]許詢・[三九]支遁等皆な文義を以て世に冠し、並びに室を東土に築き、義之と好を同じくす。[四〇]嘗て同志と會稽山陰の蘭亭に宴集し、[四一]義之自ら之が序を爲りて以て其の志を申べて、曰く、

「永和九年、歳癸丑に在り、暮春の初め、會稽山陰の蘭亭に會するは、禊事を修むるなり。羣賢畢く至り、少長咸な集まる。此の地に崇山峻嶺、茂林修竹有り、又た清流激湍有りて、左右に映帶し、引きて以て流觴の曲水と爲し、其の次に列坐す。絲竹管絃の盛んなる無しと雖も、一觴一詠、亦た以て幽情を暢敍するに足る。是の日や、天朗らかに氣清く、惠風和暢す。仰ぎて宇宙の大を觀、俯して品類の盛を察す、目を游ばせ懷いを騁する所以にして、以て視聽の娛しみを極むるに足る、信に樂しむ可きなり。夫れ人の相い與に一世に俯仰する、或いはこれを懷抱に取りて、一室の内に悟言し、或いは因りて託す所に寄せて、形骸の外に放浪す。趣舍萬殊にして、靜躁同じからずと雖も、其の遇う所に欣び、暫く己れに得るに當りては、快然として自ら足り、老いの將に至らんとするを知らず。其の之く所既に倦み、情事に隨いて遷るに及んで、感慨之に係る。向の欣ぶ所は、俛仰の閒に、已に陳跡と爲り、猶お之を以て懷いを興すこと能わず。況んや修短化に隨いて、終に盡くるに期するをや。古人云えらく、死生も亦た大なりと、豈に痛まざらんや。

每に昔人興感の由を覽るに、一契を合するが若し、未だ嘗て文に臨みて嗟悼せずんばあらざるも、之を懷いに喩ること能わず。固より知る死生を一にするは虛誕爲り、彭殤を齊しくするは妄作爲るを。後の今を視るは、亦た猶お今の昔を視るがごとし、悲しいかな。故に時人を列敍して、其の述ぶる所を錄す、世殊なり事異なると雖も、懷いを興す所以は、其の致一なり。後の覽ん者、亦た將に斯の文に感有らんとす」。

或るひと潘岳「金谷詩」の序を以て其の文に方べ、羲之を石崇に比す、聞きて甚だ喜ぶ。

性鵝を愛す、會稽に孤居の姥有りて、一鵝の善く鳴くを養う。市らんことを求むるも未だ得る能わず、遂に親友を攜え駕を命じて就きて觀る。姥羲之の將に至らんとするを聞き、烹て以て之を待す、羲之歎惜して日を彌る。又た山陰に一道士有りて、好鵝を養う、羲之往きて觀、意甚だ悅んで、固く之を市らんことを求む。道士云えらく「爲に道德經を寫さば、當に羣を擧げて相い贈らんのみ」と。羲之欣然として寫し畢り、鵝を籠にして歸り、甚だ以て樂しみと為す。其の任率なること此くの如し。[五三]嘗て門生の家に詣りて、棐几の滑浄なるを見、因りて之に書し、眞草相い半ばす。後に其の父の誤って之を刮去するところと為り、門生驚懊すること累日なり。[五四]又た嘗て蕺山に在りて、一老姥の六角の竹扇を持ちて之を賣るを見る。義之其の扇に書して、各おの五字を為す。姥初め慍色有り、因りて姥に謂いて曰く「但だ是れ王右軍の書なりと言わば、以て百銭を求めんか」と。姥其の言の如くすれば、人競いて之を買う。他日、姥又た扇を持ちて來る、義之笑いて答えず。其の書の世の重んずる所と為ること、皆な此の類なり。

毎に自ら稱すらく「我が[五五]書は[五六]鍾繇に比せば、當に抗行すべく、[五七]張芝の草に比せば、猶お當に[五八]雁行すべきなり」と。曾て人に書を與えて云えらく「張芝 池に臨みて書を學び、池水 盡く黒し。人をして之に耽ること是くの若くならしめば、未だ必ずしも之に後れざるなり」と。義之の書は初め[五九]庾翼・[六〇]郗愔に勝らず、[六一]其の暮年に及びて方めて妙なり。嘗て[六二]章草を以て庾亮に答うるに、翼深く歎伏し、因りて義之に書を與えて云えらく「我 昔 伯英の章草十紙有り、江を過ぐるとき顛狽して、遂に乃ち亡失し、常に妙迹の永く絶ゆるを歎ず。忽ち足下の家兄に答うる書を見るに、煥として神明の若し、頓に舊觀を還す」と。

義之は日ごろ仙薬を服して長生の養生法を実践し、都の生活を不本意に思っていた。最初、浙江を渡って会稽にやって来たときから、この地で生涯を送るつもりになった。会稽は美しい自然に恵まれ、名士たちはここに住む者が多く、謝安も官途につく前はここに居を構えていた。孫綽・李充・許詢・支遁らは、みな文学の才を以て世に秀でていたが、いずれもこの東方の地に居宅を設けて、義之とよしみを通じていた。義之はかつて同好の士とともに、会稽郡山陰の蘭亭に集いの宴を催し、参会者の詩を編んで自ら序文を書き、考えるところを述べた。その文にはいう。

「永和九年（三五三年）、癸丑の年、暮春の初め、会稽郡山陰の蘭亭に会したのは、禊ぎを行なわんがためである。もろもろの賢人才子みな至り、老いも若きもことごとく集まった。この地は高く嶮しい山並みと、高く茂った森や竹林が豊かで、また清らかな早瀬が、あたりに照りはえている。その流れを引いて流觴の遊びのための曲水とし、ずらりとそのかたわらに座を占めた。音楽のにぎわいはなくとも、一杯の酒一首の詩は、私たちの内なる思いを存分に晴らしてくれる。

この日、空は晴れやかに澄みわたり、そよ吹く風はおだやかで、私たちは広大な宇宙を振り仰ぎ、万物の繁栄を見おろしては、目と心を気ままにめぐらせて、感覚の楽しみを心ゆくまで味わうことができた。全く何というこの楽しさ。さて、人が互いに一生をこの世に送るにつけても、胸に抱く思いを、一室の内でひそやかに友に語る人もあれば、志の赴くままにまかせて、生身の肉体を超越しようとする人もある。かくのごとく生きかたはさまざまで、静と動のちがいこそあれ、めぐり会った境遇にあきたりて、しばし己の意のままになるとき、人は心地よくそこに満足しきって、老いがわが身に忍び寄ってくることも忘れてしまう。そして得意がやがて倦怠に変わり、心情が事物にしたがって移ろえば、感慨もそれにつれて色あせてゆく。かつての楽しかったことどもは、ほんのつかの間のうちに、過ぎしふるごとと朽ち果てて、人の心に感慨を生ぜしめずにはおかない。いわんや長寿も短命も造化の心まかせに、ついには滅びに帰する運命を思えばなおさらだ。古人は、『死生もまた人にとっての大事だ』といったが、何とも痛ましいことばではないか。

私は昔の人が感動を発したことの由来を見るたびに、誰の心も割り符を合わせたように一つであるのを知って、古人の文を前に痛み嘆かずにはいられないが、その理由は我と我が心にもさとすことが不可能だ。私はもとより死と生を等価値とすることのいつわりを知り、長寿と短命を等し並みに扱うことのでたらめを心得ている。後の世から現在を見れば、ちょうど現在から過去を振り返るようなものなのだろう。悲しいことだ。かくて、いまここに集う人々の名を連ね記し、その作品をここに収録する。時は移り事は変わるとも、人が感動を発する源は、究極一つである。後の世の人々は、またこれらの作品に心を動かされるであろう」。

ある人がこれを潘岳の「金谷詩」に付された序に匹敵すると評し、義之をその筆者石崇になぞらえた。義之はそれを聞いて、たいへん喜んだ。

義之は生来、鵞鳥が好きだった。会稽のさる独り身の老婆が、鳴き声のよい鵞鳥を飼っていたので、売ってくれるよう頼んだがうまく手に入らない。そこで親しい友人を語らい、馬車で老婆の家まで見に出かけた。老婆は義之がやってくると聞き、鵞鳥を煮て彼をもてなしたので、義之は何日も残念がった。また山陰のさる道士がみごとな鵞鳥を飼っていた。義之はそれを見に行き、たいへん気に入って、ぜひ売ってくれるように頼んだ。すると道士がいうには、「道徳経を書いていただけるなら、すべて差し上げましょう」。義之は大喜びで書き終わると、籠いっぱいの鵞鳥を持ち帰り、すっかりごきげんだった。彼の気ままさはこの調子である。あるとき書生の家に行って、なめらかできれいな榧の木の机があるのを見ると、その上に筆を揮い、楷書と草書が相い半ばしていた。のちにその父親がうっかりそれを削ってしまったので、書生はずっと恨めしがっていた。また戢山に住んでいたとき、一人の老婆が六角の竹扇を売っているのを見かけた。義之はその扇にそれぞれ五字を揮毫した。老婆がふくれっつらをしているので、義之は彼女にいってやった。「これは王右軍の書だといいさえすれば、大金がころげこむよ」。老婆がいわれた通りにすると、人々は争って扇を買い求めた。後日、老婆がまた扇を持ってきたが、義之は笑って取りあわなかった。彼の書が世に尊重されたこと、すべてこんなぐあいだった。

義之が自分の書についていうには、「私の書は鍾繇に比べれば、まあ互角だが、張芝の草書に比べると、いくらか後れをとるなあ」。かつてある人に与えた書簡にはいう、「張芝は池に面して書を習ったが、池の水は真っ黒になってしまいました。私もこれくらい書に没頭できたら、彼にひけを取ることはありますまい」。義之の書は、はじめ庾翼や郗愔に及ばなかったが、晩年になってまさに絶妙の域に達した。かつて章草体で庾亮に返書をしたためたが、弟の庾翼がそれに深く感嘆し、義之に手紙を出していった。「私はむかし伯英（張芝）の章草を十枚持っていましたが、南渡の際のどさくさで亡くしてしまい、いつもあのすばらしい書跡が永遠に失われたことを慨嘆していました。今ゆくりなくも足下の家兄に対する返書を拝見致すに、その輝かしさは神技さながらで、にわかに名人の再来を思わせました」。

三六 孫綽　四世紀前半の人。字は興公。太原中都（山西省）の人。孫楚の孫。玄言詩の作者として知られる。『晋書』巻五六。本書「孫綽伝」参照。

三七　李充　四世紀前半の人。字は弘度。江夏（湖北省）の人。東晋の中書侍郎に至った。『翰林論』などの著作で知られる学者・文人。『晋書』巻九二文苑伝。

三八　許詢　四世紀前半の人。字は玄度。高陽（山東省）の人。清談家、また玄言詩の作者として孫綽とともに著名。本書「許詢伝」参照。

三九　支遁　三一四～三六六。字は道林。陳留（山東省）、あるいは河東林慮（山西省）の人。清談家として知られる僧。本姓は関氏。会稽と建康に交互に住んで、仏教教理を研究するとともに、時の名士たちと広く交友関係を結んだ。『高僧伝』巻四。

四〇　嘗與同志宴集於會稽山陰蘭亭　「山陰」は、現在の浙江省紹興県。その郊外に蘭亭の遺跡が保存されている。『太平寰宇記』巻九六に、「越州山陰縣の蘭亭は、縣の西南二十七里に在り。『輿地志』に云えらく『山陰郭の西に蘭渚あり、渚に蘭亭有り、王羲之の所謂る曲水の勝境、序を此に制る』」とある。この会の参集者については、『法書要録』巻三所載の唐・何延之「蘭亭記」に、王羲之をはじめとする十一人の姓名が見えているほか、宋の張淏『雲谷雑記』巻一や桑世昌『蘭亭考』巻一に四十二人の姓名が記され、参会者の作った四言詩・五言詩が収められている。また唐の柳公権によるこれらの詩作の書写が伝わる。

四一　羲之自爲之序　この序は、『法書要録』巻一〇にこの時作られた羲之の五言詩五首とともに収録されるほか、多くの模本が伝存する。『世説』企羨篇3注には、「臨河叙」と題してこの序が引かれるが、一般に行なわれる「蘭亭序」との間にかなりの字句の異同が存する。それが一つの根拠となって、一九六五年、郭沫若氏は「蘭亭序」偽作説を提起し、大きな論争を巻き起こした。

四二　修禊事　『晋書』礼志下によれば、漢以来、三月上旬の巳の日に、川のほとりで禊ぎを行い、不祥を除く習慣があった。魏以後は、三月三日と日を定めるようになったという。

四三　流觴曲水　禊ぎの日に行われる行事で、川の水をめぐらせて、流れの傍に坐り、水面に酒杯を浮かべては詩を作りあって楽しんだ。

四四　悟言　向かいあって話す。「晤言」に同じ。

四五　靜躁不同　「静躁」は、静動に同じ。『老子』二六章に、「重は輕の根爲り、靜は躁の君爲り」。

四六　不知老之將至　『論語』述而篇で、孔子が自分のことを述べて、「其の人と爲りや、憤りを發しては食を忘れ、樂しんで以て憂いを忘れ、老いの將に至らんとするを忘る」というのにもとづく。

四七　死生亦大矣　『荘子』徳充符篇のことば。

四八　一死生爲虚誕　死生には価値の区別はないとする『荘子』の斉物の哲学への反発。

四九　齊彭殤爲妄作　「彭」は、彭祖。八百年生きたという古代の仙人。「殤」は、夭折。『荘子』斉物論篇に、「殤子よりも壽なるは莫く、彭祖も夭と爲す」とあり、夭折した子供も、八百年の長寿を保った彭祖も、絶対の立場からすれば価値の上下はないとする。「妄作」は、みだりなふるまい。『老子』第一六章に、「常を知らざれば、妄作して凶なり」。

五〇　後之視今…　未来を予見する超能力の持ち主だったという前漢の京房が、天地の異変に関して元帝に与えた助言の中に次のようなことばがある。「夫れ前世の君も亦た皆な然り。臣恐るらくは、後の今を視ること、猶お今の前を視るがごときなり」（『漢書』巻七五京房伝）。王羲之はこれを意識したものか。

五一　或以潘岳金谷詩序方其文…　『世説』企羨篇3に、「王右軍　人の

「蘭亭集序」を「金谷詩序」に方べ、又た己を以て石崇に敵せしむるを以て、甚だ欣ぶ色有り」。「潘岳」は、西晋の詩人。「石崇」は、潘岳の友人で、やはり文名が高かった。本書「潘岳伝」「石崇伝」参照。元康六年（二九六）、洛陽郊外の金谷水のほとりにある石崇の別荘に、潘岳をはじめとする三十数人の文人が会し、征虜将軍に任じられて都を離れる石崇を送別する宴が開かれた。その席で潘岳らが作った詩に、主人である石崇が序を書いた。潘岳の「金谷集作詩」は、『文選』巻二〇に収められる。石崇の序と「蘭亭序」は、論旨や用語の上で共通性が多く、羲之の蘭亭の会は、おそらく金谷の集いを意識して開かれたものと思われる。

五二 又山陰有一道士… この故事は以下の一連の話とともに、宋・虞龢「論書表」（『法書要録』巻二）に「旧説」として見えている。「山陰の曇礦（一に「釀」に作る）村に一道士有り、好鵝十餘を養う。王 清旦に小船に乗り故らに往く。意大いに願樂し、乃ち告げて市易せんことを告ぐるも、道士與えず。百方譬說するも、得る能わず。道士乃ち言えらく『性 道を好む。久しく河上公の『老子』を寫さんと欲して、縑素早に辦ずるも、人の書を能くする無し。府君若し能く自ら屈して『道德經』各兩章を書かば、便ち羣を合わせて以て奉ぜん』と。羲之便ち住まること半日、爲に寫し畢り、鵝を籠にして歸る」。『太平広記』巻二〇七に引く『図書会粋』にも同じ話が見える。

五三 嘗詣門生家… 虞龢「論書表」に、「又た嘗て一門生の家に詣る。佳饌を設け、供億甚だ盛んなり。之に感じ書を以て相い報いんと欲す。一新棐の牀几の至って滑淨なる有るを見て、乃ち之に書し、草正相い半ばす。門生 王の郡に歸るを送り、家に歸るに、其の父已に刮り盡す。生 書を失い、驚懊すること累日なり」。同じ話が『図書会粋』（→注五二）にも記される。

五四 又嘗在蕺山… 虞龢「論書表」に、「舊說に、羲之 會稽を罷め、蕺山の下に住む。一老嫗 十許りの六角の竹扇を捉ち市に出づ。王聊か問う『一枚幾錢なるや』と。云えらく『直二十許りなり』と。右軍 筆を取りて扇に書し、扇ごとに五字を爲す。嫗大いに悵惋して云えらく『擧家の朝餐、惟だ此に仰ぐ、何ぞ乃ち書して壞うや』と。王云えらく『但だ王右軍の書と言い、字ごとに一百を索めよ』と。市に居るに、市人競って市い去る。姥復た十數扇を以て來り書を請うも、王笑いて答えず」。また『図書会粋』にも見える。

五五 我書比鍾繇… 王羲之「自論書」（『法書要録』巻一）に、「吾が書は之を鍾・張に比ぶれば、當に抗行すべし、或いは之に過ぎんと謂う。張の草は猶お當に雁行すべし。張は精熟 人に過ぎ、池に臨みて書を學ぶに、池水盡く墨となる。若し吾 之に耽ること此くの若ければ、未だ必ずしも之に謝せず」。ほぼ同じ内容が、虞龢「論書表」などにも見られる。

五六 鍾繇 一五一～二三〇。字は元常。潁川長社（河南省）の人。王羲之以前の最大の書家と称される。『三国志』巻一三。

五七 張芝 ?～一九三?。字は伯英。敦煌酒泉（甘粛省）の人。書の大家で、ことに草書にすぐれた。『後漢書』巻六五。

五八 雁行 雁が斜めに列を作って飛ぶように並んで歩くこと。『礼記』曲礼に、「父の歯は随行し、兄の歯は雁行す」。

五九 庾翼 三〇五～三四五。字は稚恭。潁川鄢陵（河南省）の人。庾亮の弟。官は安西将軍・荊州刺史に至った。書家として名があり、草書・隷書を善くして、王羲之に次ぐ評価を受けた。『書品』では中の上に列せられる。『晋書』巻七三。

六〇 郗愔 三一三～三八四。字は方回。高平金郷（山東省）の人。郗

鑒の長男で、王羲之の義弟にあたる。官は会稽内史から、司空に至った。書家としては、王羲之に次ぐ評価を受け、ことに章草にすぐれた。『書品』では中の上に列せられる。『晋書』巻六七。

六一　及其暮年方妙　羲之の書は、その晩年に至って妙境に達したとする評価が、すでに六朝後期からあった。梁の陶弘景「梁武帝に与えて書を論ずる啓」（『法書要録』巻二）に、「逸少の呉興自り以前の諸書は、猶お未だ稱せられずと爲す。凡そ厥の好き迹は、皆な是れ向に會稽に在りし時、永和十許年中に在る者なり」。また唐・孫過庭『書譜』にも、「末年 妙多し」とある。

六二　章草　草書の一体で、漢代から行われた。

*　　*　　*

時驃騎將軍王述[63]少有名譽、與羲之齊名、而羲之甚輕之、由是情好不協。述[64]先爲會稽、以母喪居郡境。羲之代述、止一弔、遂不重詣。述每聞角聲、謂羲之當候己、輒洒掃而待之。如此者累年、而羲之竟不顧、述深以爲恨。及述[65]爲揚州刺史、將就徵、周行郡界、而不過羲之、臨發、一別而去。先是羲之常謂賓友曰「懷祖正當作尚書耳、投老可得僕射。更求會稽、便自邈然」。及述蒙顯授、羲之恥爲之下、遣使詣朝廷、求分會稽爲越州。行人失辭、大爲時賢所笑。既而內懷愧歎、謂其諸子曰「吾不減懷祖、而位遇懸邈、當由汝等不及坦[66]之故邪」。述後檢察會稽郡、辯其刑政、主者疲於簡對。羲之深恥之、遂稱病去郡、於[67]父母墓前自誓曰「維永和十一年三月癸卯朔、九日辛亥、小子羲之敢告二尊之靈。羲之不天[68]、夙遭閔凶、不蒙過庭之訓。母兄鞠育、得漸庶幾[69]、遂因人乏、蒙國寵榮。進無忠孝之節、退違推賢之義。每仰詠老氏[70]・周任之誡、常恐死亡無日、憂及宗祀、豈在微身而已。是用寤寐永歎、若墜深谷。止足之分、定之於今。謹以今月吉辰肆筵設席、稽顙歸誠、告誓先靈。自今之後、敢渝此心、貪冒苟進、是有無尊之心而不子也。子而不子、天[71]地所不覆載、名教所不得容。信誓之誠、有如[72]皦日」。

羲[73]之既去官、與東土人士盡山水之游、弋釣爲娛。又與道[74]士許邁共修服食、採藥石不遠千里、偏游東中諸郡、窮諸名山、泛滄海、歎曰「我卒當以樂死」。謝安[七五]嘗謂羲之曰「中年以來、傷於哀樂、與親友別、輒作數日惡」。羲之曰「年在桑楡、自然至此。頃正賴絲竹陶寫、恆恐兒輩覺、損其歡樂之趣」。朝廷[七六]以其誓苦、亦不復徵之。時[七七]劉惔[七八]爲丹楊尹、許詢嘗就惔宿、牀帷新麗、飲食豐甘。詢曰「若此保全、殊勝東山[七九]」。惔曰「卿若知吉凶[八〇]由人、吾安得保此」。羲之在坐、曰「令[八一]巣・許遇稷[八二]・契、當無此言」。二人並有愧色。

初羲之既優游無事、[八三]與吏部郎謝萬書曰…（略）。

萬後爲豫州都督、又遺萬書誡之曰「以君邁往不屑之韵、而俯同羣辟、誠難爲意也。然所謂通識、正自當隨事行藏、乃爲遠耳。願君每與士之下者同、則盡善矣[八四]。食不二味[八五]、居不重席、此復何有、而古人以爲美談。濟否所由、實在積小以致高大、君其存之」。萬[八六]不能用、果敗。

年[八七]五十九卒、贈金紫光祿大夫。諸子遵父先旨、固讓不受。有[八八]七子、知名者五人。

時に驃騎將軍[八九]王述少くして名譽有り、羲之と名を齊しくするも、羲之甚だ之を輕んじ、是に由りて情好協わず。[九〇]述先に會稽と爲り、母の喪を以て郡境に居る。羲之 述に代わり、止だ一弔して、遂に重ねて詣らず。述 角聲を聞く每に、謂えらく羲之當に己を候うべしと、輒ち洒掃して之を待つ。此くの如きこと累年なるに、羲之竟に顧みず、術深く以て恨みと爲す。述[九一]揚州刺史と爲るに及び、將に徵に就かんとして、郡界を周行するも、羲之に過ぎらず、發するに臨み、一別して去る。是より先 羲之常に賓友に謂いて曰く「懷祖正に當に尙書と作るべきのみ、老に投じて僕射を得可し。更に會稽を求むるは、便ち自ずから邈然たり」と。述の顯授を蒙るに及びて、羲之 之が下と爲ることを恥じ、使いを遣わして朝廷に詣らしめ、會稽を分かちて越州と爲さんことを求む。行人 辭を失い、大いに時賢の笑う所と爲る。既にして内に愧歎を懷き、其の諸子に謂いて曰く「吾 懷祖に減らざるに、位遇懸かに逖たるは、當に汝等が坦之に及ばざるに由るが故なるべきか」と。述 後に會稽郡を検察して、其の刑政を辯じ、主者 簡對に疲る。義之深く之を恥じ、遂に病と稱して郡を去り、父母の墓前に自ら誓いて曰く「維れ永和十一年三月癸卯朔、九日辛亥、小子義之敢えて二尊の靈に告ぐ。義之 不天にして、夙に閔凶に遭い、過庭の訓を蒙らず。母兄の鞠育、漸く庶幾きを得、遂に人の乏しきに因り、國の寵榮を蒙る。進みては忠孝の節無く、退きては推賢の義に違う。毎に仰ぎて 老氏・周任の誡を詠じ、常に死亡するに日無く、憂いの宗祀に及ばんことを恐る、豈に微身に在るのみならんや。是を用て寤寐に永歎し、深谷に墜つるが若し。止足の分、之を今に定む。謹みて今月吉辰を以て筵を肆べ席を設け、稽顙歸誠して、誓いを先靈に告ぐ。今自りの後、敢えて此の心を渝え、貪冒して苟進せば、是れ尊を無みするの心有りて子たらざるなり。子にして子たらざるは、天地も覆載せざる所にして、名教の容るるを得ざる所なり。信誓の誠は、皦日の如き有り」。

義之 既に官を去り、東土の人士と山水の游びを盡し、弋釣もて娯しみと爲す。又た道士許邁と共に服食を修め、藥石を採りて千里を遠しとせず、徧く東中の諸郡に游び、諸名山を窮め、滄海に泛び、歎じて曰く「我卒に當に樂を以て死すべし」と。謝安嘗て義之に謂いて曰く「中年以來、哀樂に傷み、親友と別るれば、輒ち數日の惡を作す」と。義之曰く「年 桑楡に在れば、自然に此に至る。頃 正に絲竹に頼りて陶寫するも、恆に兒輩の覺りて、其の歡樂の趣を損ねんことを恐る」と。朝廷 其の誓いの苦ろなるを以て、亦た復た之を徵さず。

時に 劉惔 丹楊の尹爲り、許詢嘗て惔に就きて宿するに、牀帷新麗にして、飲食豐甘なり。詢曰く「此くの若くにして保全せば、殊に 東山に勝らん」と。惔曰く「卿若し吉凶の人に由ることを知らば、吾安んぞ此を保つを得ん」と。義之坐に在りて、曰く「巣・許をして 稷・契に遇わしむれば、當に此の言無かるべし」と。二人並びに愧ずる色有り。

初め義之既に優游して無事、吏部郎謝萬に書を與えて曰く…（略）。

萬 後に豫州都督と爲るに、又た萬に書を遺りて之を誡めて曰く「君が邁往不屑の韵を以て、俯して羣辟に同ずるは、誠に意を爲し難からん。然れども所謂る通識は、正に自當に事に隨いて行藏すべし、乃ち遠と爲さんのみ。願わくは君毎に士の下なる者と同じくせば、則ち善を盡さん(八四)。(八五)食は味を二にせず、居は席を重ねず、此れ復た何か有らん、而も古人以て美談と爲す。濟否の由る所、實に小を積みて以て高大を致すに在り、君其れ之を存え」。(八六)萬用うること能わず、果して敗る。

(八七)年五十九にして卒し、金紫光祿大夫を贈らる。諸子 父の先旨に遵い、固く讓りて受けず。(八八)七子有り、名を知らるる者五人。

そのころ、驃騎将軍王述は若年のころから誉れ高く、羲之と並び称されたが、羲之は彼をばかにしていて、そのために二人の間は気まずかった。王述が先に会稽内史となったが、母の喪のため官を去って郡の領内にいた。羲之が彼に代わって起用されたが、ただ一度弔問しただけで、重ねて訪れようとはしなかった。述は角笛の音がするたびに、羲之が自分を訪ねてくれるのだろうと思い、いつも清掃して彼を待っていた。こんな状態で年がたったが、羲之はついに一顧だにしなかったので、述はそれを深く恨んだ。やがて述が揚州刺史となると、命に応じて任につくために、郡内をぐるりと巡ったが、羲之のところは訪れず、出発時にちょっと挨拶したきりで行ってしまった。それより先、羲之はいつも仲間にいっていた。「懐祖（王述）はきっと尚書になれるだろうさ。年をとれば僕射にだってなれるかもしれない。その上、会稽をほしがるとは、しょせん高嶺の花というものさ」。述が抜擢をこうむるに及び、羲之は彼の下になることを恥じて、使者を朝廷に派遣し、会稽郡を独立させて越州とするよう要請した。使者はうろたえてことばを間違え、時の識者の失笑を買った。そうしたことがあって、彼は慚愧の思いを抱きつつ、息子たちにいった。「わしが懐祖に劣らぬ能力を持ちながら、官位で大きな差をつけられているのは、お前たちが坦之に及ばぬからじゃぞ」。王述はそののち会稽郡を巡察して、郡の司法と行政をあげつらい、担当の役人は文書の応対に神経をすり減らした。羲之は深くこのことを恥じ、病気を口実に辞職して会稽郡を去った。そして父母の墓前に誓っていうには、「ここに永和十一年（三五五）三月九日、辛亥の日、子なる羲之、父母の霊前に申し上げます。羲之は不幸にして、早く父を失い、お教えをたまわる機会を得ぬままでした。母と兄に育てられて、どうにか賢才の列に加わり、人材の乏しさが幸いして、国家の恩寵をこうむりました。しかし積極的には忠孝の務めを尽くさず、消極的には賢者を推薦すべき職分にもとるこの私です。常に老子や周任の進退に関する戒めを振り仰ぎ口にしては、日ならずして死が訪れ、不幸は祖先にまでも及びはせぬかと恐れています。我が一身のことだけではすみますまい。かくて寝ても覚めても嘆きは絶えず、深い谷底に落ちたような気分です。出処の分際を、私はいまここに定めます。謹んで今月の吉日を選び、筵席をしつらえて、祭壇に額づき心をこめて、父母の霊に誓います。これよりのち、もしこの志を変えて、かりそめにも出世に心を奪われるなら、親をないがしろにしたことになり、子としての資格はありません。子でありながら子としての資格を失った者は、天地もその存在を許さず、道理も容赦いたしません。私の真心からの誓いは、さながら太陽のように明らかです」。

羲之は官途を去ると、東土の人士とともに山水の遊びを存分に尽くし、狩りや釣りを楽しんだ。また道士の許邁と語らって仙薬の術を行い、薬の原料を求めて千里の道も厭わず、浙東諸郡をめぐり歩き、もろもろの名山の奥深く分け入ったり、大海原に舟を浮かべたりした。嘆息していうには、「私はけっきょく快楽の中で死ぬのだろうな」。謝安がかつて羲之に向かっていうには、「中年になってから、感情にもろくなり、親しい人と別れるたびに、何日も気が滅入るよ」。羲之はいった、「年をとると、自然にそうなるものさ。ちかごろは音楽によって憂さを晴らしているんだが、いつも息子たちに気づかれて、せっかくの楽しみをだいなしにされやしないかと気が気じゃないのさ」。朝廷では羲之の誓いが切実だったので、再び召し出すことはしなかった。

当時、劉惔が丹楊（江蘇省）の知事をしていて、許詢がある日、彼の家に泊まると、寝台や帷は新しくきれいで、食べ物飲み物はたっぷりとうまい。許詢がいうには、「ずっとこうしていられたら、あの東山よりずっとすばらしいね」。惔がいった、「君が『吉凶は人間しだい』ということを知っているなら、ぼくにこれを保てぬわけがないじゃないか」。羲之がその席に居あわせて、「もし巣父や許由が稷や契に出会っても、そんなことはまさかいいますまい」といったので、二人とも恥じ入ってしまった。

以前、義之は悠々自適の生活を送りながら、吏部郎謝万に手紙をやっていった。…（略）。

謝万はそののち豫州（河南省）都督になった。義之はまた彼に手紙をやり、戒めていった。「意気盛んで人と妥協しないあなたの性質で、つまらぬやからと調子を合わせてゆくのは、全くやりきれない気持ちでしょう。しかし識見ある人というものは、事態に柔軟に対応して身を処すべきであり、それでこそりっぱなのです。どうか下の身分の者とも甘苦を共にして下さい。そうすれば非の打ち所はないでしょう。『食事では二品以上の料理を取らず、坐るときには敷物を重ねない』くらいは、何ほどの労苦でもないのに、古人はそれを美談としています。事の成否の原因は、全く小さなものの積み上げが大きくなってゆくところにあり、どうかその点をよくよくお考え下さい」。謝万はその忠告に従えず、果たせるかな敗れた。

義之は五十九歳で亡くなった。金紫光禄大夫を追贈されたが、息子たちは父の遺志に従い、固辞して受けなかった。七人の息子があり、うち名を知られる者が五人いた。

六三 王述　三〇五～三六八。字は懐祖。太原晋陽（山西省）の人。官は尚書郎に至った。彼が会稽内史だったころのことは、『晋書』本伝に「政に莅みて静粛、終日無事」と記されるように、官僚として非凡な手腕の持ち主であったらしい。ただ、気短かで、異常なまでの癇癪持ちだったらしく、義之との軋轢も、彼の性格が災いしていたのかも知れない。『晋書』巻七五。もっとも、義之の尺牘中には王述の名が見えるものもあり、義之と彼との間に一定の交わりはあったらしい。

六四 述先爲會稽…　この故事は、『世説』仇隙篇5に見える。「藍田（王述）會稽に於て艱に丁い、山陰に停まりて喪を治む。右軍代わりて郡と爲り、屢しば出でて弔すと言いて、連日果たさず。後門に詣りて自ら通ずるも、主人既に哭すれば、前まずして去り、以て之を陵辱す。是に於て彼此嫌隙大いに搆う。後藍田揚州に臨み、右軍尚お郡に在り。初め消息を得て、一參軍を遣わして朝廷に詣らしめ、會稽を分かちて越州と爲さんことを求むるも、使人意を承けて旨を失し、大いに時賢の笑う所と爲る」。

六五 及述爲揚州刺史…　揚州は、十八郡を統括する上級の行政区で、義之が首長であった会稽郡はその管轄下にあった。なお、この前後の記述は、前記の『世説』仇隙篇5とともに、同注に引く『晋中興書』にもとづくところが大きい。「喪除き、徴して揚州に拜せらる。

徵に就かんとして、郡境を周行するも、義之を歴ず。發するに臨み、一別して去る。義之初め其の友に語りて曰く『王懷祖は喪を免ぎて、正に尚書に當る可し、老に投じて僕射を得可し。更に會稽を望むは、便ち自ずから邈然たり。述既に顯授せられ、又た會稽郡を檢校して、其の得失を求め、主者 課對に疲る。義之恥じ慨り、遂に疾と稱して郡を去り、墓前に自ら誓いて復た仕えず。朝廷其の誓いの苦ろなるを以て、復た徵さざるなり』。

六六 坦之 王述の長子、王坦之のこと。三三〇～三七五。字は文度。刑名の学を尊び、当時の社会に弥漫していた老荘思想を排撃する「廃荘論」を著わした。『晋書』巻七五。

六七 於父母墓前自誓曰… 以下の文章は、「告誓文」「誓墓文」「自誓文」などと称され、小楷の模本が存する。孫過庭『書譜』は、この書を「蘭亭集序」などとともに、義之の「眞行の絶致なる者」と高く評価している。なお、王氏が代々道教ことに五斗米道を信仰したことが、義之の次男凝之の付伝に見えているが、道教徒は災厄を免れるために、天帝に上章して過去の罪を告白する「首過」を行なった（その例は、七男献之の付伝にある）。義之の「告誓」も、あるいは彼の信仰と関係するのかも知れない。

六八 不天 天に見放される。『左伝』宣公十一年に、「孤は不天にして、君に事うる能わず」とあり、注に「天の佑くる所と爲らず」という。

六九 庶幾 『論語』先進篇の「回や其れ庶きか」、『易』繫辞伝下の「顔氏の子は、其れ殆ど庶幾きか」などにもとづく表現。時の賢才の意に用いられる。

七〇 老氏・周任之誡 「老氏」は、老子。「周任」は、古代の史官の名。『老子』第四四章に、「足るを知れば辱しめられず、止まるを知れば殆うからず、以て長久なる可し」。また『論語』季氏篇に、「周任言える有り、曰く、力を陳べて列に就き、能わざる者は止むと」。

七一 天地所不覆載 『礼記』中庸に、「天の覆う所、地の載する所」とある。

七二 有如皦日 誓いのことばの常套句。『詩経』王風「大車」に、「豫を信あらずと謂わば、皦日の如き有り」。

七三 義之既去官… 梁・陶弘景『真誥』巻一六闡幽微には、「永和十一年（三五五）郡を去り、靈に告げて復た仕えず。先に許先生（邁）と周旋し、頗る亦た道を慕う」とある。

七四 道士許邁 四世紀前半の人。一名は映。字は叔玄。丹楊句容（江蘇省）の人。許先生と称された。注七三参照。建康に近い茅山で仙道を修行し、のち杭州の西山に隠れた。義之は邁と親交厚く、彼のために伝を書いた。『晋書』では、義之父子に付して伝がある。

七五 謝安嘗謂義之曰… この故事は、『世説』言語篇62にもとづく。

七六 朝廷以其誓苦… 『晋中興書』にもとづく。注六五参照。

七七 時劉惔爲丹楊尹… この故事は、『世説』言語篇69にもとづく。「丹楊」は、首都建康を内に含む郡で、その知事は「太守」ではなく、特に「尹」と称された。

七八 劉惔 四世紀前半の人。字は真長。沛国相（安徽省）の人。東晋名士の一人。『晋書』巻七五。

七九 東山 浙江省にある山で、謝安の隠棲の地として知られる。『晋書』謝安伝に、「遂に東土に棲遅す。常に臨安山中に往きて、石室に坐し、濬谷に臨む」。

八〇 吉凶由人… 『左伝』僖公十六年に見えることば。『世説』は、下句を「吾安得不保此」に作る。訳はこれに従う。

八一 巣・許 巣父と許由。二人とも古代の隠者で、許由は尭から天下を譲りたいという申し出を受けて深く恥じ、巣父はその話を許由から聞いたことを汚らわしいとして、耳を洗ったといわれる。

(八二) 稷・契　「稷」は、尭の大臣で、周王朝の遠祖。「契」は、舜の大臣で、殷王朝の始祖。

(八三) 與吏部郎謝萬書…　「謝萬」は、四世紀前半の人。字は萬石。謝安の弟。豫州刺史となって、北伐を企てたが、失敗した。『晋書』巻七九。義之は謝万あての書簡において、隠棲後の自分の悠々自適の生活ぶりをくわしく述べるとともに、万に行動を慎むようそれとなくたしなめている。謝万の北伐という軽率な挙を、義之はこのころすでに予感していたのであろう。

(八四) 盡善　非の打ちどころがなく、完璧なこと。『論語』八佾篇の、孔子が舜の音楽「韶」を評したことば、「美を盡せり、又た善を盡すなり」による。

(八五) 食不二味…　『左伝』哀公元年に、「闔盧は食らいては味を二にせず、居りては席を重ねず」とある。闔盧は春秋時代の呉の王で、仇敵越に報復するために苦労を重ねていた状況を述べたもの。

(八六) 萬不能用…　『晋書』謝万伝によれば、彼はともに軍を進めた郗曇が病気のため一時彭城に退却したとき、てっきり賊が襲来してきたせいと勘違いして、一軍は総崩れとなってしまった。

(八七) 年五十九卒　『太平御覧』巻六六六に引く『太平経』には、義之の最後に触れていう。「王右軍病み、杜恭に請う。恭 弟子に謂いて曰く『右軍の病差えざるは、何を用てかせん』と。五十餘日、果たして卒す」。『剡録』巻四によれば、義之の墓は東孝嘉郡五十里の地に在るという。本伝は義之の卒年を記さないが、陶弘景『真誥』巻一六闡幽微には、「昇平五年辛酉の歳（三六一）亡ぶ、年五十九」とあり、張懐瓘『書断』巻八もやはりこの年に没したとする。鈴木虎雄「王義之生卒年代考」もそれに従う。いまそれに従い、彼の生年を晋恵帝の太安二年（三〇三）にあてる。清・魯一同「右軍年譜」の考証では、興寧三年（三六五）の死。他にも、興寧二年（三六四）没、太元四年（三七九）没などの説がある。

(八八) 有七子…　宋本『世説』に付録される「琅邪臨沂王氏譜」によれば、義之には、玄之・凝之・渙之・粛之・徽之・操之・献之という七人の息子があった。うち渙之・粛之を除く五人の名が、以下の付伝に見えている。中でも、徽之は自由人的な性格の持ち主で、『世説』に逸話が多い。また献之は、書家として父に次ぐ名声があり、父とともに「二王」と称される。

この訳注は、『中国散文選』（世界古典文学大系72、一九六五年、筑摩書房）所収の拙訳を大幅に加筆・修正したものである。

〔参考文献〕

魯一同「王右軍年譜」（魯氏遺著　一八五九年）

鈴木虎雄「王義之生卒年代考」（『日本学士院紀要』二〇―1　一九六二年）

朱傑勤『王義之評伝』（一九六三年　香港太平書局）

福永光司「王義之の思想と生活」（『愛知学芸大学研究紀要』九、『道教思想史研究』所収、一九八七年　岩波書店）

吉川忠夫『王義之―六朝貴族の世界―』（一九七二年　清水書院）

中田勇次郎『王義之』（一九七四年　講談社）

杉村邦彦「王義之の生涯と書について」（『王義之書蹟大系・研究篇』

所収、一九八二年　東京美術）

伏見冲敬「王羲之年譜」（『王羲之書蹟大系・研究篇』所収、一九八二年　東京美術）

森野繁夫『王羲之全書翰』（一九八七年初版、一九九七年増補改版、白帝社）

山東臨沂王羲之研究会編『王羲之研究』（一九九〇年　山東文芸出版社）

森野繁夫『王羲之伝論』（一九九七年　白帝社）

（興膳　宏）

孫綽（三一四?〜三七一?）

孫綽(そんしゃく)は、西晋の詩人孫楚(そんそ)の孫。東晋の初め、道家の哲学談義に似た玄言詩(げんげんし)の大家として許詢(きょじゅん)と並び称された。また、碑・誄(るい)に優れ、東晋中興の名臣の碑文は彼の手になるものが多い。若いころから老荘に親しみ、「喩道論(ゆどうろん)」で仏教の道を論じる一方で、『論語』の注解を作るなど、思想家としては儒・道・仏の三教交渉史の初期に位置する。しかし、その人物は穢行(わいこう)多しとされ、『世説』軽詆(けいてい)篇には、孫綽に対する罵詈雑言(ばりぞうごん)が多く見受けられる。『詩品』下。

晉書卷五六　孫楚傳附

[一]綽字興公。博學善屬文、少與高陽[二]許詢俱有高[三]尚之志。居于[四]會稽、游放山水、十有餘年、乃作[五]遂初賦以致其意。嘗鄙[六]山濤、而謂人曰「山濤吾所不解。[七]吏非吏、隱非隱。若以[八]元禮門爲龍津、則當點額暴鱗矣」。所居齋前[九]種一株松、恆自守護。鄰人謂之曰「[一〇]樹子非不楚楚可憐、但恐永無棟梁日耳」。綽答曰「[一一]楓柳雖復合抱、亦何所施邪」。[一二]綽與詢一時名流。或愛詢高邁、則鄙於綽、或愛綽才藻、而無取於詢。沙門[一三]支遁試問綽「君何如許」。答曰「高情遠致、弟子早已[一四]伏膺。然一詠一吟、許將[一五]北面矣」。絕重[一六]張衡・[一七]左思之賦、每云「三都・二京、[一八]五經之鼓吹也」。嘗作[一九]天台山賦、辭致甚工。初成、以示友人[二〇]范榮期、云「卿試擲地。當作[二一]金石聲也」。榮期曰

「恐此金石非中宮商」[二二]。然每至佳句、輒云「應是我輩語」[二三]。除著作佐郎、襲爵長樂侯[二四]。

綽性通率[二五]、好譏調。嘗與習鑿齒[二六]共行。綽在前、顧謂鑿齒曰「沙之汰之[二七]、瓦石在後」[二八]。鑿齒曰「簸之颺之、穅秕在前」[二九]。

征西將軍庾亮[三〇]請爲參軍、補章安令。徵拜太學博士、遷尚書郎。揚州刺史殷浩[三一]以爲建威長史[三二]。會稽內史王羲[三三]之引爲右軍長史。轉永嘉太守、遷散騎常侍、領著作郎。

時大司馬桓溫[三四]欲經緯中國、以河南粗平、將移都洛陽。朝廷畏溫、不敢爲異。而北土蕭條、人情疑懼、雖並知不可、莫敢先諫。綽乃上疏[三五]曰…（略）。

桓溫[三六]見綽表、不悅、曰「致意興公。何不尋君遂初賦、知人家國事邪」。尋轉廷尉卿、領著作。

綽少以文才垂稱。于時文士、綽爲其冠。溫[三七]・王・郗・庾諸公之薨、必須綽爲碑文、然後刊石焉。年五十八、卒。

[一]綽 字は興公。博學にして善く文を屬り、少くして高陽の許詢[二]と倶に高尚の志有り。[三]會稽[四]に居し、山水に游放すること、十有餘年、乃ち[五]「遂初の賦」を作り以て其の意を致す。嘗に[六]山濤を鄙しみて、人に謂いて曰く「山濤は吾が解せざる所なり。吏にして[七]吏に非ず、隱にして隱に非ず。若し元禮が門を以て龍津と爲さば、則ち當に額を點じて鱗を暴すべし」と。居る所の齋前に[九]一株の松を種え、恆に自ら守護す。鄰人 之に謂いて曰く「[一〇]樹子は楚楚として憐むべからざるに非ざるも、但だ 永に棟梁の日無きを恐るるのみ」と。綽 答えて曰く「[一一]楓柳は復た合抱と雖も、亦た何の施す所あらんや」と。[一二]綽と詢とは一時の名流たり。或ひと 詢の高邁を愛せば、則ち綽を鄙しみ、或ひと 綽の才藻を愛せば、

而ち詢に取る無し。沙門の支遁 試みに綽に問う「君は許に何如」と。答えて曰く「高情遠致は、弟子 早已に伏膺す。然れども一詠一吟は、許 將に北面せんとす」と。絶だ 張衡・左思の賦を重んじ、毎に云う『三都』・『二京』は、五經の鼓吹なり」と。嘗て「天台山の賦」を作りて、辭致 甚だ工みなり。初めて成るに、以て友人 范榮期に示して、云う「卿 試みに地に擲て。當に金石の聲を作すべし」と。榮期 曰く「恐らくは此の金石 宮商に中るに非ざるを」と。然れども佳句に至る毎に、輒ち云う「應に是れ我が輩の語なるべし」と。著作佐郎に除せられ、長樂侯を襲 爵す。

綽は 性 通率にして、譏調を好む。嘗て 習鑿齒と共に行く。綽 前に在りて、顧みて鑿齒に謂いて曰く「之を沙い之を汰べば、瓦石 後に在り」と。鑿齒 曰く「之を簸い之を颺せば、糠秕 前に在り」と。

征西將軍 庾亮 請いて參軍と爲し、章安令に補せらる。徵されて太學博士を拜し、尚書郎に遷る。揚州刺史 殷浩以て 建威長史と爲す。會稽內史 王羲之 引きて右軍長史と爲す。永嘉太守に轉じ、散騎常侍に遷り、著作郎を領す。時に 大司馬桓溫 中國を經緯せんと欲し、河南 粗ぼ平らぐを以て、將に都を洛陽に移さんとす。朝廷 溫を畏れ、敢えて異を爲さず。而るに北土 蕭 條として、人情 疑懼し、並びに可ならざるを知ると雖も、敢えて先に諫むる莫し。綽 乃ち疏を上りて曰く…（略）。

桓溫 綽の表を見て、悅ばずして、曰く「意を興公に致さん。何ぞ君が『遂初の賦』を尋ねずして、人家の國事を知るや」と。尋いで廷尉卿に轉じ、著作を領す。

綽 少くして文才を以て稱を垂る。時に文士、綽を其の冠と爲す。溫・王・郗・庾の諸公の薨ずるや、必ず 綽の碑文を爲るを須ちて、然る後に石に刊めり。年五十八にして、卒す。

孫綽は字を興公という。博学で文を綴るのが上手く、若いころ、高陽（山東省）の許詢とともに隠逸を志向していた。会稽に居し、山水を歩き回ること十年余り、そこで「遂初の賦」を作って、思いを吐露した。いつも山濤のことを貶して、「山濤というやつは、俺には判らぬ。役人にして役人にあらず、隠者にして隠者にあらず。もし、かの李元礼の家の門を登龍門とするなら、壁にぶちあたって落第さ」と、人に語っていた。かれは書斎の前に一株の松を植え、いつも自分で大事に世話していた。隣人が「松の苗木はなるほど楚々として可愛らしいものですが、棟木や梁となる日は永遠に来ないでしょうなあ」と言ったところ、綽は「楓や柳は一抱えほどの大木になっても、何の役に立つものか」と言い返した。綽と許詢はともに当時の名士であった。許の高邁を愛する者は綽を貶し、綽の文才を愛する者は詢を買わなかった。仏門の支遁が綽に「君は許詢に比べてどうだい」と問うてみた。綽は、「（許の）高邁で遠大な詩想には、わたくし前々から敬服しております。しかし、一つ一つの吟詠では、許はわたしに降ることでしょう」と答えた。綽は張衡や左思の賦を大変重んじており、いつも「『三都の賦』と『二京の賦』とは、五経を歌い上げたものだ」と言っていた。かつて「天台山の賦」を作ったが、その文辞は大変素晴らしかった。出来上がったばかりの時、友人の范栄期に見せて言った。「君、ちょっとこれを地に投げつけてみたまえ。きっとすばらしい音色が出るはずだから」。范栄期は「たぶんその音というのは、調子はずれのものだろうよ」と応じた。しかし、（范は）その中の佳句に出くわすたびに、「これこそ我らの意を得た言葉だ」と言ったものだった。著作佐郎に除せられて、長楽侯の爵位を継いだ。

綽はあけっぴろげな性格で、悪い冗談で人をからかうのが好きだった。習鑿歯と一緒に出かけたときのことである。綽は前を歩いていて、（後ろにいた）鑿歯を振り返って言った。「ざるでよなぐと、かわらけや石ころが後に残るというわけさ」。鑿歯は「篩って飛ばせば、籾殻や秕が前になるさ」と言い返した。

征西将軍の庾亮の要請によって参軍となり、章安令に充てられた。中央に徴されて太学博士を拝命し、尚書郎に遷った。揚州刺史の殷浩は綽を建威長史とした。会稽内史の王羲之は綽を引っぱって右軍長史にした。永嘉太守に転出し、散騎常侍に遷り、著作郎を兼任した。

そのころ、大司馬の桓温は全国統一を目論み、河南地方がほぼ平定されたので、都を洛陽に移そうとしていた。朝廷は温を畏れて、異を唱えることができない。しかし、北方の地はさびれ、人心は（遷都を）懼れてビクビクし、遷都すべきではないとわかってはいても、先に立って諫めようとする者がなかった。綽はそこで疏を奉って言うには、…（略）。

桓温は綽の表を見て、不愉快そうに言った。「孫興公に言っておく。どうして君は『遂初の賦』で謳った隠遁の道を追求せず、他人の国家経営に口出しするのか」。ついで、廷尉卿に転任し、著作郎を兼務した。

綽は若いころから文才でもって評判をとっていた。当時の文人は、綽を第一人者としていた。温嶠・王導・郗鑒・庾亮ら諸公の亡くなったときは、必ず綽が碑文を書いてから、それを石に刻んだものである。五十八歳で没した。

一 綽字興公　綽の生卒年は、本伝末尾の「年五十八、卒」という記述と、唐の許嵩『建康実録』巻八の「咸安元年（三七一）卒」とするのに拠った。しかし、これによれば温嶠（三二九卒）や桓彝（三二八卒）の碑文を十五、六歳で書いた計算になり、不自然である。そのため、福永論文（→参考文献）が、温嶠の碑文を二十歳ごろの作品と仮定して、没年を三六七、八年ごろとする説を呈示し、蜂屋論文（→参考文献）も『建康実録』の信憑性を疑い、福永説に賛同する。また、近年出版された長谷川滋成『孫綽の研究』（→参考文献）もこれらを承けて三一〇～三六七説を採る。しかし、決定的な資料があるわけではなく、ここでは、しばらく『建康実録』の卒年に従っておく。文集は、『隋志』が「晉衛尉卿孫綽集十五巻、梁二十五巻」に作り、『旧唐志』と『新唐志』もともに「十五巻」に作るが、以後は亡佚して伝わらない。明代になって二種の輯佚本が編纂された。一つは張燮『七十二家集』の『孫廷尉集』二巻・『付録』一巻、もう一つは張溥『漢魏六朝百三名家集』の『孫廷尉集』一巻。文では、「天台山に遊ぶ賦」と「都を洛陽に移すを諫める疏」が有名で、前者は『文選』巻一一遊覧に、後者は『晋書』本伝に採られている。また碑文に長じ、『文心雕龍』誄碑篇は「孫綽 文を為るは、志は碑誄に在り」と評する。『全晉文』巻六一～六二には文三十六篇が収められている。『詩品』は「爰に江表に逮び、玄風尚お備わり…世に孫・許（詢）と称し、彌よ恬淡の詩を善くす」（下品）という一方で、「皆な平典にして道徳論に似、建安の風力盡きたり」（序文）と厳しい評価も下している。現在、『全晉詩』巻一三は詩を十首収めるが、大半は四言詩で玄言詩は散逸して伝わらない。哲学的著作としては、『孫氏論語集解』（皇侃『論語義疏』引）・『老子伝賛』（『初学記』巻二三引）・『孫子』などの断篇が伝わるに過ぎない。

二 許詢　四世紀前半の人。字は玄度、高陽（河北省）の人。清談と玄言詩の名手として聞こえた。本書「許詢伝」参照。

三 高尚之志　ここでは隠遁への志向をいう。

四 會稽　当時、会稽の東山は貴族の隠棲地であった。

五 遂初賦　『世説』言語篇84に「孫綽『遂初』を賦し、室を畎川に築き、自ら止足の分を見わせりと言う」と見える。遂初は、初志を遂げること。すなわち隠遁の志を貫くことをいう。「遂初の賦」は今

九 種一株松　同様の話が『世説』言語篇84に見える。ただし『世説』では隣人を高柔としている。高柔は、字を世遠といい、楽安（山東省）の人。

一〇 樹子非不楚楚可憐…　余嘉錫『世説新語箋疏』は、隣人高柔の言葉に、孫綽の祖父孫楚の諱が折り込まれていることを指摘する。通常、面と向かって相手の先祖の諱を口にするのは忌避される。

一一 楓柳雖復合抱…　注一〇の余嘉錫説によれば、孫綽の返答も相手の祖父の諱を折り込んだものだと推測されるが、高柔の父祖の名は未詳。また、別の解釈として、合抱つまり一抱えもある大木を、原意の抱き合うこととし、高柔の愛妻家ぶりをからかったのだとみる説もある。高柔には胡母氏という若くて容姿にすぐれた妻がいて、これをたいそう可愛がっていたという話が、『世説』軽詆篇13の注が引く孫統「高柔集の序」に見えている。

一二 綽與詢一時名流…　同じ話が『世説』品藻篇61に見える。ただし、そこでは「或ひと許の高情を重んずれば、則ち孫の穢行を鄙しむ」に作る。孫綽の行いには、品位に欠けるところがあったらしい。

一三 支遁　三一四〜三六六。字は道林。陳留（山東省）、あるいは河東林慮（山西省）の人とも。清談の名手として知られる僧。『高僧伝』巻四。本書「王羲之伝」注三九参照。

一四 伏膺　服膺に同じで、敬服すること。同じ話が『世説』品藻篇54に見える。

一五 北面　臣下としてへりくだること。ここでは頭があがらぬことの譬え。

一六 張衡　七八〜一三九。後漢の文学者。字は平子。南陽西鄂（河南省）の人。五経六藝に通じ、天文・陰陽の学にも詳しかった。安帝と順帝に仕えて尚書に至った。『後漢書』巻八九。「二京賦」とは十

に伝わらず、序文のみが『世説』言語84の注に見える。その概略をあげる。「私は若いころから老荘の道を慕い、其の風流を長年仰いでいたのだが、於陵子の妻が夫に止足を勧めたその言葉に感銘を受け、心底この道を悟った。そこで東山を開墾し、五畝の館を建てた。長い丘陵を背に、よく茂った林の中にある。その楽しみは、きらびやかな邸宅に住んで鐘鼓を奏でることとどうして比べられようか」。

六 山濤　二〇五〜二八三。西晋の政治家で竹林の七賢の一人。字は巨源、河内（河南省）の人。魏の吏部尚書となり、晋の尚書僕射を経て司空に至った。『晋書』巻四三。本書「嵆康伝」注一九参照。

七 吏非吏…　吏は役人、仕官をいう。隠は隠遁。山濤は若いころから老荘思想を好み、四十歳で仕官したものの、まもなく故郷に帰隠。しかし司馬懿がクーデターによって政権を握り、子の司馬師が懿の後を嗣ぐと、自ら出仕を乞うた。孫綽は、一旦は隠遁しておきながら再び出仕を願い出た山濤の処世を批判したのである。また、顔延之の「五君詠」（『文選』巻二一詠史）は、七賢のうち五賢の人となりを詠じ、山濤と王戎の二人については無視している。

八 元禮門爲龍津…　元礼とは、後漢の司隷校尉、李膺の字。李膺は朝廷の綱紀が弛んだ時期にあって、高潔をもって士に人望があり、その応接を被ることは登龍門と称された。『後漢書』巻九七。龍津とは龍門のことで、立身出世の路に譬えられる。点額は龍門を越えようとした鯉が額を岩にぶつけてしまうこと（『水経注』河水巻四）。暴鱗は龍門であぎとをさらすこと（『太平御覧』巻九三〇引『三秦記』）。ともに仕官や出世に失敗することをいう。孫綽は、高潔で人を見る目をもった李元礼ならば、山濤のような人物を登用したりしないだろうというのである。

年という長い執筆期間を経て成った「西京賦」（『文選』巻二京都上）と「東京賦」（巻三京都中）をいう。

一七 左思　二五三?〜三〇七?。西晋の文学者。字は太沖、臨淄（山東省）の人。「三都賦」、すなわち「蜀都賦」（『文選』巻四京都中）・「呉都賦」（巻五京都下）・「魏都賦」（巻六京都下）は、左思の文名と洛陽の紙価を高からしめた畢生の大作である。詳しくは本書「左思伝」参照。

一八 五經之鼓吹　五経とは、儒家の経典である『易経』『尚書』『詩経』『礼記』『春秋』を指す。鼓吹は、歌い上げること、宣揚すること。ここでは、「三都の賦」と「二京の賦」が、儒教の精神を文学的に歌いあげたことをいう。同じ話が『世説』文学篇81に見え、劉孝標注には、「此の五賦（三都と二京）は是れ經典の羽翼なるを言う」とある。

一九 作天台山賦　孫綽の代表作「天台山に遊ぶの賦」で、『文選』巻一一遊覧に採録される。天台山は浙江省の名山で、道教の聖地の一つ。道教や仏教の用語を駆使し、隠逸と神仙への憧景を謳った老荘的作品である。以下、范栄期とのやりとりは『世説』文学篇86に見える。

二〇 范榮期　生卒年未詳。名を啓といい、栄期は字である。慎陽（河南省）の人。文学に優れ、老荘思想や清談にも通じた。官は黄門侍郎に至った。『晋書』巻七五、『世説』文学篇86注引『中興書』。

二一 金石聲　雅楽に用いられる鐘や磬などの音色を指す。

二二 宮商　雅楽を構成する宮・商・角・徴・羽の五つの音階。ここでは、宮と商で五音全体を代表させている。

二三 我輩語　范栄期は、道家的思想という点で孫綽と響き合うところがあったためこのように言ったのであろう。

二四 長樂侯　曾祖父の孫資、祖父の宏、父の纂、兄の統など、孫綽の先祖が長楽侯という爵位を賜った記録は、正史の類に見えない。誰の爵位を継いだのかは不明。

二五 通率　思ったことを躊躇することなく、ストレートに表に出すこと。

二六 習鑿齒　生卒年未詳。字は彦威、襄陽（湖北省）の人。荆州刺史桓温（→注三四）の従事から別駕を経て滎陽太守となったが、病気のため帰郷して亡くなった。東晋を代表する史家で、『世説』文学篇80は、病中に成した『漢晋春秋』五十四巻を「品評卓逸たり」と賞賛する。孫綽の喧嘩友達だったらしく、『世説』排調篇41にも、桓温から習鑿歯を紹介された孫綽が、鑿歯を「蛮荆（荆州の蛮族）」とからかい、鑿歯は綽を「獫狁（太原の夷狄）」になぞらえて一矢報いた逸話が残る。『晋書』巻八二。

二七 沙之汰之…　この話は、『世説』排調篇46では、王文度（名は坦之）と范栄期（→注二〇）の間のやりとりになっている。両人が簡文帝の御前に伺候した時、范栄期よりも年下で位が上だった王文度が、范に譲って後ろになり「之を簸い之を揚せば、穅秕　前に在り」とからかったところ、范は「之を洮い之を汰えば、沙礫　後にあり」と切り返した。

二八 瓦石　かわらけや石ころ。ここでは習鑿歯をさす。

二九 穅秕　籾殻と実の入っていない米粒。ここでは孫綽をさす。

三〇 庾亮　二八九〜三四〇。字は元規、潁川鄢陵（河南省）の人。明帝の穆皇后の兄。明帝の遺詔によって王導とともに幼い成帝を補佐して、外戚としての権勢をふるった。『晋書』巻七三。『晋書』成帝紀によれば、庾亮が征西将軍となったのは咸和九年（三三四）六月二九日である。

三一 殷浩　?〜三五六。字は深源、または淵源、陳郡（河南省）の人。

最初に征西将軍庾亮の記室参軍となり、司徒左長史に遷ったが、その後は、十年近く官に就こうとしなかった。永和二年（三四六）七月、桓温の対抗馬として担ぎ出され、建武将軍・揚州刺史となるが、北伐に失敗し、桓温（→注三四）に弾劾されて庶人に貶された。『晋書』巻七七。

三二 建威長史　建武長史の誤り。殷浩が就任したのは建武将軍であり、建威将軍ではない。よって孫綽も建武長史でなければならない。

三三 王羲之　三〇七～三六一。字は逸少、琅邪（山東省）の名門王氏の一族で名宰相王導の従弟の子。書家としても著名。本書「王羲之伝」参照。右軍将軍・会稽内史となったのは永和七年（三五一）ごろで、永和十一年（三五五）三月に同官を辞している。この間、会稽に在って孫綽・許詢（→注二）・支遁（→注一三）・李充（『晋書』文苑伝）らと交わり、山水に親しんだ。とりわけ永和九年（三五三）三月の蘭亭の詩会は、金谷の宴（本書「石崇伝」参照）に比される。孫綽は『蘭亭集』の序文を書いている。

三四 大司馬桓溫欲經緯中國　桓温（三一二～三七三）の字は元子、譙国龍亢（安徽省）の人。東晋初期の将軍。失地回復のため北伐を敢行し、かなりの成果を収めた。晩年は東晋王朝の簒奪を目論んでいたが、その死によって中断された。『晋書』巻九六。永和十二年（三五六）、桓温は洛陽を奪回した際に遷都を上疏し、さらに隆和元年（三六二）にも洛陽遷都を願い出ている。結局遷都は成らず、翌年、侍中・大司馬が加えられた。ここでは、大司馬の桓温が遷都を願い出たことになっているが、この時はいまだ大司馬には至らず、征討大都督の位にあった。

三五 上疏　「都を洛陽に移すを諫める疏」を指す。隆和元年（三六二）に桓温が主張する遷都案に反対した疏である。孫綽が挙げる反対理由の中で注目されるのは、元来は北方から移住した者たちが今では江南の地を去り難く思っているという事実である。喪乱からすでに六十余年、郷里の河洛は何もかも壊滅して荒廃し、もはや依るべき地とはいえず、人々は現在ではこの江南に根を張って生活していた。この疏は当時の人々の偽らざる心情を代弁したといえる。また、そこに口に北土奪回を叫びながらも、江南の豊かさの中に安住する東晋貴族の本音を読み取ることもできよう。

三六 桓溫見綽表…　同様の話が『世説』軽詆篇16に見える。そこでは、桓温は内心孫綽の表諫に舌を巻いたが、自分に楯突いたことを腹立たしく思い、人を通じて意を伝えさせたことになっている。

三七 溫・王・郗・庾　温嶠（二八八～三二九。『晋書』巻六七）・王導（二七六～三三九。『晋書』巻六五）・郗鑒（二六九～三三九。『晋書』巻六七）・庾亮（二八九～三四〇。→注三〇）は、いずれも東晋中興の名臣。ただし、『文心雕龍』誄碑篇は、この四篇について「枝雑多し」（瑣末な事柄が多い）とし、桓彝（桓温の父）の碑を「最も辨裁と爲す」と評する。このうち温嶠と桓彝の碑文は、全く伝わらない。

〔参考文献〕

長谷川滋成『東晋詩訳注』（汲古書院　一九九四年）
長谷川滋成『孫綽文訳注』（広島大学教育学部国語教育学研究室　一九九六年）
長谷川滋成『孫綽の研究』（汲古書院　一九九九年）

福永光司「孫綽の思想—東晋における三教交渉の一形態—」(『愛知学芸大学人文科学研究報告』一〇　一九六一年)
蜂屋邦夫「孫綽の生涯と思想」(『東洋文化』五七　一九七七年)
石川忠久「孫綽〈遊天台山賦〉について」(『二松』五　一九九一年)
長谷川滋成「孫綽小伝」(『中国中世文学研究』二〇　一九九一年)

(野村鮎子)

袁宏（三二八〜三七六）

袁宏は、『後漢紀』の著者であり、「三国名臣序賛」などを通して、後世には史学の面に於て注目されることが多いが、その詩賦にも史的内容の豊富なものが多い。若い日、貧賤の生活の中での作「詠史詩」は、時の大官謝尚によって取り立てられるきっかけとなったほどの出来映えであった。その後、桓温や謝安といった東晋初期政治の中心人物の身近で、文筆の才を発揮することになる。『詩品』中。

晉書巻九二文苑傳　袁宏傳

袁宏[一]字彦伯、侍中猷[二]之孫也。父勖[三]、臨汝令。宏有逸才、文章絶美[四]、曾爲詠史詩[五]、是其風情所寄[六]。少孤貧、以運租自業。謝尚[七]時鎭牛渚[八]、秋夜乘月、率爾與左右微服泛江。會宏在舫中諷詠、聲既淸會、辭又藻拔、遂駐聽久之、遣問焉。答云「是袁臨汝郎[九]誦詩」。卽其詠史之作也。尚傾率有勝致、卽迎升舟[一〇]、與之譚論、申旦不寐、自此名譽日茂[一一]。

尚爲安西將軍、豫州刺史、引宏參其軍事[一二]。累遷大司馬桓溫[一三]府記室。溫重其文筆、專綜書記[一四]。後爲東征賦[一五]、賦末列稱過江諸名德、而獨不載桓彝[一六]。時伏滔[一七]先在溫府、又與宏善、苦諫之。宏笑而不答。溫知之甚忿、而憚宏一時文宗、不欲令人顯問。後游青山[一九]飲歸、命宏同載、衆爲之懼。行數里、問宏云「聞君作東征賦、多稱先賢、何故不及家君」。宏答曰「尊公稱謂、非下官敢專、既未遑啓、不敢顯之耳」。溫疑不實、乃曰「君欲爲何辭」。宏卽答云[二〇]「風鑒散朗、或搜或引、身雖可亡、道不可隕、宣城之節、信義爲允也」。溫泫然而止。宏賦又[二一]不及陶[二二]侃、侃子胡奴[二三]嘗於曲室抽刃問宏曰「家君勳跡如此、君賦云何相忽」。宏窘急、答曰「我已盛述尊公、何乃言無」。因曰「[二四]精金百汰、在割能斷、[二五]功以濟時、[二六]職思靜亂、長沙之勳、爲史所贊」。胡奴乃止。後爲三[二七]國名臣頌曰…（略）。

從桓溫北征、作[二八]北征賦、皆其文之高者。嘗與[二九]王珣、伏滔同在溫坐、溫令滔讀其北征賦、至「[三〇]聞所傳於相傳、[三一]云獲麟於此野、誕[三二]靈物以瑞德、奚授體於虞[三三]者。疚尼父之洞[三四]泣、似實慟而非假。豈一[三五]性之足傷、乃致傷於天下」。其本至此便改[三六]韻。珣[三七]云「此賦方傳千載、無容率耳。今於天下之後、移韻徙事、然於寫送之致、似爲未盡」。滔云「得益寫韻一句、或爲小勝」。溫曰「卿思益之」。宏應聲答曰「感不絕於余心、遡流風而獨寫」。珣誦味久之、謂滔曰「當今文章之美、故當共推此生」。

[三八]性强正亮直、雖被溫禮遇、至於辯論、[三九]每不阿屈、故榮任不至。與伏滔同在溫府、府中呼爲袁伏[四〇]。宏心恥之、每歎曰「公之厚恩未優國士、而與滔比肩、何辱之甚」。

[四一]謝安常賞其[四二]機對辯速。後安爲揚州刺史、宏自吏部郎出爲[四三]東陽郡、乃祖道於[四四]冶亭。時賢皆集、安欲以卒迫試之、臨別執其手、顧就左右取一扇而授之曰「聊以贈行」。宏應聲答曰「輒當奉揚仁風、慰彼黎庶」。時人歎其率而能要焉。

宏見漢時傳[四五]毅作顯宗頌、辭甚典雅、乃作頌[四六]九章、頌簡文之德、上之於孝武。

太元初、卒於東陽、時年四十九。撰[四七]後漢紀三十卷及竹林[四八]名士傳三卷、詩賦[四九]誄表等雜文凡三百首、傳於世。

[一]袁宏、字は彦伯、侍中[二]猷の孫なり。父[三]勖、臨汝令たり。宏 逸才有りて、文章[四]絶美、曾て[五]「詠史の詩」を爲る、是れ其の[六]風情の寄する所なり。少くして孤貧、租を運ぶを以て自業とす。[七]謝尚 時に牛渚に鎮す。秋夜に月に乗じて、率爾として左右と微服して江に泛かぶ。會たま宏 舫中に在りて諷詠するに、聲は既に清會、辭も又た藻拔、遂に駐まりて聽くこと之を久しくして、遣わして問わしむ。答えて云わく「是れ袁臨汝が郎[九]詩を誦するなり」と。[一〇]即ち其の詠史の作なり。尚 傾率にして勝致有り、卽ち迎えて舟に升せ、之と譚論して、旦に申るまで寐ねず、[一一]此より名譽 日び茂んとなる。

尚 安西將軍、豫州刺史と爲りて、宏を引きて其の軍事に參ぜしむ。[一二]累りに大司馬[一三]桓溫が府記室に遷る。溫 其の文筆を重んじて、[一四]專ら書記を綜べしむ。後に[一五]「東征の賦」を爲して、賦の末に過江の諸名德を列べ稱すれども、獨り[一六]桓彝をのみ載せず。時に[一七]伏滔 先に溫が府に在り、又た宏と善ければ、苦ろに之を諫む。宏 笑いて答えず。溫[一八]之を知りて甚だ忿る、而れども宏は一時の文宗たるを憚り、人をして顯問せしむるを欲せず。後に[一九]青山に游んで飲み歸るに、宏に命じて同に載らしむれば、衆 之が爲に懼る。行くこと數里、宏に問いて云わく「君は『東征の賦』を作して、多く先賢を稱すと聞く。何の故にか家君に及ばざる」と。宏 答えて曰く「尊公の稱謂は下官の敢えて專らにするには非ず、既に未だ啓するに遑あらざれば、敢えて之を顯らかにせざるのみ」と。溫は疑いて實とせず、乃ち曰く「君は何の辭をか爲さんと欲する」と。宏は卽ち答えて云わく[二〇]「風鑒散朗、或いは搜め或いは引き、身は亡ぶべしと雖も、道は隕つべからず、宣城の節、信義允たり」と。溫泫然として止む。宏の賦は又た[二二]陶侃に及ばず。侃の子[二三]胡奴 嘗て曲室に於て刃を抽きて宏に問いて曰く「家君の勳跡 此くの如きに、君の賦 云何ぞ相い忽せにするや」と。宏 窘急して、答えて曰く「我 已に盛んに尊公を述べたるに、何ぞ乃ち無しと言うか」と。因りて曰く[二四]「精金は百たび汰ばれ、割くに在りて能く斷つ。[二五]功は以て時を濟い、[二六]職ら亂を靜めんことを思う。長沙の勳は、史の贊うる所と爲る」と。胡奴乃ち止む。後に[二七]「三國名臣の頌」を爲りて曰く…（略）。

桓溫に從いて北征し、[二八]「北征の賦」を作る、皆な其の文の高き者なり。嘗て[二九]王珣・伏滔と同に溫の坐に在り、溫 滔をして其の「北征の賦」を讀ましめて、[三〇]「傳わる所を相傳に聞けば、[三一]鱗を此の野に獲たりと云う。[三二]靈物を誕むに瑞德を以てするに、奚ぞ體を[三三]虞者に授くるや。尼父の[三四]洞泣せるを疚しみ、實に慟くが似くして假には非ず。豈に[三五]一性の傷むに足らんや、乃ち傷みを天下に致す」に至る。其れ本より此に至りて便ち[三六]韵を改む。[三七]珣云わく「此の賦 方に千載に傳えて、率耳たるを容るる無かれ。今『天下』の後、韵を移し事を徙し、然らば寫送の致に於て、未だ盡きずと為すに似る」と。滔云わく「『寫』の韵の一句を益すを得れば、或いは小や勝らんと為す」と。溫曰く「卿 之を益さんことを思え」と。宏は聲に應じて答えて曰く「感は余が心に絶えず、流風に愬いて獨り寫ぐ」と。珣 誦味して之を久しくして、滔に謂いて曰く「當今 文章の美、故當より共に此の生を推すべし」と。

[三八]性 强正亮直にして、溫の禮遇を被ると雖も、辯論に至れば、[三九]毎に阿り屈せず、故に榮任には至らず。伏滔と同に溫の府に在れば、府中呼びて[四〇]「袁・伏」と為す。宏 心に之を恥じて、毎に歎じて曰く「公の厚恩、未だ國士を優とせず、而うして滔と比肩するは、何ぞ辱の甚しきや」と。

[四一]謝安 常に其の[四二]機對辯速を賞す。後に安 揚州刺史と為りて、宏は吏部郎より出でて[四三]東陽郡と為るに、乃ち[四四]冶亭に祖道す。時賢皆な集い、安 卒迫を以て之を試んと欲して、別に臨んで其の手を執り、顧て左右に就き、一扇を取りて之に授けて曰く「聊か以て行くに贈らん」と。宏 聲に應じて答えて曰く「輒ち當に仁風を奉揚して、彼の黎庶を慰うべし」と。時人 其の率而にして能く要するを歎ず。

宏 漢の時[四五]傅毅「顯宗の頌」を作りて、辭 甚だ典雅なるを見て、乃ち[四六]頌九章を作りて、簡文の德を頌え、之を孝武に上る。

太元の初め、東陽に卒す、時に年 四十九。[四七]『後漢紀』三十卷及び[四八]『竹林名士傳』三卷を撰し、[四九]詩賦誄表等雜文凡そ三百首、世に傳わる。

袁宏は、字は彦伯、侍中猷の孫である。父の勖は臨汝（浙江省）の県令であった。宏は抜きんでた才能をそなえ、文章はこの上なく見事で、かつて「詠史の詩」を作ったが、それは彼の心ばせを託したものであった。若くして父を亡くし、貧しかったので、年貢米の運送で生計を立てていた。そのころ謝尚は牛渚（江蘇省）に駐屯していたが、或る秋の夜、月に誘われて、急に側近の人々とともにお忍びで揚子江に舟を漕ぎ出した。折から宏が舟中で詩を誦して、その声は冴え冴えと、詩句もまた優れているのに出会い、舟足を休めてしばしそれに耳をかたむけてから、使いをやって（声の主は誰かと）問わせた。答えて云うには「袁臨汝のせがれが詩を誦しているのです」とのこと。それは宏の詠史の詩であった。尚は高雅な趣にはたと感じ、そこで宏を自分の舟に迎え入れ、語りあかして朝方にまで及んだが、この時から宏の名声は日ましに高くなったのである。

尚は安西将軍、豫州刺史となり、宏を取り立てて軍事に参与させた。宏は官を累ねて大司馬の桓温の府記室に遷った。温は宏の文筆を重んじて、書記を専任させた。後に「東征の賦」を作ったが、賦の篇末に渡江の際の諸名士を列挙したのに、ただ桓彝だけを載せなかった。当時、伏滔が宏に先んじて桓温の幕府に身を置いており、また宏と親しかったので、このことを懸命に注意した。宏は笑うばかりで返事をしなかった。桓温はそのことを知って大いに腹をたてたものの、宏が時の文学の大家であることを慮って、あからさまに問いただそうとしなかった。後に青山に遊んで酒宴を開いての帰りみち、温が宏に車の相乗りを命じたので、みな気を揉んだ。数里進んだところで、宏に尋ねて云うには「聞けば、あなたは『東征の賦』をお作りになって、先賢をたくさん称えておられるそうだが、どうしてわが父には言及なさらないのか」と。宏が答えて云うには「お父君についての陳述は、私ごとき者にできることではありません、なまじいに申しあげかねるままに、敢えて明らかにせずにおりましたまでです」と。しかし、温はそれがその場しのぎなのではないかと疑い、言った、「あなたはどのようにおっしゃるおつもりか」と。宏はすぐさま答えて言う、「人柄はさっぱりとして、凜として朗らかで、求められ招かれる。その身は滅んでも、その道は滅びない。宣城内史どのの節は、ほんものの信義である」と。温ははらはらと涙を流してそれ以上言わなかった。宏の「東征の賦」はまた陶侃についても言及しなかったので、侃の子の胡奴は或るとき密室で刀を抜きつつ宏に質した。「わが父の功績はこれほどのものであるのに、貴殿の賦ではなぜないがしろになさるのか」と。宏は追い詰められて「わたしはちゃんとお父君について称え述べておりますのに、なぜないがしろにする、などとおっしゃるのですか」と答え、そこで「何度も選りぬかれた精金は、割くという任務を果たす時には見事断ち切る（そのように、陶侃どのは優れた働きを示す方だった）。時世の救済に功績をあげなされ、乱を制圧することに専心された。長沙郡公どのの勲功は、歴史家の賛嘆するところである」と（賦の一節を）誦した。胡奴は詰問をやめた。後に「三国名臣の頌」を作って言う…（略）。

桓温が北へ遠征した際には「北征の賦」を作った。どれも宏の文の見事なものである。かつて王珣・伏滔とともに桓温の席に坐したときに、温は伏滔に宏の「北征の賦」を朗誦させ、次の一節に至った。「伝説で伝え聞くところでは、麟を此の野に獲ったと云う。めでたい動物が生まれるのは徳のめでたさによるのに、どうしてその体を狩り場の役人に授けたりしたのか。孔子が慟哭したのが、心からのものであってかりそめのものではないのを痛ましく思う。一つの生き物のことが傷むに足るのではなく、自らの傷みを天下に向けたのだ」と。もとはここで韻を改めていた。王珣は「この賦は、千年のちにも伝えるべきものだから、いい加減なことは許されませんよ。今『天下』の後に、韻と内容の区切りをうつしてみたら、見送りを『写』す境地として、尽きぬ趣となるのではないでしょうか」と。伏滔は「『写』の字を韻とする一句を益したら、ちょっとよくなるかも知れないよ」と云う。温は「では、（『写』の字を韻とする一句を）益してみられよ」と云う。宏はすぐさま答えた、「感慨はわが心に絶えることなく、先人の遺風に向かって独り写ぐ」と。王珣はしばらく口でとなえて味わってから、伏滔に言った、「当今の文章の美というなら、やはりこの人を推すべきですね」と。

宏は人がらが強情っぱりの一本気で、温の厚遇を受けていても、議論をするとなると、いつもへつらって自分を曲げるようなことはなかったので、パッとした地位には至らなかった。伏滔とともに桓温の府に在ったので、府中の人々は「袁・伏」と並称していた。宏は内心このことを恥じて、つねづね「桓公の厚恩と言っても、まだ国士を優遇なさらない。伏滔と同列に見なされるとは、何とひどい辱めであろう」と歎いていた。

謝安は常から宏の機敏さを買っていた。後に安が揚州刺史になると、宏は吏部郎から東陽郡太守となって出ることになり、冶城の亭に於て旅立ちを送る餞の宴が行われた。当時の教養人が皆集ったので、安は即興で宏を試してみようと思い、別れに際して宏の手を取り、周囲の者を見回しながら、一振りの扇を宏に与えて言うよう「ささやかながら旅立ちに贈りますよ」と。宏はすぐさま「（この扇で）いつも仁徳の風を広めたてまつり、かの民びとたちをいたわりましょう」と答えた。居合わせた人々は、宏が咄嗟でも要領を得ていることに感心した。

宏は、漢の時代に傅毅が「顕宗の頌」を作って、その辞句が非常に典雅であるのを見て、頌九章を作って簡文帝の徳を頌め、それを孝武帝にたてまつった。

太元（三七六～三九六）初、東陽で亡くなった、時に四十九歳であった。『後漢紀』三十巻および『竹林名士伝』三巻を撰し、詩・賦・誄・表などさまざまな文およそ三百首が世に伝わっている。

一 袁宏 『晋書』本伝に籍貫の記載はないが、祖父猷の伝（→注二）により陳郡陽夏（河南省）の人。『歴代名人年里碑伝綜表』では、同郡の扶楽の人とする。『世説』言語篇83注引『続晋陽秋』に「袁宏、字は彦伯、陳郡の人、魏の郎中令 渙の六世の孫なり。祖 猷は、侍中たり。父 勗は、臨汝の令たり」と記される六世の祖、袁渙は、『三国志』魏書巻一一本伝に「字は曜卿、陳郡扶楽の人なり。父 滂は、漢の司徒たり」と見える。「扶楽の人」説は袁渙伝に由来するものであろう。また、渙の父 袁滂について、七世の孫に当る袁宏は、その著『後漢紀』（→注四七）に於て「字は公熙、純素寡欲にして、終に人の短を言わず」（霊帝光和二年条）と記述している。後漢末に袁紹や袁術を出した汝南袁氏とは別の家系。

　袁宏についての伝記は、本伝以外に『文選』巻四七「三国名臣序賛」題下李善注、および『世説』言語・文学等篇劉注に檀道鸞『続晋陽秋』の記事が引用されているのが参考される。以下参照。小字（幼時の字）を虎といい、『世説』には「袁虎」の名で見える。『文心雕龍』才略篇に「袁宏は軫を發して以て高く驤す、故に卓出して偏多し」とあって、袁宏の文才は車を駆って空高くのぼるようで、目立って人の目を引くけれども偏頗なところが多い、と評される。逯欽立『全晋詩』巻一四に「詠史詩」他五篇が録されている。

二 猷 袁猷の生卒年は未詳。字は申甫。『晋書』巻八三袁瓌伝附。瓌の弟。晋室渡江後、瓌は丹陽（安徽省）令、猷は武康（浙江省）令となり、兄弟そろって名邑の長となったことで、称賛された。侍中、衛尉卿を歴任。

三 勗 袁勗。生卒年未詳。『袁氏家伝』（『北堂書鈔』巻六九）に「袁勗、字は敬宗、大將軍參軍たり、賊曹を署り、刑獄の事を督て、救免する所多し」との記載が見えるが、臨汝令の官歴は見えない。

四 絶美 『世説』文学篇88注所引『続晋陽秋』では「絶麗」に作る。

五 詠史詩 『藝文類聚』巻五五雑文部・『古詩紀』巻三二に、同じ二首が採録される。漢の班固に始まる詠史詩は『文選』にも類目を立てられ、六朝期を通じて好んで作られたジャンルの一つであるが、「詠史」の名の通り、史的方面の素養が発揮される場でもある。青年期の宏に「詠史詩」の佳作が認められるのも、祖父の兄袁瓌方の一族に『後漢書』の著者袁山松を持つ袁宏の家系を反映していよう。この作品は、『詩品』下に「彦伯の詠史は、文體未だ遒からずと雖も、而も鮮明緊健にして、凡俗を去ること遠し」と評され、詩作品の少ない袁宏に於て代表的な作である。一首めでは漢の周昌・汲黯・陸賈の三名、二首めでは漢の楊惲について詠ずる。「詠史詩」を介しての謝尚との邂逅にまつわる逸話は、『世説』文学篇88およびその劉注所引『続晋陽秋』に見える（→注一一）。

六　風情　ここでは抱負、こころばせ、の意。

七　謝尚　三〇八～三五七。字は仁祖。東晋の「八達」の一人、謝鯤の子。『晋書』巻七九。音楽に優れ、博識で知られた。永和四年（三四八）安西将軍桓温が征西大将軍に進んだのに伴い、安西将軍となって以降、常に、桓温の中原以北平定を支えて華北との境界地帯の守備を預かる。因みに『通鑑』注に拠れば、永和元年には豫州刺史として趙胤が牛渚に鎮し、同二年に謝尚が蕪湖に鎮した、とある（「穆帝永和十一年冬十月」条）。謝尚がいつごろ牛渚に駐屯したのかは不明ながら、梁・顧野王『輿地志』（『御覧』巻四六引）に牛渚について記す中、鎮西将軍謝尚がここに鎮し、いま謝将軍祠がある、との記載がある。当時、豫州刺史の駐屯地は情勢に応じて常に動いていた。牛渚は、安徽省東部、江蘇省南京市に隣接する、長江東岸の地。豫州刺史の重鎮である歴陽とは長江を挟んで位置する。

八　秋夜乗月　『世説』注（→注五）では「乗秋佳風月」に作る。

九　郎　郎子。息子の意。

一〇　即迎升舟、与之譚論　『世説』注（→注五）では「即遣要迎、談話申旦」に作る。

一一　自此　以上、出仕以前の袁宏の経歴と「詠史詩」を介しての謝尚との邂逅をめぐるエピソードの記述は、『世説』文学篇88の劉注所引『続晋陽秋』の記載とほぼ重なる。

一二　累遷…　袁宏の起家後の初期の官歴については異説があって、『世説』言語篇83劉注所引『続晋陽秋』には「（袁）宏 建威（将軍）の参軍より起家して、安南（将軍）の司馬・記室と為る」と見える。「建威」は謝尚のこと（→注七）で、これは本伝と一致するが、「安南」は、桓温に安南将軍の経歴はないことから「安西」の誤りか。また、『旧鈔本文選集注』巻九四所引臧栄緒『晋書』では、「袁宏学を好み、善く文を属す。謝尚は以て豫州別駕と為し、桓温は命じて安西参軍と為す」とある。

一三　桓温　三一二～三七三。字は元子、譙国龍亢（安徽省懐遠）の人。『晋書』巻九八。晋・穆帝の永和元年（三四五）安西将軍となり、征西大将軍などを経て、哀帝の隆和元年（三六二）大司馬となる（『通鑑』）。

一四　専綜書記　袁宏が桓温の下で書記の任を果たすさまを伝える逸話として、桓温の北征に従った宏は、戦勝報告の文を書くよう命じられて、一気呵成に仕上げた、という記事が『世説』文学篇96に見える。

一五　東征賦　本伝および『世説』文学篇97本文・注のほか、『北堂書鈔』巻一三八・『藝文類聚』巻二七行旅部・『太平御覧』巻四八地部「南楚諸山」・巻七七〇舟部にその一部が見える。諸書所引の部分は賦の冒頭部に当たるらしく、江東の立地環境、孫呉政権などの史的沿革に言及する内容ばかりで、「過江諸名徳」を列挙し称える内容は、本伝および『世説』本文・注所収分のほかに見あたらない。すなわち、賦製作当初に省かれた、ということで問題にされた陶侃・桓温二人の分のみが、かえって『世説』および劉注を介して伝わることになったわけである。なお、行旅賦に分類されるこの賦が、実際にどのような状況で「東のかたに征く」場合の作品なのかは未詳。『中国文学史大事年表』によれば、晋永和二年（三四六）、袁宏は大司馬桓温の府の記室となり、後に「東征賦」を作ったことになっているが、やはり状況などは明らかでない。桓温の蜀討伐は永和四年に終結するので、それまでの間のことであろうか。袁宏の辞賦については、『文心雕龍』詮賦篇で「彦伯の梗概（慷慨に同じ）は、情韻匱しからず」と、左思・潘岳・陸機らとともに「魏晋の賦首」の一角に挙げられている。

一六 桓彝 二七六〜三二八。字は茂倫。桓温の父。吏部郎、宣城内史を歴任。蘇峻の乱（三二七〜三二九）の際、東晋朝廷のために武功あるも、蘇峻の将 韓晃の包囲に遭い害される。『晋書』巻七四。袁宏が桓彝について触れなかった一件については、『世説』文学篇97注所引『続晋陽秋』に見える。それに拠れば、「東征賦」を作った時、桓温は南州（南の地方）におり、袁宏はみなに向かって「我決して桓宣城に及ばず」と公言していた、という。

一七 伏滔 生卒年未詳。字は玄度、平昌安丘（山東省）の人。『晋書』文苑伝で袁宏の次に排される。参軍として仕えた桓温に、礼を以て遇され、寿春の袁真・袁瑾父子討伐（太和五年、三七〇）に従った功によって、聞喜県侯に封ぜられる。その従軍の際「正淮論」上下篇を著した。遊撃将軍に至り、在職中に卒す。「晋伏滔集十一巻」が『隋志』に著録されている。

一八 温知之 桓温が以上のことを知るに至った経緯について、『世説』注（→注一六）には、袁宏に忠告した当の伏滔がこの後「密かに以て温に啓」し、それで温が甚だ忿った、と記される。

一九 青山 当塗県（安徽省）の東南三十里のところに在る（『輿地紀勝』巻一八）。

二〇 風鑒散朗… 「東征賦」のこの一段の押韻は、上声十六軫の「引・隕」十七準の「允」。

二一 不及陶侃… 「東征賦」で陶侃についての言及がないことをめぐる陶範と袁宏との応酬は『世説』文学篇97本文に見える。「胡奴嘗於曲室抽刃問宏」が「胡奴誘之狭室中、臨以白刃」に、「宏窘急答曰」が「宏窘蹙無計、便答云」に、また「我已盛述尊公」が「我大道公」となっている以外は、本伝とほぼ重なる。

二二 陶侃 二五九〜三三四。字は士行、もと鄱陽（江西省鄱陽湖東岸）の人にして潯陽（江西省九江市付近）に移る。『晋書』巻六六。東晋初期、王敦の乱（三二二〜三二四）、蘇峻の乱とうち続く混乱期に武将として活躍した、東晋政権の立役者。侍中・太尉・大将軍・荊江二州刺史・八州諸軍事、大司馬に進み、長沙郡公に封ぜられる。袁宏が侃について述べる一節の中に「長沙（侃）の勳」と言うのも、この封爵に因んだもの。

二三 胡奴 陶範（生卒年未詳）、字は道則、の小字。侃の第十子。『晋書』巻六六に「範は（陶侃の子十七人のうち）最も名を知らる。太元の初、光祿勳と爲る」と記載されるだけで、詳しい事蹟は不明である。『世説』では、本伝所引の文学篇97の一条のほか、方正篇52に、困窮している王胡之に、当時、烏程（浙江省呉興）の令であった胡奴が船一隻分の米を送ったが、王は拒んで「飢えたら、謝尚のところへ糧を求めに行くさ、陶胡奴の米なぞ要るもんか」と言った、という逸話が見える。また、その劉注所引『陶侃別伝』により、胡奴が尚書、秘書監を歴任したことがわかる。

二四 精金百汰… 「東征賦」のこの一段の押韻は去声二十八翰の「贊」同二十九換の「斷・亂」。また、一句めの「汰」を『世説』（→注二一）では「錬」に作る。

二五 功以濟時 『世説』（→注二一）では「功則治人」に作る。

二六 職 もっぱらの意。『詩経』唐風・蟋蟀に「已だ大いに康しむ無く、職ら其の居を思え」とあり、毛伝に「職は、主なり」。

二七 三國名臣頌　本伝のほか『文選』巻四七に「三國名臣序贊」として採録され、これは『旧鈔本文選集注』巻九四に於ても見ることができる。内容は、序に於てまず君臣間の在り方について、上古から漢代に至るまで史的考察を加え、次いで『三国志』から魏九人・蜀四人・呉七人の計二十人の名臣について贊するもの。このように或る朝代に於ける功臣・名臣を列挙して称える形式による一種の人物論は、『文選』所収の班固「漢書公孫弘伝贊」（巻四九。また『漢書』巻五八）陸機「漢高祖功臣頌」（巻四七）に於ても認められる。同じ流れの上に位置づけ得る作品群である。

二八 北征賦　「北征賦」をめぐる以下の段と重なる逸話は『世説』文学篇92およびその注に見え、その劉注所引『続晋陽秋』に「宏 温の鮮卑に征くに従い、故に『北征賦』を作る、宏の文の高き者なり」とあり、桓温の北伐途上の作であることがわかる。また、『世説』本文に拠れば、この賦は桓温の命にもとづいて作られたことになる。この袁宏「北征賦」は当時傑作として称えられたものであったようである。現在は本伝および『世説』所引部分のほか、『初学記』巻六地部・『太平御覧』巻二七時序部「冬」・巻九四〇鱗介部に、各四～五句の佚文が見える。

なお、桓温の北伐は都合三度にわたる。永和十年（三五四）、永和十二年（三五六）、太和四年（三六九）の三度。このうち、袁宏が従軍し「北征賦」を作ったのは、永和十二年か太和四年かの、いずれかと見られるが、にわかには断定し難い（→注三九）。

二九 王珣　三四九～四〇〇。字は元琳、琅邪臨沂（山東省）の人。王導の孫。『晋書』巻六五王導伝附。桓温の府に於て主簿であったが、背が低いため「短主簿」と呼ばれたという（『世説』寵礼3）。「晋司徒王珣集十一巻」（『隋志』）がある。

三〇 聞所傳　『公羊伝』にいわゆる三世説を踏まえる句。自己と父の存在するのが「所見」の世・祖父の存命時が「所聞」の世・曾祖・高祖の世が「所傳聞」の世、という三世のうち、いま「所傳を相傳に聞く」と言うのは、最も遠い伝聞の世の事をさらに伝え聞くことを指す。なお、「聞所傳」を『世説』文学篇92（→注二八）注所引袁宏集では「聞所聞」に作る。

三一 云獲麟…天下　この八句は、『春秋』哀公十四年「獲麟」の記事を踏まえている。「獲麟於此野」とは、『春秋』哀公十四年の「春、西のかた狩して麟を獲う（春、西狩獲麟）」という記事を踏まえる。麟は、一角獣で、聖王のよき瑞である仁獣、きりん。『左伝』では、麟を捕獲した（獲麟）ものの、この麟が人々の見知らぬ動物であったので、不吉のしるしと考えて、狩猟場の役人（虞人）に下げ渡した、とある。また『公羊伝』には、この獲麟の一件を知って孔子が「吾が道窮まれり」と嘆いて『春秋』執筆をやめた、という話が見えるが、「尼父の洞泣」は無論これを踏まえたもの。

三二 靈物　めでたいもの。

三三 虞者　狩猟場の役人。虞人。

三四 洞泣　『世説』注（→注三〇）では「慟泣」に作る。

三五 一性　『世説』注（→注三〇）では「一物」に作る。

三六 改韵　以上、「北征賦」の一節をめぐる逸話の焦点は、換韻の問題。辞賦に於ける換韻も古体詩同様、同一韻の中では内容的に一まとまりのことが詠まれ、換韻箇所では同時に内容的にも詩意或いは賦意が転じることになる。今、この節の押韻は、上声二十一馬の「野・者・假・下」だが、この後、王珣・伏滔が勧め、袁宏が追加することになる「寫」の字もまた同韻。王・伏がこの韻による句の追加を勧めるのは、つまり、既成部分だけでは内容的にもの足りなく、未だ換韻すべきではなくて、「寫」の字を脚韻とする句によってもう一押し締める必要を認めたものである。

三七 珣云 「北征賦」に対する、王珣のこのコメントは、『世説』注所引『晋陽秋』では「此の韻の詠ずる所は、慨むこと千載に深し。今『天下』の後に於て便ち韻を移せば、迖に寫ぐ致に於て、未だ盡きざるが如し」と記される。

三八 性強正亮直 『世説』言語篇注引『続晋陽秋』に、「性 直亮、故に位は顯ならず」と言う。

三九 毎不阿屈 袁宏が桓温におもねらず自説を述べた例としては『世説』軽詆篇11に、華北との国境地帯に軍を進めた温が、両晋の間の争乱の責任を王衍らに帰すべきだと発言したのに袁宏が反論したために、温によって、大飯喰らいの牛に擬えられ、やり返されたという話が見える。『通鑑』ではこの逸話を永和十二年北征時のこととして扱っている。一方、文学篇96には「桓宣武 北征す。袁虎 時に従い、責めを被りて官を免ぜらる」という記事もあり（→注一四）、その劉注では『桓温別伝』の「温は太和四年を以て、上疏して自ら鮮卑に征かんとす」という記事を引いて、免官を、太和四年の北伐時のこととする。もと一つの事件が別々に伝えられ、時日の記載に異同を生じているだけなのか、或いは、桓温の府記室である以上いずれの北伐にも従っていて不思議はないにしろ、従軍の都度、袁宏は温の不興を買うような言動を重ねていたのだろうか。

四〇 袁伏 『世説』寵礼篇2に、桓温の幕府に袁宏の他にもう一人「袁」姓の参軍がいるので、或る宿直の点呼の際に伝令役人に袁宏が確認したところ、伝令が「参軍と言えば『袁・伏』と呼ばれる袁どのです。この上何をためらっておられるのですか」と答えた、という逸話が見える。また本伝と重なる話は、『世説』軽詆篇12。

四一 謝安 三二〇～三八五。字は安石、謝万の兄、謝尚（→注七）の従弟。陳郡陽夏（河南省太康）の人。『晋書』巻七九。『世説』にも多くの逸話が見える。幼時から才名が知られながらも、長く出仕せぬまま会稽で悠々自適に過ごしたが、弟謝万の廃黜を機に穆帝の升平四年（三六〇）四十歳余にして桓温の司馬として初めて出仕する。以後、頭角を露して桓温の死後、孝武帝（在位三七二～三九六）の時代に於て重きをなす。安が揚州刺史を領したのは寧康三年（三七五）。この逸話を劉注が『続晋陽秋』を引いて指摘する『世説』言語篇83には、謝安南（謝奉）と袁宏との同趣向のやりとりが記されている。

なお、東晋政権の実権掌握に飽き足らず、簒奪の機を窺うようになった桓温が、最晩年（三七三）危篤の床から、朝廷に対して九錫文（大功ある臣下を顕彰するもので、その人物への帝位委譲への前提ともなる詔勅。前漢を簒奪した王莽に始まった、という）を要求し、袁宏を脅迫してその草案を書かせる。が、それは結局謝安の手で握りつぶされた、という逸話が范弘之「会稽王道子に与うる牋」（『晋書』巻九一儒林范弘之伝）および『世説』言語篇101注所引『晋安帝紀』他に見える。『世説』注によれば、当時吏部尚書であった謝安が桓温の要請に対して、吏部郎として部下にあった袁宏に草案を書かせ、しかも自らそれを潰した、ということになっている。謝安・桓温という新旧の権力者の間に立つ袁宏の存在が窺われる内容として、興味深い話である。

四二 機對 『世説』言語篇83注引『続晋陽秋』では「機捷」に作る。

四三 東陽郡 浙江省衢州市・金華市一帯の内陸部。

四四 冶亭 冶城（南京市朝天宮付近）の亭のことか。冶城は、謝安の居地。王羲之と謝安がかつてこの冶城に上り、時局と清談について論じ合った、という話が『世説』言語篇に見える。下って唐の李白に「金陵の冶城の西北 謝安の墩に登る」という詩があり「冶城に古跡を訪えば、猶お謝安の墩あり」と歌われる。

四五 傅毅　?~九〇?。字は武仲、扶風茂陵（陝西省）の人。『後漢書』巻八〇上文苑伝。顕宗は、後漢第二代の明帝。「顕宗頌」は逸して『全晋文』に『文選』注から二条輯録されるのみであるが、『後漢書』によれば明帝に次ぐ章帝建初中（七六~八三）蘭台令史となった毅が、明帝の功徳が盛んであったのをたたえて「顕宗頌」十篇を作って奏上し、これによって文名が後漢朝廷に高まった、という。『文心雕龍』頌讃篇にも挙げられている。

四六 頌九章　袁宏の「頌」九章は、逸して伝わらない。

四七 後漢紀三十巻　編年体の後漢史。前漢についての編年体史書である荀悦『漢紀』の法を継いで記述されている。当時は紀伝体の後漢史の決定版が定まっておらず、いわゆる八家後漢書の並行状態であった。袁宏はそれらの繁雑や欠落に飽き足らず、諸書を抄撮する作業に八年余の歳月を費やして『後漢紀』を完成させた（「後漢紀自叙」）。その抄撮作業は、宋の范曄『後漢書』に対しても大いに益することになる。唐の劉知幾『史通』六家篇で、紀伝体史書なら『史記』『漢書』を模範とし、編年体なら荀悦『漢紀』・袁宏『後漢紀』に擬うべし、と編年体史書の典型と位置づけられる。

四八 竹林名士傳三巻　『隋志』には「正始名士傳三巻　袁敬仲撰」（史部雑伝）と著録されている。袁宏が名士伝を書きあげ、謝安に面会したところ、謝安は「私が以前 同座の人々に渡江以前の時代の事を話したのは、ちょっと冗談に言ってみたまでのことだったのに、それを彦伯は書物に著してしまったのだね」と言ったという逸話が『世説』文学篇94に見える。その劉注によると袁宏は、夏侯玄・何晏・王弼を「正始の名士」とし、阮籍・嵆康・山濤・向秀・劉伶・阮咸・王戎を「竹林の名士」とし、裴楷・楽広・王衍・庾凱・王応・阮瞻・衛玠・謝鯤を「中原の名士」とした、と言う。今、阮籍と山濤についての記述のみ存する「七賢序」と題する佚文が『太平御覧』巻四四七に見えるが、これを厳可均は「竹林名士伝」の序であろうか、と案ずる。

四九 詩賦誄表等　袁宏の集として、「晋東陽太守袁宏集十五巻」が『隋志』に著録されている。

〔参考文献〕

周天游校注『後漢紀校注』（一九八七年　天津古籍出版社）

（原田直枝）

謝混（三六八?〜四一二）

謝混は、東晋の風流宰相謝安の孫である。それまで長らく続いていた抽象的な哲学論を詠ずる玄言詩を変革した詩人として高い評価を受けている。その詩風は族子謝霊運らに受け継がれる。混の詩は、その評価にもかかわらず、今に伝えられるものは「西池に游ぶ」詩など三首のみにとどまる。宋の武帝劉裕と対立する劉毅に与したため誅殺された。『詩品』中。

晉書卷七九　謝安傳附

混字叔源。少有美譽、善屬文。初、孝武帝爲晉陵公主求壻、謂王珣曰「主壻但如劉眞長・王子敬便足。如王處仲・桓元子誠可、才小富貴、便豫人家事」。珣對曰「謝混雖不及眞長、不減子敬」。帝曰「如此便足」。未幾、帝崩、袁山松欲以女妻之、珣曰「卿莫近禁臠」。初、元帝始鎭建業、公私窘罄、每得一㹠、以爲珍膳、項上一臠尤美、輒以薦帝、羣下未嘗敢食、于時呼爲「禁臠」、故珣因以爲戲。混竟尙主、襲父爵。桓玄嘗欲以安宅爲營、混曰「召伯之仁、猶惠及甘棠、文靖之德、更不保五畝之宅邪」。玄聞、慚而止。歷中書令・中領軍・尙書左僕射、領選。以黨劉毅誅、國除。及宋受禪、謝晦謂劉裕曰「陛下應天受命、登壇日恨不得謝益壽奉璽紱」。裕亦歎曰「吾甚恨之、使後生不得見其風流」。益壽、混小字也。

混 字は叔源。少くして美譽有り、善く文を屬す。初め、孝武帝 晉陵公主の爲に壻を求め、王珣に謂いて曰く「主の壻 但だ 劉眞長・王子敬が如くんば便ち足らん。王處仲・桓元子が如きは誠に可なれども、才かに小しく富貴なれば、便ち人の家事に豫かる」と。珣對えて曰く「謝混 眞長に及ばずと雖も、子敬に減らず」と。帝曰く「此くの如くんば便ち足らん」と。初め、未だ幾ばくならずして、帝 崩ず。袁山松 女を以て之に妻わさんと欲す。珣曰く「卿 禁臠に近づく莫かれ」と。初め、元帝始めて建業に鎭するとき、公私 窘罄し、一㹠を得る毎に、以て珍膳と爲す。項上の一臠 尤も美し、輒ち以て帝に薦め、羣下未だ嘗て敢えて食せず、時に于て呼びて「禁臠」と爲す。故に珣因りて以て戯れを爲す。混竟に主に尙し、父の爵を襲ぐ。桓玄 嘗て 安が宅を以て營と爲さんと欲す。混曰く「召伯の仁、猶お惠み甘棠に及ぶ、文靖の德、更に五畝の宅をも保たざるか」と。玄聞きて、慚じて止む。中書令・中領軍・尙書左僕射を歷、選を領す。劉毅に黨するを以て誅せられ、國除かる。宋 禪を受くるに及び、謝晦 劉裕に謂いて曰く「陛下 天に應じて命を受く、壇に登る日、恨むらくは謝益壽を得て璽紱を奉ぜしめざるを」と。裕亦た歎じて曰く「吾 甚だ之を恨む、後生をして其の風流を見るを得ざらしむるを」と。益壽は混が小字なり。

(謝)混は字を叔源という。若い時から評判が高く、文を綴ることが上手だった。以前、孝武帝が娘の晋陵公主のために壻を探すように頼んで王珣に言った、「娘の婿は劉真長（劉惔）や王子敬（王献之）あたりなら、それで充分だ。王処仲（王敦）や桓元子（桓温）あたりは、全く適当なところではあるが、ちょっと地位や財力があるからと、すぐにひとの家のことに干渉したがる」と。王珣は答えて「謝混は、真長には及びませんが、子敬には劣りません」と言った。孝武帝は「それなら、充分だ」と言った。まもなく孝武帝がみまかった。袁山松が娘を謝混に娶せようとしたところ、王珣が「君、天子の御料肉に手を出してはいけないよ」と言った。以前、元帝がはじめて建業（江蘇省）に都を定めた時、君民ともに困窮し、豚の子一匹を手に入れれば、いつも珍しくて美味しい料理とされた。首筋あたりの肉が最も美味しかったので、その度にいつも天子に進めて、群臣は食べようとはしなかった。当時その肉を「禁臠」と呼んだ。それで王珣はこの故事に因んで戯れを言ったのである。混は結局晋陵公主を妻とし、父の爵を継いだ。桓玄は、かつて謝安の邸宅を陣営にしようとした。すると謝混は「召伯の仁徳は、その余恵が（その下で休んだという）甘棠の木にまで及んだというのに、文靖（謝安）の徳は、その五畝の宅をすら保つことができないのか」と言った。桓玄は、それを聞いて恥じて取りやめにした。中書令・中領軍・尚書左僕射を歴任し、人材の選考に携わった。劉毅に与したことから誅殺され、封国を取り上げられた。宋が、譲りを受けて国を建てた時、謝晦は劉裕（宋武帝）に「陛下は天命を受けて天子に為られましたが、残念なのは、天子の座に登られる日に謝益寿に玉璽を捧げ持たせることができないことです」と言った。劉裕もまた嘆息して言った、「私は非常に残念だ、後の者たちにその風流を見せることができなくしてしまったことが」と。益寿は、謝混の子供の時の字である。

一 混　謝混の生年については、一応石川忠久氏の考証に従う。陳郡謝氏については石川・佐藤両氏に詳しい考証がある。謝氏家系譜参照。

謝混は『世説』言語篇105の劉孝標注所引の『晋安帝紀』によると「司空琰の少子」であり、「文學に砥礪し名を立」てた。混の文学史上の評価については、『世説』文学篇85劉注所引の『続晋陽秋』に、司馬相如以来の『詩』『楚辞』を尊ぶ詩文の風が途絶え、玄言詩一色となった文壇の状況を述べた上で、それを「義熙（四〇五～四一八）中に至りて、謝混始めて改む」と言う。このように謝混が玄言詩を変革して新たな詩風を開いたとするものには、他に沈約『宋書』謝霊運伝論・鍾嶸『詩品』序・梁の蕭子顕『南斉書』文学伝論などがある。『隋志』にはその作品集「晋左僕射謝混集三巻。梁五巻」を著録するが、『旧唐志』・『新唐志』には、既に見えない。現存の詩は「西池に游ぶ」詩（『文選』巻二二遊覧）・「族子を誡む」詩（『宋書』巻五八謝弘微伝）・「二王の領軍府に在りて集うを送る」詩（『古詩紀』巻四六）のみである。詩以外では『文章流別本』十二巻（『隋志』）・「閑情」賦（『文心雕龍』才略篇）・『集苑』六十巻（『旧唐志』・『新唐志』所録）などがあったが、現存しない。「殷祭議」（『初学記』巻一六）も混の作である。『全晋詩』巻一四、『全晋文』巻八三。

謝混の交友範囲は狭く、もっぱら烏衣巷に於ける一族の子弟たちとの文学的な宴遊（烏衣の遊）にふけっていた。混の五言詩にも「昔烏衣の遊を爲すに、戚戚として、皆な親姪」という（『宋書』巻五八謝弘微伝）。この宴遊の模様は『南史』巻一九謝晦伝附謝瞻伝（「(瞻）嘗て喜霽詩を作るに、靈運 之を寫し、混 之を詠ず」）や謝靈運の詩にも描かれている。この集いは、謝安に倣い、謝氏の子弟の交遊を行なったものであり、彼らに大きな影響を与えた。佐藤氏はその時期を四〇〇～四〇四年ごろとする。ちなみに、混は中でも弘微を最も高く評価していたようである（『宋書』巻五八謝弘微伝）。一族以外では羊孚と仲が良く、王孝伯の二人の弟とも交流があった（『世説』言語篇105・雅量篇42）。混は、才能だけではなく、その姿もすぐれて美しかったようである（『南史』巻一九謝晦伝）。

二 孝武帝　三六二～三九六。在位三七二～三九六。司馬曜、字は昌明。簡文帝（在位三七一～三七二）の第三子。『晋書』巻九。立太子の日に父帝が没したが、謝安・王坦之は、桓温（→注七）の野望をおさえて、彼を即位させた。

三 王珣　三四九～四〇〇。王珣と弟珉は、謝安と弟萬の娘を娶っていたが、仲が悪くなって共に姻戚を絶ったので両氏は仇敵になった（『晋書』巻六五王導伝附王珣伝・『世説』傷逝篇15劉注所引の『中興書』）。なお、生卒年は『晋書』巻一〇安帝紀により修正した。

四 劉眞長　名は惔。生卒年未詳。沛国相の人。王導に見いだされる。明帝の娘である廬陵公主を妻とする。簡文帝に、桓温に不臣の行為があることを奏したが容れられなかった。『晋書』巻七五・『世説』識鑒篇19劉注所引の宋明帝『文章志』に詳しい。

五 王子敬　名は献之。三四四～三八六。王羲之の子。草隷・丹青に巧みで、父と並んで「二王」と称せられる。『晋書』巻八〇王羲之伝の附伝によると、新安公主（『世説』徳行篇39劉注所引の『献之別伝』は、「餘姚公主」とする）を妻とした。本書「王羲之伝」注八八参照。

六 王處仲　名は敦。二六六～三二四。琅邪臨沂（山東省）の人。王導の従兄。若いころは身を慎んで元帝を助け名声を得たが、帝位簒奪の志を抱き二度挙兵し、結局は明帝（在位三二二～三二五）に敗れた。武帝の娘襄城公主（『世説』紕漏篇1劉注は「舞陽公主」とする）を妻とする。『晋書』巻九八。

七 桓元子　名は温、三一二～三七三。明帝の娘の南康長公主を妻とした（『晋書』巻九八・『世説』賢媛篇21劉注所引『続晋陽秋』）。本書「王羲之伝」注二九参照。

八 袁山松　？～四〇一。各テキストともに「袁崧」に作るが、中華書局本に従った。『晋書』巻八三袁瓌伝附袁山松伝・排調篇60劉注所引『続晋陽秋』。

九 禁臠　天子が召し上がる上等の肉。この逸話は『世説』排調篇60・その劉注所引の『続晋陽秋』、および『建康実録』巻一〇に見える。それぞれ幾分異なる所があり、『世説』では孝武帝のことばは「王敦・桓溫、磊砢の流は、既に復た得可からず。且つ小しく意の如くなれば、亦た好みて人の家の事に豫かる。酷だ須うる所に非らず。正に眞長・子敬の比の如きは、最も佳なり」となっている。ところで『晋書』に於いて「才」は「才能」の意に用いられ、「わずかに」という意味では、一例を除き「纔」の字が用いられている。しかし、この「才小富貴」は後の「便」との呼応、および『世説』から「才かに小しく富貴なれば」と訓ずべきであろう。なお、この逸話に挙げられた四名は、皆皇帝の娘を娶っており、後の二人は帝位簒奪の志を抱いた。また劉惔は、事前に桓温に不臣の心のある事を奏上した人物であった。

一〇 元帝 二七六〜三二二。在位三一七〜三二二。東晋初代の皇帝。司馬睿。建業（のちの建康）に移ったのは永嘉の初年（三〇七）である。『晋書』巻六。本書「王羲之伝」注四参照。なお、『建康実録』巻一〇所引の『中興書』は、ここと幾分語句の異同がある。

一一 窘罄 困窮する。尽きる。窘は、窮まること。罄は、器の中がむなしいこと。尽きること。「比者氷雪旬を經、薪粒 貴踊し、貧弊の室、多く窘罄有り」（『宋書』巻五文帝紀）。

一二 父爵 謝混の父琰（?〜四〇〇）、字は瑗度。『晋書』巻七九謝安伝附謝琰伝によると苻堅の役の際に、謝安により抜擢されて、従兄玄（三四三〜三八八）と共に堅を破り、その功績により望蔡公に封ぜられた。父爵とは、この望蔡公を指すのであろう。琰は、後に孫恩の乱の際に殺された。

一三 桓玄 三六九〜四〇四。字は敬道、霊宝ともいう。譙国龍亢（安徽省）の人。大司馬桓温の庶子である。桓温に愛されて、嗣子となる。四〇三年、安帝（在位三九六〜四一八）を廃して自ら帝位についた。この時劉裕らが玄を討つため挙兵し、玄は敗れた。『晋書』巻九九・『世説』徳行篇41劉注所引『桓玄別伝』。

一四 安宅 謝混の祖父謝安の旧宅。『景定建康志』巻四二に引く『旧志』に「謝安が宅 烏衣巷 驃騎航の側に在り、乃ち秦淮の南岸、謝萬が居の北なり」と言う。謝萬宅は「長楽橋の東傍、丹陽郡城」にあった。謝安、字は安石、謝尚の従弟。『晋書』巻七九謝安伝。本書「袁宏伝」注四一参照。

一五 召伯之仁… 周の文王の庶子 召公姫奭が、裁判の際人民に迷惑をかけないように甘棠（和名、かたなし）の木の下に野宿した、人々はその徳をしのんで、この甘棠の木を伐らないように歌ったという故事を指す（『韓詩外伝』巻一召南「甘棠」参照）。なお、「五畝之宅」は、周代の井田法で一家の有した宅地を言う。「五畝の宅 之に樹うるに桑を以てす」（『孟子』梁恵王上）。実際に五畝であったわけではない。

一六 慚而止 この逸話は『世説』規箴篇27・『建康実録』巻一〇にも見える。

一七 領選 人事を掌るのは、東晋以来漸く分業になってきた。吏部の上に立つ尚書令・僕射が人事にあずかるのを「領選」といい、他の官または吏部郎が人事にあずかるのを「参掌」というのが正しい用法であるが、実際には屢々混用される（宮崎市定『九品官人法の研究』同朋舎 昭和六〇年 第二一二頁及び第五六九頁補注一八）。なお、中華書局本では「尚書左僕射」と「領選」の間も上と同じく並列をあらわす句読を用いているが、「領選」は官名ではないので改めた。この他、混は征虜将軍にもなっている（『北堂書鈔』巻四六所引『続晋陽秋』）。また、『宋書』巻四二劉穆之伝の揚州刺史王謐の後任に関る記事から、混は義熙三年（四〇七）には中領軍であったことがわかる。

一八 以黨劉毅誅 劉毅（?〜四一二）は『晋書』巻八五に伝がある。字は希楽、彭城沛（江蘇省）の人。桓玄が位を簒奪すると、劉裕（→注二一）らと兵を起こして玄を討った。後、江陵（湖北省）に至った時、その兵や官吏を私したため、劉裕が安帝に奏上した。安帝は詔を下し、劉毅は見せしめに死刑に処し、謝混と毅の従弟藩は、毅に与して秩序を乱した罪で誅殺するよう命じた。『晋書』巻一〇安帝紀には、義熙八年（四一二）九月に「太尉劉裕、右将軍兗州刺史劉藩・尚書左僕射謝混を害す」と記す。なお、この詔は、安帝紀では劉裕の偽詔とする。混の従兄謝澹は、混が劉毅に近すぎることを憂えて常に「終に當に家を破るべし」と言っていた。佐藤氏は退隠志向と、国家への奉仕・家門の保全を家風として受け継いできた謝氏にあって、混がこのようにバランスを崩した理由について二説挙げる。劉裕は無学であったのに対し、劉毅は文芸に広く見聞があり、朝廷の高尚な人物は毅に帰するものが多かったとする説（『通鑑』晋紀義熙八年）と、謝混らは、簒奪者劉裕を認めることができなかったのだとする説（沈約『宋書』自序）である。

一九 國除　諸侯王・列侯が、罪を得て死亡したり跡継ぎがいない場合に、その封国を剝奪されること。

二〇 謝晦　三九〇～四二六。字は宣明。陳郡謝氏の一族。劉裕にかわいがられた。『宋書』巻四四によると、武帝の受禅の時、晦は「游軍を領し警備を爲」していた。また『建康実録』巻一〇に『晋書』のこの話に当たるものを引用するが、一部異同がある。

二一 劉裕　三六三～四二二。宋の武帝、在位四二〇～四二二年。字は徳輿、廟号は高祖。若いころは貧賤で無頼で学問がなかったが、「宰相爲るに及び、頗る風流を慕う」（『宋書』巻六四鄭鮮之伝）ようになり、文人官僚を重んじるようになった。この逸話からもその意識の変化がうかがえる。『宋書』巻一～巻三武帝紀。

二二 璽紱　もともと玉璽の紐を指すが、玉璽そのものを意味することもある。ここでは、後者の意味。

二三 風流　『詩品』中品に、謝混ら五人の詩人を評して「其の源は張華に出づ。才力苦だ弱く、故に其の清淺を務め、殊に風流媚趣を得たり」と言う。

（坂内千里）

〔参考文献〕

石川忠久『陶淵明とその時代』（研文出版　一九九四年）
石川忠久「東晋文学研究劄記」（『陶淵明とその時代』所収　研文出版　一九九四年）
佐藤正光「謝混の文学史的意義」（『南朝の門閥貴族と文学』汲古書院　一九九七年）

陶淵明（三六五〜四二七）

陶淵明（とうえんめい）は、唐以前最高の詩人とされるが、詩人としての真価が認識されるのは、宋代以降のことである。むしろ「古今隠逸詩人の宗」（『詩品』）と評されるように、隠逸詩人・田園詩人の始祖とみなされてきた。田園に隠遁後自ら農耕に従事しながらも、現実社会に鋭い意識をもち、内面の矛盾を詩文にあらわした。「飲酒詩」「園田の居に帰る詩」「桃花源記」などよく知られた作品が多く、日常生活に密着した題材を平易な文体でつづった。『詩品』中。

宋書巻九三隠逸傳　陶潛傳

[一]陶潛字淵明、或云淵明字元亮。尋陽柴桑人也。[二]曾祖侃、晉大司馬。

潛少有高趣、嘗著[三]五柳先生傳以自況、曰「先生[四]不知何許人、不詳姓字、宅邊有五柳樹、因以爲號焉。[五]閑靜少言、不慕榮利。好讀書、不求甚解、毎有會意、欣然[六]忘食。性嗜酒、而家貧不能恆得。親舊知其如此、或置酒招之。造飲輒盡、期在必醉。既醉而退、曾[七]不吝情去留。[八]環堵蕭然、不蔽風日。[九]裋褐穿結、[一〇]簞瓢屢空、晏如也。嘗著文章自娛、頗示己志、忘懷得失、以此自終」。其自序如此。時人謂之[一一]實錄。

[一二]親老家貧、起爲州祭酒、不堪吏職、少日自解歸。州召主簿、不就。[一三]躬耕自資、遂抱[一四]羸疾。復爲[一五]鎭軍・建威

參軍、謂親朋曰「聊欲弦歌[一六]、以爲三逕[一七]之資、可乎」。執事者聞之、以爲彭澤令[一八]。公田悉令吏種秫稻[一九]、妻子固請種秔、乃使二頃[二〇]五十畝種秫、五十畝種秔。郡遣督郵至、縣吏白應束帶見之[二一]。潛嘆曰「我不能爲五斗米[二二]折腰向鄕里小人」。卽日解印綬去職。賦歸去來[二三]。其詞曰…（略）。

義熙末、徵著作佐郎[二四]不就。江州刺史王弘[二五]欲識之、不能致也。潛嘗往廬山、弘令潛故人龐通之[二六]齎酒具於半道栗里要之。潛有脚疾、使一門生二兒舁籃輿。既至、欣然便共飲酌、俄頃弘至、亦無忤也。先是、顏延之[二七]爲劉柳[二八]後軍功曹、在尋陽、與潛情款。後爲始安郡、經過、日日造潛、每往必酣飮致醉。臨去、留二萬錢與潛、潛悉送酒家、稍就取酒。嘗九月九日[二九]無酒。出宅邊菊叢中坐久、値弘送酒至、卽便就酌、醉而後歸。潛不解音聲、而畜素琴一張無絃、每有酒適、輒撫弄以寄其意。貴賤造之者、有酒輒設。潛若先醉、便語客「我醉欲眠、卿可去」。其眞率如此。郡將候潛、値其酒熟、取頭上葛巾漉酒、畢還復著之[三〇]。

潛弱年薄宦、不潔去就之迹、自以曾祖晉世宰輔、恥復屈身後代、自高祖王業漸隆、不復肯仕。所著文章、皆題其年月、義熙以前、則書晉氏年號、自永初以來唯云甲子而已[三一]。與子書以言其志、幷爲訓戒[三二]曰…（略）。

又爲命子詩[三三]以貽之曰…（略）。

潛元嘉四年卒、時年六十三[三四]。

陶潛[一]、字は淵明、或いは云う、淵明、字は元亮と。尋陽柴桑の人なり。曾祖侃[二]は、晉の大司馬なり。

潛 少くして高趣有り、嘗て「五柳先生傳」[三]を著して以て自ら況えて、曰く「先生は何許[四]の人なるかを知らず、姓字を詳らかにせず、宅邊に五柳樹有り、因りて以て號と爲す。閑靜[五]にして言少なく、榮利を慕わず。書を讀むを好むも、甚だしくは解するを求めず、意に會する有る毎に、欣然として食を忘る。[六]性酒を嗜めども、家貧にして恒には得る能わず。親舊其の此くの如きを知り、或いは酒を置きて之を招く。造りて飲めば輒ち盡くし、期するは必ず醉うに在り。既に醉いて退き、曾て[七]情を去留に吝かにせず。[八]環堵蕭然として、風日を蔽わず。[九]裋褐穿結し、[一〇]簞瓢屢しば空しきも、晏如たるなり。嘗に文章を著して自ら娯しみ、頗る己が志を示し、懷いを得失に忘れ、此を以て自ら終う」と。其の自ら序すること此くの如し。時人之を實錄[一一]と謂う。

[一二]親老い家貧にして、起ちて州の祭酒と爲るも、吏の職に堪えず、少日にして自ら解きて歸る。州主簿に召すも、就かず。[一三]躬ら耕して自ら資し、遂に[一四]羸疾を抱く。復た[一五]鎭軍・建威參軍と爲りて、親朋に謂いて曰く「[一六]聊か弦歌して、以て[一七]三逕の資と爲さんと欲するも、可なるか」と。事を執る者之を聞いて、以て[一八]彭澤令と爲す。公田に悉く吏をして[一九]秫稻を種えしめんとするも、妻子固より秔を種えんことを請い、乃ち[二〇]二頃五十畝をして秫を種え、五十畝をして秔を種えしむ。郡督郵を遣りて至らしむるに、縣吏應に[二一]束帶して之に見ゆべしと白す。潛歎じて曰く「[二二]我五斗米の爲に腰を折りて鄕里の小人に向かう能わず」と。卽日印綬を解きて職を去る。「[二三]歸去來」を賦す。其の詞に曰く…（略）。

義熙の末、[二四]著作佐郎に徵さるるも就かず。江州刺史[二五]王弘之を識らんと欲するも、致す能わざるなり。潛嘗て廬山に往きしに、弘潛の故人[二六]龐通之をして酒を齎して半道の栗里に具えて之を要えしむ。潛脚疾有り、一門生二兒をして籃輿を舁げしむ。既に至れば、欣然として便ち共に飲酌す。俄頃にして弘至るも、亦た忤ること無きなり。是れより先、[二七]顏延之は[二八]劉柳後軍の功曹と爲り、尋陽に在り、潛と情款たり。後始安郡と爲り、經過するに、日日潛に造り、往く毎に必ず酣飮して醉いを致す。去るに臨んで、二萬錢を留めて潛に與うるに、潛悉く酒家に送り、稍や就きて酒を取る。嘗て[二九]九月九日に酒無し。出でて宅邊の菊叢の中に坐すること久し、弘の送りし酒の至るに値いて、卽便ち就きて酌み、醉いて後に歸る。潛音聲を解さざるも、素琴一張の絃無きを畜え、酒の適うこと有る毎に、輒ち撫弄して以て其の意を寄す。貴賤の之に造る者、酒有れば輒ち設く。潛若し先に醉えば、便ち客に語ぐ「我醉いて眠らんと欲す、卿去るべし」と。其の眞率なること此くの如し。郡將 潛を候わんとするに、其の酒の熟するに値えば、頭上の葛巾を取りて酒を漉し、畢れば還[三〇]た復た之を著く。

潛は弱年にして薄宦、去就の迹を潔くせず、自ら曾祖は晉の世に宰輔たるを以て、復た身を後代に屈せんことを恥じ、高祖の王業の漸く隆んなるより、復た仕うるを肯んぜず。著す所の文章は、皆な其の年月を題するも、義熙以前は、則ち晉氏の年號を書し、永初より以來は唯だ甲子[三一]を云うのみ。子に書を與えて以て其の志を言い、幷びに訓戒[三二]を爲りて曰く…（略）。

又た「子[三三]に命ずる詩」を爲り以て之に貽りて曰く…（略）。

潛は元嘉四年に卒す、時[三四]に年六十三。

陶潛は、字を淵明といい、あるいは名が淵明で、字が元亮ともいう。尋陽柴桑（江西省）の人である。曾祖父の侃は晉の大司馬であった。

潛は若い時から高遠なおもむきをそなえていて、以前「五柳先生伝」を著して、自分を次のようになぞらえて言った。「先生はどこの人か分からないし、姓も字もはっきりしない。家のそばに柳の樹が五本あったので、それにちなんで号とした。物静かで言葉少なく、名誉や利欲には関心がなかった。読書は好きであったが、細かいところまでとことん解釈しようとはしなかった。心にかなうことがあるたびに、うれしくなって食事を忘れるほどだった。酒を嗜むたちであったが、家が貧しくていつも手に入るとは限らない。親戚や旧友たちはその辺の事情をよく知っていて、酒席を設けて招いてくれることもあった。そんな場合出かけていっていつも存分に飲みつくし、必ず酔っぱらうことにしていた。酔ってしまうと引き揚げて、ぐずぐずしたことは全くなかった。家は狭くてみすぼらしく、風や日光を防ぐこともできない。粗末な上着はぼろぼろであるし、飯びつや湯飲みはよく空っぽになったが、それでも落ち着きはらっていた。いつも詩文をつづってひとり楽しみ、自分の主張をいささか示そうとした。損得の気持ちは全くなく、こうしてひとりで死んでいった」。このように自分のことを述べた。世の人々はこれを実録だと思った。

年老いた親をかかえ家が貧しかったので、まず江州の学官として出仕したが、下っ端役人の職に堪えられず、ほどなくして辞任して帰ってきた。州は文書担当の主簿として召したが、応じなかった。自ら農耕に従事して生活の資としていたが、病気になってしまった。鎮軍将軍や建威将軍の参軍となり、親戚や友人に「ちょっと宮仕えをして、隠遁生活の足しにでもしようと思うが、どうだろうか」といった。担当役人が耳にして彭沢県（江西省）の長官に任命した。潜は下役人に命じて官田すべてにもち米を植えさせようとしたが、妻子がどうしてもうるち米にしてほしいと懇願したので、やっと二頃五十畝にもち米を植えさせ、五十畝にうるち米を植えさせた。郡が監察官を派遣してきたので、県の下級役人は正装して迎えるように言った。潜は「わたしはわずかばかりの俸給のために、郷里のつまらぬ奴にぺこぺこするわけにはいかぬ」と慨嘆した。その日のうちに役人の印とそのひもをはずして、職を辞した。「帰去来の辞」を作ったが、それは次のようである。…（略）。

義熙年間（四〇五〜四一八）の末に、著作佐郎に召されたが就任しなかった。江州（江西省）刺史の王弘が、かねてより潜と面識をもちたいと思っていたが、招き寄せることは果たせなかった。ある時、潜が廬山（江西省）へ行くのに、王弘は潜の友人の龐通之に、酒の準備をととのえて、途中の栗里（江西省）で待ち構えさせた。潜は脚気を患っていたので、一人の門弟と二人の息子に竹製の輿を担がせていた。潜は到着すると、喜んですぐに酒を酌み交わした。しばらくすると王弘がやって来たが、潜は嫌な顔をしなかった。これより前のことであるが、顔延之が後軍将軍劉柳の功曹となって尋陽にいた時、潜とよしみを通じていた。その後、始安郡（広西壮族自治区）の長官となって赴く途上、この地に立ち寄ると、毎日潜のもとに出かけて、訪れるときはきまって存分に飲んで酔っぱらった。顔延之は去り際に、二万銭を残していったが、潜はそっくりそのまま酒屋に渡し、少しずつ酒を受け取っていった。かつて九月九日の重陽節に酒が無かった。家の近くの菊が群生したところへ出ていって、しばらくじっとしていると、ちょうど王弘が寄こした酒が届いたので、すぐにその場で酌み、酔うと家へ帰った。潜は音楽が分からなかったが、飾りのない琴で絃の張っていないのを持っていて、酒がまわってくると、いつも撫で奏で、自分の気持ちを託した。潜のもとにやって来る者には、貴賤を問わず、酒があれば皆にふるまった。潜が先に酔うと、客に「わしは酔って眠りたいので、帰ってくれたまえ」といった。これほどまでに率直で飾り気がなかった。郡の武官が潜を訪ねてきた時、ちょうど酒が飲みごろであったので、かぶっていた葛布の頭巾をとって酒を漉し、漉しおわるとまたそれをかぶった。

潜は若いころに低い官職に就いたが、出処進退には慎重で、曾祖父が晋の大臣であったことから、後の王朝に仕えることを恥ずかしく思い、宋の高祖（劉裕）の帝業が盛んになってからは、二度と出仕しようとしなかった。著した詩文には、いずれも制作年月を記し、義熙以前の東晋には年号を記したが、永初（四二〇～四二二）以降の劉宋にあっては、干支を書いただけである。息子に書簡を与えて自分の気持ちを述べ、併せて教戒とした。…（略）。

また「子に命づける詩」を作って息子に遺した。…（略）。

潜は元嘉四年（四二七）に亡くなった。六十三歳であった。

一 陶潜字淵明　名と字については諸説があり、『晋書』巻九四、隠逸伝では「陶潜、字は元亮」、『南史』巻七五、隠逸伝上では「陶潜、字は淵明、或いは云う、字は淵明、名は元亮と」、梁の昭明太子「陶淵明伝」では「陶淵明、字は元亮、或いは云う、潜、字は淵明と」といい、早くから名と字が明確でなくなっていた。顔延之「陶徴士の誄」（『文選』巻五七）では「有晉の徴士尋陽の陶淵明」というが、淵明が名だとは断定できない。

生卒年について、没年が四二七年（元嘉四）であることは、顔延之の誄に「元嘉四年月日、尋陽縣の某里に卒す」ということなどから、一致を見ているが、生年に関しては諸説があって一定しない。たとえば、宋の張縯『呉譜辨証』は、三五二年（永和八）生まれの享年七十六歳説を、民国の梁啓超「陶淵明年譜」は、三七二年（咸安二）生まれの享年五十六歳説を、近人の古直「陶靖節年譜」は三七六年（太元元）生まれの享年五十二歳説をそれぞれ唱えているが、いずれも確証を欠いている。通説では、本書の「六十三歳」という記載から逆算して、三六五年（興寧三）生まれとしている。

『隋志』には「宋徴士陶潜集九卷。梁五卷、錄一卷。」と著録するが、『旧唐志』では「陶淵明集五卷」、『新唐志』では「陶潛集二十卷。又集五卷」とする。『古詩紀』巻三四・三五、『全晋文』巻一一一・一一二、『全晋詩』巻一六・一七。

二 曾祖侃　二五九～三三四。字は士行。もと鄱陽（江西省）の人で、のち尋陽に移る。三国呉の揚武将軍陶丹の子で、晋の名将として数々の軍功をあげて、長沙郡公に封ぜられ、大司馬を追贈された。召使いは千人余りいて、珍奇な品や財宝は宮中の府庫よりも多かったという。『晋書』巻六六。

祖父の名は、『晋書』本伝によると、陶茂で、武昌（湖北省）太

一〇 箪瓢　箪は飯を盛る竹製の器、瓢はひょうたんを二つに割って飲み物をいれるようにした容器。『論語』雍也篇に「賢なるかな回や、一箪の食、一瓢の飲、陋巷に在り」とある。

一一 實錄　事実の記録。『漢書』司馬遷伝の賛に「其の文は直、其の事は核、美を虚しくせず、悪を隠さず、故に之を實錄と謂う」とある。

一二 親老家貧　『韓詩外伝』第一章に「任重くして道遠き者は、地を擇ばずして息い、家貧にして親老いたる者は、官を擇ばずして仕う」とあるように、選り好みのきかない出仕をいう。顔延之「陶徴士の誄」に「母老い子幼くして、養に就き匱しきに勤む。遠く田生が親を致すの議を惟い、追って毛子の檄を捧ずるの懐いを悟る」と、田過や毛義の故事を引いて、親のためにやむを得ず出仕したとする。通説では三九三年、二十九歳の時とされる。

一三 躬耕　自ら耕して農作業に従事する。

一四 羸疾　リューマチのような病気か。この後に、昭明太子「陶淵明伝」、『南史』本伝では「江州刺史の檀道濟往きて之を候うに、偃臥して瘠せ餒うること、日有り。道濟謂いて曰く『賢者世に處するに、天下に道無ければ則ち隠れ、道有れば則ち至る。今子は文明の世に生くるに、奈何ぞ自ら苦しむこと此くの如きか』と。對えて曰く『潛や何ぞ敢えて賢を望まんや、志及ばざるなり』と。道濟饋るに粱肉を以てせんとするも、麾して之を去らしむ」の文がある。

一五 鎭軍・建威參軍　鎭軍将軍がだれをさすかについては、劉裕と劉牢之の二説がある。「始めて鎭軍參軍と作りて曲阿を経しときに作る詩」を採録する『文選』巻二六の李善注は前者で、これだと四〇四年、四十歳のころである。後者の代表である陶澍の説によると、三九九年、三十五歳のころで、ちなみにこの年の十一月に、劉牢之は孫恩の軍を追撃している。後者の可能性が大である。劉牢之（？

守であった。父については「子に命ずる詩」でふれられているが、名も生涯も分からない。明・清代の陶氏の家譜類（龔斌『陶淵明集校箋』附録三「陶氏宗譜中之問題」などを参照）によると、父は陶敏であったというが、こうした資料の信憑性は必ずしも高くはない。なお、潛の外祖父は、孟嘉、字は万年で、徳をそなえた風流の士として知られる（『晋書』巻九八）。

三 五柳先生傳　『陶淵明集』（以下、本集と称す）所収の文は、若干文字の異同があり、引用の最後に「贊に曰く、黔婁言える有り、貧賤に戚戚たらず、富貴に汲汲たらずと。其れ茲れ若き人の儔いを言うか。酣觴して詩を賦し、以て其の志を樂しましむ。無懷氏の民か、葛天氏の民か」が附されている。また「自ら況う」とあるように、これは一種の自伝である。比較的若いころの作品とされる。

四 不知何許人　「何許」は「何処」に同じで、どこの意。出身地が分からず、姓も字もはっきりしないというのは、当時の隠者や仙人の伝記によく見られる。たとえば『聖賢高士伝』に「榮啓期者、不知何許人也」とある。

五 閑靜　本集では「閑靖」に作るが、いずれも、物静かの意。

六 忘食　『論語』述而篇に、「憤りを発して食を忘れ、樂しんで以て憂いを忘れ、老いの將に至らんとするを知らざるのみ」とある。

七 吝情　ふんぎりがつかないこと。

八 環堵　小さく狭い部屋。環は周囲、堵は長さの単位で一丈という。『礼記』儒行篇に「儒に一畝の宮、環堵の室有り」とある。

九 短褐穿結　本集は「短褐穿結」に作る。短褐は短くて粗末な上着、穿結は穴があいてぼろぼろになっていること、あるいは着て帯を結ぶ意。『史記』秦始皇本紀に「夫れ寒き者は短褐を利とし、飢うる者は糟糠を甘しとす」とある。

〜四〇二）は字が道堅で、彭城（江蘇省）の人。はじめ謝玄の幕下となり、東晋末に孫恩の乱を平定してから、桓玄討伐の命を受けたが、桓玄の謀略にかかって都を明け渡し、桓玄を討つこともならず自殺した。『晋書』巻八四。

「乙巳の歳三月　建威参軍と為りて都に使いし銭渓を経るの詩」は、四〇五年、四十一歳の作とされる。この時の建威将軍は劉牢之の長子の劉敬宣であった。『晋書』巻八四劉牢之伝附。

一六　弦歌　元来は弦楽器を伴奏とするコーラスのことであるが、孔子の弟子の子游が、武城の長官をしていたとき、これを用いて文化的な教育に成功していたことから、出仕すること、また地方の長官になることをさす（『論語』陽貨篇）。

一七　三逕　庭の三本の小道。後漢の蔣詡が隠遁後、三本の小道を造り、隠者とのみ交際したことから、隠者の住まいをいう。「蔣詡、舎下の竹下に三逕を開き、唯だ求仲・羊仲のみ之に従いて遊ぶ」（『三輔決録』）。「帰去来の辞」に「三逕　荒に就くも、松菊　猶お存す」。

一八　彭澤令　この後に、昭明太子「陶淵明伝」、『南史』本伝では「家累を以て自ら随えず、一力を送りて其の子に給し、書して曰く『汝が旦夕の費は、自ら給すること難しと為す。今此の力を遣わし、汝が薪水の勞を助けしめん。此れも亦た人の子なり、善く之を遇すべし』と」の一文がある。

一九　秫稻　酒を造るためのもち米。次の「秔」が、普通のうるち米であるのに対する。

二〇　二頃五十畝　約千二百五十アール。

二一　束帯　衣冠を整え帯をしめる、つまり礼装すること。『論語』公冶長篇に「赤や、束帯して朝に立ち、賓客と言わしむべきなり」。

二二　五斗米　約十リットルの米、下級役人のわずかな俸給。

二三　帰去来　「帰りなんいざ」で始まる「帰去来の辞」。意に染まぬ仕官を辞めて家に帰ってきた喜びと、田園生活のはじまりを『楚辞』調の韻文で述べる。「帰去来の辞」序に「尋いで程氏の妹、武昌に喪す。情は駿奔に在り、自ら免じて職を去る。仲秋より冬に至るまで、官に在ること八十餘日。事に因りて心に順う。篇に命づけて帰去來兮と曰う。乙巳の歳十一月なり」とあるのによれば、四〇五年秋八月に彭沢の県令になってから、八十数日後、武昌（湖北省）の程氏に嫁いでいた妹の死をきっかけに、辞職したという。『文選』巻四五にも収める。

二四　著作佐郎　東晋以後は秘書郎に次ぐ清官であったが、石川忠久氏によれば、晋宋の交にあっては、隠逸をもって聞こえる者に授けられ、しかも就かないのが例になっているという。

二五　王弘　三七九〜四三二。字は休元、琅邪臨沂の人。王導の曾孫。劉裕の腹心で、劉裕の北伐成功の後、九錫を与えるよう朝廷に対して画策し、裕の王朝簒奪を導いた。四一八年に江州刺史になり、四二〇年宋王朝建国後には華容県公に封ぜられている。潜の「王撫軍の坐に於いて客を送る詩」は、撫軍将軍王弘の宴席に加わったときの詩である。『宋書』巻四二、『南史』巻二一。

二六　龐通之　未詳。潜の詩「怨詩、楚調もて龐主簿・鄧治中に示す」の龐主簿、すなわち龐遵のことかもしれない。『晋書』本伝には「其の郷親張野及び周旋人羊松齢・龐遵等は或いは酒有れば之を要え、或いは之を要えて共に酒坐に至る」とある。

二七　顔延之　三八四〜四五六。字は延年、琅邪臨沂の人。宋の詩人で、謝霊運と併称される。武帝劉裕に文才を認められた。何法盛『晋中興書』（『文選』巻五七、顔延之「陶徵士の誄」李善注所引）に「延之、始安郡と爲りて、道に尋陽を經、常に淵明の舍に飲み、晨より昏に達す」とある。『宋書』巻七三、『南史』巻三四。本書「顔延之伝」参照。

二八 劉柳　?～四一六。字は叔恵、南陽（河南省）の人。曾祖父は喬、父は耽。わかくして清官に就き、江州刺史や尚書左右僕射を歴任した。『老子』しか読まなかったが、その奥義をよく解したという。左光禄大夫、開府儀同三司を追贈されている。『宋書』顔延之伝に「後将軍・呉國內史劉柳 以て行參軍と爲し」と見える。江州刺史になったのは、四一五年のこと。『晋書』巻六一。

二九 九月九日　重陽節、重九節ともいい、この日に菊花を食べ、酒を飲む習慣、あるいは菊花を浮かべた酒を飲む風習は、すでに漢代にあり、唐代にはますます盛んになる。菊花は不老長生に効力があるとされていた。陶潛の詩「九日閑居」の序に「余は閒居して、重九の名を愛す。秋菊は園に盈つるも、醪を持するに由し靡し。空しく九華を服し、懷いを言に寄す」という。

三〇 復著之　この後に昭明太子「陶淵明伝」では、潛が、廬山に入って釈慧遠に師事した周続之、匡山に隠れた劉遺民とともに「潯陽の三隠」と称されたことを記す。また、妻の翟氏も潛と志を同じくして、ともに貧窮に耐えたという。

三一 甲子　干支。ただ、現存する作品から見る限り、義熙以前の東晋の作品でも、年号を記さずに干支を書している。たとえば「庚子の歳五月中、都より還るに、風に規林に阻まる詩」の「庚子」は、東晋の隆安四年（四〇〇）である。

三二 訓戒　いましめ。本集に「子の儼等に與うる疏」と題して収める書信で、「儼・俟・份・佚・佟に告ぐ」で始まる。自らの来し方をふりかえって、生まれつき頑固で才覚に乏しいがゆえに、他人との衝突を避けて俗世から身を引き、ために子たちに幼いころから飢寒を味わわせたという。五人の子は母親こそ違え、他人ではないのだから仲良くして、真心を尽くして行いを慎め、とさとす。宋初四二〇年、陶潛五十六歳の年、もしくはその後数年間の作とされる。

三三 命子詩　全八十句からなる四言詩。家系の最初、陶唐氏堯帝から曾祖父陶侃らを経て父に至るまで、立派な祖先の系譜をたどって述べる。ついで、自分のつたなさにふれ、長男誕生の喜びと成長への願い、子への忠告を記す。詩中で「儼」と命名し、「求思」の字をつけたというから、制作時期は長男誕生のころ、つまり三九二年、二八歳あたりにおかれる。

三四 時年六十三　これに続いて、昭明太子「陶淵明伝」、『南史』本伝では「世は靖節先生と號す」の一文がある。

〔参考文献〕

鈴木虎雄『陶淵明詩解』（弘文堂　一九四八年、のち平凡社・東洋文庫　一九九一年）
斯波六郎『陶淵明詩訳注』（東門書房　一九五一年、のち、北九州中国書店　一九八一年）
吉川幸次郎『陶淵明伝』（新潮社　一九五六年、のち全集第七巻、筑摩書房）
陶澍『靖節先生集』（文学古籍刊行社　一九五六年）
一海知義注『陶淵明』（岩波書店　一九五八年）
大矢根文次郎『陶淵明研究』（早稲田大学出版部　一九六七年）
一海知義訳『陶淵明』（筑摩書房　世界古典文学全集二五　一九六八

年）
楊勇『陶淵明集校箋』（香港呉興記書局　一九七一年）
都留春雄『陶淵明』（筑摩書房　一九七四年）
岡村繁『陶淵明』（日本放送出版協会　一九七四年）
松枝茂夫・和田武司『隠逸詩人陶淵明』（集英社　一九八三年）
逯欽立校注『陶淵明集』（中華書局　一九七九年）
許逸民校輯『陶淵明年譜』（中華書局　一九八六年）
都留春雄・釜谷武志『陶淵明』（角川書店　鑑賞中国の古典一三　一九八八年）
松枝茂夫・和田武司訳注『陶淵明全集』（上・下）（岩波文庫　一九九〇年）
石川忠久『陶淵明とその時代』（研文出版　一九九四年）
龔斌校箋『陶淵明集校箋』（上海古籍出版社　一九九六年）
一海知義『陶淵明』（岩波新書　一九九七年）
袁行霈『陶淵明研究』（北京大学出版社　一九九七年）
興膳宏『陶淵明』（世界思想社　一九九八年）

（釜谷武志）

謝惠連（四〇七〜四三三）

謝惠連は、謝霊運を「大謝」とよぶのに対し、「小謝」と称され、後には謝朓と合わせて「三謝」とも言われた。族兄の謝霊運も彼の文才を認めており、特に「秋懐」「擣衣」の五言詩の二篇は『詩品』でも高く評価されている。また、楽府体の作品にも優れていたが、若くして亡くなった。『詩品』中。

宋書卷五三　謝方明傳附

子[一]惠連、幼而聰敏、年十歲、能屬文、族兄[二]靈運深相知[三]賞、事在[四]靈運傳。本州[五]辟主簿、不就。惠連先愛會稽郡吏杜德[六]靈、及居父憂、贈以[七]五言詩十餘首、文行於世。坐被徙廢塞、不豫榮伍。尙書僕射[八]殷景仁愛其才、因言次白[九]太祖「臣小兒時、便見世中有此文、而論者云是謝惠連、其實非也」。太祖曰「若如此、便應通之」。元嘉七年、方爲[一〇]司徒彭城王義康法曹參軍。是時義康治東府城、城塹中得古冢、爲之改葬、使惠連爲[一一]祭文、留信待成、其文甚美。又爲[一二]雪賦、亦以[一三]高麗見奇。文章並傳於世。十年、卒、時年二十七。既早亡、且[一四]輕薄多尤累、故官位不顯。無子。弟惠宣、竟陵王誕司徒從事中郎、臨川內史。

子の恵連は、幼くして聰敏たり、年十歳にして、能く文を屬り、族兄の靈運深く相い知賞す、事は「靈運傳」に在り。本州にて主簿に辟さるるも、就かず。恵連先に會稽の郡吏杜徳靈を愛す、父の憂に居るに及び、贈るに五言詩十餘首を以てす、文は世に行わる。坐して徙され廢塞して、榮伍に豫らず。尚書僕射殷景仁はその才を愛し、言次に因りて太祖に白す「臣 小兒たりし時、便ち世の中に此の文有るを見る、而れども論者云う是れ謝恵連と、其の實は非なり」と。太祖曰く「若し此くの如くんば、便ち應に之を通ずべし」と。元嘉七年、方めて司徒彭城王義康の法曹參軍と爲る。是の時義康は東府城を治し、城塹の中に古冢を得、之が爲に改葬し、恵連をして祭文を爲らしむるに、信を留めて成るを待つ、その文甚だ美なり。又た「雪賦」を爲し、亦た高麗を以て奇とせらる。文章並びに世に傳えらる。十年、卒す、時に年二十七なり。既に早く亡くなり、且つ輕薄にして尤累多し、故に官位は顯ならず。子無し。弟の恵宣は、竟陵王誕の司徒從事中郎、臨川內史たり。

謝方明の子である謝恵連は、幼いときから賢く、十歳のときには、うまく文章をつくり、族兄の謝霊運は彼の才能を高く評価しており、そのことについては「謝霊運伝」に載っている。出身地の主簿にという話があったが、断った。謝恵連は以前、会稽（浙江省）の郡吏である杜徳霊を愛し、父の喪に服している時にも、五言詩十余首を贈っており、それは世に知られた。それが罪にふれて、遠地に追いやられ、昇進の道がふさがれ、地位も名誉も望むことができなかった。尚書僕射の殷景仁は謝恵連の才能を愛し、なにかの折に太祖に申し上げた。「臣が子供のころ、世にこの詩がすでにありましたのに、謝恵連のものだと評判されています、事実ではありません」と。太祖は「もしそうであるなら、すぐに取り立ててやるべきだ」と言った。元嘉七年（四三〇）に、やっと司徒彭城王義康の法曹参軍となった。この時、義康は東府（江蘇省）の城壁を改修し、城壁の濠から古い墓がでてきたので埋葬しなおし、恵連に祭文をつくらせ、使者を留めてできるのを待った、その文は気品ある美文であった。さらに「雪賦《せっぷ》」を作ると、また華麗さにより絶賛された。それらの作品はともに世に伝わっている。元嘉十年（四三三）に亡くなった、時に二十七歳であった。若くして亡くなったうえ、軽薄であやまちも多かったので、これという官職には就いていない。男児はない。弟の恵宣《けいせん》は、竟陵王誕《きょうりょうおうたん》の司徒従事中郎《しとじゅうじちゅうろう》、臨川内史《りんせんないし》となった。

一 恵連　謝恵連の生卒年については、百衲本《ひゃくのうぼん》『宋書』には、三十七歳で死去とあるが、「早亡」ということもあり、謝恵連「雪賦」（『文選』巻一三賦・物色）の李善注にも「二十七卒」とあり、穆克宏『魏晋南北朝文学史料述略』（中華書局一九九七年）も、二十七歳死去説をとっているので、ここではそれに従う。『詩品』巻中には、文才豊かな謝恵連の早世を悼んで「小謝は才思富捷《さいしふしょう》なれども、其の蘭玉夙《らんぎょくつと》に凋《しぼ》み、故に長轡《ちょうひ》未だ騁《は》せざるを恨む」という。その作品集については、『隋志』には「宋司徒府参軍謝恵連集六巻。梁五巻、録一巻」と著録されているが、『新唐志』には「謝恵連集五巻」となっている。陳振孫『直斎書録解題』巻一九には「謝恵連集一巻」とし、「本集五巻なるも、今惟だ詩二十四首のみ」と記されている。その集は南宋末にはすでに多く失われていた。明代以後には「謝恵連集一巻」（汪士賢輯『漢魏諸名家集』本）や「謝法曹集二巻」（丁福保輯『漢魏六朝名家集初刻』本）の形で輯本として伝わっていた。現在は『全宋文』巻三四に十七篇がみえ、『全宋詩』巻四に三十四首が収録されている。馮惟訥『古詩紀』巻五九には三十二首、沈徳潜『古詩源』巻一一には四首がみえる。楽府もたくみであったことは、『詩品』巻中に「工《たく》みに綺麗の歌謡を爲《な》すこと、風人第一たり」とある。ちなみに、江淹《こうえん》の「雑体詩」が謝法曹「贈別」と題して模擬の対象とするのは、こうした歌謡ではないかと言われており、梁の簡文帝にも「戯《たわむれ》に謝恵連体十三韻を作す」詩（『玉臺新詠』巻七）がある。

二 霊運　謝霊運。三八五〜四三三。陳郡陽夏（河南省）の人。六朝期を代表する詩人。本書「謝霊運伝」参照。

三 知賞　才能などを認め讃えること。謝霊運が謝恵連の文才を認めていたことについては、『詩品』巻中に、謝霊運の「登池上楼」詩中の名句「池塘春草を生ず」が、夢で謝恵連に会ったために思い浮かんだという逸話がみえる。これは『南史』巻一九の謝恵連伝にも見える。『南史』巻一九には、さらに謝霊運が恵連を褒めた逸話として、「靈運は其の新文を見るに、毎《つね》に曰く『張華《ちょうか》重《ふた》び生まるるも、易《か》う能わざるなり』と」とある。また、謝恵連と謝霊運の詩の応酬のあとは、『文選』巻二五詩・贈答に、謝霊運「海嶠に登臨し初めて彊中を発して作り従弟恵連とともに羊何に見《まみ》え、共に之に和す」詩や、謝恵連「西陵にて風に遇い康楽に献ず」詩とそれに和した謝霊運の「従弟恵連に酬ゆ」詩が収録されている。また、『水経注』巻四〇漸江水の若耶渓（浙江省）の箇所に「謝靈運と従弟の謝恵連常に之に游び、連句を作す」という記事もみえる。

四 靈運傳　本書「謝霊運伝」参照。『宋書』巻六七。

五 本州　出身地のこと。恵連の出身地は陳郡陽夏（河南省）である。

六 居父憂　父親の喪に服すことをいう。服喪の間は物事を慎むべきであるのに、謝恵連は、同性愛の相手の杜徳霊に詩を贈ったりしたので、それが罪に触れたのである。恵連の父の方明（三七九～四二六）は、『宋書』巻五三、『南史』巻一九に伝がある。陳郡陽夏の人。その性格は「嚴恪」とある。宋の武帝に重んじられ、侍中にもなり、永初三年、丹陽尹になり、有能で聞こえた。会稽太守になってからも政務に尽力し、元嘉三年、その官にありながら四十七歳で亡くなった。

七 五言詩十餘首　『南史』巻十九には「贈るに五言詩十餘首を以てす、『流れに乗り帰路に遵う』諸篇是なり」とある。現存しない。

八 殷景仁　三九〇?～四四〇?。『宋書』巻六三、『南史』巻二七に伝あり。陳郡長平（河南省）の人、武帝の太尉参軍となり、中書侍郎にもなる。甚だ重んじられ、国典朝儀、旧章記注の撰録にも携わった。文帝が即位すると侍中になり、相談役として重用された。本書「謝霊運伝」注三八参照。

九 太祖　四〇七～四五三。在位、四二四～四五三。文帝、諱は義隆、武帝の第三子。

一〇 司徒彭城王義康　四〇九～四五一。劉義康については『宋書』巻六八に伝あり。永初元年（四二〇）には彭城王に封ぜられ、食邑三千戸。元嘉六年に司徒となる。のち元嘉十年（四三三）、反逆の罪に問われた謝霊運を、太祖は免官だけで助けようとするのに対して、義康は許すべきではないと上奏した。本書「袁淑伝」注六参照。

一一 祭文　「祭古冢文 幷序」（『文選』巻六〇祭文）には「東府 城の北壍を掘りて、入ること丈餘、古冢を得たり、上に封域無く、塼甓を用いず。…銘誌存せず、世代得て知るべからざるなり。公城く者に命じて改めて東岡に埋め、之を祭るに豚酒を以てす」と、発掘状況を詳しく記述している。その祭りは元嘉七年（四三〇）九月十四日に行われたとある。

一二 雪賦　『文選』巻一三賦・物色に見える。謝荘の「月賦」とともに六朝に作られた小賦の代表とされる。これは漢賦によく見られるような主客を設定した形式をとり、雪を華麗に描写している。

一三 高麗　気品ある美しさをいう。『戦国策』衛策に「始め君の世に行う所は、高麗を食うなり、用いる所は、緤錯・拏薄なり。羣臣盡く以爲らく君は國を輕んじて高麗を好むと」と見える。

一四 輕薄　瀟洒で遊び好きな若者のことを形容することが多い。昭明太子の「将進酒」に「洛陽の輕薄子、長安の遊俠兒」と対にされているが同意と考えられよう。『宋書』巻六七謝霊運伝の記事にも、「恵連は幼くして才悟有り、而れども輕薄にして父の方明の知る所と爲らず」という。

〔参考文献〕

丁福林「謝氏文学集団的後起之秀―謝恵連和謝荘」（『東晋南朝的謝氏文学集団』一九九八年　黒龍江教育出版社）

（中　純子）

謝霊運（三八五〜四三三）

謝霊運（しゃれいうん）は六朝を代表する大詩人。書画にもすぐれ、また博学を誇り、儒・道・仏に通じた。なかでも仏教に傾倒し、仏典の漢訳にも携わった。山水を詠じて名高いが、隠者然としてのんびり自然に浸る体の詩人ではなく、大勢の供を従えて山林を跋扈（ばっこ）する豪士であった。その豪奢な暮らしぶりは自注の施された「山居賦」からも窺うことができる。奔放かつ矯激な性格が災いして不幸な最期を迎えたが、詩名は世に冠絶し、後の文学に与えた影響は測り知れない。『詩品』上。

宋書巻六七　謝靈運傳

[一]謝靈運、陳郡陽夏人也。祖玄[二]、晉車騎將軍。父瑍[三]、生而不慧、爲祕書郎、蚤亡。靈運幼便穎悟、玄甚異之、謂親知曰「我乃生瑍[四]、瑍那得生靈運」。

靈運少好學、博覽羣書、文章之美[五]、江左莫逮。從叔混[六]特知愛之。襲封康樂公、食邑二千戶。以國公例[七]、除員外散騎侍郎、不就。爲琅邪王[八]大司馬行參軍。性奢豪[九]、車服鮮麗、衣裳器物、多改舊制。世共宗之、咸稱謝康樂也。撫軍將軍劉毅[一〇]鎭姑孰、以爲記室參軍。毅鎭江陵、又以爲衞軍從事中郎。毅伏誅、高祖[一一]版爲太尉參軍[一二]。入爲祕書丞、坐事免。

[一三]高祖伐長安、驃騎將軍道憐居守、版爲諮議參軍。轉中書侍郎、又爲世子[一四]中軍諮議、黄門侍郎。[一五]奉使慰勞高祖於彭城、作撰[一六]征賦。其序曰…（略）。

[一]謝靈運、陳郡陽夏の人なり。[二]祖は玄、晉の車騎將軍。[三]父は瑍、生まれながらにして不慧、祕書郎と爲り、蚤に亡す。靈運は幼にして便ち穎悟、玄 甚だ之を異とし、親知に謂いて曰く「[四]我は乃ち瑍を生む、瑍は那得ぞ靈運を生むや」と。靈運 少くして學を好み、羣書を博覽す。[五]文章の美は、江左逮ぶもの莫し。[六]從叔の混 特に之を知愛す。襲ねて康樂公に封ぜられ、食邑二千戶。[七]國公の例を以て、員外散騎侍郎に除せらるるも、就かず。[八]琅邪王大司馬行參軍と爲る。[九]性は奢豪にして、車服は鮮麗、衣裳器物は、多く舊制を改む。世 共に之を宗とし、咸な謝康樂と稱するなり。撫軍將軍[一〇]劉毅 [一二]姑孰に鎭し、以て記室參軍と爲す。毅の江陵に鎭するや、又た以て衞軍從事中郎と爲す。毅の誅に伏するや、[一一]高祖は版して太尉參軍と爲す。入りて祕書丞と爲るも、事に坐して免ぜらる。[一三]高祖 長安を伐ち、驃騎將軍道憐の居守するや、版して諮議參軍と爲す。中書侍郎に轉じ、又た世子の[一四]中軍諮議、黄門侍郎と爲る。[一五]使いを奉じて高祖を彭城に慰勞し、[一六]「撰征の賦」を作る。其の序に曰く…（略）。

謝霊運は、陳郡陽夏県（河南省）の人。祖父は玄、晋の車騎将軍であった。父は瑍、才智にめぐまれず、秘書郎となったが、若死にした。霊運は幼いころから聡明で、謝玄は大いに感心し、親しい人に「この私に生まれたのは瑍なのに、瑍になぜまた霊運が生まれたものかね」と言った。

謝霊運は若いころから学問を好み、さまざまな書物をひろく読み、文章のすばらしさは、江南随一であった。従叔の謝混はとりわけ彼を賞でた。父を継いで康楽公に封じられ、食邑二千戸を受けた。開国公であることから、員外散騎侍郎に任命されたが、就任しなかった。やがて琅邪王大司馬の司馬徳文の行参軍となった。派手好みなたちで、公用の車や衣服は目にもあざやか、身につける衣裳や身の回りの品々は、旧来の習わしをしばしば改めるものであった。世間はこぞって手本とし、口々に謝康楽好みと称した。撫軍将軍の劉毅は姑孰（安徽省）を鎮守すると、謝霊運を記室参軍とした。劉毅が江陵（湖北省）を鎮守すると、さらに衛軍従事中郎とした。劉毅が誅殺されると、高祖（劉裕）は謝霊運を太尉参軍に任じた。宮中に入って秘書丞となったが、ある事件で免官になった。

劉裕が長安を討伐し、驃騎将軍道憐が留守を預かると、謝霊運を諮議参軍に任じた。中書侍郎に転任し、また世子劉義符の中軍諮議、黄門侍郎となった。朝廷の使者として彭城（江蘇省）に赴いて劉裕を慰労し、「撰征の賦」を作った。その序に言う、…（略）。

一 謝霊運　『南史』巻一九謝霊運伝には、「安西將軍弈の曾孫にして方明の従子なり」というが、こちらにも字および号は記録されない。幼名を「客児」と称したことは『宋書』巻五八謝弘微伝に見え、またその由来は、『詩品』巻上に「初め錢唐の杜明師、夜 東南に人有り、來たりて其の館に入るを夢む。是の夕 即ち靈運は會稽に生まる。旬日にして謝玄亡す。其の家 子孫の得難きを以て、靈運を杜の治に送りて之を養わしむ。十五にして方めて都に還る。故に小名は客兒なり」とあり、『異苑』巻七にも同文が見える。『詩品』序に「謝客は元嘉の雄爲り」と言うように、謝霊運を「謝客」と称するのは、この幼名にもとづく。陳郡の謝氏については、本書「謝混伝」注一、また付録の「謝氏世系略図」を参照。

二 祖玄　謝玄（三四三～三八八）は、三八三年の淝水の戦いで前秦の符堅から東晋を防いで勲功を挙げた將軍。謝霊運は「祖徳を述ぶる詩」二首（『文選』巻一九述徳）を作って功績を称え、またその「山居賦」自注にも、「余が祖 車騎、大功を建て、淮肥左右は、横流の禍を免かるるを得」と言う。『晋書』巻七九。

三 父瑍　謝瑍は生卒未詳。『世説』言語篇108注所引丘淵之『新集録』には「父渙、祕書郎たり」とする。事蹟は不明、『晋書』謝玄伝に「（玄の）子 瑍嗣ぐ、祕書郎たり、早に卒す」、『南史』巻一九謝晦伝附謝瞻伝にも「靈運の父瑍は才能無く、祕書郎爲り、早に卒す」とほぼ同様の記事が見えるのみである。

四 我乃生瑍…　『晋書』謝玄伝は「我尚お瑍を生む、瑍 那得ぞ靈運を生まざらん」、『南史』謝霊運伝は「我乃ち瑍を生む、瑍の兒 何爲れぞ我に及ばざらんや」とするが、瑍が不才であったことを前提とするなら、本伝の記述が最もわかりやすい。

五 文章之美…　『南史』謝霊運伝は「文章の美、顔延之と、江左第一爲り。縱橫に俊發するは、延之に過ぐるも、深密なるは則ち如かざるなり」とする。

六 従叔混　謝混について、また霊運も加わっていた「烏衣の遊」については、本書「謝混伝」を参照。

七 以國公例　『宋書』謝弘微伝には「晉世の名家の身に國封有る者は、起家して多く員外散騎侍郎に拜せらる」とあるように、祖父より父を経て康樂公を継いだ霊運も、開国公の例にならって、員外散騎侍郎に任じられたのである。

八 琅邪王　司馬徳文（三八六～四二一）、すなわち東晋最後の皇帝となった恭帝（在位四一九～四二〇）。大司馬となったのは、義熙元年（四〇五）。『晉書』巻一〇。

九 性奢豪…　『宋書』巻三〇 五行志一「貌不恭」は「陳郡の謝靈運は逸才有り、出入する每に、自ら扶接する者常に數人なり。民間の謠に曰く『四人 衣裙を褰げ、三人座席を捉る』と曰う、是れなり。此れ蓋し不肅の咎、後ち坐して誅せらる」と、その贅沢ぶりが不祥であったことを言う。また『世説』言語篇108には「謝靈運は好んで曲柄の笠を戴く」と言う。

一〇 劉毅　?～四一二。字は希楽、彭城郡沛県（江蘇省）の人。劉裕と覇権を争い、敗死した。撫軍将軍となったのは、義熙元年（四〇五）、衛軍将軍・荊州刺史として江陵に鎮したのは、義熙八年（四一二）、劉裕はただちに兵を起こして劉毅を攻め、縊死に追いこんだ。謝混との関係については、本書「謝混伝」注一八を参照。『晉書』巻八五。

一一 高祖　劉裕（三五六?～四二二）、字は徳輿。すなわち宋の武帝、在位四二〇～四二二。太尉となったのは義熙七年（四一一）のことである。本書「謝混伝」注二一参照。『宋書』巻一～三、『南史』巻一。

一二 版　任命すること。「除」が朝廷の任命であるのに対し、「板（版）」は諸侯の権限でも任命できた。

一三 高祖伐長安…　劉裕が北伐を起こしたのは義熙十二年（四一六）であるが、『宋書』巻二武帝紀中によれば、このとき留守居の任にあったのは皇太子の劉義符である。道憐は、劉道憐（三六八～四二二）、劉裕の弟、長沙景王。かれが劉裕の留守居役を務めたのは、『宋書』巻五一本伝および『宋書』武帝紀中によれば、北伐の前年、裕が司馬休之を荊州に討った義熙十一年（四一五）であり、同年、その平定ののち驃騎将軍に任じられている。これらの記述はあきらかに本伝とは齟齬し、顧紹柏『謝霊運集校注』は「長安」を「荊州」の誤りだとするが、劉道憐が驃騎将軍となったのは荊州が平定して後のことであることを考えると、この解にも疑問はのこる。

一四 世子　劉裕の長子、劉義符（四〇六～四二四）、すなわち少帝（在位四二二～四二四）。膂力があり、騎射を善くし、音律を解したという。劉裕は北伐にあたって義符を中軍将軍とした。『宋書』巻四、『南史』巻一。

一五 奉使　劉裕は義熙十二年（四一六）九月に彭城に到り、そこで指揮をとって洛陽を攻め落とし、翌年正月に自ら水軍を率いて長安征伐へと北上した。謝霊運が彭城に赴いたのは、「撰征賦」の内容からも判断して、この九月から翌正月までの間と推察される。

一六 撰征賦　劉裕の北伐に際し慰労の命を受けて彭城に向かうことを序で述べた後、本文は、一 北伐に至るまでの経緯の自らの役目、二 建康から長江までの道行きと懐古、三 長江から淮水までの道行きと懐古、四 到着地彭城にゆかりの故事と結び、の大きく四章に分けて、旅の情景と歴史とを絡み合わせた描写を延々と繰り広げる。いわゆる「征」の賦の形式に沿った作品であり、潘岳「西征賦」を継ぐ大賦。なおその序には「仲冬を以て行に就き、分春に反命す」とし、末章に「秋冬近くして緒りの風は襲く」などとあることから、この賦に述べられた情景は、義熙十二年（四一六）秋から翌春にかけてのものと認められ、製作年代もこの直後に置くのが自然である。ただしこの説をとるのは、顧紹柏『謝霊運集校注』のみであり、他の参考文献は、劉裕が長安征伐を終えて彭城に帰還し、相国・宋公・九錫の命を受けた義熙十四年（四一八）に繋け、この年の重陽の節句に謝霊運が彭城戯馬台で詠った「九日 宋公の戯馬台の集いに従いて孔令を送る詩」（『文選』巻二〇公讌）と同時期の作だとする。葉笑雪『謝霊運詩選』はその説のために「撰征賦」序の「仲冬」を「仲秋」の誤りであろうとし、踏襲されるところとなっているが、従いにくい。

*　*　*

[一七]仍除宋國黃門侍郎、遷相國從事中郎、世子左衞率、[一八]坐輒殺門生、免官。[一九]高祖受命、[二〇]降公爵爲侯、食邑五百戸。起爲散騎常侍、轉太子左衞率。靈運爲性[二一]褊激、多愆禮度、朝廷唯[二二]以文義處之、不以應實相許。自謂才能宜參權要、既不見知、常懷憤憤。[二三]廬陵王義眞少好文籍、與靈運情款異常。[二四]少帝卽位、權在大臣。靈運構扇異同、非毀執政。[二五]司徒徐羨之等患之、出爲永嘉太守。郡有名山水、靈運素所愛好。出守既不得志、遂肆意游遨、徧歷諸縣、動踰旬朔。民閒聽訟、不復關懷。所至輒爲詩詠、以致其意焉。在郡一周、稱疾去職、從弟[二六]晦・曜・弘微等、並與書止之、不從。

靈運父祖並葬始寧縣、幷有故宅及墅。遂移籍會稽、修營別業、傍山帶江、盡幽居之美。與隱士[二七]王弘之・[二八]孔淳之等縱放爲娛、[二九]有終焉之志。每有一詩至都邑、貴賤莫不競寫、宿昔之閒、士庶皆徧。遠近欽慕、名動京師。[三〇]作山居賦幷自注、以言其事。曰…（略）。

仍て[17]宋國黄門侍郎に除せられ、相國從事中郎、世子左衞率に遷るも、[18]輒く門生を殺すに坐して官を免ぜらる。[19]高祖 命を受くるや、[20]公爵を降して侯と爲し、食邑五百戸。起ちて散騎常侍と爲り、太子左衞率に轉ず。靈運の性爲るや[21]褊激にして、多く禮度に愆う。朝廷は唯だ文義を以て之を處し、[22]應實を以て相許さず。自ら謂えらく才能は宜しく權要に參ずべしと、既に知られざれば、常に懷い憤憤たり。[23]廬陵王義眞は少きより文籍を好み、靈運と情款常とは異なり。[24]少帝 位に卽き、權は大臣に在り。靈運は異同を構扇し、執政を非毀す。司徒[25]徐羨之ら之を患い、出だして永嘉太守と爲す。郡に名山水有り、靈運素より愛好する所なり。出だされて守となり既に志を得ざれば、遂に意を游遨に肆にし、諸縣を偏歷して、動もすれば旬朔を踰ゆ。民間の聽訟は、復た懷いに關せず。至る所輒ち詩詠を爲し、以て其の意を致す。郡に在ること一周、疾と稱して職を去る。從弟の[26]晦・曜・弘微ら、並びに書を與えて之を止むるも、從わず。

靈運の父祖は並びに始寧縣に葬られ、幷せて故宅及び墅有り。遂に籍を會稽に移し、別業を修營し、山に傍いて江を帶び、幽居の美を盡くす。隱士の[27]王弘之・[28]孔淳之らと縱放して娯みを爲し、[29]終焉の志有り。一詩の都邑に至る有る毎に、貴賤競いて寫さざるもの莫く、宿昔の間に、士庶皆な徧し。遠近欽慕し、名は京師を動かす。[30]「山居の賦」幷びに自注を作り、以て其の事を言う。曰く…（略）。

そこから宋国黄門侍郎に任じられ、相国従事中郎、世子左衛率に転任したが、部下をみだりに殺した廉で免官になった。高祖（武帝）が天命を受けて宋朝を開くと、公爵から侯爵に降格され、食邑は五百戸に減じた。やがて散騎常侍となり、太子左衛率に転任した。謝霊運はかっとなるたちで、しばしば礼節を守らなかった。朝廷は詩文の面だけで彼を遇し、国政の実務には関与させなかった。自分は才能があり政治の中枢に参与すべきだと自負していたのに、相手にされなかったので、心に憤慲を抱えることとなった。盧陵王の劉義真は若いころから読書好きで、霊運とはことのほか馬が合った。少帝が即位すると、実権は大官の手に移った。謝霊運は異議を煽り立て、実権を握る者を非難した。司徒の徐羨之らは疎ましく思い、永嘉太守として都から外に出した。永嘉郡には名高い山水があり、謝霊運のかねて愛好するところであった。地方の太守となって中央での出世も叶わぬこととなり、心のまま山水に遊び、近隣諸県を遍歴し、半月たっても帰らぬことが珍しくなかった。人民の訴えなどには、まったく関心を向けなかった。出かけた先々で詩を詠じ、感懐をあらわした。在職すること一年、病気と称して退職した。従弟の謝晦・謝曜・謝弘微らはみな手紙をよこして思いとどまらせようとしたが、言うことを聴かなかった。

謝霊運の父祖はみな始寧県（浙江省）に葬られており、旧宅や別荘もあった。そこで本籍を会稽に移して、別荘を造営したが、山を背にして川に臨み、隠棲の美をきわめた住まいであった。隠士の王弘之や孔淳之らと自由気儘に遊び暮らし、ここで生涯を終える心持ちであった。作った詩が都に伝えられると、そのたびに人々は身分の上下なく争って写し、一夜のうちに、士人から庶民まで誰もが知るところとなった。遠きも近きも敬慕し、名声は都を轟かした。「山居の賦」を作って自注を施し、その暮らしぶりを述べた。言うには、……（略）。

一七 宋國　劉裕は義熙十四年（四一八）に相国・宋公・九錫を受け、さらに翌元熙元年（四一九）七月に宋王となった。

一八 坐輒殺門生　門下の武人であった桂興が、霊運の側女勾搭と通じたため、怒った霊運が桂興を殺し、死体を江に捨てた事件をいう。御史中丞の王准之は不問に付そうとしたが、劉裕の側近であった尚書僕射の王弘がことさらに奏弾して免官となり、王准之もまた免官となった。『宋書』巻四二王弘伝はその弾劾文を引き、この事件の経緯を伝える。

一九 高祖受命　劉裕の即位は永初元年（四二〇）六月。

二〇 降公爵爲侯　『宋書』武帝紀下の詔には「晉氏の封爵は咸な運に随いて改めよ」、「始安公を茘浦縣侯に、長沙公を醴陵縣侯に、康樂公を卽ち縣侯に封ず可し、各おの五百戸」とある。なお、このさいに奏上された「康楽侯に封ぜらるるを謝する表」が『藝文類聚』巻五一に見える。

二一 褊激　こらえ性がなくかっとしやすいこと。顔謝と併称される顔延之もまた「性 既に褊激にして、兼ねて酒の過ぐる有れば、意を肆まにして直言し、曾て遏隱する無し」（『宋書』巻七三本伝）であったという。

二二 文義　詩文の技巧、またその詩文。「文」と「義」を分けて、文章・学問と解する場合もあるが、ここでは修辞の巧みさに重点があるとしたほうがよい。

二三 盧陵王義眞　劉義真（四〇六〜四二四）は、劉裕の子。「聡明にして文義を愛すれども、輕動にして德義無し」と『宋書』本伝には評される。謝霊運のほか、顔延之や慧琳らともごく親しく交わった。皇太子の劉義符とは腹違いであったが、早くから帝位への望みを抱き、「志を得る日、靈運・延之を以て宰相と爲し、慧琳を西豫州都督と爲さん」などと空手形を出していた。なお、彼らの交わりを快く思っていなかった徐羨之は、范晏を通じてやんわり戒めたが、義真は、謝霊運は「空疎（からつぽ）」で顔延之は「隘薄（うすつぺら）」、単なる詩文の交わりに過ぎませんよ、と答えを返している。『宋書』巻六一、『南史』巻一三。

二四 少帝即位…　高祖劉裕が崩じ、少帝劉義符が即位したのは、永初三年（四二二）。徐羨之・傅亮・謝晦らが政務を輔佐した。

二五 徐羨之　三六四〜四二六。字は宗文、東海郡郯県（山東省）の人。劉裕との結びつきで擡頭した権臣であった。暗愚であった少帝を廃そうと策謀したが、後に控える劉義真もまた軽挙妄動の人物であったため、まず義真の王位を廃して庶人とし、ついで少帝義符の廃位を実現した。結局、義真も義符も、徐羨之一派の手によって殺されている。なお、徐羨之が司徒となったのは、『宋書』本伝によれば、太祖文帝の即位後であり、少帝在位中は司空であった。『宋書』巻四三、『南史』巻一五。

二六 晦・曜・弘微　謝晦（三九〇〜四二六）は徐羨之らとともに、権勢を振るっていた。本書「謝混伝」注二〇参照。『宋書』巻四四、『南史』巻一九。謝曜（?〜四二七）は、謝混の烏衣の遊に霊運や弘微らとともに加わっていたが、『宋書』謝弘微伝に「兄の曜は、御史中丞、彭城王義康の驃騎長史を歴て、元嘉四年に卒す」とある以外に官歴は分からない。また、早くに父を亡くした弘微は兄の曜に父のごとく仕え、うるわしい兄弟仲だったという。謝弘微（三九二〜四三三）は、名を密というが、養家の母方の諱に触れるため字を以て呼ばれた。弘微は、謝混が誅されて夫人の晋陵公主が謝家と離絶させられたときに、その家を委ねられ、経営は堅実で、九年後に晋陵公主（東郷君）が戻されると、以前にもまして家業は盛んであった。人の評価を口にすることがなく、兄の曜が人物評に花を咲かせるたびに、話を逸らしたという。『宋書』巻五八、『南史』巻二〇。

二七 王弘之　三六五〜四二七。字は方平、琅邪郡臨沂（山東省）の人。しばしば出仕を命じられたが、就かなかった。会稽郡上虞（浙江省）に住み、釣を好んだという。謝霊運が劉義真に送った牋（『宋書』巻九三王弘之伝）は、「江左の嘉遁」として王弘之・阮万齢・孔淳之を称えている。『南史』巻二四。

二八 孔淳之　三七二〜四三〇。字は彦深、魯郡魯（山東省）の人。王弘之らと隠逸の交わりを結び、再三の出仕の要請にも従わなかった。『宋書』巻九三、『南史』巻七五。

二九 終焉之志　そこに留まって一生を終えようとする心持ちのこと。『国語』巻一〇「晋語」四に「文公の齊に安んじて終焉の志有るを知る」とあるのが早い例だが、六朝期以降、隠遁の志を示す常套句として用いられ、『晋書』『宋書』などの伝に多く見られる。

三〇 山居賦　漢の京都の賦の規模と体裁を受けて、自身の広大な山居の住まいを詠いあげた長大な賦。本文は、一 山居のあるべきすがた、二 始寧の山居の由来と地勢の概要、三 遠近の東西南北、四 旧宅の周囲、五 植物、六 動物、七 石壁精舍、八 生業、九 南居と北居、一〇 仏道修行、一一 老荘の教え、一二 結び、のように内容を分けることができ、また、詳細な自注を施して、ほとんど地志同然の情報を持つ賦である。

*　　*　　*

[三一]太祖登祚、誅徐羨之等、徵爲祕書監、再召不起。上使光祿大夫范泰[三二]與靈運書敦奬之、乃出就職。使整[三三]理祕閣書、補足遺闕。又以晉氏一代、自始至終、竟無一家之史、令靈[三四]運撰晉書、粗立條流、書竟不就。尋遷侍中、日夕引見、賞遇甚厚。靈運詩書皆兼獨絕、每文竟、手自寫之、文帝稱爲二寶。既自以名輩才能、應參時政。初被召、便以此自許、既至、文帝唯以文義見接、每侍上宴、談賞而已。[三五]王曇首[三六]・王華・殷景仁[三七]等、名位素不[三八]踰之、並見任遇。靈運意不平、多稱疾不朝直。穿池植援、種竹樹菫、驅課公役、無復期度。出郭游行、或一日百六十七十里、經旬不歸。既無表聞、又不請急。上不欲傷大臣、諷旨令自解。靈運乃上表陳疾、上賜假東歸。將行、上書勸伐河北[三九]曰…（略）。

[三一]太祖登祚して、徐羨之らを誅するや、徵して祕書監と爲し、再び召すも起たず。上、光祿大夫范泰[三二]をして靈運に書を與え敦く之を奬めしむれば、乃ち出でて職に就く。祕閣[三三]の書を整理し、遺闕を補足せしむ。又た晉氏一代、始め自り終わりに至るまで、竟に一家の史無きを以て、靈[三四]運をして晉書を撰ぜしむ。粗ぼ條流を立つるも、書は竟に就らず。尋いで侍中に遷り、日夕引見せられ、賞遇甚だ厚し。靈運は詩書皆な兼ねて獨絕、文の竟る每に、手自ら之を寫し、文帝は稱して二寶と爲す。既に自ら以えらく名輩にして才能あり、應に時政に參ずべしと。初め召さるるや、便ち此れを以て自ら許す。既に至れば、文帝は唯だ文義を以て見接し、每に上宴に侍して、談賞[三五]するのみ。[三六]王曇首・[三七]王華・[三八]殷

景仁ら、名位は素より之を踰えざるも、並びに任遇せらる。靈運は意平らかならず、多く疾いと稱して朝直せず。池を穿ち援を植え、竹を種え菫を樹え、公役を驅課して、復た期度無し。郭を出でて游行すれば、或いは一日に百六七十里、旬を經るも歸らず。既に表聞する無く、又た急を請わず。上は大臣を傷つくるを欲せず、旨を諷して自ら解かしむ。靈運は乃ち上表して疾いと陳べ、上は假を賜いて東歸せしむ。將に行かんとするや、上書[三九]して河北を伐たんことを勸めて曰く…（略）。

太祖（文帝）が即位して、徐羨之らを誅殺すると、召しだして秘書監に任じたが、二度のお召しにも応じなかった。帝は光禄大夫の范泰に、謝霊運へ手紙を書いて出仕するよう懇ろに勧めさせ、それでようやく都に出て就任した。宮中書庫の書物を整理させ、遺漏を補わせた。また晋朝一代について、始めから終わりまで記述して見識を備えた史書がないことに鑑み、霊運に『晋書』編纂を命じた。大まかな構成はできたが、書物として完成はしなかった。ついで侍中に転任すると、日夜引見され、たいへん厚遇された。謝霊運は詩作も墨書もどちらも当代一で、詩文を仕上げるたびに、自ら書写し、文帝は「二宝」と称した。謝霊運は、自分は名族出身で才能抜群、当然政局に参与するはずのものと自負していた。今回召しだされたときも、そのつもりであった。任に就いてみると、文帝は詩文のことでのみ召見し、いつも宮宴に侍らせて、おしゃべりをするだけであった。王曇首・王華・殷景仁らは名も位も謝霊運以下であるのに、国政の任を与えられていた。謝霊運は心穏やかでなく、病気と称してしばしば出勤しなかった。池を掘り垣をめぐらせ、竹や菫を植え、公に徴用した人民を使役して、限度がなかった。城外に出かけては、一日に百六七十里も行き、十日経っても帰らぬことすらあった。朝廷に報告もせず、急用の許可もとらなかった。帝は大官の名誉を傷つけまいとして、自ら辞職するようそれとなく悟らせた。謝霊運はそこで病気になったと奏上し、帝は休暇を与えて東のかた会稽へと帰らせた。出発に際し、書を奉って河北討伐を勧めて言うには、…（略）。

三一　太祖登祚…　太祖文帝劉義隆（四〇七～四五三、在位四二四～四五三）は、高祖武帝劉裕の第三子。景平二年（四二四）、徐羨之らが少帝を廃したのを受けて、即位した。しかし即位から一年半ほど経った元嘉三年（四二六）、徐羨之と傅亮を誅殺し、ついで謝晦を討伐させ、死に至らしめている。

三二　范泰　三五五～四二八。字は伯倫、順陽郡山陰（河南省）の人。晋以来の功臣であり、また宋朝にも重んぜられた。元嘉三年（四二六）に侍中・光禄大夫・国子祭酒の位を与えられた。謝霊運と交流があり、往復の書簡が『広弘明集』巻一五に遺されている。また、『文選』巻二五贈答三には「旧園に還りて作り顔（延之）・范（泰）二中書に見す」詩が載せられる。『宋書』巻六〇、『南史』巻三三。

三三　使整理祕閣書…　『隋志』総序には「宋元嘉八年（四三一）、祕書監謝靈運　四部目錄を造る、大凡六萬四千五百八十二卷」と言う。

三四　令靈運撰晉書…　『隋志』史部正史に「晉書三六卷、宋臨川內史謝靈運撰」というが、今はわずかな佚文を見るのみである（清・湯球『九家旧晋書輯本』参照）。

三五　談賞　あれこれ品定めなどをしておしゃべりすること。

三六　王曇首　？～四三〇。琅邪郡臨沂（山東省）の人。太祖が即位すると侍中となり、右衛将軍、驍騎将軍に任じられた。兄の華とともに、徐羨之らを誅して功績をあげた。『宋書』巻六三、『南史』巻二二。

三七　王華　三八五～四二七。字は子陵、琅邪郡臨沂（山東省）の人。王曇首の兄。太祖が即位すると侍中となり、右衛将軍に任じられた。弟の曇首とともに、徐羨之らを誅して功績をあげた。『宋書』巻六三、『南史』巻二三。

三八　殷景仁　三九〇？～四四〇？。陳郡長平（河南省）の人。太祖が即位すると侍中となり、引き続き左衛将軍の任を受けた。時に同じく侍中であった王華・王曇首・殷景仁・劉湛の四人ともども、「皆な風力局幹を以て、一時に冠冕たり、同升の美、近代　及ぶ莫し」と称される。『宋書』巻六三、『南史』巻二七。

三九　上書勸伐河北…　当時北方は北魏・西秦・北涼・北燕・夏の諸朝が割拠していたが、霊運は、その勢力争いに乗じて、河北の地を攻めるべきだとした。

＊　　＊　　＊

靈運以疾東歸、而遊娛宴集、以夜續晝、復爲御史中丞傅隆[四〇]所奏、坐以免官。是歲、元嘉五年。

靈運既東還、與族弟惠連[四一]・東海何長瑜[四二]・潁川荀雍[四三]・泰山羊璿之[四四]、以文章賞會、共爲山澤之游。時人謂之四友。惠連幼有才悟、而輕薄不爲父方明[四五]所知。靈運去永嘉還始寧、時方明爲會稽郡。靈運嘗自始寧至會稽造方明、過視惠連、大相知賞。時長瑜敎惠連讀書、亦在郡內、靈運又以爲絕倫、謂方明曰「阿連[四六]才悟如此、而尊作常兒遇之。何長瑜當今仲宣[四七]、而飴以下客之食。尊既不能禮賢、宜以長瑜還靈運」。靈運載之而去。…（略）。

靈運は疾いを以て東歸すれども、而るに遊娯宴集し、夜を以て晝《ひる》に續《つづ》け、復《ま》た御史《ぎょし》中丞《ちゅうじょう》[四〇]傅隆《ふりゅう》の奏する所と爲《な》り、坐して以て官を免ぜらる。是《こ》の歳、元嘉五年。

靈運既に東還すれば、族弟の[四一]惠連《けいれん》・東海の[四二]何《か》長瑜《ちょうゆ》・潁川の[四三]荀雍《じゅんよう》・泰山の[四四]羊璿之《ようせんし》と、文章を以て賞會《しょうかい》し、共に山《さん》澤《たく》の游びを爲す。時人之《これ》を四友と謂《い》う。惠連は幼くして才悟有れども、而るに輕薄にして父[四五]方明の知る所と爲らず。靈運 永嘉を去りて始寧に還るや、時に方明は會稽郡《かいけいぐん》爲《た》り。靈運 嘗《かつ》て始寧自《よ》り會稽に至りて方明に造《いた》り、過《よぎ》りて惠連を視《み》、大いに相《あ》い知賞す。時に長瑜は惠連に讀書《どくしょ》を教え、亦《ま》た郡内に在り、靈運は又た以て絶倫と爲し、方明に謂いて曰く「[四六]阿連は才悟此《か》くの如くなるに、而《しか》るに尊は常兒と作《な》して之《これ》を遇す。何長瑜は當今の[四七]仲宣《ちゅうせん》なるに、而るに飴《やしな》うに下客の食を以てす。尊 既に賢を禮《れい》する能わざれば、宜《よろ》しく長瑜を以て靈運に還《かえ》すべし」と。靈運 之を載せて去る。…（略）。

謝霊運は病気ということで東に帰ったのに、遊び暮らして宴会三昧、昼夜分かたぬありさま、また御史中丞の傅隆《ふりゅう》に上奏され、処分を受けて免官になった。この年、元嘉五年（四二八）であった。

謝霊運が東に帰ると、族弟の謝恵連・東海（江蘇省）の何長瑜《かちょうゆ》・潁川（河南省）の荀雍《じゅんよう》・泰山（山東省）の羊璿之《ようせんし》らと、詩文の集いを催し、共に山水に遊んだ。当時の人は彼らを四友と呼んだ。謝恵連は幼いころから英敏であったが、遊び好きで父の謝方明には相手にされていなかった。謝霊運が永嘉を去って始寧に帰ると、そのとき謝方明は会稽郡太守であった。謝霊運は始寧から会稽に行って謝方明を訪ねたことがあり、そこで謝恵連に会って、才能を高く評価した。そのとき何長瑜は謝恵連に学問の手ほどきをしており、やはり郡の役所にいたが、謝霊運は彼もまたずば抜けた人物だとして、謝方明に言うには「連君はこれほど英敏なのに、尊(おじどの)は並みの子扱いなさっている。何長瑜は当世の王粲なのに、格下の食客としての待遇しかなさらない。尊(おじどの)が賢者を礼遇することがおできにならないのなら、長瑜を霊運にお返しくだされ」と。謝霊運は何長瑜を車に同乗させて帰った。…（略）。

四〇 傅隆　三六九〜四五一。字は伯祚、北地霊州（寧夏回族自治区）の人。元嘉年間の初めに司徒右長史に任じられ、ついで御史中丞に転じたという。その仕事ぶりは、「甚だ司直の體を得」たものであったという。『宋書』巻五五。

四一 恵連　謝恵連については、本書「謝恵連伝」を参照。

四二 何長瑜　この段の末尾に省略した箇所には、何長瑜・荀雍・羊璿之の伝が付され、荀・羊はごく短く、何はやや長い。それによれば、何長瑜は謝霊運との交遊の後、劉義慶の記室参軍となったが、義慶の幕僚たちを韻文で品定めしたことから彼の怒りを買う羽目になり、広州へ左遷され、義慶の死後、盧陵王の劉紹が南中郎行参軍として召しだしたが、赴任途中で嵐にあって溺死した、という。『南史』謝霊運伝附。

四三 荀雍　この段末尾の省略箇所に「荀雍、字は道雍。官は員外散騎郎に至る」とのみ記される。

四四 羊璿之　？〜四五八。この段末尾の省略箇所に「璿之、字は曜璠。臨川の內史。司空竟陵王誕の遇する所と爲り、誕敗れ、坐して誅せらる」とある。

四五 方明　謝方明（三八〇〜四二六）は霊運の族叔。本書「謝恵連伝」注六参照。

四六 阿連　謝恵連のこと。「阿」は親称。連くん、連坊、というところ。

四七 仲宣　王仲宣、すなわち王粲。本書「王粲伝」参照。

*　　*　　*

靈運因父祖之資、生業甚厚[四八]。奴僮既衆、義故門生數百[四九]、鑿山浚湖、功役無已。尋山陟嶺、必造幽峻、巖嶂千重、莫不備盡。登躡常著木履[五〇]、上山則去前齒、下山去其後齒。嘗自始寧南山伐木開逕、直至臨海。從者數百人。臨海太守王琇驚駭、謂爲山賊、徐知是靈運乃安。又要琇更進、琇不肯。靈運贈琇詩曰「[五一]邦君難地嶮、旅客易山行」。在會稽、亦多徒衆、驚動縣邑。太守孟顗[五二]、事佛精懇、而爲靈運所輕。嘗謂顗曰「[五三]得道應須慧業文人、生天當在靈運前、成佛必在靈運後」。顗深恨此言。

會稽東郭有回踵湖、靈運求決以爲田、太祖令州郡履行。此湖去郭近、水物所出、百姓惜之、顗堅執不與。靈運既不得回踵、又求始寧岯[五四]峸湖爲田、顗又固執。靈運謂顗非存利民、正慮決湖多害生命[五五]、言論毀傷之、與顗遂構讎隙。因靈運横恣、百姓驚擾、乃表其異志、發兵自防、露板[五六]上言。靈運馳出京都、詣闕[五七]上表曰…（略）。

靈運は父祖の資に因りて、[四八]生業甚だ厚し。奴僮既に衆く、[四九]義故門生も數百、山を鑿ち湖を浚い、功役已むこと無し。山を尋ね嶺に陟れば、必ず幽峻に造り、巖嶂千重なるも、備さに盡くさざる莫し。[五〇]登躡するに常に木履を著け、山に上れば則ち前歯を去り、山を下れば其の後歯を去る。嘗て始寧の南山より木を伐りて逕を開き、直ちに臨海に至る。從者數百人なり。臨海太守王琇驚駭し、山賊と謂爲うも、徐て是れ靈運なることを知りて乃ち安んず。又た琇に更に進まんことを要むるも、琇 肯んぜず。靈運 琇に詩を贈りて曰く「[五一]邦君は地の嶮なるを難しとするも、旅客は山行を易しとす」と。會稽に在りても、亦た徒衆を多くし、縣邑を驚動す。太守の[五二]孟顗は、佛に事うること精懇なるも、而るに靈運の輕んずる所と爲る。嘗て顗に謂いて曰く「[五三]道を得るは應に須らく慧業の文人なるべし、生天は當に靈運の前に在るべきも、成佛は必ず靈運の後に在らん」と。顗は深く此の言を恨む。

會稽の東郭に回踵湖有り、靈運は決して以て田と爲さんことを求む。太祖 州郡に令して履行せしめんとす。此の湖は郭を去ること近く、水物の出づる所なれば、百姓之を惜しみ、顗は堅く執りて與えず。靈運は既に回踵を得ざれば、又た始寧の[五四]岯崲湖を田と爲さんことを求む。顗は又た固く執る。靈運謂えらく顗は民を利することに存するにあらず、正に湖を決して多く[五五]生命を害せんことを慮ると、言論して之を毀傷し、顗と遂に讎隙を構う。靈運横恣にして、百姓驚擾するに因りて、乃ち其の異志を表し、兵を發して自ら防ぎ、[五六]露板して上言す。靈運馳せて京都に出で、[五七]闕に詣り上表して曰く…（略）。

謝霊運は父祖以来の資産があって、生計はたいへん豊かであった。召使いも多く、手下の者も数百人、山を開削し湖を浚渫し、土木工事のやむことがなかった。山嶺に足を向ければ、峻険なる深山まで踏破し、千重にも立ちはだかる岩壁も、ことごとく踏み越え行くのであった。登山には常に木のげたを履き、上りは前の歯を外し、下りは後の歯を外したのである。始寧の南山から木を切り倒しながら道を開き、まっすぐ臨海（浙江省）に至ったことがあった。従者は数百人であった。臨海太守の王琇は腰を抜かし、山賊だと思ったが、やがて謝霊運だと分かって安心した。謝霊運は王琇にもっと進みたいと求めたが、王琇は承知しなかった。謝霊運が王琇に詩を贈って言うには「邦君には地の険なるはやっかいだろうが、旅客には山登りに都合がよい」と。会稽においても、やはり従者を大勢引き連れて、村々を驚かせた。太守の孟顗は、熱心な仏教徒だったが、謝霊運に軽んじられていた。ある時謝霊運が孟顗に言うには「道を得るのは優秀な文人と決まっております。（あなたは）生天はきっと霊運の前でしょうが、成仏はまず霊運の後ですな」と。孟顗はこの言葉を深く根に持った。

会稽郡の東の城外には回踵湖があり、謝霊運は干拓して田地としようと求め、太祖は州郡に命じて実施させようとした。この湖は城郭にも近く、水産も豊富で、人々はそれを惜しみ、孟顗は決して承認しようとしなかった。謝霊運は回踵湖の干拓ができなかったので、今度は始寧の岯崲湖を田地にしようと求めた。顗はまた譲らなかった。謝霊運は、孟顗は民衆の利益を図ろうとするのでなく、ただ湖を干拓すると生き物を殺すことになるのが心配なのだと見なし、論じ立てて非難したので、孟顗といさかいになった。(孟顗は)謝霊運が勝手放題で、民衆が騒ぎ立てているとして、謀反の心があると上表し、兵を起こして守りを固め、露板にて帝に訴えた。謝霊運は都に馬を駆って、参内し上表して言うには、…(略)。

四八 生業　資産や収入を引っくるめた、荘園領主としての経済をいう。

四九 義故門生　あえて分ければ、「義故」はなにかの面倒をみてやった者、「門生」は手下として家に置いている者だが、「門生義故」と用いるのと同様、ここではすべてひっくるめて、謝霊運の領地に寄食する者を言うのであろう。

五〇 登躡常著木履…　のちに「謝公屐」と呼ばれること、李白の「夢に天姥に游んで留別を吟ずる」詩に「脚に謝公の屐を著(は)き、身は青雲の梯を登る」と詠むごとくである。なお『南史』謝霊運伝は「履」を「屐」に作る。

五一 邦君難地嶮…　この二句のみがここに遺されるのみで、『南史』本伝がこれにもとづいて引くほか、他書に見えない。なお、王琇の事蹟も未詳。

五二 孟顗　生卒未詳。字は彦重、平昌郡安丘(山東省)の人。呉郡・会稽・丹陽の郡守、侍中、僕射、太子詹事を歴任した。徐羨之についたことがあり、会稽太守で生を終えた。『宋書』巻六六何尚之伝附、『南史』謝霊運伝附。

五三 得道應須慧業文人…　『南史』謝霊運伝は「文人」を「丈人」に作り、そうであれば、「慧業」の後で断句され、「道を得るには智恵の悟りが要りましょうぞ。御辺はそれがしの前に極楽に行かれましょうが、仏に成られるのはまずそれがしの後でしょうな」の意に解される。「丈人」は老人に対していう称。ただし、中華書局本の校勘が指摘するように「慧業文人」の語もよく用いられるので、いずれとも決しがたい。「生天」は、元来は、十の善行を行なった者が、死後、天道に転生することを言うが、ここは要するに年上の顗に向かって自分より先に死ぬだろうとからかったもの。なお『南史』はこの逸話に続けて以下の話も記録する。「又王弘之諸人と、千秋亭に出で、酒を飲み倮身にて大呼す。顗深く堪えず、信(つか)いを遣わして相聞す。靈運大いに怒りて曰く『身自(みずか)ら大呼す、何ぞ癡人の事に關せんや』と」。

五四 岯崲湖　『南史』謝霊運伝は「岯」を「休」に作る。

五五 生命　ここでは湖に棲む魚介類を指す。孟顗が干拓に反対したのは、人民の利益を考えてではなく、魚類を殺すことで我が身の成仏がならぬことを恐れたからだと謝霊運は見なしたのである。

五六 露板　封をしないで上奏する書簡のこと。布告のことを指す場合もあるが、ここでは上書のことを言う。

五七 詣闕上表…　謀反の罪を着せられたことの驚きと、自分は俗世を離れた人間であり、謀反はまったくの濡れ衣であることを必死に主張する。

太祖知其見誣、不罪也。不欲使東歸、以爲臨川內史[五八]、加秩中[五九]二千石。在郡遊放、不異永嘉、爲有司所糾。司徒遣使隨州從事鄭望生收靈運、靈運執錄望生、興兵叛逸、遂有逆志、爲詩曰「韓亡子房[六〇]奮、秦帝魯連[六一]恥。本自江海人[六二]、忠義感君子」。追討禽之、送廷尉治罪。廷尉奏靈運率部衆反叛、論正斬刑、上愛其才、欲免官而已。彭城王[六三]義康堅執謂不宜恕、乃詔曰「靈運罪釁累仍、誠合盡法。但謝玄勳參微管[六四]、宜宥及後嗣、可降死一等、徙付廣州」。

其後、秦郡府將宗齊受[六五]至涂口、行達桃墟村、見有七人下路亂語。疑非常人、還告郡縣。遣兵隨齊受掩討、遂共格戰、悉禽付獄。其一人、姓趙名欽、山陽縣人云「同村薛道雙、先與謝康樂共事。以去九月初、道雙因同村成國報欽云『先作臨川郡犯事徙送廣州謝、給錢令買弓箭刀楯等物、使道雙要合鄉里健兒、於三江口篡取謝。若得者、如意之後、功勞是同』。遂合部黨要謝、不及。既還飢饉、緣路爲劫盜」。有司又奏、依法收治。太祖詔於廣州行棄市刑。臨死作詩曰「龔勝[六六]無餘生、李業[六七]有終盡。嵇公[六八]理既迫、霍生[六九]命亦殞。悽悽[七〇]凌霜葉、網網衝風菌。邂逅[七一]竟幾何、修短非所愍。送心[七二]自覺前、斯痛久已忍。恨我[七三]君子志、不獲巖上泯」。詩所稱龔勝・李業、猶前詩子房・魯連之意也。時元嘉十年、年四十九[七四]。所著文章傳於世。子鳳蚤卒。

* * *

太祖は其の誣らるるを知りて、罪せざるなり。東歸せしむるを欲せず、以て臨川內史[五八]と爲し、秩中[五九]二千石を加う。郡に在りて遊放すること、永嘉に異ならず、有司の糾す所と爲る。司徒 使いを遣わし州の從事鄭望生に隨わしめて靈運を收めしむ。靈運 望生を執錄し、兵を興して叛逸す。遂に逆志有り、詩を爲りて曰く「韓亡びて子房奮い、秦 帝たりて魯連恥づ。本自り江海の人、忠義は君子を感ぜしむ」と。追討して之を禽え、廷尉に送りて罪を治めしむ。廷尉の奏すらく靈運は部衆を率いて反叛す、論じて斬刑に正さんと。上は其の才を愛み、官を免ぜんと欲するのみ。彭城王義康は堅く執りて謂えらく宜しく恕すべからずと、乃ち詔して曰く「靈運 罪釁累仍し、誠に合に法を盡くすべし。但だ謝玄の勳は管微かりせばなるを參ずれば、宜しく宥して後嗣に及ぼすべし。死一等を降し、徙して廣州に付す可し」と。

其の後、秦郡の府將 宗齊受 涂口に至らんとして、行きて桃墟村に達し、七人の下路に亂語する有るを見る。常人に非ずと疑い、還りて郡縣に告ぐ。兵を遣わし齊受に隨いて掩討し、遂に共に格戰し、悉く禽えて獄に付す。其の一人、姓は趙 名は欽、山陽縣の人なるが云えらく「同村の薛道雙は、先に謝康樂と事を共にす。去る九月の初めを以て、道雙は同村の成國に因って欽に報じて云えらく『先に臨川郡と作るも事を犯し廣州に徙送さるる謝、錢を給えて弓箭・刀楯等の物を買わしめ、道雙をして鄉里の健兒を要め合し、三江口に於て謝を簒取せしめんとす。若し得れば、意の如くなりし後、功勞は是れ同しからん』と。遂に部黨を合して謝を要むれど、及ばず。既に還れば飢饉にして、路に緣りて劫盜を爲す」と。有司又た奏し、法に依りて收治す。太祖は廣州に詔して棄市の刑を行わしむ。死に臨みて詩を作りて曰く「龔 勝に餘生無く、李業は終盡する有り。嵆公 理は既に迫り、霍生 命は亦た殞つ。悽悽たり霜を淩ぐ葉、網網たり風を銜く菌。邂逅 竟に幾何ぞ、修短は愍しむ所に非ず。心を自覺の前に送るも、斯の痛み久しく已に忍ぶ。恨むらくは我が君子の志もて、巖上に泯ぶを獲ざりしを」。詩に稱する所の龔勝・李業は、猶お前詩の子房・魯連の意のごときなり。時に元嘉十年、年四十九。著す所の文章は世に傳わる。子は鳳 蚤に卒す。

太祖はそれが濡れ衣だと分かって、罰しなかった。だが会稽に帰らせようとはせず、臨川郡（江西省）の内史とし、中二千石の扶持を加えた。職に在りながら遊び暮らすこと、永嘉郡のときと変わらず、係官に弾劾されることとなった。司徒は使いを派遣し、江州の従事 鄭望生の指揮の下に謝霊運を収監させようとした。謝霊運はかえって鄭望生を捕え、兵を起こして反旗を翻し、かくて謀反の心あるに至り、詩を作るには、「韓が亡んで張良は奮い立ち、秦が帝となるのを魯仲連は恥じた。もともと世から隠れ棲む者であるのに、その忠義は君子の心を動かすのだ」と。討伐軍が彼を捕え、廷尉に送致して罪を裁かせた。廷尉は「霊運は配下を率いて反逆したのであり、斬首の刑が妥当である」と奏上した。帝はその才能を惜しんで、免官で済ませようとした。彭城王の劉義康は「許してはなりませんぞ」と固く譲らず、そこで詔するには、「謝霊運は罪を重ねており、法にすべてを委ねるべきである。しかし謝玄の功績はかの管仲にも匹敵するもの、その血筋たる霊運に赦しがあってしかるべきであろう。死一等を減じ、広州（広東省）への流罪に処すがよい」と。

その後、秦郡（江蘇省）の府将の宗斉受が涂口（湖北省）に赴こうとして、桃墟村まで到ると、七人の者が行く手に騒いでいるのを目にした。胡乱な連中だと疑い、引き返して郡の役所に報告した。郡の役所は兵を派遣して斉受の指揮のもとに討伐させ、立ち回りのすえ、全員を捕えて取り調べを行なった。そのうちの一人、姓は趙、名は欽、山陽県（江蘇省）の出の者が言うには「同じ村の薛道双は、以前謝康楽と一緒に事を働いたことがあります。去る九月の初めに、道双は同じ村の成国を通じて、欽にこんなふうに知らせてきたのです。『以前臨川郡の長官だったが罪を犯して広州送りになった謝なる者が、資金を与えて弓矢や刀楯などの武器を買わせ、道双に郷里の若い者を集めさせて、三江口（湖北省）で謝を奪還させようとのことだ。うまくいけば、滞りなく事が済んだ後で、等しく褒美をとらせる』と。そこで仲間を集めて謝を奪おうとしたのですが、うまくいきませんでした。帰ってくると村は飢饉になってまして、街道沿いで強盗を働いていた次第です」と。役人はまた上奏し、法に従って収監した。太祖は広州に詔して公開処刑を行わせた。謝霊運が死に臨んで詩を作って言うには「龔勝には余生は無く、李業は命を絶った。嵇紹は道理がその死を導き、霍原も命運が尽きていた。悽悽として霜を凌ぐ葉、網網として風に向かう菌。出会いは結局いかほどだったろう、命短きを恨みはしない。今や仏のもとへと心を送ろう、俗世の苦しみも長いこと耐えたものだ。ただ私に君子の志がありながら、巌上で死を迎えられなかったのが恨めしい」。詩に言う「龔勝」「李業」は、前の詩の「子房」「魯連」と同じ含意でうたわれたものだ。時に元嘉十年（四三三）、年は四十九。著した文章は世に伝えられた。子は鳳（ほう）、早死にであった。

五八　臨川内史　郡の長官は太守と称するのが一般だが、臨川郡は特に内史と称した。

五九　中二千石　「中」字は、記室に対する中記室のように、それを加えることで、上位に位置することを示す。すなわち中二千石は二千石の上である。

六〇　子房　張良（?〜前一八九）、子房は字。代々韓の相をつとめた家に生まれ、秦が韓を滅ぼすと、復讐のために刺客となって、始皇帝を博浪沙で暗殺しようとしたが、失敗。のち劉邦に従って天下を平定し、留侯に封じられた。『史記』巻五五。

六一　魯連　魯仲連は、戦国・斉の人。秦兵が邯鄲を囲んだとき、魏王は使者を遣わして趙王に秦王を帝と称するよう勧めたが、そのとき趙に滞在していた魯仲連は魏の使者に、その非なることを説き、それを知った秦軍は五十里退いたという。『史記』巻八三。

六二　江海人　隠者を指す。『荘子』譲王篇に「身は江海の上に在れども、心は魏闕の下に居る」という。

六三　彭城王義康　劉義康（四〇九〜四五一）、武帝劉裕の第四子で、文帝の腹違いの弟にあたる。元嘉六年（四二九）から九年（四三二）まで、謝霊運を弾劾したことのある王弘（→注一八）とともに朝政を輔佐したが、王弘が病気がちであったため、内外の政務は義康のとりしきるところとなった。『宋書』巻六八。本書「袁淑伝」注六参照。

六四　微管　『論語』憲問篇に「管仲 桓公に相たりて諸侯に覇たらしめ、天下を一匡す。民は今に至るまで其の賜を受く。管仲微（な）かりせば、吾は其れ髪を被り衽を左にせん」とあるのにもとづく表現。謝玄が前秦との戦いで大功を挙げたことを管仲になぞらえたのである。

六五　宗齊受　未詳。『南史』謝霊運伝では、「宗」を「宋」に作る。なお、以下の趙欽および薛道双なる人物も未詳。

六六　龔勝　前六八〜一一、字は君賓。漢の哀帝の時に光禄大夫に至った。王莽の簒奪に遇って官を去り、王莽が入朝を要請しても従わず、食を断って死んだ。『漢書』巻七二。

六七　李業　前漢末から後漢初めの人、字は巨游。平帝のとき明経に挙げられたが、王莽の簒奪に際して官を去り、出仕の求めに応じなかった。のち公孫述が帝号を称し、業を博士として召しだそうとしたが受けず、さらに毒を以て脅迫したが、業は毒を飲んで自殺した。『後漢書』巻八一。

六八　嵇公　嵇紹（二五三〜三〇四）、字は延祖、嵇康の子。永安元年（三〇四）、東海王司馬越は恵帝を奉じて成都王司馬穎を攻めたものの反撃に遇い、側近はみな帝を捨てて敗走したが、独り紹のみ帝の楯となり、矢を浴びて死んだ。『晋書』巻八九。

六九　霍生　霍原、西晋の人、字は休明。反乱を企図していた王浚を拒絶し、恨みを含まれ、のち、俗謡にかこつけて殺された。『晋書』巻九四。

七〇 悽悽凌霜葉… 「悽悽」は寒々しいこと。「網網」は解しがたいが、きのこの群生しているさまをいうものか。あるいは『広弘明集』巻三〇上、『古詩紀』巻四八などが「納納」と作るのが正しく、湿潤のさまを表すものか。「菌」は、『荘子』逍遥遊篇に「朝菌は晦朔を知らず」とある短命のきのこ、朝菌を指すであろう。この二句は、逆境にあって短命であるものをいう。

七一 邂逅竟幾何… 「邂逅」は知己との出会い。謝霊運「相逢行」(『藝文類聚』巻四一)に「賞心の人に邂逅し、我と懐抱を傾く」とある。この二句は、この世での知己との交遊をいう。

七二 送心自覺前… 「自覚」は悟りを開くこと、またその悟りを開いた人。この二句は、長年の俗世の苦しみを離れて、如来のもとへ旅立つことをいう。なお『広弘明集』『古詩紀』は、この二句を次の二句の後に置く。

七三 恨我君子志 この二句は、隠士として巌穴に死すことが叶わず、刑死することの無念をいう。なお『広弘明集』『古詩紀』は、前の二句をこの後に置き、さらに「唯だ願わくは来生に乗じては、怨親心朕を同じくせんことを」の二句がある。

七四 所著文章 『隋志』には「宋臨川内史謝霊運集十九巻、梁二十巻、録一巻」と記されるが、今に伝わらない。輯本としては、明の沈啓源等輯・焦竑校『謝康楽集』四巻が最も早い。『古詩紀』巻四十七・八、『全宋詩』巻二・三、『全宋文』巻三〇～三三、『漢魏六朝百三名家集』に「謝康楽集」。逸詩・文は、冒廣生『謝康楽集拾遺』、興膳宏『謝霊運集外詩』(『謝霊運詩索引』附)、顧紹柏『謝霊運集校注』、森野繁夫『謝康楽詩集』に見ることができる。

〔参考文献〕

黄節『謝康楽詩注』(一九二四年序、藝文印書館 一九五七年)
葉笑雪『謝霊運詩選』(古典文学出版社 一九五八年)
J. D. Frodsham, *The murmuring stream : The life and works of the Chinese nature poet Hsieh Ling-yun* (385-433), *Duke of K'ang-Lo*, University of Malaya Press, 1967
小尾郊一『謝霊運——孤独の山水詩人』(汲古書院 一九八三年)
船津富彦『中国の詩人3 謝霊運』(集英社 一九八三年)
顧紹柏『謝霊運集校注』(中州古籍出版社 一九八七年)
森野繁夫『謝康楽詩注』(白帝社 一九九四年)
楊勇「謝霊運年譜」(『六朝作家年譜輯要』黒龍江教育出版社 一九九九年、もと『饒宗頤教授南游贈言論文集』一九七〇年)

(齋 藤 希 史)

袁淑（四〇八～四五三）

袁淑は、劉宋元嘉年間（四二四～四五三）に活躍した詩人。諧謔を好み、『誹諧文』を著した。その詩について『詩品』は「才力苦だ弱し」というが、現存する「曹子建楽府白馬篇に效う」詩「古に效う」詩等からは、かえって建安の詩風を追った力強さが評価されている。正義を重んじ、劉劭の文帝弑逆を諫めて従わず、殺された。『詩品』中。

宋書卷七〇　袁淑傳

袁淑[一]字陽源、陳郡陽夏人、丹陽尹豹[二]少子也。少有風氣、年數歲、伯父湛[三]謂家人曰「此非凡兒」。至十餘歲、爲姑夫王弘[四]所賞。不爲章句之學、而博涉多通、好屬文、辭采遒豔、縱橫[五]有才辯。本州命主簿、著作佐郎、太子舍人、並不就。彭城王義康[六]命爲司徒祭酒。義康不好文學、雖外相禮接、意好甚疎。劉湛[七]、淑從母兄也、欲其附己、而淑不以爲意、由是大相乖失、以久疾免官。補衡陽王義季[八]右軍主簿、遷太子洗馬、以脚疾不拜。衞軍臨川王義慶[九]雅好文章、請爲諮議參軍。頃之、遷司徒左西屬。出爲宣城太守、入補中書侍郎、以母憂去職。服闋、爲太子中庶子。元嘉二十六年、遷尚書吏部郎。其秋、大舉北伐[一〇]、淑侍坐從容曰「今當鳴鑾中岳[一一]、席卷趙・魏、檢玉岱宗[一二]。今其時也。臣逢千載之會、願上封禪書一篇」。[一三]太祖笑曰「盛德之事、我何足以當之」。出爲始興王[一四]征北長史・南東海太守。淑始到府、濬引見、謂曰「不意舅遂垂屈佐」。淑答曰「朝廷遣下官、本以光公府望」。還爲御史中丞。

時索虜南侵、[一五]遂至瓜步、太祖使百官議防禦之術、[一六]淑上議曰…（略）。

淑憙爲誇誕、每爲時人所嘲。始興王濬嘗送錢三萬餉淑、一宿復遣追取、謂使人謬誤、欲以戲淑。[一七]淑與濬書曰…（略）。

遷太子左衞率。[一八]元凶將爲弑逆、其夜淑在直、[一九]二更許、呼淑及[二〇]蕭斌等流涕謂曰「主上信讒、將見罪廢。內省無過、不能受枉。明旦便當行大事、望相與勠力」。淑及斌並曰「自古無此、願加善思」。劭怒變色、左右皆動。斌懼、乃曰「臣昔忝伏事、常思效節、況憂迫如此、輒當竭身奉令」。淑叱之曰「卿便謂殿下眞有是邪。殿下幼時嘗患風、或是疾動耳」。劭愈怒、因問曰「事當克不」。淑曰「居不疑之地、何患不克。但既克之後、爲天地之所不容、大禍亦旋至耳。願急息之」。劭左右引淑〔衣[二一]曰「此是何事、而可言罷」。因賜淑〕等袴褶、又就主衣取錦、截三尺爲一段、又中破、分斌・淑及左右、使以縛袴。[二二]淑出還省、繞牀行、至四更乃寢。劭將出、已與蕭斌同載、呼淑甚急、淑眠終不起。劭停車奉化門、催之相續。徐起至車後、劭使登車、又辭不上。劭因命左右、與手刃。見殺於奉化門外、時年四十六。劭即位、追贈太常、賜賵甚厚。

[二三]世祖即位、使顏[二四]延之爲詔曰「夫輕道重義、亟聞其敎、世弊國危、希遇其人。自非達義之至、識正之深者、孰能抗心衞主、遺身固節者哉。故太子左衞率淑、文辯優洽、秉尚貞慤。當要逼之切、意色不橈、厲辭道逆、氣震凶黨。虐刃交至、取斃不移。古之懷忠隕難、未云出其右者。興言嗟悼、無廢乎心。宜在加禮、永旌宋有臣焉。可贈侍中・大尉、謚曰忠憲公」。又詔曰「袁淑以身殉義、忠烈邈古。遺孤在疚、特所矜懷。可厚加賜卹、以慰存亡」。淑及徐湛之[二五]、江湛[二六]、王僧綽[二七]、卜天與[二八]四家、於是長給稟祿。文集傳於世。

[一]袁淑 字は陽源、陳郡陽夏の人、丹陽尹[二]豹の少子なり。
少くして風氣有り、年 數歳にして、伯父湛[三] 家人に謂いて曰く「此れ凡兒に非ず」と。十餘歳に至り、姑夫[四]王弘の賞する所と爲る。章句の學を爲さざれども、博渉多通、文を屬するを好み、辭采遒豔、[五]縱横に才辯有り。本州 主簿、著作佐郎、太子舍人に命ずるも、並びに就かず。[六]彭城王義康 命じて司徒祭酒と爲す。義康 文學を好まず、外は相い禮接すと雖も、意好 甚だ疎んず。[七]劉湛は淑の從母兄なり、其の己に附すを欲するも、淑 以て意と爲さず、是に由りて大いに相い乖失し、久疾を以て免官せらる。[八]衡陽王義季右軍主簿に補せられ、太子洗馬に遷るも、脚疾を以て拜せず。衞軍[九]臨川王義慶 雅だ文章を好み、請いて諮議參軍と爲す。頃之にして、司徒左西屬に遷る。出でて宣城太守と爲り、入りて中書侍郎に補せられ、母憂を以て職を去る。服 闋みて太子中庶子と爲る。元嘉二十六年、尚書吏部郎に遷る。其の秋、[一〇]大擧して北伐し、淑 侍坐して從容として曰く「今 當に[一一]鑾を中岳に鳴らし、趙・魏を席卷し、[一二]玉を岱宗に檢すべし。今 其の時なり。臣 千載の會に逢い、願わくは封禪書一篇を上らん」と。太祖[一三] 笑いて曰く「盛德の事、我 何ぞ以て之に當たるに足らん」と。出でて[一四]始興王征北長史・南東海太守と爲る。淑 始めて府に到り、濬 引見し、謂いて曰く「意わざりき 舅 遂に垂れて佐に屈するとは」と。淑 答えて曰く「朝廷 下官を遣わすは、本より以て公府の望を光かさんとす」と。還りて御史中丞と爲る。

時に索虜 南のかた侵し、遂に[一五]瓜歩に至り、太祖 百官をして防禦の術を議せしむるに、淑[一六] 議を上りて曰く…（略）。

淑 誇誕を爲すを憙み、毎に時人の嘲ける所と爲る。始興王 濬 嘗て錢三萬を送りて淑に餉り、一宿あって復た追取を遣わし、使人 謬誤せりと謂いて、以て淑に戲れんと欲す。淑[一七] 濬に書を與えて曰く…（略）。

太子左衞率に遷る。[一八]元凶 將に弑逆を爲さんとし、其の夜 淑 直に在りて、[一九]二更許、淑及び[二〇]蕭斌等を呼びて流涕して謂いて曰く「主上 讒を信じ、將に罪もて廢されんとす。內に省みて過ち無ければ、枉を受くる能わず。明旦便ち當に大事を行うべし、望むらくは相い與に力を勠さんことを」と。淑 及び斌並びに曰く「古 より此無し、願わくは善思を加えよ」と。劭 怒りて色を變え、左右 皆な動く。斌懼れ、乃ち曰く「臣 昔 伏事を忝くし、常に效節せんことを思う、況んや憂い迫ること此くの如し、輒ち當に身を竭くして令を奉るべし」と。淑 之を叱りて曰く「卿便ち 殿下 眞に是れ有りと謂うや。殿下 幼時 嘗て風を患えば、或いは是れ疾いの動くのみ」と。劭 愈いよ怒り、因りて問いて曰く「事 當に克つべきやいなや」と。淑 曰く「不疑の地に居りて、何ぞ克たざるを患えん。但だ既に克ちて後、天地の容れざる所と爲り、大禍 亦た旋ち至るのみ。願わくは急ぎ之を息めよ」と。劭の左右 淑[二一]〔の衣を引きて曰く「此れ是れ何事ぞ、而言い罷むべし」と。因りて淑〕等に袴褶を賜い、又た主衣に就きて錦を取り、三尺を截ちて一段と爲し、又た中より破りて、斌・淑及び左右に分け、以て袴[二二]を縛らしむ。淑 出でて省に還り、牀を繞りて行き、四更に至りて乃ち寢ぬ。劭 將に出でんとし、已に蕭斌と同に載り、淑を呼ぶこと甚だ急なるも、淑 眠りて終に起きず。劭 車を奉化門に停め、之を催すこと相い續く。徐ろに起きて車後に至り、劭 登車せしめんとするも、又た辭して上らず。劭 因りて左右に命じて手刃を與え、奉化門外に殺さる。時に年 四十六。劭 卽位し、太常を追贈し、賜賵 甚だ厚し。

[二三]世祖 卽位し、[二四]顔延之をして詔を爲らしめて曰く「夫れ道を輕んじ義を重んずるは、亟しば其の教えを聞くも、世弊れ國危うくして、其の人に遇うこと希なり。達義の至り、識正の深きに非ざるよりは、孰か能く心に抗して主を衞り、身を遺てて節を固くする者ならんや。故に太子左衞率淑、文辯優洽、貞愨を尚ぶを秉る。要逼の切に當たりて、意色橈せず、辭を厲まして逆を道い、氣は凶黨に震う。虐刃 交も至り、斃を取りて移らず。古の忠を懷い難に隕つる、未だ其の右に出る者を云わず。興言 嗟悼して、心に廢する無かれ。宜しく禮を加うるに在らしめ、永く宋に臣有るを旌わすべし。侍中・大尉を贈り、諡して忠憲公と曰うべし」と。又た詔して曰く「袁淑 身を以て義に殉じ、忠烈 古を遡ぐ。遺孤 疢に在り、特に衿懷さる。厚く賜卹を加え、以て存亡を慰むべし」と。淑及び [二五]徐湛之・[二六]江湛・[二七]王僧綽・[二八]卜天與の四家、是に於て長く稟祿を給わる。文集 世に傳わる。

袁淑は字を陽源といい、陳郡陽夏（河南省）の人で、丹陽郡（江蘇省）の知事豹の末子である。

幼いころからすぐれた資質を感じさせ、数歳の時、伯父の湛が家人に「この子はただものではないぞ」と言い、十数歳になると、姑夫（父方のおばの夫）の王弘に賞賛された。細かな解釈の学問はしなかったが、およそすべてに博く深く通じていて、文を綴ることを好み、ことばは力強くて美しく、才能ゆたかで弁舌もあざやかだった。地元の州は主簿、著作佐郎、太子舎人に命じたが、いずれにも就かなかった。彭城王義康が司徒祭酒に任命した。義康は学問を好まなかったので、表向きは礼儀どおりに接したが、内心はかなり疎んじていた。劉湛は、淑の従母兄（母方のおばの子）で、淑を自分の味方につけようと思ったが、淑にはその気がなく、そのためすっかり関係が悪くなり、持病を理由に免官になった。衡陽王義季の右軍主簿に任命され、太子洗馬に遷ったが、足が悪いことを理由に任官しなかった。衛軍の臨川王義慶は、たいへん文学を愛好し、袁淑を招いて諮議参軍とした。しばらくして、司徒左西属に遷った。都を出て宣城（安徽省）太守となり、戻って中書侍郎に任命されたが、母の喪に服すため職を退いた。喪が開けて太子中庶子となった。元嘉二十六年（四四九）、尚書吏部郎に遷った。その年の秋、大軍を発して北方の魏を征討しようとした際、淑は帝の傍らに控えさりげなく言った。「今こそ天子自ら中岳に赴かれて、趙・魏を一気に攻め取り、泰山で封禅の儀をとりおこなうべきです。今こそその時です。わたくしめ、千載一遇の機会に巡りあわせ、ぜひとも封禅書一篇をたてまつりたく存じます」。すると太祖は笑って「わしなど、そんなりっぱな徳高い行事はとてもできん」と言った。袁淑は都を出て始興王の征北長史および南東海太守となった。淑が始興王の府に到着してまもなく、始興王濬が引見して淑に言った。「まさかおじさまがとうとうわたしの属官になってくださろうとは」。淑は答えて言った。「朝廷がわたくしを遣わしましたのも、じつはあなたの府の評判をあげようとしてのことなのですよ」。都に戻って御史中丞となった。

そのころ、ちょうど北方異民族が南へ侵攻し、ついに瓜歩山まで至って、太祖が群臣に防禦策を論じさせると、淑は建議の文をたてまつって述べた…（略）。

淑は大言やでたらめが好きで、ことあるごとに世間のもの笑いになっていた。前に始興王濬が三万銭を淑に送り、一晩おいてまた人を取りにやらせ、あれはまちがいだったと言わせて、淑をからかおうとしたことがあった。すると淑は濬に手紙を書いて言った。…（略）。

太子左衛率の職に移った。元凶劭が文帝を弑逆しようとした時、ちょうどその前夜、淑が宿直だったが、夜二更のころ、劭は淑や蕭斌らを呼んで涙を流して言った。「お上は讒言を信じ、わたしは罪により廃されようとしている。心に省みてあやまちがない以上、いわれなき罪を受けることはできぬ。明日の朝、さっそく大事を行うが、ともに力を合わせてくれまいか」。淑と斌はともに言った。「古来このようなことはございませぬ。熟慮なさいませ」。劭は顔色を変えて怒り、侍臣たちは皆どよめいた。斌はおそれて言った。「わたくしめ、昔もったいなくもお仕え申し上げまして、常に節義を効そうと思っておりました。ましてこのように憂慮すべき事態ですから、この身を尽くしておおせをうけたまわります」。淑は彼を叱って言った。「そなたは本当に殿下が本気とお思いか。殿下は幼いころ、病気をなさったのじゃ。これは病気が出ただけかもしれん」。劭は怒りをつのらせて聞いた。「事は成るだろうか」。淑は言った。「絶対の皇太子の地位にいて、どうして敗れる心配がありましょう。しかし勝った後、天地が許してはおきません。大きな災いがたちまちやってくるでしょう。どうぞ急ぎおやめなさいませ」。劭の側近は淑〔の衣服をひっぱって言った「何ということを。おやめなされい」。そこで淑〕たちに馬乗り袴を下賜し、また衣服掛りに赴いて錦を取り出し、三尺ごとに裁ち、そして中心から破り、斌・淑および侍臣に分けて、袴の裾を縛らせた。淑は宮殿を出、役所に帰った。ベッドの回りを歩き、夜更け過ぎになってやっとベッドに入った。劭は出陣しようと、蕭斌とともに車に乗って、せわしく淑を呼び出したが、淑は眠ったまままとうとう起きなかった。劭は奉化門に車を止め、再三再四彼をせきたてた。淑がやっと起き上がって車の後に行くと、劭は車に乗るように言ったが、やはり辞退して乗らなかった。そこで劭は側近に刀を与えるように命じ、淑は奉化門の外で殺された。時に年四十六歳。劭が即位して、太常の位を追贈され、葬儀にあたって多くの品を贈られた。

世祖は即位すると、顔延之に詔を作らせ、そこには次のように言う。「道を軽んじ義を重んずるとは、よく耳にする教えですが、国難の際そういう人物はなかなかいないものです。心底義に達し、深く正義を悟る者でなければ、どうして心を抑えて主君を守り、身を捨てて節義を守ることができましょう。この太子左衛率袁淑は、文章も弁論も優れ、正しい心を高く保ち続けました。差し迫った状況にも怯まず、ことばを尽くして逆道の非を言い、元凶一党の暴挙に怒りを震わせました。非道な刃を突きつけられても、死を選んで動じなかったのです。古の忠義に殉じた者も、彼の右に出る者はいないでしょう。ここに言をあげて悲しみ悼み、心に刻むものです。礼を加え、宋にこのような臣がいたことを永えに顕彰するのがよろしいでしょう。侍中、大尉を贈り、忠憲公と謚するべきです」。また詔して言った、「袁淑は身をもって義に殉じ、その忠義心は古をも凌ぐものであった。残された子は喪の悲しみにあって、特別憐れまれる。厚く下賜の品を加えいたわるように」。そこで淑と徐湛之・江湛・王僧綽・卜天與の四家は、久しく扶持を受けることとなった。文集は世に伝わった。

一 袁淑　字は陽源、陳郡陽夏（河南省）の人。七世の祖は三国魏の郎中令袁渙で、晋の袁宏（本書「袁宏伝」参照）・袁山松と祖を同じくする。袁淑は袁渙の末子の儒学者袁準の流れ。晋の荀綽の『九州記』（『三国志』巻一一注引）に「袁氏子孫 世よ名位有りて、貴達今に至る」と言い、『晋書』巻八三袁質伝、『南史』巻二六袁昂伝に、代々質実純朴な家風であったと言う。代々陳郡陽夏の謝氏、琅邪臨沂の王氏などと姻戚関係を結び、また伯父湛の娘が文帝劉義隆の皇后（皇太子劭の生母）となるなど、姻戚には当代の有力者が多い。正史の伝としては、本伝のほか、『南史』巻二六袁湛伝に附伝されている。

劉宋元嘉時代の詩人と言えば、謝霊運・顔延之・鮑照の三人が有名だが、袁淑は謝霊運・顔延之より二十数年若く、鮑照よりやや年長にあたる。その文学は「當時に冠す」（『宋書』巻五一劉義慶伝・巻八五謝荘伝）と言われた。現存する詩は六篇のみ。文では、諧謔に富む表現に秀でたらしく、『隋志』に『誹諧文』十巻を撰したと記録される（現在「鶏九錫文」以下四篇を残すのみ）。『隋志』に「宋太尉袁淑集十一巻、幷目錄。梁十巻、錄一巻」と言う。『全宋文』巻四四、『全宋詩』巻五、『古詩紀』巻五三。

二 豹　袁豹、三七三?～四一三。字は士蔚。博学で文章に優れ、謝安、劉裕に重用された。官は御史中丞に昇った。『宋書』巻五二袁湛伝附、『南史』巻二六袁湛伝附。

三 湛　袁湛、三七九?～四一八。字は士深。謝安に認められ、安の甥にあたる謝玄の女を妻とした。尚書右僕射、本州大中正を歴任し、太祖劉義隆の北伐にあたっては大尉、司空、散騎常侍を兼ねた。死後、皇后の父であることから、侍中、左光禄大夫、開府儀同三司を追贈され、敬公と謚された。『宋書』巻五二、『南史』巻二六。

四 王弘　三七九～四三二。字は休元。琅邪臨沂（山東省）の人。曾祖父 導は晋の丞相、祖父 洽は中領軍、父 珣は司徒。劉裕の鎮軍諮議参軍となり、裕が北伐に成功した際、九錫を遣わすよう進言して、劉宋建国の立て役者となる。武帝、少帝、文帝の三代にわたって朝政を補佐し、官は太保、中書監に至り、文昭公と謚された。『宋書』巻四二、『南史』巻二一。

五 縦横有才辯　若いころの袁淑が自らの才を恃んでやや不遜な面のあったことを示す逸話が『南史』巻三四顔延之伝に見える。

六　彭城王義康　四〇九～四五一。武帝劉裕の子。文帝劉義隆の弟。『宋書』巻六八、『南史』巻一三。聡明で実務にすぐれ、文帝の元嘉初年より王弘（↓注四）とともに朝政を補佐した。やがて内外の実務は義康に集中し、帝をも凌ぐ権力をもつに至った（本書「謝霊運伝」注六三参照）。元嘉十七年（四四〇）劉湛一派が粛正された際、江州刺史として都から追放された。元嘉二十二年には范曄らの謀反に連座して籍を剝奪され、庶人に落とされた。やがて元嘉二十八年、不穏分子が再度義康を奉じて反乱を起こすことをおそれた文帝により殺された。義康に学識がなかったことは『宋書』本伝に「義康素より術學無く、大體に闇く、自ら謂えらく兄弟至親、復た君臣の形迹を存せずと。心に率いて逕行し、曾て猜防する無し」と記される。

七　劉湛　三九二～四四〇。字は弘仁、南陽涅陽（河南省）の人。『宋書』巻六九、『南史』巻三五。永初元年（四二〇）義康が豫州刺史となった時、その次官として若年の義康を補佐した。元嘉八年（四三一）、太子詹事、給事中となり、のち、朝政を掌握していた義康に附して権力の増大をはかったが、結局、元嘉十七年に敗れて誅殺された。劉湛が義康をかつぐ一派に袁淑を引き入れようとしたのを、淑が拒んだ際に袁淑が作ったという詩を『南史』袁淑伝には載せる。「蘭を植うるは門に當たるを忌み、璧を懐くは楚に向かう莫かれ。楚は玉を別つ人少なく、門は蘭を植うる所に非ず」。ここで蘭、璧は自身の高潔な人柄と豊かな才能を表し、楚および門は依るに値しない、劉湛の派閥をいう。

八　衡陽王義季　四一五～四四七。武帝劉裕の子。『宋書』巻六一、『南史』巻一三。文帝（劉義隆）が荊州刺史になった時、武帝の命により随行し、以来文帝に愛された。元嘉元年（四二四）、衡陽王に封ぜられた。

九　臨川王義慶　四〇三～四四四。武帝劉裕の中弟、長沙景王劉道憐の子。『宋書』巻五一長沙景王道憐伝附、『南史』巻一三。叔父劉道規の後を継いで、永初元年（四二〇）、臨川王に封ぜられた。王が袁淑の文名を買って招いたことについては、その『宋書』本伝にも「太尉袁淑、文は當時に冠たり、義慶 江州に在りて請いて衞軍諮議參軍と爲す」と記される。義慶が荊州刺史から江州刺史となったのは元嘉十六年（四三九）、翌十七年には南兗州刺史となるから、袁淑が義慶のもとに赴いたのは元嘉十六年、三十二歳のこと。義慶は、好文の王として、袁淑をはじめ鮑照（本書「鮑照伝」参照）など諸方の文学の士を集めた。その撰著としては、最も有名な『世説』以外にも、『隋志』には、『徐州先賢伝』九巻（『宋書』には『徐州先賢伝賛』十巻）、『集林』一百八十一巻などが著録されるが、王のもとに集まった士たちがこれらの著作に携わったと見られる（魯迅『中国小説史略』第七篇）。

一〇　大擧北伐　北方の北魏を討伐することを指す。劉宋と北魏は小規模な領土争いを繰り返しているが、大規模に文帝が北征の軍を派遣したのは、元嘉二十七年秋七月のこと（『宋書』巻五文帝紀・巻七一江湛伝・巻七六王玄謨伝・巻七七柳元景伝・沈慶之伝など）。本文に、二十六年秋「大挙北伐」とするのは誤りか。『通鑑』では、元嘉二十六年に「帝 中原を經略せんと欲し、羣臣争いて策を獻じ以て迎合して寵を取る」と言い、彭城太守王玄謨の進言と袁淑のことばを載せ、二十七年秋七月に北征の詔を載せる。

一一　鳴鑾中岳　鑾は天子の車につける車鈴で、鳴鑾は天子の行幸をいう。中岳は中嶽、河南省登封県の崇山。封禅の儀式に先だって天子が行幸するところ。

一二 検玉岱宗　岱宗は泰山。封禅の儀式を指す。

一三 太祖　文帝劉義隆。四〇七～四五三（在位四二四～四五三）。武帝劉裕の第三子。本書「謝霊運伝」注三一参照。

一四 始興王　劉濬、字は休明。四二九～四五三。文帝の子。『宋書』巻九九、『南史』巻一四。母は潘淑妃で、袁淑と直接の血のつながりはないが、皇家の皇子と外戚（皇后の従弟）という関係。八歳で始興王に封じられた。濬が征北将軍となったのは、元嘉二十六年十月。袁淑が征北長史として従ったのはこの時と思われる。濬は「少くして文籍を好み、資質端妍」（『宋書』）と言われ、文学を解する皇子だったとされるが、本伝に見える袁淑との応酬では、いずれも嫌味なことをもちかけて、かえってやりこめられている。

一五 遂至瓜歩　瓜歩山は長江をはさんで、都建康の対岸に位置する小山。元嘉二十七年十二月、北魏太武帝は自ら軍を率いて瓜歩を占領し、建康内外に戒厳令が敷かれた。

一六 淑上議曰　宥和策を否定し、精鋭の軍で果敢に戦うべきこと、機に乗じて討って出ること、怯まず猶予は許されないことなどを力説する。『南史』では、この文について、「其の言 甚だ誕なり」と評している。

一七 淑與濬書曰　「七年のうちの一与一奪でさえ、義士はこれを誹るというのに、与えたものを一晩で取り上げるとは。諸侯はこの件から国の方針を推し量るだろう」と、濬の行為が礼の規範にはずれることを典故を用いながら重々しく述べあげる。

一八 元凶　劉劭のこと。『宋書』は、劉劭と始興王劉濬（↓注一四）を宗室と切り離して列伝の最後の巻九九に置き、「二凶」と名付けて、劭を元凶と呼ぶ。劉劭（四二六～四五三）、字は休遠、文帝の長子。袁淑にとっては姪にあたる袁皇后の子で、生まれた時袁皇后は、「この子は必ず国を亡ぼす」と殺そうとしたという。六歳で皇太子となったが、巫蠱をおこなったことが発覚して、廃されることになり、元嘉三十年二月二十一日未明、先手を打って文帝を弑殺し即位したが、その年の五月四日、孝武帝駿（↓注二三）の挙兵に応じた江夏王劉義恭に殺された。

一九 二更許　更は一夜を五つに分けた時間の単位。

二〇 蕭斌　?～四五三。南蘭陵（江蘇省）の人。大将軍諮議参軍、豫章太守から南蛮校尉を経て侍中、輔国将軍、青冀二州刺史となった。劭の文帝弑逆に従い、のち、孝武帝駿らの義軍に敗れ殺された。『宋書』巻七八蕭思話伝附。

二一 〔衣曰…〕　〔　〕内十三字、『宋書』に欠くが、『南史』によって補う。

二二 縛袴　袴の裾を縛る。出陣の服装。『宋書』沈慶之伝に「慶之、戎服し、靺を履き、袴を縛りて入る」とある。

二三 世祖即位　世祖は孝武帝劉駿（四三〇～四六四、在位四五三～四六四）。字は休龍、文帝の子。元嘉十二年、六歳で武陵王に封ぜられた。元嘉三十年二月文帝が弑殺されて後、南譙王義宣、随王誕や雍州刺史臧質らとともに義兵を挙げ、四月に即位し、五月には劭、濬およびその一味を誅した。

二四 顔延之　本書「顔延之伝」参照。

二五 徐湛之　四一〇～四五三。字は孝源、東海郯（山東省）の人。父は徐逵之、母は武帝劉裕の長女、文帝の姉にあたる会稽公主。彭城王義康（↓注六）に愛され、劉湛（↓注七）に附き親しく協力した。劉湛が誅された際、会稽公主が号哭して文帝に懇願し、全きを得た。元嘉三十年皇太子劭（↓注一八）の廃嫡問題を文帝と相談していたところを襲われ、文帝、江湛とともに殺された。世祖即位後、司空を贈られ、忠烈公と諡された。『宋書』巻七一、『南史』巻一五徐羨之伝附。本書「釈恵休伝」参照。

二六 江湛　四〇八～四五三。字は徽淵。済陽考城（河南省）の人。官は元嘉二十七年吏部尚書となり、徐湛之とともに文帝の厚い信任を受けた。劭の廃嫡問題にあずかりその詔を起草したが、逆に殺された。左光禄大夫、開府儀同三司を追贈され、忠簡公と諡された。『宋書』巻七一、『南史』三六江夷伝附。

二七 王僧綽　四二三～四五三。琅邪臨沂（山東省）の人。王曇首の子。二十九歳で侍中となり、次代を担う人物として文帝に信任された。劭が即位して吏部尚書になったが、皇太子廃立にあずかったことがわかり殺された。世祖が即位して、散騎常侍、金紫光禄大夫を追贈され、愍侯と諡された。『宋書』巻七一、『南史』巻二二王曇首伝附。

二八 卜天与　？～四五三。呉興余杭（浙江省）の人。弓術にすぐれた。元嘉三十年、元凶劭が文帝を襲った際、即刻駆けつけ劭を射たが、当たらず、逆徒に撃たれて殺された。世祖が即位して、龍驤将軍、益州刺史を贈られ、壮侯と諡された。『宋書』巻九一孝義伝、『南史』七三孝義伝上。

〔参考文献〕

安田二郎「元嘉時代史への一つの試み―劉義康と劉劭の事件を手がかりに―」（『名古屋大学東洋史研究報告Ⅱ』一九七三年）

松浦崇「袁淑の『誹諧文』について」（『日本中国学会報』三一　一九七九年）

（幸 福 香 織）

顔延之（三八四～四五六）

顔延之（がんえんし）は、謝霊運（しゃれいうん）とならんで宋を代表する詩人。過度の飲酒とむき出しにした激しい気性によって、仕官と辞職をくりかえしたが、クーデターの頻発する時期にあって、宋朝歴代の皇帝に仕え生涯を全うした。詩は難解で、典故の頻用と対句の多用、緻密に構成された美しい表現を特徴とし、当時において高い評価を受けたが、後世にあっては陶淵明や謝霊運にはるかに及ばないとされる。『詩品』中。

宋書卷七三　顔延之傳

[1]顔延之字延年、琅邪臨沂人也。[2]曾祖含、右光祿大夫、[3]祖約、零陵太守、[4]父顯、護軍司馬。

延之少孤貧、[5]居負郭、室巷甚陋。好讀書、無所不覽。文章之美、冠絶當時。飲酒不護細行、年三十、猶未婚。[6]妹適東莞[7]劉憲之、[8]穆之子也。穆之既與延之通家、又聞其美、將仕之、先欲相見、延之不往也。後將軍・[9]吳國內史劉柳以爲行參軍、因轉主簿、[10]豫章公世子中軍行參軍。

義熙十二年、[11]高祖北伐。有宋公之授、府遣一使[12]慶殊命、[13]參起居。延之與同府[14]王參軍俱奉使至洛陽、[15]道中作詩二首、文辭藻麗、爲[16]謝晦・[17]傅亮所賞。宋國建、[18]奉常鄭鮮之擧爲博士、仍遷世子舍人。[19]高祖受命、補太子舍人。雁門人[二〇]周續之隱居廬山、儒學著稱、永初中、徵詣京師、開館以居之。高祖親幸、朝彥畢至、[二一]延之官列猶卑、引升上席。上使問續之[二二]三義、續之雅仗辭辯、延之每折以簡要。既連挫續之、上又使還自敷釋、言約理暢、莫不稱善。徙尚書儀曹郎、太子中舍人。

時尚書令傅亮自以文義之美、一時莫及。延之負其才辭、不爲之下、亮甚疾焉。[二三]廬陵王義眞頗好辭義、待接甚厚、[二四]徐羨之等疑延之爲[二五]同異、意甚不悅。[二六]少帝卽位、以爲正員郎兼中書。尋徙員外常侍、[二七]出爲始安太守。領軍將軍謝晦謂延之曰「昔[二八]荀勖忌[二九]阮咸、斥爲始平郡、今卿又爲始安、可謂二始」。黃門郎[三〇]殷景仁亦謂之曰「所謂俗惡俊異、世疵文雅」。

延之之郡、道經[三一]汨潭、爲湘州刺史[三二]張邵[三三]祭屈原文以致其意、曰…（略）。

[一]顏延之、字は延年、琅邪臨沂の人なり。[二]曾祖含は、右光祿大夫、[三]祖約は、零陵太守、[四]父顯は、護軍司馬たり。延之少くして孤貧、[五]負郭に居り、室巷甚だ陋なり。書を讀むを好み、覽ざる所無し。文章の美、當時に冠絕す。酒を飲み細行を護らず、年三十なるも、猶お未だ婚せず。[六]妹東莞の[七]劉憲之に適ぐ、[八]穆之の子なり。穆之既に延之と通家にして、又た其の美を聞き、將に之に仕えしめんとして、先ず相い見えんと欲するも、延之往かざるなり。後將軍・吳國內史[九]劉柳以て行參軍と爲し、因りて主簿、[一〇]豫章公世子の中軍行參軍に轉ず。

義熙十二年、[一一]高祖北伐す。宋公の授有り、府[一二]一使を遣わして殊命を慶し、[一三]起居に參ぜしむ。延之同府の[一四]王參軍と倶に使いを奉じて洛陽に至り、[一五]道中詩二首を作るに、文辭藻麗、[一六]謝晦・[一七]傅亮の賞する所と爲る。宋國建つに、奉常[一八]鄭鮮之擧げて博士と爲し、仍りて世子舍人に遷る。[一九]高祖命を受くるに、太子舍人に補せらる。雁門の人[二〇]周續之廬山に隱居し、儒學もて著稱せらるるに、永初中、徵せられて京師に詣り、館を開いて以て之に居る。高祖親幸し、朝彦[二一]畢く至るに、延之 官列は猶お卑きも、引かれて上席に升る。上 續之に三義[二二]を問わしむれば、續之雅に辭に仗りて辯ずるも、延之每に折くに簡要を以てす。既に連りに續之を挫き、上又た還た自ら敷釋せしむれば、言約理暢にして、善と稱せざるもの莫し。尙書儀曹郎、太子中舍人に徙る。

時に尙書令傅亮 自ら以えらく 文義の美は、一時に及ぶもの莫しと。延之 其の才辭を負み、之が爲に下らず、亮 甚だ焉を疾む。廬陵[二三]王義眞 頗る辭義を好み、待接甚だ厚く、徐羨之[二四]等 延之同異[二五]を爲すかと疑い、意甚だ悅ばず。少帝[二六]即位して、以て正員郎と爲し中書を兼ねしむ。尋いで員外常侍に徙り、出でて[二七]始安太守と爲る。領軍將軍謝晦 延之に謂いて曰く「昔 荀勖[二九]は 阮咸[三〇]を忌み、斥けて始平郡と爲す、今卿又た始安と爲る、二始と謂うべし」と。黄門郞殷[二八]景仁も亦た之に謂いて曰く「所謂 俗 俊異を惡み、世 文雅を疵るなり」と。

延之 郡に之き、道に 汨潭[三一]を經、湘州刺史 張邵[三二]の爲に「屈原[三三]を祭る文」もて以て其の意を致して、曰く…（略）。

顏延之は、字は延年、琅邪臨沂（山東省）の人である。曾祖父の含は右光祿大夫で、祖父の約は零陵（湖南省）の太守、父の顯は護軍司馬であった。

延之は年少の時に父をうしない、家が貧しく、城郭に近い地に住んでいて、住まいは狭陋で汚かった。読書を好み、目にしない書物はなかった。あらわす詩文のすばらしさは、世に卓絶していた。酒を飲むとこまごまとした礼法を守らず、三十歳になってもまだ独り身であった。妹は東莞（山東省）の劉憲之に嫁いだ。憲之は劉穆之の子である。穆之は延之の家と代々つき合いがあった上に、延之の令聞を耳にしたので、仕官させようと思い、あらかじめ会っておこうとしたが、延之は会いに行かなかった。後将軍・呉国（江蘇省）内史の劉柳が延之を行参軍に任命し、そこから主簿、豫章公の後嗣の中軍行参軍に転任した。

義熙十二年（四一六）、劉裕（のちの宋の高祖武帝）は北伐に赴いた。劉裕に宋公の爵位を授与することになり、東晋の役所から使者を派遣して、特別の任命をたまい、裕に皇帝のそばに身を置くように伝えさせた。延之は同じ役所の王参軍とともに使命を帯びて洛陽（河南省）に行ったが、道中で作った二首の詩は麗しいできばえで、謝晦と傅亮の賞賛をあびた。宋が建国されると、奉常の鄭鮮之によって博士に任じられ、それから世子舎人にうつった。高祖が帝位につくと、太子舎人に任命された。雁門（山西省）の周続之は廬山（江西省）に隠棲していて、儒学によって名を知られ、永初年間（四二〇〜四二二）招かれて都へ行くと、学館を開設してそこにいるようになった。高祖が行幸すると、朝廷の俊秀たちがみな集まって、延之も官位こそ低かったものの、呼ばれて上席にのぼった。皇帝が続之に三義についてたずねさせると、続之は言辞を弄して答弁したが、延之はいつも簡にして要を得たことばで論駁した。続けざまに続之を論駁したので、皇帝がさらに続けて述べさせると、ことばは簡約で論理は明快、賞賛しない者はいなかった。尚書儀曹郎、太子中舎人に転任した。

このころ、尚書令の傅亮は、文章の内容では自分にかなう者はいないと自負していたが、延之が文才に自信をもっていて、傅亮よりも劣るとは思っていなかったので、傅亮はひどく憎んだ。廬陵王の劉義真は詩文を愛好して、文人を厚遇したので、徐羨之たちは延之が自分たちに反心をいだいているのではないかと、心中おだやかでなかった。少帝が即位すると、正員郎となり、中書を兼ねた。まもなく員外常侍にうつり、太守となって始安郡（広西壮族自治区）へ出た。領軍将軍の謝晦は延之に言った、「その昔荀勖は阮咸を嫌って、排斥して始平郡（陝西省）の太守にしたが、今そなたは始安郡太守となった、二人あわせて二始だな」。黄門郎の殷景仁も延之に「俗人は俊英をにくみ、俗世は文雅の士をそしる、ということだな」と言った。

延之は赴任途上、汨潭（湖南省）に立ち寄り、湘州（湖南省）刺史の張邵のために「屈原を祭る文」を作って、思いを伝えた。それは次のようである。…（略）。

一　顔延之字延年　『元和姓纂』巻四によると、本貫は琅邪の江都で、後漢の人でのち魏の徐州刺史となった顔盛の曾孫にあたる人が、顔延之の曾祖父含だという。また、祖父顔約の兄顔髦の七代の孫が、顔之推（本書「顔之推伝」参照）である。ほかに『南史』巻三四。

二　曾祖含　生卒年未詳。字は弘都、琅邪莘（山東省）の人、若いころから孝行をもって知られ、元帝の南遷後、太子中庶子、国子祭酒などを歴任して、高齢のため致仕すると、成帝から右光禄大夫を加えられた。九十三歳で死去。『晋書』巻八八。なお、延之に「右光禄大夫西平靖侯顔府君家伝銘」がある。

三　祖約　生卒年未詳。顔含の三男。『晋書』孝友・顔含伝には「三子あり、髦・謙・約、…約は零陵太守たり、並びに聲譽有り」とある。

四　父顯　『南史』顔延之伝は「顯」を「顒」に作る。

五　負郭　城壁を背にした所。貧民が多く住む場所。『史記』陳丞相世家に「家は乃ち負郭の窮巷、弊席を以て門と為す」。

六　妹　延之には弟もいた。「祖祭弟文」（『藝文類聚』巻二一）がある。

七　劉憲之　『宋書』劉穆之伝では、穆之の三人の子は慮之・式之・貞之で、憲之の名は見あたらない。慮之の誤りかもしれない。

八　穆之　三六〇～四一七。字は道和、東莞莒（山東省）の人。桓玄討伐のために挙兵した劉裕をたすけて腹心となり、宋王朝建国に貢献した。『宋書』巻四二、『南史』巻一五。

九　劉柳　?～四一六。字は叔恵、南陽（河南省）の人。本書「陶淵明伝」注二八参照。『宋書』陶潜伝に「顔延之は、劉柳後軍の功曹と為り、尋陽に在り、潜と情款たり」とあり、陶澍『靖節先生年譜考異』は、顔延之が尋陽に来て陶淵明と親交を深めたのは、劉柳が江州刺史であった義熙十一、二年のことであろうという。

一〇　豫章公世子　劉義符、四〇六～四二四。宋の少帝、在位四二二～四二四。武帝の長子。義熙十一年に豫章公世子を拝し、宋世子・皇太子などを経て、永初三年に即位。言動に変わったところがあり、徐羨之や謝晦たちが皇太后の令と称して廃し、ついで殺害した。『宋書』巻四、『南史』巻一。

一一　高祖北伐…　この年、八月に劉裕は北伐を挙行して、十月に洛陽を占拠し、十二月には詔によって相国に任じられ、そして宋公の爵位を与えられた（『南史』宋武帝紀）。

一二　殊命　特別の命令。宋公への冊命をさす。

一三　参起居　都で皇帝の身辺に仕えること。政務をとること。

一四　王参軍　具体的にだれをさすのか分からない。

一五　道中作詩二首　この時の作品が、「北のかた洛に使いす」「還りて梁城に至りての作」（『文選』巻二七・行旅）であろう。

一六　謝晦　三九〇～四二六。字は宣明、陳郡陽夏（河南省）の人。名家の出で、劉裕に仕えて宋の建国に尽くした。徐羨之・傅亮とともに少帝の廃立に加わったが、文帝が徐羨之らを殺害すると、江陵で反乱を起こした。『宋書』巻四四、『南史』巻一九。

一七　傅亮　三七四～四二六。字は季友、北地霊州（寧夏回族自治区）の人。晋の司隷校尉傅咸の玄孫。文辞を善くし、武帝臨終の際には、徐羨之・謝晦とともに死後の事を託された。少帝廃立の経過を知った文帝のときに、処刑された。『宋書』巻四三、『南史』巻一五。

一八　鄭鮮之　三六四～四二七。字は道子、滎陽開封（河南省）の人。率直な性格が武帝の気に入ってかわいがられ、晩年は尚書右僕射に至った。傅亮・謝晦とともに建国の功臣であったが、彼らとは一線を画していた。『宋書』巻六四、『南史』巻三三。

一九　高祖受命…　元熙元年に劉裕は王に進んでいるので、それにともない世子は王太子となる。この年永初元年劉裕が帝位につくと、太子は皇太子となり、延之は太子舎人になる。「東宮に直し鄭尚書に答う」詩（『文選』巻二六・贈答）は、この永初元年の作であろう。

二〇　周續之…　三七七～四二三。字は道祖、雁門広武（山西省）の人。十二歳で范寧のもとで経学を学び、玄学を修めたあと廬山で釈慧遠に師事した。劉遺民・陶淵明とともに「尋陽三隠」と呼ばれる隠者。江州刺史劉柳（→注九）の推薦を受けて、武帝が何度か招いた結果、やっと応じて建康に赴いた。「上　爲に館を東郭の外に開き、生徒を招集す。輿に乗りて隆んに幸し、併せて諸生に見えて、續之に『禮記』の『慠　長ずべからず』『我に九齡を與う』『矍圃に射る』の三義を問う。辨析精奥、該ねて通ずと稱爲せらる」（『宋書』周続之伝）。『宋書』巻九三、『南史』巻七五。

二一 朝彦　朝廷や幕府に仕える賢人。

二二 三義　「敖（慠に同じ）長ずべからず」は、『礼記』曲礼上に見え、敖・欲・志・楽の四つを抑制すべきであると説く。

「我に九齢を與う」は、同・文王世子に見える。周の武王が夢に九齢を見て、それが西方の九国を自分が支配する前兆だと言ったところ、文王は齢は歯の謂いで、九十歳の寿命を得ることの象徴であろう、そして自分の百歳から三歳を武王に与えると言った。果たして文王は九十七歳、武王は九十三歳で死んだ。『礼記』のこの一節では、夢の話の直前で、文王・武王の礼儀について記している。

「孔子　矍相の圃に射る」は同・射義にあり、孔子が魯の矍相というところの畑で郷射の礼を行ったとき、初め多くの人が集まって来たが、さまざまな条件を出して、徳行のある者だけを残らせると、最後はごくわずかになってしまったという話。

二三 廬陵王義眞　四〇七～四二四。武帝の第二子。謝霊運らと尋常ならざる親交があり、自分が皇帝に即位したあかつきには、霊運・延之を宰相に、慧林を西豫州都督に任じると言っていたので、徐羨之は苦々しく思った。少帝の廃立を画策するにあたって、順序からいうと義真が次の帝になるところを、少帝との不協和を理由に官位を剥奪して新安郡（浙江省）に移し、殺害した。『宋書』巻六一、『南史』巻一三。

二四 徐羨之　三六四～四二六。字は宗文、東海郯（山東省）の人。宋建国の功臣。謝晦らと少帝の廃立を行い、文帝の時代に自ら縊死した。『宋書』巻四三、『南史』巻一五。

二五 同異　あえて異を唱えること。派閥争いをすること。『三国志』巻一一袁渙伝注所引袁宏『漢紀』に「權寵の盛んなるに當たりて、或いは同異を以て禍を致すに、滂は獨り朝に中立し、…」。

二六 少帝即位　永初三年（四二二）五月のこと。少帝は注一〇を参照。

二七 出爲始安太守　始安郡に赴任する途次、尋陽に立ち寄って、陶淵明と酒を酌み交わした。『宋書』陶潜伝に「（顔延之）後始安郡と爲り、經過して、日日潛に造り、往く每に必ず酣飲して酔いを致し、去るに臨んで二萬錢を留めて潛に與う」とあるのは、この時のこと。謝霊運も、七月に永嘉太守として都を出ていく。

二八 荀勖　?～二八九。字は公曾、潁川潁陰（河南省）の人。賈充とともに西晋の政治の中枢にいた。音楽にも詳しく、雅楽の音階を復元した。『晋書』巻三九。

二九 阮咸　生卒年未詳。字は仲容、陳留尉氏（河南省）の人。阮籍のおいで、竹林の七賢のひとり。音楽に詳しく琵琶の演奏にもすぐれた。『晋書』巻四九。

三〇 殷景仁　三九〇～四四〇。陳郡長平（河南省）の人。朝廷の儀式に詳しく、文帝の時代に侍中となり、のち揚州刺史、吏部尚書を歴任する。『宋書』巻六三、『南史』巻二七。

三一 汨潭　湖南省北東部の洞庭湖に注ぐ川、汨水の淵、汨羅。戦国時代、楚の屈原が投身自殺をした場所。

三二 張邵　生卒年未詳。字は茂宗、呉郡呉（江蘇省）の人。永初三年（四二二）二月、荊州から分けて湘州を新設した際、初代の刺史となった。顔延之がたち寄ったのは、この時のこと。『宋書』巻四六、『南史』巻三二。

三三 祭屈原文　祭文は祭りのとき、とりわけ死者を哀悼して祭るときに読み上げる文。顔延之のこの作品は、屈原の御霊を祭りその貞節と忠義を顕彰したもの。『文選』巻六〇にも収められており、本伝引用の序は「惟れ有宋の五年月日」など若干部分を省略している。

＊　＊　＊

元嘉三年[三四]、羨之等誅。徵爲中書侍郎、尋轉太子中庶子、頃之、領步兵校尉、賞遇甚厚。延之好酒疎誕、不能斟酌當世。見劉湛[三五]・殷景仁專當要任、意有不平。常云「天下之務[三六]、當與天下共之、豈一人之智所能獨了」。辭甚激揚、每犯權要。謂湛曰「吾名器不升、當由作卿家吏[三七]」。湛深恨焉、言於彭城王義康[三八]、出爲永嘉太守[三九]。延之甚怨憤、乃作五君詠[四〇]以述竹林七賢。山濤・王戎以貴顯被黜[四一]。詠嵇康曰[四二]「鸞翮有時鎩、龍性誰能馴」。詠阮籍曰[四三]「物故可不論、塗窮能無慟」。詠阮咸曰[四四]「屢薦不入官、一麾乃出守」。詠劉伶曰[四五]「韜精日沈飲、誰知非荒宴」。此四句、蓋自序也。湛及義康以其辭旨不遜、大怒。時延之已拜、欲黜爲遠郡、太祖[四六]與義康詔曰…（略）。乃以光祿勳車仲遠代之。延之與仲遠世素不協、屛居里巷、不豫人閒者七載。中書令王球[四七]名公子、遺務事外。延之慕焉、球亦愛其材、情好甚款。延之居常罄匱、球輒贍之。晉恭思皇后[四八]葬、應須百官、湛之[四九]取義熙[五〇]元年除身、以延之兼侍中。邑吏送札、延之醉、投札於地曰「顏延之[五一]未能事生、焉能事死」。閑居無事、爲庭誥[五二]之文。今刪其繁辭、存其正、著于篇。…（略）。

元嘉三年[三四]、羨之等誅せらる。徵せられて中書侍郎と爲り、尋いで太子中庶子に轉ず。頃くして、步兵校尉を領し、賞遇せらるること甚だ厚し。延之 酒を好み疎誕にして、當世を斟酌する能わず。[三五]劉湛・殷景仁の專ら要任に當たるを見て、意平らかならざる有り。常に云えらく「[三六]天下の務めは、當に天下と之を共にすべし、豈に一人の智の能く獨り了る所ならんや」と。辭甚だ激揚して、毎に權要を犯す。湛に謂いて曰く「吾が名器の升らざるは、當に卿の家の吏[三七]作りしに由るべし」と。湛深く焉を恨み、[三八]彭城王義康に言いて、出だして[三九]永嘉太守と爲さしむ。延之 甚だ怨憤し、乃ち「[四〇]五君詠」を作りて以て竹林七賢を述ぶ。[四一]山濤・王戎は貴顯を以て黜けらる。[四二]嵆康を詠じて曰く「鸞の翮 時有りて鎩われ、龍の性誰か能く馴れんや」と。[四三]阮籍を詠じて曰く「物故は論ぜざるべきも、塗窮りて能く慟くこと無からんや」と。[四四]阮咸を詠じて曰く「屢しば薦めらるるも官に入らず、一たび麾せられて乃ち出でて守たり」と。[四五]劉伶を詠じて曰く「精を韜み日びに沈飲す、誰か知らんや荒宴に非ざることを」と。此の四句は、蓋し自序なり。湛及び義康 其の辭旨の不遜なるを以て、大いに怒る。時に延之已に拜せられ、黜けて遠郡と爲さんと欲するに、[四六]太祖 義康に詔を與えて曰く…（略）。乃ち光祿勳車仲遠を以て之に代えしむ。延之 仲遠と世よ素より協わず、里巷に屛居し、人閒に豫らざること七載なり。中書令[四七]王球は名公の子にして、務めを事外に遺る。延之 焉を慕い、球も亦た其の材を愛し、情好甚だ款なり。延之 居常罄匱なれば、球 輒ち之を贍う。[四八]晉の恭思皇后の葬に、應に百官を須うべきも、[四九]湛之[五〇]義熙元年の除身なるを取りて、延之を以て侍中を兼ねしむ。邑の吏 札を送るに、延之醉いて、札を地に投じて曰く「顏延之[五一]未だ生に事うる能わず、焉くんぞ能く死に事えん」と。

閑居して事無く、[五二]「庭誥」の文を爲る。今其の繁辭を刪り、其の正を存して、篇に著す。…（略）。

元嘉三年（四二六）、徐羨之らが誅殺された。延之は中書侍郎に召されて、ついで太子中庶子に転任し、しばらくして歩兵校尉を兼任するなど、功を誉められ厚遇された。延之は酒を好み、奔放不羈で、世の中のことをじっくり考えて対処することができなかった。劉湛や殷景仁が要職をひとり占めにしているのを目にして、心中おだやかではなかった。いつも「世を治めるという大事は、世の人々とともに行うべきであって、智者ひとりに分かるものではない」と言っていた。ことばづかいは激烈で、いつも要職にある人にさからっていた。劉湛に「わたしの官位が上がらないのは、おまえの家の下働きをしていたせいだ」と言った。劉湛はこのことを根にもって、延之を永嘉（浙江省）太守に転出させるよう、彭城王義康に進言した。延之はひどくうらみ怒って「五君詠」を作り、竹林七賢のことを詠んだ。七賢のうち山濤と王戎は、高貴であったためにはずされた。嵇康を詠んで「鸞鳥の翼は傷つけられることもあり、龍の属性を飼い馴らすことは誰にもできない」。阮籍を詠んで「世俗の事柄は論評しなかったが、道が行きどまりになると嘆かざるをえなかった」。阮咸を詠んで「何度も推薦されたが官位にはつかず、一度の指図で地方の長官に出ていった」。劉伶を詠んで「英明な才能をつつみ隠して酒びたりの日々であったが、酒におぼれていたわけではないことを、誰が知ろうか」。この四つの句は、おそらく延之が自分のことを述べたものであろう。劉湛と劉義康は、詩の意味するところが傲慢であるとして、激怒した。このとき延之はもう永嘉太守の任命を受けていたので、劉湛らはさらに遠くの郡に追いやろうとしたが、太祖は劉義康に詔をあたえて言った。…（略）。そこで、光禄勲の車仲遠を延之のかわりに任命した。延之は仲遠と代々うまが合わなかったので、村里へしりぞき、俗世と七年間没交渉であった。中書令の王球は名望のある高官の子で、俗事とかかわりをもとうとしなかった。延之は王球を慕い、球もまた延之の才能を大事にして、よしみを通じあっていた。延之は常日ごろ食糧にもこと欠いていたので、王球はいつも救ってやった。晋の恭思皇后の葬儀で、多くの役人を参列させるに当たって、湛之は、晋の義熙元年（四〇五）に官職を授けられたことを理由に、延之に侍中を兼任させた。村里の役人が任命の文書を届けると、延之は酔っぱらっていて、それを地面に投げつけて言った。「顔延之はまだ生につかえることもできないのに、どうして死につかえることができようか」。

わび住まいをして俗世を避け、「庭誥」を創作した。その繁雑な表現を削り、要点を残してここに一篇にまとめた。次の通りである。…（略）。

三四　元嘉三年…　『宋書』文帝紀は、徐羨之らの処刑を正月のことと記す。延之が中書侍郎になったことについては、月日は記さないが、

『通鑑』宋紀元嘉三年では、三月のこととしている。

三五 劉湛　三九二～四四〇。字は弘仁、南陽涅陽（河南省）の人。劉柳（→注九）の子。武帝に厚遇され、豫州刺史に任命された年少の劉義康に代わって行政軍事を任された。殷景仁にひきたてられて要職についたが、景仁と仲違いしてからは劉義康を煽動して党派を作り、のち文帝に処刑された。『宋書』巻六九、『南史』巻三五。

三六 天下之務…　『鶡冠子』道端篇に「天下の事は、一人の能く獨り知る所に非ざるなり」とある。

三七 家吏　初め、延之が劉柳の行参軍、主簿になったことをさす。

三八 彭城王義康　四〇九～四五一。武帝の第四子。年少のころ劉湛のたすけを受け、長じてからは行政面で力を発揮したが、学問の素養は無かった。范曄の謀反に連座して官位を剝奪され、のち謀反を懸念した文帝に自殺を命じられる。『宋書』巻六八、『南史』巻一三。

三九 永嘉太守　繆鉞氏の年譜では、元嘉十一年（四三四）のこと。

四〇 五君詠　『文選』巻二一・詠史に収む。なお、ここに引く四人のほかに、向秀を詠じた詩がある。

四一 山濤・王戎　山濤は、二〇五～二八三。字は巨源、河内懐（河南省）の人。晋の武帝のとき尚書僕射となり、侍中を加えられ人事をつかさどった。『晋書』巻四三。

王戎は、二三四～三〇五。字は濬沖、琅邪臨沂（山東省）の人。阮籍と竹林の遊びをともにしたが、俗物と称された。中書令、尚書左僕射、司徒を歴任した。『晋書』巻四三。

四二 嵆康　二二三～二六二。字は叔夜、譙郡銍（安徽省）の人。魏の宗室と姻戚関係にあり、中散大夫になった。山濤が自分のかわりに嵆康を選曹郎に推薦したのを拒絶した。本書「嵆康伝」参照。『三国志』巻二一、『晋書』巻四九。引用部分は、全八句の詩の最後の二句。詩全体は、嵆康は仙人の資質をもっていて世俗を超越したが、それゆえに迫害された、という内容。

鸞は、想像上の鳥で鳳凰の一種、龍とともにここは嵆康をさす。『文選』李善注に引く『嵆康別伝』に「康は美き音氣、好き容色、龍章鳳姿、天質自然なり」とある。

四三 阮籍　二一〇～二六三。字は嗣宗、陳留尉氏（河南省）の人。何度も召されて官につくがじきに辞め、俗物には白眼を以て対し、世俗の常識を超越した生き方をつらぬいた。本書「阮籍伝」参照。『三国志』巻二一、『晋書』巻四九。詩は八句から成り、阮籍は世俗から身を引き、酒に酔うことで自己を韜晦して、あらわす文章も直接本心を述べなかった、という。引用部分は最後の二句。『文選』は「物故不可論」に作る。

物故は、世俗のこと。『文選』李善注に引く臧栄緒『晋書』に「阮籍は放誕にして禮敎に拘わらずと雖も、發言は玄遠にして口に人物を評論臧否せず」とある。また同じく『魏氏春秋』に「籍は時に率意に獨り駕し、徑路に由らず、車跡の窮まる所あれば、輒ち慟哭して返る」という。

四四 阮咸　注二九参照。詩は、阮咸が世俗を超えた高潔な人柄であって、とりわけ音楽に通達していたこと、何度も推挙されたが要職にはつかなかったことを述べる。引用個所は、最後の第七・八句。

麾は指図することで、ここは荀勗のために始平太守に出されたことをいう。

四五 劉伶　生卒年未詳。字は伯倫、沛国（安徽省）の人。建威将軍になったことがあり、阮籍・嵆康たち以外とはみだりに親交をもたなかった。酒を好み「酒徳頌」を著した。『晋書』巻四九。詩は、劉伶が情欲を断ち切り、酒を飲むことで自分の才能を隠したこと、

「酒徳頌」は短篇ではあるが、そこに彼の真意がこめられていること、を述べる。引用部分は第五・六句。

韜は包み隠すこと。

四六　太祖…　太祖は文帝。詔勅の内容は、延之の罪はすでに明らかでみなに知られているから、田舎で謹慎して反省させ、代理の太守を選べばよい。それでもなお改悛の様子がみられないときは、地方へ追いやればよい、ということ。

四七　王球　三九三～四四一。字は倩、琅邪臨沂（山東省）の人。司徒王謐の子。文帝のときに吏部尚書となったが、時の権力者劉湛たちとは姻戚関係にあったにもかかわらず、一線を画して交遊しなかった。『南斉書』礼志下によると、顔延之は王球の死後、その石誌を作ったという。『宋書』巻五八、『南史』巻二三。

四八　晋恭思皇后　三八四～四三六。晋の恭帝の皇后、褚霊媛、河南陽翟（河南省）の人。東晋末期の元熙元年（四一九）、皇后に立てられるが、宋への禅譲後、恭帝が零陵王におとされるのにともない、零陵王妃となる。『晋書』恭帝紀、『建康実録』巻一〇恭皇帝によると、晋宋革命の前後ずっと恭帝の側につきしたがっていたので、劉裕は隙をうかがうこともできなかったという。『晋書』巻三二。

四九　湛之　誰をさすのか未詳。徐湛之なのか、劉湛のことか、よく分からない。

五〇　義熙元年除身　高橋和巳氏の言うように、義熙は元熙に作るべきである。元熙は、晋の恭帝の年号、四一九～四二〇。『宋書』武帝紀下、文帝紀によると、恭帝は零陵王にされてからも「晋の正朔を行い、郊祀天地禮樂制度は、皆な晋典を用う」で、亡くなったときも「葬するに晋の禮を以てす」であった。恭思皇后の死のときも「追崇して晋皇后と爲し、葬するに晋の禮を以て」した。ここで元熙年間の被任命者を招集したのも、それと関係があろう。

五一　未能事生…　『論語』先進篇に「季路　鬼神に事えんことを問う。子曰く『未だ人に事うる能わず、焉んぞ能く鬼に事えん』と。敢えて死を問う。曰く『未だ生を知らず、焉んぞ死を知らん』と」。

五二　庭誥…　庭誥は家訓のこと。子孫に代々守るべき教えを伝えたもの。顔一族には、のち顔之推に『顔氏家訓』があり、六朝期には嵆康の「家誡」、陶淵明の「子の儼らに与うる疏」など、「戒子書」のたぐいがいくつか作られている。「庭誥なる者は、閨庭の内に施す。遠からざるを謂うなり。吾　年　秋方に居り、草木に先んずることを慮り、故に遽かに未だ聞かざるを以て、爾の庭に在るに誥ぐ」で始まるこの訓戒は、喜怒の情をそのままおもてに出すなとか、周囲の環境が人に与える影響を重視して交遊関係に注意すべきだとか、かなり教訓臭の強いもので、酒に酔って傍若無人に行動していた顔延之自身のふるまい方とは、相反する教戒をたれている。

＊　　＊　　＊

劉湛[五三]誅、起延之爲始興王濬後軍諮議參軍・御史中丞。在任縱容、無所擧奏[五五]。遷國子祭酒・司徒左長史、坐啓買人田、不肯還直[五六]、尙書左丞荀赤松[五七]奏之曰…（略）。詔可。

復爲祕書監、光祿勳、太常。時沙門釋慧琳[五八]、以才學爲太祖所賞愛。每召見、常升獨榻[五九]、延之甚疾焉。因醉白上曰「昔同子參乘[六〇]、袁絲正色。此三台之坐、豈可使刑[六一]餘居之」。上變色。延之性既褊激、兼有酒過、肆意直言、曾無遏隱[六二]、故論者多不知云[六三]。居身清約、不營財利、布衣蔬食、獨酌郊野、當其爲適、傍若無人。

二十九年、上表自陳曰[六四]…（略）。不許。明年致事。

元凶[六五]弑立、以爲光祿大夫。先是、子竣[六六]爲世祖[六七]南中郎諮議參軍。及義師入討、竣參定密謀、兼造書檄。劭召延之、示以檄文、問曰「此筆誰所造」。延之曰「竣之筆也」。又問「何以知之」。延之曰「竣筆體、臣不容不識」。劭又曰「言辭何至乃爾」。延之曰「竣尚不顧老父、何能爲陛下」。劭意乃釋、由是得免。

世祖登阼[六八]、以爲金紫光祿大夫、領湘東王[六九]師。子竣既貴重、權傾一朝。凡所資供、延之一無所受、器服不改、宅宇如舊。常乘羸牛笨車[七〇]、逢竣鹵簿、卽屛往道側。又好騎馬、遨游里巷、遇知舊輒據鞍索酒、得酒必頹然自得。常語竣曰「平生不喜見要人、今不幸見汝」。竣起宅、謂曰「善爲之、無令後人笑汝拙也」。表解師職、加給親信三十人。

孝建三年、卒[七一]。時年七十三。追贈散騎常侍・特進、金紫光祿大夫如故。謚曰憲子[七二]。延之與陳郡謝靈運[七三]俱以詞彩齊名、自潘岳・陸機[七四]之後、文士莫及也。江左稱顏・謝焉[七五]。所著並傳於世[七六]。

劉湛[五三]誅せられ、延之を起てて始興王濬[五四]の後軍諮議參軍・御史中丞と爲す。任に在りては縱容として、擧奏[五五]する所無し。國子祭酒・司徒左長史に遷り、啓して人の田を買いて肯えて直[五六]を還さずというに坐す。尙書左丞荀赤松[五七]之を奏して曰く…（略）。詔ありて可とせらる。

復た祕書監、光祿勳、太常と爲る。時に沙門[58]釋慧琳、才學を以て太祖の賞愛する所と爲る。召見せらるる毎に、常に[59]獨榻に升り、延之甚だ焉を疾む。醉いに因りて上に白して曰く「昔[60]同子 乘に參じ、袁絲 色を正す。此れ三台の坐、豈に[61]刑餘をして之に居らしむべけんや」と。上 色を變ず。延之 性既に褊激にして、兼ねて酒の過有り、意を肆にして直言し、曾て[62]遏隱する無し、故に論ずる[63]者多く知らずと云う。身を居すること淸約、財利を營まず、布衣蔬食、獨り郊野に酌し、其の適を爲すに當たりては、傍らに人無きが若し。

二十九年、[64]表を上りて自ら陳べて曰く…（略）。許されず。明年 事を致す。

[65]元凶弑立し、以て光祿大夫と爲す。是より先、子の[66]竣[67]世祖の南中郎諮議參軍と爲る。義師入りて討つに及び、竣 密謀を參定し、兼ねて書檄を造る。劭 延之を召し、示すに檄文を以てし、問いて曰く「此の筆は誰の造る所ぞ」と。延之曰く「竣の筆なり」と。又た問う「何を以て之を知るか」と。延之曰く「竣の筆體、臣容に識らざるべからず」と。劭又た曰く「言辭何ぞ乃ち爾るに至るか」と。延之曰く「竣 尚お老父すら顧みず、何ぞ能く陛下の爲にせんや」と。劭の意乃ち釋け、是に由りて免るるを得たり。

[68]世祖登阼して、以て金紫光祿大夫と爲し、[69]湘東王の師を領せしむ。子の竣既に貴重、權は一朝を傾く。凡そ資供する所、延之一も受くる所無く、器服改めず、宅宇舊の如し。常に[70]嬴牛笨車に乘り、竣の鹵簿に逢えば、即ち屛きて道の側に往く。又た騎馬を好み、里巷に遨游して、知舊に遇えば輒ち鞍に據りて酒を索め、酒を得れば必ず頹然として自得す。常て竣に語りて曰く「平生 要人を見るを喜まざるに、今不幸にして汝を見る」と。竣 宅を起つるに、謂いて曰く「善く之を爲せ、後人をして汝の拙を笑わしむること無かれ」と。師の職を解かれんことを表し、親信三十人を加給せらる。

孝建三年、[71]卒す。時に年七十三。散騎常侍・特進を追贈せられ、金紫光祿大夫は故の如し。謚は[72]憲子と曰う。延之 陳郡の[73]謝靈運と倶に詞彩を以て名を齊くし、[74]潘岳・陸機よりの後、文士及ぶもの莫きなり。江左[75]顔・謝と稱せり。

著す所並びに世に傳わる。

劉湛が誅殺されると、延之を始興王濬の後軍諮議参軍・御史中丞に任命した。延之は在任中気ままにふるまって、不正をはたらいた官吏を検挙するようにも上奏することもしなかった。国子祭酒・司徒左長史に転任してからは、他人の田を購入して代金を支払わないという訴えに連坐した。尚書左丞の荀赤松が奏上して言うには…（略）。詔がくだって延之の免官が認められた。

また仕えて、秘書監、光禄勲、太常を歴任した。このころ僧の釈慧琳は、太祖に才知と学識をかわいがられ、召し出される時はいつも、独り掛けの椅子に坐ったので、延之はひどく嫉妬した。酔った勢いで皇帝に「その昔趙同が皇帝の車に同乗しますと、袁盎は表情をけわしくしました。ここは三公が坐るところでありますのに、前科者に坐らせていいものでしょうか」と申し上げた。帝はさっと顔色を変えた。延之は生まれつき気短かなうえに、加えて酒の上での過ちがあり、わがままで思ったことをそのまま口にし、全くはばかるところがなかった。そのため論評する者はどう評したらいいか分からないのが多かったという。身の処し方はつつましく、財産や利益をはかろうとせず、そまつな衣食でまにあわせ、郊外の野原で独酌して、心にかなったことをしている時は、そばに誰もいないかのようにふるまった。

元嘉二十九年（四五二）、上表文をたてまつって自ら述べた…（略）。が、辞任は許可されなかった。翌年（四五三）、職を辞した。

劭が文帝を弑逆して即位すると、延之を光禄大夫に任じた。これより前に、息子の竣が劉駿（のちの世祖孝武帝）の南中郎諮議参軍となっていた。鎮圧軍が劭の討伐のために都に入ると、竣は討伐のはかりごとに参画し、檄文の制作にもたずさわった。劭は延之を呼ぶと檄文を見せて「この文は誰の手になるものか」と問うた。延之が「竣が書いたものです」と答えると、「どうして分かるのか」とたずねた。延之は「竣の筆づかいが、それがしに分からぬはずがありましょうか」と答えた。劭はさらに「どうしてこのようなことまで書いているのか」と言うと、延之は「竣は年とった自分の父すら気にかけないのに、どうして皇帝陛下のことまで考えが及びましょうか」と述べたので、やっと劭の疑念は晴れて、おかげで罪を免れることができた。世祖が即位すると、延之を金紫光禄大夫に任命して、あわせて湘東王の教育係を兼ねさせた。子の竣は既に高位について重任を負い、権勢は朝廷を左右するほどであった。延之は竣の支給するものを何一つ受けようとせず、什器も祭服も新調することなく、住まいも元のままであった。いつも痩せ衰えた牛が引く粗末な車に乗っていて、竣の行列に出くわすや、道端にしりぞいた。また馬にまたがるのを好み、村里に遊んで、旧知に出会うときまって馬の上から酒を所望し、酒が手に入ったときは酔っぱらってご機嫌であった。かつて竣に「ふだんから要人には会いたくないのに、今不幸にしてお前に会ってしまった」と言った。竣が住まいを造営するにあたっては、「ちゃんと造っておけよ、将来もの笑いのたねにならぬように」と言った。教育係の辞任を申し出て、護衛の役人三十人を与えられた。

孝建三年（四五六）に亡くなった、七十三歳であった。散騎常侍と特進を追贈され、金紫光禄大夫はそのままであった。諡は憲子。延之は陳郡（河南省）の謝霊運とならんで、美しい詩文によって名を知られ、彼らに匹敵する文人は潘岳・陸機以降、だれもいなかった。南朝において顔・謝と併称された。著作はいずれも世に広まった。

五三 劉湛誅　文帝の元嘉十七年（四四〇）冬十月のこと。

五四 始興王濬　四二九〜四五三。字は休明、文帝の第二子。元嘉十三年に八歳で始興王に封じられ、兄の劭らのクーデターに加わり文帝を弑したが、のち処刑された。『宋書』巻九九、『南史』巻一四。

五五 擧奏　悪事を摘発して奏上すること。延之が任命された御史中丞は、官吏の不正のとり締まりを職掌とする。『後漢書』官者・侯覧伝に「督郵の張倹 因りて覧の貪侈奢縦を擧奏す」。

五六 還直　返金すること、返済。『後漢書』光武帝本紀下に「詔ありて、益・涼の二州の奴婢の、八年より以來自ら在所の官に訟うるものは、一切免じて庶人と爲し、賣者には直を還すこと無からしめんとす」。

五七 荀赤松…　生卒年未詳。荀伯子の子。尚書左丞となるが、徐湛之の一派とみなされて劭に殺される。

上奏文の内容は、昔から賢人は田地や家屋には恬淡としてきたものだが、延之はさきに連座して退けられたのに反省もせず、またおごり高ぶっているから、免官すべきだ、ということ。

五八 釋慧琳…　秦郡秦県（陝西省）の人。姓は劉氏。『宋書』夷蛮伝に

「太祖見えて之を論賞し、元嘉中、遂に権要に參じ、朝廷の大事は、皆な與に議す」。『高僧伝』巻七釈道淵伝に「淵の弟子慧琳、…性爲るや傲誕、頗る自ら矜伐す。…宋世祖（太祖の誤り）雅より琳を重んじ、引見せられて常に獨榻に升る。顔延之以て譏を致す毎に、帝輒ち悅ばず。後『白黒論』を著し、佛理に乖く」。『宋書』巻九七。

五九 獨榻　ひとりが坐る小さい腰掛け。『世説』排調篇47「既に見えて、之を獨榻の上に坐らしめ與に語る」。

六〇 同子參乘…　同子は趙同、前漢文帝のころの宦官。袁絲は袁盎、絲は字。同じく文帝の時代の楚の人。自分の身の安全も顧みず、君主への諫言をつらぬいた。『史記』袁盎伝に見える話で、文帝の寵愛を受けていた趙同がいつも袁盎に嫌がらせをしていたので、文帝の外出時に趙同がお召し車に同乗すると、盎は馬車の前に平伏して、天子がお召し車に同乗させるのは天下の豪傑や俊英と聞いているのに、いくら人材に事欠くとはいえ、刑餘の罪人と同乗していいものか、と諫言したところ、文帝は笑って趙同を降ろした。刑餘の罪人とは、宮刑を受けた宦官の趙同をののしったいい方。

六一 刑餘　刑罰を受けたことのある人。剃髪の僧侶を痛罵したいい方。

六二 退隱　はばかり遠慮すること。

六三 論者多不知云　この部分の意味はよく分からない。繆鉞氏の年譜は、「故論者多不與之、謂之顔彪」に作る『南史』を参考にして、「知云」は「與之」の誤りであろうという。

六四 上表…　自分は皇帝の恩沢に充分報いることができないまま年をとり、体力の衰えを痛切に感じて太常の大任を果たせないので、ここで退職したい、と上表文をたてまつって申し出た。

六五 元凶　四二四（または四二五）～四五三。名は劭、字は休遠、文帝の長子。六歳で皇太子になり、元嘉三十年（四五三）二月に弟の始興王濬らとクーデターを起こして文帝を殺し、自ら帝位について大初元年と改元したが、同年五月には江夏王義恭らの軍にとらえられて処刑される。『宋書』巻九九、『南史』巻一四。

六六 竣　?～四五九。字は士遜、延之の長子。劉駿、のちの世祖、孝武帝が尋陽にいたとき南中郎記室參軍となり、元嘉三十年文帝が殺されて、劉駿が劉劭らを討伐すべく兵を挙げると、諮議參軍となり、病気の駿にかわって大事をとりおこなった。そののち侍中となり、散騎常侍を加えられる。『宋書』巻七五、『南史』巻三四。

六七 世祖　四三〇～四六四。宋の孝武帝、諱は駿、文帝の第三子。在位四五三～四六四。『宋書』巻六、『南史』巻二。

六八 世祖登阼　元嘉三十年（四五三）四月のこと。

六九 湘東王　四三九～四七二。名は彧、字は休炳、のちの太宗、明帝。文帝の第十一子。在位四六五～四七二。元嘉二十五年に淮陽王に、同二十九年に湘東王に封じられる。『宋書』巻八、『南史』巻三。

七〇 羸牛笨車　羸牛はやせた弱い牛。笨車は鈍重な車、あるいは飾りのない車。

七一 卒　王僧達に「顔光禄を祭る文」（『文選』巻六〇）があり「維れ宋の孝建三年九月癸丑朔、十九日辛未、王君は山羞野酌を以て、敬んで顔君の靈を祭る。嗚呼、哀しいかな」で始まる。亡くなったのはこの年の秋であろう。『南史』によると、延之にはかわいがっていた女性がいて、ある時彼女がふざけて延之をベッドから突き落としてけがをさせたので、息子の竣が殺した。延之はひどくかなしんで霊をまつり、わしがおまえを殺したのではない、と言っていた。ある冬の日に延之は彼女の亡霊を見て床に落ち、それがもとで病気になった。そして孝建三年に死んだという。

七二 憲子　『逸周書』謚法解（『史記正義』所引）に「博聞多能を憲と曰う」。

七三 謝靈運　三八五〜四三三。陳郡陽夏（河南省）の人。宋を代表する詩人。本書「謝霊運伝」参照。『宋書』巻六七、『南史』巻一九。

七四 潘岳・陸機　潘岳は、二四七〜三〇〇。字は安仁、滎陽（河南省）の人。西晋の代表的詩人。本書「潘岳伝」参照。『晋書』巻五五。陸機は、二六一〜三〇三。字は士衡、呉郡 呉（江蘇省）の人。西晋を代表する詩人。本書「陸機伝」参照。『晋書』巻五四。

七五 稱顔・謝　顔延之と謝霊運が併称される例として、沈約「宋書謝霊運伝論」（『文選』巻五〇）に「爰に宋氏に逮び、顔・謝は聲を騰ぐ。靈運の興會標擧せる、延年の體裁明密なる、並びに軌を前秀に方べ、範を後昆に垂る」、『南史』謝霊運伝に「文章の美は、顔延之と江左第一爲り。縱橫俊發は延之に過ぐるも、深密は則ち如かざるなり」とある。『南史』顔延之伝では、顔・謝は筆の速さに大きな隔たりがあって、文帝が楽府の「北上篇」の模擬詩を作らせたところ、延之は詔勅を受けてすぐさまできあがったのに、霊運はだいぶたってやっと完成したという。『詩品』は延之を中品に置き、陸機に源を発するとしたうえで、「巧似を尙び、體裁綺密にして、情 喩淵深、動に虛散無く、一字一句にも皆な意を致す。又た喜んで古事を用い、彌いよ拘束せらる」と述べる。また、謝霊運の詩は蓮の花が水面から顔をのぞかせたようで、顔延之のは絵の具を塗り金をちりばめたようである、という湯恵休の評を引き、延之は終生このことを気に病んでいたと結ぶ。ただ、『南史』では湯恵休の言葉が鮑照のコメントとして引用されている。

七六 所著…　文集は、『隋志』に「『宋特進顔延之集』二十五巻。梁三十巻。又た『顔延之逸集』一巻有り、亡」と記す。『旧唐志』『新唐志』いずれも三十巻、『通志』は二十五巻だが、『宋志』は五巻。『古詩紀』四六、『全宋詩』五、『全宋文』三六〜三八。このほか『隋志』に著録するものは、以下の通り。経部・礼に『逆降議』三巻（亡）があり、『旧唐志』に『禮論降議』三巻、『新唐志』には『禮逆降議』三巻という。経部・小学に『詁幼』二巻（亡）、『旧唐志』『新唐志』は『詰幼文』三巻、『通志』には『詰幼文』二巻という。子部・雑家に「『纂要』一巻、戴安道撰、亦た顔延之撰と云う」。

（釜 谷 武 志）

〔参考文献〕

黄水雲『顔延之及其詩文研究』（文史哲出版社　一九八九）

季氷「顔延之年譜」（『清華週刊』四〇―六・九　一九三三）

繆鉞「顔延之年譜」（『中国文化研究匯刊』八　一九四八年　のち『読史存稿』所収　三聯書店　一九六三年）

高橋和巳「顔延之と謝霊運」（修士論文　一九五六年　のち『高橋和巳作品集』九所収　河出書房新社　一九七二年）

高橋和巳「顔延之の文学」（『立命館文学』一八〇　一九六〇年　のち『高橋和巳作品集』九所収　河出書房新社　一九七二年）

大矢根文次郎「顔延之の詩」（『東洋文化研究所紀要』（無窮会）四　一九六二年）

木全徳雄「顔延之の生涯と思想」（『日本中国学会報』一五　一九六三年）

大上正美「顔延之論」（『漢文学会会報』（東京教育大）三五　一九七六年）

鮑照（四一四?～四六六）

鮑照は劉宋の人。楽府詩に長じ、辺塞の艱難や人生の不遇を詠う佳作を残した。『文選』には賦二首、詩十八首が採られる。修辞を凝らし、典故を多用する時代の潮流の中、新しい詩語を用いダイナミックに風景や個人の感懐を述べる作風は異彩を放ち、唐代の詩人にも大きな影響を与えた。生年では謝霊運・顔延之より約一世代遅れるが、後世、顔・謝とともに元嘉年間を代表する詩人として高く評価されている。『詩品』中。

宋書巻五一　臨川烈武王道規傳附

[一]鮑照字明遠、文辭贍逸、[二]嘗爲古樂府、文甚遒麗。[三]元嘉中、[四]河・濟倶清、當時以爲美瑞、照爲河清頌、其序甚工。[五]其辭曰…（略）。[六]世祖以照[七]爲中書舍人。上好爲文章、[八]自謂物莫能及。照悟其旨、爲文多鄙[九]言累句。當時咸謂照才盡、實不然也。[一〇]臨海王子頊爲荊州、照爲前軍參軍、掌書記之任。[一一]子頊敗、爲亂兵所殺。

鮑照[一] 字は明遠、文辭は贍逸[二]、嘗に古樂府を爲り、文 甚だ遒麗なり。元嘉中[三]、河・濟[四] 倶に清み、當時 以て美瑞と爲し、照 「河清の頌」を爲り、其の序甚だ工みなり。其の辭[五]に曰く…（略）。世祖[六] 照を以て中書舍人[七]と爲す。上 文章を爲るを好み、自ら[八]謂えらく物の能く及ぶ莫しと。照 其の旨を悟り、文を爲るに鄙言累句[九] 多し。當時 咸な照が才 盡きたりと謂うも、實は然らざるなり。臨海王[一〇] 子頊 荊州と爲り、照 前軍參軍と爲りて、書記の任を掌る。子頊敗れ[一一]、亂兵の殺す所と爲る。

鮑照 字は明遠、文辞は豊かですばらしく、よく古楽府を作り、その文辞は力強く美しかった。元嘉年間に黄河と済水がともに清むということがあり、当時それは瑞兆とされた。照は「河清の頌」を作り、その序は非常によく書けていた。その文章は…（略）。

世祖は照を中書舎人とした。世祖は文章を作ることを好み、誰も自分に及ぶまいと思っていた。照はその意を察して、文を作ると俗な表現や無駄な字句が多かった。当時の人々は皆な「照の才能が尽きた」と言ったが、実はそうではなかったのだ。臨海王子頊が荊州を治めた時、照は前軍参軍となって、文書起草の任にあたった。子頊が敗れ、乱兵に殺された。

一 鮑照　名は照。昭とするのは唐の則天武后の諱を避けたもの。字は明遠。正史には伝を立てられていない。その伝記資料としては、この『宋書』臨川王伝附伝の他、斉の虞炎の「鮑照集序」（以下、虞炎「序」）『南史』巻一三臨川烈武王道規伝附伝がある。本注で後述する通り、鮑照の死から程なくして著された虞炎「序」は、照の経歴について最も詳しいが、その虞炎「序」に「家世よ貧賤たり」と記されるように、寒門の出である照の事跡については、妹鮑令暉の名が知られるのみで、籍貫・家系などいずれも確実な資料に乏しい。籍貫はもと上党、後に東海に移った。この地名については寄籍とみて現在の江蘇省とする説（銭仲聯）、祖籍とみて山東省とする説（唐海寿）など諸説に分かれる。卒年は泰始二年（四六六）。生年は、卒した時「年五十餘」（「虞炎序」）と記され、また照の「江陵に在とが、『宋書』臨川烈武王道規伝附劉義慶伝、虞炎「序」より知られる。寒門出身の照が、義慶によってその文学的才能を認められ、取り立てられるまでの経緯が『南史』には記されており、自らの才に負い、志を高く持する姿が窺われる。

『詩品』鮑照評では「才は秀ずるも人は微なり。故に湮を當代に取る」と評され、鮑照の身分の低さと文学的才能の豊かさが強く意識されている。また、謝霊運と顔延之の詩を二人より若輩の鮑照が批評したという逸話も有名である。これらの記事からは、劉宋の当時から程遠くない時期に於て、比較的年長で早くから詩文の大家と目されていた顔延之・謝霊運（ともに本書所収）に対して、その出自の卑しさにもかかわらず若々しく自己の才を発揮しようとする鮑照、というコントラストでこの三家を捉える見方が読みとれる。が、時代が下るにつれ顔延之の評価が低下していくのとは対照的に、鮑照の評価は上昇していく。唐の杜甫が李白を賞賛して「俊逸なり鮑参軍」（「春日李白を憶う」詩）と照に擬えたのをはじめ、宋の厳羽『滄浪詩話』に「顔（延之）は鮑（照）に及ばず、鮑は謝（霊運）に及ばず」と評されるなど、謝霊運に次ぐか、或いは並ぶ詩人としての評価が珍しくない。

四 河・濟倶清　河は黄河、濟は済水。黄河の水は常に濁っているが、千年に一度澄むといい、太平の世の到来を告げる瑞兆とする伝承があった。『左伝』襄公八年、『拾遺記』などに見える。済水は、源を河南省済源県に発し、下流は黄河の南を平行して流れ渤海に注ぐ河。「河清」の時期については、『宋書』巻二九符瑞志下に「宋文帝元嘉二十四年二月戊戌、河濟倶に清み、龍驤将軍・青冀二州刺史杜坦以て聞こゆ」と言う。鮑照の「河清頌」にも「聖上天飛践極して、茲に迨るまで二十四載」と言い、元嘉二十四年（四四七）のこと。

りて年を歎き老いを傷む」詩が大明七年（四六三）春以降の作と考えられることから、仮にこの年を五十歳（老）として、四一四年ごろかと算出、推定されている。

官歴を、虞炎「序」他によって概ね辿れば、元嘉十六年（四三九）には江州刺史臨川王劉義慶のもとで侍郎となり、その幕下の文学サロンに袁淑・陸展・何長瑜とともに参加した。元嘉二十一年義慶が薨じた後、始興王劉濬の侍郎となり、孝武帝の初年に海虞令、ついで太学博士兼中書舎人、地方に出て秣陵令、永嘉令を歴任、大明六年（四六二）には、本伝に後述される通り、荊州刺史臨海王子頊の前軍行参軍となる。

伝記史料の乏しさにひきかえ、現存する作品は合計二百四十一首。六朝で作品がよく保存されている数少ない詩人の一人である。鮑照の作品は死後三十年を経ずして、斉の文恵太子蕭長懋の命により、散騎侍郎虞炎によって収集された。虞炎「序」は、それでもその時点ですでに失われたものが多く、現存は半分くらいだと言う。『隋志』には「宋征虜記室参軍鮑照集、十巻。梁六巻」とあり、梁までにさらに散佚のあったことが知られるが、後人の手によって十巻の形に復し、以来、十巻の形で現在まで伝わっている。『全宋文』巻四六・四七、『全宋詩』巻七〜九、『古詩紀』巻五〇〜五二。

二 瞻逸…遒麗　瞻逸は表現が豊かで鮮やかなこと。遒麗は力強く、かつ麗しいこと。「遒麗」の語は、『宋書』謝霊運伝論（本書所収）にも見える。『詩品』が鮑照の詩を評して「景陽の俶詭を得、茂先の靡嫚を含む。骨節は謝混よりも強く、驅邁は顔延よりも疾し」と言うのも、美しさ・力強さと展開の鮮やかさを指摘すると思われる。

三 元嘉中…　以下に見える元嘉二十四年「河清頌」制作より前、鮑照は元嘉十六年から二十一年まで義慶のもとで国侍郎となっていたこ

五 其辭曰… 徳化によって世界に平和が訪れ、物心ともに満ち足り、さまざまな瑞兆があらわれたこと、この度黄河・済水ともに澄み、これを文辞に著し歌頌に付すのは臣下の務めであることを言う。

六 世祖 孝武帝劉駿、字は休龍。文帝の子。本書「袁淑伝」注二三参照。

七 爲中書舍人 『南史』には中書舎人抜擢を文帝によるものとするが、本伝および虞炎「序」、『南斉書』恩倖伝いずれも世祖とするところから、『南史』の誤りと考える。

八 自謂… 孝武帝の文才について、『文心雕龍』時序篇に「孝武は多才にして英采は雲のごとく構す」と言い、『詩品』はその詩を下品に配する。『南史』巻二三王倹伝にも「宋の孝武は文章を好み、天下は悉く文采を相い尚ぶ」とあり、劉宋では珍しい好文多才の天子であった。孝武帝の自負と鮑照の対応については、虞炎「序」にも言及がある。鮑照以外にも、書法の第一人者であった王僧虔が、やはり孝武帝の意向を慮ってわざと拙筆を用いたという記事(『南斉書』巻三三)があり、帝の並々ならぬ自負とそれに対する周囲の配慮がうかがえる。

九 鄙言累句 鄙言は文学的でない俗なことば。累句は冗漫な句。『漢書』司馬遷伝賛「辨にして華ならず、質にして俚ならず」の句に付された如淳の注に「言うこころは質と雖も猶お閭里の鄙言の如くならざるなり」と言う。左思「魏都賦」に「疏糲の士の能く精する所に非ず、鄙俚の言の能く具う所に非ず」、『文心雕龍』書記篇に「夫れ文辭の鄙俚なるは諺に過ぐる無く、聖賢の詩書は採りて以て談と爲す」と言う「鄙俚の言」、「文辭の鄙俚なる」と同意。『詩品』中品に鮑照の欠点として「巧似を貴尚して、危仄を避けず、頗る清雅の調を傷う」と言うのも、俗語を多用して品格を傷つける点を指摘したものと思われる。

一〇 臨海王子頊 四五六～四六六。字は孝列。孝武帝の子。大明五年(四六一)臨海王に封ぜられた。荊州刺史に任命されるのは、孝武帝の大明六年(四六二)秋七月。おそらくこの時鮑照は前軍参軍として随行したのだろう。ついで前軍刑獄参軍事になったことが、虞炎「序」により知られる。

一一 子頊敗 明帝が即位して一ケ月後の泰始二年正月、朝廷と対立していた晋安王子勛は尋陽で帝位につき、年号を義嘉と改め、子頊を衛将軍・開府儀同三司に任命した。「時に四方並びに響應して、威は天下を震う」(『宋書』巻八〇)、「時に四方皆な尋陽に附し、朝廷唯だ丹楊一郡を保つのみ」(『通鑑』宋明帝泰始二年正月)というほど一時は朝廷を圧倒する勢いを見せたが、八月には子勛が沈攸之に斬られ、九月には子頊も荊州治中宋景らによって捕えられ死を賜った。この混乱の中で、照もまた殺されたのである。

〔参考文献〕

呉丕績『鮑照年譜』(台湾商務印書館　一九四〇年)
繆鉞「鮑明遠年譜」(『文学月刊』三-一　一九三二年)
伊藤正文「鮑照伝論稿」(神戸大学文学会『研究』一四　一九五七年)
銭仲聯「鮑照年譜」(『鮑参軍集注』中華書局　一九五九年。のち上海古籍出版社　一九八〇年)
中森健二「鮑照の文学」(『立命館文学』三六四～三六六　一九七五年)

張志岳「鮑照及其詩新探」（『文学評論』一　一九七九年）
曹道衡「関於鮑照的家世和籍貫」（『文史』七　一九七九年）
　「鮑照几篇詩文的写作時間」（『文史』十六　一九八二年）
丁福林「試論鮑照的籍貫」（『文史』二〇　一九八三年）
朱思信「関于鮑照身世的幾個問題」（『新疆大学学報』六　一九八三年）
唐海寿「鮑照伝記中幾個問題」（『幼獅学誌』一〇－四　一九八五年）
曹道衡「魏晋南北朝文学札記〝上党鮑氏〟与〝東海鮑氏〟」（『中古文学史論文集』中華書局　一九八六年）
丁福林「鮑照年譜簡編」（『六朝作家年譜輯要』上　黒龍江教育出版社　一九九九年）

（幸福香織）

鮑令暉（五世紀中頃）

鮑令暉は劉宋の女流詩人。鮑照の妹。擬古詩にすぐれ、『玉臺新詠』には五言詩七首がとられる。兄鮑照は、自分たち兄妹を晋の左思・芬兄妹になぞらえて、自分の才能は左思には及ばないが、妹令暉の才能は左芬のそれに次ぐものがあると語って、妹の才を高く評価したことが伝えられる。『詩品』下。

玉臺新詠注引 小名錄[一]

鮑照[二]字明遠、妹字令暉[三]、有才思[四]、亞于明遠、著香茗賦[五]、集行于世。

[二]鮑照 字は明遠、妹が字は令暉[三]、才思[四]有りて、明遠に亞ぐ、「香茗賦」[五]を著し、集 世に行わる。

鮑照は字を明遠といい、妹の字は令暉という。明遠に次ぐ才があり、「香茗賦」を著して、文集は世に流布した。

一 小名録　唐の陸亀蒙の撰。秦から南北朝に至る故人の幼名を記載する。宋の晁公武の『郡斎読書志』には、三巻で、神仙玉女、婦人、召使いの名も採録するというが、現存の二巻にこれらの名は見えない。完本でないだけでなく、体例が不統一で、重複も多く、誤りも散見するところから、あるいは後人の仮託も疑われる。現在、四庫全書および『説郛』『五朝小説』などの叢書に所収され、テキストには秦の始皇帝の小子胡亥を冒頭にあげるものと、この一条を欠くものと大きく二種に分けられる。いずれも鮑令暉の条は『玉臺新詠箋注』の呉兆宜の注が引くものと同文である。

二 鮑照　本書「鮑照伝」参照。

三 令暉　鮑令暉の生卒年は未詳。『詩品』には「斉の鮑令暉」というが、一方、鮑照の「仮（いとま）を請う啓」に「天倫同氣なる、實に惟の妹、存沒永く別れ、見るを計るを獲ず」といい、鮑照（四一四?〜四六六）に先だって亡くなった可能性もある。その詩について『詩品』には「令暉の歌詩は往往にして嶄絶清巧、擬古尤も勝る。唯だ『百韻』は淫雑なり」という。

四 有才思　『詩品』鮑令暉評には、鮑照が孝武帝に対して、「臣が妹の才は自ずから左芬に亞ぐも、臣の才は太沖に及ばざるのみ」と言って、むしろ妹令暉の才のほうを持ちあげるようなことがあった、という逸話を載せる。兄妹ともに文才に秀でた点、また寒門の出身であった点、鮑照と左思は共通する。

五 香茗賦　未詳。また、鮑令暉の文集も、『隋志』に著録がない。鮑令暉の作品は『玉臺新詠』に採られた七首が残るのみ。『全宋詩』巻九、『古詩紀』巻五四。

〔参考文献〕

伊藤正文「鮑照伝論稿」（神戸大学文学会『研究』一四　一九五七年）
凌迅「鮑照與鮑令暉」（『柳泉』第二期　一九八一年）
凌迅「「嶄絶清巧」鮑令暉」（『文史知識』第六期　一九八一年）

（幸福香織）

謝荘（四二一〜四六六）

謝荘（しゃそう）は宋に活躍した詩人。『文選』には「月の賦」と「宋孝武宣貴妃の誄（るい）」の二篇が採られる。容貌と才能に恵まれた名門の貴公子で、小賦をよくし、詩においては典故を多用し、流行にさきがけて声律を解した。時代の特徴をよく備え、当時もっとも輝いた文学者の一人であった。『詩品』下。

宋書巻八五　謝荘傳

謝莊[一]字希逸、陳郡陽夏人、太常弘微[二]子也。年七歳、能屬文、通論語。及長、韶令美容儀、[三]太祖見而異之、謂尚書僕射[四]殷景仁・領軍將軍[五]劉湛曰「[六]藍田出玉、豈虛也哉」。初爲始[七]興王濬後軍法曹行參軍、轉太子舍人、[八]廬陵王文學、太子洗馬、中舍人、廬陵王紹南中郎諮議參軍。又轉隨[九]王誕後軍諮議、並領記室。分左氏經傳、隨國立篇、製[一〇]木方丈圖。山川土地、各有分理、離之則州別郡殊、合之則宇內爲一。元嘉二十七年、索虜寇彭城、虜遣尚書李孝伯[一一]來使、與鎭軍長史張暢共語、孝伯訪問莊及[一二]王微、其名聲遠布如此。二十九年、除太子中庶子。時南[一三]平王鑠獻赤鸚鵡、普詔羣臣爲賦。太子左衞率[一四]袁淑文冠當時、作賦畢、齎以示莊、莊賦亦竟、淑見而歎曰「江東無我、卿當獨秀。我若無卿、亦一時之傑也」。遂隱其賦。

元凶[15]弑立、轉司徒左長史。世祖[16]入討、密送檄書與莊、令加改治宣布。莊遣腹心門生具慶奉啓事密詣世祖曰…（略）[17]。

世祖踐阼、除侍中。時索虜求通互市、上詔羣臣[18]博議。莊議曰…（略）[19]。

時驃騎將軍竟陵王誕當爲荊州、徵丞相・荊州刺史南郡王[20]義宣入輔、義宣固辭不入、而誕便克日下船。莊以「丞相既無入志。驃騎發便有期、如似欲相逼切、於事不便」。世祖乃申誕發日、義宣竟亦不下。

上始踐阼、欲宣弘風則、下節儉詔書[21]、事在孝武本紀。莊慮此制不行、又言曰…（略）[22]。

[1]謝莊 字は希逸、陳郡陽夏の人、太常弘微[2]が子なり。年七歳にして、能く文を屬り、『論語』に通ず。長ずるに及び、韶令にして容儀美しく、太祖[3]見て之を異とし、尚書僕射[4]殷景仁・領軍將軍[5]劉湛に謂いて曰く「[6]藍田に玉を出だす、豈に虚ならんや」と。初め始興王[7]濬の後軍法曹行參軍と爲り、太子舍人・廬陵王の文學・太子洗馬・中舍人・廬陵王[8]紹の南中郎諮議參軍に轉ず。又た隨王[9]誕の後軍諮議に轉じ、並びに記室を領す。左氏の經傳を分け、國に隨いて篇を立て、木方丈圖[10]を製る。山川土地、各おの分理有りて、之を離せば則ち州別かれ郡殊なり、之を合わせば則ち宇內一と爲る。元嘉二十七年、索虜 彭城を寇し、虜 尚書李[11]孝伯をして來使せしめ、鎭軍長史張暢と共に語り、孝伯 莊及び[12]王微を訪問す。其の名聲の遠く布くこと此くの如し。二十九年、太子中庶子に除せらる。時に南平王[13]鑠 赤鸚鵡を獻じ、普く羣臣に詔して賦を爲らしむ。太子左衞率[14]袁淑 文は當時に冠たり、賦を作ること畢り、齎して以て莊に示し、莊が賦も亦た竟り、淑 見て歎じて曰く「江東 我無くん

ば、卿當に獨り秀たるべし。我若し卿無くんば、亦た一時の傑なり」と。遂に其の賦を隱す。

[一五]元凶弑立し、司徒左長史に轉ず。世祖[一六]入討し、密かに檄書を送りて荘に與え、改治を加え宣布せしめんとす。荘腹心の門生具慶をして啓事を奉り密かに世祖に詣らしめて曰く…（略）[一七]。

世祖踐阼し、侍中に除せらる。時に索虜互市を通ずるを求め、上[一八]羣臣に詔して博く議せしむ。荘議して曰く…[一九]（略）。

時に驃騎將軍竟陵王誕荊州と爲るに當たり、丞相・荊州刺史南[二〇]郡王義宣を徵して入輔せしむるも、義宣固く辭して入らず、誕便ち日を克めて船を下りんとす。荘以えらく「丞相既に入るの志無し。驃騎發すること便ち期有るは、相い逼切するを欲するが如似く、事に於いて便ならず」と。世祖乃ち誕が發するの日を申ばし、義宣も竟に亦た下らず。

上始めて踐阼するや、風則を宣弘せんと欲し、[二一]節儉の詔書を下す。事は孝武本紀に在り。荘此の制の行われざるを慮り、又た言いて曰く…[二二]（略）。

謝荘は字を希逸といい、陳郡陽夏（河南省）の人、太常弘微の子である。

七歳の時には、文章を綴ることができ、『論語』に通暁していた。やがて容貌美しくりっぱな若者に成長した。太祖は会って逸材と見抜き、尚書僕射殷景仁・領軍将軍劉湛に言った。「藍田に玉を産出するとは、本当なのだな」。謝荘はまず始興王劉濬の後軍法曹行参軍となり、太子舎人、廬陵王の文学、太子洗馬、中舎人、廬陵王紹の南中郎諮議参軍に移った。また随王誕の後軍諮議に移り、記室を兼任した。左氏の経と伝を分かち、国別に篇を分け、木方丈図をつくった。山川陸地は、それぞれ区分されていて、ばらばらにすれば州ごと郡ごとに分かれ、合わせると天下が一つになるような巨大な地図を作った。元嘉二十七年（四五〇）、索虜（北魏）は彭城（江蘇省）を侵略し、使者の尚書李孝伯を遣わし、（宋の）鎮軍長史張暢と会談させたが、その際孝伯は謝荘と王微についてたずねた。それほど彼の名声は遠くまで聞こえていたのだった。二十九年（四五二）には太子中庶子に任命された。そのころ、南平王劉鑠が世祖に赤いオウムを献上し、（世祖は）広く群臣たちに賦を作るよう命じた。太子左衛率の袁淑は当時、文学の第一人者だったが、賦を作り終えると、手渡して謝荘に見せた。謝荘の賦もできあがると、袁淑はそれを見て感嘆して言った。「江東にわたしがいなかったなら、そなたの独壇場ですな、わたしもそなたがいなければ独り舞台でしたわ」。かくて自分の賦を引っこめた。

元凶（劉劭）が文帝を弑逆して立ち、謝荘は司徒左長史に移った。世祖は都に入って劭を討伐する際、ひそかに謝荘に檄文を送り、文辞を整えて宣布させた。謝荘は腹心の門生具慶をこっそり世祖のもとにつかわして奏上させるには…（略）。

世祖（孝武帝）が帝位を継ぐと、謝荘は侍中に任命された。おりしも索虜（北魏）が交易を求めてきたので、帝は臣下に詔を下してひろく議論させた。謝荘の議論には…（略）。

時に驃騎将軍竟陵王劉誕が荊州刺史となるに当たり、世祖は丞相・荊州刺史であった南郡王劉義宣を呼びよせ朝政を輔佐させようとしたが、劉義宣は固辞して都に入らなかった。いっぽう劉誕は日を定めて（荊州へ）上陸しようとした。謝荘は「丞相には都へ入る意志がないのですから、驃騎将軍に出発の時期を限るのは、せっつくようで、具合が悪い」とし、世祖はそこで劉誕の出発の日を延期したが、劉義宣もとうとう下ってこなかった。

世祖は帝位につくと、まずよい風紀を広めたいと思い、倹約を勧める詔書を下した。詳細は孝武本紀（巻六）に記載がある。謝荘はこの制が実行されないことを憂慮して、さらに申し上げるには…（略）。

一　謝荘　陳郡の謝氏については、本書「謝混伝」注一、また付録の「謝氏世系略図」を参照。謝荘が容貌に恵まれていたことは、本文のほか、注二八に引く『宋書』顔竣伝にも記載がある。典故の多用については、『詩品』序に「顔延・謝荘、尤も繁密を爲し 時に之に化す。故に大明・泰始中、文章は殆ど書抄に同じ」という。声律の理解者として知られていたことは、『宋書』巻六九范曄伝に謝荘が

「宮商」「清濁」を最も理解していたといい、また『詩品』序には、范曄と謝荘だけが「律呂音調」が分かると王融が言ったと記す。謝荘の現存する作品は十七首と少ないが、当時においては袁淑や范曄と並ぶほど秀でた存在だった。

二 弘微　謝弘微（三九二～四三三）。謝万の曾孫。謝安の孫で従叔の峻の後を嗣いだ。本名は密。継家の諱を避けて字の弘微で呼ぶ。同族の謝混・謝霊運・謝瞻・謝曜らの文学談義の宴遊「烏衣の遊」に参加した。劉裕が即位して、黄門侍郎となり、政治の機密に参与して王華・王曇首・殷景仁・劉湛らとともに五臣と呼ばれた。『宋書』巻五八、『南史』巻二〇。

三 太祖　文帝劉義隆。四〇七～四五三（在位四二四～四五三）。本書「袁淑伝」注一三参照。

四 殷景仁　三九一?～四四一?。陳郡長平（河南省）の人。高祖に認められて太子中庶子となり、文帝即位の後はますます信頼され、王華・王曇首・劉湛とともに侍中となった。元嘉九年（四三二）尚書僕射となり、同年劉湛が領軍将軍となった。『宋書』巻六三、『南史』巻二七。

五 劉湛　三九二～四四〇。字は弘仁、南陽涅陽（河南省）の人。本書「袁淑伝」注七参照。

六 藍田出玉　藍田は西安郊外の美玉の名産地。『漢書』地理志「京兆藍田縣。美玉を出だす」。名門からすぐれた人物を出すことをほめていうことば。

七 始興王濬　四二九～四五三。劉濬。字は休明。文帝劉義隆の第二子。本書「袁淑伝」注一四参照。

八 廬陵王　四三一～四五二。劉紹、字は休胤。文帝劉義隆の第五子。武帝劉裕の第二子、廬陵王劉義真の後を嗣いで、元嘉九年（四三二）に廬陵王に封じられた。『宋書』巻六一。

九 随王誕　四三三～四五九。劉誕、字は休文。文帝劉義隆の第六子。元嘉二十年（四四三）広陵王に封じられ、二十六年随郡王に改められ、三十年に竟陵王となった。元凶劭の討伐と続く劉義宣の謀反平定に功があったが、後に孝武帝に疎まれて殺された。『宋書』巻七九、『南史』巻一四。

一〇 製木方丈圖　未詳。謝荘の『左伝』関連の著作は『隋志』に見えないが、『春秋』に関する地図・地名の書としては漢太子太傅厳彭祖撰『春秋左氏図』、晋裴秀客京相璠撰『春秋土地名』などの書名が見え、謝荘もまた『左伝』の地理を視覚的にわかりやすく示す地図を作ったものか。

一一 李孝伯…張暢　李孝伯は北魏の尚書。張暢は宋の安北長史・沛郡太守。元嘉二十七年（四五〇）、北魏軍が彭城を囲んだ際、それぞれの軍の使者として戯馬台に会した。『魏書』巻五三李孝伯伝に「孝伯 風容閑雅、應答流るる如く、暢及び左右甚だ相嗟歎す」、『宋書』巻四六張暢伝に「暢 宜しきに随いて應答し、甚だ敏捷爲り。音韻詳雅にして、魏人之を美む」という。各軍の代表が弁論を競い、国威を発揚した。なお、『宋書』は北朝を、その「索頭」（辮髪）の習俗によって、「索頭虜」「索虜」と蔑称する。

一二 王微　各本「王徽」に作るが、『南史』により改める。王微（四一五～四五三）字は景玄、琅邪臨沂（山東省）の人。太保・中書監王弘の甥。博学で、文学・書画・音楽・医術・陰陽術数など多方面に通じていた。謝氏と並ぶ名門の、琅邪の王氏出身で、豊かな才能に恵まれたが、官位に執着せず、声望が高かった。『宋書』巻六二、『南史』巻二一。

一三 南平王鑠　四一五～四五三。劉鑠、字は休玄、文帝劉義隆の第四

子。元凶劉劭の信任厚く、劭が討たれた後、元嘉三十年（四五三）世祖劉駿に毒殺された。『宋書』巻七二、『南史』巻一四。鸚鵡は西南伝来の珍貴な鳥として献上されたもの。『文選』巻十三禰衡「鸚鵡の賦」がある。

一四 袁淑　四〇八～四五三。本書「袁淑伝」参照。『詩品』下品謝荘評には「希逸が詩は氣候清雅なるも范（曄）・袁（淑）に逮ばず」と言う。

一五 元凶弑立　元凶は劉劭、字は休遠。文帝の長子で皇太子。元嘉三十年二月、父文帝を殺して帝位に立った。本書「袁淑伝」本文および注一八参照。『宋書』巻九九、『南史』巻一四。

一六 世祖入討　世祖は劉駿、字は休龍。文帝の第三子。江州刺史の任にあったが、元凶劭の文帝弑殺の報を受け、南譙王義宣、随王誕、雍州刺史臧質らに呼びかけて挙兵し、建康に入って、元凶劭らを討った。『宋書』巻六。本書「袁淑伝」注二三参照。

一七 劉劭の文帝弑逆が前例のない蛮行であるのに対し、世祖の起義は正当で、すでに軍人も集結し、民衆の支持も得ていることを述べ、最後に自身も代々の恩寵に報えるべく参加したいという。門生具慶は未詳。

一八 羣臣博議　『宋書』巻九五索虜伝によれば、この時交易を許可する立場をとった者に江夏王義恭・竟陵王誕・建平王宏・何尚之・何偃が、許可しない立場をとった者に柳元景・王玄謨・顔竣・謝荘・檀和之・褚湛之がいた。結局交易を許可し、その結果、大明二年（四五八）青州を侵攻された。

一九 異民族は義を解せず利しか求めないこと、交易を実施しても懐柔どころか付け込む隙を与えてしまうこと、前例から見ても和親は得策でないことを挙げ、「交易の爽議は既に應に深く杜ぐべく、和約の詭論は尤も宜しく固く絶つべし」と反対の立場を明確にする。

二〇 南郡王義宣　四一五?～四五四。劉義宣、武帝劉裕の第六子。孝武帝にとっては叔父。元嘉二十一年（四四四）荊州刺史となり、在任十年、兵力と財力を増強して大きな力をもった。元嘉三十年四月、孝武帝は義宣を揚州刺史に、誕を荊州刺史に任命したが、義宣が内任を固辞したため、結局孝武帝が折れて、三ケ月後に再び義宣を荊・湘二州刺史に、誕を揚州刺史に戻した。『宋書』巻六八、『南史』巻一三。荊州は「上流の重きに居り、地は廣く兵は強く、資實兵甲、朝廷の半ばに居り」（『宋書』巻五一）という軍事拠点で、孝武帝には義宣をここから離し勢力を削ごうという意図があったと思われる。謝荘の意見は、荊州に拠って対立の姿勢をあらわにする義宣を、さらに刺激しないよう勧めたもの。だが、義宣はすでに謀反を勧める臧質の言に傾いており、翌孝建元年二月、豫州刺史魯爽・車騎将軍江州刺史臧質・兗州刺史徐遺宝とともに挙兵、一時朝野を揺るがしたが、敗れて六月江陵で殺された。

二一 節倹詔書　『宋書』巻六孝武帝紀に載せる。ただし謝荘の文章に「貴戚競利、興貨廛肆者、悉皆禁絶」と引用されるのに対し、『宋書』孝武帝紀の詔には「貴戚競利、悉皆禁絶」とあり、中五字が脱落する。内容は華美な装飾、食事の贅沢を戒め、狩猟や漁猟は時に順じ、商売は公営、私営で利を競わないようにという。人民の疲弊を考慮し、倹約に努めるよう勧めるもの。

二二 孝武帝の詔を受け、「大臣禄位にある者」たちへ、農作物や織物を売って農民の利益を妨害することのないよう、詔の実践を呼びかける。

孝建元年、遷[二三]左衛將軍。初、世祖嘗賜莊寶劍、莊以與豫州刺史魯爽[二四]送別。爽後反叛、世祖因宴集、問劍所在、答曰「昔以與魯爽別、竊爲陛下杜郵[二五]之賜」。上甚説、當時以爲知言[二六]。

* * *

于時搜才路陋、乃上表曰…（略）[二七]。

有詔莊表如此、可付外詳議、事不行[二八]。

其年、拜吏部尚書。莊素多疾、不願居選部、與大司馬江夏王義恭[二九]牋自陳、曰…（略）[三〇]。

三年、坐辭疾多、免官。

大明元年、起爲都官尚書、奏改定刑獄、曰…（略）[三一]。

上時親覽[三二]朝政、常慮權移臣下、以吏部尚書選擧所由、欲輕其勢力、二年、下詔曰…（略）[三三]。又別詔太宰江夏王義恭曰…（略）[三四]。

於是置[三五]吏部尚書二人、省五兵尚書、莊及度支尚書[三六]顧覬之並補選職。遷右衞將軍、加給事中。

時河南獻舞馬、詔羣臣爲賦、莊所上其詞曰…（略）[三七]。

又使莊作舞馬歌、令樂府歌之。

孝建元年、[二三]左衞將軍に遷る。初め、世祖嘗て莊に寶劍を賜い、莊以て豫州刺史[二四]魯爽に與えて送別す。爽後に反叛し、世祖宴集に因りて、劍の在る所を問い、答えて曰く「昔以て魯爽に與えて別る、竊かに陛下が[二五]杜郵の賜と爲す」と。上甚だ說び、當時以て[二六]知言と爲す。

時に捜才の路 陋く、乃ち上表して曰く…（略）[二七]。

詔 有り 莊が表 此くの如し、外に付して詳かに議すべしと。事[二八]行われず。

其の年、吏部尚書を拜せらる。莊 素より疾 多く、選部に居るを願わず、大司馬[二九]江夏王義恭に牋を與えて自ら陳べて、曰く…（略）[三〇]。

三年、疾多きに辭すに坐りて、官を免る。

大明元年、起ちて都官尚書と爲り、刑獄を改定するを奏して、曰く…（略）[三一]。

上 時に[三二]朝政を親覽し、常に權の臣下に移るを 慮り、吏部尚書は選擧の由る所なるを以て、其の勢力を輕くせんと欲し、二年、詔を下して曰く…（略）[三三]。又た別に太宰江夏王義恭に詔して曰く…（略）[三四]。

是に於て吏部[三五]尚書二人を置き、五兵尚書を省き、莊及び度支尚書[三六]顧覬之並びに選職を補す。右衞將軍に遷り、給事中を加う。

時に河南 舞馬を獻じ、羣臣に詔して賦を爲らしめ、莊 上る所の其の詞に曰く…（略）[三七]。

又た莊をして舞馬歌を作らしめ、樂府をして之を歌わしむ。

孝建元年（四五四）に、左衛将軍に移った。話はもどるが、前に世祖は謝荘に宝剣を下賜し、謝荘はそれを送別の記念に豫州刺史魯爽に与えた。その後、魯爽は謀反をおこした。世祖が宴会の折、あの剣はどうしたと尋ねると、謝荘は答えた。「昔魯爽と別れる時に与えました。陛下からの杜郵の賜という意味をこめて」。帝は非常に喜び、当時これはうまい答えだともてはやされた。

そのころ、有能な人材を発掘する道が限られていたので、謝荘は上表して言った…（略）。

謝荘の上表はかくかくしかじかであり、外部に付して論議するようにとの詔が下ったが、上表は実施されなかった。

その年、荘は吏部尚書に任命された。彼はもともと病気がちで、人事担当部局から離れたいと思っており、大司馬江夏王劉義恭に手紙を送り、自ら陳情して言った…（略）。

（孝建）三年（四五六）、病気がちであることを理由に、免官となった。

大明元年（四五七）に、起用されて都官尚書となり、裁判と刑罰を改定するよう上奏して言った…（略）。

帝はこのころ自ら政治にあたり、臣下に権力が移ることを常に恐れていた。そして吏部尚書が人事を担当するので、勢力をそいだ方がよいと考え、二年（四五八）、詔を下して言った…（略）。

そこで吏部尚書二人を置き、五兵尚書を省き、謝荘と度支尚書顧覬之（こきし）はいずれも選挙の職を授かった。右衛将軍に移り、給事中の位を加えられた。

そのころ河南から舞馬を献上されたので、帝は臣下たちに賦を作るように詔した。謝荘が奉った文に言うには…（略）。

また謝荘に舞馬の歌を作らせ、楽府（がふ）に歌わせた。

二三 遷左衞將軍…　『南史』巻二〇謝荘伝は、以下に続く逸話の前に、次の二つの逸話を載せる。いずれも謝荘の頭の回転の速さ、応答の鮮やかさを描くもの。「荘に口辯有り、孝武 嘗て顔延之に問いて曰く『謝希逸の月賦は何如』と。答えて曰く『美なるは則ち美なり、但だ荘始めて知る「千里を隔て明月を共にす」と』。帝 荘を召き延之の答語を以て之に語る。荘 聲に應えて曰く『延之 秋胡詩を作り、始めて知る「生きては久しき離別を爲し、沒しては長えに歸らざるを爲す」』と。帝 掌を撫すこと竟日。又た王玄謨 荘に問う何者か雙聲と爲し、何者をか疊韻と爲すと。答えて曰く『玄謨をば雙聲と爲し、碻磝をば疊韻と爲す』と。其の捷速なること此くの若し」。なお謝荘「月の賦」は『文選』巻一三所収。謝恵連「雪の賦」とともに、六朝後期の小賦の佳作として有名。

二四 魯爽　？〜四五四。扶風郿県（陝西省）の人。武藝に秀で北魏の太宗の知遇を得た。元嘉二十八年弟秀とともに宋の南平王鑠について北魏と戦い、元嘉三十年元凶討伐の際には南譙王義宣のもとで雍州刺史臧質とともに戦った。孝建元年（四五四）二月、秋に謀反を決行する計画を義宣からもちかけられたが、泥酔して期日を誤り、即日挙兵し、結局、謀反は失敗し四月に殺された。『宋書』巻七四。

二五 杜郵之賜　秦の白起（武安君）が杜郵で昭王から剣を賜り、自決させられた故事。『史記』巻七三白起伝。

二六 知言　道理にかなったことばの意だが、ここでは、うまいことばということであろう。

二七 人材発掘の成否は、天下の治乱に関わること、一人の鑑識眼で天下の人材を見極めるのはきわめて難しいことをいい、大臣がそれぞれ知るところを推挙、任用し、その結果によって本人推挙者ともども相応に褒賞あるいは問責することを提案する。また六年交代を原則とし、交代により人材の適否を明確にすることを提案する。

二八 事不行　ちなみに、謝荘の前任の顔竣は顔はいかめしかったが、選挙の人事はうまく運び、謝荘は容姿端麗で客の訴えは歓笑しつつ聞いたが、人事はうまくいかず、「顔竣　嗔にして人に官を与え、謝荘　笑いて人に官を与えず」と言われた。

二九 江夏王義恭　四一二?～四六五。劉義恭。武帝の第五子。幼きより聡明で容姿も美しく、劉裕に特別に愛された。元嘉元年（四二四）江夏王に封じられ、孝建二年（四五五）太宰となり、司徒を兼務した。猜疑心に駆られる孝武帝に礼を尽くして難を避けたが、孝武帝崩御の後、前廃帝に殺された。『宋書』巻六一、『南史』巻一三。

三〇 病状がすぐれず任に堪えないことを、ことばを尽くして繰り返し訴え、江夏王義恭に帝への口添えを頼む内容。

三一 冤罪をなくすため、審理の手続きの変更を提案する内容。今は県令の審理の後、督郵（郡太守の補佐官）が調査することになっているが、督郵は県令に異論を唱えられず、有名無実となっているため、重罪の囚人は、県から郡に送り、郡太守が直接調査して罪を認めてから刑に処すこととし、決済できなければ中央の延尉に送ることなどを提案する。

三二 親覧朝政　『宋書』巻九四恩倖伝に「世祖　朝政を親覧し、大臣に任せざるも、腹心耳目、委寄する無きを得ず」、『宋書』巻七七顔師伯伝に「上　威柄の人に在るを欲せず、庶務を親監し、前後の選を領する者、唯だ文書を奉行するのみ」と言う。

三三 人を任官することは聖なることで、人を見極めることはもっとも難しく、末世の今、選任をつかさどる吏部尚書がこれをすべて引き受けるのは困難なので、郎によって分置し、あわせて閑職を整理せよと言う。

三四 権力の集中は、謀反や混乱のもととなるので、今後選挙管理は二人に権力を分散させるという内容。

三五 置吏部尚書二人　宋の時代、吏部尚書は吏部、删定、三公、比部四曹を兼務し、一人に権力が集中していた。二人に増員することで任を軽くし、権力の分散を図ったもの（『通典』巻二三職官五）。

三六 顧覬之　三九二～四六七。字は偉仁、呉郡呉（江蘇省）の人。大明元年度支尚書となり、本州中正を兼務、同二年、選挙をつかさどる吏部尚書に移った。『宋書』巻八一、『南史』巻三五。

三七 舞馬を馭して天上天下を巡る孝武帝を描き、その治世を言祝ぐ賦。

五年、又爲侍中、領前軍將軍。于時世祖出行、夜還、敕開門、莊居守、以棨信或虛、執不奉旨、須墨詔乃開。上後因酒讌從容曰「卿欲效郅[三八]君章邪」對曰「臣聞蒐巡有度、郊祀有節、盤于遊田、著之前誡。陛下今蒙犯塵露、晨往宵歸、容恐不逞之徒、妄生矯詐、臣是以伏須神筆、乃敢開門耳」。改領游擊將軍、又領本州大中正、[三九]晉安王子勛征虜長史・廣陵太守、加冠軍將軍。改爲江夏王義恭太宰長史、將軍如故。六年、又爲吏部尚書、領國子博士、坐選公車令張奇[四〇]免官、事在顏師伯傳。

時北中郎將新安王子[四一]鸞有盛寵、欲令招引才望、乃使子鸞板莊爲長史、府尋進號撫軍、仍除長史・臨淮太守、未拜、又除吳郡太守。莊多疾、不樂去京師、復除前職。前廢帝[四二]即位、以爲金紫光祿大夫。初、世祖寵姬[四三]殷貴妃薨、莊爲誄云「[四四]贊軌堯門」。引漢昭帝母趙婕妤堯母門事、廢帝在東宮、銜之。至是遣人詰責莊曰「卿昔作殷貴妃誄、[四五]頗知有東宮不」。將誅之。[四六]或說帝曰「死是人之所同、政復一往之苦、不足爲深困。莊少長富貴、今且繫之[四七]尚方、使知天下苦劇、然後殺之未晚也」。帝然其言、繫於左尚方。[四八]太宗定亂、得出。及即位、以莊爲散騎常侍・光祿大夫、加金章紫綬、領尋陽王師、頃之、轉中書令、常侍、王師如故。尋加金紫光祿大夫、給親信二十人、本官並如故。泰始二年、卒、[四九]時年四十六。追贈右光祿大夫、常侍如故、[五〇]謚曰憲子。[五一]所著文章四百餘首、行於世。

* * *

五年、又た侍中と爲り、前軍將軍を領す。時に世祖 出行して、夜 還り、敕して門を開かしむ。莊 居守し、棨信の或いは虚なるを以て、執なに旨を奉ぜず、墨詔を須ちて乃ち開く。上 後に酒讌に因りて従容として曰く「卿[三八] 郅君章に效わんと欲するか」と。對えて曰く「臣 聞く 蒐巡 度 有り、郊祀 節 有り、遊田に盤むは、之を前誡に著す。陛下 今 塵露を蒙犯し、晨に往き宵に歸る、容に不逞の徒、妄りに矯詐を生ずるを恐るべし、臣 是を以て伏して神筆を須ち、乃ち敢えて門を開くのみ」と。改めて游撃將軍を領し、又た本州大中正、[三九]晉安王子勛征虜長史・廣陵太守を領し、冠軍將軍を加う。改めて江夏王義恭の太宰長史と爲り、將軍 故の如し。六年、又た吏部尚書と爲り、國子博士を領し、公車令[四〇]張奇を選ぶに坐して官を免ぜらる、事は顏師伯傳に在り。

時に北中郎將新安王子鸞[四一]盛寵有りて、才望を招引せしめんと欲し、乃ち子鸞をして莊を板して長史と爲さしめ、府尋いで號を撫軍に進め、仍りて長史・臨淮太守に除せられ、未だ拜せずして、又た吳郡太守に除せらる。莊 疾い多ければ、京師を去るを樂しまず、復た前職に除せらる。前廢帝[四二] 即位し、以て金紫光祿大夫と爲す。初め、世祖の寵姬殷[四三]貴妃薨じ、莊 誄を爲りて云えらく「[四四]軌を堯門に贊く」と。漢の昭帝の母趙 婕妤の堯母門の事を引き、廢帝 東宮に在りて、之を銜む。是に至り人を遣わし莊を詰責して曰く「卿 昔 殷貴妃の誄を作る、[四五]頗た東宮有るを知るや不や」と。將に之を誅せんとす。[四六]或ひと帝に說いて曰く「死は是れ人の同じくする所、[四七]政に復た一往の苦しみにして、深困と爲すに足らず。莊 少くして富貴に長ず、今 且く之を尙方に繫ぎ、天下の苦劇を知らしめ、然る後に之を殺すも未だ晩からざるなり」と。帝 其の言を然りとし、左尙方に繫ぐ。[四八]太宗 亂を定んじ、出づるを得。即位に及び、莊を以て散騎常侍・光祿大夫と爲し、金章紫綬を加え、尋陽王師を領す。頃之、中書令に轉ず。常侍・王師故の如し。尋いで金紫光祿大夫を加え、親信二十人を給し、本官並びに故の如し。泰始二年、卒す、時に年四十六、[四九]右光祿大夫を追贈せられ、常侍 故の如し、諡して憲子[五〇]と曰う。[五一]著す所の文章四百餘首、世に行わる。

五年（四六一）にまた侍中になり、前軍将軍を兼務した。そのころ、世祖が外出して、夜に帰り、門を開くように命じたことがあった。留守居の謝荘は、割符が偽かもしれないとして、かたくなに仰せをうけたまわらず、御筆を待ってやっと門を開いた。帝は後に酒宴のついでにさりげなく言った。「君は郅君章にならおうというのかね」。すると答えて言った。「わたくしは、狩猟にはきまりが、郊祀にはさだめがあり、前人は狩りの楽しみを戒めていると承知しております。陛下は今日塵露をおかして、早朝お出かけになり夜お帰りになりました。不逞の輩のよからぬ企みを疑うのは当然です。それゆえわたくしは御筆を拝した上で、ようやく門を開いたのです」。改めて游撃将軍を兼務し、また本州大中正を兼務し、晋安王劉子勛の征虜長史、広陵太守となり、冠軍将軍を加えられた。改めて江夏王劉義恭の太宰長史となり、将軍の位はすえおかれた。六年（四六二）、また吏部尚書となり、国子博士を兼務したが、公車令張奇の任用に連座して免官となった。この件は顔師伯伝（巻七七）に記載がある。

ちょうど北中郎将の新安王劉子鸞が帝の寵愛を受けており、帝は子鸞を通じて才能と人望ある士を招致しようとした。そこで子鸞に荘をその長史とするよう通達させ、府が続いて撫軍の号を与え、長史・臨淮太守に任命したが、まだ拝命しないうちに、呉郡太守となった。謝荘は病気がちで、都を離れることを喜ばず、ふたたび前職に任じられた。前廃帝劉子業が即位し、荘を金紫光禄大夫とした。話は戻るが、世祖の寵姫殷貴妃が薨じた時、荘が誄を作り「軌を堯門に賛く」と表現したことがあった。これは漢の昭帝の母趙婕妤の堯母門の故事を引いたもので、廃帝は東宮にいてこれを恨みに思っていた。そこでここにきて廃帝は人をやって謝荘に「きみは昔殷貴妃の誄を作ったが、いったい東宮があることを知っておったのか」と詰問させ、殺そうとした。帝に進言する者がいた。「死はだれでも経験するもの、たった一回きりの苦しみで、どん底の苦しみとはいえません。謝荘は家柄がよく裕福に育ちましたから、しばらく尚方（監獄）に繋ぎ、この世の苦しみを味あわせてから殺しても遅くはないでしょう」。帝はそのことばを容れ謝荘を左尚方に繋いだ。太宗が乱を平定し、出所することができた。太宗が即位し、謝荘を散騎常侍・光禄大夫とし、金章紫綬を加え、尋陽王の師を兼務した。しばらくして中書令に移り、散騎常侍・尋陽王の師はもとの通りであった。やがて金紫光禄大夫を加えられ、護衛官二十人を給された。本官はもとのままであった。泰始二年（四六六）に卒した。時に四十六歳であった。右光禄大夫を追贈され、常侍はもとのとおり、憲子と諡された。

た。著した文章四百余首が世に伝わった。

三八 郅君章　郅惲、字は君章、後漢、西平の人。『韓詩』『厳氏春秋』を修め、天文暦数に通じていた。かって光武帝が出猟し夜に帰ったところ、君章は門を閉ざして入れず、翌日上書して遊猟を戒め、布百匹を賜った。『後漢書』巻二九。

三九 晉安王子勛　四五六〜四六六。劉子勛、字は孝徳、孝武帝の第三子。大明四年晋安王に封じられ、四年から七年まで都督南兗州・徐州東海諸軍事、征虜将軍、南兗州刺史の任にあった。『宋書』巻八〇、『南史』巻一四。

四〇 張奇免官　大明七年（四六四）、尚書右僕射の顔師伯の子が寒人張奇を公車令にとりたてようとした。帝は妥当な人選でないとして張奇を市買丞に、蔡道恵を公車令とするよう勅令を下したが、令史潘道栖らはこの勅令をおさえこみ、張奇をまず公車令につけようとした。この件に坐して吏部尚書謝荘、王曇生は免職となった。『宋書』巻七七顔師伯伝。

四一 新安王子鸞　四五六〜四六五。劉子鸞、字は孝羽、孝武帝の第八子。母殷淑儀への寵愛が深かったことから、諸子の中でもっとも孝武帝に愛され、帝の目にかなった人は皆まず子鸞の府に入ったという。大明五年から六年四月まで北中郎将・南徐州刺史となり南琅邪太守を兼務した。『宋書』巻八〇、『南史』巻一四。

四二 前廢帝　四四九〜四六五（在位四六四〜四六五）。劉子業、小字は法師。孝武帝の長子。凶暴な性格で常軌を逸しており、孝武帝を継いで即位の後は誅殺を繰り返し、内外に不安が広がった。『宋書』巻七、『南史』巻二。

四三 殷貴妃　?〜四六二。殷淑儀。南郡王劉義宣の娘。義宣が敗れて後、孝武帝の後宮に入り、仮に殷氏を名のった。もっとも孝武帝の寵愛が深かったが、大明六年に亡くなり、死後、貴妃を追贈され、宣と諡された。『南史』巻一一。

四四 賛軌堯門　謝荘「宋孝武宣貴妃誄」は『文選』巻五七に収める。「軌を堯門に賛く」は漢の武帝の寵妃で昭帝の母の趙婕妤の故事。趙婕妤は十四ケ月胎内に身ごもって男子を産んだ、古の聖君堯も十四ケ月で生まれたというのにちなんで、趙婕妤の鉤弋宮の門を堯母門と名づけたという。子は後の漢の昭帝。漢の武帝の長子太子據の失脚により皇太子となり、帝位についた。殷貴妃が亡くなった当時、東宮（皇太子）だった前廃帝（劉子業）が謝荘の誄を恨みに思ったのは、殷貴妃を趙婕妤になぞらえたから。引いては殷貴妃の子子鸞を趙婕妤の子昭帝に、劉子業を劉據になぞらえることになる。新安王子鸞伝には「（前廃）帝 素より子鸞の寵有るを疾む」（『宋書』巻八〇）ともいう。『南史』巻一一殷淑儀伝には「謝荘 哀策文を作りて之を奏し、帝 臥して覽讀し、起坐流涕して曰く『當今 復た此の才有るとは謂わざりき』と。都下傳寫し、紙墨之が爲めに貴し」といい、孝武帝が感動し賞賛したこと、謝荘の「殷貴妃の誄」が都で評判になったことを伝える。

四五 頗　「頗…不」「頗…否」などの形式で疑問を表す。そもそも。いったい。

四六 或説帝曰　『南史』巻二〇謝荘伝には「孫奉伯説帝曰」に作る。孫奉伯は未詳。

四七 尚方　天子の刀剣や器物の製造を担当する役所。労働に多く服役囚を用いたため、ここでは監獄の意味。『宋書』巻五四戴法興伝に「上、大いに怒り、（戴）敬に死を賜い、（戴）明寶を尚方に繫ぐ」と言う。

四八 太宗　四三九～四七二（在位四六五～四七二）。明帝劉彧（いく）、字は休炳、小字は栄期、文帝の第十一子。前廃帝が凶暴無道であったため、側近の阮佃夫・王道隆・李道児、前廃帝の側近寿寂之・姜産之ら十一人と結んで帝を廃し、帝位についた。『宋書』巻八、『南史』巻三。

四九 時年四十六　『文選』巻十三謝荘「月の賦」題下の李善注に『宋書』を引いて卒年を「三十六」に作るのは誤り。『宋書』は各本「四十六」に作る。

五〇 謚曰憲子　『逸周書』謚法解に「博文多記なるを憲と曰う」とある。

五一 所著文章　『隋志』には「宋金紫光祿大夫謝荘集　十九巻　梁十五巻」、「讃集　五巻　謝荘撰」、「梁有碑集　十巻　謝荘撰」を著録する。『漢魏六朝百三名家集』に「謝光禄集」、『古詩紀』巻四六、『全宋詩』巻六、『全宋文』巻三四・三五。

〔参考文献〕

丁福林『東晋南朝的謝氏文学集団』（黒龍江教育出版社　一九九八年）

（幸福香織）

釈恵休（五世紀中頃）

釈恵休は劉宋末期、孝武帝・明帝のころに活躍した詩人。楽府「怨詩行」や『玉臺新詠』にとられた「楊花曲」、「白紵歌」など、華美で通俗的な詩を作り、当時大いに流行した。はじめ鮑照と並び称されたが、『詩品』をはじめ、後の評価は鮑照にはるかに及ばず、作品も多くは失われた。『詩品』下。

宋書巻七一　徐湛之傳附

「時有沙門釋惠休[二]、善屬文、辭采綺豔[三]、湛之與之甚厚[四]。世祖命使還俗[五]。本姓湯、位至揚州從事史。

「時に沙門釋惠休[二]有り、善く文を屬し、辭采は綺豔[三]、湛之[四] 之と甚だ厚し。世祖[五] 命じて還俗せしむ。本と姓は湯、位は揚州從事史に至る。

当時、出家者の釈恵休という者がいた。巧みに文を綴り、措辞はあでやかで美しく、湛之は彼と昵懇の仲だった。世祖が命じて還俗させた。もと姓を湯といい、位は揚州従事史まで進んだ。

一 時　釈恵休に関する本記載は、『宋書』巻七一徐湛之伝の中、元嘉二十四、五年ごろ、徐湛之が南兗州刺史の時、文学の士を招集し城内で風雅の遊びに興じたという記述に附されたもの。

二 沙門釋恵休　沙門は梵語 śramaṇa の音訳。出家者を意味する。釈は釈迦の釈、出家者は本来の姓を捨て釈迦に帰依するところから姓とした。本の姓は湯。法名は恵休。出身・生卒年ともに未詳。『詩品』に「齊恵休上人」というが、『隋志』には「宋宛朐令湯恵休集三巻。梁四巻」といい、斉まで在世したかどうか明らかでない。鮑照（四一四?～四六六）に恵休との贈答詩があり、二人は孝武帝治下で活躍した、同時代の詩人と考えられる。『詩品』下品謝超宗評に「大明・泰始中、鮑休の美文は殊に已に俗を動かす」、『南斉書』文学伝論に「休鮑は後に出でて、咸な亦た世に摽んず」は、二人を並称した例である（本書「南斉書文学伝論」参照）。また鮑照が顔延之と謝霊運の詩を批評したという逸話（『南史』巻三四、本書「鮑照伝」注三参照）に、評者を釈恵休とする同様の話が『詩品』中品顔延之評に見える。湯恵休の作品は失われて現在では詩十一首を残すのみ。『全宋詩』巻六、『古詩紀』巻五四。

三 辭采綺豔　綺豔はあでやかで美しいこと。『文心雕龍』情志篇に「綺麗以て豔説し、藻飾以て辯雕す」。『詩品』下品・恵休評は「恵休は淫靡にして、情は其の才に過ぐ」といい、恵休詩のあでやかさを批判的にみている。顔延之が「休鮑（釈恵休・鮑照）の論」を立てたという逸話（『詩品』下品恵休上人評）や、「恵休の制作は委巷中の歌謡のみ。方に當に後世を誤るべし」といったという逸話（『南史』巻三四顔延之伝）も、華美な作風を否定的にみている。

四 湛之　徐湛之。四一〇～四五三。字は孝源、東海郯（山東省）の人。父は徐逵之、母は武帝劉裕の長女、会稽公主。奢侈を好み、安成公何勖・臨汝公孟霊休と贅を競った。南兗州刺史となり、広陵城内を修築し、文学の士を招集して、風雅の遊びを尽くした。元嘉末年、尚書僕射となり、吏部尚書江湛と並んで実権を握り、世に「江徐」と言われたが、劉劭に殺された。本書「袁淑伝」注二五参照。

五 世祖　孝武帝劉駿、字は休龍。本書「袁淑伝」注二三参照。

（幸 福 香 織）

〔参考文献〕

伊藤正文「鮑照伝論稿」（神戸大学文学会『研究』一四　一九五七年）

王融（四六七～四九三）

王融は、斉の竟陵王子良のもとに参集した「八友」の一人として、沈約や謝脁らとともに当時名を知られ、特に「三月三日曲水詩の序」の評価は高かった。しかし、『詩品』の序に「近ごろ任昉・王元長等は、詞に奇を貴ばず、競いて新事を須う」とあるように、詩については独創性を求めるよりも典故の多用に重きを置いたので評価は低く、その詩は『文選』に一首も採られていない。『詩品』下。

南齊書巻四七　王融傳

王融字元長、琅邪臨沂人也。祖僧達、中書令、曾高並台輔。僧達答宋孝武云「亡父亡祖、司徒司空」。父道琰、廬陵內史。母臨川太守謝惠宣女、惇敏婦人也。教融書學。

融少而神明警惠、博涉有文才。舉秀才。晉安王南中郎板行參軍、坐公事免。竟陵王司徒板法曹行參軍、遷太子舍人。融以父官不通、弱年便欲紹興家業、啓世祖求自試。曰…（略）。遷祕書丞。

從叔儉、初有儀同之授、融贈詩及書、儉甚奇憚之、笑謂人曰「穰侯印詎便可解」。尋遷丹陽丞、中書郎。

虜[一七]使遣求書、朝議欲不與。融上疏[一八]曰…（略）。

世祖答曰「吾意不異卿。今所啓、比相見更委悉」。事竟不行。

永明末、世祖欲北伐、使毛惠秀[一九]畫漢武北伐圖、使融掌其事。融好功名[二〇]、因此上疏[二一]曰…（略）。

圖成、上置琅邪城[二二]射堂壁上、遊幸輒觀視焉。

九年、上幸芳林[二三]園禊宴朝臣、使融爲曲[二四]水詩序、文藻富麗、當世稱之[二五]。

上以融[二六]才辯、十一年、使兼主客、接虜使房[二七]景高・宋弁[二八]。弁見融年少、問主客年幾。融曰「五十之年、久踰其半」。因問「在朝聞主客作曲水詩序」。景高又云「在北聞主客此製、勝於顏[二九]延年、實願一見」。融乃示之。後日、宋弁於瑤池堂謂融曰「昔觀[三〇]相如封禪、以知漢武之德、今覽王生詩序、用見齊王之盛」。融曰「皇家盛明、豈直比蹤漢武、更慚鄙製、無以遠匹相如」。上以虜獻馬不稱、使融問曰「[三一]秦西冀北、實多駿驥。而魏主所獻良馬、乃駑[三二]駘之不若。求名檢事、殊爲未孚。將[三三]旦旦信誓、有時而爽、駉[三四]駉之牧、不能復嗣」。宋弁曰「不容虛僞之名、當是不習土地」。融曰「周[三五]穆馬跡徧於天下、若騏[三六]驥之性、因地而遷、則[三七]造父之策、有時而躓」。弁曰「王主客何爲勤[三八]勤於千里」。融曰「卿國既異其優劣、聊復相訪。若千里日至、聖上當駕鼓車[三九]」。弁曰「向意既須、必不能駕鼓車也」。融曰「買[四〇]死馬之骨、亦以郭隗之故」。弁不能答。

[一]王融 字は元長、琅邪臨沂の人なり。祖[二]の僧達は、中書令、曾高 並びに台輔なり。僧達[三] 宋の孝武に答えて云う「[四]亡き父・亡き祖は、司徒・司空なり」と。[五]父の道琰は、廬陵內史。母は臨川太守[六]謝惠宣が女、惇敏の婦人なり。融に書學を教う。

融は少くして[七]神明警惠、博渉にして文才有り。秀才に擧げらる。[八]晉安王の南中郎[九]板行參軍たるも、公事に坐して免ぜらる。[一〇]竟陵王の司徒板法曹行參軍たり、[一一]太子舍人に遷る。融 以えらく父の官 通ぜずと、弱年にして便ち家業を紹興せんと欲して、[一二]世祖に啓して[一三]自ら試みられんことを求む。曰く…（略）。

祕書丞に遷る。

[一四]從叔の儉、初め[一五]儀同の授有り、融 詩及び書を贈るに、儉 甚だ之を奇憚し、笑いて人に謂いて曰く「[一六]穰侯の印 詎ぞ便ち解くべけん」と。尋いで丹陽丞・中書郎に遷る。[一七]虜使 遣わされて書を求むるも、朝議 與えざらんことを欲す。融 [一八]上疏して曰く…（略）。

世祖 答えて曰く「吾が意 卿に異ならず。今 啓する所、比ごろ相い見て更に委悉せん」と。事 竟に行われず。

永明の末、世祖 北伐せんと欲し、[一九]毛惠秀をして漢武北伐の圖を畫かしめ、融をして其の事を掌らしむ。[二〇]融 功名を好み、此に因りて上疏[二一]して曰く…（略）。

圖 成るや、上 [二二]琅邪城の射堂の壁上に置き、遊幸するに輒ち觀視す。

九年、上 [二三]芳林薗に幸して朝臣を禊宴し、融をして[二四]曲水の詩の序を爲らしむるに、文藻 富麗にして、[二五]當世 之を稱す。

上 [二六]融が才辯なるを以て、十一年、主客を兼ねて、虜使[二七]房景高・[二八]宋弁に接せしむ。弁 融が年少なるを見て、主客 年幾なるかを問う。融 曰く「五十の年、久しく其の半ばを踰ゆ」と。因りて問う「朝に在りて主客 曲水の詩の序を作ると聞く」と。景高 又た云う「北に在りて主客の此の製、[二九]顏延年に勝れりと聞く、實に一たび見んことを願う」と。融 乃ち之に示す。後日、宋弁 瑤池堂に於いて融に謂いて曰く「昔 [三〇]相如が封禪を觀て、以て漢武の徳を知り、今 王生が詩の序を覽て、用て齊王の盛んなるを見る」と。融 曰く「皇家 盛明、豈に直だ蹤を漢武に比うるならん、更に慙ずらくは鄙製、以て遠く相如に匹うること無からんことを」と。上 虜の獻ずる馬の稱わざるを以て、融をして問わしめて曰く「[三一]秦西 冀北、實に駿驥多し。而れども魏主の獻ずる所の良馬、乃ち[三二]駑駘にも之れ若かず。名を求めて事を檢るに、殊に未だ孚たらざるを爲す。將た[三三]旦旦たる信誓、時有りて爽い、[三四]駉駉の牧、復た嗣ぐこと能わざるか」と。宋弁 曰く「虛僞の名を容れず、當に是れ土地に習わざるべし」と。融 曰く「[三五]周穆の馬跡 天下に徧し、若し[三六]騏驥の性、地に因りて遷らば、則ち[三七]造父の策、時有りて躓かん」と。弁 曰く「王主客 何爲れぞ千里に[三八]懃懃なる」と。融 曰く「卿が國 既に其の優劣を異にすれば、聊か復た相い訪う。若し千里 日に至らば、聖上 當に[三九]鼓車に駕すべし」と。弁 曰く「向の意 既に須うれば、必ず鼓車に駕する能わざらん」と。融 曰く「[四〇]死馬の骨を買うも、亦た郭隗の故を以てす」と。弁 答うる能わず。

王融は、字は元長、琅邪臨沂（山東省）の人である。祖父の王僧達は、中書令であったが、曾祖父・高祖父は、いずれも三公の高い位についていた。僧達は、宋の孝武帝に答えて「亡き父・亡き祖父は、司徒・司空をつとめておりました」と言ったという。父の道琰は、廬陵（江西省）内史であった。母は臨川（江西省）太守謝恵宣の娘で、温厚で聡明な婦人であった。融に書や学問を教えた。

融は幼少からすぐれて聡明で、博識で文才があった。秀才に推挙され、南中郎将であった晋安王が任命した行参軍となったが、事件に座して免職となった。（その後）司徒であった竟陵王が任命した法曹行参軍となり、太子舎人に遷った。融は、父が出世せず位が低いままだったので、弱年ながら家の再興を図ろうとして、世祖に奏上して自らを試みに登用してくれるよう求めた。その上奏文には次のように言う。…（略）。秘書丞に遷った。

おじの王倹が儀同三司の位を授けられたばかりの頃、融が詩と書を贈ったところ、倹はその出来ばえに非常に驚き、笑って人に「穰侯の印綬をすぐに解くわけにはいかないな」と言った。まもなく丹陽（江蘇省）丞、中書郎に遷った。北魏から使い駿馬の性質が土地によって変わるのであれば、（穆王の御者の）造父がむち打っても時には進めぬこともあったのでしょうな」せん。きっとこの土地に慣れないのでしょう」と答えた。融が「周の穆王の馬は天下を遍く駆けめぐったといいますが、もし逞しい良馬の血筋も受け継ぐことができないというのでしょうか」と。宋弁は「偽り騙したなどということは決してございま良馬という名前から、本当にそうかどうか実態を調べてみましたが、全く事実とは違いますな。誠意ある誓いも時には破られ、実に駿馬が多い。しかしながら魏主（孝文帝）が良馬と称して献上された馬は、なんと駄馬にも及ばぬものではありませんか。す」と答えた。帝は虜が献上した馬が気に入らなかったので、融に次のようにたずねさせた。「秦の西部や冀州の北部には、の盛明なることは、漢の武帝の比ではございません。しかしながら、私の作は相如の作には遥かに及ばぬことを恥じておりまの徳を知りましたが、このたび貴方の『曲水詩の序』を覧て、斉の天子の盛んなことを知りました」と言うと、融は「わが君す」と言った。そこで融は序文を彼らに見せた。後日、宋弁は瑶池堂で融に「昔、司馬相如の『封禅文』を観て、漢の武帝言った。また、景高が「北では、主客のこの作は顔延年の作よりも優れていると聞きますので、是非一度拝見したく存じまに半分は」と答えた。そこで（弁は）「我が国におりました時、主客が『曲水詩の序』をお作りになったと聞きました」と当たらせた。弁は融が年若いのを見て、「主客はお幾つになられますか」とたずねた。融は「五十の年をこえました。とっく

融は才能があって弁も立つので、十一年（四九三）、帝は融に主客の任を兼務させ、北魏の使いである房景高と宋弁の応接にその文章は大変豊かで美しかったので、当時、評判となった。

九年（四九一）、帝は芳林薗にお出かけになり、朝臣らと禊ぎの日の酒盛りをして、融に「曲水詩の序」を作らせたところ、図が出来上がると、帝は琅邪城（江蘇省）の射堂の壁に掛けて、お出かけになるたびにご覧になった。た。融は功名を好んだので、この仕事にかこつけて上疏して次のように言った。…（略）。

永明年間（四八三〜四九三）の末ごろ、世祖は北伐を企てて、毛恵秀に「漢武北伐の図」を描かせ、融にその任に当たらせし結局は行われずに終わった。世祖は答えて「予もそちと同意見である。いま奏上したことは、近いうちにくわしく検討することとしよう」と言った。しかが来て書籍を求めたが、朝廷の議論では与えないこととなった。そこで融は上疏して次のように言った。…（略）。

と言うと、宋弁は「王主客はどうして千里の馬のことばかり熱心に口にされるのですか」とたずねた。すると融は「貴方の国では優劣の基準を我が国と異にされるようなので、ちょっとおたずねしたまでです。もし千里の馬が日々もたらされるようになれば、我が君は鼓を載せる車にお繋ぎになることでしょう」と答えた。そこで弁が「さきほど貴方が言われた通りならば、きっと荷車用にすらできないでしょうな」と言うと、融は「死んだ馬の骨を買ったようなものです。郭隗のようにね」と答えた。弁は答えることができなかった。

一王融　王融は、名門琅邪の王氏の出身。『元和姓纂』巻五によれば、琅邪の王氏は周霊王の太子晋の後裔から出たとされる。王融は謝朓・沈約・任昉・范雲・蕭衍・蕭琛・陸倕らとともに、竟陵王子良の開いた西邸に参集し文学の遊びをしたことから、「竟陵の八友」と呼ばれた（『梁書』巻一武帝紀）。それぞれの詩人については、本書「任昉伝」「范雲伝」「梁武帝伝」「鍾嶸伝」「沈約伝」「謝朓伝」参照。王融の詩については、『詩品』下品に「元長・士章は並びに盛才有りて、詞は美しく英淨なり。五言の作に至っては、尺にも短き所有るに幾し。譬えば應變の將略は、武侯の長ずる所に非ざるも、未だ以て臥龍を貶するに足らざるがごとし」と評され、文辞は美しいが五言詩が不得意であったとされている。また序に「齊に王元長なる者有り。嘗て余に謂いて云く『宮商は二儀と倶に生ぜしも、古え自り詞人 之を知らず。惟だ顔憲子は乃ち律呂音調を云うも、其の實 大いに謬れり。唯だ范曄・謝莊を見るに、頗る之を識るのみ。常に知音論を進めんと欲するも、未だ就らず』と。王元長は其の首を創め、沈約・謝朓は其の波を揚ぐ。三賢 或いは貴公子孫にして、幼にして文辯有り。是に於いて士流は景慕し、務めて精密を爲し、襞積細微、專ら相い陵架す。故に文をして拘忌多く、其の眞美を傷わしむ」とあり、親交のあった鍾嶸に対し、王融が声律について論じた「知音論」一篇を奏上する構想を持っている旨告げたこと、また沈約や謝朓が王融の提唱した声律論を発展させたことが知られる。王融らが声律に関心を持っていたことは、ほかに「齊の永明中、文士王融・謝朓・沈約は文章に始めて四聲を用い、以て新變を爲す。是に至って轉句聲韻、彌いよ麗靡を尙び、復た往時に踰ゆ」（『梁書』巻四九庾肩吾伝。『南史』巻五〇庾肩吾伝も同様）、「時に盛んに文章を爲り、吳興の沈約・陳郡の謝朓・琅邪の王融は氣類を以て相い推轂し、汝南の周顒 善く聲韻を識る。約等の文皆な宮商を用い、平上去入の四聲を將い、此を以て韻を制す、平頭・上尾・蠭腰・鶴膝有り。五字の中、音韻 悉く異なり、兩句の內、角徵 同じからず、增減すべからず。世 呼びて永明體と爲す」（『南史』巻四八陸厥伝。『南斉書』巻五二陸厥伝も同様）という記述からも窺われる。

二祖僧達　王僧達（四二三～四五八）。若いころから聰明で学問を好み文章をよくしたので、文帝にその才を認められ、臨川王義慶（武帝の弟の子、文帝のいとこ）の娘を妻とした。太子舎人・尚書右僕射・中書令などを歴任したが、宰相になれぬことを恨んで、たびたび孝武帝の怒りを買う行動を繰り返し、結局、高闍の謀反の罪に座して獄死した。『宋書』巻七五、『南史』巻二一。

三　宋孝武　孝武帝劉駿（四三〇～四六四、在位四五三～四六四）、字は休龍。文帝の第三子。文帝を害した太子劭を討って即位した。『宋書』巻六、『南史』巻二。

四　亡父・亡祖　僧達の父は王弘（三七九～四三二）、字は休元。晋の丞相王導（二七六～三三九）の曾孫。弱冠にして会稽王道子の驃騎主簿となった。宋の武帝の時、位は開府儀同三司を与えられた。文帝の時には、司空・太保に進み、中書監を兼任した。『宋書』巻四二、『南史』巻二一。祖父は王珣（三四九～四〇〇）、司徒を贈られた。『晋書』巻六五、『南史』巻二一。僧達が世祖に父祖の位を誇ったことは、『南史』巻二一にも「僧達　才地を自負し、一二年間　便ち宰相を望む。嘗て詔に答えて曰く『亡父・亡祖は司徒・司空なり』と。其の自負すること此くの若し」と見える。

五　父道琰　王僧達（→注二）の子。僧達の死後、新安郡に移り、前廃帝が即位すると都に戻った。後廃帝の元徽年間（四七三～四七七）に廬陵国内史となったが、任地に到着する前に亡くなった。『宋書』巻七五、『南史』巻二一。

六　謝恵宣　謝恵連（四〇七～四三三。本書「謝恵連伝」参照）の弟。『宋書』巻五三には、竟陵王誕の司徒従事中郎、臨川内史となったと見えるが、『南史』巻一九は臨川太守とする。

七　神明警恵　聡明で鋭敏なこと。融が才知に優れ、眼識もあったことは、『梁書』巻一武帝紀にも「融は俊爽にして、識鑑　人に過ぐ」と見える（『南史』巻六にも同様の記述）。また、書も善くしたという（『太平広記』巻二〇七所引『法書要録』）。

八　晋安王　蕭子懋（四七二～四九四）、字は雲昌。世祖（斉武帝蕭賾）の第七子、諸子の中で最も清恬で学を好んだ。永明三年（四八五）に、持節・都督南豫豫司三州・南中郎将・南豫州刺史となった。鬱林王即位後、兵を起こそうとしたが、延興元年（四九四）于琳之に殺された。『南斉書』巻四〇、『南史』巻四四。

九　板行参軍　「板」は「～が任命する」意。官を授ける際、その旨を板に書いたことによる。

一〇　竟陵王　蕭子良（四六〇～四九四）、字は雲英。武帝の第二子、幼少より聡敏であった。『南斉書』竟陵文宣王子良伝によれば、永明五年（四八七）竟陵王は司徒となり、雞籠山の西邸に居を移して、天下の才学を集めて五経・百家を抄し、『皇覧』に倣って『四部要略』千巻を作り、文学や管弦の遊びをしたという。但し、永明二年（四八四）に子良が護軍将軍となり司徒を兼ね、才士を集めたという同伝の記述や、『通鑑』斉紀は永明二年に西邸を開いたとすることなどから推して、子良が西邸を開いたのは永明五年以前とする説もある。『南斉書』巻四〇、『南史』巻四四。本書「沈約伝」注二八参照。

　王融との関係については『南史』巻四八陸慧暁伝に、王融が「前世に比する者がいないほどだ」と子良を絶賛したという記述がある（『南斉書』巻四八陸慧暁伝も同様）。また、子良は兄長懋とともに仏教を信仰し、名僧を招いて仏法を講じたことでも知られる。『南史』巻五七范縝伝には、子良に対し、雄弁に「無仏」を唱える范縝を説き伏せる為に、王融に対抗させたという逸話が残る。

一一　太子　文恵太子蕭長懋（四五八～四九三）、字は雲喬。武帝の長子。建元四年（四八二）に皇太子となった。幼少から容貌は麗しく、太祖に愛された。弟の子良とともに釈氏を好み、六疾館を立てて窮民を養った。もともと多疾で、即位せぬうちに亡くなり、子の鬱林王が立って文帝と追尊された。『南斉書』巻二一、『南史』巻四四。

一二 世祖　斉武帝蕭賾（在位四八二～四九三）、字は宣遠。太祖（高帝蕭道成）の長子。『南斉書』巻三、『南史』巻四。本書「范雲伝」注六四参照。

一三 求自試曰　上奏文の大意は以下の通り。「帝のご恩により抜擢されてからというもの、立派な人士の中に名を列ね、紫衣帯刀の身分で宮中を歩き、郷里に帰ってはその栄誉を誇ってきたが、勤め励むことなく官位を受け、禄を受けることは、昔の賢人たちの謗るところであり、そのことを恥じて心安まらずにいる。この御代のうちに、自らの力を存分に尽くして陛下の御心にお応えし、文事武事、官吏の法など、ひたすら御意のままに行いたいと願う」。

一四 従叔倹　王倹（四五二～四八九）、字は仲宝。王僧達の従弟僧綽の子。『南斉書』巻二三、『南史』巻二二。本書「梁武帝伝」注一一参照。『南史』巻二一には、王倹が博識で文才のある王融を称えて「此の児 四十に至れば、名位 自然と祖に及ばん」と人に言ったという逸話が見える。

一五 儀同　儀同三司に同じ。官名。元勲者を優待して与えた常務のない高官。三公の儀制に同じ。王倹が儀同三司を受けたのは、永明五年（四八七）のこと。

一六 穰侯　戦国時代秦の宰相魏冄（?～前二六五?）、穰侯は号。秦の昭王の母宣太后の異父弟。白起を将軍に推挙するや、韓・魏・斉・楚を攻め、秦の強大化に功績があった。四度宰相となったが、昭王に取り入ろうとした范雎に非難されて退いた。『史記』巻七二。「穰侯の印　詎ぞ便ち解くべけん」とは、王倹が宰相に匹敵する位に就いたことを称える詩や書を融が贈ったので、倹が自らを穰侯に準えて「こう誉められては、すぐにはこの職は辞められんな」と言って笑ったのである。

一七 虜使遣求書　北魏が斉に書籍を求めた経緯については、吉川忠夫氏「北魏孝文帝借書攷」（『東方学』第九六輯、一九九八年）に詳しい。吉川氏によると、北魏は太祖道武帝のころから継続して典籍の蒐集に力を入れたが、孝文帝もまた永明年間に「天下の遺書」を求める詔を発し、斉に借書を申し入れた。この申し入れに対し、王融が副書を貸すことを勧めたのが本伝に見える上疏である。この上疏は、永明二年（四八四）に行なわれたとする説もあるが、上疏に見える北魏の官職配置から考えて、永明七年（四八九）のものと推測されるという。更に吉川氏は、「李璧墓誌並陰」（趙萬里『漢魏六朝墓誌集釈』科学出版社、一九五六年所収）にも、北魏が借書を求め王融がそれを勧めた記述があることを指摘されている。当該部分をそのまま引用すると、「昔、晋人の馭を失うや、羣書は南に徙り、魏は沙郷に因って文風は北に缺く。高祖孝文皇帝は追に淹中を悦び、心を稷下に遊ばすも、書の亡落せるを観、閲することの周ねからざるを恨みとし、與に連和を爲して完典を借らんと規る。而るに齊主は昏迷にして天意に孤違す。爲り中書郎の王融は思いは淵雲に狎い、韻は琳瑀に乘じ、氣は江南を轢ぎ、聲は岱北に藺り、聳調は孤遠、鑑賞は絶倫なれば、遠く君の風に服し、遙かに紵縞を深くし、在朝に啓稱して、宜しく副書を借すべしと」。（趙超『漢魏南北朝墓誌彙編』天津古籍出版社、一九九二年、および王壮弘・馬成名編『六朝墓誌検要』上海書画出版社、一九八五年参照）。

一八 上疏曰　大意は次の通り。「国運の傾きつつある北魏が、頭を下げて章服制度を採り入れたいと願い出ているからといって、それを侮ることなく、申し入れを聞き入れるべきである。いま書籍を北魏に与えれば更に漢化を促すこととなり、結果、虜どもは故地の風俗を懐かしんで去る者が相次ぐはずである。そこを一撃すれば必ずや北方回復に繫がるので、是非とも北魏に書籍を与えるべきである。」

一九 毛恵秀　張彦遠『歴代名画記』巻七では、毛恵秀は毛恵遠の弟で、榮陽陽武（河南省）の人とする。

二〇 融好功名　王融の性格についてはほかに、『南史』巻二一王弘伝論にも「僧達は猖狂 性と成り、元長は躁競 止まず」と見える。

二一 上疏　『南史』巻二一には「融 此に因りて上疏し、北侵の議を開張す」とある。上奏文の大意は次の通り。「この素晴らしい御世に生まれあわせ、朝臣に加えられながら、私はお役に立てずにいる。いまや北方の地は荒れ果て、残された者や遺老たちが嘆き悲しんでいる。私は戦陣攻守の術や農桑牧芸の書、申子・商子・韓非子・墨子の策略や伊尹・周公・孔子・孟子の道を学んできたので、是非私に武器を執って中原へ進み、蛮族を敗って帝の巡幸を拝する機会をお与えいただきたい」。この文は、『藝文類聚』巻五九に「勅に答えて漢武北伐の図の賦を撰するの啓」と題されて、一部収められる。

二二 琅邪城射堂　『太平寰宇記』巻九〇によれば、琅邪城は上元県（江蘇省南京市）東北六十里にあった。永明六年（四八八）に斉の武帝が白石塁（上元県西北十八里）に移し、ここで武藝を講じたという。射堂は弓を射る建物、弓場。

二三 芳林薗　青渓（江蘇省南京市）菰首橋の東にある、斉の高帝の旧宅（『文選』巻四六序、王融「三月三日曲水詩の序」李善注所引『十洲記』）。別名、桃花苑（『太平寰宇記』巻九〇）。

二四 曲水詩序　昔、陰暦三月上巳の日（三日）に邪気を払う禊ぎの祭りを行い、曲水のほとりに宴し流れに杯を浮かべて、それで酒を飲みながら詩を詠んだ。東晋の王羲之（本書「王羲之伝」参照）が永和九年（三五三）に、会稽山の麓の蘭亭で遊んだのに始まる（王羲之「三月三日蘭亭詩序」）。王融の「三月三日曲水詩の序」（『文選』巻四六序、『藝文類聚』巻四）は、顔延之の作（「三月三日曲水詩の序」、『文選』巻四六序。『藝文類聚』巻四）以上に典故を多用した作で、専ら斉の武帝の徳を称揚する内容となっている。また「臣が才の延之に匹うるは、亦た牛宮の江海に譬うるがごとし」（『旧鈔本文選集注』巻九一、王融「三月三日曲水詩の序」附「文選鈔」所引「元長集」）という記述からは、王融が顔延之の作品を意識して序を書いたことが窺われる。この序によって、王融の名が北朝にまで知れわたったことは本伝にも見えるが、『魏書』巻八二祖瑩伝にも、北魏の孝文帝が彭城王勰に「蕭賾は王元長を以て子良の法曹と為す。今 汝の為に祖瑩を用うるは、豈に倫匹に非ずや」（『北史』巻四七祖瑩伝も同様）と言ったという記述がある。

二五 當世稱之　当時、王融の文名が盛んであったことは、「琅邪の王元長 才名 甚だ盛んなり。嘗て勉と相い識らんと欲し、毎に人に託して之を召す。勉 人に謂いて曰く『王郎は名高く望促きも、衣裾を褰うを軽んずべきこと難し』と。俄にして元長 禍に及ぶ、時人 其の機鑑に服せざる莫し」（『梁書』巻二五徐勉伝。『南史』巻六〇徐勉伝も同様）とあることからも知られる。また王融自身もその文才に相当の自負があったことは、「当時、王融は自ら敵する者無しとしたが、任昉の文章を見て范然自失となった」（『南史』巻五九任昉伝）、「七歳の甥の劉孝綽が文を善くするのを見て、『天下の文章は私の次に孝綽が素晴らしい』と言った」（『梁書』巻三三・『南史』巻三九劉孝綽伝）といった逸話からも窺える。

　さらに『南史』巻四二豫章文献王嶷伝によると、永明十年（四九二)、武帝の弟である豫章文献王嶷が没した際、武帝は王融に銘を書かせた。その辞を見て、武帝は「此れ正に吾の言わんと欲する所なり」と涙を流したという。この辞は『藝文類聚』巻四五（「豫章文献王墓誌銘」）に採られている。

二六 融才辩　高麗の使節が訪れた時、王融が彼らの被る幘（頭巾）を見てからかったという故事（『南斉書』巻五八東夷高麗国伝）からも、融が弁舌巧みで臨機応変に対応できる人物であったことが窺われる。

二七 房景高　房亮（四五九～五二九）、景高は字。清河（河北省）の人。太和年間（四七七～四九九）に秀才に挙げられ、秘書郎を拝し員外散騎侍郎を兼任した。このころ中書侍郎宋弁に従って斉に使いした。北魏後に光禄大夫の位を得た。学を好み清厳であることで称され、北魏の安定に努めた。『魏書』巻七二、『北史』巻四五。

二八 宋弁　四五二～四九九。字は義和。広平列人（河北省）の人。孝文帝の時、尚書殿中郎中となり寵愛されたが、人の短所を言うのを好んだので恨まれることもあった。斉に使いしたことについては、『魏書』巻六三に「中書侍郎に遷り、員外常侍を兼ね、蕭賾に使いす。賾の司徒蕭子良・祕書丞王融等 皆な稱して之を美し、以爲えらく志氣謇諤なること李彪に逮ばざるも、體韻和雅にして、擧止閑邃なること之に過ぐと」とある。『魏書』巻六三、『北史』巻二六。

二九 顔延年　顔延之（三八四～四五六）、延年は字。劉宋の詩人。詩文の才は群を抜き、当時、謝霊運とともに「顔謝」と並び称された。『宋書』巻七三、『南史』巻三四。本書「顔延之伝」参照。

三〇 相如封禪　司馬相如（前一七九～前一一七）、字は長卿、成都（四川省）の人。前漢の文人。武帝に才能を認められ、宮廷文人として「子虚賦」「上林賦」など多くの作品を残した。『史記』巻一一七、『漢書』巻五七。「封禅文」は、司馬相如が天子のために封禅（天子の行なう天地の祭り）について書き残した文。これに従って後に武帝は地を祭り、泰山で天を祭り、梁父山で山川を祭った。『史記』『漢書』の本伝と『文選』巻四八符命に収められる。

三一 秦西・冀北　「秦西」は昔の秦国（陝西省）西部。「冀北」は昔の冀州（河北省）北部。良馬の産地。『左伝』昭公四年に「冀の北土は、馬の生ずる所なるも、國を興す無し。險と馬とを恃むは以て固と爲すべからず」とある。

三二 駑駘　駄馬。宋玉「九弁」に「騏驥を却けて乘らず、駑駘に策うちて路を取る」とある。

三三 旦旦信誓　「旦旦」は、懇ろで誠意のあるさま。『詩』衛風、氓に「信誓の旦旦たる、其の反を思わず」とあるのに拠る。

三四 駉駉　「駉駉」は馬の逞しいさま。また駿馬。『詩』魯頌、駉の「駉駉たる牡馬、坰の野に在り」の句に基づく。毛伝に「駉駉とは、良馬の腹幹の肥え張るなり」とある。

三五 周穆　周の穆王、名は満。昭王の子。西方の犬戎を征したが、その際八駿に乗って西王母に会ったと伝えられる（『穆天子伝』）。『史記』巻四周本紀。『国語』周語上。

三六 騏驥　一日に千里を行く優れた馬。『荘子』秋水篇に「騏驥、驊騮、一日にして千里を馳す」とある。

三七 造父　造父は周の穆王の御者。穆王に千里の馬である盜驪・驊騮・緑耳を贈り、寵愛された。後に趙城を賜って趙氏を姓とした。『史記』巻四三趙世家。『列子』周穆王。

三八 懃懃　つとめるさま。懇ろなさま。『南史』は「勤勤」に作る。

三九 駕鼓車　『後漢書』巻七六循吏列伝に「建武十三年、異國に名馬を獻ずる者有り、日に千里を行く。又た寶劍を進め、賈 百金を兼ぬ。詔して馬を以て鼓車に駕し、劍もて騎士に賜う」とある。つまり、後漢の光武帝は異国から献上されたせっかくの名馬を鼓を載せる車を引くのに使うよう命じたのである。これは光武帝が奢侈を好まず、質素倹約に努めたことを言うものだが、後に転じて、才能あるものを無駄に使うことを表すようにもなった。ここでは、その故事をかりて、魏の献じた「名馬」は、無駄にしようにも実際に荷車用にしか使えぬ駄馬だと皮肉っているのである。

四〇 買死馬之骨、亦以郭隗之故　郭隗（かくかい）は戦国の燕の人。『戦国策』燕策に拠れば、燕の昭王が斉の仇に報いんと、天下の賢者を招く方法を郭隗に尋ねると、郭隗は「ある君主が三年も名馬に巡り会えずにいたところ、使用人が代わりに買いに行くと申し出ました。やっと千里の馬に出会ったものの、すでに死んでいたので、彼は死んだ名馬の首を五百金も出して買い取りました。それを聞いた君主は激怒しましたが、使用人は『死んだ馬にすら五百金を払うのだから、生きている馬なら尚更だ。きっとその名馬に価する値段で買ってくださるはずだ、と人々は思うでしょう』と答え、ほどなく千里の馬が集まったといいます。今、賢人を求めるなら、まず私を登用すれば、私を凌ぐ者が集まりましょう」と答えたという。『史記』巻三四燕召公世家にも同様の記述が見える。校勘記によれば、「以郭隗之故」の「以」の字は『南斉書』には無く、『南史』・『冊府元亀（さっぷげんき）』によって補ったもの。

*　*　*

融[四一]自恃人地、三十內望爲公輔。直中書省、夜歎曰「鄧[四二]禹笑人」。行逢大艏[四三]開、喧湫不得進。又歎曰「車前無八騶[四四]卒、何得稱爲丈夫」。

朝廷討雍州刺史王奐[四五]、融復上疏[四六]曰…（略）。

會虜動、竟陵王子良於東府[四七]募人、板融寧朔將軍・軍主。融文辭辯捷、尤善倉卒屬綴、有所造作、援筆可待。子良特相友好、情分殊常。晩節大習騎馬。才地既華、兼藉子良之勢、傾意賓客、勞[四八]問周款、文武翕[四九]習輻[五〇]湊之。招集江西傖[五一]楚數百人、並[五二]有幹用。

世[五三]祖疾篤暫絕、子良在殿內、太孫未入[五四]、融戎服絳衫、於中書省閤口斷東宮仗不得進、欲立[五五]子良。上既蘇、太孫入殿、朝事委高宗。融知子良不得立、乃釋服還省。歎曰「公誤我」。鬱林深忿疾融、即位十餘日、收下廷尉獄、然後使中丞孔[五六]稚珪倚爲奏曰「融姿性剛險、立身浮競、動迹驚羣、抗[五七]言異類。近塞外微塵、苦求將領、遂招納不[五八]逞、扇誘[五九]荒傖。狡筭聲勢、專行權利、反覆脣[六〇]齒之閒、傾動頰舌之內。威[六一]福自己、無所忌憚、誹謗朝政、歷毀王公、謂己才流、無所推下、事曝遠近、使融依源據答」。融辭曰「囚寔頑蔽、觸行多僁、但[六二]夙忝門素、得奉敎君子。爰自總髮、迄將立年、州閭鄕黨、見許愚愼、朝廷衣冠、謂無釁咎。過蒙[六三]大行皇帝獎育之恩、又荷[六四]文皇帝識擢之重、[六五]司徒公賜預士林、[六六]安[六七]陸王曲垂眄接。既身被國慈、必欲以死自效、前後陳伐虜之計、亦仰簡先朝。[六八]今叚犬羊乍擾、[六九]紀僧眞奉宣先敕、賜語北邊動靜、令囚草撰符詔、于時卽因啓聞、希侍鑾輿。及司徒宣敕招募、同例非一、實以戎事不小、不敢承敎。續蒙軍號、賜使招集、銜敕而行、非敢虛扇。且格取亡叛、不限傖楚、『狡筭聲勢』、應有形迹。『專行權利』、又無贓賄。『反覆脣齒之閒』、未審悉與誰言。『[七〇]傾動頰舌之內』、[七一]不容都無主此。但聖主膺敎、實所沐浴、自上[七二]甘露頌及銀[七三]罌啓・三日詩序・[七四]接虜使語辭、竭思稱揚、得非『誹謗』。且王公百司、唯賢是與、高下之敬、等秩有差、不敢踰濫、豈應『訾毀』。[七五]囚才分本劣、謬被策用、悚怍之情、夙宵兢惕、未嘗誇示里閭、彰曝遠邇、自循自省、並愧流言。良由緣淺寡虞、致貽囂謗。伏惟明皇臨宇、普天蒙澤、[七六]戊寅赦恩、輕重必宥。百日曠期、始蒙旬日、一介罪身、獨嬰憲劾。若事實有徵、爰對有在、九死之日、無恨泉壤」。詔於獄賜死。時年二十七。臨死歎曰「我若不爲百歲老母、當吐一言」。融意欲指[七七]斥帝在東宮時過失也。

融被收、朋友部曲參問北[七八]寺、相繼於道。融請救於子良、子[七九]良憂懼不敢救。融文集[八〇]行於世。

融[四一]自ら人地を恃んで、三十の内に公輔と爲らんことを望む。中書省に直して、夜 歎じて曰く「[四二]鄧禹人を笑わん」と。行きて[四三]大䘧の開くに逢い、喧湫にして進むを得ず。又た歎じて曰く「車前に[四四]八騶の卒無くんば、何ぞ稱して丈夫と爲ることを得ん」と。

朝廷 雍州刺史[四五]王奐を討つに、融 復た上疏[四六]して曰く…（略）。

會たま虜 動き、竟陵王子良[四七]東府に於いて人を募り、融を寧朔將軍・軍主に板す。融は文辭 辯捷なり、尤も倉卒に屬綴するに善く、造作する所有れば、筆を援って待つべし。子良 特に相い友好し、情分 常に殊なる。晩節 大いに騎馬を習う。才地 既に華にして、兼ねて子良の勢を藉り、意を賓客に傾け、[四八]勞問周款、文武[四九]翕習として之に[五〇]輻湊す。江西の[五一]傖楚數百人を招集するに、[五二]並びに幹用有り。

[五三]世祖 疾篤くして暫絶し、子良 殿内に在りて、太孫[五四]未だ入らざるに、融 戎服絳衫もて、中書省の閤口に於いて東宮の仗を斷ちて進むを得ざらしめ、[五五]子良を立てんと欲す。上 既に蘇り、太孫 殿に入り、朝事 高宗に委ぬ。融 子良の立つを得ざるを知りて、乃ち服を釋て省に還る。歎じて曰く「公 我を誤れり」と。鬱林 深く忿りて融を疾み、位に卽きて十餘日、收えて廷尉の獄に下し、然る後に中丞[五六]孔稚珪をして倚りて奏を爲さしめて曰く「融は姿性剛險にして、身を立つること浮競、迹を動かして羣を驚かし、[五七]言を抗して類に異なる。近ごろ塞外 微塵たち、苦ろに將領を求め、遂に[五八]不逞を招納し、[五九]荒傖を扇誘す。聲勢を狡筭して、專ら權利を行い、[六〇]脣齒の閒に反覆し、頰舌の内に傾動す。[六一]威福 己自りし、忌憚する所無く、朝政を誹謗し、王公を歷毀し、己が才流なりと謂い、推下する所無く、事 遠近に曝す、融をして源に依りて據咎せしめん」と。融が辭に曰く「囚 寔に頑蔽、行いに觸れて愆多く、但だ[六二]夙に門素に忝くして、教えを君子に奉るを得たり。爰に總髮自り、將に立年にならんとする迄で、州閭鄕黨に、愚愼を許され、朝廷の衣冠、釁咎無しと謂えり。過って[六三]大行皇帝の獎育の恩を蒙り、又た[六四]文皇帝の識擢の重を荷け、[六五]司徒公[六六]士林に預ることを賜わり、[六七]安陸王 曲げて眄接を垂る。既に身は國慈を被り、必ず死を以て自ら效さんと欲し、前後し

て虜を伐つの計を陳べ、亦た仰ぎて先朝に簡せり。[六八]今段 犬羊 乍ち擾れ、[六九]紀僧眞 先敕を奉宣して、北邊の動靜を語ることを賜り、囚をして符詔を草撰せしめ、時に于いて卽ち因りて啓聞し、鑾輿に侍らんことを希う。司徒 敕を宣して招募するに及び、同例 一に非ず、實に戎事の小ならざるを以て、敢て教えを承らず。續いて軍號を蒙り、招集せしむるを賜り、敕を銜んで行うに、敢て虛扇するに非ず。且つ格して亡叛を取りて、傖楚に限らず、『聲勢を狡竿す』というは、應に形迹有るべし。『專ら權利を行う』というは、又た贓賄無きなり。『脣齒の間に反覆す』というは、未だ悉くは誰を與って言えるかを審らかにせず。[七〇]『頰舌の內に傾動す』というは、[七一]容に都な此を主とするもの無くんばあるべからず。但だ聖主の膺教、實に沐浴する所、[七二]甘露の頌 及び[七三]銀甕の啓・三日詩の序を上りし自り、[七四]虜使に接する語辭まで、思いを竭くして稱揚し、『誹謗』に非ざることを得。且つ王公 百司、唯だ賢のみ是れ與し、高下の敬、等秩に差有れば、敢て踰濫せず、豈に應に『訾毀』すべからん。[七五]囚 才分 本より劣にして、謬って策用せらるるに、悚怍の情、夙 宵に兢惕し、未だ嘗て里閭に誇示し、遠邇に彰曝せず、自ら循い自ら省みて、並びに流言に愧づ。良に緣淺く虞寡きに由りて、囂謗を貽すを致す。伏して惟んみるに明皇 宇に臨み、普天 澤を蒙り、[七六]戊寅の赦恩には、輕重 必ず宥す。百日の曠期、始めて旬日を蒙り、一介の罪身、獨り憲劾に嬰る。若し事實に徵有らば、爰に對い在る有り、九死の日、泉壤に恨み無し」と。詔して獄に於いて死を賜る。時に年二十七。死に臨んで歎じて曰く「我 若し百歲の老母の爲にせずんば、當に一言を吐くべし」と。融が意 帝の東宮に在りし時の過失を[七七]指斥せんと欲するなり。

融 收えらるるや、朋友 部曲 [七八]北寺に參問して、道に相い繼ぐ。融 救いを[七九]子良に請うも、子良 憂懼して敢て救わず。[八〇]融が文集 世に行わる。

融は自らの人品と家柄とをたのみとして、三十前に大臣になることを望んでいた。中書省に宿直していたとき、夜、ため息をついて「鄧禹は私のことを笑うであろう」と言った。また外出した際、大きな船橋が開くのに出くわし、周囲がやかましく騒いで進むことができなくなった。すると融はまたため息をついて「車の前に八人の先払いの者がいなくて、どうして一人前の男と言えようか」と言った。

朝廷が雍州刺史の王奐を討つと、融はまた上疏して次のように言った。…（略）。

北魏が動き出すと、竟陵王子良は東府で兵を募り、融を寧朔将軍・軍主に任命した。融は文章に巧みで、とりわけ即興で文を綴ることを得意とし、何か書くことがあれば、筆をとるやすらすらと書き上げた。子良は特に親しくし、その友情の深さは並々ならぬものであった。晩年には大いに騎馬の術を習った。才能も家柄もすばらしい上に、子良の威勢をかり、客人には心を配ってもてなし、真心を尽くしてねぎらったので、文武に優れた者が盛んに彼のもとに集まった。江西の土地の者数百人を招きよせたが、いずれも才能ある者ばかりであった。

世祖は病が重くなり、いっとき気絶してしまわれた。（そのとき）子良は殿内にいたが、太孫（鬱林王）はまだ宮殿内には入っていなかったので、融は軍服に赤い上着をはおって、中書省の入り口で東宮の儀仗を遮って宮殿内に入れないようにし、子良を天子に立てようとした。しかし帝が息を吹き返したので、太孫は殿内に入り、政務については高宗に委ねることとなった。融は子良を立てることができないとわかると、ようやく服を脱ぎ捨てて役所に戻った。そうして「公（子良）が私を誤らせたのだ」と嘆いて言った。鬱林王は深く憤り融を憎んで、即位して十日あまりで、融を捕らえて検察の獄につなぎ、そうして中丞の孔稚珪に加担させて次のように奏上させた。「融は外見も内面も頑強で、身の処し方は軽薄で人の先を越そうとするところがあり、行動は人々を驚かし、声高な物言いは普通ではありません。近ごろは辺境で戦もないのに、しきりに将軍の位を求め、そうして悪事を働いた者たちを招き入れ、鄙賤の輩を扇動しております。名声と威勢を巧みに利用して謀りごとをめぐらし、権力と利益を占有し、利害関係の深い者の間を行き来し、仲間内で軽率な振る舞いをする始末。刑賞も己の意のままに操り、恐れ憚ることもなく、朝政を誹謗し、王侯を尽くけなし、自ら才物をもって任じ、へりくだる所もなく、手柄をあちこちにふれ回っております。融に初めから根拠を示して答えさせることに致しましょう」。融は次のように弁明した。「囚われの身の私はまことに頑固な愚か者で、行動すれば過失が多く、ただ早くから家柄に恵まれて、帝にお仕えすることができました。ここに童年のころから三十になろうかという年まで、郷里では慎み深いとされ、朝廷での官吏としての行いには、刑を受けるような罪はなかったと申せましょう。恐れ多くも先帝には奨育のご恩を蒙り、また文皇帝には抜擢していただき、司徒公（子良）には仲間に加えていただいて、安陸王（蕭子敬）には目をかけていただきました。この身に国のご恩を受けた以上、必ずや命がけでお役に立ちたいと願い、前後して虜を伐つ計略を述べ、また謹んで先の朝廷に奏上したのです。最近、つまらぬ輩がにわかに騒ぎ出しましたので、紀僧真が先帝の詔勅を承って、北方の動静についてご説明することとなり、私に詔勅を起草するよう命じられましたので、その時に申し上げて、天子のお側にお仕えしたい旨お願いしたことがございます。司徒の詔によって招かれました際にも、同じような例はございましたが、実際、戦は小さなことではありませんので、敢えて仰せに従うことは致しませんでした。続いて軍号を承り、兵を召集致しましたが、詔勅によって行なったことであり、扇動した訳ではございません。それに逃げそむいた者を集めたのであって、土地の者に限った訳ではございません。『名声と威勢とを悪用して謀りごとをした』とは、当然証拠があってそうおっしゃるのでございましょうね。また『権力と利益を占有している』と言われましたが、収賄などの不正行為もございません。『関係の深い者の間を行き来している』とは、誰のことなのかはっきり致しません。『仲間内で軽率な振る舞いをした』とは、誰のことを言っておられるのでしょうか。ただただ帝の恩寵に浴しておりますので、『甘露の頌』や『銀甕の啓』、『三月三日の詩の序』から『虜使に接するの語辞（夷狄の使者に応接する言葉）』に至るまで、思いを尽くして帝を称揚したのでありまして、『誹謗』など致すはずがございません。さらに王侯や百官の間では、賢人にのみ与しました。上下間の礼儀や、身分の違いを乱そうとは致しませんでした。ましてや『けなす』ことなどしようはずがございません。もともと才能の劣る私が、誤って登用されましたので、恐れ恥じ入る気持ちで、朝から晩まで慎み震え、これまで郷里で自らを誇ったり、方々に功績をふれ回ったりしたこともありません。自らを素直に反省し、また流言に恥じ入っております。本当に頼りとする人との縁は薄く思慮を欠いていたがために、口々に謗られることとなりました。伏して思いますに、陛下は天下に君臨され、我々は普くその恩沢を蒙り、戊寅の日の恩赦の際には、罪の軽重に関わらずみな赦されました。百日もの長い期間の、やっと十日ほどのお恵みを賜っただけですのに、一人私だけが罪を得て、法の裁きを受けております。もし本当に証拠があるのでしたら、報いがあるでしょう。死んでも恨みは残しますまい」。詔によって融は獄中で死を賜った。時に二十七歳であった。死の直前、融は嘆いて「もし年老いた母のためを思わなかったら、きっと私はひとこと言って返したものを」と言った。融の思いとしては、帝が東宮にいたころの過失を指摘したかったのである。

融が捕らえられると、友人や部下たちが北寺の獄舎に面会に行き、道に列ができるほどであった。融は竟陵王子良に救いを求めたが、子良は恐れて救うことができなかった。融の文集は世に行われた。

四一 融自恃人地　「人地」は、人の才能・品格と家柄。王融が才能と家柄に自信を持っていたことについては、「王僧祐を訪ねた折、居合わせた沈昭略の『この若造は?』との言葉に融が腹を立て、『私は太陽の如く天下に輝く人間なのに、お前はそんなことを訊ねるのか』と言い返した」という記述が『南史』巻二一にもあり、「其の高く自ら標置すること此くの如し」と評されている。

四二 鄧禹　字は仲華（二～五八）。南陽新野（河南省）の人。長安に学んだとき、劉秀（光武帝）と親交があったので、劉秀の河北鎮圧に従軍し補佐に当たった。劉秀即位後、大司徒となり酇侯に封ぜられ、全国統一後、高密侯に封ぜられた。『後漢書』巻一六。「鄧禹人を笑う」とは、鄧禹が二十四歳で大司徒となったことに拠る。『南史』巻二一王融伝には「中書郎と爲るに及び、嘗て案を撫して歎じて曰く、爾く寂寂爲れば、鄧禹 人を笑わん、と」とある。

四三 大航　航は舟を繋げた橋。『南史』巻二一・『通鑑』斉紀武帝永明十一年は「朱雀桁」に作る。胡三省注によれば「朱雀桁は建康の朱雀門に當たり、秦淮の南北の岸に跨り以て人を渡行せしむ。大路の由る所なり。桁開かば則ち行く者 塡咽す」という。

四四 八騶　貴族や高官が出かける際、車の前に八名の先払いが置かれたのを言う。『南史』巻二一王融伝には「行きて朱雀桁の開くに遇い、路人 塡塞す、乃ち車壁を搥して曰く『車中 乃ち七尺無かるべくも、車前 豈に八騶に乏しかるべけんや』と」とある。また『通鑑』斉紀武帝永明十一年には「車壁を搥して歎じて曰く、車前に八騶無くんば、何ぞ丈夫を稱するを得ん、と」とある。

四五 王奐　王奐（四三五～四九三）、字は彦孫（『南史』では道明。彦孫は小字とする）、琅邪臨沂（山東省）の人。祖父は僧朗、父は粋。永明六年（四八八）散騎常侍となり、左僕射に転じたのち雍州刺史となった。永明十一年（四九三）、寧蛮長史劉興祖を殺したため、討伐軍に殺された。『南斉書』巻四九、『南史』巻二三。

四六 上疏曰　大意は次の通り。「西方のことを案ずる者もいるが、我が軍の威力は遠方にまで及び、敵を降すのも間近であろう。ただ、兵士は事前に準備せねば役立たぬので、民衆を訓練する必要がある。私に部下を集めて教練することをお認めいただければ、囚人を使って石頭城（南京西部）の守りに充てるつもりである」。『藝文類聚』巻五九では「高帝に北伐を勧むるの啓」と題するが、武帝の誤り。

四七 東府　丞相が揚州刺史を兼務する際の役所。東晋以降南朝に置かれた（現江蘇省南京市）。『文選』巻六〇祭文所収謝恵連「古冢を祭る文」の李善注に「『丹陽記』に曰く、東府城の西は則ち簡文・會稽王の時の第なり、東は則ち孝文・王道子の府なり。道子 揚州を領するに、乃ち先の舍に住む、故に俗に東府と稱す、と」とある。

四八 勞問周款 「勞問」は、ねぎらい励ますこと。「款」は、まこと、真心。「周款」は、まごころを尽くすこと。

四九 翕習 勢いの盛んなさま。ここでは次々と人が集まってくるさま。

五〇 輻湊 車の矢が轂（車軸）に集まること。転じて人や物が一か所に集中すること。『戦国策』魏策に「地 四平にして、諸侯 四通し、條達 輻湊す」とある。

五一 傖楚 魏晋南北朝の時、楚の人は田舎者で粗暴であるとして、呉の人々が蔑んで呼んだ言葉。後に粗暴で田舎じみていることを指す言葉となった。

五二 並有幹用 「幹用」は、能力、才能。『南史』巻二一には「並びに幹用有り、融 特に謀主と爲る」と、また『通鑑』斉紀武帝永明十一年には、「融 上に北伐の志有るを見るや、數しば書を上り奬勸し、因りて大いに騎射を習う。魏の將 入寇するに及び、子良 東府に於いて兵を募り、融を寧朔將軍に版し、其の事を典らしむ。融 意を招納に傾け、江西の傖楚數百人を得、並びに幹用有り」とある。

五三 世祖疾篤暫絶…太孫未入 『南斉書』巻四〇竟陵文宣王子良伝に「世祖 不豫にして、詔して子良の甲仗をして延昌殿に入りて醫藥に侍せしむ。子良は沙門を啓進し殿戸の前に於いて經を誦んじ、…日夜 殿内に在り、太孫 閒日 入りて參承す。世祖 暴漸し、内外惶懼し、百僚皆な服を變え、物議して子良を立てんことを疑う」とあり、子良は看病のために連日宮中に詰めていたが、太孫の方は一日おきにこれに当たっていたことが知られる。『南史』巻四四、『通鑑』斉紀武帝永明十一年にも同様の記述がある。なお『通鑑』には、「戊寅、上 疾亟まり、暫絶す」とあり、胡三省注に「『暫絶』は『氣暫絶して息せざるなり」とある。

五四 太孫 鬱林王昭業（四七三～四九四）、字は元尚。武帝の長孫、文恵太子の長子。永明十一年（四九三）、文恵太子が亡くなると皇太孫に立ち、世祖の崩御後即位したが、一年ほどで皇太后令により廃された。『南斉書』巻四、『南史』巻五。

五五 欲立子良…融知子良不得立 高宗は、明帝蕭鸞（在位四九四～四九八）、字は景栖。始安貞王道生の子。延興元年（四九四）、鬱林王が廃されると海陵王昭文（四八〇～四九四）を立てたが、翌年海陵王が皇太后令により廃されるとそのまま即位した。性格は猜忌、高帝・武帝の諸子の多くを殺した。『南斉書』巻六、『南史』巻五。

この事件の経緯について、『南史』巻二一王融伝にはより詳細に、「（融）詔を矯めて子良を立てんと欲す。詔草もて已に立つに、上 重ねて蘇り、朝事 西昌侯鸞に委ぬ。…俄にして帝崩じ、融 乃ち分を處するに子良の兵を以て諸門を禁ず、西昌侯聞きて、急ぎ馳せて雲龍門に到るも、進むを得ず、乃ち曰く『敕の我を召す有り』と。仍りて排して入り、太孫を奉じて殿に登り、左右に命じて子良を扶け出し、指麾すること音響 鍾の如く、殿内 命に從わざる無し。融 遂げざるを知る」と記し、世祖崩御後に王融が殿内に立てこもったことを聞いた高宗が太孫を奉じて殿内に入り、子良を救い出したとしている。

『魏書』巻九八蕭道成伝は本伝の記述に近いが、『通鑑』斉紀武帝永明十一年は『南史』の記述に近い。また『南斉書』巻四〇竟陵文宣王子良伝には、世祖が遺詔によって子良に高宗（鸞）と万事協力して政務を行うよう命じたのに対し、子良は政務を執る気はなく、高宗を推薦したとしている（『南史』巻四四も同様）。この記述から、子良擁立は王融が勝手に企てて行動に移したことが知られる。この一連の王融の行動について、『南史』巻六梁本紀、『通鑑』斉紀武帝永明十一年には、王融が必ず事を起こし、それが失敗に終わるであろうことを蕭衍が予測し、范雲らに対して語っていたことが記されている。さらに王融の軽挙に対する評価として、『南史』巻四四竟陵文宣王伝に「王融は身計を爲して、實に社稷を安んずと雖も、其の能く事を斷ぜずして、以て此に至れるを恨む」という袁彖の言葉が見える。また本伝の史臣の辞に「王融 生は永明の、軍國 寧息なるに遇い、以らく文敏才華は、進取に足らずと、經略の心旨、殷懃に表奏す。若し宮車をして未だ晏んぜず、邊關に事有らしむれば、融が報效、或いは限ること易からず」と、また賛に「元長 穎脱にして、拊翼して將に飛ばんとす。時來り運往き、身沒し志違う」とある。

五六 孔稚珪　四四七～五〇一。字は徳璋。会稽山陰（浙江省）の人。若いころから学問を好み、蕭道成（高帝）に文才を認められて記室参軍となった。のち南郡太守・都官尚書・太子詹事を歴任した。『文選』（巻四三書）に「北山移文」が収められる。『南斉書』巻四八、『南史』巻四九。但し、『南史』では「孔珪」に作る。『南斉書』に拠れば、孔稚珪は永明七年（四八九）に廷尉に、九年（四九一）には御史中丞に転じている。いずれも取り調べに当たる官。

五七 抗言　声高に物を言うこと。

五八 不逞　不満であること。志を得ないこと。『左伝』隠公十一年に「鬼神 實に許君に逞ならずして、手を我が寡人に假れり」とあるのによる。『後漢書』巻六四史弼伝に「剽輕不逞の徒を聚む」とあるように、後に悪事を働く輩を「不逞之徒」と称するようになった。ここでは王融の上奏文中に「若し許しを垂るるを蒙らば、監省の拘食の人身を隷えて、權に石頭の防衛の數に備えんことを乞う」とあるのを受けて言ったものであろう。

五九 荒傖　魏晋南北朝時代、呉の人が北方の人を蔑んで呼んだ言葉。『宋書』巻六五杜驥伝に「直だ南度の早からざるを以て、便ち荒傖を以て隔を賜う」とある。

六〇 脣齒　歯と唇のように互いに相依ること。関係が密接であること。『左伝』僖公五年に、「晉侯 復た道を虞に假りて以て虢を伐つ。宮之奇 諫めて曰く、虢は虞の表なり、虢 亡ぶれば、虞 必ず之に従う。…諺に謂う所の『輔車 相い依り、脣亡ぶれば齒寒し』とは、其れ虞虢の謂なり」とあるのに拠る。

六一 威福　賞罰を上の者が操ること。『書経』洪範に「惟だ辟のみ福を作し、惟だ辟のみ威を作す」とあるのに基づく。また勢いを恃んで権力を振るうことをも言う。

六二 夙忝門素　校勘記によると、「忝」の字は百衲本では「恭」に作るが、『南史』・『冊府元亀』・殿本などによって改めた。

六三 大行皇帝　武帝を指す（→注一二）。「大行」は崇高な徳行の意。

六四 文皇帝　文恵太子長懋のこと（→注一一）。

六五 司徒公　竟陵王子良のこと（→注一〇）。

六六 士林　文人たちの集まり、仲間。ここでは竟陵王子良のもとに集まった才子たちを言う。梁の元帝蕭繹『金楼子』説藩篇に、「我が高祖・王元長・謝玄暉・張思光・何憲・任昉・孔廣・江淹・虞炎・何僩・周顒の儔は、皆な當時の傑にして、士林と号す」とある。

六七 安陸王　安陸王蕭子敬（四七二～四九四）、字は雲端。世祖の第五子。永明年間（四八三～四九三）に持節・散騎常侍などを歴任。明帝が諸王を除かんとして遣わした江州刺史王広之らに殺された。『南斉書』巻四〇、『南史』巻四四。王融に「安陸王に銀鉢を賜るを謝するの啓」（『藝文類聚』巻七三、『太平御覧』巻七五九）がある。

六八 今段　『南史』巻二一は「今段」に作る。

六九 紀僧眞　四四三～四九八。丹陽建康（江蘇省）の人。高帝に仕え、寒官から建威将軍となり、明帝崩御後、廬陵長史となった。容貌も話しぶりも士風漂い、貴人も及ばなかったという。『南斉書』巻五六、『南史』巻七七。

七〇 傾動頰舌之内　校勘記によれば、「傾」の字は百衲本では「軽」に作るのを、『南史』・『冊府元亀』・殿本などによって改めた。和刻本も「傾」に作る。

七一 不容都無主此　和刻本は「主」を「彼」に作る。

七二 甘露頌　この作品は佚篇。

七三 銀甕啓　この作品は佚篇。

七四 接虜使語辭　この作は佚篇。校勘記によれば、「使」の字は百衲本には無いが、『南史』・『冊府元亀』・殿本などによって補ったもの。

七五 因才分本劣　校勘記によると、「因」の字は百衲本は「囚」に作るが、『南史』・『冊府元亀』・殿本などによって改めたもの。和刻本も「因」に作る。

七六 戊寅赦恩　『南史』巻五、永明十一年（四九三）の条に、「其の年七月戊寅、武帝 崩じ、皇太孫 帝位に即き、大赦あり」とある。

七七 指斥　名指しして叱責すること。

七八 北寺　後漢に設けられた監獄の名前。主に将軍や大臣の監禁・審査を執り行なった。

七九 子良憂懼不敢救　『南史』巻二一の「是より先、太學生の會稽の魏準、才學を以て融の賞する所と爲る、既に子良を奉ぜんと欲して、準　鼓して其の事を成さしめんとす。太學生の虞羲・丘國賓　竊かに相い謂いて曰く『竟陵 才弱く、王中書 斷無し、敗るるは眼中に在り』と。融の誅せらるるに及び、準を召して舎に入らしめ、人省かに詰問するに、遂に懼れて死し、體を擧げて皆な青となる、時人 以えらく準の膽 破れしと」という故事や、『南史』巻四六李安人伝の記述によれば、王融に与した者が同じく罪に問われたり、殺されたりした。なお、王融の死に際し、沈約はその死を傷んで「懐旧詩」（『藝文類聚』巻三四）を残している。

八〇 融文集行於世　『隋志』に「齊中書郎王融集十巻」、『旧唐志』・『新唐志』には「王融集十巻」とあるが、『崇文総目』に「王融文集七巻」、『宋史』藝文志に「王融集七巻」とあり、宋代には一部失われた可能性も考えられる。明代の輯本として、『漢魏六朝百三名家集』に「王寧朔集」一巻が伝わる。『古詩紀』巻五七、『全斉文』巻一二・一三、『全斉詩』巻二。また彼の作品は、「三月三日曲水詩の序」以外に策試の文である「永明九年秀才を策するの文」が『文選』巻三六文に収められている。また詩には、「古意」詩二首、「琵琶を詠ず」詩（『玉臺新詠』巻四）、「秋夜」詩、「擬古」詩（『玉臺新詠』巻一〇）などの作品が伝わる。

〔参考文献〕

藤井守「王融の「策秀才文」について」（『小尾博士退休紀念中国文学論集』第一学習社　一九七六年）

藤井守「六朝文人伝―王融（南斉書）―」（『中国中世文学研究』一四　一九八〇年）

鳥羽田重直「王融論」（『和洋国文研究』一八　一九八三年）

森野繁夫「王融の「三月三日曲水詩序」について」（『小尾博士古稀紀念中国学論集』汲古書院　一九八三年）

陳慶元「王融年譜」（劉躍進・范子燁編『六朝作家年譜輯要』上冊　黒龍江教育出版社　一九九九年）

（林　香奈）

謝朓（四六四〜四九九）

謝朓は、斉朝永明期の文学を代表する詩人。沈約・王融らとともに竟陵王八友の一人。精巧で洗練された詩風は斉梁の世を風靡し、梁の武帝は「謝詩を読まざること三日なれば、口の臭きを覚ゆ」と語ったと伝えられる。また、李白が尊崇したこともよく知られ、「謝朓の詩、已に全篇唐人に似たる者有り」（厳羽『滄浪詩話』）のように、唐詩の先蹤としての評価も高い。謝霊運・謝恵連と併せて三謝と称される。『詩品』中。

南齊書卷四七　謝朓傳

謝朓字玄暉、陳郡陽夏人也。祖述、吳興太守、父緯、散騎侍郎。

朓少好學、有美名、文章清麗。解褐豫章王太尉行參軍、度隨王東中郎府、轉王儉衞軍東閤祭酒、太子舍人、隨王鎭西功曹、轉文學。

子隆在荊州、好辭賦、數集僚友、朓以文才、尤被賞愛、流連晤對、不捨日夕。長史王秀之以朓年少相動、密以啓聞。世祖敕曰「侍讀虞雲自宜恆應侍接。朓可還都」。朓道中爲詩寄西府曰「常恐鷹隼擊、秋菊委嚴霜。寄言罻羅者、寥廓已高翔」。遷新安王中軍記室。朓牋辭子隆曰…（略）。

尋以本官兼尚書殿中郎。隆昌初[二一]、敕朓接北使、朓自以口訥、啓讓不當、不見許。高宗輔政[二二]、以朓爲驃騎諮議、領記室、掌霸府文筆、又掌中書詔誥。除祕書丞、未拜、仍轉中書郎。出爲宣城太守[二三]、以選復爲中書郎。建武四年、出爲晉安王[二四]鎭北諮議・南東海太守・行南徐州事。啓王敬則[二五]反謀、上甚嘉賞之。遷尚書吏部郎。朓上表三讓、中書疑朓官未及讓、以問祭酒沈約[二六]。約曰[二七]…（略）。

朓又啓讓、上優答[二八]不許。

朓善草隷[二九]、長五言詩。沈約常云「二百年來無此詩也」。敬皇后[三〇]遷祔山陵、朓撰哀策文[三一]、齊世莫有及者。

東昏[三二]失德、江祏[三三]欲立江夏王寶玄[三四]、末更回惑、與弟祀[三五]密謂朓曰「江夏年少輕脱、不堪負荷神器、不可復行廢立。始安[三六]年長、入纂、不乖物望[三七]。非以此要富貴、政是求安國家耳」。遙光又遣親人[三八]劉渢[三九]密致意於朓、欲以爲肺腑[四〇]。朓自以受恩高宗、非渢所言、不肯答。少日、遙光以朓兼知衞尉事、朓懼見引、卽以祏等謀告左興盛[四一]、興盛不敢發言。祏聞、以告遙光、遙光大怒、乃稱敕召朓、仍回車付廷尉、與徐孝嗣[四二]・祏・暄[四三]等連名啓誅朓曰[四四]…（略）。

詔[四五]…（略）。

又使御史中丞范岫[四六]奏收朓、下獄死。時年三十六。

朓初告王敬則、敬則女爲朓妻、常懷刀欲報朓、朓不敢相見。及爲吏部郎、沈昭略[四七]謂朓曰「卿人地之美、無忝此職。但恨今日刑于寡妻[四八]」。朓臨敗歎曰「我不殺王公、王公由我而死」。

一 謝朓　字は玄暉、陳郡陽夏の人なり。祖[二]の述は、呉興太守、父[三]の緯は、散騎侍郎たり。

朓は少くして學を好み、美名有り、文章清麗たり。[四]褐を[五]豫章王太尉行參軍に解き、[六]隨王の東中郎府に度り、[七]王儉の衞軍東閤祭酒、太子舍人、隨王の[九]鎭西功曹に轉じ、[一〇]文學に轉ず。子隆の荊州に在るや、辭賦を好み、數しば僚友を集む。[一一]朓 文才を以て、[一二]尤も賞愛せられ、流連晤對して、日夕を捨かず。長史の[一三]王秀之 朓の年少にして相い動かすを以て、[一四]密かに以て啓聞す。[一五]世祖 敕して曰く「侍讀の[一六]虞雲 自ら宜しく恆に侍接に應ずべし。朓は都に還るべし」と。朓 道中に[一七]詩を爲りて[一八]西府に寄せて曰く「常に恐る鷹隼の擊きて、秋菊の嚴霜に委まんことを。言を寄せん罻羅の者に、寥廓に已に高翔す」と。[一九]新安王の中軍記室に遷る。朓 [二〇]牋もて子隆に辭して曰く…（略）。

尋いで本官を以て尙書殿中郎を兼ぬ。[二一]隆昌の初め、朓に敕して北使に接せしむ。朓 自ら口訥を以て、啓讓して當らざらんとするも、許されず。[二二]高宗 政を輔くるに、朓を以て驃騎諮議と爲し、記室を領せしめ、霸府の文筆を掌らしめ、又た中書の詔誥を掌らしむ。祕書丞に除せられ、未だ拜せざるに、仍ねて中書郎に轉ず。出でて[二三]宣城太守と爲り、選を以て復た中書郎と爲る。

建武四年、出でて[二四]晉安王の鎭北諮議・南東海太守・行南徐州事と爲る。[二五]王敬則の反謀を啓し、上 甚だ之を嘉賞す。尙書吏部郎に遷る。朓 表を上りて三たび讓るに、中書 朓の官は未だ讓るに及ばずと疑い、以て祭酒の[二六]沈約に問う。[二七]約曰く…（略）。

朓又た啓讓するも、上 [二八]優答して許さず。

朓 [二九]草隷を善くし、五言詩に長ず。沈約常に云えらく「二百年來此の詩無きなり」と。[三〇]敬皇后 遷して山陵に祔すに、朓 [三一]哀策文を撰す。齊の世に及ぶ者有る莫し。

[三二]東昏 德を失い、[三三]江祏は江夏王 [三四]寶玄を立てんと欲するも、末に更に回惑し、弟の[三五]祀と密かに朓に謂いて曰く「江夏は年少にして輕脫、神器を負荷するに堪えず、復た廢立を行うべからざらん。[三六]始安は年長、入りて纂がば、[三七]物望に乖

かざらん。此を以て富貴を要むるに非ず、政に是れ國家を安んぜんことを求むるのみ」と。遙光又た親人[三八]劉渢[三九]をして密かに朓に意を致し、以て肺腑[四〇]と爲さんと欲す。朓自ら恩を高宗に受くるを以て、渢の言う所を非とし、肯えて答えず。少日、遙光は朓を以て衞尉の事を兼知せしむるに、朓は引かるるを懼れ、即ち祏等の謀を以て左興盛[四一]に告ぐも、興盛敢えて言を發せず。祏聞き、以て遙光に告げ、遙光大いに怒りて、乃ち敕と稱して朓を召し、仍りて車を回らして廷尉に付し、[四二]徐孝嗣・祏・暄[四三]等と名を連ねて朓を誅することを啓して曰く[四四]…（略）。

詔[四五]して…（略）。

又た御史中丞[四六]范岫をして奏して朓を收せしめ、獄に下して死す。時に年三十六なり。

朓 初め王敬則を告するや、敬則の女は朓の妻爲り、常に刀を懷にして朓に報ぜんと欲するも、朓敢えて相い見えず。吏部郎と爲るに及んで、[四七]沈昭略 朓に謂いて曰く「卿は人地の美ありて、此の職を忝かしむる無し。但だ恨むらくは今日寡妻[四八]を刑すことなり」と。朓 敗に臨みて歎じて曰く「我は王公を殺さざるも、王公は我に由りて死す」と。

謝朓は、字は玄暉、陳郡陽夏（河南省）の人である。祖の述は呉興太守、父の緯は散騎侍郎であった。

謝朓は若いころから学問好きで、令名も高く、文章は清澄流麗であった。豫章王蕭嶷の太尉行参軍として官に就き、随郡王蕭子隆の東中郎府を経て、王倹の衛軍東閣祭酒、太子舎人、随郡王の鎮西功曹を歴任し、随郡王の文学に転任した。

随郡王蕭子隆は荆州を治めていたとき、辞賦を作るのを好んで、たびたび仲間を集めた。謝朓はその文才ゆえに、とくに気に入られ、昼夜となく側に侍って相手をつとめた。長史の王秀之は、朓が若いくせに随王に影響を及ぼしているとして、帝に密告した。世祖は「侍読の虞雲が側に仕えるのがよかろう。謝朓は都に帰還せよ」と勅を下した。謝朓は道中で詩を作り西府に送って言うには「鷹や隼が小鳥を叩き落とす季節、秋菊が霜にしおれるのをいつも懼れていた。網を張る者に告げよう、獲物はもう大空に高く飛び立ったのだ」と。新安王の中軍記室に転任し、謝朓は子隆に別れの手紙を書いて言うには…（略）。

やがてもとの官（中軍記室参軍）のまま尚書殿中郎を兼任した。隆昌（四九四）年間の初め、謝朓に北使応接の勅が下った。朓は口下手を理由に、辞退を申し出たが、許されなかった。高宗が輔政の任にあたるようになると、謝朓を驃騎諮議参軍とし、記室参軍を兼任させ、霸府の文書起草を管轄させ、さらに中書省の詔誥も管轄させた。秘書丞に任じられたが、着任しないうちに、また中書郎に転任した。宣城（安徽省）太守として都から出たが、選ばれてまた中書郎となった。

建武四年（四九七）、都から出て晋安王蕭宝義の鎮北諮議参軍となり、南東海郡（江蘇省）の太守となり、また南徐州（江蘇省）刺史を代行した。王敬則の謀反を告発し、帝のたいへんなお褒めにあずかり、尚書吏部郎に転任した。謝朓は上表して三度辞退した。中書は謝朓の官は辞退するまでもあるまいと思い、祭酒の沈約に尋ねると、沈約が言うには…（略）。

謝朓はさらに辞退したが、帝は手厚く答えて許さなかった。

謝朓は草書と楷書に巧みで、五言詩を得意とした。沈約はつねづね「二百年来、こんな詩はなかった」と言っていた。（明帝が崩じて）敬皇后を合わせて興安陵に改葬したとき、謝朓は哀策の文を書いたが、斉の世に及ぶ者はいなかった。

東昏侯が帝徳を失墜すると、江祏は江夏王の宝玄を立てようとしたが、結局迷って、弟の祀とこっそり謝朓に言うには、「江夏王は年も若くて軽薄、帝の任には堪えないだろうし、帝位の廃立を繰り返すわけにもいくまい。始安王蕭遥光は年もとっていることだし、帝位を嗣いでも、輿論にそむきはしないだろう。（私たちは）このことで富貴を得ようというわけではない。国家安泰を願ってのことだ」と。また蕭遥光は腹心の劉渢をこっそり謝朓に遣わして意を伝え、側近にしようとした。謝朓は自分が高宗（明帝）に恩があることから、劉渢の言葉に同意せず、承諾しようとしなかった。しばらくして、蕭遥光は謝朓に衛尉の役を兼任させた。謝朓は引責を恐れ、ただちに江祏らの謀を左興盛に告げたが、興盛は何とも言えなかった。江祏がそれを聞いて、蕭遥光に告げると、遥光はかんかんになって、勅命と称して謝朓を召致し、そのまま車の行く先を変えて廷尉に身柄を渡し、徐孝嗣・江祏・劉暄らと連名で誅殺を申し立てて言うには…（略）。

東昏侯は詔して、…（略）。

さらに御史中丞の范岫に上奏させて朓を収監し、獄に下して死刑にした。時に三十六歳であった。さきに謝朓が王敬則を告発したとき、敬則の娘が朓の妻であったが、いつも刀を懐にして謝朓に仇を討とうとし、謝朓は顔をあわそうとはしなかった。吏部郎になったとき、沈昭略が謝朓に言うには、「君は才能も家柄も立派で、この職にふさわしかろう。ただ残念ながら今は細君には手が出せないね」。謝朓は王敬則の敗死に臨んで歎じた、「私は王公を手に掛けたのではないが、王公は私のせいで死んだのだ」と。

一 謝朓　本伝のほかに『南史』巻十九に伝があり、いささかの出入がある。いわゆる陳郡陽夏の謝氏の出身。なお、謝氏については、本書付録「謝氏世系略図」、また本書「謝混伝」注を参照。謝朓の集は、『隋志』に「齊吏部謝朓集十二巻、謝朓逸集一巻」と記されるが、『旧唐志』および『新唐志』には「謝朓集十巻」とされる。現存するテクストで最も早いものは、宋・紹興年間の序をもつ『謝宣城集』五巻であり、のちの本も基本的にこの系統を外れない。『全斉詩』巻二〜四、『古詩紀』巻五八〜六一。

二 祖述　三九〇〜四三五。字は景先。謝裕（字は景仁）の弟。范曄の姉を娶った。『宋書』巻五二、『南史』巻十九。

三 父緯　宋・文帝の五女を娶る。『宋書』巻五二の伝によれば、泰始年間（四六五〜四七一）に正員郎中になったとするが、ここに散騎侍郎というのはそれより後のことであろう。なお謝緯が散騎侍郎という低い官位で終わったことについては、網祐次「謝朓の伝記と作品」（『中国中世文学研究』→参考文献）を参照。

四 解褐　初めて任官することをいう。褐は身分の低い者の着る粗末な服。

五 豫章王　豫章王蕭嶷、字は宣儼。四四四〜四九二。高帝蕭道成の第二子、すなわち武帝蕭賾の弟。蕭嶷が太尉であったのは建元四年（四八二）から永明五年（四八七）。『南斉書』巻二二、『南史』巻四二。

六 随王　随郡王すなわち蕭子隆、四七四〜四九四。武帝の第八子。東中郎将となったのは、永明四年（四八六）。『南斉書』巻四十、『南史』巻四四。本書「梁武帝伝」注二二参照。

七 王儉　字は仲宝、諡は文憲。四五二〜四八九。琅琊臨沂（山東省）の人。祖父は王曇首、父は王僧綽。斉朝の立つにあたって功績があり、高帝・武帝に信任された。学問に通じ、劉歆『七略』に倣った『七志』を撰した。衛軍将軍となったのは、永明元年（四八三）、翌年には国子祭酒も兼任し、さらに翌年、太子少傅となったが、没するまで衛軍将軍の任にあった。『南斉書』巻二三、『南史』巻二二。『詩品』下。なお、東閤祭酒は衛軍府に属し、応接担当の官。本書「梁武帝伝」注一一参照。

八 太子舎人　太子は、武帝の長子、文恵太子蕭長懋。四五八〜四九三。太子となったのは、建元四年（四八二）。

九 鎮西功曹　蕭子隆が鎮西将軍となったのは、永明八年（四九〇）。同時に荊州刺史に任じられている。

一〇　文學　『謝宣城集』には、沈約・范雲・王融らとともに鼓吹曲の題を賦したときの作、「高台に臨む」詩が収められるが、その注に「朓 時に随王の文學爲り」といい、また、沈約・虞炎・范雲・王融らに「謝文学に餞す」詩がある。蕭子隆が荆州に実際に赴くときは、すでに文学の官であった。

一一　僚友　例えば庾肩吾の弟の庾於陵（『梁書』巻四九）、張欣泰（『南斉書』巻五一）、のちの梁武帝の蕭衍（本書『梁武帝伝』参照）など。

一二　文才　注一七に引く『文選』二六の詩の李善注、および『冊府元亀』巻二九二の引く『南斉書』は「才文」に作り、そうであれば「才覚と文章」ということになろう。朱季海『南斉書校議』参照。

一三　王秀之　字は伯奮、諡は簡子。琅琊臨沂の人。四四二～四九四。『謝宣城集』には「王長史の病いに臥すに和す」詩が収められるが、これは王秀之の「病いに臥して意を敍ぶ」詩に唱和したもの。『南斉書』巻四六、『南史』巻二四。

一四　密以啓聞　『南史』は、「以て啓聞せんと欲するに、朓 之を知り、事に因りて還るを求む」と云う。

一五　世祖　武帝すなわち蕭賾。字は宣遠。四四〇～四九三（在位四八二～四九三）。『南斉書』巻三、『南史』巻四。本書「范雲伝」注六四参照。

一六　虞雲　未詳。

一七　爲詩　「暫く下都に使いし夜に新林を発して京邑に至り西府の同僚に贈る」詩。ここに引くのはその結びの四句だが、諸本は「秋菊」を「時菊」に作る。『文選』巻二六「贈答」。

一八　西府　ここでは荆州の府を指す。

一九　新安王　海陵王蕭昭文、字は季尚、蕭長懋の第二子。四八〇～四九四。永明四年（四八六）に臨汝公に封じられ、永明十一年（四九三）に武帝が崩じて鬱林王蕭昭業が即位すると、新安王に封じられた。同年、鬱林王が廃されると、帝位についたが、わずか二ケ月あまりで廃され、すぐに謀殺された。享年十五。『南斉書』巻五、『南史』巻五。

二〇　餞　「中軍記室に拝せられ随王に辞する餞」。別れの悲しみを述べ、恩寵に感謝し、再び仕える日を待ち望むと結ぶ。『文選』巻四十。『南史』は、この餞について、「時に荆州の信 去らんとして倚待するに、朓 筆を執りて便ち成し、文に點易する無し」という。

二一　隆昌　蕭昭業の年号。四九四年正月より七月まで。『魏書』巻七孝文帝紀下は、この年六月に北魏の使いを送ったことを記す。

二二　高宗　明帝すなわち蕭鸞、字は景栖。四五二～四九八（在位四九四～四九八）。武帝が崩じると、竟陵王蕭子良の擁立を阻んで、鬱林王蕭昭業を立てて実権を握り、さらにそれを廃して海陵王蕭昭文を擁立し、輔政して思うまま操り、結局自身が帝位に就くに至った。蕭鸞は太祖蕭道成の弟道生の子であり、蕭道成の孫である蕭子良・子隆、曾孫の蕭昭業・昭文に対して傍系であり、武帝の死をきっかけに、直系の絶滅を謀ったのである。謝朓からいえば、もとは蕭子良・子隆らの寵愛を受けたのが、ここにきてその簒奪者の側に身を寄せることとなった。『南斉書』巻六、『南史』巻五。

二三　宣城太守　太守の任にあったとき謝朓が建てた楼は、謝朓楼あるいは北楼として名高く、謝朓を敬慕した李白は、「宣州謝朓楼にて校書叔雲に餞別す」詩や「秋に宣城謝朓北楼に登る」詩などの絶唱を遺している。『謝宣城集』の「四庫全書提要」は、謝朓の官は宣城太守に止まらないのに謝宣城と呼ばれるわけを、これらの李白の詩に帰そうとするが、網祐次氏は、『文選』に収める謝朓の詩にこの時期のものが多いことにむしろ注意すべきだと説く。

二四 晋安王　巴陵王蕭宝義、字は智勇、蕭鸞の長子。晋安王になったのは建武元年（四九四）、鎮北将軍・南徐州刺史などに任じられたのはその翌年。『南斉書』巻五〇、『南史』巻四四。なお、「行（…）事」は、その職を代行すること。

二五 王敬則　晋陵南沙（江蘇省）の人。四三五～四九八。謝朓の岳父。女巫の母をもち、武人として高帝および武帝に仕えて功績を揚げた。隆昌元年（四九四）に再び会稽太守に任じられたとき、謝朓はそのために「会稽太守を謝する啓」を作っている。『南斉書』巻二六、『南史』巻四五。

二六 沈約　四四一～五一三。謝朓とともに永明文学を代表する詩人。謝朓とは親密な間柄であった。沈約が国子祭酒となったのは、建武元年（四九四）のころ。本書「沈約伝」参照。

二七 約曰…　范曄が尚書吏部郎を三度辞退したことなどを挙げて、謝朓の行為の正しさを論じる。

二八 優答　手厚く詔(みことのり)して答えること。

二九 草隷　草書と楷書。本書「王羲之伝」注九参照。謝朓は、庾肩吾『書品』に「中之下」とされる。

三〇 敬皇后　蕭鸞の后、劉皇后、名は恵端。光禄大夫劉道弘の女(むすめ)。？～四八九。武帝の世に亡くなったが、明帝蕭鸞が即位すると、敬皇后と追尊された。蕭鸞が永泰元年（四九八）に卒して、改葬された。『南斉書』巻二〇、『南史』巻一一。

三一 哀策文　「斉の敬皇后哀策文」として『文選』巻五八に収められる。

三二 東昏　東昏侯すなわち蕭宝巻、字は智蔵、蕭鸞（明帝）の第二子。四八三～五〇一（在位四九八～五〇一）。建武元年（四九四）に皇太子となり、永泰元年（四九八）に明帝が崩じると、父を嗣いで即位した。素行が治まらず、政治的にも無能、世はますます乱れたといわれる。漢武帝の孫、劉賀が昭帝の後に即位したものの、淫乱をほしいままにして二十七日の在位で廃され、海昏侯に封じられた故事に依って、東昏侯に追封された。『南斉書』巻七。

三三 江祏　字は弘業、済陽考城（河南省）の人。？～四九九。おばが蕭鸞（明帝）の母であり、若いころから蕭鸞と親しく交わり、一時は大きな権勢を振るった。だが謝朓は彼をたいへん軽んじ、そのために誅される羽目になったと、『南史』謝朓伝は記す。『南斉書』巻四二、『南史』巻四七。『詩品』下には「祏の詩は猗猗として清潤、弟の祀は、明靡懐(おも)う可(べ)し」と云うが、両者とも詩は伝わらない。本書「范雲伝」注三五参照。

三四 寶玄　江夏王蕭寶玄、字は智深、蕭鸞の第三子。？～五〇〇。『南斉書』巻五〇、『南史』巻四四。

三五 祀　江祀、字は景昌。？～四九九。『南斉書』巻四二、『南史』巻四七。『詩品』下（→注三三）。

三六 始安　始安王すなわち蕭遥光、字は元暉、蕭道成の孫。四六八～四九九。蕭鸞に信任され、高帝・武帝の子孫絶滅に大いに加担した。『南斉書』巻四五、『南史』巻四一。

三七 物望　「物」は人。すなわち人望、衆望の意。

三八 親人　ここでは腹心の意であろう。

三九 劉渢　字は処和、南陽の人。妹が江祏の弟禧に嫁ぎ、江祏らと非常に親しい間柄であった。『南史』巻七三。

四〇 肺腑　側近、腹心の意。

四一 左興盛　伝の詳細は不明。『南斉書』巻四五には「太子右衛率左興盛」とある。

四二 徐孝嗣　字は始昌、東海郯（山東省）の人。このときは尚書令であった。『南斉書』巻四四、『南史』巻一五。

四三　喧　劉喧、字は子穆、彭城の人、敬皇后（→注三〇）の弟。『南史』巻四七。

四四　曰…　「謝朓の資性険薄なること、大いに遠近に彰わる」とし、王敬則の謀反を告発したのをきっかけに抜擢されたのをよいことに、誹謗中傷、奸策邪計を繰り返して朝政を乱していると非難する。

四五　詔…　告発に応じ、随郡王に仕えていたときのことにも及び、「直に彫蟲薄伎を以て、衣冠に歯せられしのみ」などと、さらに言を重ねて、謝朓がいかに邪悪な人物であるか、激しく非難する。

四六　范岫　字は懋賓、済陽考城（河南省）の人。四四〇～五一四。官にあっては廉潔、古今に通じ、『礼論』『雑儀』『字訓』などの著書がある。『梁書』巻二六、『南史』巻六〇。なお、『南史』謝朓伝は、この文の後に、「終わりに臨んで門賓に謂いて曰く、語を沈公に寄せよ、君は方に三代の史を爲る、亦没せらるるを得ざらんことを、と」と続け、沈約に言づてを頼んだことが記される。「三代」は、晋・宋・斉。史書の完成を望んだ言葉であった。

四七　沈昭略　字は茂隆、呉興武康の人。四五七?～四九九。剛気をもって知られ、高官を物ともしなかった。高帝に取り立てられ、中書郎、侍中を歴任したが、徐孝嗣の顔に酒のかめを投げつけて、殺された。『南斉書』巻四四、『南史』巻三七。本書「江淹伝」注六〇参照。

四八　刑于寡妻　『詩経』大雅・思斉の「刑于寡妻、至于兄弟（寡妻を刑し、兄弟に至る）」を踏まえた表現。文王が自分の妻にまず徳を及ぼし、兄弟・一族へと感化を広めた徳を称える句を用い、謝朓が不仁を為したがゆえに、妻に殺されかねないことになったのを皮肉っている。『南史』では、この言葉は范縝が語ったことになっており、また文字にも「但恨不可刑于寡妻」のような異同がある。『南史』であれば、「細君に徳を及ぼせないのが残念だな」と、よりストレートな物言いになろう。あるいは『南斉書』の「今日」ももとと「不可」に作っていたものか。

〔参考文献〕

網祐次『中國中世文學研究―南齊永明時代を中心として』（新樹社　一九六〇年）
李直方『謝宣城詩注』（万有図書公司　一九六八年）
洪順隆『謝宣城集校注』（台湾・中華書局　一九六九年）
森野繁夫『謝宣城詩集』（白帝社　一九九一年）
曹融南校注集説『謝宣城集校注』（上海古籍出版社　一九九一年）
陳冠球編注『謝宣城全集』（大連出版社　一九九八年）

（齋藤希史）

范雲（四五一〜五〇三）

范雲は、宋・斉・梁の三代に仕えた、能吏型の才人である。斉の竟陵王蕭子良をめぐる八友の一人であり、沈約・謝朓と名を等しくする。後に、この時交誼をむすんだ梁の武帝蕭衍のブレインとして活躍した。詩は、短詩型のものが多く、節度ある美を有していた。『詩品』中。

梁書巻一三　范雲傳

范雲字彥龍、南鄕舞陰人、晉平北將軍汪六世孫也。年八歲、遇宋豫州刺史殷琰於塗、琰異之、要就席、雲風姿應對、傍若無人。琰令賦詩、操筆便就、坐者歎焉。嘗就親人袁照學、晝夜不怠。照撫其背曰「卿精神秀朗而勤於學、卿相才也」。少機警、有識具、善屬文、便尺牘、下筆輒成、未嘗定藁、時人每疑其宿構。父抗、爲郢府參軍、雲隨父在府、時吳興沈約・新野庾杲之與抗同府、見而友之。

起家郢州西曹書佐、轉法曹行參軍。俄而沈攸之舉兵圍郢城、抗時爲府長流、入城固守、留家屬居外。雲爲軍人所得、攸之召與語、聲色甚厲、雲容貌不變、徐自陳說。攸之乃笑曰「卿定可兒、且出就舍」。明旦、又召令送書入城。城內或欲誅之。雲曰「老母弱弟、懸命沈氏、若違其命、禍必及親、今日就戮、甘心如薺」。

長史[三〇]柳世隆素與雲善、乃免之。

[一]范雲 字は彦龍、南鄉舞陰の人、[二]晉の平北將軍 汪が六世の孫なり。年八歳にして、[三]宋の豫州刺史 殷琰に塗に遇う。琰 詩を賦せしむに、筆を操りて便ち就り、坐する者歎ず。嘗て親人[四]袁照に就きて學ぶに、[五]晝夜怠らず。照其の背を撫して曰く「卿 精神[六]秀朗にして學に勤む、卿相の才なり」と。少くして[七]機警にして、[八]識具ありて、善く文を屬る。[九]尺牘に便けり。[一〇]筆を下ろせば輒ち成る、未だ嘗て藁を定めず。時人毎に其の宿構かと疑う。父抗、[一一]郢府參軍爲りて、雲 父に随いて府に在り。時に呉興の[一二]沈約・新野の[一三]庾杲之 抗と府を同じくし、見て之を友とす。

[一四]郢州西曹書佐より起家し、法曹行參軍に轉ず。俄にして[一五]沈攸之 兵を擧げて郢城を圍む、抗 時に府の長[一六]流爲りて、城に入りて固守し、家屬を留めて外に居らしむ。雲 軍人の得る所と爲る。攸之召して與に語るに、聲色 甚だ厲なるも、雲 容貌不變にして、徐自に陳説す。攸之乃ち笑いて曰く「卿 定めて[一七]可兒ならん、且く出でて舍に就け」と。[一八]明旦、又た召きて書を送りて城に入らしむ。城内或いは之を誅さんと欲す。雲曰く「老母弱弟、命を沈氏に懸く。若し其の命に違わば、禍 必ず親に及ぶ。今日戮に就くも、[一九]甘心 薺の如し」と。長史[二〇]柳世隆 素より雲と善し、乃ち之を免ず。

范雲 字は彦龍、南鄉舞陰（河南省）の人で、晉の平北將軍 范汪の六世の孫である。八歳の時に宋の豫州（安徽省）刺史 殷琰に道で出会った。琰は、雲が優れた人物であると見て、招き寄せて席に着かせた。雲はその風采や応待が自由気ままであった。琰が雲に詩を作らせたところ、筆を持つやすぐに出来上がり、その席にいた者は感嘆した。以前、親族の袁照につき従って学問をしたが、昼も夜も怠ることがなかった。照は雲の背中を叩いて「おまえは、精神が澄んでいて勉強家である。宰相の器である」と言った。若い時から物事の察しがはやく、見識があり、文章を綴るのも上手だった。また手紙文にも堪能であった。筆を下ろせばすぐに出来上がり、下書きを作ったことはなかった。当時の人はいつも前もって作っておいたものではないかと疑った。父の抗が郢州（湖北省）府の参軍になり、雲は父について郢府にいた。折りしも呉興（浙江省）の沈約・新野（河南省）の庾杲之は、抗と同じ府におり、一目見てすぐに友だちになった。

郢州の西曹書佐に初めて任官し、法曹行参軍に転任した。（その後）間もなく沈攸之が兵を挙げて郢の町を取り囲んだ。抗はその時、府の長流参軍であったので、自らは町に入って守りを固め、家族は町の外に留めておいた。雲は、兵士に捕らえられた。攸之は雲を呼び寄せて話をしたが、攸之の声や顔つきは非常に厳しいものであった。しかし、雲は表情も変えず、おだやかに申し述べた。そこで、攸之は笑って「おまえは、見所がある。しばらく客舎で控えておれ」と言った。翌朝、再び呼び寄せて（降服を勧告する）書状を持って郢の町に入らせた。郢府では、雲を誅殺しようとする者がいた。雲は「年老いた母と幼い弟の命は、沈氏が握っています。もし、その命令にそむけば、禍が必ず身内に及ぶでしょう。今日、死刑にされようとも、喜んでその刑を受けましょう」と言った。長史の柳世隆は平素から雲と仲が良かったので、（そこで）見逃した。

一 范雲　范雲は、南斉の武帝の第二子竟陵王のもとに集まった謝朓・任昉・沈約・陸倕・蕭琛・王融・蕭衍という七人の文人と共に竟陵の八友として名高い（→注三八）。『詩品』は、その詩風を「范の詩は清便宛轉にして、流風の雪を廻らすが如し」（范の詩は機敏でしなやかであり、風がさっと吹いて雪を舞いあげるようだ）と評し、更に沈約の方が詩の表現がきめこまかいとする。なお、『元和姓纂』（巻七）では、范雲を「燉煌」の出であるとするが、『元和姓纂四校記』の考証に従って、「順陽」とすべきである。「順陽、南郡（『四校記』は南陽の誤りとする）の屬縣なり。漢の渡遼將軍平陵侯范明友の後、順陽に居」るとある。（『元和姓纂四校記』）。尚、『南史』范雲伝によると、雲の祖は宋の中書侍郎璩之である。『南史』の伝は、『梁書』よりもかなり多くの逸話をのせている。『南史』巻五七。

二 晉平北將軍汪　三〇一～三六五。字は玄平。謚は穆。博学であった。庾亮の佐吏、庾翼の長史を歴て桓温の安西長史となり、蜀を征する際の功績により武興侯となる。自ら願い出て東陽太守となり、恵政を行なった。次いで徐兗青冀四州の総督、揚州の晋陵諸軍事になったが、温の北伐の際に期を失して免ぜられて庶人となった。『晋書』巻七五。尚、何かと范雲と並称される沈約も雲と同じく武門の出である。詳しくは本書「沈約伝」参照。

三 宋豫州刺史殷琰　四一五～四七三。孝祖の族子で、字は敬珉。官は南梁郡太守。『宋書』殷琰伝によると、泰始元年（四六五）に「晋安王子勛の反くに會い、卽ち琰を以て豫司二州・南豫州の諸軍事・豫州刺史を督」させることになった。豫州刺史となったのはこの年である。琰は豫州刺史となる前には、黄門侍郎に除せられており（永光元年　四六五）、その前は巴陵王休若の左軍司馬であった。休若が巴陵王になったのは孝建三年（四五六）のことであるので、范雲が八歳であった四五八年には恐らく王の左軍司馬であったと思われる。尚、四五八年に豫州刺史であったのは、殷琰ではなく宗慤であった（『通鑑』宋紀孝建三年及び大明三年の記事による）。『宋書』巻八七、『南史』巻三九。

四 親人袁照　『南史』巻五七には「雲　六歳にして其の姑夫の袁叔明に就きて、『毛詩』を讀む。日に九紙を誦す」とあり、范雲の父の姉妹の夫であるという。尚、『南史』では、殷琰が范雲に会ったのは、袁叔明を訪ねてきた時であり、琰が「公輔の才」と評したことになっている。

五 晝夜不怠　和刻本では「書一夜不怠」に作り、「親人袁照に就きて書を學び、一夜として怠らず」と読んでいる。ここでは、中華書局本が『冊府元龜』巻七八九・八四三に拠って改めたものに従う。

六 秀朗　秀美清朗である。澄んですっきりしていること。『文選』巻四七陸機「漢高祖功臣頌」に「袁生秀朗にして、沈心善く照す」とある。

七 機警　物事の察しがはやいこと。『魏志』巻一武帝紀に「太祖少くして機警たりて、權數有り」とある。

八 識具　見識。和刻本は「具」を「且」に作り、下の「善屬文」につないで読んでいる。中華書局本は、百衲本に拠って改める。『世説』巧芸9に「裴楷（はいかい）儁朗（しゅんろう）にして識具有り」とある。

九 便尺牘　『南史』巻五七には、この三字及び後の「未嘗定藁」の四字が無い。便は、ここでは、堪能である・長じている・たけているの意である。『淮南子』斉俗訓に「胡人　馬に便け、越人　舟に便けり」とある。

一〇 下筆輒成　曹植は、嘗て「人を雇って（詩文を書かせて）いるのか」との父の問いに「言出だせば論を爲し、筆を下せば章を成す」と答えている。また、実際に作らせたところ「植　筆を援（ひ）けば立ちどころに成り、觀る可」きであったと記されている（『三国志』巻一九陳思王植伝）。ここは、これらの表現を意識したものであろう。

一一 父抗爲郢府參軍…　沈約は、蔡興宗が泰始三年（四六七）三月に郢州刺史となると、招かれて安西外兵参軍となり、以降四七二年に興宗が亡くなるまで仕えた。その後安西晋安王（晋熙王の誤りであろうか）法曹参軍となり、外兵に転じ、記室を兼ねた（『梁書』巻一三沈約伝）。また、庾杲之は「郢州の秀才に挙げられ、晋熙王の鎮東外兵參軍に除され、世祖の征虜府功曹、尚書駕部郎となっている（『南斉書』巻三四庾杲之伝）。更に晋熙王燮（しょう）は元徽元年（四七三）に郢州刺史となっている（『宋書』巻九後廢帝紀）。以上のことから、沈約と庾杲之が共に郢州に居たと考えられるのは晋熙王燮が郢州刺史であった四七三年以降のことと考えられる。范雲の父が雲を伴って郢府に着任したのもこの頃のことであろう。尚、順帝紀によるとその後昇明元年（四七七）に、郢州刺史は南陽王翽を経て武陵王賛へと移り、その年の十二月には黄回が郢州刺史となっている。

一二 沈約　四四一～五一三。本書「沈約伝」参照。『梁書』巻一三、『南史』巻五七。

一三 庾杲之　四四一～四九〇。字は景行。清貧であった。官は尚書左丞・王倹の衛軍長史・太子右衛率にいたる。『南斉書』巻三四、『南史』巻四九。

一四 起家郢州西曹書佐…　范雲が官に就いたのは、沈攸之が挙兵した昇明元年（四七七）十二月（八日）の少し前のことである。この前後の郢州の状況を見ると、同月二十日に郢州刺史武陵王賛を安西将軍・荊州刺史とし、黄回を郢州刺史としている。これ以前晋熙王燮が郢州刺史であったとき、蕭道成は跡継の蕭賾をその長史として郢州を治めさせた。燮と共に賾を揚州に移す時、道成は賾に後を託す者を推薦させ、当時燮の司馬であった柳世隆を新たに郢州刺史となる武陵王賛（八歳）の長史として郢州の政治に当たらせた。武陵王が荊州刺史に移って二十日余りしてから沈攸之が郢州を包囲する。これも最初攸之は郢州を捨て置いて東にすぐさま向かうつもりであったのを、柳世隆が計略を用いて郢州を攻めさせ、蕭賾と挟み撃ちにしようとしたものであり、郢州の守備の中心は柳世隆であった。一方黄回は刺史となった三日後に沈攸之と呼応して反乱を起こした袁粲らと密かに通じて道成を攻めようとしたが、事前に事が漏れて失敗した。黄回自身は罪に問われなかったが、道成から警戒された。以上のように、范雲が初めて官に就いた時の郢州刺史は武陵王であったとするのが、妥当なのではないかと思われる（『宋書』巻八〇順帝紀、『通鑑』宋紀順帝昇明二年他）。

一五 沈攸之　？～四七八。宋の武人。字は仲達。呉興武康（浙江省）の人。屢々戦功を立て、また、四方の反賊を平定した。特に顕著な軍功としては、明帝の初期に晋安王劉子勛を中心とする反乱を平定したことが挙げられる。官は荊州刺史・輔国将軍・監郢州諸軍事・開府儀同三司等を歴任する。封は貞陽県公。蕭道成（斉の高帝）に反したが、敗れて誅された。『宋書』巻七四。尚、『宋書』巻一〇順帝紀に、昇明元年（四七七）十二月「荊州刺史沈攸之 兵を挙げ反し、閏月癸巳「沈攸之 郢城を攻め圍み、前軍長史柳世隆固守す」とある。この事から、范雲が西曹書佐に任官し、法曹行参軍に転じたのも、四七七年であると考えられる。

一六 長流　治獄の官。『顔氏家訓』書証篇に「何故に治獄参軍を名づけて長流と為すや」との問いがあり、之推は『周礼』秋官司寇（刑罰・警察のことを司る官）の流れをくむ官であるので、秋の主神のいる「長流」山の名を取ったと説く。抗は直接防衛にあたるというより、治安にあたることが職務であったのであろう。

一七 可兒　よい人物。とりえのある人。『世説』賞譽79に「桓溫行ゆく王敦が墓邊を經り過ぎ、之を望みて云う、可兒たり、可兒たりと」と。

一八 明旦…　『南史』巻五七によると、この時手紙と共に「武陵王に酒一石・犢一頭」を、「長史柳世隆に鮰魚二十頭」を餉らせたが、その首を全て切り落としていたという。

一九 甘心如薺　『詩』邶風「谷風」に「誰れか荼苦しと謂う、其れ甘きこと薺の如し」とある。荼は「にがな」、薺は「なづな」。初生のものは甘味がある。荼は苦いとはいえ自らの心の苦しみに比べれば薺ぐらい甘いという意味である。後、事を為すのに喜んで苦しみを感じない譬えとされる。

二〇 柳世隆　四四二～四九一。字は彦緒。宋の尚書令柳元景の甥。斉の武帝の腹心となり、沈攸之の反乱の平定に大功をたて、斉王朝の創建に力を尽くした。官は尚書令まで至った。『南斉書』巻二四、『南史』巻三八。

＊　＊　＊

齊建元初、[二一]竟陵王子良爲會稽太守、雲始隨王、王未之知也。會遊秦望[二二]、使人視刻石文、時莫能識、雲獨誦之、王悅、自是寵冠府朝。[二三]王爲丹陽尹、召爲主簿、深相親任。時進見齊高帝[二四]、値有獻白烏者[二五]、帝問此爲何瑞。雲位卑、最後答曰「臣聞王者敬宗廟、則白烏至」。時謁廟始畢[二六]。帝曰「卿言是也。感應之理、一至此乎[二七]」。轉補征北南郡王刑獄參軍事、領主簿如故、遷尚書殿中郎。子良爲司徒[二八]、又補記室參軍事、尋授通直散騎侍郎、領本州大中正。出爲零陵內史[二九]、在任潔己、省煩苛[三〇]、去游費、百姓安之。明帝召還都[三一]、及至、拜散騎侍郎。復出爲始興內史。郡多豪猾大姓、二千石有不善者[三二]、謀共殺害、不則逐去之。邊帶蠻俚、尤多盜賊、前內史皆以兵刃自衞。雲入境、撫以恩德、罷亭候、商賈露宿、郡中稱爲神明[三三]。仍遷假節・建武將軍・平越中郎將・廣州[三四]刺史。初、雲與尙書僕射江祏善[三五]、祏姨弟徐藝爲曲江令、深以託雲。有譚儼者、縣之豪族、藝鞭之、儼以爲恥、詣京訴雲、雲坐徵還下獄[三六]、會赦免[三七]。永元二年、起爲國子博士。

齊の建元初、[二一]竟陵王子良 會稽太守と爲る。雲始めて王に隨うも、王未だ之を知らざるなり。會たま[二二]秦望に遊び、人をして刻石の文を視せしむに、時に能く識る莫く、雲獨り之を誦す。王 悅びて、是れ自り寵 府朝に冠たり。[二三]王 丹陽尹と爲り、召して主簿と爲し、深く相い信任す。時に[二四]齊の高帝に進見し、[二五]白烏を獻ずる者有るに値う。帝 此れ何の瑞爲るかを問う。雲 位卑しくして、最後に答えて曰く「臣聞く、王者 宗廟を敬えば、則ち白烏至ると」と。時に[二六]廟に謁して始めて畢わる。帝曰く「卿が言是なり。感應の理、一[27]に此に至るか」と。轉じて征北南郡王刑獄參軍事に補され、尋いで通直散騎侍郎を授けられ、本州大中正を領す。出でて零陵内史と爲り、任に在りては己を潔くし、[30]煩苛を省き、游費を去り、百姓之に安んず。[31]明帝召して都に還らしめ、至るに及びて、散騎侍郎を拜す。復た出でて始興内史と爲る。郡に豪猾大姓多し、[32]二千石にして善からざる者有らば、謀りて共に殺害し、不らざれば則ち之を逐去す。邊帶は蠻俚にして、尤も盗賊多く、前の内史皆な兵刃を以て自衞す。雲 境に入りて、撫するに恩德を以てし、亭候を罷むも、商賈露宿し、郡中稱して[33]神明と爲す。仍ち假節・建武將軍・平越中郎將[34]・廣州刺史に遷る。初め、雲 尚書僕射[35]江祏と善し、祏が姨弟徐藝 曲江令と爲り、深く以て雲に託す。譚儼なる者有り、縣の豪族たり。藝 之を鞭ち、儼以て恥と爲し、京に詣て雲を訴う。雲 坐して[36]徵還せられて獄に下り、[37]會たま赦免さる。永元二年、起ちて國子博士と爲る。

斉の建元（四七九～四八二）年間の初め、竟陵王子良が会稽（浙江省）太守となって、雲は、始めて王に付き従ったが、王は彼のことを知らなかった。たまたま秦望山に出かけて、刻石の文章を調べさせたが、その時分かる者がおらず、雲だけが誦むことができた。王は喜んで、この時から王府で一番の寵臣となった。王が丹陽（江蘇省）尹になると、雲を召辟して主簿にし、厚く信任した。折りしも、斉の高帝にお目通りをした。白い烏を献上する者がいた。帝はそれが何の瑞兆であるかを尋ねた。雲は位が低かったので、最後に答えて「王者が宗廟を敬えば白い烏が現れると聞いております」と言った。ちょうど宗廟のお祭が終わったところであった。帝は「そなたの言うことは正しい。感応のことわりは、なんとこんなにすぐ的確に現れるものか」と言った。転じて征北南郡王刑獄参軍事を授けられ、主簿はもとのままで、尚書殿中郎に遷った。子良が司徒になると、また記室参軍事を授けられ、つづいて通直散騎侍郎を授けられ、出身地の大中正を受けた。地方に出て零陵（湖南省）内史となり、その任にある時には私欲がなく正しい行いをし、必要以上に煩雑で厳しい法令を省き、無駄遣いを除き、民の暮らしも落ち着いた。明帝は、雲を都に呼び戻し、都に着くと散騎侍郎を授けた。再び都をでて始興（広東省）内史となった。郡内にはたちの悪い土豪が多く、太守であって彼らにとって具合の悪い者は共謀して殺害し、そうでなければ追い出した。周辺は蛮夷で、盗賊がことに多く、前の内史たちは武装して自衛していた。雲はその任地に入ると、恩恵を施して鎮め、見張りの物見台も廃止した。行商人たちは野宿できるようになり、郡では神業であるとたたえた。そこで仮節・建武将軍・平越中郎将・広州（広東省）刺史に移った。以前、雲は尚書僕射江祏と仲が良く、祏の母方の従弟の徐藝が曲江（広東省）の令となり、祏は徐藝のことを懇ろに雲に頼んだ。譚儼という者がおり、県の豪族であった。藝は儼を鞭打ち、儼はその事を恥として都に行って雲を訴えた。雲は罪にふれて召し戻され、獄に繫がれたが、罪を許された。永元二年（五〇〇）に、あげられて国子博士となった。

二一 竟陵王子良　四六〇～四九四。蕭子良。『南斉書』の伝によると、会稽太守となったのは昇明三年（四七九）となっているが、『通鑑』斉紀建元元年によるとそれは正月のことであり、同四月に建元に改元している。故に正確には子良が太守となったのは昇明の終わりである。また『南史』巻五七によると、この時雲は府主簿であった。『南斉書』巻四〇、『南史』巻四四。本書「王融伝」注一〇参照。

二二 秦望　山名。浙江省杭県の南。秦の始皇帝が東遊して此の山に登った。『南史』巻五七は、この時のことを詳しく記している。范雲は秦望山に登る前日、山上に秦始皇帝の刻石があり三句一韻でしかも皆大篆で書かれており識読しがたいことを知って、夜に『史記』を読み暗唱した、翌日山に登った時、子良が刻石を読むように命じたところ誰も読めなかった、最後に雲の番になり、雲が「下官嘗て『史記』を讀むに、此の刻石の文を見る」と言って流れるように読んだ、という話になっている。

二三 王爲丹陽尹　『南斉書』巻四〇竟陵王子良伝に「建元二年（四八〇）、…仍って征虜將軍・丹陽尹と爲る」とある。『南史』巻五七では王が会稽太守となった時「雲 府主簿と爲る」としたので、この時は「復た主簿と為る」としている。

二四 齊高帝　四二七～四八二。在位四七九～四八二。南斉の初代皇帝。蕭道成。宋の順帝を廃して自立し、国を斉と号し、建康に都した。在位四年にして崩ず。『南斉書』巻一・二、『南史』巻四。本書「梁武帝伝」注四参照。

二五 白烏　古くは祥瑞とされた。『宋書』巻二九符瑞志下に「白烏は王者 宋廟に肅敬なれば則ち至る」とある。

二六 謁廟　昔、帝后等が外出したり大事があった時、廟を詣でて祖廟に告した。『宋史』巻一〇八礼志一一に「漢文帝自り以來、皆位に即きて而して廟に謁す」とある。

二七 一至此乎　『戦国策』斉策に「靖郭君の寡人に於けるや、一に此に至るか」とある。

二八 子良爲司徒　『南斉書』巻四〇竟陵王子良伝に「明年（永明二年、四八四）、入りて護軍將軍と爲り、司徒を兼ね、兵置佐を領し、侍中は故の如し」とある。即ち、子良が司徒となったのは、四八四年のことである。

二九 出爲零陵内史　『南史』巻五七によると永明十年（四九二）に魏に使いし、帰ってきてから零陵内史に移ったという。明帝の在位期間内（四九四～四九八）に再び都に呼び戻されているので、零陵内史であったのは四九二年から四九八年のある期間である。『南史』巻五七には、零陵の旧政では公田奉米の他に、別に雑調四千石を課していたが、雲が任地に入ると其の半ばを止めさせたため、民が非常に喜んだ、そしてそのことが明帝にまで伝わり、呼び戻されて正員郎に除せられたことが記されている。

三〇 煩苛　法律が煩雑で細かく、必要以上にきびしいこと。『漢書』巻四文帝紀に「漢興りて、秦の煩苛を除き、法令を約す」とある。

三一 明帝　四五二～四九八。在位四九四～四九八。南齊第五代の高宗をいう。蕭鸞。『南斉書』巻六、『南史』巻五。本書「謝朓伝」注二二参照。

三二 二千石　漢代、太守の年俸が二千石であったことから、地方長官を意味するようになった。

三三 神明　神の行ないのようにすぐれていること。神業。『漢書』巻一〇〇上叙伝上に「郡中震慄し、咸な神明と稱す」と。尚、『南史』巻五七は、始興内史時代の能吏としての逸話を多く載せる。

三四 廣州刺史　『南斉書』巻七東昏紀に、永元元年（四九九）六月「癸亥、始興内史范雲を以て廣州刺史と爲す」とある。尚、曲江は呉の時始興郡の治であったが隋には広州府に属す。

三五 江祏　?～四九九。河南の済陽・考城の人。字は弘業。景皇后は其の姑。明帝の時、安陸県侯に封ぜられ、永泰の初、右僕射となる。弟の祀と東昏侯を廃立しようと謀ったが、事が漏れて殺された。『詩品』下品に録されているが、作品は現存していない。『南斉書』巻四二、『南史』巻四七。尚、『南史』巻五七では「時に江祏姨弟徐藝 曲江令と爲り、祏深く以て雲に託す」と祏の字が付されている。本書「謝朓伝」注三三参照。

三六 徵還　召し還すこと。呼び戻すこと。召還。尚、和刻本・百衲本は「儼還」に作る。

三七 會赦免　『南斉書』巻七東昏紀によると、范雲が広州刺史になったのが永元元年（四九九）六月であり、同年十月には始興内史顔翻を広州刺史とするという記事がある。またその間の九月「壬戌、頻（しきり）に大臣を誅するを以て、天下に大赦す」とある。これらのことから、范雲は四九九年六月から九月までの間に罪に坐し、九月に恩赦にあった可能性が考えられる。

＊　　＊　　＊

初、雲與高祖遇於齊竟陵王子良邸[三八]、又嘗接里閈[三九]、高祖深器之。及義兵至京邑、雲時在城内。東昏既誅[四〇]、侍中張稷[四一]使雲銜命出城、高祖因留之、便參帷幄、仍拜黃門侍郎、與沈約同心翊贊。俄[四二]遷大司馬諮議參軍、領錄事。梁臺建[四三]、遷侍中。時高祖納齊東昏余妃、頗妨政事、雲嘗以爲言、未之納也。後與王茂[四四]同入臥内、雲又諫曰「昔漢祖[四五]居山東、貪財好色、及入關定秦[四六]、財帛無所取、婦女無所幸、范增[四七]以爲其志大故也。今明公始定天下、海内想望[四八]風聲[四九]、奈何襲昏亂之蹤、以女德爲累」。王茂因起拜[五〇]曰「范雲言是、公必以天下爲念、無宜留惜」。高祖默然。雲便疏令以余氏賚茂、高祖賢其意而許之。明日、賜雲・茂錢各百萬。

天監元年、高祖受禪、柴燎[五一]於南郊、雲以侍中參乘。禮畢、高祖升輦、謂雲曰「朕之今日、所謂懍[五二]乎若朽索之馭六馬」。雲對曰「亦願陛下日愼一日[五三]」。高祖善之。是日、遷散騎常侍[五四]・吏部尚書、以佐命功封霄城縣侯、邑千戸。雲以舊恩見拔、超居佐命[五五]、盡誠翊亮、知無不爲[五六]。高祖亦推心任之[五七]、所奏多允。嘗侍讌、高祖謂臨川王宏[五八]・鄱陽王恢[五九]曰「我與范尚書少親善、申四海之敬、今爲天下主、此禮既革、汝宜代我呼范爲兄」。二王下席拜、與雲同車還尚書下省、時人榮之。其年[六〇]、東宮建、雲以本官領太子中庶子、尋遷尚書右僕射、猶領吏部。頃之、坐違詔用人、免吏部、猶爲僕射。

初め、雲 高祖と齊の竟陵王 子良が邸に遇い、又た嘗て 里閈を接す。高祖深く之を器とす。義兵の京邑に至るに及び、雲 時に城内に在り。東昏既に誅され、侍中 張稷 雲をして命を銜みて城を出でしめ、高祖因りて之を留めて、便ち帷幄に參ぜしむ。仍ち黄門侍郎を拜し、沈約と心を同じくして翊贊す。[四二]俄に大司馬諮議參軍に遷り、錄事を領す。[四三]梁臺建ちて、侍中に遷る。時に高祖 齊の東昏の余妃を納れ、頗る政事を妨ぐ。雲嘗て以て言を爲すも、未だ之を納れざるなり。後[四四]王茂と同に臥内に入り、雲又た諫めて曰く「昔[四五]漢祖 山東に居るに、財を貪り色を好むも、[四六]關に入りて秦を定むるに及びて、財帛取る所なく、婦女幸する所なし。[四七]范增以爲らく其の志大なるが故なりと。今明公始めて天下を定め、海内[四九]風聲を[四八]想望するに、奈何ぞ昏亂の蹤を襲ぎ、女德を以て累わさるるを爲さん」と。王茂因りて[五〇]起拜して曰く「范雲が言是なり、公必ず天下を以て念と爲せ。宜しく留惜することなかれ」と。高祖默然たり。雲便ち疏して余氏を以て茂に賚わしむ、高祖其の意を賢として之を許す。明日、雲・茂に錢各おの百萬を賜う。

天監元年、高祖 禪を受け、南郊に[五一]柴燎し、雲 侍中なるを以て參乘す。禮 畢わりて、高祖 輦に升り、雲に謂いて曰く「朕の今日、所謂[五二]懔乎として朽索の六馬を馭するが若し」と。雲 對えて曰く「亦た願わくは陛下日[五三]びに一日を愼め」と。高祖 之を善しとす。是の日、[五四]散騎常侍・吏部尚書に遷り、佐命の功を以て霄城縣侯に封ぜらる、邑千戸なり。雲 舊恩を以て拔かれ、[五五]超えて佐命に居り、誠を盡くして翊亮し、[五六]知を爲さざる無し。[五七]高祖亦た心を推して之を任じ、奏する所多く允す。嘗て讌に侍し、高祖[五八]臨川王宏・[五九]鄱陽王恢に謂いて曰く「我 范尚書と少くして親善たりて、四海の敬を申ぶ、今天下の主と爲れば、此の禮 既に革まる、汝宜しく我に代りて范を呼びて兄と爲すべし」と。二王 席を下りて拜し、雲と車を同じくして尚書下省に還る。時人 之を榮とす。其の年、[六〇]東宮建ち、雲 本官を以て太子中庶子を領し、尋いで尚書右僕射に遷り、猶お吏部を領す。頃之にして、詔に違いて人を用うるというに坐して、吏部を免ぜらるるも、猶お僕射爲り。

以前、雲は高祖と斉の竟陵王子良の屋敷で出会い、また、かつて近所に居を構えていたこともあり、高祖は雲を才能のある人物であるとみなした。鎮圧軍が都に至った時、雲は城内にいた。東昏侯（廃帝）が誅殺されると、侍中の張稷は雲に命をふくんで城外に出させ、高祖はそのまま雲を留め置いて陣営に参画させた。それから黄門侍郎を授けられ、雲は沈約と力を合わせて高祖を助けた。まもなく大司馬諮議参軍に移り、録事参軍を兼任した。高祖が梁王になると、侍中に移った。この頃高祖は斉の東昏侯の余妃を自分のものにして、かなり政務の妨げになっていた。雲は以前にそのことで申し上げたことがあったが、高祖は聞き入れなかった。後に王茂と共に寝所に入り、雲は重ねて諫めて言った。「昔、漢の高祖は、山東（崤山以東の地）にいた頃には財貨に貪欲で女色を好んでおりましたが、函谷関に入り秦の都を平定すると、財貨に手をつけることもなく、婦女にも手を出すことがありませんでした。それは志が大きいからであると范増は見ました。今あなた様は天下を平定され、天下の者があなた様のお人柄を慕っておりますのに、どうして愚か者のまねをして、女色のために煩わされるようなことをなさることがございましょうか」と。王茂はそこで起って拝礼して言った。「范雲の申す通りです。あなた様は是非とも天下のことをお考えなさい。未練な事をなさってはいけません」と。高祖は押し黙ったままであった。そこで雲は上疏して余妃を王茂に賜るよう申し上げたところ、高祖は賢明な考えであるとして許可された。翌日、雲と茂にそれぞれ銭百万を賜った。

天監元年（五〇二）、高祖は天子の位を譲り受けて、南の郊外で柴燎の儀典を執り行い、雲も侍中の資格でお供して車に同乗した。儀典が終わり、高祖は輦に乗って雲に「朕の今日は、びくびくとして腐った綱で六頭の馬を馭す、というようなものだな」と言った。雲は答えて「また陛下におかれましては、日ごとにより一層謹んでいただきますように」と言った。高祖はこの言葉をよしとした。この日、散騎常侍・吏部尚書に移り、建国の大業を助けた功績で霄城県侯に封ぜられ、食邑千戸を賜った。雲はかねてからの恩寵により抜擢されて天子を助ける任に就いたが、真心を尽くして天子を輔佐し、天子のためになることなら、考えうる限りのことを行うほどの忠義を尽くした。高祖もまたその心を知って雲を信任し、雲が奏上したことの多くを認めた。ある時、雲が宴席に侍っていた時、高祖は臨川王宏と鄱陽王恢に言った。「私は范尚書と若い時から親しみ仲良くしており、天下第一の敬意を表してきたが、今や私が天下の主となって、この礼は改まってしまった。お前たちは私の代りに雲を兄と呼びなさい」と。二王は席をおりて拝礼し、雲と車に同乗して尚書下省に帰った。当時の人はこの事を名誉なことであるとした。その年、皇太子が立てられると、雲は本官のまま太子中庶子を兼任し、ついで尚書右僕射に移ったが、吏部の職はそのままであった。しばらくして、詔勅に背いて人を用いたという罪にふれて、吏部の職を免ぜられたが、僕射の職はそのままであった。

三八 高祖　四六四〜五四九。在位五〇二〜五四九。梁の武帝、蕭衍。本書「梁武帝伝」参照。范雲と武帝の出会いについては、『梁書』巻一武帝紀上に「竟陵王子良 西邸を開き、文學を招く、高祖 沈約・謝朓・王融・蕭琛・任昉・陸倕等と並びに焉に遊ぶ、號して曰く八友と」とある。『梁書』巻一〜三、『南史』巻六〜七。

三九 接里閈　『後漢書』巻一四成武孝侯順伝に「順は光武と里閈を同じくす」とあり、李賢注に「閈は里の門なり」とある。即ち里閈は、里（行政区画、村）の入り口の門。里閈を接すとは、近隣に居を構えていることを意味する。『南史』巻五七に「永明末、梁武 兄懿と東郊の外に卜居す。雲も亦た室を築きて相い依る」とあり、永明（四八三〜四九三）の末には近くに居を構えていたことがわかる。

四〇 東昏　四八三〜五〇一。東昏侯蕭宝巻。在位四九八〜五〇一。『南斉書』巻七、『南史』巻五。本書「謝朓伝」注三二参照。

四一 張稷　生卒年未詳。享年六十三歳。字は公喬。孝子。官は青・冀二州の刺史、鎮北将軍。族兄充・融・巻とともに名を知られ、当時の人は四張と称した。『梁書』巻一六。『南史』巻三一。尚、この時の事情については『南斉書』巻四八劉繪伝・『梁書』巻一六張稷伝・『南史』巻四六王珍国伝等に詳しい。東昏侯が淫虐であったため、張稷・劉繪・王珍国らが謀って直閤張斉に東昏侯を含徳殿で殺させ、国子博士范雲・舎人裴長穆らに石頭の梁武帝の所へ其の首級を持って行かせたという。この時、張稷は南兗州刺史であり、この事により武帝から侍中・左衛将軍に除されている。

四二 俄遷大司馬諮議參軍、領錄事　中華書局本は、「參軍」の後を並列を表す記号にするが、文意により改めた。

四三 梁臺　文字どおりには南朝梁の禁城。ここでは、梁国を意味する。『梁書』巻一梁武帝紀に「是に於て、齊の百官豫章王元琳等八百一十九人、及び梁臺の侍中臣雲等一百一十七人、並びに上表して勸進す」とある。

四四 王茂　四五六〜五一五。梁の功臣。太原の人。字は休遠。南斉の時、蕭衍（梁の武帝）のもとで戦功を重ね、その信頼を得た。蕭衍が改革を行なった時には、南斉の大軍を撃破し、侍中・領軍将軍に任ぜられた。その後、司空・侍中・丹陽尹まですすんだ。『梁書』巻九、『南史』巻五五。

四五 漢祖…　『史記』巻七項羽本紀に「范增 項羽に說いて曰く、沛公山東に居りし時、財貨を貪り、美姬を好む。今、關に入るに、財物取る所なく、婦女幸する所なし。此れ其の志 小に在らず、…と」とある。

四六 關　せき。関所。ここでは函谷関。

四七 范増　?～前二〇四。楚・漢抗争の際の楚の功臣。鴻門の会に際して劉邦の謀殺を謀ったが、果たせなかった。最後は項羽に疑われ、怒って辞任し故郷に帰る途中に没した。

四八 想望　思いしたう。『後漢書』巻八〇下文苑伝趙壹伝に「士大夫其の風采を想望す」とある。

四九 風聲　風格と声望。『後漢書』巻一三隗囂伝に「光武素より其の風聲を聞き、報いるに殊禮を以てす」とある。

五〇 起拜　起ちて拝礼する。『漢書』巻九三董賢伝に「單于乃ち起拜し、漢の賢臣を得るを賀す」とある。

五一 柴燎　柴を焚く。柴を焚いて天を祭る。『北斉書』巻四文宣帝紀に「皇帝の位に南郊に於いて卽き、壇に升り柴燎して天に告ぐ」とある。

五二 懍乎…　『書』五子之歌に「懍乎として朽索の六馬を馭するが若し」とあり、人の上に立つものが愼みおそれるさまを言う。

五三 日愼一日　日々にその日を愼むこと。『韓非子』初見秦に「戰戰栗栗、日に一日を愼め」とある。

五四 遷散騎常侍…　『梁書』巻二武帝紀中に「天監元年（五〇二）夏四月丙寅、高祖　皇帝の位に南郊に於いて卽く。壇を設け柴燎し、天に告類して曰く…。…丁卯、…長兼侍中范雲を以て散騎常侍・吏部尚書と爲す」とあり、雲が散騎常侍等になったのは、武帝即位の翌日である。

五五 超　抜擢して昇進させること。『漢書』巻八三朱博伝に「遷りて京兆尹と爲り、數月にして超されて大司空と爲る」と。

五六 知無不爲　『左伝』僖公九年の伝に「公家の利、知を爲さざる無きは、忠なり」とある。これは、公室の利益になることで思いつくことならどんなことでも行うのが忠であるという意味。

五七 高祖亦推心任之　百衲本は、「任之」を「仗之」に作る。「仗」はたよる、たのみとすること。

五八 臨川王宏　四七三～五二六。蕭宏。梁太祖の第六子。天監中、臨川王に封じられる。『梁書』巻二二、『南史』巻五一。本書「劉勰伝」注九参照。

五九 鄱陽王恢　四七六～五二六。蕭恢。梁の太祖の第九子（『南史』は『冊府元龜』により第十子に改めている）、武帝の弟。字は弘達。諡は忠烈。天監の初、鄱陽郡王に封じられる。官は都督荊州刺史。『梁書』巻二二、『南史』巻五二。

六〇 東宮建　皇太子を立てること。『梁書』巻二武帝紀の天監元年冬十一月の記事に「甲子、皇子統を立てて皇太子と爲す」とある。

＊　　＊　　＊

雲性篤睦[61]、事寡嫂盡禮、家事必先諮而後行。好節尚奇、專趣人之急。少時與領軍長史王眩善、眩亡[62]於官舍、貧無居宅、雲乃迎喪還家、躬營[63]含殯。事竟陵王子良恩禮甚隆、雲每獻損益、未嘗阿意。子良嘗啓齊[64]武帝論雲爲郡。帝曰「庸人、聞其恆相賣弄[65]、不復窮法、當宥之以遠」。子良曰「不然。雲動[66]相規誨、諫書具存、請取以奏」。既至、有百餘紙、辭皆切直[六七]。帝歎息、因謂子良曰「不謂[六八]雲能爾。方使弼[六九]汝、何宜出守」。齊[七〇]文惠太子嘗出東田[七一]觀穫、顧謂衆賓曰「刈此亦殊可觀」。衆皆唯唯。雲獨曰「夫三時之務、實爲長勤。伏願殿下知稼穡之艱難、無徇一朝之宴逸」。既出、侍中蕭緬[七二]先不相識、因就車握雲手曰「不圖今日復聞讜言[七三]」。及居選官[七四]、任守隆重、書牘盈案、賓客滿門、雲應對如流、無所壅滯、官曹文墨、發擿[七五]若神、時人咸服其明贍[七六]。性頗激厲、少威重、有所是非、形於造次、士[七七]或以此少之。初、雲爲郡號稱廉潔、及居貴重、頗通饋餉、然家無蓄積、隨散之親友。

二年、卒、時年五十三。高祖爲之流涕、即日輿駕臨殯。詔曰…（略[七八]）。禮官請諡[七九]曰宣、敕賜諡文。有集[八〇]三十卷。

雲性[六一]篤睦にして、寡嫂に事えて禮を盡くし、家事をば必ず先に諮りて而る後に行う。節を好み奇を尙び、專ら人の急に趣く。少き時領軍長史王晐と善し。晐[六二]官舍に亡し、貧にして居宅無し。雲乃ち喪を迎え家に還りて、躬ら含[六三]殯を營む。竟陵王子良に事えて恩禮甚だ隆く、雲毎に損益を獻じ、未だ嘗て意に阿らず。子良嘗て[六四]齊の武帝に啓して雲を郡と爲さんことを論ず。帝曰く「庸人、其れ恆に相い賣弄[六五]するを聞く、復た法を窮めざれば、當に之に宥すに遠を以てすべし」と。子良曰く「然らず。雲動[六六]もすれば相い規誨す、諫書具に存す、請う取りて以て奏さんことを」と。既に至るに、百餘紙有り、辭皆切直[六七]なり。帝歎息し、因りて子良に謂いて曰く「謂わざりき[六八]雲能ち爾りとは。方に汝を弼[六九]けしめん、何ぞ宜しく出でて守たらしむべし」と。齊[七〇]の文惠太子嘗て東田[七一]に出て穫を觀るに、顧みて衆賓に謂いて曰く「此を刈るも亦た殊に觀るべし」と。衆皆な唯唯たり。雲獨り曰く「夫れ三時の務、實に長勤爲り。

伏し願わくは殿下稼穡の艱難を知り、一朝の宴逸に徇うこと無れ」と。既に出づ。侍中[七二]蕭緬先に相い識らず。因りて車に就きて雲が手を握りて曰く「圖らざりき今日復た[七三]讜言を聞くとは」と。[七四]選官に居るに及びては、任守隆重なりて、書牘案に盈ち、賓客門に滿つ。雲が應對流るるが如く、壅滯する所無く、官曹の文墨、[七五]發擿すること神の若く、造次に形わる。[七六]士或いは此を以て時人咸な其の[七七]明瞻に服す。性頗る激厲にして、威重少なく、是非する所有れば、之を少んず。初め、雲郡爲りしとき號して廉潔と稱せらる。貴重に居るに及び、頗る饋餉を通ず、然れども家に蓄積すること無く、隨いて之を親友に散ず。

二年に、卒す。時に年五十三。高祖之が爲に流涕し、卽日輿駕して殯に臨む。詔して曰く…（略）[七八]。禮官[七九]諡して宣と曰わんと請うも、敕して諡を文と賜う。[八〇]集三十卷有り。

雲は人情味のある人柄で、未亡人となった兄嫁に礼儀を尽くして仕え、家の事は必ずまず兄嫁に相談してから行った。節義を尊び、奇特を好み、ひたすら人の危急に駆けつけた。若い時に領軍長史の王畡と親しくしていた。畡は官舎で亡くなったが、貧しくて居宅がなかった。そこで雲はその棺を迎え自分の家に帰って、自ら含殯の喪礼を行なった。竟陵王子良に仕えた時も、王が非常に慈しんで待遇したが、雲はいつも良い事も悪い事もともに申し上げ、王の意に媚びることはなかった。子良はかつて斉の武帝に啓を奉り雲を郡守とする事について議論した。帝は「つまらぬ輩はいつも君主の恩顧をかさにきて権力をふるい、法を徹底して行わない。こんなやつには遠くの郡を授ければよかろう」と言った。子良は「そうではありません。雲はいつも私に正しく教えてくれます。雲の諫言の書は全て残してあります。取りまとめてご覧いただきたく存じます」と言った。届いたものを見ると、百枚余りあり、その文章は全て適切であった。帝は感嘆して、子良に言った。「雲がこのようであるとは思わなかった。おまえを助けさせよう。どうして地方の太守にしてよかろうか」と。斉の文恵太子が、東田に出かけて取り入れを見たことがあったが、太子は大勢の賓客に向かって「ここの刈りいれを見るのもまた殊におもしろかろう」と言った。人々は皆太子の意に従った。雲だけが一人「春夏秋の三時のつとめは、まことに長い勤労です。どうぞ殿下は農業の苦しさをおわきまえになり、一時の楽しみに身を任されませんように」と言った。外に出ると、侍中の蕭緬が顔見知りではなかったのだが、このことで車の所にやって来て雲の手を握って「思いがけなくも今日再び教訓になる言葉を聞けました」と言った。吏部の官に就くようになると、その任務は重く、手紙は机に一杯になり、賓客は門に満ちあふれたが、雲は流れるように処理し、滞ることはなかった。役人の書いた文書から不正を摘発することが神業のようで、当時の人は、その卓越した手腕に感服した。その性格は非常に激しく、重々しさには欠けていた。是非の考えがちょっとしたことで表に現れるので、雲を軽んじる者もいた。はじめ、雲が郡守であった時、清廉潔白であると誉めたたえられたが、身分が高くなるとかなり贈り物を受けるようになった。しかし、家に蓄えることはせず、そのたびごとに親戚・友人に分け与えた。

天監二年（五〇三）に亡くなった、享年五十三歳であった。高祖は雲のために涙を流し、その日のうちに車に乗って殯礼に臨んだ。次のような詔を下された。…（略）。

礼官は謚を「宣」としようとしたが、勅令で「文」の謚を賜った。集三十巻がある。

六一　篤睦　手厚くむつまじい。『後漢書』巻六〇上馬融伝に「皇太后唐尭の九族を親しむ篤睦の徳を體す」とある。

六二　晐亡於官舎　『南史』巻五七にはもう少し詳細な記述がある。それに拠ると、雲が新しく家を建てて引っ越しが終わったばかりの時、王晐が官舎で亡くなり、遺体の行き場が無かったので、東廂に自ら迎え入れ、含殯の礼等も自ら行ったので、当時の人はなかなか出来ないことであると思った、ということである。

六三　含　古代の礼で、死者の口に入れる含み玉。

六四　齊武帝　四四〇～四九三。在位四八二～四九三。蕭賾。字は宣遠。廟号は世祖。高帝（蕭道成）の長子。父を助け南斉の創業に功績があり、皇太子の時内輪争いのため功臣をのぞき、猜疑心が強いとされている。治世の間に、竟陵王子良の文芸奨励があった。『通鑑』によると、子良が雲を郡守に推薦したのは四八七年のことである（斉紀武帝永明五年）。

六五　賣弄　君の恩顧をかさにきて権力をふるうこと。

六六　動　『助字辨略』巻三上声に「凡そ動と云う者は、即ち動輒の義を兼ぬ。乃ち省文なり。動は、擧動なり。輒は、卽なり。毎に擧動は卽ち此の如きなり」という。

六七 切直　悪しきを正す。切正。また、懇切で正しい。『大戴礼』保傅「絜廉にして切直なりて、過を匡して邪を諫める者、之を弼と謂う。弼なる者は天子の過を拂う者なり」と。

六八 不謂雲能爾　『南史』巻五七では「意わざりき范雲 乃ち爾らんとは、方に汝を弼けしめん」となっている。

六九 弼　たすける。『書』益稷に「予違わば汝弼けよ」とある（↓注六七）。

七〇 齊文惠太子　四五八～四九三。蕭長懋。『南斉書』巻二一、『南史』巻四四。本書「王融伝」注一一参照。

七一 東田　南斉の文恵太子が鍾山の下に建てた楼観。『南史』巻五斉紀下廃帝鬱林王紀に「文恵太子、樓觀を鍾山の下に立て、號して東田と曰い、太子屢しば之に遊幸す」と。謝朓「東田に遊ぶ」詩（『文選』巻二二）等がある。

七二 蕭緬　四五五～四九一。南齊の人。『南史』に蕭絹に作る。字は景業。謚は昭。封は安陸王。呉郡太守、後、雍州刺史、都督を加えられる。『南斉書』巻四五、『南史』巻四一。

七三 讜言　正しい言葉。教訓になるよいことば。『漢書』巻一〇〇上叙伝上「今日復た讜言を聞く」とある。

七四 選官　官吏を選ぶことを掌る官。即ち吏部の官。選事。

七五 發擿　人の罪をあばき出すこと。『漢書』巻七六趙広漢伝に「其の姦を發し伏を擿くこと神の如し」と。

七六 明贍　見識・技能が卓越していること。『北史』巻三八裴漢伝。

七七 士或以此少之　少はこの場合、軽視すること。『史記』巻六九蘇秦伝に「顯王の左右素より秦を知り、皆之を少んず」とあり、索隠に「少は之を輕んずるを謂うなり」という劉氏の説を引いている。

七八 詔の内容は、雲の清廉な人格と、政務に当たっての公正な態度などを誉め称えた後、そのような忠臣を失った悲しみを述べる。最後に、喪礼に備えて侍中・衛将軍を追贈し、僕射・侯は旧のままにすることなどの処置を命じている。

七九 謚曰宣…　謚について『逸周書』謚法解に「宣」については「施して成（私の誤りとされる）ならざるを宣と曰う」とあり、「文」については「天地を經緯するを文と曰う」「道德博厚なるを文と曰う」「學に勤め問うを好むを文と曰う」「慈惠にして民を愛するを文と曰う」等多くの説を上げる。また『通志』謚略では「文」「宣」とも上謚法に分類されるが、「文」が「神・聖・賢」に次いで四番目であるのに対し「宣」は十五番目である。范雲については、このように武帝は謚を宣から文に改めさせているが、『梁書』巻一三沈約伝には、有司が沈約に文と謚しようとしたところ、武帝が「懷情盡きざるを隱と曰う」と言い、そこで改めて隱と謚したとある。『通志』では「隱」は中謚法に分類されている。このことは、『南史』巻三四周捨伝に范雲が亡くなった後、皆は沈約が雲にかわって枢管の職責を担うと考えたが、帝は「約 輕易にして徐勉に如かざるを以て」徐勉と周捨に国政に参画させたとある記事と同じく、帝の范雲と沈約に対する評価の違いを表わしている。

八〇 有集三十卷　『隋志』は十一巻に、『旧唐志』『新唐志』は共に十二巻に作り、『通志』は十一巻とする。現在は散逸してしまっている。『古詩紀』巻七七、『全梁文』巻四五、『全梁詩』巻二。

（坂内千里）

江淹（四四四～五〇五）

江淹（こうえん）は低い身分から仕官し、文才と優れた時勢判断により、宋・斉・梁の三朝に仕え、大きな挫折失脚無きままに人生を全うした。その作品では『文選』所収の「恨みの賦」「別れの賦」や、他の詩人の詩体を模倣した「雑体詩三十首」が有名。順調な官途とは裏腹に、声律を重視する「永明体」の流れの中、晩年には佳作を残せず、夢で郭璞（一説に張協）に五色の筆を返したところ江淹の才が尽きた、という伝説を産んだ。『詩品』中。

梁書巻一四　江淹傳

[一]江淹字文通、濟陽[二]考城人也。少孤貧好學、[三]沈靖少交遊。[四]起家南徐州從事、[五]轉奉朝請。
[六]宋建平王景素好士、淹隨景素在南兗州。廣陵令郭彥文[七]得罪、辭連淹、[八]繫州獄。淹獄中上書[九]曰…（略）。
景素覽書、即日出之。尋舉南徐州秀才、[一〇]對策上第、[一一]轉巴陵王國左常侍。[一二]
[一三]景素爲荊州、淹從之鎭。少帝即位、[一四]多失德。景素專據上流、[一五]咸勸因此舉事。淹每從容諫曰「流言納禍、[一六]二叔所以同亡。抵局銜怨、[一七]七國於焉俱斃。殿下不求宗廟之安、而信左右之計、則復見[一八]麋鹿霜露棲於姑蘇之臺[一九]矣」。景素不納。及鎭京口、[二〇]淹又爲鎭軍參軍事、領南東海郡丞。[二一]景素與腹心日夜謀議、淹知禍機將發、乃贈[二二]

詩十五首以諷焉。

[一]江淹 字は文通、[二]濟陽考城の人なり。[三]少くして孤貧にして學を好み、[四]沈靖にして交遊少なし。南徐州 從事に[五]起家し、奉朝請に轉ず。

[六]宋の建平王景素 士を好み、淹 景素に隨いて南兗州に在り。廣陵令 [七]郭彦文罪を得るや、辭 淹に連なり、州獄に繫がる。淹 獄中より[九]上書して曰く…（略）。

景素 書を覽て、即日に之を出だす。尋いで南徐州の秀才に[一〇]擧げられ、[一一]對策に上第し、[一二]巴陵王國の左常侍に轉ず。

[一三]景素 荊州と爲るや、淹 之に從いて鎭す。[一四]少き帝 即位して、失德多し。[一五]景素 專ら上流に據し、咸な此に因りて事を擧げよと勸む。淹 每に從容として諫めて曰く「流言 禍を納むるは、[一六]二叔の同じく亡びる所以なり。局に抵して怨を銜む、[一七]七國 焉に於いて倶に斃る。殿下 宗廟の安きを求めずして、左右の計を信ずれば、則ち[一八]復た[一九]麋鹿・霜露の姑蘇の臺に棲するを見ん」と。景素 納れず。[二〇]京口を鎭するに及び、淹は又た鎭軍參軍事と爲り、[二一]南東海郡の丞を領す。

景素 腹心と日夜謀議し、淹 禍機の將に發せんとするを知り、乃ち[二二]詩十五首を贈り以て諷す。

江淹は、字は文通、済陽郡考城県（河南省）の人である。若いころ父親を亡くし貧乏であったが、学問を好み、物静かな性格で人づきあいは少なかった。南徐州従事を官途の初めとし、それから奉朝請に転じた。

宋の建平王景素は、優れた人物を好み、南兗州（江蘇省）で淹は景素に従った。広陵令の郭彦文が罪を得た時、その訴えは淹にも及び、淹は州の監獄に繫がれた。淹は獄中から上書して言った…（略）。

景素はその書を読むと、その日のうちに彼を獄から出した。まもなく淹は南徐州の秀才に選ばれ、対策に合格し、巴陵王国の左常侍に転任した。

景素が荆州刺史となると、淹は彼に従ってまちを治めた。幼い帝（後廃帝劉昱）は即位すると、道義に悖った行いが多かった。景素はひとり長江の上流を本拠としていたので、みなが景素に挙兵をするように勧めた。淹はその度に落ち着いて次のように諫めた。「うわさは禍を招きます。二叔はともにそのために亡びたのです。不利な情況に逆らって、うらみを抱いたために、漢代の七つの諸侯はともに滅びました。殿下がもし宗廟の安定を求めずに、側近のはかりごとを信じたなら、栄華の地は荒れ果て、麋鹿が遊び、霜露の濡らすがままになるというような亡国の状況がまた出現しましょう」と。だが、景素は聞き入れなかった。景素が南徐州刺史となり京口（江蘇省）に赴くと、淹はまた鎮軍参軍事となり、南東海郡（江蘇省）の丞を兼任した。景素は腹心と日夜反乱を相談しており、淹は禍の芽が出ようとしているのを知り、そこで詩十五首を贈りそれを諫めた。

一 江淹　江淹の家系で分かっているのは、七世の祖・江淵、六世の祖・江象、祖父・江耽、父・康之。江淵、江象に関しては、汪藻『世説考異』企羨篇2、敬胤の注に「按ずるに、江淵學士、中興の初めに國子祭酒、大鴻臚、襄邑李侯と爲る。淵、象・焜を生む。象字は元、衞尉、定侯。六世孫淹は、今の驍騎將軍なり」。江淵は、『晋書』巻四九羊曼伝に見える江泉のこと。唐の高祖李淵の諱を避けて江泉と記される。江耽、康之に関しては、『文選』巻一六江淹「恨みの賦」李善注に引く『梁典』に「祖江耽、丹陽令。父康之、南沙令」と見える。江淹の生卒年は本伝による。

二 済陽考城　本来、済陽郡考城県は、河南省蘭考の東だが、南朝はこれを丹徒（江蘇省鎮江附近）に僑置していた。ここでの「済陽考城」が後者を指すという議論もある（清・汪中『述学』補遺「江淹墓辨」等）が、一応河南省としておく。兪紹初「江淹年譜」参照。

三 少孤貧　江淹の父、康之は劉宋孝建三年（四五六）、淹十三歳の時に亡くなった。「自序」（四部叢刊本『梁江文通文集』巻一〇、以下注記のない場合、「文集」は四部叢刊本の巻数）に「十三にして孤、過庭の訓（父の教え）を遊る」とあり、『広弘明集』巻三江淹「遂古篇」注引く『梁典』には「初め、年十三にして孤貧、薪を采りて母を養い、孝を以て聞こゆ」とある。

四 沈靖　殿本、和刻本は「沈靜」に作る。

五 起家南徐州従事　「自序」には「南徐州新安王従事・奉朝請と爲る」とある。新安王とは、劉宋孝武帝の第八子、劉子鸞（四五六～四六五）、字は孝羽。大明四年（四六〇）新安王に封ぜられ、五年（四六一）に南徐州刺史となっていた（『宋書』巻八〇「始平孝敬王子鸞伝」）。しかし江淹はこの後、かつて五経を講じたことのある始安王劉子真の下に従い、景和元年（四六五）九月、劉子真とともに南兗州に移った（『宋書』巻七前廃帝紀、文集巻六「始安王 征虜将軍南兗州刺史を拝するの章」）。南徐州は現在の江蘇省鎮江市に当たり、一般の徐州の南ではない。以下、南徐州・南兗州などの地名は、北朝支配下の実際の地名とは別に、南朝がその支配地域内に行政上設定（僑置）した名称なので、注意が必要。

六 宋建平王景素…　建平王劉景素は、文帝劉義隆の第七子劉宏の子（『宋書』巻七二）。南兗州刺史は、広陵（江蘇省）を治所とした（『宋書』巻三五「州郡志一」）。「自序」には「始安の薨るや、建平王劉景素 風を聞きて悦び、布衣の禮を以て待す」とある。以上二つの記事からすると、始安王劉子真が死亡してから、江淹は南兗州に移ったような印象を受けるが、前注のごとく実際には江淹はすでに南兗州におり、劉子真が泰始二年（四六六）十月に皇帝に死を賜った後、その年の九月から南兗州刺史となっていた劉景素（以上『宋書』巻八）の下につき厚遇を受けたと考えられる。劉子真は、晋安王劉子勛の反乱後、孝武帝の子であるということで誅殺された。

七 郭彦文　未詳。

八 辭連淹、繫州獄　百衲本、和刻本は「辭連繫淹州獄」に作る。その場合の読みは「辭 連なりて淹を州獄に繫ぐ」。辞は訴訟での供述。

九 上書曰　すなわち「建平王に詣りて上る書」（『文選』巻三九「上書」、文集巻五）。『宋書』巻八「明帝紀」によれば、劉景素の南兗州刺史の在任期間は泰始二年（四六六）九月から翌年八月まで。また書中に「加うるに旬月を渉り、季秋に迫るを以て」とあることから、江淹入獄は、泰始三年（四六七）七、八月ごろだったことが分かる。内容的には、鄒陽の「獄中より書を上り自ら明らかにする一首」（『文選』巻三九上書）と非常に似た展開を示す。基本的には「信にして疑わる」を中心のモチーフとし、忠臣が疑われ、冤罪を負った具体的な例を挙げ、自らの忠義心、冤罪もそれと同様だとして、主君の明察（免罪）を請う、という内容。

一〇 擧南徐州秀才　「自序」によれば、「尋いで南徐州桂陽王に秀才に擧げられ」とある。桂陽王とは文帝の第十八子、劉休範（『宋書』巻七九桂陽王休範伝）。休範は、永光元年（四六五）十二月に南徐州刺史となり、泰始五年（四六九）十二月に揚州刺史に移っており、淹が秀才となったのはその間である（『宋書』巻八明帝紀）。秀才とは、漢以後の挙士科目の一。南朝宋の制度では、丹陽、呉、会稽、呉興の四郡は毎年二人を推薦し、その他の郡は各一人を推薦した（『通典』巻一四選挙二）。

一一 對策上第　州が推薦した秀才は、必ず朝廷の試験を経た後、採用された。対策とは、簡策という竹の札の上に書かれた設問に対する、受験者の解答を言う。上第は、ふつう合格するということ。また『通典』には斉の制として、全部で五題の試験に、全問正解した者を上第、四三問正解を中第、二問を下第、一問は落第とするとある（巻一四選挙二）から、最高の成績で合格したということだったのかも知れない。殿本、百衲本、和刻本では「對策」を「對册」に作る。「册」は「策」に通じる。

一二 巴陵王　宋文帝の第十九子、劉休若のこと。孝建三年、九歳にして巴陵王に封ぜられた（『宋書』巻七二文九王伝、『南史』巻一四宋宗室及諸王子）。↓注一三。

一三 景素爲荊州、淹從之鎭　荊州の治所は江陵（湖北省）（『宋書』巻三

七州郡志三）。前注に見える巴陵王劉休若は、泰始五年（四六九）閏十一月から、泰始七年（四七一）二月に建平王劉景素に引き継がれるまで、荊州刺史であった（『宋書』巻八）から、江淹はそれ以前からすでに荊州に赴任していたと分かる。和刻本は「淹従之鎮」を「従いて鎮に之く（彼に従って町に行った）」と読むが、以上の理由からここでは「之に従いて鎮す」と読んだ。

一四 少帝即位　中華書局本では、少帝を固有名詞とするが、劉宋の少帝は四二二〜四二四の在位で、江淹と時代的に全く合わない。これは四七二年に即位した後廃帝劉昱（当時十歳）のことと考えるべきである。

一五 景素専據上流…　『通鑑』巻一三三元徽三年の項には、「時に太祖の諸子倶に盡き、諸孫唯だ景素のみ長ぜりと爲す。帝 凶狂にして徳を失い、朝野 皆 意を景素に屬す」とある。当時権勢を恣にしていた楊運長、阮佃夫らは、景素を排除しようとしたが、景素の腹心の将佐たちは、挙兵を勧めた。

一六 二叔　管叔と蔡叔。ともに周の武王の弟。管叔・蔡叔は武王の死後、周公旦が王室を権を専らにしたのに対し、武庚を擁して乱をなしたが、管叔は殺され、蔡叔は放逐された。『史記』巻三五管蔡世家。泰始七年（四七一）、明帝劉彧に疑いをかけられ死を賜った二人の叔父、文帝の第十二子、始安王休仁（初め建安王）と、第十九子、巴陵王劉休若に比しているとも考えられる。

一七 七國　漢の敬帝の時（景帝三年、前一五四）、反乱を起こした呉、楚、趙、膠西、済南、菑川、膠東の七諸侯の国。鼂錯が諸侯王の封地を削減するよう建議したことから、諸侯が近臣鼂錯排除を名目に反乱を起こした。『史記』巻一一孝景帝本紀、巻一〇一袁盎鼂錯列伝を参照。

一八 復見　和刻本は「復是（復た是れ）」に作る。

一九 麋鹿…姑蘇之臺矣　麋鹿は、鹿の一種。それが姑蘇の台に遊ぶとは、国家の滅亡を比喩する。『史記』巻一一八淮南衡山列伝に「（伍）被 悵然として曰く『…臣聞く 子胥 呉王を諫め、呉王用いずして、乃ち曰く「臣 今 麋鹿の姑蘇の臺に游ぶを見るなり」』と…」。また、『後漢書』巻八霊帝紀賛には「麋鹿霜露、遂に宮衞に棲す」とあり、これをもふまえる。

二〇 及鎮京口　泰豫元年（四七二）閏七月、劉景素は南徐州刺史となった（『宋書』巻九後廃帝紀）。京口は南徐州の治所（『宋書』巻三五州郡志一）。

二一 南東海郡　京口のこと。

二二 贈詩十五首　すなわち「阮公に効う詩十五首」（文集巻三）。阮公は阮籍。本書「阮籍伝」参照。江淹のこの詩は彼の「詠懐詩」に倣って心中の患憂の念を述べたものである。その手法的には、例えば「詠懐詩」其一の第一二句「夜中 寐ぬる能わず、起き座して鳴琴を弾ず」に対し、江淹詩の第一二句は「歳暮 感傷を懷き、中夕清琴を弄ず」、同第五六句「孤鴻は外野に號し、朔鳥は北林に鳴く」に対し、やはり第五六句「孤雲は北山に出で、宿鳥は東林に驚く」というように発想、字句の相似が見られ、「雑体詩三十首」にも見られる江淹の他の文学者の文体を的確に模倣するという特技は、ここでも発揮されている。

會[二三]南東海太守陸澄丁艱[二四]、淹自謂郡丞應行郡事。景素用司馬柳世隆[二五]。淹固求之、景素大怒、言於選部[二六]、黜爲[二七]建安呉興令。淹在縣三年。昇明初、齊帝[二八]輔政、聞其才、召爲尚書駕部郎・驃騎參軍事。俄而荊州刺史沈攸之[二九]作亂、高帝[三〇]謂淹曰「天下紛紛若是、君謂何如」。淹對曰「昔項[三一]強而劉弱、袁[三二]衆而曹寡、羽號令諸侯、卒受一[三三]劍之辱、紹[三四]跨躡四州、終爲[三五]奔北之虜。此謂『在[三六]德不在鼎』。公何疑哉」。帝曰「聞此言者多矣、試爲慮之」。淹曰「公雄武有奇略、一勝也。寛容而仁恕、二勝也。賢能畢力、三勝也。民望所歸、四勝也。奉天子而伐叛逆、五勝也。彼志鋭而器小、一敗也。有威而無恩、二敗也。士卒解體、三敗也。搢紳不懷、四敗也。懸兵數[三七]千里、而無[三八]同惡相濟、五敗也。故雖豺狼十萬、而終爲我獲焉」。帝笑曰「君談過矣」。是時軍書表記、皆使淹[三九]具草。相[四〇]國建、補記室參軍事。建元初、又爲驃騎豫章王[四一]記室、帶東武令[四二]、參掌詔册、並典國史[四三]。尋遷中書侍[四四]郎。永明初、遷驍騎將軍[四五]、掌國史。出爲建武將軍・廬陵内史。視事三年、還爲驍騎將軍、兼[四六]尚書左丞、尋復以本官領國子博士。

* * *

南東海太守[二三]陸澄[二四]艱に丁たるに會いて、淹自ら謂えらく郡丞應に郡事を行うべしと。景素司馬柳世隆[二五]を用う。淹固く之を求め、景素大いに怒りて、選部[二六]に言して、黜[二七]けて建安呉興令と爲す。淹縣に在ること三年。昇明の初め、齊帝[二八]政を輔くるに、其の才を聞きて、召して尚書駕部郎・驃騎參軍事と爲す。俄にして荊州の刺史沈攸之[二九]亂を作すに、高帝[三〇]淹に謂いて曰く「天下紛紛たること是くの若し、君謂えらく何如」と。淹對えて曰く「昔項[三一]強くし

て劉 弱し、[三二]袁 衆くして曹 寡し、羽 諸侯に號令して、[三三]卒に一劍の辱めを受く、[三四]紹 四州に跨躍して、[三五]終に奔北の虜と爲る。此を[三六]『德に在りて鼎に在らず』と謂ふ。公 何ぞ疑わんや」と。帝曰く「此の言を聞く者多し、試みに爲に之を慮れ」。淹曰く「公 雄武にして奇略有り、一勝なり。寬容にして仁恕、二勝なり。賢能にして力を畢くす、三勝なり。民望の歸する所たる、四勝なり。天子を奉じて叛逆を伐つ、五勝なり。彼れ 志 銳にして器 小さし、一敗なり。威有るも恩無し、二敗なり。士卒 體を解く、三敗なり。搢紳懷かず、四敗なり。[三七]懸兵數千里にして、[三八]同惡相い濟う無し、五敗なり。故に豺狼十萬と雖も、終に我が獲と爲らん」と。帝 笑いて曰く「君が談 過ぎたり」。是の時 軍書表記は、[三九]皆な淹をして具草せしむ。[四〇]相國建ち、記室參軍事に補せらる。建元の初め、[四一]又た驃騎豫章王の記室と爲り、[四二]東武令を帶し、詔冊を參掌し、並びに[四三]國史を典す。[四四]尋いで中書侍郎に遷る。永明の初め、[四五]驍騎將軍に遷り、國史を掌る。出でて建武將軍・廬陵內史と爲る。事を視ること三年、還りて驍騎將軍と爲り、[四六]尚書左丞を兼ね、尋いで復た本官を以て國子博士を領す。

南東海太守陸澄が親の喪に服した際、江淹は郡の丞である自分が郡事にあたるべきだと考えたが、景素は司馬柳世隆を登用した。しかし淹がかたくなに要求したため、景素は大いに怒り、吏部に意見して、淹を建安呉興（福建省）令に左遷した。淹は呉興県に三年間いた。昇明（四七七～四七九）の初め、後の斉の高帝蕭道成が、政事を補佐した際、彼は淹の才を聞いて、召して尚書駕部郎・驃騎参軍事とした。間もなく荊州刺史の沈攸之が反乱を起こした時、高帝は淹に「天下の混乱ぶりはこのとおりだ、君はどう思うかね」と尋ねた。淹は答えて次のように言った。「昔、項羽は強く劉邦は弱く、袁紹は多くの軍勢をもち曹操の軍勢は少数でありました。しかし、項羽は諸侯に号令する立場にあったものが、最後には自刃して死すという辱めを受け、袁紹は冀・青・幽・幷の四州を股にかけて活躍しましたが、結局は敗走の憂き目にあいました。これを『徳が問題で鼎が問題ではない』と申します。上様もお分かりのことでしょう」。高帝は言った。「そんな話はよく聞く。試しに私の場合どうなのかを言ってみろ」。淹は言った。「上様は、雄武にしてすぐれた策略を有されている、これが第一の有利。寛容にしておもいやりがあられる、これが第二の有利。才徳を兼ね備えた優秀さをもって全力を尽くされる、これが第三の有利。人々の人望の集まる対象となっておられる、これが第四の有利。天子を奉じて反逆を伐とうとされている、これが第五の有利。これに対し相手は、気迫はあるが器が小さい、これが第一の不利。威嚇するばかりで恩沢がない、これが第二の不利。士卒がだれきっている、これが第三の不利。有力者たちの人望が薄い、これが第四の不利。悪人同士が数千里離れているために、悪事をしようにも仲間がいない、これが第五の不利。以上の理由から、非道なけだものども十万人といえども、結局は我々に制圧されることでしょう」。帝は笑って言った。「君、それは言い過ぎだよ」。この時、軍中の文書や上奏文は、みな淹に起草させていた。蕭道成が相国（宰相）となると、記室参軍事の職を授かった。斉朝の建元（四七九～四八二）の初め、また驃騎豫章王蕭嶷（しょう ぎょく）の記室となり、東武令を兼ね、詔勅作成を掌り、あわせて斉史編纂をまかされた。間もなく中書侍郎に移った。永明（四八三～四九三）の初め、驍騎将軍に移り、国史編纂をつかさどった。都建康を出て建武将軍・廬陵（江西省）内史となった。政事に三年間当たった後、都に戻り驍騎将軍となり、尚書左丞を兼ね、まもなくまたそのままの官で国子博士を兼任した。

三三 南東海太守陸澄　陸澄（四二五～四九四）、字は彦淵、呉郡呉（江蘇省蘇州）の人。博学で王倹が戯れに「書廚」と呼んだ逸話が残る。官は度支尚書、光禄大夫に至った。南東海太守となった年代は不明。『南斉書』巻三九、『南史』巻四八。

三四 丁艱　父母の喪にあうこと。丁は、あたる・あう。

三五 司馬柳世隆　柳世隆（四四二～四九一）、字は彦緒、河東解の人。元景の甥。当時、柳世隆は晋熙王安西司馬であった。官は後に左光禄大夫侍中に至った。『南斉書』巻二四、『南史』巻三八。

三六 選部　吏部のこと。選部とは、漢代の呼び方。『通典』巻二三職官典五・尚書下参照。

三七 黜　官位を下げること。

三八 齊帝　後の斉の高帝、蕭道成（四二七～四八二、在位四七九～四八二）のこと。

三九 沈攸之　本書「范雲伝」注一五参照。

四〇 高帝謂淹曰　『通鑑』巻一三四では、以下の対話がなされたのは昇明元年（四七七）の閏十二月乙巳（二十六日）であったとする。

三一 項强而劉弱　項は項籍（前二三二〜前二〇二）、字は羽。劉は漢の高祖劉邦（前二四七〜前一九五）。いずれも秦末の英雄。項羽は自らの膂力は優れていたが、人心掌握力に欠け、劉邦は逆に人々の心をとらえるのがうまかった。最終的には劉邦が勝利して、漢帝国を打ち立てた（『史記』巻七項羽本紀、巻八高祖本紀）。殿本、和刻本は「強」を「彊」に作る。意味は同じ。

三二 袁衆而曹寡　袁は袁紹。曹は曹操。いずれも後漢末の英雄。

袁紹（?〜二〇二）、字は本初。霊帝の時、何進と謀って董卓の軍を召し、宦官を排除しようとしたが、ことが発覚して何進は殺され、袁紹が軍を率い宦官を尽く殺した。のち、出奔して河北に拠した。最後、曹操と官渡に戦って大敗し、病気となって没した。『後漢書』巻七四上、『三国志』巻六。

曹操（一五五〜二二〇）、字は孟德。魏の武帝。本書「曹操伝」参照。

三三 卒受一劍之辱　項羽はその最期、少数の配下をつき従え連戦したが、かつての友人呂馬童にも売られ、自刃して果てた。『史記』巻七項羽本紀。

三四 紹跨躡四州　跨はまたぐ。躡はふむ。四州とは冀州（ほぼ河北省）・青州（山東省から遼寧省にかけての地域）・幽州（河北省から遼寧省）・幷州（山西省・陝西省の北部）。『後漢書』巻七四上袁紹伝に「建安二年…（紹）冀・青・幽・幷の四州を兼督す」と見える。

三五 終爲奔北之虜　奔北は、敗走すること。北は、敗北の意。『後漢書』巻七四上袁紹伝に「冀州（袁紹）策を失い、自ら奔北を取る」とある。「虜」とは、とりこではなく、戦時に敵のことを「虜」と呼ぶ。

三六 在德不在鼎　楚子が周に行き、天子の証としての鼎の大きさ、重さを王孫満に尋ねたところ、「鼎の大きさ、重さはもつ人の徳によって決まるのであり、鼎に備わるのではない」と答えたという故事。いわゆる「鼎の軽重を問う」。『左伝』宣公三年に見える。

三七 懸兵　孤軍が敵陣深くに入り込むこと。「懸軍」に同じ。

三八 無同惡相濟　『梁書』各本みな「無」の字がない。中華書局本が『南史』『冊府元亀』などにより「無」の字を加えるのに従う。同悪は、ぐるになって悪事をはたらくこと、またその人。『三国志』巻一魏武帝紀に「馬超・成宜、同悪相い濟け、河・潼に濱據し、逞しく欲する所を求む」。

三九 皆使淹具草　実際には「太祖驃騎と爲るや、（孔）稚珪に文翰有るを以て、取りて記室參軍と爲し、江淹と對して辭筆を掌る」（『南斉書』巻四八孔稚珪伝）という記録もあり、全てが江淹の筆によるというのは、一種の誇張だが、彼の文集の巻七にはこの時期書かれた上奏文が数多く収められる。

四〇 相國建　相国は、宰相のこと。『宋書』巻三九百官志上。蕭道成が相国となったのは、升明三年（四七九）三月甲辰（二日）（『南斉書』巻一高帝紀上）。和刻本では、「齊國建」の誤りではないか、とするが、時期的にはいずれでも通る。

四一 又爲驃騎豫章王記室　『梁書』各本は皆「豫章王」を「建安王」に作るが、『南史』によって改める。中華書局版『梁書』の校勘記に「建安王子貞は建元四年に封ぜられ、『建元の初め』に驃騎となったことはない。豫章王蕭嶷は建元初めに驃騎大将軍となっており、『豫章王』と作るのが正しい」という。豫章王とは、蕭嶷、字宣儼、斉高高帝蕭道成の第二子（『南斉書』巻二二豫章文献王）。彼が荊州刺史から驃騎大将軍・揚州刺史となったのは、斉の建元元年（四七九）四月戊戌（二七日）（『南斉書』巻二高帝紀下）。

四二　帯東武令　東武は南徐州南平昌郡に属した（『南斉書』巻一四州郡志上）。

四三　典國史　『南斉書』巻五二檀超伝に「建元二年（四八〇）、初めて史官を置き、超と驃騎記室江淹とを以て史職を掌（つかさど）らしむ」とあり、檀超と二人で建元二年に『斉史』編纂にとりかかったことが分かる（→注八五）。

四四　尋遷中書侍郎　四八〇年以後、遠くない時期のことと推定される。『南史』江淹伝に「王儉嘗つて謂いて曰く『卿年三十五にして、已（すで）に中書侍郎と爲る…』」とあることに従えば、江淹が中書侍郎となったのは斉の升明二年（四七八）ということになるが、当時江淹は蕭道成の下で、文書作成に従事しており（→注三九）、中書侍郎となるはずがない。

四五　遷驍騎將軍　驍騎将軍となった正確な時期は不明。ただ『南斉書』巻九礼志上には「永明二年（四八四）、…驍騎將軍江淹　議して…」とあるから、四八四年以前であることは分かる。「驍騎」を殿本は「驃騎」に作る、誤り。

四六　兼尚書左丞　『南史』江淹本伝によれば永明三年（四八五）のこと。

＊　　＊　　＊

少帝初[四七]、以本官兼御史中丞。時明帝作相[四八]、因謂淹曰「君昔在尚書中、非公事不妄行、在官寬猛能折衷[四九]。今爲南司[五〇]、足以震肅百僚[五一]」。淹答曰「今日之事、可謂當官[五二]而行、更恐才劣志薄、不足以仰稱明旨耳」。於是彈中[五三]書令謝朏[五四]、司徒左長史王續、護軍長史庾弘遠[五五]、並以久疾不預山陵公事[五六]。又奏前益州刺史劉悛[五七]・梁州刺史陰智伯[五八]、並贓[五九]貨巨萬、輒收付廷尉治罪。臨海太守沈昭略[六〇]・永嘉太守庾曇隆[六一]、及諸郡[六二]二千石幷大縣官長、多被劾治、內外肅然。明帝謂淹曰「宋世以來、不復有嚴明中丞、君今日可謂近世獨步」。

明帝卽位、爲車騎臨海王長史[六三]。俄除廷尉卿、加給事中、遷冠軍長史、加輔國將軍。出爲宣城太守、將軍如故。在郡四年、還爲黃門侍郎、領步兵校尉、尋爲祕書監[六四]。永元中、崔慧景[六五]舉兵圍京城、衣冠[六六]悉投名刺、淹稱疾不往。及事平、世服其先見。

[四七]少帝の初め、本官を以て御史中丞を兼ぬ。時に[四八]明帝 相と作り、因りて淹に謂いて曰く「君 昔 尚書の中に在るや、公事に非ざれば妄行せず、官に在りては[四九]寛猛 能く折衷す。今[五〇]南司と爲れば、以て[五一]百僚を震肅するに足る」と。淹 答えて曰く「今日の事、[五二]官に當たりて行うと謂うべし、更に恐らくは才 劣に志 薄くして、以て仰ぎて明旨に稱うに足らざるのみ」と。是に於いて[五三]中書令謝朏、[五四]司徒左長史王繢、[五五]護軍長史庾弘遠、並びに久疾を以て[五六]山陵の公事に預らざるを彈ず。又た前の益州刺史劉悛・[五八]梁州刺史陰智伯、並びに[五九]贓貨巨萬なりと[五七]奏するに、輒ち收えて廷尉に付し罪を治む。[六〇]臨海太守沈昭略・[六一]永嘉太守庾曇隆、及び諸郡の[六二]二千石幷びに大縣の官長、多く劾治せられ、内外肅然たり。明帝 淹に謂いて曰く「宋世以來、復た嚴明の中丞有らず、君 今日近世獨歩と謂うべし」と。

明帝の卽位するや、[六三]車騎臨海王長史と爲る。俄に廷尉卿に除せられ、給事中を加え、冠軍長史に遷り、輔國將軍を加えらる。出でて宣城太守と爲り、將軍は故の如し。郡に在ること四年、還りて黄門侍郎と爲り、歩兵校尉を領し、[六四]尋いで祕書監と爲る。永元中、[六五]崔慧景 兵を擧げ京城を圍むや、[六六]衣冠 悉く名刺を投ずるも、淹 疾を稱して往かず。事 平らぐに及び、世 其の先見に服す。

少帝（鬱林王）の初め、江淹はそれまでの官（驍騎将軍）のまま御史中丞を兼任した。当時、後の明帝蕭鸞は宰相だったが、そこで江淹に次のように言った。「君が昔、尚書省にいた時、公事でなければ、みだりに行わず、官僚として飴と鞭を使い分けた。君が今度、南司（御史中丞）となると、全ての官僚たちは震え上がるな」。淹は答えて言った。「今回のことは、官務に忠実に行うとは申し上げられます。が、それ以上に才劣り意志薄弱な私のことゆえ、陛下の命にかなうことができないのではと、危惧するばかりです」。そうして江淹は、中書令謝朏、司徒左長史王繢、護軍長史庾弘遠らが、ともに長患いを理由に先帝追悼の公務に参加しなかったことを弾劾した。また、前の益州刺史の劉悛、梁州刺史の陰智伯が、ともに巨額の金を横領したと劾奏すると、彼らはすぐに捕まり廷尉に引き渡され罪を裁かれた。臨海太守沈昭略、永嘉太守庾曇隆、また諸郡の太守や大県の長官も、多く弾劾を受け、朝廷内外の綱紀は粛正された。明帝は淹に言った。「宋世以来、これほど厳格公明の御史中丞は現れなかった。君はいまや近来一の名中丞だと言えるな」。

明帝が即位すると（四九四）、江淹は車騎臨海王長史となった。まもなく廷尉卿に任命され、給事中を加え、冠軍長史に移り、輔国将軍を加えられた。将軍の職はもとのまま、都から出て宣城太守となった。宣城郡（安徽省）に四年間いた後、都に帰り黄門侍郎となり、歩兵校尉を兼任し、まもなく秘書監となった。永元中（四九九～五〇〇）、崔慧景が挙兵し、都を包囲した際、士大夫は誰もが名刺を投じ自分をアピールしたが、淹は病と称して出向かなかった。事態が収拾されると、世間の人はその先見の明に感服した。

四七 少帝　鬱林王蕭昭業（四七三～四九四、在位四九三年七月～四九四年七月）、字は元尚、蕭道成の長子である文恵太子の長子。四九四年の一月から改元して隆昌とした。『南斉書』巻四鬱林王本紀。

四八 明帝　蕭鸞（四五二～四九八、在位四九四～四九八）、字は景栖、蕭道成の次兄の蕭道生の子。『南斉書』巻六明帝紀。

四九 寛猛能折衷　寛は寛大、猛はきびしさ。飴と鞭をつかいわけることができた、ということ。『左伝』昭公二十年に、「寛にして以て猛を済い、猛にして以て寛を済う、政 是を以て和す」と見える。

五〇 南司　御史中丞のこと。御史台は尚書省の南にあったので南台とも呼ばれ、御史中丞を南司といった。『通典』巻二四。

五一 百僚　百衲本、殿本、和刻本「百寮」に作る。

五二 當官而行　『左伝』文公十年に、無畏が、一国の君主である宋公の失敗を遠慮無く罰し「官に當りて行う、何の彊か之れ有らん」と言った故事を踏まえる。

五三 中書令謝朏　謝朏（朏は別字）（四四一～五〇六）、字は敬沖、陳郡陽夏の人。蕭道成の下、侍中となるも、受禅の日、璽を解くことを肯ぜず、免官される。延興元年（四九四）蕭鸞が即位を謀ると、旧臣はみなそれを支持したが、謝朏は保身を考え、呉興の令となることを求めた。百衲本は「謝拙」に作る、誤り。『梁書』巻一五、『南史』巻二〇謝朏伝、『通鑑』巻一三九建武元年冬十月。

五四 司徒左長史王繢　王繢（四四七～四九九）、字は叔素。官は散騎常侍、太常に至る。『南斉書』には「又た事に坐し免官さる」とだけ書かれ、何故免官されたのかは書かれていない。『南斉書』巻四九、『南史』巻二三王彧伝附。

五五 護軍長史庾弘遠　庾弘遠、字は士操。清実で士の誉れがあった。斉に仕えて江州長史となる。永元元年（四九九）、刺史陳顕達が挙兵して敗れると、死罪になった。『南史』巻三五庾悦伝附。

五六　山陵　皇帝或いは皇后の墓を指す。『水経注』巻一九「渭水三」に「秦は天子の冢を名づけて山と曰い、漢は陵と曰う、故に通じて山陵と曰えり」。

五七　奏前益州刺史劉悛　『通鑑』巻一三八によると、江淹が以下の上奏をしたのは、永明十一年（四九三）十一月。上奏された以下の者たちは、その後いずれも再び活躍しているので、一時的見せしめ的な意味が強かったのかも知れない。劉悛（四三八?～四九八?）、字は士操、彭城安上里の人。劉勔の子。広州司州二州の刺史をやめてからは、家に蓄えが無くなるまで武帝に献上したが、鬱林王になると献上が少なくなった。そこで怒った鬱林王にとらえられて、廷尉に引き渡され、殺されそうになったが、後の明帝蕭鸞に救われた。『南斉書』巻三七劉悛伝、『南史』巻三九劉勔伝附。

五八　梁州刺史陰智伯　梁の高祖と幼なじみで、ある時、高祖の寝床が五色に輝くのを見、将来必ず人々を安んじる存在になると予言して以来、高祖に重んじられた。官は永明七年（四八九）、梁秦二州の刺史となったが、賄賂云々の話は他に伝わらない。『梁書』巻四六陰子春附、『南史』巻六四陰子春附。

五九　贓貨　贓は、不正手段によって金品を手に入れること。

六〇　臨海太守沈昭略　字は茂隆。沈文季の兄の子。斉の高帝に気に入られ、官は侍中となる。謝朏（→注五三）の弟、謝瀹と仲が良かったことから、弾劾の対象になったのかも知れない。『南斉書』巻四四沈文季伝附、『南史』巻三七沈慶之伝附。本書「謝朓伝」注四七参照。

六一　永嘉太守庾曇隆　伝記不明。建武二年（四九五）に通直散騎常侍であったことしか分からない。『南斉書』巻九。

六二　諸郡二千石　漢の制では、郡守の俸禄が二千石であった。それから後世では郡守、知府等のことを「二千石」と呼ぶようになった。

六三　爲車騎臨海王長史　臨海王とは蕭昭秀（四八三～四九八）、字は懐尚、文恵太子の第三子。鬱林王が即位すると臨海郡王に封じられ、延興元年（四九四年七月～十月）、車騎将軍となり、建武二年（四九五）九月に巴陵王に改封された。「車騎臨海王」とあることから、江淹が長史となったのは、四九四年七月から四九五年九月の間のことと分かる。『南斉書』巻五〇巴陵王昭秀伝、『南史』巻四四文恵諸子伝。

六四　尋爲祕書監　『南史』江淹伝には「祕書監・侍中を累遷す」とあるが、彼がいつ侍中になったのかは、不明。

六五　崔慧景擧兵圍京城　崔慧景（?～五〇〇）、字は君山、河東武城の人。永元二年（五〇〇）三月、広陵に挙兵し、江夏王蕭宝元を主とし、都を襲ったが敗れ、四月に斬首される。『南斉書』には、崔慧景の軍が敗れた後、皇帝は朝野の士で宝元と慧景に名を投じた者の人名を得たが、皇帝は「江夏王でさえこうなのだから、それ以外の者を罰することはできない」と言って、これを焼き捨てさせた。その中に名前が挙がっていなかったということで、江淹は株を上げたはずである。百衲本、殿本、和刻本は「崔慧景」を「崔惠景」に作る。『南斉書』巻五〇明七王伝、巻五一崔慧景伝、『南斉書』巻七東昏侯本紀。

六六　衣冠　衣服と冠の正装。そこから官人、また士大夫をも指す。『漢書』巻六〇杜欽伝に「茂陵の杜鄴 欽と姓字を同じくし、倶に材能を以て京師に稱さる。故に衣冠 欽を謂いて『盲杜子夏』と爲し以て相い別く」顔師古注「衣冠は士大夫を謂うなり」。

東昏末[六七]、淹以祕書監兼衞尉、固辭不獲免、遂親職[六八]。謂人曰「此非吾任、路人所知、正取吾空名耳。且天時人事、尋當飜覆[六九]。孔子[七〇]曰『有文事者必有武備』。臨事圖之、何憂之有」。頃之、又副領軍王瑩[七一]。及義師[七二]至新林、淹微服[七三]來奔、高祖[七四]板爲冠軍將軍、祕書監如故。尋兼司徒左長史。中興元年、遷吏部尚書。二年、轉相國右長史、冠軍將軍如故。

天監元年、爲散騎常侍・左衞將軍、封臨沮縣開國伯、食邑四百戶。淹乃謂子弟曰「吾本素宦[七五]、不求富貴、今之忝竊[七六]、遂至於此。平生言止足[七七]之事、亦[七八]以備矣。人生行樂耳、須富貴何時。吾功名既立、正欲歸身草萊耳」。其年、以疾遷金紫光祿大夫、改封[七九]醴陵侯。四年、卒、時年六十二。高祖[八〇]爲素服擧哀。賻[八一]錢三萬、布五十匹。謚[八二]曰憲伯。

淹少以文章顯、晩節[八三]才思微退、時人皆謂之才盡。凡[八四]所著述百餘篇、自撰爲前後集、幷[八五]齊史十志、並行於世。

* * *

東昏の末[六七]、淹 祕書監を以て衞尉を兼ね、固辭すれども免がるることを獲ず、遂に職を親づく[六八]。人に謂いて曰く「此れ吾が任に非ざるは、路人の知る所、正に吾が空名を取るのみ。且つ天時人事は、尋いで當に飜覆[六九]すべし。孔子曰く[七〇]『文事有る者は必ず武備有り』と。事に臨み之を圖る、何の憂いかこれ有らん」と。之を頃して、又た領軍 王瑩[七一]に副たり。義師[七二] 新林に至るに及びて、淹 微服[七三]して來奔し、高祖 板[七四]して冠軍將軍と爲し、祕書監は故の如し。尋いで司徒左長史を兼ぬ。中興元年、吏部尚書に遷る。二年、相國の右長史に轉じて、冠軍將軍は故の如し。

天監元年、散騎常侍・左衞將軍と爲り、臨沮縣開國伯に封ぜられ、食邑四百戸。淹乃ち子弟に謂いて曰く「吾れ本[七五]素宦にして、富貴を求めず、今の[七六]忝竊は、遂に此に至る。平生[七七]止足の事を言うも、亦た[七八]以に備われり。人生は行樂のみ、富貴を須つも何れの時ぞ。吾が功名既に立つ、正に身を草萊に歸せんと欲するのみ」。其の年、疾を以て金紫光祿大夫に遷り、[七九]改めて醴陵侯に封ぜらる。四年、卒す、時に年六十二。高祖[八〇]爲に素服し擧哀す。[八一]錢三萬、布五十匹を賻る。[八二]諡して憲伯と曰う。

淹少くして文章を以て顯るるも、[八三]晩節才思微退し、時人皆な之を才盡と謂う。[八四]凡そ著述する所の百餘篇、自ら撰して前後集と爲し、[八五]『齊史』十志と幷せ、並びに世に行わる。

永元年間（四九九〜五〇一）の末、江淹は秘書監のまま衛尉を兼務することになり、固辞したが免れられず、かくて職についた。そして人に次のように言った。「これが私の任ではないのは、道行く人でも知っている。まさしくただ私の虚名を利用しようというに過ぎない。その上、天の運行や人事は、程なくくつがえるものだ（からすぐ別の職に変わるはずだ）。また孔子は言われている、『文事有る者は必ず武備有り』と。ならば私は事に直面してから解決を図ればいいのであって、何の心配もいらない」。しばらくして、また領軍の王瑩の副官となった。蕭衍の軍が新林（江蘇省。建康の南西）までやってくると、江淹は貧しい身なりに変装して彼の許に走った。梁の高祖蕭衍は、江淹に秘書監はもとのまま、命を記した札を与え冠軍将軍とした。まもなく江淹は、司徒左長史を兼任した。中興元年（五〇一）、吏部尚書に移った。二年、冠軍将軍はもとのまま、相国右長史に転任した。

梁の天監元年（五〇二）、江淹は散騎常侍・左衛将軍となり、臨沮県開国伯に封ぜられ、食邑四百戸を与えられた。淹はそこで子弟に次のように言った。「私はもともと一介の官人で、富や地位を求めたことがなかった。だが今はかくてこんなに高い地位を、かたじけなくしている。平素、足るを知り分をわきまえるということを言っていたが、それでもう充分だった。楽しんでこその人生だ。富や地位など求めても、何時あてになることだろう。私は功成り名を遂げた以上、あとはこの身を田野にかえすことを願うだけだ」。その年、病気を名目として金紫光禄大夫に移り、改めて醴陵侯（醴陵伯）に封じられた。四年（五〇五）、卒す。時に年六十二。高祖は彼のために白の喪服を着て、悲しみの声をあげて弔い、香奠として、銭三万、布五十匹を贈った。諡は憲伯という。

江淹は、若くして文章で名高かったが、晩年には才思が衰退し、時の人はみな彼は才能が尽きたのだといった。著作百余篇は、自ら撰定して前後集とし、『斉史』十志とあわせ、ともに世に行われた。

六七　東昏　東昏侯蕭宝巻（四八三～五〇一）、字は智蔵、高宗の第二子。元号は永元（四九九～五〇一）。『南斉書』巻七東昏侯本紀。

六八　親職　職務に当たること。『漢書』巻九八元后伝に「音　既に従舅というを以て親を越え事を用い、小心に職を親づく」とある。

六九　飜覆　「飜覆」は「反覆」に同じ。繰り返し、もとに戻ること。

七〇　孔子曰…　『穀梁伝』定公十年に「是に因りて以て見れば、文事有ると雖も、必ず武備有り、孔子　頬谷の會に於いて之を見れり」とある。

七一　王瑩　字は奉光、琅邪臨沂の人。永元元年（四九九）九月、中領軍となる。翌年、崔慧景の反乱鎮圧には失敗したが、慧景が敗れると、都に戻り領軍府に居し、のち蕭衍に従った。『南斉書』巻七東昏侯本紀、『梁書』巻一六、『南史』巻二三王誕伝附。

七二　義師　正義の軍隊。ここでは蕭衍の軍隊を指す。『梁書』巻一武帝本紀上によれば蕭衍の大軍が新林に宿営した時は、すでに中興元年（五〇一）九月。本書「梁武帝伝」注二五参照。

七三　微服　身分を隠すために微賤な服装に着替え、人目に触れないようにすること。

七四　板　皇帝や諸侯が板（皇帝の詔書や官府の記録などを記した板、又は紙）を出して臣下を冊封すること。『南斉書』巻二二豫章文献王伝に「桂陽の役に、太祖　出でて新亭壘に頓し、（蕭）嶷を板して寧朔将軍と爲し、兵衞従を領せしむ」。

七五　素宦　実権のない閑官。『宋書』巻五八謝弘微伝「弘微　志は素宦に在り、權寵を畏忌し、固く讓りて拜さず、乃ち中庶子を解するを聽す」。

七六　忝竊　かたじけなくする。ある地位や名誉を得ていることに対する自謙の意。

七七　止足　止まることと足ることを知り、分をわきまえ名利を求めないこと。

七八　以　すでに。「已」に通じる。

七九　改封醴陵侯　『梁書』『南史』各本、皆「醴陵侯」に作る。しかし、中華書局本の「校勘記」では、江淹は元来臨沮県伯に封じられており、ここは「進封」ではなく「改封」であるため、「醴陵伯」であるべきとし、『梁書』本伝に「謚曰憲伯」とあり、また子の蒍が江淹の功により呉昌伯に封じられているのもその証左だとする。

〔二〇〕為素服擧哀　素服は葬式や凶事の時に着る、白ぎぬの着物。『礼記』郊特牲に「皮弁素服して祭り、素服して以て終わりを送るなり」。鄭注に「素服は、衣裳皆素なり」。梁制では、単衣、白帢（白い帽子）して喪服とし、死者を号泣（挙哀）して弔った。『隋書』巻一一礼儀志六。

〔二一〕賻　賻は、香奠として、金品をおくること。

〔二二〕謚曰憲伯　謚は死者生前の行いによってつけるよび名。憲は、「賞善罰悪」「博聞多能」「行善可記」などをいう（蘇洵『謚法』巻三）。

〔二三〕晩節才思微退　江淹の文才が晩年枯渇したという話は有名。鍾嶸『詩品』によれば以下の通り。宣城郡の太守をやめた江淹が、冶城にあった宿場に泊まったところ、夢の中に美丈夫が現れた。彼は自分は郭璞だといい、江淹に「君の所に長年、私の筆をあずけてある。返してもらえないか」と言った。江淹が懐を探ると、五色の筆があったのでそれを返すと、以後江淹が詩を作ろうとしても、もう以前のようには素晴らしい句が出来なくなり、そこで世間の人は江淹は才能が尽きたと評判した。（同様の話は『文選』巻一六江淹「恨みの賦」李善注、また『広弘明集』巻三江淹「遂古篇」注、などに引かれる『梁典』にも見える）。

『南史』江淹伝に見える話は、微妙に異なる。夢に現れたのは張協（字は景陽）、与えられていたのは錦とする。そして、江淹が懐の数尺を渡すと、「何でこんなに使ってしまったのだ」と張協はいかり、余りの錦はもう用がないと言って丘遅に与えてしまうと、それ以後、江淹の才は尽きてしまった、とする。

五色の筆や錦の話はもちろん、また江淹の才が尽きたのが、宣城郡の太守をやめた後、というのも、疑わしい。『詩品』沈約の項に見られる「江淹才盡」の話との関連から、「江淹才盡」の時期は永明年間であり、実際には彼の才能が「尽きた」のは江淹と風格の異なる「永明体」の盛隆と関係があるのだろう。

〔二四〕凡所著述…　『隋志』には「梁金紫光禄大夫江淹集九巻。梁二十巻」「江淹後集十巻」と記されているが、その「九巻」は恐らく「前集十巻」の欠本だろう。『旧唐志』『新唐志』ともに「江淹前集十巻」「後集十巻」とある。『通志』には「金紫光禄大夫江淹集二十巻」「江淹後集十巻」と見えるが、後には以上の二十巻本および独立した形での前後集は逸本となった。「四部叢刊」に収められる「梁江文通集十巻」は明代の宋本の翻刻だが、これだけで「百餘篇」は越えており、後代の輯本と考えられる。兪紹初氏は、その内容的に前期の作品が多いことから四部叢刊本が「前集十巻」だろう、と推定するが、（「江淹年譜」）、江淹は前注に見えるように、後半生には積極的な文学活動がなかったわけだから、それを以て直ちに「前集十巻」とは断定できないはずだ。『全梁詩』巻三〜四、『全梁文』巻三三〜三九、『古詩紀』巻七五〜七六。また、『南史』江淹伝には、江淹がかつて『山海経』の欠を補うものとして『赤県経』を作ろうとしたが完成しなかった、とある。

〔二五〕齊史十志　『南斉書』巻五二「檀超伝」に「建元二年（四八〇）、初めて史官を置き、超を以て驃騎記室江淹と史職を掌らしむ。…十志を立つ…「律暦」「禮樂」「天文」「五行」「郊祀」「刑法」「藝文」は班固に依り、「朝會」「輿服」は蔡邕、司馬彪に依り、「州郡」は徐爰に依る。…超史功未だ就かずして、官に卒す。江淹 之を撰成するも、猶備わらざるなり」とあり、この「十志」がここでの「齊史十志」に相当すると思われる。また兪紹初氏は、以上の「十志」に、同文の「…帝女體は皇宗よりし、傳を立て以て甥舅の重きに備う。又た處士・列女の傳を立つ」とある、「帝女」「處士」「列女」三伝を加えたのが、『南史』江淹伝の「撰する所十三篇」や『隋志』の「梁有江淹齊史十三卷 亡」に相当するのでは、と推論している（兪紹初「江淹年譜」）。

〔参考文献〕

兪紹初・張亜新『江淹集校注』（中州古籍出版社　一九九四年）
甘蟄仙「江文通的文藝」（『晨報副刊』一九二二年）
呉丕績「江淹年譜」（長沙商務印書館排印『中国史学叢書』一九三八年、又台北文星書店　一九六五年）
Neef, Hens「Chiang Yen（江淹）, Vier Lobgedichte auf Pflanzen」（A. Ostasien 1, 1948）
包明叔「江淹」（『中国文学史論集』一、一九五八年）
高橋和巳「江淹の文學」（『吉川博士退休記念中國文學論集』一九六八年）
豊福健二「江淹の賦」（『中國中世文学研究』七、一九六八年）
藤原尚「「恨みの賦」の基盤」（『支那研究』三四、一九六九年）
杜若「江郎兩賦（江淹）」（『臺肥月刊』一五・四、一九七四年）
大上正美「江淹の挫折―逢安呉興の令左遷をめぐって」（『東京工業高等専門学校研究報告書』六、一九七五年）
森博行「江淹「雜體詩」三十首について」（『中國文學報』二七、一九七七年）
石済「江淹『才盡』與庾信『老更成』」（『光明日報』一九七九・七）
寧遠「江郎（江淹）何以才盡」（『文学思潮』七、一九八〇・七）
曹道衡「江淹」（『中国歴代著名文学家評伝』第一巻所収　山東教育出版社　一九八三年）
兪紹初「江淹年譜」（国家古籍整理出版規劃小組主辦『中国古籍研究』第一巻所収　一九九六年）

（田口一郎）

任昉（四六〇〜五〇八）

任昉は「竟陵八友」の一人。名声は北朝にまで轟き、清廉高潔な人柄が慕われた。文、とりわけ表奏に秀で、沈約とともに「任筆沈詩」と並称された。しかし詩が散文より重んじられていた当時、本人はその評に満足せず、晩年になって詩に精力を傾けたものの、過度な典故の多用が後世批判された。『文選』にも多数の作品が採られ、文は十七篇と最多を誇る。志怪小説『述異記』や、ジャンルごとに文の由来を記す『文章縁起』の作者とも伝えられる。『詩品』中。

梁書巻一四　任昉傳

[一]任昉字彦昇、樂安博昌人、[二]漢御史大夫敖之後也。[三]父遙、齊中散大夫。遙妻裴氏、嘗晝寢、夢有彩旗蓋[四]四角懸鈴、自天而墜、其一鈴落入裴懷中、心悸動、既而有娠、生昉。身長七尺五寸。[五]幼而好學、早知名。宋丹陽尹[六]劉秉辟爲主簿。時昉年十六、以氣忤秉子。久之、爲奉朝請、擧兗州秀才、[七]拜太常博士、遷征北行參軍。永明初、[八]衞將軍王儉領丹陽尹、復引爲主簿。[九]儉雅欽重昉、以爲當時無輩。遷司徒刑獄參軍事、入爲尙書殿中郎、[一〇]轉司徒竟陵王記室參軍、[一一]以父憂去職。性至孝、居喪盡禮。服闋、續遭母憂、[一二]常廬于墓側、哭泣之地、草爲不生。服除、拜太子步兵校尉、管東宮書記。

初、[一三]齊明帝既廢[一四]鬱林王、始爲侍中・中書監・驃騎大將軍・開府儀同三司・揚州刺史・錄尚書事、封宣城郡公、加兵五千、使昉具表草。[一五]其辭曰…（略）。

帝惡其辭斥、甚慍。昉由是終建武中、位不過[一六]列校。

昉雅善屬文、尤長[一七]載筆、[一八]才思無窮、當世王公表奏、莫不請焉。昉起草即成、不加點竄。[一九]沈約一代詞宗、深所[二〇]推挹。明帝崩、遷中書侍郎。永元末、爲司徒右長史。

[一]任昉《じんぼう》、字《あざな》は彦昇《げんしょう》、樂安博昌《らくあんはくしょう》の人、[二]漢の御史大夫敖《ぎょしたいふごう》の後《のち》なり。父の[三]遙《よう》は、齊の中散大夫《ちゅうさんたいふ》たり。遙の妻は裴《はい》氏、嘗て晝《ひる》に寢《い》ね、夢みらく彩《いろど》れる[四]旗蓋の四角に鈴を懸くるが、天自《よ》りして墜《お》つる有り、其の一鈴 裴の懷中に落ち入りて、心《しん》悸動し、既にして娠有りて、昉を生む。身長七尺五寸。[五]幼くして學を好み、早《つと》に名を知らる。宋の丹陽尹《たんよういん》[六]劉秉《りゅうへい》辟《め》して主簿《しゅぼ》と爲《な》す。時に昉は年 十六、氣を以て秉の子に忤《そむ》く。久之《ひさし》くして、奉朝請《ほうちょうせい》と爲り、兗州《えんしゅう》の秀才に擧げられ、[七]太常《たいじょう》博士《はくし》に拜せられ、征北行參軍《せいほくこうさんぐん》に遷《うつ》る。
永明の初め、衞將軍《えいしょうぐんへ》 王儉《おうけん》 丹陽尹を領し、復た引きて主簿と爲す。[九]儉 雅《はなは》だ昉を欽重《きんちょう》し、以爲《おも》えらく當時 輩無しと。司徒刑獄參軍事に遷り、入りて尚書殿中郎《しょうしょでんちゅうろう》と爲り、司徒[一〇]竟陵王記室參軍《きょうりょうおうきしつさんぐん》に轉ずるも、[一一]父の憂を以て職を去る。性至って孝、喪に居《お》りて禮を盡くす。服 闋《おわ》り、續いて母の憂に遭い、常に墓の側《そば》に[一二]廬《いおり》し、哭泣の地、草 爲《ため》に生えず。服 除《あ》け、太子歩兵校尉《たいしほへいこうい》に拜せられ、東宮書記《とうぐうしょき》を管す。

初め、[一三]齊の明帝《めいてい》 既に[一四]鬱林王《うつりんおう》を廢し、始めて侍中《じちゅう》・中書監《ちゅうしょかん》・驃騎《ひょうき》大將軍・開府儀同三司《かいふぎどうさんし》・揚州刺史《ようしゅうしし》・錄尚書事《ろくしょうしょじ》と爲り、宣城郡《せんじょうぐん》公に封ぜられ、兵五千を加えらるるに、昉をして表草を具《ぐ》せしむ。[一五]其の辭に曰く…（略）。

帝 其の辭の斥するを惡み、甚だ慍む。昉 是に由りて建武中を終うるまで、位は列校[一六]を過ぎず。

昉 雅だ文を屬するを善くし、尤も載筆[一七]に長じ、才思[一八] 窮まる無く、當世の王公 表奏するに、焉に請わざる莫し。昉 起草すれば卽ち成り、點竄を加えず。沈約[一九]は一代の詞宗、深く推挹[二〇]せらる。明帝 崩じ、中書侍郎に遷る。永元の末、司徒右長史と爲る。

任昉は、字は彦昇、楽安博昌（山東省）の人、漢の御史大夫任敖の後裔である。父の遥は、斉の中散大夫であった。遥の妻は裴氏といい、かつて昼寝した時に、彩色を施した絹傘で四隅に鈴を懸けたものが、天から落ちてきて、その鈴の一つが自分の懐中に落ち込む夢を見て、心臓が激しく動き、ややあって妊娠し、昉を生んだのである。身長は七尺五寸もあった。幼い時から学問を好み、早くから名を知られた。宋朝のころ、丹陽（江蘇省）尹劉秉が（昉を）招いて主簿にした。当時昉は十六歳だったが、秉の子に豪気に盾突いた。しばらくして奉朝請となり、兗州（山東省）の秀才に推挙され、太常博士に任じられ、征北行参軍に転任した。

永明（四八三〜四九三）の初め、衛将軍王倹が丹陽尹を兼任し、（昉は）また招かれて主簿となった。倹は昉をいたく敬愛して、当代に並ぶ者なしと思っていた。司徒刑獄参軍事に転任し、中央に入って尚書殿中郎となり、司徒竟陵王記室参軍に転任したが、父の喪に服するために辞職した。至って孝行な性格で、礼を尽くして服喪した。喪が明けたが、続いて母の死に遭い、ずっと墓のそばに庵を構え、泣き叫んだ後の地面は、おかげで草が生えないほどであった。喪が明けてから、太子歩兵校尉に任じられ、東宮書記を司った。

これより先、後の斉の明帝が鬱林王を廃位して（海陵王を即位させると）、侍中・中書監、驃騎大将軍・開府儀同三司・揚州刺史・録尚書事となり、宣城郡公に封ぜられて、五千人の兵を与えられると、昉に（海陵王への）上奏文の草稿を書かせた。その言葉にいうには…（略）。

明帝はその言葉が自分を当てこすっているのを憎んで、深く恨みに思った。昉はこのせいで建武（四九四～四九八）の世が終わるまで、地位は校尉より昇進しなかった。

昉は文章を作るのを甚だ得意とし、表奏に殊にたけていて、才気横溢してとどまる所なく、当時の貴族顕官が表や奏を作る時には、皆が彼に代作を頼んだ。昉は筆をとれば立ちどころに文章ができあがり、手を加えることがなかった。沈約は当代きっての文章家であったが、（昉を）大いに推奨していた。明帝が崩じてから、中書侍郎に移った。永元（四九九～五〇一）の末年に、司徒右長史となった。

一 任昉　任昉の伝記は『梁書』のほか、『南史』巻五九にも伝がある。また『詩品』では中品の序に「任昉・王元長（融）等は、詞に奇を貴ばず、競いて新事を須う。爾來作者は、寖く以て俗を爲す」といい、任昉と王融以来、言葉の独創性を追求せずに典故を多用する弊害が広まったとする。また同じく中品で、若いころには詩が不得意で、「沈詩任筆」と称されたことを不満に思い、晩年に詩作に熱中して、堂々たる詩風をそなえるようになったが、博学故に典故を過剰に用いることが多く、若い詩人がこれをまねる弊害が生じたと云い、過剰な典故には厳しい見方をするものの、その努力には一定の理解を示す。『顔氏家訓』文章篇には、北朝の東魏・北斉を代表する詩人であった邢卲と魏収が「邢は沈約を賞服して任昉を軽んじ、魏は任昉を愛慕して沈約を毀」ったといい、任昉と沈約が北朝においても詩文の規範とされていたことを物語る。

二 漢御史大夫敖　『漢書』巻四二任敖伝によると、任敖は沛（江蘇省）の人、漢の高祖の時に広阿侯に封ぜられ、高后の時に御史大夫となり、孝文帝元年（前一七九）に亡くなった。『元和姓纂』巻五も昉を任敖の子孫とするが、『南史』はこのことを全く記さない。

三 遙　任遙は『梁書』『南史』ともに立伝されていない。『南史』は遙の兄の遐、字は景遠が永明年間に罪を得て辺境に流されかけたところを、遙が武帝に涙ながらに直訴して、赦免を得たという話を載せる。

四 旗蓋　儀仗兵が掲げる旗や絹傘。潘岳「関中詩」（『文選』巻二〇献詩）に用例あり。

五 幼而好學、早知名　『南史』はこれについて「四歳にして詩を誦すること數十篇、八歳にして能く文を屬し、自ら月儀を製し、辭義甚だ美なり」と記す。

六 劉秉　宋の高祖の弟劉道憐の孫。元徽二年（四七九）丹陽尹となる。当時実権を握って帝位簒奪の機をうかがっていた蕭道成（後の斉の高帝）を除こうとしたが、失敗して刑死した。『宋書』巻五一宗室伝、『南史』巻一三。なお『南史』任昉伝は劉秉の主簿となったことを全く記さない。

七 太常博士 『南史』任昉伝は諸本とも「太學博士」に作る。太常博士は秦に初めて置かれ、漢から宋に至るまでこれを踏襲した。昉がこれに任じられたのは、羅国威「任昉年譜」によれば宋朝の時であり、「太常博士」に作る方が正しい。この官は斉では太学博士と称しており（『南斉書』百官志）、『南史』任昉伝はこれによったものであろう。

八 王倹 四五二～四八九。字は仲宝。本書「梁武帝伝」注一一参照。宋では明帝、斉では高帝に仕え、永明二年（四八四）に丹陽尹となった。礼学に詳しく、また目録学にもすぐれ、漢の劉歆の『七略』に倣った図書目録『七志』を著した。『南斉書』巻二三。

九 倹雅欽重… 『南史』は王倹が昉を「傅季友（→注一八）自り以來、始めて復た任子を見る。若し孔門 是を用うれば、其れ入室升堂せん」とたたえ、昉に作らせた文を見て「正に我が腹中の欲するものを得たり」と言い、そこで自作の文を出して昉に添削させると、昉は何字かを直したので、「後世 誰か子の吾が文を定めしを知らん」と嘆じたという話を記す。なお昉が王倹の死後、彼の文集に書いた序文が『文選』巻四六序に「王文憲集序」として収録され、その末尾に「私は文筆で王公の知遇を得たので、つたない文でここに公の恩を記そうとした」と云う。

一〇 竟陵王 四六〇～四九四。斉武帝の第二子。諱は子良。本書「王融伝」注一〇参照。『南斉書』巻四〇、『南史』巻四四。なお任昉は「斉の竟陵文宣王の行状」を著しており、『文選』巻六〇行状に収められる。

一一 以父憂去職… 『南史』はこの後に、服喪中血の涙を流すこと三年、武帝が昉の伯父遐に「昉は礼を尽くし過ぎてやせ細っていると聞いたが心配だ」と告げ、遐が昉に食事をとるよう勧めると、その時は無理に口に入れたが、遐が帰ってから吐き出した。父は檳榔をかむのを好み、臨終の際にも欲しがったが、丸のままでは口が受けつけなかったため、昉はこれを残念がって以後檳榔を一切口にしなかったという話を記す。

一二 廬 墓のそばに建てて、喪に服する人が墓守りのためにこもる小屋（『荀子』礼論）。

一三 齊明帝 在位四九四～四九八。斉の高帝蕭道成の甥。諱は鸞。本書「謝朓伝」注二二参照。彼が即位させた海陵王蕭昭文から宣城郡公の爵位を授かり、それに対する形式的な辞退の上奏文を任昉に書かせたわけであるが、まもなく蕭昭文を退位させて海陵王とし、自ら即位して建武と改元した。『南斉書』巻六、『南史』巻五。

一四 鬱林王 在位四九三～四九四。斉武帝の孫、文恵太子（本書「王融伝」注一一参照）の長子。諱は昭業、字は元尚。永明十一年（四九三）、武帝の崩御に伴い帝位に就くも、翌年、朝政を専断していた蕭鸞（のちの明帝）の一派に殺され、帝号を廃されて鬱林王となった。享年二十二歳。『南斉書』巻四、『南史』巻五。

一五 其辭曰 この上書は表向きには、分不相応な封国をいただいたため辞退させてほしいという内容であり、当時高位を賜った者が形の上だけ一度辞退する習慣に従ったものであるが、実際は形式にとどまらず、鬱林王の暗殺と海陵王の即位を仕掛けた張本人である斉明帝に対する批判が暗に込められている。この上書のあらましは次のとおり。「私はこの度宣城郡公に封ぜられましたが、鬱林王が罪せられたのは全く私の責任です。驃騎大将軍は国の基、それなのに大将軍の大任も果たさない有り様では、誰一人この任務が私にふさわしいとは言わないでしょう。主君を辱めるのは必定、どうか曲げて辞退させて下さいますよう」。なお、この辞は『文選』巻三八表下にも「斉明帝の為に宣城郡公を譲るの第一表」として収められているが、『南史』はこの辞を全く録さない。

一六 列校 「校」は校尉。将軍に次ぐ武官で、漢代に初めて置かれ、昉が任じられた太子歩兵校尉のように都にあって宮廷の護衛にあたるもののほか、地方長官として少数民族地区の統治にあたるものもあった。列校はこれらの校尉の総称。『後漢書』巻七八宦者列伝の曹節伝に「父兄子弟 皆な公卿列校、牧守（州郡の長官）令長（県の長官）と爲り、天下に布滿す」と見え、宮廷の要職である公卿と、地方長官との間の地位として認識されていたことがわかる。

一七 載筆 史伝や表奏の文。もとは『礼記』曲礼上「史載筆、士載言（史は筆を載せ、士は言を載す）」から、史官が筆記具を携帯して王に付き従い、政事を記録することをいったが、六朝期には「載」が「記載」、「筆」が散文の意に解され、「載筆」が史伝や表奏などの文体をさすようになった。

一八 才思無窮 『南史』はこの部分が「頗慕傅亮才思無窮（頗る傅亮の才思 窮まる無きを慕う）」となっており、「才思無窮」なのは任昉ではなく傅亮ということになる。傅亮（?～四二六）は南朝宋の人、字は季友、経史に詳しく、文章を善くした。武帝の時尚書僕射となり、表奏の多くは彼によって書かれた。昉は傅亮が表奏の名手であったことを慕ったのであろう。『宋書』巻四三、『南史』巻一五。

一九 沈約 四四一～五一三。本書「沈約伝」参照。

二〇 推挹 一目置いて推奨する。「挹」は「揖」に同じく、「手を拱いて礼をする」、ひいて「尊ぶ」意。

* * *

高祖克京邑[二一]、霸府初開[二二]、以昉爲驃騎記室參軍[二三]。始高祖與昉遇竟陵王西邸、從容謂昉曰「吾登三府[二四]、當以卿爲記室」。昉亦戲高祖曰「吾若登三事[二五]、當以卿爲騎兵」。謂高祖善騎也。至是、故引昉符昔言焉。昉奉牋[二六]曰…（略）。

梁臺建、禪讓文誥[二七]、多昉所具。高祖踐阼[二八]、拜黃門侍郎、遷吏部郎中、尋以本官掌著作。

天監二年、出爲義興太守。在任清潔[二九]、兒妾食麥而已。友人彭城到溉[三〇]、溉弟洽[三一]、從昉共爲山澤游。及被代登舟、止有米五斛[三二]。既至無衣、鎭軍將軍沈約遣裙衫迎之。重除吏部郎中、參掌大選、居職不稱。尋轉御史中丞・祕書監、領前軍將軍。自齊永元以來、祕閣四部[三三]、篇卷紛雜、昉手自讎校[三四]、由是篇目定焉。

六年春、出爲寧朔將軍・新安太守。在郡不事邊幅[35]、率然曳杖、徒行邑郭、民通辭訟者、就路決焉。爲政清省、吏民便之。視事朞歲、卒於官舍、時年四十九。闔境[36]痛惜、百姓共立祠堂於城南。高祖[37]聞問、即日擧哀、哭之甚慟。追贈太常卿、諡曰敬子[38]。

昉好交結、獎進士友、得其延譽者、率多升擢、故衣冠[39]貴遊、莫不爭與交好、坐上賓客、恆有數十。時人慕之、號曰任君、言如漢之三君[40]也。陳郡殷芸[41]與建安太守到溉書曰「哲人云亡[42]、儀表[43]長謝。元龜何寄[44]、指南誰託」。其爲士友所推如此。昉不治生産[45]、至乃居無室宅。世或譏其多乞貸[46]、亦隨復散之親故。昉常歎曰「知我亦以叔則[47]、不知我亦以叔則[48]」。昉墳籍[49]無所不見、家雖貧、聚書至萬餘卷、率多異本。昉卒後、高祖使學士賀[50]縱共沈約勘其書目、官所無者、就昉家取之。昉所著文章數十萬言、盛行於世。

初、昉立於士大夫間、多所汲引[51]、有善己者則厚其聲名。及卒、諸子皆幼、人罕贍卹之。平原劉孝標[52]爲著論[53]曰…（略）。

[54]昉撰雜傳二百四十七卷、地記二百五十二卷、文章三十三卷。

[55]昉第四子東里、頗有父風、官至尚書外兵郎。

[21]高祖 京邑に克ちて、[22]霸府 初めて開かるるや、[23]昉を以て驃騎記室參軍と爲す。始め高祖 昉と竟陵王の西邸に遇い、從容として昉に謂いて曰く「吾 [24]三府に登らば、當に卿を以て記室と爲すべし」と。昉 亦た高祖に戲れて曰く「吾 若し[25]三事に登らば、當に卿を以て騎兵と爲すべし」と。高祖の騎を善くするを謂うなり。是に至り、故に昉を引きて昔言に符せり。昉 [26]牋を奉じて曰く…（略）。

梁臺建ち、禪讓の文誥、多くは昉の具する所なり。高祖踐阼し、黃門侍郎に拜せられ、吏部郞中に遷り、尋いで本官を以て著作を掌る。

天監二年、出でて義興太守と爲る。任に在りて淸潔、兒妾麥を食らうのみ。友人彭城の到漑、漑の弟洽、昉に從いて共に山澤の游を爲す。代わられて舟に登るに及び、止だ米五斛有るのみ。既に衣無きに至り、鎭軍將軍沈約裙衫を遣わして之を迎う。重ねて吏部郞中に除せられ、大選を參掌し、職に居るも稱わず。尋いで御史中丞・祕書監に轉じ、前軍將軍を領す。齊の永元自り以來、祕閣の四部、篇卷紛雜し、昉手自から讎校し、是に由りて篇目定まれり。

六年春、出でて寧朔將軍・新安太守と爲る。郡に在りて邊幅を事とせず、率然として杖を曳き、邑郭を徒行し、民の辭訟を通ずる者は、路に就きて焉を決す。政を爲すこと淸省、吏民之に便んず。事を視ること朞歲にして、官舍に卒す、時に年四十九。闔境痛惜し、百姓共に祠堂を城南に立つ。高祖聞問し、即日哀を擧げ、之に哭して甚だ慟く。太常卿を追贈し、諡を敬子と曰う。

昉交結を好み、士友を奬進し、其の延譽を得たる者、率ね多く升擢せられ、故に衣冠貴遊、爭って與に交好せざる莫く、坐上の賓客、恆に數十有り。時人之を慕い、號して任君と曰う、言うこころは漢の三君の如きなり。陳郡の殷芸建安太守到漑に書を與えて曰く「哲人云に亡し、儀表長えに謝めり。元龜何にか寄らん、指南誰にか託せん」と。其の士友の推す所と爲ること此くの如し。昉生產を治めず、乃ち居るに室宅無きに至る。世或いは其の多く乞貸し、亦た隨いて復た之を親故に散ずるを譏る。昉常に歎じて曰く「我を知るものも亦た叔則を以てし、我を知らざるものも亦た叔則を以てす」と。昉墳籍見ざる所無く、家貧しと雖も、書を聚むること萬餘卷に至り、率ね異本多し。昉卒して後、高祖學士賀縱をして沈約と共に其の書目を勘せしめ、官の無き所の者は、昉の家に就きて之を取る。昉著す所の文章數十萬言、世に盛行す。

初め、昉 士大夫の間に立ち、[五一]汲引する所多く、己に善き者有れば則ち其の聲名を厚くす。卒するに及び、諸子 皆な幼く、人 之を贍卹するもの罕なり。平原の[五二]劉孝標 爲に[五三]論を著して曰く…（略）。

[五四]昉『雜傳』二百四十七巻、『地記』二百五十二巻、文章三十三巻を撰す。

[五五]昉の第四子東里、頗る父の風有り、官は尚書外兵郎に至る。

蕭衍（のちの梁の高祖）が都を手中に収め、覇府が開かれると、昉を驃騎記室参軍にした。これより先、蕭衍は昉と竟陵王蕭子良の西邸で会った時、さりげなく昉に「わしが三公の位を得たら、きっとそちを記室に取り立てようぞ」と言った。すると昉も蕭衍にふざけて「わしが三公になれたなら、きっとそちを騎兵に取り立てようぞ」と言った。蕭衍の騎馬が上手であったことをこう言ったのである。今この場に至って、こうしたわけで昉を引き立てて昔の言葉通りにしたのである。昉は牋を奉って言うには…（略）。

梁朝が開かれる際、禅譲の詔は、多くは昉が起草したものであった。高祖（蕭衍）が践祚すると、黄門侍郎に任ぜられ、吏部郎中に移り、次いで本官のまま著作を管掌した。

天監二年（五〇三）、義興（江蘇省）太守に転出した。在任中は清廉潔白、下女たちは麦の飯しか食べないほどであった。友人である彭城（江蘇省）の到漑と、漑の弟の洽が、昉と一緒に山水を歩き回って楽しんだ。昉が後任と交代して舟に乗った時、持っていたのは米五斛だけであった。（都に戻った時には）参内用の衣服もなくなってしまい、鎮軍将軍沈約が、礼装一式を贈って迎えてやった。改めて吏部郎中に任じられ、官僚人事を司ったが、その職務は性に合わなかった。次いで御史中丞・秘書監に転任し、前軍将軍を兼任した。斉の永元年間からは、宮中秘蔵の四部の書物が、篇や巻がばらばらに乱れていたため、昉が手づから整理校合して、そのおかげで篇目が定まった。

（天監）六年（五〇七）春、寧朔将軍・新安（安徽省）太守に転出した。郡に在職中は身なりに頓着せず、飄然と杖をついて、城内を歩きまわり、争いごとを訴える民があれば、路上で判決した。政治を行うこと清廉でつつましく、役人も民も心を安んじた。政務を執ること一年にして、在職中に亡くなった。時に四十九歳であった。人々は郡をあげて悼み惜しんで、皆で城南に廟堂を建てた。高祖が訃報を耳にすると、即日服喪することを表明し、彼に哭して甚だ嘆き悲しんだ。（昉は）太常卿を追贈され、諡を敬子という。

昉は交際を好み、友人を推薦して、彼の引きたてを得た者はおおむね栄達したので、仕官を求める若い士大夫たちは、皆争って彼と交わり、座上にはいつも数十人の賓客がいた。当時の人々は彼を慕い、「任君」と呼んだ。後漢の「三君」のようだという意味である。陳郡（河南省）の殷芸は、建安（湖北省）太守到溉に手紙を送って、「哲人が亡くなられ、模範は永遠に失われました。これからは誰を手本とし、誰に正しい道を求めればよいのでしょうか」と言った。彼が友人たちに推奨されていたことはこんな具合であった。昉は蓄財に務めず、住む家すらないまでに至った。世間には彼がよく借金をしては、それを片端から親類知友にあてがうのをそしる者もいて、昉はいつも「私をよく知る者はまるで裴叔則だと言うし、私をよく知らない者もまるで裴叔則だと言う」と嘆いていた。昉は古典で読まないものはなく、家は貧しくても、書物は一万巻余りも集め、その中には珍本が多かった。昉が亡くなってから、高祖が学士賀縦に、沈約と一緒にその書目を整理させ、官で所蔵していないものは、昉の家に行って借り上げた。昉が著した文章は数十万言にもなり、世間に行われた。

以前、昉は士大夫たちの間で面倒を見、多くの人を取り立て、自分に親しくする者は有名にしてやった。彼が亡くなると、子供たちはみな幼いのに、彼らを救済しようという者はほとんどなかった。平原（山東省）の劉孝標は、それで論を著して言うには…（略）

昉は『雑伝』二百四十七巻、『地記』二百五十二巻、文章三十三巻を著した。

昉の第四子東里は、父の風格をよくたたえており、官位は尚書外兵郎に至った。

二一 高祖克京邑　高祖は梁の武帝蕭衍（在位五〇二～五四八）。本書「梁武帝伝」参照。中興元年（五〇一）、内乱に乗じて斉の都建康（南京）を占領した。「京邑に克つ」とはこの事件をいう。翌年、和帝蕭宝融に帝位を禅譲させ、梁を建国した。『梁書』巻一、『南史』巻六・巻七。

二二 霸府　南北朝や五代の混乱期に、武力で天下を掌握した藩王が開いた、正式に皇帝に即位するまでの臨時政府をいう。

二三 以昉為驃騎記室参軍　『南史』はこの後に「書草を制する毎に、沈約輒ち同署を求む。嘗て急召せられ、昉出でて約在り、是の後の文筆、約参製す」と云う。

二四 三府　太尉・司徒・司空の三公のこと。漢代には三公の地位にある者は自ら府（専用の役所）を開くことができたので、この称がある（『後漢書』承宮伝および李賢注）。

二五 三事　太尉・司徒・司空の三公のこと。「三府」に同じ。

二六 奉牋曰　「牋」は「箋」の別体で、文体の一つ。皇后・太子・諸王に奉る書状に用いられた。この書状は昔言われた通りに記室に取り立ててもらったことに対して、その恩を感謝する内容である。『文選』巻四〇牋にも「大司馬の記室に到るの牋」として全文が収められているが、『南史』は中間の六句のみを録する。

二七 禅譲文誥　『梁書』武帝紀上によれば、中興二年（五〇二）正月、すでに蕭衍（梁高祖武帝）の傀儡となっていた和帝蕭宝融（→注二一）から、蕭衍を梁公に封じて相国を授ける詔勅が出されたが、蕭衍は固辞した後、二月に百官に請われて受諾、次いで梁王に封じて封国を増やす詔勅が出され、蕭衍は再び固辞した後三月に受諾、続いて斉の帝位を禅譲する詔勅が出されて、蕭衍は三たび固辞した後、百官に請われて受諾し、ここに梁朝が成立した。三度の辞退は禅譲を受ける際の形式的な約束ごとであり、実際には蕭衍が武力を背景に禅譲の形だけを整えた簒奪であった。武帝紀上にはこれらの詔勅の全文が録され、厳可均は『梁書』任昉伝のこの記述に拠ってこれらの文を任昉の作としている（『全梁文』巻四一）。

二八 高祖践阼　『南史』はこの段の前に、親戚にも親と同様に仕え、俸給をもらうとみな分け与え、その日のうちになくなってしまったという逸話を伝える。

二九 在任清潔　『南史』はこの後に、凶作の年に私財で炊き出しをし、妊婦の生活を援助し、税を軽減したという話を記す。

三〇 到漑　四七七～五四八。字は茂灌、彭城武原（江蘇省）の人。幼くして親を失い、貧しかったが、弟の洽とともに聡敏で、任昉に才能を見いだされたおかげで文名を広くした。『梁書』巻四〇、『南史』巻二五。『南史』到漑伝は任昉が義興太守のころ、漑・洽と昉とで山沢に遊び、昉が都に戻って御史中丞になってからも、漑・洽はじめ劉孝綽（本書「劉孝綽伝」参照）・殷芸（→注四一）らが日々車をつらねて昉を訪ね、「蘭台の聚」と呼ばれたと伝える。「蘭台」は御史台の美称。

三一 洽　四七七～五二七。字は茂沿。到漑（→注三〇）の弟。官は給事黄門侍郎、御史中丞などを経て尋陽太守に至る。『梁書』巻二七、『南史』巻二五。

三二 斛　容積の単位。一斗の十倍、一升の百倍。『隋書』律暦志には、斉の時、一斗を秦代からの一斗五升相当（約三リットル）に改めたが、梁の時元に戻したという。

三三 秘閣四部　「秘閣」は宮中の書庫。「四部」は書物の伝統的な分類法で、ここでは四部に分けられた書物全般をさす。魏の時に初めて経（経書）・子（諸子）・史（史書）・集（詩文集）の四部分類が行われ、後に唐の玄宗のころから経・史・子・集の順になり、近世にまで及んだ。

三四 讎校　書物を比べ合わせて異同を正す。「校讎」ともいう。

三五 邊幅　人の身なり（『後漢書』馬援伝）。

三六 闔境　境界内のあらゆる場所。ここでは任昉が政治を行なった新安郡じゅうの意。

三七 高祖聞問…　『南史』は高祖が訃報を聞いてから、指を折りながら「昉 少時 常に五十に満たざるを恐る、今は四十九、命を知ると謂うべし」と言ったと伝える。

三八 敬子　「敬」という諡号は『通志』諡略では皇族または君子に用いる「上諡法」百三十一諡の第十八番目にあり、『逸周書』諡法解は「善に合い法に典するを敬と曰う」と言う。

三九 衣冠貴遊　「衣冠」はここでは士大夫そのものをさす。「貴遊」はこれから仕官しようとする貴族の子弟（『周礼』地官・師氏）。

四〇 漢之三君　後漢の竇武・劉淑・陳蕃をさす。『後漢書』党錮列伝序に「天下名士を指して、之を稱號と爲す。上を三君と曰い、次を八俊と曰い…竇武・劉淑・陳蕃を三君と爲す」という。霊帝から桓帝の時、ともに宦官の専横を憎んでこれを除こうと謀ったが、失敗して落命した。竇武は『後漢書』巻六九、劉淑は同巻六七党錮列伝、陳蕃は同巻六六に伝があり。

四一 殷芸　四七一〜五二九。字は灌蔬。陳郡長平（河南省）の人。博学で梁の昭明太子の侍読を務め、志人小説『殷芸小説』を著した。到漑らとともに「蘭台の聚」の一人（→注三〇）。『梁書』巻四一、『南史』巻六〇に伝あり。

四二 云　ここでは語調を整えるための助辞。『詩経』に頻出するもので、のちに美文の四字句の中でも用いられるようになった。

四三 儀表　模範、手本。『史記』太史公自序に「人主は天下の儀表」とある。

四四 元龜　もとは古代、王が国事の吉凶を問う占いに用いた大亀の甲羅をいったが（『尚書』金縢篇）、転じて教訓とすべき昔の出来事をいう（晋・劉琨「勧進の表」（『文選』巻三七表上）。

四五 生產　糧を得る道。蓄財の手段（『史記』貨殖列伝）。

四六 乞貸　借財を求める（『史記』孔子世家）。

四七 叔則　晋の人裴楷（二四〇?〜二九九?）の字。裴楷は河東聞喜（山西省）の人、聡明をもって知られ、時人に「玉人」とたたえられた。『晋書』巻三五裴秀伝。『世説』にも多くの逸話が見えるが、徳行篇18に「年ごとに梁王・趙王から数百万の銭を借りて、貧しい親類を助けたので、ある人が『どうして一方で物乞いしながら一方で施しをするのか』と尋ねると、『余れば損じ、足りなければ補う、それが天の道だ』と答えた」という話があり、任昉は己の行動もこれと同じだと時人に評されたことを嘆いたのである。

四八 亦以叔則　『南史』はこの後に昉が文才を知られて「任筆沈詩」と言われたことを記し、さらに「昉 聞きて甚だ以て病と爲す。晩節轉た詩を著すを好み、以て沈を傾けんと欲するも、事を用うること過多、辭を屬すること流便を得ず、爾自り都下の士子 之を慕えば、轉た穿鑿を爲し、是に於いて才盡きたりの談あり」と記すが、これは『詩品』の文に拠ったものである（→注一）。

四九 墳籍　古典。「墳」とは伝説上の古帝王の伏羲・神農・黄帝が「三墳」という書物を著したと伝えられることによるもの（『左伝』昭公十二年）。

五〇 賀縦　『梁書』『南史』ともに伝はない。『梁書』巻五〇劉峻伝に「天監の初め、…學士賀蹤と祕書を典校す」とあって『南史』巻四九の劉峻伝もほぼ同文）、この賀蹤は賀縱と同一人物と思われるが、これ以外には史書に記載がなく、生卒は未詳。

五一 汲引　人材を登用する（『漢書』巻三六）。

五二 劉孝標　四六二～五二一。孝標は字で、諱は峻。貧しい生まれながら学を好み、「書淫」と呼ばれた。竟陵王に招かれて学士となり、荆州（湖北省）戸曹参軍を務め、後に東陽（安徽省）の紫巌山に住んで学問を教えた。『世説』の注釈が代表的著作で、今日まで重んじられている。『梁書』巻五〇文学伝下、『南史』巻四九。

五三 著論曰　この論は『文選』巻五五論五にも「広絶交論」という題で収められる。「広」とは「敷衍して述べる」意。任昉の推薦で出世しながら、彼の死後は遺族の惨めな生活を助けようともしない人々を、主人と客の架空の問答というスタイルで批判する。『南史』も全文を録し、さらに「到溉 其の論を見るや、几を地に抵ち、終身 之を恨む」と記すことから、直接的には到溉（→注三〇）を当てこすったものとわかる。「昔の聖賢のかぐわしい交遊は数え切れないのに、後漢の朱穆はどうして『絶交論』でそれを否定したのか教えてほしい」と尋ねる客に、主人が「賢人の純正な交わりは万年に一度のもの、末の世になれば人々は小利を争い、利益のための交わりが始まる」と言って俗人の五つの交わりを挙げ、これらは人に災いをもたらすものであるから、朱穆は「絶交論」を著したのだと言い、続けて生前人々が名声を慕って交わった任昉が亡くなると、困窮する遺児には見向きもしなくなったことを挙げ、こんな険しい世の中からは足を洗って隠棲しようと宣言して終わる内容である（→注五五）。

五四 昉撰…　『雑伝』は『隋志』に「雑傳三十六巻、本と一四七巻」、『地記』は同じく「地記二百五十二巻」、文集は同じく「任昉集三十四巻」が著録されるが、いずれも現存しない。現存の作品は『文選』に詩二篇、文十七篇（うち表が五篇、啓が三篇）が採られているほか、『古詩紀』巻七八、『全梁文』巻四一～四四、『全梁詩』巻五に集められている。他に任昉の作とされる書に『述異記』があるが、『隋志』には見えず、北宋・晁公武『郡斎読書志』に初めてその名が見え、任昉の死後の出来事も記されていることから、後人の仮託とする説もある。また『四庫全書』に収められている『文章縁起』も任昉の作と題するが、『四庫全書提要』は、この書は唐代に一度滅びた形跡があり、北宋に至って再び現れているので、恐らく後人の仮託であろうとしている。

五五 昉第四子東里　『南史』は昉の子、東里・西華・南容・北叟がみな零落し、旧識にも引き取って世話をする者がなく、西華が冬に葛の衣服を着ているのを劉孝標が見て、涙を流して「我 當に卿の爲に計を作すべし」と言い、「広絶交論」を著して旧識を批判したと伝える。

〔参考文献〕

網祐次『中国中世文学研究』（一九六〇年　新樹社）
佐竹保子「任昉の文章」（『日本中国学会報』第三十二集　一九八〇年）
佐竹保子「任昉の奏弾文」（『集刊東洋学』四五　一九八一年）
曹道衡「論任昉在文学史上的地位」（『魏晋南北朝文学論集』台湾・文史哲出版社　一九九四年）
羅国威「任昉年譜」（『四川大学学報（哲学社会科学）』一九九四年）

（大野圭介）

丘遅（四六四～五〇八）

丘遅(きゅうち)は梁の詩人。『詩品』は、彼の詩にはあでやかさが散りばめられた美しさがあり、江淹ほどの深さはないが任昉(じんぼう)よりは優れている、という。『南史』本伝には、「賤を文通に取ると雖も、敬子よりも秀ず」とあり、同江淹伝（巻五九）にも、江淹が夢で張景陽に懐(ふところ)の錦を返したところ、才が尽きたが、その錦の残りは丘遅が受け取ったとあるように、丘遅の詩風に江淹との共通性を見る。文では陳伯之に投降することを説いた「陳伯之に与うる書」が有名。『詩品』中。

梁書巻四九文學傳上　丘遲傳

[一]丘遲字希範、吳興烏程人也。父靈鞠[二]、有才名、仕齊官至太中大夫。遲八歲便屬文、靈鞠常謂「氣骨似我」。黃門郎謝超宗[三]・徵士何點[四]並見而異之。及長、州辟從事、舉秀才、除太學博士。遷大司馬行參軍、遭父憂去職。服闋、除西中郎參軍。累遷殿中郎、以母憂去職。服除、復爲殿[五]中郎、遷車騎錄事參軍。[六]高祖平京邑、霸府[七]開、引爲驃騎主簿、甚被禮遇、時勸[八]進梁王及殊禮[九]、皆遲文也。高祖踐阼[一〇]、拜散騎侍郎、俄遷中書侍郎、領吳興邑中正、待詔文德殿。時高祖著連珠[一一]、詔羣臣繼作者數十人、遲文最美。天監三年、出爲永嘉太守、在郡不稱職、爲有司所糾、高祖愛其才、寢其奏。四年、中軍將軍臨川王[一二]

宏北伐、遲爲諮議參軍、領記室。時陳[一三]伯之在北、與魏軍來距、[一四]遲以書喩之、[一五]伯之遂降。還拜中書郎、遷司徒從事中郎。七年、卒官、時年四十五。所著詩賦行於世。

[一]丘遲 字は希範、吳興烏程の人なり。父[二]靈鞠、才名有り、齊に仕えて官 太中大夫に至る。遲 八歳にして便ち文を屬り、靈鞠 常に謂う「氣骨 我に似たり」と。黄門郎[三]謝超宗・徵士[四]何點並びに見て之を異とす。長ずるに及びて、州 從事に辟し、秀才に擧げられ、太學博士に除せらる。大司馬行參軍に遷り、父の憂に遭いて職を去る。服 闋みて、西中郎參軍に除せらる。累りに殿中郎に遷り、母の憂を以て職を去る。服 除して、[五]復た殿中郎と爲り、車騎錄事參軍に遷る。[六]高祖 京邑を平らげ、[七]霸府開かるるや、引きて驃騎主簿と爲り、甚だ禮遇せられ、時に梁王を勸進すると及び[九]殊禮とは、皆な遲の文なり。高祖[一〇]踐阼して、散騎侍郎に拜せられ、俄に中書侍郎に遷り、吳興邑中正を領し、文德殿に待詔す。時に高祖「[一一]連珠」を著し、羣臣に詔して繼作せしむる者數十人、遲が文 最も美し。天監三年、出でて永嘉太守と爲り、郡に在りて職に稱わず、有司の糾する所と爲るも、高祖其の才を愛して、其の奏を寢む。四年、中軍將軍臨川王[一二]宏 北伐し、遲 諮議參軍と爲り、記室を領す。時に[一三]陳伯之 北に在り、魏軍と[一四]來距するに、[一五]遲 書を以て之を喩し、伯之 遂に降る。還りて中書郎に拜せられ、司徒從事中郎に遷る。七年、官に卒し、時に年四十五。著す所の詩賦 世に行わる。

丘遲は字を希範といい、吳興烏程（浙江省）の人である。父の霊鞠は、才名があり、斉に仕えて、官位は太中大夫にまで至った。

遅は八歳でもう文章を書き始め、霊鞠は常に「気骨が私に似ている」と言った。黄門郎の謝超宗・徴士の何点はともに彼を見て優れた才能を持っているとした。成長すると、州から従事に召され、秀才に挙げられ、太学博士に任命された。それから大司馬行参軍に移ったが、父の喪に服するため職を去った。喪が終わると、西中郎参軍に任命された。官をかさねて殿中郎に移ったが、母の喪のため職を去った。喪が明けると、再び殿中郎となり、車騎録事参軍に移った。高祖蕭衍が都建康を平定し、覇府を開くと（五〇一）、驃騎主簿に登用され、厚い礼遇を受けた。当時の、蕭衍の皇帝即位を勧める文と特別待遇を与える文は、ともに遅の手による文であった。高祖が正式に皇帝の地位に就くと（五〇二）、散騎侍郎に任じられ、まもなく中書侍郎に移り、呉興邑の中正を兼任し、文徳殿で詔命の起草に備えることとなった。時に高祖が「連珠」を著した際、詔を下し群臣数十人に続けて作らせたが、遅の文が最も素晴らしかった。天監三年（五〇四）、地方に出て永嘉（浙江省）太守となったが、郡では職務を全うせず、所轄の官に糾弾されることになった。だが高祖は遅の才を愛して、その上奏を沙汰やみにしてしまった。四年（五〇五）、中軍将軍臨川王蕭宏が北伐を行うと、遅は諮議参軍となり、記室を兼任した。当時、陳伯之は北魏におり、北魏軍とともに防戦したが、遅は書簡を与えて彼を喩し、その結果伯之は投降した。帰還すると中書郎に任じられ、司徒の従事中郎に移った。七年（五〇八）在官のまま亡くなり、時に四十五歳であった。その詩賦は世に行われた。

一　丘遅　『元和姓纂』巻五に拠れば呉興の丘氏は前漢平帝の時、王莽の皇位簒奪に従って丘俊が呉興に移ってきたことに始まるという。

丘遅の文集に関しては、『隋志』には『梁国子博士丘遅集』十巻、梁代には十一巻あったと記され、『旧唐志』『新唐志』でも『丘遅集』十巻、とされるが伝わらない。のち、明代に張溥により『漢魏六朝一百三家集』に『梁丘司空集』一巻が編まれたが、『藝文類聚』『文選』『梁書』『玉臺新詠』『何水部（遜）集』などに基づく輯本である。『隋志』にはまた「梁有集鈔四十巻、丘遅撰　亡」とあり、『旧唐書』『新唐書』にもそれぞれ『集鈔』四十巻（無記名）、丘遅『集鈔』四十巻と載せられるが、伝わらない。また闕名『五朝小説』に丘遅の撰として『漢宮故事』一巻が収められるが、真偽は疑問である。

現存する詩は合わせて十一首（『全梁詩』巻五）。『文選』には「宴に楽遊苑に侍し張徐州を送る応詔詩一首」（巻二〇公讌）「旦に漁浦潭を発す一首」（巻二七行旅）の二首と「陳伯之に与うる書」（巻四三書）（↓注一五）が採られる。『全梁文』巻五六。『古詩紀』巻七七。

二 霊鞠　丘霊鞠（生卒年不明）、呉興烏程の人。はじめ宋に仕え、南斉になってからは鎮南長史、尋陽相、尚書左丞などを経て、長沙王の車騎長史、太中大夫に終わった。酒を好み、自由気ままに振る舞い、宋の時には文名が盛んであったが、斉になると頗る落ち、王倹は「丘氏は官位が進まなくなるとともに、才能も衰えた」と言った。著に『江左文章録序』がある。『詩品』下。『南斉書』巻五二、『南史』巻七二。

三 謝超宗　？～四八三。南斉、陳郡陽夏（河南省）の人。字は幾卿。謝霊運（本書「謝霊運伝」参照）の孫で、謝霊運の再来とも評された。宋の元嘉（四二四～四五三）の中ごろ、父鳳が謝霊運に連座した際、共に嶺南に流されたが、元嘉の末に帰り、文辞を以て盛名を得、宋に仕えた。斉になり黄門郎を経て、竟陵王征北諮議参軍となる。才を恃み酒に酔っての不遜な振る舞いと、逆臣張敬児の娘を息子の嫁にしたことから、忠誠を疑われ、越州に流される途中、豫章で自尽を賜った。丘霊鞠、劉祥らとともに顔延之の詩風を祖述したと『詩品』下に記される。『南斉書』巻三六、『南史』巻一九。

四 何點　四三七～五〇四（『南史』巻三〇は「天監二年（五〇三）卒」とする）。字は子晳。廬江灊（安徽省）の人。高官の家に生まれたが、官職に就かず、「通隠」と称された。仏道を信じ、群書に博通し、人物の鑑識眼があり、丘遅、江淹の才能を若くして見抜いた。蕭衍と旧交があり、彼の即位後、侍中に拝せられたが、就かなかった。『梁書』巻五一、『南史』巻三〇。

五 復　百衲本は「後」に作る。

六 高祖　梁武帝蕭衍。本書「梁武帝伝」参照。

七 霸府　主に晋、南北朝の時期、勢力を伸ばした藩王、藩臣が、正式に皇帝の地位に就かず単に王として国政を執る府署。『晋書』巻七八孔愉伝論に「霸府に策名し、高衢に騁足す」。

八 勸進　帝位につくことを勧める。魏晋・六朝時代の言葉で、帝位を奪おうとする者が、実際には即位を遠慮した形を採り、臣下がその功徳を讃えて即位を勧めること。劉琨に「勸進表」（『文選』巻三七表）がある。

　本文での記述に従えば、『梁書』巻一武帝紀上の「府僚勸進して曰く…」と「二月辛酉、府僚重ねて請いて曰く…」の二文が丘遅の作品ということになる。

九 殊禮　いわゆる「九錫文」のこと。殊礼とは本来、「高皇帝 元功を褒賞して、相國蕭何 邑戸既に倍す、又殊禮を蒙れり、事を奏するに名のらず、殿に入るに趨らず、その親屬十有餘人を封ず」（『漢書』巻九九上王莽伝）というような特別な礼遇を意味するが、ここではその殊礼を与える「九錫文」を指す。「九錫文」とは、権臣が、皇帝に帝位を禅らせる目的で、自らの功徳を称揚する内容で書かせる詔書。清の趙翼『廿二史箚記』巻七「九錫文」の項には「毎朝禪代の前、必ず先に九錫文有り。總べて其の人の功績を敘し、爵を進め國を封じ、賜うに殊禮を以てす」と述べられ、また『梁書』の記載を検証し、蕭衍の九錫文の作者を、任昉、沈約、丘遅の三人に絞る。蕭衍が殊礼を与えられた時期は、中興二年（五〇二）正月（『南斉書』巻八）、その具体的内容は、「劍履して殿に上り、入朝するに趨らず、贊拜するに名いわざらしむ」（『梁書』巻一武帝紀上）というものであった。

一〇 踐阼　皇帝の地位に即くこと。阼は主人が堂に登るときの東側の階段。天子はこの阼階を登って先祖をまつるから言う。

一一 連珠　真珠を連ね留めたような美文の意味で、婉曲的な表現で風論を行うもの。

『隋志』には梁邵陵王綸注『梁武帝制旨連珠』十巻と陸緬注『梁武帝制旨連珠』十巻。『旧唐志』では前者が『制旨連珠』四巻　梁武帝撰、後者が『制旨連珠』十一巻　陸緬撰。『新唐志』では前者が『梁武帝制旨連珠』四巻、後者が『陸緬注制旨連珠』十一巻。『宋史』以降では見られない。梁の武帝の「連珠」は『藝文類聚』巻五七に三首（他に『梁書』巻四〇到漑伝に一首「賜到漑連珠」が現存。『全梁文』巻六）が収められるが、丘遅のそれは現存しない。

一二　臨川王宏　蕭宏（四七三～五二六）、字は宣達、天監元年（五〇二）、臨川郡王に封じられた。天監四年（五〇五）梁武帝が詔して北伐した際、皇帝の弟ということで、百数十年来最高と言われる軍備を与えられたにも関わらず、防戦に終始し軍を置き去りにして逃亡し、風評を下げた。また貪欲に富に執心したこともあり、悪名高い。普通七年（五二六）、病により卒。『梁書』巻二二、『南史』巻五一。本書「劉勰伝」注九参照。

一三　陳伯之　済陰睢陵（江蘇省）の人。元は鍾離（安徽省）で強盗をしていたが、斉の明帝の時、車騎将軍の王広之に従い、安陸王子敬の討伐に加わり、戦功があり、冠軍将軍、驃騎司馬となり、魚復県伯に封ぜられた。東昏侯に対する反乱が起こると、伯之は都督前駆諸軍事、江州刺史として尋陽で蕭衍の軍を迎え撃った。しかし、蕭衍に派遣された蘇隆に説得され、安東将軍、江州刺史となり、蕭衍とともに建康を囲み、落城に大いに勲功があった。のち、文盲であったことから人事上の問題を起こし、天監元年（五〇二）梁朝に反旗を翻したが、大敗し、北魏に投奔した。魏は彼を使持節散騎常侍、都督淮南諸軍事、平南将軍とした。天監四年（五〇五）梁武帝蕭衍は、臨川王蕭宏に詔して北伐を命じた。蕭宏は丘遅に命じ「与陳伯之書」（→注一五）を書かせ、その結果陳伯之は寿陽で兵八千を率いて再び梁に投降し、通直散騎常侍・驍騎将軍となり、また太中大夫となるなど、厚遇を受けた。『梁書』巻二〇、『魏書』巻六一、『南史』巻六一。

一四　來距　「距」は「拒」と同義。防戦に来たということ。

一五　遅以書喩之　丘遅「陳伯之に与うる書」のこと。「与陳伯之書」は『文選』巻四三書、『梁書』巻二〇陳伯之伝などに収められる。

この手紙は、まず陳伯之がいったん梁に帰順したものの、のち北魏に寝返ったことを非難し、続いて北魏に降った心情を推察し、梁朝はその罪を咎めぬから、帰降するようにと勧める。そして夷狄である北魏の節操の無さからこのままでは伯之の身が危ないと言う。最後に故国江南の美しい風景を述べて伯之の心を引き、梁の勢力の強い現状を示し陳伯之に投降を促す。

〔参考文献〕

福井佳夫「丘遅の『与陳伯之書』について」（『中京大学文学部紀要』二六—1　一九九一年）
魏明安「丘遅」（『中国歴代著名文学家評伝』続編一　山東教育出版社　一九八九年）

（田口一郎）

沈約（四四一～五一三）

沈約は竟陵八友の一人。声律を重んじた永明体詩の創始者として、またその理論化である四声八病説の提唱者として知られる。武門の出身でありながら、そのたぐいまれな才能ゆえに政の中枢に参与し、宋・斉・梁の三代に仕えた。また史家として編纂した『宋書』には「謝霊運伝論」「隠逸伝序」を始め、その文学観や思想が随所に表明される。『詩品』中。

梁書巻一三　沈約傳

沈約[一]、字休文、吳興武康人也。祖林子[二]、宋征虜將軍。父璞[三]、淮南太守。璞元嘉末被誅[四]、約幼潛竄、會赦免[五]。既而流寓孤貧[六]、篤志好學、晝夜不倦。母恐其以勞生疾、常遣減油滅火。而晝之所讀、夜輒誦之、遂博通羣籍、能屬文。

起家奉朝請[七]、濟陽蔡興宗[八]聞其才而善之。興宗爲郢州刺史、引爲安西外兵參軍、兼記室。興宗嘗謂其諸子曰「沈記室人倫師表、宜善事之」。及爲荊州[九]、又爲征西記室參軍、帶厥西令[一〇]。興宗卒、始爲安西晉安王法曹參軍、轉外兵、並兼記室。入爲尚書度支郎。

齊初爲征虜記室、帶襄陽令、所奉之王、齊文惠太子也[一一]。太子入居東宮[一二]、爲步兵校尉、管書記、直永壽省、

[一三]校四部圖書。時東宮多士、約特被親遇、每直入見、影斜方出。當時王侯到宮、或不得進、約每以爲言。太子曰「吾生平嬾起、是卿所悉、得卿談論、然後忘寢。卿欲我夙興、可恆早入」。

遷太子家令、後以本官兼著作郎、遷中書郎、本邑中正、[一四]司徒右長史、黃門侍郎。[一五]時竟陵王亦招士、約與蘭陵[一六]蕭琛、琅邪[一七]王融、陳郡[一八]謝朓、南鄉[一九]范雲、樂安[二〇]任昉等皆遊焉、當世號爲得人。俄兼尚書左丞、尋爲御史中丞、[二一]轉車騎長史。隆昌元年、除吏部郎、出爲寧朔將軍、東陽太守。明帝卽位、進號輔國將軍、徵爲五兵尚書、遷國子祭酒。[二二]明帝崩、政歸冢宰、[二三]尚書令[二四]徐孝嗣使約撰定遺詔[二五]。遷左衞將軍、尋加通直散騎常侍。永元二年、以母老表求解職、改授冠軍將軍。司徒左長史、征虜將軍。[二六]南清河太守。

[二七]高祖在西邸[二八]、與約遊舊、建康城平、引爲驃騎司馬、將軍如故。[二九]時高祖勳業既就、天人允屬、約嘗扣[三〇]其端、高祖默而不應。佗日又進曰「今與古異、不可以淳風期萬物。士大夫攀龍附鳳者、皆望有尺寸之功、以保其福祿。今童兒牧豎、悉知齊祚已終、莫不云明公其人也。天文人事、表革運之徵、永元以來、尤爲彰著。[三一]讖云『行中水、作天子』、此又歷然在記。天心不可違、人情不可失、苟是曆數所至、雖欲謙[三二]光、亦不可得已」。高祖曰「吾方思之」。對曰「公初杖兵樊・沔、此時應思、今王業已就、何所復思。昔武王伐紂、始入、民便曰吾君、武王不違民意、亦無所思。公自至京邑、已移氣序、比於周武、遲速不同。若不早定大業、稽天人之望、脫有一人立異、便損威德。且人非金石、時事難保。豈可以建安之封、遺之子孫。若天子還都、公卿在位、則君臣分定、無復異心。君明於上、臣忠於下、豈復有人方更同公作賊」。高祖然之。約出、高祖召范雲告之、雲對略同約旨。高祖曰「智者乃爾暗同、卿明早將休文更來」。雲出語約、約曰「卿必待我」。雲許諾、而約先期入、高祖命草其事。約乃出懷中詔書並諸選置、高祖初無所改。俄而雲自外來、至殿門不得入、徘徊壽光閣外、但云「咄[三三]咄」。約出、問曰「何以見處」。約[三四]舉手向左、雲笑曰「不乖所望」。有頃、高祖召范雲謂曰「生

平與沈休文羣居、不覺有異人處。今日才智縱横、可謂明識」。雲曰「公今知約、不異約今知公」。高祖曰「我起兵於今三年矣、功臣諸將、實有其勞。然成帝業者、乃卿二人也」。

梁臺建[三五]、爲散騎常侍、吏部尚書、兼右僕射。高祖受禪、爲尚書僕射[三六]、封建昌縣侯、邑千戶、常侍如故。又拜約母謝爲建昌國太夫人。奉策之日、右僕射范雲等二十餘人咸來致拜、朝野以爲榮。俄[三七]遷尚書左僕射、常侍如故。尋兼領軍、加侍中。天監二年、遭母憂、輿駕親出臨弔、以約年衰、不宜致毀[三八]、遣中書舍人斷客節哭。起[三九]爲鎭軍將軍・丹陽尹、置佐史。服闋[四〇]、遷侍中・右光祿大夫、領太子詹事[四一]、揚州大中正、關尚書八條事、遷尚書令、侍中・詹事・中正如故。累表陳讓[四二]、改授[四三]尚書左僕射・領中書令・前將軍、置佐史、侍中如故。尋遷[四四]尚書令、領太子少傅。九年、轉左光祿大夫、侍中・少傅如故、給鼓吹一部。

初、約久處端揆[四五]、有志台司[四六]、論者咸謂爲宜、而帝終不用、乃求外出、又不見許。與徐勉[四七]素善、遂以書陳情於勉曰：…（略）。勉爲言於高祖、請三司之儀、弗許。但加鼓吹而已。

約性不飮酒、少嗜欲、雖時遇隆重、而居處儉素、立[四八]宅東田、矚望郊阜、嘗爲郊居賦[四九]、其辭曰：…（略）。

尋[五〇]加特進、光祿侍中、少傅如故。十二年、卒官。時年七十三。詔贈本官、賻錢五萬、布百匹、謚曰隱。

約左目重瞳子[五一]、腰有紫志、聰明過人。好墳籍、聚書至二萬卷、京師莫比。少時孤貧、丐于宗黨、得米數百斛、爲宗人所侮、覆米而去。及貴不以爲憾、用爲郡部傳。嘗侍讌、有妓師、是齊文惠宮人。帝問「識座中客不」。曰「惟識沈家令」。約伏座流涕、帝亦悲焉。爲之罷酒。約歷仕三代、該悉舊章、博物洽聞、當世取則。謝[五二]玄暉善爲詩、任彥昇[五三]工於文章、約兼而有之。然不能過也。自負高才、昧於榮利、乘時藉勢、頗[五四]累淸談。及居端揆、稍弘止足。每進一官、輒殷勤請退、而終不能去。論者方之山濤[五五]。用事十餘年、未嘗有所薦達。政之得失、唯唯而已。

初高祖有憾於張稷[五六]、及稷卒[五七]、因與約言之。約曰「尙書左僕射、出作邊州刺史。已往之事、何足復論」。帝以爲婚家相爲、大怒曰「卿言如此、是忠臣邪」。乃輦歸內殿。約懼、不覺高祖起、猶坐如初。及還、未至牀而[五八]憑空、頓於戶下、因病、夢齊和帝以劍斷其舌。召巫視之。巫言如夢。乃呼道士、奏赤章[五九]於天。稱禪代之事、不由己出。高祖遣上省醫徐[六〇]奘視約疾、還具以狀聞。先此約嘗侍讌、値豫州獻栗徑寸半。帝奇之問曰「栗事多少」。與約各疏所憶、少帝三事。出謂人曰「此公讓前、不讓卽羞死」。帝以其言不遜、欲抵其罪。徐勉固諫乃止。及聞赤章事、大怒。中使譴責者數焉。約懼遂卒。有司謚曰文。帝曰「懷情不盡曰隱」。故改爲隱云。

所著晉[六一]書百一十卷、宋書[六二]百卷、齊紀[六三]二十卷、高祖紀十四卷、邇言十卷、謚[六四]例十卷、宋文[六五]章志三十卷、文集[六六]一百卷、皆行於世。又撰四聲[六七]譜、以爲在昔詞人累千載而不寤、而獨得胸衿、窮其妙旨。自謂入神之作。高祖雅不好焉。帝問周捨[六八]曰「何謂四聲」。捨曰「天子聖哲、是也」。然帝竟不遵用。

沈約[一]、字は休文、吳興武康の人なり。祖の林子[二]は宋の征虜將軍、父の璞[三]は、淮南太守たり。璞[四] 元嘉の末に誅せられ、約[五] 幼くして潛竄し、會たま赦免せらる。既にして[六]流寓孤貧、志を篤くし學を好み、晝夜倦まず。母 其の勞を以て疾を生ずるを恐れ、常に遣りて油を減じて火を滅せしむ。而して晝に讀む所、夜は輒ち之を誦じ、遂に博く羣籍に通じ、能く文を屬る。

起家して奉朝請[七]となり、濟陽の蔡興宗、其の才を聞きて之を善しとす。興宗 郢州刺史と爲り、引きて安西外兵參軍と爲し、記室を兼ねしむ。興宗 嘗て其の諸子に謂いて曰く「沈記室は人倫の師表なれば、宜しく善く之に事うべし」と。荊州[九]たるに及びて、又た征西記室參軍と爲し、厥西令[一〇]を帶せしむ。興宗 卒して、始めて安西晉安王の法曹參軍と爲り、外兵に轉じ並びに記室を兼ぬ。入りて尙書度支郎と爲る。

齊の初め征虜記室と爲り、襄陽令を帶し、奉ずる所の王は、齊の[一一]文惠太子なり。太子入りて東宮に居り、歩兵校尉と爲り、書記を管り、永壽省に直して、[一三]四部圖書を校ず。時に東宮に士多きに、約特に親遇せられ、直する毎に入見し、影 斜にして方く出づ。當時 王侯 宮に到りて、或いは進むを得ざるに、約は毎に以て言を爲す。太子曰く「吾れ生平起くるに嬾し、是れ卿の悉する所なり。卿が談論を得て、然る後に寢ることを忘るなり。卿 我の夙に興きんことを欲せば、恆に早く入るべし」と。

太子家令に遷り、後に本官を以て著作郎を兼ね、中書郎、本邑中正、[一四]司徒右長史、黃門侍郎に遷る。時に[一五]竟陵王亦た士を招く。約は蘭陵の[一六]蕭琛、琅邪の[一七]王融、陳郡の[一八]謝朓、南鄉の[一九]范雲、樂安の[二〇]任昉等と皆な焉に遊び、當世號して人を得たりと爲す。俄に尙書左丞を兼ね、尋いで御史中丞と爲り、[二一]車騎長史に轉ず。隆昌元年、吏部郎に除せられ、出でて寧朔將軍、東陽太守と爲る。明帝 位に卽くや、進んで輔國將軍と號し、徵せられ五兵尙書と爲り、國子祭酒に遷る。[二二]明帝 崩じて、政は[二三]冢宰に歸し、尙書令[二四]徐孝嗣 約をして[二五]遺詔を撰定せしむ。左衞將軍に遷り、尋いで通直散騎常侍を加えらる。永元二年、母の老を以て表して職を解かれんことを求め、改めて冠軍將軍、司徒左長史、征虜將軍、[二六]南淸河太守を授けらる。

[二七]高祖[二八]西邸に在りて、約と遊舊す。建康城平ぎ、引かれて驃騎司馬と爲り、將軍は故の如し。時に[二九]高祖 勳業既に就り、天人允屬す。約 嘗て其の[三〇]端を扣くに、高祖默して應えず。佗日又た進みて曰く「今は古と異なれば、淳風を以て萬物を期すべからず。士大夫の攀龍附鳳せんとする者は、皆な尺寸の功を有して以て其の福祿を保たんことを望む。今の童兒牧豎も、悉く齊祚すでに終ることを知り、明公其の人を云わざる莫きなり。天文人事、革運の徵を表すこと、永元以來、尤も彰著たり。[三一]讖に云えらく『行中の水、天子と作る』と。此れ又た歷然として記に在り。天心違うべからず、人情失すべからず、苟にも是れ曆數の至る所なれば、[三二]謙光を欲すと雖も、亦た得べからざるのみ」。高祖曰く

「吾方に之を思う」と。對えて曰く「公 初め兵を樊・沔に杖る。此の時應に思うべきも、今 王業已に就りては、何の復思する所あらん。昔武王 紂を伐ち、始めて入るとき、民便ち吾君と曰うは、武王 民意に違わざれば、亦た思う所無し。公 京邑に至りて自り、已に氣は序を移す、周武に比して、遲速同じからざるのみ。若し早く大業を定め、天人の望を稽めざれば、脫し一人の異を立つる有れば、便ち威德を損わん。且つ人は金石に非ざれば、時事保ち難し。豈に建安の封を以て、之を子孫に遺すべけん。若し天子 都に還り、公卿位に在らば、則ち君臣の分 定まり、復た異心無く、君 上に明かに、臣 下に忠たらん。豈に復た人の方に更に公と同じく賊を作す有らんか」と。高祖 之を然りとす。約出でて、高祖 范雲を召して之を告ぐるに、雲の對略ぼ約の旨に同じ。高祖曰く「智者乃ち爾く暗同す。卿 明早休文を將いて更に來れ」と。雲 出でて約に語るに、約曰く「卿 必ず我を待て」と。雲 許諾す。而して約 期に先んじて入り、高祖命じて其の事を草せしむ。約 乃ち懷中の詔書並びに諸の選置を出すに、高祖初めより改むる所無し。俄にして雲 外自り來り、殿門に至りて入るを得ず、壽光閣の外に徘徊して、但だ「咄咄」[三三]と云う。約出で、問いて曰く「何を以てか處せらるる」と。約 手[三四]を擧げて左に向う、雲 笑いて曰く「望む所に乖わず」と。頃有りて、高祖 范雲を召して謂いて曰く「生平沈休文と羣居すれば、人に異なる處有るを覺えず。今日才智縱橫、明識と謂うべし」と。雲曰く「公 今 約を知る、約 今 公を知るに異ならず」と。高祖曰く「我 兵を起こすに於て三年なり、功臣諸將、實に其の勞有り。然れども帝業を成す者は、乃ち卿ら二人なり」と。

[三五]梁臺建つや、散騎常侍・吏部尙書と爲り、右僕射を兼ぬ。高祖 禪を受くるや、尙書僕射[三六]と爲り、建昌縣侯に封ぜられ、邑千戶、常侍は故の如し。又た約の母を拜して謝して建昌國太夫人と爲す。策を奉ずるの日、右僕射范雲等二十餘人、咸な來りて拜を致す、朝野以て榮と爲す。俄[三七]に尙書左僕射に遷り、常侍は故の如し。尋いで領軍を兼ね、侍中を加えらる。天監二年、母の憂に遭い、輿駕親出して弔に臨む。約の年衰えて、宜しく毀[三八]を致すべからざるを以て、中書舍人を遣わして客を斷ち哭を節ましむ。起[三九]ちて鎭軍將軍・丹陽尹と爲り、佐史を置く。服闋[四〇]けて、侍中・右光祿大

夫に遷り、[四一]太子詹事、揚州大中正を領じ、尚書八條の事に關わる。尚書令に遷り、侍中・詹事・中正は故の如し。累りに表して[四二]讓を陳ぶ、[四三]改めて尚書左僕射・領中書令・前將軍を授けられ、佐史を置き、侍中は故の如し。[四四]尋いで尚書令に遷り、太子少傅を領す。九年、左光祿大夫に轉じ、侍中・少傅は故の如く、鼓吹一部を給せらる。

初め、約久しく[四五]端揆に處り、[四六]台司に志す有り、論ずる者咸な謂いて宜しと爲す。而るに帝終に用いず。乃ち外に出んことを求むれども、又た許されず。[四七]徐勉と素より善し、遂に書を以て勉に情を陳べて曰く…（略）。勉爲に高祖に言いて、三司の儀を請うも、許されず。但だ鼓吹を加うるのみ。

約性として酒を飲まず、嗜欲少なし、時に隆重に遇せらるると雖も、居處儉素なり。[四八]宅を東田に立てて、郊阜を矚望す。嘗て[四九]「郊居の賦」を爲る。其の辭に曰く…（略）。

[五〇]尋いで特進を加えられ、光祿侍中、少傅は故の如し。十二年、官に卒す。時に年七十三。詔して本官を贈られ、賻錢五萬、布百匹、諡して隱と曰う。

約左の目に[五一]重瞳子、腰に紫志有りて、聰明人に過ぐ。墳籍を好み、書を聚むること二萬に至り、京師に比ぶる莫し。少時孤貧にして、宗黨に丐い、米數百斛を得、宗人の侮る所と爲り、米を覆して去る。貴に及びて以て憾と爲さず、用いて郡の部傳と爲す。嘗て讌に侍す。妓師有りて、是れ齊の文惠の宮人なり。帝「座中客を識るや不や」と問う。曰く「惟だ沈家令を識るのみ」と。約座に伏して涕を流し、帝も亦た焉を悲しむ。之が爲に酒を罷む。約仕して三代を歷、舊章に該悉なり。博物洽聞、當世則を取る。[五二]謝玄暉善く詩を爲り、[五三]任彥昇文章に工なり。約は兼ねて之を有す。然れども過ぐること能わざるなり。自ら高才を負み、營利を昧る。時に乘じ勢を藉りて、[五四]頗る清談を累ぬ。端揆に居るに及びて、稍や止足を弘くす。一官に進む毎に、輒ち慇勤に退くを請うも、終に去る能わず。論者之を[五五]山濤に方う。用事十餘年、未だ嘗て薦達する所有らず。政の得失、唯唯たるのみ。

初め高祖[五六]張稷に憾有り。稷[五七]卒するに及び、因て約に之を言う。約曰く「尚書左僕射、出でて邊州刺史と作る。

已に往事、何ぞ復た論ずるに足らん」と。帝 婚家の相い爲にすと以爲い、大いに怒りて曰く「卿の言 此くの如きは、是れ忠臣ならんや」と。乃ち輦して內殿に歸る。約 懼れて、高祖の起つるを覺えず、猶お坐すること初めの如し。還るに及び、未だ牀に至らずして空に憑り、戶下に頓す。因りて病み、齊の和帝 劍を以て其の舌を斷ずるを夢む。巫を召して之を視すに、巫の言 夢の如し。乃ち道士を呼びて、赤章を天に奏せしめ、禪代の事、已に由り出でずと稱す。高祖 上省の醫 徐奘を遣して約の疾を視す。還りて具に狀を以て聞かしむ。此より先、約 嘗て讌に侍す。豫州より栗の徑寸半なるを獻ずるに値う。帝 之を奇として問いて曰く「栗の事多少ぞ」と。約と各おの憶ゆる所を疏するに、帝に少なきこと三事。出でて人に謂いて曰く「此の公 前ずるを護る、讓らざれば卽ち羞死せん」と。帝 其の言の不遜なるを以て、其の罪に抵てんと欲す。徐勉 固く諫めて乃ち止む。赤章の事を聞くに及び、大いに怒り、中使譴責する者數なり。約 懼れて遂に卒す。有司 謚して文と曰う。帝曰く「情を懷きて盡さざるを隱と曰う」と。故に改めて隱と爲すと云う。

著す所の、『晉書』百一十卷、『宋書』百卷、『齊紀』二十卷、『高祖紀』十四卷、『邇言』十卷、『謚例』十卷、『宋文章志』三十卷、文集一百卷、皆な世に行わる。又た『四聲譜』を撰じ、在昔の詞人 千載を累ねて寤らず、而るに獨り胸衿に得て、其の妙旨を窮むと以爲い、自ら入神の作と謂う。高祖 雅に焉を好まず。帝 周捨に問いて曰く「何をか四聲と謂う」と。捨曰く「天子聖哲、是なり」と。然るに帝 竟に遵用せず。

沈約、字は休文、呉興武康（浙江省）の人。祖の林子は、宋の征虜將軍。父の璞は、淮南（江蘇省）太守であった。璞は、元嘉の末に誅せられ、約は幼くして身を隱し、大赦に遇って赦免された。かくて流寓孤貧の身の上であったが、学問に篤く志して、昼夜倦まず励んだ。母は、勉強のし過ぎで病気になるのではと心配し、しばしば灯りの油を減らして火を消させたりした。そこで、昼に読んだものを夜に諳誦し、そうするうちに多くの書物に広く通じ、文章がうまく書けるようになった。

奉朝請として仕官した。済陽（河南省）の蔡興宗はその人物を聞いて高く評価した。興宗が郢州（湖北省）刺史となると、約を招いて安西外兵参軍とし、記室を兼ねさせた。興宗は子供らによく「沈記室は人の道の手本だよ、よくよく師事するように」と語っていたものである。荊州（湖北省）刺史となると、征西記室参軍として、厥西（湖北省）令を帯命させた。興宗が亡くなり、始めて安西晋安王の法曹参軍となり、外兵に転じ、同時に記室を兼任した。入朝して尚書度支郎となった。

斉初に征虜記室となり、襄陽（湖北省）令を帯命した。主と奉じたのは、斉の文恵太子であった。太子が東宮に入って、歩兵校尉となり、書記を司り、永寿省に詰めて、四部の図書を校閲した。時に東宮には人材豊富な中で、約は特に親任され、勤務のたびに入見し、日が傾いてようやく退出するほどであった。当時、王侯が東宮に参内しても、場合によってはお目通りできなかったが、約は常に奏上することができた。太子は言った、「私が日ごろ早起きが苦手なのは、そちもよく知っているはずだが、そちと語らっていると、寝るのを忘れてしまうのだ。私に早起きをさせたいと思うのなら、いつも早く参内するように」と。

太子家令に移り、後に本官のままで著作郎を兼務し、中書郎・本邑中正・司徒右長史・黄門侍郎を歴任した。時に竟陵王もまた人材を招致していて、約は蘭陵（山東省）の蕭琛・琅邪（山東省）の王融・陳郡（河南省）の謝朓・南郷（湖北省）の范雲・楽安（江西省）の任昉らとその門に出入りしていたので、世の人々は、誠に人材を得たものだ、と賞賛した。すぐに尚書左丞となり、ついで御史中丞となり、車騎長史に転じた。隆昌元年（四九四）、吏部郎に除せられ、出でて寧朔将軍・東陽（浙江省）太守となった。明帝が即位して、輔国将軍に昇進し、五兵尚書に召され、国子祭酒に転任した。明帝が崩御すると、東昏侯が政を掌握し、尚書令の徐孝嗣が約に（東昏侯を後継とする）遺詔を起草させた。左衛将軍に遷り、ついで通直散騎常侍を加えられた。永元二年（五〇〇）、母の老齢を理由に解職願を上表し、改めて冠軍将軍・司徒左長史、征虜将軍・南清河太守を授けられた。

高祖は西邸で、約と旧交があった。建康城が平定されるや、驃騎司馬に召され、将軍の地位はもとのままであった。時に高祖は勲業が成就し、天も人も認めるところとなった。約は（開国の）勧進をしようとしたのだが、高祖は黙って返事をしなかった。数日してまた進言して言った、「今の世は古とは違って、すべてに淳風を期待することはできません。龍にぶらさがり鳳に附そうという士大夫は、たいてい些細な功を挙げて、福禄を保とうと望んでいるのでございます。いまは召使いでも、斉の代が終りを告げたことを了解しております。あなたこそが明公となられる方です。天文人事は、運気の改まる兆しを表わすものですが、永元以降というもの、それが極めて顕著になってきております。讖に、『行中に水あるは（衍）、天子と作る』と申すのも、これもまたはっきりと記録に見えることです。天の思し召しには違うことはできませんし、人情にも背くことはできません。かりにも暦数がめぐってきたのであれば、辞退なさろうとしても、せんないことでございます」と。高祖は「いま考えておるところだ」と言った。応じて言うに、「閣下が初めて樊（樊城、湖北省）・沔（沔陽、湖北省）に兵を起こされたその時には、当然熟考すべきこともございましょうが、いまこの王業が成就した後になっては、何を考えることがございましょう。昔、武王が紂を討って入城するや、民がすぐに『吾が君』と呼びましたが、武王が民意に違ってなかったので、やはり何も考えることがなかったのです。閣下が京邑に入られて以来、すでに気の配列は移っているのに、周の武王と異なるのは、ただ事の進み具合でございます。速やかに開国の端を開かれ、天と人との望をお考えにならなければ、もし一人でも異を立てる者が現れてしまえば、威徳が害われてしまうでしょう。それに、人は金石のように不変ではありませんから、事というのは保つことが難しゅうございます。建安の封土のまま、それを子孫に遺すことができたでしょうか。もしも斉の天子が都に戻り、公卿が位に落ち着けば、君臣の分が定まり、もはや異心が起こることはなく、賢明な君主が上に、忠義の臣が下に居ることになりましょう。もはや閣下とともに反旗を翻そうなどとする者は現われますまい」。高祖はその通りだとした。約が退出すると、高祖は范雲を呼出して考えを述べさせたが、雲の応えも約とほぼ同じ内容であった。高祖はいった、「智ある者はこのように暗合するということか。そちは明朝休文を連れて改めてまいれ」と。雲が退出して約にそれを告げると、約は「君は必ず私を待っていてくれ」といい、雲は承諾した。ところが約は約束より早く参内し、高祖は（即位の）事を草するよう命じた。約がふところに用意の詔書および諸々の人事配置を取り出して見せると、高祖には全く改めるところが無かった。まもなく雲はやって来て、殿門にまで来たのだが入る事ができず、寿光閣の外を徘徊し、ただ「はてさて」というばかりであった。約が出てきたので、尋ねた、「官位はどうなったかね」と。約が手を挙げて左を示すと、雲は笑って言った、「望み通りだな」と。

しばらくして、高祖が范雲を呼んでいうには、「普段、群臣と一緒の場で沈休文と会っても、人より優れた所があると思った事はなかったが、今日は才智縦横に走り、全く明識の人というにふさわしい」と。雲はいった「いま閣下が約を理解されたことは、いま約が閣下を理解したことそのものでしょう」と。高祖は言った、「我は戦いを起こしてこれで三年になる。功臣諸将には誠に功労があった。しかし、帝としての事業を成就させてくれる者は、そちら二人じゃ」と。

（高祖が）梁公の命を受けると、散騎常侍・吏部尚書となり、右僕射を兼任した。高祖が禅譲を受けると、尚書僕射となり、建昌縣侯、邑千戸に封ぜられ、常侍はもとのままであった。さらに、約の母の謝氏は建昌国太夫人を拝命した。辞令を受ける日には、右僕射の范雲ら二十人余りが打ち揃って挨拶に訪れ、国中が栄華を称えた。すぐに尚書左僕射に遷り、常侍はもとのままであった。ついで領軍を兼任し、侍中を加えられた。天監二年（五〇三）、母の喪に際しては帝自ら弔問にお出ましになり、約が老年で、悲しみに痩せ衰えてはいけないからと、中書舎人を遣わして弔問客を絶ち哭を控えるように指示した。復帰して鎮軍将軍・丹陽（江蘇省）尹となり、喪が明けて、侍中・右光禄大夫に遷り、太子詹事・揚州大中正を領して、尚書八条の事すべてに関与した。尚書令に遷り、侍中・詹事・中正はもとのままであった。上表をかさねて後進に道を譲る事を陳情したが、改めて尚書左僕射・中書令・前将軍を授けられ、佐史を置いて、侍中はもとのままであった。ついで尚書令に遷り、太子少傅を拝領した。九年（五一〇）、左光禄大夫に転じ、侍中・少傅はもとのままで、鼓吹一部を授けられた。

それより前、約は、長らく実務の枢要にいたので、（より名誉職的な）台司に就きたいという志があり、論者たちもみな良かろう、と考えたのだが、帝はついぞそれを用いない。そこで外任に出ることを求めても、それも認められなかった。徐勉と約は普段から親交があったので、書状で勉に陳情して次のように言った。…（略）。勉は高祖に口添えをして、三司の儀の拝命を頼んでくれたのだが許されず、ただ鼓吹を加えられただけであった。

約は、酒が飲めないたちで、欲も少なかったので、栄華を重ねてはいたが、暮らしぶりは質素であった。屋敷を東田に建てて、郊外の丘陵を眺め暮らしていた。嘗て「郊居の賦」を作り、その辞にはいう、…（略）。

特進を重ね、光禄侍中・少傅はもとのままで、十二年（五一三）、官にあって亡くなった。時に七十三歳であった。詔して本官を送り、銭五万・布百匹を贈られ、隠と謚された。

約は、左目が重瞳で、腰には紫色の痣（あざ）があり、聡明さは人並み優れていた。書籍を愛し、蔵書は二万巻を数え、都では並ぶ者はなかった。若くして父を亡くし、一族の者に物乞いをし、米数百斛を得たが、一族にさげすまれ、米をひっくり返されるなどの仕打ちを受けた。貴要の位についてからも、そのことを恨みには思わず、（一族の者を）郡の部伝に任用した。

嘗て宴会にはべった時のこと、妓女の師に斉の文恵太子の宮人がいた。帝が、座中の客で誰か知っている者はいるか、と尋ねると、答えて言うに、「沈家令のみ存じ上げております」と答えたので、約は座に伏して涙を流し、帝もまた悲しみにくれ、それによって盃をおいたのであった。約は宋斉梁三代の代に仕え、古いしきたりも熟知していた。博覧強記で、当時の人々は沈約の意見を規準とした。謝玄暉（しゃげんき）は詩を作るのが得意で、任彦昇（じんげんしょう）は文章に巧みであり、約はその両方の才能を備えていたが、超えることはできなかった。優れた才能を自負して、栄達や利益をむさぼり、時流に乗り権力をかさにきて、やたらに議論を引き起こした。枢要の位についてからは、やっと止足をわきまえ、官位を一つ進める度に、鄭重に退任を願い出たが、結局去ることはできず、論ずる者はこれを山濤になぞらえた。枢要にあること十余年、人物を薦達したことはなく、政の得失を下問されても、ただ承るだけであった。

高祖は張稷（ちょうしょく）の処遇に悔いがあり、稷が亡くなった折に、約にそのことを告げたことがあった。約が言うに、「尚書左僕射が、出て辺州の刺史になったのです。もう過ぎた事、論ずるまでもないことです」と。帝は、婚家であるがためにそんなことをいうと考え、大いに怒っていった、「そちがこんなことを言うとは、それでも忠臣か」と。そうして車に乗って内殿に帰ってしまわれた。約は懼（おそ）れ戦（おのの）いて、高祖が起たれるのも気付かず、元のままの状態で坐っていた。帰宅して、寝椅子に就こうとしてもたれそこない、戸口に転び、そのために病になり、斉の和帝が剣で約の舌を切ろうとする夢を見た。巫女を呼んで視させたが、巫女のお告げも夢と同じであった。道士を呼んで、赤章を天に奏上して、禅譲のことは自分が進めた事ではない、と告げた。高祖は上省の医師徐奘（じょじょう）を遣わして約の病を視させ、戻ってから詳しくそのあり様を報告させた。それより先に、約が宴会に侍った際に、ちょうど豫州から栗を献上してきたが、その栗は直径が一寸半もあった。帝はそれを不思議がり、「栗の典故はどれくらい知っているか」と尋ね、約とそれぞれ憶えているものを述べ合ったところ、帝より三つ典故が少なかった。約は退出してから人に、「公は体面を保ちたがられる。勝ちは譲らないと死を賜うからな」と言った。帝はこのことばを不遜だとして、罪に問おうとされたが、徐勉らが強くそれを諫めたので沙汰止みとなったことがあった。赤章のことを聞きつけられ、大いに怒り、中使を遣わして譴責すること数度、約は戦（おのの）いて、そうして死んでしまった。有司は諡を文としようとしたが、帝は「情を懐きて尽くさざるを隠という」と言われたので、改めて隠と諡したという。

著すところの『晋書』百十巻、『宋書』百巻、『斉紀』二十巻、『高祖紀』十四巻、『邇言』十巻、『諡例』十巻、『宋文章志』三十巻、文集百巻、皆世に行なわれた。また『四声譜』を撰し、古の詩人が千年かかっても覚（さと）らなかった道理を、一人会得し、その妙理を突き詰めたと考え、自ら入神の作と考えていたが、高祖はついぞそれを好まなかった。帝は周捨に「四声とは何じゃ」と尋ね、捨は「天子聖哲というのがそれです」と答えたが、帝は結局取り入れようとしなかった。

一 沈約　沈約は、『宋書』巻一〇〇自序に、自らの出自について、帝顓にまで遡る詳しい伝を記している。そこからは、武人として歴朝に仕えた沈一族の歴史が浮き彫りになるが、自らについては、史臣として『宋書』を著した経緯を簡単に述べるのみである。『南史』巻五七の沈約伝には、この「自序」から秦以降の記録を摘録した部分を前に付す。沈約は、政治家として貴顕の座にあり、また史官としての業績にも目覚ましいものがあるが、文学の面では特に南斉武帝の第二子竟陵王子良（四六〇～四九四）のもとに集った、いわゆる「竟陵八友」の一人として名高い。声律、特に四声を重視した詩作を提唱し、四声八病説の主唱者となった。沈約・王融・謝朓らを中心とするこれらの新しい詩作の流れは、後に「永明体」と称される。『詩品』中品は、沈約詩は「五言最優」と述べ、謝朓・江淹・范雲らのはざかいにあって、その文名は時期に恵まれたのだ、と冷静な判断を下すが（「時に于て、謝朓未だ遒（せま）らず、江淹の才盡き、范雲名級故（もと）より微なり、故に約獨歩と稱せらる」）、蕭綱「湘東王に與うる書」に「近世の謝朓・沈約の詩、任昉・陸倕の筆は、斯れ實に文章の冠冕にして述作の楷模なり」と述べるなど、当世高い評価を受けていたことがわかる。特に任昉とは『南史』任昉伝に「任筆沈詩」、『顔氏家訓』文学篇に「邢（けい）は沈約を賞服し任昉を軽んじ、魏は任昉を愛慕して沈約を毀しむ」と並称されるなど、その文才を常に比較された。

二 林子　三七七～四二二。字は敬士。沈約の祖父。宋朝建国に功績のあった武将。『宋書』自序には、その清廉な人物像と、戦に明け暮れた人生の中で、詩・賦・賛など一百二十一首の作品を残したと称える。

三 璞　四一九～四五六。林子の末子。幼少より才学に優れると称讃を集めたが官位には恵まれなかったことが、『宋書』自序に見える。

四 璞元嘉末被誅…　『宋書』自序によれば元嘉三十年（四五三）のこ

と。璞の主人であった劉濬が皇太子劉劭とともに父王である文帝を殺害し、後の孝武帝である三弟の劉駿によって討伐されるという事件に関わり誅殺された。三十八才、沈約十三歳の時であった。「三十年、元凶弑立す、…世祖の將に都に至らんとするに及び、方く讒説有りて璞を以て奉迎するの晩、世難に横罹す、時に三十八」(『宋書』自序)。

五 約幼潛竄、會赦免　「潛竄」はこっそり逃げること。また、沈約が赦免されたのは、宋の孝武帝が即位に際して大赦を行なったときのことである。『宋書』孝武帝紀「三十年…己巳、皇帝位に即き、天下を大赦す、文武は爵一等、從軍する者は二等」。

六 既而流寓孤貧　『宋書』自序「忠臣 年十三にして孤なり、少くして頗る學を好み、棄日功無しと雖も、伏膺して改めず」。

七 奉朝請　貴族の若者が多く最初に得る肩書きで、実質的な官職ではなかった。姚振黎・陳慶元ともに、沈約が奉朝請を拝命した年を、泰始二年(四六六)とする。

八 蔡興宗　四一四〜四七二。済陽の人。沈約の父璞を重用した劉濬と「文義を以て往復す」(『宋書』二凶伝)と見え、沈一族とは璞以来のつきあいであったと考えられる。『宋書』巻五七、『南史』巻二九。

九 爲荊州…　『宋書』明帝紀に、「泰豫元年夏四月己亥、鎭東將軍蔡興宗 征西將軍・開府儀同三司・荊州刺史と爲る」。四七二年のこと。

一〇 厥西　現湖北省。北監本のみが「厥西」、殿本は「關西」、それ以外はすべて「闕西」に作る。『梁書』校勘記の考証するとおり、荊州刺史蔡興宗の掾属であった沈約が、司州に属する闕西令となる道理はなく、荊州属の厥西令が事情に合致する。

一一 文恵太子　四五八〜四九三。蕭長懋のこと。文恵太子は文学を愛し、声律への理解も深く、沈約は周顒・虞炎らとともにその文学サロンに出入りした。「文武の士 多く招集する所となり、會稽の虞炎・濟陽の范岫・汝南の周顒・陳郡の袁廓、並びに學行才能を以て左右に應對す」(『南史』文恵太子伝)、「文恵太子の東宮に在るや、沈約の徒は文才を以て引かれ、岫も亦た焉に預かる」(『梁書』范岫伝)。『南齊書』巻二一、『南史』巻四四。また本書「王融伝」注一一を参照のこと。

一二 太子入居東宮　文恵太子が皇太子に立ったのは、『南斉書』武帝紀によれば、建元四年(四八二)、高帝が崩御し、太子賾が即位、太子の同母弟の蕭子良が竟陵王に封ぜられた。『宋書』自序によれば、この年、沈約は国史の勅撰に預かっている。

一三 四部圖書　現在の経史子集のもととなった四部分類は、晋の荀勖の作成した蔵書目録『中経新簿』の甲乙丙丁四部が最初で、甲部には六藝および小学、乙部には諸子、丙部に史書や簿録、丁部に詩賦や汲冢書などを分類著録したものであった(『隋志』序録)。隋唐以降この分類が経子史集の四部分類として継承され現在にいたる。なお、この四部図書校編の仕事は、永明五年『四部要略』千巻として実を結んでいる。『南斉書』武十七王伝「(子良)鷄籠山邸に移居し、學士を集めて五經・百家を抄し、『皇覽』の例に依りて『四部要略』千巻を爲る」。

一四 司徒右長史　竟陵王が司徒となったのは、『南斉書』竟陵文宣王子良伝によると永明二年(四八四)のことであるので、沈約がこれらの官に就いたのもその頃の事のこととおもわれる。

一五 時竟陵王亦招士　竟陵王は深く文学を好み、時の著名な文人を自らの別邸(西邸)に招き、文学サロンを形成した。「竟陵王子良西邸を開き、文學を招く。高祖は沈約・謝脁・王融・蕭琛・范雲・任昉・陸倕等と並びに焉に遊ぶ、號して八友と曰う」(『梁書』武帝紀上)。また、名僧を招いて仏法を講じ、梵唄の創作も盛んであったという。「名僧を招致し、佛法を講論し、經唄新聲を造り、道俗の盛んなること、江左に未だ有らざるなり」(『南史』蕭子良伝)。本書「王融伝」注一〇参照。

一六 蕭琛　四八〇～五三一。字は彦瑜、蘭陵の人。若きより音律・書・酒の三事に優れていたが、年をとって他の二つは衰えたものの、書籍への造詣だけはいささかも衰えない、と自ら述懐するほどの才人であった。竟陵八友の一人。梁の金紫光禄大夫、諡は平子。『梁書』巻二六、『南史』巻一八。

一七 王融　字は元長。沈約・謝朓とともに、特に声律への理解に優れていた。竟陵八友の一人。「永明の時、盛んに文章を爲す。吳興沈約・陳郡謝朓・琅邪王融、氣類を以て相い推轂し、汝南の周顒 善く聲韻を識る」(『南史』陸厥伝)。本書「王融伝」参照。

一八 謝朓　字は玄暉。竟陵八友の一人。その「酬徳賦」の序は、自らの経歴を沈約との関りを軸に述べたもの。本書「謝朓伝」参照。

一九 范雲　沈約とともに梁朝建国に大きな功績を挙げた。竟陵八友の一人。詳しくは本書「范雲伝」参照。沈約は范雲の墓誌銘を著した。「尚書右僕射范雲墓誌銘」(『藝文類聚』四八、『全梁文』巻三〇)。

二〇 任昉　字は彦昇。竟陵八友の一人。沈約に任昉への墓誌銘がある。「太常卿任昉墓誌銘」(『藝文類聚』四九、『全梁文』巻三〇)。沈約は、任昉の膨大な蔵書をその死後整理する任をも担った。詳しくは本書「任昉伝」参照。

二一 轉車騎長史　『南斉書』竟陵文宣王子良伝によると、竟陵王が車騎将軍となったのは永明四年(四八六)のことである。

二二 明帝崩　永泰元年(四九八)七月のこと。明帝とは、そもそも鬱林王の後見であった蕭鸞。本書「謝朓伝」注二二参照。沈約に「斉明帝哀策文」がある(『藝文類聚』巻一四、『全梁文』三〇)。

二三 冢宰　『尚書』周官に「冢宰掌邦治、統百官、均四海」というように、国政の最高官である。ここでは、明帝の死後、東昏侯に帝位が移ったことを示す。

二四 徐孝嗣　四五三～四九九。字は始昌、東海郯の人。『隋志』に「齊大尉徐孝嗣集 十巻」と著録される。

二五 遺詔　「爲齊明帝遺詔」のこと。東昏侯の後見としての人選が列挙される。『南斉書』明帝紀。

二六 南清河　南朝における僑地。晋の南渡後、明帝によって設けられたが、実際の土地をもたぬ名目のみの地であった。

二七 高祖　梁の高祖武帝、蕭衍のこと。在位五〇二～五四九。本書「梁武帝伝」参照。

二八 西邸　竟陵王蕭子良が、しばしば気に入りの文人を西邸に集め文学を論じ、時に時局をも論ずるサロンを開いたことは、既に注一五、また本書「范雲伝」・「任昉伝」・「王融伝」にも見るとおりである。ただ、ここで西邸にて范雲らとともに沈約が「旧に遊」ぶと記されるのは、梁朝建国に関る具体的な謀議を行うためであった可能性は捨て切れない。

二九 時高祖勳業既就…　ここに述べられる故事は、『梁書』范雲伝に以下のように記すところに該当する。「義兵の京邑に至るに及び、雲は時に城内に在り。東昏既に誅され、侍中張稷　雲をして命を銜みて城を出でしむ。高祖因りて之を留め、帷幄に參ぜしめ、仍お黄門侍郎を拜せしめて、約と同心翊贊たり」。また、『梁書』武帝紀上にもこの間の事情は詳しい。

三〇 扣其端　端緒を開くこと。『文心雕龍』詮賦篇に「陸賈 其の端を扣き、賈誼 其の緒を振う」とある。

三一 讖云…　「行中水」が「衍」を指すので、蕭衍が帝位に就くことを予言したもの。なお、この讖では「水」「子」が押韻している。

三二 謙光　高祖が、梁公となり禅譲を受けるのを固く辞退したことをいう。『易』謙の「謙は、尊ければ光り、卑しければ踰ゆべからず」に基づく。『梁書』武帝紀上。

三三 咄咄　事の意外さに驚き発する声。「咄咄怪事」(『世説』黜免3)。

三四 擧手向左　沈約・范雲の官位を思惑通り枢要の地位に据え得たことを身振りで示そうとしたもの。具体的にはすぐ下にいうように、尙書左僕射の地位に就く計略が成功したことをいう。『通鑑』梁紀一武帝天監元年に同じ記述があり、「向左」への胡三省注に「之を處するに尙書左僕射を以てするを謂うなり」という。

三五 梁臺建　中興二年（五〇二）二月のこと。『梁書』武帝紀上「二月辛酉…、是に於て始めて相國梁公の命を受く」。

三六 爲尙書僕射　天監元年（五〇二）のこと。『梁書』武帝紀中「天監元年夏四月丁卯、…吏部尙書沈約 尙書僕射と爲る」。この時の作「謝封建昌侯表」が『藝文類聚』巻五一に見える。

三七 俄遷尙書左僕射　『梁書』武帝紀中に「(天監二年春正月) 乙卯、尙書僕射沈約を以て尙書左僕射と爲し、吏部尙書范雲を尙書右僕射と爲す」とある。→注三四。

三八 致毀　肉親の死による悲しみのあまり死にいたる事をいう。

三九 起爲鎭軍將軍　『梁書』武帝紀中に「(天監三年春正月癸丑) 前の尙書左僕射沈約 鎭軍將軍と爲る」とある。

四〇 服闋　天監五年（五〇六）のこと。『梁書』武帝紀中「五年春正月乙亥、鎭軍將軍沈約を以て右光祿大夫と爲す」。

四一 領太子詹事　太子とは昭明太子のこと。『梁書』昭明太子伝「五年六月甲戌、始めて出でて東宮に居る」。

四二 陳讓　辞退を陳情すること。『梁書』武帝紀上「高祖表を抗げて陳情するも、表は通ずるを獲ず」。

四三 改授尙書左僕射　『梁書』武帝紀中に「(天監六年夏四月) 丁巳、右光祿大夫沈約尙書左僕射と爲る」とある。

四四 尋遷尙書令　天監六年（五〇七）閏十月乙丑のこと。『梁書』武帝紀中。

四五 端揆　僕射の位を指す。『廿二史考異』巻二六に「六朝人は僕射を以て端揆と爲し、台司をもって三公と謂うなり」。

四六 台司　三公などに匹敵する高位を指す。注四五参照。任昉の「爲齊明帝讓宣城郡公第一表」(『文選』巻三八) に「台司に召され、臣を以て侍中・中書監・驃騎大將軍・開府儀同三司・楊州刺史と爲し、尙書の事を錄さしめ…」とあるのを見れば、皇帝の代理人ともいうべき名誉有る地位であることが見て取れる。

四七 徐勉　四六五～五三五。字は脩仁、東海郯人。梁の黄門侍郎、侍中、尙書僕射などを歴任した。謚は簡肅公。『梁書』巻二五に伝有り。なお、この徐勉にあてた書簡の内容は、父の死から梁に出仕するまでの自らの経歴を述べ、体力も衰えつつありこのままでは長くないこと、どうかお暇をいただきたい、と請うものである。

四八 立宅東田…　『梁書』劉杳伝「約の郊居の宅、時に新たに閣齋を構う。杳 贊二首を爲り、並びに撰する所の文章を以て約に呈す。約即ち工書人に命じて其の贊を壁に題せしむ」。東田には、約がかつてその文学サロンに出入りした文恵太子が鍾山の下に建てた楼観があり、沈約にとって格別な思い出の地であったろう。また、本書「范雲伝」注七一参照。

四九 郊居賦　東田に居を構えるに至った経緯を述べつつ自らの経歴と隠遁への志向を語る。その中には思想的には吉川忠夫氏の論ずるように『荘子』郭象注からの影響と思われる「自得の場」への共鳴が唱われ、また文学の系譜の中では、潘岳「閑居の賦」、謝霊運「山居の賦」以来の自述の文学として位置づけることが可能である（齋藤希史「關於『居賦』」『辞賦文学論集』江蘇古籍出版社、一九九九）。

五〇 尋加特進　天監十一年（五一二）のこと。『梁書』武帝紀中に、「（天監十一年春正月壬辰）左光祿大夫・行太子少傅沈約に特進を加う」とある。

五一 重瞳子　瞳が重なっていること。舜や項羽、さらに王莽などがそうであったと言われる。『史記』項羽本紀「太史公曰く、吾之を周生に聞くに曰く、舜の目は蓋し重瞳子、又た項羽も亦た重瞳子と聞く、羽は豈に其れ苗裔なるか」。『論衡』講瑞篇「虞舜重瞳にして、王莽も亦た重瞳」。

五二 謝玄暉　謝朓（→注一八）。

五三 任彦昇　任昉（→注二〇）。

五四 頗累清談　ここでは次の用例にならい議論を起こすと解釈したが、そのままやたらに人物評を議論した、という意味に取ることも可能であろう。「『小児は賢子の流に廁つを得るも、賢を竊むの累有るを愧づ』と。…因りて默に謂いて曰く『卿は何を以て驂乘し得たるを知るか。昔州里卿を擧げて輩に相するに、常に淸談を累ぬる有るを愧づ』と。遂に政事を問う…」（『晉書』鄭默伝）

五五 山濤　二〇五〜二八三。河内懐県の人、字は巨源。竹林の七賢の一人であったが、政治的にも、魏晋を通じて権要の地位にあった。俗界に身を置きながら隠逸の精神を体現するその姿に沈約をなぞらえたのであろう。『晉書』巻四三。また本書「嵇康伝」注一九参照。

五六 有慽於張稷　張稷は蕭衍軍が東昏侯を打ち破った際、その首級を取った人物である。詳しくは、本書「范雲伝」注四一を参照のこと。

高祖のこの感慨は、尚書左僕射であった張稷を、鬱州刺史として出し、次注に見るように、そのままそこで命を落とすこととなることを背景にしている。沈約との姻戚関係について具体的な事情は未詳。

五七 稷卒　梁朝建国に大功の有った稷の最後を、史書は次のように伝える。「初め鬱州邊陲に接し、民俗多く魏人と交市す。朐山の叛くに及び、或いは魏と通じ、既にして自ら安定せず、且つ稷 寛弛して防無く、僚吏 頗る之を侵漁す。州人の徐道角等 夜に州城を襲い、稷を害す、時に六十三」。（『梁書』張稷伝）

五八 憑空　けつまずくこと。

五九 赤章　祈禱の際にお告げなどを書きつけて用いた赤色の奏章。

六〇 徐奘　伝未詳。『隋志』子部には、「徐奘要方一巻　無錫令徐奘撰」と著録される。

六一 晉書百一十巻　『隋志』史部には、「沈約晉書一百一十一巻」と著録される。『宋書』自序に、二十歳ごろにすでに撰述の志をもち、泰始年間の初め、蔡興宗の推薦により編纂の勅命を受けて以来、二十年の年月を経て百二十巻を著しながら、永明の初年にその内五巻を盗まれた経緯を述べる。各書に引かれることによりそれと知れるのは現在わずかに五条のみ。

六二 宋書百巻　『隋志』史部には、「宋書一百巻　梁尚書僕射沈約撰」と著録される。『宋書』自序には、「（永明）五年春、又た宋書を撰ずることを勅せられ、六年二月功を畢え、之を表上す」とある。

六三 齊紀二十巻　『隋志』史部には「齊紀二十巻　沈約撰」とある。『宋書』自序に「建元四（四八二）年（晉書編纂の功）未だ終わらざるに、國史を撰ずるを敕せらる」。

六四 謚例十巻　『隋志』経部には、「謚法十巻、特進中軍將軍沈約撰」として著録される。

六五　宋文章志三十巻　『隋志』史部簿録篇に「宋世文章志三十巻　沈約撰」として、劉向『七略別録』二十巻、劉歆『七略』七巻などとともに著録されることから、宋一代の文章の分類目録のようなものであったろう。当時このような文章志がよく編まれたことは、同じく摯虞『文章志』四巻、『続文章志』二巻があり、また『宋書』明帝紀に「帝　文義を愛し、江左以來文章志を撰ず」とあることからもわかる。

六六　文集一百巻　『隋志』には「梁特進沈約集一百一巻并錄」とある。『全梁文』二六～三一、『全梁詩』六・七、『古詩紀』巻八二～八四。

六七　四聲譜　『隋志』経部に「四聲　一巻　梁太子少傅沈約撰」とある。この書は逸書であるが、空海『文鏡秘府論』天巻に収める「調四声譜」は、この沈約の著書と断定はできぬものの、恐らく深い関係を有するものと思われるが、そこでは、縦に双声、横に畳韻の文字を平上去入の順に配列する。

六八　以爲在昔詞人…　声調に関わる四声八病説は、沈約自身が『宋書』謝霊運伝論に「宮羽相い宣べ、低昂互いに節あらしめんと欲し」と述べ、続けて「一簡の内、音韻盡く殊なり、兩句の中、輕重悉く異なり、此の旨を妙達せば、始めて文を言うべし」というように、詩文の音声的な音色の変化を重視し、その細かな決まりを設定しようとするものである。これが、後に永明体詩と呼ばれる詩風の特徴と重なり合うものであったことは、『南史』陸厥伝に「約等の文、皆用宮商、將平上去入四聲、此れを以て韻を制す。…五字の中、音韻悉く異なり、兩句の內、角徴同じからず、增減すべからず。世に呼びて永明體と爲す」と、同様の表現で説明を行うことからも明らかである。永明年間、竟陵王のもとでは文学を論ずるのみではなく仏法が盛んに講じられ、梵唄の創作も盛んであったことは注一五にも見たとおりである。「四声」という概念を六朝人が獲得するには仏教での転読や梵唄からの影響が有ったことは、沈括『夢溪筆談』巻一四に論じて以来自明である。竟陵王のもとに集った沈約らにその条件は整っていたということであろう。

六九　周捨　四六九～五二四。字は昇逸、汝南安城の人。父は周顒。父子ともに音律の理解に優れた。父の顒は沈約とともに文恵太子のサロンの一員で、仏法や声律の理解に優れ（→注一七）、沈約の四声八病説にも大きな影響を与えた『四声切韻』なる著述があったことが見える。「顒始めて『四聲切韻』を著し、時に行わる」（『南史』周顒伝）。「顒約已降、競融以往、聲譜の論鬱として起こり、病犯の名争いて興る」（『文鏡秘府論』西巻）。なお、周捨が四声を説明したこの「天子聖哲」という語は、順に平・上・去・入を代表する。この四字を、『文鏡秘府論』天巻「四声論」では、全く同じ文脈で、朱异による「天子萬福」とし、併せて高祖蕭衍が「天子寿考」（これだと平上上上）は四声ではないのか、と問うたと記す。『梁書』巻二五、『南史』巻三四。『隋志』に「梁護軍將軍周捨集二十巻」を著録する。

〔参考文献〕

鈴木虎雄「沈休文年譜」（『狩野教授還暦記念支那学論叢』弘文堂、一九二八年）
網祐次『中国中世文学研究』（新樹社　一九六〇年）
興膳宏『艶詩の形成と沈約』（『日本中国学会報』二四　一九七二年）

姚振黎『沈約及其学術探求』（文史哲出版社　一九八一年）
吉川忠夫「沈約の伝記と生活」（『六朝精神史研究』同朋舎出版　一九八四年）
陳慶元『沈約集校箋』（浙江古籍出版社　一九九五年）
羅国威「沈約任昉年譜」（『学術集林』巻一二　一九九七年）

（木津祐子）

鍾嶸（四六八頃〜五一八頃）

鍾嶸は、六朝を代表する文藝批評の書である『詩品』の著者。北来の没落貴族で、官途に恵まれず、詩を残さず、文も上奏文二篇が存するのみだが、『詩品』一書により文学史に名を刻む。同時代の劉勰『文心雕龍』が、文藝のあらゆるジャンルを対象に、比較的穏当な評価を、整然たる駢文に綴るのに対し、『詩品』は対象を五言詩に絞り、「気」（生命力・個性）や「奇」（新奇さ・独創性）を重んずる辛辣な品評を、歯切れのいい文体に載せている。

梁書卷四九文學傳上　鍾嶸傳

鍾嶸[一]字仲偉、潁川長社人、晉侍中雅[二]七世孫也。父蹈[三]、齊中軍參軍。

嶸與兄岏[四]・弟嶼[五]並好學、有思理。嶸、齊永明中爲國子生[六]、明周易、衞軍王儉[七]領祭酒、頗賞接之。擧本州秀[八]才。起家[九]王國侍郎、遷撫軍行參軍[一〇]、出爲安國令。永元末、除司徒行參軍[一一]。天監初[一二]、制度雖革、而日不暇給[一三]、嶸乃言曰[一四]…（略）。敕付尚書行之。遷中軍臨川王行參軍[一五]。衡陽王元簡[一六]出守會稽、引爲寧朔記室、專掌文翰。時居士何胤[一七]築室若邪山[一八]、山發洪水[一九]、漂拔樹石、此室獨存、元簡命嶸作瑞室頌[二〇]以旌表之、辭甚典麗。選西中郎[二一]晉安王記室。

嶸[二二]嘗品古今五言詩、論其優劣、名爲詩評[二三]。其序曰…（略）。

頃之、卒官。

岏字長岳[二四]、官至府參軍・建康平。著良吏傳[二五]十卷。嶼字季望、永嘉郡丞。天監十五年[二六]、敕學士撰偏略、嶼亦預焉。兄弟並有文集。

[一]鍾嶸 字は仲偉、潁川長社の人、晉の侍中雅[二]が七世の孫なり。父の蹈[三]は、齊の中軍參軍なり。
嶸 兄の岏[四]・弟の嶼[五]と並びに學を好みて、思理有り。嶸は齊の永明中に國子生と爲り、『周易』[六]に明るく、衞軍の王[七]儉 祭酒を領して、頗る之を賞接す。本州の秀才に擧げらる。王國侍郎[九]に起家し、撫軍行參軍[一〇]に遷り、出でて安國令と爲る。永元の末、司徒行參軍[一一]に除せらる。天監の初[一三]、制度革むと雖も、而も日に給するに暇あらず、嶸乃ち言いて曰[一四]く…（略）と。敕して尚書に付して之を行わしむ。中軍臨川王行參軍[一五]に遷る。衡陽王元簡[一六] 出でて會稽に守り、引きて寧朔記室と爲し、専ら文翰を掌らしむ。時に居士何胤[一七] 室を若邪山[一八]に築く、山[一九] 洪水を發して、樹石を漂拔す、此の室のみ獨り存す、元簡 嶸に命じて「瑞室の頌」[二〇]を作らしめて以て之を旌表す、辭 甚だ典麗なり。西中郎晉安王[二一]記室に選ばる。
嶸[二二] 嘗て古今の五言詩を品して、其の優劣を論じ、名づけて『詩評』[二三]と爲す。其の序に曰く…（略）。
頃之ありて、官に卒す。
岏 字は長岳[二四]、官 府參軍・建康平に至る。『良吏傳』[二五]十卷を著す。嶼 字は季望、永嘉郡丞たり。天監十五年[二六]、學士に敕して『偏略』を撰せしめ、嶼も亦た焉に預る。兄弟 並びに文集有り。

鍾嶸は、字が仲偉、潁川長社（河南省）の人で、晋の侍中鍾雅の七代後の子孫である。父の蹈は、斉の中軍将軍の参軍だった。

嶸は、兄の岏・弟の嶼とともに学問好きで、筋道だった考え方をした。斉の永明年間（四八三～四九三）に国子監の学生となり、とくに『周易』に詳しかった。ちょうど衛軍将軍の王倹が国子監の祭酒を務めており、嶸にことに目をかけた。本州の秀才に推薦され、王国の侍郎を官途の始めとして、撫軍将軍の行参軍に異動し、地方に出て安国の県令となった。永元年間（四九九～五〇〇）の末に、司徒の行参軍に任ぜられた。天監年間（五〇二～五一九）の初め、梁の建国で制度が改められたが、いくら改革しても追いつかないので、次のように建言した。…（略）。武帝は尚書省に命じて建言を実行させた。中軍将軍である臨川王の行参軍に異動した。衡陽王の蕭元簡が地方に出て会稽（浙江省）太守となると、嶸を招いて寧朔将軍の記室参軍とし、もっぱら文書の製作に当たらせた。折しも居士の何胤が若邪山に庵を結んでおり、山に洪水がおきて、木々や岩を押し流したが、何胤の庵だけが無事だった。元簡は嶸に命じて「瑞室の頌」を作らせ庵の門に掲げて称えた。その文辞ははなはだ典雅で麗しかった。西中郎将軍の晋安王の記室参軍に選ばれた。

嶸は、古今の五言詩を品評してその優劣を論じたことがあり、それに『詩評』と名付けた。序文に次のようにある。…（略）。

しばらくして在官のまま亡くなった。

岏は、字を長岳といい、府の参軍・建康平に至った。『良吏伝』十巻を著した。嶼は、字を季望といい、永嘉郡（浙江省）丞になった。天監十五年（五一六）に、武帝が学士たちに命じて『遍略』を編纂させたとき、嶼もその事業に参加した。兄弟いずれも文集がある。

一 鍾嶸　鍾嶸の生年は四六八～四七五、卒年は五一八～五一九と推定される。これは王達津らの考証によるが、ただし、王論は生年を四六八年、卒年を五一八年と断定し、蕭華栄は生年四六八～四七一、近年の張伯偉は、鍾氏は「甲族」（一流貴族）との認定から生年四七一年とする。鍾嶸の著作は、『隋志』に「詩評三巻」と著録されるが、『鍾嶸集』は見当たらない。『全梁文』巻五五は二篇の上書と

『詩品』を収め、『全梁詩』には作品の収録が無い（→注二三）。

二 雅　?～三二九。字は彦冑。蘇峻の乱の折り、「吾　董狐（春秋時代の直筆の史官）の簡を執りて至るを懼る」と、九歳の幼帝司馬衍に最後まで付き従って殺された、硬骨の侍臣。『晋書』巻七〇。

三 蹈　生卒年未詳。六朝までの正史では鍾嶸伝にのみ名が見える。

四 岏　生卒年未詳。六朝までの正史ではほかに『南斉書』周顒伝および『南史』何胤伝に、国子学の学生として名が見える（→注一七）。

五 嶼　生卒年未詳。六朝までの正史ではほかに『南史』文学伝何思澄伝に、『華林遍略』の撰者として名が見える（→注二六）。

六 明周易　鍾嶸と周易との関わりについては、張伯偉の著の第三章「思想基礎」に詳しい。

七 衛軍王倹　四五二～四八九。『南史』本伝は「衛將軍王倹」に作る。王倹は、字は仲宝、諡は文憲公。彼の手になる「褚淵碑文」が『文選』巻五八に採録され、また同巻四六の任昉（本書「任昉伝」参照）「王文憲集序」に、その生涯のあらましが記されている。『南斉書』巻二三、『南史』巻二二。本書「梁武帝伝」注一一参照。

八 舉本州秀才　『南史』巻七二文学伝本伝にこの五字無し。

九 起家王國侍郎　『南史』本伝は「建武初、南康王侍郎と爲る」に作る。南康王とは、斉の武帝の第十九子蕭子琳のこと。字は雲璋。四八五～四九八。母が寵姫だったため武帝の存命中は溺愛されたが、武帝の従弟の明帝が即位すると、他の兄弟たちとともに十四歳で殺された。『南斉書』巻四〇、『南史』巻四四。

一〇 遷撫軍…安國令　当時の撫軍将軍は、斉の明帝の甥の始安王蕭遙光。字は元暉。四六八～四九九。建武二年（四九五）に撫軍将軍となり、永泰元年（四九八）に撫軍大将軍に昇任した。明帝が高帝や武帝の子孫を粛清するのを助けており、鍾嶸は、前の上司を殺した人物に仕えたこととなる。『南斉書』巻四五、『南史』巻四一。『南史』本伝にはこの記事が無く、代わりに、斉の明帝に上書して不興を買った一件を載せる。

一一 司徒行參軍　当時の司徒は、明帝の長子の巴陵王蕭宝義。字は智勇、諡は隠王。生卒年未詳。永元三年（五〇一）から梁の受禅まで司徒の任にあった。幼いころから「廃疾」のために人前に出ず、梁の建国後は巴陵郡王として斉室の祭祀を継ぎ、天監中に没した。『南斉書』巻五〇、『南史』巻四四。

一二 天監初　『南史』本伝には「梁の天監初」に作る。

一三 日不暇給　仕事が多くて日が足りないこと。『南史』本伝はこの四字を「未だ能く盡くは前弊を改めず」に作る。

一四 乃言曰…　賄賂による官爵の支給と、家格に拠らない官爵の乱発を止めて、士庶区分をはっきりさせよ、という上言。『南史』本伝には「上言して曰く…」に作る。

一五 遷中軍臨川王行參軍　臨川王とは、梁の武帝（本書「梁武帝伝」参照）の異母弟蕭宏のこと。字は宣達、諡は靖恵王。四七三～五二六。天監元年（五〇二）に臨川郡王に封じられ、同三年に中軍将軍となった。『梁書』巻二二、『南史』巻五一。劉勰（本書「劉勰伝」参照）も同じころ、蕭宏の記室参軍になっている。なお、『南史』本伝にはこの九字が無い。

一六 衡陽王元簡…　蕭元簡は、梁の武帝の同母弟蕭暢の嗣子。字は熙遠、諡は孝王。?～五一九。天監三年（五〇四）以後に会稽太守となり、十三年に中央に呼び戻されている。『梁書』巻二三、『南史』巻五一。

一七 何胤　四四六～五三一。廬江（安徽省）の人。字は子季。祖父尚

之は宋の司空、父鑠は宜都太守だったが、兄の求・点とともに官職を退き、会稽に隠遁した。『南斉書』巻五四高逸伝、『梁書』巻五一処士伝、『南史』巻三〇。『南斉書』巻四一周顒伝は、何胤と鍾嶸の兄鍾岏との次のようなつながりを伝える。すなわち、何胤が、魚類の摂取は肉食ではないとして国子学の学生たちに議論させた時、鍾岏が「貝類は生き物と見なせない」と論じて、竟陵王蕭子良の怒りを買った、と。

一八 若邪山　浙江省紹興の東南にある古来の景勝地。天監年間に王籍が「若邪渓に入る」詩に「蟬 譟ぎ 林 逾いよ靜かに、鳥 鳴き 山更に幽けし」(『顔氏家訓』文章篇・『梁書』巻五〇文学伝下) と詠って絶讃を博したと伝えられる。

一九 山發洪水…　何胤の庵が洪水に流されなかった話は『梁書』と『南史』の何胤伝にもあるが、直前に「胤 若邪の處勢 迫隘にして生徒(『南史』は「学徒」に作る) を容れざるを以て、乃ち秦望山に遷る。…胤の初めて遷るや、將に室を築かんとし…」と記し、若邪山ではなく秦望山での逸話とする。

二〇 瑞室頌　現存しない。

二一 選西中郎晉安王　「選」字を、『南史』本伝は「遷」に作る。晋安王とは、後の簡文帝蕭綱(本書「梁簡文帝伝」参照)。蕭綱の文学観は、「当陽公大心を誡むる書」に記される。いわゆる文学放蕩論や、「湘東王に与うる書」にある文学史の記述、それに徐陵(本書「徐陵伝」参照) に編集を命じたという(『大唐新語』巻三)『玉臺新詠』からうかがい知れるが、その文学観に鍾嶸がどれほど影響を与えたかについては、古来議論がある。『梁書』巻四、『南史』巻八。

二二 嶸嘗品…　『南史』本伝は、「嶸 嘗て譽れを沈約(本書「沈約伝」参照) に求むるも、約 之を拒む。約の卒するに及び、嶸 古今の詩を品して評を爲り、其の優劣を言う」として沈約詩への評を挙げ、ことさらに酷評して「約に報い」たのだと解釈する。

二三 詩評。其序曰…　『詩評』は、宋代以後に、別名の『詩品』が通称となった。漢から梁までの一二三人の詩人を、上品一二人・中品三九人・下品七二人に分けて品評したもの。これらのうち最後に没したのは五一三年卒の沈約であり、故人のみを対象とするという序文の記述に拠れば、五一三年以後の数年間に著されたことになる。『詩品』の序は独立した文学論となっており、詩の発生論・五言詩史論・四言詩と五言詩の比較論・修辞論・当代文学批判論・反典故反声律論・文学批評史論などを含み、歴代五言詩の傑作二十二篇を挙げて結びとする。序の発想と文体は「古今和歌集序」に影響を与えたとされる。ただし、「其の序に曰く」として本文が引用するのは『詩品』上品に付された部分のみ。また『南史』本伝には、序の引用が無い。

『詩品』の版本・注釈書・研究書については、曹旭『詩品研究』三六五頁〜三七一頁にリストがある。また一九八〇年から九〇年までの中国における『詩品』関係の論文は、清水凱夫「中国における一九八〇年以降の鍾嶸『詩品』研究概観(一)」(『中国文学報』第四四冊　一九九二年) 一五六頁〜一六三頁に挙げられている。

二四 長岳…建康平　『南史』本伝には「長丘なり、位 建康令にして卒す」に作る。

二五 良吏傳　百衲本に「良史傳」に作るが、『南史』鍾嶸伝および『隋書』経籍志に拠る。現存しない。

二六 天監…文集　『南史』本伝にはこの二一字が無い。『徧略』とは、類書の『華林徧略』のこと。『隋志』子部雑家類に「華林徧略 六百二十巻 梁綏安令徐僧權等撰」とある。徐僧権は東海(江蘇省)の人。『南史』巻七二文学伝徐伯陽伝に「父の僧権は、梁の東宮通事舎人、祕書を領し、善書を以て名を知らる」とある。『華林遍略』は当初七百巻あり、三年がかりで完成した（『南史』文学伝何思澄伝）。劉峻の『類苑』に対抗して編まれたとも伝えられる（同巻四九劉峻伝）。

〔参考文献〕

興膳宏「詩品」（『中国文明選一三　文学論集』朝日新聞社　一九七二年）
高木正一『鍾嶸詩品』（東海大学出版会　一九七八年）
張伯偉『鍾嶸詩品研究』（南京大学出版社　一九九三年）
曹旭『詩品研究』（上海古籍出版社　一九九八年）
王達津「鍾嶸生卒年代考」（『光明日報』一九五七年）
蕭華栄「鍾嶸詩品三題」（『山東大学文科論文集刊』一九八三年）
謝文学「鍾嶸年譜初稿」（上）（下）（『文史』四三～四四　一九九七～九八年）

（佐竹保子）

何遜（四六七？〜五一八？）

何遜は、若くして文才を范雲、沈約に認められたが、寒門の出ゆえ、官途においては不遇であり、諸王の藩府に仕えて終った。当時、その文学は劉孝綽と並称され、後世、その詩は陰鏗と並称される。自然描写にたたえられた叙情性は謝朓をつぐものであり、唐詩のさきがけといえる。不遇に発せられた心情表現は、「貧寒の気」に満ちると評されることもあったが、斉梁の綺靡な詩風にあって貴重な存在である。

梁書巻四十九文學傳上　何遜傳

[一]何遜字仲言、東海郯人也。曾祖[二]承天、宋御史中丞。祖翼、員外郎。父詢、齊太尉中兵參軍。遜八歲能賦詩、弱冠[三]州擧秀才。南鄉范雲[四]見其對策[五]、大相稱賞、因結忘年交好。自是一文一詠、雲輒嗟賞、謂所親曰「頃觀文人、質[六]則過儒、麗則傷俗。其能含清濁[七]、中今古、見之何生矣」。沈約[八]亦愛其文、嘗謂遜曰「吾每讀卿詩、[九]一日三復、猶不能已」。其爲名流所稱如此。

天監中[一〇]、起家奉朝請。遷中衞建安王水曹[一一]行參軍、兼記室。王愛文學之士、日與遊宴。及遷江州、遜猶掌書記。還爲[一二]安西安成王參軍事、兼尚書[一三]水部郎。母憂[一四]去職。服闋、除[一五]仁威廬陵王記室、復隨府江州。未幾卒。東海〔一六〕王僧孺集其文爲八巻。

初、遜文章與〔一七〕劉孝綽並見重於世、世謂之何劉。〔一八〕世祖著論論之云「詩多而能者沈約、少而能者〔一九〕謝朓・何遜」。

〔一〕何遜字は仲言、東海郯の人なり。曾祖〔二〕承天は、宋の御史中丞。祖翼は、員外郎。父詢は、齊の太尉中兵參軍たり。

遜八歳にして能く詩を賦し、〔三〕弱冠にして州に秀才に擧げらる。南郷の〔四〕范雲其の〔五〕對策を見、大いに相い稱賞し、因りて忘年の交好を結ぶ。是より一文一詠、雲輒ち嗟賞し、親しむ所に謂いて曰く「頃ろ文人を觀るに、〔六〕質なれば則ち儒に過ぎ、麗なれば則ち俗に傷る。其れ能く清濁を含み、〔七〕今古に中るは、之を何生に見る」と。〔八〕沈約も亦た其の文を愛し、嘗て遜に謂いて曰く「吾卿が詩を讀む每に、〔九〕一日三復して、猶お已む能わず」と。其の名流の稱する所と爲ること此くの如し。

天監中、起家して奉朝請たり。〔一〇〕中衞建安王の〔一一〕水曹行參軍に遷り、記室を兼ぬ。王文學の士を愛し、日に與に遊宴す。江州に遷るに及びて、遜猶お書記を掌る。還りて〔一二〕安西安成王の參軍事と爲り、〔一三〕尚書水部郎を兼ぬ。母の〔一四〕憂いに職を去る。服闋け、〔一五〕仁威廬陵王の記室に除せられ、復た府に江州に隨う。未だ幾くならずして卒す。東海の〔一六〕王僧孺其の文を集めて八巻と爲す。

初め、遜の文章〔一七〕劉孝綽と並びに世に重んぜられ、世之を「何・劉」と謂う。〔一八〕世祖論を著して之を論じて云く「詩多くして能なる者は沈約、少くして能なる者は〔一九〕謝朓・何遜」と。

何遜字は仲言は、東海郯（山東省）の人である。曾祖父の承天は、宋の御史中丞。祖父翼は、宋の員外郎。父の詢は、斉の太尉中兵参軍である。

何遜は、八歳で詩をつくることができ、二十歳で州より秀才に選ばれた。南郷（河南省）の范雲がかれの対策を見て、おおいに誉め称え、そうして年齢の差を越えた交流を結ぶこととなった。以後、何遜が詩文を一篇つくるたびに、范雲はいつも親しいものたちにむかって、「ちかごろの詩人を見ていると、質実となればかたくるしすぎ、華麗となれば俗すぎるありさまだが、さまざまな風格を包含し、古今の作風を合わせ持つというのは、何遜くんに見ることができるよ」と誉め称えるのだった。沈約もかれの詩文を愛し、何遜にむかって、「わたしは、きみの詩を読むたびに、一日に三度復唱しても、まだやめられない」と語ったことがある。かれが名士たちから誉め称えられたありさまは、このようであった。

天監中、奉朝請で起家し、中衛建安王の水曹行参軍となって、記室を兼任した。建安王は文学の士を愛し、日々かれらと遊宴した。建安王が江州（江西省）に遷ってからも、何遜はやはり書記をつかさどった。都に戻って安西安成王の参軍事となり、尚書水部郎を兼任した。母が亡くなって職務を離れた。喪が明けて、仁威廬陵王の記室に任命され、ふたたび江州の藩府へと随った。まもなく亡くなった。東海（山東省）の王僧孺がかれの詩文を集めて八巻にまとめた。

さきに、何遜の文学は劉孝綽とともに当時の人々に重んじられ、人々は「何・劉」と併称した。世祖（元帝）は論を著して、何遜を論じて、「詩は、多作で巧みなものは沈約、寡作であって巧みなものは謝朓・何遜」と述べた。

一 何遜　生卒年は未詳。何遜の伝は『南史』巻三三何承天伝にも附載されるが、『梁書』には見えないエピソードが記され、何遜の経歴についても『梁書』と異なる点がある（→注一〇）。曾祖の何承天は、注二参照。祖父・父については未詳。また、同族の詩人に、何思澄・何子朗がいる。『顔氏家訓』文章篇に、「江南の語に曰く『梁に三何有り、子朗最も多る（何と多と押韻）』と。三何なる者、遜及び思澄、子朗なり。子朗信に清巧に饒む。思澄廬山に遊び、毎に佳篇有り、亦た冠絶爲り」と記す。何思澄・何子朗の伝は、『梁書』巻五十に見える。何遜の文集は、王僧孺（→注一六）によって編集され、その巻数は八巻であったと後文にあるが、『隋志』

には「梁仁威記室何遜集七巻」とあり、巻数が異なる。『旧唐志』・『新唐志』には、「何遜集八巻」とある。宋・黄伯思『東観余論』（「『何水曹集』の後に跋す」）によると、宋ではすでに本来の形をとどめた文集は散佚していたと思われる。『全梁詩』巻八・九、『古詩紀』巻八三・八四、『全梁文』巻五九。杜甫は、何遜の詩を評価し、かれの詩にならうところも多かった。「悶を解く」詩十二首（其七）に「頗る學ぶ陰・何（陰鏗と何遜）の苦だ心を用うるを」とある。

二 承天　何承天（三七〇～四四七）。宋・元嘉の文学の一翼を担った詩人のひとり。天文学にすぐれ、元嘉暦を編成するなど、律暦・礼の制定に功があった。文帝の元嘉十九年（四四二）に御史中丞となったが、後に官を免ぜられた。『宋書』巻六四、『南史』巻三三。『隋志』に、「宋御史中丞何承天集二十巻」を著録する。

三 弱冠州擧秀才　何遜に「建安王に与えて秀才を謝する箋」という、秀才に選ばれて、建安王（斉武帝第九子蕭子真、四七六～四九四）に送った礼状がある。『南斉書』巻四〇によれば、蕭子真は永明四年（四八六）に南琅邪（江蘇省）・彭城（江蘇省）二郡の太守となり、その年の内に南豫州刺史・宣城（安徽省）太守となる。何遜の原籍は南徐州の東海郡であるから、何遜が秀才に挙げられたのは、礼状の相手の蕭子真が南徐州に属する南琅邪・彭城の太守であった永明四年のことか。そうであれば、何遜の生年は泰始三年（四六七）ごろのこととなる。

四 范雲　本書「范雲伝」参照。范雲は斉の竟陵王蕭子良（本書「梁武帝伝」注一四参照）が司徒のとき（『南斉書』巻四〇によれば、永明二年（四八四）から）、その記室参軍事となった。ついで通直散騎侍郎となり、雍州大中正を兼任したが、大中正として選挙に関わり、何遜の対策を目にしたと思われる。何遜に「范記室雲に酬うる」詩、范雲に「何秀才に答うる」詩があり、かれらの交流を物語る。よき理解者であった范雲の天監二年（五〇三）の死は、中央の官界・文壇での前途を願う何遜にとって、まことに不幸なできごとであった。

五 對策　官吏登用試験において、皇帝が出した経義政事の問題に対する、受験者の答案。

六 質則過儒、麗則傷俗　『論語』雍也篇に「文質彬彬、然る後君子たり」とある。質は実質、文は文飾。質は文辞が質朴であるのをいい、それに対する麗は美しい修辞をいう。

七 清濁　曹丕『典論』論文が文学を成り立たせる基本的要素として取り上げる、作者の「気」の清濁と関連し、ここではさまざまな気によって作り出される詩文の風格のひろがりをいう。

八 沈約　本書「沈約伝」参照。

九 一日三復　『論語』先進篇に「南容三たび『白圭』を復す。孔子其の兄の子を以て之に妻す」。

一〇 中衛建安王　四七六～五三三。蕭偉、字は文達、謚は元襄。梁武帝の異母弟、太祖の第八子。梁の成立とともに建安郡王に封ぜられる。天監十七年（五一八）、南平郡に改封、正史は、南平王と称する。『梁書』巻二二、『南史』巻五二。中衛将軍の号については伝には見えない。何遜の良き理解者であった。何遜は、蕭偉の推薦によって、武帝の宴席に連なる機会を持ったが、結局武帝の不興を被った。この間の事情を『南史』何遜伝は、こう記録している。「梁天監中、尚書水部郎を兼ぬ。南平王引きて賓客と爲し、記室の事を掌らしむ。後之を武帝に薦め、吳均（本書「吳均伝」参照）と倶に進倖せらる。後稍く意を失し、帝曰く『吳均は不均、何遜は不遜。未だ吾に朱异（本書「梁武帝伝」注九七参照）有りて、信に則ち異なるに若かず（异は異と同音同義の字）』と。是より疏隔せられ、希に復た見ゆるを得たり。仁威盧陵王の記室に卒す」。ふたりが武帝のもとへ推薦されるのは、蕭偉が都に戻る五一三年以後のことであろう。蕭偉は、その伝によると、士を重んじ、たいへん情け深い人柄であった。不遇であった何遜とその家族に対しても、『南史』何遜伝には「初め、遜 南平王の知る所と爲り、深く恩禮を被る。遜の卒するを聞くに及び、命じて其の柩を迎えて焉を殯藏し、并せて其の妻子に餽ら（食物を贈る）しむ」という記事がある。なお、蕭偉が江州に遷ったのは、天監九年（五一〇）。

一一 水曹行参軍　王公府、軍府、州府に置かれた行参軍のうち、水路に関する政令をつかさどるもの。

一二 安西安成王　四七五〜五一八。蕭秀、字は彦遠。梁武帝の異母弟、太祖の第七子。梁の成立とともに安成郡王に封ぜられ、天監七年、安西将軍の号を授けられる。『梁書』巻二二、『南史』巻五二。建安王蕭偉（→注一〇）が江州から都に戻ったのは、天監十二年（五一三）。安成王は十一年より都におり、十三年（五一四）に郢州刺史となって都を離れた（『梁書』武帝紀）。

一三 尚書水部郎　尚書郎は、中央の官職であり、安成王の幕僚ではない。天監十二年から十三年の間にこの職を兼務したのであろうか。『南史』何遜伝は、秀才となった後、尚書水部郎を兼任し、その後蕭偉に招かれたと述べる。何遜が何水部と呼ばれるのは、これに因む。

一四 母憂去職　五一七年に盧陵王（→注一五）が江州へ遷るのに従っているので、五一五年か五一六年ごろに母親が亡くなったと考えられる。何遜は蕭偉（→注一〇）に随って郢州にゆき、すぐに郷里へ戻ったか。

一五 仁威盧陵王　四八七〜五三〇。蕭続、字は世訢、謚は威。武帝の第五子。天監八年（五〇九）、盧陵郡王に封ぜられる。蕭続が江州へ遷るのは天監十六年（五一七）のこと。『梁書』巻二九、『南史』巻五三。伝には仁威将軍となった記述はない。

一六 王僧孺　四六四〜五二二。字も僧孺。何遜と同じ東海郯の人。斉の永明の初め、王国左常侍、太学博士などになり、梁に入って臨川王記室、仁威南康王長史、安西安成王参軍などを歴任。『梁書』巻三三、『南史』巻五九。斉竟陵王蕭子良の西邸のつどいにも参加。後、梁武帝の文学集団に沈約・江淹・任昉らより遅れて参加、いわゆる「後来の選」のひとりである（『梁書』文学伝序）。その文は麗逸と評され、好んで「新事（新奇な故事）」を読み込んだが、それが可能であったのは、その蔵書の多さによると言われる。何遜の死後、王僧孺がその文集を編集したとあり、何遜の死は、王僧孺の死の五二二年以前であることは確実。また、盧陵王（→注一五）は天監十七年（五一八）に江州を離れる。「未幾卒」という書き方からすれば、何遜の死は盧陵王が江州を離れる前であろう。

一七 劉孝綽　本書「劉孝綽伝」参照。『顔氏家訓』文章篇に「何遜の詩は、實に清巧たり。形似の言多し。揚都の論者、其の毎に苦辛に病み、貧寒の氣に饒ち、劉孝綽の雍容たるに及ばざるを恨む。然りと雖も劉は甚だ之を忌み、平生何の詩を誦し、常に云う『「蘧車北闕に響く」、慅慅として不道の車なり』（何遜の「早朝に車中より聴望する」詩を譏ったことば。蘧車は、衛霊公の賢大夫蘧伯玉が夜、人目のないときも礼法を守り宮門（闕）では車より下りたので、車の音が必ず絶えた故事を踏まえるが、「響く」と表現したのは故事に矛盾する）と。又た『詩苑』を撰するに、止だ何の兩篇を取るのみ。時人其の廣からざるを譏る。劉孝綽當時既に重名有るも、與譲する所無し」とある。家柄もよく、順調に官界を歩んで行く劉孝綽にとっては、何遜と並称されることは我慢ならぬことであったらしい。

一八 世祖　蕭繹、在位五五二〜五五四。本書「梁元帝伝」参照。

一九 謝朓　本書「謝朓伝」参照。

〔参考文献〕

『何遜集』（中華書局　一九八〇年）

李伯斉校注『何遜集校注』（斉魯書社　一九八九年）

森野繁夫『六朝詩の研究』（第一学習社　一九七六年）

曹道衡「何遜生卒年問題試考」（『中古文学史論文集』　中華書局　一九八六年）

曹道衡「何遜三題」（『中古文学史論文集』　中華書局　一九八六年）

（森田浩一）

呉均（四六九〜五二〇）

呉均（ごきん）は、父の名も伝えられないほどの寒門の出で、生涯意を得ることはなかった。その詩は、情感をこめた情景描写にすぐれる。遊俠の気概に満ちた詩、報われぬことから生じる不平をうたう詩が多く、楽府詩にも寒士の気骨が表現される。鮑照（ほうしょう）を継ぐ詩人といえる。その詩は当時「呉均体」と呼ばれ、影響力を持った。駢文（べんぶん）にもすぐれる。

梁書巻四十九文學傳上　呉均傳

[一]呉均字叔庠、呉興故鄣人也。家世寒賤、至均好學有俊才、[二]沈約嘗見均文、頗相稱賞。天監初、[三]柳惲爲呉興、召補主簿、日引與賦詩。均文體[四]清拔有古氣、好事者或斅之、謂爲[五]呉均體。[六]建安王偉爲揚州、引兼記室、掌文翰。王遷江州、補國侍郎、兼府城局。還除奉朝請。先是、均表求撰[七]齊春秋、書成奏之、[八]高祖以其書不實、使中書舍人[九]劉之遴詰問數條、竟支離無對、敕付省焚之、坐免職。尋有敕召見、使撰[一〇]通史、起三皇、訖齊代、均草本紀・世家功已畢、唯列傳未就。普通元年、卒。時年五十二。均注[一一]范曄後漢書九十卷、著齊春秋三十卷、廟記十卷、十二州記十六卷、[一二]錢唐先賢傳五卷、[一三]續文釋五卷、文集二十卷。

[一]呉均字は叔庠、呉興故鄣の人なり。家世寒賤にして、均に至りて好學にして俊才有り、[二]沈約嘗て均の文を見、頗る相い稱賞す。天監の初、[三]柳惲呉興爲り、召して主簿に補し、日に引きて與に詩を賦す。均文體[四]清拔にして古氣有り、好事者或いは之を斆び、謂いて[五]呉均體と爲す。[六]建安王偉揚州爲るや、引きて記室を兼ね、文翰を掌らしむ。王江州に遷るや、國侍郎に補せられ、府城局を兼ぬ。還りて奉朝請に除せらる。是より先、均表して[七]『齊春秋』を撰せんことを求め、書成りて之を奏するに、[八]高祖其の書の實ならざるを以て、中書舍人[九]劉之遴をして詰問せしむること數條、竟に支離にして對うる無く、敕して省に付して之を焚かしめ、坐して免職せらる。尋いで敕有りて召見し、[一〇]通史を撰せしむるに、三皇に起ち、齊代に訖り、均本紀・世家を草して功已に畢るも、唯だ列傳のみ未だ就らず。普通元年、卒す。時に年五十二。均[一一]范曄の『後漢書』九十卷に注し、『齊春秋』三十卷、『廟記』十卷、『十二州記』十六卷、[一二]『錢唐先賢傳』五卷、[一三]『續文釋』五卷、文集二十卷を著す。

呉均、字は叔庠は、呉興故鄣（浙江省）の人である。その家は代々身分が低かったが、呉均にいたってはじめて学問を好み俊才のあるものが出た。沈約は、呉均の作品を読んで、たいへん誉めたたえた。天監の初め、柳惲が呉興の太守となると、呉均を招いて主簿とし、日々呼び寄せて呉均と詩作した。呉均の詩のスタイルは、すがすがしい気韻がそなわって古のおもむきがあり、愛好家のなかには、それをまねるものもあって、「呉均体」と呼んでいた。建安王蕭偉が揚州刺史となると、招いて記室参軍を兼務させ、文章の制作をつかさどらせた。建安王が江州に遷ると、国侍郎に任ぜられ、軍府の城局参軍を兼任した。都にもどると奉朝請に任じられた。これより前、呉均は上表して『斉春秋』を著すことを願い出て、書が完成して奏上すると、高祖（武帝）は、かれの書が事実からはずれる所があるという理由で、中書舎人の劉之遴に数項目にわたって問いたださせたが、結局、支離滅裂で答えられなかったので、武帝は勅命を出して書を所轄の役所に送付して焼却させ、呉均はこれによって免職となった。まもなくして、勅命を下して引見し、通史を書かせた。三皇にはじまり、斉の世に終わるものであった。呉均は、本紀と世家の草稿はすでに書き終えたが、ただ列伝だけはまだ完成していなかった。普通元年に亡くなった。時に五十二歳。呉均は、范曄の『後漢書』九十巻に注をつけ、『斉春秋』三十巻、『廟記』十巻、『十二州記』十六巻、『銭唐先賢伝』五巻、『続文釈』五巻、文集二十巻を著した。

一 呉均　父祖の名など、出自は不明。南斉における足跡は、伝には記されないが、斉末、桂陽（湖南省）の内史 王峻（四六六～五二一、『梁書』巻二一）のもとに身を寄せていたらしく、桂陽郡の丞であった周興嗣（?～五二一、『梁書』巻四九）と詩を応酬している。その詩文は、『文中子中説』事君篇に「呉均（原文は筠に作る）・孔珪（孔稚珪）は、古の狂者なり。其の文は怪にして以て怒る」と評されるように、寒族出身ゆえに身を立てることがかなわないことから生じる不平不満が、時に時世に対する批判へと昇華した作品が見受けられる。その文体が「呉均体」と称されるほどの影響力を持つまでになりながらも、ついに文学によって身を立てることはかなわず、彼は歴史書の著述に精魂を傾けた。小説の作者として、『隋志』史部に呉均作の『続斉諧記』が記され、また、『西京雑記』も呉均の作とする説があるが、いずれも歴史家としての呉均に仮託されたものであろう。『隋志』に『梁奉朝請呉均集』二十巻。『古詩紀』巻八一・八二、『全梁詩』巻一〇・一一、『全梁文』巻六〇、『南史』巻七二にも伝。

二 沈約　本書「沈約伝」参照。

三 柳惲　四六五～五一七。字は文暢、河東解（山西省）の人。父、世隆は南斉の尚書令。南斉竟陵王蕭子良の法曹参軍となり、のち、蕭衍（本書「梁武帝伝」参照）の創業を助けて功績があり、梁の天監元年（五〇二）、長史兼侍中となり、翌年呉興の太守となった。呉均を主簿に取り立てたのは、この時であろう。柳惲は貴族的教養に富み、音楽・投壺・弓術・囲碁にすぐれ、医学や占術にもあかるかった。武帝は、その才能を「其の才藝を分かつに、十人に足了す」と、十人分の才能を一身に持つと誉め、宴席には必ず召し寄せて詩を作らせた。呉均が武帝の知遇を得たのは、柳惲の推薦によることは間違いない。『南史』呉均伝は、「均嘗て意を得ず、惲に詩を贈りて去る。之を久しくして復た来るに、惲之を遇すること故の如く、之を憾まざるなり。之を臨川靖恵王に薦め、王は之を武帝に稱し、即日召して入りて詩を賦せしめ、焉を悦ぶ」と記す。呉均のよき理解者であった。『梁書』巻二一、『南史』巻三八。今に残るかれの詩は、二十二首、「擣衣」詩（『玉臺新詠』巻五）が有名。

四 清抜　『詩品』中品、劉琨・盧諶「其の源は王粲に出づ。善く悽戾の詞を爲り、自ら清抜の氣有り」。

五 呉均體　『玉臺新詠』巻八に、紀少瑜の「呉均体に擬して教に応ずる」詩がある。その内容は、春に出遊する女性をうたったもの。紀少瑜は、簡文帝が皇太子のとき、東宮学士となった人で、呉均よりやや遅れる人。『南史』巻七二。

六 建安王偉　蕭偉。本書「何遜伝」注一〇参照。揚州・南徐州二州の都督軍府の府主、揚州刺史であった期間は、天監六年（五〇七）から七年の二年間。江州の都督軍府の府主、江州刺史となるのは天監九年。何遜も揚州・江州において蕭偉に仕えていたが、何遜・呉均ふたりそろって、蕭偉の推薦によって武帝に目通りかなうようになったのだろう。なお、注三に引いたように、『南史』呉均伝では、呉均は臨川靖恵王（蕭宏。四七三～五二六。武帝の異母弟。蕭偉の同母兄）の推薦によって武帝に近づけたとする。

七 齊春秋　編年史。『隋志』史部に呉均の『斉春秋』三十巻が著録されているが、佚す。『南史』呉均伝には、「（呉）均将に史を著して以て自ら名とせんとし、『齊書』を撰せんと欲し、『齊起居注』及び『羣臣行狀』を借りんことを求むれども、武帝許さず。遂に私かに『齊春秋』を撰して之を奏す。書は帝を稱して齊明帝の佐命と爲す。帝其の實錄なるを惡み、其の書の實ならざるを以て、中書舍人劉之遴をして詰問せしむること數十條、竟に支離にして對うる無し」とあり、『史通』外篇正史にもまた同様の記述がある。『史通』や『南史』によれば、呉均が記した武帝が触れて欲しくない事実とは、武帝がかつて齊の明帝（在位四九四～四九八）の腹心であり、帝位に就くのを助けたことのように思われる。『梁書』武帝紀は、「隆昌の初め、明帝の政を輔くるや（齊武帝亡き後、明帝が皇位の簒奪に向けて權力を手中に收めて行く最初の時期）、高祖を起ちて寧朔將軍と爲し、壽春に鎭せしむ」と記す。政権を簒奪した明帝が、その後、斉の高帝（在位四七九～四八二）・武帝（在位四八二～四九三）の子孫を粛清し、人心を失ったことが、武帝の忌避の理由であったかもしれない。なお、明帝の粛清を免れた、皇族の蕭子顕（四八七～五三七。本書「蕭子顕伝」参照）が著した『南斉書』は、このことに触れない。武帝は、呉均と何遜を「呉均は均ならず、何遜は遜ならず」と評した（本書「何遜伝」参照）が、この逸話にも武帝が呉均を「均ならず」と評した理由が読みとれるだろう。なお、『史通』には「然るに其の私本、竟に能く蕭氏の撰する所と並びに後に傳わる」と言い、初唐では、私本のかたちで伝わった呉均の『斉春秋』がまだ存在していたらしい。

八 高祖　梁武帝蕭衍。本書「梁武帝伝」参照。

九 劉之遴　四七七～五四八。字は思貞、南陽涅陽（河南省）の人。父、虬（『南史』は虯に作る）は、南斉の国子博士。博覧強記で知られた古体派の詩人。『梁書』巻四十、『南史』巻五十。

一〇 通史　本書「梁武帝伝」注一〇四参照。

一一 范曄後漢書　宋・范曄（三九八～四四五）、字は蔚宗の撰。『宋書』巻六九に、「衆家の後漢書を刪して一家の作と爲す」とある。現行の『後漢書』のうち、志三十巻を除く本紀・列伝九十巻が范曄の作で、呉均が注したものは、これである。

一二 錢唐先賢傳　『新唐志』に「呉均呉郡錢塘先賢傳五卷」。呉均と同郷である著名人の伝記。

一三 續文釋　現在見られないが、宋・江邃『文釈』（『宋書』巻六三沈演之伝）の体裁に則った書物であろう。

〔参考文献〕

森野繁夫『六朝詩の研究』（第一学習社　一九七六年）

（森田浩一）

劉勰（四六六？～五二一？）

劉勰は梁の文学理論家、仏教学者。中国で最初の体系的な文学評論である『文心雕龍』の著者として名高い。幼くして父を亡くしたため、僧祐のもとに身を寄せて学問に励んで、仏教に通暁するようになり、定林寺の蔵経を整理した。現存最古の漢訳仏典目録『出三蔵記集』など僧祐の編著書の編纂に関わったとされる。東宮通事舎人を長くつとめ、昭明太子蕭統の知遇を得た。勅命により定林寺で経証を撰した後、出家して間もなく没した。

梁書巻五〇文學下　劉勰傳

[一]劉勰[二]字彥和、東莞莒人。[三]祖靈眞、宋司空秀之[四]弟也。父尚[五]、越騎校尉。勰早孤、篤志好學、家貧不婚娶。依沙門僧祐[六]、與之居處、積十餘年、遂博通經論[七]、因區別部類、錄而序之。[八]今定林寺經藏、勰所定也。

天監初、起家奉朝請。中軍臨川王宏[九]引兼記室、遷車騎倉曹參軍。出爲太末令、政有清績。除仁威南康王[一〇]記室、兼東宮[一一]通事舍人。時[一二]七廟饗薦已用蔬果、而二郊[一三]農社猶有犧牲、勰乃[一四]表言二郊宜與七廟同改、詔付尚書議、依勰所陳。遷步兵校尉、兼舍人如故。昭明太子[一五]好文學、深愛接之。

初、勰撰文心雕龍五十篇[一六]、論古今文體[一七]、引而次之。其序曰[一八]、…（略）。

既成、未爲時流所稱。勰自重其文、欲取定於沈約[一九]。約時貴盛、無由自達、乃負其書、候約出、干之於車前[二〇]、狀若貨鬻者。約便命取讀、大重之、謂爲深得文理、常陳諸几案。

然勰爲文長於佛理、京師寺塔及名僧碑誌[二一]、必請勰製文。有敕與慧震沙門於定林寺撰經證[二二]、功畢、遂啓求出家、先燔鬢髮以自誓[二四]、敕許之。乃於寺變服、改名慧地。未朞而卒[二五]。文集行於世[二六]。

[一]劉勰[二] 字は彦和、東莞莒の人。祖[三]の靈眞は宋の司空[四] 秀之の弟、父[五]尙は越騎校尉なり。
勰 早に孤となり、志を篤くして學を好み、家貧しく婚娶せず。沙門僧祐[六]に依りて、これと居處すること十餘年を積み、遂に博く經論[七]に通じ、因りて部類を區別し、錄してこれを序す。今定林寺の經藏[八]は勰の定むる所なり。

天監の初め、奉朝請に起家す。中軍臨川王宏[九]引きて記室を兼ね、車騎倉曹參軍に遷る。出でて太末令と爲り、政に清績有り。仁威[一〇]南康王記室に除せられ、[一一]東宮通事舍人を兼ぬ。時に七廟の饗薦は已に蔬果を用い、而るに二郊農社[一三]は猶お犧牲有り、[一四]勰乃ち表して二郊宜しく七廟と同じく改むべしと言う、詔して尙書の議に付し、勰の陳ぶる所に依る。歩兵校尉に遷り、舍人を兼ぬること故の如し。昭明太子文學[一五]を好み、深く之を愛接す。

初め、勰 文心雕龍[一六]五十篇を撰し、古今の文體[一七]を論じ、引きてこれを次す。其の序に曰く[一八]…（略）。

既に成り、未だ時流の稱する所と爲らず。勰 自ら其の文を重んじ、定を[一九]沈約に取らんと欲す。約 時に貴盛にして、由りて自ら達する無し。乃ち其の書を負い、約の出づるを候ちて、これを車前に[二〇]干む。狀は貨鬻する者の若し。約 便ち命じて取らしめ讀みて、大いにこれを重んじ、深く文理を得たりと爲すと謂い、常にこれを几案に陳す。

然して勰 文を爲るに佛理に長ずれば、京師[三一]の寺塔及び名僧の碑誌は必ず勰に請いて文を製る。敕有りて慧震[三二]沙門と定林寺に於て經證[三三]を撰す。功畢り、遂に啓して出家するを求め、先ず鬢髮[三四]を燔きて以て自ら誓うに、敕して之を許す。乃ち寺に於て服を變え、名を慧地に改む。未だ朞ならずして卒す[三五]。文集[三六]世に行わる。

劉勰は字を彦和といい、東莞莒（山東省）の人である。祖父の霊真は、宋の司空だった秀之の弟で、父尚は、梁の越騎校尉であった。勰は幼い時に父を亡くしたが、志篤く学問を好み、家が貧しかったので妻を娶らなかった。沙門僧祐を頼って十年余り共に起居した結果、仏典の経・論に広く通ずるようになった。そこで、仏典の内容を分類して、目録を作り序を書いた。今の定林寺の經藏は勰が整理したものである。

天監（五〇二〜五一九）の初めに、奉朝請で出仕して、中軍将軍の臨川王宏に招かれて記室を兼任し、車騎倉曹参軍に転任した。地方勤務で太末（浙江省）令になると、清廉な政治を行なって成果を挙げた。その後、仁威南康王の記室に任命されて、東宮通事舎人を兼任した。当時、七廟の供え物はもう野菜果物になっていたが、二郊農社ではまだ犠牲を供えていたので、勰は、二郊も七廟と同じように改めるべきであると上表した。勰の建議は、勅命により尚書に付議され、聞き入れられた。歩兵校尉に転任し、舎人は元通り兼任した。昭明太子は学芸を好んだので、非常に勰を大切にした。

それより以前、勰は『文心雕龍』五十篇を著し、古今の文の風格について順番に並べて論じた。その序に次のように言う。…（略）。

書き上げたものの、世間の評判にならなかった。勰本人は、自分の書いたものに自信があったので、沈約の評価を得ようとしたが、約は当時、地位が高く、取り次いでもらうすべがなかった。そこで、その書を背負って約が出てくるのを待ち、沈約の車の前に出て面会を求めたが、その姿はまるで行商人のようであった。約はすぐに受け取らせて読み、大変これを高く評価し、非常に文の原理がよく書かれているとして、いつも机の上に置いていた。

また、勰は仏教の教理にかかわる文を書くのが得意だったので、都の寺や名僧の碑文は必ず依頼されて書いた。勅命によって僧の慧震（えしん）と定林寺で経証を撰述し、その仕事が完成したので、上申して出家を願い出たが、先ず髪を焼いて決意のほどを示したところ、勅許がおりた。寺で僧服に着替え、慧地（えち）と名を改めた。一年もたたないうちに没した。文集は世間に流布した。

一 劉勰 『南史』巻七二文学にも伝があるが、『梁書』より簡略である。勰の生年については、『文心雕龍』序志篇に「齒立（よわいりつ）を踰ゆるに在り」（三十歳を越えたころに）とあることから推定されるため、『文心雕龍』の成書年代（→注一六）をどう考えるかによって説は分かれ、范文瀾は四六五年、郭晉稀は四六七年、楊明照は四七〇年、張恩晉は四七一年、葉晨暉、施助らは四八〇年とする。

二 字彦和 楊明照は『爾雅』釈詁下「勰は和なり」、『説文解字』劦部「勰は思いを同じうするの龢なり」の二訓を引き、名と字の関連を指摘する。

三 祖靈眞 『南史』は祖の名を記さない。正史に伝なく、事跡は未詳。

四 秀之 三八九〜四五七。字は道宝、東莞莒の人、宋の司徒劉穆之の従兄子。宋の大明五年（四五四）、尚書右僕射として海陵王休茂の反乱の処理を行い、使持節、散騎常侍、都督雍梁南北秦四州郢州之竟陵随二郡諸軍事、安北将軍、寧蛮校尉、雍州刺史に任じられたが、任に赴く前に没し、侍中・司空を追贈された。『宋書』巻八一、『南史』巻一五。なお、『宋書』巻四二劉穆之伝に「漢齊悼惠王肥の後」とある。

五 父尚 事跡は未詳。楊明照は、『宋書』劉穆之伝、劉秀之伝、巻七七海陵王休茂伝、『南斉書』巻三六劉祥伝、巻四四徐孝嗣伝、『文選』巻四〇任昉「奏して劉整を弾ずる文」、劉岱墓誌（『文物』一九七七―六）に基づき、一族の系図を作成している。それによれば、勰の曾祖の名は仲道、高祖の名は爽である。

六 僧祐 四四五〜五一八。斉・梁の学僧。本姓は兪氏、先祖は彭城下邳の人で、父の代には建業に居住していた。十四歳で出家し、法達・法頴に師事し、律学を学んだ。『出三蔵記集』『釈迦譜』『弘明集』などの編著書がある。弟子の正度が立てた頌徳碑の文は劉勰が撰したというが、今は存さない。『高僧伝』巻一一明律。

七 經論 経は仏の説法、論は仏の説法の解釈。経・論と律（仏教徒の戒律）を併せて仏教の原理を蔵するという意味で三蔵という。

八 定林寺 『建康実録』によれば、下定林寺は元嘉元年（四二四）、県城の東十五里の蔣（鍾）山陵里に建てられ、上定林寺は元嘉一六年（四三九）、県の西南十八里のところに建てられた。劉世珩『南朝寺考』には、上定林寺が元嘉十二年（四三五）に下寺の西山に建てられたという説も見える。下定林寺は斉のころには廃れており、この定林寺は上定林寺である。宋から梁のころには、僧遠・僧柔・法通・智称・道嵩・超辯などの高僧が上定林寺に居り、寺は隆盛を極めたが、趙宋の乾道中には廃れて久しく、僧善鑑がその額を請い、方山に移建したという。

九　臨川王宏　四七三～五二六。字は宣達、武帝の弟。天監五年（五〇六）に兵を率いて魏を攻め、洛口（安徽省）で暴風雨に遭い、逃げ帰って軍を潰滅させたほか、蓄財にも熱心で、時人は『銭愚論』を作って風刺したが、武帝は、宏が政治に野心がないのをよしとし、いずれも咎めなかった。本書「丘遅伝」注一二参照。『梁書』巻二二臨川王宏伝に、「天監元年、臨川郡王に封ぜらる、…三年、侍中を加え、號を中軍將軍に進む、四年、高祖詔して北伐し、宏を以て都督南北兗北徐青冀豫司霍八州、北討諸軍事と爲す」、武帝紀中に「（天監）三年、春正月戊申、後將軍揚州刺史臨川王宏　號を中軍將軍に進む」とあることから、楊明照は、勰が臨川王記室を兼ねるようになったのは、天監三年（五〇四）以降で、蕭宏が勰と知り合ったのは僧祐との交際からだろうとする。また、『続高僧伝』巻一、巻五の天監七年（五〇八）に経を鈔する者を選んだという記事に、「臨川王記室東莞劉勰」の名が見え、『歴代三宝記』に「天監七年十一月」とあることから、天監七年十一月以前には、まだ臨川王記室だったとする。

一〇　南康王　蕭績、字は世謹、武帝の第四子。楊明照は、『梁書』巻二九南康王績伝に、「天監八年、南康郡王に封ぜらる、…十年、使持節都督南徐州諸軍事、南徐州刺史に遷り、號を仁威將軍に進む、…十六年、徵されて宣毅將軍と爲り、…」とあることから、勰が南康王記室を領したのは、天監十年（五一一）から十五、六年（五一六、七）ごろまでだとする。

一一　東宮通事舍人　正史に職掌についての記述は見えないが、東宮において文書の呈進を掌る官であるらしい。蕭統（↓注一五）に「愛接」されたのは、この時からであろうという。

一二　時七廟…　七廟とは、『礼記』王制に「天子七廟、三昭三穆、太祖之廟と而して七」とあるように、四親廟（父、祖、曾祖、高祖）、二祧（遠祖）と始祖の廟。東晋以降斉まで、禅りを受けた初代皇帝が太祖に当たるため、太祖の廟がなく六廟であったが、梁では、武帝が即位した際に、文皇帝、太祖を追尊し、太祖の廟も合わせて七廟とした。『梁書』武帝紀中、『隋書』巻七礼儀志二によれば、天監一六年（五一七）四月に、七廟の犠牲を廃止する詔が、同年十月には、さらに、干し肉の類も禁じ、時蔬を供えるべしとの詔が下された。つまり、七廟で蔬果を供えるようになったのは、天監十六年（五一七）十月より後である。

一三　二郊…　郊は、天子が天地を祭る所。二郊は南郊と北郊。『隋書』巻六礼儀志一に「梁、南郊に圓壇を爲り、國の南に在り。…常に北郊と間歳の正月上辛に事を行い、一特牛を用い、天皇上帝の神を其の上に祀り、皇考太祖文帝を以て配す、…北郊、方壇を北郊に爲る。…南郊と間歳の正月上辛に、一特牛を以て、后地之神を其の上に祀る、徳后を以て配す」とあり、梁では、一年交替で、南郊で天を、北郊で地を祭っていた。農社とは、土地の神を祭るところ。『隋書』巻七礼儀志二に「梁の社稷は太廟の西に在り、…毎に仲春・仲秋を以て、並びに郡國縣に令して社稷先農を祠らしむ」とある。

一四　勰乃表…　『南史』によれば、この事件は「天監中」のことであり、七廟が蔬果を備えるようになったのが、天監十六年（五一七）十月より後のこと（↓注一二）であるから、天監十七年（五一八）か十八年（五一九）ごろのことだと考えられる。

一五　昭明太子　五〇一～五三一。蕭統、字は徳施、武帝の長子。天監元年（五〇二）、二歳で太子となり、三十一歳で没した。昭明太子は諡。文学を好み、そのサロンでは秦漢以来の詩文を選りすぐった現存最古の詩文アンソロジー『文選』が編まれた。『梁書』巻八、構成などを述べる。

一九 沈約　四四一～五一三。字は休文、呉興武康の人。一流の門閥貴族の出身ではなかったが、詩文の才によって頭角をあらわし、宋・斉・梁三朝に仕えた。斉の竟陵王蕭子良サロンの仲間であった蕭衍の革命に参画し、梁では尚書令に至る。詩人としては、「四声八病の説」を唱え、「永明体」を創作実践した。『宋書』の撰者でもある。『梁書』巻一三。本書「沈約伝」参照。

二〇 干　無理に会おうとすること。「謁を干む」に同じ。

二一 京師…　今存するのは、宋・孔延之『会稽掇英総集』所収（『藝文類聚』七六所収は抄録）の「梁建安王造剡山石城寺像碑」一篇のみという。『出三蔵記集』巻一二法集雑記銘目録に「鍾山定林上寺碑銘一巻」「建初寺初創碑銘一巻」「僧柔法師碑銘一巻」の名が見え、『高僧伝』に僧柔（巻八）のほか、僧祐（巻一一）、超辯（巻一二）に、その碑文を劉勰が書いたことが見える。

二二 慧震　事跡は未詳。周紹恒「劉勰卒年新考」は、『全梁文』劉之遴「弔震法師亡書」「與震法師兄李敬胐書」の震法師を、慧震と考える。

二三 經證　「經」で切り「證功」と続ける読み方もある。

二四 燔鬢髮　古くは、真意を表明するとき、決意の固さを示すときなどに、髪を焼いたという。

二五 卒　劉勰の卒年については、范文瀾が五二〇～五二一年説を提出してより、長くそれが踏襲されてきたが、李慶甲「劉勰卒年考」は、『大蔵経』所収の『仏祖統紀』『仏祖歴代通載』『釈氏稽古略』、『続蔵経』所収の『隆興仏教編年通論』『釈氏通鑑』の五部がいずれも、劉勰が蕭統の死後に出家を願い出たと記すことを指摘し、さらに、劉勰の天監末の官職や蕭統との関係を考慮し、『梁書』文学伝の配列が卒年順であることを考証し、出家は蕭統の亡くなった中大通三

『南史』巻五三。本書「蕭統伝」参照。

一六 文心雕龍　魏以来発展してきた文学理論の成果をふまえて、文学に関わるあらゆる問題を取り上げて論じた、古今独自の体系性を備えた文学理論の書。冒頭の五篇は文学の基本原理を、第六篇～第二五篇は、文学ジャンルを論じ、第二六～第四四篇は、文学創作論、第四五篇以下は、時や自然と文学の関わり、作家の才能・資質、文学批評などについて述べ、第五〇篇が総序に当たる序志篇である。第四五時序篇に「皇齊寶を馭するに曁び、休明を運集す、太祖は聖武を以て籙を膺し、高祖は睿文を以て業を纂ぎ、文帝は貳離を以って章を含み、中宗は上哲を以て運を興し、…今聖歴方に興り、文思光被す、…」とあり、『南史』巻五斉本紀下明帝紀の永泰元年（四九八）に「秋七月己酉、帝　正福殿に崩ず、…羣臣謚を上りて明皇帝、廟號高宗と曰う」、『南斉書』巻八和帝紀の中興二年三月に「丙辰、位を梁王に禪る」（『南史』斉本紀下和帝紀ほぼ同じ）とあることから、成書年代は、斉の永泰元年七月以降、中興二年（五〇二）三月以前と考えられていた。しかし、最近では、天監六年（五〇七）から七年（五〇八）（葉晨暉）、天監元年（五〇二）以降十二年（五一三）以前（施助、広信）、天監元年（五〇二）、二年（五〇三）（張恩普）など、梁の初めという説も提出されている。

一七 文體　この「文體」は単に文のスタイルという意味ではなく、「體式の雅鄭は其の習に反するもの有ること鮮なし」（体性篇）、「古來文章は雕縟を以て體と成す」「聖を去ること久遠にして、文體解散す」（序志篇）に見られるように、広く文の風格・本質のような意味を表す。

一八 序　『文心雕龍』末の第五十篇「序志」。全書の総序にあたる。書名の由来・著述の動機・先人の文学評論の批判・著述の方針・書の

年（五三二）、卒年は四年（五三二）とした。楊明照は、宋の釈志磐『仏祖統紀』の劉勰が大同四年（五三八）に出家したという記載に基づき、卒年を五三八～五三九年ごろとする。ただし、『仏祖統紀』以下の五書の記述の信憑性を疑う学者も多い。周紹恒「劉勰卒年新考」は、劉之遴の文の「震法師」を慧震と考え（→注二二）、その内容より慧震が経を撰し終わり故郷の荊州に帰ったのが、普通七年（五二六）九月以前であるから、劉勰の卒年は大通元年（五二七）より後ではありえず、おそらく普通四年（五二三）か五年（五二四）であろうとしている。

二六　文集　『隋志』に著録はなく、夙に亡佚したらしい。『隋志』子部雑家類に著録される『劉子』五十五篇の撰者については、劉勰という説もあったが、現在では北斉の劉晝という説が有力である。『文心雕龍』を除けば、今存する劉勰の作品は、「梁建安王造剡山石城寺像碑」（→注二一）と『広弘明集』所収の「滅惑論」の二篇のみである。

〔参考文献〕

範文瀾『文心雕龍注』（開明書店　一九三六年）
興膳宏訳『文心雕龍』（筑摩書房　世界古典文学全集25　一九六八年）
目加田誠訳『文心雕龍』（平凡社　中国古典文学大系54　一九七四年）
戸田浩暁訳『文心雕龍』（明治書院・新釈漢文大系63・64　一九七四、一九七八年）

陸侃如・牟世金「劉勰的生平和思想―『文心雕龍』簡介之一」（『山東文学』一九六二年―一）
楊明照「梁書劉勰伝箋注」（『中華文史論叢』一九七九―一、上海古籍出版社『文心雕龍校注拾遺』所収）
王元化「劉勰身世與士庶区別問題」（『中華文史論叢』一九七九―一、上海古籍出版社『文心雕龍講疏』所収）
広信「劉勰的生平簡介」（『語言文学』一九七九―二）
葉晨暉「『文心雕龍』成書年代問題」（『山西大学学報』一九七九―三）
施助・広信「関於『文心雕龍』著述和成書年代的探討―兼向郭紹虞、楊明照先生請教」（『文学評論叢刊』第三輯　一九七九年）
張少康「劉勰爲什麼要〝依沙門僧祐〟？―読『梁書』劉勰伝札記」（『北京大学学報』一九八一―六）
李慶甲「劉勰卒年考」（『文学評論叢刊』第一輯　一九八二年）
張恩普「『文心雕龍』成書年代辨」（『東北師大学報』一九八四―二）
李慶甲「再談劉勰的卒年問題」（『中国古典文学叢考』第一輯　一九八五年）
張恩普「劉勰生平系年考略」（『東北師大学報』一九八五―一、一九八六―四）
張恩普「『文心雕龍』成書年代新証」（『克山師専学報』一九八六―四）
牟世金「劉勰生平新考」（『山東大学学報』一九八七―一）
張少康「劉勰生平與思想」（『文心雕龍新探』所収、一九八七年）
周紹恒「劉勰卒年新考」（『晋陽学刊』一九八九―三）

（森賀一恵）

蕭統（五〇一〜五三一）

蕭統（しょうとう）は、梁（りょう）武帝蕭衍（しょうえん）の長子、簡文帝蕭綱（しょうこう）の兄、元帝蕭繹（しょうえき）の異母兄。諡（おくりな）によって昭明太子ともよばれる。武帝やその諸子は文才に恵まれ、各々文学の士を集めてサロンを形成したが、蕭統のものがもっともさかんであった。上古から梁代までのよりすぐりの詩文を集めた『文選（もんぜん）』三十巻が、後世の文学に与えた影響ははかりしれない。儒仏二道に通じ、仁愛の心あつく、将来を嘱望されたが、若くして世を去った。

梁書巻八　昭明太子傳

[一]昭明太子統、字[二]徳施、高祖長子也。母曰[三]丁貴嬪。初、高祖未有男、[四]義師起、[五]太子以齊中興元年九月生于襄陽。[六]高祖既受禪、有司奏立[七]儲副、高祖以天下始定、百度多闕、未之許也。羣臣固請、天監元年十一月、立爲皇太子。時太子年幼、依舊居於內、[八]拜東宮官屬、文武皆[九]入直永福省。

太子生而聰叡、三歲受孝經・論語、五歲遍讀五經、悉能諷誦[一〇]。五年六月庚戌、始出居東宮。太子性仁孝、自出宮、恆思戀不樂。高祖知之、毎五日一朝、多便留永福省、或五日三日乃還宮。八年九月、於壽安殿講孝經、盡通大義。講畢、親臨[一一]釋奠于國學。

十四年正月朔旦、高祖臨軒[一二]、冠太子於太極殿[一三]。舊制、太子著遠遊冠[一四]、金蟬・翠緌纓。至是、詔加金博山[一五]。太子美姿貌、善擧止。讀書數行並下、過目皆憶。每遊宴祖道[一六]、賦詩至十數韻。或命作劇韻[一七]賦之、皆屬思便成、無所點易。高祖大弘佛教、親自講說。太子亦崇信三寶[一八]、遍覽衆經。乃於宮內別立慧義殿、專爲法集之所。招引名僧、談論不絕。太子自立二諦・法身義[一九]、並有新意。普通元年四月[二〇]、甘露降于慧義殿、咸以爲至德所感焉。

[一]昭明太子統、字は德施[二]、高祖の長子なり。母は丁貴嬪[三]と曰う。初め、高祖未だ男有らざるに、義師起こり[四]、太子[五]齊の中興元年九月を以て襄陽に生まる。高祖既に禪を受くるに[六]、有司 儲副[七]を立てんことを奏すれど、高祖は天下始めて定まり、百度闕くること多きを以て、未だ之を許さざるなり。羣臣固く請いて、天監元年十一月、立てて皇太子と爲す。時に太子 年幼なければ、舊に依りて內に居らしめ、東宮の官屬に拜して[八]、文武皆な入りて[九]永福省に直せしむ。太子は生まれながらにして聰叡、三歳にして『孝經』・『論語』を受け、五歳にして遍く五經を讀み、悉く能く諷誦す。五年六月庚戌[一〇]、始めて出でて東宮に居る。太子は性仁孝にして、宮に出でてより、恆に思戀して樂しまず。高祖之を知り、五日每に一たび朝せしむるに、多く便ち永福省に留まり、或いは五日三日して乃ち宮に還る。八年九月、壽安殿に於て『孝經』を講ずるに、盡く大義に通ず。講畢わりて、親ら臨みて國學に釋奠す[一一]。十四年正月朔旦、高祖 臨軒し[一二]、太子に太極殿に冠す[一三]。舊制に、太子は遠遊冠を著け[一四]、金蟬・翠緌纓すと。是に至りて、詔して金博山を加う[一五]。

太子は姿貌 美しく、擧止 善し。書を讀めば數行並び下り、目を過ぐれば皆憶ゆ。遊宴祖道する每に[一六]、詩を賦すこと十數韻に至る。或いは命じて[一七]劇韻を作して之を賦せしむるも、皆な屬思便ち成り、點易する所無し。高祖 大いに佛教を弘め、親しく自ら講說す。太子も亦た[一八]三寶を崇信し、遍く衆經を覽る。乃ち宮內に於て別に慧義殿を立て、專ら法集の所と爲す。名僧を招引し、談論絕えず。太子も自ら[一九]二諦・法身の義を立て、並びに新意有り。普通元年四月、[二〇]甘露慧義殿に降り、咸な以て至德の感ずる所と爲す。

昭明太子統は、字を徳施といい、高祖（梁武帝蕭衍）の長子である。母は丁貴嬪といった。かつて、高祖にまだ男子がなかったうちに、（東昏侯を討つ）義戦がおこり、太子は、（そのさなかの）斉の中興元年（五〇一）九月に襄陽（湖北省）で生まれた。高祖が天下を譲り受けたのち、官僚たちは皇太子を立てるよう上奏したが、高祖は、天下は平定されたばかりで、諸制度が未整備であるとして、これをきき入れなかった。群臣が強く請願したので、天監元年（五〇二）十一月、統を皇太子に立てた。当時太子は幼かったので、それまで通り宮中に住まわせた。東宮の諸官を任命し、文武いずれも永福省に常駐させた。

太子は生まれながらにして聡明で、三歳にして『孝経』『論語』の教えを受け、五歳で五経を読破し、全部そらんじることができた。五年（五〇六）六月庚戌（十七日）、はじめて宮中を出て東宮に住むようになった。太子は心やさしく親思いで、東宮に出てしまってからも、ずっと宮中が恋しくて心楽しまなかった。高祖がそれを知り、五日ごとに一回朝見させるようにしたところ、そのまま永福省に泊まってゆくことがしばしばで、四、五日してやっと東宮に帰ることさえあった。八年（五〇九）九月、寿安殿で『孝経』の講義を行なったが、大義を究めつくしたものであった。講義が終わると、みずから国学において釈奠の儀式を主宰した。

十四年（五一五）元日の朝、高祖は宮殿の前へお出ましになり、太極殿で太子の成人式をとりおこなった。それまでの制度では、太子は遠遊冠をかぶり、金の蟬の形の飾りと、かわせみの羽の飾りひもをつけることになっていたが、この時から、詔令で金製の山形の飾りを加えた。

太子は容姿が美しく、立ち居ふるまいも洗練されていた。読書は数行一度に読むような速さで、目を通したものはみなおぼえていた。遊宴や送別会のたびに、十数韻もの長い詩を作った。ことさらに難しい韻で作らされることがあっても、みな構想がすぐにできてしまい、消したり直したりするところがなかった。高祖は大いに仏教をひろめ、自ら講説を行なったが、太子もまた仏・法・僧の三宝を敬い信じ、多くの仏典をひろく読んでいた。そこで東宮の中に別に慧義殿というのを建て、仏法を講ずる専用の場所とした。名僧を招き、談論が絶えなかった。太子自らも「二諦」と「法身」についての説を立て、いずれも新味あるものであった。普通元年（五二〇）四月、甘露が慧義殿にくだり、人々はみな、太子の至上の徳に天が感応したのだと思った。

一 昭明太子統　蕭統の伝は、『梁書』のほか、『南史』巻五三梁武帝諸子伝にある。『南史』では、王筠の哀冊文（↓注六九）を省略するかわりに、『梁書』にないエピソードを補うが、いくぶん小説的な、史実としての信頼性の低いものが多い。ここでは『梁書』を本文とし、『南史』との主な異同について注の中で随時言及する。
　蕭統の作品は、『梁詩』巻一四に楽府七首と詩二十六首、『全梁文』巻一九〜二一に賦六首と文三十八首が伝わる。しかし彼の文学史上の最大の功績は、本伝末尾にもふれられた『文選』編纂にある。また『陶淵明集』八巻を編んだ（↓注七五）。

二 字徳施　『南史』にはこの後に「小字は維摩」という。小字は幼時のよび名。維摩とは仏弟子維摩詰の名に由来するもので、父武帝蕭衍の仏教愛好を物語る。

三 丁貴嬪　四八五〜五二六。名は令光、譙国（安徽省）の人だが、代々襄陽（湖北省）に住んでいた。十四歳で、雍州刺史として襄陽に赴任した蕭衍に迎えられ、十七歳で蕭統を生んだ。蕭衍には正室郗徽（四六八〜四九九、蕭衍の即位後徳皇后の名をおくられる）がいたが男子がなく、統は蕭衍三十八歳にして授かった待望の男子であった。蕭衍が即位した天監元年（五〇二）、貴嬪の位を授かる。のち簡文帝綱・廬陵威王続を生んだ。おだやかな性格で暮らしぶりはつつましく、帝とともに仏教をあつく信じた。諡は穆。簡文帝即位後、穆太后とよばれた。『梁書』巻七、『南史』巻一二。

四 義師　南斉の廃帝東昏侯蕭宝巻（在位四九八〜五〇一）が乱行やまぬため、蕭衍は永元三年（五〇一）に挙兵し、東昏侯を廃して和帝（蕭宝融）を立てた。本書「梁武帝伝」注二五参照。

五 太子以斉中興元年…　『南史』では、武帝の継嗣誕生、東昏侯の将軍徐元瑜の降伏、斉の王族蕭穎冑の急死をさして、当時三重の喜びといわれたことを記す。まもなく建鄴の都が平定されて、識者は天命のゆくえをさとったとも述べられている。

六 高祖既受禪　武帝の即位は天監元年（五〇二）四月丙寅（八日）。『南史』はこれ以下「羣臣固請」まで六句を欠く。

七 儲副　儲君・儲宮・儲后などに同じ。皇帝の世継ぎとして備えておくという意で、皇太子をさす。

八 東宮官屬　東宮は、皇太子の宮殿。皇宮の東にあるのでいう。また、皇太子。このとき、范雲（本書「范雲伝」参照）が太子中庶子を兼任している。『梁書』巻一三本伝に「其の年（天監元年）、東宮建ち、雲 本官を以て太子中庶子を領す」とある。

九 入直永福省　似たような例としては、宋の元凶（劉劭）や前廃帝が幼くして皇太子に立てられた際、すぐには東宮に移らず、太子中庶子・左衛率・右衛率が永福省に詰めた（『宋書』巻九九二凶伝、巻七前廃帝紀）。

一〇 五年六月庚戌…　『梁書』『南史』とも、もと「五年五月庚戌」に作るが、この年五月に庚戌の日はなく、中華書局本は『通鑑』によって改める。『南史』では、この二句が「太子生而聰叡」の上にある。『梁書』巻二武帝紀中には、「(天監五年）八月辛酉（二十九日）、太子宮を作る」という。

　なお、翌天監六年（五〇七）には、沈約（本書「沈約伝」参照）が太子少傅を兼任している。『梁書』武帝紀中に「(十月）閏月乙丑（十日）、……尚書左僕射沈約を尚書令・行太子少傅と爲す」とある。

　さらに、天監七年（五〇八）には、蔡撙の娘を妃に迎えた。『梁書』武帝紀中に、「(七年）夏四月乙卯（二日）、皇太子妃を納る」、『南史』巻二九蔡撙伝に、「女 昭明太子の妃と爲る」とある。

一一 釋奠　『礼記』文王世子篇に「凡そ學にて、春は官 其の先師に釋奠す。秋冬も亦た之の如くす」とある。「釈奠」とは「置き並べる」の意で、神前に供え物をして祭ることだが、通常学問上の先師、ひいては孔子を祭る儀礼をさす。『晋書』巻一九礼志上によれば、晋武帝のときから、皇太子が経伝を講じたのち釈奠を行うのが恒例となった。

　ちなみに、このときの釈奠には沈約も参加し、「南郡王の為に皇太子の釈奠の宴に侍る」詩を残している（『全梁詩』巻六）。

　なお、『南史』では、このあとに、太子が十二歳の時（天監十一年、五一二）のできごととして、あらまし次のような話を載せる。太子は裁判の事務を見ていて、書類が全部読めるので、自分に裁かせてくれと言い出した。役人が太子は子供だからと思って許すと、重罪に対して杖打ち五十の軽い刑を書き記した。役人は困って帝に報告したが、帝は笑って許した。以後刑をゆるくしたいときは太子に裁かせた。建康県で人に誘拐の罪を着せようとした者があり、太子の仁愛にならって杖打ち四十を言い渡すと、太子は令して言った。あのときは妻子まで罪が及ぶのをおそれたのだ、罰が軽ければいいというものではない、このたびは十年の刑に付してもよい。

一二 臨軒　天子が正殿に座らず、殿の前にお出ましになること。殿前には欄干があり、車の軒に似るのでこのようにいう。

一三 冠太子　冠は、冠をつける成人の儀式。『礼記』曲礼上篇に「二十を弱と曰う、冠す」とあり、二十歳で行うのが一般的だが、王侯などでは十二歳や十五歳で行うこともあり、皇太子は十五歳で行うのが通例であった。

一四 遠遊冠　太子や諸王のかぶりもの。『後漢書』以下歴代の輿服志・礼儀志に規定がある。天子のかぶる通天冠と同じ形だが、山（額の部分の三角形の飾り）と述（鷸の羽飾り）がない。太子は翠の羽の飾りひもに白

〔通天冠〕

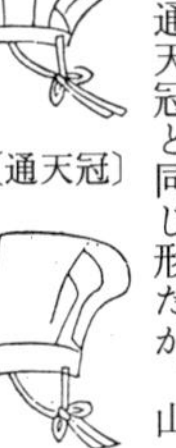
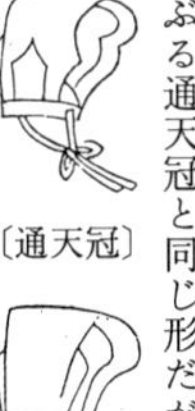
〔遠遊冠〕

い珠をつけ（『晋書』輿服志）、太子・親王は金の附蟬を加える（『隋書』礼儀志七）。

一五 金博山　博山は伝説の山にかたどった模様で、金属器や陶器の意匠としてよく用いられた。『晋書』輿服志などによれば、天子のかぶる通天冠には金博山をつけることとなっており、ここではそれを太子の冠にも及ぼしたのである。

博山の例
（博山香炉）

一六 祖道　旅立つ人の安全を祈って道祖神を祭ること、ひいてははなむけの宴をいう。

一七 劇韻　険韻ともいう。その韻部に属する文字数の少ないものをいう。韻脚に使える字が限られてくるため、ことに長篇の詩は作るのが難しい。

一八 三寶　仏教徒が信じるべき仏・法・僧の三つの宝。

一九 太子自立二諦・法身義　二諦（にたい）は真諦（仏の真理）と俗諦（世俗の真理）、法身（ほっしん）は仏の法を一つの実体としてとらえたもの。『広弘明集（こうぐみょうしゅう）』巻二一に「令旨 二諦の義を解す」、「令旨 法身の義を解す」を収める。「二諦」は『梁書』『南史』とも、もと「三諦」に作るが、誤り。中華書局本は正しく改めている。

二〇 甘露　甘い露。天下太平のしるしとして天が降らせると考えられていた。なお、『南史』では、この段の後に次の一文がある。「時に俗 稍（やや）奢なれば、太子 己を以て物を率いんと欲し、服御は朴素にして、身ずから浣衣（かんい）（洗いざらしの服）を衣（き）、膳は肉を兼ねず」。

* * *

三年十一月、[二一]始興王憺薨。舊事、以[二二]東宮禮絶傍親、書翰並依常儀。太子意以爲疑、命僕[二三]劉孝綽議其事。[二四]孝綽議曰…（略）。僕射[二五]徐勉・左率[二六]周捨・家令[二七]陸襄並同孝綽議。[二八]太子令曰…（略）。司農卿[二九]明山賓・步兵校尉[三〇]朱异議、稱「慕悼之解、宜終服月」。於是令付典書遵用、以爲永準。

七年十一月、貴嬪有疾。太子還永福省、朝夕侍疾、衣不解帶。及薨、步從喪還宮、至殯、[三一]水漿不入口、[三二]每哭輒慟絶。高祖遣中書舍人[三三]顧協宣旨曰「[三四]毀不滅性、聖人之制。禮、[三五]不勝喪比於不孝。有我在、那得自毀如此。可卽强進飮食」。太子奉敕、乃進[三六]數合。自是至葬、日進麥粥一升。高祖又敕曰「聞汝所進過少、轉就羸瘵。我比更無餘病、正爲汝如此、胸中亦圮塞成疾。故應强加饘粥、不使我恆爾懸心」。雖屢奉敕勸逼、[三七]日止一溢、不嘗菜果之味。體素壯、腰帯十圍[38]、至是減削過半。每入朝、士庶見者莫不下泣。

太子自加元服[39]、高祖便使省萬機[40]、内外百司奏事者塡塞於前。太子明於庶事、纖毫必曉[41]、每所奏有謬誤及巧妄、皆卽就辯析[42]、示其可否、徐令改正、未嘗彈糾一人。平斷法獄、多所全宥、天下皆稱仁。

性寛和容衆[43]、喜慍不形於色。引納才學之士[44]、賞愛無倦。恆自討論篇籍[45]、或與學士商榷古今、閒則繼以文章著述、率以爲常。于時東宮有書幾三萬卷[46]、名才並集、文學之盛、晉・宋以來未之有也。

性愛山水、於玄圃穿築[47]、更立亭館、與朝士名素者遊其中[48]。嘗泛舟後池、番禺侯軌盛稱[49]「此中宜奏女樂」。太子不答、詠左思招隱詩曰[50]「何必絲與竹、山水有淸音」。侯慚而止。出宮二十餘年、不畜聲樂。少時、敕賜太樂女妓一部、略非所好。


三年十一月、始興王憺[21]薨ず。舊事に、東宮[22]の禮は傍親を絶つるを以て、書翰は並びに常儀に依ると。太子 意に以て疑わしと爲し、僕[23]劉孝綽に命じて其の事を議せしむ。孝綽議して[24]曰く……（略）。僕射[25] 徐勉・左率[26] 周捨・家令[27] 陸襄並びに孝綽の議に同じ。太子令して[28]曰く……（略）。司農卿[29] 明山賓・歩兵校尉[30] 朱异議して、稱すらく「慕悼の解くるは、宜しく服月を終うべし」と。是に於て典書に付して遵用せしめ、以て永準と爲す。

七年十一月、貴嬪 疾有り。太子 永福省に還りて、朝夕疾に侍し、衣は帯を解かず。薨ずるに及びて、歩きて喪より宮に還り、殯するに至りて、水漿[31]も口に入らず、哭する[32]毎に輒ち慟絶す。高祖 中書舍人[33] 顧協を遣わして宣旨して曰く「毀すれども[34]性を滅さざるは、聖人の制なり。禮に、喪に勝えざるは[35]不孝に比すと。我在ること有り、那ぞ自ら毀すること此くのごときを得んや。卽ち強いて飲食を進むべし」と。太子 敕を奉じ、乃ち數合[36]を進む。是より葬に至るまで、日に麥粥一升を進む。高祖又た敕して曰く「聞くならく 汝の進むる所少なきに過ぎ、轉た羸瘵に就くと。我比ろ更に餘病無かりしに、正に汝の此くのごとくなるが爲に、胸中亦た圮塞して疾を成す。故に應に強いて饘粥を加え、我をして恆に爾く懸心せしめざるべし」と。屢しば敕を奉じて勸逼せらると雖も、日に一溢[三七]に止まり、菜果の味を嘗せず。體は素と壯にして、腰帶十圍[三八]なれど、是に至りて減削すること半ばに過ぐ。入朝する毎に、士庶の見る者 泣を下さざるは莫し。

太子 元服[三九]を加えてより、高祖 便ち萬機[四〇]を省せしめ、内外の百司 事を奏する者前に塡塞す。太子 庶事に明るく、纖毫[四一]なるも必ず曉り、奏する所に謬誤及び巧妄有る毎に、皆な即[四二]就ち辯析し、其の可否を示し、徐ろに改正せしめ、未だ嘗て一人を彈糾せず。平らかに法獄を斷じ、全く宥す所多く、天下皆な仁を稱す。

性 寬和にして衆[四三]を容れ、喜慍 色に形れず。才學[四四]の士を引納し、賞愛して倦むこと無し。恆[四五]に自ら篇籍を討論し、或いは學士と古今を商榷し、閒なれば則ち繼ぐに文章著述を以てし、率ね以て常と爲す。時に于て東宮[四六] 書を有すること幾ど三萬卷、名才並び集まり、文學の盛んなること、晉・宋以來未だ之れ有らざるなり。

性 山水を愛し、玄圃[四七]に於て穿築し、更に亭館を立て、朝士[四八]の名素の者と其の中に遊ぶ。嘗て舟を後池に泛ぶるに、番禺侯軌[四九] 盛んに「此の中宜しく女樂を奏すべし」と稱す。太子答えず、左思[五〇]の「招隱詩」を詠じて曰く「何ぞ必ずしも絲と竹とならん、山水に清音有り」と。侯 慚じて止む。宮に出でて二十餘年、聲樂を畜えず。少き時、敕して太樂の女妓一部を賜わるも、略ぼ好む所に非ず。

（普通）三年（五二二）十一月、始興王の憺がみまかった。前例では、東宮の礼は傍系親族のことにはかかわらないとして、文書はみな通常の作法によるということだった。太子は疑問を感じて、太子僕の劉孝綽に命じてこのことを審議させた。孝綽は論じて言った…（略）。僕射の徐勉・左率の周捨・家令の陸襄もみな孝綽の意見と同じであった。太子は令を下して言った…（略）。司農卿の明山賓・歩兵校尉の朱异が論じて、「追慕哀悼を解くのは、服喪期間が終わってからにするのがよい」と主張した。そこで典書の官に送付してこれにしたがうよう命じ、今後ずっとこれを基準とすることとした。

七年（五二六）十一月、丁貴嬪が病気になった。太子は永福省に戻り、朝な夕なつきそって看病し、帯を解いてくつろごうともしなかった。貴嬪がみまかると、輿にも乗らず歩いてなきがらのもとから東宮に帰り、かりもがりの際には、水も口にせず、哭礼のたびに激しく号泣した。高祖は中書舎人の顧協をやって思し召しを告げさせた。「悲しみにやつれても生命をそこなわないというのが、聖人の定めたおきてだ。礼にも、喪礼にたえられないほどになってしまっては不孝と同じだと言っておる。わたしがこうしてここにおるというのに、なんで自分をそんなにやつれさせるのだ。今すぐ無理にでも食事をなさい」。太子は帝の言葉を承って、ようやく数合の食を口にした。これ以後葬儀まで、一日に麦がゆ一升を食した。高祖はまた戒めて言った。「聞くところでは、おまえは食べるのが少なすぎて、ますますやせ細っているというではないか。わたしはこのところほかにはまったく病気などしておらぬのに、実におまえがこんなふうだと、胸の中が鬱屈して病気になってしまう。だから無理してでも食事をふやして、わたしにこんなに心配ばかりかけないでおくれ」。何度も帝から言葉をかけられ強く促されたが、日に一溢食べるのがやっとで、野菜や果物も食べようとしなかった。もともと体格はよく、腰回りは十囲もあったのだが、ここに至って半分以下になってしまった。入朝するたびに、その姿を見た人々はみな涙した。

太子が成人してからは、高祖はさまざまな政務を担当させ、内外諸官僚の上奏する者がひきもきらぬ状態であった。太子は実務万般に明るくて、細かい点でも必ず把握していた。上奏の中に誤りや偽りがあると、みなたちどころに見抜き、よい点とよくない点とを示して、おだやかに改正させ、特定のだれかを弾劾することはなかった。公平に裁判を行い、全面無罪とすることも多く、天下のみながその仁をたたえた。

性格はおだやかで包容力があり、喜怒哀楽を表に出さなかった。才能と学問のある士をひきたて、いつくしんでやまなかった。いつも自ら典籍を研究し、あるときは学者と古今の諸事を議論し、時間があれば執筆活動にあてる、だいたいこんなところがふだんの暮らしぶりであった。当時東宮の蔵書は三万巻近くに達し、名士才人が一堂に会し、学芸の盛んなことは、晋・

宋以来かつてないほどであった。

山水を心から愛し、玄圃園に池を掘り築山を築き、さらに亭館を建てて、朝廷の士で名だたる清廉の者とその中に遊んだ。あるとき後池で舟遊びをしていると、番禺侯の蕭軌がさかんに「ここで女楽をやったらよろしかろう」と言いたてた。太子は答えず、左思の「招隠詩」を口ずさんで言った。「管絃だけが楽じゃない、山水にこそ清き音はある」。侯は恥じて言うのをやめた。東宮に出てから二十年あまり、歌妓や楽士を抱えなかった。若かったころ、帝が勅して太楽の女妓一部を賜ったが、あまり好みでなかった。

二一 始興王憺　四七八～五二二。字は僧達、武帝蕭衍の末弟。南斉の末期、義師（↓注四）が起こったとき冠軍将軍・相国従事中郎。蕭衍が立てた傀儡皇帝和帝を守った。梁の建国とともに始興郡王に封じられる。諡は忠武。『梁書』巻二二、『南史』巻五二。

二二 東宮禮絶傍親　『通典』巻八二「皇太子降服議」に、晋の皇太子が新安公主の喪に服する必要はないとする徐邈の意見を載せていう。「諸侯の嗣子及び大夫の嫡、皆な旁親を降絶し、唯だ父母の服する所のみ、子は乃ち敢て服す。王侯　周を絶ち、姉妹の爲に服せず。太子は君の尊きを體すれば、亦た同じく服する無し」。

二三 劉孝綽　四八一～五三九。名は冉、孝綽は字。彭城（江蘇省）の人。太子僕になる以前には、太子洗馬に二度補せられている。蕭統は楽賢堂に孝綽の肖像を描かせ、自らの文集の編纂も孝綽一人に任せるなど、特に敬意をはらっていた。『文選』編纂にも深くかかわったという。本書「劉孝綽伝」参照。なお、劉孝綽の官位は『梁書』では「僕射」に作るが、本伝と合わず、中華書局本では改めている。

二四 孝綽議曰…　張鏡が著した『東宮儀記』に、満一カ月を過ぎるまで楽を奏さないとあるのを引き、傍親を絶つというのは喪服についてのことで、哀悼の表現はあってよいとし、卒哭（死後百日）までは文書の中に哀悼の意を称してよいと論ずる。

二五 徐勉　四六六～五三五。字は脩仁、東海郯（山東省）の人。蕭統の幼時に太子右衛率・太子中庶子をつとめ、釈奠（↓注一一）にもかかわった。礼にくわしく、『五礼』を編修したほか、多くの著書があった。諡は簡肅公。『梁書』巻二五、『南史』巻六〇。

二六 周捨　四六九～五二四。字は昇逸、汝南安城（河南省）の人。太子洗馬・太子右衛率などの経験があり、亡くなった時も太子詹事であった。本書「沈約伝」注六九参照。

二七 陸襄　四八〇～五四九。字は師卿、呉郡呉（江蘇省）の人。太子の方から請われて太子洗馬となった。太子の死後は金華宮家令として、残された蔡妃の世話をした。のち鄱陽（江西省）内史などをつとめた。『梁書』巻二七、『南史』巻四八。

二八 太子令曰… 卒哭までで悲しみの表現をやめるのは情として従いがたいこと、張鏡も、士礼によれば、喪に服すべき月数が満ちるまでは慕悼を称するといっていることなどを挙げ、劉孝綽の議論は妥当とはいえないとして、さらに意見を求める旨を述べる。

二九 明山賓 四四三～五二七。字は孝若、平原鬲（山東省）の人。斉では用いられなかったが、梁朝最初の五経博士となる。のち東宮に学士をおいたときにも彼を任用した。疑惑をもたれて自宅を没収された際、太子は資金援助を行うとともに詩を贈った。この詩は山賓の伝に載せる。諡は質子。『梁書』巻二七、『南史』巻五〇。

三〇 朱异 四八二～五四八。字は彦和、呉郡銭唐（浙江省）の人。二十一歳で明山賓に抜擢された。本書「梁武帝伝」注九七参照。

三一 水漿不入口 『礼記』檀弓上篇に、曾子が子思に「吾れ親の喪を執るや、水漿口に入らざる者七日」と言い、子思が「君子の親の喪を執るや、水漿口に入らざる者三日」と言い返した話がある。

三二 毎哭輒慟絶 「哭」すなわち死者のために泣くことは礼にも規定された行為であるが、ここではそれが「慟絶」すなわち慟哭にまで至ったというのである。孔子は最愛の弟子顔淵を亡くしたとき「慟」し、従者にそれを指摘されて「夫の人の為に慟するに非ずして、誰が為にせん」と言ったと伝えられる（『論語』先進篇）。

三三 顧協 四七〇～五四二。字は正礼、呉郡呉（江蘇省）の人。臨川王蕭宏の書記、湘東王蕭繹（のちの元帝）の参軍事などを経て、湘東王のすすめで通直散騎侍郎・中書通事舎人となる。寡欲で潔癖な人柄で信任された。諡は温子。『梁書』巻三〇、『南史』巻六二。

三四 毀不滅性、聖人之制 『礼記』喪服四制篇に「毀するも性を滅せざるは、死を以て生を傷らざるなり」とある。

三五 不勝喪比於不孝 『礼記』曲礼上篇に「喪に勝えざれば、乃ち不慈不孝に比す」として、傷病の際は入浴・飲酒・肉食も認められること、老人の場合は特に体力維持に注意することなどを述べる。

三六 數合 当時の一合は、約二〇ミリリットル。下文の「一升」はその十倍。

三七 日止一溢 『儀礼』喪服篇および既夕礼篇に、「粥を歠るは、朝に一溢の米、夕に一溢の米」とあり、鄭玄の注に「二十両を溢と曰う、米一升と二十四分升の一たり」という。ちなみに『梁書』巻三武帝紀下では、武帝が父を失った時のことを「服する内は復た米を嘗せず、惟だ大麦をのみ資い、日に二溢に止まる」と述べる。

『南史』では、この句の上に「喪を終うるまで」の二字がある。

三八 腰帯十圍 一囲は三寸とも五寸ともいうが、「腰帯十圍」で、恰幅のよいことをいう表現として慣用される。

三九 元服 『儀礼』士冠礼篇に、「令月吉日、始めて元服を加う」。鄭玄注に「元は首なり」といい、頭につけるもの、冠をさす。ここから冠礼すなわち成人式のことを元服という。

四〇 萬機 天子のとりおこなうさまざまなことがら。天子の政務。『尚書』皐陶謨に「兢兢業業たれ、一日二日にも萬幾あり」とあり、偽孔伝に「幾は、微なり」として、よろずのことの微妙な兆しと解する。後世にはもっぱら「萬機」に作り、天子の政務をさす。

四一 纖毫必曉 『南史』はこの句を欠く。

四二 即就 『南史』は「就」字を欠く。

四三 容衆 人々をひろく受け容れる。『論語』子張篇に「君子は賢を尊びて衆を容る」とある。

四四 引納才學之士 その顔ぶれについて、『梁書』巻三三王筠伝には次のようにいう。

昭明太子は文學の士を愛し、常に筠及び劉孝綽・陸倕・到洽・殷芸等と玄圃に遊宴す。太子獨り筠の袖を執り孝綽の肩を撫して、言いて曰く「所謂る左に浮丘の袖を執り、右に洪崖の肩を拍つ」と。其の重んぜらるること此くのごとし。

このうち殷芸は、『南史』巻二二では殷鈞に作る。また『梁書』巻三三・『南史』巻三九劉孝綽伝にも、「時に昭明太子士を好み文を愛し、孝綽は陳郡の殷芸・呉郡の陸倕・琅邪の王筠・彭城の到洽等と、同に賓禮せらる」とある。

さらに、『文心雕龍』の著者劉勰も、東宮通事舎人として蕭統のもとにあり、深く敬愛された。本書「劉勰伝」参照。

四五 恒自討論篇籍…　『論語』憲問篇に、春秋鄭国の文書作成の入念さを述べて、「裨諶之を艸創し、世叔之を討論し、行人子羽之を修飾し、東里の子産之を潤色す」という。ここで「討論」は、さまざまな角度から検討を加えることをいう。

この例として史書に記されるのが、『漢書』真本にまつわることがらである。この本は、宣城太守蕭琛が北朝の僧から入手し秘蔵していたが、琛の転任に際して鄱陽王世子蕭範に贈られ、範が東宮に献じたもの（『梁書』巻二六蕭琛伝）。太子は劉之遴・張纘・到漑・陸襄らに今本との異同を調べさせ、之遴は相違点十箇条を報告した（『梁書』巻四〇劉之遴伝）。

四六 東宮有書幾三萬巻　阮孝緒「七録序」（『広弘明集』巻三）によれば、『梁天監四年文徳正御四部及術数書目録』が二三、一〇六巻（ただし仏教・仙道関係の書は含まない）、『七録』そのものは四四、五二六巻であり、これらと比べれば当時の東宮の蔵書の多さがうかがえる。

四七 玄圃　「玄圃」は「県圃」「平圃」などの名で『楚辞』『山海経』『淮南子』『穆天子伝』などにあらわれ、崑崙の神山とも、その近くの理想の園ともいう。晋のとき皇太子の園の名となり、潘尼に「七月七日皇太子の玄圃園に宴するに侍す」詩（『藝文類聚』巻四、『初学記』巻四）がある。梁代にはしばしば講経が開かれ、天監十七年（五一八）、十八歳の蕭統も講義を行なっている。蕭子雲「玄圃園講賦」（『広弘明集』巻二九）に「曰に天監の十七、儲徳の方に宣ぶるに屬す」とある。『広弘明集』巻二〇には、晋安王蕭綱（のちの簡文帝）の「玄圃園講頌」「皇太子玄圃講頌を上るの啓」並びに蕭統の令答を載せる。

四八 名素　『南斉書』巻五一張欣泰伝に「欣泰 雅俗に通渉し、交結は多く是れ名素なり」。用例少なく語義をつまびらかにしがたいが、「素」は、六朝期の人物評に散見する「清素」「徳素」の意に解しておいた。

四九 番禺侯軌　蕭軌、？―五五六。のちに北斉に仕えて水軍儀同となり、陳霸先（のちの陳武帝）の軍に敗れて殺されたことが、『梁書』巻六敬帝紀、『陳書』巻一高祖紀上、『北斉書』巻四文宣帝紀などに見える。

五〇 左思招隱詩　左思の「招隱詩」は『文選』巻二二に二首を収めるが、ここに引かれたのはその第一首の句。「何」は「非」に作る。

[五一]普通中、大軍北討、京師穀貴、太子因命菲衣減膳、改[五二]常饌爲小食。每霖雨積雪、遣腹心左右、周行閭巷、視貧困家、有流離道路、密[五三]加振賜。又出主衣綿帛、多作[五四]襦袴、冬[五五]月以施貧凍。若死亡無可以斂者、爲備棺槥。每聞遠近百姓賦役勤苦、輒斂容色。常以戸[五六]口未實、重於勞擾。

吳興郡屢以水災失收、有上言當漕大瀆以瀉浙江。中大通二年春、詔遣前交州刺史王弁[五七]假節、發吳郡・吳興・義興[五八]三郡民丁就役。太子上疏[五九]曰…（略）。高祖優詔以喩焉。

太子孝謹天至[六〇]、每入朝、未五鼓[六一]便守城門開。東宮雖燕居內殿、一坐一起、恆向西南面臺[六二]。宿被召當入、危坐達旦。

三年三月、寢[六三]疾。恐貽高祖憂、敕參問、輒自力手書啓。及稍篤、左右欲啓聞、猶不許、曰「云何令至尊知我如此惡」、因便嗚咽。四月乙巳[六四]薨、時年三十一。高祖幸東宮、臨哭盡哀。詔斂以袞[六五]冕。謚[六六]曰昭明。五月庚寅、葬安[六七]寧陵。詔司徒左長史王筠[六八]爲哀冊、[六九]文曰…（略）。

太子仁德素著、及薨、朝野惋愕。京師男女、奔走宮門、號泣滿路。四方氓庶、及疆徼之民、[七〇]聞喪皆慟哭。所著文集[七一]二十卷、又撰古今典誥文言、爲[七二]正序十卷、五言詩之善者、爲[七三]文章英華二十卷、[七四]文選三十卷。

＊　＊　＊

[五一]普通中、大軍北討し、京師穀貴し。太子因りて命じて衣を菲くし膳を減らし、[五二]常饌を改めて小食と爲す。霖雨積雪ある每に、腹心の左右を遣わして、閭巷を周行し、貧困の家を視せしめ、道路に流離するもの有れば、[五三]密かに振賜

を加う。又た主衣の綿帛を出し、多く[54]襦袴を作り、冬月[55]に以て貧凍に施す。若し死亡して以て斂むべきこと無き者は、爲に棺槥を備う。遠近の百姓の賦役の勤苦なるを聞く毎に、輒ち容色を斂む。常に戸口[56]未だ實たざるを以て、勞擾を重かる。

吳興郡屢しば水災を以て收を失うに、當に大瀆を漕して以て浙江に瀉ぐべしと上言する有り。中大通二年春、詔して前の交州刺史[57]王弁を遣わして節を假し、吳郡・吳興・義興[58]三郡の民丁を發して役に就かしむ。太子上疏[59]して曰く…（略）。高祖 優詔して以て喩す。

太子 孝謹なること天至[60]、入朝する毎に、未だ五鼓[61]ならざるに便ち城門の開くを守る。東宮にては內殿に燕居すと雖も、一坐一起、恆[62]に西南に向かいて臺に面す。宿に召されて入るに當たりては、危坐して旦に達す。

三年三月、疾[63]に寢ぬ。高祖に憂いを貽すことを恐れて、敕ありて參問すれば、輒ち自ら力めて啓を手書す。稍や篤なるに及びて、左右 啓聞せんと欲すれど、猶お許さず、「云何ぞ至尊をして我の此くのごとく惡しきを知らしむるや」と曰いて、因りて便ち嗚咽す。四月[64]乙巳薨ず、時に年三十一。高祖 東宮に幸し、臨哭して哀を盡くす。詔して斂むるに袞冕[65]を以てす。謚[66]して昭明と曰う。五月庚寅、安寧陵[67]に葬る。司徒左長史[68]王筠に詔して哀册を爲らしむ。文[69]に曰く…（略）。

太子は仁德素より著なれば、薨ずるに及びて、朝野 惋愕す。京師の男女、宮門に奔走し、號泣 路に滿つ。四方の氓庶、彊徼の民に及ぶまで、喪[70]を聞きて皆慟哭す。著す所の文集[71]二十卷、又た古今の典誥[72]の文言を撰して、『正序』[73]十卷と爲し、五言詩の善き者をば、『文章英華』[74]二十卷と爲し、『文選』[75]三十卷あり。

普通年間（五二〇〜五二七）に、大軍を遣わして北朝を討ったため、都では穀物が高騰した。太子はそこで服装を質素にして食事の品数を減らし、ふだんの食事を簡単なものにするよう命じた。長雨や積雪があるたびに、信頼のおける臣下を派遣し、路地裏をくまなく歩いて、貧困家庭を視察させ、路頭に迷う者があれば、こっそり救援物資を賜った。また衣裳係の絹を放出して、多くの肌着を作り、冬期には貧窮に凍える者に施した。死亡して埋葬ができずにいる者には、棺を準備してやった。各地の民衆が労役に苦しんでいることを聞くたびに、いつも表情をひきしめた。日ごろから戸数人口が増えないというので、民を労役で疲弊させることをはばかった。

呉興郡（浙江省）では何度も水害によって収穫が落ち込んだので、大水路を開いて、（太湖の水を）浙江に注ぐようにすべきだと上言する者があった。中大通二年（五三〇）春、詔して前の交州刺史王弁を使節に任じ、呉郡（江蘇省）・呉興・義興（江蘇省）三郡の成人男子を徴発してこの労役につかせた。太子は上疏して言った…（略）。高祖はねんごろな言葉をかけてこれをさとした。

太子は孝順にして謹厳なることまさに天性というべきで、入朝のたびに、五更の時刻にもならぬうちから城門の開くのを待ちうけていた。東宮では内殿でくつろぐ時でさえ、座るにも立つにも、常に西南の政庁のある方角を向いていた。前日から召されて入朝する場合には、きちんと座ったまま朝を待った。

三年（五三一）三月、病に伏せった。高祖に心配をかけるのを恐れ、具合を尋ねる言葉があるたびに、自ら返書を書くよう努めた。病がしだいに重くなってくるに及んで、付添の者たちは帝に報告しようとしたが、太子はなお許さず、「どうして天子さまに私がこんなに悪いとお知らせできようか」と言って、そのまま涙にむせんだ。四月乙巳（六日）にみまかった。時に三十一歳であった。高祖は東宮においでになり、なきがらに臨んで哭礼を行い悲しみを尽くした。天子の服と冠をつけて棺におさめるよう詔を下した。おくりなを昭明とつけた。五月庚寅（二十一日）、安寧陵に葬った。司徒左長史の王筠に詔を下して哀悼の詔書をつくらせた。その文にいう…（略）。

太子の仁徳はふだんから世にきこえていたから、亡くなられた時には、朝廷でも民間でも驚き悲しんだ。都の人々は、宮殿の門に駆け寄り、泣き叫ぶ声が道を埋めつくした。四方の人民は、辺境の民に至るまで、訃報を聞いてみな慟哭した。著作には文集二十巻があり、また古今の帝王や賢臣の範とするに足る言葉を選んで『正序』十巻とし、五言詩のすぐれたものを集めて『文章英華』二十巻を編み、さらに『文選』三十巻がある。

五一 普通中、大軍北討　『梁書』巻三武帝紀下、普通二年（五二一）条に「秋七月丁酉、大匠卿裴邃に節を假し、衆軍を督いて北討せしむ」とあるものをさすか。

五二 改常饌爲小食　『南史』はこの句を欠く。

五三 密加振賜　『南史』ではこの句の上に「以米」二字、下に「人十石」三字がある。

五四 多作襦袴　『南史』ではこの句の下に「各三千領」四字がある。

五五 冬月以施貧凍　『南史』は「貧凍」を「寒者」に作り、下に「不令人知（人をして知らしめず）」四字がある。

五六 戸口未實　梁代の人口の記録は伝わらないが、『通典』巻七歴代盛衰人口の項によると、宋の大明八年（四六四）に戸九〇万六八七〇、口四六八万五五〇一であったのに対し、陳の滅亡の時（五八九）には戸五〇万、口二〇〇万だったというから、この間に南朝の領土が縮小したことをさし引いても、相次ぐ戦乱のために人口が減っていたことがうかがえる。

五七 王弁　生卒年未詳。『南史』は「王弈」に作る。『梁書』巻三九羊侃伝に、梁軍をひきいて侃を北魏へ迎えに行ったという。

五八 義興　『南史』は「信義」に作る。

五九 太子上疏曰…　壮健な者はすでに兵隊にとられており、さらに人夫を徴発すれば農作業にも支障をきたし、民をより疲弊させるとして、再考を求めている。

六〇 天至　生まれながらに完成していること。天性のものであること。『後漢書』巻一〇上、明徳馬皇后紀に「肅宗も亦た孝性淳篤、恩性天至なれば、母子の慈愛、始終纖介の閒無し」。

六一 五鼓　一夜を五等分したものを「更」といい、太鼓を打って知らせたので「鼓」ともいう。

六二 恆向西南面臺　台（中央政庁）は皇宮の南に、東宮は皇宮の東にあるから、東宮から台の方を見れば西南を向くことになる。

六三 寢疾　『南史』では、蕭統が病に伏せるに至ったいきさつにふれて次のようにいう。「彼は宮中の後池で舟に乗って蓮の花を摘んでいたのだが、女官が舟を揺さぶったために池に落ちておぼれてしまった。なんとか助かりはしたものの、帝に心配をかけるのを恐れて事の顚末は伏せ、ただ病気で寝ているとのみ申し上げた」。

六四 四月乙巳薨　『南史』では、「四月乙巳、暴かに惡しく、啓を武帝に馳するも、比び至れば已に薨ず」という。

六五 袞冕　『周礼』春官司服に「王の吉服」を述べて「先王を享するには則ち袞冕」とある。「袞」は、鄭司農注に「卷龍の衣なり」といい、龍の姿が描かれた王の礼服。「冕」は前後に飾り玉のぶら下がった王の礼装用の冠。帝位につくことなく亡くなった蕭統を悼

〔袞冕〕

んで、帝王の衣冠をつけて埋葬したのである。

六六　謚曰昭明　『逸周書』謚法解に「昭徳勞有るを昭と曰う」「聖文周く達するを昭と曰う」「容儀恭しく美なるを昭と曰う」（『史記正義』所引による）、「四方を照臨するを明と曰う」「譖訴行われざるを明と曰う」とある。

六七　安寧陵　『元和郡県図志』巻二五江南道潤州上元県に、「梁昭明太子の安陵、縣東北五十四里の査硎山に在り」。

六八　王筠　四八一〜五四九。字は元礼、または徳柔。琅邪臨沂（山東省）の人。韻律を重視した技巧的な美文を書き、沈約と意気投合して、「晩來の名家、唯だ王筠の獨歩するを見るのみ」と称された。かつて太子洗馬・中舎人として東宮にあり、劉孝綽とならんで蕭統にはことのほか気に入られた（→注四四）。のち司徒左長史・臨海太守・度支尚書など歴任。簡文帝が即位すると太子詹事となるが、夜中に賊に襲われ井戸に落ちて死んだ。官職を移るたびに自ら文集を編み、「一官一集」で洗馬集など七集各十巻と尚書集三十巻、つごう百巻あったという。『梁書』巻三三、『南史』巻二二。

六九　文曰…　四言（末尾近くでは六言となる）隔句韻で八一韻に及ぶ長大なもので、太子の仁愛にみちた人柄と、深い学識や豊かな詩文の才をたたえ、「嗚呼哀しいかな」のリフレインをはさみながら、太子を失った悲しみを連ねてゆく。なおこの哀冊文は『南史』では省かれている。

七〇　聞喪皆慟哭　『南史』では、太子の仁愛を示すいくつかのエピソードがこのあとに述べられている。

・宮中の警備員の持つ人払いのいばらが人に痛い思いをさせるとして板に代えた。

・食事の中に蠅が入っていてもこっそりとり分け、料理人が責められないようだまっていた。

・賭博をした者について、士人は流刑のうえ懲役、庶人は懲役にしようとした。太子は、自分の金でしたことであり、公金に損害を与えたわけではないとして、刑期を三年に限定し、士人は免官とした。

・死罪にあたるものも刑を減じて無期懲役とし、以下刑をみな半分にした。

七一　文集二十巻　『隋志』『旧唐志』『新唐志』みな二十巻とする。しかし『宋志』『直斎書録解題』では五巻にすぎず、『文献通考』には著録もされないことからすると、宋末には佚していたようである。『四庫全書』には「昭明太子集六巻」があるが、提要では明代の輯本とする。いま『四部叢刊』『四部備要』に、明の楊慎らの校刊した「梁昭明太子集五巻」を収める。

現行の文集には、簡文帝蕭綱と劉孝綽の序がついている。簡文帝の序は、太子の徳を十四カ条にわたって挙げ、劉孝綽の序は太子が儒学の教養と文学の才能を兼備していたことを述べ、両者ともに「麗」でありながら「淫」に流れない太子の文風をたたえたものである。なお、劉孝綽が蕭統の文集の編纂にかかわったことについては、注二三および本書「劉孝綽伝」参照。

七二　典誥　『尚書』に「堯典」「舜典」があり、上古の聖天子堯・舜の言行をしるす。また「湯誥」「召誥」などの篇には、商・周両王朝創立に際し、民に向けて告げた言葉が収められる。

七三　正序十巻　『隋志』『旧唐志』『新唐志』いずれにも著録しない。

七四　文章英華二十巻　『南史』では書名を『英華集』とする。『隋志』に「又た文章英華三十巻、梁昭明太子撰なるもの有り、亡ぶ」。『隋志』には他に「古今詩苑英華十九巻、梁昭明太子撰」を著録する。

こちらは『旧唐志』『新唐志』にもみえるが、巻数は二十巻とする。

七五 文選三十巻　『文選』は蕭統の諡号から『昭明文選』ともよばれ、蕭統の名を不朽のものとした詩文の総集（アンソロジー）である。先秦から梁代までにわたる八百篇近い詩文を三十七のジャンルに分かって収録する。唐の李善(りぜん)らが注をつけた際に巻数が倍の六十巻となり、現在は六十巻本が通行する。

　『文選』の出現以降、それまでにあった総集は次第に駆逐され、『文選』が現存する中国最古の総集となった。漢魏六朝文学の粋を集めたこの書は、唐以降の中国文学はもとより、わが国の文学にも多大な影響を与え、「文選の理に熟精せよ」（杜甫「宗武生日」詩）、「文選 爛(らん)なれば、秀才（科挙及第）半ばなり」（陸游(りくゆう)『老学庵筆記(ろうがくあんひっき)』巻八）、さらには「文(ふみ)は（白氏）文集(もんじゅ)・文選」（『枕草子』）といった言葉を生んだ。

　蕭統自らの手になる序では、「質」すなわち素朴から「文」すなわち華麗への展開という、一種進化論的な文学観が提示されている。また『文選』の採録基準を示すに際し、儒教経典・歴史書・諸子の書などを除外し、文学の範囲を厳密に規定している点でも、文学史上に大きな意義をもつ。

　『文選』の編纂は、蕭統の晩年、普通七年（五二六）から中大通三年（五三一）までの間になされたと推定される。これは、当時アンソロジーには生存者の作をとらぬのが例であったが、『文選』に採録された詩人のうちでは、陸倕(りくすい)（四七〇～五二六）が最もおそくまで在世したことによる。実際の編集作業には、劉孝綽をはじめ、注四四でふれたような側近の文人たちもかかわったものと考えられる。

　蕭統の業績として、ここに挙げられたもの以外で重要なものに、『陶淵明集』編纂がある。現行の『陶淵明集』は他の諸本との校合を経たものであり、蕭統の旧を存していないが（『四庫全書総目提要』参照）、蕭統の手になる序文と「陶淵明伝」は今も存する。伝は沈約の『宋書』陶潜伝をほぼ踏襲したものであるが、序では「余其の文を愛嗜し、手を釋く能(あた)わず、尚(お)お其の徳を想い、時を同じくせざるを恨む」と、強い愛着の念を述べている。蕭統は『文選』序では「質」から「文」への文学の展開を肯定的に論じ、質朴で率直な陶淵明の作品を多くは採録していない（詩八首と「帰去来辞」のみ）のだが、その一方で陶淵明の集を編んだというのは、興味深い事実である。

　『隋志』では、蕭統の著作として、他に「梁に皇太子講孝經義三巻、天監八年皇太子講孝經義一巻有り、亡ぶ」という。蕭統が天監八年（五〇九）に寿安殿で『孝経』を講じたことは、本伝中に見える。

　『南史』では、このあとに続けて、蕭統の諸子が皇位継承者とならなかったことにふれ、丁貴嬪の墓地をめぐる蕭統と武帝との間のトラブルが、その遠因であったという。史実としての信憑性はともかく、二人の間にあった感情のもつれをうかがわせる。いまその大要を掲げ、参考に供する。

　太子亡きあと、歓(かん)・誉(よ)・詧(さつ)・警(そく)・譼(かん)の五子はみな大郡に封じられ、娘たちは公主（帝の娘）並の待遇となり、蔡妃のためには金華宮が建てられた。帝は嫡系の皇太孫をさしおいて、傍系の綱(こう)（蕭統の弟、のちの簡文帝）を皇位継承者としたので、こうして蕭統の諸子を慰撫したのである。

　以前、丁貴嬪が亡くなった折のこと。太子は既に墓地を取得していたが、商人と結んだ宦官兪三副(ゆさんぷく)が、その土地は縁起が悪いとして、別の土地を帝に売りつけた。葬儀がすむと、ある道士が、この土地はご長男によろしくないと言ってまじものを埋めた。宮監の鮑邈之という者は、同僚の魏雅ほど太子の寵愛を受けなかったのを恨み、帝に「魏雅が太子のためにまじないをした」と密告した。調べさせると果たしてまじものが出てきたので、これを追及しようとした。徐勉が諫めて、結局道士のみを誅したのだが、太子はこの件を終生気に病んだ。こういうわけでその嗣子は皇位継承者になれなかったのである。

当時の俗謡にいう、「鹿子 城門を開く、城門 鹿子開く（「鹿子開」は「来子哭」のもじり、蕭統が亡くなり武帝が哭するさま）、當に開くべきに復た未だ開かず、我が心をして徘徊せしむ（皇位継承者がきまらないさま）、城中の諸少年、歡を逐いて歸去來す（蕭統の長子歓が皇位継承者になれないこと）」。

『南史』はさらに、棟（歓の子）と誉の小伝をも付す。棟は、簡文帝が侯景によって廃されたあと（大宝二年＝五五一）、形ばかりの帝位につけられた。誉は、蕭繹（統・綱の弟。のちの元帝）と対立して殺された（『梁書』巻五五にも）。

また、蕭統の第三子詧は、元帝と対立して北朝に寝返り、梁の滅亡後に北周の傀儡政権後梁の皇帝となった（『周書』巻四八、『北史』巻九三）。

『南史』梁武帝諸子伝論は、次のように蕭統の運命を嘆いている。

甚だしきかな、讒佞の巧たるや。……昭明の親・の賢、梁武帝の愛・の信を以てしても、謗言一たび及べば、死に至るまで自ら明らかにする能わず、況んや此に下る者においてをや。

〔参考文献〕

謝康ほか『昭明太子和他的文選』（学生書局　一九七一年）
興膳宏・川合康三『文選』（鑑賞中国の古典一二　角川書店　一九八八年）
胡徳懐『斉梁文壇与四蕭研究』（南京大学出版社　一九九七年）
謝康「蕭統評伝」（小説月刊七　一九二七年）
周貞亮「梁昭明太子年譜」（武大文史季刊二―一　一九三一年　のち『梁昭明太子蕭統年譜』として台湾商務印書館より出版　一九八一年）
胡宗楙「昭明太子年譜」（夢選楼叢稿所収　一九三二年）
斯波六郎「昭明太子」（吉川幸次郎編『中華六十名家言行録』（青木正児博士還暦記念）所収　弘文堂　一九四八年）
森野繁夫「梁初の文学集団」（中国文学報二一　一九六六年）
穆克宏「蕭統年譜」（南京大学中国語言文学系主編『魏晋南北朝文学論集』（魏晋南北朝文学国際研討会論文集）所収　南京大学出版社　一九九七年）
David R. Kneghtges "Wen Xuan" Vol. I, Princeton University Press, 1982.

（谷口　洋）

蕭子顯（四八七～五三七）

蕭子顯（しょうしけん）は、梁の史学家、詩人。南斉の高祖、蕭道成（しょうどうせい）の孫として生まれ、貴族としての世渡りのうまさを武器に、梁の武帝蕭衍にも取り入り、常に政治権力の中心で活躍した。詩人としてよりは、正史『南斉書』の作者として有名であるが、その内容には公正さを欠く部分があるという指摘もされる。

梁書巻三五　蕭子恪傳附

[一]子顯字景陽、[二]子恪第八弟也。幼聰慧、[三]文獻王異之、愛過諸子。七歲、封寧都縣侯。永元末、[四]以王子例拜給事中。天監初、[五]降爵爲子。累遷安西外兵、仁威記室參軍、司徒主簿、太尉錄事。

子顯偉容貌、身[六]長八尺。好學、工屬文。嘗著[七]鴻序賦、尚書令沈約見而稱曰「可謂得明道之高致、[八]蓋幽通之流也」。又採衆家後漢、考正同異、爲一家之書。又啓撰[九]齊史、書成、表奏之、詔付[一〇]祕閣。累遷太子中舍人、建康令、[一一]邵陵王友、[一二]丹陽尹丞、中書郎、守宗正卿。出爲臨川內史、還除黃門郎。中大通二年、遷長兼侍中。高祖[一三]雅愛子顯才、又嘉其容止吐納、每御筵侍坐、偏顧訪焉。嘗從容謂子顯曰「我造[一四]通史。此書若成、衆史可廢」。子顯對曰「[一五]仲尼讚易道、黜八索、述職方、除九丘。聖製符同、復在茲日」。時以爲名對。三年、以本官領國子博士。高祖所製經義、未列學官、子顯在職、表置助教一人、生十人。又啓撰高祖集、幷普通北伐記。其年遷國子祭酒、又加侍中、於學遞述高祖五經義。五年、選吏部尚書、侍中如故。

子顯 字は景陽、子恪が第八の弟なり。幼くして聰慧、文獻王 之を異として、愛 諸子に過ぐ。七歳にして寧都縣侯に封ぜらる。永元の末に、王子の例を以て給事中に拜せらる。天監の初め、爵を降され子と爲る。累りに安西外兵、仁威記室參軍、司徒主簿、太尉錄事に遷る。

子顯 偉たる容貌にして、身の長八尺。學を好み、工みに文を屬す。嘗て「鴻序の賦」を著すに、尚書令沈約見て稱して曰く「明道の高致を得たりと謂うべし」と。又た衆家の『後漢』を採りて、同異を考正し、一家の書と爲す。又 啓して『齊史』を撰し、書 成り、之を表奏するに、詔 して祕閣に付せらる。累りに太子中舍人、建康令、邵陵王友、丹陽尹丞、中書郎に遷り、宗正卿を守る。出でて臨川内史と爲り、還りて黄門郎に除せらる。中大通二年、長兼侍中に遷る。高祖 雅だ子顯が才を愛し、又た其の容止吐納を嘉し、御筵に侍坐する毎に、偏に焉に顧訪す。嘗て從容として子顯に謂いて曰く「我『通史』を造る。此の書 若し成らば、衆史は廢すべし」と。子顯 對えて曰く「仲尼『易』道を讚して、『八索』を黜け、『職方』を述して、『九丘』を除く。聖製符同すること、復た茲の日に在り」と。時に以て名對と爲す。三年、本官を以て國子博士を領す。高祖の製する所の經義、未だ學官に列せざるに、子顯 職に在りて、表して助教一人、生十人を置く。又た啓して高祖の集、幷びに『普通北伐記』を撰す。其の年 國子祭酒に遷り、又た侍中を加えられ、學に於いて遞に高祖の『五經義』を述す。五年、吏部尚書に選ばる、侍中は故の如し。

子顕は字を景陽といい、子恪の第八弟である。幼いころから聡明で、父の文献王蕭嶷は彼を非凡として、他の子以上に可愛がった。七歳で寧都県侯に封じられ、斉の永元（四九九〜五〇〇）の末に、王子の例によって給事中に任ぜられた。梁の天監（五〇二〜五一九）の初め、爵位を下げられ子爵となり、安西外兵、仁威記室参軍、司徒主簿、太尉録事を歴任した。

子顕は堂々とした容貌で、身の長は八尺。学問を好み、文をつづるのが上手だった。かつて「鴻序の賦」を著したが、尚書令沈約はそれを見て称賛し「道を明らかにする点での高い趣を備えたものと言えよう。思うに班固の『幽通の賦』の系統である」と言った。また、諸家の『後漢書』を採り、異同を考正し、一家をなす書を作った。さらに、上奏して『斉史』執筆を願い、完成後これを上呈したところ、秘閣に入れるよう詔が下った。次々に太子中舎人、建康令、邵陵王友、丹陽尹丞、中書郎の任につき、宗正卿を掌った。都建康を出て臨川内史となり、都に戻ると黄門郎に任じられた。中大通二年（五三〇）、長兼侍中に移った。梁の高祖蕭衍は非常に子顕の才を愛し、またその立居振舞いや物言いを喜び、天子の宴席に彼が侍坐すると、彼のことばかり構った。高祖はかつてさりげなく子顕に、「私は『通史』を作るが、この書がもし完成したならば、他の諸々の歴史書は不用になろう」と言った。子顕は答えて「孔子は『易』の道を称賛し『八索』をしりぞけ、『職方』を述して『九丘』を廃除してしまわれました。今日また御製（の『通史』）がこれと符同することとなります」と言った。当時これは名応答だと言われた。三年（五三一）、もとの官のまま国子博士を兼任した。御製の経義が、まだ国学の講座に立てられていない時、子顕はその職から上表して、助教一人、生十人を置くようにさせた。また、高祖の文集ならびに『普通北伐記』を許可を求めて上奏し執筆した。その年、国子祭酒に移り、さらに侍中を加えられ、国学で順次高祖の『五経義』を講述した。五年（五三三）、侍中の官はそのままで吏部尚書に選ばれた。

一　子顕　生卒年は本伝の記載によれば永明七年（四八九）〜大同三年（五三七）となるが、兄弟子範・子雲との生年と矛盾が生じる。これに関して詹秀恵氏（→参考文献）に考証があり、蕭繹「法寶聯璧序」などに基づき生年を永明五年（四八七）と推定する。伝記資料には他に『南史』巻四二の伝や、張纘「中書令蕭子顕墓誌」（『藝文類聚』巻四八）などがある。蕭子顕の著作については注五四参照。

二 子恪第八弟也　蕭子恪（四七八～五二九）、字は景沖、豫章王蕭嶷の第二子。蕭道成の孫。蕭子恪には十六人の兄弟がいたが、子恪を初め子質（子範の誤りか）・子顕・子雲・子暉等には文学の才があり、子恪は「文史の事、諸弟 之を備う。吾が復た牽率するを煩わさず」と語ったという。『梁書』巻三五、『南史』巻四二。

三 文獻王　蕭嶷（四四四～四九二）。字は宣儼、諡は文献。南斉の太祖蕭道成の第二子。豫章王。『南斉書』巻二二、『南史』巻四二。

四 以王子例拜給事中　斉代の任子制では王の子は給事中に任ぜられた。『南斉書』巻二二豫章王蕭嶷伝に「王侯（の子）の出身の官は定准無し。素姓の三公は長子一人を員外郎と爲す。建武中に（嶷の子の）子操 解褐して給事中と爲る。此より齊の末まで、皆以て例と爲す」とある。

五 降爵爲子　天監元年（五〇二）の四月に蕭衍が即位した際のこと。『梁書』巻二武帝紀中に「天監元年夏四月…齊の世の王侯封爵、悉く皆降省す」、『通鑑』天監元年（五〇二）、同文の胡三省の注に「降は、王公に降り、公侯に降る。省は、其の封國を除くなり」とある。

六 八尺　ここでの八尺は、蕭子顕の長身を表す概数だろう。参考までに呉承洛『中國度量衡史』に従い換算すれば、八尺は一八五・七六センチになる。

七 鴻序賦　逸文。次注「幽通賦」の関連から見て、自らの仕進の様子を記したものか。鴻序は、後世では鴻が列をなして飛ぶさまから、朝官の序列を意味する。『文苑英華』巻二八四、李群玉「唐侍御福建観兄を送る」に「世よ綸言に事え大筆を傳え、官は鴻序を分かち霜臺を厭す」とある。

八 幽通　班固の「幽通賦」のこと（『漢書』叙伝上、『文選』巻一四志上）。自らの進むべき道に対する決意を述べたもの。その祖先の仕進のようすを「皇十紀にして鴻漸、上京に羽儀有り」と記した個所がある（→前注）。

九 齊史　『斉書』は、『梁書』『南史』『隋書』『新唐書』『通志』などの記載によれば、六十巻だが、現行は五十九巻（『旧唐書』『崇文』『郡齋』なども同じ）。これについては『四庫全書總目提要』巻四五に考証があり、本伝の「自序」からは叙伝の存在が想起され、『北史』のように、叙伝の後に表を附したものが加わって元来六十巻であったものが、後代逸して五九巻になったのではないか、と推測する。

南斉のことを記した史書には、建元二年（四八〇）に蕭道成が檀超・江淹らに命じ編纂させた『国史』、沈約の『斉紀』、呉均の『斉春秋』などがあり、蕭子顕も参考にしたはずだが、いずれも逸して伝わらない。以上、清・趙翼『二十二史劄記』巻九「斉書旧本」「斉書缺一巻」も参照。

一〇 祕閣　宮中の書庫。『文選』巻六〇弔文・陸機「魏の武帝を弔う文序」に「機始めて臺郎を以て出でて著作に補せられ、祕閣に遊し、魏武帝の遺令を見る」とある。

一一 邵陵王　当時の邵陵王は蕭綸（五〇七?～五五一）、字は世調。梁の高祖蕭衍の第六子。天監十三年（五一四）七月、邵陵郡王に封ぜられた。『梁書』巻二九参照。

一二 友　「友」は職官名、王公の近臣。東晋・南朝では諸王友や諸王文学官を置いた。『南斉書』巻四三何昌寓伝に「永明元年、竟陵王子良 表して友・學官を置く」とある。

一三 雅　和刻本は「つねに」と読む。その場合「かねてより、平素から」の意味。

一四 通史　本書「梁武帝伝」注一〇四参照。

一五 仲尼讃易道、黜八索…　「尚書序」の「先君孔子…史記を約して

『春秋』を修め、『易』道を讃して以て『八索』を黜け、職方を述べて以て『九丘』を除く」を踏まえる。『春秋』の編集、『易』の注釈ともに孔子によると言われる。『八索』『九丘』はいずれも中国古代の書。『八索』は八卦の道理を論じたもの。『九丘』は九州（中国古代の九地域）のことを論じて記したもの（「尚書序」）。いずれも逸して伝わらない。「職方」は『周礼』夏官の官名。四方の土地を掌る。『周礼』夏官・職方氏に「職方氏天下の圖を掌りて、以て天下の地を掌り…」。また『漢書』巻二八地理志上に「故に『周官』に職方氏有り、天下の地を掌り、九州の國を辯ず」。

一六 高祖所製經義 『梁書』巻三武帝下・中大通四年三月の記述（→注一九）、また『南史』巻四二蕭子顯伝により、具体的には『孝経義』であったことが分かる。高祖蕭衍の経義に関しては、『梁書』巻四〇劉之遴伝に「是の時周易・尙書・禮記・毛詩並びに高祖義疏有り」と、その各種の義疏が記される（『南史』巻五〇も同義）。『隋志』経部には高祖蕭衍の撰として、『周易大義』二十一巻、『周易講疏』三十五巻、『周易繫辭義疏』一巻、『尚書大義』二十巻、『毛詩発題序義』一巻、『毛詩大義』十一巻、『礼記大義』十巻、『中庸講疏』一巻、『孝経義疏』十八巻などが記される。本書「梁武帝伝」参照。

一七 學官 国学（官立学校）という意味と、官学の教官という意味があるが、ここでは前者であろう。清・劉献廷『広陽雑記』巻五には「學舍を學官と曰う」とし、『漢書』巻四八賈誼伝に「學なる者は學ぶ所の官なり」の顔師古注「官は官舍を謂う」を引く。

一八 子顯在職、表置… 『梁書』巻三武帝下に「（中大通）四年（五三二）…三月庚午、侍中・領國子博士蕭子顯上表して制旨孝經の助教一人、生十人を置き、專ら高祖の釋する所の孝經義に通ぜしむ」とあり、五三二年の出来事だったことが分かる。

一九 高祖集 本書「梁武帝伝」参照。

二〇 普通北伐記 逸書。普通年間（五二〇～五二六）に行われた北伐の記録であろう（→注五四）。

二一 選吏部尚書 『梁書』巻三武帝下、中大通五年の項によれば「冬十月庚申」のこと。

* * *

子顯性凝簡、頗負其才氣。及掌選[二二]、見九流賓客、不與交言、但擧扇一撝而已。衣冠竊恨之[二三]。然太宗素重其爲人[二四]。在東宮時、每引與促宴。子顯嘗起更衣[二五]、太宗謂坐客曰「嘗聞異人閒出[二六]。今日始知是蕭尙書」。其見重如此。大同三年、出爲仁威將軍・吳興太守、至郡未幾、卒[二七]。時年四十九。詔曰「仁威將軍・吳興太守子顯、神韻峻擧[二八]、宗中佳器。分竹未久[二九]、奄到喪殞[三〇]、惻愴于懷[三一]。可贈侍中・中書令。今便擧哀」。及葬請諡、手詔[三二]「恃才傲物、宜諡曰驕」。

子顯 性凝簡にして、頗る其の才氣を負む。選を掌るに及びて、九流賓客に見ゆるに、與に言を交さず、但だ扇を擧げて一撝りするのみ。衣冠 竊かに之を恨む。然るに 太宗 素より其の人と爲りを重んず。東宮に在りし時、毎に引きて與に宴を促す。子顯 嘗て起ちて衣を更うるに、太宗 坐客に謂いて曰く「嘗て聞く異人閒ま出づと。今日始めて知る是れ蕭 尚書なることを」と。其の重んぜらるること此の如し。大同三年、出でて仁威將軍・吳興太守と爲り、郡に至りて未だ幾ならずして 卒す。時に年四十九。詔 して曰く「仁威將軍・吳興太守子顯、神韻峻擧、宗中の佳器なり。竹を分けて未だ久しからず、奄ち 喪殞に到り、懷に 惻愴す。侍中・中書令を贈るべし。今便ち哀を擧ぐ」。葬に及びて謚を請うに、手づから詔して「才を恃みて物に傲る、宜しく謚して驕と曰うべし」と。

子顕は傲慢な性格で、とてもその才気を鼻にかけていた。吏部尚書となった際には、身分や地位の異なる様々な客人に会っても、言葉を交わさず、ただ扇を挙げて一揮りするだけだった。士大夫は内心彼のことを恨んだ。だが太宗簡文帝蕭綱は平素より彼の人となりを重んじた。簡文帝は皇太子であった時、いつも彼に宴会で近侍させた。子顕がかつて着替えに立つと、簡文帝は座の客人に「卓越した人物は間々出現すると聞いていたが、今日それが蕭 尚書のことだと初めて分かった」と言った。彼はこのように重んじられた。大同三年（五三七）、都建康を出て仁威将軍・呉興太守となり、郡に着いてまもなくして亡くなった。時に年四十九。次のように詔が下った。「仁威将軍・呉興太守子顕は、気品高尚、皇族中の逸材であった。太守となって程なき内に、にわかにみまかり、胸中痛ましく思う。侍中・中書令を贈るがよかろう。今は悲しみの声をあげて弔う」。葬儀となり、謚を請うと、「彼は才能を矜恃し人に傲った。驕と謚するのがよかろう」と皇帝直筆の詔が下った。

二二 掌選　吏部尚書が上級官吏を掌るのを大選、僕射など上級者が掌るのを領選・掌選という（宮崎市定『九品官人法の研究』第二編第三章）ように、具体的に人事を掌握することを示す場合もあるが、この場合は選部を掌握する、すなわち吏部尚書となったことを指すのだろう。選部とは吏部の漢代時の呼称。

二三 衣冠　士大夫のこと。『漢書』巻六〇杜周伝附杜欽伝「茂陵の杜鄴欽と姓字を同じくし、倶（とも）に材能を以て京師に稱さる。故に衣冠欽を謂いて『盲杜子夏』と爲し、以て相い別（わ）く」の顔師古注に「衣冠は士大夫を謂うなり」とある。

二四 太宗　太祖に次いで功徳のあった皇帝、大体は二代目。ここでは、梁簡文帝蕭綱（しょうこう）（五〇三～五五一。在位五四九～五五一）。本書「梁簡文帝伝」参照。

二五 更衣　更衣は、賓客が衣をかえること、また婉曲的に便所に行くことをも指す。『漢書』巻五二灌夫伝「坐乃ち起ちて衣を更う」の顔師古注に「更は改むなり。凡そ久しく坐す者は皆起ちて衣を更う、其の寒暖を以て或いは變ずるなり」とあり、漢・王充『論衡』巻二三「四諱」に「夫れ更衣の室は臭と謂うべし」とある。

二六 嘗聞異人開出　『宋書』巻五一宗室、劉義慶の上表にも「異人閒出」の語が見える。

二七 卒　以上に記載のない蕭子顯の官歴に太子洗馬がある。『玉臺新詠』巻六呉均「蕭洗馬子顯の古意に和す六首」。

二八 神韻峻擧　神韻は人の気品、精彩のあること。峻擧は気高いこと。

二九 分竹　郡守（太守）赴任の際、分け与える割符。『漢書』巻四文帝紀に「（文帝二年）九月、初めて郡國守相に與えて銅虎符・竹使符を爲す」、顔師古の注に「郡守に與えて符を爲すとは、各々其の半を分け、右は京師に留め、左は以て之に與う」とある。

三〇 喪殞　「喪」も「殞」も死ぬこと。

三一 惻愴　「惻」も「愴」も悲しみいたむこと。

三二 手詔　皇帝自ら書した詔書。『後漢書』巻五八蓋勳伝に「動外に在りと雖も、軍國密事の毎に、帝常に手詔して之に問う」とある。

＊　　＊　　＊

子顯嘗爲自序、其略云「[三三]余爲邵陵王友、忝還京師。遠思前比、[三四]卽楚之唐・宋、[三五]梁之嚴・鄒。追尋平生、頗好辭藻、雖在名無成、求心已足。若乃[三六]登高目極、臨水送歸、風動春朝、月明秋夜、早雁初鸎、開花落葉、有來斯應、每不能已也。前世[三七]賈・[三八]傅・[三九]崔・[四〇]馬・[四一]邯鄲・[四二]繆・[四三]路之徒、並以文章顯。所以屢上歌頌、自比古人。[四四]天監十六年、始[四五]預九日朝宴。[四六]稠人廣坐、獨受旨云『今[四七]雲物甚美。卿得不[四八]斐然賦詩』。詩既成、又降帝旨曰『可謂才子』。余退謂人曰『一[四九]顧之恩、非望而至。[五〇]遂方賈誼、何如哉。未易當也』。每有製作、特寡思功。[五一]須其自來、不以力構。少來所爲詩賦、則鴻序一作、體兼[五二]衆製、文備多方、頗爲好事所傳、故[五三]虛聲易遠」。

子顯所著後漢書一百卷、齊書六十卷、普通北伐記五卷、貴儉傳三十卷、文集二十卷。二子、序・愷、並少知名。

子顯嘗て自序を爲り、其の略に云えらく「余邵陵王友と爲り、京師に還ることを忝くす。遠く前比を思えば、卽ち楚の唐・宋、梁の嚴・鄒なり。追って平生を尋ぬるに、頗る辭藻を好み、名に在りては成す無しと雖も、心に求むれば已に足れり。若し乃ち高きに登りて目極め、水に臨みて歸を送り、風春の朝に動き、月秋の夜に明かなり、早雁初鶯、開花落葉、來たる有れば斯ち應じ、每に已むこと能わざるなり。前世賈・傅・崔・馬・邯鄲・繆・路が徒、並びに文章を以て顯る。所以に屢しば歌頌を上り、自ら古人に比す。天監十六年、始めて九日の朝宴に預かる。稠人廣坐に、獨り旨を受け云えらく『今雲物甚だ美し。卿斐然として詩を賦さざることを得んや』と。詩既に成り、又帝旨を降して曰く『才子なりと謂うべし』と。余退きて人に謂いて曰く『一顧の恩、望に非ずして至る。遂に賈誼に方べらるるは、何如ぞや。未だ當たり易からざるなり』。製作有る每に、特に思功寡し。其の自來を須ちて、力を以て構えず。少來爲る所の詩賦には、則ち『鴻序』の一作、體衆製を兼ね、文多方を備え、頗る好事の傳うる所と爲る、故に虛聲遠なり易し」と。

子顯が著す所、『後漢書』一百卷、『齊書』六十卷、『普通北伐記』五卷、『貴儉傳』三十卷、文集二十卷。二子、序・愷、並びに少くして名を知らる。

子顯はかつて自序を作ったが、おおむね以下のように言う。「私は邵陵王の友であったが、都に還ることを忝くした。遠く前例を考えると、即ち楚の唐勒・宋玉、梁の厳忌・鄒陽のようなもの（つまり文辞ばかり得意で、きちんと邵陵王蕭綸を諫めることができなかった）。平生を振り返ってみると、非常に文辞を好み、名は成すことが出来なかったけれども、心の中ではもう十分満足している。さては、高きに登り目を極め、水に臨み帰人を送る。風は春の朝に動き、月は秋の夜に明るく、早雁初鶯、開花落葉、来るものが有ればすなわち応じ、つねにやむことがない。前代の賈誼・傅毅・崔駰・馬融・邯鄲淳・繆襲・路粋といった者達は、なべて文章によって世に顕れた。ゆえに私はしばしば歌頌を上り、自ら古人に比したのである。天監十六年（五一七）、始めて重陽節の朝廷の宴会に参加した。多くの人が座をなす中、私ひとりが次のように聖旨を受けた。『今日は素晴らしい景色だ。君にあでやかに詩を作ってもらいたい』。詩が完成すると、また『彼は才子だ』と帝旨が降った。私は退座して人に次のように言った。『知遇の恩は、予期せずして至った。かくて賈誼に比べられてしまったが、どうであるか。もったいないことだ』。作品を作る時はいつも、思索の苦労は非常に少ない。自然とわき上がってくるのを待つのであって、努力して作ることはない。先に作った詩賦には、『鴻序』の一作があるが、その文体・文辞は様々な形式・方式を兼ね備えたもので、愛好者によってかなり伝えられた。だから虚名が容易に広まったのだ」と。

子顕の著には、『後漢書』一百巻、『斉書』六十巻、『普通北伐記』五巻、『貴倹伝』三十巻、文集二十巻がある。二子、序・愷は、ともに若くして名を知られた。

三三　余爲邵陵王友、忝還京師　邵陵王の友として、邵陵王を諫めきれなかったことより「忝」という。邵陵王蕭綸は、放逸な性格で、普通五年（五二四）南徐州（『梁書』は南兗州に作る）に赴任した際、恣に非法を行い、六年（五二五）十二月免官され、爵土を削られている。さらに、中大通四年（五三二）二月、商人から物をくすね、それを奏上した何智通を戴子高という者に殺させた。この一件で、蕭綸は庶人におとされた。『南史』巻五三、『梁書』巻二九。

三四　楚之唐・宋　戦国楚の唐勒・宋玉のこと。ともに辞を好み、賦の作で名声があったが、屈原の従容たる辞令をまねるばかりで、終に敢えて直諫することがなく、その後、楚の国は日一日と領土を削られ、数十年でついに秦に滅ぼされた。宋玉は「九弁」「招魂」などで有名。『史記』巻八四屈原伝。

三五 梁之嚴・鄒　漢の厳忌と鄒陽。厳忌は呉の人。鄒陽は斉の人。彼らは枚乗とともに、呉に仕えたが、呉王濞（ひ）の邪謀を諫めて聞き入れられず、みな去って梁に行き、孝王に従った。鄒陽は、梁王が羊勝や公孫詭と陰謀をはかった際、諫争したが、厳忌・枚乗はあえて諫めようとはしなかった。その結果鄒陽は、羊勝らに讒言され、獄に下されたが、上書して弁明、出されて上客となった。『史記』巻八三魯仲連鄒陽列伝、『漢書』巻五一賈鄒枚路伝。

三六 登高目極、臨水送歸　『文選』巻三三騒下・宋玉「九弁」に「山に登り水に臨み将に歸らんとするを送る」とあるのを踏まえる。『文選』巻一三物色・潘岳「秋興の賦」にも同様の句がある。

三七 賈　前漢の賈誼のこと。賈誼は雒陽の人。若くして文章で名高く、文帝により二十余歳で博士に、また異例の抜擢で一年の内に太中大夫となった。後、皇帝群臣に疎まれ左遷、長沙王の太傅、梁の懐王の大夫となった。作品に「鵩鳥賦」「過秦論」「屈原を弔う文」（それぞれ『文選』巻一三鳥獣上・巻五一論一・巻六〇弔文）など。『史記』巻八四。『漢書』巻四八。「賈」はまた『春秋左氏解詁』などで有名な後漢の賈逵（三〇～一〇一。字、景伯。『後漢書』巻三六）のこととも考えられ、後注の傅毅・崔駰などとの関連性から見ると、賈逵を指す可能性もあるが、後文に「遂方賈誼」とあり、また賈逵は詩賦よりも経学の方面で名高い人であるから、暫く賈誼とする。

三八 傅　後漢の傅毅のこと。傅毅は茂陵の人。字は武仲。若くして博学。明帝が賢者を求めるのに熱心でなく、士の隠処する者が多いため、七激を作ってこれを諷した。建初中、蘭台の令史となり郎中を拝し、班固、賈逵とともに校書を典り、永元の初、竇憲に請われて主記室となり、憲が大将軍になるに及び司馬を拝した。『後漢書』巻八〇上。『文選』巻一七音楽上に「舞賦」がある。また晋の傅玄（二一七～二七八。字、休奕。『晋書』巻四七。『文選』巻二九雑詩上に「雑詩」がある。本書「傅玄伝」参照）とも考えられるが、傅毅であれば次注崔駰とも関係が深く、傅毅ととるのが妥当だろう。

三九 崔　後漢の崔駰（さいいん）のこと。安平の人。字は亭伯。年十三にして詩・易・春秋に通じ、わかくして太学に遊び、班固・傅毅と名を斉しくした。学問に打ち込み、仕進を顧みず、時人の謗りに対し揚雄の解嘲に擬して「達旨」を作った。詩賦頌など二十一篇があったとされる。『後漢書』巻五二。

四〇 馬　後漢の馬融（七九～一六六）のこと。字は季長、扶風茂陵の人。官は桓帝の時南郡太守となった。広く経学に通じ、盧植・鄭玄をはじめ常に千人以上の門人を教えた。著に『春秋三伝異同説』、また『孝経』『論語』『詩』『易』『三礼』『尚書』などに注釈した。『後漢書』巻六〇上。『文選』巻一八音楽下に「長笛賦」がとられる。「馬」は前漢の司馬相如を指すのが普通であるが、人物の列挙が後漢、三国魏に集まっていることから、暫く馬融とする。

四一 邯鄲　三国魏の邯鄲淳のこと。潁川の人。一名は竺。字は子叔。「投壺の賦」（『藝文類聚』巻七四）千余言を作って文帝に奏し、帛千匹を授かる。官は黄初初年に、博士給事中となった。『三国志』魏書巻二一王粲伝注引魏略。

四二 繆　三国魏の繆襲（一八六～二四五）のこと。『三国志』魏書巻二一。『文選』巻二八挽歌「挽歌」によって知られ、他に賦の断片も残る。本書「繆襲伝」参照。

四三 路　後漢の路粋（?～二一四）のこと。陳留の人。字は文蔚。わかくして蔡邕に学ぶ。建安の初、尚書郎を拝せられ、後、軍謀祭酒となり、記室を典った。曹操の命を受けて孔融弾劾の奏文を作り、融が誅せられると、人々は誰もがその筆を畏れ、彼の才を称賛した。

秘書令に転じ、のち誅せられた。『三国志』巻二一王粲伝注引典略。

四四 天監十六年 『南史』は「天監六年」に作るが、蕭綸（しょうりん）が邵陵王に封ぜられたのは、天監十三年（五一四）七月であるから、「天監十六年」に作るべきである。

四五 九日朝宴 九日は旧暦九月九日の重陽節のこと。『藝文類聚』巻四「九月九日」項に引く『続斉諧記』に「今 世人九日に至る毎に、登山して菊酒を飲む」とある。

四六 稠人廣坐 「稠」は多いこと。多くの人が広く座をなすこと。

四七 雲物 雲物とは普通、吉凶や天候を占う雲の色や形をいうが、ここでは景色、景物を指す。劉勰『文心雕龍』巻八比興に「山川を圖狀し、雲物を影寫す」とある。

四八 斐然 あやがあり美しいさま。

四九 一顧之恩 一顧とは、馬の目利き伯楽が一顧すると、馬の値が十倍になったという『戦国策』巻九上燕策上の故事に基づき、人に取り立てられて称揚を受けたり、知遇を得ることを言う。

五〇 遂方賈誼 「可謂才子」を承けて言う。潘岳「西征賦」（『文選』巻一〇紀行下）に「賈生は洛陽の才子」とある。賈誼は最年少の博士となった時、詔令について皇帝から諮問があるたびに、老先生たちが返答する前に尽く答えた。それが皆の心に思うものと同じだったので、諸生は賈誼を有能と認め、賈誼は文帝に悦ばれた（↓注三七）。

五一 須其自來、不以力構 蕭子顕は『南斉書』巻五二文学伝論にも「文を屬するの道、事 神思より出づ」「思に應じ悱來す、先に構聚する勿れ」というように、優れた文章は彫琢によらず、自然とわき上がるものだという「神思」を重視する文学観を主張する。

五二 衆製 様々な形式の作品。『詩品』中品・沈約に「休文の衆製を観るに五言最も優る」とある。

五三 虚聲 実体の伴わない名声。虚名。

五四 子顯所著… 『斉書』（↓注九）を除いて、ここに記される『後漢書』『普通北伐記』『貴倹伝』『文集』は伝わらない。蕭子顕の著作は、『隋志』経部に、『孝経敬愛義』一巻、『孝経義疏』一巻（亡）、史部に、『晋史草』三十巻（後、清・湯球『晋史輯本』などに輯本として収録）、『斉書』六十巻、『後漢書』一百巻（亡）が著録される。現存する蕭子顕の作品は、詩二十四首（作者に異説有るものを含む）。『全梁詩』巻一五・二五・二七。『古詩紀』巻八五。文に「御講摩訶般若経序」（『広弘明集』巻一九所収）と本伝「自序」が『全梁文』巻二三に収められる。

〔参考文献〕

詹秀恵『蕭子顯及其文學批評』（文史哲出版社 一九九四年）
鄧仕樑「蕭子顯的文論」（香港中文大学中国文化研究所学報一八期 一九八七年）

（田口一郎）

劉孝綽（四八一～五三九）

劉孝綽は、幼少より神童の誉れ高く、沈約・范雲・任昉らに愛された。昭明太子にはことに高くその文才を評価され、『文選』の編纂に深く関与し、何遜とともに「何劉」と称された。その作品は当時重んじられ、朝に完成した詩篇は夜には広く伝写されたと史書は伝えるが、早くにその評価は下落した。才をたのみ言動を慎まない人柄ゆえ、幾度も官を免じられ、位は秘書監に止まった。

梁書巻三三　劉孝綽傳

[一]劉孝綽、字孝綽、彭城人、本名冉。[二]祖勔、宋司空忠昭公。父繪、齊大司馬霸府從事中郎。

孝綽幼聰敏、七歳能屬文。舅齊中書郎[三]王融深賞異之、常與同載適親友、號曰神童。融每言曰「天下文章、若無我當歸阿士」。阿士孝綽小字也。繪、齊世掌詔誥。孝綽年未[四]志學、繪常使代草之。父黨[五]沈約・[六]任昉・[七]范雲等聞其名、並命駕先造焉、昉尤相賞好。范雲年長繪十餘歳、其子孝才與孝綽年並十四五、及雲遇孝綽、便申伯季、乃命孝才拜之。天監初、起家著作佐郎、爲[八]歸沐詩以贈任昉、[九]昉報章曰「彼美洛陽子、投我懷秋作。[一〇]詎慰耋嗟人、徒深老夫託。直史兼褒貶、轄司專疾惡。[一一]九折[一二]多美疹、[一三]匪報庶良藥。子其[一四]崇鋒穎、春耕勵秋穫」。

其爲名流所重如此。

遷太子舍人、俄以本官兼尚書水部郞、奉啓陳謝。手敕答曰「[一五]美錦未可便製、簿[一六]領亦宜稍習」。頃之卽眞。高祖雅好蟲篆[一七]、時因宴幸、命沈約、任昉等言志賦詩、孝綽亦見引。嘗侍宴、於坐爲詩七首、高祖覽其文、篇篇嗟賞、由是朝野改觀焉。

尋有敕知青・北徐・南徐三州事、出爲平[一八]南安成王記室、隨府之鎭。尋補太子洗馬、遷尙書金部郞、復爲太子洗馬、掌東宮管記。出爲上虞令、還除祕書丞。高祖謂舍人周捨[一九]曰「第[二〇]一官當用第一人」。故以孝綽居此職。公事免。尋復除祕書丞、出爲鎭南安成王諮議、入以事免。起爲安西記室、累遷安西驃騎諮議參軍、敕權知司徒右長史事、遷太府卿・太子僕、復掌東宮管記。時昭[二一]明太子好士愛文、孝綽與陳[二二]郡殷芸・吳[二三]郡陸倕・琅[二四]邪王筠[二五]・彭城到洽等、同見賓禮。太子起樂[二六]賢堂、乃使畫工先圖孝綽焉。太子文章繁富、羣才咸欲撰錄、[二七]太子獨使孝綽集而序之。遷員外散騎常侍、兼廷尉卿、頃之卽眞。

初、孝綽與[二八]到洽友善、同遊東宮。孝綽自以才優於洽、每於宴坐、嗤鄙其文、洽銜之。及孝綽爲廷尉卿、攜妾入官府、其母猶停私宅。洽尋爲御史中丞、遣令史案其事、遂劾奏之、云「[二九]攜少妹於華省、棄老母於下宅」。高祖爲隱其惡、改「妹」爲「姝」。坐免官。孝綽諸弟、時隨藩皆在荊・雍、乃與書論共洽不平者十事、其辭皆鄙[三〇]到氏。又寫別本封呈東宮、昭明太子命焚之、不開視也。

時世祖出爲荊州、至鎭[三一]與孝綽書曰…（略）、孝綽答曰…（略）。

孝綽免職後、高祖數使僕射徐[三二]勉宣旨慰撫之、每朝宴常引與焉。及高祖爲籍[三三]田詩、又使勉先示孝綽。時奉詔作者數十人、高祖以孝綽尤工、卽日有敕、起爲西中郞湘東王[三四]諮議。啓[三五]謝曰…（略）、又啓謝東宮曰…（略）。

後爲太子僕、母憂去職。服闋、除安西湘東王諮議參軍、遷黃門侍郞、尙書吏部郞、[三六]坐受人絹一束、爲餉者所訟、左遷信威臨[三七]賀王長史。頃之、遷祕書監。大同五年、卒[三八]官、時年五十九。

孝綽少有盛名、而仗氣負才、多所陵[三九]忽、有不合意、極言詆訾。領軍臧[四〇]盾、太府卿沈[四一]僧杲等、並被時遇、孝綽尤輕之。每於朝[四二]集會同、處公卿閒無所與語、反呼騶卒訪道途閒事、由此多忤[四三]於物。

[四四]孝綽辭藻爲後進所宗、世重其文、每作一篇、朝成暮遍、好事者咸諷誦傳寫、流聞絶域。文集數十萬言、行於世。

[四五]孝綽兄弟及羣從諸子姪、當時有七十人、並能屬文、近古未之有也。其三妹適琅邪王叔[四六]英、吳郡張嵊[四七]、東海[四八]徐悱、並有才學。悱妻文尤淸拔。悱、僕射徐勉子、爲晉安郡、卒、喪還京師、妻爲祭文、辭甚悽愴。勉本欲爲哀文、既覩此文、於是閣筆。

[一]劉孝綽、字は孝綽、彭城の人、本の名は冉。[二]祖の勔は、宋の司空忠昭公。父の繪は、齊の大司馬霸府從事中郎。

孝綽幼くして聰敏、七歳にして能く文を屬す。舅の齊の中書郎王融[三]深く之を賞異し、常に與同に載して親友に適き、號して神童と曰う。融 每に言いて曰く「天下の文章、若し我無くんば當に阿士に歸すべし」と。阿士は孝綽の小字なり。繪 齊の世に詔誥を掌る。孝綽 年未だ志學[四]ならざるに、繪 常に代りて之を草せしむ。父の黨 沈約[五]・任昉[六]・范雲[七]等 其の名を聞きて、並びに駕を命じて先んじて焉に造る。昉尤も相い賞好す。范雲 年 繪に長ずること十餘歲、其の子孝才、孝綽と年並びに十四五なれども、雲の孝綽に遇うに及びて、便ち伯季を申べ、乃ち孝才に命じて之を拜せしむ。天監の初め、著作佐郎より起家し、歸沐詩を爲りて以て任昉に贈る。昉の報章[九]に曰く「彼の美き洛陽の子、我に懷秋の作を投ず。詎ぞ[一〇]耋嗟の人を慰めん、徒らに老夫が託を深くす。直史は褒貶を兼ね、轄司は惡を疾むを專らにす。

[11]九折にも[12]美疹多く、[13]匪報なれども良藥に庶し。子 其れ[14]鋒穎を崇び、春耕して秋穫に勵め」と。其の名流の重んずる所と爲ること此くの如し。

太子舍人に遷り、俄に本官を以て尚書水部郎を兼ね、啓を奉じて謝を陳ぶ。手づから敕し答えて曰く「[15]美錦 未だ便ち製すべからず、[16]簿領も亦た宜しく稍や習うべし」と。頃之ありて眞に卽く。高祖 雅だ[17]蟲篆を好み、時に宴幸に因りて、沈約、任昉等に命じて志を言い詩を賦せしめ、孝綽も亦た引せらる。嘗て宴に侍し、坐に於て詩七首を爲り、高祖 其の文を覽て、篇篇嗟賞す。是れに由りて朝野 觀を改む。

尋いで敕有りて青・北徐・南徐三州事を知し、出でて[18]平南安成王記室と爲り、府に隨いて鎭に之く。尋いで太子洗馬に補され、尙書金部郎に遷り、復た太子洗馬と爲りて、東宮の管記を掌る。出でて上虞令と爲り、還りて祕書丞に除せらる。高祖 舍人[19]周捨に謂いて曰く「[20]第一の官には當に第一の人を用うべし」と。故に孝綽を以て此の職に居らしむ。公事もて免ぜらる。尋いで復た祕書丞に除せられ、出でて鎭南安成王諮議と爲り、入りて事を以て免ぜらる。起ちて安西記室と爲り、累ねて安西驃騎諮議參軍に遷り、敕ありて權に司徒右長史事を知し、太府卿・太子僕に遷り、復た東宮の管記を掌る。時に[21]昭明太子 士を好み文を愛し、孝綽は[22]陳郡の殷芸・[23]吳郡の陸倕・[24]琅邪の王筠・[25]彭城の到洽等と、同に賓禮せらる。太子 [26]樂賢堂を起つるに、乃ち畫工をして先ず孝綽を圖かしむ。太子の文章繁富たりて、羣才咸な撰錄せんと欲するも、[27]太子獨り孝綽をして集めて之を序せしむ。員外散騎常侍に遷り、廷尉卿を兼ね、頃之ありて眞に卽く。

初め、孝綽 [28]到洽と友善し、同に東宮に遊ぶ。孝綽 自ら才の洽より優ると以い、毎に宴坐において其の文を嗤鄙い、洽 之を銜む。孝綽 廷尉卿と爲るに及びて、妾を携えて官府に入り、其の母は猶お私宅に停む。洽 尋いで御史中丞と爲るや、令史を遣わして其の事を案として、遂に之を劾奏して云く「[29]少姝を華省に携え、老母を下宅に棄つ」と。高祖 其の惡を隱さんが爲に、「姝」を改めて「妹」と爲す。坐して官を免ぜらる。孝綽の諸弟、時に藩に隨いて皆な荆・

雍に在り、乃ち書を與えて洽の不平なる者十事を共せ論じ、其の辭 皆な到氏[三〇]を鄙しむ。又た別本を寫して封じて東宮に呈するも、昭明太子 命じて之を焚き、開視せざるなり。

時に世祖 出でて荊州と爲り、鎭に至りて孝綽に書を與えて曰く[三一]…（略）、孝綽 答えて曰く…（略）。

孝綽 職を免ぜられて後、高祖 數しば僕射徐勉[三二]をして宣旨して之を慰撫せしめ、朝宴する每に常に引きて焉に與らしむ。高祖 [三三]籍田詩を爲るに及び、又た勉をして先ず孝綽に示さしむ。時に詔を奉じて作る者數十人、高祖 孝綽尤も工なりと以い、卽日敕有りて、起ちて西中郎湘東王諮議[三四]と爲す。啓謝して曰く[三五]…（略）。又た東宮に啓謝して曰く…（略）。

後に太子僕と爲りて、母の憂に職を去る。服闋けて、安西湘東王諮議參軍に除せられ、黃門侍郎、尙書吏部郎に遷るも、[三六]人に絹一束を受け、餉る者の訟する所と爲るに坐して、信威將軍臨[三七]賀王の長史に左遷せらる。頃之ありて、祕書監に遷る。大同五年、官[三八]に卒す、時に年五十九。

孝綽 少くして盛名有るも、氣に仗みて才を負い、[三九]陵忽する所多し、意に合わざること有らば、言を極めて詆訾す。領軍 [四〇]臧盾、太府卿 [四一]沈僧杲等、並びに時に遇せらるるも、孝綽 尤も之を輕んず。每に [四二]朝集會同において、公卿の閒に處るも、與に語る所無く、反て騶卒を呼びて道途の閒事を訪ぬ。此に由りて物[四三]に忤くこと多し。

[四四]孝綽の辭藻 後進の宗とする所と爲り、世 其の文を重んず。一篇を作る每に、朝に成れば暮に遍し。好事の者 咸な諷誦傳寫し、絕域に流聞す。文集數十萬言、世に行わる。

[四五]孝綽の兄弟及び羣從諸子姪、當時七十人有りて、並びに能く文を屬し、近古 未だ之れ有らざるなり。其の三妹 琅邪の[四六]王叔英、吳郡の[四七]張嵊、東海の[四八]徐悱に適ぎ、並びに才學有り。悱の妻 文 尤も淸拔なり。悱は、僕射徐勉の子にして、晉安郡爲りしとき、卒し、京師に喪還さる。妻 祭文を爲り、辭 甚だ悽愴たり。勉 本と哀文を爲らんと欲すれども、既に此の文を覩れば、是において筆を閣く。

劉孝綽　字は孝綽、彭城（江蘇省）の人で本の名は冉といった。祖父の勔は、宋の司空忠昭公で、父の絵は、斉の大司馬覇府従事中郎であった。

孝綽は、幼いころから聡明で、七歳で詩文を作ることができた。おじである斉の中書郎王融は、感心して高く評価し、いつも彼を車に同乗させて友人たちの所に出かけ、この子は神童だよ、と誉めていた。融はいつも「天下の文章は、私がいなくなれば、この阿士が担うことになるだろう」と言っていた。阿士というのは孝綽の幼名である。父の絵は斉の時代、詔誥の起草に携わっていた。孝綽がまだ志学の歳にならないうちから、絵は代わりに起草させていた。父の仲間である沈約・任昉・范雲らは、孝綽の評判を聞きつけて、早速車を仕立ててわれ先にと会いにやってきたものである。なかでも昉が特に孝綽をかわいがっていた。范雲は絵よりも十歳余り年長で、その子息の孝才は孝綽とともに十四、五歳であったが、雲は孝綽に会うと、すぐに上下の分をはっきりと定め、孝才に孝綽を年長者として敬うように命じた。天監年間の初め、著作佐郎として初出仕するが、（暇を願う）「帰沐詩」を作って任昉に贈ると、昉は詩を返して言った。「かの素晴らしい洛陽の若者が、私に秋を思い願う作を贈られた。しかし、どうしてこの老いぼれを慰められよう、ただ老人の期待を深くするだけ。そもそも直史は褒貶をともに記し、轄司（転司）は専ら悪を弾ずるもの。苦節の人生に甘言は多く、永遠の友情こそ口に苦い良薬なのです。あなたはその抜群の才能を磨き、今は苦しくとも勉励して大きな収穫を目指されるよう」。彼はこれほど一流の人士に重んじられたのである。

太子舎人に遷り、すぐにその官のまま尚書水部郎を兼任することとなったので、啓を報じて謝絶しようとすると、上自らそれに答えて、「美しい錦もすぐにできあがるものではない。公文書も暫くは習うべきものだ」とおっしゃった。暫くして本官となった。高祖は美文を偏愛していた。宴席に際して、沈約・任昉らに詩を賦して思いを述べるように命じられ、孝綽もまた呼び出された。宴に陪席すると、その場で詩七首を作り、高祖はそれをご覧になると、一篇一篇たいそう感心され、そのために世間の見る目が変わった。

ついで青州（江蘇省）・北徐州（山東省）・南徐州（江蘇省）の知州となるよう勅命が下り、平南安成王の記室として赴任し、府に従って鎮に赴いた。その後、太子洗馬に補され、尚書金部郎に遷ったが、再度太子洗馬に任じられて、東宮管記を掌るようになった。上虞令として赴任し、都に戻って祕書丞に任命された。高祖が舎人周捨に、「第一官には第一人者を登用するように」と命じられたので、孝綽がその官職につくこととなったが、公の事で免官になった。その後、再度秘書丞に任命され、鎮南安成王諮議として赴任し、朝に入ったのであるが、わけ有って免官になった。安西記室として復帰し、かさねて安西驃騎諮議参軍・勅権知司右長史事に遷り、太府卿・太子僕に遷り、再度東宮管記を掌った。時に昭明太子は文士たちと詩文を作るのを好んでいたので、孝綽は陳郡の殷芸・呉郡の陸倕・琅邪の王筠・彭城の到洽らとともに文客として厚遇されていた。太子は楽賢堂を再建するに当たり、画工にまず孝綽の画像を描かせたほどである。太子の文章が大変多くなったので、みなそれを撰録したがったが、太子は孝綽一人にその選定をまかせ、序を書かせた。員外散騎常侍に遷り、廷卿を兼任し、しばらくして本官となった。

その昔、孝綽は到洽と仲がよく、一緒に東宮に出入りしていた。孝綽は自分の才能が洽より優れていると考えて、宴席に会するたびに、洽の文をばかにしたので、洽はそれを恨みに思っていた。孝綽は廷尉卿となると、妾を連れて官府に入ったが、自分の母は私邸に置いたままであった。洽がやがて御史中丞となると、下役人にそれを調査させ、「美女（少妹）を華省にともない、老母を私宅に捨て置いた」とその罪を奏上したところ、高祖はその醜聞をはばかって、「妹」という字を「姝」に改め、免官処分とされた。孝綽の弟たちは、その時王（晋安王蕭綱）に随って、みな荊州と雍州にいたのだが、手紙を書いて洽の公正でないこと十事をあわせて論難したが、それらのことばはみな到氏をいやしむものであった。また別に東宮にも写しを親書で送ったが、昭明太子はそれを焼くよう命じられ、中を見ようとされなかった。

時に世祖（蕭繹）は荊州刺史として外任に出ており、鎮に至って孝綽に書を送っていうに…（略）、孝綽は答えていった…（略）。

孝綽が免官になると、高祖はしばしば僕射徐勉を遣わして慰められ、宴席のたびに呼び寄せて陪席させた。高祖が「籍田詩」を作ると、勉に命じてまず孝綽に見せられた。時に奉詔作者は数十人いたが、高祖は孝綽がもっともうまいと考え、その日敕を発し、孝綽を西中郎湘東王諮議として復権させた。固辞して言うには…（略）。また東宮にも固辞して言うには…（略）。後に太子僕となったが、母の喪のために職を離れ、服喪期間が開けると、安西湘東王諮議参軍に除され、黄門侍郎・尚書吏部郎に遷ったが、人から絹一束を受領し、贈与した者に訴えられたので、信威臨賀王長史に左遷された。暫くして秘書監に遷った。大同五年、在職のままなくなった。時に五十九歳であった。

孝綽は若いころから名声があり、才気をたのんで傲った態度をとることが多く、意に沿わないことがあれば、ことばを極めて人を誹った。領軍の臧盾、太府卿の沈僧杲らは、ともに時に権勢を振るっていたのだが、孝綽はとりわけ彼らを軽んじていた。朝廷での会合のたびに、公卿たちとはことばを交わそうとしないくせに、馬係りを呼びつけて道中仕入れた話を訊ねてみたりする。そのため人の反感を買うことが多かった。

孝綽の文章は後進の者の模範とする所となり、世間ではその作品を重んじ、一篇を作るたびに、朝にできた作品が夕方には世に広まっている、という具合で、愛好する者は、みなそれを諳誦し抄写し、国のはてにまで広まった。文集数十万言は、世に行われた。

孝綽の兄弟およびいとこや甥姪など、当時七十人ほども有ったが、みな文章を作るのに長けていて、近くには例を見ない程であった。その三人の妹は、琅邪の王叔英、呉郡の張嵊、東海の徐悱に嫁ぎ、みな才気に溢れていた。悱の妻が文章の洗練さでは優れていた。徐悱は、僕射の徐勉の子であったが、晋安知郡であった時に亡くなり、都に遺骸で帰還し、妻が祭文を作ったが、その文は極めて痛切で胸を打つものであった。勉はもともと哀文を作ろうとしていたのだが、彼女の文を読むと、そこで筆をおいてしまった。

一 劉孝綽 『隋志』には、「梁廷尉卿劉孝綽集十四巻」と著録する。『古詩紀』巻八七、『全梁文』巻六〇、『全梁詩』巻一六。『百三家集』には、「劉祕書集一巻」。昭明太子のもとで『文選』の編纂に深く与ったことで知られる。『文鏡秘府論』南巻に「梁の昭明太子蕭統の劉孝綽等と文選を撰集するが如きに至りては、自ら謂えらく天地を畢し、諸を日月に懸くと」と、恐らくは唐の元兢『古今詩人秀句』序と思われる文を引き、宋の王応麟『玉海』巻五四藝文に引く『中興書目』では「何遜・劉孝綽等と與に集を編む」という（興膳宏『文鏡秘府論』訳注、『空海全集』巻五、一九八六、筑摩書房）。『梁書』何遜伝に「初め、遜 文章は孝綽と並びて世に重んぜられ、世之を何劉と謂う」というように当代切っての文章家として名を馳せた。但し、『唐志』ではなお十四巻と著録するその文集も、『宋志』ではすでに一巻となっていて、今では、上記の集および輯本でしか見ることはできない。

二 祖勔…父繪　『南史』巻三九に勔の伝があり、絵の伝を付す。絵（四五八～五〇二）は、勔の第三子。

三 王融　四六七～四九三。本書「王融伝」参照。劉孝綽との具体的な関係は不明ながら、ともに南朝にあって名望の家であり姻戚関係にあっても不思議ではない。

四 志學　十五歳。『論語』学而篇。『南史』は「孝綽時年十四」とする。

五 沈約　四四一～五一三。本書「沈約伝」参照。

六 任昉　四六〇～五〇八。本書「任昉伝」参照。

七 范雲　四五一～五〇三。本書「范雲伝」参照。

八 歸沐詩　「帰沐」は休みをもらうこと。本詩は『文苑英華』巻二四七に「帰沐呈任中丞」詩として収められる。内容は、著作郎としての煩瑣な職務に疲れ、甘言の渦巻く宮仕えに嫌気が差し、自らの才能に匹敵する知音が無いことを嘆きつつ、暇を乞おうとする。

九 報章　返書のこと。任昉のこの返答詩は、『梁書』・『南史』本伝、『藝文類聚』巻三一などに引かれるが、所録箇所がすべて異なる。『全梁詩』はそれらをまとめ、全八韻に作る。

一〇 耋嗟　老いさらばえること。『易』離「大耋之嗟、凶」への王弼注に「耋老に至りて嗟有るは、凶なり」。

一一 九折　度重なる苦労をいう。下句の「薬」との関係を重視するなら、『楚辭』九章「惜誦」に「九折の臂にして醫と成る兮、吾今に至りて其の信然なるを知る」とあり、補注は「人 九たび臂を折り、更に藥を方ずるを歴ば、則ち良醫と成りて、乃ち自ずから其の病を知る。吾 放棄せられて、乃ち信に讒佞の忠直たるの害を知るなり」というように、九たびかいなを折って良医となることと解することもできる。いずれの場合も、苦労を重ねれば（佞臣などの）甘言がもたらす大きな害を知る、という意になろう。

一二 美疹　表面的にはよくても実際には毒に働くものをいう。『左伝』襄公二三年伝に「臧孫曰く、季孫の我を愛するは、疾疹なり、孟孫の我を悪むは、藥石なり。美疹は悪石に如かず、夫の石 猶お我を生かす。疹の美しきは其の毒 滋ます多し」という。なお、現行『左伝』は「疢」に作るが、『藝文類聚』巻二三「鑑誡」同巻八一「薬」には、引いて「疹」に作る。

一三 匪報　儀礼的付き合いではない真実の友情を指す。『毛詩』衞風「木瓜」に、「我に投ずるに木瓜を以てし、之に報ずるに瓊琚を以てす。報に匪ざるなり、永く以て好（よしみ）を爲す也」とあるを踏まえる。

一四 崇鋒穎　優れた才能に磨きをかけること。潘岳「賈謐の為に作りて陸機に贈る」詩（『文選』巻二四）に、「子の鋒穎を崇び、頽れず崩れざれ」とある。

一五 美錦　立派な人材や文章を形容して言う。『左伝』襄公三一年「子に美錦有り」、『文心雕龍』鎔裁篇「夫そも美錦もて衣を製るに、脩短度有り、其の釆を翫ぶと雖も、領袖を倍せず」とあるのは、その例。

一六 簿領　役所の書記文書。必ずしも事務文書として軽んぜられるものではなく、その中に文才を論ずることもあった。

一七 蟲篆　蟲書、または鳥蟲書ともいい、秦八体（のち王莽が六体に改む）の一つで、装飾の多い書体をいうが、ここでは修飾の多い詩文を指すと考えられる。

一八 安成王　蕭秀（四七三～五一八）、太祖の第七子。『梁書』安成康王

伝には「當世の高才の王門に遊ぶ者、東海の王僧孺・呉郡の陸倕・彭城の劉孝綽・河東の裴子野は、各おの其の文を製ること、古に未だ之れ有らざる也」と記し、劉孝綽などの才子が集い文才を競い合った様が伝えられる。『梁書』巻三〇、『南史』巻五二。

一九 周捨　四六九〜五二四。字は昇逸、汝南の人。梁武帝の時、尚書祠部郎を拝命した。父の顒とともに声律の理解に優れ、文集十二巻があった。『梁書』巻二五、『南史』巻三四。また本書「沈約伝」注六九参照。

二〇 第一官　ここでは秘書丞を指す。斉梁の間、清官としてその位は重んぜられた。『梁書』張率伝にも「其の年、祕書丞に遷り、玉衡殿に引見せらる。高祖曰く、祕書丞は天下の清官にして、東南の冑望に未だ之を爲す有らざる者なり。今以て相い處るは、卿が譽れと爲すに足る」という。

二一 昭明太子　蕭統（五〇一〜五三一）。『文選』の撰者として知られる。『隋志』に「梁昭明太子集 二十巻」を著録す。現存の『昭明太子文集』は五巻、巻頭第二の序は劉孝綽の手に成る。本書「蕭統伝」参照。

二二 陳郡殷芸　四七一〜五二九。字は灌蔬。豪快な人柄と博覧の学識で知られる。『隋志』に『小説』十巻がその撰として著録されるが、後に『殷芸小説』と称されるものがそれ。『梁書』巻四一、『南史』巻六〇。

二三 呉郡陸倕　四七〇〜五二六。字は佐公。竟陵八友の一人。『梁書』巻二七、『南史』巻四八。

二四 琅邪王筠　四八一〜五四九。字は元礼。「昭明太子　文學士を愛し、常に筠及び劉孝綽・陸倕・到洽・殷芸等と玄圃に遊ぶ。太子　獨り筠の袖を執り孝綽の肩を撫して言いて曰く、所謂左に浮丘の袖を把り、右に洪崖の肩を拍つなりと。其の重んぜらるること此くの如し」（『梁書』巻三三本伝）と伝えるように、劉孝綽と並び称された。本書「蕭統伝」注六八参照。

二五 彭城到洽　四七七〜五二七。字は茂沿。劉孝綽らとともに、当世の才人として重んぜられた。『梁書』巻二七、『南史』巻二五。

二六 樂賢堂　東晋のころ、賢人たちを顕彰するために作られた。『晋書』五行志上「金沴木」「(元興) 三年五月、樂賢堂壞る」とあるように、晋の元興三年に倒壊。昭明太子はそれを再建しようとしたのであろう。堂内には、晋のころより、諸賢の画像が掲げられたという。

二七 太子獨使孝綽集而序之　現行の『昭明太子集』巻頭に劉孝綽「昭明太子集序」が付される。

二八 與到洽友善　この部分の前に『南史』本伝は別の逸話を加える。寺の傍らに住んでいた到洽の兄漑を劉孝綽が訪問した時、ベッドに黄色の寝具（僧の寝具と同色）があるのを劉孝綽が見とがめはやし立てたため、到漑に殴打されたという内容で、劉孝綽の品の無さを伝えようとするものである。

二九 攜少妹於華省…　妹は美しい女性のこと。この一段は『梁書』と『南史』とでは「姝」と「妹」をすべて逆に伝えるが、ここでは『南史』に従った。『南史』校勘記も、若き美女を連れて官舎に移り住んだことが、弾劾の対象であったはずと述べる通り、その方が勝る。

三〇 鄙到氏　到漑・到洽兄弟は「両到」として晋の二陸に準えられるほど、人品・才学ともに優れた人物であったが、祖の彦之が一時屎尿の汲み取りを稼業としていたことから、しばしば人に蔑まれたという。『南史』巻二五到彦之伝に「敬容 人に謂いて曰く『到漑 尚お餘臭有れども、遂に學びて貴人と作る』と。敬容 日に方く貴寵あり、人 皆な之を下とし、溉 之に忤くこと初の如し。溉の祖彦之初め糞を擔ぐを以て自ら給し、故に世 以て譏と爲すと云えり」とある。この時、藩（王）に随って荆・雍両州にいることができたのは、晋安王に随っていた劉潜（字は孝儀）と劉孝威であろう。『梁書』巻四一、『南史』巻三九。また、この間の事情は、『南史』巻二五到彦之伝附にも記されるが、そこでは諸弟が書翰を湘東王に奏じたという。なお、関連して『顔氏家訓』風操篇は、「到洽御史中丞と爲り、初めて劉孝綽を彈ぜんと欲す。其の兄 溉先に劉と善く 苦諫すれども得ず。乃ち劉に詣りて涕泣し告別して去る」と別の逸話を記す。

三一 與孝綽書曰… 世祖は、免官となった劉孝綽に、皇帝としてではなく、文学サロンの一員として手紙を寄せ、創作についての近況を述べるとともに、劉のいまの境遇が詩作の糧にもなろうとなだめる。劉孝綽はそれへの返答として、不遇のうちに筆も滞りがちであることを述べる。

三二 徐勉 四六六～五三五。字は脩仁。東海郯の人。『隋志』には、「梁儀同三司徐勉前集三五巻」を著録する。『梁書』巻二五、『南史』巻六〇。

三三 籍田詩 籍田は、天子が神事に供する穀物を収穫するために耕させる田のこと。『藝文類聚』三九、『初学記』にはそれぞれその一部を収録する。

三四 湘東王 蕭繹（五〇八～五五四）、後の元帝（在位五五二～五五四）。高祖武帝の第七子。本書「梁元帝伝」参照。

三五 啓謝曰… 帝への書簡では、自らが剛直にすぎ、さらに友の恨みに気づかなかったことがこのような事態を招いたと反省の辞を述べ、あわせて復権の計らいは身に余る光栄ではあるが、その任に堪えぬと述べる。東宮への書簡では、世に身を処することの困難を屈原・賈誼など古今の例を引いて述べ、同時に讒言の主を激しく論難する一方で、東宮への復職には、厚情に感謝しつつも自らの無能を述べて、任官を謝絶する内容となっている。

三六 坐受人絹一束… この事件を指すかどうかは不明ながら、孝綽が贈賄に関った事件を伝えるものとして、『梁書』劉覧伝（孝綽の従弟）に次のような記述が見える。「從兄の吏部郎孝綽、職に在りて頗る贓貨に通ず。覽 劾奏し、並びに免官さる。孝綽 之を怨み、常に人に謂いて曰く、犬は行路を噛み、覽は家人に噬ゆ、と」。

三七 臨賀王 蕭正徳（?～五四九）。武帝第六弟宏の子。『梁書』巻五五、『南史』巻五一。

三八 卒官 『南史』では、臨終に関して「孝綽 母の憂に居り、冬月に冷水を飲み、因りて冷癖を得」と、病死の原因を述べる。

三九 陵忽 傲慢な態度をいう。劉孝綽の慎しみに欠ける性格については『梁書』本伝の贊にも、「王僧孺の巨學、劉孝綽の詞藻、主の好しからざるに非ざるなり、才の用いざるに非ざるなり。其の青紫を拾い、極貴を取ること、何ぞ難からんや。而るに孝綽言行に拘らず、自ら身名を躓き、徒らに鬱抑し年に當たる。不遇なるには非ざるなり」と述べる。

四〇 臧盾 四四四～五一〇。字は宣卿、東莒の人。梁の光禄大夫、諡は忠。幼少より諸葛璩について五経を修めるなど、篤実な人となりが劉孝綽の軽視を誘ったか。『梁書』巻四二、『南史』巻一八。

四一 沈僧杲 生卒年未詳。呉興の人。梁の左戸尚書。

四二 朝集會同 朝廷での集会をひろくいう。もとは、諸侯が、春に見えるを「朝」、時に応じて見えるを「会」といった。

四三 忤於物　人の怒りを買うこと。『南史』は、この後に続けて「前後五たび免ぜらる」とし、また『梁書』劉孺伝（孝綽の従弟）にも「孺少くして従兄の苞・孝綽と名を齊しくするも、苞早くに卒し、孝綽數しば免黜に坐し、位並びに高からず、唯孺のみ貴顯たり」とあるように、孝綽がやはり幾度も免官された事情を伝える。

四四 孝綽辭藻爲後進所宗　『顔氏家訓』文章篇では、当時劉孝綽と並称された何遜詩を評して「劉孝綽の雍容には及ばざるなり」といい、続けて劉自身何遜を嫌い、『詩苑』（後に昭明太子撰とされる『古今詩苑英華』か）編輯に当ってその詩を二篇しか採らなかったこと、すでに詩名の高かった劉は謝朓以外の詩人には敬意を払わなかった、と記す。

四五 孝綽兄弟　『南史』劉勔伝には、孝綽の弟である孝儀・孝勝・孝威・孝先の伝が附され、それぞれ高位に連なったことが見て取れる。

四六 王叔英　未詳。『全梁詩』巻二八には、王淑(ママ)英妻劉氏の作として三篇を収める。

四七 張嵊　四八八～五四九。字は四山。張稷（本書「范雲伝」注四一参照）の息子。呉興太守の時、侯景の乱に将軍として出兵するものの戦死。その忠義により、侍中・中衛将軍・開府儀同三司を追贈される。『梁書』巻四三、『南史』巻三一。

四八 徐悱　字は敬業。『梁書』巻二五、『南史』巻六〇、ともに徐勉伝附。『全梁詩』巻二八には、徐悱妻劉令嫻の作として七篇を収める。

（木津祐子）

〔参考文献〕

清水凱夫「『文選』選者考——昭明太子と劉孝綽」（『学林』三、一九八四年）

詹鴻「劉孝綽年譜」（『六朝作家年譜輯要』下　一九九九年）

佐伯雅宣「六朝文人伝——劉孝綽」（『中国中世文学研究』三七　二〇〇〇年）

梁武帝（四六四〜五四九）

梁武帝、蕭衍は、梁朝を開いた軍人。斉の時、竟陵八友のひとりとして已に文名があった。詩文に巧みで、楽府にすぐれる。博学で儒・道・仏の三教に通じて著作も多い。晩年は仏教に傾倒した。書や音楽、囲碁などの技藝にも通じた。このような皇帝の影響下で、政治・経済が安定した四十八年間の治世は、南朝の文化が爛熟する時代となったが、侯景の乱のうちに餓死したその最期は、南朝衰亡の先触れとなった。

梁書巻一〜三　武帝本紀

〔一〕高祖武皇帝、諱衍、字叔達、小字練兒、南蘭陵中都里人、〔二〕漢相國何之後也。何生酇定侯延、…（略）、副子生南臺治書道賜。〔三〕道賜生皇考諱順之、〔四〕齊高帝族弟也。參預佐命、封臨湘縣侯。歷官侍中・衞尉・太子詹事・領軍將軍・丹陽尹、贈鎭北將軍。

高祖以〔五〕宋孝武大明八年甲辰歲生于秣陵縣同夏里三橋宅。〔六〕生而有奇異、〔七〕兩髆駢骨、頂上隆起、〔八〕有文在右手曰武帝。及長、博學多通、好籌略、有文武才幹、時流名輩咸推許焉。所居室常若雲氣、〔九〕人或過者、體輒肅然。

起家巴陵王〔一〇〕南中郎法曹行參軍。遷衞將軍〔一一〕王儉東閤祭酒。儉一見深相器異、謂廬江〔一二〕何憲曰「此蕭郎三十內當作侍中、出此則貴不可言」。竟陵王子良開西邸、招文學、高祖與沈約・謝朓・王融・蕭琛・范雲・任昉・陸倕等並遊焉、號曰八友。融俊爽、識鑒過人、尤敬異高祖。每謂所親曰「宰制天下、必在此人」。累遷隨王鎭西諮議參軍、尋以皇考艱去職。隆昌初、明帝輔政、起高祖爲寧朔將軍、鎭壽春。服闋、除太子庶子・給事黃門侍郎、入直殿省。預蕭諶等定策勳、封建陽縣男、邑三百戶。

…（略）。

高祖武皇帝、諱は衍、字は叔達、小字は練兒、南蘭陵中都里の人、漢相國何の後なり。何は酇定侯延を生み、…副子は南臺治書道賜を生む。道賜は皇考諱は順之を生む、齊高帝の族弟なり。佐命に參預し、臨湘縣侯に封ぜらる。侍中・衞尉・太子詹事・領軍將軍・丹陽尹に歷官し、鎭北將軍を贈らる。

高祖 宋孝武大明八年甲辰の歲を以て秣陵縣同夏里三橋宅に生まる。生まれながらにして奇異有り、兩骻駢骨、頂上隆起し、文の右手に在りて武帝と曰う有り。長ずるに及び、博學多通、籌略を好み、文武の才幹有り、時流名輩咸な推許す。居る所の室 常に雲氣の若く、人に過る者或らば、體は輒ち肅然たり。

起家して巴陵王南中郎法曹行參軍たり。衞將軍王儉の東閤祭酒に遷る。儉 一見して深く相い器異して、盧江の何憲に謂いて曰く「此の蕭郎三十の內に當に侍中と作るべし、此を出づれば則ち貴きこと言うべからざらん」と。竟陵王子良 西邸を開き、文學を招く。高祖 沈約・謝朓・王融・蕭琛・范雲・任昉・陸倕等と並びに焉に遊び、號して八友と曰う。融 俊爽たりて、識鑒 人に過ぎ、尤も高祖を敬異す。每に親しむ所に謂いて曰く「天下を宰制するは、必ず此の人に在り」と。隨王の鎭西諮議參軍に累遷し、尋いで皇考の艱を以て職を去る。隆昌の初、

[三三]明帝　政を輔け、高祖を起てて寧朔将軍と爲し、壽春に鎭せしむ。服闋け、太子庶子・給事黄門侍郎に除せられ、入りて殿省に直す。[三四]蕭諶等の策動を定むるに預り、建陽縣男に封ぜらる、邑　三百戸。……（略）[三五]。

高祖武皇帝、諱は衍、字は叔達、幼名は練兒。南蘭陵の中都里（江蘇省）の人で、前漢の相国蕭何の後裔である。蕭何は鄼定侯の延を生み、……（略）、副子は南台治書の道賜を生んだ。道賜は皇帝の父、諱は順之を生んだが、順之は斉の高帝の族弟（祖父の祖父を共にする）である。建国の大業を助け、臨湘県侯に封じられた。侍中・衛尉・太子詹事・領軍将軍・丹陽尹と官を移り、鎮北将軍を贈られた。

高祖（武皇帝、蕭衍）は、宋孝武帝の大明八年甲辰の歳（四六四）に秣陵県（江蘇省）の同夏里三橋宅で生まれた。生まれつき常人ならぬ特徴があり、ふたつの腰骨がくっついていて、頭のてっぺんが隆起し、右手に「武帝」の字の文様があった。成長すると、博く多方面の学問に通じ、はかりごとを好み、文武両道に才能があり、世の名流たちのみなから高く評価された。彼がいる部屋は、いつも雲気がただようかのようであり、たまたまそこを通りかかったものは、身が引き締まるのを覚えた。

起家して巴陵王の南中郎法曹行参軍となった。衛将軍王倹の東閤祭酒に転任すると、王倹は一目見て高祖（蕭衍）がすぐれた人物であると見抜き、廬江の何憲に「この蕭くんは、三十歳までに侍中になるはずだ。三十を超えたらどれだけ偉くなるかは口に出すのも憚られるほどだろう」と語った。竟陵王子良が西邸を開いて、文学の士たちを招き、高祖（蕭衍）は沈約・謝朓・王融・蕭琛・范雲・任昉・陸倕らとともに西邸に交際することになり、八友と号した。王融は抜きん出た才能があり、誰よりも人を見る目があったが、とりわけ高祖（蕭衍）に一目置き、いつも親しいものに向かって、「天下を取り仕切るのは、きっとこの人だろう」と言っていた。官位が進んで随王の鎮西諮議参軍となったが、まもなく父親が亡くなったので職を去った。隆昌の初め（四九四）、明帝がまつりごとを助けることとなり、高祖（蕭衍）を起用して寧朔将軍とし、寿春に駐屯させた。喪が明けると、太子庶子・給事黄門侍郎に任命され、殿省詰めとなった。蕭諶らによる論功行賞の対象となって、建陽県男《けんようけんだん》に封じられ、その食邑は三百戸であった。

…（略）。

一　高祖武皇帝　梁武帝、蕭衍、四六四〜五四九、在位五〇二〜五四九。『南史』巻六・七にも伝がある。また、その子の元帝蕭繹（本書「梁元帝伝」参照）の著書『金楼子』興王篇に武帝の伝があり、これは蕭衍の伝のうち、最も早いものである。

籍貫について、同族である斉太祖の本紀（『南史』巻四）に「其の先は本《も》と東海蘭陵縣《とうかいらんりょうけん》中都《ちゅうと》郷《きょう》中都《ちゅうと》里《り》なるに、晉《しん》の元康《げんこう》元年、惠《けい》帝《てい》東海郡を分けて蘭陵と爲《な》し、故《ゆえ》に復《ま》た蘭陵郡の人と爲す。中朝《ちゅうちょう》喪亂《そうらん》し、皇高祖《こうこうそ》淮陰令《わいいんれい》の整《せい》、字は公齊《こうせい》、江を過《よぎ》りて晉陵《しんりょう》武進縣《ぶしんけん》の東《とう》城里《じょうり》に居り、江左《こうさ》に寓居《ぐうきょ》する者、皆な本土を僑置《きょうち》し、加うるに南を以て名づくれば、更に南蘭陵の人と爲すなり」という。儒教・道教・仏教の三教に通じた。その「三教を述ぶる」詩に「少き時周・孔を學び、弱冠にして六經を窮《きわ》む。…中ごろ復た道書《どうしょ》を觀《み》るに、有名と無名と。…晩年釋巻《しゃくかん》を開くに、猶《な》お日の衆星《しゅうせい》より映《かがや》くがごとし」とある。儒教については、経学に関する多くの著作が『隋志』に著録され、武帝の造詣の深さを物語っている（↓注八一以下）。また、国学を振興し、五経博士を置き、自ら経典について講義するなどした。道教については、元来蕭氏は代々道教を信仰する家柄で、武帝の練児という幼名も、道教信仰に関連するという説（↓注八九）がある。著名な隠者である陶弘景と親交があり、即位の後、陶弘景を側近に招こうとしたが成らず、国家大事の際には、使者を派遣して陶弘景の意見を尋ねたため、時の人は陶弘景を「山中の宰相」と呼んだことは有名（『南史』巻七六）。陶弘景との個人的な交際は続いたが、天監三年には「道法に事うるを捨つる詔」を出し、道教と決別、以後仏教を深く信仰するようになってゆく。『広弘明集』巻二八には、仏に対して懺悔した文章である、「摩訶般若懺文」「金剛般若懺文」が記録されるが、宗廟の犠牲を廃止するなど、その信仰は徹底し、ついには皇帝でありながら、世俗を捨て去って三宝に帰依する（↓注三九）に至った。

北方に位置する魏との関係は、魏の内紛も手伝って、安定した状態が続き、長く安定した治世は、政治・経済・文化上南朝の極点に達した。『梁書』は「魏・晉より以降未だこれあらず」といい、『南史』は「江左より以來、年二百を踰ゆるも、文物の盛んなること、ここに美を獨《もっぱ》らにす」と記す。皇帝となってからは、学問・藝術の保護者かつ実践者として活動し、文化振興につとめた。『太平御覧』の祖と言える書、『華林遍略』の編纂事業もその功績のひとつである。このような皇帝のもと、多くの詩人が輩出したが、武帝の親族について見ても、長男蕭統（本書「蕭統伝」参照）は『文選』の編者であり、その書は後世に大きな影響を与え、三男の簡文帝蕭綱

（本書「梁簡文帝伝」参照）は宮体詩盛行の因を作った。また、『文心雕龍』や『詩品』といった、文学批評の書が産み出された時代であることも特筆される。ただ、『梁書』沈約伝（本書「沈約伝」参照）に記された、四声に対する無理解や、簡文帝のサロンで宮体詩が盛行した折り、宮体詩の創始者である徐摛を責めようとした（『梁書』巻三〇徐摛伝）エピソードからは、武帝自身は、当時新しく起こりつつあった文学の動きの十分な理解者ではなかった可能性がうかがえる。

二 漢相國何　蕭何。?～前一九三。沛（江蘇省）の人。前漢建国の功臣。高祖劉邦のもとで丞相（相国）となった。『史記』巻五三、『漢書』巻三九。本文で省略した個所で記される、蕭何の子の蕭延（『漢書』巻三九）から蕭副子に到る家系は、彪、章、皓（皓とするテキストもある）、仰、望之（『漢書』巻七八）、育（『漢書』巻七八）、紹、閎、闡、冰、苞、周、矯、逵、休、豹、裔、整、鎋、副子であるが、『南史』巻四、斉太祖本紀の論に、「齊・梁の紀録に據れば、並びに出づるに蕭何自りすと云い、又た御史大夫望之を編して以て先祖の次と爲す。案ずるに何及び望之は漢に於いて倶に勳徳爲るに、望之の本傳（『漢書』巻七八）に此の陳有らず。齊典の書く所、便ち實錄に乖く。近ごろ祕書監顔師古博く經籍を考し、『漢書』に注解するに、已に其の非を正す（蕭望之伝の注）。今隨いて改め削ると云う」というように、その始祖を蕭何に置くことは疑問である。附録「蕭氏世系略図」参照。

三 皇考諱順之　梁武帝蕭衍の父、順之。?～四九二?。『南史』梁武帝紀に簡単な伝記が載せられる。それによると、蕭順之は、斉の高帝蕭道成の「始族弟」（『梁書』武帝紀は「族弟」とする。高祖（祖父の祖父）をともにするもの。蕭道成と蕭順之は、ともに蕭整を高祖とする）で、わかい時より蕭道成と親しく、蕭道成が武将となると、その副官として功績をあげ、蕭道成が皇帝となると、厚遇を受けて、侍中・衛尉を歴任した。ところが、蕭道成が亡くなり、武帝が位をつぐと、蕭順之は遠ざけられてしまう。やがて、武帝は、第四子の魚復侯蕭子響に反意あることを疑い、永明八年（四九〇）、蕭順之に命じて討伐させたが、後に帝は我が子を殺したことを悔いるようになった。もともと武帝に好まれていなかった蕭順之は、やりきれない立場に追い込まれ、悶々とするうちに病を得、この世を去った。下文にあるように、蕭衍は、隆昌元年（四九四）に父の喪があけているから、蕭順之の没年は、永明十年（四九二）ごろと推測される。

四 齊高帝　蕭道成。字は紹伯。四二七～四八二。南斉を建てた。在位四七九～四八二。太祖。蘭陵郡の人で蕭何の二十四世の孫と称する（→注二）。宋武帝の外戚の蕭思話と同族で、その配下で蛮族討伐などに活躍して頭角をあらわし、淮陰を拠点に軍閥を形成。宋・昇明元年（四七七）、悪童天子の劉昱を廃して順帝を擁立、建元元年（四七九）、順帝の禅譲を受けて南斉を開いた。『南斉書』巻一・二、『南史』巻四。『詩品』下品に「齊高帝の詩は、詞藻ありて意深く、少なしと云う所無し」とある。五言詩一首がのこる。

五 宋孝武帝　劉駿。在位四五三～四六四。『宋書』巻六、『魏書』巻九七、『南史』巻二。

六 生而有奇異　『南史』は、さらに「皇妣張氏嘗て夢に日を抱き、已にして娠有り、遂に帝を生む。帝生まれながらにして異光有り、狀貌殊特にして、日角龍顔、重岳虎顧、舌に文八字、頂に浮光有り、身は日に映じて影無く、兩骼駢骨、頂上隆起し、文の右手に在りて武帝と曰う有り。兒爲りし時、能く空を蹈みて行く」と小説的な奇異を記す。

七　兩髂駢骨　未詳。髂は、こしぼね。胯と同じ。『集韻』は、股間であるとする。他に、両股の外・腰という語釈もみられる（『一切経音義』）。胯は、『説文解字』に「股なり」といい、段玉裁は、「兩股を合わせて言いて胯と曰う」と注する。駢骨はふたつの骨がひとつにくっついていること。あばら骨がくっついて一枚のようになっているものを駢脅というが、駢骨がどの骨についていうものか不明。

八　有文在右手曰武帝　『金楼子』興王篇に「文の手に在りて武帝并びに上の諱三字と曰う有り」とあり、これによれば手には「武帝衍」と読める文様があったことになる。中華書局本では、「武」で切り、「武」という文様が掌にあったと解釈し、以下「帝 長ずるに及んで…」と読むが、『金楼子』によって句読をかえた。なお、和刻本は「帝」で切っている。

九　雲氣　将来皇帝となるものが放つ気が引き起こす現象。『漢書』巻一上高帝紀に「秦始皇帝嘗て曰く『東南に天子の氣有り』と。是に於いて東游して以て之を猒當す。高祖（劉邦）芒・碭の山澤の閒に隱るるに呂后人と倶に求め、常に之を得たり。高祖怪しみ、之を問うに、呂后曰く『季（劉邦の字）の居る所の上常に雲氣有り、故に従い往きて常に季を得たり』と。高祖又た喜ぶ」とある。

一〇　巴陵王　蕭子倫。四七九～四九四。斉武帝の十三男。延興元年（四九四）、海陵王に粛清される。蕭子倫が巴陵王となったのは、永明二年（四八四）七月のこと（『南斉書』巻三武帝伝）。『南斉書』巻四〇。

一一　衛将軍王倹　四五二～四八九。字は仲宝。名族琅邪の王氏。祖父は王曇首、父は王僧綽。叔父の王僧虔に育てられた。母は宋の武康公主、妻は陽羨公主であったが、蕭道成の斉建国の大業をたすけ、尚書令・衛将軍・開府儀同三司となる。斉になると、『七略』にならって『七志』四十巻を撰し、また『元徽四部書目』を撰定した。寡欲で政治に努めた。衛将軍の号を与えられたのは、永明元年（四八三）のこと。翌年には国子祭主も兼任した。諡は文憲公。『南斉書』巻二三、『南史』巻二二。『詩品』下品、「王師文憲の如きに至っては、既に國を經め、遠きを圖りて、或いは是の雕蟲を忽にす」。今、詩九首がのこる。本書「鍾嶸伝」注七参照。なお、蕭衍は、永明二年（二十一歳）以降まもなく起家して巴陵王南中郎法曹行参軍となり、王倹が亡くなる永明七年以前には王倹の東閣祭酒となったことがわかる。

一二　何憲　字は子思。廬江の人。本州別駕・国子博士となる。永明十年魏に使いして、そのまま戻らなかった。当時の人は、孔逷と何憲を王倹（→注一一）の三公と呼んだ。『南斉書』巻三四、『南史』巻四九。

一三　侍中　天子の顧問に携わる。三品官。東晋以来、この官は北方からの流寓貴族に独占され、容易に江南土着の貴族に与えられなかった。『南斉書』巻三七胡諧之伝に、斉の武帝が江州の人である胡諧之を侍中にしようとしたが、尚書の王倹（→注一一）が同意しなかった記事がある（宮崎市定『九品官人法の研究』）。

一四　竟陵王子良　蕭子良。四六〇～四九四。文学の士を招いただけではなく、名僧を招いて仏法について討論させるなど、仏教を篤信した。後の武帝の仏教への帰依にも影響を与えたと思われる。『南斉書』巻四〇、『南史』巻四四。本書「王融伝」注一〇参照。また、西邸については、本書「沈約伝」注二八参照。なお、『南史』梁本紀が記す、斉武帝崩御の折、蕭子良を帝位に即けようとする動きに武帝が反対した話は、武帝が蕭子良を統治の才あるものとは見ていなかったことを物語っている。

一五 沈約 本書「沈約伝」参照。

一六 謝朓 本書「謝朓伝」参照。

一七 王融 本書「王融伝」参照。

一八 蕭琛 四七八～五二九。字は彦瑜、蘭陵の人。起家して斉の太学博士となる。梁成って、宣城太守となる。この時、南渡してきた僧から班固の真本という『漢書序伝』を譲り受け、鄱陽王蕭範に献上した。『梁書』巻二六、『南史』巻一八。

一九 范雲 本書「范雲伝」参照。

二〇 任昉 本書「任昉伝」参照。斉から梁への禅譲の際の、禅譲文や詔勅などは、その手になる。

二一 陸倕 四七〇～五二六。字は佐公、呉郡呉の人。その「石闕の銘」「新刻漏の銘」（『文選』巻五六）は有名。『梁書』の伝に「文集二十巻、世に行わる」。『隋志』に「梁太常卿陸倕集、十四巻」。『梁書』巻二七、『南史』巻四八。

二二 随王 四七四～四九四。蕭子隆、字は雲興。斉の武帝の第八子。王倹（→注一一）のむすめを妃とした。文学の才があり、武帝に「我が家の東阿（曹植）」と言わしめたという。永明八年（四九〇）、荊州・雍州・梁州・寧州・南北秦州六州の都督、鎮西将軍、荊州刺史となり、明けて九年（四九一）から十一年（四九三）まで親しく荊州の府で任に当たった。蕭衍がその諮議参軍となったのは、永明九年から永明十一年の間のこととなる。明帝が海陵王を帝位につけて輔政するようになると、その才能あるを嫌われて、延興元年（四九四）、鄱陽王蕭鏘とともに最も早くに粛清された。明帝が廃立の企てを持ったとき、性格が温和で文才のある随王が企てに従わないことを恐れ、事前に随王の諮議参軍であった蕭衍を呼んで相談すると、蕭衍は、「随王は美名有ると雖も、其の實は庸劣なり。既に智謀の士無く、爪牙は唯だ仗司馬垣歴生・武陵太守卞白龍のみ。二人は唯だ利にのみ是れ從い、若し啗わすに顯職を以てすれば、來たらざる有る無し。随王止だ折簡を須うるのみ」と答えている（『通鑑』斉紀明帝建武元年）。『南斉書』巻四〇、『南史』巻四四。

二三 明帝輔政 斉明帝蕭鸞（在位四九四～四九八）が、隆昌元年（四九四）七月、鬱林王を廃して、海陵王を立て、政治の実権を握ったことをいう。その年十月、海陵王を廃して即位した。本書「謝朓伝」注二二参照。

二四 蕭諶 ?～四九五。字は彦孚、南蘭陵の人。斉室の遠戚。鬱林王に厚く信任されていたが、明帝が鬱林王を廃するに協力した。その功績に恃むあまり、明帝に嫌われて殺された。『南斉書』巻四二、『南史』巻四一。

二五 建武二年（四九五）、蕭衍は、江州刺史の王広之を援け、将軍の劉昶と王粛率いる魏の大軍を撃退するのに功績をあげた。右軍晋安王の司馬・淮陵太守となり、都に帰還して太子中庶子となり、羽林監を兼任、まもなく、都を出て石頭（江蘇省）に駐屯した。建武四年（四九七）、魏の孝文帝が大軍を率いて雍州に侵入、明帝は蕭衍に救援を命じた。建武五年（四九八）三月、崔慧景とともに鄧城に進軍、魏帝率いる十万の騎兵と突如遭遇したが、蕭衍だけはその部隊を保って帰還、行雍州府事となって、梁朝を建てるにいたる足がかりを雍州に得た。同年七月、明帝が崩じ、東昏侯（本書「謝朓伝」注三二参照）が即位。蕭衍は、兄蕭懿には暗愚で悪逆な東昏侯に忠義を尽くしても報いられないだろうから、廃立を考えるべきだと勧める一方、都から弟たちを呼び寄せ、密かに軍備の増強を始める。永元二年（五〇〇）、蕭衍の勧めに従わなかった蕭懿が、東昏侯に殺される。蕭衍は、王茂・呂僧珍・柳慶遠らと謀り挙兵、十一月、蕭衍の「義師」（鎮圧軍）は雍州より出陣。永元三年（五〇一）、義師が東進するなか、三月には南康王蕭宝融が江陵で即位（和帝。↓注二七）、中興と改元。義師が建康に迫った十二月、東昏侯は王珍国に斬られ、その佞臣たちは処刑された。宣徳太后（↓注二八）の令により、蕭衍は中書監・都督揚南徐二州諸軍事・大司馬・録尚書・驃騎大将軍・揚州刺史となり、政権を掌握。中興二年（五〇二）正月、宣徳太后が摂政。禅譲のプロセスが開始し、勧進と辞退が形式的に繰り返されるなか、二月には、相国・梁公となる命を受諾し、三月癸巳（五日）には、梁王となる命を受諾した。

*　　*　　*

（中興二年三月）丙辰[二六]、齊帝[二七]禪位于梁王。

…（略）。

四月辛酉、宣德皇后[二八]令曰「西詔[二九]至、帝憲章前代、敬禪神器于梁。明可臨軒[三〇]遣使、恭授璽紱。未亡人便歸于別宮」。壬戌、策[三一]曰…（略）。

高祖抗表陳讓、表不獲通。於是、齊百官豫章王元琳[三二]等八百一十九人、及梁臺侍中臣雲[三三]等一百一十七人、並上表勸進、高祖謙讓不受。是日、太史令蔣道秀[三四]陳天文符讖六十四條、事並明著、羣臣重表固請、乃從之。

天監元年夏四月丙寅、高祖卽皇帝位於南郊[三五]。設壇柴燎、告類于天曰…（略）。

禮畢、備法駕卽建康宮、臨太極前殿。詔[三六]曰…（略）。

…（略[三七]）。

（中興二年三月）丙辰[二六]、齊帝（せいてい）[二七]位を梁王（りょうおう）に禪（ゆず）る。

…（略）。

四月辛酉、[二八]宣徳皇后令して曰く「[二九]西詔至る、帝前代に憲章し、敬んで神器を梁に禪る。明くるひ[三〇]軒に臨んで使を遣わし、恭んで璽紱を授くべし。未亡人は便ち別宮に歸せん」と。壬戌、[三一]策して曰く…（略）。高祖表を抗げて陳譲するも、表は通ずるを獲ず。是に於いて、齊の百官[三二]豫章王元琳等八百一十九人、及び[三三]梁臺の侍中臣雲等一百一十七人、並びに表を上りて勸進するも、高祖謙譲して受けず。是の日、太史令の[三四]蔣道秀天文符讖六十四條を陳ぬるに、事並びに明著なれば、羣臣重ねて表して固く請い、乃ち之に從う。天監元年夏四月丙寅、高祖皇帝位に[三五]南郊に卽く。壇を設けて柴燎し、天に告類して曰く…（略）。禮畢り、法駕を備え建康宮に卽き、太極前殿に臨む。[三六]詔して曰く…（略）[三七]。

（中興二年三月）丙辰（二十八日）、斉の和帝は、高祖（蕭衍）に皇帝の位を譲った。…（略）。

四月辛酉（三日）、宣徳皇后は令を下して、「西におられる和帝からの詔が届いた。和帝は、前代に則り、敬んで神器を梁に譲る。明日、殿前に出て使者を遣わし、つつしんで璽紱を授けよう。わたくしは、別宮に身を寄せよう」と。壬戌（四日）、王命を伝える文書を出していうには…（略）。高祖（蕭衍）は、上表して辞退したが、その表は受け取られなかった。こうして、斉の百官や豫章王元琳ら八百十九人、そして梁国政府の侍中の范雲ら百十七人が、みな表を奉って勧進したが、高祖（蕭衍）はへりくだって命を受けなかった。この日、太史令の蔣道秀が天文にあらわれた予兆六十四個条を書き連ねたが、すべて明白なしるしだったので、群臣は重ねて表を奉って強く請願した。そこでようやく禅譲の命に従った。

天監元年夏四月丙寅（八日）、高祖（蕭衍）は南郊において皇帝に即位した。祭壇を設けて柴を焚いて天を祭り、天に即位を告げて…（略）。

儀式が終わり、天子の乗り物に乗って建康宮にゆき、太極前殿に出御した。詔を下して…（略）。

…（略）。

二六 丙辰　丙辰は二十八日。訳文中の日付については、陳垣『二十史朔閏表』によった。

二七 齊帝　和帝、在位五〇一～五〇二。蕭宝融、字は智昭、明帝の第八子。四八八～五〇二。建武元年（四九四）随郡王に封ぜられる。武帝によって皇帝にまつりあげられ、禅譲した後、巴陵王となるも、まもなく殺された。『南斉書』巻八、『南史』巻五。

二八 宣徳皇后　四五五～五一二。文安王皇后、諱は宝明、琅邪臨沂の人。文恵太子の妃。永明十一年（四九三）、太子がなくなると、その子昭業が皇太孫となったので、皇太孫太妃となる。同年昭業が即位（鬱林王）すると、皇太后と尊称され、宣徳宮と称した。『南斉書』巻二〇、『南史』巻一一。

二九 西詔　前年の中興元年（五〇一）三月、江陵で即位した和帝は、このとき都の建康に戻る途中、姑孰に在った。まだ都の西にいる皇帝から出された詔であるので、こういった。

三〇 臨軒　皇帝が正殿に座らず、殿前の欄干に出ること。

三一 策　策は、みことのり。諸侯王三公に命ずる（蔡邕『独断』）。和帝が蕭衍に禅譲する意を告げた。

三二 豫章王元琳　蕭元琳、生卒年未詳。祖父は、斉太祖蕭道成の第二子嶷、父は、その長子の子廉。梁になって、新淦侯に降された。『南斉書』巻二二、『南史』巻四二。

三三 梁臺侍中臣雲　范雲（本書「范雲伝」参照）。

三四 蔣道秀　未詳。

三五 南郊　都の南の郊外で柴を焚いて天を祭り、天帝に即位を告げた。「類」は天を祭ること。梁という国号が初めて表された。梁は、蕭衍が梁王であったことによるが、一説に武帝と親交のあった陶弘景が図讖から合成したともいう（『梁書』巻五一陶弘景伝・『隋志』）。

三六 詔　斉から譲りを受けて皇帝に即いたことを人民に知らしめた。中興二年を天監元年とし、大赦した。

三七 即位の直後、和帝を巴陵王に封じ、斉朝の王侯の封をはぶき、爵を下げた。亡き父蕭順之を文皇帝、廟号を太祖とし、亡き母を献皇后としたほか、亡き妻、兄・弟にも諡し、追封した。四月十日、姑孰にいた和帝を殺害。武帝は、最初殺す意志はなかったが、沈約の意見に従った。十一月十日、皇子の蕭統を皇太子に立てた。

天監二年（五〇三）四月、尚書刪定郎の蔡法度が梁律二十巻・令三十巻・科四十巻を奉った。天監四年（五〇五）正月、五経博士を置いた。天監十六年（五一七）四月、宗廟にそなえる犠牲を省き、十月、宗廟のお供えのごちそうを省いて、野菜・果物を用いることとした。仏教が殺生を禁じるためである。

*　　*　　*

大通元年…三月辛未、輿駕幸同泰寺[三八]捨身[三九]。甲戌、還宮、赦天下、改元。

…（略）。

中大通元年…秋九月…[四〇]癸巳、輿駕幸同泰寺、設[四一]四部無遮大會、因捨身。公卿以下、以錢一億萬[四二]奉贖。

冬十月己酉、輿駕還宮、大赦、改元。

…（略[四三]）。

大通元年…三月辛未、輿駕[三八]同泰寺に幸し[三九]捨身す。甲戌、宮に還り、天下に赦し、改元す。

…（略）。

中大通元年…秋九月…[四〇]癸巳、輿駕同泰寺に幸し、[四一]四部無遮大會を設け、因りて捨身す。公卿以下、錢一億萬を以て[四二]奉贖す。

冬十月己酉、輿駕宮に還り、大赦し、改元す。

…（略[四三]）。

大通元年…三月辛未（八日）、車駕で同泰寺に行幸し捨身した。甲戌（十一日）、宮中に還り、天下に大赦し、改元した。

…（略）。

中大通元年…癸巳（十月四日）、車駕で同泰寺に行幸し、四部無遮大会を開き、そして捨身した。公卿以下、銭一億万で買い戻した。

冬十月己酉（二十日）、車駕で宮中に還り、大赦し、中大通と改元した。

…（略）。

三八 同泰寺　「初め、帝同泰寺を創り、是に至りて大通門を開きて以て寺の南門に對し、反語を取りて以て同泰に協う。是れより晨夕講義するに、多く此の門に由る。…大通と改元するは、寺と門との名に符するを以てなり」（『南史』巻七）。「同泰」の「同」の声母と「泰」の韻母を組み合わせると「太（大）」の音となり、逆に「泰」の声母と「同」の韻母を組み合わせると「通」の音となる。反語とは、このような言語遊戯で、漢字の発音表示法の反切も同じ原理に基づく。同泰寺への行幸は、下文に取り上げる中大通元年（五二九）・中大同元年（五四六）・太清元年（五四七）以外に、中大通三年（五三一）十月己酉（十三日）から乙卯（十九日）にわたるもの（「高祖法座に升り、四部衆の爲に大般若涅槃經の義を説く」）、同年十一月乙未（二十九日）から十二月辛丑（六日）にわたるもの（「高祖法座に升り、四部衆の爲に摩訶般若波羅蜜經の義を説く」）、中大通五年（五三三）二月癸未（二十五日）より己丑（三月一日）にわたるもの（「四部大會を設け、高祖法座に升り、金字摩訶波若經の題を發す」）が『梁書』の本紀には記されている。

三九 捨身　本来、仏への報恩のために自分の肉体を焼いたり、肉体を衆生に布施すること（『法華経』第六薬王菩薩本事品・『大品般若経』第十六など）。後には世俗を捨てて三宝（仏・法・僧）に我が身を捧げ、奴婢となることをいい、奴婢となった者を買い戻すことを名目に寺院に寄進することがならわしとなった。小乗仏教では、破戒とされる。

四〇 癸巳　中大通元年九月に癸巳の日はない。十月四日のことと思われる。これに先立ち、「（中大通元年六月）都下疫すること甚だしく、帝重雲殿に於いて百姓の爲に救苦の齋を設け、身を以て爲に禱る」という記事も見られる（『南史』巻七）。

四一 四部無遮大會　「上御服を釋き、法衣を披、清淨大捨を行い、便省を以て房と爲し、素牀瓦器、小車に乗り、私人として執役す。甲午、講堂の法座に升り、四部の大衆の爲に涅槃經の題を開く」（『南史』巻七）。『南史』には、「（中大通）二年夏四月癸丑、同泰寺に幸し、平等會を設く」、「（大同元年）三月丙寅、同泰寺に幸し、無遮大會を設く」、「（大同二年三月）戊寅、帝同泰寺に幸し、平等法會を設く」、「（大同二年）秋九月辛亥、同泰寺に幸し、四部無碍法會を設く。冬十月…壬午、同泰寺に幸し、無碍大會を設く」、「（大同三年）夏五月癸未、同泰寺に幸し、十方金銅像を鑄し、無碍大會を設く」などの記事がある。四部は四部衆のこと。仏教教団を構成する、出家の二衆（比丘・比丘尼）と在家の二衆（優婆塞・優婆夷）をいう。無遮とは一切に寛容であり、諸悪から解脱し、すべての者に一律に応対することで、無遮大会（無碍大会）は、賢聖道俗貴賤上下の区別なく、平等に財・法の布施を行う法会。

四二 奉贖　仏門に入った武帝を買い戻すこと（→注三九）。「癸卯、群臣錢一億萬を以て皇帝菩薩の大捨を奉贖し、僧衆默許す。乙巳、百辟寺の東門に詣りて表を奉じ、還りて宸極に臨むことを請うに、三たび請うて乃ち許さる。帝 三たび書に答うるに、前後並びに頓首と稱す。冬十月己酉、又た四部無遮大會を設け、道俗五萬餘人。會畢り、帝金輅を御して宮に還る」（『南史』巻七）。

四三 中大通三年（五三一）四月、皇太子蕭統が亡くなり、七月蕭綱が皇太子となった。中大通四年（五三二）三月、侍中・領国士博士の蕭子顕が、国学に武帝の解釈による『制旨孝経』の助教一人、学生十人を置くよう上表した。

＊　＊　＊

（大同）十年…三月甲午、輿駕幸蘭陵、謁建陵[四四]。辛丑、至脩陵[四五]。壬寅、詔[四六]曰「朕自違[四七]桑梓、五十餘載、乃[四八]眷東顧、靡[四九]日不思。今四方款[五〇]關[五一]、海外有截、獄訟稍簡、國務小閑、始獲展敬園陵、但增感慟。故鄉老少、接踵遠至、情貌孜孜、若歸于父、宜有以慰其此心。並可錫位一階、幷加頒賚。所經縣邑、無出今年租賦。監所責民、蠲[五二]復二年、幷普賚內外從官軍主左右錢米各有差」。因作還舊鄉[五三]詩。

癸卯、詔園陵職司、恭事勤勞、並錫位一階、幷加沾賚。丁未、仁威將軍・南徐州刺史[五四]臨川王正義進號安東將軍。己酉、幸京口城北固樓[五五]、改名北顧。庚戌、幸回賓亭、宴帝鄉故老及所經近縣奉迎候者少長數千人、各賚錢二千。

夏四月乙卯、輿駕至自蘭陵。詔鰥寡孤獨尤貧者贍卹各有差。

…（略）。

中大同元年…三月…庚戌、法駕出同泰寺大會、停寺省、講[五六]金字三慧經。夏四月丙戌、於同泰寺解講[五七]、設法會。大赦、改元。孝悌力田爲父後者賜爵一級、賚宿衞文武各有差。是夜、同泰寺[五八]災。

……（略）。

（太淸元年）二月己卯、白虹貫日[59]。庚辰、魏司徒侯景[60]求以豫・廣・潁・洛・陽・西揚・東荊・北荊・襄・東豫・南兗・西兗・齊等十三州內屬。壬午、以景爲大將軍、封河南王、大行臺、承制如鄧禹故事[61]。丁亥、輿駕躬耕籍田[62]。

三月庚子、高祖[63]幸同泰寺、設無遮大會、捨身、公卿等以錢一億萬奉贖。甲辰、遣司州刺史[64]羊鴉仁・兗州刺史[65]桓和・仁州刺史[66]湛海珍等應接北豫州。

……（略[67]）。

（大同）十年……三月甲午、輿駕蘭陵に幸し、[44]建陵に謁す。辛丑、[45]脩陵に至る。壬寅、[46]詔して曰く「朕[47]桑梓を違ってより、五十餘載、[48]乃ち眷みて東顧し、[49]日として思わざる靡し。今四方[50]關を款き、海外[51]截うる有り、獄訟稍や簡、國務小や閑にして、始めて敬を園陵に展くを獲て、但だ感慟を增すのみ。故鄕の老少、踵を接して遠くより至り、情貌孜孜として、父に歸するが若く、宜く以て其の此の心を慰むる有るべし。並びに位一階を錫い、并びに頒賚を加うべし。經る所の縣邑、今年の租賦を出だす無からしめよ。監の責むる所の民、[52]蠲復すること二年、并びに普く內外の從官軍主左右に錢米を賚いて各おの差有れ」と。因りて「[53]舊鄕に還る」詩を作る。

癸卯、詔して園陵の職司、事を恭んで勤勞、並びに位一階を錫い、并びに沾賚を加う。丁未、仁威將軍・南徐州刺史[54]臨川王正義號を安東將軍に進む。己酉、京口城の[55]北固樓に幸し、名を北顧に改む。庚戌、回賓亭に幸し、帝鄕の故老及び經る所の近縣の迎候を奉る者少長數千人を宴し、各おの錢二千を賚う。

夏四月乙卯、輿駕至るに蘭陵よりす。詔して鰥寡孤獨尤も貧なる者に贍卹すること各おの差有り。

…（略）。

中大同元年…三月…庚戌、法駕同泰寺大會に出でて、寺省に停まり、[五六]金字三慧經を講ず。夏四月丙戌、同泰寺に於いて解講し、[五七]法會を設く。大赦し、改元す。孝悌力田父の後爲る者爵一級を賜い、宿衛文武に賚うこと各おの差有り。是の夜、[五八]同泰寺災あり。

…（略）。

（太淸元年）二月己卯、[五九]白虹日を貫く。庚辰、魏の司徒[六〇]侯景豫・廣・潁・洛・陽・西揚・東荊・北荊・襄・東豫・南兗・西兗・齊等十三州を以て內屬せんことを求む。壬午、景を以て大將軍と爲し、河南王に封じ、大行臺、承制[六一]鄧禹の故事の如くす。丁亥、輿駕[六二]躬ら籍田に耕す。

三月庚子、[六三]高祖同泰寺に幸し、無遮大會を設け、捨身し、公卿等錢一億萬を以て奉贖す。甲辰、司州刺史[六四]羊鴉仁・兗州刺史[六五]桓和・仁州刺史[六六]湛海珍等を遣して北豫州に應接せしむ。

…（略）[六七]。

（大同）十年…三月甲午（十日）、車駕で蘭陵に行幸し、建陵を拝謁した。辛丑（十七日）、脩陵に至った。壬寅（十八日）、詔を下していうには、「朕が故郷を後にしてから、五十年あまり経つが、故郷のある東に心惹かれ、思わない日は一日となかった。今、四方はよしみを通じ、海外は整い、裁判ざたもやや少なくなり、国務は少し安定し、ようやく墓前に詣ることができて、ひたすら感じ入るばかりだ。故郷の老いもわかきも、踵を接して遠くからやってきて、その勤勉な表情は、さながら父の懐に落ち着いたかのようで、かれらのこうした心をねぎらうものがあるべきだろう。みんなに位一階を賜い、同時に褒美をつかわす。通ってきた県邑には、今年の租賦を免除せよ。監に使役された民は、二年間税と労役を免除し、ならびにあまねく内外の従官・軍主・近臣にそれぞれ分に応じて銭や米を与えよ」とした。そこで「旧郷に還る」詩を作った。

癸卯（十九日）、詔を下して、「墓陵の役人たちは、うやうやしく仕事に励んでおり、みんなに位一階を賜い、それとともに褒美をつかわせ」とした。丁未（二十三日）、仁威将軍・南徐州刺史臨川王正義の号を安東将軍に上げた。己酉（二十五日）、京口城（江蘇省）の北固楼に行幸し、北顧楼と名を改めた。庚戌（二十六日）、回賓亭に行幸し、帝の故郷の故老や通ってきた近県で接待にあたったもの、老いもわかきも数千人を宴席にまねき、めいめいに銭二千を与えた。

夏四月乙卯（一日）、車駕が蘭陵より帰った。詔を下して、身よりのないものでとりわけ貧乏な者に、それぞれ程度に応じてあわれみを賜うた。

…（略）。

中大同元年…三月…庚戌（八日）、車駕で同泰寺の大会に出、寺に停まって、金字三慧経を講じた。夏四月丙戌（十四日）、同泰寺での講義を終了し、法会を開いた。大赦し、中大同と改元した。孝悌なるもので農業に勤め、父の後継ぎである者に爵一級を賜い、宿衛の文官武官に、それぞれ分に応じて褒美を賜った。この夜、同泰寺が火災になった。

…（略）。

（太清元年）二月己卯（十二日）、白虹が太陽を貫いた。庚辰（十三日）、魏の司徒の侯景が豫・広・潁・洛・陽・西揚・東荊・北荊・襄・東豫・南兗・西兗・斉などの十三州をこぞって梁への服従を求めてきた。壬午（十五日）、侯景を大将軍とし、河南王に封じ、大行台とし、摂政とすること、鄧禹の故事のようにした。丁亥（二十日）、帝は自ら籍田を耕す儀式をとりおこなった。

三月庚子（三日）、武帝（蕭衍）は同泰寺に行幸し、無遮大会を開き、捨身し、公卿らは銭一億万で買い戻した。甲辰（七日）、司州刺史の羊鴉仁・兗州刺史の桓和・仁州刺史の湛海珍らを北豫州に派遣して侯景に応接させた。…（略）。

四四 建陵　武帝の母、献皇太后（→注七一）を葬る。
四五 脩陵　武帝の后、郗氏を葬る。郗氏は、四六八～四九九。諱は徽、高平金郷（山東省）の人。祖父の郗紹は宋の国子祭酒、父燁は、太子舎人、母は宋文帝の娘尋陽公主。宋後廃帝、斉安陸王緬ふたりから結婚を望まれたが断り、建元の末、武帝に嫁いだ。永泰元年（四九八）、武帝が雍州刺史となると、州に従ったが、翌年八月その地で亡くなった。享年三十二。公主三人を生んだ。亡き後中興二年（五〇一）、武帝が梁公となって、梁公妃とされ、武帝が即位して、さらに皇后とされて、沈約の議によって徳皇后と諡された。『梁書』巻七、『南史』巻一二。
四六 詔　『南史』巻七によれば、皇基寺で法会を催した際に詔を出した。
四七 桑梓　『詩』小雅・小弁「惟だ桑と梓と、必ず恭敬止」。古代、住居の傍らに桑と梓を植える習慣があった。のち、故郷を意味することばとして使われるようになった。
四八 乃眷東顧　『詩経』大雅・皇矣に「乃眷西顧」とあるのを用いた表現。
四九 靡日不思　『詩経』邶風・泉水に「衛を懐うこと有りて、日として思わざる靡し」。
五〇 款關　款は叩くこと。関所の扉を叩いて訪ねてくること。
五一 海外有截　『詩経』商頌・長発に「相土烈烈たり、海外截うる有り」。
五二 蠲復　賦税や労役を免除すること。
五三 還舊郷詩　佚す。この行幸の折りの作としては、「北顧楼に登る」詩一首がのこる。
五四 臨川王正義　蕭正義、字は公威。生卒年未詳。武帝の弟蕭宏の子。『南史』巻五一。都の西、長江に望んだ山嶺に北固楼は建てられていたが崩壊し、頂きに小亭を残すのみとなっていた。小亭は狭く、升り降りも不便で最初武帝は輦よりおりて歩いて升ったが、翌日には蕭正義が小さい御輿のまま通れるように改修しており、武帝は悦び、褒美を賜った。「上 登望之を久しうし、敕して曰く『此の嶺固守に須うるに足らず、然るに京口實に乃ち壯觀たり』と。乃ち改めて北顧と曰う」。
五五 北固楼　→注五三・五四。
五六 金字三慧經　「三慧経」は、仏教徒の修養指針となる条目を種種の経典から抄出したもの。「金字」とは、金色の篆字で書かれたことによる（蕭子顕「御講金字摩訶般若波羅密経序」『広弘明集』巻一九）。なお、『南史』巻七によれば、この時、武帝は「施身」（捨身）している。
五七 解講　『南史』巻七によれば、「夏四月丙戌、皇太子以下奉贖するに、仍お同泰寺に於いて解講し…」。
五八 同泰寺災　『通鑑』は、「浮圖」（塔）が焼けたという。二倍に高くした十二層の塔を再建する予定であったが、侯景の乱のため中止された。『南史』巻七は、「始め天監中、沙門釋寶誌詩を爲りて曰く、『昔年三十八、今年八十三、四中復た四有り、城北火酣酣たり』と。帝周捨をして之を封記せしむ。中大同元年、同泰寺災あるに及び、帝封を啓きて捨の手迹を見、之が爲に涕を流す。帝甲辰に生まれ、三十八は、建鄴を剋するの年なり。災に遇うは歳實に丙寅、八十三なり。四月十四日にして火あり、火起こるの始め、浮屠の第三層自りす。三なる者は、帝の昆季の次なり。帝之を惡む」と記す。
五九 白虹貫日　『史記』巻八三鄒陽伝の集解に「如淳曰く『白虹は、兵の象なり、日は君と爲す』」。『晉書』天文志中「（懐帝永嘉）二年正月戊申、白虹日を貫く。…占に曰く『白虹日を貫けば、近臣亂を爲す、しからずんば則ち諸侯に反する者有らん』と…」。

六〇 侯景　五〇三～五五二。字は万景。北魏の将軍で高歓に仕えた。高歓の子の高澄が自分を暗殺せんとしていることを察知すると、梁に帰順。東魏の攻撃に壊滅的状況に陥ると、梁は侯景を見捨て、東魏と国交を結ばんとしたため、反乱を起こして武帝を殺し、簡文帝を幽閉、廃立して豫章王蕭棟を立て、自らは漢王となる。五五一年、禅譲を受けて漢帝となるも梁元帝配下の将軍王僧辯・陳覇先に討たれた。『梁書』巻五六、『南史』巻八〇。

六一 鄧禹　二～五八。孝武帝を助け、後漢の成立に元功があった。『後漢書』鄧寇列伝第六。『後漢書』孝武帝紀上、建武三年（二七）十月の条に「西州大將軍隗囂奏を奉る」とあり、その注に「時に鄧禹承制し、囂に命じて…」と言う。

六二 耕籍田　春、農耕が始まる前に、帝王自ら田を耕し、宗廟を祭る儀式。

六三 高祖幸同泰寺　中大通元年とほぼ同様に、捨身・奉贖が行われた。『南史』巻七に「清浄大捨を行い、名づけて羯磨（仏僧・尼僧が授戒し、懺悔する儀式）と曰う」。また、「太極殿に幸し、即位の禮の如くす」といい、捨身によって皇帝ではなくなり、臣下の奉贖によって俗世に戻った後、再び即位する形式をとっていたことがわかる。その間、皇帝は不在ということになるわけで、『通鑑』胡三省の注は、この点を批判している。

六四 羊鴉仁　?～五四九。字は孝穆、太山鉅平の人。普通年間、魏より梁に帰順。台城陥落後、侯景のもとに留められるが、出奔し、江陵に赴く途中殺害された。『梁書』巻三九、『南史』巻六三。

六五 桓和　未詳。

六六 湛海珍　未詳。

六七 梁に帰順した後、侯景の軍は東魏軍によって壊滅状態になった。朱异は、侯景を見捨てて、東魏と国交を結ぶよう武帝に進言し、武帝は従ったが、侯景はこれに恨みを抱き、敗残兵を集め奴隷を解放してわが勢力としつつ建康を目指して南下、やがて建康の対岸に達したが、梁側はその渡江は不可能と見て対策をたてなかった。ところが臨賀王蕭正徳が侯景と内通し、太清二年（五四八）十月、侯景は南岸に渡ると建康を急襲、やすやすと建康の外城に入った。その後、内城（台城）を包囲し持久戦となる。建康救援にかけつけた柳仲礼、蕭綸、蕭範らの軍勢は、互いに牽制しあって動かないままであった。太清三年二月、侯景は画策して、和議を結ぶも、約束を違えて包囲を解かず、食料を補給し、その月の内にまた宣戦を布告、三月丁卯（十二日）、ついに台城は陥落した。侯景は偽の詔を発して、梁の援軍に解散を命令して、自らは丞相・大都督中外諸軍事・録尚書となった。

＊　　＊　　＊

五月丙辰、高祖崩于淨居殿[六八]、時年八十六。辛巳、遷[六九]大行皇帝梓宮于太極前殿。
冬十一月、追尊爲武皇帝、廟曰高祖。乙卯、葬于脩陵。

高祖生[七〇]知淳孝。年六歲、獻[七一]皇太后崩、水漿不入口三日、哭泣哀苦、有過成人、內外親黨、咸加敬異。及丁文皇帝憂、時爲齊隨王諮議、隨府在荊鎭、髣髴[七二]奉聞、便投劾星馳、不復寢食、倍道就路、憤風驚浪、不暫停止。高祖形容本壯、及還至京都、銷毀骨立、親表士友、不復識焉。望宅奉諱[七三]、氣絕久之、每哭輒歐血數升。服內不復嘗米、惟資大麥、日止二溢[七四]。拜掃山陵、涕淚所灑、松草變色[七五]。及居帝位、卽於鍾山造大愛敬寺[七六]、青溪邊造智度寺、又於臺內立至敬等殿。又立七廟堂、月中再過[七七]、設淨饌。每至展拜、恆涕泗滂沲、哀動左右。加以文思[七八]欽明、能事畢究[七九]、少而篤學[八〇]、洞達儒玄。雖萬機多務、猶卷不輟手、燃燭側光、常至戊夜。造制旨孝[八一]經義、周易講疏[八二]、及六十四卦・二繫・文言・序卦等義、樂社義[八三]、毛詩答問[八四]、春秋答問[八五]、尚書大義[八六]、中庸講疏[八七]、孔子正言[八八]、老子講疏[八九]、凡二百餘卷、並正先儒之迷、開古聖之旨。王侯朝臣皆奉表質疑、高祖皆爲解釋。脩飾國學[九〇]、增廣生員、立五館、置五經博士。天監初、則何佟之[九一]・賀瑒[九二]・嚴植之[九三]・明山賓[九四]等覆述制旨、並撰吉凶軍[九五]賓嘉五禮、凡一千餘卷、高祖稱制斷疑。於是穆穆恂恂、家知禮節。大同中、於臺西立士林館[九六]、領軍朱异[九七]・太府卿賀琛[九八]・舍人孔子袪[九九]等遞相講述。皇太子[一〇〇]・宣城王[一〇一]亦於東宮宣猷堂及揚州廨開講、於是四方郡國、趨學向風、雲集於京師矣。兼篤信正法[一〇二]、尤長釋典、製涅盤[一〇三]・大品・淨名・三慧諸經義記、復數百卷。聽覽餘閑、卽於重雲殿及同泰寺講說、名僧碩學・四部聽衆、常萬餘人。又造通史[一〇四]、躬製贊序、凡六百卷。天情睿敏、下筆成章、千賦百詩、直疏便就、皆文質彬彬[一〇五]、超邁今古。詔銘贊誄、箴頌牋奏、爰初在田[一〇六]、洎登寶曆[一〇七]、凡諸文集[一〇八]、又百二十卷。六藝[一〇九]備閑、棊登逸品[一一〇]、陰陽緯候[一一一]、卜筮占決[一一二]、並悉稱善。又撰金策三十卷[一一三]。草隷尺牘[一一四]、騎射弓馬、莫不奇妙。勤於政務、孜孜無怠。每至冬月、四更竟、卽敕把燭看事、執筆觸寒、手爲皴裂。糾姦擿伏、洞盡物情、常哀矜涕泣、然後可奏。日止一食、膳無鮮腴、惟豆羹糲食而已。庶事繁擁、日儻移中、便嗽口以過。身衣布衣、木緜皁帳、一冠三載、一被二年。常克儉於身、凡皆此類。五十外便斷房室。後宮職司貴妃以下[一一五]、六[一一六]

宮[二七]禕褕三翟之外、皆衣不曳地、傍無錦綺。不飲酒、不聽音聲、非宗廟祭祀・[二八]大會饗宴及諸[二九]法事、未嘗作樂。性方正、雖居[三〇]小殿暗室、恆理衣冠、[三一]小坐押褄、盛夏暑月、未嘗褰袒。不正容止、不與人相見、雖覿內豎小臣、亦如遇大賓也。歷觀古昔帝王人君、恭儉莊敬、藝能博學、罕或有焉。

五月丙辰、高祖[六八]淨居殿に崩ず、時に年八十六。辛巳、[六九]大行皇帝の梓宮を太極前殿に遷す。

冬十一月、追尊して武皇帝と爲し、廟は高祖と曰う。乙卯、脩陵に葬らる。

高祖は[七〇]生知淳孝たり。年六歳にして、[七一]獻皇太后崩ずるに、水漿口に入らざること三日、哭泣哀苦すること、成人に過ぐる有りて、內外親黨、咸な敬異を加う。文皇帝の憂いに丁うに及んで、時に齊の隨王の諮議爲りて、府に隨って荊鎭に在りしが、[七二]髣髴として聞を奉ずるや、便ち投劾して星馳し、復た寢食せず、道を倍して路に就き、憤風驚浪にも、暫くも停止せず。高祖形容本と壯たるも、還りて京都に至るに及んで、銷毀し骨立して、親表士友、復た焉を識らず。[七三]宅を望んで奉諱し、氣絕すること之を久しくし、哭する每に輒ち歐血すること數升。服內は復た米を嘗めず、惟だ大麥に資ること、日に止だ二[七四]溢のみ。山陵を拜掃するに、涕淚の灑ぐ所、[七五]松草色を變ず。帝位に居るに及んで、卽ち鍾山に於いて[七六]大愛敬寺を造り、青溪の邊に智度寺を造り、又た臺內に於いて至敬等の殿を立つ。又た七廟堂を立て、月中に再過し、[七七]淨饌を設く。展拜するに至る每に、恆に涕泗滂沲たりて、哀しみは左右を動かす。加うるに[七八]文思欽明、[七九]能事畢究、少くして[八〇]篤學にして、儒玄に洞達するを以てす。萬機多務と雖も、猶お卷手を輟めず、燭を燃やし光を側らにし、常に戊夜に至る。『[八一]制旨孝經義』、『[八二]周易講疏』、及び「六十四卦」「二繫」「文言」「序卦」等の『[八三]義』、『[八四]樂社義』、『[八五]毛詩答問』、『[八六]春秋答問』、『[八七]尚書大義』、『[八八]中庸講疏』、『[八九]孔子正言』、『[九〇]老子講疏』、凡そ二百餘巻を造るに、並びに先儒の迷を正し、古聖の旨を開く。王侯朝臣皆な表を奉じて疑いを質すに、高祖皆な爲に解釋す。[90]國學を脩飾し、生員を増廣し、五館を立てて、五經博士を置く。天監の初には、則ち[91]何佟之・賀瑒・[92]嚴植之・[93]明山賓等制旨を覆述し、並びに吉・凶・軍・賓・嘉五禮、[94]凡そ一千餘巻を撰し、高祖制を稱して疑いを斷つ。是に於いて穆穆恂恂として、家いえに禮節を知る。大同中、臺西に於いて[96]士林館を立て、領軍[97]朱异・太府卿[98]賀琛・舍人[99]孔子袪等遞いに相い講述す。[100]皇太子・[101]宣城王も亦た東宮宣猷堂及び揚州の廨に於いて講を開き、是に於いて四方郡國、學に趨き風に向い、京師に雲集す。兼ねて[102]篤く正法を信じ、尤も釋典に長じ、[103]『涅盤』『大品』『淨名』『三慧』諸經の義記を製すること、復た數百巻。聽覽の餘閑は、即ち重雲殿及び同泰寺に於いて講説し、名僧碩學・四部の聽衆は、常に萬餘人。又た『通史』[104]を造り、躬づから贊序を製りて、凡そ六百巻。天情睿敏にして、筆を下せば章を成し、千賦百詩、直だ疏すれば便ち就り、皆な[105]文質彬彬として、今古に超邁す。詔銘贊誄、箴頌牋奏、[106]爰に初め田に在りしより、[107]寶暦に登るに洎んで、凡そ諸もろの文集、[108]又た百二十巻。[109]六藝備さに閑い、[110]棊は逸品に登り、[111]陰陽緯候、[112]卜筮占決、並びに悉く善と稱せらる。又た[113]『金策』三十巻を撰す。[114]草隸尺牘、騎射弓馬、奇妙ならざるは莫し。政務に勤め、孜孜として怠る無し。冬月に至る毎に、四更竟われば、即ち敕して燭を把りて事を看、筆を執りて寒に觸れ、手は爲に皴裂す。姦を糾し伏を擿くに、洞く物情を盡くし、常に哀矜涕泣し、然る後に奏を可しとす。日に止だ一食のみ、膳に鮮腴無く、惟だ豆羹糲食のみ。庶事繁く擁して、日儻し中を移せば、便ち口を嗽ぎて以て過ぐ。身は布衣を衣て、木緜の皁帳、一冠三載、一被二年。常に克く身を儉しくすること、凡そ皆な此の類なり。五十より外便ち房室を斷つ。後宮の職司、[115]貴妃以下、[116]六宮の[117]褘褕・三翟の外、皆な衣は地に曳かず、傍らに錦綺無し。酒を飲まず、音聲を聽かず、宗廟の祭祀・[118]大會饗宴及び諸もろの法事に非ざれば、[119]未だ嘗て樂を作さず。性方正にして、[120]小殿暗室に居ると雖ども、恆に衣冠を理め、[121]小坐にも押褸し、盛夏暑月にも、未だ嘗て褰袒せず。容止を正さざれば、人と相い見ず、内竪小臣に覿うと雖ども、亦た大賓に遇うが如くするなり。古昔帝王人君を歴觀するに、恭儉莊敬、藝能博學、或いは有ること罕なり。

五月丙辰（二日）、武帝は浄居殿で崩御した。時に年八十六。辛巳（二十七日）、大行皇帝の棺を太極前殿に移した。冬十一月、武皇帝と尊号を贈り、廟号を高祖とした。乙卯（四日）、脩陵に葬られた。

武帝は、すぐれた生まれつきで、淳孝だった。六歳のとき、献皇太后がお亡くなりになると、三日間水ものどを通らず、声をあげて泣き悲しむ有様は、成人以上のものがあったので、内外の親戚は、みな敬意をはらうようになった。父の文皇帝が亡くなったとき、ちょうど武帝は斉の随王の諮議で、荊州の随王の府に在ったが、父の死の知らせを聞くやいなや、すぐに辞職して夜も馳せ、眠りも食べもせず、旅程を倍にして旅路を進み、吹きすさぶ風にも逆巻く波にも、まったく足を止めることがなかった。武帝は本来立派な体格だったが、都に帰ってくると、やせさらばえていて、親戚や友人たちも、彼だとわからないほどだった。家を望むところまで来ると服喪の礼に則り、長く絶息し、哭礼のたびに数升の血を吐いた。服喪の間は、米を口にせず、ただ大麦だけで、それも日にただ二溢だけだった。墓陵に参拝すると、涙がふりかかった所は、松や草が枯れてしまうほどの泣きようだった。帝位に着くと、鍾山に大愛敬寺を建て、青渓のほとりに智度寺を建て、さらに台城の中に至敬殿などを建てた。さらに七廟堂を建てて、月に二度のお参りをし、お供えをした。参拝するたびに、いつも涙が止まらなくなって、その哀みの情は左右の近臣の心もつき動かすほどだった。それだけではなく、思慮深く聡明で、できないことはなく、わかくして学問にはげみ、儒学・玄学に通達した。皇帝の任は多忙であったが、それでも書物を手放さず、夜明けになるまで灯火のそばで読書しつづけた。『制旨孝経義』、『周易講疏』、および「六十四卦」「繫辞上伝」と「下伝」「文言伝」「序卦伝」などの『義』、『楽社義』、『毛詩答問』、『春秋答問』、『尚書大義』、『中庸講疏』、『孔子正言』、『老子講疏』、全部で二百巻あまりを著したが、すべて先儒の迷いを正し、古の聖人の心を明らかにするものだった。王侯朝臣は、みな表を奉じて質問したが、武帝はすべて疑問を解いてやった。国学を盛んにし、生員を増やし、五館を立てて、五経博士を置いた。天監年間の初めには、何佟之・賀瑒・厳植之・明山賓らが武帝の制旨を書き記して、すべて吉・凶・軍・賓・嘉の五礼、全部で一千巻あまりを著し、武帝は、皇帝の旨と称して疑義に決断を下した。こうして、世の中に淳風がゆきわたり、家々に礼節を知るようになった。大同中、台城の西に士林館を建てて、領軍の朱异・太府卿の賀琛・舎人の孔子袪らがかわるがわる講述した。皇太子や宣城王も東宮の宣猷堂や揚州の役所で講義を開き、こうして四方の郡国で、向学の風が高まり、学ぶ者たちは都に雲のごとく集まってきた。さらに、篤く仏法を信じ、仏典に精通し、『涅槃』『大品』『浄名』『三慧』の諸経の義記を著述して、数百巻となった。政務の暇には、重雲殿や同泰寺で講説し、それを聴く名僧や碩学・信者たちは、いつも一万人を超えた。さらに、『通史』を編纂し、自らその賛序を書いたが、ぜんぶで六百巻あった。うまれつき聡明で、筆を下せば文章ができ、数多くの詩や賦は、書きつけさえすれば、もうできあがり、すべて文質彬彬として、古から今に至る作品を超越していた。詔・銘・賛・誄・箴・頌・牋・奏、在野のときから皇帝となるまで、凡そもろもろの文集が、また百二十巻ある。礼・楽・射・御・書・数の六藝はすべてに習熟し、囲碁は逸品と評価され、陰陽緯候、卜筮などの占いも、すべてすばらしいと褒め称えられた。また、『金策』三十巻を著した。草書や楷書・尺牘の文字、乗馬に弓道、絶妙ならざるものはなかった。政務に勤め、まじめに怠ることがなかった。毎年冬になると、四更過ぎには早や、灯火を持たせて政務を執り、筆を手にして寒気に触れるので、手はあかぎれになった。罪を糾弾し摘発する際には、できるだけ人情によるようにし、いつも哀れんで涙を落としてから、処罰の上奏に裁可を与えた。一日にただ一食取るだけで、膳に生臭ものは無く、ただ豆のスープや玄米だけであった。政務が多くてはかどらず、日中を過ぎるようなときには、ただ口を嗽いで過ごすのだった。身には粗末な着物をつけ、木綿の黒い帳で、一つの冠を三年戴き、一つのふとんを二年用いた。常に倹約するありさまは、みなこのようであった。五十歳を過ぎると、房事を断った。後宮の役人や貴妃たちは、后妃が着る褘褕・三翟といった礼服以外は、まったく華美な服装はつけず、身の回りに美しい絹を使った織物などはなかった。酒を飲まず、音楽や歌を聴かず、宗廟の祭祀や大会・饗宴、そして諸もろの法会でなければ、音楽を演奏させなかった。うまれつき方正で、人の見ていない暗い部屋にいるときでも、いつも衣冠をきちんとし、くつろいだ席でも腰帯をしめ、夏の暑いときにも、片肌脱ぐようなことはなかった。身なりを整えないと、人と会わず、宦官や小臣に会うときでさえ、賓客に接するがごとくであった。古の帝王人君を見渡しても、これほどつつましやかで恭しく厳かで、技藝にすぐれ博学であった君主は、滅多にいない。

六八 高祖崩于浄居殿　前月の四月己酉（二十四日）、武帝は求めるものも供されないまま、病にふせっていた。『南史』巻七は、臨終に至るまでを「蒙塵に在ると雖も、齋戒廢せず、疾んで膳を進む能わざるに及ぶも、盥漱初めの如し。皇太子日中に再び朝し、毎に安否を問うに、涕泗面に交わる。賊臣の侍する者、掩泣せざる莫し。疾久しくして口苦く、蜜を索めて得ず、再び曰く、「荷、荷」と。遂に崩ず。賊之を祕するも、太子起居を問いて見ゆるを得ず、閤下に慟す」と記す。湯用彤『漢魏両晋南北朝仏教史』は、「浄居（亡くなった殿の名）は、仏教の戒行のひとつ、蜜食は仏教徒が薬とするもののひとつであり、武帝は殉教したといえる」と指摘する。なお、『梁書』侯景伝（→注六〇）には、武帝は文徳殿で崩御したとある。侯景は、武帝の死を二十日余りにわたって秘した。

六九 大行皇帝　亡くなった皇帝を、諡がつけられるまでは、こう呼ぶ。

七〇 生知　『論語』季氏篇に「生まれながらにして知る者は上なり（生而知者上也）」。

七一 獻皇太后　?～四七一。張氏、諱は尚柔、范陽方城の人。宋の元嘉年間、蕭順之（→注三）に嫁ぎ、懿・敷・衍の三子をもうけた。『梁書』巻七、『南史』巻一二。どちらの伝も、泰始七年（四七一）に亡くなったとするが、武帝六歳の時に亡くなったのであれば、泰始五年（四六九）でなければならない。

七二 髣髴奉聞　武帝「孝思の賦」序に「齒弱冠を過ぎ、外に怙む所（父）を失う。職を荆蠻に限り、晨昏を闕くを致す。江途遼敻にして、家に指信無く、行路髣髴として、先君體に安んぜざる有りて、晝は則ち食を輟め、夜は則ち寢を廢し、方寸（心）煩亂し、身を容るるに所無く、便ち刺を投じて職を解き、以て歸路に遵わんとす。時に于て齊の隨郡王子隆陝西を鎭撫し、頻りに信命を煩し、一夕停まりて、明くるひ當に早く江津に出でて送別すべからしむ。心慮迫切し、命を承るを獲ず、止だ小船を得て、星を望んで路に就き、夜に風浪を冒し、處に遑寧せず、途に定陵に次り、船又た損壞す、時に于て門賓の周仲連鵲頭の戍主爲りて、借りて一舸を得たり。奔波にも兼行し、屢しば危險を經、僅かに濟るを獲たり。戾止に至るに及んで、已に逮及する無く、五内屠裂し、肝心破碎して、便ち身を山下に歸し、志を墳陵に畢えんと欲す…」とある。また、『礼記』奔喪篇（他国に居て喪を聞き急ぎ帰る際の礼について記す）に、「日に百里行き、夜を以て行かず、唯だ父母の喪は、星を見て行き、星を見て舍る」という。

七三 望宅奉諱　死者の名を諱むことから、喪に居ることを「諱を奉ず」という。『礼記』奔喪篇に、他国より服喪のために急ぎ帰る者が、その国の境を望むと哭すと記す（其の國竟を望んで哭す）。また、「齊衰は鄉を望みて哭し、大功は門を望みて哭し、小功は門に至りて哭し、緦麻は位に卽いて哭す」とある。武帝は、宅を望んだところで服喪の礼に則ったのだろう。

七四 溢　容量の単位。片手の手の平一杯の量。また、一升と二十四分の一升（『儀礼』喪服篇、鄭玄注）。

七五 松草變色　松・柏は墓所に植えられる樹木。『金楼子』興王篇は「松爲に色を變ず」と「草」がない。

七六 大愛敬寺…　武帝「孝思の賦」序に、「乃ち鍾山の下に於て大愛敬寺を建て、青渓の側に於て、大智度寺を造り、以て極まる罔きの情を表し、遠きを追うの心を達するも、蓼莪の哀しみを遣る能わず、復た宮内に於て至敬殿を起て、工匠の巧を竭くし、世俗の奇を盡くし、水石周流し、芳樹雜沓す。限らるに國事を以てし、亦た復た朝夕に侍食するを得る能わず、唯だ朔望のみ親ら饋奠を奉る有るのみ、…」という。大智度寺の「智」は、「般若」の義訳で、「度」は「波羅密」の義訳である。

七七 月中再過　「孝思の賦」（→注七二）にあるように「朔」「望」（一日と十五日）にお参りした。

七八 文思欽明　『尚書』堯典に「欽明文思、安んずるを安んず」。

七九 能事畢究　『易経』繫辞伝上に「引きて之を伸べ、類に觸れて之を長ずれば、天下の能事畢る」。

八〇 篤學　『史記』伯夷列伝に「顔淵は學に篤しと雖も、驥尾に附きて行い益ます顯わる」。

八一 制旨孝經義　『隋志』経・孝経、「孝經義疏十八巻、梁武帝撰」。『梁書』武帝紀、中大通四年三月庚午の条に、「侍中・領國士博士の蕭子顯（本書「蕭子顕伝」参照）表を上り制旨孝經の助教一人、生十人を置き、專ら高祖の釋く所の『孝經義』に通ぜしむ」とある。また、武帝が『孝経』について講じた記事は、たとえば、『梁書』巻三八朱异伝に「高祖自ら『孝經』を講じ、异をして執讀たらしむ」という。

八二 周易講疏…　『隋志』経部に、『周易大義』二十一巻、『周易繫辞義疏』一巻、『周易講疏』三十五巻が著録される。蕭繹『金楼子』著書篇に、蕭繹撰の『周易義疏』三秩三十巻が著録され、その自注に「金樓制義を奉述し、私かに小小意を措くなり」という「制義」は、これらの武帝の「義」であろう。

八三 樂社義　『隋志』経部に、『楽社大義』十巻、『楽論』三巻、『鍾律緯』六巻が著録される。武帝は、音楽についても詳しかったが、それについては、『隋書』音楽志上に詳しい。

八四 毛詩答問　未詳。『毛詩』に関する著述としては、『毛詩発題序義』一巻、『毛詩大義』十一巻が、『隋志』経部に著録される。

八五 春秋答問　未詳。

八六 尚書大義　二十巻（『隋志』経部）。『経典釈文』序録に「齊明帝建武中、呉興の姚方興　馬（融）・王（肅）の注を采り、孔（安國）傳『舜典』一篇を造り、大航の頭に於て買い得たりと云い、之を上る。梁武　時に博士の爲に議して曰く『孔序は伏生誤りて五篇を合すと稱す。皆な文相い承接するは、誤りを致す所以なり。『舜典』の首に『曰若稽古』有り。伏生昏耄すると雖も、何ぞ容に之を合すべけん』と。遂に行用せず」という記事がある。武帝の経学の素養を示す話といえる。

八七 中庸講疏　一巻（『隋志』経部）。『梁書』巻三四張緬伝に、「（大同）十年、…是の時城西に士林館を開き學者を聚め、緬と右衞朱异・太府卿賀琛遞ごも『制旨禮記中庸義』を述ぶ」とある。礼に関する著述としては、ほかに『礼記大義』十巻、『制旨革牲大義』三巻が『隋志』に著録される。

　以上、注八二〜注八七を見ると、五経に関する著作のうち、『春秋』についての『義』が欠けるが、『梁書』巻四〇劉之遴伝に、「是の時『周易』『尚書』『禮記』『毛詩』並びに高祖の義疏有るも、惟だ『左氏傳』のみ尚お闕く、遴乃ち『春秋大意』十科・『左氏』

十科・『三傳同異』十科、三十事を合わせて以て之を上る。高祖大いに悦び、詔して答えて曰く『…昔弱年に在りて、乃ち研味を經るも、一たび遺置に従うや、迄るに將に五紀ならんとす。兼ねて晩冬晷促し、機事罕に暇ありて、夜分衣を求め、未だ捜括に遑あらず。…』と」とある。

八八 孔子正言　『隋志』経部・論語に、「『孔子正言』二十巻、梁武帝撰」とある。『論語』に関する書。『陳書』巻二四袁憲伝に「大同八年（五四二）、武帝『孔子正言章句』を撰し、詔して國學に下し、制旨の義を宣ぶ」とある。今、武帝の「孔子正言を撰して竟り懐いを述ぶる詩」一首がのこる。

八九 老子講疏　六巻（『隋志』）。武帝の「李老の道法に事うるを捨つる詔」（『広弘明集』巻四）に、「弟子經て遲く荒に迷い、老子に事うるに耽る。歷葉（代々）相い承け、此の邪法に染まる」という。湯用彤『漢魏両晋南北朝仏教史』・周一良「武帝及び其の時代を論ず」は、武帝の家が代々道教の天師道を信仰していたとする。

九〇 國學　『南史』巻七一儒林伝に「天監四年、乃ち詔して五館を開き、國學を建立す。總て五經を以て教授し、五經博士各一人を置く。是に於て平原明山賓・呉郡陸璉・呉興沈峻・建平嚴植之・會稽賀瑒を以て博士に補し、各おの一館を主らしむ。館に數百生有りて、其の餼廩を給す。其の射策して通明なる者は、即ち除して吏と爲す。是に於て經を懐き笈を負う者雲會す」とあり、『隋書』百官志上に「天監四年、五經博士各一人を置く。舊と國子學生、限るに貴賤を以てするに、帝高進を招來せんと欲し、五館生皆な寒門の儁才を引き、人數を限らず」という。

九一 何佟之　四四九～五〇三。字は士威、盧江灊の人。「三礼」に詳しかった。起家して揚州従事となる。総明館の学士となった。斉末の兵乱のなかでも学生を集めて講論した。梁成って、尚書左丞となり、礼の制定に裨益するところが多かった。『礼義』約百篇を著した。『梁書』巻四八、『南史』巻七一。

九二 賀瑒　四五一～五〇九。字は徳璉、会稽山陰の人。祖父の賀道力は、「三礼」に詳しく、宋世、尚書三公郎・健康令となった。その家学を受け継ぎ、斉の国子生となり、明経に挙げられて国子助教となった。梁成って、五礼の制定で賓礼を治め、武帝に認められた。詔によって、皇太子のために礼を定め、『五経義』を撰した。『礼・易・老・荘講疏』数百篇・『賓体儀注』一百四十五巻を著した。『梁書』巻四八、『南史』巻六二。

九三 嚴植之　四五七～五〇八。字は孝源、建平秭帰の人。わかくして玄学に詳しかった。「喪服」・『孝経』・『論語』に詳しく、長じて専ら『礼』・『易』・『毛詩』・『左氏春秋』の鄭玄の義を治めた。斉の世、起家して盧陵王国侍郎となる。梁成って、武帝が五礼を通儒に治めさせたとき、推薦されて凶礼を治めた。五経博士となったが、彼が講義するときは五館の学生が皆聴講したので、千人余りが出席したという。『凶礼儀注』四百七十九巻を著した。『梁書』巻四八、『南史』巻七一。

九四 明山賓　四四三～五二七。字は孝若、平原鬲の人。本書「蕭統伝」注二九参照。『吉礼儀注』・『礼儀』を著した。『梁書』巻二七、『南史』巻五〇。

九五 吉凶軍賓嘉五禮　吉礼は、祭祀の礼、凶礼は喪葬の礼、軍礼は軍旅の礼、賓礼は賓客の礼、嘉礼は冠婚の礼。以上を合わせて五礼という（『周礼』春官・小宗伯）。

九六 士林館　『梁書』武帝紀に「（大同七年十二月丙辰）宮城の西に於いて士林館を立て、學者を延集す」。前代を見れば、宋の文帝は、元嘉十五年（四三八）雷次宗を迎えて儒学館を立て、翌年何尚之に命じて玄学館を、何承天（本書「何遜伝」注二参照）に史学館を、謝元に文学館を立てさせ、文帝自らしばしば行幸し、明帝は、玄儒文史四科からなる総明館をおき、斉の武帝は総明館を廃して、王倹（→注一一）の宅に学士館を開いた。『梁書』巻一六王亮伝に、「齊竟陵王子良西邸を開き、才俊を延きて以て士林館と爲し、工をして其の像を圖畫せしむるに、亮も亦た焉に預る」とあるが、館の名はこれに因むものかもしれない。

九七 朱异　四八三～五四八。字は彦和。呉興銭塘の人。寒門の出であるが、五経をおさめ、礼・易に明るく、文史に博通、諸藝にすぐれた。二十歳で特例で抜擢されて揚州議曹従事史となり（この『梁書』の伝の記述には問題がある。『九品官人法の研究』補注35参照）、後、五経博士の明山賓の推薦で武帝に『孝経』『易』を講じて気に入られ、西省に入直して太学博士を兼ね、中書通事舎人・太子右衛率などを歴任した。周捨の後を受けて内省の事を専ら掌り、三十年あまりにわたって権要の位置を占めた。勅令によって武帝の『老子義』を講じ、士林館で武帝の『礼記中庸義』を講じた。侯景への対応を誤り、梁滅亡の原因を作った。侯景が朱异を誅すると称して挙兵する中、没した。『梁書』巻三八、『南史』巻六二。

九八 賀琛　字は国宝、会稽山陰の人。賀瑒（→注九二）は伯父。幼いとき賀瑒に経学の授業を受けると、一度聞いただけで理解できたという。とりわけ「三礼」に詳しかった。普通年間臨川王の祭酒従事史となる。都に出て武帝に学問を認められ、王国侍郎・太学博士などになった。武帝に諫言したが、不興を買った。侯景が都を襲うと、東府城内で守備にあたったが、太清二年（五四八）重傷を負って賊軍に捕らえられ、翌年臺城が陥落すると郷里に逃げ帰った。その冬、また捕らえられて都に送られ、金紫光禄大夫となったが、まもなく病死した。享年六十九歳。詔勅によって『新謚法』を撰した。『三礼講疏』『五経滞義』や諸々の儀法、凡そ百余篇を著した。『梁書』巻三八、『南史』巻六二。

九九 孔子祛　四九六～五四六。会稽山陰の人。学問のある家柄でもなく、若くして父もなく貧しかったが、畑仕事や樵をしながら、学問に励んだ。とりわけ『古文尚書』に詳しかった。初め長沙嗣王侍郎・兼国子助教となり、『尚書』を講じた。賀琛が勅令で『梁官』を撰すると、西省学士となって手伝った。武帝が『五経講疏』・『孔子正言』を撰する際、専ら彼に群書を検閲させ義証をつくらせた。その後、朱异・賀琛と交代で士林館で経の講義をさせた。『尚書義』二十巻・『集注尚書』三十巻・『続朱异集注周易』一百巻・『続何承天集礼論』一百五十巻を著した。『梁書』巻四八、『南史』巻七一。

一〇〇 皇太子　晋安王蕭綱、後の簡文帝。本書「梁簡文帝伝」参照。

一〇一 宣城王　五二三～五五一。哀太子大器、字は仁宗、簡文帝の長男。中大通四年、宣城郡王に封じられる。大宝二年八月、侯景に殺害された。『梁書』巻八、『南史』巻五四。

一〇二 篤信正法　外道に対して仏法のことを正法という。『隋志』仏経に、「梁武大いに佛法を崇め、華林園中に於て、釋氏の經典を總集す、凡そ五千四百卷」とある。

一〇三 涅盤・大品・浄名・三慧諸経義記　「涅盤」は「大般涅槃経」、仏身常住・涅槃常楽我浄、一切衆生悉有仏性を説く。「大品」は「摩訶般若波羅蜜経」。今、武帝の「注解大品序」（『出三蔵記集』巻八）が残り、そこでは、「『涅槃』は是れ其の果徳を顯し、『般若』は是れ其の因行を明らかにす」といい、『続高僧伝』義解篇に、「武帝の『涅槃』に注解するや、情用未だ愜ず、重ねて大品を申べ、奥義を発明す」という。武帝は、同泰寺において、「大般涅槃経」「摩訶般若波羅蜜経」「金字摩訶波若経」について講義を行なっているが、武帝にとって中心的な存在であった経典は、涅槃経と般若経であった。

「浄名」は、「維摩詰所説経」、すなわち「維摩経」、不可思議な解脱の心境について述べる。「三慧経」については、注五六を参照。

『南史』巻七に「(大同六年)五月己卯、河南王使を遣わして朝せしめ、馬及び方物を獻じ、釋迦像幷びに經論十四條を求む。敕して像幷びに『制旨涅槃・般若・金光明講疏』一百三巻を付す」、「(大同七年)百濟涅槃等の經疏及び醫工・畫師・毛詩博士を求むるに、並びに之を許す」とある。

一〇四　通史　今、佚す。『隋志』史部・正史、「通史、四百八十巻、梁武帝撰。三皇に起ち、梁に訖る」。『梁書』呉均伝(本書「呉均伝」参照)に「尋いで敕有りて召見し、通史を撰せしむるに、三皇に起ち、齊代に訖り、均 本紀・世家を草して功已に畢るも、唯だ列傳のみ未だ就らず」、『史通』内篇・六家・史記家に「梁武帝に至り、又た其の羣臣に敕して、上は太初より、下は齊室に終り、撰して通史六百二十巻を成さしむ」とある。呉均の書そのものではないだろう。なお、『新唐志』『通志』では六百二巻とある。

一〇五　文質彬彬　『論語』雍也篇に「文質彬彬、然る後君子たり」。

一〇六　爰初在田　『易』乾卦、文言伝「龍の田に在るを見る」。龍(皇帝)がまだ田(野)にあることをいう。

一〇七　寶曆　皇帝の位を指すことば。

一〇八　諸文集、又百二十巻　『隋志』別集に、『梁武帝集』二十六巻(梁三十二巻と注記)、『梁武帝詩賦集』二十巻、『梁武帝雑文集』九巻、『梁武帝別集目録』二巻、『梁武帝浄業賦』三巻が、『隋志』総集に、『歴代賦』十巻、『囲碁賦』一巻、『梁武帝制旨連珠』十巻が著録される(他に注一一〇・注一一三を参照)。

『古詩紀』巻六四・六五、『全梁文』巻一~七、『全梁詩』巻一に、今その詩文を見ることができる。

一〇九　六藝　礼・楽・射・御・書・数。御は馬車を御すること。士大夫が持つべき教養(『周礼』地官・大司徒)。

一一〇　棊登逸品　武帝は囲碁を好み、臣下のものと対局した記事は、史伝の中に散見する。そのうち、囲碁の品第、腕前に関係する記事としては、『南史』巻二五、到漑伝に「漑 特に武帝に賞接せられ、與に棊に對する毎に、夕より旦に達す。…漑奕棊(囲碁)は第六品に入る」がある。

「逸品」は品第のひとつと思われる。唐・朱景玄の撰になる『唐朝名画録』は、神品・妙品・能品と三品に品第し、それぞれをさらに上中下の三等に分けるが、別に逸品を設け、逸品についてはさらに三等に分けることはしない。これについて、『四庫全書総目提要』は「分くる所は凡そ神・妙・能・逸の四品。神・妙・能は又た各おの上中下三等に別くるも逸品は則ち等次無し、蓋し之を尊ぶなり。庾肩吾・謝赫以來、書畫を品する者、多く班固の「古今人表」の九等に分くるに従う。張懐瓘『書斷』を作り、始めて神・妙・能三品の目を立つるも、猶お之が上中下のごときなり。別に逸品を立つるは實に景玄に始まる。今に至るに遂に之に因りて易うる能わず」と述べるが、本文は逸品という品第が『書断』以前に既に行われていたことを示唆する。武帝の囲碁に関する著述には、『囲碁品』一巻、『碁法』一巻、「囲碁の賦」(→注一〇八)がある。

一一一　陰陽緯候　陰陽は、四時・八位・十二度・二十四時などの数度と五行説にもとづいた占い。緯は、経書にもとづいた讖緯の占い。候は天体・気象の観測にもとづいた占い。

一二 卜筮　卜は、亀甲を用いた占い。筮は、めどぎを用いてする占い。

一三 金策三十巻　兵法書。『隋志』に、『金策』十九巻。『南史』巻七本紀は『金海』に作る。武帝の兵法に関する書は、ほかに『梁主兵法』一巻、『梁武帝兵書鈔』一巻、『梁武帝兵書要鈔』一巻が『隋志』に著録される。

一四 草隷尺牘　唐・張懐瓘『書断』は、神品・妙品・能品の三品に品第するなかで、武帝の書を能品（草書）に挙げる。『法書要録』巻二に陶弘景と往復した「書啓」が収められるが、そこで武帝は、王羲之の書の収集に触れ、真贋を論じている。また武帝には、「鍾繇の書法十二意を観る」（『法書要録』巻二）、「草書の状」（宋・陳思『書苑菁華』）といった書に関する著述が残る。

一五 貴妃　宋・孝建三年（四五六）に置かれた。三夫人のひとつで、位は相国となぞらえられる。

一六 六宮　后妃、後宮を指す言葉。『礼記』昏義に「古者、天子后に六宮を立つ、三夫人・九嬪・二十七世婦・八十一御妻、…」。

一七 褘褕三翟　后妃が着る、雉の絵が描かれた祭服。『周礼』天官・内司服、「褘衣・揄狄・闕狄・鞠衣・展衣・緣衣六服、前三服稱して三翟と爲す。…狄は翟に通ず」。褘は、褘衣、褕は揄狄のこと。

一八 大會　皇帝臨席のもと、群臣が集まる公式の会。

一九 法事　『通鑑』大同十一年の注に「法事は佛を奉じて梵唄を爲すを謂う」。

二〇 小殿暗室　人目のない部屋やプライベートな空間。「暗室を欺かず」（『梁書』簡文帝紀）。

二一 小坐　『通鑑』大同十一年の注に「小坐は宮中の便坐なり」。『漢書』武帝紀建元六年、顔師古注、「凡そ便殿・便室・便坐と言う者は、皆な正大の處に非ず、便安に就く所以なり」。

〔参考文献〕

湯用彤『漢魏両晋南北朝仏教史』（商務印書館　一九三八年）
森三樹三郎『梁の武帝―仏教王朝の悲劇―』（平楽寺書店　一九五六年）
吉川忠夫『侯景の乱始末記―南朝貴族社会の命運―』（中央公論社　一九七四年）
胡徳懐『斉梁文壇与四蕭研究』（南京大学出版社　一九九七年）
山崎宏「梁の武帝の仏教信仰」（『支那中世仏教の展開』一九四二年）
周一良「論武帝及其時代」（『魏晉南北朝史論集續編』一九九一年）

（森田浩一）

梁簡文帝（五〇三〜五五一）

梁簡文帝(りょうかんぶんてい)、蕭綱(しょうこう)は武帝蕭衍(えん)の第三子、昭明太子蕭統の弟、元帝蕭繹(えき)の異母兄で、梁の第二代皇帝。侯景の監視下に即位し、在位期間も二年あまりと短く、最期は景に殺された。徐摛(じょち)・陵、庾肩吾(ゆけんご)・信の各父子ら多くの文人を集めてサロンを形成し、とりわけ皇太子時代には、技巧を重視した艶麗な詩風を特色とする、宮体詩を創作した。艶詩を集めた『玉臺新詠』は、簡文帝が徐陵に命じて編纂させたもの。

梁書巻四　簡文帝本紀

[一]太宗簡文皇帝諱綱、字世纘、小字六通、[二]高祖第三子、[三]昭明太子母弟也。天監二年十月丁未、生于[四]顯陽殿。五年、封晉安王、食邑[五]八千戶。…（略）。〔中大通〕三年四月乙巳、昭明太子[六]薨。五月丙申、詔曰「…（略）。晉安王綱、文義生[七]知、[八]孝敬自然、[九]威惠外宣、[一〇]德行內敏、[一一]羣后歸美、[一二]率土宅心。可立爲皇太子」。七月乙亥、[一三]臨軒策拜。以脩繕東宮、權居東[一四]府。四年九月、移還東宮。

太清三年五月丙辰、[一五]高祖崩。辛巳、[一六]即皇帝位。…（略）。

大寶元年春正月辛亥朔、以[一七]國哀不朝會。詔曰「…（略）。可大赦天下、改太清四年爲大寶元年」。丁巳、天雨黃沙。己未、[一八]太白經天、辛酉乃止。西魏寇安陸、執司州刺史[一九]柳仲禮、盡沒[二〇]漢東之地。…（略）。〔二月〕丙午、侯景逼太宗幸[二一]西州。

夏五月庚午、征北將軍・開府儀同三司鄱陽[二二]嗣王範薨。自春迄夏、大饑人相食、京師尤甚。…（略）[二三]。

〔[二四]九月〕乙亥、侯景自進位相國、封二十郡爲漢王。[二五]邵陵王綸棄郢州走。

冬十月乙未、侯景又逼太宗幸西州[二六]曲宴、自加[二七]宇宙大將軍・都督六合諸軍事。…（略）。

〔二年〕秋七月丁亥、侯景還至京師。辛丑、[二八]王僧辯軍次湓城、賊行江州事范希榮棄城走。…（略）。〔八月〕戊午、侯景遣衞尉卿彭儁・厢公王僧貴率兵入殿、廢太宗爲晉安王、幽于永福省。害[二九]皇太子大器・[三〇]尋陽王大心・西陽王大鈞・武寧王大威・建平王大球・義安王大昕及尋陽王諸子二十人。矯爲太宗詔、禪于[三一]豫章嗣王棟、大赦改年。…（略）。

冬十月壬寅、帝謂舍人[三二]殷不害曰「吾昨夜夢呑土、卿試爲我思之」。不害曰「昔[三三]重耳饋塊、卒還晉國。陛下所夢、得符是乎」。及[三四]王偉等進觴於帝曰「丞相以陛下憂憤既久、使臣上壽」、帝笑曰「壽酒、不得盡此乎」。於是並賚酒餚・[三五]曲項琵琶、與帝飲。帝知不免、乃盡酣、曰「不圖爲樂一至於斯」。既醉寢、王偉・彭儁進[三六]土囊、王脩纂坐其上。於是太宗崩於永福省、時年四十九。賊僞[三七]謚曰明皇帝、廟稱高宗。明年、三月己丑、王僧辯率前百官奉[三八]梓宮升朝堂。[三九]世祖追崇爲[四〇]簡文皇帝、廟曰太宗。四月乙丑、葬莊陵。

一　太宗簡文皇帝、諱は綱、字は世纘、小字は六通、二高祖の第三子、三昭明太子の母弟なり。天監二年十月丁未、四顯陽殿に生まる。五年、晉安王に封ぜられ、食邑八千戸なり。…（略）。

〔中大通〕三年四月乙巳、昭明太子薨ず。五月丙申、詔して曰く「…（略）。晉安王綱は、文義生まれながら知り、孝敬自ら然うして、威惠外に宣べ、德行內に敏む、羣后美を歸して、率土心に宅く。立てて皇太子と爲すべし」と。七月乙亥、軒に臨んで策拜す。東宮を脩繕するを以て、權りに東府に居る。四年九月、移りて東宮に還る。

太清三年五月丙辰、高祖崩ず。辛巳、皇帝位に卽く。…（略）。

大寶元年春正月辛亥朔、國哀を以て朝會せず。詔して曰く「…（略）。天下に大赦して、太清四年を改めて大寶元年と爲すべし」と。丁巳、天 黃沙を雨らす。己未、太白 天を經て、辛酉乃ち止む。西魏 安陸に寇して、司州刺史柳仲禮を執え、盡く漢東の地を沒す。…（略）。

〔二月〕丙午、侯景 太宗に逼りて西州に幸せしむ。

夏五月庚午、征北將軍・開府儀同三司鄱陽嗣王範 薨ず。春より夏に迄んで、大いに饑え人相い食らうこと、京師尤も甚し。…（略）。

〔九月〕乙亥、侯景自ら位を相國に進め、二十郡に封じて漢王と爲る。邵陵王綸 郢州を棄てて走る。

冬十月乙未、侯景又た太宗に逼りて西州に幸して曲宴せしめ、自ら宇宙大將軍・都督六合諸軍事を加う。…（略）。

〔二年〕秋七月丁亥、侯景還りて京師に至る。辛丑、王僧辯の軍 湓城に次り、賊の行江州事范希榮 城を棄てて走る。…（略）。〔八月〕戊午、侯景 衞尉卿彭儁・廂公王僧貴を遣わして兵を率いて殿に入り、太宗を廢して晉安王と爲し、永福省に幽えしむ。皇太子の大器・尋陽王大心・西陽王大鈞・武寧王大威・建平王大球・義安王大昕及び尋陽王の諸子二十人を害す。矯りて太宗の詔を爲り、豫章嗣王棟に禪らしめ、大赦して改年す。…（略）。

冬十月壬寅、帝 舍人殷不害に謂いて曰く「吾 昨夜土を呑むを夢む、卿試みに我が爲に之を思え」と。不害曰く「昔 重耳 塊を饋られて、卒に晉國に還る。陛下の夢みる所、是に符うを得んや」と。王偉等 觴を帝に進めて「丞

相　陛下の憂憤すること既に久しきを以て、臣をして上壽せしむ」と曰うに及んで、帝笑いて曰く「壽酒、此に盡くるを得ざらんや」と。是に於いて並びに酒餚・[三五]曲項琵琶を賚りて、帝に與えて飲ましむ。帝免れざるを知りて、乃ち酣を盡くして、曰く「圖らざりき、樂を為すこと一に斯に至らんとは」と。既に酔いて寝ぬれば、王偉・彭儁[三六]土嚢を進め、王脩纂其の上に坐す。是に於いて太宗永福省に崩ず、時に年四十九。賊偽諡して[三七]明皇帝と曰い、廟は高宗と稱す。明年、三月己丑、王僧辯前の百官を率いて[三八]梓宮を奉じ朝堂に升る。世祖[三九]追崇して[四〇]簡文皇帝と為し、廟は太宗と曰う。四月乙丑、莊陵に葬る。

太宗簡文帝、諱は綱、字は世纘、幼名は六通、は高祖の第三子で、昭明太子の同母弟にあたる。天監二年（五〇三）十月丁未（二十八日）、顕陽殿で誕生した。五年（五〇六）、晋安（福建省）王として領地を与えられ、知行地は八千戸であった。…（略）。

〔中大通〕三年（五三一）四月乙巳（六日）、昭明太子が亡くなった。五月丙申（二十七日）、「…（略）。晋安王綱は、生まれながらにして文章の意味に通じており、親を慈しみ目上を敬うことはおのずとそなわっていて、外には威厳と恩恵をともに広め、内には徳と行いに勉めていて、諸侯たちはそのすばらしさを称え、国の果てまでがなつき従っている。皇太子に立てるのがふさわしい」との詔が出された。七月乙亥（七日）、皇帝が殿前にお出ましになって冊書によって任命した。東宮が改修中のため、仮に東府に居を定めて、四年（五三二）九月に、東宮にもどった。

太清三年（五四九）五月丙辰（二日）、高祖が崩御した。辛巳（二十七日）、綱は帝位についた。…（略）。

大宝元年（五五〇）春正月辛亥朔（元日）、前帝高祖の喪中のために元旦の朝会儀礼を取りやめた。詔が下って「…（略）。国中に大赦を実施して、太清四年を大宝元年に改元する」。丁巳（七日）、空から黄砂が降ってきた。己未（九日）、金星が空の真上を通過して、辛酉（十一日）になってやっと消えた。西魏が安陸（湖北省）に侵攻し、司州（湖北省）刺史の柳仲礼を生け捕りにして、漢東一帯をすべて接収した。…（略）。

〔二月〕丙午（二十六日）、侯景が太宗に西州城へ行幸するよう迫った。

夏五月庚午（二十二日）、征北将軍・開府儀同三司鄱陽嗣王の範が亡くなった。春から夏まで甚だしい飢饉で、人同士が食いあうのは、とりわけ都がひどかった。…（略）。

〔九月〕乙亥（二十八日）、侯景は自ら相国の位に昇進して、二十郡の領土を与えられて漢王となった。邵陵王綸は郢州（湖北省）を棄てて逃げた。

冬十月乙未（十九日）、侯景はまたも太宗に西州城へ行幸して小宴をたまわるように迫り、自ら宇宙大将軍・都督六合諸軍事の称号をつけ加えた。…（略）。

〔二年（五五一）〕秋七月丁亥（十六日）、侯景は都にもどってきた。辛丑（三十日）、王僧辯の軍勢が湓城（江西省）に宿営すると、侯景側の行江州事范希栄は湓城を放棄して逃げた。…（略）。〔八月〕戊午（十七日）、侯景は衛尉卿の彭儁と廂公の王僧貴に命じ、軍勢を率いて宮殿に入り、太宗を廃して晋安王とし、永福省に幽閉した。そして皇太子の大器・尋陽王大心・西陽王大鈞・武寧王大威・建平王大球・義安王大昕と尋陽王の諸子ら計二十人を殺害した。太宗の詔勅と偽って、禅譲して豫章嗣王棟に即位させ、大赦を行なって改元した。…（略）。

冬十月壬寅（二日）、太宗皇帝は舎人の殷不害に「昨晩わしは土をまる呑みする夢を見た、そちは替わりにこの夢を占ってみてくれ」と言った。不害は「その昔重耳は土塊を贈られて、とうとう晋の国へ帰還しました。陛下のご覧になった夢は、これと一致しましょう」と答えた。王偉らが帝に杯を進めて「丞相の侯景殿は、陛下が永い間憂え憤っておられるので、それがしに長寿を祝するようにとのことです」と申しあげると、帝は笑って言った、「長寿の祝い酒も、これで終わりだな」。そこで酒と肴、それに曲項の琵琶を準備して、皇帝に寿酒を奉った。帝はもう逃れられないことをさとり、そこでしたたか酔って「ここまで楽しみを尽くすとは、思いもよらなかった」と言った。帝が酔って就寝すると、王偉と彭儁は土嚢を運び込み、王脩纂がその上に座った。こうして太宗は永福省で亡くなった。よわい四十九歳であった。賊軍は明皇帝という諡号を勝手につけて、廟は高宗と呼んだ。翌年（五五二）三月己丑（二十一日）、王僧辯はさきの百官を引き連れて、帝のひつぎを朝廷に奉納した。世祖元帝は簡文皇帝と追諡し、廟は太宗と称した。四月乙丑（二十八日）、荘陵に葬った。

一 太宗　蕭綱、五〇三～五五一、在位五四九～五五一。『南史』巻八にも伝がある。太宗は襄陽にいた時から文学サロンを形成し、庾肩吾、徐摛、劉孝儀、劉孝威などを配下にかかえた。立太子後も、さらに徐陵らを招いたから、文学にかかわる事績は、むしろ彼らの伝に詳しい。本書の各伝を参照。『古詩紀』六七～六九、『全梁詩』二〇～二二、『全梁文』八～一四。『全梁詩』は楽府八十六首、詩百九十七首を載せ、『全梁文』は百九十七篇の作品を載録している。「宮体」と称される艶詩の多くは『玉臺新詠』に収められている。

抒情詩、詠物詩を多く創作し、かつ詩は儒家の経典の表現とは異なるべきであると説いて、艶麗の詩風を特徴とするが、『顔氏家訓』文章篇によると陶淵明の作品も愛読したという。子の大心に与えた「当陽公大心を誡（いまし）むる書」の「立身の道は文章と異なり。立身は先ず須（すべから）く謹重なるべく、文章は且つ須く放蕩なるべし」は有名。

二 高祖　蕭衍（えん）、四六四～五四九、字は叔達（しゅくたつ）、梁の初代皇帝武帝。在位五〇二～五四九。『梁書』巻一～三、『南史』巻六・七、本書「梁武帝伝」参照。

三 昭明太子　蕭統、五〇一～五三一、字は徳施（とくし）、高祖の長男。『文選』の編者として知られる。『梁書』巻八、『南史』巻五三、本書「蕭統伝」参照。また、母は丁貴嬪（ていきひん）（四八五～五二六）、諱は令光（れいこう）、十四歳で高祖のもとに入る。「穆（ぼく）」と追謚され、太宗の即位後「穆太后」と称される。『梁書』巻七、『南史』巻一二。

四 顯陽殿　劉宋以来の宮殿。『宋書』巻四一文帝路淑媛伝に「太后、顯陽殿に居り」。なお、月日は陳垣『二十史朔閏表』に拠った。以下同じ。

五 八千戸…　ちなみに簡文帝の弟で、後の元帝、蕭繹（えき）は湘東郡王に封ぜられ、邑二千戸、次の敬帝、蕭方智（ほうち）は簡文帝と同じく晋安王に封じられ、食邑は二千戸であった。

省略部分は、雲麾将軍を皮切りに、南兗州刺史・江州刺史などを歴任したこと、また、普通七年（五二六）、生母穆貴嬪の死に遭い、仮の都督荊益南梁三州諸軍事の辞任を申し出て、許されて帰京したことを記す。

六 昭明太子薨…　本書「蕭統伝」注六四参照。

詔の省略部分は、『礼記』檀弓篇上に見える話などによって、堯が長子ではない舜に禅譲したこと、周の文王が長子の伯邑考をさしおいて次子の武王を立てたこと、をふまえて、国土がまだ未統一の今にあっては、文武に優れた蕭綱こそが、長子ではないものの、次期の皇帝にふさわしいと述べる。なお、昭明太子の死後ほどなくして、太子の嫡長子である南徐州刺史蕭歓（かん）が都に呼び寄せられ、皇太子に立てられるものと思われたが、結果は蕭綱が太子となった。

七 生知　『論語』季氏篇に「生まれながらにして之を知る者は、上なり、學んで之を知る者は、次なり。…」とある。

八 孝敬　年輩者を敬うこと。『左伝』文公十八年に「孝敬忠信は吉徳爲り、盗賊藏姦は凶徳爲り」とある。

九 威恵　人を畏怖させる厳しさと恩沢。『三国志』巻二七王基伝に「政を爲すこと清嚴にして威惠有り」。

一〇 内斂　斂は勉めること。『礼記』中庸に「人道は政を斂め、地道は樹うるを斂む」。

一一 羣后歸美　群后は地方長官たち、帰美は賛美すること。『書』舜典に「五載に一巡守し、羣后 四朝す」、『詩』「小雅」天保の序に「臣能く美を歸し、以て其の上に報ゆ」。

一二 率土宅心　率土は国中、宅心は心に置くこと、心服すること。劉琨「勧進表」（『文選』巻三七）に「純化既に敷けば、則ち率土心に宅き、義風既に暢ぶれば、則ち遐方踵を企つ」。

一三 臨軒策拜　臨軒は、宮殿の奥から、軒つまり手前の欄干まで出ること、策拝は皇帝が冊命の書で任命すること。策は冊に同じ。

一四 東府　東府城。台城の外、東南の方向にあった。

一五 高祖崩　一週間ほど前から、食べ物もほとんど口にせず、この日浄居殿で亡くなる。なお、簡文帝本紀は中大通四年から太清三年までの十六年間の記述を欠くが、武帝崩御の前年十月に、もと北魏の将軍であった侯景の軍が建康城を包囲し、隣接する東宮を占拠した。包囲は百日以上に及び、二月に偽りの和議を結んだ後、侯景はその破棄を通告して、三月には台城を陥落させ、武帝は、侯景の占領下で逝去した。

一六 即皇帝位…　即位のこの日は、侯景が武帝の死の発覚を恐れて、昭陽殿に安置していた遺体を、太極前殿に移した日でもある。簡文帝の即位も、侯景の監視下にあっての形式的なものである。

省略部分には、簡文帝が、先帝の遺志を継いで国家を安んじ、庶民に恵みを与える旨の詔勅を発布したこと、台城籠城中の三月に亡くなった皇太子妃王霊賓に対して簡皇后の謚号を追贈したこと、簡文帝の長子大器、字仁宗を皇太子に立てたこと、などが記される。

一七 國哀不朝會…　国哀は国喪、朝会は元旦の朝に諸侯や百官と朝見する元会儀礼。

詔勅の省略部分には、南斉末の混乱を鎮めて梁を建国した武帝以来の功業を回顧した上で、それを継承すべく元旦に新たに元号を立てることを述べる。

一八 太白經天　太白星、すなわち金星が昼間に天の真上をわたること。『史記』天官書によると、その下の大国は弱く小国が強いことの前兆であるという。

一九 柳仲禮　生卒年未詳。河東、解（山西省）の人。開府儀同三司柳慶遠の孫。弟の敬礼とともにわかくして勇名を馳せ、北魏の軍を撃ち破った時は、武帝がその顔を見たいといって画家に肖像を描かせたほどであったが、戦場で負傷してからは闘志を喪失した。台城陥落後は侯景に仕え、長江中流域の守備にあたった。『梁書』巻四三、『南史』巻三八。

二〇 漢東之地…　漢東は漢水以東の地。

省略部分は、前の江都令であった祖皓が広陵で賊軍を討ち董紹先を斬ったが、自ら出陣した侯景に殺害されたこと、詔勅が出されて、朝廷および斉宮内での戒厳解除を指示したことを記す。

二一 西州　台城外、南西の方角にあった西州城。侯景が居所として使用していた。なお『通鑑』梁紀大宝元年は、この行幸を夏四月丙午（二十七日）のこととするが、『梁書』、『南史』梁本紀下では、いずれも二月である。『通鑑』によると、このとき簡文帝は、宴が始まって糸竹管弦が奏でられるとさめざめと涙を流し、侯景に舞うよう命じて、自分も舞い、挙げ句の果てに侯景をひしと抱きしめて

「そちのことが思われてならぬ」と言ったという。

二二 範　四九九～五五〇。字は世儀、太祖文皇帝の第九子鄱陽忠烈王蕭恢の子。雍州刺史、征北大将軍などを経て、台城陥落後は魏に援軍を求めたが容れられず、江州に赴くものの孤立して煩悶のうちに病死する。『梁書』巻二二、『南史』巻五二。

二三 省略部分に、湘東王繹が王僧辯をつかわして郢州に迫らせたことなどを記す。

二四 九月　『梁書』では八月の記事と思われるが、八月に乙亥はないので、『南史』と『通鑑』にしたがった。

二五 邵陵王綸　?～五五一。字は世調、武帝の第六子。天監十三年に邵陵郡王に封ぜられる。この時、綸は侯景を討伐すべく兵力を増強しようとしたが、それをおそれた湘東王繹が王僧辯を派遣して郢州を攻めた。『梁書』巻二九、『南史』巻五三。

二六 曲宴　宮中で臣下に賜る私的な宴会。曹植「丁翼に贈る」詩（『文選』巻二四・贈答）に「吾 二三子と與に、此の城隅に曲宴す」。

二七 宇宙…　宇宙は天下、六合は天地と東西南北、いずれも世界中の意。これらは前代未聞の称号である。

この後の省略部分には、いずれも十歳前後である皇子の大鈞・大威・大球たちを、西陽郡王・武寧郡王・建平郡王などに任命したこと、侯景が西方に大軍を進めて巴陵（湖南省）まで至ったが、湘東王繹のつかわした胡僧祐に包囲され、夜陰に乗じてやっと逃れ、都へ帰っていくことを記す。

二八 王僧辯　?～五五五。字は君才、太原、祁（山西省）の人。湘東王繹に仕え、侯景を討伐するが、のち陳覇先に殺される。『梁書』巻四五、『南史』巻六三。

二九 皇太子大器　五二三～五五一、字は仁宗、簡文帝の嫡長子。太清三年に皇太子に立てられる。死の翌年、哀太子を追謚される。『梁書』巻八、『南史』巻五四。

三〇 尋陽王大心…　大心は、五二三～五五一、字は仁恕、簡文帝の第二子。母は陳淑容。大宝元年に尋陽王に封ぜられる。大鈞は、五三九～五五一、字は仁輔（『南史』は仁博に作る）、簡文帝の第十四子。母は包昭華。大宝元年に西陽郡王に封ぜられる。大威は、五三九～五五一、字は仁容、簡文帝の第十五子。母は范夫人。大宝元年に武寧郡王に封ぜられる。大球は、五四一～五五一、字は仁珽（『南史』は仁玉に作る）、簡文帝の第十七子。母は褚修華。大宝元年に建平郡王に封ぜられる。大昕は、五四一～五五一、字は仁朗、簡文帝の第十八子。母は陳夫人。大宝元年に義安郡王に封ぜられる。以上、いずれも『梁書』巻四四、『南史』巻五四。

三一 豫章嗣王棟　?～五五二。字は元吉、昭明太子の長子豫章郡王蕭歓の子、つまり蕭統の孫。この時、形ばかりの即位後、元号を天正に改め、昭明太子を昭明皇帝と追尊したが、三か月後の十一月己丑（十九日）には、侯景から廃位させられる。『南史』巻五三。

なお、あわただしく太宗を廃して幽閉したり、皇太子たちを殺害した背景には、六月の巴陵での大敗北とかなりの軍勢の喪失がある。

三二 殷不害　五〇五～五八九。字は長卿、陳郡長平（河南省）の人。孝行で知られ、武帝に重用されて東宮通事舎人に任ぜられた。簡文帝の幽閉時、側につき従うことを許された。のち北周・陳に仕官して、陳の滅亡後まもなく死ぬ。『陳書』巻三二、『南史』巻七四。

三三 重耳饋塊　重耳は春秋時代の晋の文公。献公の治世を逃れて他国を放浪中、前六四四年、衛国の五鹿の地を通りかかり、農夫に食物を乞うたところ、土のかたまりを与えられた。怒った重耳を子犯が諫めて、広い土地を領有できることの前兆であると言って受け入れさせた。重耳はその後晋国に帰り、即位して文公になる。『国語』晋語四などに見える。

三四 王偉　生卒年未詳。陳留（河南省、また略陽の人ともいう）の人、文才があり初め魏に仕えたが、侯景にしたがって南下し、景の死後は梁元帝に長篇の詩を献上して歓心を買おうとしたが、惨殺される。景の公文書はすべて王偉の筆になり、景のブレーンであった。『梁書』巻五六、『南史』巻八〇

三五 曲項琵琶　やや大ぶりの琵琶か。『隋書』音楽志下に「今　曲項琵琶・豎頭箜篌（じゅとうくごう）の徒、並びに出づるに西域よりし、華夏の舊器に非ざるなり」という。同音楽志上によると、台城陥落後に侯景が簡文帝を西州城に招いて宴会を賜った時、演奏したのは梁の音楽であったという。とすれば、ここで北方の楽器を用意したことは、含むところがあったのだろう。

三六 土嚢　土を入れた袋。これで圧殺する。ちなみに次の元帝も同様に、土嚢で殺された。

三七 明皇帝　『逸周書』諡法解（『史記正義』所引、以下同じ）に「四方を照臨するを明と曰う」「譖訴（しんそ）行われざるを明と曰う」とある。

三八 梓宮　皇帝のひつぎ。

三九 世祖　蕭繹、五〇八〜五五四。字は世誠（せいせい）、高祖の第七子。湘東郡王に封ぜられ、後に江陵で即位する、梁の元帝。在位五五二〜五五四。『梁書』巻五、『南史』巻八。本書「梁元帝伝」参照。

四〇 簡文皇帝　『逸周書』諡法解に「一徳　懈（おこた）らざるを簡と曰う」「平易にして訾（そし）られざるを簡と曰う」とあり、文については「道徳博聞を文と曰う」「學勤めて好く問うを文と曰う」などとある。

＊　　＊　　＊

初、太宗見[四一]幽縶、題壁自序云「有梁正士蘭陵蕭世纘、[四二]立身行道、終始如一、[四三]風雨如晦、雞鳴不已。弗欺[四四]暗室、豈況[四五]三光。數至於此、命也如何」。又爲[四六]連珠二首、文甚悽愴。

太宗幼而敏睿、[四七]識悟過人、六歲便屬文。高祖驚其早就、弗之信也。乃於御前面試、辭采甚美。高祖歎曰「此子、吾家之[四八]東阿」。既長、[四九]器宇寛弘、未嘗見慍喜。[五〇]方頰豐下、鬚鬢如畫、[五一]眄睞則目光燭人。讀書十行俱下。[五三]九流百氏、經目必記、篇章辭賦、操筆立成。博綜儒書、善言[五二]玄理。自年十一、便能親庶務、歷試蕃政、所在有稱。在[五四]穆貴嬪憂、[五五]哀毀骨立、晝夜號泣不絕聲、所坐之席、沾濕盡爛。[五六]在襄陽拜表北伐、遣長史[五七]柳津・司馬董當門・壯武將軍[五八]杜懷寶・振遠將軍[五九]曹義宗等衆軍進討、剋平南陽・新

野等郡。魏南荆州刺史李志據安昌城降、拓地千餘里。及居監撫、多所弘宥、文案簿領、纖毫不可欺。引納文學之士、賞接無倦、恆討論篇籍、繼以文章。高祖所製五經講疏、嘗於玄圃奉述、聽者傾朝野。雅好題詩、其序云「余七歲有詩癖、長而不倦」。然傷於輕豔、當時號曰「宮體」。所著昭明太子傳五卷、諸王傳三十卷、禮大義二十卷、老子義二十卷、莊子義二十卷、長春義記一百卷、法寶連璧三百卷、並行於世焉。

初め、太宗幽縶せられて、壁に題して自ら序して云う「有梁の正士蘭陵の蕭世纘、身を立てて道を行い、終始一の如し、風雨は晦の如きも、雞鳴は已まず。暗室を欺かず、豈に況んや三光をや。數此に至る、命や如何せん」と。又た連珠二首を爲る、文甚だ悽愴なり。

太宗幼くして敏睿、識悟人に過ぎ、六歳にして便ち文を屬す。高祖其の早く就るに驚いて、之を信ぜざるなり。乃ち御前に於いて面試するに、辭采甚だ美なり。高祖歎じて曰く「此の子は、吾が家の東阿なり」と。既に長じて、器宇寛弘にして、未だ嘗て慍喜を見わさず。方頰豐下、鬚鬢畫くが如く、眄睞すれば則ち目光人を燭らす。讀書十行倶に下る。九流百氏、目を經れば必ず記し、篇章辭賦、筆を操れば立ちどころに成る。博綜し、善く玄理を言う。年十一より、便ち能く庶務を親らし、蕃政を歷試して、所在稱せらるる有り。穆貴嬪の憂に在りては、哀毀骨立し、晝夜號泣して聲を絶たず、坐する所の席は、沾濕盡く爛る。

襄陽に在りしとき拜表して北伐し、長史柳津・司馬董當門・壯武將軍杜懷寶・振遠將軍曹義宗等の衆軍を遣わして進討せしめて、剋ちて南陽・新野等の郡を平らぐ。魏の南荆州刺史李志安昌城に據りて降り、地を拓くこと千餘里。監撫[61]に居るに及んでは、弘宥する所多きも、文案簿領[62]、纖毫も欺くべからず。文學の士を引納し、賞接[63]倦むこと無く、恒に篇籍を討論し、繼ぐに文章を以てす。高祖の製する所の『五經講疏』[64]を、嘗て玄圃[65]に於いて奉述するに、聽く者朝野を傾く。

雅に題詩[66]を好み、其の序に「余 七歳にして詩癖有り、長じて倦まず」と云う。然れども輕豔[67]に傷られ、當時號して「宮體」[68]と曰う。著す所の『昭明太子傳』[69]五卷、『諸王傳』[70]三十卷、『禮大義』[71]二十卷、『老子義』[72]二十卷、『莊子義』[73]二十卷、『長春義記』[74]一百卷、『法寶連璧』[75]三百卷、並びに世に行わる。

これより以前のことであるが、太宗がとらわれの身となっていたとき、壁に書きつけをして自分のことを次のように述べた。「梁の正直の人である、蘭陵（江蘇省）出身の蕭世纘は、人格を確立し人としての道を行い、終始変わることはなかった。闇夜のごとく風雨が吹きあれていても、朝になると鶏は鳴くように、逆境にあっても操をまげることはなかった。人の見ていない暗い部屋でも悪事をはたらくことはなかった、ましてやお天道さまのもとではいうまでもない。運命がこうなった以上、生命はどうしようもない」。また連珠を二首作ったが、非常にいたましい文であった。

太宗は幼いころからもの分かりがよく、理解力は人並みすぐれていて、六歳でもう文を作った。高祖は早すぎるのに驚いて、信じなかった。そこで自分の目の前で試してみると、文章の美しさはみごとであった。高祖は感嘆して「この子は、わが家の東阿王曹植である」と言った。成長してからは、度量が広く、喜怒の情を顔にあらわしたことがなかった。頰が角張って下ぶくれで、あごひげと耳際の毛は絵に描いたようであって、視線をなげかけると眼光鋭く人を照らした。書物は一度に十行を読んだ。諸子百家の文は、目にしたものはすべておぼえ、詩文や辞賦の文学作品は筆をとるとあっという間にできあがった。広く儒学の書に通じ、道家の奥深い道理をたくみに論じた。十一歳からもういろいろな事務をみずからとり行い、地方官を歴任して、任所にあっては人々の称賛を受けた。母の穆貴嬪の喪に際しては、哀しみゆえに痩せ衰え、泣く声は昼も夜も絶えることなく、座っていた敷物は濡れてすっかり腐ってしまった。

裏陽にいたとき、上表文をたてまつって北伐に赴き、長史の柳津・司馬の董当門・壮武将軍の杜懐宝・振遠将軍の曹義宗らの大軍を派遣して進撃し、うち勝って南陽・新野（ともに河南省）などの郡を平定した。北魏の南荊州刺史李志は安昌（河南省）城から降伏してきて、梁の領土は千余里拡大した。皇太子になってからは、寛大に接することが多かったが、公文書の作成や帳簿の記載は、少しもおろそかにしなかった。学問のある人を迎え入れ、重んじてもてなすことはやまなかった。いつも書物について論じあい、また文学を話題にした。高祖御製の『五経講疏』を、玄圃園で講述した時には、朝野をあげて聴講におしよせた。

事物や書画を題材にして詩を書きつけるのが好きで、自作の序で「わたしは七歳でもう詩を好む癖ができてしまい、成人してからもずっとそうだった」と述べている。しかしながら、浮わついた美しさが欠点になって、当時の人には「宮体」と称された。著作の『昭明太子伝』五巻、『諸王伝』三十巻、『礼大義』二十巻、『老子義』二十巻、『荘子義』二十巻、『長春義記』一百巻、『法宝連璧』三百巻は、いずれも世に広まった。

四一 幽縶　監禁すること。孔融「盛孝章を論ずる書」（『文選』巻四一）に「身は幽縶を免れず、命は旦夕を期せず」とある。『南史』によると、侯景は簡文帝を幽閉して精鋭の騎兵に包囲させ、カラタチなどのとげのある垣根で囲った。また、紙が無いので、簡文帝は壁や板に詩文を書きつけ、その数は数百篇にのぼったという。『広弘明集』巻三〇上に簡文帝の「幽えられて志を述ぶ」詩を載録する。

四二 立身行道　『孝経』開宗明義章の語。

四三 風雨如晦…　『詩』鄭風・風雨の語。暴風雨の中でも正しく時を告げる鶏を、乱世にあっても節操を守りぬく君子にたとえる。

四四 暗室　暗い部屋。本書「梁武帝伝」注一二〇参照。

四五 三光　太陽と月、星。

四六 連珠　文体の名。真珠を連ねたような美文で、比喩や象徴的表現を対句に盛りこんだもの。『広弘明集』巻三〇上に簡文帝の「連珠」三首を収録する。

四七 識悟過人　理解力が抜きんでていること。『費禕別伝』（『三国志』巻四四費禕伝裴注所引）に「禕は識悟人に過ぎ、書記を省讀する毎に、目を擧げて暫く視れば、已に其の意旨を究む」とある。

四八 東阿　三国魏の曹植。一九二～二三二。字は子建、東阿王に封ぜられる。幼少のころ、父の曹操がその文章を見て、誰かに代筆してもらったのか、と聞いたところ、目の前で試してください、と答えた。実際、賦を作らせるとすばらしいできばえであった。『三国志』巻一九。本書「曹植伝」参照。

四九 器宇寛弘　心がひろくゆったりしていること。

五〇 方頬豊下　頬が四角く、あごの肉づきがよいこと。富貴の相とされる。『左伝』文公元年に「穀や豊下なり、必ず後を魯國に有たん」、杜注に「豊下は蓋し面方なり」。

五一 眄睞　振り返って見まわすこと。『世説』識鑑篇16に「褚 眄睞すること良や久しくして、嘉を指さす」とある。

五二 九流百氏　九流は、戦国時代の儒・道・陰陽・法・名・墨・縦横・雑・農の九家、百氏は諸子百家。

五三 玄理　奥深い玄妙な道理、とくに老荘思想をさす。『梁書』謝挙伝に「擧は少くして博渉多通、尤も玄理及び釋氏の義に長ず」とある。

五四 穆貴嬪　丁貴嬪のこと。普通七年十一月没（→注三）。

五五 哀毀骨立　親の喪にあって、哀しみのためにひどく痩せさらばえること。

五六 在襄陽　普通四年（五二三）、雍州刺史に任ぜられてからのことだが、北伐は安北将軍になってからの、同六年正月に挙行された。『梁書』武帝紀下参照。

五七 柳津…　?～五四九。字は元挙、河東、解（山西省）の人。開府儀同三司柳慶遠の子、柳仲礼（→注一九）の父。簡文帝が雍州刺史になると、長史になり、皇太子に立てられると、つきしたがって侍従となった。『南史』巻三八。このとき、柳津は北魏の南郷郡を、董当門は晋城をうち破った。

五八 杜懐寶　?～五三九。京兆、杜陵（陝西省）の人。天監年間に梁州刺史に任命されている。『梁書』巻四六、『南史』巻六四。

五九 曹義宗　生卒年未詳。新野（河南省）の人。曹景宗の弟。梁武帝の西伐に従い、梁州刺史・秦州刺史を歴任する。『南史』巻五五。

六〇 李志…　大通二年（五二八）四月、北魏の内乱のせいで、梁に降伏してきた。

六一 監撫　監国（天子が都を離れるとき、皇太子が代理で国政を執ること）と撫軍（皇太子が出征すること）。つまり皇太子のこと。『左伝』閔公二年に見える。

六二 文案簿領　文案は公文書類、簿領は帳簿に記録すること。

六三 賞接　才能を認めて高く評価する。『梁書』庾承先伝に「湘東王親ら駕を命じて臨聽し、論議すること終日、深く相い賞接す」。

六四 五經講疏　『易』『書』『詩』『礼記』『左伝』の注釈書。

六五 玄圃　建康にあった園の名。本書「蕭統伝」注四七参照。

六六 題詩　器物などを題材にして詩を作ること。また、その物に書きつけること。今日に伝わっている簡文帝の詩の中でも、鏡、箏、藤などの物を詠じたものが少なくない。

六七 輕豔　浮薄で華麗に過ぎること。

六八 宮體　簡文帝が皇太子であったとき、東宮の文学サロンで流行した詩のスタイル。もの思う女性の内面をうたったり、女性の外見や肢体を描いたりする虚構の恋愛詩で、簡文帝が徐陵に編纂させた艶詩集『玉臺新詠』に、多く収められている。『大唐新語』公直篇に「梁の簡文帝 太子爲りしとき、好んで艶詩を作り、境内之に化して、浸く以て俗と成る、之を宮體と謂う。晩年改作せんとするも、之を追いて及ばず」という。

六九 昭明太子傳五巻　『隋志』にも著録しない。明の楊慎らが校訂した『梁昭明太子文集』五巻には、簡文帝の序を載せているが、伝記ではない。『藝文類聚』巻一六などに載せる「昭明太子集別伝等を上る表」に「謹んで『昭明太子別傳文集』を撰す。請うらくは之を延閣に備え、諸を廣内に藏し……」という。

七〇 諸王傳三十巻 『隋志』に著録しない。

七一 禮大義二十巻 『隋志』に簡文帝の著書としては著録しないが、撰者を記さず書名のみを録する『礼大義』十巻があり、これか。

七二 老子義二十巻 『隋志』子部・道家に『老子私記』十巻を注記し、『旧唐志』『新唐志』『通志』も同じであるが、今日には伝わらない。『日本国見在書目録』には書名のみを記す。

七三 莊子義二十巻 『隋志』子部・道家に『莊子講疏』十巻を著録し、もと二十巻であったことを注記する。『旧唐志』『新唐志』『通志』はいずれも三十巻を録するが、今日には伝わらない。『陳書』徐陵伝に「(梁簡文は)又た少傅府に於いて製る所の『莊子義』を述べしむ」とある。

七四 長春義記一百巻 『隋志』経部・論語に『長春義記』一百巻を著録し、『旧唐志』『新唐志』『通志』も同じであるが、今日には伝わらない。長春は東宮にある殿の名。『陳書』徐陵伝に「梁簡文は東宮に在りて『長春殿義記』を撰し、陵をして序を爲らしむ」。

七五 法寶連璧三百巻 『隋志』に著録しない。書名と巻数から推しはかるに、仏教関係の類書のたぐいか。

このほか『隋志』には、経部・詩に『毛詩十五国風義』二十巻、経部・春秋に『春秋発題』一巻、経部・孝経に『孝経義疏』五巻を記し、子部・五行に『光明符』十二巻(『新唐志』も同じ)録一巻、同類に『竈経』十四巻(『通志』も同じ)を著録する。文集としては『梁簡文帝集』八十五巻、陸罩撰、幷びに録」と録する。『日本国見在書目録』では八巻、『旧唐志』『新唐志』ともに八十巻、『通志』は八十五巻、『直斎』は五巻、『宋志』は一巻を録する。

なお、『梁書』には見えないが『南史』本紀には、『謝客文涇渭』三巻、『玉簡』五十巻、『易林』十七巻、『沐浴経』三巻、『馬槊譜』一巻、『棊品』五巻、『弾棊譜』一巻、『新増白沢図』五巻、『如意方』十巻を著作としてあげ、文集の巻数も一百巻とする。

〔参考文献〕

吉川忠夫『侯景の乱始末記』(中央公論社 一九七四年)

森野繁夫『六朝詩の研究』(第一学習社 一九七六年)

林文月「梁簡文帝与宮体詩」(『純文学』一―一 一九六七年)

王拓「梁簡文帝的文学見解及其宮体詩」上・下(『現代学苑』九―九・一〇 一九七二年)

岡村貞雄「簡文帝の初期の詩」(『小尾博士退休記念中国文学論集』一九七六年)

(釜谷武志)

庾肩吾（四八七〜五五一）

庾肩吾（ゆけんご）は梁の詩人であり、書にも巧みであった。簡文帝蕭綱（しょうこう）を中心とする文学集団の主要人物の一人であり、徐摛（じょち）らとともに徐庾体と称されるほどの宮体詩の代表的作者でもあった。作風は『玉臺新詠（ぎょくだいしんえい）』に採られた詩に見られるような艶麗（えんれい）なもので、後世の評価は高くないものの、声律を追求し、近体詩成立を考えるうえで無視できぬ存在である。侯景（こうけい）の乱のとき、賊将宋子仙（そうしせん）に殺されかけたが、当意即妙に詩を作って難を免れるなど、詩才に恵まれた人物であった。

梁書卷四九文學傳　庾於陵傳附

肩吾字子愼。八歳能賦詩、特爲兄於陵所友愛。初爲晉安王國常侍、仍遷王宣惠府行參軍、自是每王徙鎭、肩吾常隨府。歷王府中郎・雲麾參軍、並兼記室參軍。中大通三年、王爲皇太子、兼東宮通事舍人、除安西湘東王錄事參軍、俄以本官領荆州大中正。累遷中錄事諮議參軍・太子率更令・中庶子。初、太宗在藩、雅好文章士、時肩吾與東海徐摛・吳郡陸杲・彭城劉遵・劉孝儀・儀弟孝威、同被賞接。及居東宮、又開文德省、置學士、肩吾子信・摛子陵・吳郡張長公・北地傅弘・東海鮑至等充其選。齊永明中、文士王融・謝朓・沈約文章始用四聲、以爲新變、至是轉拘聲韻、彌尚麗靡、復踰於往時。時太子與湘東王書論之曰…（略）。

太清中、侯景[二二]寇陷京都、及太宗卽位、以肩吾爲度支尙書。時上流諸蕃、並據州拒景、景[二三]矯詔遣肩吾使江州、喩[二四]當陽公大心、大心尋擧州降賊、肩吾因[二五]逃入建昌界、久之、方得赴[二六]江陵、未幾卒。文[二七]集行於世。

[一]肩吾 字は子愼。八歳にして能く詩を賦し、特に兄[二]於陵の友愛する所と爲る。初め[三]晉安王國常侍と爲り、仍りて王の宣惠府行參軍に遷り、是より王の鎭を徙す毎に、肩吾常に府に隨う。王府中郎・雲麾參軍を歷、並びに記室參軍を兼ぬ。中大通三年、王 皇太子と爲り、東宮通事舍人を兼ね、安西[四]湘東王錄事參軍に除せられ、俄かに本官を以て荊州大中正を領す。累りに中錄事諮議參軍・太子率更令・中庶子に遷る。初め、[五]太宗 藩に在り、雅だ文章の士を好み、時に肩吾と東海の[六]徐摛・吳郡の[七]陸杲・彭城の[八]劉遵・[九]劉孝儀・儀の弟[一〇]孝威と同に賞接を被る。東宮に居るに及び、又[一一]文德省を開きて、學士を置き、肩吾の子[一二]信・摛の子[一三]陵・吳郡の[一四]張長公・北地の[一五]傅弘・東海の[一六]鮑至等 其の選に充てらる。齊の永明中、文士[一七]王融・[一八]謝朓・[一九]沈約 文章始めて四聲を用い、以て新變を爲し、[二〇]是に至りて轉た聲韻に拘り、彌いよ麗靡を尙び、復た往時に踰ゆ。時に太子[二一]湘東王に書を與え、之を論じて曰く…（略）。

太清中、[二二]侯景 京都を寇陷し、太宗の卽位するに及びて、肩吾を以て度支尙書と爲す。時に上流諸蕃、並びに州に據りて景を拒ぎ、景[二三]詔を矯りて肩吾を遣して江州に使いし、[二四]當陽公大心を喩さしむるも、大心尋いで州を擧げて賊に降り、肩吾[二五]因りて建昌の界に逃げ入り、之を久しくして、方く[二六]江陵に赴くを得、未だ幾くならずして卒す。[二七]文集世に行わる。

肩吾、字は子愼である。八歳で詩を作ることができ、兄の於陵にとりわけかわいがられた。最初、晉安王（後の太宗簡文帝蕭綱）の国常侍となり、そのまま王の宣恵府の行参軍となり、これから王が鎮を移るたびに、肩吾はいつも王に随従したのだった。王府中郎・雲麾参軍を歴任し、記室参軍をも兼務した。中大通三年（五三一）、王が皇太子となると、東宮通事舎人を兼ね、安西湘東王録事参軍に任命され、まもなくその官位のままで荊州（湖北省）大中正を兼任した。そして中録事諮議参軍・太子率更令・中庶子を歴任した。以前、太宗（蕭綱）がまだ地方にいたころ、はなはだ文学の士を好み、当時、肩吾と東海（山東省）の徐摛・呉郡（江蘇省）の陸杲・彭城（江蘇省）の劉遵・劉孝儀・その弟の孝威らは、親しく目通りを許されていた。皇太子に立てられてからは、また文徳省を開いて、学士を置き、肩吾の子の信・摛の子の陵・呉郡の張長公・北地（甘粛省）の傅弘・東海の鮑至らが学士に選ばれた。斉の永明年間（四八三〜四九三）、文士の王融・謝朓・沈約らは詩文に初めて四声を用い、新しいスタイル（永明体）としたが、ここに至っていっそう声韻にこだわるようになり、ますます艶美さを尊び、また往時よりはなはだしくなったのである。当時、太子は湘東王（後の元帝蕭繹）に書簡を送り、評論して言うには…（略）。

太清年間（五四七〜五四九）、侯景が都を攻め落とし、太宗が即位すると肩吾を度支尚書とした。当時、長江上流の諸蕃国は、州を根拠地にして侯景に抵抗していたので、侯景は偽の詔を出して肩吾を江州（江西省）に派遣して当陽公大心に投降を勧めさせ、大心はやがて州を挙げて賊に降った。肩吾はその機に建昌（四川省）に逃げ込み、しばらくしてやっと江陵（湖北省）に行くことができたが、まもなく卒した。文集が世に伝えられている。

一　肩吾字子慎　字は『南史』巻五〇では「慎之」とし、唐の張彦遠輯の『法書要録』巻九に収める張懐瓘『書断』下では「叔慎」とする。肩吾の卒年は従来はっきりせず、五五〇年、五五一年、五五三年の三説がある。五五〇年説は『書断』下に「大寶元年卒」と言うのにもとづく。五五一年説は清・倪璠『庾子山集注』の庾子山年譜あるいは姜亮夫『歴代人物年里碑伝綜表』によるものであるらしく、五五三年説は息子の庾信が父の爵を襲った年が承聖二年（五五三）であるので、この年に卒したと推定するものである。この問題については参考文献に挙げた白川義郎氏の考証があり、五五一年に卒したものと結論づけておられる。この結論は妥当なものと考えられる。

これに対して生年ははっきりしており、梁元帝が二十七歳の時に書いた「法宝聯璧序」に「庾肩吾年四十八」とあり、これから四八七年の生まれであることがわかる。なお、『顔氏家訓』養生篇に「庾肩吾常に槐の實を服し、年七十餘、目に細字を看、鬚髪猶お黒し」という記述があるが、信憑性は不明。

二 於陵　庾於陵、字は子介。七歳にして玄理を談ずることができ、長じては聡明博学にして才気にあふれた人物として知られる。梁の天監年間の初め、太子洗馬の官についた。これはエリートコースの最たるものであった。文集十巻があった。『梁書』巻四九文学伝。

三 晋安王　梁簡文帝蕭綱。本書「梁簡文帝伝」参照。彼が晋安王に封ぜられたのは天監五年（五〇六）、宣恵将軍となったのは天監十二年（五一三）である。

四 湘東王　梁元帝蕭繹。本書「梁元帝伝」参照。湘東郡王となったのは、天監十三年（五一四）のことである。

五 太宗在藩…　太宗は簡文帝蕭綱のこと。『南史』巻五〇庾易伝附庾肩吾伝に「雍州（襄陽。南朝宋の時、ここに僑州として雍州が置かれた。現在の湖北省）に在りて命ぜられて劉孝威・江伯揺・孔敬通・申子悦・徐防・徐摛・王囿・孔鑠・鮑至ら十人と衆籍を抄撰し、其の果饌を豊にし、高齋學士と號す」とある。ふつう、簡文帝が皇太子時代に文徳省を開き、肩吾らを学士とし、彼らのことを「高斎学士」と称したと言うが、蕭綱が雍州にいたのは普通四年（五二三）からのことと考えられ、皇太子に立てられる（五三一）以前のことである。

六 徐摛　四七四～五五一。字は士秀。東海郯（たん）（山東省）の人。晋安王蕭綱の側近であり、指令や軍事文書の多くは彼の手になった。彼の文体は独特のもので、春坊（皇太子に関する諸事務を担当する役所）の文人はみなそのまねをし、「宮体」の語はここから始まった。長子は徐陵（本書「徐陵伝」参照）。『梁書』巻三〇。

七 陸杲　四五九～五三二。字は明霞。呉郡呉の人。少時より学問を好み、書画に巧みであった。剛直な人となりで、有力者や皇帝の側近、自身の身内に対しても遠慮することのない忌憚のない言動で知られる。仏教を深く信じ、戒律をよく守り、『沙門伝』三十巻の著作がある。中大通四年、七十四歳で卒。『梁書』巻二六。

八 劉遵　四八八～五三五。字は孝陵。彭城安上里の人。劉孝儀の従弟。簡文帝蕭綱が皇太子に立てられる以前より蕭綱に仕え、もっとも寵遇された。大同元年に卒したときには、蕭綱はその死を深く悼んだ。『梁書』巻四一劉孺伝附。

九 劉孝儀　四八四～五五〇。名は潜、字は孝儀。劉孝綽の弟。孝綽は三男の孝儀、六男の孝威がそれぞれ文と詩に秀でていたので「三筆六詩」と称した。孝儀は天監五年（五〇六）秀才に挙げられ、のち、晋安王蕭綱が襄陽に出征したときに、安北功曹史として引き抜かれている。文集二十巻があった。『梁書』巻四一。

一〇 孝威　四九六～五四九。注九を参照。『梁書』巻四一劉潜伝附。

一一 文徳省　南朝梁が置いた役所で、文学修纂を掌管したと考えられる。

一二 信　庾信。蕭綱の招いた学士の中でも駢儷体にすぐれた。本書「庾信伝」参照。

一三 陵　徐陵。庾信と並び称された文学者。『玉臺新詠』の編者でもある。本書「徐陵伝」参照。

一四 張長公　張季舒。事跡未詳。『梁書』巻三三張率伝引・『南史』巻六一陳慶之伝附陳暄伝引。

一五 傅弘　事跡未詳。『梁書』巻三九六傅昭伝附傅英伝引。

一六 鮑至　才藝をもって名を知られ、湘東王の僚佐となる。詳しい事跡は不明。『南史』巻六二鮑泉伝附鮑客卿伝引。

一七 王融　声律を追求し近体詩の形成に大きな影響を与えた、いわゆる「永明体」の推進者の一人。本書「王融伝」参照。

一八 謝朓　斉・竟陵王の「竟陵八友」の第一人者。とりわけ山水詩にすぐれた。本書「謝朓伝」参照。

一九 沈約　「竟陵八友」の一人。四声八病の理論を提出し、それを詩歌創作に用いることを始めた「永明体」創始者の一人。本書「沈約伝」参照。

二〇 至是…　『周書』巻四一庾信伝にはその当時の様子を次のように伝える。「父子（徐摛・徐陵父子、庾肩吾・庾信父子）東宮に在りて、禁闥に出入し、恩禮與に隆を比ぶる莫し。既に盛才有り、文並びに綺豔、故に世 號して徐庾體と爲す」。本書「庾信伝」参照。

二一 與湘東王書　文学批評理論史上、重要な書簡とされているが、文章自体によくわからぬ所があり、従来その内容の解釈には論争がある。当時、都で流行していた文学創作の方法や作家たちを批判するのが前半の趣旨。後半は、都で流行の文学とはちがって謝朓や沈約らのような模範とすべき作家もおり、必ず傑出した人材はいる、すなわちこれからの文学創作を先導するのは弟（湘東王）であるから、二人で協力しようと呼びかけるのである。

二二 侯景　五〇三〜五五二。もと北魏の将軍であったが梁に降った。のちに反乱を起こし、そのために武帝蕭衍は宮城で餓死するに至った（五四九年）。五五二年四月、蕭繹（元帝）は王僧辯、陳霸先に侯景を討伐させた。『梁書』巻五六本伝、『南史』巻八〇。本書「梁武帝伝」注六〇参照。

二三 景矯詔遣肩吾使江州　当時侯景は、簡文帝を幽閉し意のままに操っていた。江州の大心を投降させようとしたのは、その地が古来軍事上の要地であったことによる。

二四 當陽公大心　五二三〜五五一。尋陽王大心、字は仁恕。簡文帝の第二子。中大通四年、当陽公に封ぜられた。太清元年、江州刺史となり、太清二年（五四八）、侯景が都を攻めると、大心は数万の兵を集め、上流の諸軍と皇宮救援に赴いた。一度は侯景を破るも結局は侯景の将任約との戦いに敗れ、大宝元年（五五〇）七月降伏する。翌年、侯景に殺された。二十九歳。『梁書』巻四四。

二五 因逃入建昌界　大心は投降する前に太子洗馬の韋臧に建昌を鎮定させている。韋は尋陽守られずと聞いて兵を率いて江陵に向かおうとしたが、出発間際に配下に殺されている。肩吾が建昌に行ったのは或いは韋臧を頼ろうとしたものかもしれない。『南史』庾肩吾伝によれば、大心降伏後、会稽を破った賊将宋子仙によって肩吾は捕らわれ殺されかけた。しかし、宋子仙のたちどころに詩が書けたなら命を助けてやるとの要求に見事に応え、釈放されて建昌令となっている。その時の詩は「執らわれて作る詩」として現在も見ることができる。なお、宋子仙が会稽を破ったのは五四九年のことであり、『南史』の記述は混乱があるかも知れない。

二六 江陵　江陵には蕭繹（元帝）がおり、首都になっていた。

二七 文集　『隋志』には『梁度支尚書庾肩吾集』十巻として著録する。『旧唐志』・『新唐志』もともに、十巻として著録する。しかし、唐の李賀は肩吾の遺文を見るを得ないことを嘆いており（「還自会稽歌序」）、すでに散逸し始めていたようである。南宋の尤袤の『遂初堂書目』に『庾肩吾詩』（巻数は記さず）、鄭樵『通志』に『度支尚書庾肩吾集』十巻、『宋史』藝文志に『庾肩吾集』二巻と著録する。明人の輯本に張燮の集めた『庾度支集』四巻（七十二家集）、張溥に『庾度支集』がある（『漢魏六朝百三名家集』）。現在では『全梁文』巻六六、『全梁詩』巻二三に収める。その他に『書品』（『法書要録』収）があり、また『採璧』三巻（佚）があった。

（副島一郎）

〔参考文献〕

白川義郎「梁庾肩吾の職官及び卒年について」（『国語の研究』九　大分大学　一九七五年）
清水凱夫「簡文帝蕭綱「与湘東王書」考」（立命館大学人文学会『白川静博士古稀記念中国文史論叢』　一九八一年）
成瀬哲生「庾肩吾五言詩声律考」（『山梨大学教育学部研究報告（人文社会科学系）』四六号　一九九五年）

梁元帝（五〇八〜五五四）

梁元帝、蕭繹は武帝蕭衍の第七子で、梁の第三代皇帝。昭明太子蕭統、簡文帝蕭綱は、異母兄になる。侯景の乱を平定して江陵に都を置いたが、ほどなく西魏の侵寇を受け、王室間の内訌も災いして、三年足らずで滅びた。事実上の最後の梁の皇帝になる。詩人としては、兄綱の宮体詩の同調者で、『玉臺新詠』にも作品を採録されている。多くの著作があるが、ことに古今の事跡を広く渉猟して一家の言を立てた『金楼子』六巻は代表作。

南史卷八　梁本紀下

[一]世祖孝元皇帝諱繹、字世誠、小字七符、[二]武帝第七子也。初、武帝夢眇[三]目僧執香鑪、稱託生王宮。既而帝母[四]在采女次侍、始褰戶幔、有風回裾、武帝意感幸之。采女夢月墮懷中、遂孕。天監七年八月丁巳生帝。擧室中非常香、有紫胞之異。武帝奇之、因賜采女姓阮、進爲修容。[五]十三年、封湘東王。[六]太淸元年、累遷爲鎭西將軍・都督・荆州刺史。

三年三月、侯景陷建[七]鄴。四月、世[八]子方等至自建鄴、知臺城不守。帝命柵[九]江陵城、周回七十里。鎭西長史王[一〇]沖等拜牋請爲太尉・都督中外諸軍事、承[一一]制主盟。帝不許、曰「吾[一二]於天下不賤、寧俟都督之名、帝子之尊、何藉上台之位。議者可斬」。投筆流涙。沖等重請、不從。又請爲司空、以主諸侯、亦弗聽。乃開鎭西府、辟天下士。

是月、帝徵兵於湘州刺史河東王譽[三]、譽拒命。尋上甲侯韶[四]自建鄴至、宣三月十五日密詔、授帝位[五]假黄鉞、大都督中外諸軍事・司徒・承制。於是立行臺[六]於南郡而置官司焉。

七月、遣世子方等討河東王譽、軍敗、死之。又遣鎭兵將軍鮑泉[七]討譽。

九月乙卯、雍州刺史岳陽王詧[八]舉兵寇江陵、其將杜崱[九]兄弟來降、詧遁走。鮑泉攻湘州、未剋。又遣左衞將軍王僧辯[一〇]代將。

及簡[一一]文帝卽位、改元爲大寶元年。帝以簡文制于賊臣、卒不遵用。正月、使少子方[一二]畧質于魏、魏不受質而結爲兄弟。

四月、剋湘州、斬譽、湘州平。雍州刺史岳陽王詧自稱梁王、蕃于魏、魏遣兵助伐襄陽。先是、邵陵王綸[一三]書已言凶事、祕之、以待湘州之捷。是月壬寅、始命陳瑩[一四]報武帝崩問、帝哭于正寢。…（略）。

〔大寶二年〕十月辛丑朔、紫雲如蓋臨江陵城。是月、簡文帝崩、開府儀同三司王僧辯[一五]等奉表勸進。帝奉諱、大臨三日。百官縞素、答表不許。司空南平王恪率宗室、領軍將軍胡僧祐率羣僚、江州別駕張佚率吏人、並奉牋勸進、帝固讓。

十一月乙亥、僧辯[一六]又奉表勸進、又不從。時巨寇尚存、帝未欲卽位、而四方[一七]表勸、前後相屬、乃下令斷表。

承聖元年二月、王僧辯衆軍發自尋陽。帝馳檄[一八]四方、購獲景及逆者、封萬戶開國公、絹布五萬匹。

三月、僧辯等平景、傳首江陵。戊子、以賊平告明堂・太社。己丑、[一九]僧辯等又表勸進曰…（略）。帝尚未從。…（略）。

冬十一月丙子、皇帝卽位於江陵、改[三〇]太清六年爲承聖元年。逋租宿責、並許弘宥。孝子順孫、悉皆賜爵。長徒鎖士、特加原宥。禁錮奪勞、一皆曠蕩。是日帝不升正殿、公卿陪列而已。時有兩日俱見。…（略）。

[一]世祖孝元皇帝諱は繹、字は世誠、小字は七符、武帝の第七子なり。[二]初め、武帝が夢に眇[三]目の僧香鑪を執り、王宮に託生すと稱す。既にして帝[四]母采女の次に在りて侍し、始めて戶幔を褰ぐるに、風有りて裾を回らし、武帝意感じて之を幸す。采女が夢に月懷中に墮ち、遂に孕む。天監七年八月丁巳帝を生む。室中を擧りて非常の香あり、紫胞の異有り。武帝之を奇とし、因りて采女に姓阮を賜り、進めて修容と爲す。十[五]三年、湘東王に封ぜらる。太[六]清元年、累遷して鎭西將軍・都督・荊州刺史と爲る。

三年三月、侯[七]景建鄴を陷る。四月、世[八]子方等至るに建鄴自りし、臺城の守らざるを知る。帝命じて江[九]陵城に柵し、周回七十里なり。鎭西長史王[一〇]沖等牋を拜して太尉・都督中外諸軍事と爲り、圭[一一]盟を承制せんことを請う。帝許さずして、曰く「吾[一二]天下に於て賤しからず、寧んぞ都督の名を俟たん、帝子の尊、何ぞ上台の位を藉らん。議する者は斬る可し」と。筆を投じて涙を流す。沖等重ねて請うも、從わず。又た司空と爲りて、以て諸侯に主たらんことを請うも、亦た聽かず。乃ち鎭西府を開きて、天下の士を辟す。

是の月、帝兵を湘州刺史河[一三]東王譽に徵するも、譽命を拒む。尋いで上[一四]甲侯韶建鄴自り至り、三月十五日の密詔を宣べ、帝[一五]位の假黃鉞、大都督中外諸軍事・司徒・承制を授く。是に於て行[一六]臺を南郡に立てて官司を置く。

七月、世子方等を遣わして河東王譽を討つも、軍敗れて、之に死す。又た鎭兵將軍鮑[一七]泉を遣わして譽を討つ。

九月乙卯、雍州刺史岳[一八]陽王詧兵を擧げて江陵を寇す。其の將杜[一九]崱兄弟來り降り、詧遁走す。鮑泉湘州を攻むるも、未だ剋たず。又た左衞將軍王[二〇]僧辯を遣わして將に代う。

[二二]簡文帝卽位するに及び、改元して大寶元年と爲す。帝 簡文の賊臣に制せらるるを以て、卒に遵用せず。正月、少子[二三]方畧をして魏に質たらしむるも、魏は質を受けずして結びて兄弟と爲る。

四月、湘州に剋ちて、譽を斬り、湘州平ぐ。雍州刺史岳陽王詧自ら梁王と稱し、魏に蕃たり、魏 兵を遣わし助けて襄陽を伐つ。是より先、[二三]邵陵王綸が書に已に凶事を言うも、之を祕して、以て湘州の捷を待つ。是の月壬寅、始めて[二四]陳瑩に命じて武帝の崩問を報ぜしめ、帝 正寢に哭す。…（略）。

〔大寶二年〕十月辛丑朔、紫雲 蓋の如く江陵城に臨む。是の月、簡文帝崩じ、開府儀同三司王僧辯等[二五] 表を奉じて勸進す。帝 諱を奉じて、大臨すること三日。百官縞素するも、表に答えて許さず。司空南平王恪 宗室を率い、領軍將軍胡僧祐 羣僚を率い、江州別駕張佚 吏人を率い、並びに牋を奉じて勸進するも、帝固く讓る。

十一月乙亥、[二六]僧辯又た表を奉じて勸進するも、又た從わず。時に巨寇尚お存し、帝未だ位に卽くを欲せざるも、[二七]四方の表勸、前後相い屬す、乃ち令を下して表を斷たしむ。

承聖元年二月、王僧辯が衆軍 發するに尋陽自りす。[二八]帝 檄を四方に馳せて、景及び逆者を獲るものを購いて、萬戶開國公に封じ、絹布五萬匹ならんと。

三月、僧辯等 景を平らげ、首を江陵に傳う。戊子、賊の平らぐを以て明堂・太社に告ぐ。己丑、[二九]僧辯等又た表して勸進して曰く…（略）帝尚お未だ從わず。…（略）。

冬十一月丙子、皇帝 位に江陵に卽き、[三〇]太淸六年を改めて承聖元年と爲す。逋租宿責、並びに弘宥を許す。孝子 順孫、悉く皆な爵を賜る。長徒鎖士、特に原宥を加えらる。禁錮奪勞、一に皆な曠蕩たり。是の日 帝 正殿に升らず、公卿陪列するのみ。時に兩日倶に見わるる有り。…（略）。

世祖孝元皇帝、諱は繹、字は世誠、幼名は七符、武帝の第七子である。話はさかのぼるが、あるとき武帝の夢に片目の僧が現われて香炉を手に持ち、自分は王宮に生まれ出づるのだと称していた。そのころ元帝の母は采女の列にあって武帝に侍していたが、戸口の幔幕をかかげようとしているところへ、風が吹いて着物の裾がまくれあがり、武帝はその姿に心動かされて彼女に愛を賜った。采女は月が懐に落ち入る夢を見て、懐妊した。天監七年（五〇八）八月丁巳の日（六日）に元帝を生んだ。そのとき部屋中にえもいえぬ妙なる香りがたちこめ、（赤子は）紫色の胞衣に包まれる異相を呈していた。武帝はそれを愛でて、采女に阮という姓を賜り、修容の地位に昇進させた。（元帝は）十三年（五一四）、湘東王に封じられた。太清元年（五四七）、累遷して鎮西将軍・都督・荊州刺史となった。

三年三月、侯景が建鄴を陥れた。四月、（元帝の）嗣子方等が建鄴からやってきて、台城が陥落したことを知った。元帝は江陵城の周りを柵で囲ませ、その長さは七十里四方に及んだ。鎮西長史王沖らは上奏文をたてまつって、（元帝に）太尉・都督中外諸軍事となり、帝の意を代行して諸藩を統括するよう要請した。しかし元帝はそれを承諾せず、いうには、「余は天下において高い地位にあるのだから、都督の名称は必要ないし、王子という尊い身分にある以上、三公の位に頼ることは無用だ。とやかくいうやつは斬るぞ」。筆を投げ出して涙を流した。王沖らはなおも請うたが、やはり従わなかった。さらに司空となって、諸侯の盟主となるよう請うたが、これも聞きいれなかった。そして鎮西府を開いて、天下の人材を招致した。

この月、元帝は湘州刺史河東王蕭誉に派兵を要求したが、誉は命令を拒否した。ついで、上甲侯蕭韶が建鄴からやってきて、三月十五日の秘密の詔勅を告げ、侍中の位、黄金の鉞と、大都督中外諸軍事・司徒・承制の地位を授与した。そこで南郡に行政府の支部を設け、官吏を置いた。

七月、嗣子方等を派遣して河東王蕭誉を討ったが、敗れ、方等は戦死した。また鎮兵将軍鮑泉を派遣して蕭誉を討った。

九月乙卯（三日）、雍州刺史岳陽王蕭詧が兵を挙げて江陵を侵寇したが、その将杜崱兄弟が投降してきたため、詧は遁走した。鮑泉が湘州を攻略しながら、まだ勝てないので、さらに左衛将軍王僧辯を派遣して将軍を交代させた。

簡文帝が即位すると、大宝元年と改元した。元帝は簡文帝が賊臣（侯景）に制御されているという理由で、その年号を用いなかった。正月、末子の方略を魏にやって人質としたが、魏は人質は受けずに兄弟の盟を結んだ。

四月、湘州（湖南省）に勝利し、蕭誉を斬殺して、湘州は平定された。雍州刺史岳陽王詧は自ら梁王と称して、魏に藩属し、魏では兵を派遣して詧が襄陽を伐つのを援助した。それより先、邵陵王蕭綸が書信で武帝の死を報じてきていたが、そのことは伏せたまま、湘州の勝報を待っていた。この月の壬寅（二十三日）、はじめて陳瑩に命じて武帝崩御の知らせを報じ、元帝は表御殿で哭礼を行なった。…（略）。

〔大宝二年〕十月辛丑一日、車蓋の形をした紫雲が江陵城近くに現われた。この月、簡文帝が崩御し、開府儀同三司王僧辯らは表を奉って元帝に即位を勧めた。元帝は武帝の諱を奉じて、大声で慟哭すること三日。もろもろの官吏はみな喪服をまとって臨み、帝は表に答えて即位を承諾しなかった。司空南平王蕭恪が皇族を率い、領軍将軍胡僧祐が群官を率い、江州別駕張佚が下吏と人民を率いて、いずれも牋を奉って即位を勧めたが、元帝はあくまで固辞した。

十一月乙亥（五日）、王僧辯がまた表を奉って即位を勧めたが、こんども聞きいれなかった。当時、巨大な外敵が依然として存していたので、元帝は即位を望まなかったが、四方からの即位を勧める上表が、前後引きも切らぬ状態だったので、命令を下して上表を止めさせた。

承聖元年二月、王僧辯の軍勢が尋陽（湖北省）を出発した。元帝は四方に檄を飛ばして、侯景並びに反逆者を捕らえた者には、褒賞として万戸開国公に封じ、絹布五万匹を取らせると告げた。

三月、王僧辯らが侯景を平定し、その首を江陵にもたらした。戊子（二十日）、賊が平定されたことを明堂・太社に報告した。己丑（二十一日）、王僧辯らがまた上表して即位を勧めていうには、…（略）。帝はやはり聞きいれなかった。…（略）。

冬十一月丙子（十二日）、皇帝は江陵で即位し、太清六年を改めて承聖元年とした。未納の租税や負債は、すべて寛大にはからわれ、孝行の誉れある子や孫には、みな爵位を授けられ、長期の徒刑囚には、特別に赦免を与えられ、労働を奪われた禁固の囚人は、いっさいお構いなしとなった。この日、元帝は正殿に昇らず、大臣たちはお側に連なり侍るだけだった。折から二つの太陽が並び現われた。…（略）。

一 世祖　蕭繹　五〇八～五五四。梁の第三代皇帝。在位五五二～五五四。元帝の伝は『梁書』巻五元帝本紀にもあるが、その内容は君主としての治世に起こった史実を記すのみで、蕭繹個人の生き方を示す記述は極度に抑制されている。また蕭繹の自著『金楼子』自序篇には、断片的ながら自伝的な内容が見られる。「金楼子」は、湘東王だったころの号だが、晩年まで用いつづけている。

二 武帝　梁の初代皇帝蕭衍。四六四～五四九。本書「梁武帝伝」参照。

三 眇目僧　蕭繹が幼くして片方の目が不自由であったことの予兆となっている。この夢の話と次の阮修容が武帝の愛を受けた話は、『梁書』本紀には見えない。

四 帝母　本姓は石氏、名は令嬴（れいえい）。会稽餘姚（浙江省）の人。四七四～五四〇。はじめ南斉の始安王遥光に召しかかえられ、のち東昏侯の後宮を経て、梁武帝の采女となった。采女は、女官の名称。天監七年八月、繹を生んでのち、修容に取り立てられ、姓を阮氏と賜った。繹に伴って任地の江州に赴き、その地で亡くなった。繹が即位して、文宣太后と諡された。『梁書』巻七、『南史』巻一二后妃下。『金楼子』后妃篇には、繹自らの筆により母の詳しい伝記が記される。同篇では、武帝の采女となったのを、天監元年のこととする。なお、蕭繹に同腹の兄弟はなかった。

五 十三年…　『梁書』武帝紀天監十三年の項に、秋七月乙亥、「繹を湘東郡王と爲した」記事がある。

六 太清元年…　『梁書』武帝紀に、太清元年正月壬寅、「江州刺史湘東王繹を鎭西將軍・荊州刺史と爲し」たことが見える。

七 建鄴　建業ともいう。建康の旧称。『南史』の著者李延寿は北朝出身のせいか、旧称を用いている。

八 世子方等　元帝の長子。字は実相。実母の徐妃が元帝に疎まれていたため、方等も父の愛が薄かったといわれる。方等は建康守備のために派遣され、侯景の侵攻に対して勇敢に奮戦した。のち蕭誉の討伐を自ら志願して、戦役に赴き、二十二歳の若さで亡くなった。『梁書』巻四四、『南史』巻五四。

九 柵江陵城…　『周書』巻一五于謹伝には、「梁人 木柵を外城に竪（た）て、廣輪六十里」とある。『通鑑』巻一六二では、「江陵の四旁七里に樹木もて柵を爲し、塹三重を掘りて之を守る」とある。

一〇 王沖　四九二～五六七。字は長孫。琅邪臨沂（山東省）の人。名門貴族の出身で、長年元帝に臣事し、梁滅亡後は、陳に仕えて重んぜられた。『陳書』巻一七、『南史』巻二一。

一一 承制主盟　承制は、皇帝の意思を体して適宜に処置すること。主盟は、『通鑑』巻一六二の胡注に、「諸藩の盟を主る」とある。

一二 吾於天下不賤…　『金楼子』序に、「余 天下に於いて、賤しからずと爲す」。「上台」は、太尉・司徒・司空の三公をいう。

一三 河東王譽　蕭誉。?～五五〇。字は重孫。元帝の兄昭明太子蕭統の次男。統の死後、その子の中から後継者が立てられず、統の弟綱が太子に立てられたため、強い憤懣を抱いていた。弟の詧とともに、ことに叔父元帝とはかねてから不仲で、ことごとに対立し、最後は元帝の将王僧辯に殺された。『梁書』巻五五、『南史』巻五三。

一四 上甲侯韶　蕭韶。字は德茂。生卒年未詳。武帝の兄の孫。のち長沙王に封ぜられ、郢州刺史に至った。年少のころ、詩人庾信と「断袖の歓」の関係にあった。『南史』巻五一。

一五 帝位假黄鉞　『梁書』本紀・『通鑑』巻一六二は、「帝位」を「侍中」に作る。訳文はそれに従う。黄鉞は、天子が賊を征伐する将軍に授けるまさかり。

一六 行臺　地方に臨時に設置された尚書省の出張所。

一七 鮑泉　?～五五一。字は潤岳。東海（江蘇省）の人。父の代から湘東王だった蕭繹に仕えて、重用されたが、のち侯景に殺された。『梁書』巻三〇、『南史』巻六二。

一八 岳陽王蕭詧　五一九～五六二。字は理孫。昭明太子蕭統の三男。叔父の元帝とは不仲だったが、ことに兄誉が元帝配下の王僧辯に殺されてからは、激しい復讐の念を燃やし、西魏の江陵攻略に加担して、元帝を滅ぼした。梁滅亡後は、西魏（北周）に擁立されて後梁の君主（宣帝）となった。その領地は江陵周辺の三百里四方にとどまる小国だった。在位五五五～五六二。『周書』巻四八、『北史』巻九三。

一九 杜崱　?～五五三。京兆杜陵（陝西省）の人。先祖は北魏に仕える家だったが、のち南下して襄陽に居住した。新興太守として蕭詧の江陵攻略に加担したが、旧知の蕭繹の説得を受け入れて、兄岸や弟幼安らとともに江陵側に投降した。王僧辯を助けて、侯景討伐にも活躍した。『梁書』巻四六、『南史』巻六四。

二〇 王僧辯　?～五五五。字は君才。元来北魏に仕える家だったが、天監年間に父神念に随って梁に帰順し、湘東王繹の臣下となった。江陵政権にあっては、蕭繹の片腕として陳覇先とともに重用され、侯景の討伐を果たして、大乱を終息させた。元帝の死後、北斉を後ろ盾とする蕭淵明の擁立をめぐって陳覇先と対立し、覇先に殺された。『梁書』巻四五、『南史』巻六三。

二一 及簡文帝即位…　蕭綱が即位したのは、『梁書』本紀によれば、西暦五四九年五月二十七日のこと。翌年正月を以て大宝と改元した。本書「梁簡文帝伝」参照。蕭繹は江陵にあって、簡文帝の即位を承認せず、一貫して「大宝」の年号を用いることなく、父武帝の最後の年号であった「太清」を用いつづけた。

二二 使少子方略質于魏…　方略の伝は、『梁書』『南史』ともに無い。『周書』巻二文帝紀下および巻四八蕭詧伝によれば、その前年の五四九年、梁の岳陽王蕭詧がその子寮（りょう）を人質にして西魏に和を求めたが、それを知って恐れをなした蕭繹がこの年、「復た其の子方平を遣わして來朝」した。また『通鑑』巻一六三には、「繹 舎人王孝祀等を遣わし、子方略を送りて質と爲して以て和を求め、魏人 之を許す」とある。

二三 邵陵王綸…　五一九～五五一。字は世調。武帝の六男で、蕭繹のすぐ上の兄。『梁書』は大宝二年、三十三歳で没したというが、それでは天監七年（五〇八）生まれの蕭繹よりも十歳余りも若くなる。実際の生年は十数年早かったはずである。蕭誉の討伐を思いとどまるよう元帝をたしなめたが、聞きいれられず、やがて蕭繹の圧迫を受けて敗走した。『梁書』巻二九、『南史』五三。

二四 陳瑩　伝未詳。『梁書』本紀では、大宝三年二月に元帝が四方に発した檄文に、「外監陳瑩之至り、伏して先帝の登遐し、宮車の晏駕するを承る。諱を奉じて驚號し、五内摧裂す、云々」とあり、『南史』の記述との間に齟齬が見られる。

二五 王僧辯等奉表勧進…　『梁書』本紀には、王僧辯の勧進表と元帝の回答全文を収める。

二六 僧辯又奉表勧進…　この勧進表と回答も、『梁書』本紀に全文が収められる。

二七 四方表勧…　蕭繹の即位を勧める各地からの勧進表の一つとして、北斉に抑留中の徐陵からのものがあり、『梁書』本紀に収められる。そこには、ライバル西魏の動きを牽制する北斉の意向が間接的に反映されている。

二八 帝馳檄四方…　元帝の大宝三年二月の檄文（『梁書』本紀）に、「能く侯景を縛り及た首を送る者は、萬戸開國公に封じ、絹布五萬匹ならん」とある。

二九 僧辯等又表勸進曰　王僧辯の勸進表は、『南史』本紀のほか、『梁書』本紀にも収められる。

三〇 改太清六年爲承聖元年…　この一節は、元帝の即位の詔（『梁書』本紀）に拠る。「太清六年を改めて承聖元年と爲す可し。逋租宿責、並びに弘貸を許す。孝子義孫、悉く爵を賜る可し。長徒鏁士、特に原宥を加う。禁錮奪勞、一に皆な曠蕩せよ」。なお元帝の元号「承聖」は、「聖」（武帝）の治世を「承ぐ」意で、元帝の意欲がそこにこめられている。衆望を担って即位した元帝ではあるが、その地位は決して安定したものではなかった。江陵のすぐ北の襄陽には宿敵の蕭詧が西魏の力を背景にして控え、西方の蜀には弟の蕭紀がすでに帝号を名のって独立し、南方の嶺南にはやはり一族の蕭勃が勢力を構えていた。

*　　*　　*

〔承聖三年〕秋九月辛卯、帝[31]於龍光殿述老子義。先是、魏[32]使宇文仁恕來聘、齊使又至江陵、帝接仁恕有闕、魏[33]相安定公憾焉。乙巳、使柱國萬[34]紐于謹來攻。

冬十月丙寅、魏軍至襄陽、梁王蕭詧率衆會之。丁卯、停講、內外戒嚴、輿駕出行城柵、大風拔木。丙子、續[35]講、百僚戎服以聽。詔徵王僧辯。

十一月甲申、幸津陽門[36]講武、置南北兩城主。帝親觀閱、風雨總集、部分未交、旗幟飄亂、帝趣駕而回、無復次序。風雨隨息、衆竊驚焉。乙酉、以領軍胡僧祐爲都[37]督城東城北諸軍事、右僕射張綰[38]爲副。左僕射王褒[39]都督城西城南諸軍事、直殿省元景亮[40]爲副。丁亥、魏軍至柵下。丙申、徵廣州刺史王琳[41]入援。丁酉、大風、城內火、燒居人數千家。以爲失在婦人、斬首尸之。是日、帝猶賦詩無廢。以胡僧祐爲開府儀同三司。庚子、信州刺史[42]徐世譜・晉安王司馬任[43]約軍次[44]馬頭岸。是夜、有流星墜城中、帝[45]援著筮之。卦成、取龜式驗之、因抵于地曰「吾若死此下、豈非命乎」。因裂帛爲書、催僧辯曰「吾忍死待公、可以至矣」。戊申、胡僧祐・朱[46]買臣等出戰、買臣敗績。辛亥、魏軍大攻、帝出枇杷門親臨陣督戰。僧祐中流矢薨、軍敗。反者斬西門守卒以納魏軍。

帝見執、如梁王蕭詧營、甚見詰辱。他日、乃見魏僕射長孫儉、謫儉云「埋金千斤於城內、欲以相贈」。儉乃將帝入城、帝因述詧相辱狀、謂儉曰「向聊相謫、欲言耳。豈有天子自埋金乎」。儉乃留帝於主衣庫。十二月丙辰、徐世譜・任約退戍巴陵。辛未、魏人戕帝。明年四月、梁王方智承制、追尊爲元皇帝、廟號世祖。

〔承聖三年〕秋九月辛卯、帝 龍光殿に於いて老子義を述ぶ。是より先、魏使宇文仁恕來聘し、齊使又た江陵に至るに、帝 仁恕を接するに闕有り、魏相安定公 これを憾む。乙巳、柱國萬紐于謹をして來攻せしむ。冬十月丙寅、魏軍 襄陽に至り、梁王蕭詧 衆を率いて之に會す。丁卯、講を停めて、內外戒嚴し、輿駕出でて城柵を行くに、大風 木を拔く。丙子、講を續け、百僚戎服して以て聽く。詔して王僧辯を徵す。十一月甲申、津陽門に幸して武を講じ、南北兩城主を置く。帝 親しく觀閱するに、風雨總べて集まり、部分未だ交わらざるに、旗幟飄亂し、帝 駕を趣して回り、復た次序無し。風雨 隨いて息み、衆 竊かに驚く。乙酉、領軍 胡僧祐を以て都督城東城北諸軍事と爲し、右僕射 張綰を副と爲す。左僕射 王褒を都督城西城南諸軍事とし、直殿省元景亮を副と爲す。丁亥、魏軍 柵下に至る。丙申、廣州刺史 王琳を徵して入援せしむ。丁酉、大いに風ふき、城內火ありて、居人の數千家を燒く。以爲えらく失は婦人に在りと、斬首して之を尸す。是の日、帝 猶お詩を賦して廢する無し。胡僧祐を以て開府儀同三司と爲す。庚子、信州刺史徐世譜・晉安王司馬任約の軍 馬頭岸に次す。是の夜、流星の城中に墜つる有り、帝 著を揲りて之を筮す。卦成るに、龜式を取りて之を驗し、因りて地に抵ちて曰く「吾若し此の下に死せば、豈に命に非ずや」と。因りて帛を裂きて書を爲し、僧辯を催して曰く「吾 死を忍んで公を待つ、以て至る可し」

と。戊申、胡僧祐・朱買臣[四六]等出戦し、買臣敗績す。辛亥、魏軍大いに攻め、帝 枇杷門を出でて、親しく陣に臨みて戦を督す。僧祐 流矢に中りて薨じ、軍敗る。反する者 西門の守卒を斬りて以て魏軍を納る。帝 執えられて、梁王 蕭詧の営に如き、甚だ詰辱せらる。他日、乃ち魏の僕射長孫儉[四七]を見るに、儉を譎りて云えらく「金千斤を城内に埋む、以て相い贈らんと欲す」と。儉乃ち帝を将いて入城し、帝 因りて詧の相い辱かしめし状を述べ、儉に謂いて曰く「向に聊か相い譎りしは、言わんと欲せしのみ。豈に天子自ら金を埋むる有らんや」と。儉乃ち帝を主衣庫に留む。

十二月丙辰、徐世譜・任約退きて巴陵に戍す。辛未、魏人[四八] 帝を殺つ。明年四月、梁王方智[四九] 承制し、追尊して元皇帝と爲し、廟を世祖と號す。

〔承聖三年〕秋九月辛卯（八日）、元帝は龍光殿において『老子』についての講義を行なった。これより先、魏の使節宇文仁恕が来訪したが、さらに斉の使節も江陵にやってきたため、帝の宇文仁恕への応対に落ち度があり、魏の丞相安定公（宇文泰）はそのことを憾みに思っていた。乙巳（二十二日）、魏は柱国万紐于謹をやって梁を攻めさせた。

冬十月丙寅（十三日）、魏軍は襄陽に到着し、梁王蕭詧が衆を率いてそれに合流した。丁卯（十四日）、講義を停止して、内外とも厳しい警戒体制をとった。帝の乗った車が城を囲む柵を通りかかると、大風が吹いて木を根こそぎにした。丙子（二十三日）、講義を続け、百官は軍服を着て聴講した。王僧辯を召し寄せる詔を発した。

十一月甲申（二日）、元帝は津陽門に赴いて軍事演習を行い、南北両城主を置いた。帝は自らそのさまを観閲したが、風雨が一斉に集中して、行進の隊伍も整わないうちに、旗や幟は吹き乱され、帝は馬車を駆り立てて引き返し、大混乱をきたした。（帝が退去したあと）風雨は次第に収まり、人々は秘かにいぶかった。乙酉（三日）、領軍将軍胡僧祐を都督城東城北諸軍事に、尚書右僕射張綰を副将に任命し、また左僕射王褒を城西城南諸軍事に、直殿省元景亮を副将に任命した。丁亥（五日）、魏軍が柵の辺りまで到着した。丙申（十四日）、広州刺史王琳を救援に召し寄せた。丁酉（十五日）、大風が吹いて、城内に火事が発生し、民家数千戸を焼失した。帝は婦人の不始末から出たものと考え、責任者を斬首してさらし者にした。この日、帝は詩作をなお止めなかった。胡僧祐を開府儀同三司に任じた。庚子（十八日）、信州刺史徐世譜・晋安王司馬任約の軍が馬頭岸に陣を構えた。その夜、流星が城中に墜ち、帝は筮竹でそれを占った。卦が出ると、亀甲の占いで検討し、占具を地になげうって言った。「私がここで死ぬとすれば、それも天命だな」。そして絹を裂いて王僧辯への催促の書をしたためて言った、「私は死を堪え忍んで貴公を待っている、来てくれるように」。戊申（二十六日）、胡僧祐・朱買臣らが出陣して戦ったが、買臣は敗れた。辛亥（二十九日）、魏軍が大攻勢をかけ、帝は枇杷門を出て、自ら陣頭で指揮を執った。胡僧祐は流れ矢に当たって亡くなり、戦いは敗れた。裏切り者が西門の看守を斬って魏軍を引き入れた。帝は捕らえられ、梁王蕭詧の陣営に連行されて、ひどい陵辱を受けた。そののち、魏の僕射張孫倹に会ったとき、倹を欺いて言うには、「金千斤を城内に埋めてあるが、それを貴公に進呈しよう」。倹がそこで帝を連れて城内に入ると、帝は蕭詧から受けた陵辱のさまを述べて、倹に言った。「さっき貴公を欺いたのは、これが言いたかったまでのこと。天子が金を埋めるなどということがあろうか」。張孫倹はそこで帝を衣料倉庫に拘留した。

十二月丙辰（四日）、徐世譜・任約は退却して巴陵に陣取った。辛未（十九日）、魏人が帝を殺害した。翌年の四月、梁王蕭方智が帝位を代行して帝を元皇帝とし、廟号を世祖とした。

三一 帝於龍光殿述老子義　『梁書』本紀には、さらに「尚書左僕射王褒執經爲り」とある。なお、南朝時代に元帝に仕えた顔之推は、『顔氏家訓』勉学篇で、老荘の学が一世を風靡し、武帝・簡文帝もしばしばその講義を行なったことを述べ、さらに次のように元帝のことを回顧している。「元帝は江・荊の間に在りて、復た愛習する所にして、學生を招置して、親しく教授を爲し、寝を廢し食を忘れて、夜を以て朝に繼ぐ。乃ち倦劇愁憤するに至れば、輒ち講を以て自ら釋く」。

三二 魏使宇文仁恕來聘…　宇文仁恕の伝は正史に見えない。『通鑑』巻一六五は、宇文仁恕の来聘をこの年の三月己酉（二十三日）に繋げる。西魏が梁に対して不満を抱いたのは、使者への応対の悪さのせいだけではなく、ライバル北斉に対する強い警戒心があったからである。『周書』巻二文帝紀下には、この年秋七月の事件として次の記事がある。「梁の元帝 使いを遣わして、舊圖に據りて以て疆界を定めんことを請い、又た齊に連結して、言辭悖慢なり。太祖（宇文泰）曰く、古人言有り『天の棄つる所は、誰か能く之を興さん』と、其れ蕭繹の謂か」と。

三三 魏相安定公　宇文泰のこと。五〇六～五五六。字は黒獺。代郡武川（内モンゴル）の人。鮮卑賊の出身。高歓の圧迫を逃れて長安に脱出した北魏の孝武帝を擁して、西魏を建て、自ら宰相として政治・軍事に強大な権力を揮った。死後、息子の宇文覚（孝閔帝）が北周を興すと、文帝と諡された。『周書』巻一・二、『北史』巻九。

三四 萬紐于謹　四九三～五六八。字は思敬。河南洛陽（河南省）の人。宇文泰の下で活躍した将軍。柱国大将軍の地位にあって、江陵攻略の総指揮官をつとめた。通常は于謹と称せられる。「万紐于」は、于氏の旧姓。『魏書』官氏志には、「勿忸于氏は、後改めて于氏と爲す」とあるが、「万紐于」あるいは「万忸于」が正しい。姚薇元『北朝胡姓考』（一九六二年、中華書局）参照。『周書』巻一五、『北史』巻二三。

三五 續講…　『梁書』には、続講の記事はない。

三六 津陽門　『通鑑』巻一六五の胡三省注によれば、城郭南側の東から二番目の門。

三七 胡僧祐　四九二～五五四。字は願果。南陽冠軍（河南省）の人。もと北魏に仕えたが、のち梁武帝のもとに帰し、晩年は元帝に仕えて、侯景討伐に功績を挙げた。『梁書』巻四六、『南史』巻六四。

三八 張綰　字は孝卿。范陽方城（河北省）の人。武帝の母の姻戚で、武帝と幼なじみだった張弘策の子。元帝の下で、尚書右僕射となった。江陵陥落後、病気のため北への連行を免れて江陵にとどまり、六十三歳で没した。『梁書』巻三四、『南史』巻五六。

三九 王褒　五一三？～五七六？。字は子淵。琅邪臨沂（山東省）の人。梁滅亡ののち、長安に連行されて西魏・北周に仕えた。庾信とともに北朝を代表する詩人。本書「王褒伝」参照。『周書』巻四一、『北史』巻八三。

四〇 元景亮　伝未詳。『通鑑』巻一六五では、肩書きを「直殿省」ではなく、「四廂領直」とする。

四一 王琳　五二六～五七三。字は子珩。会稽山陰（浙江省）の人。有能な軍人として手腕を発揮し、侯景の討伐にも功績があった。このころ元帝に疎まれて、広州刺史に出されていた。その姉妹は元帝の後宮に入って、ともに寵愛を得た。王琳は江陵救援に馳せ参じたが、到着しないうちに都は陥落した。梁滅亡後は、陳覇先（陳武帝）と対立する中で、北斉に加担し、陳軍との戦いで戦死した。『南史』巻六四。

四二 徐世譜　五〇九～五六三。字は興宗。巴東魚復（四川省）の人。武勇の誉れ高く、ことに水戦を得意とし、侯景討伐においてその力を発揮した。梁滅亡後は陳に仕えた。『陳書』巻一三、『南史』巻六七。

四三 任約　伝未詳。侯景の将任約とは別人。

四四 馬頭岸　江陵の南岸。

四五 帝援蓍筮之…　『金楼子』自序篇に、「余將に冠せんとして、方に易卜を好む」とあって、卜筮の腕前を自慢している。

四六 朱買臣　伝未詳。宣猛将軍の地位にあった。本紀の後半部（本書では省略）には、「閹人朱買臣」とあるから、宦官だったことは明らかである。

四七 長孫儉　生卒年未詳。本名は慶明。宇文泰の勧めで改名した。河南洛陽（河南省）の人。宇文泰の信任を得て重用され、梁の王族間の内訌を突いて江陵を攻略するよう進言した。『周書』巻二六、『北史』巻二二。

四八 魏人戕帝 『梁書』本紀によれば、このとき元帝の第四子の皇太子元亮（方矩）、第十子の始安王方略も殺害された。また、それに続いて、「乃ち百姓男女數萬口を選び、分かちて奴婢と爲し、驅りて長安に入らしむ。小弱なる者は皆な之を殺す」との一節がある。

四九 梁王方智 五四三～五五八。字は慧相。元帝の第九子。敬帝と諡される。晋安郡王に封ぜられ、江陵陥落後、王僧辯・陳霸先に擁立されて梁王となり、翌年帝位に即いた。即位の時期を、『梁書』本紀では九月丙午（二十九日）、『通鑑』巻一六六では十月己酉（二日）のこととする。しかし、その在位は二年に満たず、陳霸先に讓位したあと、わずか十六歳で陳武帝に殺された。『梁書』巻六、『南史』巻八。

＊　　＊　　＊

帝聰悟俊朗、天才英發、出言爲論、音響若鍾。年五六歳、武帝嘗問所讀書、對曰「能誦曲禮[五〇]」。武帝使誦之、卽誦上篇。左右莫不驚歎。初生患眼、醫療必增、武帝自下意療之、遂盲一目。乃憶先夢[五一]、彌加愍愛。及長好學、博極羣書。武帝嘗問曰「孫策[五二]在江東、于時年幾」。答曰「十七」。武帝曰「正是汝年」。

帝性不好聲色、頗慕高名、爲荊州刺史、起州學宣尼廟[五三]。嘗置儒林參軍一人、勸學從事二人、生三十人、加稟餼[五四]。帝工書善畫[五五]、自圖宣尼像、爲之贊而書之、時人謂之三絕。與裴子野[五六]・劉顯[五七]・蕭子雲[五八]・張纘[五九]及當時才秀爲布衣交。常自比諸葛亮・桓溫[六〇]、惟纘許焉[六一]。

性好矯飾[六二]、多猜忌、於名無所假人。微有勝己者、必加毀害。帝姑義興昭長公主子王銓兄弟八九人有盛名[六三]。帝妬害其美、遂改寵姬王氏兄王珩名琳[六四]以同其父名。忌劉之遴學[六五]、使人鴆之。如此者甚衆、雖骨肉亦徧被其禍。始居文宣太后憂、依丁蘭作木母[六六]。及武帝崩、祕喪踰年、乃發凶問、方刻檀爲像、置于百福殿內、事之甚謹。朝夕進蔬食、動靜必啓聞、迹其虛矯如此。

性愛書籍[六七]、既患目、多不自執卷、置讀書左右、番次上直、晝夜爲常、略無休已、雖睡、卷猶不釋。五人各伺一更、恆致達曉。常眠熟大鼾、左右有睡、讀失次第、或偸卷度紙。帝必驚覺、更令追讀、加以檟楚[六八]。雖戎略殷湊、機務繁多、軍書羽檄、文章詔誥、點毫便就、殆不游手。常曰「吾[69]韜於文士、愧於武夫」。論者以爲得言。

始在尋陽、夢人曰「天下將亂、王必維之」。又背生黑子、巫嫗見曰「此大貴不可言」。初、武帝敕[70]賀革爲帝府諮議、使講三禮[71]。革西上、意甚不悅、過別御史中丞江革[72]。江革告之曰「吾嘗夢主上徧見諸子、至湘東王、脫帽授之。此人後必當璧、卿其行乎」。革領之。及太淸之禍、遂膺歸運。

自侯景之難、州郡太半入魏、自巴陵以下至建康、緣以長江爲限。荊州[73]界北盡武寧、西拒峽口、自嶺以南、復爲蕭勃[74]所據。文軌所同、千里而近、人戶著籍、不盈三萬。中興之盛、盡於是矣。…（略）。

著[75]孝德傳・忠臣傳各三十卷、丹陽尹傳十卷、注漢書一百十五卷、周易講疏十卷、內典博要百卷、連山三十卷、詞林三卷、玉韜・金樓子・補闕子各十卷、老子講疏四卷、懷舊傳二卷、古今全德志・荊南地記・貢職圖・古今同姓名錄一卷、筮經十二卷、式贊三卷、文集五十卷。…（略）。

帝は聰悟俊朗にして、天才英發し、言を出せば論を爲し、音響鍾の若し。年五六歲にして、武帝嘗て讀む所の書を問うに、對えて曰く「能く[50]曲禮を誦す」と。武帝之を誦せしむれば、卽ち上篇を誦す。左右驚歎せざるは莫し。初生より眼を患えば、醫療必ず增し、武帝自ら意を下して之を療すも、遂に一目を盲う。乃ち[52]先の夢を憶い、彌いよ愍愛を加う。長ずるに及びて學を好み、博く羣書を極む。武帝嘗て問いて曰く「孫策[51]江東に在りしとき、時に年幾ばくぞ」と。答えて曰く「十七」と。武帝曰く「正に是れ汝が年なり」と。

帝は性聲色を好まず、頗る高名を慕い、荊州刺史と爲りて、州學に[53]宣尼廟を起つ。嘗て儒林參軍一人、勸學從事二人、生三十人を置き、[五四]禀餼を加う。[五五]帝は書に工にして畫を善くし、自ら宣尼が像を圖して、之が為に贊して之に書し、時人之を三絶と謂う。[五六]裴子野・[五七]劉顯・[五八]蕭子雲・[五九]張纘及び當時の才秀と布衣の交わりを為す。常に自ら[六〇]諸葛亮・[六一]桓溫に比し、惟だ纘のみこれを許す。

[六二]性矯飾を好み、猜忌多く、名に於いて人に假る所無し。微しく己に勝る者有らば、必ず毀害を加う。[六三]帝の姑の義興昭長公主の子王銓兄弟八九人盛名有り。帝其の美なるを妬害し、遂に[六四]寵姬王氏の兄王珩の名を琳に改め、以て其の父の名と同じくす。[六五]劉之遴の學を忌み、人をして之を酖せしむ。此くの如き者甚だ衆し、骨肉と雖も亦た徧く其の禍を被る。始め文宣太后の憂に居り、[六六]丁蘭に依りて木母を作る。武帝崩ずるに及び、喪を祕して年を逾え、乃ち凶問を發し、方めて檀を刻みて像を為し、百福殿内に置き、之に事うること甚だ謹む。朝夕に蔬食を進め、動靜必ず啓聞す、其の虛矯なることを迹づくれば此くの如し。

[六七]性書籍を愛するも、既に目を患えば、多く自ら卷を執らず、讀書左右を置き、番次に上直せしめて、晝夜常と為し、略しも休已する無く、睡ると雖も、卷猶お釋かず。五人各おの一更を伺い、恆に曉に達するを致す。常に眠り熟して大鼾し、左右睡る有りて、讀むこと次第を失い、或いは卷を偸み紙を度る。帝必ず驚き覺めて、更に追讀せしめ、[六八]加うるに檟楚を以てす。戎略殷湊して、機務繁多と雖も、軍書羽檄、文章詔誥は、毫を點ずれば便ち就り、殆んど手を游ばしめず。常に曰く「[六九]吾は文士に韜れ、武夫に愧ず」と。論者以為えらく言を得たりと。

始め尋陽に在るに、夢に人曰く「天下將に亂れんとす、王必ず之を維げ」と。又た背に黑子を生ず、巫媼見て曰く「此れ大いに貴きこと言う可からず」と。初め、武帝[七〇]賀革に敕して帝の府諮議と為し、[七一]三禮を講ぜしむ。革西上するに、意甚だ悅ばず、御史中丞江革に過ぎりて別る。[七二]江革之に告げて曰く「吾嘗て夢に主上の徧く諸子を見るに、湘東王に至りて、帽を脫ぎて之に授く。此の人後に必ず璧に當らん、卿其れ行け」と。革之を頷く。太清の禍に及び、遂に歸運を膺く。

侯景の難自り、州郡太半は魏に入り、巴陵自り以下建康に至るまで、縁るに長江を以て限と爲す。荊州の界北は武寧に盡き、西は峽口に拒る、嶺自り以南は、復た蕭勃の據る所と爲る。文軌の同じき所は、千里より近く、人戸の著籍するは、三萬に盈たず。中興の盛、是に盡きたり。…（略）

『孝德傳』『忠臣傳』各三十卷、『丹陽尹傳』十卷、注『漢書』一百十五卷、『周易講疏』十卷、『內典博要』百卷、『連山』三十卷、『詞林』三卷、『玉韜』『金樓子』『補闕子』各十卷、『老子講疏』四卷、『懷舊傳』二卷、『古今全德志』『荊南地記』『貢職圖』『古今同姓名錄』一卷、『筮經』十二卷、『式贊』三卷、文集五十卷を著す。…（略）。

元帝は聡明利発で、天与の才に溢れ、口から出ることばが自ずと論をなして、その音声はさながら鐘の音の響きを思わせた。五、六歳のころ、武帝が学んでいる書について質問したところ、「『曲礼』を暗誦できます」と答えた。武帝が暗誦させてみたところ、たちまちその上篇を諳んじた。そばの者たちだれもがそれに驚嘆した。生まれつき眼が悪かったので、手厚い医療が加えられ、武帝自ら心をくだいて療治に努めたが、けっきょく片目を失明してしまった。武帝はこの子の出生の際の夢のことを思い出し、いっそう不憫さが増していとおしんだ。成長するほどに学問を好み、博くもろもろの書を極めた。武帝があると き尋ねた。「孫策が江東にいたとき、年はいくつだった」。「十七です」。武帝は「ちょうどそなたの年だぞ」と言った。

元帝は生来、音楽や女色には関心がなく、高名を慕う思いはひとしおで、荊州刺史となったときには、州の学校に孔子の廟を建てた。かつて儒林参軍一人、勧学従事二人、学生三十人を置いて、禄米を給与した。帝は書画を善くし、自ら孔子像を画いて、その賛を作って書写し、時人はそれを「三絶」と呼んだ。裴子野・劉顯・蕭子雲・張纘や当時の才秀でた人々と身分の隔たりのない交わりを結んだ。いつも自分を諸葛亮や桓温になぞらえ、ただ張纘のみがそれを認めていた。

体面を飾ることを重んずる性格で、猜疑心が強く、名目の上で人に容赦しなかった。少しでも自分より優れている人がいれば、必ず誹謗を加えた。元帝のおば義興昭長公主の子王銓兄弟八九人はみな名声があった。帝はその評判をねたんで、寵愛する側室王氏の兄の王珩の名を琳に改めて（王銓の）父の名と同じにした。劉之遴の学問をねたみ、人に毒殺させた。こうしたたぐいのことはきわめて多く、骨肉の関係にあってもあまねくその惨禍をこうむった。以前、文宣太后の喪に服していたときには、丁蘭に倣って母の木像を刻んだ。武帝が崩御すると、喪中にあることは伏せたままで、年を越してからようやく訃報を明らかにし、そこで栴檀の木を刻んで武帝の像を作り、百福殿に安置して、謹んでそれに仕えた。朝夕には蔬菜の食事を進め、その日のできごとを必ず報告した。その行動の外面をとりつくろうことかくのごとくであった。

生来、書籍を愛したが、眼が不自由なので、自分ではあまり書を手にせず、読書係を設けて、順次当番に当たらせ、昼も夜もそれを日課にして、少しの間も休むことなく、眠っていても、なお書物を離れなかった。五人がそれぞれ一更ずつを担当して、いつも夜明けまでかかるのだった。帝はよく大いびきをかいて熟睡し、読書係の方も眠くなって、読むのに順序次第を失い、ときにはこっそり飛ばし読みをしたりした。すると帝は必ず目を覚まして、前に戻って読みなおさせ、担当者に鞭打ちの罰を加えた。いかに軍務が輻輳し、政務が繁多な際でも、軍事上の文書や檄文、また詩文や詔勅は、筆を下すだけで出来上がり、ほとんど手を遊ばせることがなかった。つねに称するには、「私は文士に身をやつす、武人であるのは恥ずかしい」。それを評する人はその通りだと思った。

先に尋陽にいたころ、夢の中である人が「天下はまさに乱れようとしています、王よ、きっとこれを支えて下さい」と言った。また背中に黒子ができた。巫の老女がそれを見て、「これはいわんかたない高貴のしるしです」と言った。以前、武帝は賀革に命じて元帝の府の諮議参軍に任じ、「三礼」を講義させた。革は西に赴くに際して、心はなはだ楽しまぬまま、御史中丞江革のもとを訪れて別れを述べた。江革がいうには、「いつか見た夢に、主上が御子たちをずっと見渡されて、湘東王まで来ると、かぶりものを脱いで授けられた。この方はいずれきっと王者となられよう。さあ君、行きなさい」。賀革はそれで納得した。太清の騒乱になって、ついに天命を受けることとなったのである。

侯景の乱以後、州郡の大半は魏の勢力下に入り、巴陵から建康に至る梁の領土は、長江流域を境界線としていた。荊州の領域は、北は武寧（江西省）まで、西は峡口（四川省）までに限られ、嶺南（広東省）の地は、蕭勃の拠点となっていた。梁の制度の及ぶ地域は、千里四方以内にとどまり、定住する戸数は、三万にも満たなかった。中興の盛況は、ここに尽き果てたのである。…（略）。

元帝の著作には、『孝徳伝』『忠臣伝』各三十巻、『丹陽尹伝』十巻、『漢書』注百十五巻、『周易講疏』十巻、『内典博要』百巻、『連山』三十巻、『詞林』三巻、『玉韜』『金楼子』『補闕子』各十巻、『老子講疏』四巻、『懐旧伝』二巻、『古今全徳志』『荆南地記』『貢職図』『古今同姓名録』一巻、『筮経』十二巻、『式賛』三巻、文集五十巻があった。…（略）。

五〇　曲禮　『礼記』の最初の篇。上下二巻に分かたれる。

五一　乃憶先夢　冒頭の武帝が「眇目僧」を夢に見た話をいう。

五二　孫策　一七五～二〇〇。字は伯符。呉郡富春（江蘇省）の人。三国時代の呉主孫権の兄で、父孫堅の死後、江東の地を平定して、呉建国の基礎を固めた。長沙桓王と諡される。『三国志』巻四六孫策伝によれば、曹操は袁術を討つべく、上表して策を討逆将軍に任じ、呉侯に封じた。裴松之注は『呉録』に基づいて、孫策がそれに謝した上表文を載せるが、その一節に自分の非力を謙遜していう。「臣は年十七にして、怙む所を失い、堂構の鄙に任えずして、以て析薪の戒めを忝なくす。誠に（霍）去病の十八にして功を建て、世祖の列将の弱冠にして命を佐くる無し。臣の初めて兵を領いるや、年未だ弱冠ならず、駑懦にして武ならずと雖も、然れども微命を竭さんことを思う。云々」。孫策が年少のころから、為政者としての非凡な自覚を持っていたことを示唆する話である。

五三　宣尼廟　「宣尼」は、孔子に奉られた諡。前漢平帝の元始元年（西暦一年）、孔子に「褒成宣尼公」と諡したのがその始まり。梁武帝は、天監四年（五〇五）六月に孔子廟を建てている（『梁書』巻二）。

五四　稟餼　「稟」は、扶持米、あるいは扶持米を賜うこと。「餼」は、穀物、あるいは穀物を贈ること。

五五　帝工書善畫　元帝が書家としても知られたことは、唐・竇臮「述書賦」（『法書要録』巻五）や、唐李嗣真『書後品』（『法書要録』巻三）に評論が見えることからも知られる。また画については、陳・姚最「続画品」や唐・張彦遠『歴代名画記』巻七の「叙歴代能画人名」に評論がある。

五六　裴子野　四六九～五三〇。字は幾原。河東聞喜（山西省）の人。官は梁の鴻臚卿に至った。博学で、経学・史学・文学にわたる著作があり、ことに宋の編年史『宋略』二十巻や、当時の浮華な文風を鋭く批判した「雕蟲論」はよく知られる。『隋志』に『裴子野集』十四巻が著録される。『梁書』巻三〇、『南史』巻三三。劉顕と親交の厚かったことは本伝に見える。

五七　劉顕　四八一～五四三。字は嗣芳。沛国相（安徽省）の人。官は梁の平西諮議参軍・戎昭将軍に至った。博聞強記の学者として聞こえ、ことに『漢書』に造詣が深かった。『顔氏家訓』書証篇には、「劉顕は經籍を博覧して、偏に班漢（漢書）に精しく、梁代 之を漢聖と謂う」と記される。『梁書』巻四〇、『南史』巻五〇。裴子野との親交は本伝にも見える。

五八 蕭子雲　四八七～五四九。字は景喬。南蘭陵（江蘇省）の人。南斉の宗室の一人で、蕭子顕の弟。官は梁の侍中・国子祭酒に至った。博く文史全般に通じ、兼ねて書を善くした。元帝との親交は、『梁書』本伝に、「時に湘東王 京尹と為りて、深く相い賞好し、布衣の交の如し」とある。『梁書』巻三五、『南史』巻四二。『隋志』に『蕭子雲集』十九巻が著録される。

五九 張纘　四九九～五四九。字は伯緒。范陽方城（河北省）の人。注三八に見える張綰の兄。梁の湘州刺史、平北将軍・寧蛮校尉等を歴任した。諡は簡憲公。『梁書』巻三四、『南史』巻五六。『隋志』に『梁雍州刺史張纘集』十一巻が著録される。なお、裴子野等との親交については、『金楼子』序でも触れている。「裴幾原・劉嗣芳・蕭光侯・張簡憲は、余の知己なり」。但し、蕭光侯は、蕭劢のこと。

六〇 諸葛亮　一八一～二三四。字は孔明。琅邪陽都（山東省）の人。劉備を助けて、蜀の丞相となった。『三国志』巻三五。

六一 桓温　三一二～三七三。字は元子。譙国龍亢（安徽省）の人。東晋の名門貴族で政治上の実力者。王朝の簒奪を企てたが、病死して果たせなかった。玄言詩の作者としても名があった。『晋書』巻九八。元帝が桓温を敬愛したことは、『金楼子』立言篇下にも見える。

六二 性好矯飾…　元帝の人間性のマイナス面について、『梁書』は筆を控えている。『通鑑』巻一六五では、「帝は性残忍、且つ高祖寛縦の弊に懲り、故に為政は厳を尚ぶ」と評している。

六三 帝姑義興昭長公主子王銓兄弟　義興昭長公主は、梁武帝の妹で、司徒左長史王琳の妻。王琳は、南朝きっての大貴族琅邪の王氏の一族。『南史』巻二三に、「子九人有り、並びに名を知らる」とある。その長男は王銓、字は公衡。武帝のむすめ永嘉公主を娶り、侍中・丹陽尹に至った。その弟王錫は、昭明太子の知遇を得た才子として聞こえ、さらに下の弟たちもそれぞれに世にときめいた。

六四 寵姫王氏兄王珩名琳…　王琳は、注四一参照。その姉は元帝の貴嬪となり、方諸・方略の二子を生んだ。また琳の妹も後宮に入って、帝の寵愛を得た。『南史』巻五四元帝諸子伝。王琳の伝には、彼の本来の名が珩であったことも、帝の指図で改名したということも記されていない。王銓の父の諱「琳」を犯すことによって、名門王氏を侮辱したのである。

六五 劉之遴　四七七～五四八。字は思貞。南陽涅陽（河南省）の人。著名な学者劉虬の子で、自らも古典学者として名を成した。湘東王時代の元帝に長史として仕え、都官尚書・太常卿に至った。『梁書』巻四〇、『南史』巻五〇。『南史』によれば、侯景の乱を避けて郷里に帰ろうとしたが、かねてその才を嫉む元帝は、彼が西上して夏口（湖北省）に至ったと聞くと、使者に毒薬を持たせて殺させた。しかも人に知られないために、自ら墓誌銘を書き、厚く賻助を贈った。ただし、この話は『梁書』には記されない。

六六 丁蘭　漢の人。若いころ父母を失い、その木像を刻んで、生きた親に対するのと同様に仕えたといわれる（『初学記』巻一七所引孫盛「逸人伝」）。魏・曹植「霊芝篇」に、「丁蘭少くして母を失い、自ら早く孤煢なるを傷む。木を刻みて厳親に当て、朝夕に三牲を致す」とうたわれる。元帝が父母の像を刻んで仕えたのは、母阮修容が両親の像を造って礼を尽くしたことに倣っている。『金楼子』立言篇上に、「又た宣修容は二親の像を造り奉りて、朝夕に禮敬し、虔事すること孜孜として、四十年中、聿に功徳を修め、追薦して孝を継ぐこと、丁蘭も此に向うる無し。縡竊かに考妣の盛を慕い、則ち尊像を立て供養し、道場内に、花幡燈燭を設け、僧尼をして頂禮せしむ。正に烏鳥の心を以て係戀し、極まり罔く厭わず」。また、同后妃篇にも、阮修容について同様の記述が見える。

六七 性愛書籍… 読書好きの性癖については、元帝自身が『金楼子』自序篇で回顧している。「以來三十餘載に比び、泛く衆書萬餘巻を玩す。余 年十四自り、眼疾沈痼に苦しみ、比來轉た暗く、復た自ら讀書する能わず。三十六年來、恒に左右をして之を唱えしむ。曾て生の所謂る誦詩讀書は、古人とともに居り、讀書誦詩は、古人とともに期すとは、茲の言是なり」。

六八 加以檟楚… 元帝はしばしば近習の者を腹立ちにまかせて鞭打ったが、それを自分の性格的な欠陥の表われとして認識してもいた。『金楼子』自序篇に次のようなことばがある。「余は什に一も閑わざるに、人の治生を憎む。性乃ち隘急なるに、刑獄決罪は、多く厚降に従う。大辟の時には、必ず忍びざるの色あり、多く捶朴するは、左右の間のみ。劉之亨嘗て余に語りて曰く、君王は明斷凡ならずと。此れ皆な大寛小急なり」。

六九 吾韜於文士… 自らを武よりも文の人と見る心情は、『金楼子』序の「昔は俎豆の人爲り、今は介冑の人と成る。智は小にして謀は大、功名其れ安くにか在らん」など、一種の自負心となって『金楼子』全体をおおっている。

七〇 賀革 四七九～五四〇。字は文明。会稽山陽（浙江省）の人。「三礼」をはじめとして、多くの経学に通じた学者。湘東王諮議参軍を務めたのち、平西長史・南郡太守となった。湘東王の府学においては、儒林祭酒の資格で「三礼」を講義し、荆楚の官吏の多くが聴講したという。『梁書』巻四八儒林伝、『南史』巻六二。

七一 三禮 礼に関する三種の経書、『周礼』『儀礼』『礼記』をいう。

七二 江革 ?～五三五。字は休映。済陽考城（河南省）の人。謝朓・王融と親しく、南斉竟陵王蕭子良の西邸サロンの常連でもあった。御史中丞の任にあっては、権力者にもはばからず弾奏し、自らは清貧を貫いた。のち度支尚書に至った。集六巻が『隋志』に著録される。『梁書』巻三六、『南史』巻六〇。

七三 荊州界北盡武寧… 北は岳陽王詧と、西は武陵王紀とそれぞれ支配の境界を接していることをいう。「武寧」は、江陵と襄陽の中間にある郡。「峡口」は、現在の宜昌市（湖北省）の一帯。

七四 蕭勃 ?～五五七。梁武帝の従父弟呉平侯蕭景の子。侯景の乱当時、陳覇先によって刺史に任ぜられ、のち嶺南に拠り広州刺史となった。陳建国に従わず兵を挙げたが、敗れて殺された。『南史』巻五一。

七五 著孝德傳… 元帝の著作については、『金楼子』著作篇に、以下のように四部に分かって載せられている（共著を含む。＊は『隋志』に録されるもの）。＊『連山』三秩三十巻。『金樓秘訣』一秩二十二巻。『周易義疏』三秩三十巻。『禮雜私記』五秩五十巻。（右四件一百三十二巻、甲部）＊『注前漢書』十二秩一百一十五巻。＊『孝德傳』三秩三十巻。『忠臣傳』三秩三十巻。＊『丹陽尹傳』一秩十巻。『仙異傳』一秩三巻。『黄嬭自序』一秩三巻。＊『全德志』一秩一巻。＊『懷舊志』一秩一巻（『隋志』は九巻）。＊『研神記』一秩一巻（『隋志』は十巻）。『晉仙傳』一秩五巻。『繁華傳』一秩三巻。（右一十一件二百一十一巻、乙部）『老子義疏』一秩十巻。＊『玉韜』一秩十巻。『貢職圖』一秩一巻。『語對』三秩三十巻。＊『同姓同名録』一秩一巻。『式苑』一秩三巻。＊『荊南志』一秩二巻（『隋志』は荆南地志）。『江州記』一秩三巻。『奇字』二秩二十巻。『長州苑奇』一秩三巻。『玉子訣』一秩三巻。『寶帳仙方』一秩三巻。『食要』一秩十巻。『辯林』二秩二十巻。『藥方』一秩十巻。＊『補闕子』一秩十巻。『譜』一秩十巻。『夢書』一秩十巻。（右一十八件一百六十巻、丙部）『安成煬王集』一秩四巻。

『集』三秩三十巻。『碑集』十秩百巻。『詩英』一秩十巻。(右四件一百四十四巻、丁部)*『内典博要』三秩三十巻。已上六百七十七巻。これらの書の多くが『隋志』に著録されている。なお、『金楼子』は著作篇に録されていないが、『隋志』では子部雑家類に十巻として見える。現行本は、『永楽大典』から録出したもの。『隋志』は、ほかに『洞林』三巻を録する(子部五行家)。

また、蔵書家としても著名で、『南史』本紀の後半部(本伝では省略)によれば、江陵陥落に際して、それまでに収集した図書十余万巻(『隋志』では十四万巻)を焼き払った。『金楼子』に聚書篇がある。

〔参考文献〕

吉川忠夫『侯景の乱始末記—南朝貴族社会の命運—』(一九七四年中公新書)
劉躍進「關于《金樓子》研究的幾個問題」(『第三屆魏晉南北朝文學國際討論會論文集』一九九八年文史哲出版社)

(興膳　宏)

陰鏗（六世紀中葉）

陰鏗は梁・陳両朝に仕えた。現在まで伝わる詩は多くないが、杜甫は「李十二白と同じく范十の隠居を尋ぬ」詩や「解悶十二首の七」「秋日夔府の詠懐、鄭監審と李賓客之芳に寄せ奉る一百韻」のなかで単独で或いは何遜と併称して「陰何」と呼び、彼の詩を高く評価している。また、胡応麟が「則ち近體の陰生有るは、猶お五言の蘇（武）李（陵）に始まるがごとし」（『詩藪』内篇巻四）と指摘するように、律詩が完成に向かう途上の重要な人物のひとりである。

陳書卷三四文學傳　阮卓傳附

[一]時有武威陰鏗、字子堅、梁[二]左衞將軍子春之子。幼聰慧、五歲能誦詩賦、日千言。及長、博涉史傳、尤善五言詩、爲當時所重。釋褐梁[三]湘東王法曹參軍。天寒、鏗嘗與賓友宴飲、見行觴者、因回酒炙以授之、衆坐皆笑、鏗曰「吾儕終日酣飮、而執爵者不知其味、[四]非人情也」。及[五]侯景之亂、鏗嘗爲賊所擒、或救之獲免、鏗問其故、乃前所行觴者。[六]天嘉中、爲[七]始興王府中錄事參軍。世祖嘗讌羣臣賦詩、[九]徐陵言之於世祖、卽日召鏗預讌、使賦[一〇]新成安樂宮、鏗援筆便就、世祖甚歎賞之。累遷[一一]招遠將軍・晉陵太守・員外散騎常侍、頃之卒。有[一二]集三卷、[一三]行於世。

[一]時に武威の陰鏗、字は子堅というもの有り、[二]梁の左衛將軍子春の子なり。幼にして聰慧、五歳にして能く詩賦を誦すること、日に千言なり。長ずるに及びて、博く史傳に渉り、尤も五言詩を善くし、當時の重んずる所と爲る。褐を[三]梁湘東王の法曹參軍に釋く。天寒く、鏗 嘗て賓友と宴飮し、觴を行う者を見、因りて酒炙を回らして以て之に授く、衆坐皆な笑う、鏗曰く「吾儕 終日酣飮するに、爵を執る者其の味を知らず、[四]人情に非ざるなり」と。[五]侯景の亂に及びて、鏗 嘗て賊の擒うる所と爲る、或るひと之を救い 免るるを獲たり、鏗 其の故を問う、乃ち前の觴を行う所の者なり。[六]天嘉中、[七]始興王府の中錄事參軍と爲る。[八]世祖嘗て羣臣を醼して詩を賦せしむ。[九]徐陵 之を世祖に言う、即日鏗を召し醼に預らしめ、[一〇]「新成安樂宮」を賦せしむ、鏗 筆を援りて便ち就り、世祖 甚だ之を歎賞す。[一一]招遠將軍・晉陵太守・員外散騎常侍に累遷し、頃之くにして卒す。[一二]集三巻有り、[一三]世に行わる。

この（梁から陳にかけての）時期、武威（甘粛省）の人で陰鏗、字は子堅という人物がいた。梁の左衛将軍子春の子である。陰鏗は幼いときから才知にすぐれ、五歳でよく詩や賦を暗誦することが、一日に千言にも達した。成長するにしたがい、歴史書を広く渉猟し、ことに五言詩に優れていて、同時代の人々に尊重された。梁の湘東王の法曹参軍として初めて職についた。ある寒い日、陰鏗は王府の同僚たちと宴会を開いていたが、給仕の者に目をとめて、酒と焼き肉をまわしてその者にあたえた。その場の人々はみな笑った。陰鏗は「われわれは一日中心ゆくまで酒を飲んでいるのに、酒器をとって給仕するものはその味わいを知ることができないというのは、思いやりのある心ではありますまい」といった。侯景の反乱が起こると、陰鏗は反乱軍に捕らえられてしまったが、ある人が彼を救い出してくれて逃げることができた、陰鏗がどうして助けてくれたのかを尋ねたところ、これこそ先の給仕の者であった。天嘉中（五六〇～五六五）、始興王府の中録事参軍になった。世祖があるときもろもろの家臣たちと宴を開いて詩を作って楽しんでいた。徐陵が陰鏗のことを世祖に言上したので、帝はすぐその場に陰鏗を召し出して宴に加わらせ、「新成安楽宮」の題で詩を作らせたところ、陰鏗は筆を取ってすぐに書き上げ、その出来ばえを世祖は大変感心し褒め称えた。招遠将軍・晋陵（江蘇省）太守・員外散騎常侍を歴任し、しばらくして死んだ。文集が三巻あり、その時代に流布した。

一　時有武威陰鏗　生卒年については未詳。

二　梁左衞將軍子春之子　陰鏗の一族では、父の陰子春が『梁書』巻四六、『南史』巻六四に伝をもつ。それによると陰鏗の祖父智伯は梁を建国する前の武帝（蕭衍）と隣どうしであり、武帝の出世を予言し、信頼を得たという。なお、『南史』にのる陰鏗の伝は、陰子春の附伝としてたてられている。また『元和姓纂』巻五に「武威陰、後漢の衞尉陰綱の孫常、武威の姑臧に徙る。八代の孫襲、荊州の作唐（岑仲勉『元和姓纂四校記』は南平の誤りとする）に家す。曾孫の子春、梁の侍中にして、鈞・鑑（岑仲勉前掲書は鏗の誤りとする）を生む。鈞は度支尚書、鑑は晉安太守たり。鈞の孫弘道は、唐の禮部員外たり、孫の行光は、國子司業、卽ち張燕公（說）の妹婿なり」とある。しかし唐の張均「邠王府長史陰府君碑」（『全唐文』巻四〇八）には「公の高祖、湘東の內史（陰）鏗、梁州の子、屬詞比事、天下之を宗とす。曾祖は江州刺史通道館學士顥。祖は朝請大夫國子博士宏道。考は某官景明。…夫人は范陽縣君張氏、丞相燕公の妹なり。…」とある。これらを考えあわせると、次のような系図ができる。

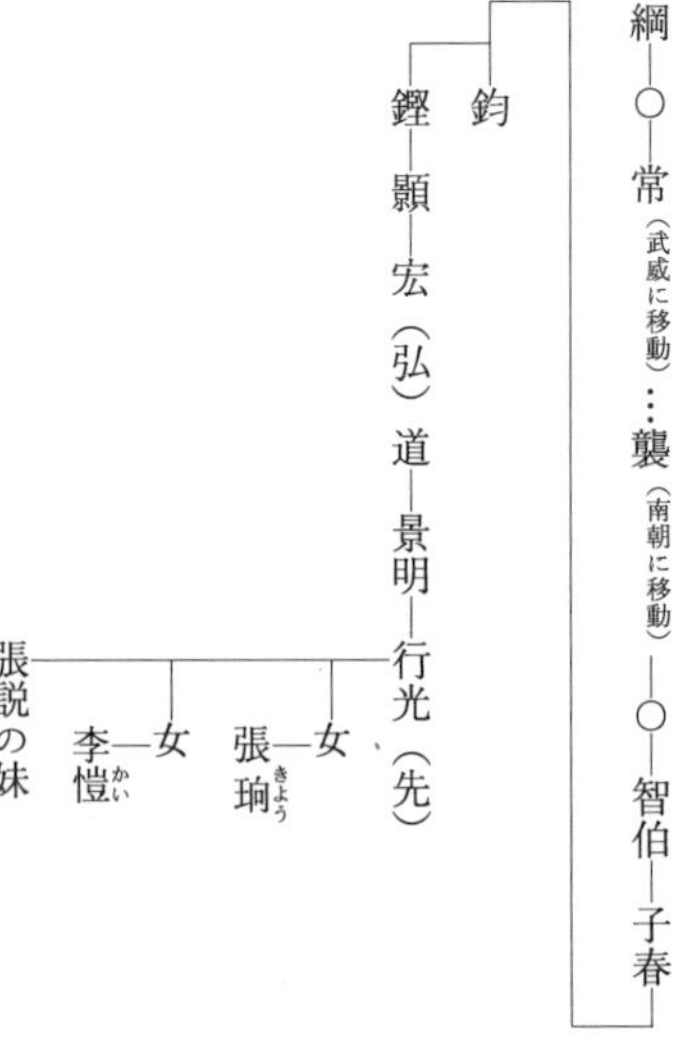

また張均は「屬詞比事、天下これを宗とす」と祖先のなかで、陰鏗についてのみその文学活動に言及している。この文章はいわゆる「諛墓」の文であろうが、杜甫の言及とともに陰鏗の文学に対する唐代の高い評価を示すものといえるのではないだろうか。

三　梁湘東王　蕭繹、字は世誠。後に即位して元帝。在位五五二〜五五四。天監十三年（五一四）、湘東郡王に封ぜられた。本書「梁元帝伝」参照。

四 非人情　ここでは、『荘子』逍遥遊篇「大いに逕庭有りて、人情に近からず」というような、人が普段からもっている感情といったことを指している。

五 侯景之亂　侯景は北朝から梁に亡命してきた将軍。のち太清二年（五四八）クーデターを起こし、首都建康を陥れ、梁の武帝・簡文帝を殺害し、実質的に梁王朝を滅亡させた。王僧辯やのち陳王朝をひらく陳霸先らの反撃にあい敗死した（梁元帝の承聖元年＝五五二）。

六 天嘉　陳の文帝の年号。なお天嘉元年から四年にかけて、陰鏗は侯安都のサロンに参加していた。本書「張正見伝」注一八参照。陰鏗にも「侯司空の登楼望郷に和す」詩、「侯司空宅にて妓を詠ず」詩と関係を示す作品がある。

七 始興王　五五一～五六八。名は伯茂、字は鬱之。陳の世祖の第二子。永定三年（五五九）に始興王に封ぜられた。光大二年（五六八）に十八才で死去（『陳書』巻二八世祖九王始興伝）。陰鏗に「始興王を奉送す」詩、「始興の道館に遊ぶ」詩がある。

八 世祖　陳の二代目の皇帝。蒨、字は子華。在位は五五九～五六六。死後文帝とおくり名された。陳の武帝の兄の陳道談の長子。

九 徐陵　字は孝穆。東海郯（山東省）の人。五〇七～五八三。庾信とともに南北朝末期の文学界の中心的存在。徐陵は梁・陳に仕えたが、陳朝においては「一代の文宗」であり、「其の後進の徒に於いては、接引して倦むこと無し」（『陳書』巻二六徐陵伝）であったという。陰鏗も以前より彼からこのように遇されていたひとりであったのだろうか。本書「徐陵伝」参照。

一〇 新成安樂宮　楽府題のひとつ。『玉臺新詠』巻七に皇太子（梁簡文帝）の作として「新成（一作城）安楽宮」詩が録されている。呉兆宜の注は『樂府解題』に『新城安樂宮行』は備さに彫飾刻斲の美を言うなり」と、美しい宮殿のさまを内容とする楽府であったとする。陰鏗のこの楽府は『楽府詩集』巻三八相和歌辞一三、『文苑英華』巻一九二、また「陰常侍集」（『六朝詩集』所収）には「新城安楽宮」の名で採録されている。『藝文類聚』（巻六二居処部二所収）は「新成安楽宮」とするが、『初学記』（巻二四居処部二所収）は「新成長安宮詩」に作る。陰鏗のこの楽府詩は五言十句で、その平仄配置が近体詩のそれと一致することが指摘されている。

一一 累遷招遠將軍　陰鏗に「故章県を罷む」詩という作品がある。また次にみるように彼の文集は『隋志』には「陳鎭南府司馬陰鏗集」という名で録されている。どちらも彼の伝記には見えないが、故章県（浙江省）の県令や鎮南府司馬という職についた時期があったと考えられる。

一二 集三卷　陰鏗の文集は、『隋志』には「陳鎭南府司馬陰鏗集　一巻」と録されている。これを信じれば、彼の文集は初唐において、はやくも原形を失っていたことになる。現在に伝わるのは詩のみで、輯本では『古詩紀』巻九九、『全陳詩』巻一、および『六朝詩集』に「陰常侍集一巻」がある。

一三 行於世　杜甫の陰鏗に対する言及をここに挙げておく。「李侯　佳句有り、往々陰鏗に似る」（李十二白と同じく范十の隠居を尋ぬ）、「熟知す二謝の能事を将てせしを、頗る學ぶ陰何の苦に心に用ひしを」（解悶一二首の七）、「陰何は尚お清省、沈宋は欻ち聯翩たり」（秋日夔府の詠懐　鄭監審李賓客之芳に寄せ奉る一百韻）。

〔参考文献〕

趙以武『陰鏗与近体詩』（黒龍江教育出版社　一九九八年）
吉川幸次郎「杜甫と陰鏗」（『吉川幸次郎全集』第十二巻　筑摩書房　一九六八年）
劉国珺「陰鏗集注」（『何遜集注・陰鏗集注』天津古籍出版社　一九八八年）
戴偉華「陰鏗」（『中国歴代著名文学家評伝』続編一　山東教育出版社　一九八九年）

（道坂昭廣）

張正見（六世紀中葉）

張正見(ちょうせいけん)は梁・陳両朝に仕えた。近体詩の完成に貢献した詩人のひとりとされる。しかし厳羽(げんう)の「南北朝の人、惟(た)だ張正見のみ詩最も多くして、而も最も省發(せいはつ)に足る無し」（『滄浪(そうろう)詩話』考証）という批判は、彼の集の大部分を占める詠物や「賦得」の詩をみれば首肯される。ただし文会が主な活動の場であった六朝末期には、このような形式の詩が主流であったのであり、その意味で彼は有能な詩人であったともいえる。良くも悪くも陳の文学の一面を象徴する詩人である。

陳書巻三四文學傳　張正見傳

張正見[一]字見賾、淸河東武城人也。祖蓋之[二]、魏散騎常侍・勃海長樂二郡太守。父脩禮、魏散騎侍郎、歸梁、仍拜本職、遷懷方太守。

正見幼好學、有淸才[三]。梁簡文[四]在東宮、正見年十三、獻頌、簡文深贊賞之。簡文[五]雅尙學業、每自昇座說經、正見嘗預講筵、請決疑義、吐納[六]和順、進退[七]詳雅、四座咸屬目焉。太淸初、射策[八]高第、除邵陵[九]王國左常侍。梁元帝[一〇]立、拜通直散騎侍郎、遷彭澤令[一一]。屬梁季喪亂、避地於匡俗山[一二]、時焦僧度[一三]擁衆自保、遣使請交、正見懼之、遜辭延納[一四]、然以禮法自持[一五]、僧度亦雅相敬憚。

高祖受禪、詔正見還都、除鎭東鄱陽王府墨曹行參軍、兼衡陽王府長史。歷宜都王限外記室・撰史著士、帶尋陽郡丞。累遷尙書度支郎・通直散騎侍郎、著士如故。太建中卒、時年四十九。有集十四卷、其五言詩尤善、大行於世。

張正見 字は見賾、清河の東武城の人なり。祖 蓋之は、魏の散騎常侍・勃海長樂二郡の太守なり。父 脩禮は、魏の散騎侍郎、梁に歸し、仍りて本職を拜し、懷方太守に遷る。

正見 幼にして學を好み、清才有り。梁簡文 東宮に在りしとき、正見 年十三、頌を獻じ、簡文 深く之を賛賞す。簡文 雅だ學業を尙び、毎に自ら座に昇り經を説く、正見 嘗て講筵に預り、請うて疑義を決するに、吐納和順、進退詳雅、四座咸な屬目す。太清の初め、射策高第し、邵陵王國の左常侍に除せらる。

梁元帝立ち、通直散騎侍郎に拜せられ、彭澤令に遷る。梁季の喪亂に屬し、地を匡俗山に避く、時に 焦僧度衆を擁し自ら保ち、使いを遣りて交を請う、正見之を懼れ、辭を遜して延納す、然れども禮法を以て自ら持し、僧度も亦た雅だ相い敬憚す。

高祖禪りを受け、正見に詔して都に還らしめ、鎭東 鄱陽王府の墨曹行參軍に除せられ、衡陽王府長史を兼ぬ。宜都王の限外記室・撰史著士を歷、尋陽郡丞を帶ぶ。尙書度支郎・通直散騎侍郎に累遷するも、著士は故の如し。太建中に卒す、時に年四十九。集十四卷有り、其の五言詩は尤も善し、大いに世に行わる。

張正見 字は見賾、清河の東武城（河北省）の人である。祖父の蓋之は、北魏の散騎常侍、勃海（山東省）と長楽（河北省）

二郡の太守となった。父の脩礼は、北魏の散騎侍郎であったが、梁に帰順し、梁でもそのまま散騎侍郎の職に任命され、のち懐方の太守に転出した。

張正見は幼いときから学問を好み、優れた才能を持っていた。梁の簡文帝がまだ皇太子として東宮にいたとき、張正見は十三才であったが、頌をつくって献上し、簡文帝は大いに彼を褒め称えた。簡文帝はたいへん学業を尊重し、いつも自身が講師の座について経書の講釈をしていたが、あるとき張正見はその講義の席に連なることを許され、願い出て疑問点を解決する役となったところ、その物言いがすらすらとしていて、挙措は落ち着いて雅であったので、座に侍っていた者たちはみな彼に注目するようになった。太清（五四七〜五四九）の初め、射策の試験に成績優秀で合格し、邵陵王国の左常侍に任命された。

梁の元帝が即位（五五二）して、張正見は通直散騎侍郎を拝命し、のち彭沢（江西省）の令に移った。梁末の騒乱の時、彼は職を離れ匡俗山に難を避けていた、この時　焦僧度は大軍を擁したまま情勢を観望していたが、使者を寄越して張正見と交際を願ってきた、張正見は焦僧度をおそれ、鄭重な言葉で応接したが、しかし礼法に従った態度でみずからを律し、焦僧度もまたはなはだ彼に敬意を払っていた。

陳の高祖が国を開く（五五七）と、皇帝はじきじきに張正見に命じて都に戻らせ、鎮東鄱陽王府の墨曹行参軍に任命し、衡陽王府長史を兼ねた。さらに宜都王の限外記室・撰史著士を歴任し、尋陽郡（江西省）の丞も兼任した。尚書度支郎・通直散騎侍郎と官職を経験していったが、著士の官はそのままであった。太建年間（五六九〜五八二）に死んだが、年は四十九歳であった。文集は十四巻有ったが、五言詩はとりわけすばらしく、世間に広く流布した。

一　張正見　生卒は、本伝にいう以上のことはわからない。

二　祖蓋之　家系については明らかにできない。祖父・父についてもここに録されている以上のことは、いまのところわからない。なお、『南史』巻六二文学伝張正見伝では「祖善之」につくる。

三　有清才　『世説』賞誉篇28に「太傅の府に三才有り。劉慶孫は長才、潘陽仲は大才、裴景聲は清才なり」とあり、裴景声は『世説』の別の部分で「彊立方正」つまり節操堅固と評されている。また潘岳「楊仲武誄」（『文選』巻五六誄）にも「乃ち清才儁茂にして、盛徳日に新たなるが若し」という。清才とは高潔で優れた才能を指すと考えられる。本書「潘尼伝」注五参照。

四 梁簡文在東宮　蕭綱　字は世讃。五〇三〜五五一。在位五四九〜五五一。高祖の第三子で、昭明太子の同母弟。皇太子となったのは中大通三年（五三一）であるが、東宮に移ったのは翌四年（五三二）九月のことである。本書「梁簡文帝伝」参照。

五 簡文雅尚學業　『梁書』巻四簡文帝紀は、彼の日常を「文學の士を引納し、賞接して倦むこと無く、恒に篇籍を討論し、繼ぐに文章を以てす」。また『南史』巻六九姚察伝も、姚察が十三歳のときのこととして「梁簡文帝 時に東宮に在り、盛んに文義を修む」、『陳書』巻三三儒林伝張譏伝「簡文東宮に在りて、士林館に出で孝経の題を發す、譏 論議往復して、甚だ嗟賞せられ、是れ自より講集有る毎に、必ず使いを遣りて譏を召す」などと記述する。

六 吐納和順　『梁書』巻三五蕭子顕伝「高祖雅だ子顯の才を愛し、又た其の容止吐納を嘉し、毎に御筵坐に侍り、偏えに顧訪さる」。『高僧伝』巻七義解四竺道生伝「年志學に在りて、便ち講座に登り、吐納問辯すれば、辭清きこと珠玉のごとし」というように、吐納は言論を指す。また『易』説卦「道徳に和順して義に理む」。『陳書』巻一七王冲伝「冲性は和順にして、上に事えて謹肅」と、和順とは調和があり従順であることをいう。つまりこの句は張正見の弁舌が論理的でなめらかであったことをいう。

七 進退詳雅　『陳書』巻三〇陸瓊伝「瓊は風神警亮、進退詳審、（梁武）帝甚だ之を異とす」。『晋書』巻四三王衍伝「衍字は夷甫、神情明秀、風姿詳雅なり」。この例から考えると身ごなしや態度が細やかで優雅、またゆきとどいていたことを表現しているのであろう。この二句は、座において張正見が弁舌、挙措ともに極めて優れていたことを指摘している。

八 射策　射策とは、問題を書いた策を伏せた状態でならべ、受験者に自由に選ばせる。そして受験者はそのようにしてひいた問題について回答するという形式の試験（『漢書』巻七八蕭望之伝顔師古注）。

九 邵陵王　名は綸、字は世調、高祖の第六子。天監十三年（五一四）に邵陵王に封ぜられた。その後一旦官を免ぜられ爵を奪われたが、中大同元年（五四六）には鎮東将軍、南徐州刺史に、さらに太清二年（五四八）には、中衛将軍・開府儀同三司に位を進めている。『梁書』巻二九高祖三王伝邵陵王伝。

一〇 梁元帝　蕭繹　字は世誠。在位五五二〜五五四。高祖の第七子。江陵に鎮していたが、侯景の乱の中で即位した簡文帝を認めず、武帝の年号を使い続け、侯景を滅ぼしたのち江陵において即位した。本書「梁元帝伝」参照。

一一 屬梁季喪亂　西魏の援助を受けた蕭詧の攻撃により五五四年江陵は陥落した。元帝は殺害され江陵は西魏軍の略奪を受け、多数の人民が西魏へ連行された。その後江陵では蕭詧が即位して後梁と称される王朝が成立した。一方建康でも王僧辯・陳霸先らが元帝の子蕭方智を立てた。のち北斉の介入をめぐって王・陳が対立し、陳霸先が王僧弁を襲撃し、北斉を排除して陳を建国する（五五七年）。ここにいう「喪乱」は五五四年から陳成立までの混乱をいう。

一二 匡俗山　廬山（江西省）のこと。匡俗は人名。周景式『廬山記』（『藝文類聚』巻七山部上所収）に「匡俗は、周威王（『太平御覧』は武王とする）の時のひと、生れながらにして神靈、此の山に廬し、世廬君と稱す、故に山 號を取れり」とある。また張正見も「匡山の簡寂館に遊ぶ」詩や「匡山遠壑に曖たり」（「湓城」詩）と廬山を匡山と称している。

一三 焦僧度　広州で反乱を起こした蕭勃に対する鎮定軍中（『陳書』巻八周文育伝）、また天嘉三年（五六二）周迪の反乱鎮圧軍の従軍名簿にも「合州刺史南固縣侯」として名前が出ており（『陳書』巻三五周迪伝）、陳に仕えたことがわかる。しかし、もと王僧辯の部下で彼の死後豫章を本拠として自立的傾向を強めていた侯瑱が敗戦ののち豫章を捨て湓城の将焦僧度に投じたところ、焦は侯瑱に北斉に亡命することを勧めたとする記録がある（『陳書』巻九侯瑱伝）。このことから考えると、焦僧度は廬山の近くの要衝湓城（江西省）駐屯中に「喪乱」に遭い、おそらく王僧辯の配下であった彼はこの地で軍を握って状況を観ていたと思われる。なお侯瑱の事件を『通鑑』は梁敬帝の太平元年（五五六）に系年する。

一四 延納　『後漢書』巻一四北海靖王興伝四「（敬王）睦少きより學を好み、博く書傳に通じ、光武之を愛し、數しば延納を被る」。呉質「元城に在りて魏の太子に与うる箋」（『文選』巻四〇牋）「前に延納を蒙り、宴に侍して日を終ゆ」というように、引見する、さらには相手を受け入れるといった行為を指す。

一五 以禮法自持　『列子』楊朱篇「衞の君子多く禮教を以て自ら持し、固より未だ以て此の人の心を得るに足らざるなり」という例がある。

一六 高祖　陳の初代皇帝、陳霸先。字は興国。呉興（浙江省）の人。五〇三～五五九。在位五五七～五五九。『陳書』巻一・二、『南史』巻九。

一七 鄱陽王　伯山　字は静之。世祖の第三子、天嘉元年（五六〇）に鄱陽王となり、光大元年（五六七）、鎮東将軍、東揚州刺史となっている。『陳書』巻二八世祖九王伝鄱陽王伝。

一八 衡陽王　伯信　字は孚之。世祖の第七子。天嘉元年に衡陽王となっている（『陳書』巻二八世祖九王伝衡陽王伝）。張正見に「籍田に従い衡陽王の教に応ず」詩、「衡陽王に陪し耆闍寺に遊ぶ」詩、「雪を詠じ衡陽王の教に応ず」詩、「衡陽王の秋夜に和す」詩といった作品が現在に伝わっている。なお、天嘉年間の張正見の動静を伝える資料が『陳書』巻八侯安都伝にある。それによると、建国の功臣であるうえ、天嘉元年（五六〇）に反陳活動を続けていた王琳を鎮圧した侯安都は自身の功績に驕矜となり「或いは射馭馳騁し、或いは命ずるに詩賦を以てし、其の高下を第し、差次を以て之に賞賜す。文士は則ち褚介・馬樞・陰鏗・張正見・徐伯陽・劉刪・祖孫登」と、しばしば文武の士を集め宴を開いたという。張正見は彼の賓客のひとりであった。驕矜のあまり侯安都が世祖に誅されたのは天嘉四年（五六三）である。

一九 宜都王　名は叔明　字は子昭。高宗の第六子。太建五年（五七三）に宜都王に立てられた。『陳書』巻二八高宗二十九王伝宜都王伝。

二〇 太建中　太建は宣帝の年号。『陳書』巻三四文学伝徐伯陽伝によると、太建の初、「記室の張正見」らが相集い、「文會の友」となり、「遊宴して詩を賦し、勒して巻軸を成」し、「盛んに世に傳わる」という。

二一 集十四巻　『隋志』は「陳尚書度支郎張正見集　十四巻」とあり、張正見の文集は唐初期まで原形を保っていたようである。現在彼の作品は、『古詩紀』巻一〇二・一〇三、『漢魏六朝百三名家集』に「陳張散騎集一巻」、『全陳文』巻一六、『全陳詩』巻二・三などの輯本によって見ることができる。

（道坂昭廣）

徐陵（五〇七～五八三）

徐陵（じょりょう）は、梁・陳朝に仕えた詩人。梁では父摛（ち）、庾肩吾・信父子とともに蕭綱のサロンに参加し、艶麗な詩風を特色とする「宮体」を生みだした。陳でも文壇の第一人者として同時代の文学者に大きな影響を与えた。六朝末期を代表する文学者であり、庾信とともに徐庾と称される。その文学は庾信に及ばないというのが後世の定説であるが、駢文の名手として宮廷の儀式の際、また権力者の書簡の執筆など、この種の政治的アピールを行う文体の確立者としての功績をもつ。

陳書巻二十六　徐陵傳

徐陵字孝穆、東海郯人也。祖超之[一]、齊鬱林太守、梁員外散騎常侍。父摛[二]、梁戎昭將軍・太子左衛率、贈侍中・太子詹事、謚貞子[三]。母臧氏、嘗夢[四]五色雲化而爲鳳、集左肩上、已而誕陵焉。時寶誌[五]上人者、世稱其有道。陵年數歲、家人攜以候之。寶誌手摩其頂、曰「天上石麒麟也」[六]。光宅惠雲法師[七]毎嗟陵早成就、謂之顏回[八]。八歲、能屬文。十二[九]、通莊老義。既長、博涉史籍、縱橫有口辯[一〇]。

梁普通二年[一一]、晉安王爲平西將軍・寧蠻校尉、父摛爲王諮議、王又引陵參寧蠻府軍事。中大通三年[一二]、王立爲皇太子、東宮置學士、陵充其選。稍遷尚書度支郎。出爲上虞令。御史中丞劉孝儀[一三]與陵先有隙、風聞劾陵在縣[一四]

贓汚、因坐免。久之、起爲南平王府行參軍、遷通直散騎侍郎。梁簡文在東宮撰長春殿義記、使陵爲序。又令於少傅府述所製莊子義。尋遷鎭西湘東王中記室參軍。

徐陵 字は孝穆、東海郯の人なり。祖 超之、齊の鬱林太守、梁の員外散騎常侍。父 摛、梁の戎昭將軍・太子左衞率、侍中・太子詹事を贈らる、謚は貞子。母 臧氏、嘗て五色の雲 化して鳳と爲り、左肩の上に集るを夢み、已にして陵を誕めり。時に寶誌上人という者、世其れ有道と稱す。陵 年數歲、家人 攜えて以て之を候う。寶誌 手ら其の頂を摩でて、曰く「天上の石麒麟なり」と。光宅の惠雲法師 每に陵が早く成就するを嗟して、之を顏回と謂う。八歲にして、能く文を屬る。十二、『莊』『老』の義に通ず。既に長じて、博く史籍に涉り、縱橫に口辯有り。

梁の普通二年、晉安王 平西將軍・寧蠻校尉と爲り、父摛 王の諮議と爲り、王又た陵を引きて寧蠻府軍事に參ぜしむ。中大通三年、王立ちて皇太子と爲り、東宮に學士を置き、陵 其の選に充つ。稍や尙書度支郎に遷る。出でて上虞令と爲る。御史中丞 劉孝儀 陵と先に隙有り、風聞にて陵 縣に在りて贓汚すと劾し、因りて坐免せらる。久之くして、起ちて南平王府行參軍と爲り、通直散騎侍郎に遷る。梁簡文 東宮に在りて『長春殿義記』を撰し、陵をして序を爲らしむ。又た少傅府に於いて製する所の『莊子義』を述べしむ。尋いで鎭西湘東王中記室參軍に遷る。

徐陵 字は孝穆、東海郯（山東省）の人である。祖父の超之は、南斉で鬱林（広西省）太守、梁で員外散騎常侍となった。父の摛は、梁の戎昭将軍・太子左衛率となり、死後、侍中・太子詹事を贈られ、貞子と謚された。陵の母親の臧氏は、ある時五色の雲が変化して鳳になり、左肩にとどまるという夢をみたが、そののち陵が生まれた。このころ宝誌上人という僧がおり、人々は彼を有道の人と称賛していた。徐陵がまだ幼いとき、家族は彼をつれ宝誌に挨拶に行かせた。宝誌は彼を引き寄せ頭をなでて「天界の石麒麟である」と言った。光宅寺の恵雲法師はいつも徐陵の早熟を感嘆して、彼のことを顔回と呼んだ。八歳で、立派に文章を綴ることができた。十二歳で、『荘子』『老子』に通暁し、成長してからは、幅広く歴史書を渉猟し、自在な弁論の能力があった。

梁の普通二年（五二一）、晋安王が平西将軍・寧蛮校尉になり、父徐摛は王の諮議になった、王はまた徐陵も呼んで寧蛮府軍事に参与させた。中大通三年（五三一）、王は皇太子に立てられ、東宮に学士を置くことになり、徐陵はそれに選ばれた。ややあって尚書度支郎になった。地方に出て上虞（浙江省）令となった。御史中丞の劉孝儀は以前、徐陵と仲違いしたことがあったので、風聞によって徐陵が上虞県において収賄していると弾劾し、それで徐陵は免職された。しばらくして、復帰して南平王府の行参軍になり、通直散騎侍郎に移った。梁簡文帝がまだ東宮にいたとき『長春殿義記』を編纂し、徐陵にこの書の序を作らせた。また少傅府で、簡文帝の撰した『荘子義』を徐陵に講述させた。ついで鎮西湘東王の中記室参軍に移った。

一 祖超之　『元和姓纂』巻二によると、徐陵の家系は漢代の徐倹に出る。倹の孫充、その次男機から、韜、逸と続き、逸の玄孫が超之、そして徐陵の父摛、徐陵となる。『梁書』巻三〇徐摛伝は、徐摛の祖父が憑道、父を超之とするので、逸—〇—憑道—超之—摛—陵となる。なお、徐陵の伝は他に『南史』巻六二。

二 父摛　四七四〜五五一。字は士秀、『南史』は「一に字は士績」とする。早くから庾信の父肩吾とともに蕭綱（晋安王・簡文帝）の側に侍った。「（徐）摛文體既に別に、春坊盡く之を學ぶ、「宮體」の號、斯れ自り起る」とあるように、軽側艶麗な「宮体」と称されるこのサロンの文風は、彼を中心に生み出された。後に出てくるように、侯景の乱において、徐摛は簡文帝とともに建康において籠城した。陥落後、簡文帝が幽閉され謁見できなくなり、その怒りのため死亡した。『梁書』巻三〇、『南史』巻六二。

三 諡貞子　「情白く節を守るを貞と曰い、大慮して克く就すを貞と曰い、隱さず屈する無きを貞と曰う」（『逸周書』諡法解）。

四 嘗夢五色雲化而爲鳳　「丹穴の山…鳥有り、狀雞の如し、五采にして文あり、名づけて鳳皇と曰う」（『山海経』南山経第一）また、「（羅）含、字は君章、桂陽の人、少くして孤、叔母朱氏の養う所となる。學を好む。晝臥ね、五色の鳥飛びて口に入るを夢み、意に之を怪む。朱氏曰く、夢に五色を呑むは、此れ文章なり、汝　後に當に文を善くすべしと」（『建康実録』巻八）また、時代が下るが唐の張鷟が、「兒童爲りし時、紫色の大鳥、五彩文を成し、家庭に降るを夢む、其の祖之に謂いて曰く、五色赤文は、鳳なり。紫文、鸑鷟なり、鳳の佐と爲す。吾が兒 當に文章を以て明廷に瑞たるべし、因りて以て名字と爲す」（『旧唐書』巻一四九張薦伝）という例がある。即ち、文学的才能が将来開花することを暗示する夢である。

五 寶誌上人 『高僧伝』巻十神異下に釈保誌として立伝されている。彼がどのような存在として見られていたかを端的にうかがうことができる。『南史』巻七六隠逸伝下に伝があるほか、『続高僧伝』『梁書』『太平広記』などに彼の予見能力の高さをいう記述がある。

六 光宅恵雲法師 『続高僧伝』巻二五感通上に「慧雲」として立伝されている。『南史』も慧雲に作る。

七 成就 ここでは、才能をあらわすことをいう。「今諸大夫才能有る者甚だ少なし、宜しく豫め成就す可き者を畜養すれば、則ち士 難に赴きて其の死を愛まざるべし」（『漢書』巻八六王嘉伝）。

八 顔回 孔子に最も愛された弟子であるが、若くして死んだ。なお、「謝尚、字は仁祖、豫章太守鯤の子なり、幼にして至性有り…八歳にして神悟夙成す、鯤嘗て之を攜えて客を送る、或ひと曰く、此の兒一坐の顔回なりと」（『晋書』巻七九謝尚伝）と、若く才能ある人物を顔回と称した例がある。

九 十二 『南史』の伝では、十三とする。

一〇 口辯 「陸賈は、楚人なり。客を以て高祖に従い天下を定め、名口辯有るの士と爲し、左右に居り、常に諸侯に使いす」（『史記』巻九七酈生陸賈伝）「學を好みて倦まず、爽慧にして口辯有り」（『晋書』巻五二華譚伝）という例がある。

一一 晋安王 蕭綱、字は世讃。後の簡文帝、五〇三～五五一、在位五四九～五五一。本書「梁簡文帝伝」参照。但し、『梁書』簡文帝紀では、彼が平西将軍・寧蛮校尉となったのを普通四年とし、巻三〇徐摛伝も徐摛が王の諮議となったのを普通四年とする。

一二 中大通三年 中華書局本、百納本、和刻みな「大通二年」に作る。中華書局本の校勘記に従う。

一三 劉孝儀 四八四～五五〇。劉潜、字が孝儀。蕭綱が晋安王のころ、襄陽に赴任し、彼を安北功曹史に任命した。その後服喪によって職を離れたが、綱が皇太子になると、彼は洗馬、そして中舎人となった。大同三年（五三七）、北朝に使者として赴き、その後尚書左丞となり御史中丞を兼ねた。「職に在りては彈糾して顧望する所無く、當時之を稱す」とある。『梁書』巻四一、『南史』巻三九。

一四 風聞 「天監元年…詔して曰く、…今端右 風聞を以て事を奏するは、元熙の舊制に依る可し」（『梁書』巻二武帝紀中）と制されている。

一五 贓汚 不正に物品を受け取り、汚職していること。

一六 南平王 蕭恪。天監十七年（五一八）南平郡王に封ぜられ、中大通五年（五三三）に死去した蕭偉の子。大宝三年（五五二）死去。靖節王と謚された。『南史』巻五二。

一七 長春殿義記 簡文帝紀に「長春義記一百巻」とある。『隋志』一経・論語に「長春義記一百巻 梁簡文帝撰」とある。

一八 莊子義 簡文帝紀に「莊子義二十巻」とある。『隋志』三子・道家に「莊子講疏 十巻 梁簡文帝撰 本二十巻、今闕」とある。なお『南史』ではこの部分「述己所製」と、己の字を加える。

一九 湘東王 蕭繹 字は世誠。五〇八～五五四。侯景の乱後、江陵に於いて即位。梁元帝、在位五五二～五五四。鎮西将軍の号は大同三年（五三七）と太清元年（五四七）に授けられている。本書「梁元帝伝」参照。

* * *

太清二年、兼通直散騎常侍、使魏。魏人授館宴賓。是日甚熱、其主客魏收[二〇]嘲陵曰「今日之熱、當由徐常侍來」。陵卽答曰「昔王肅[二一]至此、爲魏始制禮儀。今我來聘、使卿復知寒暑」。收大慙。及侯景[二二]寇京師、陵父摛先在圍城[二三]之內、陵不奉家信、便蔬[二四]食布衣、若居憂[二五]恤。會齊[二六]受魏禪、梁元帝承制於江陵、復通使於齊。陵累求復命、終拘[二七]留不遣。陵乃致書[二八]於僕射楊遵彥曰…（略）。遵彥竟不報書。及江陵陷[二九]、齊送貞[三〇]陽侯蕭淵明爲梁嗣、乃遣陵隨還。大尉王僧[三一]辯初拒境不納、淵明[三二]往復致書、皆陵詞也。及淵明之入、僧辯得陵大喜、接[三三]待饋遺、其禮甚優。以陵爲尙書吏部郎、掌詔誥。其年[三四]高祖率兵誅僧辯、仍進討韋[三五]載。時任[三六]約[三七]・徐嗣徽乘虛[三八]襲石頭、陵感僧辯舊恩、乃往赴約。及約等平、高祖釋陵不問、尋以爲貞威將軍・尙書左丞。紹泰二年、又使于[三九]齊、還除給事黃門侍郎・祕書監。高祖受禪、加散騎常侍、左丞如故。天嘉初、除太府卿。四年、遷五兵尙書、領大著作。六年、除散騎常侍・御史中丞。時[四〇]安成王頊爲司空、以帝弟之尊、勢傾朝野。直兵[四一]鮑僧叡假王威權、抑[四二]塞辭訟、大臣莫敢言者。陵聞之、乃爲奏彈、導從南臺官屬、引奏案而入。世祖見陵服章嚴肅、若不可犯、爲斂容正坐。陵進讀奏版時、安成王殿上侍立、仰視世祖、流汗失色。陵遣殿中御史引王下殿、遂劾免侍中・中書監。自此朝廷肅然。

天康元年、遷吏部尙書、領大著作。陵以梁末以來、選授多失其所、於是提擧綱維、綜[四三]覈名實。時有冒進求官、諠競不已者、陵乃爲書宣示[四四]曰…（略）。自是衆咸服焉、時論比之毛玠[四五]。

太淸二年、通直散騎常侍を兼ね、魏に使いす。是の日甚だ熱し、其の主客魏收 陵に嘲れて曰く「今日の熱、當に徐常侍が來るに由るなるべし」と。陵卽答して曰く「昔 王肅此に至り、魏の爲に始めて禮儀を制す。今我來聘し、卿をして復た寒暑を知らしむ」と。收大いに慙ず。

侯景 京師に寇するに及びて、陵の父摛 先に圍城の内に在り、陵 家信を奉ぜず、便ち蔬食布衣して、憂恤に居るが若し。會たま齊 魏の禪りを受け、梁元帝 江陵に承制し、復た使いを齊に通ず。陵累りに復命せんことを求むるも、終に拘留して遣らず。陵乃ち書を僕射楊遵彥に致して曰く…（略）。遵彥竟に書を報ぜず。江陵陷るに及び、齊 貞陽侯蕭淵明を送りて梁の嗣と爲し、乃ち陵をして隨い還ら遣む。大尉 王僧辯初め境を拒ぎて納れず、淵明往復して書を致す、皆な陵の詞なり。淵明の入るに及びて、僧辯 陵を得て大いに喜び、接待饋遺、其の禮甚だ優る。陵を以て尚書吏部郎と爲し、詔誥を掌らしむ。其の年 高祖 兵を率いて僧辯を誅し、仍りて進んで韋載を討つ。時に任約・徐嗣徽 虚に乘じて石頭を襲う、陵 僧辯の舊恩に感じ、乃ち往きて約に赴く。約等平ぐるに及び、高祖 陵を釋して問わず、尋いで以て貞威將軍・尚書左丞と爲す。

紹泰二年、又た齊に使いし、還りて給事黃門侍郎・祕書監に除せらる。高祖禪りを受け、散騎常侍を加えらる、左丞は故の如し。天嘉初め、太府卿に除せらる。四年、五兵尚書に遷り、大著作を領す。六年、散騎常侍・御史中丞に除せらる。時に安成王頊 司空爲り、帝弟の尊を以て、勢い朝野を傾く。直兵 鮑僧叡 王の威權を假り、辭訟を抑塞し、大臣敢えて言う者莫し。陵之を聞きて、乃ち爲に奏彈し、南臺の官屬を導從し、奏案を引きて入る。世祖 陵の服章嚴肅にして、犯す可からざるが若きを見て、爲に容を斂め坐を正す。陵進みて奏版を讀む時、安成王 殿上に侍立し、世祖を仰視して、汗を流し色を失う。陵 殿中御史をして王を引きて殿より下ら遣め、遂に劾して侍中・中書監を免ぜしむ。此れ自り朝廷肅然たり。

天康元年、吏部尚書に遷り、大著作を領す。陵 梁末以來、選授多く其の所を失うを以て、是に於いて綱維を提擧し、

[四三]名實を綜覈す。時に冒進して官を求め、諠競して已まざる者有り、陵 乃ち書を爲り宣示[四四]して曰く…（略）。是れ自り衆咸な服せり、時論 之を[四五]毛玠に比す。

太清二年（五四八）、通直散騎常侍を兼ねて、東魏に使者となって赴いた。東魏の朝廷は迎賓館に受け入れ宴会を開いてもてなした。この日は大変暑く、東魏の主客 魏収は「今日の暑さは、きっと徐常侍がいらっしゃったことが原因であるにちがいありませんな」と徐陵をからかって言った。徐陵は「昔 王粛がこの地にやってきて、北魏のためにはじめて礼儀を制定しました。今日私がこの地に使者としてやってきて、あなたにまた寒暖をお教えすることになりましたね」と即座に言い返した。魏収は大変恥じ入った。

侯景が都の建康を寇略するに及んで、徐陵の父の摛は、それ以前から侯景に包囲された都の内に居たため、徐陵は家からの連絡が無くなってしまい、そこで肉食を絶ち粗末な服をきて、まるで親の喪に服しているように謹慎して過ごした。そのようなおり北斉が東魏のゆずりをうけ、梁の元帝が江陵（湖北省）で政権を継承し、再び使者を北斉に派遣してきた。徐陵は繰り返し朝廷に復命したいと要望したけれども、結局軟禁状態のままで帰途につくことは許されなかった。徐陵はそこで僕射の楊遵彦に手紙を出した。…（略）。楊遵彦はとうとう返事を出さなかった。江陵が（西魏軍の攻撃で）陥落し、北斉は（抑留していた）貞陽侯蕭淵明を南に送り返して梁の後継者にしようとし、そこで徐陵を随行させることにした。（建康駐屯中の）大尉王僧辯は最初国境を閉ざして彼らを受け入れなかったので、蕭淵明は何度も手紙のやりとりをしたが、それらはすべて徐陵が書いたものであった。蕭淵明が国内に入ると、王僧辯は徐陵を得て大変喜び、もてなしや贈り物に心を砕いて、特に厚く礼遇した。徐陵を尚書吏部郎に任命し、詔勅を担当させた。この年（五五五）、後の陳の高祖（陳覇先）は兵を用いて王僧辯を誅殺し、さらに進んで韋載を討伐した。この時、任約・徐嗣徽は隙をついて石頭を襲撃した、徐陵は王僧辯のこれまでの恩義に感じて、任約の軍に奔った。任約らの軍が撃退されてしまっても、高祖は徐陵を許して罪を問わず、ついで貞威将軍・尚書左丞に任命した。

紹泰二年（五五六）、また北斉に使者にたち、帰国後、給事黄門侍郎・秘書監に任ぜられた。高祖が皇帝の位を譲られると、散騎常侍を加えられた、左丞はそのままであった。天嘉初め（五六〇）、太府卿に任ぜられた。四年（五六三）、五兵尚書に移り、大著作を兼ねた。六年（五六五）、散騎常侍・御史中丞に任ぜられた。このころ、安成王頊は司空で、皇帝（世祖）の弟という尊貴な身分であり、その勢力は一国を圧倒していた。直兵の鮑僧叡は王の権威をかさに、訴訟を握りつぶしていたが、大臣たちでその事を皇帝に訴えることができる者はいなかった。徐陵はこのことを聞き、このために弾劾し、南台（御史台）の官僚たちをひきしたがえ、奏上の為の机をもって庁に入ってきた。世祖は徐陵が服装も厳かで、ただごとではない様子であるのを見て、その為に表情を引き締め姿勢を正した。徐陵が進みて出て上奏文を読みあげているとき、安成王は玉座近くに立っていたが、世祖の様子を仰ぎ見て、緊張して汗を流し顔は青ざめた。徐陵は殿中御史に指示して王を皇帝の側から引き下ろさせ、とうとう弾劾して王に侍中・中書監を辞めさせた。これ以降、朝廷の風気はひきしまったものになった。

天康元年（五六六）、吏部尚書に移り、大著作も兼ねた。徐陵は梁の末から、官僚の任命が適切を欠いていることが多いと思い、そこで原則を明確にし、名称と実際を調べ上げた。しかしこのころ、厚かましく進み出て官位を求め、喧しく言いつのって止めない者がいたので、徐陵は文章をつくり人々にさし示した…（略）。この文章が出て人々はみな納得し、当時の世論は彼を魏の毛玠のようであると評した。

三〇 魏收　五〇六～五七二。字は伯起。北朝を代表する文学者で、温子昇・邢邵とともに「北地三才」と称された。ただその軽艶な詩風は南朝の文学に追随したものである。また歴史家として『魏書』を編纂したが、依怙贔屓が多く「穢史」と称される。その他、徐陵の魏収の文学に対する評価など、詳しくは本書「魏收伝」参照。『南史』では、時に実権を握っていた高澄はこの発言を失言として、魏收は「累日」牢屋に入れられたとする。

三一 王粛　四六四～五〇一。字は恭懿。南斉に仕えていたが、武帝に父兄弟を殺され、太和十七年（四九三）北魏に亡命し、高祖孝文帝に信頼された。徐陵がここに言うような功績は彼の伝にも「晋氏喪亂自り、禮樂崩亡す、孝文 制度を釐革し、風俗を變更すと雖も、其の閒朴略にして、未だ淳なる能わざるなり。王肅 舊事に明練し、虚心に委を受け、朝儀國典、咸な肅自り出ず」(『北史』巻四二王肅伝)と記録されている。『魏書』巻六三。

二二 侯景寇京師　侯景は北朝から亡命してきた将軍。太清二年(五四八)に反乱を起こし、梁武帝・簡文帝を殺害し、実質的に梁を滅ぼした。梁元帝の承聖元年(五五二)敗死。建康包囲戦は太清二年十月から翌年三月まで続いた。

二三 圍城之內　敵に包囲された城のなか。「吾此の圍城の中に居る者を視るに、皆な平原君に求むる者有るなり」(『史記』巻八三魯仲連伝)

二四 蔬食布衣　粗末な食事と衣服。「祿仕すること數十年、蔬食布衣にして、家に餘財無し」(『後漢書』巻四三朱穆伝)。

二五 憂恤　深い憂いや悲しみのこと。「爾に憂恤を告げ、爾に序爵を誨えん」(『詩経』大雅 蕩之什 桑柔)。『南史』は「哀恤」に作る。

二六 齊受魏禪　北方を支配していた北魏は東魏(五三四)と西魏(五三五)に分裂した。東魏の実権を握っていた高氏は五五〇年東魏に代わり、高洋を初代として北斉をたてた。

二七 拘留　とらえて帰さないこと。「匈奴の人民漢に來り降る毎に、單于亦た輒ち漢の使いを拘留し、以て相い報復す」(『漢書』巻九四下匈奴伝賛)。

二八 致書於僕射楊遵彦曰　楊遵彦(五一一〜五六〇)、名は愔、字が遵彦。弘農華陰(陝西省)の人。北魏末から北斉朝の政治家として活躍した。北朝の漢族官僚のリーダー的存在であった。『北斉書』巻三四、『北史』巻四一。この手紙は①湘東王政権による江南の秩序回復、②湘東王政権との通交で帰国ルートが回復、③帰国に際しての危険・費用の問題、④侯景と関係はもたない、⑤北斉の機密情報はもっていない、⑥正式な使者である我々に対する冷遇、⑦江南は荒廃していても故国がなつかしい、⑧侯景の滅亡まで待てない。以上八つの論点をあげて、帰国を許さないことの不当を論じる。文体は整った駢文で、各論点は、それぞれ「斯れ其の未だ喩らざるの一(〜八)なり」という言葉で締めくくられる。このような説得的論理的な反論に続けて、望郷の念を述べ、楊遵彦の情に訴えている。

二九 江陵陷　元帝の政権は、梁の王族間の反目に乗じた西魏軍の襲撃を受け、五五四年十二月に滅亡、この後、後梁と呼ばれる西魏—北周の傀儡政権が成立した。

三〇 貞陽侯蕭淵明　?〜五五六。梁武帝の兄蕭懿の子、蕭明としている資料もある。梁武帝に愛され貞陽侯に封ぜられた。太清元年(五四七)八月に東魏遠征に出たが、十一月大敗して捕虜になった。北斉は江陵政権を滅ぼした西魏に対抗して、彼を梁の後継者として、建康に傀儡政権を作ろうとした。蕭淵明が帰国の途に上ったのは承聖四年(五五五)三月で、七月建康に入った。のち陳霸先の実権掌握により北斉に向かうが、途中で病死。『南史』巻五一梁宗室上伝。

三一 王僧辯　?〜五五五。字は君才、太原祁(山西省)の人。北魏から梁に帰順し、湘東王(蕭繹)に仕えた。侯景を破ってのち、建康に駐屯していた。『梁書』巻四五、『南史』巻六三。

三二 淵明往復致書、皆陵詞也　貞陽公の為に王僧辯に与えた手紙は、現在六篇残っている。

三三 接待饋遺　饋遺は贈り物をすること。

三四 高祖率兵誅僧辯　陳朝を開くことになる陳霸先と王僧辯は梁元帝の下、協力して侯景を滅ぼした。しかし蕭淵明の受け入れをめぐって対立し、承聖四年(五五五)九月、京口に駐屯していた陳霸先が建康にいた王僧辯を急襲、殺害した。

三五　韋載　生卒年未詳。字は徳基、京兆杜陵（陝西省）の人。侯景の乱に際し王僧辯に従った。このとき義興（江蘇省）太守で、この地で陳覇先の軍と対峙した。のち降伏して陳朝に仕え、太建中、五十八歳で死去。『陳書』巻一八、『南史』巻五八。

三六　任約　生卒年未詳。もと侯景配下の有力な武将であった。五五一年捕虜となったが、梁世祖は獄中から彼を晋安王司馬に抜擢し、軍を指揮させた。この時、南豫州（江蘇省）刺史であった。

三七　徐嗣徽　生卒年未詳。高平（陝西省）の人。従弟の嗣先は王僧辯の甥にあたる。彼らは王僧辯が殺害されると復讐を誓い、徐嗣徽の下に逃れた。任約と密かに連絡をとり、陳覇先を殺そうと計画した。紹泰元年（五五五）十月に北斉の後援をうけて挙兵したが、十二月には遁走した。次年にも来襲している。『南史』巻六三王神念伝附。

三八　石頭　建康郊外、長江に面した要害の地。

三九　使于齊　『梁書』巻六敬帝紀によると、この年の「夏四月、齊に使いを遣し和を請う」という記事がある。

四〇　安成王頊　五三〇〜五八二。字は紹世。後の高宗宣帝。在位五六七〜五八二。世祖文帝が始興昭烈王の長子で、安成王は二子。江陵陥落後、北朝へ連行されたが、永定三年（五五九）世宗が即位すると、北朝にあって安成王に封ぜられた。天嘉三年（五六二）帰国。六年、司空になっている。本伝後半にあるように、即位して以降、徐陵は重用されている。『陳書』巻五、『南史』巻一〇。

四一　鮑僧叡　この人物については未詳。

四二　抑塞辭訟　抑塞はおさえ差し止めること。「守宰不明なれば、与奪乖舛し、人事至らず、必ず抑塞を被る」（『宋書』巻五三謝方明伝）。

四三　綜覈名實　物事を総合し、明らかになるよう調べること。「孝宣の治、信賞必罰、名實を綜核し、政治文學法理の士咸な其の能を精くす」（『漢書』巻八宣帝紀賛）。

四四　宣示曰　大約は以下のようである。「吏部尚書は、人間を判断して、その人にふさわしい官職を与える部署である。梁元帝の治世以降は戦乱が続き、秩序が破壊された特殊な時期であったから、人品に関係なく金銭によって多くの官職が与えられた。しかし現在は秩序も回復し、政治も安定してきた。そうであるのに諸子は才能・家柄以上の位についていても、まだ不遇であるとしている。皇帝が直接任命する場合もあるが、それは特殊であり、概ね例とはできない。すでに選考を受けたら、その職にふさわしくきちんと評価が行なわれるのであるから、どうか理解してほしい」。なお『徐孝穆全集』巻三には「在吏部尚書答諸求官人書」が二首採録されている。一首は同文であるが、もう一首は句の順に前後があるばかりでなく、文章自体も長く、より詳細に徐陵の考えが陳述されている。『陳書』の文はダイジェストされたもののようである。

四五　毛玠　字は孝先。三国魏の人。「大祖 司空丞相爲りしとき、玠嘗て東曹掾と爲り、崔琰と並びに選擧を典す。其の擧用する所、皆清正の士、時に盛名有りと雖も行い本に由らざる者、終に進むを得る莫し」（『三国志』巻一二毛玠伝）と、官吏登用に原則と功績があったことが述べられている。

廢帝[46]卽位、高宗[47]入輔、謀黜異志者、引陵預其議。高宗纂曆、封建昌縣侯、邑五百戶。太建元年、除尙書右僕射。三年、遷尙書左僕射、陵抗表推周弘正[48]・王勱[49]等、高宗召陵入內殿、曰「卿何爲固辭此職而擧人乎」。陵曰「周弘正從陛下西還、舊藩長史、王勱太平相府長史、張種[50]帝鄕賢戚、若選賢與舊、臣宜居後」。固辭累日、高宗苦屬之、陵乃奉詔。

及朝議北伐、高宗曰「朕意已決、卿可擧元帥」。衆議咸以中權將軍淳于量[51]位重、共署推之。陵獨曰「不然。吳明徹[52]家在淮左、悉彼風俗、將略[53]人才、當今亦無過者」。於是爭論累日不能決。都官尙書裴忌[54]曰「臣同徐僕射」。陵應聲曰「非但明徹良將、裴忌卽良副也」。是日、詔明徹爲大都督、令忌監軍事、遂克淮南數十州之地。高宗因置酒、擧杯屬陵曰「賞卿知人[55]」。陵避席[56]對曰「定策出自聖衷[57]、非臣之力也」。其年加侍中、餘並如故。七年、領國子祭酒・南徐州大中正。以公事免侍中・僕射。尋加侍中、給扶、又除領軍將軍。八年、加翊右將軍・太子詹事、置佐史。俄遷右光祿大夫、餘並如故。十年、重爲領軍將軍。尋遷安右將軍・丹陽尹。十三年、爲中書監、領太子詹事、給鼓吹一部、侍中・將軍・右光祿・中正如故。陵以年老累表求致仕、高宗亦優之、乃詔將作爲造大齋、令陵就第攝事。

後主[58]卽位、遷左光祿大夫・太子少傅、餘如故。至德[59]元年卒、時年七十七。詔[60]曰…（略）。

* * *

廢帝[46]卽位し、高宗[47]入りて輔(たす)く、異志の者を黜(しりぞ)くることを謀り、陵を引きて其の議に預(あず)からしむ。高宗曆(れき)を纂(つ)ぎ、建昌縣侯、邑五百戶に封ぜらる。太建元年、尙書右僕射に除せらる。三年、尙書左僕射に遷る、陵 抗表して周弘正[48]・王勱[49]等を推す、高宗 陵を召し內殿に入らしめて、曰く「卿何爲れぞ此の職を固辭して人を擧ぐるや」と。陵曰く「周弘正は陛下に從いて西より還りし、舊藩の長史、王勱は太平の相府長史、張種[50]は帝鄉の賢戚、若し賢と舊とを選べば、臣宜しく後に居るべし」と。固辭すること累日、高宗 苦に之を屬す、陵乃ち詔を奉ず。

北伐を朝議するに及び、高宗曰く「朕が意已に決す、卿 元帥を擧ぐ可し」と。衆議咸な以えらく中權將軍[51]淳于量位重しと、共に署して之を推す。陵獨り曰く「然らず。[52]吳明徹 家 淮左に在り、彼の風俗を悉す、將略[53]人才、當今亦た過ぐる者無し」と。是に於いて爭論累日 決すること能わず。都官尙書[54]裴忌曰く「臣 徐僕射に同じ」と。陵 聲に應じて曰く「但だ明徹良將なるのみに非ず、裴忌卽ち良副なり」と。是の日、詔して明徹を大都督と爲し、忌をして軍事を監せしめ、遂に淮南數十州の地に克つ。高宗因りて置酒し、杯を擧げ陵に屬して曰く「卿が人を知ることを賞[55]す」と。陵 席[56]を避け對えて曰く「[57]定策は聖衷自り出ず、臣の力に非ざるなり」と。其の年侍中を加う、餘は並びに故の如し。七年、國子祭酒・南徐州大中正を領す。公事を以て侍中・僕射を免ぜらる。尋いで侍中を加え、扶を給し、又た領軍將軍に除せらる。八年、翊右將軍・太子詹事を加え、佐史を置く。俄かに右光祿大夫に遷る、餘は並びに故の如し。十年、重ねて領軍將軍と爲る。尋いで安右將軍・丹陽尹に遷る。十三年、中書監と爲り、太子詹事を領し、鼓吹一部を給され、侍中・將軍・右光祿・中正は故の如し。陵 年老いたるを以て累りに表して致仕を求め、高宗亦た之を優げ、乃ち將作に詔して爲に大齋を造らせ、陵をして第に就きて事を攝せしむ。

後主[58]卽位し、左光祿大夫・太子少傅に遷る、餘は故の如し。至德元年に卒す、[59]時に年七十七。詔[60]して曰く…（略）。

廃帝が即位し、高宗（この時点では安成王）は朝廷にはいって摂政の位置につき、これに反感をいだく者を朝廷から退ける策謀をし、徐陵を引きいれてその計略に関与させた。高宗が皇帝の位を継ぐと、徐陵は建昌県（江西省）侯に封ぜられ、食邑五百戸が与えられた。太建元年（五六九）、尚書右僕射に任命された。三年（五七一）、尚書左僕射に移った。徐陵は皇帝の意に逆らって上奏し周弘正・王勱らを推薦した、高宗は徐陵を奥御殿にまで召しいれて「そちはどうしてこの位を固辞して、他の人を推薦するのか」と尋ねた。徐陵は「周弘正は陛下に付き従って北朝より帰還し、陛下が王であられた時の属官ですし、王勱は太平の年（五五六）高祖が宰相になられた時の属官、張種は陛下と同郷の優れた親戚、賢者と昔からの部下を選ぶとすれば、私は後ろに引き下がっておるべきです」といった。何日も固辞し続けたが、高宗も懇切に説得したので、徐陵はようやく命に従った。

北朝遠征について朝廷で議論するにあたり、高宗は「私の決意は固まった、そち達は司令官を推薦しなさい」と言った。官僚たちは中権将軍の淳于量が位が高いとして、署名して一緒になって推薦した。徐陵だけが「違う。呉明徹はもともと淮河の下流域に住んでいたから、その地の事情を詳しく知っている、将軍としても人物としてもすぐれており、現在 彼以上の者はいない」と言った。こうなって論争が何日も続き、結論を出せなかった。都官尚書の裴忌が「私は徐僕射の意見に賛成です」と言った。徐陵はその声を聞くや「呉明徹が良将であるばかりでなく、裴忌も優れた補佐役である」と言った。この日、皇帝は呉明徹を大都督に任命し、裴忌を軍監とし、ついに淮南地方の数十州を勝ち取った。高宗は勝利を祝って宴をひらき、杯を挙げて徐陵に勧めて「そちの人を見る明をたたえて」と言った。徐陵は席から立ち上がって「作戦計画は陛下の御心からでたのであって、勝利は私の力ではありません」と言った。この年侍中の位を加えられた、そのほかの位はすべてこれまで通りであった。七年（五七五）、国子祭酒・南徐州（江蘇省）大中正を兼務した。公務によって侍中・僕射を免除された。まもなく侍中を加えられ、召使いを与えられ、また領軍将軍に任命された。八年（五七六）、翊右将軍・太子詹事の位を加えられ、補佐役を置くことを許された。すぐに右光禄大夫に移ったが、そのほかの位はそのままであった。十年（五七八）、再び領軍将軍となった。ついで安右将軍・丹陽（江蘇省）尹に移った。十三年（五八一）、中書監になり、太子詹事を兼任し、楽団一隊を下賜されたが、侍中・将軍・右光禄・中正は以前のままであった。徐陵は老齢を理由に繰り返し退職を求めて上奏したが、高宗はまたねんごろに慰撫して、将作（営繕を司る役所）に命令して広い執務室を作らせ、徐陵に自宅で事にあたらせた。

後主が即位すると、左光禄大夫・太子少傅に移った、その他の職は前のままであった。至徳元年（五八三）に亡くなった、時に七十七であった。後主は詔を下して言った…（略）。

四六 廃帝　五五四～五七〇。在位五六六～五六八。伯宗、字は奉業。世祖の長男。慈訓太后の命により廃されて臨海王とされた。『陳書』巻四、『南史』巻九。

四七 高宗入輔　もともと世祖文帝は死の直前、太子（廃帝）が柔弱で、位を守ることができないことを憂慮し、安成王に位を譲ろうとした。彼はそれを辞退し、到仲挙と廃帝の政権を補佐した。王の勢力を恐れた到仲挙らは彼を外に出そうとしたが、失敗し殺された。王を支持した人物として毛喜、呉明徹の名が挙げられているが、徐陵がこの政治闘争でどのような活動をしたかは不明である。高宗はもちろんまだ即位しておらず、この時点では安成王であった。徐陵はこの人物を弾劾したことがある（→注四〇）。

四八 周弘正　四九六～五七四。字は思行。汝南安城（河南省）の人。江陵陥落後、王僧弁、続いて陳覇先に仕えた。彼の伝に、天嘉元年（五六〇）に侍中・国子祭酒に遷り、長安に安成王（高宗）を迎えに行き、三年、北周より帰ったとある。『陳書』巻二四、『南史』巻三四。

四九 王勱　五〇六～五七二。字は公済、琅邪臨沂（山東省）の人。江陵陥落後、梁敬帝により中書令に任ぜられた。高祖が丞相になると、勱は丞相長史となった。高祖が丞相となったのは、敬帝の太平元年（五五六）である。太建四年五月、六十七歳で死去。『陳書』巻一七、『南史』巻二三。

五〇 張種　五〇四～五七三。字は士苗、呉郡（江蘇省）の人。「太建初め、女 始興王妃と爲る」とある。太建五年、七十歳で死去。『陳書』巻二一、『南史』巻三一。

五一 淳于量　五一一～五八二。字は思明。済北を祖籍とするが、代々都に住んでいた。父の代から梁に仕え、彼は梁元帝の荊州刺史時代に出仕し、王僧辯と同僚であった。荊州陥落後、陳高祖に仕えた。太建五年、中護大将軍・侍中・儀同三司であった。彼は呉明徹のこの遠征に賛成し、自分の軍を第六子に与えて従軍させている。太建十四年四月、七十二歳で死去。『陳書』巻一一、『南史』巻六六。

五二 呉明徹　五一二?～五七八?。字は通昭（『南史』は炤とする）。秦郡（江蘇省）の人。侯景を滅ぼし、京口に鎮していた陳覇先に投じ、それ以来陳朝に忠誠を尽くした歴戦の武将。また、宣帝の即位にも功績があった。次の遠征で敗北し、長安で死去。六十七歳。この時、遠征の将に選ばれるにあたって『南史』の彼の伝には「太建五年、北征を朝議す（『陳書』は「會朝議北伐」とする）、公卿互いに異同有り、明徹策を決して行くを願う」とあり、徐陵だけが彼を支持したわけでもなく、彼の推薦のみで抜擢されたわけではないようである。『陳書』巻九、『南史』巻六六。

五三 將略　軍略。軍事的能力。「連年衆を動かし、未だ功を成す能わず、蓋し應變の將略は、其の長ずる所に非ざるか」（『三国志』巻三五諸葛亮伝評）。

五四 裴忌　五二二〜五九四。字は無畏。河東聞喜（山西省）の人。「呉明徹衆軍を督して北伐し、忌に詔して本官を以て明徹の軍を監せしむ、淮南平ぎ、軍師將軍、豫州刺史を授けらる」（『陳書』）とある。次の遠征でも呉明徹と軍を指揮したが、彼とともに北周の捕虜となり、隋の開皇十四年、七十三歳で長安において死去。『陳書』巻二五、『南史』巻五八。

五五 知人　「人を知る者は智、自を知る者は明」（『老子』三三）を意識している。

五六 避席　相手に敬意を示し、席から立ち上がること。「武王席を避け之を再拜す」（『呂氏春秋』慎大覧）

五七 定策　作戦を決定すること。「固陵に運籌し、策を定めて東を襲う」（陸機「漢高祖功臣頌」『文選』巻四七頌）

五八 後主　五五三〜六〇四。在位五八二〜五八九。叔宝、字は元秀。謚は煬。陳朝最後の皇帝。本書「陳後主伝」参照。

五九 至德元年卒　江総に「特進光禄大夫除陵墓誌銘」がある（『藝文類聚』巻四七職官三特進）。

六〇 詔曰　文は、除陵が若いころから優秀であり、文学においても「詞宗」と呼ばれたと褒め称えたあと、彼の逝去を悼み「謚して章と曰う」と結んでいる。「溫克令儀なるを章と曰う」（『後漢書』巻三粛宗孝章皇帝本紀唐章懐太子李賢注所引『謚法』）。なお、『南史』巻六二本伝は謚について、以下のような逸話を記す。「初め、後主　文を爲りて（徐）陵に示して、他人の作る所と云う。陵之を嗤いて曰く、都て辭句を成さずと。後主之を銜み、是に至りて謚して章偽侯と曰う」。この話は、徐陵と陳後主の間に文学観の対立のようなものがあり、それを反映しているのかもしれない。

＊　　　＊　　　＊

陵器局[六一]深遠、容止可觀[六二]、性又清簡[六三]、無所營樹[六四]、祿俸與親族共之。太建中、食建昌邑、邑戶送米至于水次、陵親戚有貧匱者、皆令取之、數日便盡、陵家尋致乏絕。府僚怪而問其故。陵云「我有車牛衣裳可賣、餘家有可賣不」。其周給如此。少而崇信釋教、經論多所精解。後主在東宮、令陵講大品經[六五]、義學名僧[六六]、自遠雲集、每講筵商較[六七]、四座莫能與抗。目有青睛[六八]、時人以爲聰惠之相也。自有陳創業、文檄軍書及禪授詔策[六九]、皆陵所製、而九錫[七〇]尤美。爲一代文宗[七一]、亦不以此矜物、未嘗詆訶作者[七二]。其於後進之徒、接引無倦[七三]。世祖・高宗之世、國家有大手筆[七四]、皆陵草之。其文頗變舊體、緝裁巧密[七五]、多有新意。每一文出手、好事者已傳寫成誦、遂被之華夷、家藏其本。後逢喪亂、多散失、存者三十卷[七六]。有四子、儉・份・儀・僔。

陵[六一]器局深遠にして、[六二]容止観る可し、性又た[六三]清簡にして、[六四]營樹する所無し、祿俸 親族と之を共にす。太建中、建昌邑に食し、邑戸 米を送りて水次に至る、陵 親戚の貧匱なる者有れば、皆な之を取らしめ、數日にして便ち盡き、陵の家尋いで乏絶を致す。府僚怪しみて其の故を問う。陵云う「我 車牛衣裳の賣る可き有り、餘家賣る可きもの有りやいなや」と。其の周給すること此くの如し。少くして釋教を崇信し、經論精解する所多し。後主 東宮に在り、陵をして[六五]『大品經』を講ぜしむ、[六六]義學の名僧、遠き自り雲集し、[六七]講筵商較する毎に、四座能く與に抗する莫し。目に[六八]青睛有り、時人以て聰惠の相と爲すなり。有陳創業せし自り、[六九]文檄の軍書及び禪授の詔策、皆な陵の製する所、而して[七〇]「九錫」尤も美し。[七一]一代の文宗爲るも、亦た此を以て物に矜らず、未だ嘗て作者を[七二]詆訶せず。其の後進の徒に於いては、[七三]接引して倦むこと無し。世祖・高宗の世、[七四]國家大手筆有れば、皆な陵之を草す。其の文頗る舊體を變じ、[七五]緝裁巧密、多く新意有り。一文手に出ずる毎に、好事の者已に傳寫して誦を成し、遂に之を華夷に被り、家ごとに其の本を藏す。後 喪亂に逢い、多くは散失し、[七六]存する者三十卷。四子、儉・份・儀・僔有り。

徐陵は才能度量が大きく、身ごなしも立派で、性格もまた清潔であっさりしていて、利殖をはかることがなく、俸給は一族のものと分け合った。太建年間（五六九〜五八二）、建昌に食邑を与えられ、そこから租税の米が送られ船着き場に届くと、徐陵は親戚で貧しい者があれば、自由に取らせたので、数日で米はなくなり、徐陵の家が結局不足になってしまった。彼の部下たちは不思議に思って理由を尋ねた。徐陵は「私には車牛衣服と売ることができるものがありますが、他の家は売るものがないでしょう」と答えた。彼の援助ぶりはこのようであった。若いころから仏教を熱心に信仰し、経や論については精細な解釈が多かった。後主が皇太子であったとき、徐陵に『大品経』を講義させた、教義に詳しく名高い僧侶たちが、遠くから雲の如く集まり、講義の座で議論をするたびに、その座のもので彼の論に対抗できるものはいなかった。瞳は黒々と輝いていて、人々は聡明のしるしと思った。陳朝の成立以来、檄文のような軍事的文書また禅譲のときの詔は、すべて徐陵が書いたのであるが、「九錫」はとりわけ素晴らしい。時代を代表する文学者であったが、しかしそのことで人に対して尊大になることなく、他の文学者をけなしたりすることは決してなかった。後進の者にたいしては、ていねいに応対して終始変わることがなかった。世祖・高宗の時代、国家が重大な文書を必要としたとき、すべて徐陵が起草した。その文章は旧体を変革し、整った技巧的なもので、多くの新しい工夫があった。文章が書かれる度に、愛好者たちはすぐに次々と書き写し暗誦し、ついには南北両朝に広まり、各家ごとに本があった。その後、戦乱によって、大部分が散佚してしまい、残っているのは三十巻だけである。四人の子、倹・份・儀・僔があった。

六一 器局　器量、才能。「何充器局方概にして、萬夫の望有り」（『晋書』巻七七何充伝）。

六二 容止可観　「周旋則る可し、容止観る可し」（『左伝』襄公三一年）を典拠とする。

六三 清簡　「（趙）咨官に在りて清簡、日を計りて奉を受け、豪黨其の倹節を畏る」（『後漢書』巻三九趙咨伝）のように、精神が高潔であること。

六四 無所營樹　營樹は利殖をはかること。

六五 大品經　姚秦の時の鳩摩羅什が訳した『大品般若経』（『摩訶般若波羅密経』）二十七巻の略称。なお、崇仏皇帝として有名な梁武帝も中大通三年（五三一）同泰寺に行幸し、十一月乙未から十二月辛丑まで、この経典の講義を行なっている（『梁書』巻三武帝紀下）。

六六 義學　仏教の経義について研究すること。

六七 商較　比べ合わせること。「（袁）豹善く雅俗を言い、毎に古今を商較し、兼ぬるに誦詠を以てし、聽く者疲れを忘る」（『宋書』巻五二袁湛伝附豹伝）。

六八 青睛　『南史』は「青精」に作る。黒々として明るい輝きをもった瞳のこと。

六九 文檄軍書及禪授詔策　文檄は檄文のこと。授禅は禅譲のこと、『南史』は「受禪」に作るが意味は同じ。

七〇 九錫　功績のあった家臣に与えられる九種の品のことで、このときに書かれる文章が九錫文である。これは王朝交代の前段階のセレモニーとしての意味をもっており、魏・晋以来、六朝の各王朝の革命の際、それぞれ時代を代表する文学者が作っている。徐陵の「九錫文」は梁から陳に王朝が禅譲される前程において陳覇先に与えられたものである。この文は『陳書』巻一武帝紀・『南史』巻九陳本紀上に全文が載っている。

七一 一代文宗　文壇の第一人者。沈約「宋書謝霊運伝論」李善注所引

『続晋陽秋』「許（詢）・（孫）綽並びに一時の文宗爲り、此れ自り作者悉く之に化す」（『文選』巻四二史論下）。

七二 詆訶作者　詆訶はそしりけなす。曹植「与楊徳祖書」「好んで文章を詆訶し、利病を掎摭（きせき）す」（『文選』巻四二書）。

七三 接引無倦　「符弘叛きて國に來歸す、謝太傅　毎に接引を加う」（『世説』軽詆29）とある。徐陵が後輩を引き立てたという例は、たとえば本書「陰鏗伝」を参照。また『陳書』には徐陵に誉められたという話が散見し、徐陵の文学者としての立場を示している。

七四 大手筆　「（王）珣（しゅん）人の大筆　椽の如きを以て之に與うるを夢む、既に覺めて人に語りて云う『此れ當に大手筆の事有るべし』と、俄にして帝崩じ、哀册謚議、皆な珣の草する所なり」（『晋書』巻六五王珣伝）という例がある。

七五 緝裁巧密　緝裁は用語の選択、巧密はこまやかなさま。陸機「演連珠」二五「臣聞く闇に託し形を藏す、巧密と爲さず」（『文選』巻五五連珠）。

七六 存者三十卷　『隋志』には「陳尚書左僕射徐陵集　三十卷」とある。しかし現在みることができるのは『古詩紀』巻一〇〇、『全陳文』巻六～一一、『全陳詩』巻五、そして緝本で『徐孝穆全集』六巻（清呉兆宜箋注）である。その他、『隋志』に徐陵の撰・著として記録されているものを挙げると、「玉臺新詠十巻」「陳郊廟歌辭三巻」。「文府五巻」（撰者未詳とするが、『旧唐志』は「文府七巻徐陵撰」、『新唐志』は「徐陵文府七巻」と著録する）。「名數八巻」（撰者未詳とするが、『新旧唐志』には「名數十巻　徐陵撰」とする）がある。このうち『玉臺新詠』は漢から梁までの艶詩を集めたもので、梁昭明太子の『文選』とともに後世の文学に大きな影響を与えた。「梁簡文帝太子爲りしとき、好んで艶詩を作り、境内之に化す、浸んで以て俗と成り、之を宮體と謂う。晩年改作せんとするも、之を追いて及ばず、乃ち徐陵をして玉臺集を撰せしめ、以て其の體を大いにす」（『大唐新語』巻三公直五）とあるが、より具体的には、中大通六年（五三四）、徐陵二十七歳のころに編纂されたと考えらる。鈴木虎雄『玉台新詠集』（岩波文庫　一九五六年初版）他、内田泉之助・石川忠久氏に日本語訳がある。また英訳でもNew Songs from Jade Terrace（Anne Birrel　一九八二年　ロンドン）がある。

〔参考文献〕

鈴木虎雄「徐庾の文章」（『支那学』一〇　一九四一年）
顧学頡「"律詩"作者第一人―徐陵（『学術季刊』二　一九四六年）
凡石「駢文大手筆的徐陵與庾信」（『上海文化』十一　一九四六年）
馮承基「徐孝穆行年紀略」（『幼獅学報』二　一九六〇年）
章江「徐陵宮体詩和『玉台新詠』」（『自由青年』四三　一九七一年）
吉川忠夫「徐陵」（『侯景の乱始末記』中央公論社　一九七四年）
尤光敏「徐陵年譜」（『香港中元大学中国文化研究所学報』一九　一九八八年）
曹道衡「徐陵」（『中国歴代著名文学家評伝　続編一』山東教育出版社　一九八九年）
劉躍進「徐陵年譜簡編」（『六朝作家年譜輯要』下　黒龍江教育出版社　一九九九年）

（道坂昭廣）

江総（五一九～五九四）

江総（こうそう）は、梁・陳から隋にかけての詩人。名門に生まれ、侯景（こうけい）の乱後十五年あまり南方に逃れていたほかは、梁、陳、隋のいずれの王朝でも高位を得て、混乱の時代に終わりをまっとうした。その詩は当時流行の艶麗（えんれい）さを身上として一世を風靡し、詩人として高く評価される一方、陳の後主（こうしゅ）の「狎客（こうきゃく）（とりまき）」で王朝を滅亡に導いた主要人物の一人でありながら、その自覚を感じさせない処世態度が後世しばしば批判の対象となってきた。

陳書巻二七　江總傳

江總[一]字總持[二]、濟陽考城人也[三]。晉散騎常侍統[四]之十世孫[五]。五世祖湛[六]、宋左光祿大夫・開府儀同三司・忠簡公。祖蒨[七]、梁光祿大夫、有名當代。父紑[八]、本州迎主簿[九]、少居父憂、以毀卒、在梁書孝行傳。

總七歲而孤[一〇]、依于外氏。幼聰敏、有至性。舅吳平光侯蕭勱[一一]、名重當時、特所鍾愛、嘗謂總曰「爾操行殊異、神采英拔、後之知名、當出吾右」。及長、篤學有辭采、家傳賜書數千卷[一二]、總晝夜尋讀、未嘗輟手。年十八[一三]、解褐宣惠武陵王府法曹參軍[一四]。中權將軍・丹陽尹何敬容開府[一五]、置佐史、並以貴胄充之、仍除敬容府主簿。遷尚書殿中郎。梁武帝撰正言[一六]始畢、製述懷詩[一七]、總預同此作、帝覽總詩、深降嗟賞[一八]。仍轉侍郎。尚書僕射范陽張纘[一九]・

度支尚書琅邪王筠[二〇]・都官尚書南陽劉之遴[二一]、並高才碩學、總時年少有名、纘等雅相推重、爲忘年友會。之遴[二二]嘗酬總詩、其略曰…（略）。其爲通人所欽挹如此。遷太子洗馬[二三]、又出爲臨安令、還爲中軍[二四]宣城王府限內錄事參軍、轉太子中舍人。

及[二五]魏國通好、敕以總及徐陵[二六]攝官報聘、總以疾不行、侯景[二七]寇京都、詔以總權兼[二八]太常卿、守小廟[二九]。臺城陷[三〇]、總避難崎嶇累年、至會稽郡[三一]、憩於龍華寺[三二]、乃製修心賦[三三]、略序時事。其辭曰…（略）。

總第九舅蕭勃[三四]先據廣州、總又自會稽往依焉。梁元帝平侯景[三五]、徵總爲明威將軍・始興內史、以郡秩[三六]米八百斛給總行裝。會江陵陷[三七]、遂不行、總自此流寓嶺南積歲[三八]。天嘉四年[三九]、以中書侍郎徵還朝、直侍中省。累遷司徒右長史、掌東宮管記、給事黃門侍郎、領南徐州大中正。授太子中庶子・通直散騎常侍、東宮・中正如故。遷左民尚書、轉太子詹事[四〇]、中正如故。以與太子[四一]爲長夜之飲[四二]、養良娣陳[四三]氏爲女、太子微行總[四四]舍、上怒免之。尋爲侍中、領左驍騎將軍。復爲左民尚書、領左軍將軍、未拜、又以公事免。尋起爲散騎常侍・明烈將軍・司徒左長史、遷太常卿。

後主卽位[四五]、除祠部尚書、又領左驍騎將軍、參掌選事。轉散騎常侍・吏部尚書[四六]。尋遷尚書僕射[四七]、參掌如故。至德四年、加宣惠將軍、量置左史。尋授尚書令[四八]、給鼓吹一部、加扶、餘並如故。策曰[四九]…（略）。禎明二年、進號中權將軍。京城陷[五〇]、入隋[五一]、爲上開府[五二]。開皇十四年、卒於江都、時年七十六。

總嘗自敍[五三]、其略曰…（略）。

總之自敍、時人謂之實錄[五四]。

總篤行義、寬和溫裕、好學、能屬文、於五言七言尤善[五五]。然傷於浮艷、故爲後主所愛幸[五六]。多有側篇、好事者[五七]相傳諷翫、于今不絕。後主之世、總當權宰、不持政務、但日與後主遊宴後庭[五八]、共陳暄[五九]・孔範[六〇]・王瑳[六一]等十餘人、當時謂之狎客[六二]。由是國政日頽、綱紀不立、有言之者、輒以罪斥之、君臣昏亂、以至于滅。有文集三十卷[六三]、並行於世焉[六四]。

[一]江總 字は[二]總持、[三]濟陽考城の人なり。晉の散騎常侍[四]統の十世の孫[五]。五世の祖[六]湛は、宋の左光祿大夫・開府儀同三司・忠簡公なり。祖[七]蒨は、梁の光祿大夫にして、當代に名有り。父紑、本州[九]主簿に迎えるも、少くして父の憂に居り、毀を以て卒す。梁書孝行傳に在り。

總[一〇] 七歳にして孤、外氏に依る。幼くして聰敏にして、至性有り。舅の[一一]吳平光侯蕭勱、名は當時に重く、特に鍾愛する所にして、嘗て總に謂いて曰く「爾 操行殊異にして、神采英抜、後の名を知らるること、當に吾の右に出づべし」と。長ずるに及び、篤學にして辭采有り、[一二]家傳の賜書數千卷、總 晝夜尋讀し、未だ嘗て手を輟めず。年十八にして、褐を[一四]宣惠武陵王府 法曹參軍に解く。中權將軍・丹陽尹[一五]何敬容 府を開き、左史を置くに、並びに貴冑を以て之に充て、仍りて敬容の府の主簿に除せらる。尚書殿中郎に遷る。[一六]梁の武帝『正言』を撰して始めて畢り、[一七]「述懷詩」を製るに、總 此の作に預同す。帝 總の詩を覽、[一八]深く嗟賞を降す。仍りて侍郎に轉ず。尚書僕射[一九]范陽の張纘・度支尚書[二〇]琅邪の王筠・都官尚書[二一]南陽の劉之遴、並びに高才にして碩學、總 時に年少にして名有り、纘等 雅より相い推重し、忘年の友會を爲す。[二二]之遴 嘗て總の詩に酬ゆ。其の略に曰く…（略）。其の通人の欽挹する所と爲ること此くの如し。[二三]太子洗馬に遷り、又た出でて臨安令と爲り、還りて[二四]中軍宣城王府の限內錄事參軍と爲り、太子中舍人に轉ず。

[二五]魏國 通好するに及び、敕して總及び[二六]徐陵を以て攝官して報聘せしむるに、總は疾を以て行かず。[二七]侯景 京都に寇するに、詔して總を以て權りに[二八]太常卿を兼ね、[二九]小廟を守らしむ。[三〇]臺城 陷ち、總 難を避けて崎嶇すること累年、

會稽郡に至り、龍華寺に憩う。乃ち「修心の賦」を製り、時事を略序す。其の辭に曰く…（略）。

總の第九男蕭勃は先に廣州に據り、總 又た會稽より往きて焉に依る。梁の元帝 侯景を平らげ、總を徵して明威將軍・始興内史と爲し、郡の秩米八百斛を以て總に行裝を給す。會たま江陵 陷ち、遂に行かず、總 此より嶺南に流寓すること積歳なり。天嘉四年、中書侍郎を以て徵せられて朝に還り、侍中省に直す。司徒右長史、掌東宮管記、給事黄門侍郎に累遷し、南徐州大中正を領す。太子中庶子・通直散騎常侍を授けられ、東宮・中正は故の如し。左民尚書に遷り、太子詹事に轉じ、中正は故の如し。太子と長夜の飲を爲し、良娣 陳氏を養いて女と爲し、太子 總の舍に微行するを以て、上 怒りて之を免ず。尋いで侍中と爲り、左驍騎將軍を領す。復た左民尚書となり、左軍將軍を領するも、未だ拜せざるに、又た公事を以て免ぜらる。尋いで起ちて散騎常侍・明烈將軍・司徒左長史と爲り、太常卿に遷る。

後主 即位し、祠部尚書に除せられ、又た左驍騎將軍を領し、選事を參掌す。散騎常侍・吏部尚書に轉ず。尋いで尚書僕射に遷り、參掌は故の如し。至德四年、宣惠將軍を加えられ、左史を量置す。尋いで尚書令を授けられ、鼓吹一部を給わり、扶を加えられ、餘は並びに故の如し。策に曰く…（略）。禎明二年、號を中權將軍に進む。京城 陷ち、隋に入り、上開府と爲る。開皇十四年、江都に卒す、時に年七十六。

總 嘗て自ら敍す、其の略に曰く…（略）。

總の自ら敍するに、時人これを實錄と謂う。

總は行義に篤く、寛和にして溫裕、學を好み、能く文を屬し、五言七言に於いて尤も善し。然るに浮艷に傷れ、故に後主の愛幸する所と爲る。多く側篇有り、好事の者相い傳えて諷翫し、今に絶えず。後主の世、總 權宰に當たるも、政務を持せず、但だ日に後主と後庭に遊宴し、陳暄・孔範・王瑳等十餘人と共に、當時 之を狎客と謂う。是に由りて國政 日に頽れ、綱紀立たず、之を言う者有れば、輒ち罪を以て之を斥け、君臣昏亂し、以て滅ぶに至る。文集三

十巻有り、並びに世に行わる。[六四]

江総は字を総持といい、済陽考城（河南省）の人である。晋の散騎常侍、江統から数えて十代目の子孫で、五代前の祖、江湛は宋の左光禄大夫・開府儀同三司・忠簡公である。祖父の倩は梁の光禄大夫で当時名の知られた人であった。父の紑は地元の（南兗）州（江蘇省）で主簿に迎えられたが、若くして父の死に遭い、その悲しみがもとで亡くなった。これは『梁書』孝行伝にみえる。

江総は七歳で父を亡くし、母方の実家に身を寄せた。幼いころから聡明で気だてもよかった。母方のおじ呉平光侯蕭勱は当時名声赫々たる人物で、ことに江総をかわいがり、江総にあるときこう言った。「おまえは品行も抜群なら、風采も立派だから、のちにはきっとわしより名を知られることになろう」。大きくなると、勉強熱心で文才に富み、家に代々伝わっていた賜りものの書数千巻を、昼夜をおかずむさぼり読んで倦まなかった。十八歳で宣恵将軍武陵王府の法曹参軍として初めて出仕、中権将軍・丹陽尹の何敬容が府を開き左史を置くにあたって、名家の子弟をこれに充てることにしたので、江総はその主簿に採用された。（それから）尚書殿中郎に遷った。梁の武帝が『孔子正言』完成にあたり「述懐詩」を作ったとき、江総も同題の競作に加わった。武帝は江総の詩を読んでいたく感嘆した。そこで侍郎に転じた。尚書僕射の范陽の張纘・度支尚書の琅邪の王筠・都官尚書の南陽の劉之遴はいずれも才たけて学識豊かな人々であったが、当時若くしてすでに名を知られていた江総を高く評価し、年齢の差を越えて友人としてつきあった。劉之遴はかつて江総の詩に返しを贈った。その大略にいう…（略）。江総は時の碩学たちから、このように敬意をもって遇されたのである。（ついで）太子洗馬に遷り、それから地方に出て臨安（浙江省）令となり、また中央にもどって中軍将軍・宣城王府の限内録事参軍となり、太子中舎人に転じた。

東魏と外交関係ができると、勅命によって、江総と徐陵が臨時で外交使節の官について答礼訪問をすることになった。しかし、江総は病を理由に行かなかった。侯景が都（建康）に攻めてくると、詔によって江総は臨時に太常卿を兼務することになり、小廟を守った。台城が陥落すると、江総は戦乱を避けて年をかさねて苦労をして、会稽郡（浙江省）にたどりつき、龍華寺に身を寄せた。そこで「修心の賦」を作って時の状況をあらまし述べたのである。賦にいう…（略）。

江総の母方の九番目のおじ蕭勃はこれより先広州をおさえていたので、江総は会稽からさらにそこへ向かい身を寄せた。梁の元帝が侯景の乱を平定すると、江総を明威将軍・始興（広東省）内史として招き、（始興）郡の扶持米八百斛を（都、江陵に上る）費用として江総に与えた。しかし、ちょうどその時江陵が（西魏によって）陥落したので、結局行かなかった。こののち江総は何年ものあいだ嶺南の地にとどまらざるを得なくなったのである。（陳の文帝の）天嘉四年（五六三）、中書侍郎として朝廷に呼び返され、侍中省詰めとなった。（それから）出世を重ねて司徒右長史となり、東宮の管記をつかさどり、給事黄門侍郎、南徐州大中正兼務となった。（ついで）太子中庶子・通直散騎常侍を授かり、東宮と中正の職はそのままにおかれた。（そして）左民尚書に遷り、太子詹事に転じて、中正の職はそのままであった。（ところが）太子（陳叔宝）と夜通しの宴会をしたり、江総が太子の宮女陳氏を養女にし、太子がお忍びで江総邸に遊びに来たりしたために、宣帝の怒りを買って免職となった。まもなく侍中になり、左驍騎将軍を兼任した。それから左民尚書となり、左軍将軍を兼任することになったが、拝命を終えないうちに公事によって免職となった。まもなく散騎常侍・明烈将軍・司徒左長史に起用され、（それから）太常卿に遷った。

後主が即位すると、祠部尚書に任じられ、さらに左驍騎将軍を兼任し、人材登用にもあずかることになった。（ついで）散騎常侍・吏部尚書に転じた。まもなく尚書僕射に遷ったが、人事職はそのままにおかれた。至徳四年（五八六）、宣恵将軍の号を加えられ、左史を置くことを許された。それからすぐ尚書令の位を授けられて、鼓吹一部を与えられ、扶持も増やされて、（人事や将軍など）ほかの職はそのままにおかれた。（その時の）策にいう…（略）。禎明二年（五八八）将軍号が上がって中権将軍となった。陳の都建康が陥落すると、隋の朝廷に入り上開府となった。（隋の文帝の）開皇十四年（五九四）、江都（江蘇省）で亡くなった。享年七十六歳であった。

江総はかつて自らの平生を文章に述べたことがあった。その一部を引くと…（略）。

江総の自叙を、当時の人々は真実の記録だといった。

江総は節義を守り、温和で寛容な人がらであった。学問を好み、詩文に長じ、なかでも五言詩と七言詩をとくに得意とした。しかし、（詩は）浮薄艶麗にすぎるうらみがあり、またそれゆえ後主にいたく気に入られもしたのである。艶詩を多く作り、そういう風潮になびくものたちの間で朗誦玩味されて、今にいたっている。後主の世、江総は権力の中枢にありながら、政務をこととせず、ただ日々後宮で後主と遊びふけり、陳暄・孔範・王瑳ら十数人とともに、当時の人々から「狎客（とりまき）」と呼ばれた。このために国政は日に日に傾き、国家の秩序も崩れたのである。意見する者があると、罪を着せてこれを退け、君臣ともに昏迷して、ついに国が滅んだ。文集三十巻があり、世に伝えられている。

一 江総　江総の名は、『陳書』百衲本、和刻本ともに「江揔」に作る。江総の伝は『南史』巻三六にもあるが、『陳書』より簡略で、「自叙」の扱いを除いては内容的に『陳書』と大きな違いはない。

二 總持　仏語。陀羅尼（dhārani）の漢訳である。教えの精髄を含むとされることば、霊力をもつ呪文をいう。

三 濟陽考城　済陽考城の江氏は、『元和姓纂』巻一に「著姓」といわれ、以下に挙げられる江総一族を見てもわかるとおり、名族の一つであった。ただ、梁の詩人江淹（本書「江淹伝」参照）は同じ済陽考城の江氏でも江総とは別系統である。

四 統　江統（?～三一〇）は、字は応元。東宮職（太子洗馬）をつとめ、また斉王冏、成都王穎、東海王越らに招かれ、中央にもどると黄門侍郎、散騎常侍となり、国子博士を兼任した。晋と西方民族との住み分けを主張した「徙戎論」が永嘉の乱を予言したものとして知られ、自からも永嘉の乱の避難途中で亡くなった。『晋書』によれば、江統の父は南安太守となった江祚、祖父は譙郡太守となった江蕤で、江総の一族はここまでさかのぼりうる。江統の息子に東晋の尚書僕射、護軍将軍江虨、および惇がいる。江虨は『晋書』巻五六に伝があるほか、『世説』にも八条にわたって名が見える。『晋書』巻五六。

五 十世孫　江総からいえば江統は「九世の祖」であるが、江総は江統から数えはじめると十代目にあたる。

江蕤―江祚―①江統―②江虨―③江敳―④江夷―⑤江湛―⑥江恁―⑦江斅―⑧江蒨―⑨江紑―江総

六 湛　江湛（四〇八～四五三）、字は徽淵。江虨の息子が東晋の驃騎諮議参軍江敳、その息子が宋の尚書右僕射、州陵侯江夷（『宋書』巻五三に伝がある）で、江湛はその息子である。彭城王劉義康のもとで司徒主簿や太子中舍人などをつとめ、のち中央に転じて侍中、吏部尚書となった。親孝行で清廉、時の権力者檀道済の娘との結婚話を断った逸話が知られる。劉劭のクーデターの際、五人の息子ともども殺され、劉劭の死後左光禄大夫、開府儀同三司の位が追贈されて忠簡公と諡された。『宋書』巻七一。

七 蒨　江蒨（四七五～五二七）、字は彦標。江湛の長男が宋の著作郎、駙馬都尉江恁、その子が斉の太常卿江斅（『斉書』巻四三に伝がある）で、江蒨はその息子である。斉で太子洗馬などを歴任、初め梁の軍隊に抵抗してとらわれたが許され、黄門侍郎、兗州大中正、右将軍などを経て、光禄大夫にのぼった。親孝行で、職にあっては清廉、時の権力者徐勉からの娘婿にとの求めを退けた逸話が知られる。朝廷の儀式にも詳しく、『江左遺典』（未完）を著した。『梁書』巻二一。

八 紑　江紑（?～五二七）、字は含潔。十三の時、眼病を患う父江蒨につきっきりで世話をしていたところ、夢のお告げで霊水を得て病が癒えたとの逸話が残る。南康王蕭績の主簿に迎えられたが、父の死に遭い、一ヶ月後あとを追うようにして死んだ。老荘と仏教に親しんだ静かな人であったという。江湛、江蒨、江紑がいずれも孝行で名高かったと記録されているのは興味深い。『梁書』巻四七孝行伝。

九 本州　済陽の江氏一族の故地考城は南兗州に属し、現在の河南省にあったが、このとき南朝では現安徽省の地に僑置されていた。

一〇 七歳而孤　江総の父江紑は伝によれば、父江蒨が死ぬと「墓に廬し、終日號慟して聲絶えず、月餘にして卒」したという。江蒨の死は伝に大通元年（五二七）と明記されており、江紑が同年に卒したとすると、これは江総が数え九歳のときのことのはずである。

一一 呉平光侯蕭勱　梁の武帝のいとこ蕭景の子、字は文約。太子洗馬、豫章内史、広州刺史などを歴任、太子左衛率に着任すべく中央へ帰還の途上亡くなり、死後侍中の位を追贈された。孝行と清廉をもって聞こえ、豫章から転出の際にはこれを惜しんで人々が泣いたという。裴子野と張纘を、数少ない心を許した友人とした。呉平侯は父よりついだ爵位で、光は諡である。江総は蕭勱の甥であるから、当然梁の王族の血を受けていることになる。『南史』巻五一梁宗室伝上。

一二 家傳賜書　賜書は皇帝より賜った書。江総の家に伝わっていたものか。あるいは『南史』巻五一蕭勱伝に、蕭勱は三万巻にのぼる書を蔵しこれを読んで倦まなかったというから、これをいうか。

一三 年十八　江総が数え十八歳になったのは大同二年（五三六）であるが、『梁書』巻二武帝紀中によればこの年に張纘が吏部尚書になっており、このことは江総の初出仕と関係があるかもしれない。

一四 宣恵武陵王　梁の武帝の第八子で、武帝の死後蜀で自立して元帝軍によって殺された蕭紀（五〇八～五五三）、字は世詢である。会稽太守、東揚州刺史などを経て、宣恵将軍・江州刺史に任じられ、のち散騎常侍、征西大将軍、開府儀同三司を授けられた。『梁書』巻五五。

一五 何敬容　何敬容（?～五四九）は、字は国礼、廬江の人。晋の何充の末裔に当たる名家に生まれた。身の丈八尺の美丈夫であったという。斉の武帝の娘を娶って駙馬都尉となり、散騎常侍、侍中、吏部尚書、尚書令などの高位の官を歴任した。仏教を篤く信仰したことでも知られる。何敬容が中権将軍、丹陽尹となったのは、『梁書』巻三武帝紀下によれば、大同三年（五三七）二月のことである。置左史には、その四年前の中大通五年（五三三）にすでになっている。『梁書』巻三七。

一六 梁武帝撰正言　『正言』とは『孔子正言』のこと。『隋志』経部・論語に『孔子正言』二十巻、梁武帝撰とあり、『梁書』巻三武帝紀下にも、武帝の著作の一つとして名が挙がっている。

一七 述懐詩　『藝文類聚』巻五五雑文部・経典に武帝の「孔子正言を撰し竟わりて述懐する詩」一首が残る。

一八 深降嗟賞　『南史』江総伝は「深見嗟賞」に作る。

一九 張纉　張纉（四九九～五四九）は字は伯緒、范陽方城の人で梁の武帝の娘婿である。万巻の書を読破した好学の徒として知られ、裴子野と忘年の交わりを結んだ。吏部尚書、湘州刺史などを歴任してその手腕は高く評価されたが、蕭詧と蕭繹の争いに巻き込まれ、蕭詧軍にとらわれ最後には殺された。のち元帝蕭繹によって、侍中、中衛将軍、開府儀同三司が追贈された。江総のおじ蕭勱の友人でもある。『梁書』巻三武帝紀下によれば、張纉が尚書僕射になったのは大同五年（五三九）のことである。『梁書』巻三四張緬伝附。

二〇 王筠　王筠（四八一～五四九）は字は元霊、また徳柔ともいう。琅邪臨沂の人。幼少より学問と詩文に優れ、劉孝綽とともに昭明太子から高く評価された。太子洗馬、光禄大夫などを歴任、簡文帝のもとで太子詹事となったが、寓居していた蕭子雲宅で強盗に遭い、井戸に落ちて死んだ。度支尚書になったのは、本伝によれば大同六年（五四〇）のことである。『梁書』巻三三。

二一 劉之遴　劉之遴（四七七～五四八）は字は思貞、南陽涅陽の人。博学の古典学者として知られる。通直散騎常侍、都官尚書、太常卿などを歴任、侯景の乱が起こって故郷に避難の途中、夏口で殺された。『南史』巻五〇劉之遴伝には劉之遴の才能を妬んだ湘東王蕭繹が殺したという。仏教を信仰し、『広弘明集』にも僧に宛てた書数篇が残る。都官尚書になった年代は不明。『梁書』巻四〇。

　のちに艶詩によって知られるようになる江総が、若年時代に儒教の正統的文学観を標榜する裴子野グループの劉之遴、張纉らと親しかったことは興味深い。

二二 之遴嘗酬総詩　心を許した友人として、夜を徹して語り合いまた休日もともに遊んだことをうたう。五言十二句が引かれている。

二三 太子洗馬　次に出てくる太子中舎人とともに、これらは梁の武帝の時、しかも昭明太子の死後の官であるから、太子とは簡文帝蕭綱をいう。

二四 中軍宣城王　梁の簡文帝の嫡長子である哀太子、蕭大器（五二三～五五一）をいう。字は仁宗。中大通四年（五三二）宣城王に封じられ、大同四年（五三八）に中軍大将軍となった。侯景の軍によって殺されたが、落ち着いた最期であったという。『梁書』巻八。

二五 魏國通好　『梁書』巻三武帝紀下によると、大同二年（五三六）、東魏が通和を請うて詔でこれを許し、翌年から毎年のように東魏から梁に使いが来ている。

二六 徐陵　徐陵がこのとき東魏へ赴き、侯景の乱によって帰国不可能となったことはあまりにも有名である。本書「徐陵伝」を参照。

二七 侯景寇京都　太清二年（五四八）八月のことである。

二八 太常卿　『梁書』巻四〇劉之遴伝に記される劉之遴の侯景の乱前の最後の官は太常卿で、劉之遴が乱が起こるとともに難を避けて故郷に戻ったというから、江総がこのとき太常卿になったのはあるいは劉之遴の代理かもしれない。

二九 小廟　梁の太祖太夫人、すなわち武帝の実母の廟。『梁書』巻二武帝紀中、天監元年（五〇二）十一月に小廟を立てたことが見え、『隋書』礼儀志には、正夫人でなかったので別に廟が作られたが、武帝は太廟（太祖と正夫人の廟）と同様、丁重に祭ったことが記されている。江総に「摂官梁小廟」の詩がある。

三〇 臺城陥　太清三年（五四九）三月、梁の宮城である台城が侯景の手におちた。

三一 會稽郡　江総の一族と会稽の関係は、現在知りうる限りでは、江総十世の祖江祚が山陰令となったことに始まる。「修心の賦」の序によれば、その後江総八世の祖、江彪が東晋の永和年間（三四五〜三五六）会稽内史となって、山陰都陽里に居をかまえている。

三二 龍華寺　「修心の賦」の序によれば、江総六世の祖江夷が元嘉二十四年（四四七）に江彪の旧居跡に造営したものという。

三三 修心賦　制作事情を述べる序と本文から成る。序によると、江総は太清四年（五五〇）七月龍華寺に至り、時世に感ずるところあってこの賦を作ったという。本文は会稽の地と龍華寺をほめ、侯景の乱がもたらした世俗の悲しみやわずらいが龍華寺で仏教に親しむことによっていやされることをいう。

三四 蕭勃　蕭勃（?〜五五七）は、前出の蕭勱の弟で、梁の武帝のいとこ蕭景の子である。曲江郷侯に封じられ、定州刺史となったが、侯景の乱のとき広州刺史に任じられてからは、半ば自立するかたちで長く広州をおさえていた。敬帝蕭方智のとき司徒から太尉、太保となったが、陳覇先即位の直前に広州で挙兵して失敗、殺された。『南史』巻五一梁宗室伝上。

三五 梁元帝平侯景　大宝三年（太清六年・五五二）三月、侯景は王僧辯らに敗れ、殺された。詳細は本書「梁元帝伝」を参照。

三六 郡秩米八百…　この条は拝命前に扶持をいただいたということを意味すると思われるが、何を示そうとして正史に記録されたのか不明。

三七 江陵陥　承聖三年（五五四）十一月、西魏軍によって江陵が陥落、元帝は翌十二月に殺された。詳細は本書「梁元帝伝」を参照。

三八 嶺南　越城、都龐、萌渚、騎田、大庾の五嶺の南、すなわち現在の広東省と広西チワン族自治区に当たる地域をいう。嶺南時代の江総についての詳細は知り得ないが、江総はのちに「尚書令を譲る表」で会稽、嶺南時代のことを、陶淵明「桃花源記」に類似の「秦漢（世の中の移りかわり）を知らざること十有七年」という表現を用いてあらわしている。

嶺南とのかかわりで重要なのは、江総と欧陽氏との関係であろう。江総の友人に、江総のおじ蕭勃の盟友であった欧陽頠の子、欧陽紇がいた。この欧陽紇は陳の宣帝の太建元年（五六九）に広州で反乱を起こして失敗、翌二年に都で処刑され、一族も皆殺しにされた。このとき唯一難を免れたのが欧陽紇の遺児、のちに書家として名をなす欧陽詢で、江総はこれをかくまって教育を与えたことが、『旧唐書』巻一八九上・儒学伝上、また『新唐書』巻一九八儒学伝上の欧陽詢伝に見えている。なお、唐代の伝奇小説に欧陽詢の出生譚があり、「補江総白猿伝」の名がつけられている。

三九 天嘉四年　この年の九月、このときには陳で開府儀同三司、広州刺史となっていた欧陽頠が亡くなっている。

四〇 太子詹事　江総が太子詹事になったのは、時の太子、陳叔宝の強い希望によるものであったが、硬骨漢孔奐がこれにあくまで反対したことが、『陳書』巻二一孔奐伝に見えている。孔奐が反対したのは、江総が潘岳（本書「潘岳伝」参照）・陸機（本書「陸機伝」参照）の「華」のある「文華」の人で、後主のもともとの嗜好を抑制できず、むしろ過度に助長してしまうのではないかとの危惧からであった。

四一 太子　のちの陳の後主、陳叔宝。詳しくは、本書「陳後主伝」を参照。太子は江総より三十四歳年少である。

四二 長夜之飲　普通、夜を徹しての宴と解されるが、陸游『老学庵筆記』巻四にみられるように昼夜を分かたず続けられる宴との解釈もある。『韓非子』説林上に「紂 長夜の飲を爲す」と見え、もと殷の紂王の宴をさした。『陳書』巻二七姚察伝には、後主東宮時代の側近として、姚察・江総・顧野王・陸瓊・陸瑜・褚玠・傅縡ら学究の名が挙がり、「皆な才學の美なるを以て、晨夕に娯侍す」と述べられている。これらのうち、のちに後主の狎客に数えられるようになるのは江総だけである。

四三 養良娣陳氏…　良娣は太子に仕える宮女をいう。陳氏は太子陳叔宝と同姓であるため、そのまま東宮にいては太子が手をつけにくいので、江総の養女として宮外に出したのであろう。

四四 總舍　江総の邸宅については、『六朝事迹編類』巻下に『建康実録』巻二〇や楊備の詩注を引いて、貴族の邸の並ぶ青渓沿いの地でもとりわけよい場所にあったことが記され、劉禹錫の「金陵五題」第五首にも「江令宅」と題して「南朝の詞臣 北朝の客、歸り來たりて唯だ見る 秦淮の碧なるを、池臺 竹樹三畝餘り、今に至るも人は道う 江家の宅なりと」と詠まれている。

四五 後主卽位　至徳元年（五八三）のことである。

四六 吏部尚書　江総の「吏部尚書を譲る表」が現存する。

四七 尚書僕射　『陳書』巻二九蔡徴伝に、左民尚書となった蔡徴が、僕射の江総とともに各種儀礼の諸規定を定める責任者となったことが記されている。

四八 尚書令　江総の「尚書令を譲る表」が現存する。

四九 策曰　尚書令の尊さと、それに任じられた江総の有能さを美文によってほめたたえたものである。

五〇 京城陷　禎明三年（五八九）のことである。このときのことについては、本書「陳後主伝」に詳しい。陳を攻めるとき煬帝が江総に宛てた「陳の尚書江総に遺る檄」が、今に伝えられている。江総はといえば、佞臣施文慶の賄賂に動かされ、長江対岸に迫った隋軍に抗すべく軍隊を派遣しようとする動きを抑えるために、朝廷内で運動したことが、『南史』巻七七恩倖伝のうち施文慶の伝に記されている。

五一 入隋　このときのことについても、本書「陳後主伝」に詳しい。

五二 上開府　上開府儀同三司のこと。隋の文帝期に見られる散実官の一つで開府儀同三司（正四品）の上（従三品）に位置する。宮崎市定『九品官人法の研究』第二編 第五章 北朝の官制と選挙制度 一五 隋代の新制度を参照。

五三 自敍

〔大意〕　わたしはもともと名利には関心がなく、かたじけなくしている高位もことさらに求めたものではない。陳の宣帝の御代には小人が権力を握り退けられる憂き目にあったが、後主は太子のころから目をかけてくださり、即位の後尚書令の位をいただいた。しかし、非才の身ゆえ何ごとをもなし得なかった。若いときから仏教に帰依し、二十余歳で鍾山の霊陽寺則法師によって菩薩戒を受けた。老いて陳に官を得てから、摂山の布上人と交遊して仏理の理解と実践をますます深めたが、ただなお世俗の煩いを離れることができず、そればかりが情けなく恥ずかしい。

江総が実際に仏教に深く親しんでいたことは、『広弘明集』などに残された詩文などからもわかる。霊曜寺の則法師は、三論の学匠として知られる大禅衆寺の慧勇の師に当たる。摂山の布上人、すなわち栖霞寺の慧布は『続高僧伝』巻七に伝がある。三論の宗匠で、侯景の乱の際飢えの極致にあっても肉臭のするものを口にしなかったなど戒律を厳しく守った人で、「陳主、諸王、並びに其の戒を受け、之を奉ずること佛の如し」といわれた文字通りの高僧であった。

江総と仏教との関わりについては、鎌田茂雄『中国仏教史』第三巻、第三章 南朝の仏教（二） 第五節 士大夫の奉仏（東京大学出版会、一九八四）を参照。

五四 時人謂之實錄　江総の自叙について、『南史』江総伝は宣帝の御代に小人らによって退けられたという五句だけを引用し、そのあと「識者其の言跡の乖を譏る」と『陳書』とは正反対の評をしている。これは、『陳書』と『南史』の著者の立場による相違であろう。『南史』は初唐、隴西の李延寿の手になるのに対し、『陳書』は姚思廉の撰である。姚思廉は、父姚察の仕事をひきついで『梁書』と『陳書』を完成させたが、その姚察こそは江総のよき友人であった。『陳書』巻二七姚察伝には、江総が詩文を公にするときには必ず前もって姚察に見せたこと、また姚察が吏部尚書となるにあたっては江総以下の強い推薦があったことが記されている。姚察（五三三〜六〇六）は、字は伯審、呉興武康の人。名門に生まれ、梁から陳、隋で高位を得た経歴や仏教への深い傾倒など、江総との共通点も多い。ただし、史書の編纂に携わったり、肉食を完全に絶っていたことなどから、江総にくらべかなり質実な人であったらしいことがうかがわれる。

後世の評価では、『南史』の側について江総を批判するものが優勢である。たとえば、張溥『百三家集』江令君集題辞、王鳴盛『十七史商榷』巻六一「江総自序」の条や銭鍾書『管錐篇』第四冊 二七〇 全隋文巻一〇などがその例である。

五五 五言七言尤善、善傷於浮艶　『南史』江総伝では「尤も五言七言に工みなれども、浮靡に溺る」に作る。江総の詩については、一般にはここにいうように「艶」「浮」あるいは「麗」「靡」「淫」などの語で評されることが多い。ただ、『文鏡秘府論』南巻に引用される皎然『詩議』では「則ち理にして淸」とされる。

五六 多有側篇　『南史』では「多爲艶詩」に作る。「側篇」とは正統ならざる詩という意味で、すなわち艶詩をいう。

五七 好事者相傳諷翫、于今不絕　『太平広記』巻一八「柳帰舜」の条に、隋の開皇二十年、巴陵の山中の異世界に迷いこみ、そこに住む鸚鵡から最近の詩の名手はと尋ねられた柳が、「江総と薛道衡」と答えてその詩を数篇口ずさんだところ、鸚鵡が「最近はどれも『靡麗』なのですね」と評した話が見える。

五八 日與後主遊宴後庭　このさまについては、本書「陳後主伝」に詳しい。『北史』巻三六薛道衡伝には、隋の開皇四年、すなわち陳の至徳二年に陳に遣いして陳の国情を知った薛道衡が、帰国後「尚書令江總は唯だ詩酒を事とし、本と經略の才に非」ざることを理由の一つに、陳攻略必勝を説いたことが見える。

五九 陳暄　陳暄は義興国山の人。梁の名将陳慶之の子。酒好きの無礼者で長く官を得られなかったが、後主の太子時代に学士として招かれ、即位後、通直散騎常侍となった。お調子者で非礼が過ぎ、最後は後主にいたぶられこれがもとで死んだ。江総に「司農陳暄墓誌銘」がある。『南史』巻六一陳慶之伝附。

六〇 孔範　孔範は字は法言、会稽山陰の人。詩文に秀で、容姿も美しく、また後主の寵愛第一の孔貴人と義兄妹の契りを結んでいたため、後主に特に愛された。陳滅亡後、隋の文帝によって流罪に処せられた。『南史』巻七七恩倖伝。

六一 王瑳　『陳書』諸本は「王瑗」に作るが、中華書局本が『南史』江総伝と『通鑑』陳長城公至徳二年によって「王瑳」に改めるのに従う。『南史』巻七七恩倖伝の末尾に言及され、それによると、琅邪の人で、陳滅亡当時散騎常侍であった。冷酷貪欲で嫉妬深かったという。陳滅亡後、隋の文帝によって流罪に処せられた。

六二 狎客　『隋書』巻二二五行志上に陳の後主が江総、孔範らを宴に侍らせて、「復た尊卑の序無く、號して狎客と爲」したといい、後主をとりまく臣下のうち、特にその宴に常に侍してくだけた交友に及んだものを指す。『南史』巻六一陳暄伝には、狎客として、このほか義陽王叔達・袁瓘・陳褒・沈瓘・王儀の名が見えるが、江総は挙げられていない。狎客のうち、孔範・王瑳・王儀・沈瓘の四人は、長安に移ってから隋の文帝によって「四罪人」として流刑に処せられた。

六三 文集三十巻　『隋志』に『開府江総集』三十巻および『江総後集』二巻が著録されている。現存する江総の作品は、詩については『全陳詩』巻七〜八、また『古詩紀』巻一〇四〜一〇五、『百三家集』の江令君集一巻に、文については『全隋文』巻一〇〜一一にまとめられている。

六四 伝にはこのあと江総の長子江溢と第七子江漼についての記述がある。江溢は、著作佐郎、太子舎人、太子洗馬、中書黄門侍郎、太子中庶子などを歴任、隋に入って秦王文学となった。詩文に秀でたが、驕慢な人であったという。江漼は、駙馬都尉、すなわち陳の皇帝の娘婿で、秘書郎となり、隋に入って給事郎、直秘書省学士をつとめた。『隋志』経部に、秘書学士江漼撰として『爾雅音』八巻が見える。

（松 家 裕 子）

〔参考文献〕

森野繁夫『六朝詩の研究』（第一学習社　一九七六年）、うち第二章　斉・梁の文学集団と中心人物　第四節　陳の文学集団と中心人物

片岡幸子「江総の家系と伝記」（『文藪』2　一九七六年）

安藤信廣「晩年の江総―『秋日遊昆明池詩』を手がかりに―」（『漢文学会会報』（東京教育大）三五　一九七六年）

内山知也「補江総白猿伝」考（『内野博士還暦記念東洋学論集』一九六四年、また『隋唐小説研究』木耳社　一九七七年初版、一九八二年第二刷）

陳後主（五五三〜六〇四）

陳の後主は、梁の簡文帝が提唱した「宮体」を受け継ぎ、楽府作品にはそれをきわめた艶麗なものが多い。皇太子時代から文学サロンを持ち、「狎客」と呼ばれた江総・孔範ら十数人が常に宴に侍した。後世、亡びし南朝への哀惜を込めた詩篇のなかに、彼の「玉樹後庭花」がしばしば詠じられている。

南史巻一〇　陳本紀

[一]後主諱叔寶、字元秀、小字黄奴、[二]宣帝嫡長子也。梁承聖二年十一月戊寅、生于江陵。明年、[三]魏平江陵、宣帝遷于長安、留後主於穰城。天嘉三年、歸[四]建鄴、立爲安成王世子。[五]光大二年、累遷侍中。

太建元年正月甲午、立爲皇太子。十四年正月甲寅、宣帝崩。乙卯、[六]始興王叔陵構逆伏誅。丁巳、太子卽皇帝位于太極前殿、大赦、在位文武及[七]孝悌力田爲父後者、並賜爵一級、[八]孤老鰥寡不能自存者、賜穀人五斛、帛二匹。癸亥、以侍中・丹陽尹・[九]長沙王叔堅爲驃騎將軍・開府儀同三司・揚州刺史。乙丑、[一〇]尊皇后爲皇太后。丁卯、立皇弟[一一]叔重爲始興王、[一二]奉昭烈王祀。己巳、立妃[一三]沈氏爲皇后。辛未、立皇弟[一四]叔儼爲尋陽王、叔愼爲岳陽王、叔達爲義陽王、叔熊爲巴山王、叔虞爲武昌王。甲戌、設[一五]無碍大會於[一六]太極前殿。…（[一七]略）。

初[一八]隋文帝受周禪、甚敦鄰好、宣帝[一九]尚不禁侵掠。太建末、隋兵大擧、聞宣帝崩、乃命班師[二〇]、遣使赴弔、修敵國之禮、書稱姓名頓首。而後主益驕、書末云「想彼統內如宜、此宇宙清泰」[二一]。隋文帝不說、以示朝臣。清河公[二二]楊素以爲主辱、再拜請罪、及襄邑公賀若弼[二三]並奮求致討。後副使袁彥聘隋、竊圖隋文帝狀以歸、後主見之、大駭曰「吾不欲見此人」。每遣閒諜、隋文帝皆給衣馬、禮遣以歸。

後主愈驕、不虞外難、荒于酒色、不恤政事、左右嬖佞珥貂者[二四]五十人、婦人美貌麗服巧態以從者千餘人。常使張貴妃[二五]・孔貴人等八人夾坐、江總[二六]・孔範[二七]等十人預宴、號曰「狎客[二八]」。先令八婦人襞采箋[二九]、製五言詩、十客一時繼和、遲則罰酒[三〇]。君臣酣飲、從夕達旦、以此爲常。而盛修宮室、無時休止。稅江稅市[三一]、徵取百端。刑罰酷濫、牢獄常滿。…(略)[三二]。

隋文帝謂僕射高熲[三三]曰「我爲百姓父母、豈可限一衣帶水不拯之乎」。命大作戰船。人請密之、隋文帝曰「吾將顯行天誅[三四]、何密之有、使投柹於江[三五]、若彼能改、吾又何求」。及納梁蕭瓛・蕭巖[三六]、隋文愈忿、以晉王廣[三七]爲元帥、督八十總管[三八]致討。乃送璽書、暴後主二十惡[三九]。又散寫詔書、書三十萬紙、徧喩江外。

諸軍既下、江濱鎭戍相繼奏聞。新除湘州刺史施文慶[四〇]、中書舍人沈客卿掌機密、並抑而不言。…(略)[四一]。及聞隋軍臨江、後主曰「王氣在此[四二]、齊兵三度來、周兵再度至、無不摧沒。虜今來者必自敗」。孔範亦言無渡江理。但奏伎縱酒[四三]、作詩不輟。

一 後主、諱は叔寶、字は元秀、小字は黃奴、宣帝[二]の嫡長子なり。梁承聖二年十一月戊寅、江陵に生まる。明年、魏[三] 江陵を平げ、宣帝 長安に遷り、後主を穰城に留む。天嘉三年、建鄴[四]に歸り、立ちて安成王世子と爲る。光大[五]二年、侍中に累遷す。

太建元年正月甲午、立ちて皇太子と爲る。十四年正月甲寅、宣帝崩ず。乙卯、始興王[六]叔陵逆を構え誅に伏す。丁巳、太子皇帝位に太極前殿に卽き、大赦して、在位の文武及び[七]孝悌力田の父後と爲る者には、並びに爵一級を賜り、[八]孤老鰥寡の自ら存する能はざる者には、穀人ごとに五斛・帛二匹を賜る。癸亥、侍中・丹陽尹・長沙王の[九]叔堅を以て驃騎將軍・開府儀同三司・揚州刺史と爲す。乙丑、[一〇]皇后を尊びて皇太后と爲す。丁卯、皇弟の[一一]叔重を立てて始興王と爲し、[一二]昭烈王の祀を奉ぜしむ。己巳、妃の[一三]沈氏を立てて皇后と爲す。辛未、皇弟の[一四]叔儼を立てて尋陽王と爲し、叔愼を岳陽王と爲し、叔達を義陽王と爲し、叔熊を巴山王と爲し、叔虞を武昌王と爲す。甲戌、[一五]無碍大會を[一六]太極前殿に設く。…（略）[一七]。

初め[一八]隋文帝周禪を受け、甚だ鄰好を敦くするも、[一九]宣帝尙お侵掠を禁ぜず。太建の末、隋兵大擧するも、宣帝の崩ずるを聞きて、乃ち[二〇]班師を命じ、使をして弔に赴かしめ、敵國の禮を修め、書に姓名を稱し頓首す。而れども後主益ます驕り、書の末に云う「想うに彼統内宜しきが如く、此宇宙淸泰なり」と。隋文帝說ばず、以て朝臣に示す。[二一]淸河公楊素は以て主辱と爲し、再拜して罪せられんことを請い、襄邑公[二二]賀若弼と並びに討を致さんことを奮求す。後、副使[二三]袁彥隋に聘され、竊かに隋文帝の狀を圖きて以て歸り、後主之を見て、大いに駭きて曰く「吾れ此の人を見るを欲せず」と。閒諜を遣る每に、隋文帝皆な衣馬を給い、禮して以て歸さしむ。

後主愈ます驕りて、外難を虞れず、酒色に荒れ、政事を恤えず、左右の[二四]嬖佞珥貂なる者五十人、婦人の美貌にして麗服巧態以て從う者は千餘人。常に[二五]張貴妃・孔貴人等八人をして坐を夾ましめ、[二六]江總・[二七]孔範等十人をして宴に預らしめ、號して「[二八]狎客」と曰う。先ず八婦人をして、[二九]采箋を襞みて五言詩を製らしめ、十客をして一時に繼和せしむ、遲れたるものは則ち罰酒あり。[三〇]君臣酣飮し、夕べ從り旦に達し、此を以て常と爲す。而して盛んに宮室を修め、時として休止する無し。[三一]江に稅し市に稅し、徵取すること百端。刑罰酷濫として、牢獄常に滿つ。…（略）[三二]。

隋文帝 僕射高熲に謂いて曰く「我れ百姓の父母爲りて、豈に[33]一衣帯水に限られ之を拯わざるべけんや」と。大いに戰船を作るを命ず。人 之を密かにするを請うも、隋文帝曰く「吾れ将に[34]天誅を顯行せんとす、何の密か之有らん、[35]柹を江に投ぜしめ、若し彼れ能く改めば、吾 又た何をか求めん」と。[36]梁蕭瓛、蕭巖を納むるに及び、隋文愈ます忿り、[37]晉王廣を以て元帥と爲し、[38]八十總管を督いて討を致さしむ。[39]乃ち璽書を送り、後主の二十惡を暴く。又た詔書を散寫せしめ、書三十萬紙、徧く江外に喩す。

諸軍既に下り、江濱鎭戍相い繼ぎて奏聞す。新たに除されし湘州刺史の[40]施文慶、中書舎人の沈客卿は機密を掌るも、並びに抑えて言わず。

…（略）[41]。隋軍の江に臨むを聞くに及び、後主曰く[42]「王氣此に在り、齊兵三度來り、周兵再度至るも、摧沒せざる無し。虜の今來たる者必自ず敗れん」と。孔範亦た渡江の理無しと言う。但だ[43]伎を奏し酒を縦にし、作詩して輟めず。

陳の後主、諱は叔宝、字は元秀、小字は黄奴、宣帝の嫡男である。梁の承聖二年（五五三）十一月戊寅の日（二十日）、江陵（湖北省）で生まれた。翌年、魏が江陵を平定したので、宣帝は長安に遷り、後主を穰城（河南省）に留めた。天嘉三年（五六二）、建康（江蘇省）に帰還し、安成王（後の宣帝）の後継ぎとなる。光大二年（五六八）、官を重ねて侍中までになった。太建元（五六九）年正月甲午の日（四日）、皇太子となる。十四年（五八二）正月甲寅の日（十日）、宣帝が崩御した。乙卯の日（十一日）、始興王叔陵がクーデターを試みるが誅殺された。丁巳の日（十三日）、太子は太極前殿において即位し、大赦して、文武の官にあるものや勤勉で親孝行の親のあとをつぐ者には、すべて爵一級を賜り、身寄りがなく自活できない者には、一人ずつに五斛の穀物と絹二匹を賜った。癸亥の日（十九日）、侍中・丹陽尹・長沙王である叔堅を驃騎将軍・開府儀同三司・揚州刺史とした。乙丑の日（二十一日）、先帝の皇后を敬して皇太后とした。丁卯の日（二十三日）、皇弟の叔重を始興王に立て、昭烈王の祭祀を司らせた。己巳の日（二十五日）、妃の沈氏を皇后に立てた。辛未の日（二十七日）、皇弟の叔儼を尋陽王に、叔慎を岳陽王に、叔達を義陽王に、叔熊を巴山王に、叔虞を武昌王に立てた。甲戌の日（三十日）、無碍大会を太極前殿で開いた。…（略）。

さきに隋の文帝は周の禅譲をうけ、隣国にすこぶる友好的であったのに、陳の宣帝は依然として隋への侵略を禁じなかった。太建年間（五六九〜五八二）の末に、隋軍は大挙して陳を攻めたが、宣帝の崩御を知ったので、軍隊に帰還を命じ、使者を弔問に赴かせ、同等の国としての礼をつくし、弔文に姓名を称し頓首と書した。それなのに、後主は益ます思い上がり、返文の最後に「そちらは勢力範囲内が治まり、こちらは世界すべてが安寧でありますように」と述べた。隋の文帝はおもしろくないので、それを朝臣に示した。清河公楊素は主君が辱めを受けたとして、再拝して相手を罰することを請い、襄邑公賀若弼とともに討伐を断固求めた。その後、副使の袁彦が隋に招かれ、竊かに文帝の威容を描いて陳に持って帰った。後主はこれを見て、とても怯え「朕はこの人を見たくない」と言った。後主が間者を遣わすたびに、文帝は衣服や馬を賜い、手厚くもてなして帰した。

後主はさらに驕り、外難を虞れず、酒色に溺れ、政事を気にかけず、まわりにはこびへつらう近臣五十人、着飾って媚態で従う美女千余人もいた。いつも張貴妃・孔貴人ら八人を自分の両側に座らせ、江総・孔範ら十人を宴に預らせ、彼らは「狎客」と呼ばれた。先ず八婦人に、色紙を襞んで線をつけそこに五言詩を書かせ、十客に即座に唱和させ、遅れたものには罰杯を与えた。君臣ともに夕べから明け方まで酒を酌み交わすのが常であった。さらにさかんに宮殿を新築し、やむ時はなかった。渡し場や市に税をかけ、さまざまな名目で徴取した。またむやみに刑を施し、牢獄は常に一杯であった。…（略）。

隋の文帝は僕射高熲にこう言った「朕は百姓の父母であるのに、なぜ帯のごとき川に阻まれて彼らを救わないでいることができようか」と。そして軍船を盛んに建造するよう命じた。それを内密に行うべきだという者があったが、隋の文帝は「朕は天誅をおおっぴらに実行しようとしているのだ、なぜ内密にする必要があろう、軍船の木屑を川に投じさせ、もしそれで相手が悔い改められるなら、朕はさらに何を求めることがあろう」と述べた。梁の宗室蕭瓛・蕭巖の投降を陳が受け入れるにおよんで、隋の文帝は一層腹立ち、晋王広を元帥として、八十総管を督いて討伐に赴かせた。そこで詔を後主に送り、後主の数々の罪状を明らかにした。さらにその詔を各地で書き写させ、その書は三十万枚にもなり、ひろく長江の南に知らしめたのであった。

隋の諸軍が長江を下ったので、沿岸の守備軍から皇帝への報告は絶え間なくなされた。しかし、新たに湘州（湖南省）刺史となった施文慶、中書舎人となった沈客卿は機密を掌握し、どちらも隠して皇帝へ奏上しなかった。

…（略）。隋軍が長江にやってきたという知らせを聞くと、後主は「王気は此に在るのだ、斉軍が三度来ても、周軍が二度来ても、みな打ち沈められた。こんど来る奴も必ず敗れるのだ」と言った。孔範も隋軍が長江を渡れるはずはないと申し上げた。ひたすら歌舞音曲に酔い、酒をあおり、詩篇を作りつづけた。

一 後主　陳叔宝。陳の第五代皇帝。在位五八二～五八九。後主とは王朝最後の君主をいう、後の正統を自負する王朝の立場からつけた蔑称。その作品については『隋志』に、『陳後主集』三十九巻とあり、『旧唐志』には、五十巻、『新唐志』では五十五巻となっている。『宋史』藝文志では一巻となってしまい、明代以降は、輯本によって見られるだけである。現在は『古詩紀』巻九八、『全陳文』巻四、『全陳詩』巻四にみえる。現存の九十あまりの詩篇のうち、楽府詩が多数を占めている。後主を中心とした文学集団については、『陳書』巻三四文学伝に「後主 業を嗣ぐや、雅だ文詞を尚び、傍く學藝を求むれば、煥乎として倶に集まる。臣下の表疏、及び賦頌を獻上する者ある毎に、躬自から省覽し、其の辭の工みなるものあれば、則ち神筆もて賞激し、爵位を加う。是を以て搢紳の徒は、咸な自から勵むを知る」とある。彼の「玉樹後庭花」は、後世の詩篇の題材としても取り上げられ、李白の「月夜金陵懐古」の「一たび聞く玉樹を歌うを、蕭瑟たり後庭の秋」や、杜牧の「秦淮に泊まる」の「商女は知らず亡國の恨み、江を隔てて猶お唱う後庭花」などがある。

二 宣帝　五三〇～五八二。陳の第四代皇帝、字は紹世、諱は頊、永定元年（五五七）に二代皇帝の世祖が即位したとき安成王となる。太建元年（五六九）即位する。

三 魏平江陵　『建康実録』巻一九によると「梁の江陵陥り、安成王（後の宣帝）關右に遷る」とある。

四 建鄴　南朝の都の建康を指す。北朝側の記録資料では建鄴と記されている。訳では通称に従い建康としておく。

五 光大二年…　『陳書』巻六後主本紀では、ここに「天康元年、安寧遠將軍を授けられ、佐史を置く。光大二年、太子中庶子と爲り、尋で侍中に遷る、餘は故の如し。太建元年正月甲午、立ちて皇太子と爲る」とあり、『南史』の記載より少し詳しくなっている。

一五 無碍大會　仏教の布施を中心とした法会。貴賤、僧俗、智愚、善悪を一律平等として扱い、一切に寛容で、諸悪を解脱するもの。宮中の仏教信仰は、梁代のものを受け継いでおり、梁の武帝にならい陳の武帝は永定二年（五五八）に大荘厳寺に捨身し無碍大会を行なっており、それ以後たびたびなされた。後主はこの記載と同年九月丙午の日（五日）にもふたたび無碍大会を行なっている。

一六 太極前殿　梁末の侯景の乱で焼けたが、永定二（五五八）年に巨大な樟木を用いて再建された。『建康実録』巻二〇。

一七 太建十四年（五八二）三月から禎明二年（五八八）十一月までの記載を省略している。そこにはそれぞれの年月に起こった地震や群鼠などの災害や、大赦、無碍大会などの行事が列記されている。

一八 隋文帝受周禪　楊堅（隋の文帝）は長女を周の宣帝に嫁がせ、外戚として周の国政に携わり、五八一年周の禅譲をうけた。その時周の後継をすべて殺害したこと、それと陳を征服した後の陳への寛大な処置との比較などは、趙翼『二十二史箚記』巻一五に詳しい。

一九 宣帝尚不禁侵掠　『隋書』巻一の開皇元年（五八一）（陳の宣帝の太建十三年）九月庚午（二十四日）に陳側の動きについて、「陳將の周羅睺 胡墅を攻陷し、蕭摩訶 江北を寇する」とみえる。

二〇 班師　軍隊を帰還させること。『書』大禹謨に「禹 昌言を拜して曰く『兪り、班師振旅せん』」とある。『隋書』巻一には「開皇二（五八二）年春正月、戊辰（二十四日）、陳 使をして和を請わしめ、我に胡墅を歸す…二月己丑（十五日）、高熲等に詔して班師せしむ」とある。

二一 清河公楊素　字は處道、弘農華陰（河南省）の人。揚子江を隋の大船団を率いて渡り、容貌は雄偉で、陳人は「清河公は卽ち江の神なり」とそれを懼れた。『隋書』巻四八。

六 始興王叔陵　宣帝の第二子。宣帝崩御の翌日、後主の首筋を剉薬刀で切りつけたが、後主は太后と乳母の楽安君呉媼に身をもって庇われ助かった。叔陵はそのため誅殺される。『陳書』巻三六。

七 孝悌力田　孝悌の徳行を具える者や農耕に勤勉な者を奨励する意味をもつ漢の恵帝のときに設けられた郷官の一つ。皇帝の即位や改元、太子の元服などの際に、「孝悌力田」の者に爵位が与えられることがしばしばあった。

八 孤老鰥寡　みなしご・ひとりもの・やもお・やもめの身寄りがない者。窮乏の民を表す。

九 叔堅　字は子成、宣帝の第四子。『陳書』巻二八。

一〇 皇后　柳皇后。宣帝の后、後主の母。宣帝崩御ののち、後主のかげで実際に政治を動かしたといわれている。隋の大業十一年（六一五）に八十三歳で亡くなった。『陳書』巻七に伝あり。

一一 叔重　百衲本では叔敦に作る。字は子厚、宣帝の第十四子。

一二 昭烈王　陳の初代皇帝武帝の兄の道談。梁王朝に仕え、侯景の乱で流れ矢にあたって卒す。二代皇帝文帝と四代皇帝宣帝の父である。

一三 沈氏　沈皇后、諱は婺華。『陳書』巻七に「后、性は端靜にして、嗜慾寡く、聰敏にして彊記、經史を涉獵し、書翰に工みなり」とある。後主には疎まれていたが、陳が亡び、後主とともに長安へ行き、後主の死に際して、哀辞を為した。『陳詩』巻四に、後主の「戲贈沈后」に答えた作品が一首残されている。『隋志』には「陳後主沈后集」十巻が記載されている。

一四 叔儼…　叔儼、字は子思、宣帝の第十五子。叔愼、字は子敬、宣帝の第十六子。叔達、字は子聰、宣帝の第十七子。叔熊（『陳書』巻二八では叔雄に作る）、字は子猛、宣帝の第十八子。叔虞、字は子安、宣帝の第十九子。『陳書』巻二八。

二二 賀若弼　字は輔伯、河南洛陽（河南省）の人。陳を討つのに際して行軍総管となった。

二三 袁彦　『隋書』巻一に「開皇三（五八三）年十一月陳 散騎常侍周墳、通直散騎常侍袁彦をして來聘せしむ。陳主 上（隋文帝）の貌の世人と異なるを知り、彦をして像を書きて持ち去らしむ」とある。

二四 嬖佞珥貂　嬖佞はおもねりへつらって寵愛されたもののこと、珥貂は漢代の侍中が貂の尾を冠に挿していたことにより、皇帝の側近を指す。

二五 張貴妃・孔貴人　張貴妃、名は麗華。後主の子、深を生む。寵愛を受け常に後主の宴に侍る。孔貴人は、『通鑑』至徳二年（五八四）によると、側近の孔範と兄妹となっており後主の寵愛を受けた。後主の詩篇「玉樹後庭花」「臨春楽」は、張貴妃と孔貴人の容色を褒めて作られたとされる。『陳書』巻七。なお、貴人や貴妃は皇后に次ぐ女官の称号であり、貴人は後漢から貴妃は南朝宋から用いられている。

二六 江總　五一九〜五九四。字は総持。済陽考城（河南省）の人。梁・陳・隋のいずれの王朝でも高位を得て活躍した。五言七言詩にすぐれ、艶麗さで一世を風靡した。『陳書』巻二七江総伝には「後主の世、總 權宰に當たるも、政務を持せず、但だ日び後主と後庭に遊宴し、陳暄・孔範・王瑳等十餘人と共に、當時之を狎客と謂う」という。本書「江総伝」参照。

二七 孔範　字は法言、会稽山陰（浙江省）の人。『南史』巻七七恩倖伝に「容止は都雅にして、文章は贍麗、又た五言詩を善くし、尤も親愛さる」とみえる。本書「江総伝」注六〇参照。

二八 狎客　陳の後主のそばに侍り、彼と遊興をともにしたもの。陳暄・孔範・王瑳のほか、『南史』巻六一陳暄伝に王叔達・袁權・陳褒・沈瓘・王儀らの名がみえる。その遊びについては、『陳書』巻七皇妃伝の魏徴の論に「後主、賓客を引き、貴妃らに對して遊宴する毎に、則ち諸貴人および女學士をして、狎客と共に新詩を賦し、互相いに贈答せしむ。其の尤も艶麗なる者を將りて、以て曲詞と爲し、被らすに新聲を以てす」とある。本書「江総伝」注六二参照。

二九 采箋　彩色が施された紙片。徐陵の「玉臺新詠序」には「五色の花箋、河北膠東の紙」の句があり、同書巻七の梁湘東王の「春宵」の詩篇にも「彩牋 徒に自ら襞み」と詠われ、梁代にはすでに多彩な紙が利用されていた。

三〇 君臣酣飲　『隋書』巻一三「音楽志」に「後主位を嗣ぐに及び、酒に耽荒し、視朝の外は、多く宴筵に在り。尤も聲樂を重んじ、宮女をして北方の簫鼓を習わしめ、之を代北と謂い、酒酣にして則ち之を奏す。又た清樂の中、『黄鸝留』及び『玉樹後庭花』、『金釵兩臂垂』等の曲を造り、幸臣等と與に其の歌詞を製り、綺艶を相い高しとし、輕薄を極む。男女唱和し、其の音甚だ哀し」とあるように、酒宴には北方の音楽文化も取り入れて楽しんだ。

三一 税江税市　『南史』巻七七沈客卿伝に、沈客卿があらゆる手段で税をかけ「毎歳の入る所、常格に過ぐること數十倍なり。後主大いに悦ぶ」とある。「関市の估」というのは、関津と市での商業行為にかける税である。

三二 この部分には、後主の世において、大風や火災などの災難や、故なくして城が壊れたり、頭の無い嬰児が現われたりという異変が頻発し、それが国の亡ぶ予兆として述べられている。

三三 豈可限一衣帯水　一衣帯水は、川を指して帯のようだといい、ごく近い距離をいう。『建康実録』巻二〇では「豈可阻一衣帯水」とある。

三四 天誅　天の咎め、天が罰を下すこと。『墨子』魯問に「鄭人三世は其の父を殺す、而して天 誅を加えたり。三年 全からざらしむ、天誅 足れり」とある。

三五 使投柹於江　柹は柿に同じ。『通鑑』禎明元年（五八七）の胡三省の注では「柹は…斫木の札なり」とあるので、ここではそれによって木屑と訳した。

三六 梁蕭瓛・蕭巖　いずれも後梁の宗室（巻末付録「蕭氏世系略図」参照）。彼らが陳に投降したのは、隋の攻撃を恐れてであり、『通鑑』巻一七六に「禎明元年（五八七）八月、隋主梁主を徵して入朝せしむ。…隋主　梁主外に在るを以て、武郷公崔弘度の將兵をして江陵を戍らしむ。軍の都州に至るや、梁主の叔父太傅安平王巖、弟荊州刺史義興王瓛等、弘度の之を襲うを恐れ、…九月辛卯、巖等 文・武・男・女十萬口を驅りて來奔せしむ」とある。

三七 晉王廣　五六九～六一八。在位六〇四～六一八。隋の文帝の第二子。隋の二代皇帝の煬帝。諱は広。『隋書』巻三本紀に「（開皇）八年冬大擧して陳を伐ち、上（煬帝）を以て行軍元帥と爲す」と記述がみえる。本書「隋煬帝伝」参照。

三八 八十總管　総管とは軍隊を指揮する官。『文献通考』巻五九職官考に、「魏の黄初、始めて都督諸軍事を置き、後周、都督諸軍事を改めて總管と爲す…隋文帝 幷・益・荊・揚の四州を以て大總管を置き、其の餘　總管府を諸州に置く」とみえる。これに関して『通鑑』巻一七六長城公禎明二年（五八八）の条に、「およそ總管九十、兵五十一萬八千、皆な晉王の節度を受く」とある。

三九 乃送璽書、暴後主二十惡　後主への非難の詔勅は、『隋書』巻二高祖紀下にみえる。

四〇 施文慶　陳の後主の皇太子時代から彼に仕え、即位後は、中書舎人となり、後主の信任をいいことに、政治をほしいままにした。さらに禎明三年（五八九）、対隋の拠点である湘州の刺史に抜擢されたりした。その時中書舎人となった沈客卿は、彼の部下である。ともに隋の晋王広に斬られて卒す。『南史』巻七七恩倖伝。なお、山本隆義『中国政治制度の研究』（同朋舎　一九六八年）によると、陳代は中書省の地位が高く、中でも中書舎人は最も清要な地位を占めた。

四一 陳の後主は、梁の蕭巖を東揚州刺史、蕭瓛を呉州刺史としたこと、ならびに明年の元会のために、沿岸防衛の戦艦をほとんど上京させてしまったことについて記載されている。

四二 王氣在此、齊兵三度來…　「王氣は此に在り」というのは、王者の気はここ（建康）にあるということ。庾信「哀江南賦序」に「将に江表の王氣の三百年に終わるに非ざるや」とあるように、南朝歴代王朝はここ建康を都として三百年間続いてきた。『通鑑』禎明二年（五八八）の胡三省注によると、その建康へ梁の敬帝紹泰元年（五五五）、太平元年（五五六）、陳の世祖天嘉元年（五六〇）に斉兵が攻めてきたが敗れ、天嘉元年・光大元年（五六七）、周兵が攻めてきたが敗れたことを指す。

四三 奏伎　歌舞を奏すること。『通鑑』禎明二年（五八八）の胡三省注には、「伎は女樂なり」とみえる。

＊　＊　＊

［禎明］三年春正月乙丑朔、朝會、大霧四塞、入人鼻皆辛酸。後主昏睡、至晡時乃罷。是日、隋將賀若弼自北道廣陵濟、[四四]韓擒趨橫江濟、分兵晨襲采石、取之。進拔姑孰、次於新林。時弼攻下京口、緣江諸戍[四五]望風盡走、弼分兵斷[四六]曲阿之衝而入。丙寅、采石戍主徐子建至告變。戊辰、乃下詔曰「犬羊陵縱、侵竊郊畿、蠭蠆有毒、宜時掃定。朕當親御六師、廓淸八表、內外並可戒嚴」。[四七]於是以蕭摩訶爲皇畿大都督、[四八]樊猛爲上流大都督、[四九]樊毅爲下流大都督、[五〇]司馬消難、施文慶並爲大監軍、重立賞格、分兵鎭守要害、僧尼道士盡皆執役。

庚午、賀若弼攻陷南徐州。辛未、韓擒又陷南豫州。隋軍南北道並進。辛巳、賀若弼進軍鍾山、頓白土岡之東南、[五一]衆軍敗績。弼乘勝進軍宮城、燒北掖門。是時、韓擒率衆自新林至石子岡、鎭東大將軍[五二]任忠出降擒、仍引擒經朱雀航趣宮城、自南掖門入。城內文武百司皆遁出、唯尙書僕射[五三]袁憲、後閤舍人夏侯公韻侍側。憲勸端坐殿上、[五四]正色以待之。後主曰「鋒刃之下、未可及當、吾自有計」。[五五]乃逃於井。二人苦諫不從、以身蔽井、後主與爭、久之方得入。沈后居處如常。[五六]太子深年十五、閉閤而坐、舍人孔伯魚侍焉。戍士叩閤而入、深安坐勞之曰「戎旅在塗、不至勞也」。既而軍人窺井而呼之、後主不應。欲下石、乃聞叫聲。以繩引之、驚其太重、及出、乃與張貴妃・孔貴人三人同乘而上。隋文帝聞之大驚。[五七]開府鮑宏曰[五八]「東井上於天文爲秦、今王都所在、投井其天意邪」。先是江東謠多唱王獻之[五九]桃葉辭、云「桃葉復桃葉、度江不用檝、但度無所苦、我自接迎汝」。及晉王廣軍於六合鎭、其山名桃葉、果乘陳船而度。丙戌、晉王廣入據臺城、送後主于東宮。

［禎明三年］三月己巳、後主與王公百司、同發自建鄴、之長安。隋文帝權分京城人宅以俟、內外修整、遣使迎勞之、陳人謳詠、忘其亡焉。使還奏言「自後主以下、[六〇]大小在路、五百里纍纍不絕」。隋文帝嗟歎曰「一

至於此」。及至京師、列陳之輿[六一]服器物於庭、引後主於前、及前後二太子・諸父諸弟衆子之爲王者、凡二十八人、司空司馬消難・尙書令江總・僕射袁憲・驃騎蕭摩訶・護軍樊毅・中領軍魯[六二]廣達・鎭軍將軍任忠・吏部尙書姚[六三]察・侍中中書令蔡[六四]徵・左衞將軍樊猛、自尙書郎以上二百餘人、文帝使納[六五]言宣詔勞之。次使內史令宣詔讓後主、後主伏地屛息不能對、乃見宥。隋文帝詔陳武・文・宣三帝陵、總給五戶分守之。…（略[六六]）。

既見宥、隋文帝給賜甚厚、數得引見、班[六七]同三品。每預宴、恐致傷心、爲不奏吳[六八]音。後監守者奏言「叔寶云『既無秩位、每預朝集、願得一官號』」。隋文帝曰「叔寶全無[六九]心肝」。監者又言「叔寶常耽醉、罕有醒時」。隋文帝使節其酒、既而曰「任[七〇]其性、不爾、何以過日」。未幾、帝又問監者叔寶所嗜。對曰「嗜驢肉」。問飮酒多少。對曰「與其子弟日飮一石」。隋文帝大驚。及從東[七一]巡、登芒山、侍飮、賦詩曰「[七三]日月光天德、山川壯帝居、太平無以報、願上東[七二]封書」。幷表請封禪、隋文帝優詔謙讓不許。後從至仁壽宮、常侍宴、及出、隋文帝目之曰「此敗豈不由酒、將[七四]作詩功夫、何如思安時事。當賀若弼度京口、彼人密啓告急、叔寶爲飮酒、遂不省之。高熲至日、猶見啓在牀下、未開封。此亦是可笑、蓋天亡也。昔苻[七五]氏所征得國、皆榮貴其主。苟欲求名、不知違天命。與之官、乃違天也」。

隋文帝以陳氏子弟既多、恐京下爲過、皆分置諸州縣、每歲賜以衣服以安全之。

後主以隋仁壽四年十一月壬子、終於洛陽、時年五十二。贈大將軍、封長城縣公、謚[七六]曰煬。葬河南洛陽之芒[七七]山。

〔禎明〕三年春正月乙丑（いっちゅう）の朔（さく）、朝會、大霧四塞（しそく）し、人鼻に入りて皆な辛酸（しんさん）たり。後主昏睡し、晡時（ほじ）に至りて乃ち罷（や）む。

是の日、隋將賀若弼 北道廣陵自り濟り、[四四]韓擒 横江に趨き濟り、兵を分ちて晨に采石を襲い、之を取る。進みて姑孰を拔き、新林に次る。時に弼攻めて京口を下し、緣江の諸戍[四五]風を望みて盡く走げ、弼 兵を分ちて[四六]曲阿の衝を斷ちて入る。丙寅、采石戍主徐子建至りて變を告ぐ。戊辰、乃ち詔を下して曰く「犬羊陵 縱し、郊畿を侵竊し、蠭蠆毒有り、宜しく時に掃定すべし。朕當に親ら六師を御し、八表を廓清すべし。內外並びに戒嚴すべし」と。是に於いて[四七]蕭摩訶を以て皇畿大都督と爲し、[四八]樊猛を上流大都督と爲し、[四九]樊毅を下流大都督と爲し、[五〇]司馬消難・施文慶を並びに大監軍と爲し、重ねて賞格を立て、兵を分ちて要害を鎭守せしめ、僧尼道士盡く皆な役を執らしむ。

庚午、賀若弼 南徐州を攻陷す。辛未、韓擒又た南豫州を陷す。隋軍南北の道より並びに進む。辛巳、賀若弼 軍を鍾山に進め、白土岡の東南に頓まり、衆軍[五一]敗績す。弼 勝に乘じて軍を宮城に進め、北掖門を燒く。是の時、韓擒 衆を率いて新林自り石子岡に至り、鎭東大將軍[五二]任忠出て擒に降り、仍りて擒を引きて朱雀航を經て宮城に趣き、南掖門自り入らしむ。城內の文武百司皆な遁出し、唯だ尚書僕射[五三]袁憲、後閤舍人夏侯公韻のみ侍側せり。憲 殿上に端坐し、[五四]色を正して以て之を待つを勸む。後主曰く「鋒刃の下、未だ當たるに及ぶべからず、吾 自ら計有り」と。[五五]乃ち井に逃ぐ。二人苦ごろに諫むるも從わざれば、身を以て井を蔽う、後主與に爭い、久之して方に入るを得。沈后 居處常の如し。[五六]太子深 年十五にして、閤を閉して坐し、舍人孔伯魚焉に侍す。戍士 閤を叩きて入るも、深 安坐して之を勞いて曰く「戎旅塗に在るは、至勞ならざるや」と。既にして 軍人 井を窺き之を呼ぶも、後主應えず。石を下さんと欲すれば、乃ち叫聲を聞く。繩以て之を引くに、其の太だ重きに驚き、出づるに及び、乃ち張貴妃・孔貴人と與に三人同乘して上る。隋文帝 之を聞き大いに驚く。[五七]開府鮑宏曰く[五八]「東井は上 天文に於いて秦、今王都の在る所爲り、井に投ずるは其れ天意なるや」と。是に先んじて江東謠多く[五九]王獻之の桃葉辭を唱いて、「桃葉復た桃葉、江を度るに檝を用いず、但だ度るに苦しむ所無し、我れ自ら汝を接迎す」と云う。晉王廣 六合鎭に軍するに及び、其の山の名は桃葉、果して陳船に乘りて度る。丙戌、晉王廣入りて臺城に據り、後主を東宮に送る。

「禎明三年」三月己巳、後主は王公百司と、同に發して建鄴自り、長安に之く。隋文帝 權に京城の人宅を分けて以て俟ち、内外修整し、使をして之を迎勞せしむ、陳人謳詠し、其の亡ぶを忘れたり。使還りて「後主自り以下、大小路[六〇]に在り、五百里纍纍として絶えず」と奏言す。隋文帝嗟歎して曰く「一に此に至れり」と。京師に至るに及び、陳の[六一]輿服器物を庭に列べ、後主を前に引き、及び前後二太子、諸父諸弟衆子の王爲る者、凡そ二十八人、司空司馬消難・尚書令江總・僕射袁憲・驃騎蕭摩訶・護軍樊毅・中領軍[六二]魯廣達・鎭軍將軍任忠・吏部尚書[六三]姚察・侍中中書令[六四]蔡徵・左衞將軍樊猛、尚書郎自り以上の二百餘人、文帝[六五]納言をして詔を宣して之を勞わしむ。次に内史令をして詔を宣して後主を讓めしむるに、後主 伏地屏息して對うる能はず、乃ち宥さる。隋文帝 陳の武・文・宣の三帝陵に詔して、總じて五戸を給し分ちて之を守らしむ。…（略）[六六]。

既にして宥され、隋文帝給賜甚だ厚く、數しば引見を得、[六七]班は三品に同じ。宴に預る毎に、傷心を致すを恐れ、爲に[六八]吳音を奏さず。後 監守せる者「叔寶云う『既に秩位無きも、毎に朝集に預る、願くば一官號を得んことを』」と奏言す。隋文帝曰く「叔寶全く心肝無し[六九]」と。監者又た言う「叔寶常に耽醉し、罕に醒むる時有り」と。隋文帝 其の酒を節せしむるも、既にして曰く「[七〇]其の性に任せよ、爾らざれば、何を以て日を過ごさん」と。未だ幾ならずして、隋文帝 其の帝又た監者に叔寶の嗜む所を問う。對えて曰く「驢の肉を嗜む」と。飲酒の多少を問う。對えて曰く「其の子弟と日に一石飲む」と。隋文帝大いに驚く。[七一]東巡に從うに及び、芒山に登り、侍飲し、詩を賦して曰く「日月[七二]天徳を光やかせ、山川 帝居を壯んにす、太平 以て報いる無く、願わくば東封書を上らん[七三]」と。幷びに封禪を表請し、隋文帝 優詔するも謙讓して許さず。後 從いて仁壽宮に至り、常に宴に侍し、出づるに及び、隋文帝 之を目して曰く「此の敗豈に酒に由らざるや、作詩[七四]の功夫を將て、時事を安んずるを思うは何如。賀若弼 京口を度るに當り、彼人密かに啓して急を告ぐるも、叔寶 飲酒を爲して、遂に之を省ず。高熲至るの日、猶お啓の牀下に在りて、未だ封を開かざるを見る。此れ亦た是れ笑うべし、蓋し天の亡ぼすなり。昔[七五]苻氏の征する所國を得るは、皆な其の主を榮貴にす。苟に名を求めんと欲して、天命に違うを知らざるなり。之に官を與うるは、乃ち天に違うなり」と。

隋文帝 陳氏の子弟既に多く、京下に過と爲るを恐るるを以て、皆な諸州縣に分置し、毎歳賜うに衣服を以てし以て之を安んじ全くす。

後主 隋の仁壽四年十一月壬子を以て、洛陽に終る。時に年五十二。大將軍を贈られ、長城縣公に封ぜられ、諡[三六]は煬と曰う。河南洛陽の[三七]芒山に葬らる。

［禎明］三年（五八九）春正月 朔、朝見を行う。濃霧があたりに立ち込め、鼻につんとくる臭いがして、後主は昏睡してしまった、日暮れ近くになってやっと霧が晴れた。この日、隋将の賀若弼は北路の広陵から長江を渡り、韓擒虎は横江浦に赴いて長江を渡り、兵を分けて明け方に采石磯を襲って占拠した。さらに姑孰を攻め落とし、新林に陣営を駐屯させた。一方で賀若弼は京口を陥落させ、陳側の沿岸守備兵たちは雲行きが怪しくなると、みな逃げだしてしまい、賀若弼は兵を分けて曲阿の要衝を破り突入した。丙寅の日（二日）、采石磯の守備を司っていた徐子建が参上して事態の急変を報告した。戊辰の日（四日）、やっと詔が下った。「犬羊のごとき敵軍が蹂躪して、王畿を占拠し、蠭蠆のごとく害をなしており、早々に平定すべきである。朕は自ら王師を率いて、天下を治め清めよう。内外ともに非常事態に備えよ」。そこで蕭摩訶を皇畿大都督、樊猛を上流大都督、樊毅を下流大都督、司馬消難と施文慶を大監軍とし、加えて褒美を与える規定を決め、兵を分けて要害を守らせ、僧尼道士はすべて労役につかせた。

庚午の日（六日）、隋将の賀若弼は南徐州を攻め落とした。辛未の日（七日）、韓擒虎がさらに南豫州を陥落させた。隋軍は南北の両方向から進軍してきた。辛巳の日（十七日）、賀若弼は軍を鍾山に進めて、白土岡の東南に駐屯し、陳の多くの軍は壊滅した。賀若弼は勢いに乗って軍を宮城に進め、北掖門を焼いた。この時、韓擒虎は軍を率いて新林から石子岡に至り、鎮東大将軍の任忠は出向いて韓擒虎に降伏し、かくて韓擒虎を導いて朱雀航を通って宮城に至り、南掖門から入城させた。城内の文武の官僚たちは皆な逃げ出し、ただ尚書僕射の袁憲、後閣舎人の夏侯公韻だけが後主に仕えていた。袁憲は後主に殿上に端座し威厳をもって敵に応対するように勧めた。しかし後主は「敵軍の刃のもとでは、手がつけられない、朕には策がある」として、なんと井戸に逃げこもうとした。袁憲と夏侯公韻は懸命に諫めたが、後主は聞き入れないので、二人は身をもって井戸を覆い、後主は彼らと長らく争って、やっと井戸に入ることができたのであった。一方、沈皇后の立ち居振る舞いは常と変わらなかった。また皇太子の深は年は十五であったが、門を閉じて座し、舎人孔伯魚が側に仕えていた。兵士が門を壊して侵入してきても、深は落ち着いて座り兵士たちを労って「従軍の旅は、至難のことであろう」と述べた。そうこうして、隋の兵士が井戸を窺き後主を呼んだが、後主は応答しなかった。石を落とそうとしたら、やっと声が聞こえた。縄で引き上げたが、それは殊のほか重く、姿が現われると、なんと張貴妃と孔貴人と一緒に三人がつかまって上がってきたのだ。隋の文帝はそれを聞いて驚きあきれた。開府の鮑宏が「東井は天文に於いては秦の分野、すなわち隋の王都のある場所です、陳の後主がその井戸に身を投じたのは天の意向では」と言った。以前に江東の俗謡にしばしば王献之の桃葉辞を唱い、「桃葉また桃葉、川を渡るに楫は不要、渡るに造作もありませぬ、私の方からお迎えに」といった。晋王広が六合鎮に軍隊を駐屯させたときに、その山の名は桃葉といい、その言葉通り陳船に乗って渡った。丙戌の日（二十二日）、晋王広は建康に入り城を占拠し、後主を東宮に移した。

［禎明三年（五八九）］三月己巳の日（六日）、後主は王公百官たちと共に建康を出発し、長安へと赴いた。隋の文帝は都の人家を後主たちのために一時的に配分し、内外を改修し、使者をやって迎え労わせた。陳人は歌唱吟詠し、国が亡んだのを忘れたかのようであった。使者は文帝のもとへ戻り「後主以下、すべての者が都へと向かい、その人々の列は続々と五百里も繋がっています」と奏上した。文帝は嘆息して言った「なんとも長い行列だな」と。朝廷に連れられてくると、陳の車輿、冠服から儀式用の道具などが殿庭にならべられ、後主を前に引きすえ、さらに前と後の二太子（胤と深）、陳家の親族で王である者、すべて二十八人、司空の司馬消難・尚書令の江総・僕射の袁憲・驃騎将軍の蕭摩訶・護軍将軍の樊毅・中領軍将軍の魯広達・鎮軍将軍の任忠・吏部尚書の姚察・侍中兼中書令の蔡徴・左衛将軍の樊猛、尚書郎以上の二百余人に対して、文帝は納言に詔を読み上げさせ一同を労った。次に内史に詔を読み上げさせて後主を責めたところ、後主はひれ伏して息をひそめ応え

ることもできないありさまで、やっと許された。文帝は陳の武・文・宣の三帝陵に詔を下し、全部で墓守五戸を下賜して分けて守らせた。…（略）。

その後、後主は罪を許され、文帝の厚遇を得、何度も拝謁の機会を与えられ、宮中の席次は三品と同等であった。宴に預るたび、後主が傷心するのを慮って、呉の音楽は演奏させなかった。その後、監守が「陳叔宝が『位もないのに、つねに宮中の集まりに参加をゆるされています、できるならなにか官位を頂きたい』と申しております」と奏上した。隋の文帝は「叔宝には誠意などどまるで無いのだな」と言った。監守はさらに「陳叔宝はいつも泥酔し、醒める時などございません」と奏上した。隋の文帝は酒を節制させたが、しばらくして「気のすむようにさせてやれ、そうでなければ、どうして日が過せようか」と言った。まもなく、文帝はまた監守に陳叔宝の好物を尋ねた。その答えは「ロバの肉を好みます」とあった。飲酒の量を尋ねた。それに対えて「彼の身内と日に一石も飲みます」と言った。文帝はたいへん驚いた。陳の後主は文帝の東巡に従った際に、芒山に登り、酒宴に侍って、次のように詩を作った。「日月は文帝の天徳をさらに光やかせ、山川は隋の都を壮んにする、この太平の世を何で報いればよいでしょうか。ここに封禅を行なっていただくことを願いたてまつります」。あわせて封禅を行われるようにと上奏して願い、文帝はこれに対してねんごろな詔を賜ったが封禅は辞退して認めなかった。その後、後主は文帝に従って仁寿宮に行き、宴会にはいつも参列した、後主が退出してしまうと、文帝は一瞥して言った。「陳が敗れたのはまさに酒のためではなかろうか、詩作に使う心を、時事を安んじることに用いればよいのに。賀若弼が京口を渡ったときに、陳側にも密かに上申書で急を知らせるものがあったが、叔宝は酒を飲んでいて、とうとうそれを一顧だにしなかった。高熲が建康に着いたとき、まだその上申書がベッドの下に開封されないままあるのを見つけた。これはなんと笑止千万、おもうに天が陳を亡ぼしたのであろう。昔、苻堅は国々を征服しては、皆なその国主に栄誉を与えた。（陳叔宝は）一時の名声を得ようとして、それが天命に違うことがわからないのだ。彼奴に官位をあたえるのは、それこそ天の意思に背くことになる」。

文帝は陳氏一族が相当数にのぼり、都で災いとなるのを恐れて、それぞれを各地に分置し、毎年衣服を与えて保護した。

後主は隋の仁寿四年（六〇四）十一月壬子の日（二十日）、洛陽にて無位無官のまま死去した。齢五十二であった。大将軍を贈られ、長城県公に封ぜられ、煬と謚された。河南洛陽の芒山に葬られた。

四四 韓擒　韓擒虎のこと。唐の高祖の祖父李虎の諱をさけ唐代では「虎」が省かれた。字は子通、河南東垣の人。伐陳の先鋒となり、陳人を威圧した。武名は江南に聞こえ、『隋書』巻五二には「江南の父老、其の威信を聞き、軍門に來謁すること、晝夜絶えず」とある。陳の後主を捕らえたのも彼である。

四五 望風　動静をみること。

四六 曲阿之衝　曲阿は、江蘇省丹陽県の湖。その地名の由来は、『読史方輿紀要』巻二五江南の丹陽県の条に、「曲阿城は、…古は雲陽と曰う、秦始皇 其の地の天子の氣有るを以て、北岡を鑿ち以て其の勢を敗り、其の直道を截ちて阿曲せしめ改めて曲阿縣と曰う」とみえる。

四七 蕭摩訶　字は元胤。蘭陵（山東省）の人。クーデターを起こした始興王叔陵を殺し、後主の信任を増す。隋軍侵攻の際にも、後主は蕭摩訶に防御の任を委ね、南徐州刺史を授けた。『陳書』巻三一。

四八 樊猛　字は智武、樊毅の弟。後主が即位してのち、南督南豫州諸軍事、忠武将軍、南豫州刺史となる。『陳書』巻三一。

四九 樊毅　字は智烈、南陽湖陽（河南省）の人。後主が即位して、征西将軍に進号され、改めて逍遙郡公に封ぜられる。隋兵が江を渡ると、要所の京口・采石磯に鋭兵を数千置くように進言したが、行われなかった。隋になって、しばらくして卒す。『陳書』巻三一。

五〇 司馬消難　字は道融、河内の温（河南省）の人。周朝に仕え、楊忠（隋の文帝の父）とは兄弟の契りを結ぶほどであったが、陳にはしり、陳の宣帝に受け入れられて、車騎将軍・司空・随公となった。隋が陳を平らげてのち、死刑は免れたものの楽戸に配された。『周書』巻二一。

五一 敗績　軍隊の壊滅を言う。『書』湯誓に「夏師敗績し、湯遂に之に従う」、孔伝に「大崩を敗績と曰う」とある。

五二 任忠　字は奉誠。小名は蛮奴。汝陰（安徽省）の人。後主が即位して鎮南将軍に進号し、領軍将軍となり、侍中を加えられる。隋軍との戦いでは、最終的に降伏し、隋軍を迎えることになる。隋になっては、開府儀同三司を授けられる。『陳書』巻三一。

五三 袁憲　五二九～五九八。字は徳章。梁時代からの賢臣で、後主の時代には張貴妃の子の始安王を世継ぎにしようとした後主を諫め「骨鯁の臣」といわれた。後主が井戸に逃げようとした際にも「臣願わくば、陛下の衣冠を正し、前殿に御し、梁武の侯景を見るの故事に依らんことを」と諫めた。『陳書』巻二四。

五四 正色　顔色を厳正にすること。『書』畢命に「四世を弼亮け、色を正して下を率いる」、『公羊伝』桓公二年に「孔父 色を正して、朝に立つ」とある。

五五 乃逃於井　『陳書』巻六陳本紀では「後主 兵の至るを聞き、宮人十餘に従いて、後堂 景陽殿より出で、将に自から井に投ぜんとす…」とある。これに関しては、李白の「金陵歌 范宣を送別す」に「天子龍沈す 景陽の井、誰か玉樹後庭花を歌わん」と詠ぜられている。この井戸はその時に紅で汚れたなどとして後に好事家に「臙脂井」と呼ばれるようになった。

五六 太子深　字は承源、後主の第四子。後主の寵愛をうけた張貴妃を母とし、後主に特に可愛がられた。禎明二年（五八八）、皇太子の胤が廃せられ、代わって皇太子となる。『陳書』巻二八には、隋軍が進入してきた時の様子を「宣令をして之を勞わしめて曰く『軍旅途に在り、乃ち勞ならざるや』と。軍人咸な焉を敬う」という。

五七 開府鮑宏　字は潤卑、東海郯（山東省）の人。周武帝にも仕え『皇室譜』を編纂した。隋文帝が受禅して、開府を加えられる。『隋書』巻六六。

五八 東井　星宿の名。二十八宿の一つ。『礼記』月礼に「仲夏の月、日は東井に在り」、『史記』巻八九の張耳陳餘列伝に「漢王の關に入るや、五星 東井に聚まる。東井は、秦の分なり。先に至れば必ず覇たり。楚 彊なりと雖も、後必ずや漢に屬さん」とある。

五九 王獻之桃葉辭　『楽府詩集』巻四五清商曲辞に「『古今樂錄』曰く「桃葉歌は、晋の王子敬の作る所なり。桃葉は子敬の妾の名、篤に愛するに縁り、之を歌う所以なり」、『隋書』五行志に曰く「陳時江南盛んに王獻之の桃葉の詩を歌う…後、隋の晋王廣 陳を伐つに、將を桃葉山の下に置き、韓擒 江を渡るに及び、大將任蠻奴 新亭に至り、以て北軍の應を導く、子敬は獻之の字なり」と」とある。

六〇 大小　尊卑と長幼を指す『左伝』襄公三十一年「君臣・上下・父子・兄弟・內外・大小も皆威儀有るなり」とみえる。

六一 輿服器物　「輿服」は車輿や冠服のことで、『易』賁卦の疏に「飾の主、飾の盛爲る者は、宮室輿服の屬の若し」とみえる。「器物」は儀式用の器。『周礼』秋官・大行人に「三歳に壹見するは、其れ器物を貢ぐ」とあり、鄭玄注に「器物、尊彝の屬」とある。なお、このとき南朝の伝統音楽なども隋に将来されたことは、『通典』巻一四二に「隋の文帝開皇九年（五八九）陳を平らげ、宋齊舊樂を獲て、詔して太常において清樂署を置き以て之を管せしむ」とみえる。

六二 魯廣達　字は遍覽。後主の即位後、安左将軍と為り、ついで平南将軍、南豫州刺史を授けられる。隋の賀若弼が鍾山に進軍したとき、魯広達は軍を率い、白土崗の南に陣を置き、相い対した。「陳代の良臣」と呼ばれた。『陳書』巻三一。

六三 姚察　五三三〜六〇六。字は伯審、呉興武康（浙江省）の人。「姚察 達學洽聞、手筆典裁にして、之を古に求むれども、猶お輩匹すること難く、今世に在りては、師範と爲するに足れり」（『陳書』巻二七）と、後主は彼の文学的才能に重きを置いた。隋に仕えて、秘書丞となり、梁・陳の二代史の制作を命じられた。

六四 蔡徵　字は希祥。後主にその才能を認められ、信任を得て吏部尚書・安石将軍となる。隋軍が進撃してきた際には、宮城西北の大營を護っていた。隋朝にむかえられ太常丞・尚書民部儀曹郎・給事郎などを歴任した。『陳書』巻二九。

六五 納言　王命を伝達する官。『書』舜典に「汝に命ず、納言と作り、夙夜朕命を出納せよ」、孔伝に「納言は喉舌の官、下言を聴いて上に納れ、上言を受けて下に宣す」とある。

六六 すでに初代皇帝武帝の時から、天からおりて来た人が「陳氏五帝三十二年」と言ったという夢をみたものがいるとか、後主の名「叔宝」の反語は「少福」であるから、これが敗亡の兆しであるなどと、陳が滅ぶ予兆が書かれている。

六七 班　朝廷の席次。『左伝』文公六年には「班は九人に在り」とみえ、その杜預注に「班は位なり」という。張衡の「東京賦」にも「尊卑は班を以てす」とあり、その李善注に「班は位次なり」（『文選』巻三 賦乙）と古来みえる語である。実質的には、梁の武帝が南朝に発達した貴族的官僚制の集大成として「十八班官制」をとり、「品」とは異なる宮中席次を示した。これが陳でも踏襲されたと考えられる。詳しくは宮崎市定『九品官人法の研究』参照。

六八 呉音　江南の音楽。『通典』巻一四六「清楽」に、「長安（七〇一〜七〇四）自り以後、朝廷は古曲を重んぜず、工伎轉缺け…舊樂章多くは或いは數百言、武太后の時『明君』尚お四十言を能くするも、今傳うる所は二十六言、之に就きて訛失し、呉音と轉遠し」とみえる。

六九 心肝　誠意、真情の意。歐陽建「臨終詩」に「上に慈母の恩を負い、痛酷として心肝を摧く」とあり、李白「長相思」にも「夢魂關山の難に到らず、長く相い思いて心肝を摧く」とみえる。

七〇 任其性　意のままに放縦なること。『後漢書』巻六〇上馬融伝に「(融は)琴を鼓くを善くし、笛を吹くを好み、生に達し性に任せ、儒者の節に拘われず」とみえる。

七一 東巡　『通鑑』巻一七八によると開皇十四年(五九四)閏十月に「陳叔寶帝の邙山に登るに従う」とある。

七二 日月光天德、山川壯帝居　『全陳詩』巻四には「入隋侍宴應詔詩」として収録されている。押韻字は「居」と「書」で、『広韻』では平声九の魚の韻にあたる。

七三 東封書　皇帝に封禅をすすめる書。漢の司馬相如が、臨終の前に「封禅文」をつくり、漢の徳の広大なることを詠じ、武帝に東のかた泰山に行き封禅を行うよう勧めた。相如の卒後八年にして武帝は封禅を行なったという故事による。

七四 將作詩功夫　『通鑑』巻一七八隋の文帝開皇十四年(五九四)の条では、「以作詩之功」となっているので、それによって「將」を「以」と同じように読む。

七五 苻氏　苻堅のこと。三三八〜三八五、在位三五七〜三八五。『晋書』巻一一三に伝あり。五胡十六国の前秦第三代の王。三七〇年に前燕を滅ぼして四川を領有し、三七六年に前涼を滅ぼし、ついで鉄弗・拓跋両部をくだし、華北の統一を完成した。苻堅は、例えば朝貢してきた吐谷渾の碎奚に安遠将軍の官位を与えるなどした。

七六 謚曰煬　『逸周書』第五四「謚法解」には「禮を去り衆を遠ざくるを煬と曰う」とみえる。

七七 芒山　邙山。河南省洛陽市の北。漢魏以来、王侯公卿を葬る所。

〔参考文献〕

森野繁夫『六朝詩の研究』(第一学習社　一九七六年)

アーサー・F／ライト『隋代史』(法律文化社　一九八二年)

(中　純子)

高允（三九〇～四八七）

高允（こういん）は北魏随一の名臣で、四十二歳のとき召されて以来五十余年、『国記』著述、高宗文成帝擁立の計、郡国ごとの学制実施、律令の制定など、国家の枢要に関わる事業に参画した。稀にみる清廉貞正な人物で、五帝に仕えていずれも非常に重んぜられた。詩家としては北朝初期唯一といってよく、楽府二首の他に、儒家的道徳性を帯びた四言詩の二連作を遺す。文章家としても種々のジャンルに渉って多く創作し、その作品は当時から広く読まれた。

魏書巻四八　高允傳

高允、字伯恭、勃海人也。[一]祖泰、在叔父湖傳。[二]父韜、少以英朗知名、同郡封[三]懿雅相敬慕。爲[四]慕容垂太尉從事中郞。[五]太祖平中山、以韜爲丞相參軍。早卒。

允少孤夙成、有奇度、清河崔[六]玄伯見而異之、歎曰「高子黃[七]中內潤、文明外照、必爲一代偉器、但恐吾不見耳」。年十餘、奉祖父喪還本郡、推財與二弟而爲沙門、名法淨。未久而罷。性好文學、擔笈負書、千里就業。博通經史天文術數、尤好春秋公羊。郡召功曹。

神䴥三年、[八]世祖舅陽[九]平王杜超行征南大將軍、鎭鄴、以允爲從事中郞、年四十餘矣。超以方[一〇]春而諸州囚多不決、乃表允與中郎呂熙[一一]等分詣諸州、共評獄事。熙等皆以貪穢得罪、唯允以清平獲賞。府解、還家教授、受業者千餘人。四年[一二]、與盧玄[一三]等俱被徵、拜中書博士。遷侍郎、與太原張偉[一四]並以本官領衛大將軍樂安王範[一五]從事中郎。範、世祖之寵弟、西鎮長安、允甚有匡益、秦人稱之。尋被徵還。允曾作塞上翁詩[一六]、有混欣戚、遺得喪之致。驃騎大將軍樂平王丕[一七]西討上邽、復以本官參丕軍事。語在丕傳。涼州平、以參謀之勳、賜爵汶陽子、加建武將軍。

後詔允與司徒崔浩[一八]述成國記[一九]以本官領著作郎。時浩集諸術士、考校漢元以來、日月薄蝕・五星行度、幷識前史之失、別爲魏曆、以示允。允曰[二〇]…（略）。允雖明於曆數、初不推步[二一]、有所論說。唯游雅[二二]數以災異問允。允曰「昔人有言、知之甚難、既知復恐漏泄、不如不知也。天下妙理至多、何遽問此」。雅乃止。

高允、字は伯恭、勃海の人なり。[一]祖は泰、叔父の湖の傳に在り。[二]父は韜、少くして英朗を以て名を知られ、同郡の[三]封懿と雅に相い敬慕す。[四]慕容垂の[五]太祖中山を平ずるや、韜を以て丞相參軍と爲す。早に卒す。允少孤なるも夙成、奇度有り、清河の[六]崔玄伯見て之を異とし、歎じて曰く「高子は黄中[七]内に潤い、文明外に照らし、必ずや一代の偉器と爲らん、但だ恐るらくは吾の見ざらんのみ」と。年十餘にして、祖父の喪を奉じて本郡に還り、財を推し二弟に與えて沙門と爲り、法淨と名づく。未だ久しからずして罷む。性文學を好み、笈を擔い書を負い、千里業に就く。經史天文術數に博通し、尤も春秋公羊を好む。郡功曹に召す。

[八]神嘉三年、世祖の舅[九]陽平王杜超征南大將軍を行ね、鄴に鎮し、允を以て從事中郎と爲す、年四十餘たり。超[一〇]春に方りて諸州の囚の多く決せざるを以て、乃ち表して允と中郎[一一]呂熙等とをして諸州に分詣し、共に獄事を評せし

む。熙等は皆貪穢を以て罪を得るも、唯だ允のみ清平を以て賞せらるるを獲。府解け、家に還り教授す、業を受くる者千餘人たり。四年、[一二]盧玄等と倶に徵せられ、中書博士に拜せらる。侍郎に遷り、太原の[一四]張偉と並びに本官を以て衞大將軍[一五]樂安王範の從事中郎を領す。範、世祖の寵弟たり、西のかた長安に鎭し、允甚だ匡益有り、秦人之を稱す。尋で徵還せらる。允曾て[一六]「塞上翁の詩」を作り、欣戚を混じ、得喪を遺るるの致有り。涼州平らぎ、參謀の勳を以て、爵を汶陽子に賜い、建武將軍を加えらる。

丕西のかた上邽を討ち、復た本官を以て丕の軍事に參る。語は丕の傳に在り。驃騎大將軍[一七]樂平王

後詔して允と司徒[一八]崔浩とをして[一九]『國記』を述成し、本官を以て著作郎を領せしむ。時に浩諸術の士を集め、漢元以來、日月の薄蝕・五星の行度を考校し、幷びに前史の失を識し、別に魏曆を爲り、以て允に示す。[二〇]允曰く…（略）。允曆數に明らかなりと雖も、初めより[二一]推歩せず、論說する所有り。唯だ[二二]游雅のみ數しば災異を以て允に問う。允曰く「昔人言有り、之を知るは甚だ難く、既に知れば復た漏泄を恐る、知らざるに如かざるなり。天下の妙理至って多し、何ぞ遽かに此を問うや」と。雅乃ち止む。

高允、字は伯恭、勃海（河北省）の人である。祖父は泰といい、叔父の湖の伝にその人について記す。父は韜といい、若くして才気煥発たることで名を知られ、同郡の封懿は平生から彼を敬慕していた。（韜は）慕容垂の太尉従事中郎となった。太祖が中山を平定したとき、韜を丞相参軍とした。夙に亡くなった。

允は幼くして父を亡くしたが早成で、人並みはずれた風度があり、清河の崔玄伯は彼に会って普通ではないと見、感嘆して言った、「高子は中正の徳が内面にゆきわたり、文徳が外を輝き照らしている、必ずや一代の大器となるだろう、ただ私はこの眼で見られないかもしれないが」と。十歳余りで、祖父の喪を奉じて実家にかえり、財産を二人の弟に譲って僧となり、法

浄と名乗った。程なくして還俗した。天性の学問好きで、笈を担い書物を背負っては、千里の遠きを厭わず学業におもむいた。経学、史学、天文術数の学に博く通じ、もっとも春秋公羊の学を好んだ。郡は彼を功曹として召した。

神嘉三年（四三〇）、世祖のおじである陽平王杜超が征南大将軍を兼務して、鄴の守りにつき、允を従事中郎としたが、このとき歳は四十余りであった。超は春を迎えて諸州の囚人が多く未決囚のままであったので、上表して允と中郎の呂熙らに諸州に赴かせ、それぞれに裁判の評決をさせた。熙らは皆な欲深く汚れた行為によって罪を得たが、允だけは清廉で公平であったので、賞されることになった。府が解体したので、家に還って学問を教えたが、その授業を受ける者は千人余りに及んだ。神嘉四年、盧玄らと倶に召され、中書博士に任ぜられた。侍郎に配置換えになり、太原の張偉と同じく本官のままで衛大将軍である楽安王範の従事中郎を兼任した。範は、世祖のお気に入りの弟で、西のかた長安の守りについたとき、允は悪弊を正して土地の者に恩恵を与え、関中の人々はそのことを褒め称えた。間もなく召還された。允はかつて「塞上翁の詩」を作り、悲喜の情を交え、世の得失を忘れさせる趣が有った。驃騎大将軍で楽平王の丕が西のかた上邽を討伐したときに、再び本官のままで丕の軍事に参与した。そのいきさつは丕の伝に述べる。涼州が平定されると、参謀の勲功により、爵を汶陽（山東省）子に賜り、建武将軍を加えられた。

後に詔を下して允と司徒の崔浩とに『国記』を作成させ、本官のままで著作郎を務めさせた。この時崔浩は諸術に通じた者を集め、漢初以来の、日月の蝕、五星の運行を調査し、ならびに従来の史書の誤りを記録し、新たに魏の暦を作って、これを允に見せた。允は言った…（略）。允は暦法に明るかったけれども、天体運行の計算はせず、それでいて（確かな）議論をした。游雅だけは何度も災異について允にたずねた。允は「先人のことばにも有る、知ることは甚だ困難だが、知ってしまえば漏れるのを恐れる、知らぬが一番だと。この世には不思議なことわりが数多あるのに、なぜにあわててそんなことを聞くのか」と言った。雅はそこで問うのをやめた。

一　祖泰、在叔父湖傳　『魏書』巻三二高湖伝に「(湖は) 漢太傅襃の後。祖は慶、慕容垂の司空たり。父は泰、吏部尚書たり」と見える。慶、泰、湖の三世にわたって慕容氏に仕えたが、湖のとき北魏に奔った。「勃海の高氏」は当時の名族である。

二　父韜　注一参照。同じく『魏書』巻三二高湖伝に「湖　少くして機敏、器度有り、兄の韜と倶に名を時に知られ、雅に郷人崔逞の敬異する所と爲る」という。

三　封懿　字は處徳、勃海蓨(河北省)の人。後燕の烈宗慕容宝に仕えて中書令、民部尚書となったが、宝が没して後は魏に帰して給事黄門侍郎、寧朔将軍などに任ぜられた。太祖がしばしば引見して慕容氏の旧事について問うたが、応対が疎かであったので退けられた。太宗のとき再び都坐大官に任ぜられ、四一七年に没した。『魏書』巻三二、『北史』巻二四。

四　慕容垂　三二六～三九六、在位三八四～三九六。後燕初代の世祖武成皇帝。前燕の慕容儁に仕えて呉王に封ぜられ、征南将軍、荊兗二州の牧など歴任、東晋の桓温との戦で名を挙げたが慕容評に憎まれ、前秦の苻堅のもとに逃れた。苻堅が淝水の戦に敗れると燕王を称して前燕を討ち、後燕を立てた。北魏へ侵攻を企てたが失敗、対立を激化させた。『晉書』巻一二三、『魏書』巻九五、『北史』巻九三。

五　太祖　道武帝拓跋珪(三七一～四〇九、在位三八六～四〇九)。北魏初代の皇帝。祖父は代王拓跋什翼犍で、三七八年、前秦の苻堅に攻められて亡んだ(父は早に没)。三八五年の淝水の戦による前秦の敗北に乗じ、旧拓跋部を糾合して代王に即位、次いで魏を立てて帝位に即いた。後燕(慕容氏)を討滅した後、北方よりも中国内地を統治経営する政策をとり、平城(山西省大同)に都を置き、太行山脈以東の民四十六万人を移住させた。また元来の遊牧民も戸籍に編入し、漢族を官吏として登用して中国の伝統的統治政策をとった。『魏書』巻二、『北史』巻一。

六　崔玄伯　崔宏(『魏書』では高祖孝文帝の名を避けて字で呼ぶ)、清河東武城(河北省)の人、崔浩の父。三国魏の司空崔林の六世の孫。前秦、後燕に仕えた後、魏の太祖道武帝に召されて黄門侍郎、吏部尚書などを歴任し、政治制度や治世の法など、諸方面で帝の諮問に応じ、深く信任された。国号「魏」を太祖に進言したのは崔宏である。四一八年に没した。『魏書』巻二四、『北史』巻二一。

七　黄中　中正の徳を内に得ていること。「黄」は五行では「土」に配され、五方では「中」央に位置する。『周易』坤(文言)に「君子は黄中にして理に通じ、位を正して體に居る、美は其の中に在りて、四支に暢べ、事業に發す、美の至りなり」とある。

八　世祖　太武帝拓跋燾(四〇八～四五二、在位四二三～四五二)。北魏第三代の皇帝。南朝宋との修好に努める一方、陝西、蒙古、甘粛などを攻略し、河北の統一を完成した。後には宋に侵攻して大きな被害を与えた。また仏教寺院内の武器財宝の隠匿などに端を発する仏教禁圧は、中国仏教史上の四大法難に数えられる。『宋書』巻九五、『魏書』巻四、『北史』巻二。

九　陽平王杜超　?～四四四。字は祖仁、魏郡鄴(河南省)の人。北魏の第二代皇帝太宗明元帝(拓跋嗣)の皇后(密)の兄。甥にあたる世祖に慕われ、陽平公を授かり、南安長公主を娶り、しばしば第宅に行幸を受けた。さらに王の爵号を授かり征南大将軍となるが、幕下に殺害された。『魏書』巻八三、『北史』巻八〇。

10　方春而諸州囚多不決　「支那では古く天の時に従って刑を行う。故に万物の生育する春夏は、成るべく刑殺を避け、万物の枯死する秋冬に、刑殺を行うべきことが、『礼記』の月令に見えて居る」(桑原

『魏書』巻一七、『北史』巻一六。

一六 塞上翁詩　詩自体は伝わらないが、『太平御覧』巻一九四に引く高允「塞上公亭詩序」はこの作に冠せられたと思われる。延和三年(四三四)に代州の快馬亭に寓宿したとき、快馬の名は昔この地に住んだ翁の馬に因み、翁は土地の人々の始祖とも言うべき人であることを知って、付近の風景に流目しつつ往事を偲んだというもの。

一七 樂平王丕　太宗明元帝の子。父にその器量を愛され、楽平王に封ぜられ、車騎大将軍に任ぜられた。軍律厳しい兵を率いて四川武興に拠った南秦王楊難当を征討した。兵を引こうとする相手に対し、追撃と掠奪を進言する者も有ったが、これに反対する高允の言を納れて毫も犯すところが無かった。柔然(蠕蠕)征伐に際し、密かに軍事を妨害して楽安王の擁立を図った劉潔に連座し、憂悶の内に没した。『魏書』巻一七、『北史』巻一六。

一八 崔浩　三八一〜四五〇。字は白淵、清河東武城(河北省)の人。若くして経史、陰陽および百家の学に博く通じた。太宗明元帝のとき博士祭酒となり、帝に経書の学を授けたが、特に天文に関する予言で信頼を得、国家の枢要に深く関わった。太宗の没後一度失脚するが、新天師道を布教する寇謙之と結んで世祖太武帝に取り入り、司徒として再び国家の実権を掌握した。その後、彼を総裁として編まれた『国記』が、漢人の立場から遊牧時代の拓跋氏の風俗を直筆し、さらにそれを碑文に刻んだことにより、族滅された。『魏書』巻三五、『北史』巻二一。

一九 國記…　注一八を参照。

二〇 允曰…　『漢書』天文志の「漢元年、(水金火木土の)五星が東井宿(星座名)に集まった」という記録に関して、高允は古書を引き、太陽や惑星の運行と位置の法則に従い、『漢書』の誤りを指摘する。

隴蔵「支那の孝道殊に法律上より観たる支那の孝道」注(9)、『全集』三　岩波書店)。「仲春の月……有司に命じ、囹圄を省き、桎梏を去り、肆掠しること無く、獄訟を止む」(『礼記』月令)。従って中国の刑法では、一般に立春を過ぎれば、少なくともその年末まで死刑は執行されない。

二一 呂熙　未詳。

二二 四年　四三一年。『魏書』巻四上、世祖紀秋九月の項に、領内をほぼ平定し終えて太平を開こうとする意を述べた、この時の詔文が記載される。また高允自身も後年この事を回顧し、「徴士の頌」を作っている(→注七〇)。

二三 盧玄　字は子眞、范陽涿(はんようたく)(河北省)の人。曾祖父は晋に、祖父と父は慕容氏に儒者として仕えた。四三一年、世祖太武帝が漢人名族を徴したときには、筆頭として高允らとともに挙げられ、中書博士に任ぜられた。崔浩は彼の外兄である。寧朔将軍、散騎常侍となり、宋文帝に使いした後、病没した。「徴士頌」(→注七〇)に見える。『魏書』巻四七、『北史』巻三〇。

二四 張偉　字は仲業、太原中都(山西省)の人。諸経に通じ、郷里で常に数百人を相手に学を講じた。四三一年に高允らとともに挙げられ、中書博士を拝し、侍郎・散騎侍郎・給事中などを歴任、後に建安公を授かった。門人には仁者として父の如く慕われ、その政治も仁政を先にして刑罰に任せることが無かったという。「徴士頌」(→注七〇)に見える。『魏書』巻八四、『北史』巻八一。

二五 樂安王範　太宗明元帝の子。沈着温和な性格で兄世祖に信頼され、都督五州諸軍事、衛大将軍、開府儀同三司、長安鎮都大将を拝した。秦地を寛容で緩やかに治めて人望を得たが、劉潔の事件(→注一七)を知りながら上聞に供せず、露見してすぐ病により没した。

崔浩はこれに反論するが、後に考えを改めて高允の意見を正しいと認める。かくして人々は高允の暦術の正確さに驚嘆した、という話。詳しくは以下の資料を参照。①能田忠亮「秦の改時改月説と五星聚井の弁」（恒星社厚生閣『東洋天文学史論叢』所収）、②斉藤国治『星の古記録』（岩波新書）六八頁以下。以上の天文に関する解釈、および参考文献の指摘は、ともに長谷部英一氏の教示による。

二二 推歩　天体の運行から暦を推算すること。『後漢書』馮緄伝に「（緄弟允）推歩の術を善くす」、注に「推歩、日月五星の度、昏旦節氣の差を究むるを謂う」とある。

二三 游雅　字は伯度、広平任人（河北省）の人。四三一年に高允らとともに挙げられ、中書博士を拝し、著作郎、太子少傅、散騎常侍などを歴任した。清廉潔白で仁政を施したが、秘書監に於ける国史編纂には精力的ではなかったという。矜持心が強く、高允の才能を買わなかったが、高允は特に彼の学問を高く評価していた。「徵士頌」（→注七〇）に見える。『魏書』巻五四、『北史』巻三四。

＊　＊　＊

尋以本官爲秦王翰傅[二三]。後敕以經授恭宗[二四]、甚見禮待。又詔允與侍郎公孫質[二五]・李虛[二六]・胡方回[二七]共定律令。世祖引允與論刑政、言甚稱旨。因問允曰「萬機之務、何者爲先」。是時多禁封良田[二八]、又京師遊食者衆。允因言曰[二九]…（略）。世祖善之。遂除田禁、悉以授民。

初、崔浩薦冀・定・相・幽・并五州之士數十人、各起家郡守。恭宗謂浩曰「先召之人、亦州郡選也、在職已久、勤勞未答。今可先補前召外任郡縣、以新召者代爲郎吏。又守令宰民、宜使更事者」。浩固爭而遣之。允聞之、謂東宮博士管恬[三〇]曰「崔公其不免乎。苟逞其非、而校勝於上、何以勝濟」。…（略[三一]）。

是時、著作令史閔湛[三二]・郄摽[三三]性巧佞、爲浩信待。見浩所注詩・論語・尚書・易、遂上疏、言馬・鄭・王・賈[三四]雖注述六經、並多疏謬、不如浩之精微。乞收境内諸書、藏之祕府、班浩所注、命天下習業。并求敕浩注禮傳[三五]、令後生得觀正義。浩亦表薦湛有著述之才。既而勸浩刊所撰國史于石、用垂不朽、欲以彰浩直筆之跡。允聞之、謂著作郎宗欽[三六]曰「閔湛所營、分寸之閒、恐爲崔門萬世之禍。吾徒無類矣[三七]」。未幾而難作。

初、浩[38]之被收也、允直中書省。恭宗使東宮侍郎吳延[39]召允、仍留宿宮內。翌日、恭宗入奏世祖、命允驂乘。至宮門、謂曰「入當見至尊、吾自導卿。脫至尊有問、但依吾語」。允請曰「爲何等事也」。恭宗曰「入自知之」。既入見帝。恭宗曰「中書侍郎高允自在臣宮、同處累年、小心密愼、臣所委悉。雖與浩同事、然允微賤、制由於浩。請赦其命」。世祖召允、謂曰「國書皆崔浩作不」。允對曰「[40]太祖記、前著作郎鄧淵[41]所撰。先[42]帝記及今記、臣與浩同作。然浩綜務處多、總裁而已。至於注疏、臣多於浩」。世祖大怒曰「此甚於浩、安有生路」。恭宗曰「天威嚴重、允是小臣、迷亂失次耳。臣向備問、皆云浩作」。世祖問「如東宮言不」。允曰「臣以下才、謬參著作、犯逆天威、罪應滅族、今已分死、不敢虛妄。殿下以臣侍講日久、哀臣乞命耳。實不問臣、臣無此言。臣以實對、不敢迷亂」。世祖謂恭宗曰「直哉。此亦人情所難、而能臨死不移、不亦難乎。且對君以實、貞臣也。如此言、寧失一有罪、宜宥之」。允竟得免。於是召浩前、使人詰浩。浩惶惑不能對。允事事申明、皆有條理。時世祖怒甚、敕允爲詔、自浩已下、僮[43]吏已上百二十八人皆夷五族。允持疑不爲、頻詔催切。允乞更一見、然後爲詔。詔引前、允曰「浩之所坐、若更有餘[44]釁、非臣敢知。直以犯觸、罪不至死」。世祖怒、命介士執允。恭宗拜請。世祖曰「無此人忿朕、當有數千口死矣」。浩竟族滅、餘皆身死。宗欽臨刑、歎曰「高允其殆聖乎」。

恭宗後讓允曰「人當知機、不知機、學復何益。當爾之時、吾導卿端緒、何故不從人言、怒帝如此。每一念之、使人心悸」。允曰[45]…（略）。恭宗動容稱歎。允後與人言「[46]我不奉東宮導旨者、恐負翟黑子」。

尋で本官を以て[二三]秦王翰の傅たり。後勅して經を以て[二四]恭宗に授けしめ、甚だ禮待せらる。又た詔して允と侍郎[二五]公孫質・[二六]李虛・[二七]胡方回をして共に律令を定めしむ。世祖允を引きて與に刑政を論ずるに、言甚だ旨に稱う。因りて允に問いて曰く「萬機の務、何者をか先と爲す」と。[二八]是の時多く良田に封ずるを禁じ、又た京師に遊び食う者衆し。[二九]允因りて言いて曰く…(略)。世祖之を善しとす。遂に田禁を除き、悉く以て民に授く。

初め、崔浩冀・定・相・幽・幷五州の士數十人を薦め、各おの郡守に起家せしむ。恭宗浩に謂いて曰く「先に召す人、亦た州郡の選なり、職に在ること已に久しく、勤勞未だ答えず。今先ず前に召すを外任の郡縣に補し、新たに召す者を以て代えて郎吏とすべし。又た守令の民を宰する、宜しく吏事の者を使うべし」と。浩固く爭いて之を遣わす。允之を聞き、東宮博士[三〇]管恬に謂いて曰く「崔公其れ免れざらんか。苟しくも其の非を逞うし、而して勝を上に校ぶれば、何を以てか勝濟せん」と。…(略)[三三]。

是の時、著作令史[三一]閔湛・[三二]郄摽は性巧佞、浩に信待せらる。浩の注する所の『詩』・『論語』・『尚書』・『易』を見、遂に上疏し、[三四]馬・鄭・王・賈は六經を注述すると雖も、並びに疏謬多く、浩の精微なるに如かずと言う。境內の諸書を收め、之を祕府に藏し、浩の注する所を班ちて、天下に命じて習業せしめんことを乞う。幷びに敕を求めて浩をして[三五]『禮傳』に注せしめ、後生をして正義を觀るを得しむ。浩亦た表して湛に著述の才有りと薦む。既にして浩に勸めて撰する所の國史を石に刊し、用て不朽に垂れしめ、以て浩の直筆の跡を彰さんと欲す。允之を聞き、著作郎[三六]宗欽に謂いて曰く「閔湛の營む所、分寸の閒なるも、恐るらくは崔門萬世の禍と爲らん。[三七]吾が徒も類無からん」と。未だ幾くならずして難作る。

初め、[三八]浩の收めらるるや、允中書省に直す。恭宗東宮侍郎[三九]吳延をして允を召さしむるも、仍お留りて宮內に宿す。翌日、恭宗入りて世祖に奏し、允に命じて驂乘せしむ。宮門に至り、謂いて曰く「入りて至尊に見ゆるに當りては、吾れ自ら卿を導く。脫し至尊問うこと有らば、但だ吾が語に依れ」と。允請いて曰く「何等の事が爲なるや」と。

恭宗曰く「入らば自から之を知らん」と。既に入りて帝に見ゆ。恭宗曰く「中書侍郎高允 臣が宮に在りて自り、同に處ること年を累ぬ、小心 密かに愼むは、臣の委さに悉す所なり。浩と事を同にすると雖も、然るに允は微賤、制は浩に由る。請う 其の命を赦さんことを」と。世祖 允を召し、謂いて曰く「『國書』皆な崔浩の作れるや不や」と。允 對えて曰く「四〇『太祖記』は、前著作郎 四一鄧淵の撰する所なり。四二『先帝記』と『今記』とは、臣と浩と同に作る。然れども浩は綜務 多きに處り、總裁せしのみ。注疏に至りては、臣 浩よりも多し」と。世祖大いに怒りて曰く「此れ浩よりも甚だし、安んぞ生路有らん」と。恭宗曰く「天威 嚴重にして、允は是れ小臣たり、迷亂して次を失うのみ。臣 向に備さに問えり、皆な浩の作ると云う」と。世祖問えらく「東宮の言の如きや不や」と。允曰く「臣 下才を以て、謬りて著作に參る、天威に犯逆し、罪 應に族を滅せらるべし、今已に死を分ち、敢て虚妄たらず。殿下 臣の侍講するの日久しきを以て、臣を哀みて命を乞うのみ。實もて臣に問わずば、臣も此の言無し。臣 實を以て對う、敢て迷亂せず」と。世祖 恭宗に謂いて曰く「直なるかな。此れ亦た人情の難しとする所なり、而して能く死に臨みて移らず、亦た難からずや。且つ君に對うるに實を以てす、貞臣なり。此の如く言わば、寧ろ一を失して罪有るとも、宜しく之を宥すべし」と。允 竟に免かるるを得。是に於て浩を召して前ましめ、人をして浩を詰さしむ。浩 惶惑して對うる能わず。允 事事申ぶること明らかに、皆な條理有り。時に世祖怒ること甚しく、敕して允をして詔を爲らしめ、浩自り已下、四三僮吏已上百二十八人皆な五族を夷げんとす。允 疑を持して爲らず、頻りに詔して催すこと切なり。允 更に一たび見え、然る後に詔を爲らんことを乞う。詔し引きて前ましむるに、允曰く「浩の坐する所、若し更に四四餘釁有るとも、臣の敢て知るに非ず。直にして以て犯觸するは、罪 死に至らず」と。世祖怒り、介士に命じて允を執えしむ。恭宗拜して請う。世祖曰く「此人の朕を忿らしむる無くば、當に數千口の死する有るべし」と。浩 竟に族滅せられ、餘は皆な身ずから死す。宗欽刑に臨み、歎じて曰く「高允 其れ殆ど聖なるかな」と。

恭宗 後に允を讓めて曰く「人當に機を知るべし、機を知らずば、學ぶも復た何の益かあらん。爾の時に當り、吾れ卿を端緒に導く、何の故に人の言に従わずして、帝を怒らしむること此の如き。一たび之を念う毎に、人の心をして悸れしむ」と。允曰く…（略）。恭宗容を動かし稱歎す。允後に人に言えらく「我れ東宮の導旨を奉ぜざるは、翟黒子に負かんことを恐るればなり」と。

まもなく本官のままで秦王翰の太傅となった。後に勅命によって恭宗に経書を授けさせ、はなはだ礼厚く遇された。また詔して允と侍郎公孫質・李虚・胡方回に共同で律令を制定させた。世祖は允を引見して刑罰や法律について共に論じたところ、彼の言は甚だ上旨にかなうものだった。そこで允に問うた、「よろずの事に務めるに当たり、何を優先させるか」と。時に（民に）良田を与えることを禁じており、また都に出て徒食する者が多かった。允はそこで言った…（略）。世祖はこれを認めた。かくして田禁を解除し、それらをことごとく民に授けたのである。

これより先、崔浩は冀・定・相・幽・幷の五州（ほぼ河北省を中心とする地域）の士数十人を推挙し、それぞれ郡守の職に就かせた。恭宗は浩に言った、「以前に召した者達も、やはり州郡で選ばれたのだが、もう現職に長く在るのに、その勤労は未だ報われていない。今は先ず以前に召した者達を外任の郡県の守として任用し、今回召す者を彼らに代えて郎吏とすべきである。そうすれば郡守県令が民を宰領するにあたり、ことを一新するのによろしかろう」と。浩はかたくなに争って彼らを派遣した。允はそのことを聞き、東宮博士の管恬に言った、「崔公は危機を免れないだろう。自らはみだりに過ちのし放題、それで勝ちを争うなど、どうしてそのままにいくものか」と。…（略）。

当時、著作令史閔湛と郄摽は口先巧みに媚びへつらう性格で、崔浩に信用されていた。浩が注した『詩（経）』・『論語』・『尚書』・『易（経）』を見て、文書を奉り、馬融・鄭玄・王弼・賈逵は六経に注釈し祖述したけれども、みな手落ち過ちが多く、崔浩の著作の詳しくこまやかであるのには及ばないと述べた。そして国内の諸書を収集し、それを宮中の書庫に収蔵し、崔浩が注釈を施したものを下々に分かち与え、天下に命じて習わせようとお願いした。また勅命を求めて崔浩に『礼記』に注させ、後輩たちに正しい意味を見ることができるようにさせた。崔浩はまた上表して閔湛には著述の才能が有ると推薦した。そうした後、崔浩に勧告して撰述した国の歴史を石に刻み、それを永久に伝えさせ、それにより崔浩の直筆の跡を明らかにしようとした。允はこれを聞き、著作郎の宗欽に言った、「閔湛のしていることは、僅かなことなのだが、恐らくは崔一党の万世の禍いとなるであろう。(そうすれば)我々も根絶やしになってしまう」と。まもなく禍難が起こった。

話は前後するが、崔浩が収監されたとき、允は中書省に当直していた。恭宗は東宮侍郎の呉延に允を召し出させて、そのまま宮中にとまらせた。翌日、恭宗は参内して世祖に奏上し、允に添え乗りするよう命じた。宮門に着くと、允にこう言った。「宮中に入って至尊に拝謁する段になれば、私自ら貴公の手引きをする。もしも至尊がお尋ねになるようなことが有れば、専ら私のことばに従っていただく」。允は尋ねた。「なぜでございますか」。恭宗は「入れば自ずと分かる」と言った。かくして宮中に入って帝にまみえた。恭宗は言った。「中書侍郎高允は臣の宮省に在ってこのかた、何年もの間同所におりまするゆえ、心を注意深く保ち人知れず慎んで参りましたこと、臣の委細知悉するところでございます。崔浩と事業を同じうしてはおりましたけれども、然しながら允は卑賤の身、制作は浩の手になるものでございます。なにとぞ命をお赦し賜わんことを」。世祖は允を召し、言った。「『国書』は皆な崔浩が作ったものか」。允はお答えした。「『太祖記』は、前著作郎の鄧淵の撰述したものでございます。『先帝記』と『今記』とは、臣と浩とが共にお作りいたしました。ですが浩は総括的な仕事が多うございましたので、全体を取り仕切っただけでございます。注記ともなりますと、臣の方が浩よりも多うございます」。世祖は激怒して言った。「こやつは浩よりもひどいではないか、生きる路などあるか」。恭宗は言った。「今上の御威光の重々しき(に対し)、允は小臣、錯乱し取り乱したのでございます。臣が先に詳しく問いましたところ、皆な浩が作ったと申しました」。世祖は「東宮の言う通りか」と尋ねた。允は言った。「臣は非才の身でありながら、誤って著作に与ることとなりましたが、今上の御威光に逆らい奉り、罪は一族誅滅に相当いたします、今はもはや死を賜ることを弁え、畏れ多くも偽りを申し上げはいたしませぬ。東宮殿下は臣が侍読いたしますことの長きにより、臣の身を哀み命を乞い奉るのでございます。真実を臣にお尋ねであらせられなければ、臣もかかることは申しませぬ。臣は真実によりお答えいたします、畏れ多くも錯乱するようなことはございませぬ」。世祖は恭宗に言った。「何と正直なことか。人の情からしてなかなか出来ないことであるのに、死に臨んでもなお信念を変えないとは、容易ではない。それに主君に奉答するのに真実によるとは、節義に堅い臣下である。かく申すのなら、たとえ一つの過失により罪が有ったとしても、ゆるすのがよかろう」。允は結局は罪を免かれることができたのである。そこで崔浩を召して御前に出させ、人を使って彼を詰問させた。浩はおそれ取り乱してお答えすることができない。允は事ごとに陳述が明確で、皆な条理があった。この時世祖は怒ることが甚しく、勅命を発して允に詔を作らせ、崔浩以下、下級役人以上の百二十八人について総て五族を誅殺しようとした。允は疑義を抱いたまま作らなかったが、(帝は)頻りに詔してきびしくせき立てた。允はいま一度(帝に)拝謁し、その後で詔を作りたいと願った。(そこで)詔して(允を御前に)召し出したところ、允は言った。「浩が罰せられることにつき、もしも他に余罪がございましても、畏れながら臣の知るところではございませぬ。率直であるがゆえに禁に触れたといたしましても、罪は死を賜うに至りませぬ」。世祖は怒り、兵士に允を捕縛するよう命じた。恭宗は拝して許しを請うた。世祖は言った。「この者が朕を憤激させることがなければ、数千人が死んだに違いない」。崔浩は最後に一族を誅滅され、あとの者はすべて本人が刑死した。宗欽(そうきん)は処刑に臨み、感嘆して言った、「高允はほとんど聖人の域だな」と。

恭宗は後に允を責めて言った。「人は情況というものを理解すべきだ。それが分からなければ学問などしても何の役に立つか。あの時には、私が貴公を端緒に導いたのに、何故に人の言葉に従わずに、帝をあのように怒らせたのか。思い出す毎に、動悸が激しくなるわ」。允は言った…(略)。恭宗は面持ちを改めてほめたたえた。允は後に人に言った。「私が東宮のお導きを奉じなかったのは、翟黒子(てきこくし)(に対する自分の言)にそむくことになると思ったからだ」。

三 秦王翰 『魏書』巻一八、『北史』巻一六に東平王翰として伝を立てられる。四四二年に秦王に封ぜられ、侍中、中軍大将軍を拝した。若い翰に太傅高允が遺った「諸侯の箴」に大いに悦んだ。信義を以て衆人を恵撫し、羌戎も敬服したという。東平王に封ぜられた後、世祖が崩ずると、諸大臣は翰を立てようとしたが、中常侍宗愛が翰と合わず、南安王余を擁立して翰を殺した。

四 恭宗 世祖太武帝の長子晃。四三二年に五歳で皇太子に立てられた。四四三年には柔然討伐に従軍し、敵の乱れを冷静に観察し、機に乗じて追撃すべきと説いたが容れられず。後に捕虜の証言により彼の正しさが判明し、世祖は彼を国の枢要に与らせるようになった。大いに墾田を開くなど内政にも活躍して将来を嘱望されたが、四五一年に二十四歳で没した。『魏書』巻四下、『北史』巻二。

二五 公孫質　字は元直、父の公孫表は燕郡広陽（現在の北京）の人で、初め慕容氏（西燕、後燕）に仕えたが、魏太祖が中山を伐ったとき魏に帰属した。質は中書学生から博士に遷り、世祖が涼州を征伐したときは宜都王穆寿の側近として後を守ったが、柔然の斥候騎兵が現れたにも関わらず卜筮者の言を信じて大事と見なさなかったので、国に危険を招くこととなった。『魏書』巻三三、『北史』巻二七。

二六 李虚　未詳。『北史』は「李霊」に作る。『魏書』にはこの箇所以外に李虚という名は見えない。中華書局『魏書』校勘記は、高允と同時期に徴され、世祖の代に中書侍郎職にあった李霊（『魏書』巻四九、『北史』巻三三）の誤りかとする。ただし『魏書』刑罰志や胡方回、游雅、公孫質らの伝には、李霊が律令制定に参与したという記述はない。

二七 胡方回　安定臨涇（甘粛省）の人。初め夏に仕え、文藻を以て聞こえた。世祖が赫連昌を破ると魏に入ったが、当時は無名であった。北鎮司馬となって書いた上表文が世祖に賞され、召されて中書博士となり、後に游雅らとともに律制を改定した。『魏書』巻五二、『北史』巻三四。

二八 是時多禁封良田…　豪族の大土地所有を制限する目的で、古く漢の董仲舒が「民の名田を限る」ことを提案し、前漢末にはその「限田」の数字を伴う具体案が現れる。成人に一定限度での土地所有を許す西晋の「占田制」もこの延長上にあり、これらが均田制を導くことになる。北魏初期には、戦争の継続と流民の増加に伴い、田圃の絶対量が不足しつつあったため、例えば世祖の代（太子恭宗）には農民達に畿内に土地を与え、開墾を積極的に行なっている（『魏書』恭宗紀）。高允のこの上奏は『魏書』本紀などには見えないが、そうした状況下での発言であったと考えられる。堀敏一『均田制の研究』（岩波書店）参照。

二九 允因言曰…　『漢書』食貨志上に見える、李悝が魏の文侯のため作った「地力を尽さしむるの教え」に従い、一畝ごとの収穫量の多寡が、広大な耕地を有する国家にとっては大きな損益となること、故に農業を奨励して穀物の備蓄を増やし、後顧の憂いを断つべきことを説く内容。

三〇 管恬　未詳。

三一 世祖に寵愛されていた遼東公翟黒子（伝未詳）の収賄が発覚し、高允に相談した。高允は忠誠心を以て真実を告げるべしと答えたが、翟黒子は他の者の言を聞き、逆に高允を直ならずとして絶交する。虚偽の報告をした翟黒子は結局刑殺された。

三二 閔湛　この人物の伝は『魏書』『北史』ともに立てられないが、本伝と同様の記事が『魏書』巻三五崔浩伝に見える。「著作令史太原の閔湛・趙郡の郄標　素と浩に諂事し、乃ち石銘を立て、『國書』を刊載し、幷びに注する所の五經を勒まんことを請う。浩之に贊成す。恭宗焉を善しとし、遂に天郊東三里に營む、方百三十步たり、功三百萬を用いて乃ち訖う」。

三三 郄標　伝は『魏書』『北史』ともに立てられない。閔湛（→注三二）を参照。また「初め、郄標等石銘を立てて『國記』を刊し、浩盡く國事を述ぶ、備にして典ならず」（『魏書』巻三五崔浩伝）。

三四 馬・鄭・王・賈…　後漢の馬融・鄭玄・三国魏の王弼・後漢の賈逵が、『詩』『書』『礼』『楽』『易』『春秋』（六経）について多くの著述、注釈を有することについては、各人の伝（『後漢書』巻六〇上馬融伝、同巻三五鄭玄伝、『三国志』巻二八鍾会伝附王弼、『後漢書』巻三六賈逵伝）、および『隋志』などの目録類、『玉函山房輯佚書』などの輯本類を参照。

三五 禮傳　『礼記』をいう。『後漢書』祭祀志下に「古者（いにしえ）は師の平を行うに社主を載する有り、稷を載せざるなり」とあり、注に仲長統の言を引き「『周禮』は禮の經たり、『禮記』は禮の傳たり」とある。

三六 宗欽　字は景若、金城（甘粛省）の人。若くして学問を好み儒者の風有り、河西に名があった。五胡十六国の一国北涼（匈奴系）の始祖、沮渠蒙遜に仕えたが、魏世祖が涼州を平らぐるや魏に入朝し、臥樹男に爵を賜い、鷹揚将軍を加えられ、著作郎を拝した。『魏書』本伝には、この時の感慨を述べて高允と応酬した書簡と四言詩の連作とを収める。『魏書』巻五二、『北史』巻三四。

三七 吾徒無類矣　本文は「（崔浩と同類の官職に在る）我々にも累が及んで皆な殺されるだろう」という解釈だが、他に「我々は崔浩たちのような行いの無いように（慎重に）せねば」とも解し得る。後段に見える高允の覚悟に鑑み、いま前者に解する。

三八 浩之被收…　崔浩が魏の『国記』編纂に際し、漢化する以前の鮮卑拓跋氏について忌憚無く著述した上、石刻して衢路に顕示した。これに北人が憤激したことによる。『魏書』巻三五崔浩伝参照。

三九 呉延　未詳。

四〇 太祖記　太祖は注五参照。

四一 鄧淵　字（あざな）は彦海、安定（甘粛省）の人。祖父羌、父翼は苻堅（前秦）に仕えたが、翼はのち慕容垂の傘下に入った。淵は魏太祖が中原を平定したとき著作郎に擢でられ、尚書吏部郎となった。制度や故事に明るく、尚書崔玄伯（↓注六）とともに朝儀、律令、音楽などを参定した。太祖が『国記』の撰述を命ずるや、淵は十余巻を作ったが、体例が定まらず、年月起居行事を連ねるに止まった。定陵侯和跋が誅されたとき、太祖に関係を疑われ、死を賜った。『魏書』巻二四、『北史』巻二一。

四二 先帝記及今記　「先帝」は太宗明元帝、「今（上）」は世祖太武帝。

四三 僮吏　最下層の胥吏をいうか。『宋書』巻五九張暢伝に「若諸佐不可遣、亦可使僮幹來」といい、一種の使用人を「僮幹」と呼ぶ例が見える（参考『通典』巻三五職官一七）。

四四 餘釁　「釁」は罪のこと。『左伝』宣公十二年に「（士）會聞く、師を用うるは釁を観て動くと」。注に「釁、罪也」とある。

四五 允曰…　歴史とは将来への鑑戒であり、故に皇帝の言動もつぶさに記されねばならない。崔浩が私欲のために身を誤ったこと自体は責められるべきだが、国家の大事にかかわる史官としての道を踏み外してはいない。その点では自分も同断であり、崔浩と生死を共にすべきである。陛下の慈悲により一命をとりとめたが、それは本人の本意ではない、という内容の発言。

四六 我不奉東宮導旨者、恐負翟黒子　翟黒子は注三一参照。中華書局本『魏書』は、この部分を地の文とする。ここでは同『北史』に従い、高允の直接の言に解した。

* * *

恭宗季年、頗親近左右、營立田園、以取其利。[四七]允諫曰…（略）。恭宗不納。恭宗之崩也、允久不進見。後世祖召、允昇階歔欷、悲不能止。世祖流涙、命允使出。左右莫知其故、相謂曰「高允無何悲泣、令至尊哀傷、何也」。世祖聞之、召而謂曰「汝不知高允悲乎」。左右曰「臣等見允無言而泣、陛下爲之悲傷、是以竊言耳」。世祖曰「崔浩誅時、允亦應死、東宮苦諫、是以得免。今無東宮、允見朕因悲耳」。

[四八]允表曰…（略）。世祖覽[五一]而善之、曰「高允之明災異、亦豈減崔浩乎」。[四九]及高宗即位、允頗有謀焉。司徒陸麗[五〇]等皆受重賞、允既不蒙褒異、又終身不言。其忠而不伐、皆此類也。…（略）[五二]。

恭宗の季年、頗る左右に親近し、田園を營立し、以て其の利を取る。[四七]允諫めて曰く…（略）。恭宗納れず。恭宗の崩ずるや、允久しく進見せず。後 世祖召すに、允 階を昇りて歔欷し、悲しみて止む能わず。世祖 涙を流し、允に命じて出でしむ。左右其の故を知る莫く、相謂いて曰く「高允何の悲泣することも無きに、至尊をして哀傷せしむるは、何ぞや」と。世祖之を聞き、召して謂いて曰く「汝 高允の悲しむを知らざるか」と。左右曰く「臣等允の言う無くして泣き、陛下之が爲に悲傷するを見る、是を以て竊かに言うのみ」と。世祖曰く「崔浩 誅せらるる時、允も亦た應に死すべきも、東宮苦諫し、是を以て免かるるを得。今東宮無し、允 朕を見 因りて悲しむのみ」と。[四八]允 表して曰く…（略）。世祖覽て之を善しとし、曰く「高允の災異に明るきこと、亦た豈に崔浩に減ぜんや」と。[四九]高宗即位するに及び、允頗る謀ること有り。司徒[五〇]陸麗等皆な重賞を受く、允既に[五一]褒異を蒙らざるも、又た終身言わず。其の忠にして伐らざること、皆な此の類なり。…（略）[五二]。

恭宗の晩年、相当に側近を近づけ、田畑を経営させては、その利益を取った。允は諫めて言った…（略）。恭宗は聞き入れなかった。

恭宗が崩ずると、允は久しくお目通りしなかった。後に世祖が召し出したところ、允は階梯を昇ってすすり泣き、悲しんで止めることができなかった。世祖も涙を流し、允に命じて退出させた。側近にはそのわけが分からず、「高允には悲しんで泣くことなど何も無いのに、至尊を傷み哀しませるとは、どういうことか」と言い合っていた。世祖はそれを聞き、彼らを召して言った。「汝らには高允の悲しみが分からぬか」。側近は「私どもは允が言葉もなく泣き、陛下がそれに悲しみ傷んでおられるのを見、それでひそかに言ったまででございます」と言った。世祖は「崔浩が誅せられた時、允も同じく死ぬはずであったが、東宮が極力諫めたため、かくて死を免かるるを得たのだ。今や東宮はいない、允は朕を見、それで悲しんだのだ」と言った。

允は上表して言った…（略）。世祖は見てこれを認め、言った、「高允が天変地異に明るいこと、どうして崔浩に劣ろうか」と。高宗が即位するに当たって、允は相当に計略をめぐらすことが有った。司徒の陸麗らは皆な厚く褒美を受けたが、允は目立った褒美を受けず、また終生そのことを言わなかった。その忠義に厚く自ら誇らないこと、皆なこのようであった。…（略）。

四七　允諫曰…　恭宗に対し、無私であるべき皇帝が私田を経営することの非を訴え、古の亡国の例を引きながら、田畑は貧者に配分するべきであることを奏上するもの。

四八　允表曰…　『漢書』五行志および天文志を撮要して八篇としたもの

を献上したときの上表。天が善悪得失に災異禍福で応ずることの早さを説き、過去の聖人や史官たちはこの道を尊んで記録を遺し世の鑑戒としてきたと述べる。

四九 高宗　北魏第四代皇帝高宗文成帝濬（四四〇〜四六五、在位四五二〜四六五）。恭宗晃の長子だが、父が早世したため、祖父の世祖太武帝を継いで即位した。五歳のとき北征に従軍し、世祖に天子の器有りと評された。世祖は陝西・蒙古・甘粛などを攻略し、広大な北魏の版図を確定したが、高宗は大規模な対外遠征は行わず、寧ろ疲弊した国力を休養させる政策をとった。四五八年、四六一年の二度にわたり、地方官の貪穢を厳禁する詔勅を布告することなどがその例である。四六五年に没したときは二十六歳であった。『魏書』巻五、『北史』巻二。

五〇 陸麗　字は不明。代（山西省）の人。祖父の突のとき既に太祖に仕え、父の陸俟は特に軍事の才により太宗に仕えて侍郎、散騎常侍、内都大官を歴任した。世祖が崩じ朝廷が動揺する中、陸麗は殿中尚書長孫渴侯や、尚書源賀らと共に高宗を擁立、即位させた。平原王・撫軍大将軍・司徒公などを歴任、学問を好んで篤行の士を礼遇し、高宗に太子太傅を授かった。高宗が崩じたときには、混乱を予想する周囲の制止を聞かずに宮中に入り、後に朝政を専擅した乙渾に忌まれて殺された。『魏書』巻四〇、『北史』巻二八。

五一 褒異　特別にほめたたえられ賞を受けること。『後漢書』皇后紀上、明徳馬皇后に「黄門舅の旦夕に供養すること一年に且(ちか)し、既に褒異無く、又た勤労を録せざるは、乃ち過ぎたること無からんや」とある。

五二 高允は高宗に対し再三にわたって諫言を奉ったが、高宗は常に非常な敬意と礼儀とを以て允を遇し、連日のように側近たちを退けて朝から晩まで允の話を聞いた。あるとき高宗は群臣の前で「卿らは允の忠誠心と官位の低さとに照らして恥ずかしいとは思わぬか」と言い、高允を昇官させる。それがもとで、允の家庭が庶民並に貧しく生活も立ち行かないことが高宗の耳に入った。早速允の家に幸した高宗は、允の貧窮ぶりを目のあたりにし、「古人の清貧とやらもここまでのものであったろうか」と嘆息する。俸禄も与えられない中で、允は子どもに薪を採らせて自給していたのである。

＊　　＊　　＊

初、尚書竇瑾[53]坐事誅、瑾子遵亡在山澤、遵母焦沒入縣官[54]。後焦以老得免、瑾之親故、莫有恤者。允愍焦年老、保護在家。積六年、遵始蒙赦。其篤行如此。轉太常卿、本官如故。允上代都賦[55]、因以規諷、亦二京之流[56]也。文多不載。時中書博士索敞[57]與侍郎傅默[58]・梁祚[59]論名字貴賤、著議紛紜。允遂著名字論[60]以釋其惑、甚有典證。復以本官領祕書監、解太常卿、進爵梁城侯、加左將軍。

初、允與游雅及太原張偉[六一]同業相友、雅[六二]嘗論允曰…（略）。其爲人物所推如此。

初め、尚書[五三]竇瑾 事に坐して誅せられ、瑾の子遵 亡れて山澤に在り、遵の母焦 縣官に[五四]沒入せらる。後に焦 老を以て免かるるを得るも、瑾の親故、恤む者有る莫し。允 焦の年老いたるを愍れみ、保護して家に在らしむ。六年を積み、遵始めて赦を蒙る。其の篤行此の如し。太常卿に轉じ、本官は故の如し。允「[五五]代都の賦」を上り、因りて以て規諷するは、亦た「[五六]二京」の流なり。文多ければ載せず。時に中書博士[五七]索敞 侍郎[五八]傅默・[五九]梁祚と名字の貴賤を論じ、議を著すこと紛紜たり。允 遂に[六〇]『名字論』を著して以て其の惑いを釋くに、甚だ典證有り。復た本官を以て祕書監を領し、太常卿を解き、爵を梁城侯に進め、左將軍を加えらる。

初め、允 游雅と太原の[六一]張偉と業を同にし相友たり、[六二]雅 嘗て允を論じて曰く…（略）。其の人物の推す所と爲ること此くの如し。

話は前後するが、尚書の竇瑾が事件で罪を得て誅されたとき、瑾の子の遵は山野沼沢に逃れたのだが、遵の母の焦はお上に（奴婢として）収容された。後に焦は老い衰えたことにより釈放されたが、身内のなかに、彼女に手を差し延べる者がいなかった。允は焦が年老いていることをあわれみ、彼女を保護して（自分の）家に暮らさせた。六年の歳月の後、遵はようやくおゆるしを得たのである。彼の人情に厚い行いはこのようであった。太常卿に転じ、本官は元のままであった。允は「代都の賦」を奉り、それによって正し諫めたことは、やはり「二京の賦」の類であった。その文は長いので収録しない。当時中書博士の索敞は侍郎の傅默や梁祚らと名と字の貴賤を論じ、さかんに議論して紛々たる状況だった。允はかくして『名字論』を著して彼らの惑いを解いたのだが、甚だ正確な典拠が有った。また本官のままで秘書監を兼任し、太常卿を解かれ、爵を梁城侯に進め、左将軍を加えられた。

当初、允は游雅と太原の張偉と業務をともにして友人同士であったが、雅はかつて允を以下のように論じた…（略）。彼が卓れた人士に推奨されるのはこのようであった。

五三 竇瑾　字は道瑜、頓丘衛国（河南省）の人。若年より学問により知られ、中書侍郎・都官尚書・散騎常侍・鎮南将軍・内都大官などを歴任、衛国侯・毘陵公などを受けた。特に国家の軍事に功績が大きく、また執政官としても世祖に深く信任された。興光（四五四〜四五五）初、瑾の女婿の司馬彌陀が臨涇公主を娶ろうとしたとき、瑾がこれを辞退させ、これに伴い誹謗呪詛の言が有ったとされて彌陀と共に誅された。この事件に際し、瑾の四子のうち末子の遵だけが逃れるを得た。遵は楷書、篆書に巧みで、北京の諸碑や宮門等の題署は彼の手になるものが多かった。官は尚書郎、濮陽太守に至ったが、子の僧演が姦通により告発されたことにより免官された。後、能書により庫部令を拝して終わった。『魏書』巻四六、『北史』巻二七。

五四 没入　犯罪人の財産を没収し、妻子家人は官有奴隷にする。『史記』巻一一〇匈奴伝に「盜に坐する者は、其の家を没入す」とある。

五五 代都賦　佚。「代都」は現在の山西省大同。↓注五。

五六 二京　後漢、張衡の「二京の賦」。本書「左思伝」注二二参照。

五七 索敞　字は巨振、敦煌（甘粛省）の人。敦煌の学者劉昞に学び、その業を尽く伝えたという。世祖が涼州を平定したとき、儒学を以て抜擢され中書博士となる。京師の貴族達に尊敬され、大官で彼に教えを受けた者がほとんどであった。のち扶風太守となり、その位にあって清貧であったが、程なく没した。『喪服要記』『名字論』を著すが、『魏書』本伝には「文多ければ載せず」と記す。『魏書』巻五二、『北史』巻三四。

五八 傅默　未詳。

五九 梁祚　北地泥陽（甘粛省）の人。父の劭のとき魏に帰した。祚は学問を好んで諸経に通じ、特に鄭玄注『周易』『春秋公羊伝』を善くした。儒者の風有るも「当世の才」無く、友人や親戚を頼って各地を転々とし、旧友の幽州別駕平恒に召されて秘書中散・秘書令などを務めたが、その間も著述に倦むことが無かった。陳寿『三国志』を編纂し直して『国統』と名付け、また「代都賦」を作り世に行なわれた。『魏書』巻八四、『北史』巻八一。

六〇『名字論』　佚。

六一 張偉　↓注一四。

六二 雅嘗論允曰…　発言の概要は以下の通り。自分はこの四十年間、允が喜色怒色を露わにしたりするのを見たことがない。文弱で訥弁な彼を自分は「文子」と呼び、崔浩は允には気概が無いと言った。その実、崔浩が刑死した時の允の態度を見れば、彼の気概の程が分かろうというものだ。

* * *

高宗重允、常不名之、恆呼爲「令公」。「令公」之號、播於四遠矣。高宗崩、顯祖居諒闇、乙渾專擅朝命、謀危社稷。文明太后誅之、引允禁中、參決大政。又詔允曰…（略）。允表曰…（略）。顯祖從之。郡國立學、自此始也。

後允以老疾、頻上表乞骸骨、詔不許。於是乃著告老詩。又以昔歲同徵、零落將盡、感逝懷人、作徵士頌、蓋止於應命者、其有命而不至、則闕焉。羣賢之行、擧其梗概矣。今著之於左…（略）。

皇興中、詔允兼太常、至兗州祭孔子廟、謂允曰「此簡德而行、勿有辭也」。後允從顯祖北伐、大捷而還、至武川鎭、上北伐頌、其詞曰…（略）。顯祖覽而善之。

又顯祖時有不豫、以高祖沖幼、欲立京兆王子推、集諸大臣以次召問。允進跪上前、涕泣曰「臣不敢多言、以勞神聽、願陛下上思宗廟託付之重、追念周公抱成王之事」。顯祖於是傳位於高祖、賜帛千匹、以標忠亮。

又遷中書監、加散騎常侍。雖久典史事、然而不能專勤屬述、時與校書郎劉模有所緝綴、大較續崔浩故事、準春秋之體、而時有刊正。自高宗迄于顯祖、軍國書檄、多允文也。…（略）。

高宗允を重んじ、常に之に名よばず、恆に呼んで「令公」と爲す。「令公」の號、四遠に播く。高宗崩ずるや、顯祖諒闇に居る、乙渾朝命を專擅し、社稷を危うくせんことを謀る。文明太后之を誅し、允を禁中に引き、大政を參決せしむ。又た允に詔して曰く…（略）。允表して曰く…（略）。顯祖之に從う。郡國の學を立つるは、此より始むるなり。

後允老疾を以て、頻りに表を上りて骸骨を乞うも、詔して許さず。是に於て乃ち[六九]「老を告ぐるの詩」を著す。又た昔歳同に徴せられしものの、零落し将に盡きんとするを以て、逝くに感じ人を懐い、[七〇]「徴士の頌」を作る、蓋し命に應ぜし者に止め、其の命有りて至らざるは、則ち焉を闕く。羣賢の行、其の梗概を擧ぐ。今之を左に著す…（略）。

[七一]皇興中、詔して允をして太常を兼ね、兗州に至りて孔子廟を祭らしむ、允に謂いて曰く「此れ德を簡びて行かしむ、辭する有ることなかれ」と。後允顯祖に從いて北伐し、大捷して還る、武川鎭に至り、[七二]「北伐の頌」を上る、其の詞に曰く…（略）。顯祖覽て之を善しとす。

又た顯祖時に[七三]不豫なること有り、[七四]高祖の沖幼なるを以て、[七五]京兆王子推を立てんと欲し、諸大臣を集め次を以て召問す。允進みて上の前に跪し、涕泣して曰く「臣敢て多言し、以て神聽を勞わさず、願わくは陛下宗廟託付するの重きを上思し、[七六]周公の成王を抱くの事を追念せられんことを」と。顯祖是に於て位を高祖に傳え、帛千匹を賜い、以て[七七]忠亮を標す。又た中書監に遷り、散騎常侍を加う。久しく史事を典ると雖も、然るに專ら屬述に勤むる能わず、時に校書郎[七八]劉模と緝綴する所有り、大較崔浩の故事を續ぎ、『春秋』の體に準ずるも、而して時に刊正する有り。高宗より顯祖に迄ぶ、軍國書檄、多くは允の文なり。…（略）[七九]。

高宗は允を重んじ、通常は彼を名で呼ばず、つねに「令公（長官殿）」の称で呼んだ。「令公」の称号は、四方に遠くまで知れ渡った。高宗が崩御し、顯祖が喪に服していたときに、乙渾が朝命を独断で行い、社稷を危うくしようと謀った。文明太后がこれを誅し、允を禁中に招き、大政に参与し決裁させたのである。また允に詔して言うには…（略）。允が上表して言うには…（略）。顯祖はこれに従った。各郡国が学校を立てることはここから始まったのである。

後に允は老いて病気がちであることを理由に、頻りに上表して辞職を願い出たが、詔により許されなかった。そこではじめて「老を告ぐるの詩」を著した。また昔年ともに徴用された者たちが、老いさらばえ亡くなろうとしていることにより、逝去するものに感じ故人をなつかしんで、「徴士の頌」を作ったのだが、（内容は）朝命に応じた者にとどめ、朝命が有っても赴かなかった者については、その名を欠いている。群賢の行ないについて、その梗概を挙げたのである。今これを左に採録する…（略）。

皇興年間に、詔して允に太常卿を兼任させ、兗州に赴いて孔子廟を祭らせたとき、允に言うには「この度は徳ある者を選んで行ってもらうのだ、辞退することのないように」と。後に允は顕祖に従って北方を伐ち、大いに勝って戻った、武川鎮まで来て、「北伐の頌」を奉った、その言辞は…（略）。顕祖は見てこれを讃えた。

また顕祖が病に臥せった時、高祖は幼かったので、京兆王子推を立てようとし、諸大臣を集めて順番に呼び寄せてそのことを問うた。允は進み出て今上の前に跪き、涙を流して言った。「臣は畏れ多くも贅言を費やし、叡聞を煩わせるようなことはいたしませぬが、願わくは陛下が宗廟を付託することの重大さをお考えになり、周公の成王を抱ける故事を追念なさいますことを」。顕祖はそこで帝位を高祖に譲り、絹千匹を（允に）賜い、よってその忠信を顕した。また中書監にうつり、散騎常侍を加えられた。長い間歴史官の職を司ってきたけれども、専ら著述に勤めることができず、時に校書郎の劉模と共に史書を編纂することが有った、おおむねは崔浩の先例を継ぎ、『春秋』の体例に準じながら、時に正すことが有った。高宗から顕祖までの間、軍事国政の書状や檄文は、その多くが允の文であった。…（略）。

六三 令公　この高允に対する尊称が先例となり、以後「令公」は中書令への敬称として用いられる。唐 趙璘『因話録』巻一「令公（郭子儀）の勲徳、常人に同じからず」。ただし高允の別集を『高令公集』と称するように、個人としての「令公」が高允を指す場合がある。

六四 顕祖　北魏第五代皇帝献文帝弘（四五四～四七六、在位四六五～四七一）。四代高宗文成帝の長子で、四六五年に帝位に就いた時は十二歳。折しも車騎大将軍乙渾が、障害となる朝内外の人物を殺害し

六八　詔允曰…　允表曰…　高允への詔の内容は、戦乱による内外の荒廃で、学校が久しく経営されないことに鑑み、各郡国に学官を置いて教育事業を開くよう、中書秘書両省と議することを命ずるもの。高允の上表はこれに具体的に答え、儒家の教えに則った伝統的な学問を教授する学校建設の計画の下に、郡の規模に応じて博士・助教・学生を配置する（例えば大郡は博士二人、助教四人、学生百人）ことを答申するもの。これに関しては『北史』巻八一儒林伝の序に、北魏が永嘉以後の荒廃した文化状況を打破し、高允らの前後の時期に、大規模で系統的な教学制度の整備を展開していったことがまとめられている。

六九　告老詩　佚。「告老」は、年老いたことを理由に辞職を願い出ること。

七〇　徴士頌　自分と同じく世祖の神䴥（しんか）四年に徴された三十四人の漢族人士について、功徳を述べ感慨を綴ったもの。最初は各人の最終の官職・爵位・籍貫・姓・名・字をそれぞれ列挙、次に魏朝がこれらの人物を徴用するに至った経緯、かくして多士済々の朝廷は興隆を迎えたが、それも過去のこととなったという感慨を述べる。そして各人の功績と個性を一人一首ずつ四字句の韻文で表彰し、最後にもう一度高允の述懐で完結する。本伝に名の見える人物では、盧玄（→注一三）、游雅（→注二二）、張偉（→注一四）らがこの中に含まれる。

七一　皇興　顕祖献文帝の元号、四六七～四七一。

七二　北伐頌　四七〇年、顕祖が京兆王子推らと女水（内モンゴル）の辺りに会し、柔然と戦って大勝、斬首五万級、降者万余人を得た。この時女水を武川と改称した。高允の「頌」は、ほぼ以下のような内容を修辞的な四字句で綴ったもの。「元来魏の威徳に服していた

て専権しつつあったが、二年後に渾は誅殺された。顕祖の在位中には周辺諸国からの朝貢が多く、内政では戦乱により逃散した民衆を帰農させ、国力の充実を図る詔を発している。しかし本人は時務に対処する積極的な態度に乏しく、常に「遺世之心」を抱き、四七一年には群臣に諮って長子の高祖孝文帝宏に譲位し、その五年後、二十三歳で没した。『魏書』巻六、『北史』巻二。

六五　居諒闇　天子や諸侯が喪に服すること、又は服喪中の居所のこと。「亮陰」「梁闇」「涼陰」とも。『尚書』説命上に「王　憂に宅（お）り、亮陰三祀」とあり、注に「陰は黙なり。憂に居り信（まか）せ黙し、三年言わず」という。

六六　乙渾　『魏書』『北史』共に伝が立てられない。高祖の和平三年（四六二）に車騎大将軍、東郡公に加えて太原公となる。顕祖が即位（四六五）するや詔を偽って禁中に尚書楊保年、平陽公賈愛仁、南陽公張天度らを殺し、更に入朝する平原王陸麗を殺して太尉、録尚書事となり専権を始めた。其の年の内に丞相となり、位は諸王の上に在って朝廷のことは総て渾の決する所となった。翌年、文明皇后の密略により誅殺された。『魏書』巻五高宗紀、巻六顕祖紀参照。

六七　文明太后　高宗文成帝濬の皇后馮氏、顕祖の母、長楽信都（河北省）の人。父の朗は秦雍二州の刺史で西城郡公であったが、罪を得て誅せられたときに彼女は入宮した。高宗が即位したときには十四歳、崩御時には自ら火中に投じたが、左右に救われた。顕祖の即位に際しては乙渾誅滅を主導したが、寵臣の李奕を顕祖に誅殺されたため、顕祖が俄に没した時には、彼女がこれに関わったとも言われた。知略に富み果断な性格で、高祖の若年時には、施策のほとんどが彼女の手を経て決したという。四九〇年、四十九歳で没した。『魏書』巻一三、『北史』巻一三。

〝北虜〞が背逆し、犬羊を率いて猖獗を極めるに至った。そこで師を出し戈を興し、電光の如くその元兇を討ち、屍は谷を塡め血は湳を成した。然し王師は古の周朝の如く、恩沢は遍くして仁旨を垂れ、かくして万邦は協和し『春秋』の義を著すこととなった」（『通鑑』宋紀明帝泰始六年の項を参照）。

七三 不豫　特に天子の病気を指す（一般にはこころ楽しまないことを言う）。『史記』巻三三魯周公世家に「武王疾有りて不豫なり」とある。

七四 高祖　北魏第六代皇帝孝文帝宏（四六七〜四九九、在位四七一〜四九九）、顕祖（→注六四）の長子。即位時は幼少で、万般に文明太后の参与を仰いだ。長じて後は洛陽遷都を行い、漢民族との通婚を奨励、自らも拓跋姓を中国風に元と改めるなど、相次いで漢化政策を断行した。かくして魏は文化方面で格段の進歩を見せるが、従来の質実尚武の風は衰えたとされる。学問を好んで老荘を談じ、最も仏教に精通した。また太和十年（四八六）以降の詔册は全て彼自身の手になるものであったという。『魏書』巻七、『北史』巻三。

七五 京兆王子推　恭宗（→注二四）の子。四五六年に京兆王に封ぜられ、侍中・征南大将軍・長安鎮都大将となった。落ち着いた性格でよく民衆を綏撫したという。顕祖が退位し高祖が即位して後、侍中・本将軍・開府儀同三司・青州刺史を拝したが、赴任途中に没した。『魏書』巻一九上、『北史』巻一七。

七六 周公抱成王之事　周公が幼い成王を補佐したことは諸書に記されるが、「抱」く行為を云う例は少ない。『孔子家語』観周に「孔子明堂を観る…又た周公 成王を相（たす）け、之を抱きて斧扆（ふい）を負い、南面して以て諸侯を朝せしむるの圖有り」とある。

七七 忠亮　まごころがあって無私であること。『晋書』巻三三何曾伝に「立徳高峻、執心忠亮」とみえる。

七八 劉模　長楽信都（河北省）の人。高允が秘書職に就いた時に校書郎として選ばれた。『国記』撰述に際して高允が最も多く業務を委任した人物で、のち允が九十歳を越えて手眼が衰えたときには、彼に代筆を依頼して著述を続けたという。潁州刺史、新蔡太守を経て五〇四年、七十余歳のとき陳留太守となり、そのまま郷里には帰らなかった。『魏書』巻四八、『北史』巻三八。

七九 晩年には文章家として高允と「二高」と並び称される高閭に道をゆずった。その後、懐州刺史になった時には九十歳に近かったが、儒者風で温和な政を布いて民衆の教化が行われた。

＊　　＊　　＊

太和二年、又以老乞還郷里、十餘章、上卒不聽許、遂以疾告歸。其年、詔以[80]安車徵允、敕州郡發遣。至都、拜鎭軍大將軍、領中書監。固辭不許。又扶引就內、[81]改定皇誥。允上酒訓曰…（略）。高祖悅之、常置左右。…[82]（略）。

其年四月、有事西郊、詔以御馬車迎允就郊所板殿觀矚。馬忽驚奔、車覆、傷眉三處。高祖・文明太后遣醫藥護治、存問相望。司駕將處重坐、允啓陳無恙、乞免其罪。先是、命中黃門蘇[八三]興壽扶持允、曾雪中遇犬驚倒、扶者大懼。允慰勉之、不令聞徹。興壽稱共允接事三年、未嘗見其忿色。恂恂善誘、誨[八四]人不倦。晝夜手常執書、吟詠尋覽。篤親念故、虛己[八五]存納。雖處貴重、志同貧素。性好音樂、每至伶人弦歌鼓舞、常擊節稱善。又雅信佛道、時設齋[八六]講、好生惡殺。性又簡至、不妄交遊。顯[八七]祖平青齊、徙其族望於代。時諸士人流移遠至、率皆飢寒。徙人之中、多允姻媾、皆徒步造門。允散財竭產、以相贍賑、慰問周至。無不感其仁厚。收其才能、表奏申用。時議者皆以新附致異、允謂取材任能、無宜抑屈。先是、允被召在方山作頌、志氣猶不多損、談說舊事、了無所遺。十一年正月卒、年九十八。…（略[八八]）。

將葬、贈侍中・司空公・冀州刺史・將軍、公如故、謚[八九]曰文、賜命[九〇]服一襲。允所製[九一]詩賦誄頌箴論表讚・左氏公羊釋・毛詩拾遺・論雜解・議何鄭膏肓事、凡百餘篇、別有集行於世。允明算法、爲算術三卷。子[九二]忱襲。

太和二年、又た老を以て鄉里に還るを乞う、十餘章たり、上卒に聽許せず、遂に疾を以て告歸す。其の年、詔して安車[八〇]を以て允を徵し、敕して州郡をして發遣せしむ。都に至り、鎭軍大將軍に拜せられ、中書監を領せしむ。固辭するも許さず。又た扶し引きて內に就き、「皇誥[八一]」を改定せしむ。允「酒訓」を上りて曰く…（略）。高祖之を悅び、常に左右に置く。…（略[八二]）。

其の年四月、西郊に事有り、詔するに馬車を御して允を迎え郊所板殿に就きて觀矚せしむるを以てす。馬忽ち驚奔し、車覆り、眉の三處を傷つく。高祖・文明太后醫藥を遣わして護治せしめ、存問相望む。司駕將に重坐に處せられんとするも、允 恙無しと啓陳し、其の罪を免れんことを乞う。是より先、中黄門（七三）蘇興壽に命じて允を扶持せしむ、曾て雪中に犬に遇いて驚倒し、扶くる者大いに懼る。允 之を慰勉し、聞徹せしめず。興壽 稱すらく 允と共に事に接すること三年、未だ嘗て其の忿色を見ずと。恂恂として善誘し、（七四）人を誨えて倦まず。晝夜手ずから常に書を執り、吟詠尋覽す。親に篤く故を念い、已を虚うして（七五）存納す。貴重に處ると雖も、志は貧素に同じ。性 音樂を好み、伶人の弦歌鼓舞するに至る毎に、常に節を撃ちて善しと稱す。又た雅に佛道を信じ、時に（七六）齋講を設け、生かしむるを好み殺すを惡む。性又た簡至、妄りに交遊せず。（七七）顯祖青齊を平ずるや、其の族望を代に徙す。時に諸士人 流移遠至し、率ね皆な飢寒す。徙る人の中、允の姻媾多く、皆な徒歩にて門に造る。允 財を散じ產を竭し、以て相い贍賑し、慰問周ねく至る。其の仁厚に感ぜざる無し。其の才能を收むるや、表奏して用いんことを申ぶ。時の議する者皆な新たに附するの異を致すと以うも、允 材を取るは能に任せ、宜しく抑屈すべき無かれと謂う。是より先、允召されて方山に在りて頌を作る、志氣猶お多くは損せず、舊事を談說し、了に遺る所無し。十一年正月卒す、年九十八。…（略）。（七八）將に葬らんとして、侍中・司空公・冀州刺史を贈り、將軍・公は故の如し、（七九）諡して文と曰う、（八〇）命服一襲を賜う。允の製りし所の（八一）詩賦誄頌箴論表讚・『左氏公羊釋』・『毛詩拾遺』・『論雜解』・『議何鄭膏肓事』、凡そ百餘篇、別に集有りて世に行わる。允 算法に明るく、『算術』三卷を爲る。（八二）子 忱 襲う。

太和二年（四七八）、再び老いを理由に郷里に還ることを願い、十余章を奉ったが、帝は結局聞き入れなかったので、かくして病気を理由に休暇を願い出て帰った。其の年、詔して安車によって允を召し寄せ、州郡に送りとどけさせた。都に着くと、鎮軍大将軍に任ぜられ、中書監を兼務した。固辞したが許されなかった。また介添えを付け宮中に引き入れて奥に連れて行かせ、「皇誥」を改定させた。允は「酒訓」を奉って言うには…（略）。高祖はこれを気に入り、常に側に置いた。…（略）。

その年の四月、西郊外で行事があり、詔して馬車をととのえて允を迎え郊外の板張りの御殿まで赴いて観覧させた。馬が急に驚いて走りだし、車は転覆し、眉の三箇所を傷つけた。高祖と文明太后は医者と薬をやって治療させ、見舞客が列をなした。馭者は重刑に処せられようとしたが、允は心配ないと申し述べ、その者が罪を免れるようにと乞うた。その先のこと、中黄門の蘇興寿に命じて允の介添えをさせたときには、雪の中で犬に遭って驚いて倒れ、介助していた者は縮み上がった。允はその者を慰め励まし、帝の耳には届かせなかった。興寿は允とともに物事に関わって三年、彼の憤色を見たことがないと称えた。慎み深くして人を善に導き、他人を教え諭して倦むことがなかった。昼夜自ら常に書物を手に取り、吟詠しつつ読んでいった。親戚には情が厚く友人の身を思い、おのれを虚しくして人の意見を聞いた。高い身分に在るのだが、志は貧しい者と同じであった。音楽が好きな性分で、楽師が弦歌鼓舞する段になる度に、常に拍子をとって「よし」と称えた。また平生から仏道を信じ、時に法会を開き、放生を好み殺生をにくんだ。全くかざらない性格で、むやみに人と交わらなかった。顕祖が青州（山東省）と斉州（河北省）を平定すると、名門大族を代（山西省）に移した。この時多くの人々は、故郷を離れはるばる流れて来ていたので、ほぼ総てが飢え凍えていた。移ってきた人の中には、允の縁続きが多く、皆な徒歩で城門に着いた。允は財産を使い尽くして、その人たちを救済し、その見舞いは十分に行き届いていた。彼が仁義に厚いことに感動しない者は無かった。才能有る人物を登用するときには、奏上してその者を用いたい旨を申し上げた。これには当時の論者たちは皆な新入りなど妙なことをしかねないと思ったが、允は人材を取るのは能力次第なのであって、抑えつけるのは宜しくないと言った。この先、允は召されて方山（山西省）に在って頌を作ったが、意気込みはいまだ多くは損なわれておらず、旧事を語り述べて、少しももらすことが無かった。十一年正月に卒した、享年九十八。…（略）。

葬る時になって、侍中・司空公・冀州刺史を贈られ、将軍、公は元のままで、諡を文とし、命服一揃いを賜った。允の作った詩、賦・誄・頌・箴・論・表・讃・『左氏公羊釈』・『毛詩拾遺』・『論雑解』・『議何鄭膏肓事』などは凡そ百余篇、その他にも文集が有って広く読まれた。允は計算法に明るく、『算術』三巻を著した。子の忱が後を継いだ。

〈八〇〉安車　坐乗用の小車で、馬一頭に引かせる。「安」坐して乗るためこの名があり、老人や婦人向けの車だが、特に請われて用いられる人物や老齢の大官に与えられた。『史記』巻一二一申公伝に「是に於て天子 使をして束帛に璧を加え安車駟馬もて申公を迎う」とある。

〈八一〉改定皇誥。允上酒訓曰…　「誥」は古くは『尚書』の篇名の呼称（「大誥」「康誥」など）だが、のち広く天子の詔勅をいう。ここで高允の上った「酒訓」の内容は、殷紂王に始まる飲酒の敗徳を述べ、魏朝が仁風を四海に布くために節酒を勧める内容。殷の故地に封ぜられた周の康叔に対し、周公が成王の命を奉じて、飲酒が国を誤る危険性を説いた『尚書』酒誥に倣う。

〈八二〉百歳に近づいた高允は、朝廷より様々な恩典を賜る。楽部の管弦奏者たちの訪問、乗物・珍味・衣服の下賜などが定期的に行われた。しかし允はすべてを親戚友人に分け与えた。允の子弟たちにもまた官位爵位は無かった。そのような状態でも、朝廷での重要な議論には必ず意見を求められた。

〈八三〉蘇興壽　『魏書』『北史』ともに伝は立てられない。『魏書』巻一三孝文幽皇后伝には、皇后が宦者と私通し、高祖に巫蠱を行なって、その事実を秘匿するよう宦官達を籠絡しようとしたが、蘇興寿が一人だけ高祖に委細を陳情した記事が見える。

〈八四〉誨人不倦　『論語』述而「默して之を識し、學びて厭わず、人を誨えて倦まず、何か我に有らんや」による。

〈八五〉存納　受け入れる、容認する。『三国志』巻三九馬良伝に「願わくは心を降して存納し、以て將命を慰めんことを」とある。

〈八六〉齋講　「齋」は僧侶に施食供養すること。「講」は仏典を講釈すること。

〈八七〉顯祖平青齊　顕祖は注六四参照。「青齊を平ず」は四六九年のこと。魏は山東、河北をほぼ平定するのに三年を要している。『通鑑』宋紀明帝泰始五年前後の記述がその経緯を記す。また北魏は太祖のころより、民衆を大規模に都周辺に移住させる徙民政策をとっている（→注五）。

〈八八〉高允自身は、陰徳を積んだので長寿を得るだろうと人には語っていた。亡くなる十日余り前、允はわずかに身体の異常を訴えることがあり、これを聞いた高祖と文明太后が医師を往診に遣わした。戻った医師が密かに「久しからざる」ことを述べたので、改めて様々な品物や珍味が下賜され、王や高官の見舞いが引きもきらなかった。当の高允は、感謝するだけで自分のことは顧慮することなく、数日後に静かに亡くなった。朝廷の顕彰のもと、魏朝始まって以来の葬儀が行われた。

〈八九〉諡曰文　「文」は、臣民に授けられる諡（おくりな）として最高の部類に属する。『逸周書』巻六諡法解に、諡号「文」について以下のような定義が見える。「經緯天地」「道德博聞」「學勤好問」「慈惠愛民」「愍民惠禮」「錫民爵位」。

〈九〇〉命服　天子より爵位などとともに賜る位階相当の衣服。『詩経』小雅采芑に「服其命服」、注に「命服なる者は、命じて將に王命を受けしめんとするが爲の服なり」とある。

〈九一〉允所製詩賦誄頌箴論表讚…　現存する作品は、詩『北魏詩』巻一、文『全後魏文』巻二八、『百三家集』に『高令公集』一巻。目録類には、『隋志』に『後魏司空高允集』二十一巻の他、『旧唐志』『新唐志』『通志』に同じく別集二十巻を著録する。本伝に云う『左氏公羊釈』以下の個別の書は伝わらない。なお『北史』巻三一本伝の記述もほぼこれに同じいが、『論雜解』の「論」字を欠く。この書名について中華書局『魏書』校勘記は、①『北史』を取り上文に続けて『毛詩拾遺雑解』とするか、②「論」字の下に「語」字を補って『論語雑解』とするかの二説を掲げる。

九二 子忱　字は子和。その政治は寛容で恵み深く、民衆はこれに安んじたという。綏遠将軍・長楽太守に任じられた。

（西岡　淳）

〔参考文献〕

「高允―北朝文学の先駆者」　興膳宏（『小尾博士古希紀念中国学論集』汲古書院　一九八三年）

温子昇（四九五〜五四七）

温子昇は北魏から東魏にかけての北朝を代表する詩人で、邢卲・魏收とともに「北地三才」と称された。北魏の末になると、南朝の華美な文化が盛んに流入するようになり、文学においても南朝風の艶冶な作風が流行したが、温子昇はその中心的存在で、庾信も「北地で唯一の語るに足る詩人」と評した。現存する作品は少ないが、閨怨詩「擣衣詩」はとりわけ評価が高い。

北史卷八三文苑　溫子昇傳

溫子昇[一]、字鵬擧、自云太原人、晉大將軍嶠[二]之後也。世居江左。祖恭之[三]、宋彭城王義康[四]戶曹、避難歸魏、家于濟陰冤句[五]、因爲其郡縣人焉。父暉[六]、兗州左將軍長史、行濟陰郡事。

子昇初受學於崔靈恩[七]・劉蘭[八]、精勤、以夜繼晝、晝夜不倦。長乃博覽百家、文章淸婉。爲廣陽王深[九]賤客、在馬坊教諸奴子書。作侯山祠堂[一〇]碑文、常景[一一]見而善之、故詣深謝之。景曰「頃見溫生」。深怪問之。景曰「溫生是大才士」。深由是稍知之。

熙平初、中尉、東平王匡[一二]博召辭人以充御史。同時射策[一三]者八百餘人、子昇與盧仲宣[一四]・孫搴[一五]等二十四人爲高第[一六]。

於是預選者爭相引決、[一七]匡使子昇當之、皆受屈而去。搴謂人曰「朝來靡[一八]旗亂轍者、皆子昇逐北[一九]」。遂補御史、時年二十二。臺中彈[二〇]文皆委焉。以憂去任。服闋、還[二一]爲朝請。後李[二二]神儁行荊州事、引兼錄事參軍。被徵赴省、神儁表留不遣。吏部郎中李[二三]獎退表不許、曰「昔[二四]伯瑜之不應留、王朗所以發歎[二五]。宜速遣赴、無踵彥雲前失」。於是還省。

[二六]及廣陽王深爲東北道行臺、召爲郎中。黃門郎徐[二七]紇受四方表啓、答之敏速、於深獨沈思、曰「彼有溫郎中、才藻可畏」。高[二八]車破走、珍寶盈滿、子昇取絹四十疋。深[二九]軍敗、子昇爲葛[三〇]榮所得。榮下都督和洛興[三一]與子昇舊識、以數十騎潛送子昇、得達冀州。還京、李[三二]楷執其手曰「卿今得免、足[三三]使夷甫慚德」。自是無復宦情、閉門讀書、厲精不已。

[一]溫子昇、字は鵬擧、自ら云えらく太原の人、晉の大將軍嶠[二]の後なりと。世よ江左に居る。祖[三]恭之、宋の彭城王義康[四]の戶曹、難を避けて魏に歸し、濟陰冤句に家し、因[五]りて其の郡縣の人と爲る。父暉[六]、兗州左將軍長史、濟陰郡の事を行う。

子昇 初め學を崔靈恩[七]・劉蘭に受け、精勤すること、夜を以て晝に繼ぎ、晝夜 倦まず。長じて乃ち百家を博覽し、文章 清婉たり。[九]廣陽王深の賤客と爲り、馬坊に在りて諸奴子に書を教う。[一〇]侯山祠堂の碑文を作るに、[一一]常景 見て之を善みし、故らに深に詣りて之に謝す。景 曰く「頃ごろ溫生を見たり」と。深 怪しみて之を問う。景 曰く「溫生は是れ大才の士なり」と。深 是に由りて稍や之を知る。

熙平の初め、中尉[一二]東平王匡 博く辭人を召して以て御史に充てんとす。同時に[一三]射策せし者 八百餘人、子昇と 盧[一四]

仲宣・[15]孫搴等二十四人と高第と爲る。[16]是に於て選に預りし者 争いて相い引決し、[17]匡 子昇をして之に當たらしめ、皆な屈を受けて去る。搴 人に謂いて曰く「朝來[18]旗を靡かせ轍を亂せし者、皆な子昇[19]逐北せり」と。遂に御史に補せられ、時に年二十二。臺中の[20]彈文 皆な焉に委ぬ。憂を以て任を去る。服 闋り、還りて[21]朝請と爲る。後に[22]李神儁 荆州の事を行うに、引きて錄事參軍を兼ねしむ。徵せられて省に赴くに、神儁 表して留めて遣らざらんとす。吏部郎中[23]李奬 表を退けて許さず、曰く「昔[24]伯瑜の應ぜず留まるは、王朗の歎[25]を發する所以なり。宜しく速やかに赴かしむべし、彥雲の前失に踵ぐ無かれ」と。是に於いて省に還る。

[26]廣陽王深 東北道行臺と爲るに及び、召されて郎中と爲る。黃門郎[27]徐紇 四方の表啓を受け、之に答うること敏速なるに、深に於て獨り沈思し、曰く「彼に溫郎中有り、才藻 畏るべし」と。[28]高車 破走し、珍寶 盈滿し、子昇 絹四十疋を取る。[29]深の軍 敗れ、子昇[30]葛榮の得る所と爲る。榮の下都督[31]和洛興 子昇と舊識、數十騎を以て潛かに子昇を送り、冀州に達するを得。京に還り、[32]李楷 其の手を執りて曰く「卿 今 免るるを得たり、[33]夷甫をして德に慚じしむるに足る」と。是れより復た宦情無く、門を閉ざして讀書し、厲精して已まず。

温子昇は、字は鵬挙、太原の人で、晋の大将軍温嶠の後裔であると自称した。代々江南に住んだ。祖父の恭之は、宋の彭城王義康の戸曹だったが、兵難を避けて北魏に身を寄せ、済陰冤句（山東省）に家を構え、これによってその郡県の人となった。父の暉は、兗州左将軍長史で、済陰郡の行政を兼務した。

子昇は初め崔霊恩・劉蘭から学問を授けられ、日に夜を継いで勤め励み、昼夜怠けることがなかった。成長すると諸子百家の書物を広く読み、作る文章は清々しさがあった。広陽王元淵の下級の門客となり、厩で下人たちに読み書きを教えた。侯山祠堂の碑文を作ったところ、常景がそれを見て評価し、わざわざ元淵を訪ねて挨拶した。景が「最近温先生をお見かけしました」と言うので、淵が不思議に思って聞くと、景は「温先生は大した才能の持ち主です」と言った。淵はこのことで温子昇に一目置くようになった。

熙平（五一六～五一八）の初め、中尉の東平王元匡が、文才ある人を広く招いて御史台に配属しようとした。この時射策の試験に応じた者は八百人あまり、子昇と盧仲宣・孫搴ら二十四人が成績優秀となった。そこで二十四人で互いに優劣を競い合い、元匡は子昇に裁決をさせると、皆は降参して引き上げた。孫搴は人に「朝から軍旗をなびかせ轍を乱す連中は、みんな子昇に追っ払われたのだ」と言った。かくて御史を任じられ、時に二十二歳であった。御史台の弾劾文は、皆彼に任せられた。服喪のため任務を退いた。喪が明けてから、復帰して奉朝請となった。その後李神儁が荊州（湖北省）の刺史になると、子昇を招いて録事参軍を兼任させた。（その後）呼び戻されて朝廷に赴こうとすると、神儁は表を奉って、行かせず留め置こうとした。吏部郎中李奨は表を却下して許さず、「昔王伯輿が（王朗の招きに）応じず（王彦雲のもとに）とどまったせいで、王朗は嘆息することになったのだ。早く行かせるがよい。王彦雲の過ちに続いてはならぬ」と言った。それで朝廷に戻った。

広陽王淵が東北道行台となると、（子昇は）招かれて郎中となった。黄門郎徐紇が各地からの表や啓を受け取って、敏速に処理していたが、淵のものになるとその時だけは返答を書くのにじっと考え込み、「あそこには温郎中がいるが、恐るべき文才だ」と言った。高車部が敗走し、珍しい財宝を山と分捕ると、子昇は絹四十疋をもらった。淵の軍が（葛栄に）敗れると、子昇は葛栄に抑留された。栄の下都督和洛興は子昇と古なじみで、数十騎の護衛を付けて密かに子昇を送り、冀州（河北省）にたどり着くことができた。都へ帰ると、李楷が彼の手をとって「あなたは今（葛栄から）逃れおおせましたが、王夷甫にも己の無節操を十分恥じ入らせられますぞ」と言った。これ以後は再び官途に就こうという気持ちを持たず、家にこもって勉学し、たゆまず精進した。

一　温子昇　温子昇の伝記は『北史』巻八三文苑伝のほか『魏書』巻八五文苑伝にも載せられるが、『魏書』のこの巻は各版本とも目録に

「闕（欠落の意）」という注があり、武英殿本の目録に附される考証に「後人の補う所」という。南人の間でも子昇の評価が高かったことは、唐・張鷟『朝野僉載』巻六に、梁の庾信が北朝に赴いて、温子昇の「韓陵山寺碑」を読んでそれを写し、南人に「唯だ韓陵山に一片の石有りて共に語るに堪う。薛道衡・盧思道は少しく筆を把るを解し、自餘は驢の鳴き犬の吠ゆるが如く耳に聒しきのみ」と語ったと伝える。

二　嶠　二八八～三二九。本書「劉琨伝」注一四参照。元帝・明帝に仕えて王敦や蘇峻の謀反の討伐に功があり、官は驃騎大将軍に至った。『晋書』巻六七。

三　恭之　正史には伝なく、詳しい事跡は未詳。

四　宋彭城王義康　?～四五一。宋の武帝劉裕の第四子劉義康。官は江州刺史に至り、彭城王に封ぜられたが、元嘉二十二年（四四五）、范曄らの謀反未遂事件に連座して庶人に落とされ、のち死を賜った。『宋書』巻六八および『南史』巻一三に伝あり。なお『魏書』温子昇伝は「宋」を「劉義隆」（即ち宋の文帝、在位四二四～四五三）に作る。

五　因為其郡縣人焉　『魏書』はこの句の後に「家世寒素（家　世よ寒素たり）」と記す。

六　暉　正史には伝なく、詳しい事跡は未詳。

七　崔霊恩　生卒年未詳。初め北魏に仕えて太常博士に任じられたが、のち梁に赴き、武帝に学識を認められて国子博士となり、梁朝で有数の礼学の大家となった。『梁書』巻四八儒林伝、『南史』巻七一。

八　劉蘭　生卒年未詳。貧しい家に生まれたが、農耕の傍ら学問に励み、陰陽や緯書に精通した。永平（五〇八～五一二）年間に国子助教となり、温子昇もこの時学問を授けられたとみられる。『魏書』巻八四儒林伝、『北史』巻八一儒林伝上。

九　廣陽王深　?～五二七。北魏の世祖太武皇帝の第五子・広陽王元建の孫元淵。字は知遠。『魏書』巻一八、『北史』巻一六。諱の「淵」は、唐の高祖李淵の諱を避けて「深」に作ることがある。孝明帝の初年（五一五）、肆州刺史となり、広陽王の爵位を継いだが、城陽王徽の妃と私通した疑いで失脚した。正光五年（五二四）、北辺防備のために置かれた六鎮の一つ沃野鎮（内モンゴル自治区）の兵破六韓抜陵が挙兵して、いわゆる六鎮の乱の口火を切ると、鎮圧のために大都督に命じられたが、足かけ三年に及ぶ乱の中、反乱軍の首領のひとり葛栄（→注三〇）に殺された。

一〇　侯山祠堂碑文　この碑文は現存しない。「侯山」も歴代正史の地理志には見えず不明。

一一　常景　?～五五〇。字は永昌。孝文帝に学才を見出されて太常博士に任ぜられ、正始の初年（五〇四）に尚書となった。温子昇の「侯山祠堂碑文」を見たのはこのころであろう。その後も歴代皇帝の信任篤く、濮陽県子に封じられた。『魏書』巻八二、『北史』巻四二（常爽伝附）。

一二　東平王匡　?～五二五。景穆帝の玄孫元匡、字は建扶。官は度支尚書に至ったが、朝政を専断していた尚書令高肇の罪を論じて死諫しようとし、逆に誣告罪に問われて光禄大夫に降格された。熙平の初年（五一六）に御史中尉となり、その後東平王に封ぜられたが、多くの朝士を弾劾したために不和を生じ、罪を着せられて爵位と官位を剝奪された。『魏書』巻一九上、『北史』巻一七。

一三　射策　漢代から六朝期にかけて行われた官吏登用試験の科目。経書や政策の問題をいくつかの竹の札（策）に書いておき、受験者に問題を見ずに選ばせ、解答させるもの。ここでの「射」は「あてる」意で、音はセキ（『漢書』蕭望之伝）。

一四 盧仲宣　?〜五二八。遠祖は晋の盧諶（本書「盧諶伝」参照）。兄の盧観とともに文才をもって聞こえたが、尒朱栄の霊太后派弾圧（→注四三）に巻き込まれて殺された。『北史』巻三〇盧観伝附。

一五 孫搴　生卒年未詳。字は彦挙。北魏の検校御史、国子助教を経て、高歓（北斉高祖）に文才を見出され、左光禄大夫となったが、軽薄な行いが多く、五十二歳にして、高歓の臨席していた酒宴で酔いつぶれて死んだ（本書「魏収伝」注五二参照）。『北斉書』巻二四、『北史』巻五五。

一六 高第　試験の成績が優秀であること（『史記』儒林列伝）。

一七 引決　裁決する。『後漢書』五行志一に「蓋し人臣の爲に事を引決する者　粛まざれば、將に禍い有らんとするなり」とある。

一八 靡旗亂轍　軍が恐れおののいて乱れるさま（『左伝』荘公十年）。

一九 逐北　敗走する軍を追撃する。「北」は「にげる」意（『荘子』則陽篇）。

二〇 弾文　文体の一つで、官僚の過失や不正を弾劾するために上奏する文。東平王が当時専権をふるっていた于忠を失脚させようとして帝に奉った弾劾文は子昇の手になるとされ、『全後魏文』に「爲御史中丞元匡奏劾于忠（御史中丞元匡の爲に于忠を劾するを奏す）」として収められる。なお『魏書』はこの句を「臺中文筆皆子昇爲之」に作る。

二一 還爲朝請　『通志』巻一七六温子昇伝は「還爲奉朝請」に作り、『北史』の文は「奉」字が誤脱したものと思われる。

二二 李神儁　四七六〜五四〇。北魏の著名な儒者劉芳に学才を認められ、太常少卿となり、その後荊州（湖北省）刺史となった。このころ梁の将軍曹敬宗が荊州を攻めたが、神儁は荊州を守り抜き、千乗県開国侯に封ぜられた。『魏書』巻三九、『北史』巻一〇〇。

二三 李奨　?〜五二九?。字は遵穆。吏部郎中を経て河南尹に至った。元顥（→注三八）が北魏の都洛陽を占領すると、奨を尚書右僕射に任じたが、羽林（禁中護衛の軍）の兵はこれを認めず、奨を殺害した。『魏書』巻六五、『北史』巻四三。

二四 昔伯瑜之不應留……　伯瑜は三国・魏の人王基（?〜二六一）をさす。『三国志』巻二七王基伝によれば字は伯輿で、「伯瑜」に作るのは音が近いための誤りとみられる。王基は黄初（二二〇〜二二六）年間に孝廉に推挙され、郎中に任じられたが、青州（山東省）刺史の王淩（字は彦雲）が上奏して王基を招き、別駕とした。後に司徒王朗が王基を招こうとしたが、王淩はとどめて行かさなかったため、王朗は弾劾文を州に提出して「宮廷の臣となるべき者を州にとどめておくという法はない」と批判したが、王淩はそれでも出さなかったという。李奨はこの故事を引いて、李神儁が子昇を留め置こうとしているのは、王朗が王基を留め置こうとした王淩を弾劾したのと同じ理由で誤った行為だと言ったのである。

二五 發歎　嘆息する。『宋書』巻六七・謝霊運伝の引く謝霊運「撰征賦」に「葛相（諸葛亮）歎を發して正を思い、曹后（後漢の献帝の后）心を千魂に愧ず」とある。

二六 及廣陽王深爲東北道行臺　『魏書』はこの句の前に「正光末」という句がある。正光の末年（五二五）、沃野鎮の反乱（→注九）が六鎮すべてに飛び火した時、元淵がこの官に任じられて鎮圧に派遣されている。

二七 徐紇　生卒年未詳。寒門の家に生まれたが、若くして学問を好み、孝文帝に文才を見出され、宣武帝のもとで中書舎人を何度も務めた。後に黄門侍郎となり、中書省・門下省を統括したが、孝荘帝の初年

（五二八）に尒朱栄（→注四三）に憎まれ、梁に亡命した。『魏書』巻九三、『北史』巻九二。

二八 高車　北朝のころに今の内モンゴル自治区にいた勅勒族の別名。匈奴を祖とする。車輪が大きい車を用いたことから、北魏のころに漢人が高車部と呼ぶようになった。『魏書』巻九一、『北史』巻九八。

二九 深軍敗、子昇爲葛榮所得　『魏書』はこの二句を「及淵爲葛榮所害、子昇亦見羈執」に作る。

三〇 葛榮　六鎭の乱の指導者の一人。孝昌二年（五二六）、広陽王淵らを博野白牛邏（河北省）で破り、天子と称した（『魏書』巻九粛宗紀など）。その後洛陽を陥れたが、建義元年（五二八）、尒朱栄（→注四三）に捕えられて都に押送され、刑死した（『魏書』巻七四尒朱栄伝など）。正史に立伝されておらず、事跡は未詳。

三一 和洛興　正史に伝はなく、詳しい事跡は未詳。

三二 李楷　正史に伝はなく、詳しい事跡は未詳。

三三 足使夷甫慚德　夷甫は晋の人王衍（二五六～三一一）の字。竹林の七賢のひとり王戎の従弟で、清談を好んで「一世の龍門」と称えられたが、一方、成都王穎の中軍師となって補佐を務めながら、「經國を以て念とせずして、自ら全うするの計を思う」と伝えられるオポチュニストでもあった。のちに石勒（のちの五胡十六国・後趙の明帝）の反乱軍と戦って敗れ、捕えられると、衍は石勒に帝号を称することを勧め、かえって石勒の怒りを買って殺された。『晋書』巻四三王戎伝附。「德に慚じしむ」とは節操を曲げることなく生還できた温子昇の德に、王衍も恥じ入るであろうという意味。

＊　＊　＊

及[三四]孝莊卽位、以子昇爲南主客郎中、修[三五]起居注。曾一日不直、上黨王天[三六]穆時錄尙書事、將加捶撻、子昇遂逃遁。天穆甚怒、奏人代之。莊帝曰「當世才子不過數人、豈容爲此便相放黜」。乃寢其奏。及天穆將討邢杲[三七]、召子昇同行、子昇未敢應。天穆謂人曰「吾欲收其才用、豈懷前忿也。今復不來、便須南走越、北走胡耳」。子昇不得已而見之。加伏波將軍、爲行臺郎中。天穆深知賞之。元顥[三八]入洛、天穆召子昇問曰「卽欲向京師。爲隨我北度」。對曰「主上以武牢[三九]失守、致此狼狽。元顥新入、人情未安、今往討之、必有征無戰[四〇]。王若剋復京師、奉迎大駕、桓[四一]・文之擧也。捨此北度、竊爲大王惜之」。天穆善之而不能用、遣子昇還洛、顥以爲中書舍人。莊帝還宮、爲顥任[四二]使者多被廢黜、而子昇復爲舍人。天穆每謂子昇曰「恨不用卿前計」。除正員郎、仍舍人。

及帝殺[43]尒朱榮也、子昇預謀、當時[44]赦詔、子昇詞也。榮入內、遇子昇把詔書、問「是何文字」。子昇顏色不變曰「敕」。榮不視之。[45]尒朱兆入洛、子昇懼禍逃匿。

永熙中爲侍讀、兼舍人・鎭南將軍・金紫光祿大夫。遷散騎常侍、中軍大將軍、後領本州大中正。梁使張皐[46]寫子昇文筆傳於江外、梁武[47]稱之曰「曹[48]植・陸機[49]復生於北土、恨我辭人、數窮百六[50]」。陽夏守傅摽[51]使吐谷渾[52]、見其國主牀頭有書數卷、乃是子昇文也。濟陰王暉業[53]嘗云「江左文人、宋有顏延之[54]・謝靈運[55]、梁有沈約[56]・任昉[57]、我子昇足[58]以陵顏轢謝、含任吐沈」。楊遵彥[59]作文德論[60]、以爲「古今辭[61]人皆負才遺行、澆薄險忌、唯邢子才[62]・王[63]元景・溫子昇[64]彬彬有德素」。

[34]孝莊 即位するに及び、子昇を以て南主客郎中・修[35]起居注と爲す。曾て一日直せず、上黨王[36]天穆 時に錄尚書事たり、將に捶撻を加えんとするに、子昇 遂に逃遁す。天穆 甚だ怒り、人もて之に代えんことを奏す。莊帝曰く「當世の才子 數人に過ぎず、豈に容に此が爲に便ち相い放黜すべけんや」と、乃ち其の奏を寢む。天穆 將に[37]邢杲を討たんとするに及び、子昇を召して同行せしめんとするに、子昇 未だ敢えて應ぜず。天穆 人に謂いて曰く「吾 其の才用を收めんと欲するに、豈に前忿を懷わんや。今 復た來たらざれば、便ち須らく南のかた越に走り、北のかた胡に走るべきのみ」と。子昇 已むを得ずして之に見ゆ。伏波將軍を加えられ、行臺郎中と爲る。天穆 深く之を知賞す。[38]元顥 洛に入り、天穆 子昇を召して問いて曰く「即ちに京師に向かわんと欲するか。我に隨いて北に度るを爲すか」と。對えて曰く「主上[39]武牢の守りを失うを以て、此の狼狽を致す。元顥 新たに入り、人情 未だ安からず、今 往きて之を討てば、必ず征[40]有りて戰い無し。王 若し京師を剋復し、大駕を奉迎すれば、[41]桓・文の擧なり。此を捨てて北度すれば、竊

かに大王の爲に之を惜しむ」。天穆 之を善みするも用うる能わず、子昇をして洛に還らしめ、顥 以て中書舍人と爲す。莊帝 宮に還り、顥に任使せられし者 多く廢黜せらる、而るに子昇 復た舍人と爲る。天穆 每に子昇に謂いて曰く「卿の前計を用いざるを恨む」と。正員郎に除せられ、仍お舍人たり。

帝 尒朱榮を殺すに及ぶや、子昇 謀に預かり、當時の赦詔は、子昇の詞なり。榮 入內し、子昇の詔書を把るに遇い、問う「是れ何の文字ぞ」と。子昇 顏色 變ぜずして曰く「敕なり」と。榮 之を視ず。尒朱兆 入洛し、子昇 禍を懼れて逃匿す。

永熙中 侍讀と爲り、舍人・鎭南將軍・金紫光祿大夫を兼ぬ。散騎常侍・中軍大將軍に遷り、後に本州大中正を領す。梁の使 張皐 子昇の文筆を寫して江外に傳えしめ、梁武 之を稱して曰く「曹植・陸機 北土に復生するに、我が辭人、數は百六に窮まるを恨む」と。陽夏守 傅標 吐谷渾に使いし、其の國主の牀頭を見れば書 數卷有り、乃ち是れ子昇の文なり。濟陰王 暉業 嘗て云く「江左の文人、宋に顏延之・謝靈運有り、梁に沈約・任昉有り、我が子昇は以て顏を陵ぎ謝を轢き、任を含み沈を吐くに足る」と。楊遵彥 文德論を作り、以爲えらく「古今の辭人 皆な才を負いて行を遺れ、澆薄險忌たり、唯だ邢子才・王元景・溫子昇のみ 彬彬として德素有り」と。

孝莊帝が即位すると、子昇を南主客郎中・修起居注に取り立てた。一日当直をしなかったことがあり、当時録尚書事だった上党王元天穆が、鞭打ちの罰を加えようとしたが、子昇はそのまま逃亡した。天穆は激怒し、別の人に交替させよと上奏した。孝莊帝は「当世の文才ある者は数人しかいないというのに、どうしてこんなことで退けられる道理があろうか」と言って、その上奏を拒絶した。天穆が邢杲の反乱を討伐しようとする時、子昇を招いて同行させようとしたが、子昇は応じようとしなかった。天穆は人に「私は彼の才能を見込んで取り立てようとしているのであって、昔の恨みを根にもったりしない。今また来なければ、南なら越まで逃げるか、北なら胡まで逃げるしかないぞ」と言った。子昇は仕方なく天穆に会った。伏波将軍を加えられ、行台郎中となった。天穆は彼をよく理解してほめたたえた。元顥が洛陽を占領すると、天穆は子昇を呼んで「すぐ都へ向かいたいか、それとも私とともに（孝荘帝の行宮のある）北へ移るか」と尋ねた。子昇は答えて「天子さまは虎牢城（河南省）の守りを破られたせいで、あのような窮地に陥られたのです。元顥は入城したばかりで、人心はまだ落ちついていません。今やつを討ちに行けば、きっと戦わずして降伏させられます。王がもし都を奪い返して、龍駕をお迎えすれば、斉の桓公や晋の文公に匹敵する壮挙です。この機を捨てて北へ移るなど、私は大王さまのためにも残念に思います」と言った。天穆はその意見をすぐれていると思ったが、言う通りにはできず、子昇を洛陽に帰らせ、顥は彼を中書舎人に任じた。孝荘帝が宮殿に戻り、顥に取り立てられた者は、多くが退けられたが、子昇は再び舎人となった。天穆はいつも子昇に「君の先の計略を用いなかったのが残念だ」と言った。（子昇は）正員郎に任じられ、舎人の職は元のままであった。

孝荘帝が尒朱栄を誅殺した時、子昇はその謀略に関与し、その時の大赦の詔は子昇が起草したものである。栄が参内し、子昇が詔書を持っているのに出会い、「それは何の文書か」と尋ねた。子昇は顔色も変えずに「詔勅です」と答え、栄はその内容を見なかった。尒朱兆が（報復の軍を率いて）洛陽に入ると、子昇は災いを恐れて行方をくらました。

永熙年間（五三二〜五三四）に侍読となり、舎人・鎮南将軍・金紫光禄大夫を兼任した。散騎常侍・中軍大将軍に移り、後に本州大中正を兼任した。梁の使者張皐は子昇の文章を写して江南に伝え、梁の武帝はこれをたたえて「曹植・陸機が北土に再来したというのに、わが国の文人は、全く人材が払底しているのが残念だ」と言った。陽夏（山西省）太守傅標が吐谷渾に使者として赴き、その国主の枕元を見ると数巻の書物があり、それは子昇の作品であった。済陰王元暉業は以前「江南の文人は、宋には顔延之・謝霊運がいて、梁には沈約・任昉がいるが、わが温子昇は顔延之や謝霊運を圧倒し、任昉や沈約を上回るほどだ」と言った。楊愔が「文徳論」を作って言うには「古今の文章家は皆才をたのんで行いをおろそかにし、人情が薄く陰険だが、邢卲・王昕・温子昇だけは文質兼ね備わって徳を身につけている」と。

三四 孝荘　即ち孝荘帝、在位五二八～五三〇。諱は子攸、廟号は敬宗。孝明帝崩御の後、尒朱栄（→注四三）に擁立されて即位した。栄の専横を憎んでこれを誅殺したが、栄の一族の尒朱世隆・尒朱兆（→注四五）らが謀反して都を落とし、帝は晋陽に拉致されて殺された。『魏書』巻一〇孝荘紀、『北史』巻五・魏本紀。なお『魏書』は「及孝荘卽位、以子昇」を「建義初（建義の初め＝五二八年）」に作る。

三五 修起居注　起居注はもと天子の左右に仕える史官の官名で、のちに起居注の官が天子の言行を記録した文書も「起居注」と称するようになった。漢の武帝の時に禁中起居注が置かれ、魏晋には著作がこれを兼ねたが、北魏に再び起居令使が置かれ、のちに他官と兼職する修起居注も別に置かれた（『通典』巻二一・職官三）。

三六 天穆　?～五三〇。平文帝の第四子孤の子孫元天穆。尒朱栄（→注四三）の腹心となって篤く信任され、孝荘帝の践祚後上党王に封じられた。邢杲（→注三七）の謀反を鎮圧し、さらに洛陽を陥れた元顥（→注三八）を討つのに功績があって、権勢を振るったが、後に栄とともに孝荘帝に憎まれて誅殺された。『魏書』巻一四・『北史』巻一五。

三七 邢杲　?～五二九。幽州平北府の主簿であったが、建義元年（五二八）六月、青州（山東省）で流人を率いて反乱を起こし、漢王を号した。翌年三月、元天穆（→注三六）と高歓（北斉神武帝）に邢杲討伐の詔勅が下り、四月、杲は敗れて都に押送され、刑死した（『魏書』巻一〇孝荘紀など）。正史には立伝されないが、『北斉書』巻三一・王昕（→注六三）伝には、邢卲（→注六二）が邢杲の従弟ではないかと疑われ、兵が邢卲を捕えようとすると、昕がその上に覆い伏して、「卲を捕えるなら、まず自分を捕えよ」と叫んだという、『北史』巻五六魏蘭根伝には、魏収（本書「魏収伝」参照）の族叔魏蘭根の甥が邢杲であったと伝える。

三八 元顥　?～五二九。献文帝の孫で、北海王元詳の子。字は子明。葛栄（→注三〇）の挙兵を見て、保身のために工作を図ったが失敗し、梁の武帝のもとに逃れた。永安二年（五二九）、梁の後押しで洛陽に攻め入り、孝荘帝を追い出して建武と改元したが、勝利に驕るあまり政治が混乱して人望を失い、ほどなく孝荘帝に都を奪い返されて、臨潁県で兵卒に斬殺された。『魏書』巻二一上、『北史』巻一九。

三九 以武牢失守　武牢は今の河南省成皋県にあった古地名虎牢のこと。『穆天子伝』巻五に初めて見え、『漢書』地理史上・河南郡成皋県に「故の虎牢」とある。『水経注』巻五・河水に「魏 北司州刺史毛徳祖を虎牢に攻め、戦うこと二百日を経て克たず」といい、軍事上の要害であった。『北史』は唐の太祖李虎の諱を避けて「武牢」に作るが、『魏書』は元のまま「虎牢」に作る。『魏書』巻一〇孝荘紀及び『魏書』巻七五尒朱彦伯伝附尒朱世隆伝によると、元顥（→注三八）の軍が洛陽に向かっていたとき、尒朱栄（→注四三）の従弟尒朱世隆が前軍都督として虎牢に派遣されたが、世隆は防備に努めず、顥の軍に敗れて洛陽へ逃げ帰ったので、孝荘帝は慌てて洛陽を捨てて北方の河内（山西省）へ逃げ、顥に都を占拠されることとなったという。

四〇 有征無戦　戦わずして勝つ。『後漢書』烏桓鮮卑列伝に「昔 淮南王安 越を諫めて曰く『天子の兵、征有りて戦無し。其の敢えて校ゆる莫きを言う……』と」とある。

四一 桓・文之擧　「桓・文」は春秋時代斉の桓公と晋の文公。ともに春秋五覇に数えられ、一時は国を追われながら、戻って政治を立て直し、名君となった。

四二 任使　任務を与えて用いる（『左伝』昭公六年）。

四三 尒朱榮　四九二～五三〇。「尒朱」が姓、一に「爾朱」に作る。北秀容（山西省）の胡の首長。幼少の孝明帝につく一派と摂政の霊太后（胡太后）の一派との抗争に乗じて、孝荘帝を擁立して、建義と改元したのち、太后一派を黄河に沈め、数千人の朝士を虐殺した。その専横ぶりはついに孝荘帝の憎む所となり、腹心の元天穆（↓注三六）とともに誅殺された。本書「魏収伝」注六参照。『魏書』巻七四、『北史』巻四八。また楊衒之『洛陽伽藍記』は、太子が誕生したと偽って栄と天穆を宮廷に呼び出し、誅殺しようとしたが（巻一・永寧寺）、栄が来たと聞くと孝荘帝は事の不首尾を恐れるあまり顔色を失い、温子昇が「お顔色がよくありませんぞ」と注意したので、度胸付けに酒を飲んでから殺害に及んだ（巻四・宣忠寺）と伝える。

四四 當時赦詔　『魏書』巻一〇孝荘紀は尒朱栄誅殺を「（永安三年（五三〇）九月）戊戌、帝 榮・天穆を明光殿に殺し、榮の子 儀同三司菩提に及ぶ。則ち閶闔門に登り、詔して曰く」と伝えた後に、詔の全文を録す。尒朱栄と天穆の罪状を記した後、悪の根源が除かれたので天下に大赦すべしと言う内容である。『藝文類聚』巻五二および『全後魏文』巻五一もこの詔を引く。

四五 尒朱兆　？～五三三。尒朱栄の甥。尒朱栄が孝荘帝に誅されると、報復の兵を興して洛陽に攻め入り、孝荘帝を弑した。しかし反尒朱氏の火の手が各地で上がり、太昌元年（五三二）、高歓（北斉神武帝）らの軍に大敗して追い詰められ、自殺した。『魏書』巻七五、『北史』巻四八。

四六 張皐　生卒年未詳。『魏書』巻六九・裴延儁伝および『南史』巻七梁本紀に梁から東魏へ使者として派遣された人物として見えるが、詳しい事跡は未詳。

四七 梁武　梁の武帝蕭衍（在位五〇二～五四八）のこと。本書「梁武帝伝」参照。『魏書』は「梁武」を「衍」に作る。

四八 曹植　魏の文帝曹丕の弟で、魏の代表的な詩人。本書「曹植伝」参照。

四九 陸機　西晋の代表的な詩人。本書「陸機伝」参照。

五〇 數窮百六　陰陽思想で百六は陰数の極みであり、災厄を表すものとされていたことをもじった表現。わが国の文人はすぐれた者がいなくて災難の極みだという意味。百六の説については、宋・洪邁『容斎続筆』巻六「百六陽九」にまとめられている。

五一 傅摽　『魏書』は「傅標」に作る。正史にこれ以外の記載はなく、詳しい事跡は未詳。

五二 吐谷渾　北方遊牧民族の鮮卑族慕容部が今の青海省北部・新疆ウイグル自治区東南部に建てた国の名。宋に入貢し、北魏にも正光年間（五二〇～五二五）まで朝貢したが、唐に至って吐蕃（今の西蔵）に併呑されて滅びた。『魏書』巻一〇一、『北史』巻九六。

五三 暉業　景穆帝の子小新成（異母兄の新成と区別した称）の玄孫。若いころは盗賊と交遊したが、後に学問に励み、官は録尚書事に至った。『魏書』巻一九、『北史』巻一七。

五四 顔延之　宋の代表的な詩人。本書「顔延之伝」参照。

五五 謝靈運　宋の代表的な詩人。本書「謝霊運伝」参照。

五六 沈約　斉・梁の代表的な詩人。本書「沈約伝」参照。

五七 任昉　斉・梁の代表的な詩人。本書「任昉伝」参照。

五八 足以陵顔轢謝、含任吐沈　『詩品』序に「元嘉中、謝靈運有り。……固より已に劉（琨）・郭（璞）を含跨し、潘（岳）・左（思）を凌轢す」とあるのを踏まえた表現。劉・郭・潘・左をしのぐ謝霊運をも圧倒するほどの文才だという意味。

五九 楊遵彦　五一〇〜五六〇。即ち楊愔、遵彦は字。本書「徐陵伝」注二八参照。

六〇 文徳論　この論はここに引かれる部分を除いて現存しない。

六一 古今辭人……澆薄險忌　この表現は曹丕「呉質に与うるの書」(『文選』巻四二・書)に「古今の文人を観れば、細行を護らざるに類し、能く名節を以て自ら立つもの鮮し。而るに偉長(徐幹)は獨り文を懷き質を抱き…彬彬たる君子なる者と謂うべし」とあるのを踏まえる。この書では、亡くなった文人の徳を挙げた後、「今生きている者は彼らに及ばない」と続けるが、楊愔は邢・王・温の三人は生きながら先人の徳に及ぶ者だとたたえたのである。

六二 邢子才　四九六〜?。北朝・北魏〜北斉の詩人邢邵の字。一に邢劭とも書かれる。官は太常卿に至った。「北地三才」の一人で、温子昇の艶冶な作風を受け継ぎながら、建安年間のたくましさや正始年間の思想性に富んだ文学を手本とすることを唱え、温子昇とともに「文士の冠」と並称された。『隋志』に「邢子才集」三十巻が著録されるが現存せず、残る文は二十九篇、詩歌は九首(うち一首は断片)のみ。『北斉書』巻三六、『北史』巻四三。

六三 王元景　生卒年未詳。諱は昕、元景は字。北魏の汝南王元悦の騎兵参軍となり、のち著作佐郎となった。北斉で七兵尚書となり、宜君県男に封ぜられた。清談を好み、楊愔(↓注五九)も「其の德素を重んじ、以て人の師表と爲」したが、放埒な性格が災いし、讒言に遭って誅殺された。『北斉書』巻三一、『北史』巻二四王憲伝附。

六四 彬彬　外面の美しさと内面の実質が調和していること。『論語』雍也篇「文質彬彬、然る後君子たり」による語。

*　　*　　*

齊[六五]文襄引子昇爲[六六]大將軍諮議。子昇前爲中書郎、嘗詣梁[六七]客館受國書、自以不修容止、謂人曰「詩章易作、[六八]逋峭難爲」。文襄館客[六九]元瑾曰「[七〇]諸人當賀、推子昇合陳辭」。子昇久忸怩、乃推[七一]陸操焉。及元瑾・[七二]劉思逸・[七三]荀濟等作亂、文襄疑子昇知其謀。方使之作[七四]神武碑、文既成、乃餓諸晉陽獄、食弊襦而死。棄屍路隅、沒其家口。太尉長史[七五]宋游道收葬之、又爲[七六]集其文筆爲三十五卷。

子昇外恬靜、與物無競、言有準的、不妄毀譽、而內深險、事故之際、[七七]好豫其閒、所以終致禍敗。又撰[七八]永安記三卷。無子。

齊の[六五]文襄 子昇を引きて大將軍諮議と爲す[六六]。子昇 前に中書郎爲りしに、嘗て梁の客館[六七]に詣りて國書を受くるに、自ら以えらく容止を修めずと、人に謂いて曰く「詩章は作り易し、逋峭[六八]は爲し難し」と。文襄の館客 元瑾[六九]曰く「諸人[七〇]當に賀すべし、子昇を推して合に辭を陳べしむるべし」と。子昇 久しく忸怩して、乃ち[七一]陸操を推す。元瑾・[七二]劉思逸・[七三]荀濟等 亂を作すに及び、文襄 子昇の其の謀を知るかと疑う。方に之をして[七四]神武碑を作らしめ、文 既に成り、乃ち諸を晉陽の獄に餓えしめ、弊襦を食らいて死す。屍を路隅に棄て、其の家口を沒す。太尉長史[七五]宋游道 收めて之を葬り、又た爲に其の文筆を集めて三十五卷と爲す[七六]。

子昇 外に恬靜、物と競う無く、言は準的有り、妄りに毀譽せず、而れども內に深險、事故の際、其の閒に[七七]豫るを好むは、終に禍敗を致す所以なり。又た『[七八]永安記』三卷を撰す。子無し。

高澄（のちの北斉文襄帝）が子昇を取り立てて大将軍諮議とした。子昇は前に中書郎だった時、梁の使臣の駐在館に赴いて国書を受け取るのに、自分自身では風采が上がらないと思い、人に「詩文を作るのは簡単だが、立ち居振る舞いは繕いにくい」と言った。高澄の門客元瑾が「諸君は祝賀すべきだ。子昇に祝賀の辞を述べさせるべきだ」と言った。子昇はさんざんためらった挙句に、陸操を推薦した。元瑾・劉思逸・荀済らが反乱を起こすと、高澄は子昇が（それまでの行いから）その計画を知っていたのではないかと疑った。ちょうどその折彼に高歓（のちの北斉神武帝）をたたえる碑文を作らせ、文が出来上がると、彼を晋陽の監獄に入れて食事を与えず、（子昇は）ぼろぼろの下着を口にしながら死んでいった。その死体を道端に捨て、家族を奴婢に落とした。太尉長史宋游道が遺体を収容して葬り、またその詩文を集めて三十五巻とした。

子昇は外見では落ち着いていて、他人と競争せず、言葉は的を射ており、むやみに毀誉褒貶をしなかった。しかし内面は陰険で、いざこざがあると、それに関与するのを好み、それ故しまいには災いに身を滅ぼす結果を招いたのである。また『永安記』三巻を著した。子はいなかった。

六五　文襄　五二〇～五四九。高歓（北斉神武帝）の長子高澄。北魏で中書監となり、高歓が孝静帝を奉じて東魏を建てると、大将軍となって侯景をはじめとする軍閥勢力を一掃し、孝静帝に帝位を禅譲させようとしたが、南人の捕虜で給仕役にしていた蘭京なる者に殺害された。本書「魏収伝」注六一参照。死後、弟の高洋（文宣帝）が禅譲を受けて北斉朝を開くと、文襄帝の帝号を贈られ、廟号を世宗という。『北斉書』巻三文襄紀、『北史』巻六斉本紀。なお『北斉書』では澄は「盗に遇いて崩」じたと記されるが、『北史』では同じ句の後に蘭京のくだりを記し、『通鑑』巻一六二では全面的に蘭京殺害説を採っている。

六六　大將軍諮議　『魏書』は「大將軍府諮議參軍」に作る。

六七　客館　他国への使臣が滞在するために、相手国の領内に設けた宿舎（『左伝』僖公三十三年）。

六八　逋峭　立ち居振舞いの優雅なさま。この語は『魏書』『北史』以前には見えず、宋・徐度『却掃篇』巻中に、蘇頌が北に使いし、北京留守文潞公（文彦伯）と燕飲した際、彦伯に「魏收に「逋峭爲難」の語有り、人多く之を知らず。逋峭とは何の謂ぞ」と尋ねられ、蘇頌が「宋元憲公が言うには、これは『木経』（現存せず）にある語で、梁の上の蛙股の名で、その折れ曲がっている様子が、勢いを抑えて優美な南人の振舞いのように見えることに由来する」と答えたという話が見える。しかし『却掃篇』では子昇の語を魏收の語とする上に、さらに続けて「蘇頌は『今の文人は新しい語を用いることが多いが、この語まで使う者はまだいない』と一首の詩を作って『自ら知る 伯起（魏收の字）の逋峭し難きを』と言った」といい、その説の信憑性のほどはわからない。『史記』楽書などに駿馬の名として「蒲梢」「蒲捎」という語があり、唐代には「足下の爲る所の書言、文章は極正、其の辭は奥雅、後來の是の道に馳する者、吾子 且に蒲捎・駃騠（駿馬の名）と爲らんとす」（柳宗元「楊誨に与うるの第二書」）と、俊才のたとえとしても用いられており、「逋峭」はあるいは「蒲梢」の当て字であろうか。

六九　元瑾　？～五四七。広陽王元淵（→注九）の子。『魏書』巻一八、『北史』巻一六には「尚書祠部郎たり。後 齊の文襄を殺さんと謀り、事泄れ、合門（一族全部）法に伏す」とのみ伝える。

七〇　諸人當賀……　この箇所は文意が通じにくく、李慈銘『北史札記』は脱文があるとしている。

七一　陸操　？～五四五ごろ。北魏太和年間（四七七～四九九）の夏州刺史陸駛驎の孫。北魏・東魏で廷尉卿となり、のち度支尚書に至った。『魏書』巻四〇陸俟伝・『北史』巻二八陸俟伝に附伝されるが、『北史』がやや詳しい。

七二　劉思逸　？～五四七。父の直が武邑太守の時、謀反に加わって誅され、思逸も宮刑に処せられて宦官となった。後に平東将軍となったが、武定年間（五四三～五四九）に元瑾（→注六九）らとともに大将軍高澄（→注六五）を除こうとして失敗し、誅殺された。『魏書』巻九四閹官伝・『北史』巻九二恩幸伝に伝あり。『魏書』がやや詳しい。なお謀反の経緯は『魏書』巻一二孝静紀に見え、酒宴で孝静帝が高澄に侮辱されたのを常侍侍講荀済（→注七三）が見て、元瑾らと謀って高澄の邸に向けて地下トンネルを掘り、高澄を暗殺しようとしたが、地下から音がするのを門番に悟られて発覚したという。『通鑑』は梁太清元年（五四七）にこの事件を載せる。

七三　荀濟　?～五四七。もと梁の武帝と布衣の交わりをなしたが、上書して仏法をそしったことが信心深い武帝の怒りを招き、北魏に亡命した。その後東魏で常侍侍講となったが、武定年間（五四三～五四九）に元瑾（→注六九）らと謀反して失敗し、高澄はその文才を惜しんで死一等を減じようとしたが、済は「詔を奉じて将軍高澄を誅殺す、何をか反と為す」と言って、澄を支配者と認めなかったため、火あぶりに処せられた。『北史』巻八三文苑伝。

七四　神武碑　『魏書』は「獻武王碑文」に作る。「神武」は高歓（→注六五）。死後、初め献武王と諡されたが、高洋が禅譲を受けて北斉朝を開いてから献武帝と改められ、さらに神武帝と改められた。「神武碑」の文は現存しないが、高歓をたたえる内容であったと思われ、高澄（→注六五）はこれに難癖をつけて子昇を投獄したのであろう。

七五　宋游道　?～五六二。北魏で殿中侍御史となり、のち東魏で御史中尉となった。剛直な性格で、人の犯罪には容赦しなかったという。『魏書』巻五二、『北斉書』巻四七酷吏伝、『北史』巻三四。これらの本伝にも温子昇の遺体を収容して葬ったくだりが見え、高澄（→注六五）が游道に「今　卿は眞に是れ舊の節義を重んずるの人、此の情　奪うべからず」と言ったという。

七六　集其文筆爲三十五巻　『旧唐志』『新唐志』に「温子昇集」三十五巻を著録するが現存せず、今日残る詩歌は十首のみ。『全後魏文』巻五一には二十七篇の文を集めるが、ほとんどは詔勅や表である。

七七　豫　ここでは「與（与）」と通じて「関与する」意。「與其閒」は『漢書』淮南衡山伝に「皇帝不使吏與其閒（皇帝　吏をして其の閒に與らしめず）」という用例が見える。

七八　永安記　『隋志』史部に『魏永安記』三巻が著録され、『新唐志』二・故事に温子昇の著として見える『魏永安故事』三巻も同じ書と見られるが、いずれも現存しない。北魏孝荘帝の永安（五二八～五三〇）年間の動乱の様子を記したものと思われる。

〔参考文献〕

周建江『北朝文学史』（一九九七年、中国社会科学出版社）
矢嶋徹輔「温子昇伝」（九州大谷短期大学『国語研究』創刊号、一九七二年）
矢嶋徹輔「温子昇の文学」（『鳥取大学教育学部研究報告　人文・社会科学』第三十二巻、一九八一年）

（大野圭介）

魏収（五〇六〜五七二）

魏収は、北朝を代表する文学者、史学者。北魏・東魏・北斉の三王朝に在って、文をもって仕えた漢人官僚である。また、温子昇や邢卲とともに、北地三才と称された。その作風は南朝文学の影響を受け、邢卲は沈約に、魏収は任昉に似るといわれる。従叔の魏季景を大魏というのに対し、小魏と呼ぶ場合もある。平素の言動に慎みがなく、北斉になって彼が編纂した『魏書』は「穢史」と評され、その公正さを疑問視する向きもある。

北史巻五十六　魏收傳

魏收[1]、字伯起、小字佛助、鉅鹿下曲陽人也。自序[2]…（略）。

收少機警、不持細行。年十五、頗已屬文。及隨父赴邊[3]、好習騎射、欲以武藝自達。滎陽鄭伯調[4]之曰「魏郎弄戟多少[5]」。收慚、遂折節讀書。夏月、坐板牀、隨樹陰諷誦。積年、牀板爲之銳減、而精力不輟、以文華顯。初除太學博士。及尒朱榮於河陰濫害朝士[6]、收亦在圍中、以日晏獲免。吏部尚書李神儁[7]重收才學、奏授司徒記室參軍。永安三年、除北主客郎中。節閔帝立[8]、妙簡近侍[9]、詔試收爲封禪書[10]。收下筆便就、不立藁草、文將千言、所改無幾。時黃門郎賈思同[11]侍立、深奇之、白帝曰「雖七步之才[12]、無以過此」。遷散騎侍郎、尋敕典起居注、幷修國史。俄兼中書侍郎。時年二十六。

孝武初、又詔收攝本職。文誥塡積、事咸稱旨。黃門郎崔㥄從齊神武入朝、熏灼於世、收初不詣門。㥄爲帝登阼赦云「朕託體孝文」。收嗤其率直。正員郎李愼以告之、㥄深忿忌。時節閔帝殂、令收爲詔。㥄乃宣言、「收普泰世出入幃幄、一日造詔、優爲詞旨。然則義旗之士、盡爲逆人。又收父老、合解官歸侍」。南臺將加彈劾、賴尙書辛雄爲言於中尉綦儁、乃解。收有賤生弟仲同、先未齒錄、因此怖懼、上籍、遣還鄉扶侍。孝武嘗大發士卒、狩於嵩少之南、旬有六日。時寒、朝野嗟怨。帝與從官及諸妃主、奇伎異飾、多非禮度。收欲言則懼、欲默不能已、乃上南狩賦以諷焉。年二十七。雖富言淫麗、而終歸雅正。帝手詔報焉、甚見褒美。鄭伯謂曰「卿不遇老夫、猶應逐兔」。

初、神武固讓天柱大將軍、魏帝敕收爲詔、令遂所請。欲加相國、問收相國品秩、收以實對、帝遂止。收既未測主・相之意、以前事不安、求解、詔許焉。久之、除帝兄子廣平王贊開府從事中郎。收不敢辭、乃爲庭竹賦以致己意。尋兼中書舍人。與濟陰溫子昇・河閒邢子才齊譽、世號三才。時孝武內有閒隙、收遂以疾固辭而免。舅崔孝芬怪而問之、收曰「懼有晉陽之甲」。尋而神武南上、帝西入關。

一 魏收、字は伯起、小字は佛助、鉅鹿下曲陽の人なり。自序に、…（略）。

收少くして機警、細行を持せず。年十五にして、頗已に文を屬る。父に隨いて邊に赴くに及び、好んで騎射を習い、武藝を以て自達せんと欲す。滎陽の鄭伯之を調けりて曰く「魏郎戟を弄すること多少ぞ」と。收慚じ、遂に節を折りて讀書す。夏月、板牀に坐し、樹陰に隨いて諷誦す。積年、牀板之が爲に銳減するも、力を精して輟めず、文華を以て顯る。

初め太學博士に除せらる。[六]尒朱榮 河陰に於いて朝士を濫害するに及び、收 亦た圍中に在るも、日晏るるを以て免かるるを獲。吏部尙書 李神儁[七] 收の才學を重んじ、奏して司徒記室參軍を授く。永安三年、北主客郎中に除せらる。節閔帝立ち、近侍を妙簡し、[九]詔して試みに收に封禪書を爲らしむ。[一〇]收 筆を下して便ち就り、藁草を立てず、文 將に千言ならんとするに、改むる所 幾くも無し。時に黃門郎 賈思同[一一] 侍立し、深く之を奇とし、帝に白して曰く[一二]「七步の才と雖も、以て此れに過ぐる無し」と。散騎侍郎に遷り、尋いで敕して起居注を典り、幷びに國史を修せむ。俄かに中書侍郎を兼ぬ。時に年二十六。

孝武の初め、又た收に詔して本職を攝せしむ。文誥塡積し、事 咸 旨に稱う。黃門郎 崔㥄[一三] 齊の神武に從いて[一四]入朝し、熏は世に灼たるも、收 初めより門に詣らず。㥄 帝の[一五]登祚の赦を爲りて云う「朕 體を孝文に託す」[一六]と。收 其の率直を嗤う。正員郎 李愼[一七] 以て之に告げ、㥄 深く忿忌す。時に節閔帝[一八]殂り、收をして詔を爲らしむ。㥄乃ち宣言す、「收 普泰の世[一九] 幃幄に出入し、一日 詔を造るに、優ろに詞旨を爲す。然らば則ち義旗の士[二〇]は、盡く逆人[二一]と爲る。又た收の父 老いたり、合に官を解きて歸侍すべし」[二二]と。南臺[二三] 將に彈劾を加えんとするに、賴い尙書 辛雄[二四] 爲に中尉 綦儁[二五]に言い、乃ち解かる。收 賤生の弟[二六] 仲同有りて、先に未だ齒錄せず、此れに因りて怖懼し、[二七]籍を上り[二八]、鄉に還りて扶侍せしむ。孝武 嘗て大いに士卒を發し、[二九]嵩少の南に狩すること、旬有六日。時寒く、朝野嗟怨す。帝 從官及び[三〇]諸妃主と與に、奇伎異飾し、多く禮度に非ず。收 言わんと欲すれば則ち懼れ、默らんと欲すれば已む能わず、乃ち「南狩の賦」[三一]を上りて以て焉を諷す。年二十七。富言淫麗と雖も[三二]、終に雅正に歸す。帝 手づから詔して焉に報い、甚だ褒美せらる。鄭伯 謂いて曰く「卿 老夫に遇わずんば、猶 應に兎を逐うべし」と。

初め、神武[三三] 固く天柱大將軍を讓り、魏帝 收に敕して詔を爲らしめ、請う所を遂げしむ。[三四]相國を加えんと欲し、收に相國の品秩を問うに、收 實を以て對え、帝 遂に止む。收 既に未だ主・相の意を測らずして、[三五]前事 安からざるを以て、解かるるを求め、詔して焉を許さる。久之しうして、帝の兄子 [三七]廣平王 贊の開府従事中郎に除せらる。収 敢て辭せず、乃ち[三八]「庭竹の賦」を爲りて以て己が意を致す。尋いで中書舍人を兼ぬ。濟陰の[三九]溫子昇・河間の[四〇]邢子才と與に譽を齊しうし、世に三才と號さる。時に[四一]孝武 内に間隙有り、収 遂に疾を以て固く辭して免ぜらる。舅[四二] 崔孝芬 怪しみて之に問うに、収 曰く「[四三]晉陽の甲有るを懼る」と。尋いで[四四]神武 南のかたに上り、帝 西のかた關に入る。

魏収は字を伯起、小字を仏助といい、鉅鹿 下曲陽（河北省）の人である。『魏書』の自序には、…（略）。

収は小さいころから頭の回転が速く、礼節には無頓着だった。十五歳でもう詩文を綴ることができた。父とともに辺境に赴いてからは、好んで流鏑馬を習い、武藝に練達しようとしていた。滎陽の鄭伯がからかって、「魏の若旦那はどのくらいチャンバラがお上手になられましたかな」といったので、収は恥じ入り、志を改め学問をすることにした。夏は木製の床几に坐り、木陰に身体を移動させながら朗読暗誦にはげんだ。年月が経ち、床几の板も擦り減るほどだったが、努力して倦まず、文才によって世に知られるようになった。

最初に太学博士に任命された。介朱栄が河陰で朝臣に対して虐殺を行なった際には、収も囚われの身となったが、日が暮れたため処刑を免かれた。吏部尚書の李神儁が、収の才学を見込んで上奏し、司徒記室参軍を授けられた。永安三年（五三〇）、北主客郎中に任命された。節閔帝が即位すると近侍を選ぶことになり、詔を下して試しに収に封禅書を作成させた。収は筆を下すとたちどころにそれを仕上げてしまい、下書きをしなかった。千字にも及ぶ長文だったが、改める所はほとんどなかった。その時、黄門郎賈思同が帝の側に控えていて、大変これに感心し、帝に「七歩の間に詩を作った曹植でもこれにはかないますまい」と申し上げた。散騎侍郎に移り、まもなく勅命によって起居注を掌り、並びに国史の編纂にたずさわった。ほどなく中書侍郎を兼任した。二十六歳の時のことだ。

孝武帝即位の直後、また収に中書侍郎の職務を代行するようにとの詔があった。布告文書がうず高く積みあげられ、その出来栄えはみな御意にかなうものだった。黄門郎崔㥄は高歓（のちの北斉の高祖神武帝）に従って入朝し、勲功輝かしかったが、収はご機嫌伺いに参上しなかった。㥄は孝武帝が即位の際に発布する赦文を作り、「朕は孝文帝をよりどころとして…」と述べた。これを収はあからさまだと嘲笑した。㥄は孝武帝を憎んだ。ちょうど節閔帝がみまかったので、㥄は収に哀悼の詔を作らせておいて、言いふらした。「収は普泰の世に節閔帝のそば近く仕え、先日作った哀悼の詔では、懇ろに先帝を称えた言葉遣いをしている。ならば正義の旗を掲げた士はすべて逆賊ということになってしまう。収の父は年を取っていることでもあり、収は辞任して孝養のため家に帰るべきだ」と。御史台が弾劾しようとしたところへ、幸い尚書の辛雄が御史中尉の綦儁に口添えしてくれ、やっと許された。収には、卑賤の母から生まれて戸籍に登録していない仲同という弟がいたが、この度のことで心配になり、届けを出して親元に帰し父の世話をさせることにした。ある時、孝武帝は大規模に士卒を徴発し、十六日間嵩山西峰少室山の南で狩りをしたことがあった。寒い時節で、朝野に怨嗟の声があがった。皇帝は随臣やお妃・皇族の姫君とともに奇抜な格好をし、礼法を大きく逸脱していた。収は諫言しようにも恐ろしく、かといって黙っていることもできず、そこで「南狩の賦」を奉ってこれを諷喩した。時に二十七歳だった。それは修辞を極めた淫靡華麗な作品だったが、最後には正道に引きもどそうとするものだった。皇帝は自ら詔を作ってこれに答え、収はたいそうお褒めにあずかった。鄭伯は「君は儂に出会わなかったら、今でも兎を追っ駆けていただろうよ」といった。

話は戻るが、高歓が天柱大将軍の職を固辞したとき、魏の孝武帝は収に命じて、高歓の申し出を聴き届ける旨の詔を作成させたことがあった。その際、皇帝は高歓に相国の位を与えようとして、収に相国の品秩を問うたが、収が正直にお答えしたため、沙汰止みとなった。収は皇帝と丞相高歓の意を測りかね、今後のことが心配になって、辞職を申し出て許しを得た。だいぶ経ってから、皇帝の兄の子で広平王賛の開府従事中郎に任命された。収は辞退しにくく、そこで「庭竹の賦」を作って自分の気持ちを申し述べた。やがて中書舎人を兼任することとなった。済陰の温子昇や河間の邢子才とともに名声を博し、世に三才と称された。おりしも孝武帝は（高歓に対して猜疑心を抱き、）君臣間に離反が生じたので、収は病気を理由に職を固辞し、免ぜられた。母方のおじの崔孝芬が不思議がって問うたのに対して、収は「晋陽の挙兵を懼れているのです」と答えた。やがて、高歓が（洛陽に向かって）南下し、孝武帝は潼関を越えて西に向かった。

河陰に集めて虐殺し、後から来た朝廷の士人百人以上をも包囲した。この暴挙によって尒朱栄は人心を失い、のち孝荘帝に誅殺された。

六世紀の北魏王室系図

③ ― □ ― ④ ― ⑤ ― 孝文帝⑥（宏）四七一-四九九
孝文帝 ― 宣武帝⑦（恪）四九九-五一五 ― 孝明帝⑧（詡）五一五-五二八
孝文帝の兄弟 ― □ ― 孝武帝⑫（脩）五三二-五三四
孝文帝の兄弟 ― □ ― 孝静帝（東魏）
□ ― 孝荘帝⑨（子攸）五二八-五三〇
□ ― 節閔帝⑩（恭）五三一
③ ― □ ― □ ― □ ― □ ― 廃帝⑪（朗）五三一-五三二

七 李神儁　四七六～五四〇。本名は挺、神儁は字。孝荘帝の時に千乗県侯に封じられ、中書監・吏部尚書となった。博学でよく後生を引き立てた。『魏書』巻三九、『北史』巻一〇〇。本書「温子昇伝」注二二参照。

八 節閔帝立　五三〇年、孝荘帝は尒朱栄が参内した際にこれを誅殺するが、尒朱栄の甥の兆が報復の軍をおこし帝を処刑、尒朱兆は孝荘帝の従弟元恭を即位させ、年号を普泰に改めた。これを節閔帝または前廃帝という。→注六系図。

九 妙簡　精選すること。

10 詔試收爲封禪書…　『太平御覧』巻六〇〇引『北斉書』によれば、

一 魏收　魏収伝は、『北史』のほか『北斉書』巻三七にも収められている。しかし、『北斉書』魏収伝は早に散逸しており、現行の『北斉書』は『北史』から補ったものである。そのため、ここでは『北史』魏収伝に拠った。なお、本伝中の魏収の出自と前半生についての記述は、魏収自身の手になる「自序」（→注二）に拠るところが大きい。魏収の文集は七十巻というが、今日伝わらず、『全北斉詩』に詩が十四首、『全北斉文』に文が十五篇残るに過ぎない。

二 自序…　自序は、『魏書』完成の年である天保五年（五五四）に書かれたもので、自らの出自と前半生を詳しく叙している。それによれば、先祖は漢の初め高良侯に封じられた魏無知で、祖父の悦は済陰太守を務めた。父の子建は字を敬忠といい、北魏に仕えて散騎常侍・驃騎大将軍に至り、永熙二年（五三三）六十三歳で没し、儀同三司・定州刺史を追贈された。諡は文静。なお、現在『魏書』巻一〇四に見える自序は、この『北史』魏収伝からの删節である。

三 及隨父赴邊　自序によれば、父子建は孝明帝の御代、東益州刺史として辺境に在り、氐（チベット系民族）をおさえて治績をあげた。

四 鄭伯　伝記未詳。あるいは鄭伯猷（『魏書』巻五六・『北史』巻三五）の誤りか。

五 弄戟　戟は切っ先が枝状に分かれている矛。弄はもてあそぶこと。

六 尒朱榮於河陰濫害朝士…　五二八年、尒朱栄が河陰（河南省）で北魏の皇族と朝士を虐殺した事件をさす。もと秀容（山西省）にいた稽胡族の首長尒朱栄は、北魏孝明帝の摂政である霊太后胡氏を討伐する名目で高歓（のちの北斉の神武帝）を先鋒に、洛陽に向かって兵を進めた。そこへ突然孝明帝が崩御し、尒朱栄は先帝の従弟にあたる元子攸を孝荘帝として擁立する。黄河を渡った尒朱栄はまず太后らを黄河に沈めた後、天を祭ると称して皇族や百官二千人以上をこの時、収は「封禅は皇帝の盛事です。昔、司馬相如すら絶筆の書としたものを、私のような非才の者がどうしてその役に擬せられましょう。私は愚鈍ではありますが、精一杯技を尽くしましょう」と言ったという。

一一 賈思同　?～五四〇。字は士明、斉郡益都（山東省）の人。『魏書』巻七二、『北史』巻四七。

一二 七歩之才　三国魏の曹植は七歩あるく間に詩を作ったという逸話がある。詳しくは本書「曹植伝」注二二参照。

一三 崔㥄　四九五～五五五。字は長儒、清河東武城（山東省）の人。高歓の挙兵に参画し、洛陽に入って孝武帝を擁立した後、車騎大将軍・左光禄大夫に進んだ。名門貴族の出身であるため、傲慢なふるまいが多かった。『北斉書』巻二三、『北史』巻二四。

一四 齊神武入朝　斉神武は北斉の高祖神武帝高歓。ただし、在世中には即位しておらず、神武帝という廟号は北斉建国後に追贈されたもの。高歓は五三二年、尒朱兆の軍を殲滅して洛陽に入り、尒朱兆が立てた節閔帝（前廃帝）と、自らが信都（河北省）で擁立した皇帝（後廃帝）を両方とも廃し、元脩を擁立した。これを孝武帝という。→注六系図。

一五 登阼赦　即位の際に発表される赦文、ゆるしぶみ。『魏書』出帝平陽王本紀によれば、中興二年（五三二）四月、洛陽の東郭で即位した孝武帝は、太極前殿にて群臣の朝賀を受けたのち閶闔門に昇り、詔を発布した。

一六 託體孝文　「託體」はよりどころとすること。『北史』魏本紀五によれば、高歓は尒朱兆の軍を殲滅して洛陽に入った（→注一四）のち官僚達と合議し、名君孝文帝（在位四七一～四九九）の子孫を帝位につけることで意見の一致をみた。しかし、諸王はみな懼れて遁走した後であり、ようやく孝文帝の孫で広平王懐の第三子脩を洛陽郊外で発見し、嫌がる脩を無理やり即位させた。いわば、孝武帝は孝文帝の血筋であることをよりどころとして擁立された傀儡である。収は、崔㥄がこれを糊塗しようともせず、赦文に直叙したことを嗤ったのである。ただ、『魏書』出帝平陽王本紀が引く赦文は、「朕、體を宸極に託するを以て…」に作る。『魏書』編纂の際に修正されたのであろうか。

一七 李愼　生卒年未詳。趙郡平棘（河北省）の人。武平年間に東平太守となった。

一八 節閔帝殂　尒朱兆によって擁立された節閔帝（前廃帝）は、高歓が洛陽に凱旋した後に廃位となり、普泰二年（五三二）五月（孝武帝の太昌元年）に暗殺された。享年三十五。

一九 普泰世出入幃幄　普泰（五三一）は節閔帝（前廃帝）の年号。崔㥄は、魏収が先の節閔帝に仕えてそれを弔う詔が懇ろであったことから、孝武帝を擁立した高歓以下自分達を逆賊とみなしていると言い掛かりをつけたのである。

二〇 義旗之士　ここでは尒朱氏を討伐して北魏の国難を救った高歓（のちの北斉の神武帝）らを指す。

二一 逆人　逆賊をいう。

二二 解官歸侍　官を辞して親に孝養を尽くすこと。

二三 南臺　御史台。北魏では南台と呼ばれ、官吏の弾劾を司った。

二四 辛雄　?～五三四。字は世賓、隴西狄道（甘粛省）の人。『魏書』巻七七、『北史』巻五〇。

二五 綦儁　生卒年未詳。字は摽顯、洛陽（河南省）の人。『魏書』巻八一、『北史』巻五〇。

二六 賤生弟仲同　魏収は自序で父の魏子建について、「二子あり、収・

祚」と述べている。魏収の母は博陵の名門崔氏であるが、「祚」は「収」とは偏を異にしており、祚は収の異母弟だったと想像される。仲同とは祚の字であろう。ただ、史書の伝が異母弟を「賤生弟」と呼んだ例は他にない。この部分は『北史』の編纂者が魏収の自序(→注二)を用いて魏収伝を編纂した際に、魏収の口吻をそのまま残存させてしまったのであろう。

二七 未歯録 「歯録」は官吏任用簿、すなわち官僚の家の戸籍に登録されること。「未歯録」とは未登録であることをいうのであろう。

二八 上籍 届けを出すことをいうか。

二九 狩於嵩少之南 嵩少とは河南省登封県の嵩山の西峰少室山を指す。『北史』魏本紀五によれば、孝武帝がここで狩猟をしたのは永熙二年(五三三)十二月のことである。

三〇 帝與從官及諸妃主 『魏書』巻一〇四の自序は「帝 從官と與に皆な胡服して騎し、宮人及び諸妃主 其の間に雜う」に作る。

三一 南狩賦 現存しない。

三二 雖富言淫麗… 『漢書』巻八七揚雄伝の揚雄自序に「賦なる者は、將に風を以てするなり。必ず類を推して言い、麗靡の辭を極め、閎侈鉅衍なること、人をして加う能わざるを競い、既にして乃ち之を正に歸す」という。つまり、賦は本来上を諷諫するためのもので、華麗な表現を列ね、しかるのちこれを正道に引きもどそうとするものとされる。

三三 神武固讓天柱大將軍 高歡(のちの北斉神武帝)は孝武帝即位の太昌元年(五三二)四月、大丞相・天柱大将軍・太師に除せられたが、本拠地 鄴に帰った五月、天柱大將軍の辞退を申し出て許された。

三四 相國 丞相のさらに尊位を相国という。常置官ではなく、尋常の人臣の職でもない。古くは秦の呂不韋、漢の蕭何などが丞相から相国となった。また、北周の随国公 楊堅が大丞相から相国に進み、やがて帝位を禅譲された例がある。唐以後は宰相の尊称となる。

三五 主・相 主君と丞相、ここでは孝武帝と丞相高歡をさす。

三六 前事 今後のこと。近い将来を指す。

三七 廣平王贊 生卒年未詳。北魏宗室の出。『魏書』出帝平陽王紀によれば、広平王贊は太昌元年(五三二)十二月に驃騎将軍・開府儀同三司を拝している。収が従事中郎に招かれたのはこのころである。

三八 庭竹賦 現存しない。

三九 溫子昇 四九五~五四七。字は鵬挙、太原(山西省)の人。魏収・邢卲とともに北地三才の一人に数えられる。本書「溫子昇伝」参照。

四〇 邢子才 四九六~?。名は卲、子才は字。河間鄚(河北省)の人。溫子昇とともに「溫・邢」、溫子昇の死後は魏収とともに「邢・魏」と並称された。文集三〇巻があったが散逸。文二十九篇、詩八首が伝わるに過ぎない。『北斉書』巻三六、『北史』巻四三。本書「溫子昇伝」注六二参照。

四一 時孝武內有間隙 『北斉書』魏收伝は「孝武」の下に「猜忌神武」の四字がある。

四二 崔孝芬 四八五~五三四。字は恭梓、博陵安平(河北省)の人。魏収の母方のおじ。『魏書』巻五七、『北史』巻三二。

四三 懼有晉陽之甲 『公羊伝』定公十三年に「晉の趙鞅 晉陽の甲を興す。君側を清むるを以て名と爲し、荀寅・士吉射を逐う」とあり、朝廷に不満をもつ地方官が挙兵して中央に攻め込むことをいう。ここでは、晉陽(山西省太原)に幕府を置いていた高歡の動静をさす。

四四 神武南上… 孝武帝は、梁討伐と称して兵を召集し、南下してきた高歡の軍と対峙したが敗走し、永熙三年(五三四)七月、潼関を越えて西の宇文泰のもとに向かい、八月には長安に至った。北魏は　これより東魏（北斉）・西魏（北周）に分裂した。

＊　　＊　　＊

收[四五]兼通直散騎常侍、副王昕聘梁[四六]。昕風流文辯、收辭藻富逸、梁主及其羣臣咸加敬異。先是、南北初和、李[四七]諧・盧元明首通使命、二人才器、並爲鄰國所重。至此、梁主稱曰「盧・李命世、王・魏中興。未知後來、復何如耳」。收在館、遂買吳婢入館[四八]。其部下有買婢者、收亦喚取、遍行奸穢。梁朝館司、皆爲之獲罪。人稱其才、而鄙其行。在途作聘游賦[四九]、辭甚美盛。使還、尚書右僕射高隆之求南貨於昕・收[五〇]、不能如志、遂諷御史中尉高仲密[五一]禁止昕・收於其臺、久之得釋。

及孫搴[五二]死、司馬子如[五三]薦收、召赴晉陽[五四]、以爲中外府主簿。以受旨乖忤[五五]、頻被嫌責、加以箠楚、久不得志。會司馬子如奉使霸朝[五六]、收假其餘光。子如因宴戲言於神武曰「魏收、天子中書郎、一國大才。願大王借與顏色」。由此轉府屬。然未甚優禮。

收從叔季景[五七]有文學、歷官著名、並在收前、然收常所欺忽。季景・收初赴并。頓丘李庶[五八]者、故大司農諧之子也、以華辯見稱。曾謂收曰「霸朝便有二魏」。收率爾曰「以從叔見比、便是邪輸[五九]之比卿」。邪輸者、故尚書令陳留公繼伯之子、愚癡有名、好自入市肆、高價買物、商賈共所嗤玩。收忽以季景方之。不遜例多如此。

收本以文才、必望穎脫見知、位既不遂、求修國史。崔暹[六〇]爲言於文襄[六一]曰「國史事重。[六二]公家父子霸王功業、皆須具載。非收不可」。文襄乃啓收兼散騎常侍、修國史。武定二年、除正常侍、領兼中書侍郎、仍修國史。魏[六三]帝…（略）。

收昔在京洛、輕薄尤甚、人號云「魏收驚蛺蝶[六四]」。文襄曾游東山、令給事黃門侍郎顥[六五]等宴。文襄曰「魏收恃才[六六]無宜適。須出其短」。往復數番、收忽大唱曰「楊[六七]遵彥理屈、已倒」。愔從容曰「我綽有餘暇、山[六八]立不動。若遇當塗、恐翩翩遂逝」。當[六九]塗者魏、翩翩者蝶也。文襄先知之、大笑稱善。文襄又曰「向語猶微。宜更指斥」。愔應聲曰「魏收在幷作一篇詩、對衆讀訖、云『打[七〇]從叔季景出六百斗番、亦不辨此』。遠近所知、非敢妄說」。文襄喜曰「我亦先聞」。衆人皆笑。收雖自申雪、不復抗拒、終身病之。

侯[七一]景叛入梁、寇南境。文襄時在晉陽、令收爲檄五十餘紙、不日而就。又檄梁朝、令送侯景、初夜執筆、三更便了。文過七紙。文襄善之。魏[七二]帝曾季秋大射、普令賦詩、收詩末云「尺[七三]書徵建鄴、折簡召長安」。文襄壯之、顧謂人曰「在朝今有魏收、便是國之光采。雅俗文墨、通達縱橫。我亦使子[七四]才・子昇、時有所作、至於詞氣、並不及之。吾[七五]或意有所懷、忘而不語、語而不盡、意有未及。收呈草、皆以周悉。此亦難有」。又勅兼主客郎、接[七六]梁使謝珽・徐陵。侯[七七]景既陷梁、梁[七八]鄱陽王範時爲合州刺史、文襄勑收以書喩之。範得書、仍率部伍西上、州[七九]刺史崔聖念入據其城。文襄謂收曰「今[八〇]定一州、卿有其力。猶[八一]恨『尺書徵建鄴』未效耳」。文[八二]襄崩、文宣如晉陽、令與黃[八三]門郎崔季舒・高[八四]德正・吏[八五]部郎中尉瑾於北[八六]第參掌機密。轉祕書監、兼著作郎、又除定州大中正。時[八七]齊將受禪、楊愔奏收置之別館、令撰禪代詔册諸文、遣徐[八八]之才[八九]守門、不聽出。

收[四五]通直散騎常侍を兼ね、王[四六]昕に副たりて梁に聘せらる。昕は風流文辯にして、收は辭藻富逸、梁主及び其の羣臣咸敬異を加う。是より先、南北初めて和し、李[四七]諧・盧元明首に使命を通じ、二人の才器、並びに鄰國の重んずる所と爲る。此に至りて、梁主稱して曰く「盧・李命世にして、王・魏中興す。未だ後來の復た何如なるかを知らざるのみ」と。收館に在りて、遂に吳[四八]婢を買いて館に入らしむ。其の部下に婢を買う者有り、收亦た喚取して、遍く奸穢を行う。梁朝の館司、皆な之が爲に罪を獲たり。人 其の才を稱するも、其の行いを鄙しむ。途に在りて「[49]聘游の賦」を作り、辭 甚だ美盛なり。使いより還り、尙書右僕射 高隆之[50] 南貨を昕・收に求むるも、志の如くする能わず、遂に御史中尉[51] 高仲密に諷して昕・收を其の臺に禁止し、久之しうして釋を得たり。

[52]孫搴の死するに及び、司馬子如[53] 收を薦め、召して[54]晉陽に赴き、以て中外府主簿と爲さしむ。[55]受旨乖忤せるを以て、頻りに嫌責を被り、加うるに箠楚を以てし、久しく志を得ず。會たま 司馬子如 使いを[56]霸朝に奉じ、收 其の餘光を假る。子如 宴に因りて戲れに神武に言いて曰く「魏收は、天子の中書郎にして、一國の大才なり。願わくは 大王 顏色を借與せんことを」と。此れに由りて府屬に轉ず。然れども未だ甚だしくは優禮せられず。

[57]收の従叔 季景 文學有り、歷官 著名にして、並びに收の前に在り、然れども收の常に欺忽する所なり。季景・收 初めて幷に赴く。頓丘の李庶[58]なる者は、故の大司農 諧の子にして、華辯を以て稱せらる。曾て收に謂いて曰く「霸朝便ち二魏有り」と。收 率爾に曰く「従叔を以て比べらるるは、便ち是れ[59]邪輸の卿に比ぶるなり」と。邪輸なる者は、故の尙書令 陳留公繼伯の子、愚癡にして名有り、好んで自ら市肆に入り、高價にて物を買い、商賈の共に嗤翫する所なり。收 忽ち季景を以て之に方う。不遜なること例ね多くは此くの如し。

收 本 文才を以て、必ず穎脫して知られんことを望むも、位 既に遂げずして、國史を修するを求む。[60]崔暹 爲に文[61]襄に言いて曰く「國史 事重し。公家[62] 父子 霸王たるの功業、皆な 須く具載すべし。收に非ずんば可ならず」と。文襄乃ち啓して收をして散騎常侍を兼ね、國史を修せしむ。武定二年、正常侍に除せられ、兼中書侍郎を領し、仍お國史を修す。魏帝[63]…(略)。

收 昔 京洛に在りしとき、輕薄 尤も甚し。人 號して「[64]魏收 蛺蝶を驚かす」と云う。文襄 曾て東山に游び、給事[65]黃門侍郎 顥等をして宴せしむ。文襄 曰く「魏收 才を恃みて[66]宜適無し。須く其の短を出すべし」と。往復すること數番、收 忽ち大唱して曰く「[67]楊遵彦の理屈、已に倒る」と。愔 従容として曰く「我 綽として餘暇有り、山立して[68]動ぜず。若し當塗に遇わば、恐らくは 翩翩 遂に逝かん」と。[69]當塗なる者は魏、翩翩なる者は蝶なり。文襄 先に之を知り、大笑して善しと稱す。文襄 又た曰く「向の語は猶お微なり。宜しく更に指斥すべし」と。愔 聲に應じて曰く「魏收 幷に在りしとき一篇の詩を作り、衆に對して讀み訖えて、云う『[70]從叔季景を打ちて六百斗番を出すも、亦た此れを辨ぜず』と。遠近 知る所なれば、敢て妄說するに非ず」と。文襄 喜びて曰う「我 亦た先に聞けり」と。衆人 皆な笑う。收 自ら申雪すると雖も、復た抗拒せず、終身 之を病む。

[71]侯景 叛して梁に入り、南境を寇す。文襄 時に晉陽に在りて、收をして檄五十餘紙を爲らしむるに、日ならずして就る。又た梁朝に檄し、侯景を送らしめんとするに、初夜 筆を執り、三更 便ち了る。文 七紙を過ぐ。文襄 之を善す。[72]魏帝 曾て季秋に大射し、普く詩を賦せしむるに、收 詩の末に云う「[73]尺書は建鄴を徵し、折簡は長安を召す」と。文襄 之を壯とし、顧みて人に謂いて曰く「在朝 今 魏收有り、便ち是れ國の光采なり。雅俗の文墨、通達縱橫たり。我 亦た[74]子才・子昇をして、時に作る所有らしむるも、詞氣に至りては、並びに之に及ばず。[75]吾 或いは 意に懷う所有るも、忘れて語らず、語りて盡くさず、意の未だ及ばざる有り。收の呈草、皆な以て周悉す。此れ 亦た有り難し」と。又た敕して主客郎を兼ね、[76]梁使 謝珽・徐陵に接せしむ。[77]侯景 既に梁を陷れ、[78]梁の鄱陽王 範 時に合州刺史爲り、文襄 收に敕して書を以て之を喩さしむ。範 書を得て、仍りて部伍を率いて西上し、[79]州刺史 崔聖念 入りて其の城に據る。文襄 收に謂いて曰く「[80]今 一州を定むるは、卿 其の力有り。[81]猶お『尺書 建鄴を徵す』の未だ效あらざるを恨むのみ」と。

[82]文襄 崩じ、文宣 晉陽に如き、黃門郎 [83]崔季舒・[84]高德正、吏部郎中 [85]尉瑾と與に[86]北第にて機密に參掌せしむ。祕書監に轉じ、著作郎を兼ね、又た定州大中正に除せらる。[87]時に齊 將に禪を受けんとし、楊愔 奏して收をして之を別館に置き、禪代の詔冊の諸文を撰せしめ、徐之才をして[88]守門せしめて、出づるを聽さず。

収は通直散騎常侍を兼任し、王昕の副使として梁に招かれた。昕は風采が立派で弁舌に巧み、収の詩文は溢れんばかりの美しさで、梁の国主やその群臣たちはみなこれに敬意を払った。これより以前、南北が始めて和議を交わしたとき、李諧と盧元明が最初の使者として派遣され、二人の才器は、ともに梁の国から重んじられた。そして今回、梁の国主は「盧・李は一世の傑人で、王・魏はその中興だ。以後の人もさぞかしすばらしかろう」と称賛した。収は迎賓館に滞在していたとき、呉の娼妓を買って迎賓館に連れ込むということをしでかした。さらに部下で娼妓を買う者がいたのだが、それをも取り上げ、淫行の限りを尽くした。梁国側の迎賓館の役人は、皆なそのために処罰された。人は魏収の才を称賛したが、その行いについては軽蔑した。使いの途上「聘游の賦」を作ったが、その文辞はたいそう美しいものだった。帰国すると、尚書右僕射の高隆之が昕と収に南方の品々を要求して自分の思いどおりにならなかったため、御史中尉高仲密に誣告し、おかげで昕と収は御史台に拘禁され、ずいぶん経ってから釈放された。

孫搴が死ぬと、司馬子如は収を推薦して中外府主簿として晋陽に赴かせた。（しかし収は）高歓の意向に逆らったということで、たびたび叱責をこうむり、鞭打ちまでも加えられ、長い間志を得なかった。ちょうど司馬子如が使者として高氏の晋陽幕府にやって来たので、収はその威光を借りることになった。子如は宴席で高歓に冗談めかして言った。「魏収は天子の中書郎で、国一番の俊才です。どうか大王様目をかけてやって下さい」と。これによって収は高氏の幕僚に転任した。しかし、まだ特に優遇されることはなかった。

収の従叔である魏季景は詩文の才があり、官途での名声も高く、どちらをとっても収より上だったが、収はいつも彼を軽んじていた。季景と収が幷州（晋陽）に赴任したばかりの時のことである。頓丘の李庶は、故の大司農 諧の子で、口の上手いことで有名だった。ある時、収に「高氏の幕府に二魏有りだ」といった。収はすぐさま「従叔だからといって並べて論じられるのなら、君は（君の従叔の）邪輸と並べられますぞ」といった。邪輸というのは、故の尚書令 陳留公繼伯の息子で、ボンクラなことで有名だった。自ら市場に出かけるのが好きで、高値で買い物をして、商人たちの笑い者になっていた。収はすぐさま季景をこれになぞらえたのである。彼の不遜さは大体こんな調子であった。

収はもともと文才でもって栄達したいと切望していたが、官位が思うにまかせなかったものだから、国史の編纂を行うことを求めた。崔暹は彼の為に高澄（のちの北斉の世宗文襄帝）に口添えした。「国史編纂は重要な事業です。王家代々の覇王としての功績は、みな具さに記載せねばなりません。収でなければ務まりませんぞ」と。そこで高澄は朝廷に上奏して、収を兼任の散騎常侍とし、国史を編纂させることにした。武定二年（五四四）、正式に散騎常侍に任命され、兼任で中書侍郎を務め、引き続き国史の編纂にあたった。東魏の皇帝が…（略）。

収は昔 都洛陽に居たころ、軽薄なことこのうえなかった。人々は「蝶々漁りの魏収」と呼んでいた。かつて、高澄（のちの北斉の世宗文襄帝）が東山に游び、給事黄門侍郎顥らに宴席を設けさせたことがあった。高澄は、「魏収は己の才を恃んで軽薄だ。短所をあげつらってやれ」といった。何度かやりとりがあった後、収が突然大声で「楊遵彦（愔）の理屈ももうこれまでだな」といった。愔は平然として「私にはまだまだ余裕があるし、しっかりしたもんさ。しかしまあ当塗＝魏に出くわしたら、翩翩と飛んで退散ですなあ」といった。当塗は魏収、翩翩とは蝶々のことである。高澄は真っ先にこれが判り、大笑して上手いと誉めた。高澄はまた「さっきの言葉はまだ手ぬるい。もっと責め立ててやるがよい」といった。愔がすぐさま、「魏収は并州（晋陽）にいたころ一篇の詩を作り、みんなに読み聞かせた後で、『従叔の季景に何百回やらせても、決してこうはいくまい』と言ったとか。遠近にかかわらずみなが知っていることで、でたらめを申しているのではありません」と言うと、高澄は喜んで「わたしも聞き及んでいる」といったので、周りの者は皆な笑った。収は自ら弁解したが、強くは否定しなかったので、一生涯このことを気に病んでいた。

侯景が謀反をおこして梁に入り、南の国境を侵犯した。その時、高澄は晋陽にいて、収に五十余枚の檄文を作らせたが、日ならずして出来上がった。さらに梁朝に対して侯景を送りかえすように求める檄文を作ったが、それは夜の九時ごろから執筆し始め、夜中の一時ごろに出来上がった。檄文は七枚以上あった。高澄はこれを褒めた。魏の孝静帝はかつて晩秋に射術大会を行い、普く君臣に詩を作らせたが、収は詩の末句に「尺書は建鄴を徴し、折簡は長安を召す（書簡でもって建康や長安の者どもを帰順させる）」と書いた。高澄はこれを壮とし、左右の人を振り返って言った。「朝廷には今 魏収があり、これこそ国の栄光である。雅俗の文章に通暁し自由自在にこれを操る。わたしは、時には邢子才や温子昇に詩文を作成させるものの、言葉の勢いという点ではいずれも魏収に及ばない。わたしには思うところがあっても、それを言い落したり言い尽くせなかったりして、考えを言葉にできぬ時がある。収が上る草稿は皆な隅々まで行き届いていて抜かりがない。これまた難しいことだ」と。さらに勅命によって主客郎を兼任し、梁からの使者である謝珽や徐陵の接待にあたった。侯景が梁を陥落させた時、梁の鄱陽王範は合州刺史だったが、高澄は収に命じて範を諭す書簡を作成させた。範は書簡を受け取ると、部隊を率いて長江を西に溯上し、州刺史崔聖念が入城して合州を占拠した。高澄は収に、「今一州を平定できたのは、君の力に負うものだ。いまだ『尺書建鄴を徴す（書簡を送って建鄴の者どもを帰順させる）』ことが実現できないのは残念ではあるが」と言った。

高澄が崩御すると、高洋（北斉の顕祖文宣帝）は晋陽に赴き、収は命じられて黄門郎の崔季舒や高徳正、吏部郎中の尉瑾とともに都の高氏の邸宅で機密に参与することになった。秘書監に転任し、著作郎を兼任し、さらに定州大中正に任命された。おりしも斉が魏から国を禅られようという時で、楊愔は上奏して収を別館にとどめて禅譲の詔や冊立の文を撰述させ、徐之才をやって門の見張りをさせ、外出を許さなかった。

四五 收兼通直散騎常侍…　収が梁に使いしたのは、東魏の興和元年（五三九）のことであり、この段は時間的経過の中で不自然な位置にある。

四六 王昕　生卒年未詳。字は元景、北海劇（山東省）の人。伝記は本書「温子昇伝」注六二参照。『北斉書』巻三一、『北史』巻二四。

四七 李諧・盧元明首通使命　『魏書』孝静帝紀によれば、梁の蕭衍の招聘を受けて、天平四年（五三七）七月、李諧・盧元明が梁に赴いた。二人の梁での評判については、『魏書』巻六五李諧伝に詳しい。

四八 呉婢　呉（梁の支配地域）の娼妓。呉は美人の産地として知られ、北方男性の憧れであった。

四九 聘游賦　現存しない。

五〇 高隆之　生卒年未詳。本姓は徐氏、字は延興。高平金郷（山東省）の人。無学であったが、高歓と義兄弟の関係を結んで顕達した北斉の勲貴の一人である。『北斉書』巻一八、『北史』巻五四。

五一 高仲密　生卒年未詳。名は慎、仲密は字。渤海蓨（河北省）の人。元象元年（五三八）に御史中尉となったが、衆望がなく解任された。『北斉書』巻二一、『北史』巻三一。

五二 孫搴死…　『北斉書』巻二四孫搴伝は次のような話を伝えている。司馬子如（→注五三）と高季式とが孫搴を呼び出して酒を飲んだところ、孫搴は極度に酔い突然亡くなってしまう。子如が高歓に叩頭して罪を請うと、高祖は「わしの右腕を折ったのだぞ、代わりを見つけて返せ」という。そこで、司馬子如は魏収を、高季式は陳元康を推挙した。

五三 司馬子如　生卒年未詳。字は遵業、河内温（河南省）の人。高歓

(のちの北斉の高祖神武帝)と旧交があったため重用され、東魏の初めに左僕射(さぼくや)を拝して朝政を司った。北斉建国後には開国の功臣として司空を拝した。『北斉書』巻一八、『北史』巻五四。

五四 赴晋陽　このとき高歓は晋陽に幕府を開いて、ここから洛陽の朝廷を操縦していた。

五五 以受旨乖忤…　『北史』巻五五陳元康伝によれば、高歓は高季式に「卿(けい) 我が孫主簿を殺す(→注五二)。魏収 文書を作りて、皆な我が意に称(かな)わず」と言い、高季式がかつて推薦してきた陳元康(ちんげんこう)を召し出したという。収は高歓の幕下で重用されなかったのである。

五六 覇朝　天下に覇(は)を唱える政権をいう。ここでは高氏の晋陽の幕府を指す。

五七 収従叔季景　魏季景は魏鸞(ぎらん)の子で、魏収の同族の叔父にあたる。幼いころ父を亡くしたが、博学で文才があり、邢卲とともに並び称された。『北史』巻五六。

五八 李庶　?~五五四。字は未詳、頓丘(河南省)の人。北魏の大司農李諧の子。臨漳(りんしょう)の令となるも、のち、史書侮辱の罪を得て獄中で没した(→注一一〇)。『北斉書』巻三五、『北史』巻四三。

五九 邢輪之比卿…　『北斉書』は「邢輪」を「耶輪」に作る。邢輪は李崇(字は継長、小名は継伯、爵位は陳留公)の子で、李諧の従弟、つまり李庶にとっては従叔にあたる。そのため魏収は李邢輪を引き合いに出したのである。

六〇 崔暹　?~五五九。字は季倫、博陵安平(河北省)の人。高澄に重用されて、漢人官僚を多く登用した。『北斉書』巻三〇、『北史』巻三二。

六一 文襄　高歓の子、名は澄(ちょう)。北斉建国の後、世宗文襄帝という廟号を贈られた。

北斉王室系図

- 高歓(のち神武帝)
  - 澄(のち文襄帝)
  - ①文宣帝(洋) 五五〇-五五九 ― ②廃帝(殷) 五五九-五六〇
  - ③孝昭帝(演) 五六〇-五六一
  - ④武成帝(湛) 五六一-五六五 ― ⑤後主(緯) ― ⑥幼主(恒)

六二 公家　諸侯の王家、王侯貴族の家をいう。

六三 魏帝…(略)　この後、魏収の博学と才気を示す四つのエピソードが紹介される。①東魏の孝静帝の御前で一月七日を人日といういわれを説明したこと。②梁から来た国書の返事に魏の気概をみせたこと。③高歓のために代筆した啓によって崔光(北魏孝文帝の時の名臣)の再来と称賛されたこと。④史官に任命されて高歓から励ましの言葉をかけられたこと。

六四 魏收驚蛺蝶　蛺蝶はアゲハ蝶、遊里の女性をさすのであろう。魏収が女性関係にルーズであったことは、梁にて呉婢(→注四八)を買い、顰蹙をかったことからもわかる。また、『北斉書』巻二三崔㥄伝によれば、ある人が『起居注』の編纂係に魏収を推薦したのに対し、㥄は「収は輕薄の徒なるのみ」とこれを斥けたという。

六五 給事黄門侍郎顥　顥の姓は未詳。

六六 無宜適　不適当なこと。ここでは性格上の欠点をいうのであろう。

六七 楊遵彦　五一一~五六〇。楊遵彦は楊愔。遵彦は字。名門弘農(こうのう)(河南省)の楊氏の出身。彼が理屈に長じていたことは、徐陵が彼にあてた手紙の中に「足下素より詞鋒を挺き、兼ねて理窟に長ず」（『陳書』巻二六）とあることからも知られる。本書「徐陵伝」注二八参照。『北斉書』巻三四、『北史』巻四一。

六八　山立不動　山のように屹立して動じないこと。ここでは先方の攻撃に対して屈服しないことをいう。

六九　當塗者魏　「當塗」は漢の讖書に見える魏の隠語。『後漢書』巻七五袁術伝に「少きとき讖書に『漢に代わる者は塗に當りて高し』と言うを見る」とあり、李賢の注は「塗に當りて高き者は、魏なり」とする。本来は三国の魏のことだが、ここでは魏収を指す。

七〇　打従叔季景出六百斗番…　『北斉書』魏収伝は、「斗番」を「斛米」に作る。いずれにしても意味不明。

七一　侯景叛入梁…　侯景（?～五五二）は高歓の旧友で、東魏の河南大将軍・兼司徒として黄河以南の治を委任されていたが、高澄（のちの北斉の世宗文襄帝）の功臣に対する粛正に反発し、五四七年、高歓の死を契機に挙兵した。高澄に敗れたのち、勢力下の十二州を領したままで梁に帰順し、河南王となる。高澄はただちに討伐軍をさし向け、領土を取り戻した。

七二　魏帝會季秋大射　大射とは皇帝主催の射術大会。『魏書』孝静紀の論賛には、「（孝静）帝…力の能く石獅子を挾みて以て牆を踰え、射して中らざるは無し。嘉辰の宴會、多く羣臣に命じて詩を賦せしめ、從容沈雅、孝文（高祖孝文帝）の風有り」とみえ、孝静帝が風雅を好み、大射の後の宴席で群臣に詩を作らせていたことが知られる。

七三　尺書徵建鄴…　建鄴は梁の都建康、長安は西魏の都。「徵」も「召」も臣下を召し出すことをいう。書簡などの文筆の力によって敵国を帰順させるという気概を詠った句。

七四　子才・子昇　邢卲（→注四〇）と温子昇（→注三九）。

七五　吾或意有所懷…　この箇所の表現は、陸機「文賦」（『文選』巻一七論文）の序文に通じるものがある。「自ら文を屬る毎に、尤も其の情を見る。恆に意の物に稱わず、文の意に逮ばざるを患う。蓋し知ることの難きに非ず、能くすることの難きなり」。

七六　接梁使謝珽・徐陵　侯景は東魏に反旗を翻して梁に帰順した（→注七一）が、東魏はこれを攻めて梁武帝の甥の蕭淵明を捕虜とし、梁に和議の使いを出す。梁はこれに応じる形で謝珽（謝挺とも書く）と徐陵を派遣してきたのである。徐陵は梁から陳にかけて活躍した南朝を代表する詩人。字は孝穆、東海郯（山東省）の人。本書「徐陵伝」参照。

七七　侯景既陥梁　東魏に叛き梁に帰順した侯景であったが、東魏がさし向けた討伐軍に大敗を喫すると、梁国内での立場は微妙になった。五四八年八月、ついに侯景は梁武帝の君側の奸を除くことを名目に寿春（安徽省）で挙兵し、梁の都建康に攻め入る。繁華の都建康は、五ケ月に及ぶ凄惨な戦いののち、五四九年三月に陥落した。

七八　梁鄱陽王範…　蕭範は梁の皇族（本書「梁簡文帝伝」注二二参照）で、東魏との戦いでは征北大将軍として侯景支援軍を率いたが、敗れたのち合州刺史として合肥に駐屯していた。梁に反旗を翻した侯景によって建康が陥落すると、東魏の高澄は西兗州刺史李伯穆を派遣して合肥に逼らせたうえで、蕭範に魏収の手になる書簡を送って侯景打倒の計略をもちかけた。蕭範は東魏に救援の兵を乞うため合肥を放棄し、人質として二子を差し出した。東魏は合肥を無傷で手にいれたが、ついに蕭範に救援の兵を送らず、進退窮まった蕭範は飢えと闘いながら尋陽王蕭大心を頼って、長江を西に溯った。『梁書』巻二二・『通鑑』梁紀武帝太清三年（五四九）七月参照。

七九　州刺史崔聖念　このとき合肥に入城したのは李伯穆（→注七八）

で、『魏書』巻三六にも「（李）景義の弟伯穆、武定の末（五四九年）合州刺史と為る」と見える。崔聖念が合州刺史となったとする記録は他処に見えない。

〈八〇〉今定一州… 魏収の手紙は、東魏が蕭範に対して侯景討伐の支援を持ちかける内容だったと考えられる。結果として東魏は蕭範を欺いてまんまと合州を手に入れたことになる。

〈八一〉猶恨『尺書徵建鄴』未效 ここでは梁の都建康に拠った侯景をいまだ殲滅できていないことをいう。

〈八二〉文襄崩 武定七年（五四九）八月、高澄（北斉文襄帝）は鄴の私邸で陳元康・楊愔・崔季舒らと禅譲について相談していたが、そこへ捕虜として梁から連行され、奴隷となっていた蘭京が、食事をすすめる名目で突然現われ、高澄と陳元康を殺傷するという事件が起こった。高澄の弟洋（北斉文宣帝）は、喪を秘したまま、高澄の幕府と軍権を掌握するため直ちに晋陽に向かった。

〈八三〉崔季舒 ？〜五七三。字は叔正、博陵安平（河北省）の人。高歓に見出され、高澄の右腕として勲貴の弾圧に力をふるった。史書は「迹は魏朝に在ると雖も、心は覇朝に帰し、密謀大計、皆な預聞す」と伝える。のち文宣帝（高洋）に誅殺された。『北斉書』巻三九、『北史』巻三二。

〈八四〉高德正 生卒年未詳。高德政とも書す。字は士貞、渤海蓨（河北省）の人。高洋に仕えて、北斉の文宣帝となるのに大功があった。のち、酒に耽溺した文宣帝を諫めて怒りを買い、誅殺された。『北斉書』巻三〇、『北史』巻三一。

〈八五〉尉瑾 生卒年未詳。字は安仁、代（山西省）の人。司馬子如のめいを妻にして姻戚関係を結び、これによって中書舎人に除せられた。のち、吏部侍郎に至る。『北斉書』巻四〇、『北史』巻二〇。

〈八六〉北第 顕貴の邸宅、ここでは都の高氏の邸宅を指す。高位高官の屋敷はふつう禁裏の近く、つまり都城の北部に位置する。

〈八七〉時齊將受禪… 五五〇年、高洋は徐之才らの勧めによって帝位に登ることを決心し、鄴の楊愔に密書を送り、禅譲の準備をさせた。この時、楊愔は秘書監の魏収を召し、九錫・禅譲・勧進などの文を用意させた。これらの文は『北斉書』巻四文宣紀に見える。『通鑑』梁紀簡文帝大宝元年（五五〇）五月参照。

〈八八〉徐之才 四九二？〜五七二？。丹陽の人。初め梁に仕えたが、蕭綜に従って東魏に入った。史書によれば、武定四年（五四六）に秘書監となったが、楊愔は南方の出身者が秘書を掌るのを嫌い、之才を金紫光禄大夫に移して代わりに魏収を任用したという。のち尚書令に至った。諡は文明。『北斉書』巻三三、『北史』巻九〇。

〈八九〉守門 門の見張りをすること。機密漏洩を案じたのであろう。

* * *

天保元年、除中書令、仍兼著作郎、封富平縣子。二年、詔撰魏史。四年、除魏尹。故優以祿力、專在史閣、不知郡事。初、帝令羣臣各言志[九〇]、收曰「臣願得直筆[九一]東觀、早出魏書」。故帝使收專其任。又詔平原王高隆之[九二]

總監之、署名而已。帝敕收曰「好直筆。我終不作魏太武[九三]、誅史官」。

始[九四]、…（略）。收於是與通直常侍房延祐[九五]・司空司馬辛元植[九六]・國子博士刁柔[九七]・裴昂之[九八]・尚書郎高孝幹[九九]博總斟酌[一〇〇]、以成魏書。…（略）。收所引史官、恐其陵逼、唯取學流先相依附者。其房延祐・辛元植・眭仲讓[一〇一]雖夙涉朝位、並非史才。刁柔・裴昂之以儒業見知、全不堪編緝。高孝幹以左道求進[一〇二]。修史諸人、宗祖姻戚、多被書錄、飾以美言。收頗急[一〇三]、不甚能平、夙有怨者、多沒其善。每言「何物小子、敢共魏收作色[一〇四]。舉之則使上天、按之當使入地」。初、收在神武時爲太常少卿、修國史、得陽休之助[一〇五]。因謝休之曰「無以謝德。當爲卿作佳傳」。休之父固、魏世爲北平太守、以貪虐爲中尉李平所彈獲罪、載在魏起居注。收書云「固爲北平、甚有惠政[一〇六]、坐公事免官」。又云「李平深相敬重」。尒朱榮於魏爲賊、收以高氏出自尒朱[一〇七]、且納榮子金[一〇八]、故減其惡而增其善、[一〇九]論云「若修德義之風、則韋・彭・伊・霍、夫何足數」。

時論既言收著史不平、文宣詔收於尚書省與諸家子孫共加論討[一一〇]。…（略）。

八年夏、除太子少傅、監國史。復參修律令。三臺成[一一一]、文宣曰「臺成、須有賦」。愔先以告收、收上皇居新[一一二]殿臺賦、其文甚壯麗。時所作者自邢卲已下、咸不逮焉。收上賦前數日、乃告邢卲、卲後告人曰「收甚惡人。不早言之」。帝曾[一一三]游東山、敕收作詔、宣揚威德、譬喩關西。俄頃而訖、辭理宏壯、帝對百僚大嗟賞之。仍兼太子詹事。收娶[一一四]其舅女、崔昂之妹、產一女、無子。魏太常劉芳孫女[一一五]・中書郎崔肇師女[一一六]、夫家坐事、帝並賜收爲妻。時人比之賈充置左右夫人[一一七]。然無子。後病甚、恐身後嫡媵不平、乃放二姬。及疾瘳追憶、作懷離賦[一一八]以申意。文宣[一一九]…（略）。

及孝昭[一二〇]居中宰事、命收禁中爲諸詔文、積日不出。轉中書監。皇建元年、除兼侍中・右光祿大夫、仍儀同、監史。收先副王昕使梁[一二一]、不相協睦、時昕弟晞[一二二]親密、而孝昭別令休之兼中書、在晉陽典誥詔、收留在鄴、蓋晞所爲。收大不平、謂太子舍人盧詢祖曰「若使卿作文誥、我亦不言」。又除祖珽爲著作郎、欲以代收。司空主簿李翥、文詞士也。聞而告人曰「詔誥悉歸陽子烈、著作復遣祖孝徵、文史頓失、恐魏公發背」。於時詔議二王三恪、收執王肅・杜預義、以元・司馬氏爲二王、通曹備三恪。詔諸禮學之官皆執鄭玄五代之議。孝昭后姓元、議恪不欲廣及、故議從收。又除兼太子少傅、解侍中。

帝以魏史未行、詔收更加研審。收奉詔、頗有改正。及詔行魏史、收以爲直置祕閣、外人無由得見。於是命送一本付并省、一本付鄴下、任人寫之。

天保元年、中書令に除せられ、仍お著作郎を兼ね、富平縣子に封ぜらる。二年、詔ありて『魏史』を撰す。四年、魏尹に除せらる。故り優するに祿力を以てし、專ら史閣に在りて、郡事を知せず。初め、帝 羣臣をして各おの志を言わしむるに、收 曰く「臣 願わくは東觀に直筆するを得て、早に『魏書』を出さんことを」と。故に帝 收をして其の任を專らにせしむ。又た平原王 高隆之に詔して之を總監せしむるも、名を署すのみ。帝 收に敕して曰う「好く直筆せよ。我 終に魏太武の、史官を誅するを作さず」と。

始め、…（略）。收 是に於いて通直常侍 房延祐・司空司馬 辛元植・國子博士 刁柔・裴昂之・尙書郎 高孝幹と與に博總斟酌し、以て『魏書』を成す。…（略）。收 引く所の史官、其の陵逼を恐れ、唯だ學流の先に相い依附する者のみを取る。其の房延祐・辛元植・眭仲 讓 夙に朝位に涉ると雖も、並びに史才に非ず。刁柔・裴昂之 儒業を以て知らるるも、全く編緝に堪えず。高孝幹は左道を以て進を求む。修史の諸人の、宗祖姻戚は、多く書錄せられ、飾るに美言を以てす。收 頗急にして、甚だしくは平なる能わず、夙に怨有る者は、多く其の善を沒す。每に言う「何物の小子、敢えて魏收と共に色を作さんや。[一〇四]之を擧ぐれば則ち上天せしめん、之を按ずれば當に地に入らしむべし」と。初め、收 神武の時に在りて太常少卿爲り、國史を修すに、[一〇五]陽休之の助けを得たり。因りて休之に謝して曰く「以て德に謝する無し。當に卿の爲に佳傳を作るべし」と。休之の父 固、魏の世 北平太守と爲り、貪虐を以て中尉 李平の彈ずる所と爲りて罪を獲るは、載せて『魏起居注』に在り。收 書して云く「[一〇六]固 北平爲りしとき、甚だ惠政有るも、公事に坐りて官を免ぜらる」と。又た云う「李平 深く相い敬重す」と。[一〇七]介朱榮 魏に於いては賊爲るに、收 高氏の介朱自り出で、且つ[一〇八]榮の子の金を納るるを以て、故に其の惡を減じ其の善を增して、[一〇九]論に云う「若し德義の風を修むれば、則ち韋・彭・伊・霍、夫れ何ぞ數うるに足らんや」と。時論 既に收の史を著すこと平ならざるを言い、文宣 收に詔して尙書省に於いて諸家の子孫と共に論討を加えしむ。[一一〇]…（略）。

八年夏、太子少傅に除せられ、國史を監す。復た律令を修するに參ず。[一一一]三臺成り、文宣 曰く「臺成れり、須らく賦有るべし」と。愔 先に以て收に告げ、收「[一一二]皇居新殿臺の賦」を上り、其の文 甚だ壯麗たり。時に作る所の者 邢卲已下、咸な焉に逮ばず。收 賦を上る前數日、乃ち邢卲に告ぐ。卲 後に人に告げて曰く「收は甚だ惡人なり。早に之を言わず」と。[一一三]帝 嘗て東山に游び、收に敕して詔を作り、威德を宣揚し、關西を譬喩せしむ。俄頃にして訖るに、辭理宏壯、帝 百僚に對して大いに之を嗟賞す。仍りて太子詹事を兼ぬ。收[一一四] 其の舅の女、崔昂の妹を娶り、一女を產むも、子無し。魏の太常 [一一五]劉芳の孫女・中書郎 [一一六]崔肇師の女、夫家 事に坐し、帝 並びに收に賜いて妻と爲さしむ。時人 之を[一一七]賈充の左右夫人を置くに比う。然れども子無し。後に病甚しく、身後 嫡媵 平らかならざるを恐れ、乃ち二姬を放つ。疾 瘳ゆるに及びて追憶し、「[一一八]懷離の賦」を作りて以て意を申ぶ。[一一九]文宣…（略）。

[一二〇]孝昭 中に居りて事を宰するに及び、收に命じ禁中にて諸詔文を爲らしめ、積日出ださず。中書監に轉ず。皇建元年、兼侍中・右光祿大夫に除せられ、仍お儀同たりて、史を監す。收[一二一] 先に王昕に副たりて梁に使いするに、相い協睦せず。時に[一二二]昕の弟晞 親密にして、孝昭 別に休之をして中書を兼ね、晉陽に在りて詔誥を典らしめ、收をして留めて鄴に在ら

しむるは、蓋し晞の爲す所なり。收 大いに平らかならず、太子舍人[三三]盧詢祖に謂いて曰く「若し卿をして文誥を作らしめば、我 亦た言わず」と。又た[三四]祖珽を除して著作郎と爲し、以て收に代えんと欲す。司空主簿[三五]李翥は、文詞の士なり。聞きて人に告げて曰く「詔誥は悉く陽子烈に歸し、著作は復た祖孝徵に遣る。文史 頓に失い、恐らくは 魏公[三六]發背せん」と。時に於いて詔ありて[三七]二王三恪を議するに、收[三八]王肅・杜預の義を執り、元・司馬氏を以て二王と爲し、曹に通じて三恪を備う。[三九]詔ありて諸禮學の官 皆な鄭玄の五代の議を執る。[四〇]孝昭の后は姓 元にして、恪を議するに廣及するを欲せず、故に議は收に從う。又た兼太子少傅に除せられ、侍中を解かる。

帝『魏史』の未だ行われざるを以て、收に詔して更に研審を加えしむ。收 詔を奉じて、頗る改正有り。詔[四一]して『魏史』を行うに及び、收 以爲えらく 直だ祕閣のみに置かば、外人得て見るに由無しと。是に於いて命じて一本を送りて幷省に付し、一本を鄴下に付し、人の之を寫すに任す。

（北斉文宣帝の）天保元年（五五〇）、中書令に任命され、そのまま著作郎を兼任し、富平県子爵に封じられた。二年（五五一）、詔を受けて『魏史』を撰述することになった。四年（五五三）、魏尹（首都長官）に任命された。もとより俸禄を優遇するための措置であり、收は専ら史書編纂所に居て、首都の行政に関与しなかった。以前、文宣帝が群臣に各自の志を述べさせた際、收は「わたくしめは、宮中の史書編纂所にて史実を直書し、はやく『魏書』を世に出したく思います」と述べた。そのため皇帝は收をそれの専任としたのである。詔によって平原王 高隆之が『魏書』編纂の総監督となったのだが、彼は署名をしただけである。皇帝は收に勅命を下して「史実に基づいてよく直書せよ。私は決して魏の武帝のように史官を誅殺するような真似はしないから」と言った。

始め、…（略）。收はそこで通直常侍の房延祐・司空司馬の辛元植・国子博士の刁柔と裴昂之・尚書郎の高孝幹らとともにあらゆる記録に目を通しそれらを斟酌して、『魏書』を完成させた。…（略）。収の引き立てた史官は、自らを凌ぐのではと恐れたため、もともと収に付和雷同していた者に限られた。房延祐・辛元植・眭仲譲は、つとに朝廷で相応の地位を得ていたが、ともに史学の才は無い。刁柔・裴昂之は儒学では有名だが、全く編緝の任に堪えない。高孝幹は方術でもって出世を求める輩である。史書編纂にたずさわった者たちの先祖や姻戚は、多く採録され、美言で飾り立てられた。収は怒りっぽくえこひいきをする質で、前々から敵対している者については、嘉すべき点も削ってしまうことがたびたびあった。つねに「どこのどいつがこの魏収と事を構えられようか。儂が持ち上げれば天国行き、儂が押えつけたら地獄行きだぞ」と言っていた。話が戻るが、収は神武帝（高歓）の在世中、太常少卿として国史を編纂していた時、陽休之の助けを得た。それで休之に感謝して「あなたのご恩に報いる術がありません。きっとあなたのためにすばらしい伝を作りましょうぞ」と言っていた。休之の父の固は、魏の時代に北平太守となったが、貪欲で残虐だとして御史中尉 李平から弾劾され罪を得ており、そのことは『魏起居注』に載っている。収は「固は北平太守だったとき、たいそう仁政を施したが、公のことで罪を得て免官になった」と書したのだ。さらに「李平は陽固を大いに敬い重んじていた」とも書した。尒朱栄は魏朝にとっては逆賊にあたるのに、収は高氏が尒朱の配下から出たことや、さらに栄の子から金子をもらったことから、その悪行を差し引いて美点を増し、その論讃で「もし尒朱栄が徳義を修めたならば、殷の諸侯である豕韋と大彭、暗君を廃立した伊尹や霍光などものの数ではない」と述べた。時の世論が収の史書の記述が不公平だと言いたてたものだから、文宣帝は収に詔を下し、尚書省で諸家の子孫とともにこれに検討を加えさせることにした。…（略）。

天保八年（五五七）夏、太子少傅に任命され、国史を監修することになった。また律令の編纂にも参画した。三台が完成し、文宣帝は「宮殿ができたのだから、賦があって然るべきだ」と言った。愔はそのことを先に収に教えたので、収は「皇居新殿台の賦」を上ったが、その表現は大変壮麗なものだった。その時に作られた賦は邢卲以下、すべてこれに及ばなかった。収は賦を上る数日前になってようやく邢卲にこのことを告げたのだ。卲はあとで人に「収は本当に嫌な奴だ。あとから知らせおって」といっていた。皇帝は以前、東山に遊んだ際、収に命じて、皇帝の威徳を宣揚し、潼関の西（北周）に睨みをきかせる詔書を作らせた。収はあっという間にそれを書き上げたが、その詔書の表現・内容ともに雄壮で、皇帝は百官を前にして大いに収を賞賛した。それによって太子詹事を兼任することになった。収は母方のおじの娘で、崔昂の妹を娶り、一女をあげていたが、男の子ができなかった。魏の太常劉芳の孫娘と中書郎崔肇師の娘は、嫁ぎ先の家が罪を得て取り潰しになり、皇帝は二人とも収の妻にと賜った。当時の人はこれを賈充が左夫人と右夫人を置いたのになぞらえた。しかし、男の子は産まれなかった。後になって病が篤くなったとき、死後、妻妾の間でもめごとがおこることを危惧し、二人の夫人を家から出した。疾が癒えたのちに彼女たちを追憶し、「懐離の賦」を作って思いを述べた。文宣帝は…（略）。

高演（のちの孝昭帝）が宮中にて政事をとりしきるようになると、収に命じて禁中でさまざまな詔勅を作らせたので、何日も退出できなかった。中書監に転任した。（孝昭帝の）皇建元年（五六〇）、兼任の侍中と右光禄大夫とに任命され、儀同三司と国史監修は従前通りであった。収は以前、王昕の副官として梁に使いしたが、二人の仲はうまくいかなかった。時に昕の弟の晞は皇帝のそば近くに在り、孝昭帝が特別に陽休之を中書侍郎兼任とし、晋陽にて誥詔を掌らせて、収を鄴に留まらせたのは、晞の差しがねと思われる。収はこれに大いに不満で、太子舎人盧詢祖に向かって「もし、君に詔勅類を作らせるというのなら、私は何も言わないのだが」とこぼした。さらに孝昭帝は収の代わりに祖珽を著作郎に任命しようとした。司空主簿李翥は、文学の士である。これを聞いてある人に言った。「詔勅作成の役割はことごとく陽子烈（休之）に帰し、史書編纂の仕事も祖孝徴（珽）に取られた。文と史を急に失い、魏公は背に腫れ物ができるのではないか」と。時に二王三恪について検討するよう詔があり、収は王粛・杜預の解釈を採って、元氏と司馬氏を二王とし、曹氏を含めて三恪だとした。礼学の官たちは皆な鄭玄の二王と三恪とを合わせて五代とする説を主張した。孝昭帝の皇后の姓が元であり、先世への礼を広義に解釈するのを嫌ったため、収の説に従うこととなった。さらに兼任の太子少傅に任命され、侍中は解任された。

孝昭帝は『魏史』が未だ世に出ていないことから、収に更に検討審議するよう命じた。収は勅命を奉じて、かなりの改正を行なった。詔があって『魏史』が施行されると、収はただ宮中の蔵書閣に置くだけなら、宮中以外の人が閲覧できないと考えた。そこで一本を并州（晋陽）の役所に、一本を鄴の町に送付し、これを自由に筆写できるようにした。

九〇 言志　理想とする事柄をいうこと。『論語』公冶長篇の「子曰く、盍ぞ各おの爾の志を言わざる」に基づく。

九一 直筆東観　直筆は史官が歴史の真実を記すこと。東観は国史編纂所を指す。班固が洛陽の南宮の東観で『漢記』（『東観漢記』）を編纂したことに基づく。

九二 平原王高隆之…　魏収が自序で高隆之（→注五〇）の『魏書』への関わりが名目だけのものだったことを強調するのは、天保五年（五五四）八月に、高隆之が文宣帝によって撲殺されたためであろう。また、収が以前高隆之によって御史台に誣告されたことも影響していよう。

九三 魏太武…　北魏の太平真君二年（四五〇）、北魏の『国史』編纂官であった崔浩が、北魏王室の出自を直筆して、太武帝に処刑された事件をさす。

九四 始…（略）　自序はここで『魏書』に先行する北魏の史書として、鄧彦海の『代記』、崔浩の『国史』、邢巒の『孝文起居注』、済陰王暉業の『辨宗室録』を紹介する。

九五 房延祐　生卒年未詳。清河繹幕（山東省）の人。房景先の子。武定の末、太子家令となる。

九六 辛元植　生卒年未詳。辛元桓に作る場合もある。隴西狄道（甘粛省）の人。武定年間、儀同府司馬となる。

九七 刁柔　生卒年未詳。字は子温、渤海（山東省）の人。『北斉書』巻四四、『北史』巻二六。

九八 裴昂之　伝記未詳。

九九 高孝幹　伝記未詳。

一〇〇 以成魏書　『魏書』百三十巻は、まず、天保五年三月に紀と列伝の計百十巻が、十一月に天象・地形・律暦・礼楽・食貨・刑罰・霊徴・官氏・釈老の十志計二十巻が奏上された。自序は、史三十五例、二十五序、九十四論、前後二表一啓のすべてが魏収の手に成ることをいう。

一〇一 眭仲讓　伝記未詳。

一〇二 左道　道教の方術。巫術。

一〇三 頗急　「頗」はえこひいき。「急」は気が短く、怒りっぽいこと。

一〇四 作色　顔色を変えること。怒ること。

一〇五 陽休之　五〇九～？。字は子烈、右北平無終（河北省）の人。北魏から東魏を経て北斉に仕えた文官。普泰年間（五三一）に魏収や李同軌とともに国史編纂にあたった。『北斉書』巻四二、『北史』巻四七。

一〇六 固爲北平…　『魏書』巻七二には「（陽固）…出でて試守北平太守と爲り、甚だ惠政有り。久之うして、公事を以て免ぜらる」と見える。

一〇七 高氏出自尒朱　高歓は本来、尒朱栄の部下であった（→注六）。

一〇八 納榮子金…　『北史』巻四八尒朱文略伝は、尒朱栄の子の文略が魏収に大金を贈り、父の伝を佳伝にするよう働きかけたことを伝えている。

一〇九 論云…　『魏書』巻七四尒朱栄伝の論讚には「向し榮をして姦忍の失無く、徳義の風を修めしむれば、則ち韋・彭・伊・霍、夫れ何ぞ數うるに足らんや」と見える。韋・彭は豕韋と大彭、ともに殷の諸侯。伊・霍は伊尹と霍光で、国のために暗君を廃した人物。

一一〇 共加論討…（略）　盧斐・李庶・王松年・盧思道らは列伝における先祖の扱いが不当だと抗議したが、かえって史書誹謗の罪に問われ、李庶は、獄中で没した。しかしその後も『魏書』を「穢史」とする訴えがあいつぎ、ついに朝廷は『魏書』の施行を見合わせざるを得なくなった。

一一 三臺成　北斉の天保九年（五五八）八月、かねてより鄴に建造中だった宮殿が完成した。新宮殿は、魏の曹操が作った三台の旧基によっており、銅爵（銅雀）・金虎（金獣）・氷井は、それぞれ金鳳・聖応・崇光と改名された。同年十一月、文宣帝はここに出御して、群臣に宴を賜い、詩を賦すよう命じている。

一二 皇居新殿臺賦　現存しない。

一三 帝曾游東山…　天保七年（五五六）のことであり、本来、上文の「（天保）八年夏」の前に置かれるべき記事である。『北斉書』文宣紀の論賛には「（文宣帝）…嘗て東山に遊讌し、關隴未だ平らげざるを以て、杯を投げて震怒す。魏收を御前に召し、立ちどころに詔書を爲らしめ、遠近に將に西伐を事とせんとするを宣示す」とみえる。この時収が作成した詔は、『太平御覧』巻五九九引『三国典略』にその断片が見える。

一四 收娶其舅女…　舅とは母の兄弟をいう。収の妻は崔孝振の娘である。

一五 劉芳　四五三～五一三。字は伯支、彭城（江蘇省）の人。北魏の太常卿を務め、死後、鎮東将軍・徐州刺史を追贈された。謚は文貞侯。『魏書』巻五五。

一六 崔肇師　五〇三～五五一。清河東武城（山東省）の人。北魏の尚書僕射崔亮の孫で、諫議大夫崔士泰の子。北斉の初め、襄城県男爵に封じられ、中書侍郎を兼任した。『北斉書』巻二三。

一七 賈充置左右夫人　西晋の賈充は、前妻李氏が父の罪によって流刑となったため、郭氏を後妻に迎えた。のち、李氏が恩赦となったため、賈充は晋武帝から二人の妻を左右夫人として置くことを認められた。『晋書』巻四〇。

一八 懐離賦　現存しない。

一九 文宣…（略）　文宣帝（→注六一系図）は兄の高澄が奴隷に殺された（→注八二）後を継ぎ、北斉初代皇帝として即位。はじめは政治に精励するが、やがて残虐ぶりを発揮、飲酒癖がやまず、惑乱していく。ここでは魏収がアルコール中毒ぎみの皇帝にへつらいながら身の保全をはかる様子が描かれる。結局文宣帝は三十一歳の若さで没した。その謚、廟号・陵名は魏収の発議によった。

二〇 孝昭居中宰事　文宣帝が急死（→注一一九）して、その子が帝位に即くと、先帝の弟である常山王高演は太傅・録尚書事として幼帝に代わって朝政を専決するようになり、十ケ月後には帝位を簒奪した。孝昭帝である（→注六一系図）。

二一 收先副王昕使梁　王昕については、注四六を参照のこと。彼らは、東魏孝静帝の興和元年（五三九）、梁に使いした。

二二 昕弟晞親密　王晞は字を叔朗といい、王昕（→注四六）の弟にあたる。親密とは、皇帝のそば近くに仕えていることをいう。

二三 盧詢祖　生卒年未詳。范陽涿（河北省）の人。学問に優れ、文章華美。同族の盧思道とともに北州人の俊と称された。『北斉書』巻二二、『北史』巻三〇。

二四 祖珽　生卒年未詳。字は孝徴、范陽遒（河北省）の人。機敏で文学の才があり、音楽や四夷の言葉にも通じていた。しかし、賭博・姦通・収賄など行動を慎まず、文宣帝は彼を「賊」と呼んでいた。のち孝昭帝の時、楊愔が誅され、その後任として著作郎を拝した。のち尚書左僕射に至る。『北斉書』巻三九。

二五 李騫　生卒年未詳。字は彦鴻、代々柏仁（河北省）に居す。夙に詩文でもって知られ、北斉に仕えて東平太守となる。晩年は、飲酒癖のため落魄して仏寺に寄寓し、詩文に耽溺した。『北史』巻三三。

一二六 發背　背中に腫れ物ができる病。怨みなどによって引き起こされる場合が多い。『史記』巻七項羽本紀には、項羽の知恵袋范増が、漢との内応を疑われて項羽の元を離れて楚に帰る途中、疽が背に出来て亡くなった話がみえる。

一二七 二王三恪　二王とは、周代、夏・殷の子孫である杞と宋を王として礼遇したことから、前二代の王の子孫を大国に封じて王者の待遇をすることをいう。また、周の武王が虞・夏・殷（鄭玄によれば、黄帝・堯・舜）の子孫を封じたのを三恪という。恪は王者が先世を敬う義である。

一二八 收執王肅・杜預義…　『左伝』襄公二五年の「三恪」について、西晋の杜預は、「虞・夏・商（殷）の後」と注する。これによれば、前二代の王朝である北魏と晋を二王とし、三国魏を含めて三恪ということになる。王肅は三国魏の学者であるが著書は伝わらない。ただし、当時流行していた鄭玄の注釈に反対の立場というから、三国魏を含めて三恪という説を主張していたと思われる。

一二九 詔諸禮學之官皆執鄭玄五代之議　「詔」は衍字であろう。後漢の鄭玄は、「三恪は諸侯より尊く、二王の後より卑し。則ち宋・杞以外、別に三恪有りて、黄帝・堯・舜の後を謂うなり」（孔穎達『毛詩正義』陳譜）という。礼学の学官たちは、これに従って北魏と晋を二王とし、三国魏・漢・秦を三恪としたのである。

一三〇 孝昭后姓元　孝昭帝の皇后は元蛮の娘である。帝が常山王から即位するに及んで皇后に立てられた。『北斉書』巻九。

一三一 及詔行『魏史』…　魏収が魏史の編纂を命じられたのが文宣帝の天保二年（五五一）で、五年（五五四）の秋に紀伝が、十一月に十志が完成している。その後、『魏書』の不公平が問題視されて、施行が見合わせられ、魏収は孝昭帝と武成帝の時に加筆修正を行なっている。

* * *

太寧元年、加開府。河清二年、兼右僕射。時武成酣飲終日、朝事專委侍中高元海[一三二]、凡庸不堪大任。以收才名振俗、都官尚書畢義雲[一三三]長於斷割、乃虛心倚仗。收畏避[一三四]、不能匡救、爲議者所譏。帝於華林別起玄洲苑[一三五]、備山水臺觀之麗、詔於閣上畫收、其見重如此。

始收比溫子昇・邢邵稍爲後進、邵既被疏出[一三六]、子昇以罪死[一三七]、收遂大被任用、獨步一時。議論更相訾毀、各有朋黨。收每議陋邢文。邵又云「江南任昉[一三八]、文體本疏、魏收非直模擬、亦大偸竊」。收聞乃曰「伊常於沈約集[一三九]中作賊、何意道我偸任」。任・沈俱有重名、邢・魏各有所好。武平中、黄門郎顏之推[一四〇]以二公意問僕射祖珽。

珽答曰「見邢・魏之臧不、卽是任・沈之優劣」。收以溫子昇全不作賦、邢雖有一兩首、又非所長、常云「會須能作賦、始成大才士。[一四一]唯以章表碑志自許、此（外更）同兒戲」。[一四二]自武定二年以後、國家大事詔命、軍國文詞、皆收所作。每有警急、受詔立成。[一四三]或時中使催促、[一四四]收筆下有同宿構、敏速之工、邢・溫所不逮也。其參議典禮、與邢相埒。[一四五]既而…（略）。收以子姪年少、申以戒厲、[一四六]著枕中篇。其詞曰…（略）。[一四七]其後…（略）。

武平三年薨、贈司空・尙書左僕射、[一四八]諡文貞。[一四九]有集七十卷。

收碩學大才、[一五〇]然性褊、[一五一]不能達命體道。見當塗貴游、每以言色相悅。然提獎後輩、以名行爲先、浮華輕險之徒、雖有才能、弗重也。初、河間邢子才・子明及季景與收、並以文章顯、世稱[一五二]大邢小魏、言尤俊也。收少子才十歲、子才每曰「佛助、僚人之偉」。後收稍與子才爭名、文宣貶子才曰「爾才不及魏收」、收益得志。[一五三]自序云「先稱溫・邢、後曰邢・魏」、然收內陋邢、心不許也。收既輕疾、好聲樂、善胡舞。文宣末、數於東山與[一五四]諸優爲獼猴與狗鬭、帝寵狎之。收外兄博陵[一五五]崔巖嘗以雙聲嘲收曰「[一五六]遇魏收衰曰愚魏」。魏答曰「[一五七]顏巖腥瘦、是誰所生。羊頤狗頰、頭團鼻平、飯房笭籠、著孔嘲玎」。其辯捷不拘若是。既緣史筆、多憾於人、[一五八]齊亡之歲、收冢被發、棄其骨于外。

太寧元年、開府を加えらる。河清二年、右僕射を兼ぬ。時に武成酣飲すること終日、朝事は專ら侍中[一三二]高元海に委ぬるも、凡庸にして大任に堪えず。收の才名俗に振い、都官尙書[一三三]畢義雲斷割に長ずるを以て、乃ち心を虛しうして倚仗す。[一三四]收畏れて避け、匡救する能わず、議者の譏る所と爲る。帝[一三五]華林に於いて別に玄洲苑を起て、山水臺觀の麗を備え、詔して閣上に於て收を畫かしむ。其の重んぜらるること此くの如し。

始め收 溫子昇・邢卲に比べ稍や後進爲るも、卲 既に疏出せられ、子昇 罪を以て死し、收 遂に大いに任用せられ、一時に獨步す。議論 更ごも相い訾毀し、各おの朋黨有り。收 每に議して邢の文を陋す。卲 又た云う「江南の任昉、文體 本 疏なり。魏收は直だ模擬するのみに非ずして、亦た大いに偸竊す」と。收 聞きて乃ち曰く「伊 常に沈約の集中より賊を作す。何ぞ意わん 我れ任を偸むと道うとは」と。任・沈 倶に重名有りて、邢・魏 各おの好む所有り。武平中、黃門郞顏之推 二公の意を以て僕射祖珽に問う。珽 答えて曰く「邢・魏の臧不を見るは、卽ち是れ任・沈の優劣なり」と。收 溫子昇の全く賦を作らず、邢の一兩首有ると雖も、又た長ずる所に非ざるを以て、常に云う「會ず能く賦を作るを須ちて、始めて大才の士と成るべし。唯だ章表碑志のみを以て自ら許すは、此れ兒戲に同じ」と。武定二年自り以後、國家大事の詔命、軍國の文詞、皆な收の作る所なり。警急有る每に、詔を受けて立ちどころに成る。或る時 中使 催促するに、收 筆下に宿構に同しきもの有り。敏速の工は、邢・溫の逮ばざる所なり。其の典禮に參議すること、邢と相い埒し。既にして…（略）。收 子姪の年少なるを以て、申ぶるに戒厲を以てし、「枕中篇」を著す。其の詞に曰く…（略）。其の後…（略）。

武平三年薨じ、司空・尙書左僕射を贈られ、文貞と諡さる。集七十卷有り。

收 碩學大才、然れども性は褊く、達命體道なること能わず。當塗の貴游に見ゆるに、每に言色を以て相い悅う。然れども後輩を提獎するに、名行を以て先と爲し、浮華輕險の徒は、才能有りと雖も、重んぜざるなり。初め、河閒の邢子才・子明及び季景と收とは、並びに文章を以て顯わる。世 大邢小魏と稱すは、尤も俊なるを言うなり。收 子才より少きこと十歲、子才 每に曰う「佛助は、僚人の偉なり」と。後 收 稍く子才と名を爭い、文宣 子才を貶しめて「爾の才 魏收に及ばず」と曰い、收 益ます志を得たり。自序に「先に溫・邢と稱し、後に邢・魏と曰う」と云う、然れども收 內に邢を陋しみ、心に許さざるなり。收 既に輕疾にして、聲樂を好み、胡舞を善くす。文宣の末、數しば東山に於いて諸優と與に獼猴と狗との鬪を爲し、帝 之を寵狎す。收の外兄 博陵の崔巖 嘗て雙聲を以て收を嘲りて曰く[一五六]「魏収の衰うるに遇うを愚魏と曰う」と。魏 答えて曰く[一五七]「顔巖腥痩、是れ誰の生む所ぞ。羊の頤に狗の頬、頭は團く鼻平く、飯房は笭籠、著孔は嘲玎」。其の辯捷 拘せざること是の若し。既に史筆に縁りて、多く人に憾まれ、齊[一五八]亡ぶの歳、収の冢 發かれ、其の骨 外に棄てらる。

太寧元年（五六一）、開府を加えられた。河清二年（五六三）、尚書右僕射を兼任した。そのころ武成帝は一日中酒浸りで、政事は専ら侍中高元海に任せていたが、彼は凡庸で、その任に堪えなかった。そこで元海は収の才名が世間に轟き、都官尚書畢義雲の裁決がてきぱきしていることから、無私の心で二人を頼った。しかし収は逃げ腰で、危機を救って正道にもどすことができず、人々に批難された。皇帝は華林の中に特別に玄州苑を造営して、山水に楼観を配した美景を作り、閣上に収の肖像画を画くように命じた。収はかくも重んじられたのである。

そもそも収は温子昇や邢卲に比べてやや後輩にあたるが、卲が君側から遠ざけられ、子昇も罪を得て亡くなったために、大いに用いられることとなり、当世随一の地位を築いた。卲もまた「江南の任昉の文体はもともと締まりが無い。魏収は物真似というよりも大どろぼうを働いているのだ」と言った。収はこれを聞いて、「あいつはいつも沈約の文集中から盗んでいるぞ。私のことを任昉の剽窃だというとは心外だ」と言った。任昉と沈約はともに文名が高かったが、邢と魏の好みはそれぞれ違っていた。武平年間（五七〇～五七六）、黄門郎の顔之推は二人のことを尚書左僕射の祖珽に問うたことがある。珽は「邢卲と魏収の良し悪しを云々するのは、そのまま任昉と沈約の優劣を論じることだ」と答えた。収は、温子昇が全く賦を作らず、邢卲には作品が一、二首有りはするが、賦を得意としていないことから、いつも「賦が作れてこそ俊才といえるのだ。ただ章表や碑志だけで得意になっているのは、児戯に等しい」と言っていた。武定二年（五四四）以後、国家大事の際の詔勅、軍を統べ国を治める文書などは、みな収が作ったものである。緊急を要するものがあればいつも、命を受けてたちまち完成させた。ある時、内廷からの使者が直接催促に来たが、収がしたためた文章は前もって準備しておいたかのようであった。筆の速さでは、邢卲や温子昇も及ばなかった。典礼に関する議論には、邢卲と同じぐらい参与した。そうこうして…（略）。収は甥が若年であることから訓戒を述べようとして「枕中篇」を著した。その文辞は…（略）。その後、…（略）。（後主の）武平三年（五七二）に没し、司空・尚書左僕射を追贈され、文貞と諡（おくりな）された。文集七十巻がある。

収は碩学（せきがく）の俊才ではあったが、度量が小さく、後輩をとりたてる際は行いの立派さを優先させ、軽薄でうわべを繕（つくろ）う人間はたとえ才能があっても重んじなかった。今をときめく権勢家に接するのに、いつも言葉や顔色を和らげてへつらった。しかし、天命を知り道を会得することはできなかった。その初め、河間の邢子才・子明と魏季景・収は、みな詩文の分野で著名だった。世間は大邢小魏と称していたが、これはそのうちのとりわけすぐれた方を言ったのだ。収は子才より十歳若く、子才はいつも「仏助（魏収の子供のころの呼び名）は、下役の中では抜群だ」と言っていた。後に収はだんだんと子才と名を競うようになり、文宣帝が子才をけなして「おまえの才は魏収に及ばない」と言ったので、収はますます得意になった。自序は「先に温・邢と称し、後に邢・魏と称された」と言うが、収は内心では邢を馬鹿にしており、彼と並称されるのを不満に思っていた。収は身のこなしが軽く、声楽を好み、胡舞がうまかった。文宣帝の末年、収はしばしば東山で藝人たちとともに猿と犬のけんかの真似をし、皇帝はこれがお気に入りだった。収の外兄で博陵の崔巌（さいがん）は双声の言葉で収をからかった。「魏収のおいぼれに出遭う、これが愚魏さ」と。魏は「顔は醜く生臭くてうらなり、誰のタネかもわかりゃせぬ。羊のあごに犬の頰、頭は真ん丸で鼻はぺしゃんこ、飯炊き部屋の檻の中、ガサガサゴソゴソ」と言い返した。ああ言えばこう言う性格ときたら、こんな調子だった。史書の執筆でさんざん他人の怨みを買ったため、北斉が滅びた年、収の墓も暴（あば）かれて、遺骨は外に棄てられた。

【三】 高元海　?～五七八。北斉の皇族の一人。武成帝の即位に功があったことから、侍中となるも、器量が小さいため帝に疎まれ、まもなく解任されて、地方に出た。『北斉書』巻一四。

【三】 畢義雲　生卒年未詳。若いころ、兗（えん）州（山東省）の北境で旅人に対して略奪行為をしていたが、のち官に就（つ）き、尚書都官郎中に至る。性格は残忍酷薄で、家の者は生傷が絶えなかったという。息子によって殺害された。『北斉書』巻四七酷吏伝。

一三四 収畏避… 『通鑑』陳紀文帝天嘉四年（五六三）の条はこの間の事情を次のように説明する。「春、正月、齊 太子少傅魏收を以て尚書右僕射を兼ねしむ。時に齊主 終日 酣飲し、朝事は専ら侍中高元海に委ぬ。元海は庸俗にして、帝 亦た之を輕んず。收の才名 素り盛んなるを以て、故に之を用う。而るに收 畏懦して事を避け、尋いで阿縦に坐りて、除名せらる」。阿縦は追縦、へつらい。

一三五 華林 洛陽城内の庭園。

一三六 卲既被疏出 『北史』巻四三によれば、邢卲は崔暹の推挙によって高澄（北斉文襄帝）の賓客となったが、卲は暹の無学を軽んじていた。ある時、卲が妻兄を司徒祭酒にしようと運動し、すでに東魏の皇帝から詔を得たが、暹はこれを専横として高澄に訴えて、この人事は取り消された。卲自身もこれで高澄から遠ざけられた。

一三七 子昇以罪死 東魏の武定五年（五四七）、温子昇は高澄（北斉文襄帝）の暗殺計画に関与した罪で逮捕され、晋陽の獄中にて餓死した。死体は路傍に棄てられ、その家は取り潰しとなった。このいきさつについては本書「温子昇伝」参照。

一三八 任昉 四六〇～五〇八。南朝梁の代表詩人。字は彦昇、楽安博昌（山東省）の人。「任筆沈詩」と評されるように、任昉はむしろ文の方を得意とした。本書「任昉伝」参照。

一三九 沈約 四四一～五一三。南朝斉の代表詩人。字は休文、呉興武康（浙江省）の人。本書「沈約伝」参照。

一四〇 顔之推以二公意… 顔之推『顔氏家訓』文章篇に基づく話である。「邢子才・魏收 倶に重名有り。時俗 準的し、以て師匠と爲す。邢は沈約に賞服して任昉を輕んじ、魏は任昉を愛慕して沈約を毀る。毎に談讌に於いて、辭色を以てす。鄴下紛紜として、各おの朋黨有り。祖孝徴（珽）嘗て吾に謂いて曰く、任・沈の是非は、乃ち邢・魏の優劣なりと」。このことから北朝における南朝文学の影響が知られよう。顔之推については、本書「顔之推伝」参照。

一四一 唯以章表碑志自許、此外更同兒戲 この句、上と文意がつながらない。『太平御覧』巻五八七引く『三国典略』は「唯以章表自許、此同兒戲」に作る。ここでは「外更」の二字を衍字と見なして訓読した。

一四二 自武定二年以後… 東魏の武定二年（五四四）は、魏収がはじめて中書侍郎（詔命を起草する職）を兼任することになった年である。

一四三 中使 宮中から直接派遣される使者。宦官が務める。

一四四 宿構 あらかじめ文案を用意しておくこと。

一四五 既而…（略） この後、魏収は二つの罪で、一旦官籍を剝奪され、河清三年（五六四）、武成帝の慈悲によって官に復している。罪の一つめは、姻族の女性が年齢を偽って死刑を免かれようとしたのを黙って見過ごしたこと。二つめは、自らの門客を陳に帰る使節団にもぐりこませ、南洋貿易の珍貨を不正入手したことである。

一四六 枕中篇 次世代に対して知止知足を諭したものである。

一四七 其後…（略） 再び『魏史』に対する批判が噴出し、魏収は武成帝の命を受けて、権貴の先祖の出身や伝記に関する書きかえを行なった。

一四八 謚文貞 蘇洵『謚法』によれば道徳博聞を「文」といい、清白守節を「貞」という。

一四九 有集七十巻 『隋書』経籍志に「北齊尚書僕射 魏收集六十八巻」とあり、『旧唐書』経籍志と『新唐書』藝文志は「七十巻」に作る。以後は亡佚して伝わらない。明代になって二種の輯佚本が編纂された。張燮『七十二家集』の『魏特進集』三巻・『付録』一巻、および張溥『漢魏六朝百三名家集』の『魏特進集』一巻。その他、清の呉汝綸評選『漢魏六朝百三名家集選』本もある。

一五〇 性褊　度量が小さいことをいう。

一五一 達命體道　天命を悟り、道を会得すること。

一五二 大邢小魏　大邢は邢卲、小魏は魏収を指す。

一五三 自序云…　現在『魏書』巻一〇四に見える魏収の自序にこの文は見えない。『魏書』の自序は『北史』より刪節したもので、相当の欠落があると推測される。

一五四 與諸優爲獼猴與狗鬪　「優」は、わざおぎ。彼らとともに猿と犬が闘うような芝居をしたのであろう。

一五五 崔巖　生卒年未詳。崔巖は崔孝演の子。北斉時代の詳しい伝記はわからない。博陵安平（河南省）の人。『魏書』巻五七によれば、

一五六 遇魏收衰曰愚魏　遇と魏と愚、収と衰はそれぞれ双声（頭音が同じ）である。銭大昕『二十二史考異』巻四〇は『北斉書』の「愚魏衰收」に従うべきだとする。

一五七 顔巖腥瘦…　顔と巖、腥と痩、是と誰、所と生、羊と頤、狗と頬、頭と團、鼻と平、飯と房、笭と籠、嘲と玎は、それぞれ双声である。しかし、著と孔だけは双声にならない。そのため、銭大昕『二十二史考異』巻四〇は、孔は札の誤りではないかという。あるいは著は看の誤りとも。「飯房笭籠、著孔嘲玎」の意味はよくわからない。

一五八 齊亡之歳　北斉の滅亡は五七七年。前年に進撃を開始した北周軍は、北斉軍を大破し、後主と八歳の皇太子を生け捕りにした。

〔参考文献〕

繆鉞「魏收年譜」（『四川大学学報』社会科学版　一九五七　第三期、『読史存稿』三聯書店　一九六三年）

塚本善隆「魏収と仏教」（『東方学報』三一　一九六一年）のち『魏書釈老志の研究』（仏教文化研究所　一九六一年）の解説篇として改稿、『塚本善隆著作集』第一巻（大東出版社　一九七四年）、『魏書釈老志』（平凡社東洋文庫　一九九〇年）所収。

矢嶋徹輔「魏収の人物について」（九州大谷短大『国語研究』二　一九七三年）

矢嶋徹輔「魏収の文学傾向について」（九州大学『中国文学論集』四　一九七四年）

樋口泰裕「北斉詩小論」（『筑波中国文化論叢』一七　一九九七年）

周一良「魏收之史学」（原載『燕京学報』第一八期、『魏晋南北朝史論集』北京大学出版社　一九九七年）

（野村鮎子）

王褒（五一三?～五七六?）

王褒は、梁末から北周の間を代表する詩人として、庾信と並び称される。江陵時代の作品「燕歌行」は、梁元帝や庾信らも同題でこれに競作したほどの佳篇であるが、北方の地の苦寒のさまを詠じたその内容が、後に彼らが実際に北方で陥った境遇と符合することから、「詩讖」の作として名高い。北周においての羈旅の境遇を反映した作品の中でも、江南在住の旧友周弘譲に送った手紙は、駢文書簡の名作として知られる。

周書巻四十一　王褒傳

[一]王褒字子淵、琅邪臨沂人也。[二]曾祖儉、齊侍中、太尉、南昌文憲公。祖[三]騫、梁侍中、金紫光祿大夫、南昌安侯。[四]父規、梁侍中、左民尚書、南昌章侯。並有重名於江左。褒識量淵通、志懷沈靜。美風儀、善談笑、博覽史傳、[五]尤工屬文。梁國子祭酒[六]蕭子雲、褒之姑夫也、特善草[七]隸。褒少以姻戚、去來其家、遂相模範。俄而名[八]亞子雲、並見重於世。梁武帝喜其才藝、遂以弟[九]鄱陽王恢之女妻之。起家祕書郎、轉太子舍人、[一〇]襲爵南昌縣侯。稍遷祕書[一一]丞。宣成王大器、[一二]簡文帝之冢嫡、卽褒之姑子也。于時盛選僚佐、乃以褒爲文學。尋遷[一三]安成郡守。及侯景渡江、[一四]建業擾亂、褒輯寧所部、見稱於時。

梁[15]元帝承制、轉[16]智武將軍、[17]南平內史。及嗣位於[18]江陵、欲待褒以[19]不次之位。褒時猶在郡、敕[20]王僧辯以禮發遣。褒乃將家西上。元帝與褒有舊、相得甚歡。拜侍中、累遷吏部尙書、[21]左僕射。褒既[22]世冑名家、文學優贍、當時咸相推挹、故旬月之閒、[23]位升端右。寵遇日隆、而褒愈自謙虛、不以位地矜人、時論稱之。

[1]王褒 字は子淵、琅邪臨沂の人なり。[2]曾祖の儉は、齊の侍中、太尉、南昌文憲公なり。[3]祖の騫は、梁の侍中、金紫光祿大夫、南昌安侯なり。父の[4]規は、梁の侍中、左民尙書、南昌章侯なり。並びに江左に重名有り。

褒は識量淵通にして、志懷沈靜たり。風儀美しく、談笑を善くし、史傳を博覽して、[5]尤だ屬文に工みなり。梁の國子祭酒[6]蕭子雲は、褒が姑夫なり、特り[7]草隷を善くす。褒 少くして姻戚たるを以て、其の家に去來し、遂に相い模範とす。俄かにして名 子雲に亞ぎ、並びに世に重んぜらる。梁の武帝 其の才藝を喜で、遂に弟の[9]鄱陽王恢の女を以て之に妻す。祕書郞より起家して、太子舍人に轉じ、[10]南昌縣侯を襲爵す。稍く祕書丞に遷る。[11]宣成王大器は、[12]簡文帝が冢嫡にして、卽ち褒が姑子なり。時に盛んに僚佐を選び、乃ち褒を以て文學と爲す。尋いで[13]安成郡守に遷る。侯景 江を渡り、[14]建業擾亂するに及んで、褒は所部を輯め寧んじて、時に稱せらる。

[15]梁の元帝 承制して、[16]智武將軍、[17]南平內史に轉ず。位を[18]江陵に嗣ぐに及んで、褒を待するに[19]不次の位を以てせんと欲す。褒は時に猶お郡に在れば、[20]王僧辯に敕して禮を以て發遣せしむ。褒は乃ち家を將いて西上す。元帝 褒と舊有れば、相い得て甚だ歡ぶ。侍中を拜し、累ねて吏部尙書、[21]左僕射に遷る。褒は既に[22]世冑の名家にして、文學優贍なれば、當時咸な相い推挹す、故に旬月の閒にして、[23]位 端右に升る。寵遇 日に隆んにして、而れども褒は愈いよ自ら謙虛に、位地を以て人に矜らず、時論 之を稱す。

王褒　字は子淵、琅邪臨沂（山東省）の人である。曾祖の倹は、斉の侍中、太尉、南昌文憲公であった。祖の騫は、梁の侍中、金紫光禄大夫、南昌安侯であった。父の規は、梁の侍中、左民尚書、南昌章侯であった。南朝において皆そろって重んじられた。

褒は知識も度量も行き届き、志が深かった。姿かたちがよく、談論が達者で、史書を幅ひろく読んでおり、詩文を作るのがことのほかうまかった。梁の国子祭酒蕭子雲は、褒の父かたの叔母の夫で、書がことさらにうまかった。褒は年少のころから姻戚の縁で、子雲の家に出入りして、子雲の書を手本とした。ほどなく褒は子雲に次ぐ者として名を知られるようになり、ともに世間から重んじられた。梁の武帝は褒の才藝を好んで、帝の弟である鄱陽王恢の娘を褒に嫁がせた。褒は秘書郎として初めての官に就き、太子舎人に転じ、先代からの南昌縣侯の爵位を継いだ。暫くして秘書丞に遷った。宣成王蕭大器は、簡文帝の嫡男で、つまり褒の父方の叔母の子である。大器はそのころ盛んに自らの補佐役になる者を選んでいたが、褒を文学とした。続いて安成郡守に遷った。侯景が江を渡って侵攻し、都 建康（南京市）が争乱に陥ると、褒は配下の部属をしっかりと統御して、たたえられた。

梁の元帝が政権を継承すると、褒は智武将軍、南平郡（湖北省）王の内史に転じた。元帝は江陵（湖北省）で帝位に就くと、褒を破格の官位によって遇しようとした。その時、褒はまだ南平郡にいたので、帝は王僧辯に命じて礼に則って使いを発たせた。そこで褒は一家を挙げて西にある江陵へ上った。元帝は褒と昔なじみであったので、褒を迎えてたいそう喜んだ。褒は侍中になり、累ねて吏部尚書、左僕射に遷った。褒は代々続いた名門の出で、文学の才にも満ちており、当時の人々は皆褒を推薦したので、わずかの間に位は尚書省の長官にまで昇った。帝の褒に対する寵遇は　日増しに隆んになっていったが、褒自身はいっそう謙虚にして、地位をカサに着て高慢な態度をとることはなかったので、当時の世論はこのことを褒めた。

一 王褒　本伝のほかに、記事の内容がほぼ同じ『北史』巻八三文苑伝　所収の伝、南朝時代の事跡を記す『梁書』巻四一の伝が存する。字の子淵は、しばしば子深や子漢に作られるが、これは唐高祖の諱を避けたもの。王褒の集は、『隋志』に「後周小司空王褒集二十一巻」と著録されているが、佚して今に伝わらない。『全後周文』巻八に文二十六篇、『全北周詩』巻一に詩四十八篇が輯録されて見られる。賦の作品は一つも残っていない。王褒の文学の性質については、明・張溥は「王司空集題辞」に於て「周朝の著作は、王・庾齊しく称えられ、其の麗密は相い近し、而れども子淵は微弱なり、…今子淵の詩文を観るに、燕歌の類多し」と評しているが、実際、本伝の以下の記述や、また例えば本伝の論で「唯だ王褒・庾信のみ奇才秀出し、一代に牢籠せらる」と述べられる通り、北周期を代表するもう一人の詩人である庾信と常に並んで名を挙げられるものの、その詩人としての輪郭には、今一つ明瞭でないところがある。なお、王褒の著作としては、本伝に見える『象経注』のほかに、『隋志』に『王氏江左家伝』二十巻（史部雑伝類）が著録される。王褒自身の一族である琅邪王氏の系譜を整理したものである。

二 曾祖倹　王倹（四五二～四八九）、字は仲宝。文憲と諡される。本書「王融伝」注一四参照。斉の大官、学者で駢文の名手。『南斉書』巻二三、『南史』巻二二。

三 祖騫　王騫（四七四～五二二）、字は思寂。もと字を玄成といったが、斉の高祖の諱「道成」を避けたもの。諡は安。晋の楽広のような超俗の生き方を慕い農耕を好むなど、南朝屈指の名族である自門に漲る権勢に背を向けるような姿勢を示し、王氏の中では異端的な存在であった。政事にも不向きかつ不熱心で、梁武帝の不興を買うこともあり、父から受け継いだ南昌の封爵を公から侯に格下げされる。『南史』巻二二。

四 父規　王規（四九二～五三六）、字は威明。幼時から「孝童」「吾が家（王氏）の千里駒」と評され周囲の賞賛と期待を集めた人物。梁宗室の主要な王の下に任じられ、昭明太子、後の元帝湘東王蕭繹、また後の簡文帝蕭綱には晋安王時代と太子になっての二度仕えて、それぞれの宮廷サロンで文才を称された。諡は『梁書』では本伝と同様に章と記されるが、『南史』では、文。『梁書』巻四一、『南史』巻二二。

五 尤工屬文　『北史』には、王褒が初めて任官するまでについて、「七歳にして能く文を屬る。外祖の梁司空袁昂之を愛で、賓客に謂いて曰く『此の兒当に吾が宅の相と成るべし』と」という記事が見える。

六 蕭子雲　四八六～五四八。字は景喬、南蘭陵の人。斉の豫章文献王の第九子。本書所収の蕭子顕は、すぐ上の兄に当たる。『梁書』巻三五、『南史』巻四二。二十歳で晋史を著述し始め二十六歳で『晋書』一百一十巻を完成させ、また昭明太子の舎人を務め『東宮新記』二十巻を撰するなどしている。子雲が書に優れていたことは「子雲は草隷の書を善くし、世が楷法を為す」などと本伝にも見える。また、『南史』本伝には、建康に来た百済の使節が子雲の書を求めて、東陽太守として赴任の途に就いていた子雲を船まで追いかけ、礼をとったのに応えて、子雲は三日間船を停泊して書三十枚を書いて与えた、というエピソードが見える。後に唐太宗には「行行 春蚓を巡らすが若く、字字 秋蛇を綰らすが如し」（『晋書』王羲之伝）と評され、好まれなかったことが知られるものの、六朝末の当時には非常に好まれた。

七 草隷　草書と楷書。本書「王羲之伝」注九参照。

八 名亞子雲　王褒の書は、後世、張懐瓘『書断』で「能品」にランクされ、「草隷に工みなり、蕭子雲を師として名は子雲に亞ぎ、之を躡みて踪おうも、相い去ること何ぞ遠き、風神は峻ならずと雖も、亦た士君子の流なり」(『法書要録』巻九)と評される。なお、後に王褒が北朝に遷されて以降は、彼の書は北朝の人士の間でもたちまち愛好されるようになり、北朝在来の能書家であった趙文深らの書の人気が凋落したことが『北史』巻八二儒林・趙文深伝に見える。

九 鄱陽王恢　蕭恢、字は弘達(四七六～五二六)、梁武帝の弟。鄱陽王には、天監元年(五〇二)に封ぜられた。『梁書』巻二二、『南史』巻五二。

一〇 襲爵南昌縣侯　父規が亡くなったための封爵継承。父の服喪のため褒はいったん太子舎人の職を去っている(『梁書』巻四一)。なお、喪が明けて復職して後の官歴について、『梁書』は「武昌王文學・太子洗馬に除せられ、東宮管記を兼ね、司徒屬・祕書丞に遷る」とやや詳しく記す。武昌王は、昭明太子の子譽(?～五四六)。大同三年(五三七)に武昌郡王に封ぜられている(『梁書』巻三)。

一一 宣成王大器　宣成を『北史』では宣城に作る。『梁書』『南史』各本伝ともに宣城。宣城郡は安徽省に位置する。蕭大器(五二三～五五一)、字は仁宗、簡文帝の嫡子。梁の中大通四年(五三八)、宣城郡王に封じられ、簡文帝の太子であったが、父簡文帝とともに侯景に捕らえられ縊死。元帝が即位後、「哀太子」と謚された。『梁書』巻八、『南史』巻五四。

一二 簡文帝　梁の太宗。蕭綱、字は世纘(五〇三～五五一)、小字を六通といった。武帝の子。本書「梁簡文帝伝」参照。

一三 安成郡守　『北史』『梁書』ではそれぞれ「安城内史」「安成内史」に作る。安成は安成王の封地。はじめ武帝の異母弟康王蕭秀(四七五～五一八)が封ぜられ、その子孫が継承した。

一四 建業　現在の南京市一帯をさす三国呉以來の名。西晋の太康三年(二八二)に、業を改めて建鄴とされるが、のちにさらに愍帝の諱、鄴を避けて建康と改められた。東晋以降の南朝はそのまま建康の名で都としたが、北朝側では本来の名にしたがって建業と呼んだ。本伝訳では、南朝側の呼称によって「建康」と読み替えることとする。

一五 梁元帝承制　梁元帝(本書「梁元帝伝」参照)は蕭繹、字は世誠(五〇八～五五四)。承制は、政権を委ねられて実際の政治を執ること。湘東王蕭繹が司徒承制の任に就いたのは太清三年(五四九)からで、元帝として即位する承聖元年(五五二)まで続く。

一六 智武將軍　『梁書』では「忠武將軍」に作る。

一七 南平内史　南平郡は南平王の封地。この時、南平王は蕭恪(?～五五二)。本書「徐陵伝」注一六参照。

一八 江陵　湘東王だった元帝の拠点であり、即位した地でもある。

一九 不次之位　官位昇進の通常の順序通りでない官位のこと。

二〇 王僧辯　?～五五五。字は君才、太原祁(山西省)の人。本書「徐陵伝」注三二参照。梁元帝の下で侯景討伐の実行に当たり大いに戦功を挙げて後、梁末の政治情勢に大きく関与したことについては、本書「徐陵伝」参照。その母貞敬太夫人の死に際しては、王褒が元帝の命によって祭文を草した。この祭文は『梁書』本伝に見え、またその時、王褒は尚書左僕射だったことも記される。

二一 左僕射　『北史』では右僕射。『梁書』によれば、元帝承聖二年、まず尚書右僕射に遷り、同年中に左僕射に遷ったものである。

二二 世冑…優贍　『顔氏家訓』雑藝篇に「王褒は地冑清華にして、才學優敏たり」と記される。

二三 位升端右　端右は、尚書省の長官。なおこの部分、『北史』では「位望隆重」に作る。

初、元帝平侯景及擒[二四]武陵王紀之後、以建業彫殘、方須修復、江陵殷盛、便欲安之。又其故府臣寮、皆楚人也、並願卽都荊郢。嘗召羣臣議之。領軍將軍[二五]胡僧祐、吏部尚書[二六]宗懍、太府卿[二七]黃羅漢、御史中丞[二八]劉瑴等曰「建業雖是舊都、[二九]王氣已盡。且與北寇鄰接、止隔一江。若有不虞、悔無及矣。臣等又嘗聞之、荊南之地、有天子氣。今陛下龍飛纘業、其應斯乎。天時人事、徵祥如此。臣等所見、遷徙非宜」。元帝深以爲然。時褒及尚書[三〇]周弘正咸侍座。乃顧謂褒等曰「卿意以爲何如」。褒性謹愼、知元帝多猜忌、弗敢公言其非。當時唯唯而已。後因淸閒密諫、言辭甚切。元帝頗納之。然其意好荊・楚、已從僧祐等策。明日、乃於衆中謂褒曰「卿昨日勸還建業、不爲無理」。褒以[三一]宣室之言、豈宜顯之於衆。知其計之不用也、於是止不復言。

及[三二]大軍征江陵、元帝授褒都督城西諸軍事。褒本以文雅見知、一旦委以總戎、深自勉勵、盡忠勤之節。被圍之後、上下猜懼、元帝唯於褒深相委信。[三三]朱買臣率衆出[三四]宣陽之西門、與[三五]王師戰、買臣大敗。褒督進不能禁、乃貶爲護軍將軍。王師攻其外柵、[三六]城陷、褒從元帝入子城、猶欲固守。俄而元帝出降、褒遂與衆俱出。見柱國[三七]于謹、謹甚禮之。褒曾作[三八]燕歌行、妙盡關塞寒苦之狀、元帝及諸文士並和之、而競爲淒切之詞。至此方驗焉。

＊　　＊　　＊

初め、元帝 侯景を平らげ[二四]武陵王紀を擒るに及びての後、建業の彫殘して、方に修復を須いるを以て、江陵の殷盛なれば、便ち之に安んぜんと欲す。又た其の故府の臣寮は、皆な楚人なれば、並びに卽ち荊郢に都せんことを願う。嘗て羣臣を召して之を議せしむ。領軍將軍[二五]胡僧祐、吏部尚書[二六]宗懍、太府卿[二七]黃羅漢、御史中丞[二八]劉瑴等曰く「建業は是れ舊都なりと雖も、王氣[二九]已に盡きたり。且つ北寇と鄰接して、止だ一江を隔てるのみ。若し不虞のこと有らば、悔いの及ぶこと無からん。臣等又た嘗て之を聞く、荆南の地に、天子の氣有り、と。今 陛下の龍飛して業を纘ぐは、其れ斯に應ずるか。天時人事、徵祥 此くの如し。臣等の見る所は、遷徙は宜に非ず」と。元帝 深く然りと以爲う。時に 褒及び尚書[三〇]周弘正咸な侍座す。乃ち顧て褒等に謂いて曰く「卿が意に以爲えらく何如」と。褒は性 謹愼にして、元帝の猜忌すること多きを知れば、敢えて公けに其の非なることを言わず。時に當たりては唯唯たるのみ。後に淸閒に因りて密かに諫めて、言辭甚だ切なり。元帝 頗る之を納る。然るに其の意は荆・楚を好み、已に僧祐等の策に從う。明日、乃ち衆中に於て褒に謂いて曰く「卿が昨日 建業に還るを勸むるは、理無しと爲さず」と。褒 以えらく[三一]宣室の言、豈に宜しく之を衆に於て顯らかにすべき、と。其の計の用いられざることを知るや、是に於て止めて復た言わず。

[三二]大軍 江陵を征するに及び、元帝 褒に都督城西諸軍事を授く。褒は本より文雅を以て知らるるも、一旦委ぬるに總戎を以てせば、深く自ら勉勵し、忠勤の節を盡くす。圍まるるの後、上下猜懼し、元帝は唯だ褒に於てのみ深く相い委信す。[三三]朱買臣 衆を率いて[三四]宣陽の西門に出でて、[三五]王師と戰い、買臣 大いに敗る。褒 督進して禁ずる能わざれば、乃ち貶されて護軍將軍と爲る。王師 其の外柵を攻めて、[三六]城陷つるや、褒は元帝に從って子城に入り、猶お固守せんと欲す。俄かにして元帝出でて降り、褒 遂に衆と倶に出づ。[三七]柱國于謹に見えるに、謹 甚だ之に禮あり。褒 曾て[三八]「燕歌行」を作り、關塞の寒苦の狀を妙盡す。元帝及び諸文士 並びに之に和して、競って淒切の詞を爲す。此に至って方に驗あり。

以前、元帝は侯景の反乱を鎮圧し武陵王蕭紀を生け捕りにして後、建康が荒廃して、修復しなければならぬ一方で、江陵は盛んなので、こちらに落ち着いてしまおうとした。また其の故府の臣寮は、みな楚人で、誰もが荆郢の地を都にしてほしいと願っていた。ある時、群臣を召してこのことについて論議させた。領軍将軍胡僧祐、吏部尚書宗懍、太府卿黄羅漢、御史中丞劉瑴らが言うには「建康は歴史の古い都ではありますが、そこが天子となるべき人物の居所であることを知らせる気はすでに尽きてしまっております。しかも北寇と界を接して、わずかに江一つの隔てがあるだけです。もしも不測の事態が起きましたら、いくら後悔しても取り返しがつきますまい。さらに臣どもはこのようなことも耳にいたしております『荆南の地に、天子の気が立ちのぼっている』と。いま陛下が龍飛して先祖伝来の功業をお継ぎになられているのは、その顕れに他なりません。天時人事、このようにめでたい兆しが表れているのです。臣どもが考えますに、建康へお遷りになるのはよろしくございませんと。元帝は深く「なるほど」と思った。その時、褒と尚書周弘正も共に御前に控えていた。そこで元帝は褒たちの方を見て言った「卿の考えはどうだね」と。褒は慎重な質で、元帝の、他人の才知に対する嫉妬心がひどいことを知っていたので、江陵を都とする案がよくないことを衆人の前では言わず、その場は御意に副うだけにした。後になって誰もいない隙を見てこっそり帝をお諫めしたが、その言葉は非常に要領を得たものであったので、元帝はかなりその意見に納得した。しかし帝の本心では荆、楚に心を寄せ、すでに僧祐たちの策に従うつもりであった。明くる日、諸臣の前で褒に言った、「卿が昨日建康へ戻ることを私に勧めたのも、もっともなことと思う」と。褒は天子の居室での発言を、どうして衆人の前であからさまにしてよいものか、と思い、自分の策が聞き入れられないことを察して、もうそれ以上諫めなかった。

西魏の大軍が江陵（湖北省）に攻め入ると、元帝は褒を都督城西諸軍事に任じた。褒はもともと文雅で知られていたが、一旦軍の統帥を任せられると、たいそう奮励して、忠勤の節を果たした。江陵が包囲されると、梁朝がたでは上の者も下の者も疑り深くなって怯え、元帝はただ褒だけを厚く信任していた。朱買臣が軍を率いて宣陽の西門から出撃し、周の軍と戦ったが、買臣は大敗した。褒は朱買臣の出撃を促して制止することができなかったので、護軍将軍に降格された。周の軍が江陵の外柵を攻めて、江陵の城が陥落すると、褒は元帝に付いて江陵の予備の城塞に入って、なおもまだ堅く守ろうとした。間もなく元帝が予備の砦を出て周に降服すると、褒も梁の諸臣ともども城を出た。西魏軍の柱国将軍于謹に対面すると、謹は褒に対して丁重な扱いをした。以前、褒は「燕歌行」を作って、関塞の寒苦のさまを絶妙に歌った。元帝から諸文士までみなその歌に唱和して、凄切の詞をこぞって作ったことがあったが、その仮構がここに至って不幸な現実になってしまったのである。

二四 武陵王紀　蕭紀（五〇八～五五三）、字は世詢、梁武帝の第八子。侯景が健康を侵攻した時に、救援にも赴かず、武帝が亡くなると、太清六年（五五二）、刺史・征西大将軍として管轄していた蜀地において帝を僭号して湘東王（元帝）に対抗。同年、侯景討伐の名目で水軍を率いて東上、翌承聖二年（五五三）湘東王改め元帝旗下の軍に敗れて殺される。『梁書』巻五五、『南史』巻五三。

二五 胡僧祐　四九二～五五四。字は願果、南陽冠軍（河南省）の人。西魏の江陵侵攻に応戦中、流れ矢に当たって亡くなる。『梁書』巻四六、『南史』巻六四。本書「梁元帝伝」注三七参照。

二六 宗懍　五〇〇?～五六二?。字は元懍。南陽涅陽（河南省）の人。宗氏は晋・永嘉の乱で江東へ移って以来、江陵に居を構える。懍は年少のころから賢く、郷里で「童子学士」と呼ばれるほど学問を好んだ。普通六年（五二五）秀才に挙げられ、翌七年に荊州刺史となった湘東王（元帝）に「当地の有意の少年」として推薦され、以後その記室を兼ねた。湘東王の求めに応じて一夜で作ったという「龍川廟碑」は、今伝わらない。周に在っては、王褒たちと一緒に麟趾殿での群書の刊定に参加し、明帝の宴にもしばしば与った。保定中（五六一～五六二）に亡くなった。『梁書』巻四一、『周書』巻四二、『北史』巻七〇。

二七 黄羅漢　生卒年、字、籍貫など未詳。『南史』巻八梁本紀の中、やはりこの制都をめぐる論争の記事に於て名前が見られる。

二八 劉縠　字は仲宝、晋丹陽尹劉真長の七世の孫にあたる。太清二年（五四八）、侯景の乱以後、元帝の承制期に発せられた書檄の起草の多くを任された。『梁書』巻四一、『南史』巻五〇。

二九 王氣　或る地に、天子となるべき人物が存在することを知らせる予兆の気。

三〇 周弘正　四九六～五七四。字は思行、汝南安城（河南省）の人。本書「徐陵伝」注四八参照。この遷都論争に当たっては、沈黙を決め込んでしまった王褒とは対照的に、この王褒の諫言をとらえて「周弘正と王褒は東人（建康の人）だから、東下を勧めるだけです、国計にしてはいけません」と宗懍・黄羅漢が帝を諫めたことを聞きつけた弘正は、帝も諸臣もいる前で宗懍・黄羅漢ら西人（江陵の人）が江陵を推すのも「私計」ではないか、と喝破して、譲らない態度を続けた（『南史』『陳書』）。

三一 宣室之言　宣室は、天子の居室。天子がじきじきに臣下に意見を求めたりする場となった。もとは前漢の宮室の一つで、未央宮の北に在った表御殿の名。文帝がここにおいて賈誼に鬼神のことを問うたとの故事がある（『漢書』巻四八賈誼伝）。

三二 大軍征江陵　西魏の軍による江陵侵攻。元帝の承聖三年（五五四）。

三三 朱買臣　生卒年、字、籍貫など未詳。元帝に仕える宦官であった。『南史』元帝紀には、魏軍の侵攻を前に、建康への遷都を止めた張本人として宗懍、黄羅漢を名指しし、二人を処刑して手討ちにして天下に示しをつけよ、と元帝に勧めた、との記事も見える。

三四 宣陽之西門　宣陽は、江陵の何処に当たるかは未詳。『梁書』元帝紀に、江陵陥落を決定づけた事件として「反る者、西門の關を斬り以て魏師を納れ、城 西魏に陥つ」との記事があり、西門は江陵防衛の要所であったようである。

三五 王師　北朝の軍。この時は西魏の軍隊。

三六 城陥　『周書』于謹伝によれば、西魏軍の攻撃開始から十六日で江陵の外城は落ち、子城に退避した翌日、王褒ら梁臣は愍懐太子を連れて降服した。

三七 于謹　四九三～五六八。字は思敬、河南洛陽（河南省）の人。小

名を巨爾（きょじ）と謂った。西魏時代からの功臣、武将。保定二年（五六二）、その勲功によって使持節、柱国大将軍、太保、建平郡公を贈られる。七十六歳で亡くなるが、その際、王褒は「太傅燕文公于謹碑銘」（『藝文類聚』巻四六職官部・太傅）を草している。『周書』巻一五、『北史』巻二三。

三八 燕歌行　燕は、現在の河北省北部一帯を指し、北方を表す。楽府「燕歌行」は、七言二十六句からなる長篇の作（『楽府詩集』巻三二相和歌辞）。この詩題の楽府詩は、現存する最古の作、魏文帝「燕歌行」以来、陸機や謝霊運などにも作品があり、北方への行役に従って出かけたまま帰還しない夫の身の上を想う妻の情を切々と歌う内容に於て共通するが、王褒の「燕歌行」の内容・形式も、それを踏襲したものである。但しこの時点で、王褒は北方を実際に見たことはなく、篇中に描写された「關塞寒苦之狀」すなわち北方の厳しい自然のさまは、言わば知識と想像とにもとづいた表現ということになる。王褒のこの篇に触発されて、元帝以下の諸文士が競って詠じた「燕歌行」のうち、元帝と庾信の作品が今日に伝わる。

＊　＊　＊

褒與王克[三九]、劉瑴、宗懍、殷不害[四〇]等數十人、俱至長安[四一]。太祖[四二]喜曰「昔平吳之利、二陸而已。今定楚之功、羣賢畢至。可謂過之矣」。又謂褒及王克曰「吾卽王氏甥也[四三]、卿等並吾之舅氏。當以親戚爲情、勿以去鄉介意」。於是授褒及克、殷不害等車騎大將軍、儀同三司。常從容[四四]上席、資餼甚厚。褒等亦並荷恩眄、忘其羈旅焉。

孝閔帝[四五]踐阼、封石泉縣子、邑三百戶。世宗[四六]卽位、篤好文學。時褒與庾信[四七]才名最高、特加親待。帝每遊宴、命褒等賦詩談論、常在左右。尋加開府儀同三司。保定中、除內史中大夫。高祖[四八]作象經[四九]、令褒注之。引據該洽、甚見稱賞。褒有器局[五〇]、雅識治體。既累世在江東爲宰輔、高祖亦以此重之。建德以後、頗參朝議。凡大詔册、皆令褒具草。東宮既建、授太子少保、遷小司空、仍掌綸誥。乘輿行幸、褒常侍從。

初、褒與梁處士汝南周弘讓[五一]相善。及弘讓兄弘正[五二]自陳來聘、高祖許褒等通親知音問[五三]。褒贈弘讓詩[五四]、并致書曰[五五]

…（略）。復書曰…（略）。

尋出爲宜州刺史。卒於位、時年六十四。子鼒嗣。

褒は王克[三九]、劉瑴、宗懍、殷不害等数十人と、[四〇]倶に長安に至る。太祖喜びて曰く「昔 平呉の利は、二陸のみ。今 定楚の功は、羣賢 畢く至る。之に過ぎたりと謂うべし」と。又た褒及び王克に謂いて曰く「吾は卽ち王氏[四三]の甥なり、卿等は並びに吾が舅氏なり。當に親戚を以て情と爲し、郷を去るを以て意に介する勿かれ」と。是に於て褒及び克、殷不害等に車騎大將軍、儀同三司を授く。常に上席に[四四]從容し、資餼甚だ厚くす。褒等も亦た並びに恩眄を荷い、其の羈旅たることを忘る。

[四五]孝閔帝 踐祚して、石泉縣子に封ぜらる、邑三百戶なり。[四六]世宗卽位して、篤く文學を好む。時に褒は[四七]庾信と才名最も高く、特り親待を加えらる。帝は遊宴する每に、褒等に命じて詩を賦し談論し、常に左右に在らしむ。尋いで開府儀同三司を加えらる。保定中、內史中大夫に除せらる。高祖[四八]『象經』[四九]を作り、褒をして之に注せしむ。引據該洽にして、甚だ稱賞せらる。褒は器局有り[五〇]、雅だ治體を識る。既に累世江東に在りて宰輔爲れば、高祖も亦た此を以て之を重んず。建德以後、頗る朝議に參ず。凡そ大詔冊は、皆な褒をして具草せしむ。東宮 既に建ちて、太子少保を授けられ、小司空に遷り、仍お綸誥を掌る。乘輿行幸、褒 常に侍從す。

初め、褒は梁の處士 汝南の[五一]周弘讓と相い善し。弘讓が兄 弘正[五二] 陳より來聘するに及び、高祖 褒等の[五三]親知と音問を通ずるを許す。褒 弘讓[五四]に詩を贈り、幷せて書[五五]を致して曰く…（略）。復書に曰く…（略）。

尋いで出でて宜州刺史爲り。位に於て卒す、時に年六十四。子鼒嗣ぐ。

褒は、王克、劉瑴、宗懍、殷不害ら数十人とともに長安に至った。太祖（北周・宇文泰）は喜んで「昔、晋が呉を平定して獲得したのは、陸機・陸雲の兄弟二人だけだったが、今、私が楚を収めた結果、優れた人々がこぞってやって来た。私の戦果はかつての晋のそれを凌ぐものと言ってよかろう」と言った。さらに褒と王克に言うには「私は王氏の外甥だ、卿たちはどちらも私の母方のおじということになる。親戚同士という気持ちを持って、故郷を離れていることなんぞ気にかけぬがよい」と。こうして褒や克、殷不害らに車騎大将軍、儀同三司を授けた。いつも上席をすすめ、扶持米も十分に支給した。褒たちもまた皆太祖の格別の恩顧に浴して、自分たちが羈旅の身であることを忘れたのであった。

孝閔帝が天子の位に登ると、褒は石泉県子に封ぜられ、食邑は三百戸であった。世宗が即位すると、帝は文学をたいそう好んだ。当時、褒は庾信とともに最も才があることで名高かったので、ことのほか懇ろな待遇を与えられた。帝は宴を催すたびに、褒たちに命じて詩を賦し談論させ、常に側近くに置いた。ややあって褒は開府儀同三司の位を加えられた。保定中（五六一～五六五）、内史中大夫に除せられた。高祖が『象経』を撰すると、褒にその注を作らせた。その注はあまねく充分に典拠を証しており、たいそう賞賛された。褒は器量に富み、政治のあり方についてよく知っていた。代々江東に於て宰相を出す家柄の出であったので、高祖も王褒を重んじた。建徳（五七二～五七七）以後、朝廷の議事にずいぶん関わるようになった。概ねの大詔冊は、皆な褒に起草させた。東宮が立つと、太子少保を授けられ、小司空に遷ったが、依然として天子の詔勅起草を担当した。天子の行幸には、褒はいつもお供した。以前、褒は梁の処士汝南（河南省）の周弘讓と親しかった。弘讓の兄弘正が陳から北周へ使節として訪れると、高祖は褒たちが親友同士で旧交を温めることを許した。褒は弘正に託して弘讓に詩を贈り、それと一緒に手紙を書いた、その手紙は…（略）。その返事には、…（略）。

まもなく長安を出て宜州（陝西省）刺史となった。在職のまま亡くなった。時に六十四歳。子の鼒が嗣いだ。

三九 王克　生卒年は未詳。傍系ながら王褒と同じ琅邪の王氏の一族。『南史』巻二三。梁末、台城が陥落して後、賊の侯景に仕えた。その侯景が鎮圧された後、やはり王の姓を持つ王僧辯（→注二〇）が「王氏は百世の卿族なるも、便ち是れ一朝にして墜つ」と面罵した、と伝えられる人物である。陳に於ては尚書右僕射まで進んだ。

四〇 殷不害　五〇五～五八九。字は長卿、陳郡長平の人。忠義と孝行で知られる。梁武帝時代の後半期、東宮での政治に、庾肩吾とともに力を発揮する。侯景の乱で捕らえられた簡文帝に対して気骨のある忠節を尽くし、続いて元帝に仕えるが、江陵陥落の争乱の中、生き別れになった母親の屍を発見しての悲痛は、本伝に詳しく記される。陳の太建七年（五七五）周から陳へ帰還するものの、長子の僧首は周に残留させられ、禎明三年（五八九）陳が滅びた際に僧首の迎えを受けて再び北へ向かう途上で病死する。『陳書』巻三二孝行伝、『南史』巻七四孝義伝。

四一 倶至長安　梁の承聖三年（五五四）のこと。

四二 太祖　?～五五六。周の文帝、宇文泰、字は黒獺、代武川（内モンゴル自治区）の人。この伝では「太祖」と呼んでいるが、生前帝位に就くには至らず、死後に追贈されたもの。

四三 王氏甥　『周書』巻一〇によれば、太祖文帝の母は楽浪の王氏である。琅邪の「王氏」ではないが、同じ「王氏」であることにかこつけて、縁づけて言ったもの。

四四 従容　慫慂に同じ。勧める、ということ。『史記』衡陽王伝に「日夜王に従容して反く事を密謀す」とある。

四五 孝閔帝　宇文覚（五四二～五五七、在位五五六～五五七）、字は陀羅尼、太祖宇文泰の子、母は元皇后。西魏の恭帝三年（五五六）十二月天子の位を譲られる。『周書』巻三、『北史』巻九。

四六 世宗　周の明帝、宇文毓（五三四～五六〇、在位五五七～五六〇）。太祖の長子で、小名を統萬突と謂った。年少より学問を好み、自らも文を作り、その文章は温麗であったという。即位後、麟趾殿に於ける経史の校刊事業に当たっては、南朝出身の、文章学問に精通した人士を多くその要員として用いた。自らは多くの書を集めて、三皇の世から西魏末までの系譜を記した『世譜』五百巻を著した、とされるが、現在伝わらない。『周書』巻四、『北史』巻九。

四七 庾信　五一三～五八一。字は子山、南陽新野（河南省）の人。本書「庾信伝」参照。

四八 高祖　周の武帝、宇文邕（五四三～五七八、在位五六〇～五七八）、字は禰羅突、太祖の第四子である。

四九 象經　『周書』巻五武帝紀によれば、天和四年（五六九）五月己丑の日に、北周の武帝は『象経』を完成し、百僚に講説した。『隋志』子部・兵家類に「象經一巻、周武帝撰」が著録される。象は象戯または象棋、中国古代の博戯の一つ。日本の将棋とは別で、むしろ双六に近い。その打ち方の方法について説いた書物である。王褒がこの『象経』に注をしたものもやはり『隋志』に「象經三巻、王褒注」と著録されているが、佚して伝わらない。「象戯経序」だけは『藝文類聚』巻七四、『太平御覧』巻七五五に見える。なお、この『象経』完成をめぐる事情を知る材料として、庾信の「象戯の賦」とそれを武帝に献じる際に添えられた文章「象経の賦を進る表」がある。

五〇 器局　器量・才能のこと。

五一 周弘讓　生卒年・字は未詳。周弘正（→注三〇）の弟。『南史』巻三四周朗伝に附された伝によれば、句容（江蘇省）の茅山に隠士となって棲み、梁の朝廷からたびたび召されても出仕しないでいたのが、侯景には仕えて、世の非難を浴びる。元帝には句容に居ながらにして官職を授けられ、陳の天嘉初には、白衣つまり無位無冠のまま太常卿、光禄大夫の待遇を受けていた。この伝で「処士」と呼ばれる所以である。なお、庾信に「王少保の遥かに周処士を傷むに和す」詩（『庾子山集』巻四）があり、このことから、弘讓が王褒より先に亡くなったこと、王褒がその死を悼む詩を作ったことがわかる。但し、王褒の作のほうは佚して伝わらない。

五二 自陳來聘　陳が周弘正を使節として北周に派遣したのは陳の天嘉

元年（五六〇）、この間に北周に留められていた陳の安成王頊（後の陳の宣帝）の帰還が許された。周弘正が王を迎えて陳に帰還したのは天嘉三年のことである。

五三 親知音問　親知は、親しい者。音問は、便り・消息のこと。

五四 贈弘譲詩　王褒の「周処士に贈る」詩（『全北周詩』巻二）は、「雲は隴坻の黒きに生じ、桑は薊北の寒きに疎らなり」（十四・十五句）と北地の寒々とした光景を詠じ、流離の身の上をあらわす常套的表現「飛蓬　去りて已まず、客思　端無し」（十・十一句）を挟み、さらに「猶お漢使の節を持し、尚お楚臣の冠を服す」（六・七句）と、異郷に在っても志節を変えない気概を示していることなどからも、この時、周弘正に託した詩であることが推定される。

五五 致書…復書　王褒から周弘譲への書も、周弘譲からの返書もともにほぼ全篇四言句から成る駢体文。周弘正を介して消息を聞くことができた喜び、南北に別れて再会できないことの悲しみに加えて、互いに老いて衰えいくことへの嘆きが綴られている。遠く生き別れになった親友どうしの情を伝える、駢文体の手紙の佳作とされている。

（原田直枝）

〔参考文献〕

清水凱夫「王褒の伝記と文学」（『立命館文学』三六四～三六六号　一九七五年）

曹道衡「再論王褒的生卒年」（『文史』四六「北朝文学六考」一九九八年。のち『漢魏六朝文学論文集』広西師範大学出版社　一九九九年）

庾信（五一三〜五八一）

庾信(ゆしん)は、梁末から北周の時期を代表する詩人。若いころは父の肩吾(けんご)とともに徐摛(じょち)・徐陵父子と並称され、華麗で技巧に富んだその文のスタイルは〝徐庾体(じょゆたい)〟ともてはやされた。梁の滅亡を経て北周に於ける後半生には、「江南(こうなん)を哀(かな)しむ賦」をはじめ、その激動の人生あればこそ得られるような内容と表現に富む佳篇が多く、「暮年(ぼねん)の詩賦 江関(こうかん)を動かす」（杜甫「古迹を詠懐す」詩・一）など高く評価される。江南を思慕する内容の多さから、〝望郷詩人〟のイメージはとりわけ強い。

周書巻四一　庾信傳

[一]庾信字子山、南陽新野人也。祖易、[二]齊徴士。[三]父肩吾、梁散騎常侍、中書令。信幼而俊邁、聰敏絶倫。博覽羣書、尤善春秋左氏傳。身長八尺、腰帶十圍、容止[四]頽然、有過人者。起家[五]湘東國常侍、轉安南府參軍。時肩吾爲[六]梁太子中庶子、掌管記。東海[七]徐摛爲左衞率。摛子陵及信、並爲抄撰學士。父子在東宮、出入禁闥、恩禮莫與比隆。既有盛才、文並綺豔、故世號爲徐庾體焉。當時後進、競相模範。每有一文、京都莫不傳誦。累遷尚書度支郎中、通直正員郎。出爲郢州別駕。尋兼通直散騎常侍、[八]聘于東魏。文章辭令、盛爲鄴下所稱。還爲東宮學士、領建康令。

[九]侯景作亂、梁[一〇]簡文帝命信率宮中文武千餘人、營於朱雀航[一一]。及景至、信以衆先退。臺城陷後[一二]、信奔于江陵。[一三]梁元帝承制、除御史中丞。及即位、轉右衞將軍、封武康縣侯、加散騎常侍、來聘于我。屬大軍南討[一四]、遂留長安。江陵平、拜使持節、撫軍將軍、右金紫光祿大夫、大都督、尋進車騎大將軍、儀同三司。孝閔帝踐阼、封臨淸縣子、邑五百戶、除司水下大夫。出爲弘農郡守[一五]、遷驃騎大將軍、開府儀同三司、司憲中大夫、進爵義城縣侯。俄拜洛州刺史。信多識舊章、爲政簡靜、吏民安之。時[一六]陳氏與朝廷通好、南北流寓之士、各許還其舊國。陳氏乃請王褒[一七]及信等十數人。高祖唯放王克[一八]、殷不害[一九]等、信及褒並留而不遣。尋徵爲司宗中大夫。

[二〇]世宗、[二一]高祖並雅好文學、信特蒙恩禮。至於趙[二二]、滕[二三]諸王、周旋款至[二四]、有若布衣之交。羣公碑誌[二五]、多相請託。唯王褒與信頗相埒、自餘文人、莫有逮者。

信雖位望通顯[二六]、常有鄕關之思。乃作哀江南賦[二七]以致其意云。其辭曰…（略）。

大象初、以疾去職、卒[二八]。隋文帝深悼之[二九]、贈本官、加荊淮二州刺史。子立嗣[三〇]。

[一]庾信　字は子山、南陽新野の人なり。祖の易[二]は、齊の徵士なり。父の肩吾[三]は、梁の散騎常侍、中書令なり。信は幼くして俊邁、聰敏なること倫を絕つ。羣書を博覽し、尤も『春秋左氏傳』を善くす。身の長八尺、腰帶十圍、容止頹然[四]として、人に過ぐる者有り。[五]湘東國常侍より起家して、安南府參軍に轉る。時に肩吾　梁の太子中庶子[六]爲りて、管記を掌る。東海の徐摛[七]は左衞率爲り。摛が子の陵及び信、並びに抄撰學士爲り。父子東宮に在りて、禁闥に出入し、恩禮　隆を比ぶるもの莫し。既に盛才有りて、文は並びに綺豔なれば、故に世　號して「徐庾體」と爲す。當時の後進、

競って相い模範す。一文有る毎に、京都傳誦せざるは莫し。累ねて尚書度支郎中、通直正員郎に遷る。出でて郢州別駕と爲る。尋いで通直散騎常侍を兼ね、東魏に聘せらる。文章辭令、盛んに鄴下の稱する所と爲る。還りて東宮學士と爲り、建康令を領す。

[9]侯景 亂を作すや、梁の[10]簡文帝 信に命じて宮中の文武千餘人を率いて、[11]朱雀航に營せしむ。景 至るに及び、信衆を以て先んじて退く。[12]臺城陷ちて後、信 江陵に奔る。梁の[13]元帝 制を承くるや、御史中丞に除す。位に卽くに及び、右衞將軍に轉じ、武康縣侯に封ぜられ、散騎常侍を加えられ、我に來聘す。[14]大軍 南のかた討つに屬い、遂に長安に留まる。江陵の平らぐるや、使持節、撫軍將軍、右金紫光祿大夫、大都督を拜し、尋いで車騎大將軍、儀同三司に進めらる。

孝閔帝 踐阼するや、臨淸縣子に封ぜられ、邑五百戶、司水下大夫に除せらる。出でて弘農郡守爲り、驃騎大將軍、開府儀同三司、司憲中大夫に遷り、爵を義城縣侯に進めらる。俄かにして洛州刺史を拜す。信は多く舊章を識り、政を爲すこと[15]簡靜なれば、吏民 之に安んず。[16]時に陳氏 朝廷と好を通じ、南北流寓の士、各おの其の舊國に還るを許さる。陳氏は乃ち[17]王褒及び信等十數人を請う。高祖は唯だ[18]王克、[19]殷不害等をのみ放ち、信及び褒は並びに留めて遣らず。尋いで徵して司宗中大夫と爲る。

[20]世宗、[21]高祖並びに雅だ文學を好み、信は特り恩禮を蒙る。[22]趙・[23]滕諸王に至りては、[24]周旋すること款至にして、布衣の交わりの若きこと有り。[25]羣公の碑誌は、多く相い請託す。唯だ王褒のみ頗る信と相い埒し、自餘の文人は、逮ぶ者有ること莫し。

信 位望[26]通顯すと雖も、常に鄕關の思有り。乃ち「[27]江南を哀しむ賦」を作り以て其の意を致して云う。其の辭に曰く…（略）。

大象の初め、疾を以て職を去り、卒す。[28]隋の[29]文帝 深く之を悼み、本官を贈り、荊・淮二州刺史を加えらる。子の立[30] 嗣ぐ。

庾信、字は子山、南陽新野（河南省）の人である。祖父の易は、斉の徴士であった。父の肩吾は、梁の散騎常侍、中書令であった。信は幼いころより賢く、並みはずれて聡明であった。群書をあまねく読み、とりわけ『春秋左氏伝』に精しかった。身長は八尺、腰まわりは十囲、立ち居振舞いはおっとりとして、人より優れていた。湘東国常侍として初めて官に就き、安南府参軍に転じた。そのころ、肩吾は梁の太子中庶子で、書記を担当していた。東海（山東省）の徐摛は左衛率であった。摛の子の陵と信は、ともに抄撰学士であった。父子で東宮に仕え、禁中に出入りし、天子の格別の厚遇は並ぶもののないほどだった。才能にあふれているうえに、文はどちらも綺艶であったので、世間では「徐庾体」と呼んだ。当時の後進の者たちは、競って徐・庾の文を手本とした。庾信が文を一つ作るたびに、それが建康で伝え唱えられないことはなかった。続いて尚書度支郎中、通直正員郎に遷った。建康から出て郢州別駕となった。間もなく通直散騎常侍を兼務し、東魏への使節として赴いた。信の文章辞令は、東魏の都鄴（河北省）でさんざん褒めそやされた。建康に帰還して東宮学士となり、建康令を兼務した。

侯景が乱を起こすと、簡文帝は信に命じて宮中の文官武官千余人を率いて、朱雀航に陣を布かせた。景が建康まで迫ると、信は軍を連れて侯景の到着より先に退却した。台城が陥落した後、信は江陵（湖北省）に逃げた。元帝が政権を執ると、信を御史中丞に任じた。元帝が即位すると、信は右衛将軍に転じ、武康県侯に封じられ、散騎常侍を加えられ、我が朝廷へ使節として来た。ちょうどその間に我が大軍が江南を討ったので、信はそのまま長安に留まった。江陵が平定されると、信は（わが朝廷から）使持節、撫軍将軍、右金紫光禄大夫、大都督の位を受け、まもなく車騎大将軍、儀同三司に昇進した。

孝閔帝が天子の位に就く（五五六）と、信は臨清県子の爵に封じられ、食邑は五百戸、司水下大夫に就いた。中央官から出て弘農郡守となり、驃騎大将軍、開府儀同三司、司憲中大夫に遷り、爵位は義城県侯に昇った。まもなく洛州刺史の任を受けた。信は古い法令や制度について豊富な知識を持っており、細かいことにこだわらずおおらかな行政をしたので、下役人や民びとは信の政に心を安らげた。折しも、陳朝が我が周の朝廷と友好を通じたので、南北に流寓の身の上に在った人士は、それぞれその旧国故国に帰還することを許された。そこで陳朝は王褒と信をはじめ十数人の帰還を周に要請した。しかし高祖は王克、殷不害たちを手放しただけで、信と褒はともに長安に留めたまま陳には行かせなかった。まもなく信は長安に召し還されて司宗中大夫に任じられた。

世宗、高祖はともにたいそう文学を好み、信はとりわけその格別な恩顧に浴した。趙王、滕王といった諸王に至っては、親身になって面倒を見、身分の違いを超えたようなつきあいがあった。北周の貴顕たちの碑文や墓誌は、信に依頼することが多かった。北周の文士たちのうちでは王褒だけが信に匹敵し、その他の文人は、信におよぶ者などいなかった。

信は位、人望ともに高く世間に知られはしても、いつもいつも望郷の念を抱いていた。そこで「江南を哀しむ賦」を作り、その気持ちを述べた。その文は…（略）。

大象（五七九～五八〇）に入ったころ、病によって辞職し、亡くなった。隋の文帝は信の死を心から悼んで、本官を贈り、荆・淮二州刺史の官を加えられた。子の立が嗣いだ。

一 庾信　『北史』巻八三文苑伝にも伝が立てられており、大きな異同はない。庾信伝の場合、正史以前に成立して、しかも今日見られる伝記資料が二点ある。まず、本伝にも録されている庾信自身の作「哀江南賦」をはじめとする作品の中に（→注二七）、その生涯を辿る史料とするに堪えるものが少なくない。さらに、庾信の生前に滕王逌が『庾子山集』に寄せた序（以下、滕王「集序」と略称）に於ても、庾信の文学的功績や特徴とともに、庾信の経歴が詳細に述べられている。二正史の記述がこれらに本づいた部分も相当であることが推測される。庾信の文集であるが、南朝時代のものについては滕王「集序」に「昔 揚都に在りては、集十四巻有り。太清の罹亂に値いて、百に一も存せず。江陵に到るに及んで、又た三巻有り、卽ち重ねて軍火に遭いて、一字も遺す無し」と記されるのに拠れば、都合十七巻あったのがすべて北周以前に失われてしまった。北方に到って以降のものについては『周書』本伝では触れられていないが『北史』では「文集二十巻有り」と記載され、『隋志』にも「後周開府儀同庾信集二十巻、幷錄」と録される。現在その集そのものは佚して見られないが、清・呉兆宜『庾開府集箋註』十巻及び倪璠『庾子山集註』十六巻に収める詩文は、辞賦十五篇、詩歌一百八十余篇（楽府詩等含む）、文一百余篇、と六朝文人の集を再編したものの中では、飛び抜けて充実した分量とまとまりがある。庾信の詩文は、詩・賦・文、いずれのジャンルに於ても、六朝の文学史の流れを汲んだ集大成的な存在と見なし得ることが、歴代の諸評の中からも窺われる。例えば、まず同時代、滕王は「誄は安仁の美を奪い、碑は伯喈の情有り、箴は揚雄に似、書は阮籍に同じ」とそれぞれのジャンルに於て、当時最高の評価を与えられていた先人たちに準える評を示している。また、『四庫提要』は特にその文について「其の駢偶の文は、則ち六朝の大成を集め、而して（初唐）四傑の先路を導く。」（『庾開府集箋註』提要）と述べて、六朝期駢文の代表的位置を認めている。庾信の詩文に対する後世の評価は、褒貶に幅がある。例えば、唐・杜甫が「庾信の文章 老いて更に成る、雲を淩ぐ健筆意縦横」（「戯れに六絶句を為る」詩・其の一）と言うように、後半生に於ての成熟を積極的に評価するものがある一方で、『周書』本伝の論のように「其の體は淫放を以て本と爲し、其の詞は輕險を以て宗と爲す」と言い、さらに「詞賦の罪人」と酷評するものもある。しかしこのことも、六朝文学全般に対する後世の評価の是非が大きく分かれるのと軌を一にしているだけであって、これもまた庾信の文学が良くも悪くも六朝文学の集大成であることを裏づける現象と見て差し支えない。

二 祖易　字は幼簡。『南斉書』巻五四高逸伝、『南史』巻五〇。徴士とは、学識や徳が高くて、朝廷から招かれながら、官位に就かない人。陶淵明（本書「陶淵明伝」参照）の例が名高い。易も、恬淡な人柄で、世間的な栄達や富にこだわらない人物で、豫章王の驃騎参軍（建元元年）、太子舎人（永明三年）、司徒主簿（建武二年）など再三の招きにも応じぬまま、亡くなった。庾信は、この祖父を「江南を哀しむ賦」において「少微の眞人、天山の逸民」と呼んでいる。

三 父肩吾　字は子慎。庾易の三男。若いころより文才を称された詩人。本書「庾肩吾伝」参照。

四 穎然　温和で従順なさま。

五 湘東國常侍　湘東国は、後の元帝蕭繹の湘東王時代の封地。蕭繹は天監十三年（五一四）、湘東王に封じられている。本書「梁元帝伝」参照。

六 梁太子　後の簡文帝、蕭綱を指す（本書「梁簡文帝伝」参照）。綱の立太子は中大通三年（五三一）。なお、滕王「集序」に「年十五にして、梁東宮の講讀に侍す」とあり、蕭綱の前太子、昭明太子蕭統（本書「蕭統伝」参照）の在世中（五〇一～五三一）に、庾信はその講読に侍したことが知られる。滕王「集序」に従えば梁大通元年（五二七）のことである。

七 徐摛…摛子陵　徐摛（四七四～五五一）、字は士秀、東海郯（山東省）の人。その長子が徐陵（五〇七～五八三）、字は孝穆。庾信父子とこの父子の詩文をその典型とする「宮体」の称は、東宮時代の簡文帝蕭綱に仕えた徐摛の詩文のスタイルを皇太子が「宮体」と呼んだのに始まる。本書「徐陵伝」およびその注二参照。

八 聘于東魏　倪璠「年譜」は、梁の大同十一年（五四五、東魏の武定三年）のこととする。庾信は梁朝使節の副使として随行し、その際「命を将て鄴に至る」詩、「命を将て鄴に至り祖正員に酬える」詩の二篇をのこす。祖正員とは、祖珽、字は孝隱、東魏側の正使。使節派遣は相互に行なう通例にしたがって、梁朝使節は建康に帰還して後、今度は東魏からの使節を応接する役目も果たした。この時、庾信が北朝側の代表的文人温子昇らについて、なかなか見所のあるものだ、と褒めたという逸話（唐・段成式『酉陽雑俎』語資篇）と、温子昇・薛道衡・盧思道（いずれも本書所収）以外は一切とるに足りない、と喝破したという逸話（唐・張鷟『朝野僉載』巻六）とが共に存する。

九 侯景作亂　梁太清二年（五四八）のこと。

一〇 簡文帝　梁の太宗。蕭綱、字は世纘（五〇三～五五一）、小字を六通といった。武帝の第三子。本書「梁簡文帝伝」参照。

一一 朱雀航　建康（南京市）の南を流れる秦淮河の渡し口。建康城の守りの一つ。ここに陣していた庾信は、侯景がそこに至ると、侯景軍の兵がみな鉄面を着けているのに恐れをなして逃げた、という（『南史』巻八〇「賊臣伝」）。

一二 臺城陥　太清三年（五四九）のこと。

一三 元帝承制　承制は、政権を委ねられて実際の政治を執ること。元帝は蕭繹、字は世誠（五〇八～五五四）。湘東王だった蕭繹（↓注五）が司徒承制の任に就いたのは太清三年（五四九）からで、元帝として即位する承聖元年（五五二）まで続く。本書「梁元帝伝」参照。

一四 大軍南討　大軍とは、西魏の軍を指す。梁の承聖三年（五五四）、西魏の大軍が江陵に侵攻した。本書「梁元帝伝」参照。

一五 簡靜　法や決まりごとに囚われ過ぎず厳格すぎないこと。

一六 時陳氏與朝廷通好　陳氏は、南の陳朝を指す。周・武帝の代に入ると、陳と周との間で頻繁に使節の往来が行われるようになっていた（『周書』武帝紀、『陳書』文帝紀、宣帝紀）。

一七 王褒　五一三?～五七六?。字は子淵。本書「王褒伝」参照。

一八 王克　王克・殷不害らが周から陳へ帰還するのは、陳宣帝の太建七年（五七五）のこと。本書「王褒伝」注三九参照。

一九 殷不害　五〇五～五八九。字は長卿、陳郡長平の人。本書「王褒伝」注四〇参照。

二〇 世宗　周の明帝、宇文毓（五三四～五六〇）。太祖宇文泰の長子。本書「王褒伝」注四六参照。

二一 高祖　周の武帝、宇文邕（五四三～五七八）。太祖宇文泰の第四子。本書「王褒伝」注四八参照。

二二 趙王　宇文招、字は豆盧突。太祖宇文泰の子。母は王姫。『周書』巻一三、『北史』巻五八。幼くして聡明、群書を博く読み、文を属ることを好んだ。その詩文は「信の體を學び、詞に輕艶多し」と評される。武成（五五九～五六〇）の初、趙国公に封ぜられ、建徳三年（五七四）王となる。信の死の前年大象二年（五八〇）に楊堅（後の隋文帝。↓注二九）によって誅死。本伝に見えるような厚誼を受けた間柄でありながら、しかし信の文集に、王のための碑文や墓誌など哀悼を示す文章は見当たらない。

二三 滕王　宇文逌、字は爾固突。太祖宇文泰の子。趙王（↓注二二）とは異母兄弟。『周書』巻一三、『北史』巻五八。年少から、経史を好み、文を属るのがうまかった。趙王と同様、武成初、滕国公に封ぜられ、建徳三年、王となる。王の著した文章は、大いに世に行なわれた、という。信の死の前年大象二年（五八〇）に楊堅（後の隋文帝。↓注二九）によって誅死。この王のための哀悼を示す文章もやはり信の文集に見当たらない。

二四 周旋　世話する。応接する。実際、庾信の詩文の中には、「趙王より米を賚るに謝する啓」「趙王より乾魚を賚るに謝する啓」「滕王の巾を賚るに謝するの啓」などの文や、「正旦　趙王より賚酒を蒙る」詩など、二王から何かを賜ったことに因むものがしばしば見え、趙王・滕王の、物質面にまでわたる懇切な世話を受けていたことが窺われる。

二五 羣公碑誌、多相請託　庾信には、北周時代に作ったことが確かな神道碑、墓誌銘の作が、現存するだけでも三十篇余ある。その文を贈られた人物たちは、例えば上柱国斉王宇文憲、柱国大将軍長孫倹など、いずれも群公、北周の功臣や実力者たちである。

二六 通顯　位などが高く、世間に広く知られること。

二七 哀江南賦　篇名の「哀江南」は、『楚辞』招魂でくり返される言葉「魂兮歸來、哀江南」を踏まえたものである。成立時期をめぐっては諸説あるが、北周武帝の宣政元年（五七八）か（陳寅恪「読「哀江南賦」」ほか）。駢文で書かれた序と賦本文とは、四言句・六言句を基調とする七百余句から成る、長大な作品で、内容は、庾氏の系譜と庾信自身の半生を、その背景となる時代の出来事とを絡ませつつ、ほぼ時間の順にしたがって述べていくもので、最大の焦点は侯景の乱に端を発する梁朝滅亡に関する諸事件と、梁朝の臣たちの艱難、その後の苦境を歌うことに在る。一つの王朝の亡国にまつわる悲哀を述べ尽くす作品として、庾信自身の代表作と目されている。

二八 卒　本伝に信の卒年は明記されていないが、『北史』本伝には「隋開皇元年卒」と記される。隋開皇元年七月に亡くなった普屯威のために信が神道碑文を書いている（「周上柱国宿国公河州都督普屯威神道碑」）。

二九 隋文帝　隋の高祖、楊堅。弘農華陰（河南省）の人。五八一年二月、北周・静帝から政権を奪取して隋王朝をひらき、元号を開皇と改める。本書「隋煬帝伝」注二参照。

三〇 子立　生卒年未詳。信の「又た趙王より息に絲布を賚わるに謝する啓」に「息」と言い、文中「某が息荀娘」と言うのが立の幼名に当たるか。正史に伝は見えないが、隋末、反将薛挙の息子で父に勝るとも劣らぬ乱暴者薛仁杲に捕らえられ、降服を拒絶したため磔にされた節義の士として知られる（『旧唐書』『新唐書』）。

〔参考文献〕

許逸民校点『庾子山集注』（中華書局　一九八〇年）
興膳宏『庾信』（集英社　一九八三年）
魯同群『庾信伝論』（天津人民出版社　一九九七年）
矢嶋美都子『庾信研究』（明治書院　二〇〇〇年）
倪璠「庾子山年譜」（『庾子山集注』所収）
清水凱夫「庾信の文学」（『立命館文学』三四八・三四九号　一九七四年）
加藤国安「梁朝社会下の庾信」（『愛媛大学教育学部紀要』一九―一　一九八七年）
加藤国安「北周・孝閔帝期の庾信（上）」（『愛媛大学教育学部紀要』二七―一　一九九四年）
加藤国安「北周・孝閔帝期の庾信（下）」（『愛媛大学教育学部紀要』二七―二　一九九五年）
加藤国安「北周・明帝期の庾信（上）」（『愛媛大学教育学部紀要』二八―一　一九九五年）
加藤国安「北周・明帝期の庾信（下）」（『愛媛大学教育学部紀要』二八―二　一九九六年）
加藤国安「北周・武帝期の庾信（一）」（『愛媛大学教育学部紀要』二九―一　一九九六年）
加藤国安「北周・武帝期の庾信（二）」（『愛媛大学教育学部紀要』二九―二　一九九七年）
魯同群「庾信年譜」（『六朝作家年譜輯要』下冊　黒龍江教育出版社　一九九九年）

（原田直枝）

盧思道（五三一?〜五八二?）

盧思道は、薛道衡と並んで北朝末を代表する詩人の一人。その詩は南朝斉・梁の詩風の影響を強く受けているが、彼の七言詩は初唐七言歌行を開くものとされる。特に「従軍行」が有名で、唐の玄宗なども感慨をもよおした際に口ずさむほどであった（鄭処誨『明皇雑録』補遺）。さらにずっと後になっても「音響格調、みな自ずから停匀、體氣豐神、尤も煥發」（明・胡応麟『詩藪』）と評される。また文章にも優れ、「北斉興亡論」「後周興亡論」などの史論への評価も高い。

隋書卷五十七　盧思道傳

盧思道[一]字子行、范陽人也。祖陽烏[二]、魏祕書監。父道亮[三]、隱居不仕。思道聰爽俊辯、通侻[四]不羈。年十六、遇中山劉松[五]、松爲人作碑銘、以示思道。思道讀之、多所不解、於是感激、閉戸讀書、師事河閒邢子才[六]。後思道復爲文、以示劉松、松又不能甚解。思道乃喟然歎曰「學之有益、豈徒然哉」。因就魏收[七]借異書[八]、數年之閒、才學兼著。然不持操行、好輕侮人[九]。齊天保中、魏史[一〇]未出、思道先已誦之、由是大被笞辱。前後屢犯、因而不調。其後左僕射楊遵彥[一一]薦之於朝、解褐司空行參軍・長兼員外散騎侍郎、直中書省。文宣帝崩、當朝文士各作挽歌十首、擇其善者而用之。魏收・陽休之[一二]・祖孝徵[一三]等不過得一二首、唯思道獨得八首。故時人稱爲八米盧郎[一四]。

後漏洩省中語、出爲丞相西閤祭酒、歷太子舍人、司徒錄事參軍。每居官、多被譴辱。後以擅[一五]用庫錢、免歸於家。嘗於薊北悵然感慨、爲五言詩[一六]以見意、人以爲工。數年、復爲京畿主簿、歷主客郎、給事黃門侍郎、待詔[一七]文林館。周武帝平齊、授儀同三司、追赴長安、與同輩陽休之等數人作聽蟬鳴篇[一八]。思道所爲、詞意清切、爲時人所重。新野庾信[一九]遍覽諸同作者、而深歎美之。未幾、以母疾還郷、遇同郡祖英伯[二〇]及從兄昌期[二一]・宋護[二二]等擧兵作亂、思道預焉。周遣柱國宇文神擧[二三]討平之、罪當法、已在死中。神擧素聞其名、引出之、令作露布[二四]。思道援筆立成、文無加點、神擧嘉而宥之。後除掌教上士。

高祖爲丞相、遷武陽太守[二五]、非其好也。爲孤鴻賦[二六]以寄其情曰…（略）。

開皇初、以母老、表請解職、優詔許之。思道自恃才地、多所陵轢、由是官塗淪滯。既而又著勞生論[二七]、指切當時、其詞曰…（略）。

歲餘、被徵、奉詔郊勞陳使[二八]。頃之、遭母憂、未幾、起爲散騎侍郎、奏內史侍郎事。于時議置六卿、將除大理。思道上奏曰「省有駕部、寺留大僕、省有刑部、寺除大理、斯則重畜產而賤刑名、誠爲未可」。又陳殿庭[二九]非杖罰之所、朝臣犯笞罪、請以贖論、上悉嘉納之。是歲、卒于京師、時年五十二。上甚惜之、遣使弔祭焉。[三〇]有集三十卷、行於時。子赤松、大業中、官至河東長史。

[一]盧思道 字は子行、范陽の人なり。祖は陽烏[二]、魏の祕書監。父は道亮[三]、隱居して仕えず。思道 聰爽俊辯、通侻不羈[四]なり。年十六、中山の劉松[五]に遇い、松 人の爲に碑銘を作り、以て思道に示す。思道 これを讀みて、解せざる所多く、是に於て感激し、戸を閉して書を讀み、河間の邢子才[六]に師事す。後 思道 復た文を爲り、以て劉松に示しては、松 又

甚しくは解する能わず。思道乃ち喟然として歎じて曰く「學の有益なる、豈に徒然ならんや」と。因りて魏收に就きて異書を借り、數年の閒に、才學兼ね著る。然れども操行を持せず、[9]好みて人を輕侮す。齊の天保中、[10]『魏史』未だ出でざるに、思道先に已にこれを誦り、これに由りて大いに笞辱せらる。前後屢しば犯し、因りて調されず。其の後、左僕射[11]楊遵彦これを朝に薦め、褐を司空行參軍・長兼員外散騎侍郎に解き、中書省に直す。文宣帝崩じ、當朝の文士 各おの挽歌十首を作り、其の善き者を擇びてこれを用う。魏收・[12]陽休之・[13]祖孝徵等一二首を得るに過ぎず、唯だ思道のみ獨り八首を得。故に時人稱して[14]「八米盧郎」と爲す。後 省中の語を漏洩し、出でて丞相西閤祭酒と爲り、太子舍人・司徒錄事參軍を歷す。官に居る每に、多く譴辱せらる。後に[15]庫錢を擅用するを以て、免ぜられて家に歸る。嘗て薊北に於て悵然として感慨あり、[16]五言詩を爲り以て意を見し、人 以て工と爲す。數年、復た京畿主簿と爲り、主客郎・給事黃門侍郎を歷、[17]詔を文林館に待つ。周の武帝 齊を平ぐるや、儀同三司を授けられ、追いて長安に赴き、同輩陽休之等數人と[18]「聽蟬鳴篇」を作る。思道の爲る所、詞意清切、時人の重んずる所と爲る。新野の[19]庾信 遍く諸もろの同作なる者を覽、深くこれを歎美す。未だ幾くならずして、母の疾を以て鄕に還りしに、同郡の[20]祖英伯及び從兄[21]昌期・[22]宋護等が兵を擧げ亂を作すに遇い、思道これに預る。周 柱國[23]宇文神擧をしてこれを討平せしめ、罪 法に當り、已に死中に在り。神擧素より其の名を聞き、引きてこれを出だし、[24]露布を作らしむ。思道筆を援りて立に成り、文 點を加うる無し、神擧嘉してこれを宥す。後 掌教上士に除せらる。

高祖 丞相爲りしとき、[25]武陽太守に遷るも、其の好みに非ざるなり。[26]「孤鴻賦」を爲り以て其の情を寄せて曰く…（略）。

開皇の初め、母の老いたるを以て、表して職を解かれんことを請い、優詔もてこれを許す。思道 自ら才地を恃み、陵轢する所多く、是れに由り官塗淪滯す。既にして又[27]「勞生論」を著し、當時を指切す、其の詞に曰く…（略）。

歲餘、徵せられ、詔を奉じて[28]郊にて陳使を勞う。これを頃くして、母の憂に遭い、未だ幾くならずして、起して散騎侍郎と爲し、内史侍郎の事を奏す。時において六卿を置き、將に大理を除かんことを議す。思道 上奏して曰く「省に駕部有りて、寺に大僕を留め、省に刑部有りて、寺に大理を除く、斯れ則ち畜産を重んじて刑名を賤しむ、誠に未だ可ならずと爲す」と。又た殿庭[39]は杖罰の所に非ざることを陳べ、朝臣笞罪を犯したるには、贖を以て論ぜんことを請い、上 悉くこれを嘉納す。是の歲、京師に卒す、時に年五十二。上 甚だこれを惜しみ、使を遣して弔祭す。集[40]三十巻有り、時に行わる。子は赤松、大業中、官 河東長史に至る。

盧思道、字は子行、范陽（河北省）の人である。祖父は陽烏、魏の秘書監。父は道亮、官職にはつかなかった。思道は聡明快活で弁舌がたち、気ままで奔放な人柄だった。十六歳のとき、中山（河北省）の劉松に出会い、松は人のために碑銘を作っていたが、それを思道に見せた。思道は読んでみたが、わからないところが多く、そこで発憤して家に閉じこもって勉強をし、河間（河北省）の邢子才に師事した。後に思道が文章を作って、劉松に見せたところ、こんどは松のほうがよく読めなかった。思道は感嘆して言った。「学問すればいいことがあるってのは、全くその通りだな」。そこで、魏収に珍しい書物を借りて読み、数年の間に才能学問ともにめきめきと人目につくようになった。しかし、品行が悪く、人を侮蔑することが多かった。斉の天保年間（五五〇～五五九）、『魏史』がまだ公開されていないうちに、思道は先んじて譏り、それがためにおおいに鞭打たれた。その前後も頻繁に規則を破り、そのため官位につけてもらえなかった。その後、左僕射の楊遵彦が彼を朝廷に推薦し、司空行参軍・員外散騎侍郎試補として初めて出仕し、中書省づめとなった。文宣帝（北斉・高洋）が崩じたとき（五五九年）、文士たちはそれぞれ挽歌十首を作り、そのよいものを選んで採用した。魏収・陽休之・祖孝徵らは一、二首が採用されたにすぎなかったが、思道だけが八首も採用された。それゆえ当時の人たちは「八米盧郎」（豊作盧君）と称したものである。後に中書省の機密を漏らした廉で、都から出されて丞相西閤祭酒となり、太子舎人・司徒録事参軍を歴任した。どの官職にいるときも、譴責処分を受けることが多かった。後に公金を使い込んだために、免職になって自宅謹慎となった。かつて薊北

（河北省）にいたときに深い悲しみに心動かされ、五言詩を作って感慨を表現したが、巧みだと評価された。数年してまた京畿主簿となり、主客郎・給事黄門侍郎を経て、文林館待詔となった。北周の武帝（宇文邕。在位五六〇～五七八）が斉を平らげると（五七七年）、儀同三司を授けられ、そのあとに長安へおもむき、同輩の陽休之ら数人と「聴蟬鳴篇」を作った。思道が作ったものは、文辞哀切で、人々から高い評価を受けた。新野（河南省）の庾信はその他の作者のものをすべて読んだが、深く思道の作に感心したのだった。いくらもしないうちに、母親の病気のために故郷へ帰り、同郡の祖英伯と従兄の盧昌期・宋護らが挙兵反乱するのに遭遇し、思道はこれに加担した。周は柱国の宇文神挙を遣してこの反乱を鎮圧させたが、思道の罪は法に触れており、すでに死刑と決まっていた。神挙は日ごろからその名を聞いていたので、召し出して檄文を作らせてみた。思道は筆をとると立ちどころに書き上げ、しかも書き直したところがなかった。神挙はよろこんで思道を許した。後に掌教上士に任じられた。

高祖（隋文帝楊堅）が丞相であったとき、武陽（河北省）太守にうつったが、気に入らなかった。「孤鴻賦」を作って自分の心情を歌って言うには…（略）。

開皇の初め（五八一）、母の老齢を理由に上表して退職を願い出、懇ろな詔によって許可された。思道は才能と門地を恃んで人を侮蔑することが多く、このため出世は滞りがちであった。しばらくしてまた「労生論」を著し、当時の世の中をきびしく批判した。そこに言うには…（略）。

一年あまりして召しだされ、勅命によって陳の使者を国境まで出迎え接待した。まもなく母が亡くなり、いくらもしないうちに散騎侍郎に取り立てられ、内史侍郎の事を奏上した。当時、六卿を置くことを議論し、大理（刑法を管掌）を除こうとしていた。思道は次のように上奏した。「尚書省に駕部（牧畜・馬車などを管掌）がありながら、九寺に大僕（牧畜・馬車などを管掌）をとどめているのに、尚書省に刑部があって、九寺に大理を除く、これでは畜産を重んじて刑名を卑しむもので、決してなりませぬ」。また宮殿は杖罰を行う場所ではないと述べて、朝臣の笞うち罪を犯したものは、金で罪を贖わさせることを願い出て、上はそれをすべて嘉納された。この年、都で亡くなり、時に五十二歳であった。上ははなはだ残念がられ、使者を遣して弔問し祭られた。文集三十巻があり、当時に普及していた。子の赤松は大業年間（六〇五～六一六）、河東長史にまでなった。

一 盧思道　盧思道の卒年には三説ある。最も早い卒年を考えているのは逯欽立（『全隋詩』）で、開皇元年（五八一）とするものであるが、根拠は未詳。次は開皇二年（五八二）とするもので、これは『隋書』などの盧思道伝の記述によって推測するもの。三つめが開皇六年（五八六）で、これは唐・張説（ちょうえつ）の「斉黄門侍郎盧思道碑」に「隋開皇六年、春秋五十有二、終於長安」とあるのを根拠とする。張説の碑文は開皇年間から約百三十年後に盧思道の玄孫盧蔵用の依頼によって書かれたものである。盧蔵用の提供した資料によって執筆したのだろうが、何故『隋書』の記述と食い違うのかは不明。なお顔之推らとともに音韻を論じた時（後述）は、武陽太守であり（陸法言「切韻序」）、この事と『隋書』の記述を考慮すると、開皇二年か、それから遠くない時期に卒したのであろう。

思道は小字を釈奴と言った。小さいころから利発で一族の期待を担い、郷里の幽州では従弟盧昌衡とともに「盧家千里、釋奴・龍子」（龍子は昌衡の小字）と言われていた（『北史』盧玄伝附盧昌衡伝・『隋書』盧思道伝附盧昌衡伝）。

なお、本伝には見えない事跡であるが、盧思道も、顔之推ら八人とともに陸法言の家に集まり、音韻の討論を行なったメンバーの一人でもあった。その成果は『切韻』と呼ばれる韻書にまとめられた（「切韻序」）。この韻書が出たために六朝の他の韻書はしだいに亡び、以後の韻書は多くこの書に基づくことになったきわめて重要な書である。

二 陽烏　盧淵（四五四～五〇一）、字は伯源。陽烏は小名である。温雅寡欲な人柄で学問を好んだ。また書をよくし、魏の代宮に掲げてあった額は多く盧淵が揮毫したものであったという。『魏書』巻四七盧玄伝附、『北史』巻三〇盧玄伝附。

三 道亮　盧淵の第二子。字は仁業（一説に仲業）。隠居して出仕しなかったので、詳しい事跡は不明。

四 通侻　奔放で末節にこだわらないこと。

五 劉松　『北史』および『隋書』の盧思道伝に名前のみ見える。事跡未詳。

六 邢子才　四九六～?。邢卲、字は子才。北地三才の一人。南朝側からも北朝の「第一才士」と認められ、当時、温子昇とともに文士の冠として温邢と並称された（本書「温子昇伝」注六二参照）。思道との関りについては『北斉書』盧文偉伝附盧詢祖伝に次のような話柄が伝えられている。「邢卲 盛んに盧思道を譽め、詢祖を以て及ばずと爲す。…長廣太守邢子廣 二盧を目して云く『詢祖は規檢有る禰衡、思道は氷稜無き文擧（孔融）』と」。

七 魏収　北斉文壇の領袖。本伝にも出てくるが『魏書』の編者である（→注一〇）。また、本書「魏収伝」参照。

八 異書　珍しい書籍。『後漢書』王充伝「『論衡』八十五篇を著す」の李賢注に引く晋・袁山松『後漢書』が伝える次の話をふまえる。

『論衡』がまだ広く伝えられていなかったころ、王朗なる者がこれを得た後、人々から才能が伸びたと賞賛された。そこである人が、「異人に見えず、当に異書を得るべし」と評した。

九 好輕侮　盧思道は頭の回転が速く、冗談の好きな人であったようだが、往々にして品の悪い冗談を言うところがあった。次のような逸話が伝えられている。

○太子詹事范陽の盧叔虎 子十人有り。大なる者 字は畜生、最も才思有り。思道 人に謂いて曰く「従叔十子有り、皆畜生に及ばず」と。

○思道嘗て通直郎渤海の封孝騫に謂いて曰く「卿 既に封を姓とす、是れ封豕（大きな豚。『左伝』にある貪欲横暴な者の比喩）の後ならん」と。

しかし、この時は言い返されている。騫曰く「卿 既に盧を姓とす、是れ盧令（猟犬のこと。『詩経』斉風・盧令）の裔ならん」と。

（『太平広記』巻二四七盧思道条引『譚藪』）

一〇 魏史　魏収の編纂した『魏書』のこと。「頗る愛憎を用いて褒貶を爲（『通鑑』）」したために編纂当時から甚だ評判が悪く「穢史」と呼ばれた。本書「魏収伝」注一一〇参照。盧思道が『魏書』未刊のうちに譏ったのも范陽盧氏に関わる記述と関係があったと考えられる。なお、『通鑑』によれば、これは天保五年（五五四）のことであるが、そこに盧思道の名は見えない。「誦」の字は「譏る」の意味があり、ここでは『北史』盧玄伝附盧思道伝に「『魏史』成りて、思道 非毀する所多く、是れに由りて前後再び笞辱せらる」とあるのを参照して、その意味に解した。しかし、普通に「そらんじた」と解することも可能である。その場合は「未公開の魏書をそらんじ、（その内容をふれまわったので）むち打たれた」という意味になる。

一一 楊遵彦　北斉朝廷の大実力者で、特に人事面において多くの俊秀を抜擢した。詳しくは本書「徐陵伝」注二八を参照。

一二 陽休之　五〇九～五八二。字は子烈。右北平無終の人。当時「賦を能くし詩を能くする陽休之」と評された。文集三十巻があり、また『幽州人物志』を著した。『魏書』巻七二陽尼伝附、『北斉書』巻四二本伝、『北史』巻四七陽尼伝附。

一三 祖孝徴　生卒年未詳。祖珽、字は孝徴。范陽遒の人。文宣帝は彼の才芸を愛し、中書省づめとして詔誥をつかさどらせた。本書「顔之推伝」注二六参照。『北斉書』巻三九本伝、『北史』巻四七祖瑩伝附。

一四 八米盧郎　この句の解釈については従来二説ある。一つは宋・朱翌『猗覚寮雑記』上の説で、「米」は「采」の誤りで八首を採択されたという意味に解する。そうでないと意味が通じにくいからである。これに対し同じ宋の姚寛『西溪叢語』下では、「八米は關中（陝西省）の語」であって豊作の意味だとする。以上はいずれも宋代の人の意見であるが、北魏の賈思勰『斉民要術』（五三〇年ごろ～五四〇年ごろ成書）種穀篇にも「十遍鋤き得れば、便ち八米を得るなり」とあって、八米とは要するに豊作のことを言うと考えられる。米は采の誤りと見られなくもないが、姚寛の言うように八米盧郎とは豊作を言う言葉に引っかけたと見たほうがよい。しかし、現在見ることのできる盧思道の挽歌は「彭城王挽歌」「樂平長公主挽歌」の二首のみで、文宣帝崩御の時のものは伝わっていない。なお、『北史』劉芳伝附劉逖伝によれば、挽歌の選者は楊遵彦であった。この話柄は隋・侯白の『啓顔録』（『太平広記』巻二五三李愔条引）にも見え、そこでは東魏の高祖の墓陵ができた際のこととなっているが、誤りであろう。

一五 擅用庫銭　『北史』袁翻伝附袁聿脩伝によれば、思道は斉の天保の初め頃、太原の王乂の娘を嫁に迎えようとして庫銭三十万銭を流用した。或いはこの事件を指すかと思われる。

一六 五言詩　いま伝わらない。

一七 待詔文林館　『隋書』および『北史』の薛道衡伝によれば、このころ盧思道は薛道衡・李徳林らと名声を等しくしまた親しくしていた。本書「顔之推伝」注二四、本書「薛道衡伝」参照。

一八 聴蟬鳴篇　『藝文類聚』巻九七蟬に収められているが、篇名は「聴鳴蟬」となっている。この時ともに長安へ赴いた仲間のうち陽休之の作品は残っていないが、顔之推の作品「聴鳴蟬詩」が『初学記』巻三〇蟬に引かれて現在も見ることができる。なお、『北斉書』陽休之伝によれば、ともに長安へ入ったのは十八人であり、「盧思道撰録する所有りて、止だ休之と（李）孝貞・思道と同に召さると云うのみなるは是れ其の誣罔なり」とある。

一九 庾信　六朝末の代表的な文学者。駢儷体に優れ、その詩文は徐陵とともに「徐庾体」と称された。本書「庾信伝」参照。

二〇 祖英伯　生卒年・事跡ともに未詳。『周書』巻四〇宇文神挙伝および『隋書』『北史』の盧思道伝に名前が見えるのみ。彼らの挙兵は五七八年のことである。

二一 昌期　生卒年・事跡ともに未詳。盧昌期は周の高祖が死んだのを天助として北斉文宣帝の第三子范陽王紹義を立てて范陽で挙兵したが、周の宇文神挙に破られた。

二二 宋護　未詳。『隋書』盧思道伝のこの部分に名前のみ見える。

二三 宇文神擧　周の太祖の族子。優れた武人であり政治家でもあったが、文学を愛好し、経学・史学にも通じていた。高祖の腹心として重用され、盧思道が加わった范陽の反乱を平定したことで、その声望ははなはだ高くなった。『周書』巻四〇本伝、『北史』巻五七本伝。

二四 露布　捷報・檄文の意。封緘せず、誰でも見られるように露にして布告するのでこの名がある。

二五 武陽太守　武陽にうつされて、「位下り、志を得ず」（『北史』盧玄伝附盧思道伝）にいた彼は、長安への思いを募らせていたようである。武陽ではいつも夜明けまで酔い、長安の酒に酔わなければ何に酔うというのか、と愚痴っていた話が伝えられている（『太平広記』巻一七三盧思道条引『談藪』）。

二六 孤鴻賦　閑な田舎の太守となって来たところ、群れを離れた鴻が網にかかって持ち込まれたことから、我が身と鴻を重ね合わせて詠ずるのが一篇の主旨。鴻は衆鳥の中でもずば抜けた存在で、優雅に気高く生きてきたものが、籠の中に閉じこめられ、ニワトリやアヒルといっしょに水を飲み餌を食べ、声をあげても聞かれることなく、枷をはめられて見いだされることもかなわない。泥沼に仮初めに身を寄せ心を安らかにし、栄辱を超越して立派な方の恩顧を待つしかないと嘆じるのである。

二七 勞生論　大意は、『荘子』大宗師篇の「大塊（自然・造物主）は我を勞するに生を以てす」の一句から、生まれも良く天賦の才にも恵まれた主人公が客の質問に答える形で愚劣な時代と俗世の中で思うようにならぬ人生の苦労を述べるもの。主人公は自分の生きた時代（北斉・北周）の嫉妬とおべっかがはびこる様と不孝不義、阿諛讒佞の輩の有り様を痛烈に描き、そのため才能を抱きながら権利や利益を求めない生き方をした自分は苦労ばかりの人生だったと回顧する。そして晩年（隋代）になってようやく平和な良い時代に巡り合わせ、『易』の「聖人作りて萬物覩る」とはこのことだと結んでいる。

この文章について近人銭鍾書は「盧思道勞生論。…隋文の壓巻、端に此篇を推す」と評価する（『管錐編』巻二七二全隋文巻一六）。

二八 郊勞　郊外まで迎えて慰労する。『礼記』聘義に「君 士をして竟（境）に迎え、大夫をして郊勞せしむ」とある。

二九 殿庭非杖罰之所　『隋書』刑法志によれば、高祖はしばしばわずかな過失でも宮廷で朝臣を打ちすえることがあった。刑法志の記述は開皇十年の事で、盧思道の死後と思われるが、盧思道の在世中にも同じことがあったのであろう。

三〇 有集三十巻　『北史』盧思道伝では二十巻となっているが訛伝であろう。この他『隋志』に『知己伝』盧思道撰を載せるが今は伝わらない。文集三十巻は現在は明・張溥の輯本『盧武陽集』（漢魏六朝百三名家集）が伝わるのみ。『全隋文』には文十三篇、『全隋詩』には詩二十七首を収める。

（副島一郎）

〔参考文献〕

倪其心「関於盧思道及其詩歌」（『文学遺産』一九八一年第二期）

顔之推（五三一〜五九一？）

顔之推（がんしすい）は北朝を代表する文人の一人である。梁・北斉・北周・隋に仕えた。『顔氏家訓』の著者として有名である。その他、若いころより文章を作ることを好み、『修文殿御覧』『続文章流別』の編纂に携わり、『切韻』の成立に関わるなど、多方面に才能を表わした。社会的効用を持たない玄学を否定し、厳密で且つ世俗を救済し確立するために必要な学問を志向した。

北齊書卷四五文苑　顔之推傳

顔之推[一]、字介、琅邪臨沂人也[二]。九世祖含[三]、從晉元東渡[四]、官至侍中・右光祿・西平侯。父勰[五]、梁湘東王繹鎭[六]西府諮議參軍。世善周官・左氏[七]、之推早傳家業。年十二、値[八]繹自講莊・老、便預門徒。虛談非其所好、還習禮・傳、博覽羣書、無不該洽[九]、詞情典麗、甚爲西府所稱。繹以爲其國左常侍[一〇]、加鎭西墨曹參軍。好飲酒、多任縱、不修邊幅[一一]、時論以此少之[一二]。繹遣世子方諸出鎭郢州[一三]、以之推掌管記。値侯景陷郢州[一四]、頻欲殺之、賴其行臺郞中王則以獲免。被囚送建業[一五]。景平[一六]、還江陵。時繹已自立[一七]、以之推爲散騎侍郞、奏舍人事。後爲周軍所破[一八]。大將軍李顯慶重之[一九]、薦往弘農、令掌其兄陽平公遠書翰[二〇]。値河水暴長、具船將妻子來奔、經砥柱之險[二一]、時人稱其勇決。顯祖見而悅之[二二]、卽除奉朝請、引於內館中、侍從左右、頗被顧眄。天保末、從至天池、以爲中書舍人、令中書郎段孝信[二三]將敕書出示之推。之推營外飲酒、孝信還以狀言、顯祖乃曰「且停」。由是遂寢。[二四]河清末、被擧爲趙州功曹參軍、尋待詔文林館、除司徒錄事參軍。

[一]顏之推、字は介、[二]琅邪臨沂の人なり。[三]九世の祖含は、[四]晉元の東渡するに從い、官は侍中・右光祿・西平侯に至る。父[五]勰は、[六]梁の湘東王繹の鎭西府諮議參軍たり。[七]世よ周官・左氏を善くし、之推早に家業を傳う。年十二にして、繹の自ら莊・老を講ずるに値い、便ち門徒に預る。虛談は其の好む所に非ず、還た禮・傳を習う。羣書を博覽し、該洽せざるは無し。[九]詞情は典麗にして、甚だ西府の稱する所と爲る。[一〇]繹は以て其國左常侍と爲し、鎭西墨曹參軍を加う。飲酒を好み、任縱たること多く、[一一]邊幅を修めず、[一二]時論此を以て之を少んず。繹[一三]世子方諸を遣わして郢州に出でて鎭せしめ、之推を以て管記を掌らしむ。[一四]侯景の郢州を陷るるに値い、頻に之を殺さんと欲するも、其の行臺郎中王則に賴りて以て免るるを獲。[一五]囚えられて建業に送らる。[一六]景平らげられ、江陵に還る。[一七]時に繹已に自立し、之推を以て散騎侍郎と爲し、舍人の事を奏せしむ。[一八]後に周軍の破る所と爲る。[一九]大將軍李顯慶之を重んじ、薦めて弘農に往かしめ、其の兄の陽平公遠が書翰を掌らしむ。[二〇]河水の暴長するに値い、船を具えて妻子を將いて來奔し、砥柱の險を經、時人其の勇決を稱す。[二一]顯祖見て之を悅び、卽ち奉朝請に除し、內館中に引く。左右に侍從し、頗る顧眄さる。[二二]天保の末、從えて天池に至り、以て中書舍人と爲さんとし、中書郎[二三]段孝信をして敕書を將て出でて之推に示さしむ。之推營外にて飲酒し、孝信還りて狀を以て言う、顯祖乃ち曰く「且く停めよ」と。是れ由り遂に寢む。[二四]河清の末、擧げられて趙州功曹參軍と爲り、尋いで待詔文林館となり、司徒錄事參軍に除せらる。

顔之推　字は介、琅邪臨沂（山東省）の人である。彼から数えて九代前の祖である含は、晋の元帝（司馬睿）の東渡に従って（江南に渡り）、官は侍中・右光禄・西平侯に至った。父の勰は梁の湘東王蕭繹の鎮西府諮議参軍であった。顔家は代々『周礼』・『春秋左氏伝』の学を伝える家柄で、之推も早くから家学を受け継いだ。十二歳の時、ちょうど蕭繹が自ら『老子』を講じていて、之推もその講筵に連なった。玄学の空談は性にあわなかったので、また礼学を習うようになった。広く書物を渉猟し、学問に広く通じていた。また、文章は学識に裏打ちされた品格ある美しさがあり、蕭繹の王府で称賛された。蕭繹は之推を王国の左常侍とし、更に鎮西墨曹参軍を加えた。しかし、之推は酒を好み、気ままで体裁をかまわなかったので、当時の人々はそのために之推を軽んじた。蕭繹は跡継ぎの方諸を遣わして郢州（湖北省）に鎮させることにし、之推をその書記官とした。侯景が郢州を陥落させたとき、しきりに之推を殺そうとしたが、侯景の行台郎中王則のお蔭で難を免れた。そして捕虜として建康（南京）に送られた。侯景が平定されると、江陵（湖北省）に帰った。この時蕭繹は既に自ら皇帝の位についており、之推を散騎侍郎にして、中書舎人の仕事にも参与させた。後に周の軍に梁が破られた。周の大将軍である李顕慶は之推を重んじ、推挙して弘農（河南省）にやり、李の兄の陽平公遠の秘書官にした。之推は黄河の大増水に乗じて、船をととのえ妻子を連れて（北斉に向けて）出奔した。砥柱（河南省）の難所を経ての決行で、当時の人は、その勇断を称賛した。（北斉の）顕祖文宣帝（高洋）は之推に会って気に入ったので、すぐに奉朝請に任じ、宮中に引き入れた。之推はお側に仕え、非常に目をかけられた。天保（五五〇〜五五九）の末に顕祖文宣帝は之推を伴って天池（山西省）へ行き、中書舎人にしようとして、中書郎の段孝信に勅書を持たせて之推に示させようとした。之推はこの時、兵営の外で酒を飲んでおり、孝信は戻ってそのありさまを報告した。顕祖文宣帝はそれで「しばらくおいておけ」と言って、結局そのまま沙汰やみになってしまった。（武成帝の）河清（五六二〜五六五）の末に、趙州功曹参軍に挙げられ、まもなく（後主の武平四年五七三に文林館が置かれると）文林館待詔となり、更に司徒録事参軍に任じられた。

一　顔之推　顔氏は、『元和姓纂』巻四（一部『四校記』に拠り改める）に「顔　琅邪江都（『四校記』琅邪臨沂の誤りとする）、後漢臨沂の人、魏の徐州刺史顔盛、始めて魯自り琅邪へ徙る。曾孫含、西平清侯、晋の永嘉に江を過ぎ丹陽に居り、髦・約を生む。髦は綝・暢を生む。（中略）綝の五代の孫協は之儀・之推・之善を生む。之儀は後周の御史大夫平陽公、五代の孫溫之は司門郎中。之推は北齊の黄門侍郎、思魯・愍楚・游秦を生む。思魯記室　師古を生む。（後略）」と言うように、顔含の時琅邪から南渡して丹陽に移り住んだことがわかる。また、顔真卿に「顔氏家廟碑」（『金石萃編』巻一〇一）があり、「（協）北齊の給事黄門侍郎・待詔文林館・平原太守・隋東宮學士、諱は之推、字は介を生む。家訓廿篇・冤魂志三巻・證俗音字五巻・文集卅巻を著す。事　本傳に具わる」と言う。之推の字「介」は春秋時代の晋文公の忠臣で、亡命中の文公の供をして功績があったが、文公が帰国して位につくと緜山に隠れた「介之推」に因んでいる。なお、「顔氏家廟碑」によれば、之推の祖は含以下「含―髦―綝―靖之―騰之―炳之―見遠―協」の八代、兄弟は「兄之儀、弟之善」の二人、子は「思魯・愍楚・遊秦」の三人となる。之推の兄弟については、資料により若干の異同がある。父顔協の伝では『梁書』『南史』ともに之儀・之推の名を挙げるのみである。之推自身は『顔氏家訓』序致篇に「毎に兩兄に従」って礼儀作法などを習ったことを記しており、これに依れば、之推には「之儀・之善」という二人の兄がいたと考えられる。

生卒年については明記されたものは無いが、ほぼ推定できる。『顔氏家訓』序致篇の「年始め九歳にして、便ち荼蓼に丁い、家塗は離散し、百口は索然たり」は、大同五年（五三九）に父協が亡くなったことを指すと考えられる。また、終制篇の「吾れ年十九にして、梁家の喪亂に値い、其の間白刃と伍爲る者、又た常に數輩なり」に言う梁家の喪乱とは、太清三年（五四九）侯景が建康を陥れ、武帝が崩じ、簡文帝が即位した時のことを指すと考えられる。これらのことから生年は五三一年と推定される。なお、曹道衡氏が『北史』では之儀が弟となっていることなどから、之推の生年を五二〇年か五二一年と推定するのには従わない。卒年については資料が少なく、終制篇に「吾れ已に六十餘たり、故に心坦然たりて、殘年を以て念と爲さず。先に風氣の疾有りて、常に奄然（周法高は死を謂うとする）たるを疑う」と言うことから、六十余歳で亡くなったことがわかるのみである。すなわち五九一年かその後数年のうちに亡くなったと考えられる。

著作については『隋志』に、『訓俗文字略』一巻（経部小学類）、『集霊記』二十巻・『冤魂伝』三巻（史部雑伝類）、『七悟』一巻（集部総集類）が著録されている。なお、経部小学類に撰者未詳の『證俗音字略』六巻があるが、これは「顔氏家廟碑」に見える「證俗音字五巻」であろうか。伝には『之推集』三十巻があったことが見えるが、著録されておらず、隋の時にはすでに佚していたようである。現在『古詩紀』巻一二〇に「神仙詩」など五首が収められている。これらの詩はまたそれぞれ『文苑英華』巻二二五・巻二八九・『初学記』巻三〇に各一首、『藝文類聚』巻二六に二首収められている。

二　琅邪臨沂　山東省済寧道臨沂県の北の地。今の江蘇省江寧県に属する「東晋の成帝の時の僑郡・僑県」であるとする説（盧文弨など）もあるが、洪亮吉『暁読書斎四録』巻下・岑仲勉『元和姓纂四校記』巻四の説に従う。顔氏の本貫は、山東省の臨沂県であり、晋の南渡に従って、江蘇省の僑県である臨沂県に移り住んだ。

之推は侯景のために破壊された都建康に捕虜として連れ戻された

ころのことを歌った中で「長干を經て以て掩抑し、白下に展り以て流連す」（「観我生賦」以下単に「賦」とのみ記す）と述べ、その自注に「長干は舊と顔家の巷、靖侯以下七世の墳塋は皆白下に在り」と言う。また『顔氏家訓』「終制篇」に「先君先夫人、皆な未だ建鄴の舊山に還らず、江陵の東郭に旅葬す」と言うように、両親を除いて之推の先祖は含（諡は靖）以下祖父の見遠まで、都建康の郊外の白下に墓があることがわかる。宇都宮氏は一九五八年に南京市の北部老虎山南麓で顔含の長子髦の子の綝らの墓誌などが発見されたことから、白下とはこの老虎山であるとする。

　長干については、『建康実録』巻二の注に引く『丹陽記』に「建康の南五里に山岡有り、其の間の平地に、民庶雑居す、大長干・小長干・東長干有り」とある。すなわち顔家の旧宅は、秦淮水南岸の丘陵台地にある庶民が雑居する地にあったのである。

三 九世祖含　字は弘都。晋の元帝と共に江南に渡り、国子祭酒・散騎常侍等を歴任し、光禄勲にまで至った。致仕二十数年、年九十三で亡くなった。諡は靖。髦・謙・約という三人の息子がいた（「顔氏家廟碑」には謙の名は無い。→注一）。含は、かつて桓温が姻戚関係を結ぶことを求めてきた時に、「其の盛満」なるが故に許さなかったことが伝に見える。それは、『顔氏家訓』止足篇に、含の言葉として記されている「汝が家は書生の門戸なり。世よ富貴なるは無し。今自り仕宦しては二千石を過ぎる可からず、婚姻に勢家を貪る勿れ」という教えを、含自身が実践していたことを示している。『晋書』巻八八孝友伝。

四 晋元　晋の元帝、二七六～三二二、在位三一七～三二二。東晋初代の皇帝。司馬睿。本書「王羲之伝」注四参照。永嘉元年（三〇七）に安東将軍・都督揚州江南諸軍事に任ぜられ、建康（南京）に鎮した。『晋書』巻六。

五 父勰　字は子和。『梁書』巻五〇文学伝下、および『南史』巻七二文学伝。勰の父の見遠は、斉の和帝に仕えていたが、梁の武帝蕭衍が簒奪を行なった際、見遠は絶食し、数日で憤死した。このことは、武帝の不興を買うことになる。勰は、幼なくして父を失い舅に養われた。湘東王蕭繹（後の元帝）の王国の常侍に起家し、府記室を兼ね、蕭繹が荆州刺史に移る（『梁書』巻三武帝紀下に拠ると普通七年つまり五二六年十月のこと。これより一家は江陵に住まいしたと考えられる）と、その正記室に転じ、大同五年（五三九）に四十二歳で亡くなった。この時之推は九歳であった。勰は、父見遠の事件へのこだわりから、中央政府で仕官し武帝に仕えることを拒み続け、一貫して蕭繹に仕えた。之推は勰の作品について『顔氏家訓』文章篇に「吾が家世の文章は、甚だ典正爲りて、流俗に従わず。梁の孝元 藩邸に在りし時、西府新文紀を撰するに、一篇も錄せらるるもの無し。亦た世に偶せずして、鄭衞の音無きが故を以てなり。詩・賦・銘・誄・書・表・啓・疏二十巻有り」と言う。なお、この「西府新文紀」は『隋志』に「西府新文十一巻幷錄」と著録されているものであろう。これらの作品は、之推兄弟が服喪中で整理編集できないでいるうちに、戦火にあって全て焼失してしまった。

　繆鉞の「顔之推年譜」に「『勰』は、梁書・周書・北史・顔氏家廟碑、均しく『協』に作る。勰協は音義同じ」と言う。『南史』も「協」に作る。また、『梁書』の顔協伝では「七代の祖含」としており、これに拠れば、含は之推の「八世の祖」となり、『北斉書』の記述とあわない。これについて、繆鉞は本人を数に入れるか入れないかの違いであり、『梁書』は本人（この場合は協）を入れないで数えており、『北斉書』は本人（この場合は之推）を入れて数えているために、不一致が起こったのであるという。

六 梁湘東王繹　五〇八～五五四、在位五五二～五五四。南朝梁の第三代皇帝元帝蕭繹。『梁書』巻五、『南史』巻八。本書「梁元帝伝」参照。

七 世善周官・左氏…　殿本は「左氏」の後に「學」の字がある。之推は若いころのことを「禮傳を讀むと雖も、微かに文を屬るを愛し、頗る凡人の陶染する所と爲る」（『顔氏家訓』序致篇）と述べている。この「礼伝」を家学である『周礼』『左伝』を指すとする説もあるが、ここでは広く礼の学を指すと解す。本文も同じ。若いころはむしろ、文章を書く方を好んでいたことがわかる。

八 値繹自講莊・老…　『顔氏家訓』勉学篇にも同様の記述がある。梁朝に三玄（『易』『老子』『荘子』を指す）の学が流行したことを述べた後、元帝も江州・荊州にいたころ、やはりこの学を愛好し、学生を召集し、自ら寝食も忘れて講義したことを記す。また「吾れ時に頗る末筵に預り、親しく音旨を承るも、性既に頑魯にして、亦た好まざる所なるのみ」と、之推自身は余り好まなかったことをも記している。更に、玄学は「直だ其れ清談雅論し、玄を剖け微を析き、賓主往復し、心を嬉しませ耳を悦ばすを取り、濟世成俗の要に非ざるなり」（勉学篇）と言う。つまり極めて論理的哲学的な思考のやりとりの遊びに過ぎず、世俗を救い風俗を立て直すために必要なものではない故に、玄学を否定するのである。

　なお、蕭繹は大同六年（五四〇）に江州刺史に転じている（『梁書』巻三武帝紀下）ので、之推はこの時江州で講義を受けたのであろう。

九 詞情典麗　典麗は、文辞が古典にのっとり、上品な美しさがあることを言う。

一〇 繹以爲其國左常侍…　『北史』は、「左常侍」ではなく「右常侍」とする。「賦」には、この時のことを「方に幕府の事殷んにして、謬りて人羣より擇ばれ、未だ冠成らずして登仕し、財かに履を解き以て從軍す」と述べ、自注に「時に年十九にして、褐を湘東國右常侍に釋き、軍功を以て鎭西墨曹參軍を加えらる」と言うことから、「右常侍」が正しいと考えられる。太清三年（五四九）のことと推定される。なお、蕭繹は太清元年（五四七）正月に江州刺史から再び荊州刺史に転じており、この時王府は荊州にあった。このころのことを『顔氏家訓』序致篇には「年十八九にして、少しく砥砺を知るも、習い自然の若くして、卒には洗盪し難し」と述べるように、漸く学問修養の大切さに気づきはしたものの、若いころの悪習から、すぐには脱却できなかったようだ。

一一 不修邊幅　之推自ら「肆いままに輕言せんと欲し、邊幅を脩めず」（『顔氏家訓』序致篇）と言うのに基づく。「邊幅を脩めず」とは、『後漢書』巻二四馬援伝「天下の雌雄未だ定まらざるに、公孫吐哺して國士を走迎し、與に成敗を圖らずして、反って邊幅を修飾すること、偶人形の如し」の注に「布帛の其の邊幅を脩め整えるが若きを言う」とあるように、体裁をかまうことを言う。なお、「協 家貧素なりと雖も、而れども邊幅を修め車馬に非ざれば、未だ嘗て出游せず」（『南史』巻七二文学伝）と言うように、父の協は之推とは逆であったようだ。

一二 時論以此少之　『史記』巻六九蘇秦伝に「顯王の左右素より蘇秦を習知し、皆な之を少んず」とあり、その索隠に「劉氏云う、少は之を輕んずるを謂う」と言う。

一三 繹遣世子方諸…　方諸、字は智相、元帝の第二子である。母は王夫人。『老子』『周易』に明るく、風采も良く元帝に大変気に入られた。『梁書』巻五元帝紀によると、大宝元年（五五〇）九月に方諸を郢州刺史にしている。この時、方諸は十五歳で、之推は「中撫軍外兵参軍に遷り、管記を掌」った（「賦」自注）。方諸は江夏（湖北省）に鎮し、鮑泉を行事とし下流の押さえを任されたが、やはり元帝が派遣した徐文盛の大軍が近くの武昌に駐屯していることを頼みとして、軍政を顧慮せず、備えも無かった。侯景はそれを知ると、宋子仙に間道から数百騎を率いて急襲させた。敵の襲来を知らされても猶お信じず、門を閉ざした時には既に敵騎が入った後であった。郢州は陥落し、方諸は侯景の元に連れ帰られ、そこで殺された（『梁書』巻四五、「賦」自注）。

一四 値侯景陷郢州… 校勘記は、『通志』巻一七六顔之推伝および『御覧』巻六四二に引く『北斉書』には「郢州」の後に「之推被執」の四字があることを指摘している（『通志』には指摘の四字の後に更に「景」の字がある）。侯景については、本書「梁武帝伝」注六〇参照。『梁書』巻五元帝紀に大宝二年（五五一）「四月丙午、景 其の将宋子仙・任約を遣わし、郢州を襲わしめ、刺史蕭方諸を執う」とあり、之推二十一歳の時のことである。この時のことについて「賦」自注に「之推執られて景軍に在り、例 當に殺さるべし。景の行臺郎中王則初め舊識無きも、再三救護し、免るるを獲、囚えられて以て都に還る」と言う。佐藤氏は、ここに言う王則は、『梁書』巻五六侯景伝の太清元年（五四七）十二月の記事に「左民郎中王則」として登場する人物であり、『北斉書』巻二〇に立伝されている王則は、五四九年に亡くなっており別人であるとする。

一五 被囚送建業 校勘記は、三朝本・百衲本・汲本は「屡被免、囚送建業」に作り、『御覧』巻六四二に引く『北斉書』は「屡獲救免、囚送建鄴」に作ることを指摘し、更に「賦」自注を根拠に、『御覧』の引用の如きであったろうと結論づけている。

この時侯景のために破壊された都のことを、之推は「賦」に「野は蕭條として以て骨を横たえ、邑は闃寂として煙無し。疇れか百家の或いは在せるや、五宗を覆して焉に鞠きぬ」と歌い、自注に「中原の冠帯 晉に随いて江を渡る者は百家、故に江東に百譜有り。是に至りて都に在る者は覆滅して略盡きたり」と言う。之推は、この捕虜になった時に、祖先代々の居住地長干や墓地のある白下をも訪れている。また、「賦」自注に「揚都（建康のこと）に在りて侯景の簡文を殺し位を簒うに値う」と述べている。五五一年のことである。

一六 景平… 『梁書』巻五元帝紀に、大宝三年（五五二）「三月、王僧辯等 侯景を平らげ、其の首を江陵に傳う」とあり、「賦」自注にも「既に侯景を斬り、屍を建業の市に烹、百姓之を食い、肉盡き骨を齕るに至りて、首を荆州に傳えて、都街に懸く」と言う。

一七 時繹已自立… 蕭繹は、承聖元年（五五二）冬に、江陵で皇帝の位についている（『梁書』巻五元帝紀）。このころのことを之推は「賦」に「絳衣を攝りて以て奏言し、黄散を官誘に忝くす。或いは石渠の文を校し、時に柏梁の唱に參す」と歌い、自注に「時に散騎侍郎爲りて、舍人の事を奏するなり」と述べる。「絳衣」について盧文弨は、舍人は兼職であり、絳衣は舍人の服であると言う。王利器（『顔氏家訓集解』）はその説に反対し、「絳衣」は軍人の服であり、軍功を以て鎮西墨曹参軍を加えられた時のことを言うとする。『通典』巻二一「門下省散騎常侍」および「中書省中書舍人」の記事から、散騎省の官が奏事を掌ることもあったことがわかる。また黄散とは、黄門侍郎および散騎常侍のことである（同「散騎常侍」の注）。なお、黄門侍郎・給事中・散騎常侍・中書侍郎・中書舍人らは「絳朝服」であったことが見え、この句はやはり散騎侍郎として奏事も兼務したことを言うのであろう。

更に自注には秘閣の校書のことについても詳しく述べる。「王司徒 祕閣舊事八萬卷を表して送し、乃ち詔して比校せしめ、部もて分けて正御・副御・重雜三本を爲る」とし、更に左民尚書周弘正らが経部を、左僕射王褒・員外郎顔之推らが史部を、廷尉卿殷不害らが子部を、右衛将軍庾信らが集部を校したと言う。これにより、四部分類により整理したことが分かる。ただ、これらの書籍は江陵陥落の際、元帝の命により、その殆どが焼かれてしまった（『隋書』巻四九牛宏伝に詳しい）。

また之推は、江陵郊外に埋葬されたままの両親の墓を、先祖代々の墓地である白下に移すことを計画し、承聖（五五二〜五五五）の末に元帝に願い出た。許可され、銀百両を下賜され、揚州（建康）近郊の地で墓用の磚を焼いて準備したが、折悪しく梁朝の転覆にあい、結局望みは果たせなかった（『顔氏家訓』終制篇）。

一八 後爲周軍所破　承聖三年（五五四）十一月、西魏に攻められ梁は大敗し、結局造反者が門を開け魏軍を導き入れたため元帝は捕らえられ、十二月に殺された（『梁書』巻五元帝紀）。この時のことを之推は「賦」に「民は百萬にして囚虜とせられ、書は千兩にして煙煬す。溥天の下、斯文は盡く喪わる」と歌い、自注に「北方（原文は「北於」に作るが、繆鉞の説に従う）の墳籍、江東の三分の一於り少なし、梁氏剝亂し、散逸湮亡す。唯だ孝元鳩合し、通重十餘萬あり、史籍以來、未だ之れ有らざるなり。兵敗れ悉く之を焚き、海内復た書府無し」と言うように、民衆は捕虜として連れ去られ、江陵の地に集められた十数万巻の書籍も元帝の手で焼かれてしまった。更に「賦」には西魏に連行される際のことを「痾疻を牽きて路に就き、駑蹇を策ちて以て關に入る」と歌っている。冬の寒い中、脚気を患った足を気づかいつつ、与えられた痩せ馬に鞭打ちながらようやく辿り着いたのである（自注）。

一九 大将軍李顯慶重之…　百衲本・汲本などは「李顯慶」を「李顯」、「(陽平公) 遠」を「慶遠」、「書翰」を「書幹」に作るが、中華書局本に従う。校勘記に詳しい。之推は、兄の之儀らが長安に移されるのとは別れて、弘農の李遠のもとに送られる。

李穆は、北周・隋の人。李賢・李遠の弟。字は顯慶。車騎大将軍・驃騎大将軍等を歴任する。『周書』巻三〇、『隋書』巻三七。

李遠は北周の人。李賢の弟。字は万歳。沙苑の役で軍功をたて、車騎大将軍・儀同三司に除せられ、さらに爵を陽平郡公に進め、邑三千戸を賜った。『周書』巻二五、『北史』巻五九。

二〇 値河水暴長…　江陵陥落（五五四年十一月）の後、承聖四年（五五五）二月、王僧辯・陳霸先が晋安王蕭方智（敬帝）を擁立し建康で即位させた。三月に北斉は上黨王高渙に貞陽侯蕭淵明を梁の皇帝として送り込ませた。七月、王僧辯は蕭淵明を迎え入れ、敬帝を皇太子とした。九月、陳霸先は王僧辯を殺して蕭淵明を廃し、敬帝を復位させた（『梁書』巻六敬帝紀）。之推は、北斉が蕭淵明を梁主として送り込み、斉に留められていた梁臣たちが南に帰っていることを聞き「故に齊に犇るの心有り。丙子の歲旦（五五六年元旦）を以て東行の吉不を筮い、泰の坎に之くに遇う」（「賦」自注）。吉の卦であることを喜び、黄河の増水の時期（陽暦六月から十月）、流れが速くなる機に乗じて「秦を欲して楚を更るに譬て、南路を東尋に假り、龍門の一曲に乗りて、砥柱の雙岑を歴」（「賦」）。墨者の田鳩が、秦の恵王に見えようとして先ず楚に行き、楚王から将軍の節をもらって秦の恵王に見えた故事に倣って、南帰の手段として先ず東方の斉に行くこととし、龍門山・砥柱山を経て行った。砥柱山は、河南省陝県の北東の黄河の中にある山の名で、柱のようにそそり立っている。「昏に舲を分陝（河南省陝県）に揚げ、曙に纜を河陰（河南省孟津県）に結ぶ」（「賦」）。水路七百里を一夜にして至ったのである（自注）。危険を冒して斉に渡ったものの、「鄴（河南省）に至りて、便ち陳興りて梁滅ぶに値い、故に南に還ることを得ず」（自注）。陳の建国は五五七年十月のことである。五五六年夏に北斉に渡ったものの、既に斉の目論見は破れ、梁の実権は陳覇先に移っており、南に帰ることがかなわないまま梁の滅亡を迎えたのであろう。

二一 顕祖　北斉の初代皇帝、文宣皇帝高洋。五二九〜五五九年、在位五五〇〜五五九年。字は子進、高祖（高歓）の第二子。五四九年兄高澄を殺した梁の降人らを殺し、相国・斉王の地位を継ぎ、東魏の実力者となる。五五〇年孝静帝に迫り位を譲り受け斉を建国した。北方の諸民族を撃破し、内政にも力を尽くしたが、在位六、七年で次第に暴虐となり、理由もなく臣民を殺した。『北斉書』巻四。

二二 天保末…　繆鉞は、『北斉書』巻四の文宣帝紀に、天保九年（五五八）「六月乙丑、帝晋陽自り北巡す。己巳、祁連池に至り、戊寅、晋陽に還る」とあり、「祁連」は「天」を意味する事から、この時の事であるとする。この出来事については、若いころからの悪習がたたり出世の機会を失ったとする説と、泥酔にかこつけて危機を脱したとする説がある。「勉学篇」に「吾嘗て齊主に従いて、幷州に幸す、井徑關自り上艾縣に入る（後略）」というのも、この時の事であるとされる。

二三 段孝信　王利器は「段孝言」の誤りではないかと言う。段孝言は、段榮の第二子。吏部尚書・尚書右僕射・尚書左僕射等を歴任し、人事にたずさわった。しかし、「孝言待物平ならず、抽擢賄に非んば則ち舊のごとし」と言うように、その処置は不公平であったようである。『北斉書』巻一六、『北史』巻五四。

二四 河清末…　周法高は、百衲本に「除」の字が無く、殿本にはあることを指摘している。『顔氏家訓』書証篇に「余嘗て趙州の佐爲りしとき、太原の王邵と共に柏人城の西門の内の碑を讀む」とあるのは、この趙州の功曹参軍に挙げられた時のことであろう。なお、趙州功曹参軍になったのは、第四代皇帝武成帝（高湛、在位五六一〜五六五）の時のことであり、文林館待詔になったのは第五代皇帝後主（高緯、在位五六五〜五七七）の時のことである。

文林館は『北斉書』巻八後主紀によると、武平四年（五七三）二月に設立された。『北斉書』巻四五文苑伝序に、その設立の詳細が記されている。当初後主が屏風に画するために蕭放らに古の名賢・烈士や軽豔詩を集めさせた。後に之推らもその選定に参加させた。之推らは更にその職務範囲を広めようとして祖珽らを動かして文林館を設立したのである。「賦」自注には「齊の武平中、文林館待詔に署する者は僕射陽休之・祖孝徴以下三十餘人、之推專ら掌り、其れ修文殿御覽・續文章流別等を撰すれば皆な進賢門に詣で之を奏す」と言う。文林館の設立について繆鉞は、武平三年（五七二）に亡くなっている魏収も文林館待詔であったことから、武平四年ではなく、三年二月の誤りであろうという。『修文殿御覧』については、『北斉書』巻八後主紀に、武平三年八月に『聖壽堂御覽』が完成し、史閣に付し、後に『修文殿御覧』と名を改めたことが見える。また『続文章流別』については『隋志』に孔甯撰の『続文章流別』が著録されているが、同一書かどうかは分からない。なお、『隋志』には「文林館詩府巻八、後齊文林館作」として、文林館に集まった人たちのアンソロジーが著録されている。

之推[三五]聰穎機悟、博識有才辯、工尺牘、應對閑明、大爲[三六]祖珽所重、令掌知館事、判署文書。尋遷通直散騎常侍、俄領中書舍人。帝時有取索、恆令中使傳旨、之推稟承宣告、館中皆受進止。所進文章、皆是其封署、於進賢門奏之、[三七]待報方出。兼善於文字、[三八]監校繕寫、處事勤敏、號爲稱職。帝[三九]甚加恩接、顧遇逾厚、爲勳要者所嫉、常欲害之。崔季舒等將諫也、之推[四〇]取急還宅、故不連署。及召集諫人、之推亦被喚入、勘無其名、方得免禍。尋除黃門侍郎。

＊　　＊　　＊

之推[三五]聰穎機悟たりて、博識にして才辯有り、尺牘に工みにして、應對閑明たり、大いに[三六]祖珽の重んずる所と爲り、令せられて館事を掌知し、文書に判署す。尋いで通直散騎常侍に遷り、俄かに中書舍人を領す。帝 時に取索すること有らば、恆に中使をして旨を傳えしむ、之推 宣告を稟承し、館中皆な進止を受く。進むる所の文章は、皆な是れ其れ封署し、進賢門に於いて之を奏し、[三七]報を待ちて方めて出づ。兼ねて文字を善くし、[三八]監校繕寫、處事勤敏たり、號して稱職と爲す。帝[三九] 甚だ恩接を加え、顧遇逾いよ厚し、勳要の者の嫉む所と爲り、常に之を害せんと欲す。崔季舒等の將に諫めんとするや、之推[四〇] 急を取りて宅に還り、故に連署せず。諫人を召集するに及び、之推も亦た喚び入れらるるも、勘ぶるに其の名無し、方めて禍を免るるを得たり。尋いで黃門侍郎に除せらる。

之推は才智に優れ機知に富んでおり、博識で才気ある弁舌に優れ、書翰文に巧みであり、人に対しては静かではっきりした態度を取り、祖珽に非常に重んじられ、文林館の事を掌り、文書の決裁を命ぜられた。まもなく通直散騎常侍に遷り、まもなくまた中書舎人を兼任した。後主（高緯）は求めることがあればいつも使いを遣ってその旨を伝え、之推はその命を受け、文林館の者は皆 之推の指図を受けた。奉った文章は全て封をし署名して、進賢門で奏上し、返事を待ってから退出した。また文字の学にも通じており、書物の監修・校勘・浄書など、職事をてきぱきと処理し、職に称うと称された。後主は非常に恩情ある態度で接し、益々厚く遇されるようになったので、勲功があり要職にある者たちから妬まれ、彼らは屢々之推を殺そうとした。崔季舒らが諫言を行おうとすると、之推は休暇を取って家に帰り、故意に連署をしなかった。諫言をしたものを召集した際には之推も呼び入れられたが、調べたところ連署した者の中に之推の名が無かったので、やっと禍を免れることが出来た。まもなく黄門侍郎に任じられた。

二五 聴穎機悟　才智にすぐれ、機知に富むこと。『世説』捷悟5「諸公共に王（導）が機悟名言を嘆ず」。

二六 祖珽　生卒年未詳。字は孝徴、范陽遒の人。高歓や武成帝に重んじられたが、趙彦深らを排して自ら宰相となろうとして逆に陥れられ、光州に流され獄中失明する。後主の時に許されて武平三年（五七二）尚書左僕射となり、国政をとると政治改革を行なった反面、名将斛律光を譏して殺すなど、功罪半ばした。宦官を抑圧しようとして却って排斥され、武平四年（五七三）五月北徐州刺史に転出させられ、そこで亡くなった。『北斉書』巻三九、『北史』巻四七。「賦」に「一相の故人を欸とす」と歌い、自注に「故人祖僕射 機密を掌り、帝の命を吐納するなり」と言う。また祖珽について自注に「祖孝徴の事を用うるや、則ち朝野は翕然として、政刑に綱紀有り。駱提婆等は孝徴が法を以て己を縄するに苦しみ、譖りて之を出す。是に於いて教令は昏僻し、滅亡に至る」と称えている。

二七 待報方出　『詩』大雅「公劉」の「弓矢斯に張り、干戈戚揚、爰に方めて行を啓く」に朱熹は「方は始めてなり」と注す。

二八 監校繕寫　書物の監修・校勘・浄書を言う。『顔氏家訓』風操篇に「讎校繕寫」とある。

二九 帝甚加恩接…　武平四年（五七三）六月、陳将呉明徹が寿陽を包囲し、十月には陥落させた。このような非常時に、後主は晋陽に行幸しようとしたので、崔季舒など漢人官僚が上書して諫めようとしたが、韓長鸞が「聲に幷（晋陽）に向かうを諫止すと云うも、其の實未だ必ずしも反かずんばあらず、宜しく誅戮を加うべし」と上奏した。後主はすぐ署名した官僚を含章殿に集め、崔季舒・張雕ら七名を首謀者として殺した（『北齊書』巻八後主紀・巻三九崔季舒伝）。この時のことを「賦」自注には「時に武職は文人を疾み、之推 禮遇を蒙り、毎に創痏を搆う。故侍中崔季舒等六人諫するを以て誅され、之推 爾の日 禍に隣す。而るに儕流或いは之推を祖僕射に毀る者有り、僕射 之が無實を察し、知る所舊の如くし忘れず」と述べる。

三〇 取急　官吏が休暇を願い出ること。『通鑑』晋紀簡文帝咸安元年の胡注に引用する『晉令』に「急假なる者は、五日を一急とし、一歳は六十日を以て限りと爲す」と言う。

＊　＊　＊

及[三一]周兵陷晉陽、帝輕騎還鄴、窘急計[三二]無所從、之推[三三]因宦者侍中鄧長顒進奔陳之策、仍勸募吳士千餘人以爲左右、取青・徐路共投陳國。帝甚納之、以告丞相高阿那肱等。阿那肱[三四]不願入陳、乃云吳士難信、不須募之。勸帝送[三五]珍寶累重向青州、且守三齊之地、若不可保、徐浮海南渡。雖不從之推計策、然猶以爲平原太守、令守河津。齊亡[三六]入周、大象末爲御史上士。隋開皇中[三七]、太子[三八]召爲學士、甚見禮重。尋以疾終。有文三十卷、撰家訓二十篇、並行於世。曾撰觀[三九]我生賦、文致清遠、其詞曰…（略）。之推在齊有二子、長[四〇]曰思魯、次曰敏楚、不忘本也。之推集在、思魯自爲序錄。

[三一]周兵の晉陽を陷るるに及び、帝 輕騎もて鄴に還るも、窘急にして計從[三二]う所無し、之推[三三] 宦者侍中鄧長顒に因りて陳に奔るの策を進め、仍に吳士千餘人を募りて以て左右と爲し、青・徐の路を取りて共に陳國に投ずるを勸む。帝 甚だ之を納れ、以て丞相高阿那肱等に告ぐ。阿那肱[三四] 陳に入るを願わず、乃ち吳士信じ難し、之を募るを須いずと云う。帝に[三五]珍寶累重を送りて青州に向い、且らく三齊の地を守り、若し保つ可からざれば、徐ろに海に浮かびて南渡するを

勸む。之推の計策に從わずと雖も、然れども猶お以て平原太守と爲し、河津を守らしむ。[三六]齊亡びて周に入り、大象の末に御史上士と爲る。[三七]隋の開皇中に、[三八]太子召して學士と爲し、甚だ禮重せらる。尋いで疾を以て終わる。文三十巻有り、『家訓』二十篇を撰し、並びに世に行わる。曾て「[三九]我が生を觀る」の賦を撰するに、文致淸遠たり、其の詞に曰く…（略）。

之推齊に在りて二子有り、[四〇]長を思魯と曰い、次を敏楚と曰う、本を忘れざるなり。『之推集』在りて、思魯自ら序録を爲る。

周の軍隊が晋陽（山西省）を陥落させると、後主は軽騎のみを伴い鄴に帰還したが、事態は差し迫っており、取るべき道も無かった。之推は宦官の侍中である鄧長顒を動かして陳に亡命する策を進言した。重ねて南方の士千人余りを集めて近侍とし、青州（山東省）・徐州（山東省・安徽省）に道を取り、共に陳に身を寄せることを勧めた。後主は、この策に非常に納得し、丞相の高阿那肱らに告げた。阿那肱は陳に行きたくなかったので、かえって「南方の人間は信用できないので、彼らを募集するには及ばない」と言った。（更に）後主に珍宝や財産・妻子を送って青州にむかい、しばらく三斉の地（山東省）を守り、もしそこも保てなくなれば、ゆっくり海路南に渡ることを勧めた。之推の計に従わなかったが、しかしそれでも（退路を確保するために）之推を平原太守とし、黄河の渡し場を守らせた。斉が亡んでから周に入り、大象（五七九～五八〇）の末に、御史上士となった。隋の開皇年間（五八一～六〇〇）に、太子が召し出して（東宮）学士とし、之推は非常に厚く礼をもって遇された。間もなく病のために亡くなった。文三十巻があり、また『家訓』二十編を著し、共に世に行われた。以前に「我が生を観るの賦」を著した。その文の趣は清く奥深い。その文辞に言う…（略）。

之推には斉にいた時、二人の息子がいた。長男を思魯といい、次男を敏楚という。その本源を忘れなかったことが、命名に表われている。『之推集』があり、思魯が自らその序録を作った。

三一 及周兵陥晉陽… 武平七年（五七六）十二月、周の武帝に晉州を攻められ、大敗すると、後主は軍を捨てて先に晉陽に帰還した。しかし、「憂懼して之く所を知らず」。晉陽が陥落したら突厥に奔げるつもりで、安徳王に後の守備を任せ、夜中に突厥に走ろうとしが、諫められて鄴に戻った。従うものは数十人に過ぎなかった（『北斉書』巻八後主紀）。この時のことを自注には「後主犇るの後、安德王延宗は餘燼を收合し、并州に於いて夜戰し、數千人を殺す。周主退かんと欲するも、齊將の周に降する者告ぐるに虛實を以てし、故に留まりて明に至り、而して安德敗るるなり」と言う。

三二 計無所従 取るべき策のあてが無いこと。ここでは、身の落ち着き先についての策も無かったと言う意味。（→注三一）『晉書』巻四〇賈充伝に「（充）深く任愷を銜むも、計從う所無し」と。

三三 之推因宦者侍中鄧長顒進奔陳之策… 「賦」自注に「之推を除して平原郡と爲し、河津に據らしめ、以て陳に犇るの計をなさんとす。約するに鄴下に一戰し剋たざれば、當に之推と陳に入るを以てす」と言う。なお、鄧長顒は、後主の時代に絶大な権力をふるうに至った宦官の一人。武平年間に宰相の地位にまでのぼった。

三四 阿那肱不願入陳… 「賦」自注に「丞相高阿那肱等 南に入るを願わず、又た齊主を失えば則ち罪を周朝に得るを懼れ、故に之推を疏んじ間つ。所以に齊主 之推を留め平原城を守らしめ、而して船を索め濟を渡り青州に向かう。阿那肱 自ら濟州に鎭することを求め、乃ち啓して齊主に報應して云う『賊無し、忽忽たること勿れ』と。遂に周軍を道きて齊主を追いて之に及ぶ」と言う。高阿那肱（?～五八〇）は、無学であったが、人にへつらい、武成帝や後主に愛されて宰相となった。北周の来侵の際には密かに北周と通謀して、後主・幼主を周軍に捕らえさせた。周で大将軍を授けられたが、のち、反乱に与して殺された。『北斉書』巻五〇、『北史』巻九二。

三五 送珍寶累重 累重は足手まといになるもの、妻子や財産を言う。『北斉書』巻八幼主紀に、太皇太后を済州に留め、高阿那肱に留守をさせ、後主は皇后と幼主（高恒。後主の長子。運気の見地から帝位を譲られる）を伴い青州へ向かったと言う記事がある。

三六 齊亡入周 『北斉書』巻四二陽休之伝に「周武 齊を平らげ、吏部尚書袁聿修・衞尉卿李祖欽・（略）給事黄門侍郎顔之推（略）十八人と同に徵して、駕の後に隨いて長安に赴かしむ」とある。北周時代の作であるという「賦」の最後は「明珠を委てて賤しきを樂しみ、白璧を辭して以て貧しきに安んず。堯・舜も其の素樸を榮んにする能わず、桀・紂も以て其の淸塵を汙す無し。此の窮は何に由りて至れるか、茲の辱は安れの所自り臻れるか。今より後は、敢えて天を怨んで麟に泣かざるなり」とその時期の苦境を歌っている。『顔氏家訓』勉学篇には「鄴平らげらるるの後、徙されて關に入る。思魯嘗て吾に謂いて曰く、朝に祿位無く、家に積財無し。當に筋力を肆にして以て供養を申ぶべし（略）」とあり、その貧窮のさまがうかがえる。

三七 隋 隋時代の事迹としては開皇二年（五八二）、雅楽に胡楽が使われているので梁の楽をもとにして、古典から研究し作ることを上奏したが、用いられなかったこと（『隋書』音楽志中）、同じく二年五月に長安から出土した鉄の権の銘文を李徳林と読み合わせたこと（『顔氏家訓』書証篇）、開皇の初めに劉臻らと韻を論じたこと（『切韻』序）などがある。

三八 太子 煬帝が太子となったのは、開皇一九年（五九九）で、之推の没後である。故に、この太子は、廃太子勇を指すのであろう。

三九 観我生賦 「予は一生にして三たび化し、荼苦を備めて蓼辛たり」

と言うように、それまでに三度亡国の臣となった（侯景が簡文帝を殺して簒奪したこと、江陵で元帝が敗れたこと、北斉が周に滅ぼされたことを指す）苦難の生涯を、その原因となった世の中の動きもあわせて賦によんだものである。自注も施されており、之推の生涯を知るうえで、『顔氏家訓』とともに不可欠の資料である。周法高は、北周時代の作品であるとする。詳しい内容については、それぞれ該当部分の注に組み入れた。

四〇 長曰思魯…　魯は本籍地、楚は含以来二百年、之推自身も約二十年過ごした江・郢・荊・揚の諸州の地である。なお、第三子游秦は入関の後の子であろう。

〔参考文献〕

周法高『顔氏家訓彙注』（臺北中央研究院歴史語言研究所　一九六〇年）
宇都宮清吉『中国古典文学大系九　顔氏家訓』平凡社　一九六九年）
王利器『顔氏家訓集解』（上海古籍出版社　一九八〇年）
守屋美都雄「顔之推とその時代」（『人物と時代』白山史学会　一九四九年）
高橋君平「顔之推別伝（附顔氏家訓解題）」（『近代』神戸大学　一九五五年）
曹家琪「顔之推卒年與顔氏家訓之纂定」（『結衛文史』二　一九六三年）
佐藤一郎「顔之推伝研究」（『北海道大学文学部紀要』一八　一九七〇年）
章江「顔之推和他的家訓」（『自由青年』四三・五　一九七〇年）
山田勝美「顔氏家訓と著者顔之推について」（『城南漢学』一二　立正大学　一九七〇年）
繆鉞「顔之推年譜」（『顔氏家訓彙注』中文出版社　一九七五年）
宇都宮清吉「顔之推研究」（『中国古代中世史研究』創文社東洋学叢書　一九七七年）
林文宝「顔之推及其思想述要」（『台東師専学報』五　一九七七年）
姜信雄「『顔氏家訓』作家考」（『嶺南中国語文学』一九八〇年）
吉川忠夫「顔之推小論」（『六朝精神史研究』同朋舎　一九八四年）
興膳宏「顔之推の文学論」（『中国の文学理論』筑摩書房　一九八八年）
曹道衡「朝文学六考」（『文史』四六　一九九九年）

（坂内千里）

薛道衡（五四〇～六〇九）

薛道衡は、隋一代のみならず北朝を代表する文学者。在世時から「一代の文宗」（『隋書』房彦謙伝）と称された。庾信も、北方の文士の中では温子昇、盧思道と薛道衡のみを認め、その他は驢馬や犬が鳴くようなもので、やかましいだけだ（『朝野僉載』）と評価する。南朝風の華麗精巧な作風をもって知られ、代表作として「昔昔塩」詩が有名。その中の「暗牖蛛網懸かり、空梁燕泥落つ」の句は最も評価された。煬帝が彼を殺したのは実はこの詩に嫉妬したからだという説さえある。

隋書巻五七　薛道衡傳

薛道衡字玄卿、河東汾陰人也。祖聰、魏齊州刺史。父孝通、常山太守。道衡六歲而孤、專精好學。年十三、講左氏傳、見子產相鄭之功、作國僑贊、頗有詞致、見者奇之。其後才名益著、齊司州牧、彭城王浟引爲兵曹從事。尙書左僕射弘農楊遵彥、一代偉人、見而嗟賞。授奉朝請。吏部尙書隴西辛術與語、歎曰「鄭公業不亡矣」。河東裴讞目之曰「自鼎遷河朔、吾謂關西孔子罕値其人、今復遇薛君矣」。武成作相、召爲記室、及卽位、累遷太尉府主簿。歲餘、兼散騎常侍、接對周・陳二使。武平初、詔與諸儒修定五禮、除尙書左外兵郎。陳使

[一六]傳縡聘齊、以道衡兼主客郎接對之。縡贈[一七]詩五十韻、道衡和之、南北稱美、魏收[一八]曰「傳縡所謂以蚓[一九]投魚耳」。[二〇]待詔文林館、與范陽盧思道[二一]・安平李德林[二二]齊名友善。復以本官直中書省、尋拜中書侍郎、仍參太子侍讀。後主[二三]之時、漸見親用、于時頗有附會之譏。後與侍中斛律孝卿[二四]參預政事、道衡具陳備周之策、孝卿不能用。及齊亡、[二五]周武引爲御史二命士。後歸鄉里、自州主簿入爲司祿上士。

[二六]高祖作相、從元帥梁睿[二七]擊王謙[二八]、攝陵州刺史。大定中、授儀同、攝邛州刺史。高祖受禪、坐事除名。河間王[二九]弘北征突厥、召典軍書、還除內史舍人。其年、兼散騎[三〇]常侍、聘陳主使[三一]。…（略）。江東雅好篇什、陳主尤愛雕蟲、道衡每有所作、南人無不吟誦焉。…（略）。

[一]薛道衡、字は玄卿、河東汾陰の人なり。祖[二]聰、魏の齊州刺史。父[三]孝通、常山太守。道衡六歳にして孤、精を專らにして學を好む。年十三にして、『左氏傳』を講[四]い、子產[五]鄭に相たるの功を見て「國僑の贊[六]」を作り、頗る詞致有り、見る者之を奇とす。其の後才名ますます著れ、齊の司州牧[七]彭城王浟引きて兵曹從事と爲す。尙書左僕射弘農の[八]楊遵彥は一代の偉人、見て嗟賞す。奉朝請を授けらる。吏部尙書隴西の辛術[九]與に語り、歎じて曰く「[一〇]鄭公業亡ばざりき」と。河東の[一一]裴讞之を目して曰く「[一二]鼎の河朔に遷りてより、吾[一三]關西の孔子其の人に値うこと罕なりと謂う、今復た薛君に遇えり」と。[一四]武成相と作り、召して記室と爲し、卽位するに及びては、累りに太尉府主簿に遷る。[一五]五禮を修定し、尙書左外兵郎に除せらる。陳使[一六]傅縡齊に聘せしとき、道衡を以て主客郎を兼ね、之を接對せしむ。[一七]縡詩五十韻を贈り、道衡之に和し、南北美と稱す、[一八]魏收曰く「傅縡は所謂[一九]蚓を以て魚に投ずるのみ」と。[二〇]詔を文林館に待ち、范陽の[二一]盧思道、安

平の[二二]李德林と名を齊しくして友善たり。復た本官を以て中書省に直し、尋いで中書侍郎に拜せられ、仍お太子侍讀に參ず。[二三]後主の時、漸く親用せられ、時に頗る附會の譏り有り。後に侍中[二四]斛律孝卿と政事に參預し、道衡 周に備うるの策を具さに陳ぶるも、孝卿 用うる能わず。齊の亡ぶに及ぶや、[二五]周武 引きて御史二命士と爲す。後 鄉里に歸り、州主簿より入りて司祿上士と爲る。

[二六]高祖 相たりしとき、元帥[二七]梁睿に從いて[二八]王謙を擊ち、陵州刺史を攝す。大定中、儀同を授けられ、邛州刺史を攝す。高祖 禪を受くるや、事に坐して名を除かる。[二九]河間王弘 北のかた突厥を征ち、召して軍書を典らしめ、還りて內史舍人に除せらる。其の年、[三〇]散騎常侍を兼ね、[三一]陳を聘う主使たり。…（略）。江東雅だ篇什を好み、陳主 尤も 雕蟲を愛す、道衡作る所有る毎に、南人吟誦せざるなし。…（略）。

薛道衡、字は玄卿、河東汾陰（山西省）の人である。祖父は聡、魏の斉州（山東省）刺史であった。父は孝通、常山（河北省）太守であった。道衡は六歳の時に父を失ったが、一心に学問を好んだ。十三歳のとき、『春秋左氏伝』を習い、子産が鄭の宰相であったときの功績を見て、「国僑の賛」を作ったのだが、すこぶる味わい深い文章であったので、それを読んだ人たちは、立派なものだと感心した。その後、才能の評判はいよいよ高くなったので、北斉司州（河南省）の長官、彭城王澂が引き立てて兵曹従事とした。尚書左僕射の弘農（陝西省）の楊遵彦は一代の偉人であるが、道衡に会うと感嘆してほめたたえた。道衡は奉朝請を授けられた。吏部尚書の隴西（甘粛省）の辛術は道衡と語りあうと、感嘆して「鄭公業は死んでいなかった」と言った。河東（山西省）の裴讞は道衡を品評して「黄河以北に王権が遷ってから、わしは関西の孔子にはめったに会えぬと思っておったが、いままた薛君に会うことができたわい」と言った。高湛（後の北斉武成帝）が宰相となると、道衡を召して記室とし、即位するに及んでは、道衡は大尉府主簿にまで昇進した。一年余りして散騎常侍を兼ね、周と陳の使者を接待した。武平年間（五七〇〜五七六）のはじめ、詔によって多くの儒者たちと五礼を修定し、尚書左外兵郎に任じられた。傅縡が陳の使者として斉を訪問したとき、道衡は主客郎を兼ねて接待役となった。傅縡が五十韻の詩を贈ったので、道衡はそれに和して答え、南北朝両方の詩ともにすばらしいと言われたが、魏収などは「傅縡はまったく蝦で鯛を釣ったというやつだ」と評した。文林館待詔であったときは、范陽（河北省）の盧思道・安平（河北省）の李徳林らと名声を等しくし昵懇の間柄であった。ふたたび本の官のまま中書省づめとなり、ついで中書侍郎を拝命し、そのままで太子侍読に加わった。後主（北斉後主高緯）の時、だんだんと身近に用いられるようになり、その当時おもねっているという中傷をかなり加えられた。後に侍中の斛律孝卿と政権運営にたずさわり、道衡は具体的に対周策を述べたが、孝卿はそれを採用することができなかった。斉が滅ぶとき、周の武皇帝が引き立てて御史二命士とした。後、郷里に帰り、州の主簿から中央に入って司禄上士となった。

楊堅（後の隋の高祖文帝）が宰相であったとき、元帥の梁睿に従って王謙を討伐し、陵州（四川省）刺史の代理をつとめた。大定年間（五五五〜五六二）、儀同を授けられ、卭州（四川省）刺史の代理となった。高祖が禅譲をうけてからは、ある事件に罪を得て官籍を剝奪された。河間王の弘は北方に赴いて突厥を征伐し、道衡を軍書担当官として召し、凱旋してからは内史舎人に任じた。その年、散騎常侍を兼ね陳を訪問する大使となった。…（略）。江東の地でははなはだ文学を好み、陳の後主は技巧をこらした作品をとりわけ好んだので、道衡が新しい作品を作るたびに、南人はみな吟唱したものである。…（略）。

一　薛道衡　生卒年は一般に五四〇（興和二年）〜六〇九（大業五年）とされる。『隋書』および『北史』の本伝では道衡は七十で殺されたとのみ言い、年数は記していない。大業五年卒説は『通鑑』によるもので、大業五年の条の終わりに、「初」（以前にさかのぼって）と断り、高祖の末年における道衡の官位から述べて、道衡の死の顚末を特に記している。『通鑑』が道衡の卒年を大業五年とすることにどこまで証拠があったのかいささか不明である。しかし、道衡は「新令を會り議し、久しく決する能わず」（九一九頁）にいたときに、「もしも高熲を死なせなかったら、法令は決定されて久しく行われていたろうに」（九二一頁）と発言したのがもとで罪に問われたのであった。その高熲の死は大業三年（六〇七）であり、道衡の死がこれ以前ではありえないことは確かである。また「新令」が大業四年十月に発布された（煬帝本紀）ものを指すとすると、『通鑑』の言う通り大業五年に死を賜った可能性は極めて強いと言えよう。とところが、それだと『隋書』『北史』の薛道衡伝がともに「六歳にして孤」と言い、『北史』が父の孝通の死を東魏興和二年（五四〇）としているのに合わなくなってくる。しかしまた『北史』に従えば、道衡の死は大業元年の前年（六〇四）となってしまい、煬帝即位後「歳餘」にして誅されたとする本伝の記述とまるで齟齬してしまう。楊素が死んだとき（大業二年。↓注三七）道衡はその死を嘆いており、かつ司隷大夫となったのは大業三年以降のことと考えられ（↓注五一）、高熲の卒年と合わせ考えても、七十という享年に誤りがないとするならば『北史』の記す父孝通の卒年はかなり疑問である。なお、道衡を誣告し、その誅殺のきっかけを作った裴蘊の伝（『隋書』巻六七）では、楊玄感の反乱の後に道衡を誣告した記事が置かれているが、楊玄感の乱は大業九年であり、この記事の前後関係はあまり信用できない。

　また煬帝が彼の詩に嫉妬した話は唐・劉餗『隋唐嘉話』に見える。この話の真偽のほどはわからないが、『通鑑』大業九年の条にもこれに拠って「帝善く文を属し、人の其の右に出るを欲せず。薛道衡死し、帝曰く、更に能く『空梁燕泥落つ』を作るや否や、と」と伝え、また宋・洪邁『容斎続筆』巻七も同じ話を載せるように、この説は広く長く信じられてきた。なお、本伝には見えない事蹟であるが、薛道衡も後の『切韻』成立の基礎となった長安における音韻の討論に加わった一人である。本書「盧思道伝」注一参照。

二 聴　薛聰。生卒年未詳。五世紀終り〜六世紀初。字は延智。厳格剛直な人柄で知られ、魏の孝文帝に重んじられ、宣武帝が即位するや斉州刺史に任じられ、任地で卒した。『魏書』巻四十二薛辯伝、『北史』巻三十六薛辯伝附。

三 孝通　薛孝通。?〜五四〇年（東魏興和二年?）卒。薛聰の第二子。頗る文学の才能あるをもって知られた。文集八十巻があったが、今に伝わる著作は、『博譜』（『太平御覧』巻七百五十四）の残欠のみ。『魏書』巻四二、『北史』巻三六薛辯伝附。

四 講左氏傳　「講」も習うこと。『国語』周語上の「三時は農に努め、一時は武を講ず」の韋昭注に「講は習なり」とある。

五 子産相鄭　子産は春秋時代鄭の大夫公孫僑（前五八五?〜前五二二?）の字。国僑とも称せられる。鄭の宰相として二十六年間政治にあたり、名宰相の誉れが高い。彼は民に寛恕たると共に違法者には厳罰を以て臨み、同時代の孔子は彼を評して「その己を行うや恭、その上に事うるや敬、その民を養うや恵、その民を使うや義」（『論語』公冶長篇）と言った。公孫僑が亡くなったとき、庶民は「子産、我を去てて死せるや、民將に安《いずく》にか歸せん」（『史記』循吏列伝）と哭したという。

六 國僑贊　既佚。

七 彭城王浟　五三三〜五六四。北斉神武帝の第五子。姓は高、名は浟、字は子深。彼が司州牧に転じたのは天宝七年（五五六）のことであり、伝に「從事を選ぶに皆文才の士の剖斷に明るき者を取り、當時稱して美選と爲す」というから、薛道衡が引き立てられたのも、この年のことであろう。『北斉書』巻一〇本伝。

八 楊遵彦　五一一〜五六〇。楊愔、字は遵彦、弘農華陰の人。神武帝に重用され、二十余年にわたって人事の責任者として、人材の抜擢を己が任務とし、人の顔と名を覚えることにかけては驚異的記憶力の持ち主であった。宰相となっては政務万端を処理し、渋滞することがなかった。本書「徐陵伝」注二八参照。

九 辛術　五〇〇〜五五九。字は懐哲。隴西狄道の人。有能な政治家、軍人として知られる。北斉の人材登用の任にあって、楊愔とともに著名であったが、彼の選抜は才能を主として、もっとも事宜を得、当時評価が高かった。『北斉書』巻三八本伝、『北史』巻五〇辛雄伝附。

一〇 鄭公業不亡矣　ここの読み方は二説ある。本書が底本とした中華書局排印本『隋書』では、「鄭公」を人名としているが、同じ中華書局排印本『北史』では、「鄭公業」を人名ととっている。「鄭公」であるならば鄭玄、鄭公業であるならば鄭太を指す。鄭太と薛道衡は軍事的分析力に秀でるという共通点があり（本書では省略したが、陳への出征の際、隋が陳に勝つべき理由を高熲に具申し、感嘆させている）、おそらくは鄭太に擬せられたのだろう。しかし、薛道衡は「関西孔子」と評されたこと、また五礼の修定に参加していることなどからみて、鄭玄になぞらえられた可能性もある。

鄭太　生卒年未詳。字は公業、河南開封の人で、後漢の経学者鄭衆の曾孫。計略に秀で、また家産を窮民のために提供するという義に篤い人柄で有名。『後漢書』巻七〇本伝。

一一 裴讞　生卒年未詳。正史にはこの名は見えない。但し、『北斉書』巻三五および『北史』巻三八に河東の人裴讞之（生卒年不詳）なる人の伝を載せる。あるいは讞之を指すと思われる。

裴讞之、字は士平。河東聞喜の人。楊愔は彼の兄譲之と仲が良く、「河東士族、京官少なからず、唯だ此の家の兄弟、全て郷音なし」と称賛していた。讞之は辛術らと忘年の友であり、歴代の故事・儀注・喪礼に精通していた人物であるから、薛道衡に接触し、誉め称える可能性は十分にある。

一二 自鼎遷河朔　鼎は王位帝業の象徴。河朔は黄河以北の地を指し、つまりは南北朝分裂を言う。

一三 關西孔子　関西は函谷関（河南省新安県北東）以西の土地を指す。『後漢書』巻五四楊震伝に「(楊震) 明經博覽、窮究せざるは無し。諸儒之が爲に語りて曰く、關西孔子楊伯起と」とある。楊震は弘農華陰の人、函谷関の西にあるので、関西という。孔子は今の山東省の出身、つまり関東の人間であるのに対比したわけである。永嘉の乱によって漢民族の伝統的文化の担い手たる晋の貴族たちは南方中国へ移住したため、北方中国では文化面では見劣りがすることになった。その北方中国にありながら伝統文化の教養を十分身につけた者という意味で、後漢の楊震になぞらえられたのだろう。

一四 武成作相　北斉武成帝。姓は高、諱は湛。在位五六一～五六五。皇建（五六〇）の初めに右丈相となっている。『北斉書』巻七本紀。

一五 五禮　百衲本・殿本ともに「三禮」に作るが、やはり「五禮」が正しいであろう。『書経』舜典に「五禮を修す」とあり、吉礼（祭祀）・凶礼（喪葬）・賓礼（賓客）・軍礼（軍陣）・嘉礼（冠婚）の儀式を指す。ちなみに薛道衡は隋の仁寿二年（六〇二）にも五礼の修定に参加している（『隋書』巻二高祖本紀）。

一六 傅縡　五三〇ごろ～五八五ごろ。傅縡、字は宜事、北地霊州の人。幼いころから利発で、七歳にして詩賦十余万言を暗唱した。長じては学問を好み、文章も典麗で、国家の重用文書でも常に一気に書き上げた。才を頼んで傲慢であったため、朝士の反感を買い、遂には讒言によって獄につながれた。彼は獄中から後主に諫言を上奏するという剛直さで、後主を怒らせ死を賜った。五十五歳。文集十巻があったが、現存する詩は三首のみ。『陳書』巻三十本伝、『南史』巻六九本伝。

一七 縡贈詩五十韻、道衡和之　二人の唱和した詩は今は伝わらない。

一八 魏收　北斉文壇の領袖であり、詔書は多く彼が草した。また、中書令兼著作郎となり『魏書』を編集した。本書「魏収伝」参照。

一九 以蚓投魚　つまらない物で、価値あるものを手に入れること。「蝦で鯛を釣る」に同じ。これは現代中国でも成語として用いられている。出典はこの「薛道衡伝」だが、当時の俗諺であろう。

二〇 待詔文林館　文林館は学者文人を集め、諸種の文章の起草や典籍の校訂などの仕事を行なった。待詔は皇帝の命を待つことで、道衡はここで詔勅などの起草の任にあった。のち、待詔は唐代の玄宗の時に一つの官名となった。本書「顔之推伝」注二四参照。

二一 盧思道　薛道衡と並んで北朝末を代表する文人。本書「盧思道伝」参照。

二二 李徳林　五三一～五九一。字は公輔、博陵安平の人。隋を代表する文人の一人。博覧多識かつ文章も巧みで、確かな措辞と明晰な論理を備えていた。武平三年（五七二）中書侍郎に任じられ、文林館に入り、顔之推と二人で文林館の業務を処理した。その後、隋高祖に仕えるようになり、王朝交替の際の各種の文書はみな徳林が起草したものである。徳林は少壮のころから才名があり、文章を作るとすぐさま世の中に広まり、もしも知らない人がいると古人だ（時代遅れの意）とからかわれるほどであった。文集八十巻があったが、戦乱の際に亡佚し、五十巻だけが世に行われていた。勅によって『斉史』を撰述するよう命ぜられたが、完成しなかった。『隋書』巻四二本伝、『北史』巻七二本伝。

二三 後主之時　北斉の後主高緯、字は仁綱。在位五六五～五七七。『北斉書』巻八本紀。

二四 斛律孝卿　生卒年未詳。太安の人。北斉で顕職を歴任した。北斉末年 綱紀紊乱の時にあっても、孝卿一人汚職に手を染めなかった。周武帝に帰し、隋になってからは太位卿となり、民部尚書として卒した。『北斉書』巻二〇斛律羌挙伝附、『北史』巻五三斛律羌挙伝附。

二五 周武　周高祖武皇帝宇文邕。在位五六一～五七八。諱は禰羅突。『周書』巻五および六に本紀。

二六 高祖作相　隋高祖楊堅のこと。在位五八一～六〇四。楊堅が王謙を討ったのは、五八〇年七月のことである。『隋書』巻一本紀。

二七 梁睿　五三一～五九五。字は恃徳、安定烏氏の人。隋建国の功臣の一人。また『隋書』の伝に「薛道衡従軍して蜀に在り、因りて入りて宴に接し、睿に説いて曰く、『天下の望 已に隋に歸す』と。密かに勸進せしめ、高祖大いに悦ぶ。」とある。これによれば、高祖を実質的に即位させたのは薛道衡だったということになる。『周書』巻一七梁禦伝附、『隋書』巻三七本伝、『北史』巻五九梁禦伝附。

二八 王謙　字は勅万、太原の人。父である王雄の功績をもって驃騎大将軍にまで昇任するなど権貴の位にあった。その国恩に報いんがため、挙兵。しかし彼自身には特に才能があるわけでもなく、父の功業によって重任に就いただけであった。地勢の有利さに安心して呑気に構え、人材の任用にも誤り、また配下に梁睿に内応するものが出るなどして敗北した。『周書』巻二一本伝、『北史』巻六〇王雄伝附。

二九 河間王弘　隋の河間王弘。姓は郭、字は辟悪、高祖の従祖弟。文武の才能がありしばしば征伐に従軍し、高祖が宰相となってからは常に左右に彼を置き、腹心の部下とした。河間王弘は連年突厥を討っているが、これは開皇四年のことと考えられる。『隋書』巻四三本伝。

三〇 散騎常侍　天子の側近として詔勅の起草や諫言を呈するのが本来の職務だが、南北朝時期には名誉職的な官位となり、外国へ使節として赴いたりする場合にも名目的に加えられた。

三一 聘陳主使　『隋書』巻一高祖本紀によれば、薛道衡が陳に使いしたのは開皇四（五八四）年十一月のことである。彼の有名な作品「人日帰るを思う」詩はおそらくこの時の作。

後坐抽擢人物、有言其黨蘇威[三二]、任人有意故者、除名、配防嶺表[三三]。晉王廣[三四]時在揚州、陰令人諷道衡、從揚州路、將奏留之。道衡不樂王府、用漢王諒[三五]之計、遂出江陵道而去。尋有詔徵還、直內史省。晉王由是銜之、然愛其才、猶頗見禮。後數歲、授內史侍郎、加上儀同三司。

＊　　＊　　＊

道衡[三六]每至構文、必隱坐空齋、蹋壁而臥、聞戶外有人便怒、其沈思如此。高祖每曰「薛道衡作文書稱我意」。然誡之以迂誕。後高祖善其稱職、謂楊素[三七]・牛弘[三八]曰「道衡老矣、驅使勤勞、宜使其朱門陳戟[三九]」。於是進位上開[四〇]府、賜物百段。道衡辭以無功、高祖曰「爾久勞階陛、國家大事、皆爾宣行、豈非爾功也」。道衡久當樞要、才名益顯、太子諸王爭相與交、高熲[四一]・楊素雅相推重、聲名籍甚、無競一時。

仁壽中、楊素專掌朝政、道衡既與素善、上[四二]不欲道衡久知機密、因出檢校襄州總管。道衡久蒙驅策、一旦違離、不勝悲戀、言之哽咽。高祖愴然改容曰「爾光陰晚暮、侍奉誠勞。朕欲令爾將攝[四三]、兼撫萌俗[四四]、今爾之去、朕如斷一臂」。於是賚物三百段、九環金帶、幷時服一襲、馬十匹、慰勉遣之。在任清簡、吏民懷其惠。

煬帝嗣位、轉番州[四五]刺史。歲餘、上表求致仕。帝謂內史侍郎虞世基[四六]曰「道衡將至、當以祕書監待之[四七]」。道衡既至、上[四八]高祖文皇帝頌、其詞曰…（略）。

帝覽之不悅、顧謂蘇威曰「道衡致美先朝[四九]、此魚藻[五〇]之義也」。於是拜司隷大夫[五一]、將置之罪。道衡不悟。司隷刺史房彥謙[五二]素相善、知必及禍、勸之杜絕賓客、卑辭下氣、而道衡不能用。會議新令、久不能決、道衡謂朝士曰「向使高熲不死、令決當久行」。有人[五三]奏之、帝[五四]怒曰「汝憶高熲邪」。付執法者勘之。道衡自以非大過、促憲司早斷。曁於奏日、冀帝赦之、敕家人具饌、以備賓客來候者。及奏、帝令自盡。道衡殊不意、未能引訣。憲司重奏、縊而殺之、妻子徙且末。時年七十。天下冤之。有集七十[三五]巻、行於世。

後 人物を抽擢するに、其の[三二]蘇威に黨して、人を任ずるに故を意う有りと言う者有るに坐して、名を除かれ、[三三]嶺表に配防さる。[三四]晉王廣 時に揚州に在り、陰かに人をして道衡に諷し、揚州路從りせしめ、將に奏して之を留めんとす。道衡 王府を樂まず、[三五]漢王諒の計を用いて、遂に江陵道に出でて去る。尋いで詔 有りて徵還され、內史省に直す。晉王是れ由り之を銜む、然れども其の才を愛し、猶お頗る禮を見す。後數歲、內史侍郎を授けられ、上儀同三司を加えらる。

[三六]道衡每に文を構ずるに至りては、必ず空齋に隱坐し、壁に躡けて臥し、戶外に人有るを聞けば便ち怒る、其の沈思此くの如し。高祖每に曰く「薛道衡文書を作りては我が意に稱えり」と。然れども之を誡しむるに迂誕を以てす。後 高祖其の職に稱うを善しとし、[三七]楊素・[三八]牛弘に謂いて曰く「道衡老いたり、驅使勤勞、[三九]宜しく其れ朱門陳戟せしむべし」と。是に於て位を[四〇]上開府に進め、物百段を賜る。道衡辭するに功無きを以てするも、高祖曰く「爾久しく階陛に勞し、國家の大事、皆爾が宣行す、豈に爾が功に非ずや」と。道衡久しく樞要に當り、才名益ます顯われ、太子諸王爭いて相與に交り、[四一]高熲・楊素雅だ相推重し、聲名籍甚、一時に競う無し。[四二]上 道衡の久しく機密を知るを欲せず、因りて檢校襄州總管に出だす。道衡久しく驅策を蒙り、一旦違離しては、悲戀に勝えず、之を言いて哽咽す。高祖愴然として容を改めて曰く「爾が光陰は晩暮、侍奉 誠に勞せり。朕 爾をして[四三]將攝し、兼ねて[四四]萠俗を撫せしめんと欲す、今爾の去るや、朕は一臂を斷たるるが如し」と。是に於て物三百段、九環金帶、幷びに時服一襲、馬十匹を賚り、慰勉して之を遣る。任に在りては淸簡、吏民其の惠に懷けり。

煬帝 位を嗣ぎ、[四五]番州刺史に轉ず。歳餘、上表して致仕を求む。帝 内史侍郎[四六]虞世基に謂いて曰く「道衡將に至らんとす、當に[四七]祕書監を以て之を待すべし」と。道衡既に至り、[四八]「高祖文皇帝頌」を上る、其の詞に曰く…（略）。帝 之を覽て悅ばず、顧て蘇威に謂いて曰く「道衡[四九]致めて先朝を美む、此れ[五〇]『魚藻』の義なり」と。是に於て[五一]司隷大夫に拜せしめ、將に之を罪に置かんとす。道衡悟らず。司隷刺史[五二]房彦謙素より相善し、必ず禍の及ぶを知り、之に賓客を杜絶し、辭を卑くし氣を下にせんことを勸む、而れども道衡用うる能わず。新令を會り議し、久しく決する能わず、道衡 朝士に謂いて曰く「向に高熲をして死せざらしめば、令決して當に久しく行わるべし」と。[五三]人有りて之を奏す、帝怒りて曰く[五四]「汝は高熲を憶うか」と。法を執る者に付して之を勘す。道衡自ら大過に非ずと以い、憲司に早く斷ぜんことを促す。奏日に暨り、帝の之を赦されんことを冀い、家人に敕して饌を具え、以て賓客の來候する者に備えしむ。奏に及び、帝 自盡せしむ。道衡殊に意わざりければ、未だ引訣するあたわず。憲司重ねて奏し、縊めて之を殺す、妻子 且末に徙さる。時に年七十。天下之を冤とす。集七十巻[五五]有り、世に行わる。

後に人物の抜擢に関係したが、蘇威といっしょになって任用に際して旧知の人間ばかりを登用したと言う讒言にまきこまれて、官位を剝奪され、流されて嶺南の防衛にあたることになった。晋王広がその時揚州におり、密かに人づてに道衡に揚州路を通ることをそれとなく勧め、奏上して道衡を自分の幕下に留めようとした。道衡は王府に仕えるのは気が進まず、漢王諒の計略によって、そこで江陵道に出て去った。まもなく詔が出て召還され、内史省づめとなった。晋王はそのために道衡に含むところがあったが、その才能を愛し、以前と変わらず礼儀をもって遇した。後、数年して、内史侍郎を授けられ、上儀同三司を加えられた。

道衡は文章を作るとなると、必ず人気のない部屋にひっそりと座し、壁に脚をもたせかけて寝転がり、戸外に人がいる物音を聞くと怒る、といったぐあいに沈思するのであった。高祖はいつも、「薛道衡が文書を作るとわが意にかなう」と言われていたが、浮世離れして迂遠なことを戒めてもおられた。後、高祖は道衡の才能がその職務にふさわしいことをおほめになり、楊素・牛弘に「道衡も年をとりながら、身を粉にして働いておるからには、立派な屋敷を与え護衛兵をつけさせてやろう」とおっしゃられた。そこで、位を上開府に進められ、織物百段を賜られた。道衡は功績がないといって辞退しようとしたが、高祖は「長いこと朕のもとで苦労し、国家の大事はみなそなたが述べ行なった。そなたの功績ではないか」とおっしゃられた。道衡は久しく枢要の地位にあり、才能の名声はいよいよ顕彰されたので、太子諸王はあらそって交際を求め、高熲・楊素もつねに推重し、名声は高く当時競うものがないほどであった。

仁寿年間（六〇一～六〇四）、楊素が一人で朝政を取り仕切り、道衡は楊素と平生から親しくしていたので、お上は道衡に機密を長期にわたってつかさどらせておくのは望ましくないと思われ、都から出して検校襄州（湖北省）総管とした。道衡は久しくお上に使っていただいていたので、にわかに遠ざけられるとなると、悲しみに堪えず、むせんで言葉につまってしまった。高祖も悲しみをたたえ、表情をあらためて言うには、「そなたは人生のたそがれ時を迎え、宮仕えもまことに労である。朕はそなたに休養し、かねて民草をいつくしんでやってもらいたいのだ。いま、そなたが去るのは、朕にとっては片腕をもぎとられるにも等しいのだが」とのことであった。そこで織物三百段、九環の金帯、ならびに四季おりおりの衣服一そろい、馬十四を賜って、いたわり励ましの言葉とともにそれらを贈られた。道衡は任にあっては清廉簡素で、下役人、民衆ともどもその恩恵に感謝した。

煬帝が即位すると、番州刺史に転じた。一年余りして、上表して引退を願い出た。帝は内史侍郎の虞世基に「道衡がやって来るが、秘書監として遇するがよかろう」と仰せられた。道衡はやって来ると、「高祖文皇帝頌」を奉った。その文章に言うには…（略）

帝はこれをご覧になってご不興となり、振り返って蘇威に「道衡は先朝をきわめて讃めておるが、これは『魚藻』の義だ」とおっしゃられた。そこで司隷大夫に任じたうえで、道衡を罪に陥れようとしたが、道衡は気づかなかった。司隷刺史の房彦謙は日頃から道衡と親しく、きっと禍にあうことを予感し、道衡に人づきあいを避け、言葉も態度もへりくだるよう勧めたが、道衡は聴き入れることができなかった。ちょうどそのおり新しい法令を討議し、長らく決定することができなかったので、道衡は朝臣たちに言った。「もしも、高熲を死なせなかったら、法令は決定されて久しく行われていたろうに」。ある人がこれを奏上したので、帝は怒って「なんじは高熲を思いおるか」とおっしゃって、執法官に罪を詮議させることにされた。道衡は自分ではたいした過ち(あやま)ではないと考え、御史(ぎょし)にはやく判決を下すよう促した。上奏の日に、道衡は帝が許し給(たま)うであろうと期待し、家人(かじん)に言いつけてご馳走を用意し、お客が来訪するのに備えさせておいた。奏上に及ぶと、帝は自尽(じじん)することを命ぜられた。道衡は意外で、自決することができなかった。御史(ぎょし)が重ねて上奏し、道衡をくびり殺し、妻子は且末(しょまつ)(新疆(しんきょう))に追放した。時に道衡は七十歳であった。天下の人々はこれを冤罪(えんざい)だとした。著作七十巻があり、世に行なわれた。

三二 蘇威　生卒年未詳。字は無畏、京兆武功の人。高祖が宰相であったときに、高熲の推薦により登用された。高熲と共に朝政を取り仕切るようになり、高祖の信頼も厚く、隋一代の法制度を整備し、高祖治世の礎を築いた。道衡らが免官されたのは、蘇威の息子夔が国子博士の何妥と音楽の案件を議論して互いに譲らず、朝廷内でも、父の蘇威に気を使い、蘇夔を支持するものが多数を占めた。何妥は怒って、蘇威が盧愷・薛道衡・王弘・李同和らと徒党を組み、人事をほしいままにしている、と上奏したからである(また『隋書』巻五六盧愷伝参照)。『周書』巻二三蘇綽伝附、『隋書』巻四一本伝、『北史』巻六三蘇綽伝附。

三三 嶺表　嶺外に同じ。嶺南の地。中国中央部から見て五嶺の外側にあるからいう。五嶺は湖南省の衡山から東、海に至るまでの山系で、五つの峰がある。広東・広西・安南の地。

三四 晉王廣　隋煬帝のこと。本書「隋煬帝伝」参照。

三五 漢王諒　楊諒、字は徳章、一名に傑。高祖の末子で、甚だ寵愛された。しかし、兄たちが廃されるのを見て、心中穏やかならず、高祖の没後、反乱を起こす。楊素の率いる軍に敗れ、囚われの身となるが、煬帝は「朕 終に兄弟鮮(すくな)し、情 言うに忍びず、法を屈して諒に一死を恕さんと欲す」として、身分を庶民に落とした。『隋書』巻四五、『北史』巻七一隋宗室諸王伝。

三六 道衡毎至構文　薛道衡の文章執筆に関して『隋書』巻六六高構伝によれば、道衡は草稿を高構に見せて添削を受けていたという。

三七 楊素　?〜六〇六。字は処道、弘農華陰の人。隋建国の功臣の一人。文武ともに秀でていたが、特に軍略に優れ、武功は数えるに堪えないほどであった。朝廷にあっては、高熲と共に朝政をとった。楊素は五言詩七百字を番州刺史であった薛道衡に贈ったことがあり、その詩は「詞氣宏拔、風韻秀上、亦た一時の盛作なり」(『隋書』本伝)と評された。文集十巻がある。『隋書』巻四八本伝、『北史』巻四一楊敷伝附。

三八 牛弘　五四五～六一〇。字は里仁、安定鶉觚の人。寛容な人柄で、学問を好み、特に礼楽の制度に詳しかった。礼部尚書を拝し、勅によって五礼を修撰し、百巻を作り、世に広く行われた。高祖、煬帝のどちらからも終始信任厚かったのは隋の臣下の中では牛弘だけであった。高祖の命で薛道衡らと新礼の降殺軽重を論じた際には、牛弘の議論にみな推服したという。『隋書』巻四九本伝、『北史』巻七二本伝。

三九 宜使其朱門陳戟　朱門は豪壮な邸宅、富貴の家をいう。門や家を朱で塗り、庶人の家と区別したことからくる（宋・程大昌『演蕃露』白屋を参照）。陳戟は門に戟をならべ立てること。古代、帝王が外出した際、宿泊地に戟を立てて門とした（『周礼』天官掌舎）。そして唐代では、三品以上の家は門に戟を立てることが許され、権貴の家を言うようになった（『旧唐書』張倹伝）。唐制は基本的に隋の制度を踏襲したものだが、隋の時にすでに三品以上の官に陳戟を許すことが制度としてあったかどうかは未詳。次注を併せて参照されたい。

四〇 上開府　『隋書』百官志下に「高祖　又後周の制を採り、上柱國・柱國・…・上開府儀同三司、開府儀同三司…總て十一等を置き、以て勤勞に酬ゆ」とあり、これは慰労的な意味の官である。開府とはもと役所を開設し、自分の属官を置くことで、漢代では三公だけが許された。上開府は文帝時代の職官としては、従三品となる。上の「朱門陳戟」と同様に臣下としては最高の待遇を与えることを言うのであろう。

四一 高熲　?～六〇七。字は昭玄、一名に敏。渤海蓨の人であると自称する。高祖の無二の腹心として信頼厚く、天下がよく治まったのは高熲の力であり、真の宰相であると評された。『隋書』巻四一本伝、『北史』巻七二本伝。

四二 上不欲道衡久知機密　高祖がなぜこのように考えたのか、確実なことは不明。しかし、仁寿前後は極めて緊張した時期であった。仁寿前年、すなわち開皇二十年（六〇〇）は太子勇が廃され、楊広（煬帝）が太子に立てられたのである。これは楊広と楊素の策謀であり、この後も二人は他の皇子たちを次々と粛清していった。このような時、高祖の信頼あつい薛道衡を皇帝の側から遠ざけることによって利益を得るのは、楊素である。したがって、あるいは楊素が何らかの理由をでっちあげて薛道衡を地方に出すように高祖に進言したのではないかと考えられる。

四三 将攝　休養すること。

四四 萌俗　民衆のこと。

四五 番州　諸本「潘州」に作るが、中華書局の校勘記が言うように隋に潘州はない。『隋書』地理志下に「南海郡　舊 廣州を置き、梁・陳並びに都督府を置く。陳を平らげては總管府を置く。仁壽元年番州を置き、大業の初め、府 廢さる」と言う。現在の広東省・広西壮族自治区にわたる地域にあった。検校襄州（湖北省）総管から更に辺境の番州刺史に転じたのは左遷にあたる。

四六 虞世基　?～六一八。字は茂世、会稽余姚の人。虞世南の兄。博学で優れた才能があり、また草書隷書をよくした。煬帝が即位しては、その才能を愛して重用し、専ら機密を管理させ、蘇威ら他の高官らと朝政をとらせた。しかし、彼は高熲、張衡らが煬帝に誅殺されると、自分に禍が及ぶのを恐れて、煬帝の意に染まぬことは言上しなくなり、隋滅亡の原因を作った。『隋書』巻六七本伝、『北史』巻八三文苑伝。

四七 秘書監　斉梁時代、秘書監は位は高いものの、実務と責任とがあり、さしてよいポストとは思われていなかったといわれ（宮崎市定『九品官人法の研究』三二〇頁）、隋でもそれに準じて考えてよいであろう。薛道衡にこのポストを与えるのは、彼の文才と経歴にまずは見合ったものだと言えるが、最高の待遇ではなく、二人の間に間隙があることをにおわせる。

四八 高祖文皇帝頌　隋を世界史の中で位置づけ、開祖である高祖文帝の聖徳を華麗荘重な措辞を以て顕彰するのが一篇の趣旨。高祖を古代の聖王になぞらえ、彼によって民衆は長い戦乱から救われたとし、また、高祖は国家社会の復興と善政に努め、遂に古今未曾有の平和な御代が実現されたと賛美の言葉を述べている。

四九 致美先朝　『通鑑』（大業五年）の当該部分の胡三省注に「致は極なり」とする。

五〇 魚藻之義　『詩経』小雅・魚藻。その小序に「魚藻は幽王を刺るなり。萬物其の性を失い、王 鎬京に居り、将に以て自ら楽しむ能わざらんとするを言う。故に君子 古の武王を思う」とあり、鄭玄の箋には「必ず是れ自り危亡の禍有るを言う」という。武王は殷を滅ぼして周を建てた天子、幽王はその後に出た周代の暴君である。煬帝はかつて薛道衡を自分の王府に招こうとして忌避されるなどしたために、快からず思っており、道衡が自分への頌歌ではなく、わざわざ「高祖文皇帝頌」を奉ったことを、あてこすりだと考えたのであろう。また煬帝の道衡に対する感情については注五四を参照。

五一 司隷大夫　『隋書』百官志下によれば、煬帝は大業三年に司隷台を置き、司隷大夫は正四品とされている。その官は「盛んに天下知名の士を選ぶ」（『隋書』巻六六房彦謙伝）ものであり、煬帝が道衡を司隷大夫にしたのは、表向きその知名度を重んじてのことである。

五二 房彦謙　五四七〜六一五 字は孝沖。清河の人。政務に精通した公平清廉な政治家として知られる。薛道衡は彼の人となりを重んじ、襄州総管であったとき彼と頻繁に手紙のやり取りをしていた。煬帝即位後、道衡は番州の長官に転じ、その道すがら房彦謙の所に立ち寄り、逗留すること数日、別れるときには涙を流したという親密な間柄であった。『隋書』巻六六本伝、『北史』巻三九房法寿伝附。

五三 有人奏之　『隋書』によれば、この人物は裴蘊である。彼は虞世基と共に機密事項に関知した煬帝側近の一人。煬帝の意を伺うに敏であり、煬帝が罪に問いたいと思う人物に対しては、法を曲げてもその意向に沿うようにして、罪をでっち上げ、ある時期から裁判はすべて彼に任されるようになった。『隋書』巻六七裴蘊伝によれば煬帝の薛道衡誅殺も、煬帝が道衡を憎んでいることを知った裴蘊が、「道衡 才を負み舊を恃み、君を無みするの心有り」などと誣告したことが原因であった。

五四 帝怒曰…　本書では省略したが、開皇八年（五八八）陳への出征に際して高熲は薛道衡に成功の可否を問い、道衡は理路整然と答えて高熲を感心させており、二人の間には信頼関係があったと考えられる。しかし高熲と煬帝の間にはいくつか摩擦があった。まず、開皇九年（五八九）陳討伐後、晋王（煬帝）は陳後主の寵姫張麗華を後宮にいれようとしたが、高熲が反対し、斬らせたため、晋王は甚だ不興であった。また煬帝は即位後、周・斉の音楽家および天下の演芸娯楽を集めようとしたが、これにも高熲は反対を唱えた。次はさらに隠微なものであるが、太子の廃立をめぐって葛藤があったと想像される。高祖の長男房陵王勇が高祖と皇后の寵愛を失ったのを見た晋王は自分が世継ぎとなるべく工作を開始した。ところが高祖が太子廃立の問題を高熲に下問すると、「長幼 序有り、其れ廢す可けんや」と強い反対に遭い、高祖はいったん思い止まったのである。このような今までの対立葛藤があって、煬帝は高熲の意見がことごとく気に入らない。高熲が観王雄に「近來朝廷殊に綱紀無し」と述べた言葉が煬帝の耳に入ったために、ついに彼は誅された。しかし天下悲しみ惜しまぬ者はなく、その後ずっと冤罪だと称されたのである。煬帝が高熲に関してこのように過敏であったのは、これまでの経緯のみならず、冤罪だという世評を煬帝も気にかけていたと思われる。

五五 七十巻 『隋書』本伝には七十巻と称するが、『隋志』には『司隷大夫薛道衡集』三十巻として著録する。『旧唐志』『新唐志』とも『隋志』に同じ。しかし南宋・陳振孫の『直斎書録解題』には『薛道衡集』一巻とし、「詩凡そ十九篇。本と集三十巻なるも、存する所 此に止どまる。大抵 隋以前の文集全きを存する者幾ばくも亡し、多く好事者の類書中より鈔出し、以て家数に備うるなり」といい、このころにはすでに類書から拾い集めて編輯した本しかなかった。その後通行したのは明人の輯本であり、張燮編『七十二家集』に収める『薛司隷集』二巻、またこれに本づいた張溥編『漢魏六朝百三名家集』に収める『薛司隷集』一巻がある。現在では厳可均の『全隋文』巻一九および逯欽立の『全隋詩』巻四に収録。

〔参考文献〕

増田清秀「薛道衡の戯場主題の詩」(『小尾博士退休記年中国文学論集』第一学習社　一九七六年)

葉慕蘭「薛道衡老氏碑探析」(『南亜学報』第七巻　一九八七年)

(副 島 一 郎)

隋煬帝（五六九〜六一八）

隋煬帝（在位六〇四〜六一六）は、悪虐の皇帝とされる。その文学は、梁陳の詩風をまねた過度に淫蕩な作と評されることが多い。しかし、唐太宗（李世民）が「文辭は奥博、亦た堯舜を是とし桀紂を非とするを知る」（『通鑑』唐紀八貞観二年）と評するように、皇帝としての自覚と誇りを詠う詩が多い。また、清の沈徳潜が「邊塞の諸作、矯然として獨り異なる。風氣將に轉ぜんとするの候なり」（『古詩選』例言）というように、南北朝と唐とを繫ぐ詩人のひとりである。

隋書卷三・四　煬帝本紀三・四

[一]煬皇帝諱廣、一名英、小字阿麼、[二]高祖第二子也。母曰[三]文獻獨孤皇后。上[四]美姿儀、少敏慧、高祖及后於諸子中特所鍾愛。在周、以高祖勳、封雁門郡公。開皇元年、立爲晉王、拜柱國・幷州總管、時年十三。[五]尋授武衞大將軍、進位上柱國・河北道行臺尙書令、大將軍如故。高祖令[六]項城公韶・[七]安道公李徹輔導之。上好學、[八]善屬文、沈深嚴重、朝野屬望。高祖密令善相者[九]來和偏視諸子、和曰「晉王眉上雙骨隆起、貴不可言」。既而高祖幸上所居第、見樂器絃多斷絕、又有塵埃、若不用者、以爲不好聲妓、善之。上尤自矯飾、當時稱爲仁孝。嘗觀獵遇雨、左右進油衣、上曰「士卒皆霑濕、

我獨衣此乎」。乃令持去。

六年、轉淮南道行臺尚書令。其年、徵拜雍州牧・內史令。八年冬、大擧伐陳、以上爲行軍元帥。及陳平、執陳湘州刺史[一〇]施文慶・散騎常侍沈客卿・市令陽慧朗・刑法監徐析・尚書都令史暨慧、以其邪佞、有害於民、斬之右闕下、以謝三吳。於是封府庫、資財無所取、[一一]天下稱賢。進位大尉、賜輅車・乘馬・袞冕之服、玄珪・白璧各一。復拜幷州總管。俄而江南[一二]高智慧等相聚作亂、徙上爲揚州總管、鎭江都、每歲一朝。高祖之祠[一三]太山也、領武候大將軍。明年、歸藩。後數載、突厥寇邊、復爲行軍元帥、出靈武、[一四]無虜而還。

[一五]及太子勇廢、立上爲皇太子。是月、當受册。高祖曰「吾以[一六]大興公成帝業」。令上出舍大興縣。其夜、[一七]烈風大雪、地震山崩、民舍多壞、壓死者百餘口。

仁壽初、奉詔巡撫東南。是後高祖每避暑仁壽宮、恆令上監國。

四年七月、高祖[一八]崩、上卽皇帝位於仁壽宮。八月、奉梓宮還京師。幷州總管[一九]漢王諒擧兵反、詔尙書左僕射[二〇]楊素討平之…(略)。十一月乙未、幸洛陽。丙申、發丁男數十萬掘塹、自龍門東接長平・汲郡、抵臨淸關、度河、至浚儀・襄城、達於上洛、以置關防…(略)[二一]。

[一]煬皇帝 諱は廣、一名 英、小字は阿麼[二]、高祖の第二子なり。母は[三]文獻獨孤皇后と曰う。上 姿儀[四]美しく、少きより敏慧、高祖及び后 諸子の中に於いて特に鍾愛する所なり。周に在りて、高祖の勳を以て、雁門郡公に封ぜらる。

開皇元年、立ちて晉王と爲り、柱國・幷州總管に拜さる、時に年十三。[五]尋いで武衞大將軍を授けられ、位を上柱國・河北道行臺尙書令に進めらる、大將軍は故の如し。高祖 [六]項城公韶・[七]安道公李徹をして之を輔導せしむ。上 學を好み、善く文を屬り、沈深として嚴重、朝野屬望す。高祖密かに善く相する者來和[九]をして偏く諸子を視さしむ、和曰く「晉王は眉上の雙骨隆起し、貴きこと言う可からず」と。既にして高祖 上の居する所の第に幸するに、樂器の絃多く斷絶し、又た塵埃有りて、用いざる者の若きを見て、以て聲妓を好まずと爲し、之を善しとす。上 尤も自ら矯飾し、當時稱して仁孝と爲す。嘗て獵を觀て雨に遇い、左右 油衣を進む、上曰く「士卒 皆な霑濕し、我れ獨り此れを衣んや」と。乃ち持ちて去らしむ。

六年、淮南道行臺尚書令に轉ず。其の年、徵されて雍州牧・內史令に拜せらる。八年冬、大擧して陳を伐ち、上を以て行軍元帥と爲す。陳平らぐるに及び、陳の湘州刺史[一〇]施文慶・散騎常侍沈客卿・市令陽慧朗・刑法監徐析・尚書都令史暨慧を執え、其の邪佞にして、害 民に有るを以て、之を右闕の下に斬り、以て三吳に謝す。是に於いて府庫を封じ、資財取る所無し、[一一]天下賢と稱す。位を大尉に進め、輅車・乘馬、袞冕の服、玄珪・白璧各おの一を賜う。復た幷州總管に拜せらる。俄にして[一二]江南の高智慧等相い聚りて亂を作し、上を徙して揚州總管と爲し、江都に鎮し、每歲 一たび朝せしむ。高祖の[一三]太山を祠るや、武候大將軍を領す。明年、藩に歸る。後 數載、突厥 邊を寇し、復た行軍元帥と爲り、靈武に出で、[一四]虜無くして還る。

[一五]太子勇の廢さるるに及び、上を立てて皇太子と爲す。是の月、册を受くるに當る。高祖曰く「吾 [一六]大興公を以て帝業を成す」と。上をして出して大興縣に舍せしむ。其の夜、[一七]烈風大雪、地震え山崩れ、民舍多く壞れ、壓死する者百餘口。仁壽初め、詔を奉じて東南を巡撫す。是の後 高祖 仁壽宮に避暑する每に、恆に上をして國を監せしむ。

四年七月、[一八]高祖 崩じ、上 皇帝位に仁壽宮に卽く。八月、梓宮を奉じて京師に還る。幷州總管 [一九]漢王諒 兵を擧げて反し、尚書左僕射 [二〇]楊素に詔して之を討平せしむ…(略)。十一月乙未、洛陽に幸す。丙申、丁男數十萬を發して塹を掘らしめ、龍門自り東のかた長平・汲郡に接し、臨淸關に抵たりて、河を度り、浚儀・襄城に至り、上洛に達し、以て關防を置く…(略)[二一]。

煬皇帝は、諱は広、一名英で、小字は阿麼、高祖（文帝）の次男である。母は文献独孤皇后である。帝は風采がよく、幼い頃から頭の回転が速く、高祖も皇后も子供の内で特に愛していた。北周の時代には、高祖の勲功により、雁門郡公に封ぜられた。

開皇元年（五八一）、晋王に立てられ、柱国・幷州（山西省）総管に任命された、時に十三歳であった。次いで武衛大将軍の号を授けられ、さらに上柱国・河北道行台尚書令の昇進したが、大将軍の号はそのままであった。高祖は項城公韶・安道公李徹に命じて彼を助け指導させた。煬帝は学術を好み、文章をつづるのがうまく、沈着で威厳があり、朝廷在野みな期待をよせた。高祖は人相見のうまい来和に自分の子供達みなをこっそりと見させたところ、来和は「晋王様は眉のうえの両方の骨が出ていて、将来の貴さは口にだすことができません」と報告した。その後高祖は煬帝の屋敷に行幸したとき、楽器の弦がほとんど切れたままで、またほこりをかぶっていて、使っていないようであったので、歌舞音曲を好まないのだと思い、ほめたたえた。煬帝はとりわけ自分のうわべを取り繕ったので、当時慈悲深く親孝行であると賞賛された。あるとき巻き狩りを行なっていて雨に降られ、左右の者が合羽をもってきた、彼は「兵隊達はみな濡れている、私だけがこれを着られようか」といって、退けた。

開皇六年（五八七）、淮南道行台尚書令に転任となった。この年、召し出されて雍州牧・内史令に任ぜられた。八年（五八九）冬、陳を攻略するため大軍を出すことになり、煬帝を行軍元帥とした。陳を滅ぼすと、陳の湘州刺史施文慶・散騎常侍沈客卿・市令陽慧朗・刑法監徐析・尚書都令史曁慧をとらえ、彼らを邪悪なへつらい者で、民衆に被害を与えたとして、宮門の右で斬首に処し、そうして江南の人々を慰撫した。そのうえで陳の朝廷の倉庫を封印し、財物は一切取らなかったので、世の人々はすばらしいと賞賛した。大尉に進み、輅車・乗馬、そして袞冕の服と、玄珪・白璧一つずつを与えられた。ふたたび幷州総管に任ぜられた。すぐに江南で高智慧らが徒党を組んで反乱をおこしたので、煬帝は揚州総管に移動となり、江都（江蘇省）に駐在し、毎年一度だけ朝廷に出仕すればよいとされた。高祖が太山を祭るとき、武候大将軍を兼ねた。次の年、自分の藩に戻った。その後数年して、突厥が辺境を侵略したので、また行軍元帥となり、霊武（寧夏回族自治区）から出陣したが、突厥を発見できず戻った。

皇太子の勇が廃嫡とされると、煬帝が皇太子にたてられた。この月（十一月）、その命令を受けた。高祖は「私は大興公であったことから皇帝となった」と言って、煬帝を朝廷から出し大興県（陝西省）に居らせた。その夜、激しい風が吹き大雪となり、地震がおこり山が崩れ、多くの民家が壊れ、圧死者が百名あまりでた。

仁寿の初め（六〇一年）、詔により東南地区を視察した。この後、高祖は仁寿宮に避暑にゆくとなると、いつも煬帝に国政を監督させた。

仁寿四年（六〇四）七月、高祖は死去し、煬帝は仁寿宮で即位した。八月、先帝の棺とともに都に戻った。并州（山西省）総管の漢王諒が反乱をおこしたが、尚書左僕射の楊素に命令してこれを討ち平らげさせた。…（略）。十一月乙未（三日）、洛陽に行幸した。丙申（四日）、壮丁数十万を使役して堀を掘らせ、龍門（山西省）から東は長平（山西省）・汲郡（河南省）を結んで、臨清関（河南省）に達し、黄河を渡って、浚儀・襄城（ともに河南省）に至り、上洛（陝西省）に到達し、そうして関をおいた。…（略）。

一 煬皇帝　煬という諡は、武徳元年（六一八）唐高祖により追諡された。煬が意味するところについては、本書「陳後主伝」注七六参照。

二 高祖　五四一〜六〇四。在位五八一〜六〇四。隋の初代皇帝文帝。楊堅。弘農華陰（陝西省）の人。外戚として権力を握り北周の禅りをうけた。のち陳を滅ぼし中国を統一した。『隋書』巻一・二、『北史』巻一一。

三 文獻獨孤皇后　五五三〜六〇二。河南洛陽の人。独孤信の娘。姉は北周明帝の皇后。楊堅が皇帝となるのを助け、即位後も政治についてしばしば忠告した。「(文) 帝 甚だ之を寵憚し、宮中稱して二聖と爲す」と重んぜられた。しかし嫉妬深い性格でもあった。『隋書』巻三六、『北史』巻一四。

四 美姿儀　風采がよいこと。「何平叔 姿儀美しく、面至って白し」（『世説』容止2）。

五 尋授武衛大將軍…　『隋書』高祖紀上によれば開皇二年（五八二）二月に任ぜられた。

六 項城公韶　姓は王、字は子相。祖籍は太原晉陽（山西省）と称したが、京兆に暮らしていた。骨鯁で有名であったためにこの役に選ばれた。なお、百納本・和刻本ともに「歆」に作るが、校勘記にいうように「韶」が正しい。『隋書』巻六二、『北史』巻七五。

七 安道公李徹　字は広達。朔方巌緑（内モンゴル自治州）の人。歴戦の旧将であり、高祖より「文は王子相、武は李廣達」と重んぜられた。『隋書』巻五四、『北史』巻六六。

八 善屬文 『隋志』に「煬帝集五十五巻」とあり、この巻数は録される隋人の文集中最多である。煬帝はもともと文学については、北朝人らしく庾信の文学を学んでいたが、のち後梁出身の柳䛒を知るに及んでその文体が変わったという。また、天台大師と称され当時尊敬を集めた智顗（五三八～五九七）にあてた煬帝の手紙が『国清百録』に多数残されている。知的で敬虔な仏教信者としての煬帝の一面をみることができる。煬帝に文学については『隋書』文学伝序にも言及がある。煬帝の作品は『古詩紀』巻一二〇、『全隋詩』三、『全隋文』四～七に採録されている。

九 來和 字は弘順。京兆長安（陝西省）の人。若い時から相術をよくした。高祖が皇帝になることも予言している。『隋書』巻七八、『北史』巻八九。

一〇 施文慶… 施文慶らについては本書「陳後主伝」注四〇参照。なお、『南史』巻七七恩倖伝に施文慶・沈客卿が立伝されており、その伝中に陽慧朗・徐析・曁慧らの名も見える。ただし陽慧朗は恵朗に、徐析は徐哲に、曁慧は曁慧景に、また右闕は石闕とする。

一一 天下稱賢 ただし、「陳平らぐるに及び、晋王 陳主の寵姫張麗華を納れんと欲す。（高）熲…乃ち命じて之を斬る、王甚だ悦ばず」（『隋書』高熲伝）という記録もある。

一二 江南高智慧等相聚作亂 『隋書』高祖上によれば開皇十年（五九〇）十一月のこと。

一三 祠太山 『隋書』高祖紀下によれば開皇十五年（五九五）のこと。

一四 無虜而還 開皇二十年（六〇〇）四月のこと。同月、突厥が国内に侵入したことに対する出兵で、隋軍は勝利を収めている。この部分の記述について司馬光は、煬帝の軍が突厥に出会わず、別動部隊が突厥に勝利を収めたのだと解釈している（『通鑑』隋紀三 開皇二十年）。

一五 太子勇廢 ?～六〇四。楊勇は楊堅の長男。彼に寵妾が多かったことを独孤皇后が嫌い、煬帝はその感情をあおりたてた。さらに高熲の権力を憎んでいた楊素が彼らに荷担し開皇二十年（六〇〇）、勇が廃された。また、ある冬至の節に勇は宮にやってきた百官の賀を受けた。この行為は文帝の秩序感覚に反していた。そのため文帝はこの事件から勇を疎み始めたという（『通鑑』隋紀三 開皇二十年）。これを意識してか、煬帝が皇太子となると、章服を降し、宮官が皇太子に対し臣と称することのないように請い、皇帝に裁可されている。『隋書』巻四五、『北史』巻七一。

一六 太興公成帝業 楊堅は十四歳で出仕し、十六歳、北周の明帝が即位した年（五五七）、大興郡公に封ぜられた。楊堅はこのころから武将として本格的に活動し、また注目されるようになった。（『隋書』高祖紀上）

一七 烈風大雪 『隋書』高祖紀下では、「十一月戊子（三日）、天下 地震え、京師 大風雪。晋王廣を以て皇太子と為す」と、天変地異と煬帝の立太子の順序が逆になっている。また、『隋書』五行志下の「常風」の項もこの現象を記録する。さらに鼓が地震に反応してみな震えたとし、この現象を「鼓妖に近し」という。これも独孤皇后が政治に関与し、楊素が権力を握り、そして太子が廃され、晋王が立太子されたことに対応すると指摘する。

一八 高祖崩 文帝の死に関して、煬帝らによって殺されたという説があった。早く『隋書』巻四八楊素伝（『北史』巻四一）は、文帝が死後の処置を記して楊素に与えた機密文書を、楊素が煬帝に教えたことと、寵愛していた陳貴人に煬帝が無礼をはたらいたことから文帝が怒り、元太子の勇を呼び寄せようとしたので、煬帝と楊素は宿衛の軍を掌握し、張衡に文帝の看病をさせた。その日、文帝が死に「是れ由り頗る異論有り」と暗殺をにおわせている。（他に宣華夫人陳氏伝『隋書』巻三六・『北史』巻一四など）。『通鑑』（隋紀四 仁寿四年）は諸説を列挙したうえで、楊素伝の記述を採用している。

一九 漢王諒　字は徳章。一名傑。楊堅の四男。并州は突厥の侵入を警戒する要地で、大兵を擁していた。諒は煬帝に対し不信を抱いていたが、文帝の死を機に反乱を起こした。敗北後除名され、幽死した。『隋書』巻四五、『北史』巻七一。

二〇 楊素　?～六〇六。字は処道。弘農華陰（陝西省）の人。北周に仕えたが、隋文帝に協力し、隋朝で越国公に封ぜられた。早くから煬帝の擁立を画策し、煬帝即位後楚国公に封ぜられた。さらに一族も高官に列するなど優遇されたが、晩年は煬帝に疎んじられた。文学者としても優れており、特に薛道衡との交際は有名。『隋書』巻四八、『北史』巻四一。

二一 省略部分に、東都の営建を命ずる詔が含まれている。人心一新の必要性を、過去の例をあげて述べ、次に洛陽の歴史的・地勢的優越を主張する。これらの点をふまえ、東都建設の意義を説く。そして最後に、この造営は節倹を旨とすると、決意を語る。極めて論理的であり、文体も整然とした駢文で綴られている。『隋書』文学伝序は、この詔を煬帝の散文の代表作の一つとする。

＊　＊　＊

大業元年春正月壬申朔、大赦、改元。立妃蕭[二二]氏爲皇后…（略[二三]）。

〔三月〕又於皁澗營顯仁宮、採海內奇禽異獸草木之類、以實園苑。徙天下富商大賈數萬家於東京。辛亥、發河南諸郡男女百餘萬、開通濟渠、自西[二四]苑引穀・洛水達于河、自板渚引河通于淮。庚申、遣黃門侍郎王[二五]弘・上儀同於[二六]士澄往江南採木、[二七]造龍舟・鳳艒・黃龍・赤艦・樓船等數萬艘…（略[二八]）。

八月壬寅、上御龍舟、幸江都。以左武衞大將軍郭[二九]衍爲前軍、右武衞大將軍李[三〇]景爲後軍。文武官五品已上給樓船、九品已上給黃蔑。舳艫相接、二百餘里…（略[三一]）。

〔二年〕三月庚午、車駕發江都。先是、太府少卿何[三二]稠・太府丞雲[三三]定興盛修儀仗、於是課州縣送羽毛。百姓求捕之、網羅被水陸、禽獸有堪氅毦之用者、殆[三四]無遺類。至是而成…（略[三五]）。

六年春正月癸亥朔、旦、有盜數十人、皆素冠練衣、焚香持華、自稱彌勒佛、入自建國門。監門者皆稽首。

既而奪衛士仗、將爲亂。齊王暕[三六]遇而斬之。於是都下大索、與相連坐者千餘家。丁丑、角抵[三七]大戲於端門街、天下奇伎異藝畢集、終月而罷。帝數微服往觀之…（略[三八]）。

〔七年十二月〕于時遼東戰士及餽運者塡咽於道、晝夜不絕、苦役者始爲羣盜。甲子、敕都尉・鷹揚與郡縣相知追捕、隨獲斬決之。

大業元年 春正月壬申朔、大赦、改元す。妃の蕭[二一]氏を立てて皇后と爲す。…（略[二二]）。

〔三月〕又た皁澗に顯仁宮を營み、海內の奇禽異獸草木の類を採り、以て園苑に實たす。天下の富商大賈 數萬家を東京に徙す。辛亥、河南諸郡の男女百餘萬を發し、通濟渠を開き、西苑[二四]自り穀・洛水を引きて河に達し、板渚自り河を引きて淮に通ず。庚申、黃門侍郎王弘[二五]・上儀同於[二六]士澄を遣わし江南に往きて木を採り、龍舟[二七]・鳳艒・黃龍・赤艦・樓船等 數萬艘を造らしむ。…（略[二八]）。

八月壬寅、上 龍舟に御し、江都に幸す。左武衛大將軍 郭衍[二九]を以て前軍と爲し、右武衛大將軍李景[三〇]を後軍と爲す。文武官五品已上は樓船を給し、九品已上は黃蔑を給す。舳艫相い接すること、二百餘里…（略[三一]）。

〔二年〕三月庚午、車駕 江都を發す。是れより先、太府少卿 何稠[三二]・太府丞 雲定興[三三]盛んに儀仗を修め、是に於いて州縣に課して羽毛を送らしむ。百姓 求めて之を捕え、網羅 水陸を被い、禽獸 氅毦の用に堪うること有る者は、殆んど[三四]遺類無し。是に至りて成る…（略[三五]）。

六年春正月癸亥朔、旦、盜 數十人有り、皆な素冠練衣にして、香を焚き華を持ち、自ら彌勒佛と稱へ、建國門自り入る。監門の者皆な稽首す。既にして衛士の仗を奪い、將に亂を爲さんとす。齊王暕[三六]遇いて之を斬る。是に於いて都下に大いに索め、與に相い連坐する者千餘家。丁丑、端門街に角抵大戯し、天下の奇伎異藝畢く集い、終月にして罷む。帝数しば微服して往きて之を観る…（略）。

〔七年十二月〕時に遼東の戦士及び餽運の者道に塡咽し、晝夜絶えず、役に苦しむ者始めて羣盗と爲る。甲子、都尉・鷹揚と郡縣相知に敕して追捕し、獲るに随がいて之を斬決せしむ。

大業元年（六〇五）春正月壬辰（一日）、大赦し、大業に改元した。妃の蕭氏を皇后とした…（略）。

〔三月〕また阜澗（河南省）に顕仁宮を作ったが、国内各地の珍しい鳥獣や草花を取り寄せて、それらで庭園を満たした。各地の豪商金持ちの家、数万を東京に移住させた。辛亥（二十一日）、河南諸郡の男女百万人あまりを動員して、通済渠を開削し、西苑から穀・洛水を導いて黄河に通し、板渚（河南省）から黄河の水を導いて淮河まで流した。庚申（三十日）、黄門侍郎の王弘・上儀同の於士澄を江南に派遣し材木を集めて、龍舟・鳳艒・黄龍・赤艦・楼船など数万艘の舟を建造させた…（略）。

八月壬寅（十五日）、煬帝は龍舟に乗り、江都へ行幸した。左武衛大将軍郭衍が前軍を指揮し、右武衛大将軍李景が後軍を指揮した。文武の官僚で五品より上の者は楼船が与えられ、九品までの者は黄蔑が与えられた。これら船団は前後つながって、二百里以上にも達した…（略）。

〔二年〕三月庚午（十六日）、皇帝の行列は江都を出発した。これより前、太府少卿何稠と太府丞雲定興の両名は皇帝の儀仗を豪華にしようとしていたが、このとき各州県に割り当てを課して鳥の羽や動物の毛皮を送らせた。民衆は鳥獣を捕獲するため、水にも陸にも網をしかけ、鳥や獣で羽根飾りにすることができるものは、ほぼ絶滅してしまった。このときになって装飾は完成した…（略）。

六年春正月癸亥（一日）のあさ、賊数十人、全員白絹の冠をかぶり練り絹の衣をつけ、香を焚き花を持ち、弥勒仏であると自称し、建国門から皇居に入り込んだ。門を守る者たちはみな額ずいて礼拝した。そうして衛兵の武器を奪い、いまにも乱が起こりそうになった。そのとき斉王暕が出くわして彼らを斬った。そこで都の内を徹底的に捜索し、これに連坐する者が千軒あまりでた。丁丑（十五日）、端門街で楽舞雑技を行い、全国の珍しい技芸や変わった曲芸がすべて集まり、月末まで続けて終えた。煬帝は何度もお忍びで出かけて行き見物した…（略）。

〔七年十二月〕この時に遼東にむかう兵士や食料を運送する者が道路にひしめき合い、昼も夜も絶えることなく、この軍役に苦しんだもの達がついに盗賊となった。甲子（十三日）、都尉・鷹揚郎将（驃騎）と郡県の知事に命じて盗賊を追跡逮捕させ、捕らえ次第死刑に処した。

二二 蕭氏　後梁の明帝（蕭巋）の娘。開皇二年（五八二）煬帝に嫁ぐ。『隋書』巻三六、『北史』巻一四。

二三 省略部分には、正月、使者を各地に派遣し、各地の風俗を視察させるとともに、その必要性を述べた詔、さらに、三月に楊素らに東京の造営を命じたことが録されている。

二四 西苑　周囲二百里にも及び、一周十余里の海に擬した湖には蓬萊など三神山が配されていた。煬帝は月夜に宮女数千騎を従えここに遊ぶのを好み、「清夜遊曲」を作り、馬上演奏したという（『通鑑』隋紀四　大業元年）。

二五 王弘　詳しい履歴は不明。ただ『隋書』『北史』に散見する彼の行動をみると、煬帝の意におもねる人物であったようである。

二六 於士澄　詳しい履歴は不明。

二七 造龍舟…　『隋書』巻二四食貨志では、「鳳艒」を「鳳䑠」に作り、「樓船等」は「樓船篾舫」に作る。また、九品巳上に給されたのも「黄篾舫」とする。『通鑑』（隋紀四　大業元年）によると龍舟は四重、高さ四五尺、長さ二百丈。上に正殿などがあり、中は金玉で飾られた百二十室があったとされる。

二八 省略部分には、七月に出された学問を奨励する内容の詔が録されている。

二九 郭衍　?〜六一一。字は彦文。太原（山西省）の出身と自称。煬帝の晋王時代から阿諛し仕えていたという。『隋書』巻六一、『北史』巻七四。

三〇 李景　字は道興。天水（甘粛省）の人。『隋書』巻六五、『北史』巻七六。

三一 省略部分には、十月、江南などに大赦令を出したこと、二年正月、東京が完成したことなどが記録されている。

三二 何稠　字は桂林。梁元帝の江陵政権が滅んでのち、北周・隋に仕えた。宮廷儀式に関わる装飾品を多く設計した。『隋書』巻六八、『北史』巻九〇。

三三 雲定興　娘が太子勇の昭訓であったので、勇が廃されると除名された。装飾品作りが巧みであったことと、煬帝の示唆を受け、勇の子供たちを毒殺したことで政権に復活した。『隋書』巻六一、『北史』巻七九。

三四 無遺類　悉く殺して、生き残ったものがないこと。「項羽嘗て襄城を攻め、襄城遺類無し、皆な之を阬す」（『史記』高祖紀）。

三五 省略部分の煬帝の主な事跡は以下のとおり。大業三年四月、東京から都にもどり、北方巡幸に出発した。経路は赤岸沢（陝西省）から連谷を経て楡林郡（ともに内モンゴル自治区）着。この地で突厥の啓民可汗およびその部落をもてなした。さらに塞外に出たが、そこで啓民可汗は自ら付近の草をかり、煬帝の乗輿をまった。煬帝は宇文愷に命じて、数千人が座ることができる「大帳」と、「観風行殿」という組立式の移動宮殿を造らせ、異民族たちの度肝を抜いたという（『隋書』巻六八、『北史』巻六〇宇文愷伝）。またちょうど来合わせていた高麗の使者に、隋への朝見を促した。煬帝の「雲中受突厥主朝宴席賦詩」はこのとき作られた。その後、楼煩関（山西省）より太原・済源（ともに山西省）を経て、九月東都に戻った。この間、五月、河北十余郡の丁男を動員し、太行山を鑿ち、幷州（山西省）に達する馳道を作り、七月、楡谷（林）から紫河（ともに内モンゴル自治区）にかけて長城を築いたが「死者十に五六」という工事であった。

大業四年正月、河北の男女百万あまりを動員して永済渠を引いた。三月、東都を出発し五原（内モンゴル自治区）から「塞を出て長城を巡り」、七月、楡谷から東に長城を築かせた。八月、恒岳（河北省）を祀った。また九月、天下の鷹師を東京に集めた。十月、新式を発布。この年は、使者や軍を盛んに塞外に派遣し、汗血馬を探させたりしている。

大業五年一月、東都より京師に帰還。隴西地域（甘粛省）に行幸後、三月、京師から河右を巡幸した。閺郷（河南省）で狩りをしたのち、臨津関から出て黄河を渡り西平を経て、抜延山で大規模な狩りを行なった。長寧谷から星嶺を通って金山（臨津関以下みな青海省）で吐谷渾との戦闘を行い、張掖（甘粛省）から長安（陝西省）を経て、九月、東都に戻った。なお六月、張掖において、観風行殿に盛んに文物を並べ、九部楽の演奏や「魚龍曼延」の曲芸により、やってきた高昌王をもてなした。異民族国家三十余国が陪席した。ちなみに『通鑑』は大業五年を隋の最盛期としている。

三六 齊王暕　五八五～六一八。字は世胐、小字は阿孩。煬帝の三男。『隋書』巻五九、『北史』巻七一。

三七 角抵大戲於端門街　角抵はすもうのような力比べ。この行事は、異民族の長たちに中国の富強を誇るために行われた。その様子は「錦綺を衣、金翠を珥す者、以て十數萬。又た百官及び民士女を勒して棚閣に列坐し縦観せしむ」（『隋書』巻六七裴矩伝）と記される。また戯場は周囲五千歩、糸竹の楽器を演奏する者一万八千、その音色は数十里に聞こえたという（『通鑑』隋紀五 大業六年）。

三八 省略部分には、六年二月、北魏・北斉・北周・北斉の楽人を太宰に配す。七年二月、江都から通済渠を利用して涿郡に行幸し、高麗を伐つことを宣言。秋、洪水で、山東・河南の三十余郡が被災。民衆は自らを売って奴隷となったといった記録がある。

八年春正月辛巳、大軍集于涿郡…（略）[三九]。

總一百一十三萬三千八百、號二百萬、其餽運者倍之。癸未、第一軍發、終四十日、引師乃盡、旌旗亘千里。
近古出師之盛、未之有也…（略）[四〇]。

〔七月壬寅〕九軍並陷、將帥奔還亡者二千餘騎。癸卯、班師…（略）[四一]。

〔十一月〕密詔江・淮南諸郡閲視民間童女、姿質端麗者、每歲貢之…（略）[四二]。

〔九年〕閏月己巳、幸博陵[四三]。庚午、上謂侍臣曰「朕昔從先朝周旋於此、年甫八歲、日月不居、倏經三紀、
追惟平昔、不可復希」。言未卒、流涕嗚咽、侍衛者皆泣下沾襟…（略）[四四]。

〔十二年五月〕[四五]壬午、上於景華宮徵求螢火、得數斛、夜出遊山、放之、光徧巖谷…（略）[四六]。

〔十三年〕十一月丙辰、唐公入京師[四七]。辛酉、遙尊帝爲太上皇、立代王侑爲帝[四八]、改元義寧。上起宮丹陽、將
遜于江左。有烏鵲來巢幄帳[四九]、驅不能止。熒惑犯太微[五〇]。有石自江浮入于揚子。日光四散如流血。上甚惡之。

* * *

八年春正月辛巳、大軍 涿郡に集う…（略）[三九]。

總べて一百一十三萬三千八百、二百萬と號し、其の餽運する者之に倍す。癸未、第一軍發し、四十日を終えて、引師乃
ち盡き、旌旗千里に亘る。近古 出師の盛、未だ之有らざるなり…（略）[四〇]。

〔七月壬寅〕九軍並びに陷れ、將帥奔還し亡るる者二千餘騎。癸卯、師を班す…（略）[四一]。

〔十一月〕密かに江・淮南諸郡に詔して民間の童女の、姿質端麗なる者を閲視し、毎歳之を貢せしむ…（略）。[四二]
〔九年〕閏月己巳、[四三]博陵に幸す。庚午、上 侍臣に謂いて曰く「朕 昔 先朝に従いて此に周旋す、年 甫めて八歳、日月 居らず、倏として三紀を經、平昔を追惟するも、復た希む可からざるなり」と。言未だ卒えざるに、流涕嗚咽し、侍衛の者皆な泣下り襟を沾す…（略）。[四四]
〔十二年五月〕[四五]壬午、上 景華宮に於いて螢火を徵求し、數斛を得、夜出でて山に遊び、之を放つ、光 巖谷に徧し…（略）。[四六]
〔十三年〕十一月丙辰、[四七]唐公 京師に入る。辛酉、遙に帝を尊んで太上皇と爲し、代王侑[四八]を立てて帝と爲し、義寧と改元す。上 宮を丹陽に起て、將に江左に遜れんとす。[四九]烏鵲有りて來りて幄帳に巣くい、驅うも止む能わず。[五〇]熒惑太微を犯す。石有りて江自り浮びて揚子に入る。日光四散して流血の如し。上 甚だ之を惡む。

八年春正月辛巳（一日）、大軍が涿郡（河北省）に集結した…（略）。全軍一百一十三万三千八百人、二百万と呼号し、彼らのために食料を運送する者はその倍であった。癸未（三日）、第一軍が出発し、四十日がすぎて、軍の進発がようやく終わり、軍旗は千里にも連なった。近来このような盛大な出師のさまはないものであった…（略）。

〔七月壬寅（二十四日）〕全軍そろって崩壊し、司令たちはかってに逃げ帰り戦場から逃れた者は二千人あまりであった。癸卯（二十五日）、軍を返した…（略）。

〔十一月〕江・淮南の諸郡に密かに詔を出し、民間の童女で、容姿端麗な者を調査し、毎年献上させるようにした…（略）。

〔九年〕閏月己巳（二十八日）、博陵（河北省）に行幸した。庚午（二十九日）、煬帝は侍臣に「朕はむかし先帝についてこの地で礼儀作法を習った、年は八歳になったばかりだった、日月は止まらず、たちまちにして三十年が過ぎた、ただ往年を追憶しても、二度と帰ることはできないのだ」といった。その言葉がおわらないうちに、涙がながれ嗚咽し、お側のものたちもみな涙を流し襟元をぬらした…（略）。

〔十二年五月〕壬午、煬帝は景華宮で蛍を集めさせて、数斛を得て、夜外に出て山を散策し、蛍を放した、その光が岩や谷に一杯に広がった…（略）。

〔十三年〕十一月丙辰（九日）、唐公が都に入城した。辛酉（十四日）、遠く江都にいる煬帝を尊んで太上皇とし、代王侑を即位させて皇帝とし、義寧と改元した。煬帝は丹陽（江蘇省）で宮殿の造営し、江左に逃避しようとした。かささぎが飛んできてとばりに巣をかけた、追い払ってもやめようとしなかった。熒惑が太微に侵入した。石が水に浮かんで長江から揚子津に漂い入った。陽光が四方へ飛散し血が流れたようであった。煬帝はこのようすを大変嫌った。

三九　省略部分には、長大な高麗遠征の詔が引用されている。古来、帝王は無私の心で、やむを得ない時にのみ師を出した。隋も天命を受けた王であり、世界はよくおさまっていると誇る。一方、高麗は頑迷で、朝見にも来ず、恩にもなつかない。さらに人民を虐げ、政治は乱れ、国民は苦しんでいる。そこで天の意に従い、軍を出すと、出兵の正義を主張する。続いて軍の構成と兵の優秀さを述べる。最後に、この戦争の目的は元悪（高麗王）を懲罰するにあると、人民を安心させ、さらに戦後処置にも言及しつつ、詔を終える。

四〇　省略部分の主な記録は以下のとおり。二月、従軍者の家をいたわる詔を出す。三月、隋軍は遼水で高麗と対峙したが、最初の渡河に失敗。のち煬帝自身も渡河し高麗を破り、遼東を囲んだ。臨海頓に軍営を張り、その地で二大鳥の「游泳自若たる」をみ、煬帝は工に命じて図写させ、銘頌をたてた（『隋書』巻七六虞綽伝にその銘が記録されている）。五月、前線の将軍たちの独断を禁じたため戦機を失ってしまった。六月、遼東に行幸し、諸将を叱責した。七月、隋各軍の敗北をいう。

四一　省略部分の主な記録は以下のとおり。九月、東都に帰り、世襲で職につくことを禁止する詔を出す。十一月、敗戦の責任者を処罰。なお、大業八年以降、煬帝は「夜眠る毎に恆に驚悸して、賊有りと云い、數婦人をして搖撫せしめて、乃ち眠るを得」（『通鑑』隋紀七　大業十二年）という状態であった。

四二　省略部分の主な記録は以下のとおり。大業九年正月、天下の兵を徴集し、民を募り驍果とし、涿郡に集結せしめた。三月、丁男十万を動員し大興城を築いた。遼東に行幸した（第二次高麗遠征）。四月、煬帝自ら遼水をわたった。六月、楊素の息子の玄感が反乱をおこし、東都に迫った。隋は遼東から撤兵したが、高麗軍の追撃にあった。八月、隋軍は楊玄感を破り、反乱を平定した。

四三 幸博陵　博陵郡はもとの定州である（『隋書』巻三〇地理誌中）。楊堅は北周の建徳六年（五七七）ごろ定州総管に除せられており（『隋書』高祖紀上）、煬帝の述懐ともあう。

四四 省略部分の煬帝の事跡は以下のとおり。十二月、楊玄感の弟等党与十余名を処刑。これ以外にも楊玄感の乱に連座して多くの人間が殺された。王冑もそのひとりである。「王冑死し、帝其の佳句を誦して曰く「「庭草 人無く意に随いて緑なり」復た能く此の語を作さんや」と」（『隋唐佳話』巻上、また『通鑑』隋紀六 大業九年）と煬帝が彼の才をねたんでいて、楊玄感との交際を口実に殺したとする。このような殺され方をした人物も多かったと思われる。この乱以降、各地で反乱が頻発するようになり、毎月の記事はそれで満たされるようになる。

大業十年二月、高麗遠征について百僚に議するよう命じたが、数日誰も発言しようとしなかった。三月、涿軍に行幸し、戎服を着て、黄帝をまつり、叛軍の者を斬り鼓に血塗った（第三次高麗遠征）。七月、高麗が降伏を申し出、高麗に亡命していた斛斯政を捕らえて送り返してきた。八月、軍を返し、十月、東都を経て、京師に帰還。十一月、斛斯政を処刑。十二月、東都に行幸。

大業十一年正月、百僚と大いに宴した。異民族国多数が朝貢した。異民族を集め、魚龍曼延の楽を設け、彼らをもてなした。五月、太原に行幸し、八月、北塞を巡幸した。突厥の始畢可汗が数十万騎を率いて煬帝の行列を急襲するとの報を受け、雁門（山西省）に避難。籠城を余儀なくされた。天下の諸郡に詔を下し兵を募集したので、各地の守令が救援に駆けつけた（それらの軍のなかに、のちの唐太宗（李世民）もいた）。九月、突厥が囲みを解いて去った。なおこの戦いで、突厥は雁門四一城のうち三九城を屠り、煬帝は恐怖のため目が腫れ上がるほど泣いたという（『通鑑』隋紀六 大業十一年）十月、東都に帰着。

四五 壬午　大業十二年五月には壬午はなく、校勘記は誤りとしている。

四六 省略部分の主な記録は以下のとおり。七月、江都宮に行幸。出発に先立ち、また途中、行幸に反対する家臣を処刑した。大業十三年九月、江都の人の娘・寡婦を煬帝に従ってきた兵に娶せた。

四七 唐公入京師　唐公は、唐の初代皇帝となる李淵のこと。彼は五月、太原において挙兵し、他の群雄と異なり一路南下して長安を目指した。

四八 立代王侑爲帝　隋朝最後の皇帝、恭帝（在位六一七〜六一八）。元徳太子（楊昭）の子。煬帝からみて孫にあたる。『隋書』巻五、『北史』巻一二。

四九 有烏鵲來巣幄帳　『隋書』巻二三五行志下は「帝尋いで弑に逢う」とし、この現象を「羽蟲之孽」に配している。

五〇 熒惑犯太微…　『隋書』巻二一天文志下は、この現象の記録したあと「占に曰く『賊 宮に入り、主 急兵を以て伐たる』」。また「臣君に逆く」と、反逆事件の前兆であったとする。

…（略[五一]）、〔二年三月〕[五二]上崩于溫室、時年五十。蕭后令宮人撤[五三]牀簀爲棺以埋之。化[五四]及發後、右禦衞將軍陳[五五]稜奉梓宮於成象殿、葬吳公臺下。發斂之始、容貌若生、衆咸異之。大唐平江南之後、改[五六]葬雷塘。

*　　*　　*

初、上自以藩王、次不當立、每矯情飾行、以釣虛名、陰有奪宗之計。時高祖雅信文獻皇后、而性忌妾媵。皇太子勇內多嬖幸、以此失愛。帝後庭有子、皆不育之、示無私寵、取媚於后。大臣用事者、傾心與交。中使至第、無貴賤、皆曲承顏色、申以厚禮。婢僕往來者、無不稱其仁孝。又常私入宮掖、密謀於獻后、楊素等因機構扇、遂成廢立。自高祖大[五七]漸、暨諒[五八]闇之中、烝淫無度、山陵始就、即事巡遊。以天下承平日久、士馬全盛、[五九]慨然慕秦皇・漢武之事、乃盛治宮室、窮極侈靡。召募行人、分使絕域。諸蕃至者、厚加禮賜、有不恭命、以兵擊之。盛興屯田於玉門・柳城之外。課天下富室、益市武馬、匹直十餘萬、富强坐是凍餒者十家而九。

帝性多詭譎、所幸之處、不欲人知、每之一所、輒數道置頓。四海珍羞殊味、水陸必備焉、求市者無遠不至。郡縣官人、競爲獻食、豐厚者進擢、疎儉者獲罪。[六〇]姦吏侵漁、內外虛竭、[六一]頭會箕斂、人不聊生。于時軍國多務、[六二]日不暇給、帝方驕怠、惡聞政事、冤屈不治、奏請罕決。又猜忌臣下、無所專任、朝臣有不合意者、必構其罪而族滅之。故高[六三]熲・賀[六四]若弼先皇心[六五]膂、參謀帷幄、[六六]張衡・[六七]李金才藩邸惟舊、績著經綸、或惡其直道、或忿其正議、求其無形之罪、加以刎頸之誅。其餘事[六八]君盡禮、[六九]謇謇匪躬、[七〇]無辜無罪、橫受夷戮者、不可勝紀。

[七一]政刑弛紊、賄貨公行、[七二]莫敢正言、道路以目。六軍不息、百役繁興、[七三]行者不歸、居者失業。人飢相食、邑落爲墟、上不之恤也。東西遊幸、靡有定居、每以供費不給、逆收數年之賦。所至唯與後宮流連耽湎、惟[七四]日不足、[七五]招迎姥媼、朝夕共肆醜言、又引[七六]少年、令與宮人穢亂、[七七]不軌不遜、以[七八]爲娛樂。區宇之內、盜賊蜂起、劫掠從官、

屠陷城邑、近[七九]臣相互掩蔽、隱賊數不以實對。或有言賊多者、輒大被詰責、各求苟免、上[八〇]下相蒙、每出師徒、敗亡相繼。戰士盡力、必不加賞、百姓無辜、咸受屠戮。黎庶憤怨、天[八一]下土崩、至於就擒而猶未之寤也。

…（略[五一]）、〔二年三月〕上[五二]溫室に崩ず、時に年五十。蕭后宮人をして牀[五三]簀を撤して棺と爲し以て之を埋めしむ。化[五四]及發して後、右禦衛將軍陳[五五]稜梓宮を成象殿に奉じ、吳公臺の下に葬る。發斂の始め、容貌生けるが若く、衆咸な之を異とす。大唐江南を平らぐるの後、雷[五六]塘に改葬す。

初め、上自ら以えらく藩王にして、次として當に立つべからずと、每に情を矯め行いを飾り、以て虛名を釣り、陰かに奪宗の計有り。時に高祖雅だ文獻皇后を信じ、而も性妾媵を忌む。皇太子勇内に嬖幸多く、此を以て愛を失う。帝後庭に子有るも、皆な之を育てず、私寵無きを示し、媚を后に取る。大臣事を用うる者、心を傾け與に交わる。中使第に至れば、貴賤と無く、皆な顏色を曲承し、申ぬるに厚禮を以てす。婢僕の往來する者、其の仁孝を稱さざる無し。又た常に私かに宮掖に入り、密かに獻后に謀り、楊素等機に因りて構扇し、遂に廢立を成す。高祖大[五七]漸自り、諒[五八]闇の中に曁ぶも、烝淫度無く、山陵始めて就り、卽ち巡遊を事とす。天下承平の日久く、士馬全盛なるを以て、慨[五九]然として秦皇・漢武の事を慕い、乃ち盛んに宮室を治め、侈靡を窮極し、行人を召募し、絕域に分使す。諸蕃の至る者、厚く禮賜を加え、命を恭しまざる有れば、兵を以て之を擊つ。盛んに屯田を玉門・柳城の外に興す。天下の富室に課し、益ます武馬を市わしめ、匹直十餘萬、富强是に坐り凍餒する者十家に九なり。

帝性詭譎多く、幸する所の處、人の知るを欲せず、一所に之く每に、輒ち數道に置頓す。四海の珍羞殊味、水陸必ず備り、市を求むる者遠きとして至らざる無し。郡縣の官人、競いて爲に食を獻じ、豐厚なる者は進擢され、疏儉なる者は罪を獲。姦[六〇]吏侵漁し、内外虛竭し、頭[六一]會箕斂して、人生くるに聊んせず。時に軍國多務、日[六二]び暇給せず、帝方に驕怠し、政事を聞くを惡み、冤屈を治めず、奏請決するは罕なり。又た臣下を猜忌し、專任する所無く、朝臣意に合わざる者有れば、必ず其の罪を構じて之を族滅す。故に高熲・賀若弼は先皇の心膂、帷幄に參謀し、張衡・李金才は藩邸の惟舊、績は經綸に著かなるも、或いは其の直道を惡み、或いは其の正議を忿り、其の無形の罪を求め、加うるに刎頸の誅を以てす。其の餘君に事えて禮を盡し、謇謇匪躬、無辜無罪なるに、横に夷戮を受くる者、勝げて紀す可からず。政刑弛紊し、賄貨公行するも、敢えて正言する莫く、道路目を以てす。六軍息わず、百役繁興し、行く者歸らず、居る者業を失う。人飢えて相い食み、邑落墟と爲る、上之を恤れまざるなり。東西遊幸し、定居有ること靡く、每に供費給せざるを以て、數年の賦を逆收す。至る所唯だ後宮と流連耽湎し、惟だ日足らず、姥媼を招迎し、朝夕共に醜言を肆にし、又た少年を引き、宮人と穢亂せしめ、不軌不遜、以て娛樂を爲す。區宇の内、盜賊蜂起し、從官を劫掠し、城邑を屠陷するも、近臣相互に掩蔽し、賊數を隱して實を以て對えず。或いは賊の多きを言う者有れば、輒ち大いに詰責を被むる、各おの苟免を求め、上下相い蒙い、師徒を出だす每に、敗亡相い繼ぐ。戰士力を盡して、必ず賞を加えられず、百姓辜無くして、咸な屠戮を受く。黎庶憤怨し、天下土崩す、擒に就くに至るも猶お未だ之を寤らざるなり。

…（略）、〔二年三月〕煬帝は温室殿で死んだ、五十歳であった。蕭皇后は女官たちに指示してベットの板を引き剝がして棺として彼を仮に埋めた。宇文化及が長安へ向け出立した後、右禦衛将軍陳稜が柩を成象殿に安置し、呉公台の下に葬った。埋葬のため棺を開いた当初、その容貌はまるで生きているかのようで、人々はみなこれを不思議に思った。大唐が江南を平定した後、雷塘に改葬した。

最初、煬帝は自身が諸王の身であり、順序として皇太子に立つはずはないと思い、いつも本心を偽り行いを飾り立てて、虚名を求め、ひそかに嫡子に取って代わろうという野望を抱くようになった。この時高祖はたいそう文献皇后を信頼し、しかも彼女は性格として側室が嫌いであった。皇太子の勇は寵愛する側室が多く、これによって皇后の愛を失ってしまった。煬帝は側室に子供ができても、みな養育せず、寵愛するものがいないかのようすを示し、皇后に媚びたのである。重臣で政治に関わる者とは、心を傾けて彼らと交際した。宮中からの使者が屋敷にやってくれば、その身分に関わりなく、みなこまごまと顔色をうかがい、さらに手厚い礼遇を与えた。男女の奴隷たちでこの屋敷に出入りするものは、彼をあわれみ深く親孝行であると賞賛しないものはなかった。またいつもひそかに後宮に入り、こっそりと文献皇后と計略をめぐらし、楊素たちは機会をとらえては誣告煽動し、とうとう皇太子の廃立を行なったのである。高祖の病状が悪化してから、服喪に及ぶまで、高祖の愛妾を淫すること限りなく、墳墓が出来上ってまもないのに、すぐに全国巡幸を行なった。世の中は太平が長く続き、軍事力も最強の時期であったため、熱心に秦の始皇帝や漢の武帝の事跡を倣おうとし、かくて盛んに宮殿を造営し、贅沢浪費を極め、使者となる者を募り、遥か異境の地にそれぞれ派遣した。諸々の異民族で帰順してきた者には、手厚い礼遇と褒美を与えたが、命に従わない者には、軍を派遣して攻撃した。玉門（甘粛省）や柳城（遼寧省）の外に盛んに屯田を開いた。全国の金持ちに義務付けて、盛んに軍用の馬を買わせたので、一頭の値段が十余万にもなり、富豪もこの負担がもとで衣食にさえ事欠くにいたるもの十家に九家にもなった。

煬帝は性格がねじけており、行幸する場所を、人に知られるのを嫌い、行幸するたびに、いくつかのルートに休憩所をつくらせた。天下の珍しい料理や、山海の産物が必ず用意されており、売ろうとする者はどんな遠くでもやってこないものはなかった。郡や県の役人は、争って食物を献上し、豊富で充分に献上した者は抜擢され、粗末で簡略であった者は罪をえた。悪徳な官吏は民衆の財産を劫略し、国の内外ともに空になってしまい、箕（みの）でさらい取るように厳しく人頭税を課したので、人民は安心して生きて行くことができなくなった。このころ軍事と国政は繁忙を極め、日々応接にいとまない状態だったのに、煬帝はみくびってなまけ、政治向きのことを聞くことを嫌い、冤罪を審査せず、裁可を願う書類も決裁をうけることはまれであった。また臣下たちを疑い才能を妬み、一任して仕事をまかせるということがなく、朝廷で自分の意に合わないものがいれば、必ずその罪をでっちあげで一族皆殺しに処した。このようなわけで高熲と賀若弼は先帝が最も頼りとし、お側で戦略にあずかった家臣であり、張衡と李金才は煬帝の藩王時代からの臣下で、その功は国家経営に明らかであるが、ある者はそのまっすぐなやり方を憎まれ、ある者はその公正な議論で怒りをかい、ありもしない罪を探されたあげく、処刑されてしまった。そのほかにも主君に仕えて礼を尽くし、我が身を顧みず諫言しながら、何の罪もなくして、非道に殺戮された者は、いちいち記録できないほどだ。

政治や刑罰はゆるみ乱れ、賄賂はおおっぴらに行われても、直言しようとする者はなく、周囲は目配せをするだけであった。軍事は休むまもなく、諸々の徭役はしきりに起こり、かり出された者は戻らず、家にある者は生業を失った。人々は飢えに迫られて人を喰い、村落は廃墟となったが、煬帝はこれを顧みなかった。東へ西へと巡幸して、じっと止まっておることがなく、いつも費用が充分でないとして、数年分の租税を先に徴収した。巡幸先ではただ後宮の女性たちと帰るのも忘れて酒におぼれ、一日中でもまだものたらず、年かさの女性たちを呼びだし、朝な夕な彼女らと聞くに絶えない淫猥極まりない話題を嫌らしい言葉で憚ることなく口にし、また少年を引き入れて、宮女とみだらな行為をさせ、無軌道で、それを娯楽とした。自分の治めるこの世界で、反乱者が蜂のように各地に群がり起こり、部下の官僚たちが連れ去られ、町や村が皆殺しになり陥落しても、近臣たちはたがいに事実を覆い隠したり、反乱軍の人数を偽って伝えたりした。時に反乱者が多いと言上する者がいると、そのたびに厳しく責めなじられることになり、臣下はそれぞれその場逃れをしようとし、上下が欺きあい、軍勢を出だすたびに、敗北が続いた。兵士たちは全力を出して戦っても、賞賜が与えられたことはついぞなく、民衆は何の罪もなくして、みな虐殺された。人々は憤り恨み、天下は土が崩れるように壊れ、煬帝は反逆者に捕らえられるという事態に立ち至ってもまだこのことがわからなかった。

五一　省略部分には、反乱加担者の名が列挙されている。

五二　上崩于溫室　万一を考えた煬帝は毒薬を用意していたものの、左右が逃散してしまって得ることができなかったため、縊り殺された。また、『北史』や『通鑑』には、煬帝が自分が殺されるであろうことがわからなかった。

とを予感していた話がみえる。

五三 撤牀簀　ベットの敷き板。皇帝に相応しい棺が用意できず、ありあわせの薄い材木で急ごしらえされたのである。『通鑑』（唐紀一武徳元年）では皇后は宮人と「漆牀板」を撤して「小棺」をつくり、同時に殺された趙王杲とともに西院の流珠堂に殯したとする。いずれにせよ、『礼記』檀弓上に規定するような皇帝としての豪華な棺材と対極にある。

五四 化及　宇文化及。反乱の首謀者。煬帝が皇太子のころから仕えた。いろいろ醜行が多かったが、名門の子（父が宇文述）のゆえもあり、許された。煬帝に付き従ってきた驍果の兵の多くが関中出身者であったので、彼らの望郷の思いをあおり反乱を起こした。『隋書』巻八五、『北史』巻七九。

五五 陳稜　字は長威。盧江襄安（安徽省）の人。煬帝の即位後重用され、政権末期、多発する反乱の鎮定に活躍した。全軍に喪服をつけさせ、儀衛を整えて煬帝を葬送した。『隋書』巻六四。

五六 改葬雷塘　「武徳五年（六二二）八月、隋煬帝を揚州に葬る」（『旧唐書』巻一高祖紀）という記録がある。

五七 大漸　病気が重くなり、危篤状態になること。『尚書』顧命篇を典拠とする。

五八 諒闇之中…　文帝が崩じてすぐ、文帝の愛妾であった宣華夫人陳氏や容華夫人蔡氏と関係した（『隋書』巻三六后妃伝）。

五九 慨然秦皇・漢武　煬帝がこのような考えをもつようになった時期について、『通鑑』は大業三年に裴矩が西域情勢を言上したことがきっかけであるとし、虚栄的外交政策による隋の疲弊は裴矩の責任とする。『隋書』巻六七裴矩伝には彼の言上と煬帝の反応は録されているが、時期および煬帝が抱いた感慨は述べていない。

六〇 姦吏侵漁　漁師が魚をとるように人の財をとること。ここと同じ表現が『史記』巻一二二酷吏張湯伝にある。

六一 頭會箕斂…　頭数を数え箕ので浚うように税金をとること。「外内騷動し、百姓罷弊し、頭會箕斂して、以て軍費を供し、財匱しく力盡き、民、生を聊んぜず」（『史記』巻九 張耳陳餘伝）を典拠としている。

六二 日不暇給　暇給はひま、いとま。『漢書』巻一四諸侯王表序にこの句がある。

六三 高熲　字は昭玄。一名 敏。渤海蓚（ちょう）（河北省）の人。伝中に「（高祖）委ぬるに心膂を以てす」とあり、特に隋成立前後、高祖に信頼された。煬帝即位後、派手な政策や対外積極策を批判し、大業三年（六〇七）誅殺された。伝では彼を政治家として高く評価し、誅殺されたことを惜しんでいる。『隋書』巻四一、『北史』巻七二。

六四 賀若弼　五三三～六〇七。字は輔伯。河南洛陽の人。高熲に推薦され武将として活躍した。特に陳を滅ぼした戦いでは、文帝に称賛された。煬帝即位後は、その自信ある態度が疎まれ、高熲、宇文弼とともに誅殺された。『隋書』巻五二、『北史』巻六八。

六五 心膂　国を支える力として厚く信頼すること。あとの「惟舊」とともに『尚書』を典拠とする言葉。前者は「君牙」、後者は「盤庚上」にみえる。

六六 張衡　字は建平。河内（河南省）の人。煬帝が河北行台になったときから仕え、煬帝の「奪宗の計」は、多く彼が建議したという。煬帝即位後は河内の屋敷に行幸され「藩邸の舊を以て、恩寵與に比を爲す莫し」と称された。しかし「勞役繁多」を諫めたことを機に寵を失い、遂に自殺を命じられた。『隋書』巻五六、『北史』巻七四。

六七 李金才　名は渾、字が金才。煬帝が藩王となると彼の軍を指揮し、揚州にも付き従った。煬帝即位後、妻の兄であり権力者であった宇文述と仲違いし、李姓の者が天子となるという図讖を種に誣告され、遂に無実の罪で誅殺された。『隋書』巻三七、『北史』巻五九。

六八 事君盡禮　『論語』八佾篇を典拠とする言葉。

六九 謇謇匪躬　忠義のため大変苦労して我が身を省みないこと。『易経』蹇「王臣謇謇、躬の故に匪ず」に基づく。

七〇 無辜無罪　『詩経』小雅 巧言を典拠とする。

七一 政刑弛紊　弛紊はたるみ無秩序に乱れること。陸機「辯亡論上」（『文選』巻五三　論三）に「昔 漢氏 御を失い…皇綱 弛紊し、王室遂に卑し」という。

七二 莫敢正言…　『国語』周語「國人敢えて言う莫く、道路目を以てす」の表現を意識している。

七三 行者不歸…　『呂氏春秋』先識覧四「行く者糧無く、居る者食無ければ、則ち財盡きたり」の表現を意識している。

七四 惟日不足　「凶人 不善を爲す、亦た惟だ日足らざるなり」（『書経』泰誓中）を典拠とする。

七五 招迎姥媼…　この「姥媼」は、あるいは後宮に入ってそのまま年老いてしまった女性を指すかもしれない。「醜言」も単純な猥談ではなく、彼女らが長年後宮に仕えるなかで目睹した、より具体的でより卑猥な「宮中の秘事」のような話を指しているのかもしれない。

七六 引少年…　宇文晶の伝中に時期を明示しないが、「宮人と淫亂し、妃嬪公主に至るも、亦た醜聲有り」という記録がある（『隋書』巻五〇宇文協伝附。『北史』巻五七周宗室伝）。

七七 不軌不遜　『左伝』隠公五年に典拠がある。

七八 以爲娯樂　『通鑑』唐紀一　武徳元年によれば、煬帝は江都にあって、「荒淫益ます甚だしく」、宮殿内の百余室それぞれに美人を配し、毎日一室づつ蕭后や幸姫とともに巡り宴飲し、「從姫千餘人も亦た常に酔う」という状態であったとされる。このような話が脚色され『隋煬帝艶史』といった書物になっていった。

七九 近臣相互掩蔽…　虞世基（『隋書』巻六七・『北史』巻八三）や裴蘊（『隋書』巻六七・『北史』巻七四）などを指すと思われる。共に煬帝の意を汲み、また禍が己に及ぶことをおそれ、煬帝の意に逆らわないようにつとめた。また宇文化及が反乱者の数はまことにすくなく、気に病むことはないと言ったのに対し、蘇威が自分は人数は知らないが、だんだん近くなってきたと煬帝に言ったという話がある（『隋書』巻四一『北史』巻六三）。

八〇 上下相蒙　『左伝』僖公二四年に典拠がある。

八一 天下土崩　『史記』始皇帝本紀論「秦の積衰し、天下土崩瓦解す」を意識している。

〔参考文献〕

李唐『隋煬帝』（香港宏業書局　一九六三年）
宮崎市定『隋の煬帝』（人物往来社　一九六五年）
布目潮渢『つくられた暴君と明君　隋の煬帝と唐の太宗』（清水書院　一九八四年）
韓隆福『隋煬帝評伝』（武漢大学出版社　一九九二年）
郭志坤『隋煬帝大伝』（蘇州大学出版社　一九九五年）

（道坂昭廣）

晉書文苑傳序
宋書謝靈運傳論
南齊書文學傳論
隋書文學傳序

晉書文苑傳序（晉書卷九二）

この文は、文苑伝の冒頭に置かれており、全体が整然とした駢文のスタイルで統一されている。文学史の流れの記述は、沈約『宋書』謝霊運伝論にほぼ倣っていて、特に目新しい独自性は感じられない。

夫[一]文以化成、惟聖之高義、行[二]而不遠、前史之格言。是以[三]溫洛禎圖、綠字符其丕業、苑[四]山靈篆、金簡成其帝載。既[五]而書契之道聿興、鍾[六]石之文逾廣、移[七]風俗於王化、崇[八]孝敬於人倫、經[九]緯乾坤、彌綸中外、故[一〇]知文之時義大哉遠矣。

洎[一一]姬曆云季、歌頌滋繁、荀[一二]・宋之流、導源自遠、總[一三]金羈而齊騖、揚玉軑而並馳、言[一四]泉會於九流、文[一五]律諧於六變。自時已降、軌躅同趨、西[一六]都賈・馬、耀[一七]靈蛇於掌握、東[一八]漢班・張、發[一九]雕龍於綈槧、俱[二〇]標稱首、咸推[二一]雄伯。逮[二二]乎當塗基命、文宗鬱起、三[二三]祖叶其高韻、七[二四]子分其麗則、翰[二五]林總其菁華、典[二六]論詳其藻絢、彬[二七]蔚之美、競爽當年。獨[二八]彼陳王、思風遒舉、備乎典奧、懸[二九]諸日月。

及[三〇]金行纂極、文雅斯盛、張[三一]載擅銘山之美、陸[三二]機挺焚研之奇、潘[三三]・夏連輝、頡頏名輩、並綜[三四]採繁縟、杼[三五]軸清英。窮[三六]廣內之青編、緝[三七]平臺之麗曲、嘉聲茂迹、陳[三八]諸別傳。至於[三九]吉甫・太沖、江右之才傑、曹[四〇]毗・庾闡、中興之時秀。信乃[四一]金相玉潤、林[四二]薈川沖、埒美前修、垂裕來葉。今撰其鴻[四三]筆之彥、著之文苑云。

夫れ「[一]文以て化成す」は、惟れ聖の高義にして、「[二]行わるれども遠からず」は、前史の格言なり。是を以て[三]溫洛の禎圖は、綠字 其の丕業に符し、[四]苑山の靈篆は、金簡 其の帝載を成す。既にして[五]書契の道聿に興りて、[六]鍾石の文逾いよ廣く、[七]風俗を王化に移し、[八]孝敬を人倫に崇め、[九]乾坤を經緯して、中外に彌綸す。故に知る [一〇]文の時義は、大いなるかな遠いかな。

[一一]姬曆の云に季に洎びて、歌頌滋ます繁くして、[一二]荀・宋の流、源を導くこと遠く自りし、[一三]金羈を總べて齊しく鶩せ、玉軑を揚げて並び馳せ、[一四]言泉は九流に會し、[一五]文律は六變に諧う。時自り已降、軌躅同じく趨き、[一六]西都の賈・馬は、[一七]靈蛇を掌握に耀かせ、[一八]東漢の班・張は、[一九]雕龍を綈槧に發して、倶に[二〇]稱首を標し、咸な[二一]雄伯と推す。[二二]當塗命を基むるに逮び、文宗鬱んに起こり、[二三]三祖は其の高韻に叶い、[二四]七子は其の麗則を分かち、[二五]翰林は其の菁華を總べ、[二六]典論は其の藻絢を詳らかにして、[二七]彬蔚の美は、當年に競爽す。[二八]獨り彼の陳王は、思風遒擧して、典奧に備え、[二九]これを日月に懸く。

[三〇]金行の極を纂ぐに及び、文雅斯に盛んにして、[三一]張載は山に銘するの美を擅にし、[三二]陸機は硏を焚くの奇を挺んで、[三三]潘・夏は輝きを連ねて、名輩に頡頏し、並びに[三四]繁縟を綜採して、[三五]淸英を杼軸す。[三六]廣内の靑編を窮め、[三七]平臺の麗曲を緝めて、嘉聲茂迹、[三八]これを別傳に陳ぬ。[三九]吉甫・太沖に至っては、江右の才傑、[四〇]曹毗・庾闡は、中興の時秀にして、信に乃ち[四二]金のごとく相し玉のごとく潤い、[四一]林のごとく薈り川のごとく沖きて、美を前脩に埒しくし、裕を來葉に垂る。今其の[四三]鴻筆の彥を撰し、之を文苑に著すと云う。

「文によって天下を教え導く」とは、聖人の高い見識であり、「〔文のないことばは〕作用を遠くまで及ぼしえない」とは、いにしえの史書の格言である。かくて洛水の水がぬるんで出現しためでたい図は、その緑色の文字が天子の盛業のしるしとなり、宛委の山で見出されたあらたかな篆文は、金色の簡策が帝王の業績の全き記録となっている。文字が書写の手段として成立すると、金石に刻まれた文が広く行われるようになり、天子の徳に導かれて世の風俗はめでたく、父母長上をうやまう道はいやましに高まって、天地を治め整え、国の内外を一つにまとめた。時を得た文のはたらきはまことに偉大なものであることが知られよう。

周王朝の末期になると、詩歌はますます栄えて、荀況・宋玉といった人々が、遥か昔からの淵源を受け継ぎ、さながら黄金の手綱をあやつりながら、玉ちりばめた車に繫がれる駿馬を一斉に疾走させる趣で、ことばは九種の学術の趣旨にかなって自在に横溢し、音声の響きは六種の楽章の変化に呼応して行き交った。これより以降、文学は一つの軌道に沿って進展し、前漢の賈誼・司馬相如が、筆を存分に揮って珠玉の大作を輝かせれば、後漢の班固・張衡は、龍のあやなす文様を竹帛の上に現出して、それぞれ第一人者たることを示し、誰からも巨匠と認められた。魏が王朝を定めると、文学の大家が鬱然として現われ、魏王室の三祖（武帝・文帝・明帝）は高い調べを共有し、建安七子は麗しくかつ則ある趣を分かちあって、『翰林』にはその精華が集成され、『典論』にはその文藻が詳細に論じられており、あやなす文彩の美は、この時代に勢いを強めていった。わけてもかの曹植は、詩想さながら沸くごとく、奥深い内容を備えて、日月に並ぶ不朽の作品を著した。

晋が王権を継承すると、文学はここに最盛期を迎え、張載が剣閣山に刻まれた銘で美文の腕を発揮すれば、陸機は人に筆硯を放棄したいと羨望させるほどの抜群の才を顕示し、潘岳と夏侯湛とは双璧の美を輝かせて、名家の中に肩を並べ、みな華麗な修辞の限りを尽くしつつ、秀でた作品を織りなしていった。彼らは宮中の図書館に蔵される名作をきわめ、いにしえの文雅の集いのみごとな楽曲の粋を尽くして、すぐれた文学上の業績を挙げたが、そのことはそれぞれの伝に記されている。一方、応貞や左思は、西晋の傑出した作家であり、曹毗と庾闡は、東晋の卓越した文人である。彼らはまことに黄金のごとく輝かしく玉のごとくつややかに、林のごとく繁茂し川のごとく活潑であり、文辞の美を前代の大家に並べるとともに、未来に向けて豊かな模範を示している。ここにそうした文学の俊秀を選りすぐって、文苑伝を著すことにする。

一 文以化成　『易』賁卦の彖辞に、「天文を觀て以て時變を察し、人文を觀て以て天下を化成す」。人文を観察して、天下を教え導くこと。この「文」は、抽象的な「あや」「かざり」の意で、それが以下の文脈で詩文のすべてを包括した「あや」ある「文章」の意味に連なりつつ、展開してゆく。

二 行而不遠　『左伝』襄公二十五年に見える孔子のことば。「志（古書）に之あり、『言は以て志を足し、文は以て言を足す』と。言わざれば、誰か其の志を知らん。言の文無きは、行わるれども遠からず」。美的要素を持たないことばは、十分にその効用を及ぼし得ないことをいう。

三 溫洛禎圖…　「溫洛」は、洛水の水がぬるむことで、聖王の出現の先触れとなる現象。緯書『易乾鑿度』（『初学記』巻九総叙帝王引）に、「帝聖德の應に、洛水先ず溫まる。九日にして乃ち寒く、五日にして變じて五色と爲る」。「禎圖」は、いわゆる河図で、聖世を預言する瑞兆。そこには緑色の地に朱の文字が記されているといわれる。やはり緯書『尚書中候』（『藝文類聚』巻一一帝王部帝堯陶唐氏引）に、「帝堯 政に卽き、榮光 河を出で、休氣四もに塞つ。龍馬甲を銜み、赤文にして緑色なり」とある。「朱文緑錯」ともいう。本文に「緑字」とあるのは、その異伝か。「溫洛」と「河図」を並置した例は、『文心雕龍』正緯篇の賛に、「榮河溫洛、是れ圖緯を孕む」。「丕業」は、大きな事業。司馬相如「封禅文」（『史記』本伝）に、「天下の壯觀、王者の丕業は、貶す可からざるなり」。

四 苑山靈篆…　「苑山」は、「宛委山」のこと。一名「玉笥山」ともいって、会稽県の東南十五里にあり、夏の禹王がここで金簡の書を授かって、洪水を治める理を得たとされる。『呉越春秋』越王無余外伝に、『黄帝中経暦』なる書を引いて、「三月庚子、（禹は）宛委山に登り、金簡の書を發き、金簡玉字を案じて、通水の理を得たり」という。「帝載」は、帝王の成したこと。『尚書』舜典に、「能く庸を奮い、帝の載を熙むるもの有らば、百揆に宅らしめん」。

五 書契之道聿興　「書契」は、文字のこと。許慎『説文解字』序に、「黄帝の史倉頡、鳥獸蹏迒の迹を見て、分理の相い別異す可きを知り、初めて書契を作る」。

六 鍾石之文逾廣　「鍾石」は、「金石」に同じ。沈約「斉故安陸昭王碑文」（『文選』巻五九）に、「鍾石徒らに刊られ、芳猷永く謝す」とあり、李善注に『呉越春秋』（句踐伐呉外伝）を引いて、「樂師 越王に謂いて曰く、君王の德は、以て之を金石に刻む可し」という。

七 移風俗於王化　いわゆる「移風易俗」をいう。『礼記』楽記に、「樂なる者は、聖人の樂しむ所なり。而して以て民心を善くす可し。其の人を感ぜしむること深く、其れ風を移し俗を易う、故に先王は其の教えを著す」。また、「故に樂行われて倫淸く、耳目聰明にして、血氣和平なり。風を移し俗を易えて、天下皆な寧し」。『礼記』経解に、「風を移し俗を易うるは、樂よりも善きは莫し」。同じことばが『孝経』広要道章にも見える。「移風易俗」は、また音楽と結びついた詩の役割でもあったことは、注八に挙げる「毛詩大序」に説かれる。

八 崇孝敬於人倫　「孝敬」は、親に孝を尽くし、目上の人を敬うことで、「人倫」（人の道）とともに「毛詩大序」に見える。「故に得失を正し、天地を動かし、鬼神を感ぜしむるは、詩よりも近きは莫し。先王は是を以て夫婦を經し、孝敬を成し、人倫を厚くし、教化を美しくし、風俗を移す」。

九 經緯乾坤…　「經緯」は、治めととのえる。班固「典引」（『文選』巻四八）に、「乾坤を經緯し、三光を出入せしむるに至りては、外は渾元を運らし、内は毫芒を沾して、性類は循理し、品物咸な亨る」。「彌綸」は、広くすべくくる。『易』繫辞伝上に、「易は天地と準ず、故に能く天地の道を彌綸す」。

一〇 文之時義大哉遠矣　これまでの冒頭部全般を含めて、蕭統『文選』序の論法を踏襲した感がある。「易に曰く、天文を觀て以て時變を察し、人文を觀て以て天下を化成すと。文の時義は遠きかな」。「時義」は、時間的な意義をいい、『易』豫卦彖伝の「豫の時義は大いなるかな」などの例がある。

一一 姫暦　周の治世をいう。「姫」は、周王朝の姓。

一二 荀・宋之流　荀況（前三三〇?～前二三八?）と宋玉（前三世紀後半）を指す。荀況はその著『荀子』に「賦篇」があり、また宋玉は屈原の弟子で、『楚辞』の作者の一人に擬せられており、いずれも漢の辞賦の先駆的な作家と見なされている。

一三 總金羈而齊騖…　優れた文人たちが才を競うさまを駿馬の互いに疾駆するさまになぞらえる比喩は、次のような例のごとく、六朝の文学論にしばしば見られる。曹丕「典論論文」（『文選』巻五二）に、「斯の七子なる者は、學に於て遺す所無く、辭に於いて假る所無し。咸な以えらく、自ら驥騄を千里に騁せ、仰いで足を齊しくして並び騁すと。此を以て相い服せしむるは、亦た良に難し」。『文心雕龍』明詩篇に、「建安の初めに暨び、五言騰踊す。文帝・陳思は、轡を縦にして節を騁せ、王・徐・應・劉は、路を望んで驅を爭う」。「軼」は、車輪を軸に固定するくさびで、車輪の意。『楚辞』離騒に、「玉軼を齊えて並び馳す」。

一四 言泉會於九流　「言泉」は、ことばが口をついて流れ出ること。陸機「文賦」（『文選』巻一七）に、「思風は胸臆に發し、言泉は脣齒に流る」。「九流」は、先秦の学術思想を代表する九つの学派。

一五 文律諧於六變　「六變」は、古代の祭祀の音楽における六つの楽章の変化。『周礼』春官・大司楽に、「凡そ六樂は、一變して羽物及び川澤の示を致す。……若し樂六變すれば、則ち天神皆な降り、得て禮すと謂う可し」。

一六 西都賈・馬　「西都」は、前漢の首都長安を指し、また前漢の別称ともなる。「賈」は、賈誼（前二〇一～前一六九）、「馬」は、司馬相如（前一七九～前一一七）。ともに前漢の代表的な辞賦の作者。

一七 耀靈蛇於掌握　「靈蛇」は、大蛇が銜んでいたといわれる巨大な真珠（『淮南子』覧冥訓）をいう。曹植「楊德祖に與うる書」（『文選』巻四二）に、建安の文人たちが自分たちの文才を誇ることを述べて、「此の時に當り、人人自ら謂えらく靈蛇の珠を握ると、家家自ら謂えらく荆山の玉を抱くと」とある。

一八 東漢班・張　後漢の班固（三二～九二）と張衡（七八～一三九）。ともに後漢を代表する辞賦の作者。

一九 發雕龍於綈槧　「雕龍」は、龍の鱗を彫るように丹念に美しい文辞を作りあげること。戦国時代の文人騶奭の華麗な文章が、「龍を雕る奭」（『史記』孟子荀卿列伝）と称された故事による。六朝文学理論の名著『文心雕龍』の書名にも取り入れられている。「綈槧」は、絹織物と木札で、ともに文字を記すもの。

二〇 稱首　いち早く名を挙げられるような存在。司馬相如「封禅文」（『史記』本伝・『文選』巻四八）に、「前聖の永く鴻名を保って、常に稱首と爲る所以の者は此を用てなり」。

二一 雄伯　覇者、旗頭。「伯」は「覇」に同じ。陳琳「張紘に答うる書」（『三国志』呉書伝注）に、「此間は率ね文章に少なく、雄伯爲り易し」。

二二 當塗基命…　「當塗」は、魏の王朝のこと。後漢末の預言書に「漢に代わる者は當塗高」と記されていて、それが魏を指すと解釈されたところから（『後漢書』袁術伝など）、後に魏朝の代用語として用いられるようになった。「基命」は、天が命を下して王朝を創始すること。『尚書』洛誥に「王、如に敢えて天の基めて定命を命ずるに及ばず」。沈約『宋書』謝霊運伝論に、「建安に至り、曹氏 命を基む」。「文宗」は、仰ぎ慕われる文学の大家。『文選』の『宋書』謝霊運伝論注に引く『続晋陽秋』に、「（許）詢・（孫）綽並びに一時の文宗爲り、此自り作者悉く之に化す」。

二三 三祖叶其高韻　「三祖」は、魏の太祖武帝（曹操）・高祖文帝（曹丕）・烈祖明帝（曹叡）をいう。いずれも文才に秀でた。『三国志』魏書明帝紀の景初元年に、「三祖の廟は、萬世毀たず」とある。三祖が「其の高韻に叶う」とあるのは、彼らがことに楽府の詩に長じたことを示唆するようである。『文心雕龍』楽府篇に、「魏の三祖に至って、氣は爽にして才は麗、辭調を宰割して、音は靡にして節は平なり」。また、『詩品』序に、「故に三祖の詞は、文或いは工みならざれども、韻は歌唱に入る」。

二四 七子分其麗則　「七子」は、孔融・陳琳・王粲・徐幹・阮瑀・応瑒・劉楨の七人で、彼らを一つのまとまった文人集団と見なす見解は、曹丕「典論論文」（『文選』巻五二）に始まる。この七人については、本書のそれぞれの伝を参照。「麗則」は、揚雄『法言』吾子篇に、「詩人の賦は麗にして以て則あり、辭人の賦は麗にして以て淫る」とあるのによる。

二五 翰林總其菁華　「翰林」は、晋・李充撰『翰林』か。現存しないが、魏晋を中心とする詩文の秀作を収めた選集だったと想像される。いま『隋志』集部総集類に、「翰林論三巻」と著録されるのは、元来この選集に付録されていた「論」の部分に過ぎず、「梁五十四巻」とある付記が、梁・阮孝緒『七録』にもとづく『翰林』の原形態を指しているようである。「菁華」は、「精華」に同じ。

二六 典論詳其藻絢　「典論」は、魏文帝曹丕の著書。『隋志』子部儒家類に、五巻として著録される。その「論文」篇が『文選』巻五二に収められるほか、厳可均『全三国文』にその逸文が輯められている。

二七 彬蔚之美…　「彬蔚」は、調和のとれた美しさ。陸機「文賦」（『文選』巻一七）に、「頌は優游して以て彬蔚」。「競爽」は、勢い盛んになること。『左伝』昭公三年に、「二惠の競爽するは猶お可なり」。

二八 獨彼陳王…　「陳王」は、曹植のこと。最後の封地が陳であったところからいう。『詩品』が彼を周公・孔子になぞらえて称揚するように、長く唐以前の最高の詩人とされてきた。本書「曹植伝」参照。「思風」は、構想の沸くさまを風になぞらえた表現。陸機「文賦」に、「思風は胸臆に發し、言泉は脣齒に流る」。「遒擧」は、力強いさま。

二九 懸諸日月　曹植の文学が日月と同様に永遠の価値を持つことを述べる。『史記』屈原伝に、屈原の生涯と文学を称えて、「此の志を推せば、日月と光を争うと雖も可なり」。揚雄「劉歆に答うる書」（『方言』など）に、張伯松なる人物が『方言』を称賛したことばとして、「是れこれを日月に懸く、不刊の書なり」とある。

三〇 金行纂極　「金行」は、晋王朝のこと。五行説によれば、晋は金徳を承けるとされる。梁・劉峻「辯命論」（『文選』巻五四）に、「金行競わず、天地板蕩して自り、左帶沸脣は、閒に乘じて電のごとく發す」。「極」は、天子の位をいう。

三一 張載擅銘山之美　張載が蜀に旅したとき、「剣閣銘」を著したことをいう。本書「張載伝」参照。

三二 陸機挺焚研之奇　陸機の友人が、機の作品のあまりのすばらしさに、自分の筆硯を焼いてしまいたいと慨嘆したという話。「研」は、「硯」に同じ。本書「陸機伝」参照。

三三 潘・夏連輝　『世説』容止篇9に、「潘安仁・夏侯湛は、並びに美容あり、同行を喜ぶ、時人 之を連璧と謂う」。

三四 繁縟　複雑で華麗なさま。馬融「長笛賦」(『文選』巻一八)に、「繁縟駱驛なるは、范・蔡の説なり」。

三五 杼軸　「杼」と「軸」は、それぞれ織機の横糸を通す「ひ」と、縦糸を巻く「おさ」。合わせて、布を織ること、さらに文章を作り出すことをいう。

三六 廣内之青編　「廣内」は、宮中の図書や資料の収蔵所。『漢書』藝文志の如淳注に劉歆『七略』を引いて、「外は則ち太常・太史・博士の藏あり、内は則ち延閣・廣内・祕室の府有り」。「青編」は、竹簡を編んで作った書物。

三七 緝平臺之麗曲　「平臺」は、前漢の梁孝王武が建てた豪奢な離宮で、そこに四方の優れた人物を招致した(『漢書』梁孝王武伝)。『宋書』謝霊運伝論に、「平臺の逸響を綴り、南皮の高韻を采る」。

三八 陳諸別傳　前出の張載・陸機・潘岳・夏侯湛らは、いずれも『晋書』に独立の伝が立てられることをいう。

三九 吉甫・太沖…　「吉甫」は、応貞の字。「太沖」は、左思の字。両者はともに西晋の文人で、文苑伝中に伝がある。応貞は、応璩(本書「応璩伝」参照)の子。左思は、本書「左思伝」参照。「江右」は、西晋の時代をいう。

四〇 曹毗・庾闡…　二人はいずれも東晋初期の文人で、文苑伝に伝がある。「中興」は、東晋の時代をいう。

四一 金相玉潤　金や玉のように美しい姿。『詩経』大雅「棫樸」に、「其の章を追琢し、其の相を金玉にす」。あるいは、黄金のような姿と、玉を鳴らすような音声。蕭統『文選』序に、「賢人の美辭、忠臣の抗直、謀夫の話、辯士の端の若きは、氷のごとく釋け泉のごとく涌き、金のごとく相あり玉のごとく振るう」。

四二 林薈川沖　「薈」は、草木が繁茂するさま。「沖」は、水がわき上がる。

四三 鴻筆之彦　「鴻筆」は、優れた文章、またそれを書く人。「洪筆」に同じ。『論衡』須頌篇に、「古えの帝王の鴻德を建つる者は、鴻筆の臣の褒頌し紀載するを須って、鴻德乃ち彰われ、萬世乃ち聞こゆ」。

（興膳　宏）

宋書謝靈運傳論（宋書卷六七）

謝霊運伝の巻末の論として書かれてはいるが、謝霊運個人に対する評論ではなく、前半は古代から宋に至るまでの詩歌の歴史、後半は作者沈約の持論である声律諧和の創作論を内容としている。これははじめて文学史の眼によって描き出された、詩歌発展の跡であり、また展望である。後半の理論は、四声の交替による音声調和の原理を説いたものとして、言語史の上でも意義を有する。『文選』は、史論の部に、『宋書』から「恩倖伝論」とともに採録している。

[一]史臣曰、[二]民稟天地之靈、含五常之德、剛柔迭用、喜慍分情。夫志[三]動於中、則歌詠外發。[四]六義所因、[五]四始攸繫、升降謳謠、紛披[六]風什。雖[七]虞夏以前、遺文不覩、稟氣懷靈、[八]理或無異。然則歌咏所興、宜自生民始也。[九]周室既衰、風流彌著、[一〇]屈平・宋玉、導清源於前、[一一]賈誼・相如、振芳塵於後、[一二]英辭潤金石、高義薄雲天。自茲以降、情志愈廣、[一三]王褒・[一四]劉向・[一五]揚・班・崔・蔡之徒、異軌同奔、遞相師祖。雖淸辭麗曲、時發乎篇、而蕪音累氣、固亦多矣。

[一六]若夫平子艶發、文以情變、絕唱高蹤、久無嗣響。[一七]至于建安、曹氏基命、三祖陳王、咸蓄盛藻、甫乃以情緯文、[一八]以文被質。

自漢至魏、四百餘年、辭人才子、[一九]文體三變。相如巧爲[二〇]形似之言、[二一]班固長於情理之說、[二二]子建・仲宣以氣質爲體、並標能擅美、獨映當時。是以一世之士、各相慕習、原其飈流所始、莫不同祖風[二二]・騷。徒以賞好異情、故意製相詭。

降及元康[二四]、潘[二五]・陸特秀、律異班・賈、體變曹・王、縟旨星稠、繁文綺合。綴平臺之逸響[二六]、採南皮之高韻[二七]、遺風餘烈、事極江右。

有晉中興[二八]、玄風獨振[二九]、爲學窮於柱下[三〇]、博物止乎七篇[三一]、馳騁文辭、義單乎此[三二]。自建武暨乎義熙[三三]、歷載將百、雖綴響聯辭[三四]、波屬雲委、莫不寄言上德[三五]、託意玄珠、遒麗之辭、無聞焉爾[三六]。仲文始革孫・許之風[三七]、叔源大變太[三八]元之氣。

爰逮宋氏、顏・謝騰聲[三九]。靈運之興會標擧[四〇]、延年之體裁明密[四一]、並方軌前秀、垂範後昆[四二]。

若夫敷衽論心[四三]、商榷前藻[四四]、工拙之數、如有可言。夫五色相宣[四五]、八音協暢[四六]、由乎玄黃律呂[四七]、各適物宜[四八]。欲使宮[四九]羽相變、低昂互節[五〇]、若前有浮聲[五一]、則後須切響。一簡之內[五二]、音韻盡殊、兩句之中、輕重悉異。妙達此旨、始可言文。

至於先士茂製、諷高歷賞[五三]、子建函京之作[五四]、仲宣霸岸之篇[五五]、子荊零雨之章[五六]、正長朔風之句[五七]、並直擧胸情[五八]、非傍詩史、正以[五九]音律調韻、取高前式。自騷人以來[六〇]、多歷年代、雖文體稍精、而此祕未覩。至於高言妙句、音韻天成、皆闇與理合、匪由思至。張・蔡・曹・王、曾無先覺、潘・陸・謝・顏、去之彌遠。世之知音者、有以得之、知此言之非謬。如曰不然、請待來哲[六一]。

史臣曰く[一]、民[二]は天地の靈を稟(う)け、五常の德を含みて、剛柔迭(たが)いに用いられ、喜慍(きうん)情を分かつ。夫れ志[三]中に動けば、則ち歌詠《かえい》は外に發す。[四]六義《りくぎ》の因《よ》る所、[五]四始《しし》の繫《かか》る攸《ところ》にして、謳謡《おうよう》を升降し、[六]風什《ふうじゅう》を紛披《ふんぴ》す。[七]虞夏《ぐか》以前は、遺文覩《み》ずと雖《いえど》も、氣を稟《う》け靈を懷《いだ》く、[八]理或いは異なる無し。然《しか》らば則ち歌咏《かえい》の興《おこ》る所、宜《よろ》しく生民自《よ》り始まるべきなり。

周室既に衰えて、[九]風流彌《いよ》いよ著れ、[一〇]屈平《くっぺい》・宋玉《そうぎょく》は、清源を前に導《みちび》き、[一一]賈誼・相如は、芳塵を後《のち》に振う。[一二]英辭は金石を潤《うるお》し、高義は雲天《うんてん》に薄《せま》る。茲《これ》自《よ》り以降、情志愈《いよ》いよ廣く、[一三]王褒《おうほう》・[一四]劉向《りゅうきょう》・揚・班・[一五]崔《さい》・蔡《さい》の徒は、軌《き》を異《こと》にして奔《ほん》を同じくし、遞《たが》いに相い師祖す。清辭麗曲は、時に篇に發すと雖も、蕪音累氣《ぶおんるいき》は、固《もと》より亦た多し。

若《も》し夫《そ》れ[一六]平子《へいし》の艷發《えんはつ》し、文は情を以て變ずるは、絶唱高蹤《こうしょう》、久しく響きを嗣《つ》ぐ無し。[一七]建安《けんあん》に至って、曹氏 命《めい》を基《はじ》め、二祖・陳王、咸《み》な盛藻《せいそう》を蓄《たくわ》え、甫《はじ》めて乃ち情を以て文を緯《い》し、[一八]文を以て質に被《こう》らしむ。

漢自《よ》り魏《ぎ》に至るまで、四百餘年、辭人才子、[一九]文體三變す。相如《しょうじょ》は巧みに[二〇]形似《けいじ》の言を爲し、[二一]班固《はんこ》は情理の說に長じ、[二二]子建《しけん》・仲宣《ちゅうせん》は氣質を以て體と爲し、並びに能を標《しめ》し美を擅《ほしいまま》にして、獨《ひと》り當時に映《は》ゆ。是《ここ》を以て一世の士は、各おの相い慕習《ぼしゅう》す。其の飈流《ひょうりゅう》の始まる所を原《たず》ぬるに、祖を[二三]風《ふう》・騷《そう》に同じくせざるは莫《な》し。徒《た》だ賞好 情を異《こと》にするを以て、故に意製《いせい》は相い詭《たが》う。

降《くだ》りて[二四]元康に及べば、[二五]潘《はん》・陸特《りくひと》り秀で、律は班《はん》・賈《か》に異《こと》なり、體は曹・王に變ず、縟旨《じょくし》は星のごとく稠《しげ》く、繁文《はんぶん》は綺《あやぎぬ》のごとく合《がっ》す。[二六]平臺《へいだい》の逸響《いっきょう》を綴《つづ》り、[二七]南皮《なんぴ》の高韻を採《と》り、遺風餘烈《いふうよれつ》は、事 江右《こうゆう》に極《きわ》まる。

[二八]有晉《ゆうしん》中興して、[二九]玄風《げんぷう》獨《ひと》り振い、學を爲すは[三〇]柱下《ちゅうか》に窮《きわ》まり、物に博きは[三一]七篇に止《とど》まる、文辭を馳騁《ちてい》するは、[三二]義は此《ここ》に單《つ》く。[三三]建武《けんぶ》自《よ》り義熙《ぎき》に暨《およ》ぶまで、載《とし》を歴《ふ》ること將《まさ》に百ならんとし、[三四]響きを綴《つづ》り辭を聯《つら》ぬること、波のごとく屬《しょく》し雲のごとく委《つ》むと雖も、[三五]言を上德に寄せ、意を玄珠《げんしゅ》に託さざるは莫《な》く、遒麗《しゅうれい》の辭は、[三六]聞く無きのみ。[三七]仲文は始めて孫《そん》・許《きょ》の風《ふう》を革《あらた》め、[三八]叔源《しゅくげん》は大いに太元《たいげん》の氣を變ず。

爰《ここ》に宋氏に逮《およ》び、[三九]顏《がん》・謝《しゃ》は聲を騰《あ》ぐ。[四〇]靈運の興會標擧《きょうかいひょうきょ》せる、[四一]延年《えんねん》の體裁明密《たいさいめいみつ》なる、並びに軌《き》を前秀に方《なら》べ、[四二]範を後昆《こうこん》に垂《た》る。

若し夫れ衽を敷き心を論じ、前藻を商榷するは、工拙の數、言う可き有るが如し。夫れ五色相い宣べ、八音協暢するは、玄黃律呂の、各おの物宜に適うに由る。宮羽をして相い變ぜしめ、低昂をして互いに節あらしめんと欲せば、若し前に浮聲有らば、則ち後に切響を須う。一簡の內、音韻盡く殊なり、兩句の中、輕重悉く異なる。此の旨に妙達して、始めて文を言う可し。

先士の茂製の、諷高く歷賞せらるるに至りては、子建が函京の作、仲宣が霸岸の篇、子荊が零雨の章、正長が朔風の句、並びに胸情を直擧して、詩史に傍うに非ず、正に音律を以て韻を調え、高を前式に取る。騷人自り以來、多く年代を歷、文體稍く精しと雖も、此の祕未だ覩ず。高言妙句の、音韻天成するに至りては、皆な闇に理と合し、思いに由りて至れるに匪ず。張・蔡・曹・王は、曾て先覺する無く、潘・陸・謝・顏は、之を去ること彌いよ遠し。世の音を知る者は、以て之を得る有り、此の言の謬りに非ざるを知る。如し然らずと曰わば、請う來哲を待たんことを。

［史家の評論］人は天地の霊気を受け、五行の徳を身に体して、剛と柔との作用がこもごもはたらきながら、喜びや怒りの感情が分かち表われる。いったい志が心の内にはたらくと、それが歌声となって外に表出される。『詩』の「六義」がそこから生まれ、「四始」はそれを拠りどころとしていて、歌謡は盛んな人気を呼び、『詩経』の諸篇がとりどりに姿を現わしたのである。舜や禹以前は、今に伝わる作品がないが、人が天地の霊なる気を受けている以上は、理として同質のものだったはずである。とすれば詩歌の起源は、人間の歴史とともに始まることになる。

周王朝が衰えてから、詩歌の伝統はいっそう明らかになり、前には屈原・宋玉が清らかな源流を導き出せば、後には賈誼・司馬相如がかぐわしい名声を振るって、彼らの優れた文辞は金石を潤し、みごとな内容は天にも届かんばかりに充実した。それから後になると、詩への興趣はさらに広まってゆき、王褒・劉向・揚雄・班固・崔駰・蔡邕といった人々は、それぞれ行き方は違いながらともに活躍し、互いにその影響を及ぼしあった。ただみごとな表現や調べが、おりおり詩篇に現われはしても、見劣りのする音調も、またまことに多かった。

張衡の作品は鮮やかな個性を発揮して、心情に即した表現が自在になされ、そのひときわ抜きん出た作風は、長く跡を継ぐ者がなかった。〔後漢の〕建安年間になると、曹氏が天命を得て国の基礎を定め、三祖（曹操・曹丕・曹叡）と曹植が、いずれも盛んな文彩を備えていて、心情にもとづいて彩ある文辞を織りなし、華麗な表現によって質実な内容を包みこんだ。

漢から魏に至るまでの、四百年余りの間、出現した作家才子たちは、文学のありかたにおいて三たび変化を示した。司馬相如は対象を写実的にとらえることに巧みであり、班固はことがらの筋道を説くことに長じ、曹植・王粲は生命力に満ちた個性を特色として、おのおのその長所を存分に生かしながら、各自の時代にひときわ光輝を発したのである。かくてその時代の人々は、彼らの作風を慕って模範としたが、その源流をさかのぼってみると、いずれも『詩経』と『楚辞』を拠りどころとしている。ただ各人の好みに違いがあるので、作品としての趣は一様でない。

降って〔晋の〕元康年間になると、潘岳・陸機がとりわけ秀でた存在で、その方法は班固・賈誼と異なり、本質は曹植・王粲から変化して、きめ細やかな内容が星をちりばめたように敷きつめられ、装飾性豊かな表現があや絹さながらに織りなされた。かの漢の平台に侍した文人たちの優れた響きをつづり、南皮の遊びに連なった建安の詩人たちの高い調子を取りこんで、過去の文学の伝統は、西晋の時代にその極点に達した。

晋が中興すると、老荘の風のみが盛行し、学問は『老子』だけに限られ、博識といえば『荘子』にとどまって、文辞を繰りひろげる創作も、その範囲を出ない内容になってしまった。建武から義熙に至るまでの間、時間はおよそ百年になんなんとし、作られた作品は、さながら波や雲の連なり湧くごとくだったが、どれもみな『老子』の哲学にことばを借り、『荘子』の思想に思いを託したものばかりで、迫力ある美しい表現は、たえて耳にすることがなくなった。殷仲文がようやく孫綽・許詢の玄言詩の風を改革し、謝混が太元年間の老荘依存の気風を一新した。

かくて宋代に至るや、顔延之・謝霊運が名声を馳せた。謝霊運の事物に寄せるたけ高い詩興と、顔延之の明瞭で緻密な構成とは、いずれも先人の軌跡に肩を並べ、後代に模範を示すものである。

さて、改めて襟を正して思うところを述べ、過去の文学を検討してみると、作品の巧拙を計る基準は、説明することができそうである。いったい五色が多彩な色調をくり広げ、八種の楽器がととのった調べを奏でるのは、色彩や音律が、対象に応じてところを得ていることによる。五種の音階を変化させながら、高低の抑揚に富む調べを奏でるには、前に軽い音声があれば、後には重い音声を用いるようにすることだ。つまり一句の中の文字を、すべてちがった音韻にし、二句の間での音声は、軽重をことごとく異なったものにする。この趣旨によく通じてこそ、はじめて文学を語る資格があるのだ。

先人のすぐれた作品で、長く諷詠されて高い評価を得てきたものには、曹植の「函京」の作、王粲の「霸岸」の篇、孫楚の「零雨」の章、王讃の「朔風」の句などがあり、いずれも胸中の心情を直叙していて、詩史の流れに沿ってはいないが、まさしく音律の調和によって、前代の基準に高い価値を認められてきた。屈原このかた、長い年代を経て、文学の形式は次第に精緻に整えられたが、この声律諧和の秘法はいまだ知られぬままである。傑出した巧みな詩句で、音韻がおのずと調和しているのは、みな期せずして原理にかなったまでであって、思慮した結果そうなったのではない。張衡・蔡邕・曹植・王粲たちは、それに気づいていたわけではなく、潘岳・陸機・謝霊運・顔延之は、声律の自覚からずっと遠いところにいた。世の音声に通じた者こそが、それを知っているのである。もしそうでないというのなら、未来の識者の判断を待つことにしよう。

一 史臣曰　「史臣」は、史書の編纂者のことで、『宋書』の著者沈約の自称。『宋書』の各巻には、『史記』以来の正史の伝統に従って、巻末にこの「史臣曰」で始まる評論が置かれる。『宋書』には文苑伝が設けられていないので、宋一代を代表する詩人である謝霊運の伝に、本来なら文苑伝に置かれるべき内容の論を充てたのであろう。なお、この論は『宋書』を底本とし、胡刻本李善注『文選』巻五〇を参照した。典拠の多くは、李善注に引くものを採用し、いささかの私見をまじえる。

二 民稟天地之靈…　『漢書』刑法志に、「夫れ人は天地の貌に宵、五常の性を懷き、聰明精粹、有生の最も靈なる者なり」。人が「天地の貌に宵」るとは、『漢書』の応劭注によれば、「頭の圓きは天に象り、足の方なるは地に象る」。ただし、孟康注では、「天地の氣化を稟けて生ずるを言うなり」。訳は後者の説による。「五常」は、五行（木・火・土・金・水）の意。万物を形成する五つの基本要素。『漢書』地理志下に、「凡そ民は五常の性を函みて、其の剛柔緩急音聲同じからず」。「喜慍」は、「喜怒」に同じで、人の七情を代表するもの。

三 志動於中…　『毛詩』大序に、「詩は志の之く所なり。心に在るを志と為し、言に發するを詩と為す」と詩を定義したあと、「情 中に動きて、言に形わる」、また「情 聲に發し、聲 文を成す」とある。

四 六義　『毛詩』大序に、「故に詩に六義有り」として、風・賦・比・興・雅・頌を挙げる。「風」は、「国風」ともいい、諸国の歌謡。「雅」は、周王室の宮廷雅楽で、小雅と大雅から成る。「頌」は、王室の祭祀歌。この三類は内容による分類。また「賦」は、ことがらをそのまま述べる技法、直叙。「比」は、直喩を用いた技法。「興」は、動植物にこと寄せて描く技法。この三類は表現法による分類。

五 四始　『毛詩』大序の定義によれば、風・小雅・大雅・頌を指し、「詩の至りなり」とある。

六 風什　「風」は、国風の詩。「什」は、雅・頌の詩をいう。「什」の原義は、十人が一組になることで、雅・頌の各巻はほぼ十篇ずつが一つのまとまりをなしている。

七 虞夏以前…　「虞」は、太古の帝王舜。舜の時代の歌については、『尚書』益稷に、舜が歌ったという、「股肱喜ばんかな、元首起らんかな、百工熙まらんかな」が載せられる。また夏王朝の歌としては、『尚書』五子之歌に、太康の五人の弟が作ったという「五子之歌」がある。ただし、この篇は偽古文。

八 理或無異　『宋書』は「或無」を「無或」に作るが、『文選』に従う。

九 風流彌著　「風流」は、詩歌の流れをいう。李善注に、「幽・厲の時、多く諷刺有り。下に在りて祖習し、風の散ずるが如く、水の流るるが如し、故に彌いよ著ると曰う」。

一〇 屈平・宋玉　屈平は、屈原（前四世紀～前三世紀前半）のこと。『史記』巻八四屈原伝には、「屈原は、名は平」とある。楚の王族で、大臣。「離騷」をはじめとする『楚辞』の主要な篇の作者とされる。宋玉は、屈原の弟子といわれる文人。本書「晉書文苑傳序」注一二参照。

一一 賈誼・相如　賈誼と司馬相如は、前漢の辞賦の代表的な作家。

一二 英辭潤金石　すぐれた作品が、「金石」すなわち鍾鼎などの金属の器物や石碑に刻まれて後世に伝えられることをいう。

一三 王褒　前一世紀。字は子淵。蜀（四川省）の人。前漢の宣帝の時期の文人で、司馬相如以後の主要な辞賦の作者。『漢書』巻六四下。

一四 劉向　前七七～前六。字は子政。漢の高祖の異母弟である楚元王劉交の子孫。前漢末の文人で、辞賦の作家でもある。『列女伝』『列仙伝』『新序』『説苑』など多くの著作を残した。また目録学者としても著名で、『別録』を著した。『漢書』巻三六。

一五 揚・班・崔・蔡之徒　「揚」は、揚雄。前五三～後一八。字は子雲。蜀郡成都（四川省）の人。前漢末の学者・文人。「甘泉賦」「羽猟賦」「長楊賦」などの辞賦は、前漢の代表的な作品。また『易』に倣った『太玄経』、『論語』に倣った『法言』、各地の方言を集成した『方言』など、多方面にわたる多くの著作がある。『漢書』巻八七。「班」は、班固。三二～九二。字は孟堅。扶風安陵（陝西省）の人。『漢書』の著者として著名だが、辞賦の作者としても、「両都賦」「幽通賦」などの秀作がある。『漢書』巻一〇〇叙伝、『後漢書』巻四〇。「崔」は、崔駰。?～九二。字は亭伯。涿郡安平（河南省）の人。後漢の文人。班固とともに名を知られ、詩・賦などの著作がある。『後漢書』巻五二。「蔡」は、蔡邕。一三三～一九二。字は伯喈。陳留圉（河南省）の人。後漢末の文人・学者、また書家としても知られる。詩・賦や碑・銘など多くの著作を残した。『後漢書』巻六〇下。

一六 平子　張衡。七八〜一三九。字は平子。南陽西鄂（河南省）の人。「二京賦」「南都賦」「思玄賦」など辞賦の作家として傑出した存在であると同時に、天文学・数学に通じた学者でもあった。『後漢書』巻五九。

一七 至于建安…　「建安」は、後漢の献帝の年号。一九六〜二二〇。その末年においては、曹操が権力を掌握して、漢に替わる魏の王朝の基礎を固めた。「三祖」は、魏の太祖（武帝曹操）、高祖（文帝曹丕）、烈祖（明帝曹叡）の三人。いずれも詩人として名があった。本書「曹操伝」「曹丕伝」、また「晉書文苑傳序」注二三参照。『宋書』は「三祖」を「二祖」に作るが、『文選』により改める。「陳王」は、曹植。曹操の子で、曹丕の弟。魏最大の詩人とされる。最後の封地が陳だったところから、陳王と称される。本書「曹植伝」参照。建安の時代に詩が盛んになったことは、李善注に引く檀道鸞『続晉陽秋』に、「建安に至るに及びて、詩章大いに盛んなり」。

一八 以文被質　「文」は、華麗な美しさ、また美しい表現。「質」は、内面的な質実、また作品の内容。『論語』雍也篇に「文質彬彬として、然る後に君子」とあるように、文と質はあいまって完全なものとなる。

一九 文體三變　沈約によれば、先秦から六朝宋までの詩歌の歴史は、大きく二分される。すなわちその前半部が、これまで叙述されてきた先秦から魏に至る時期、そして後半部が西晉から宋に至る時期である。前半の中では、さらに司馬相如を頂点とする前漢、班固に代表される後漢、曹植によって最盛を極めた魏という三期に分かたれる。（後半も、西晉、東晉、宋の三期に分かたれる）ここでは漢の辞賦が、広義の詩歌として、詩と並置されていることに注意。文学の変遷を三期に分かつ「文体三変」の見解は、『新唐書』文藝伝序に、「唐の天下を有つこと三百年、文章無慮三變す」とあるなど、後世の文学史の考え方に影響を与えている。

二〇 形似之言　「形似」は、対象をその姿に即してリアルに描くこと。『文心雕龍』物色篇に、「近代自り以來、文は形似を貴ぶ」とあるように、六朝ではことに重んぜられた技法。『詩品』上品の張協評にも、「又た巧みに形似の言を構う」とある。

二一 班固　『文選』は「班固」を「二班」に作る。班固とその父班彪をいう。

二二 子建・仲宣以氣質爲體　「子建」は、曹植の字。「仲宣」は、王粲の字。一七七〜二一七。山陽高平（山東省）の人。建安七子の一人。本書「王粲伝」参照。

二三 風・騷　『詩経』と『楚辞』。

二四 元康　西晉の恵帝の年号。二九一〜二九九。

二五 潘・陸　潘岳（二四七〜三〇〇）と陸機（二六一〜三〇三）。西晉の二大詩人。本書の両詩人伝参照。『文選』李善注の引く『続晉陽秋』に、「西朝の末に逮び、潘・陸の徒は、文質有りて、宗師たること異ならず」。

二六 綴平臺之逸響　「平臺」は、豪奢な生活で知られる前漢の梁の孝王の建てた離宮。『漢書』巻四七文三王伝に、「是に於て孝王は東苑を築き、方三百餘里、睢陽城を廣ぐること七十里、大いに宮室を治めて、復道を爲り、宮自り平臺に連屬すること三十餘里。…四方の豪傑を招延し、山東自り游士至らざる莫し」。司馬相如も若いころ、先輩の文人枚乗らとともに梁孝王の下に遊んだ。「逸響」は、司馬相如の文を指すと李善注にはいう。

二七 探南皮之高韻　「南皮」は、渤海郡南皮県（河北省）。魏の文帝曹丕が阮瑀や呉質など配下の文人たちとともに遊んだ地。彼らはその遊びの中でともに詩文を作りあった。曹丕の「朝歌令呉質に与うる書」に、「毎に昔日南皮の遊びを念い、誠に忘る可からず」とある。「採」を『文選』は「采」に作るが、意味は同じ。

二八 有晉中興　晋朝は北方異民族により中原を追われたが、西暦三一七年に、一族の司馬睿が江南の建康で即位して、王朝を再興した。これ以後を東晋と称する。なお、「有」を、『文選』は「在」に作る。

二九 玄風獨振　「玄風」は、老荘の風気。東晋初期の詩は、道家思想の影響の強い「玄言詩」が流行した。『詩品』序には、その状況を次のように述べる。「永嘉の時、黄老を貴び、稍く虚談を尚ぶ。時に篇什は、理其の辭に過ぎ、淡乎として味わい寡なし。爰に江左に及び、微波尚お傳わる。孫綽・許詢・桓・庾諸公の詩は、皆な平典にして道徳論に似、建安の風力盡きたり」。なお、「振」を『文選』は「扇」に作る。

三〇 柱下　図書をつかさどる役所のことで、老子（老聃）を指す。『史記』巻六三老子伝によれば、老子は周の蔵書室の役人だったとされる。

三一 七篇　『荘子』内篇は七篇から成るところから、『荘子』そのものを意味する。

三二 義單乎此　「單」を『文選』は「殫」に作るが、意は同じ。

三三 自建武暨義熙　「建武」は、東晋の初代皇帝たる元帝の最初の年号。三一七〜三一八。「義熙」は、東晋の第十代皇帝安帝の年号。四〇五〜四一八。

三四 綴響聯辭　「綴」を『文選』は「比」に作る。「比」は、ならべる。

三五 莫不寄言上德…　「上徳」は、『老子』第三八章に、「上徳は徳とせず、是を以て徳有り」、また「上徳は無爲にして、以て爲す無し」とあり、老子の説く無為の思想をいう。「玄珠」は、文字通りには黒い珠で、無為自然の道のシンボル。ここでは荘子の思想をいう。『荘子』天地篇に、「黄帝　赤水の北に遊び、崑崙の丘に登りて南望す。還歸せんとして其の玄珠を遺う」とある。

三六 無聞焉爾　『公羊伝』隠公元年に、「紀子伯なる者は何ぞや、聞く無きのみ」とある。

三七 仲文始革孫・許之風　「仲文」は、殷仲文。?〜四〇七。陳郡（河南省）の人。字も仲文。桓温の女婿で、官位は東晋の東陽太守に至った。『詩品』では下品にランクされ、「晋宋の際、殆ど詩無きか。義熙中、謝益壽・殷仲文を以て華綺の冠と爲すも、殷は競わず」と評されて、謝混とともに詩人としての名声があったことをいう。『晋書』巻九九。「孫」は孫綽、「許」は許詢で、玄言詩の中心的存在。本書「孫綽伝」「許詢伝」参照。

三八 叔源大變太元之氣　「叔源」は、謝混。?〜四一二。字は叔源。『詩品』では中品にランクされ、序でも玄言詩の改革者として評価される。「義熙中に逮びて、謝益壽斐然として繼ぎ作る」。本書「謝混伝」参照。「太元」は、東晋の第九代孝武帝の年号。三七六〜三九六。玄言詩の全盛期に相当する。

三九 顔・謝騰聲　「顔」は顔延之（三八四〜四五六）、「謝」は謝霊運（三八五〜四三三）で、宋の二大詩人。本書「顔延之伝」「謝霊運伝」参照。

四〇 靈運之興會標舉　「興會」について、李善は「情興の會する所なり」と注し、さらに鄭玄の『周礼』注を引き、「興は、事を物に託するなり」という。事物に託した発想をいうのであろう。『詩品』上品の謝霊運評には、「若き人は興多く才高く、寓目すれば輒ち書して、内に乏しき思い無く、外に遺せる物無し、其の繁富なるは宜なるかな」とある。

四一 延年之體裁明密　「體裁」について、李善は「體裁は、制なり」と注する。『詩品』中品の顔延之評には、「巧似を尙び、體裁綺密にして、情喩淵深、動に虛散無く、一字一句にも、皆な意を致せり」と、ほぼ同様の評価をしている。

四二 垂範後昆　「後昆」は、子孫、あるいは後世。『尚書』仲虺之誥に、「義を以て事を制し、禮を以て心を制し、裕を後昆に垂れよ」とある。

四三 敷衽　「衽」は、衣服の前襟。『楚辞』離騒に、「跪き衽を敷きて以て辭を陳ぶ」とある。こと改まったしぐさ。

四四 商権前藻　「商権（搉）」は、あらましを計り考えること。陸機「呉趨行」（『文選』巻二八）に、「淑美は窮め紀し難く、商搉して此の歌を爲る」とある。「前藻」は、前代の作品。

四五 五色相宣　陸機「文賦」（『文選』巻一七）が創作における音聲の諧和を論じて、「音聲の迭いに代わるに曁んでは、五色の相い宣ぶるが若し」というのを受ける。音声を「五色」になぞらえるのは、宮・商・角・徴・羽の「五音」を以て詩文における音声の調和をはかる考えを示す。なお、この句から「取高前式」までの一節は、『文鏡秘府論』天巻「四声論」に引用されている。

四六 八音　金・石・糸・竹・匏・土・革・木の八種の材質によって作られた八種の楽器。

四七 玄黃律呂　「玄黃」は、黒と黄で、色彩の代表。「律呂」は、音調の基準を示す陽声の六律と陰声の六呂（十二律）のことで、一般的に音律や音調をいう。

四八 物宜　ものごとがほどよい調和を得た状態。『易』繫辞伝上に、「聖人は以て天下の賾を見る有りて、これを其の形容に擬し、其の物宜に象る、是の故に之を象と謂う」。

四九 宮羽相變　宮と羽は、「五音」の代用語。注四五参照。

五〇 低昂互節　「互」を『文選』は「舛」に作るが、意は同じ。

五一 若前有浮聲…　「浮聲」は軽い音声、「切響」は重い音声をいう。前者が四声の中の平声を、後者が上・去・入（仄声）の三声を暗示している。沈約の声律論では、四声相互の間での交替に主眼があって、まだ平仄の対応は直接的には提起されていないが、潜在的にはすでにその原理的な方向性は備わっていたと見てよい。ちなみに「浮聲」二字の声調は平・平、「切響」二字のそれは入・上である。

五二 一簡之内…　「一簡」は、下の「兩句」との関係から考えて、おそらく「一句」のいいかえであろう。詩作では、句中での声調の交替とともに、二句一聯の間での声調の対応が重視される。

五三 諷高歷賞　李善は、「言うこころは、之を諷詠する者は、咸な以て高しと爲し、歷載の辭人、共に傳賞する所なり」という。

五四 子建函京之作　曹植「丁儀・王粲に贈る詩」（『文選』巻二四）に、「軍に従いて函谷を度り、馬を驅りて西京を過ぐ」とある。『文鏡秘府論』天巻「四声論」の引用では、「函京」を「函谷」に作る。

五五 仲宣霸岸之篇　王粲「七哀詩」其一（『文選』巻二三）に、「南のかた霸陵の岸に登り、頭を迴らして長安を望む」とある。「霸」を『文選』は「灞」に作るが、同じ。霸（灞）水は、渭水の支流。

五六 子荊零雨之章　孫楚「征西の官屬が陟陽の候に送られしとき作れる詩」（『文選』巻二〇）に、「晨風 岐路に飄り、零雨 秋草を被う」とある。なお、『詩品』中品の孫楚等評に、「子荊は零雨の外に、正長は朔風の後に、札を重ぬること有りと雖も、良に亦た聞ゆる無し」とあって、孫楚のこの詩が、下に見える王讃の詩とともに、彼らの代表作として有名だったことが知られる。

五七 正長朔風之句　王讃「雑詩」（『文選』巻二九）に、「朔風 秋草を動

かし、邉馬 歸心有り」。王讃は、西晋の詩人。

五八 直擧胸情　典故などの技巧を用いずに、ストレートに心情を吐露していることをいう。

五九 正以音律調韻…　これら四首の詩は、李善に従って、関連する句を注五四〜五七のように一聯ずつ摘出してみると、沈約が主唱したとされる「八病」の声律上の禁忌のうち、最も重視された「上尾」（二句十字のうち、第五字と第十字に同声の文字を重ねる禁忌）を回避している。曹植・王粲・孫楚・王讃の四人はいずれも魏から西晋にかけての詩人で、沈約の主張する自覚的な声律の調和から遥かに隔たった時期に属する。下にいう「高言妙句の、音韻天成するに至りては、皆な闇に理と合し、思いに由りて至れるに匪ず」の例として挙げられたものであろう。

六〇 自騷人以來　「騷人」は、『楚辭』の作者。おそらく屈原を意識したもの。『文選』では「靈均」（屈原の字）に作る。

六一 請待來哲　文章の末尾によく用いられる表現。たとえば『出三蔵記集』序に、「如し未だ備わらざる有らば、明哲に寄せんことを請う」。『文心雕龍』時序篇に、「言を颺げ時を讃するは、明哲に寄せんことを請う」。

（興膳　宏）

〔参考文献〕

鈴木虎雄『支那詩論史』（弘文堂　一九二七年）
王運熙・楊明『魏晋南北朝文学批評史』（上海古籍出版社　一九八九年）
林田慎之助「『宋書』謝霊運伝論と文学史の自覚」（『中国中世文学評論史』　創文社　一九七九年）
興膳　宏「『宋書謝霊運伝論』をめぐって」（『中国の文学理論』　筑摩書房　一九八八年）

南齊書文學傳論（南齊書卷五二）

「宋書謝霊運伝論」に次いで現われた、六朝後期の文学理論の重要な著作。『文心雕龍』や『詩品』よりはやや遅れて世に出たと想像される。史書の論として書かれたものではあるが、五言詩を中心とする古代以来の文学の発展を概観して、現代の状況に及び、併せて創作に対する自分の基本的な考え方を提起していて、よくまとまった内容になっている。総合的な視野と、「新変」の語に代表される積極的な変化の提唱がとりわけ目を引く。

史臣曰[一]、文章者[二]、蓋情性之風標[三]、神明之律呂也。蘊思含毫[四]、遊心內運、放言落紙、氣韻天成[五]。莫不稟以生[六]靈、遷乎愛嗜、機見殊門、賞悟紛雜。

若子桓之品藻人才[七]、仲治之區判文體[八]、陸機辨於文賦[九]、李充論於翰林[一〇]、張眎摘句褒貶[一一]、顏延圖寫情興[一二]、各任懷抱、共爲權衡。屬文之道[一三]、事出神思、感召無象[一四]、變化不窮。俱五聲之音響[一五]、而出言異句、等萬物之情狀、而下筆殊形。吟詠規範、本之雅什[一六]、流分條散、各以言區[一七]。

若陳思代馬羣章[一八]、王粲飛鸞諸製[一九]、四言之美、前超後絕。少卿離辭[二〇]、五言才骨、難與爭鶩。桂林湘水[二一]、平子之華篇、飛館玉池[二二]、魏文之麗篆、七言之作、非此誰先。卿・雲巨麗[二三]、升堂冠冕、張・左恢廓[二四]、登高不繼。賦[二五]貴披陳、未或加矣。顯宗之述傅毅[二六]、簡文之摛彥伯[二七]、分言制句、多得頌體。裴頠內侍[二八]、元規鳳池[二九]、子章以來[三〇]、章表之選。孫綽之碑、嗣伯喈之後、謝莊之誄、起安仁之塵、顏延楊瓚、自比馬督、以多稱貴、歸莊爲允。王褒僮約、束晳發蒙、滑稽之流、亦可奇瑋。

五言之製、獨秀衆品。習玩爲理、事久則瀆、在乎文章、彌患凡舊。若無新變、不能代雄。建安一體、典論短長互出、潘・陸齊名、機・岳之文永異。江左風味、盛道家之言、郭璞擧其靈變、許詢極其名理、仲文玄氣、猶不盡除、謝混情新、得名未盛。顏・謝並起、乃各擅奇、休・鮑後出、咸亦標世。朱藍共妍、不相祖述。

今之文章、作者雖衆、總而爲論、略有三體。一則啓心閑繹、託辭華曠、雖存巧綺、終致迂回。宜登公宴、本非准的、而疎慢闡緩、膏肓之病。典正可採、酷不入情。此體之源、出靈運而成也。

次則緝事比類、非對不發、博物可嘉、職成拘制。或全借古語、用申今情、崎嶇牽引、直爲偶說。唯覩事例、頓失清采。此則傅咸五經、應璩指事、雖不全似、可以類從。

次則發唱驚挺、操調險急、雕藻淫豔、傾炫心魂、亦猶五色之有紅紫、八音之有鄭・衞、此鮑照之遺烈也。

三體之外、請試妄談。若夫委自天機、參之史傳、應思悱來、勿先構聚。言尚易了、文憎過意、吐石含金、滋潤婉切。雜以風謠、輕脣利吻、不雅不俗、獨中胸懷。輪扁斲輪、言之未盡、文人談士、罕或兼工。非唯識有不周、道實相妨、談家所習、理勝其辭、就此求文、終然翳奪。故兼之者鮮矣。

贊曰、學亞生知、多識前仁。文成筆下、芬藻麗春。

史臣曰く、文章は、蓋し情性の風標、神明の律呂なり。思いを蘊み毫を含み、心を遊ばせて內に運らし、言を放ちて紙に落し、氣韻天成す。稟くるに生靈を以てし、愛嗜に遷り、機見 門を殊にし、賞悟紛雜ならざるは莫し。

[七]子桓の人才を品藻し、[八]仲治の文體を區判し、[九]陸機「文賦」に辨じ、[一〇]李充『翰林』に論じ、[一一]張眎 句を擿みて褒貶し、[一二]顏延 情興を圖寫するが若きは、各おの懷抱に任せて、共に權衡を爲す。屬文の道は、事[一三]神思より出で、[一四]感召象無く、變化窮まらず。倶に[一五]五聲の音響なれども、言を出だせば句を異にし、萬物の情狀を等しくするも、筆を下せば形を殊にす。吟詠の規範は、之を[一六]雅什に本づけ、流れ分かれ條散じて、[一七]各おの言を以て區す。

[一八]陳思が「代馬」の羣章、[一九]王粲が「飛鸞」の諸製の若きは、四言の美、前に超え後に絕つ。[二〇]少卿が離辭は、五言の才骨、與に爭鶩し難し。[二一]「桂林」「湘水」は、平子の華篇、[二二]「飛館」「玉池」は、魏文の麗篆にして、七言の作は、此に非ざれば誰か先んぜん。[二三]卿・雲が巨麗は、堂に升る冠冕にして、[二四]張・左が恢廓なる、登高繼がず。[二五]賦は披陳を貴び、未だ加うること或らず。[二六]顯宗の傅毅に述べられ、[二七]簡文の彥伯に摛かるるは、言を分かち句を制して、多く頌の體を得たり。[二八]裴頠の內侍たる、[二九]元規の鳳池たる、[三〇]子章以來、章表の選なり。[三一]孫綽の碑は、伯喈の後を嗣ぎ、[三二]謝莊の誄は、安仁の塵を起こし、[三三]顏延の「楊瓚」は、自ら「馬督」に比し、多を以て貴と稱するも、莊に歸するを允と爲す。[三四]王褒の「僮約」、[三五]束皙の「發蒙」は、滑稽の流にして、亦た奇瑋とす可し。

[三六]五言の製は、獨り衆品に秀づ。習玩の理爲る、事久しければ則ち瀆る、文章に在りては、彌いよ凡舊を患う。若し新變無くんば、代って雄たる能わず。[三七]建安の一體は、『典論』に短長互いに出で、[三八]潘・陸は名を齊しくするも、機・岳の文永く異なる。[三九]江左の風味は、道家の言を盛んにし、[四〇]郭璞 其の靈變を擧げ、[四一]許詢 其の名理を極め、[四二]仲文の玄氣、猶お 盡くは除かず、[四三]謝混の情新たなるは、名を得ること未だ盛んならず。[四四]顏・謝並びに起こりて、乃ち各おの奇を擅にし、[四五]休・鮑は後に出でて、咸な亦た世に標す。[四六]朱藍 妍を共にして、相い祖述せず。

今の文章は、作者衆しと雖も、總べて論を爲せば、略ぼ三體有り。一は則ち心を閑繹に啓き、辭を託すること華曠、巧綺に存すと雖も、終に迂回を致す。[四七]宜しく公宴に登すべきも、本と[四八]准的に非ずして、[四九]疎慢闡緩なること、膏肓の病なり。典正なるは採る可きも、酷だ情に入らず。此の體の源は、靈運に出でて成るなり。

次は則ち事を[五〇]緝め類を比べて、對に非ざれば發せず、博物は嘉す可きも、職として拘制を成す。或いは全て古語を借りて、用て今情を申べ、崎嶇牽引して、直だ偶説を爲す。唯だ事例を覩て、頓に清采を失う。此れ則ち[五一]傳咸の五經、[五二]應璩の指事に、全くは似ずと雖も、類を以て從う可し。

次は則ち唱を發すること驚挺、調を操ること險急、雕藻淫豔にして、心魂を傾け炫ますこと、亦た猶お[五三]五色の紅紫有り、[五四]八音の鄭・衞有るがごとし、此れ鮑照の遺烈なり。

三體の外、請う試みに妄談せんことを。[五五]若し夫れ委ぬるに天機自りし、之を史傳に參え、思いに應じて悱來り、先に構聚する勿れ。言は了り易きを尙び、文は意に過ぐるを憎む、石を吐き金を含みて、滋潤婉切たり。雜うるに風謠を以てし、輕脣利吻、雅ならず俗ならず、獨り胸懷に中る。[五六]輪扁 輪を斲り、之を言いて未だ盡さず、文人と談士と、工を兼ぬる或ること罕なり。唯に識の周ねからざる有るのみに非ず、道實に相い妨ぐ。談家の習う所は、理 其の辭に勝り、此に就きて文を求むれば、終然に翳奪せらる。故に之を兼ぬる者鮮なし。

[五七]贊に曰く、[五八]學は生知に亞ぎ、多識なるかな前仁。文は筆下に成り、芬藻 春に麗し。

［史家の評論］文学というものは、人の心情の発露であり、精神の奏でる音楽である。筆をくわえて思いを凝らし、心を内にめぐらしながら、ことばを表出して紙に書きつければ、持ち前の個性がおのずとそこに現われる。人には生まれながらにして備わったものがある上に、各人の好みによって左右され、見識はそれぞれ異なるし、評価も多様にならざるを得ない。

曹丕は文人たちの才能を評論し、摯虞は文学の様式を分類区別し、陸機は「文賦」で文学を検討し、李充は『翰林』で論評を加え、張阝は句を取り出して批評し、顔延之は興趣のあり方を描き出しているが、彼らは自らの抱く考えに従って、独自の評価基準を提示したのである。文学創作の営みは、想像力のはたらきから生じ、感興を受ける対象には限定がなく、どこまで変化してやまない。五種の音階が作り上げる響きは同じでも、ことばに移せばとりどりの字句に表出され、ひとしく万物の姿を描きながらも、筆先に表われる形は一様でない。文学の規範は、かの『詩経』の詩にあるが、そこからさまざまに流れが分岐して、一句の字数による区分が生じた。

曹植の「代馬」の諸章、王粲の「飛鸞」の諸篇は、四言詩の精華で、空前絶後の傑作である。李陵の別離の詩は、才気に満ちた五言詩で、他に比肩するものがない。「桂林」「湘水」の作は、張衡の華麗な詩篇、また「飛館」「玉池」の詩は、魏の文帝（曹丕）による鏤刻の文辞であり、七言詩の作品で、これらの前に出るものはない。司馬相如と揚雄の壮麗な賦の巨編は、最高の水準を示す成果であり、張衡と左思の規模雄大な大作は、これ以上はない逸品である。賦は事物を敷き連ねる描写を生命とし、これらの作品は申し分のないできばえを示している。傅毅による後漢の明帝の頌、袁宏による晋の簡文帝の頌は、字句をきちんと整えて、よく頌の本質を体得している。裴頠が内侍として、庾亮が中書令として上奏した表は、子章このかたの、章・表の秀作である。孫綽の著した碑は、蔡邕のあとを継ぐもので、謝荘の書いた誄は、潘岳の再来を思わせ、顔延之の「陽給事の誄」は、自ら〔潘岳の〕「馬汧督の誄」になぞらえており、達者さは貴重だが、謝荘に優位を認めるのが穏当だろう。王褒の「僮約」や、束皙の『発蒙記』は、滑稽文学の系統に入るが、やはりりっぱな作品ではある。

五言の詩形は、他の諸形式に卓越している。日常あつかい慣れたものは、久しくなじめば型にはまってしまうが、文学においては、全体に陳腐さが嫌われる。斬新な変化のないものは、古いものに取って代わることはできない。建安詩人の詩体については、『典論』が各人の長所欠点をあれこれ述べており、潘岳と陸機は名声を並び称されながらも、彼らの文学の本質は全く異なっている。東晋文学の風潮では、道家のことばが盛んに用いられ、郭璞はその霊妙なる変化を顕示し、許詢はその形而上学を徹底させたが、殷仲文になっても、道家の気風がすっかり除かれたわけではなく、謝混の清新な詩風も、盛名を確立するには至らなかった。〔宋になると〕顔延之と謝霊運とが同時に出現して、それぞれ強い個性を発揮し、恵休と鮑照とが遅れて登場して、ともに高い名声を博した。彼らはとりどりに作風を競いあい、他人の成果を祖述しようとはしなかった。

当世の文学はといえば、作家の数は確かに多いが、まとめて論じてみると、およそ次の三つの傾向に分かたれる。その第一は心を静かで穏やかな境地に開きつつ、表現は実のない華やかさをこととする流派で、修辞の技巧はずいぶん達者だが、けっきょく外面だけでもどかしい。公的な宴席の詩には向いていても、もともと手本とするようなものではなく、すき間だらけの弛緩した構想は、その致命的な欠陥だ。典雅な風格は取るべきところもあるが、全く心に迫るものがない。この詩体の源流は、謝霊運から出ている。

次は典拠のあることばを並べ連ねて、対句でなければ表わさないという流派で、その博識ぶりはりっぱだが、いかにも窮屈なしわざである。中にはすべて古語を借りて、現代の心情を表出しようとするものもあり、こせこせとこだわって、ひたすら対偶表現のみを心がける。ただ典故の行列を確認するだけで、たちどころに精彩を失う。こうした詩は、傅咸（ふかん）の「五経」の詩や、応璩（おうきょ）の時事に論及した詩などと、全面的とはいわないまでも、類を同じくするものである。

次は意表を突く歌いだしで、過激な調子、彫琢を凝らした艶麗な修辞は、魂もとろけさせんばかりという流派で、あたかも五種の正色に対して紅や紫のような中間色があり、八種の正統的な音楽に対して鄭・衛の淫曲があるようなものだが、これは鮑照（ほうしょう）の遺風である。

以上三種の傾向のほかに、いささか私見を付け加えておきたい。詩作にはまず精神の自然の動きにすべてを委ねつつ、史書による典故の知識をそこにまじえ、思考に応じて感興がわくようにしながら、ゆめ先回りして手だてを工夫しないこと。ことばは分かりやすさを第一として、文飾が過度に陥ることを戒め、音律がほどよく整えられて、しっとりと胸を潤すようなものでありたい。歌謡の調子も取り入れて、なめらかな口調を心がけ、雅にも俗にも流れず、わが胸中の思いを的確に述べよう。これはかの輪扁（りんぺん）の車輪制作の秘訣のようなもので、ことばでは十分いい尽くせないが、また作家と評論家とを、一身に兼ねそなえるのはむつかしいものだ。識見に欠けるところがあるというだけでなく、方法そのものに問題があるからであり、評論家の習わしとして、理論が表現を上回ってしまうので、主張に即して創作しようとしても、けっきょく理論倒れになってしまう。だから一人で両立は困難なのだ。

[賛] 努力は天分に次ぐとは、いにしえの識者のことば。筆の動きとともに文が生まれ、言の葉（は）は春の花さながらに麗しい。

一 史臣曰　「史臣」は、『南斉書』の著者蕭子顕（四八九〜五三七）の自称。「宋書謝靈運傳論」注一参照。蕭子顕については、本書「蕭子顕伝」参照。なお、表題の「文学伝」は、いわゆる雑伝の一種で、南斉の文人十人の伝記を収める。先行する正史の中で、文人のための雑伝を有するのは、『後漢書』文苑伝のみだが、『南斉書』以後に編まれた六朝の正史には、『梁書』『陳書』『南史』に「文学伝」が立てられている。ちなみに北朝の『魏書』『北斉書』『北史』には、文人の伝として「文苑伝」が設けられる。なお、「文学」の語の初出は『論語』先進篇の「文學は、子游・子夏」で、文献に関する学問の意と理解されている。魏・晋以降になると、現在の「文学」の意味に近い用法も見られるようになり、『世説』文学篇の前半が儒学・老荘学・仏学などの学問・思想に関する話題を収めるのに対して、後半が詩文に関する話題に充てられているのはそのいみじきものである。

二 文章者　「文章」は、「文学」と訳したが、詩・賦などの有韻の文（文）と章・表などの無韻の文（筆）を総称していう語。

三 情性之風標…　「風標」は、ある趣の具体的な表われ。沈約「斉故安陸昭王碑文」（『文選』巻五九）に、「風標秀擧し、清暉 世に映ず」。「神明」は、人の精神をいう。「律呂」は、六律と六呂を総称していう音楽用語。「宋書謝靈運傳論」注四七参照。

四 蘊思含毫…　この一節は、陸機「文賦」（『文選』巻一七）にヒントを得ている。「或いは觚を操りて以て率爾たり、或いは毫を含みて邈然たり」。「其の始めや、皆な視を収め聴を反し、耽く思い傍く訊ぬ。精は八極に騖せ、心は萬仞に遊ぶ」。

五 氣韻　精神的・内面的な風格や個性。ことに画論の用語として知られる。南斉・謝赫の『古画品録』に、「六法とは何ぞや。一は氣韻生動、是なり」。

六 生靈　生命。ここでは生まれながらにして持っている天分をいう。

七 子桓之品藻人才　「子桓」は、魏文帝曹丕（一八七〜二二六）の字。本書「曹丕伝」参照。「品藻人才」とは、曹丕が「典論論文」（『文選』巻五二）で、建安の文人たちの批評を行なっていることを指す。

八 仲治之區判文體　「仲治」は、摯虞。？〜三一一。字は仲治。長安（陝西省）の人。晋の文人・学者。古今のすぐれた詩文を選んで、ジャンル別に編纂し、『文章流別集』三十巻として世に出した。『文選』に先立つ詞華集の元祖である。「区判文体」は、その『文章流別集』、およびそれに付された文体論の『文章流別志論』二巻をいう。両書ともわずかな逸文が存する。『晋書』巻五一。

九 陸機辨於文賦　陸機（二六一〜三〇三）は、晋の詩人。本書「陸機伝」参照。「文賦」は、賦の形式による文学論で、自己の創作体験にもとづきながら、文学創作という行為を作家の内面から考察している。『文選』巻一七所収。

一〇 李充論於翰林　李充は、四世紀の人。字は弘度。江夏（湖北省）の人。東晋の文人。文学評論の書『翰林論』三巻があり、『隋志』集部総集類によれば、梁代には五十四巻が存したとされる。早い時期に散逸した。『晋書』巻九二文苑伝。

一一 張眎摘句褒貶　張眎も、その著作も未詳。

一二 顔延圖寫情興　「顔延」は、顔延之（三八六〜四五六）。宋の詩人。本書「顔延之伝」参照。顔延之に文学論の著作があったことは、『詩品』序に「顔延の論文は、精にして曉り難し」とあることなどからも知られているが、具体的に何を指すかは未詳。その著『庭誥』にも、文学に関する言及が見られる。

一三 事出神思　「神思」は、想像力のはたらき。創作における「神思」

の作用の重要性を論じた『文心雕龍』神思篇に、「文の思や、其の神遠し。故に寂然として慮を凝らせば、思いは千載に接し、悄焉として容を動かせば、視は萬里に通ず」とある。

一四 感召無象… 詩興は自然からの触発によって生まれることをいい、その原理は『礼記』楽記に見える。「人心の動くは、物 之をして然らしむ。物に感じて動く、故に聲に形わる」。また自然と創作のかかわりを論じた『文心雕龍』物色篇には、「物色の相い召くに、人誰か安きを得ん」、「是を以て詩人の物に感ずれば、類を聯ねて窮まらず。萬象の際に流連し、視聽の區に沈吟す」などとある。蕭子顕が「自序」(『梁書』巻三五本伝)で、自分の創作態度について次のように述べるのも、「感召無象…」と関連する。「若し乃ち高きに登りて目極め、水に臨みて歸るを送り、風 春朝に動き、月 秋夜に明らかに、早雁初鶯、開花落葉には、來る有れば斯に應じて、毎に已む能わざるなり」。

一五 五聲之音響 「五声」は、宮・商・角・徴・羽の五音。

一六 雅什 『詩』についていう。『詩』の雅・頌の巻は、ほぼ十篇ずつの詩から構成され、「〜之什」と称される。

一七 各以言區 「言」は、文字の意。「五言詩」「七言詩」などのように用いられる。

一八 陳思代馬羣章 「陳思」は、曹植(一九二〜二三二)。本書「曹植伝」参照。「代馬羣章」は、曹植の四言詩「朔風」(『文選』巻二九)を指す。『詩』のスタイルにならって、四句ごとに一章をなして換韻し、全四十句から成る。その冒頭に「彼の朔風を仰ぎ、用て魏都を懷う。願わくは代馬を騁せ、倏忽として北に徂かん」とある。

一九 王粲飛鸞諸製 王粲(一七七〜二一七)は、魏の詩人。本書「王粲伝」参照。「飛鸞諸製」は、王粲の四言詩「蔡子篤に贈る」(『文選』巻二三)をいう。十句から十二句ごとに換韻して章をなし、全四十二句から成る。その最初に、「翼翼たる飛鸞、載ち飛び載ち東す」とある。

二〇 少卿離辭… 「少卿」は、李陵。?〜前七四。字は少卿。前漢の武帝時代の将軍。『史記』巻一〇九、『漢書』巻五四。「離辞」は、友人蘇武との別れをうたった五言詩「蘇武に与う」三首(『文選』巻二九)のこと。『詩品』序に「漢の李陵に逮び、始めて五言の目を著す」とあるように、この詩により、李陵は五言詩の元祖とされてきた。しかし、その信憑性を疑う説は古くからあり、現在では李陵の名に仮託した後世の作と認められている。

二一 桂林湘水… 「桂林湘水」は、後漢の張衡「四愁詩」(『文選』巻二九、『玉臺新詠』巻九)のこと。「四愁詩」は、句の中間にリズムを整える「兮」字をはさんで、各句が七字から成る。全四章。『楚辞』の影響を受けた楚調の詩で、広義の七言詩ともいえる。その第二章の初めに、「我が思う所は桂林に在り、往きて之に従わんと欲するも湘水深し」とある。「平子」は、張衡(七八〜一三九)の字。後漢の文人・学者。本書「宋書謝靈運傳論」注一六参照。

二二 飛館玉池… 「飛館」は、高い建物。「玉池」は、澄んだ美しい池。この四字を含む魏文帝の七言詩が存したはずだが、いまは見られない。魏文帝には、「燕歌行」二首(『文選』巻二七)などの七言詩がある。

二三 卿・雲巨麗… 「卿」は、司馬相如。字は長卿。「雲」は、揚雄。字は子雲。前漢の辞賦の二大作家。「巨麗」は、司馬相如の「子虚賦」「上林賦」(『文選』巻七・八)、揚雄の「甘泉賦」(同巻七)「羽猟賦」(同巻八)のような長編の賦を指していう。「升堂」は、『論語』先進篇の「由や堂に升れり、未だ室に入らざるなり」にもとづき、高い水準に達していること。「冠冕」は、貴人が着ける礼装用の冠で、高い地位を象徴するもの。

二四 張・左恢廓… 「張」は、後漢の張衡（七八～一三九）。「左」は、西晋の左思（二五〇?～三〇五?）。ともに辞賦の作家として著名で、張衡には「二京賦」（『文選』巻二・三）「南都賦」（同巻三）、左思には「三都賦」（同巻四・五・六）のような長編の大作がある。「恢廓」は、スケールの大きなさま。

二五 賦貴披陳 「披陳」は、「鋪陳」に同じで、ものごとを鋪き陳ねて述べること。『周礼』春官・大師の鄭玄注に、「賦の言は鋪なり、直ぐに今の政教の善悪を鋪き陳ぬ」とあるように、「賦」と「鋪」の音声の近さを利用した声訓。

二六 顯宗之述傅毅 「顯宗」は、後漢明帝（在位五七～七五）の廟号。傅毅（?～八九）は、後漢の文人。『後漢書』巻八〇上文苑伝によれば、傅毅は『詩』周頌の「清廟」に倣って、「顯宗頌」十篇を作って奏上した。『文心雕龍』頌讃篇でも、漢代の頌の代表的な作品として挙げられている。作品は現存しない。

二七 簡文之摛彥伯 「簡文」は、東晋の簡文帝（在位三七一～三七二）。「彥伯」は、袁宏（三二八～三七六）の字。袁宏は、東晋の詩人。本書「袁宏伝」参照。『晋書』巻九二文苑伝の袁宏伝によれば、傅毅の「顯宗頌」の典雅な趣に倣って、簡文帝の徳をたたえる頌九章を作った。作品は現存しない。

二八 裴頠內侍 裴頠（二六七～三〇〇）、字は逸民。河東聞喜（山西省）の人。西晋の清談家として知られる。『晋書』巻三五裴頠伝によれば、官位は「侍中」になったとあって、「內侍」のことは見えない。彼は一職を授かるごとに、慇懃に辞退して、「博く古今の成敗」を引いた表疏を十余たび奉ったという。

二九 元規鳳池 「元規」は、東晋の庾亮。二八九～三四〇。字は元規。潁川鄢陵（河南省）の人。東晋初期の重臣。「鳳池」は、鳳凰池の略。鳳凰池は、禁中の池で、中書省がその側にあったことから、中書省のいいかえとして用いられる。庾亮は中書監に任ぜられたとき、それを辞退する表をたてまつって受理された。『晋書』巻七三本伝のほか、『文選』巻三八にも、「中書令を譲る表」の名で収められる。

三〇 子章以來… 「子章」は、未詳。「章」と「表」は、ともに臣下が君主にたてまつる上奏の文章。『文心雕龍』に章表篇がある。「子章」は、あるいは魏の陳琳の字「孔璋」の誤りかも知れない。陳琳は章・表の名手で、魏文帝「呉質に与うる書」（『文選』巻四二）に、「孔璋の章・表は、殊に健にして、微や繁富と爲す」とある。

三一 孫綽之碑… 孫綽は、東晋の詩人。「碑」は、石碑に刻みつけて、人の功業を称え、また故人を追悼する文章。散文による序の後に、必ず韻文の銘を伴う。孫綽は碑の名手として評判があり、『晋書』巻五六本伝によれば、当時の有力者が死ぬと、必ず彼に碑文を委嘱したという。本書「孫綽伝」参照。「伯喈」は、後漢の文人蔡邕（一三三～一九二）の字。蔡邕は、ことに碑・銘に長じて、『文選』にも二篇の碑文が採られている（巻五八）。『後漢書』巻六〇下。

三二 謝莊之誄… 謝莊は宋の詩人。四〇一～四六六。『宋書』巻八五、『南史』巻二〇。本書「謝莊伝」参照。「誄」は、死者の生前の徳行を累ね列ねて、褒めたたえる文章。韻文の銘を伴う。『文選』には、謝莊の「宋孝武宣貴妃誄」が収められる。「安仁」は、西晋の詩人潘岳（二四七～三〇〇）の字。誄などの、人の死を傷む哀悼の文章を得意とした。『晋書』巻五五。本書「潘岳伝」参照。『文選』には、「馬汧督誄」など四篇の誄が採録されている（巻五六・五七）。

三三 顏延楊瓚… 「顏延」は、宋の詩人顏延之。本書「顏延之伝」参照。

「楊瓚」は、正しくは「陽瓚」で、「陽給事誄」(『文選』巻五七)を指している。陽瓚は、『宋書』巻九五索虜伝によれば、宋の濮陽太守で、永初三年(四二二)、北方異民族が滑台に侵寇してきた際に、勇敢に抗戦し、戦死した。死後、給事中を追贈された。「馬督」は、潘岳の「馬汧督誄」(『文選』巻五七)のこと。汧の督馬敦が異民族の侵入に抗して奮戦しながら、ねたみを受けて投獄され、獄中で憤死したことを悼んだ内容。

三四 王褒僮約　王褒は、前漢中期の文人で、賦の主要な作家の一人。字は子淵。『漢書』巻六四下。「僮約」は、王褒が寡婦の楊恵から下僕の便了を買い取るに際して、新しい服務条件の内容を契約書(券)の形式で記した戯文。『藝文類聚』巻三五・『初学記』巻一九『古文苑』巻一七に採録される。『文心雕龍』書記篇には、「王褒の髯奴は、則ち券の諧なり」と評される。

三五 東晳發蒙　東晳は、西晋の文人。二六一～三〇〇。字は広微。陽平元城(河北省)の人。『晉書』巻五一本伝に掲げられる著作中に『発蒙記』が見えるが、その内容は未詳。『隋志』経部小学類に『発蒙記』一巻が録される。東晳が諧謔的な文章をよくしたことは、『文心雕龍』諧讔篇に「餅賦」が取り上げられていることからも察せられる。

三六 五言之製…　文学の諸様式の中で特に五言詩の優位性を説くのは、梁・鍾嶸の『詩品』序に始まる。鍾嶸は『詩』以来の伝統を有する四言詩について、「文約やかにして意広く、風・騒に取り効わば、便ち多く得可し」と、その特質を認めながらも、表現が繁多な反面、内容が乏しいために、この詩形に習熟する者が少ないといい、それに対して五言詩の特質を次のように論ずる。「五言は文辭の要に居り、是れ衆作の滋味有る者なり。故に流俗に會すと云う。豈に事を指し形を造り、情を窮め物を寫すに、最も詳切爲る者を以てならずや」。六世紀の梁代における五言詩の盛行をふまえた発言である。その上で、「南齊書文學傳論」が「新変」、すなわち絶えざる自己変革によって、マンネリズムからの脱却を提唱していることは、文学理論における新たな問題提起として注目すべきである。

三七 建安一體…　「建安」は、後漢の献帝の年号。一九六～二二〇。五言詩の最初の興隆期として知られる。「典論論文」における建安詩人たちの批評については、すでに冒頭で述べられた。注七参照。

三八 潘・陸齊名…　潘岳と陸機は、西晋を代表する詩人で、しばしば併称される。『詩品』はともに上品にランクし、「陸の才は海の如く、潘の才は江の如し」と、両者の個性を対照している。

三九 江左風味…　四世紀の東晋になると、老荘思想の強い影響を受けた玄言詩が盛んになる。そうした現象に関しては、本書「宋書謝靈運傳論」並びに同注二九以下を参照。

四〇 郭璞擧其靈變　郭璞は、東晋の詩人。二七六～三二四。『晉書』巻七二。彼が玄言詩の最初の改革者であったことは、『詩品』中品の評にも、「始めて永嘉平淡の體を變ず、故に中興第一と稱せらる」と見える。「靈変」は、やはり『詩品』に彼のスタイルを、「文體相い輝き、彪炳翫ぶ可し」と評するような詩風をいう。本書「郭璞伝」参照。

四一 許詢極其名理　許詢は、東晋の詩人で、玄言詩の中心的な担い手。『詩品』下品。本書「許詢伝」参照。「名理」は、主として老荘思想に依拠した一種の論理学。

四二 仲文玄氣…　「仲文」は、東晋の詩人殷仲文。?～四〇七。謝混とともに、玄言詩の変革者として評価される。『晉書』巻九九。『詩品』下品。本書「宋書謝靈運傳論」および同注三七参照。

四三 謝混清新…　謝混は、東晋の詩人。?〜四一二。『晋書』巻七九。『詩品』中品。本書「謝混伝」「宋書謝靈運傳論」および同注三八参照。

四四 顔・謝並起…　「顔」は、顔延之。「謝」は、謝霊運。三八五〜四三三。宋の二大詩人として、「宋書謝靈運傳論」にも高い評価が見える。「擅奇」は、個性を存分に発揮すること。

四五 休・鮑後出…　「休」は、恵休。生卒年未詳。宋の詩僧。俗姓を湯という。『詩品』下品。「鮑」は、鮑照。四〇五〜四六六。字は明遠。顔・謝に次ぐ宋の詩人。『宋書』巻五一、『南史』巻一三。『詩品』中品。本書「鮑照伝」参照。この二人は、通俗的な詩風によって人気を博したところから、しばしば併称される。『詩品』の恵休評に、「惠休は淫靡にして、情は其の才に過ぐ。世遂に之を鮑照に匹するも、恐らくは商・周ならん」。同下品謝超宗等評に、「大明・泰始中、鮑・休の美文、殊に已に俗を動かす」。

四六 朱藍共妍…　「朱」と「藍」は、純正な色。ここではそれぞれが独自の道を主張して、容易に妥協しないことを比喩する。

四七 宜登公宴　「公宴」は、公的な宴会。宴席は、参会者が才を競いあう詩作の場でもあった。『文選』巻二〇には、「公讌（宴）」の詩が集められている。

四八 准的　基準として拠るべきもの。『詩品』序に、「喧議競い起こり、準的依る無し」。

四九 疎慢闡緩　「疎慢」は、神経が行きとどかず、きめの粗いこと。「闡緩」は、音声の緩やかなさま。後漢・馬融「長笛賦」（『文選』巻一八）に、笛の音を形容して、「從容闡緩たり」。ここでは間延びしたさまの形容。『梁書』巻四九文学伝の庾肩吾伝に引かれる梁簡文帝の「湘東王に与うる書」に、当世の詩風を評して、「競いて浮疎を學び、争いて闡緩を爲す」。

五〇 緝事比類…　古典に出所を持つことばや故事を用いて、自分の考えを述べる典故の技法をいう。『文心雕龍』事類篇に、「事類なる者は、蓋し文章の外、事に據って以て義を類し、古えを援りて以て今を證する者なり」。単に「事」、あるいは「用事」ともいう。下の「非対不発」と連関して、典故のあることばを対句によって構成することを指すと思われる。こうした対句を、『文心雕龍』麗辞篇は「事対」と称する。過度の典故の使用は、かえって詩趣を損なうものとして、『詩品』は厳しく戒めている。同書中品任昉評に、「但だ昉は既に博物にして、動もすれば輒ち事を用う、所以に詩は奇なるを得ず。少年士子の、其の此くの如きに效うは病なり」。

五一 傅咸五經　傅咸は、西晋の詩人。二三九〜二九四。字は熙伯。北地泥陽（陝西省）の人。『晋書』巻四七。『詩品』下品。本書「傅咸伝」参照。傅咸には、儒家の経典のことばを綴りあわせた「七経詩」があった。いま「孝経詩」「論語詩」「毛詩詩」「周易詩」「周官詩」「左伝詩」が、『藝文類聚』巻五五、『初学記』巻二一に引かれて伝わる。

五二 應璩指事　応璩は、三国魏の詩人。一九〇〜二五二。字は休璉。汝南（河南省）の人。『三国志』巻二一。『詩品』中品。本書「応璩伝」参照。「指事」は、時事を批判した応璩の「百一詩」を指すと思われる。『詩品』の応璩評に、「指事殷勤、雅意深篤にして、詩人激刺の旨を得たり」とある。

五三 五色之有紅紫　「紅紫」は、純色の「朱藍」に対する、間色の代表。『論語』陽貨篇に、「子曰く、紫の朱を奪うを悪むなり」。また『文心雕龍』情采篇に、「正采は朱藍に燿き、閒色は紅紫に屛む」。

五四 八音之有鄭・衞　「八音」は、金・石・糸・竹・匏・土・革・木の

八種の材質によって作られた八種の楽器をいうが、ここでは単に音楽の意。「鄭・衛」は、『詩』の鄭風と衛風の詩で、みだらな音楽の代表とされる。

五五　若夫委自天機…　「天機」は、自然のままの精神のはたらき。『荘子』大宗師篇に、「其の耆欲深き者は、其の天機淺し」。陸機「文賦」（『文選』巻一七）に、「天機の駿利なるに方りては、夫れ何ぞ紛として理まらざる」。この一節は、創作は自然な思考の流れこそが大切で、過度の思索はかえって有害であることを述べており、蕭子顕の「自序」（『梁書』巻三五本伝）にも、次のような同趣旨の言が見える。「製作有る毎に、特に思功寡なく、其の自ずから來るを須ち、力を以て構えず」。

五六　輪扁斲輪　「輪扁」は、『荘子』天道篇に見える車大工の名人。彼は斉の桓公に車輪作りの秘訣を問われて、次のように答えた。「輪を斲るに、徐やかなれば則ち甘にして固からず、疾やかなれば則ち苦にして入らず。徐やかならず疾やかならざるは、之を手に得て心に應ず。口に言うこと能わず、數の焉を其の閒に存する有り。臣以て臣の子に喩す能わず、臣の子も亦た之を臣より受くる能わず」。文学・藝術の技法の言語による論証の難しさを比喩する故事として、しばしば用いられる。陸機「文賦」に、「是れ蓋し輪扁の言うを得ざる所にして、故より亦た華説の能く明らかにする所に非ず」。

五七　贊　『南斉書』各巻の末尾に付されて、その内容を要約する四言の韻文。詩と同様に偶数句で脚韻をふむ。論と併せて「論贊」と称する。

五八　學亞生知…　『論語』季氏篇の、「生まれながらにして之を知る者は上なり、學びて之を知る者は次なり」にもとづく。

（興　膳　　宏）

〔参考文献〕

鈴木虎雄『支那詩論史』（弘文堂　一九二七年）
王運熙・楊明『魏晋南北朝文学批評史』（上海古籍出版社　一九八九年）
興膳宏「六朝期における文学観の展開―ジャンル論を中心に―」（『中国の文学理論』筑摩書房　一九八八年）

隋書文學傳序（隋書卷七六）

『隋書』は唐初に編まれた正史の一つ、魏徴を主編として貞観十年（六三六）に「志」以外の部分は完成した。「紀」「伝」の実際の執筆者は宋代以後、魏徴とされる。『隋書』には後に撰せられた「経籍志」の集部後序にも文学論が見えるが、『隋書』の「志」は梁・陳・北斉・周・隋の五代にわたるものとして書かれ、そのために「経籍志」の文学論も広い範囲に及ぶのに対して、ここではそれまでの文学の流れを述べつつ、隋に焦点をあてる。『周書』王褒・庾信伝論では、南朝の文学を基準としながらもそれを否定して北朝の文学を押し出そうとするが、ここには南朝・北朝の文学の対比的な特徴を挙げたうえで、両者の長所を併せた文学こそ望ましいという、南北折衷的な考えが提起されている点が注目される。

易[一]曰「觀乎天文、以察時變。觀乎人文、以化成天下」。傳[二]曰「言、身之文也。言而不文、行之不遠」。故堯[三]曰則天、表文明[四]之稱、周云盛德[五]、著煥[六]乎之美。然則文之爲用、其大矣哉。上所以敷德教於下[七]、下所以達情志於上、大則經緯天地、作訓垂範、次則風謠[八]歌頌、匡[九]主和民。或離讒[一〇]放逐之臣、塗窮[一一]後門之士、道轗[一二]軻而未遇、志鬱抑而不申、憤[一三]激委約之中、飛[一四]文魏闕之下、奮迅泥滓、自致青雲、振沈溺於一朝、流風聲於千載、往往而有。是以凡[一五]百君子、莫不用心焉。

易[一]に曰く「天文を觀て、以て時變を察す。人文を觀て、以て天下を化成す」と。傳[二]に曰く「言は、身の文(あや)なり。言いて文ならざれば、之を行ないて遠からず」と。故に堯[三]は則天と曰い、文明[四]の稱を表す。周は盛德[五]と云い、煥乎[六]の美を著す。然らば則ち文の用爲(た)るは、其れ大なるかな。上[七]は德教を下に敷く所以(ゆえん)、下は情志を上に達する所以、大は則ち天地を經緯し、訓を作り範を垂れ、次は則ち風謠歌頌[八]、主[九]を匡し民を和す。或いは離讒[一〇]放逐の臣、塗窮[一一]後門の士、道轗軻(かんか)[一二]にして未だ遇わず、志鬱抑して申びず、委約[一三]の中に憤激し、文を魏闕[一四]の下に飛ばし、泥滓に奮迅して、自ら青雲に致し、沈溺を一朝に振るい、風聲を千載に流すこと、往往にして有り。是を以て凡百[一五]の君子、心を用いざる莫し。

『周易』に「天のあやもようを見て、時節の変化を知り、人のあやもようを見て、世界中の人々を教え育てる」という。伝(『春秋左氏伝』)に「ことばは身のかざりである。かざりのないことばは、遠くまで行き渡らない」という。それゆえに堯について「天に則る」というのは、あや鮮やかな徳を称えてあらわしたものであり、周について「盛徳」というのは、輝ける美しさを明らかにしたものである。そうしてみると、文の働きというものは、まことに偉大である。上の者はそれによって下の者に道徳の教えを広め、下の者はそれによって上の者に思いを伝え、大なるものとしては、天地を秩序付け、典範を示し、次なるものとしては国風や頌の詩であり、君主を正しい方向に導き、民の気持ちを安らげるのである。或いはまた讒言を受けて放逐された家臣や、進退窮まった寒門の人士は、道は険しく不遇な目にあい、心は鬱屈したまま晴れなくても、困窮したなかから激しい感情を起こし、朝廷のもとへ文を発し、泥の中から奮い立って、自分の力で青雲にまで到達し、たちまちのうちに埋もれた身を起こしたり、名声を千年ののちまで伝えたりするということが、しばしば生じる。それゆえに君子は誰もが、これに心を致すのである。

一　易　『周易』賁（ひ）の卦の彖辞（たんじ）にそのまま見える。
二　傳　伝は経書の注釈、ここでは『春秋左氏伝』を指す。僖公二十四年の介之推のことばに「言は身の文なり」、また襄公二十五年に「仲尼曰く、志（古書）に之れ有り。言以て志を足し、文以て言を足す。言わざれば誰か其の志を知らん、言の文無きは、行なわれて遠からず」。
三　堯曰則天　『論語』泰伯篇に「大なるかな堯の君たるや。巍巍乎として唯だ天を大と爲し、唯だ堯のみ之に則る。蕩蕩乎として民能く名づくる無し。巍巍乎として其れ成功有り、煥乎として其れ文章有り」。
四　文明　『周易』乾の卦辞に「見龍　田に在り、天下文明なり」。
五　盛徳　『周易』繫辞伝上に「盛徳大業至れるかな。富有これを大業と謂い、日新これを盛徳と謂う」。
六　煥乎　注三参照。
七　上所以…　「毛詩大序」に「上は以て下を風化し、下は以て上を風刺す」。

八　風謡歌頌　国風や頌など『詩経』の詩篇。
九　匡主和民　『尚書』君牙に「弘く五典を敷き、式（もっ）て民を和して則らしめよ」。
一〇　離讒放逐之臣　「離」は罹と同じ。悪いことにあう、かかる。讒言を受けて楚の国を追われ、「離騒」を著わした屈原を指す。
一一　塗窮後門之士　「後門」は恵まれない家柄。
一二　道轗軻而未遇　「轗軻」は道が平らでないように不遇な状態をいう双声の語。
一三　憤激委約之中　委約は植物がしぼむように苦しい状態をいう双声の語。宋玉「九辯」に「余は萎約して悲愁す」。萎は委に同じ。
一四　飛文魏闕之下　「飛文」は文章を書くこと、また書かれた文。昭明太子「文選序」に「飛文染翰は、則ち巻は緗帙に盈（み）つ」。「魏闕」は宮殿の門の両側の建物。そこから朝廷、都をいう。
一五　凡百君子　『詩経』小雅・雨無正に「凡百の君子」とあるのに基づく。

＊　　＊　　＊

自漢・魏以來、迄乎晉・宋、其體屢變、[一六]前哲論之詳矣。曁永明・天監之際、太和・天保之閒、洛陽・江左、文雅尤盛。于時作者、濟陽江淹[一七]・吳郡沈約[一八]・樂安任昉[一九]・濟陰溫子昇[二〇]・河閒邢子才[二一]・鉅鹿魏伯起[二二]等、並學窮書圃、思極人文、縟綵鬱於雲霞、逸響振於金石。英華秀發、波瀾浩蕩、筆有餘力、詞無竭源。方諸張[二三]・蔡・曹・王、亦各一時之選也。聞其風者、聲馳景慕。然彼此好尚、互有異同。江左宮商發越、貴於清綺、河朔詞義貞剛、重乎氣質。氣質則理勝其詞、清綺則文過其意、理深者便於時用、文華者宜於詠歌。此其南北詞人得失之大較也。若能掇彼清音、簡茲累句、各去所短、合其兩長、則[二四]文質斌斌、盡善盡美矣。梁自大同之後、雅道淪缺、漸乖典則、爭馳新巧。簡[二五]文・[二六]湘東、啓其淫放、[二七]徐陵・[二八]庾信、分路揚鑣。其意淺而繁、其文匿而彩、詞尚輕險、情多哀思。格以[二九]延陵之聽、蓋亦[三〇]亡國之音乎。周氏呑併梁・荊、此風扇於關右、[三一]狂簡斐然成俗、流宕忘反、無所取裁。

漢・魏より以來、晉・宋に迄ぶまで、其の體は屢しば變じ、[一六]前哲之を論ずること詳らかなり。永明・天監の際、太和・天保の閒に曁びて、洛陽・江左、文雅尤も盛んなり。時に于いて作者は、濟陽の[一七]江淹・吳郡の[一八]沈約・樂安の[一九]任昉・濟陰の[二〇]溫子昇・河閒の[二一]邢子才・鉅鹿の[二二]魏伯起等、並びに學は書圃を窮め、思いは人文を極め、縟綵は雲霞よりも鬱として、逸響は金石よりも振るう。英華秀發し、波瀾浩蕩して、筆に餘力有り、詞に竭源無し。諸を[二三]張・蔡・曹・王に方ぶるも、亦た各おの一時の選なり。其の風を聞く者は、聲馳景慕す。然るに彼此の好尚は、互いに異同有り。江左は宮商發越し、清綺を貴び、河朔は詞義貞剛にして、氣質を重んず。氣質なれば則ち理 其の詞に勝り、清綺なれば則ち文 其の意を過ぐ。理深き者は時用に便たり、文華やかなる者は詠歌に宜し。此れ其れ南北詞人得失の大較なり。若し能く彼の清音を掇り、茲の累句を簡にして、各おの短とする所を去し、其の兩長を合わせれば、則ち[二四]文質斌斌として、善を盡くし美を盡くせり。梁は大同よりの後、雅道淪缺し、漸く典則に乖き、争いて新巧を馳す。[二五]簡文・[二六]湘東は、其の淫放を啓き、[二七]徐陵・[二八]庾信は、路を分けて鑣を揚ぐ。其の意は淺くして繁く、其の文は匿れて彩あり、詞は輕險を尙び、情は哀思多し。格るに[二九]延陵の聽を以てすれば、蓋し亦た[三〇]亡國の音なるか。周氏は梁・荊を呑併し、此の風は關右を扇ぎ、[三一]狂簡斐然として俗を成し、流宕して反るを忘れ、取りて裁する所無し。

漢・魏から晋・宋に至るまで、文学の様相は何度も変化し、それについては先賢が詳細に述べている。永明（南斉・武帝、四八三～四九三）・天監（梁・武帝、五〇二～五一九）の時期、また太和（北魏・孝文帝、四七七～四九九）・天保（北斉・文宣帝、五五〇～五五九）の時期になると、洛陽（北朝）でも江左（南朝）でも、文学はとりわけ隆盛を迎えた。その時の文学者は、済陽の江淹・呉郡の沈約・楽安の任昉・済陰の温子昇・河間の邢子才・鉅鹿の魏伯起らであり、いずれもあらゆる書物を尽くした学識を備え、人間世界の美を極めた精神を働かせ、その精緻な彩りは彩雲よりも鮮やかであり、美しい音色は金石の楽器にもまさった。花々があでやかに開き、水が滔々と流れるようで、筆力にはゆとりがあり、ことばは尽きることがなかった。張衡・蔡邕・曹植・王粲にくらべてみても、彼らもまたそれぞれ時代を代表する人たちである。その文風を聞いた者たちは、広まる名声を敬慕したが、しかし彼我の好みには、相互に違いがあった。南朝では音楽性が発揮され、清麗さを尊重したが、北朝ではことばが剛直であり、質朴さを重視した。質朴であると内容が表現を上回り、清麗であると表現が内容を上回る。内容が深いものは実用にすぐれ、文采のはでなものは唱うのにふさわしい。これが南北詩人の長短の大体の比較である。もし向こうの清冽な調べを綴り、こちらの煩瑣な字句を簡潔にすることができ、それぞれに短所を取り去って、双方の長所を一つに合わせたら、華麗さと質朴さがほどよく調和して、最高の善、最高の美となろう。梁は大同年間（五三五～五四五）以後、正しい道が欠落し、しだいに規範から離れて、新奇な技巧に走るようになった。簡文帝・湘東王が、放埒なことばを好み、感傷ばかりが多い。それぞれにその方向へ進んだ。浅薄で煩雑な内容、わかりにくくはでやかな表現、軽薄なことばを好み、放埓な傾向を開き、徐陵・庾信は、延陵の季子のような耳で聞いてみれば、それもまた亡国の音であろうか。北周が梁と江陵の地を併呑すると、この文風は関右の地までおおり立て、野放図なまま、色鮮やかな模様が流行し、放恣に流れて戻ることを忘れ、手のつけようがなかった。

一六　前哲　沈約『宋書』謝霊運伝論に文学史が記されているのを指すか。
一七　江淹　本書「江淹伝」参照。
一八　沈約　本書「沈約伝」参照。
一九　任昉　本書「任昉伝」参照。
二〇　温子昇　本書「温子昇伝」参照。

二一　邢子才　邢卲、字は子才。本書「盧思道伝」注六参照。
二二　魏伯起　本書「魏収伝」参照。
二三　張・蔡・曹・王　後漢の張衡・蔡邕、建安の曹植・王粲。本書各伝参照。
二四　文質斌斌　『論語』雍也篇に「質 文に勝れば則ち野、文 質に勝れば則ち史、文質彬彬として然る後に君子」。「斌」は「彬」と同じ。
二五　簡文　本書「梁簡文帝伝」参照。
二六　湘東　本書「梁元帝伝」参照。
二七　徐陵　本書「徐陵伝」参照。
二八　庾信　本書「庾信伝」参照。
二九　延陵之聽　呉の季札が次々と唱われた歌をもとに、背後の政治状況を指摘した故事。『左伝』襄公二十九年に見える。
三〇　亡國之音　『礼記』楽記に「桑閒濮上の音は亡國の音なり」。
三一　周氏呑併梁・荆　荆は江陵（荆州）。梁の元帝は江陵で即位し、その死後は後梁が都を置いた地。
三二　狂簡斐然成俗　『論語』公冶長篇に「吾が黨の小子、狂簡にして、斐然として章を成す。之を裁する所以を知らず」。エネルギーをもてあまして無秩序な状態になっていることをいう。

*　*　*

高祖初統萬機、每念斲彫爲樸、[三三]發號施令、[三四]咸去浮華。然時俗詞藻、猶多淫麗、故憲臺執法、屢飛霜簡。煬[三五]帝初習藝文、有非輕側之論、曁乎卽位、一變其風。其與越公書・建東都詔・冬至受朝詩及擬飮馬長城窟、[三六]並存雅體、歸於典制。雖意在驕淫、而詞無浮蕩、故當時綴文之士、遂得依而取正焉。所謂能言者未必能行、[三七]蓋亦君子不以人廢言也。[三八]

高祖初めて萬機を統べ、每に彫を斲り樸を爲さんことを念い、[三三]發號・施令、[三四]咸な浮華を去る。然るに時俗の詞藻は、猶お淫麗多く、故に憲臺 法を執り、屢しば霜簡を飛ばす。煬帝[三五]初めて藝文を習い、輕側を非とするの論有りて、卽位するに曁びて、其の風を一變す。其の「越公に與うる書」[三六]・「東都を建つる詔」・「冬至受朝詩」及び「擬飮馬長城窟」は、並びに雅體を存し、典制に歸す。意は驕淫に在りと雖も、詞に浮蕩無く、故に當時の文を綴るの士は、遂に依りて正を取るを得たり。所謂ゆる能く[三七]言う者は未だ必ずしも行なう能わざるなり。蓋し亦た君子[三八]は人を以て言を廢せざるなり。

高祖（文帝楊堅）が政権を掌握すると、装飾を削って素朴なものにしようと思い、命令の発布には、うわべだけの飾りはすべて取り去った。しかし世間のことばには、まだ華美なものが多かったので、御史臺は法を執行し、たびたび弾劾文を発した。煬帝は学芸を学んだ時期に、軽佻を否定することを論じていて、彼が即位するや、華美な文風は一変した。その「越公に與うる書」・「東都を建つる詔」・「冬至受朝詩」そして「擬飲馬長城窟」などは、いずれも典雅な文体を備え、典範にかなったものであった。本心は自堕落なものであっても、ことばには浮ついたところがなく、そのために当時の文学者たちは、それに依拠して正しいありかたを獲得できた。言うことと行なうことは必ずしも一致しないというものであり、君子は人格だけで決めつけてそのことばまで否定することはしないのである。

三三　斲彫爲樸　『史記』酷吏伝に「漢興り、觚を破りて圜と爲し、雕を斲りて朴と爲す」とあるのに基づく。

三四　發號施令　無用な修辞を禁じる詔が出され、それに違反した者が罰せられたことは、質実な文体を主張した李諤の上書（『隋書』六六李諤伝）に見える。「開皇四年（五八四）、普く天下に詔して、公私の文翰、並びに宜しく實錄なるべしと。其の年の九月、泗州刺史司馬幼之、文表華豔にして、所司に付して治罪す」。

三五　煬帝　本書「隋煬帝伝」参照。

三六　與越公書　ここに挙げられた二篇の文、二首の詩はいずれも『隋書』煬帝紀、『文苑英華』などに見える。

三七　能言者…　『史記』孫子呉起伝賛に「語に曰く、能く行う者は、未だ必ずしも言う能わず、能く之を言う者は、未だ必ずしも行う能わず、と」。

三八　君子…　『論語』衛霊公篇に「君子は言を以て人を擧げず、人を以て言を廢せず」。

＊　＊　＊

爰自東帝[三九]歸秦、逮乎青蓋[四〇]入洛、四隩[四一]咸曁、九州攸同、江漢英靈、燕趙奇俊、並該天網之中、俱爲大國之寶。言刈其楚、片善無遺、潤木[四二]圓流、不能十數、才之難也、不其然乎。時之文人、見稱當世、則范陽盧思道[四三]、安平李德林[四四]、河東薛道衡[四五]、趙郡李元操[四六]、鉅鹿魏澹[四七]、會稽虞世基[四八]、河東柳䛒[四九]、高陽許善心[五〇]等、或鷹揚河朔[五一]、或獨步漢南[五二]、俱騁龍光、並驅雲路、各有本傳、論而敍之。其潘徽[五三]・萬壽[五四]之徒、或學優而不切、或才高而無貴仕、其位可得而卑、其名不可堙沒。今總之於此、爲文學傳云。

爰に東帝[三九] 秦に歸して自り、青蓋[四〇] 洛に入るに逮び、四隩[四一]咸な曁り、九州同じくする攸、江漢の英靈、燕趙の奇俊、並びに天網の中に該まれ、俱に大國の寶と爲る。言に其の楚を刈り、片善も遺す無く、潤木圓流[四二]は、十も數うる能わず、才の難きや、其れ然らざらんか。時の文人、當世に稱せらるるものは、則ち范陽の盧思道[四三]、安平の李德林[四四]、河東の薛道衡[四五]、趙郡の李元操[四六]、鉅鹿の魏澹[四七]、會稽の虞世基[四八]、河東の柳䛒[四九]、高陽の許善心[五〇]ら、或いは河朔に鷹揚し[五一]、或いは漢南に獨步し[五二]、俱に龍光を騁せ、並びに雲路に驅し、各おの本傳有りて、論じて之を敍す。其れ潘徽[五三]・萬壽[五四]の徒は、或いは學優るるも切ならず、或いは才高きも貴仕無く、其の位は得て卑しむべくも、其の名は堙沒すべからず。今 之を此こに總べ、文學傳と爲す。

東方の皇帝（陳後主）が秦（隋を指す）に帰し、天子の車が洛陽に入る（煬帝の入洛）までの時期に、四方の居住地すべてから人が集まり、世界全体が一つになって、南方の才気も、北方の俊逸も、すべて天網の中に包まれ、いずれも大国の宝となった。小さな美点も捨てないように努めながら、雑草を刈り取ってみると、樹木を潤し流れをなめらかにするような作者は、十人も数えられない。才能は見つけにくいというのは、まことにそのとおりである。この時期の文人で、世に知られている人はといえば、范陽の盧思道、安平の李徳林、河東の薛道衡、趙郡の李元操、鉅鹿の魏澹、会稽の虞世基、河東の柳䛒、高陽の許善心らであり、北方に高らかに舞い上がったり、南方に独自の道を歩んだり（生き方はさまざまであるが）、いずれも龍の光のような才能を発揮し、空高く馳せ、それについてはそれぞれ本伝を立てて、論述した。潘徽や万寿のような者は、学問にはすぐれても実用には遠かったり、才能は高くても地位が低かったりであり、地位が低いのは軽んじることができても、名前は隠滅させてはならない。今 ここにそういう者を集め、文学伝とする。

三九　東帝帰秦　五八九年、南朝、陳の後主が、長安を根拠地とする隋に帰順したことをいう。

四〇　青蓋入洛　「青蓋」は天子の乗り物。六〇四年、文帝が崩御して即位した煬帝が洛陽に行幸したことをいう。

四一　四隩咸曁　『尚書』禹貢に「九州 同じくする攸、四隩既に宅す」というのに基づく。

四二　潤木圓流　『北史』文苑伝序はこの記述を用いながら、「潤水圓流」に作る。文才すぐれた人をいうか。

四三　盧思道　本書「盧思道伝」参照。

四四　李徳林　五三一～五九一。字は公輔、博陵安平（河北省）の人。北朝から隋にかけて、朝廷の重臣として高い文名を誇った。北斉では顔之推とともに文林館に従事し、北周では楊堅に重用されて、数人に筆記させながら厖大な軍事文書を口述し、隋でも安平県公に封じられるなど高位に登ったが、のちに隋の文帝に疎まれ、懐州刺史に左遷された。隋志には文集十巻を著録するが、佚する。唐初の重臣李百薬の父。『隋書』巻四二、『北史』巻七二。

四五　薛道衡　本書「薛道衡伝」参照。

四六　李元操　生卒年未詳。隋に仕えて内史侍郎、荊州刺史などを歴任。薛道衡、盧思道とともに「文宗」と称された。初唐の上官儀にその文集を奉る表がある（『全唐文』一五五）。

四七　魏澹　生卒年未詳。字は彦深、鉅鹿下曲陽（河北省）の人。魏収の族弟。北斉に仕えて『五礼』、国史などの編纂にたずさわり、北周に入って納言中士に任じられ、隋では太子学士、著作郎に至る。魏収の魏史を不満とする文帝の命を受けて『魏書』九十二巻（隋志では『後魏書』一百巻）を完成してほどなく六十五歳で没する。文集三十巻（隋志では三巻）は佚する。『北斉書』二三、『隋書』五八、『北史』五六。

四八　虞世基　?～六一八。字は茂世、会稽余姚（浙江省）の人。虞世南の兄。少年の時に徐陵から当世の潘岳・陸機と賞賛され、陳に仕えて散騎常侍、尚書左丞などを歴任。隋では煬帝に重用され、厖大な詔勅を執筆する。のちに宇文化及に殺される。『隋書』六七、『北史』八三文苑伝。

四九　柳䛒　五三七～六〇五。字は顧言、元は河東（山西省）の人、永嘉の乱に際して襄陽（湖北省）に移る。初め、梁に仕えたが、のちに隋に入り、楊広が集めた文人・学者のサロンのトップとして、楊広の文学上の師として勤めた。煬帝が即位すると、秘書監に昇進し、漢南県公に封じられた。文集十巻（隋志では五巻）があったが佚した。『隋書』五八、『北史』八三文苑伝。

五〇　許善心　五五八～六一八。字は務本、高陽北新城（河北省）の人。少年の時に徐陵に文才を認められ、陳に仕える。隋に入っては礼部侍郎、通議大夫に至るが、のちに宇文化及に殺される。『隋書』五八、『北史』八三文苑伝。

五一　鷹揚河朔　鷹が飛ぶように勢いのあることをいう双声の語。『詩経』大雅・大明に「時れ維れ鷹揚す」に基づく。

五二　獨步漢南　この二句は曹植「楊徳祖に与うる書」（『文選』四二）「昔し仲宣（王粲）は漢南に獨步し、孔璋（陳琳）は河朔に鷹揚す」に基づく。

五三　潘徽　生卒年未詳。字は伯彦、呉郡（江蘇省）の人。経学、史学を修め、江総に認められて陳に仕え、その深い学識によって隋の使者として来訪した魏澹をやりこめた。隋に入って煬帝に命じられて『魏書』の編纂にたずさわったが中止、京兆郡博士に任じられたが、のちに左遷されて病死した。『隋書』七六文学伝、『北史』八三文苑伝。

五四　萬壽　生卒年未詳。姓は孫、字は仙期、信都武強（河北省）の人。若くして広く経史子に通じ、李徳林に認められて北斉に仕え、隋でも諸王の属官として取り立てられたが、不遇のまま死んだ。『北斉書』四四、『隋書』七六文学伝、『北史』八一。

（川合康三）

六朝の官職名

礪波　護

六朝時代の中国では、九品官人法とよばれる官吏登用法が行われ、貴族制が政治社会の全般にきわめて大きな影響を与えた。したがって、その時代に生きた詩人たちの伝記を読む際には、頻出する官職の職務内容はもちろんのこと、それらの官職が清官なのか濁官なのかの区別、また要職なのか否かを知ることが必要不可欠である。これが唐代の官職であれば、『大唐六典』などの政典類の書物があって、おおよその見当はつけられるのであるが、何分にも分裂時代の六朝は、政治の混乱と相俟って、同じ官職名であっても、王朝ごとに役割を異にする事例も多く、解説をほどこすのも容易ではない。

六朝時代の行政組織をひとくちに言い表すと、中央政府は三公と九卿を中心とし、地方は州—郡—県の三段階からなるピラミッド型ということになろう。この時代の官制全般や選挙制度の変遷については、〈制度史用語索引〉も完備した宮崎市定の名著『九品官人法の研究——科挙前史』（中公文庫、一九九七年）が必読の文献であること、更めて言うまでもないが、具体的な官職の説明を手短かに知ろうとする際には、詳しすぎる。

そこで、私が三紀前にものした、「『世説新語』官職名表」（川勝義雄・福永光司ほか訳『世説新語』所収、筑摩書房版〈世界文学大系71〉「中国古小説集」、一九六四年）の有用さを話されるかたのお世辞に励まされて、一往の説明をメモ風に記すことにした。

安西将軍・安北将軍など　それぞれ四安将軍の一で、それらの属官として参軍がいる。

尉　地方の官名で、主に軍事・警察をつかさどる。地名の下にくることが多い。

尹　国都の長官のこと。普通は京兆尹、魏晋では河南尹、南朝では丹陽尹をさす。

員外　定員外という意味であるが、定員内の官職になりがちであった。員外散騎常侍や員外郎などがおかれた。

羽林監　武官的な郎である羽林郎は、虎賁郎とともに、もとは天子の宿衛に当直する近衛兵で、武官の官僚予備軍を形成した。その統率者が羽林監である。

衛尉卿　九卿の一。宮門を警護する衛士をつかさどる衛尉の長官。

衛将軍　将軍の一種。車騎将軍に次ぐ職であったが、晋以後、上級の将軍が敬遠され兵権を失なって、衛将軍が最も重要な地位となった。衛軍と略されることも多い。

掾　属官の通称。曹（分局）の主任を掾といい、副主任を属という。太尉の諸曹の掾は二十四人おり、郡の諸曹の掾は、史とともに参佐とよばれた。

開府　漢代に三公の官庁を府と称し、府をもつことを開府と称した。魏晋以後、有力な将軍が開府することになり、開府が肩書となった。

開府儀同三司　開府のなかで特に位の高い者を儀同三司と称し、三司すなわち三公と同じ礼遇を与えた。

記室参軍　参軍の一種。文書を起草する書記官で、文筆の才にすぐれた者がなったので、参軍のうち最も名誉ある地位とされた。記室と略されることも多い。

儀同三司　開府儀同三司と同じ時と、それよりやや格が低い場合がある。儀同と略されることもある。晋代から将軍でない文官である光禄大夫もまた開府することができ、儀同三司とよばれるようになった。

九卿　中央政府の中核部を形成した九つの官庁〔九寺〕の長官である卿の総称。

給事黄門侍郎　黄門郎のこと。

給事中　別に職務ある人の加官で、殿中の事務に給仕する任であったので命名された。晋より正員がおかれるようになった。

御史大夫　非違を検察する御史台の長官。最初は三公の一として宰相クラスであったが、後には名誉職となる。

御史中丞　御史台の次官。長官である御史大夫が名誉職化して職務をとらぬようになり、この中丞が事実上の長官であった。

議郎　郎は武官的な羽林郎・虎賁郎と文官的な議郎・中郎・侍郎・郎中に分かれる。議郎は文官的な郎の最上位。

金紫光禄大夫　光禄大夫は、光禄勲に属する官で、朝政を論議することをつかさどったが、晋以後は独立して三公に次ぐポストとなる。特に金章紫綬を帯びた者を金紫光禄大夫と称して優遇したが、北魏の時に誤って普通の光禄大夫の下においた。

郡守　郡の太守のこと。郡丞はその次官。

公卿　三公九卿、すなわち宰相大臣のこと。

行参軍　府主の属官である参軍の一で、正参軍である参軍事よりは格が低かった。

功曹　州郡の属僚。州では功曹書佐といい、郡では功曹史といい、主として人事をつかさどる要職。

行台　中央政府の臨時出張所のこと。行台尚書令や行台郎中などという。

黄門侍郎　黄門とは禁中の門をいい、天子の側近に侍するのでこの名がある。散騎常侍とともに最も清顕と称された。黄門郎と略されることが多い。

黄門郎　黄門侍郎の略。

孝廉　孝悌廉潔の意で、官吏任用の科目。郡国から推薦されるが、これに合格すると、郎官に補せられる。

光禄勲　九卿の一で、宮殿の宿衛をつかさどる長官。その下に武官の虎賁中郎将、文官の五官中郎将、光禄大夫、太中大夫、議郎などがおかれた。

光禄大夫　光禄勲に属し、天子に侍従して顧問に応ずる職。定員なく、一定の職務をもたないで、官僚予備軍を形成していた。魏晋以後、位だけは尊かったが、実権のない職になった。特に金章紫綬を帯びた者を金紫光禄大夫と称して優遇した。

鴻臚卿　九卿の一で、外国からの朝貢をつかさどる長官。はじめは大鴻臚と称した。

五官中郎将（ごかんちゅうろうしょう）　孝廉に挙げられて文官の三署〔五官署・左署・右署〕の郎官に補せられた者のうち、五十歳以上の者は五官署に属し、それを管轄する長官を五官中郎将といい、光禄勲に属す。

五経博士（ごきょうはかせ）　漢の武帝の時からおかれていたが、特に南朝梁の武帝は各地に新設した五館においた。国子学の国子博士に対応する。

国子祭酒（こくしさいしゅ）　貴族の子弟を教育する機関として設けられた国子学の長で、国子学の教授に国子博士と国子助教がいた。

護軍将軍（ごぐんしょうぐん）　領軍将軍に次ぐ将軍職で、中央政府の一部分をなす軍府である護軍の長。武官の任用をつかさどり、文官の任用をつかさどる吏部尚書に匹敵する。東晋以後は地方の外軍を統括した。

虎賁（こほん）　虎賁郎の略。羽林郎とともに、もとは天子の宿衛に当直する近衛兵であった。武官の官僚予備軍を形成する。

虎賁中郎将（こほんちゅうろうしょう）　虎賁郎を統括する長官。

宰相（さいしょう）　中央政府の最高責任者として、天子を輔佐する者を総称する。三公や尚書令、侍中、中書令がこれに当たる。

祭酒（さいしゅ）　祭酒従事史の略。州の刺史の属官で、功曹書佐に次ぐ職。ただし、揚州にはおかれず、主簿が代行した。

佐史（さし）　佐吏ともいい、地方の役所の属僚の総称である。北斉以後は、官である属官と胥吏である佐史とに分かれる。

左将軍（さしょうぐん）　左軍将軍ともいい、前後左右将軍の一。

佐著作郎（さちょさくろう）　国史の編纂をつかさどった著作郎の下におかれた官。三国時代におかれたが、南朝宋以後は著作佐郎と改められた。

三公（さんこう）　最高位におかれた三人の大臣のこと。後漢以後は太尉・司徒・司空を三公と称したが、しだいに尚書と中書に実権は移って、有名無実化した。

散騎常侍（さんきじょうじ）　騎馬で天子にしたがう散騎と禁中に出入奉仕した中常侍とを合して散騎常侍という。黄門侍郎とともに重要な地位となり、〈黄散〉と並び称せられた。晋代には、門下に属しながら、散騎省とよばれる一省として認められた。

散騎侍郎（さんきじろう） 散騎常侍の下にあり、名家の子弟が初めて任ぜられる官として用いられた。定員がないので、しだいに人数が増し、南朝末になると、重んぜられなくなる。

散騎郎（さんきろう） 散騎侍郎の略。

参軍（さんぐん） 文武の府に属する幕僚の官名。はじめは分業はなかったが、西晋末ごろからそれぞれの部局に分かれて事務を分担するようになった。参軍事ということもある。

使持節（しじせつ） 使持節都督の略であることが多い。節を授けられた者の中に、使持節・持節・仮節の別ができた。

諮議参軍（しぎさんぐん） 参軍の一で、諮議と略される。参軍のなかで最高の地位にあったもの。無任所の参謀格で、長史・司馬に下ること一等だけであった。

侍御史（じぎょし） 御史台のなかで、天子に侍して宮中や畿内を監督した者をいい、とくに殿中の儀式を監督する者を殿中侍御史といった。

司空（しくう） 三公の一。非違を検察することを任務とした御史大夫を後漢では司空と称した。

刺史（しし） もともとは中央政府から各州に派遣された一種の行政監察官。のちに州内に治所をもって民政にも関与するようになり、兵権をも帯びるようになって、地位はますます上昇した。

侍中（じちゅう） もとは本官の上に肩書として加えられ、天子の側近に侍して身辺の雑用に奉仕する者を指したが、六朝では天子の顧問となり、政務の中枢に参与する重要な地位となった。

司徒（しと） 三公の一で、三公の第二位を占めたが、人事をつかさどったので、権限ははなはだ大きく、とくに九品官人法が行われると、中正の総元締となって、官吏志望者に与える郷品を左右した。

司徒左長史（しとさちょうし） 司徒の下にあって、実際に中正の郷品を総括する職だったので、要職かつ清官であった。

司馬（しば） 将軍・都督の属官。公府や軍府の幕僚として長史に次ぐ位で、軍事を統べた。戦時においては長史より重い職であった。

車騎将軍（しゃきしょうぐん） 将軍の一で、驃騎将軍に次ぐ重職。

舎人（しゃじん） 公府などで、府主に対して個人的に仕える者で卑賤な職とされ、寒士はしばしばこの位につくことを余儀なくされた。

従事（じゅうじ） 州の刺史の属僚のうち、局長・部長クラスをよぶ汎称。別駕従事史、治中従事史などがある。

従事中郎（じゅうじちゅうろう） 軍府の属官。長史・司馬の下に位し、謀議に参与して諸参軍を統括した。

主簿（しゅぼ） 帳簿をつかさどる属官で、いわば総務部長格。中央政府から地方の郡県にいたる官庁のすべてにおかれていたが、とくに郡の主簿は功曹とともに〈綱紀〉として重んぜられた。

将軍（しょうぐん） もと臨時に命ぜられる軍隊指揮者の名であったが、漢以後は武官の階級の名となり、軍功あるものに授けられた。

上計吏（じょうけいり） 漢代以後、地方の郡国からそれぞれの計簿を毎年、朝廷に上奏する吏のこと。

相国（しょうこく） もと丞相の上におかれたが、のちに丞相をも相国と称するようになり、ついに丞相の通称になった。

将作大匠（しょうさくたいしょう） 宗廟・宮室・陵園などの土木工事の責任者。

常侍（じょうじ） 散騎常侍のこと。

尚書（しょうしょ） もと文書をつかさどる官で天子の側近に侍ったが、魏晋以後、尚書省と称して中央の政務執行官庁となり、政治の中心となった。通常は六つの分局〔曹〕に分かれ、それぞれに尚書がおかれた。六曹の名称は時代によって必ずしも同じではないが、隋唐以後は吏部・戸部・礼部・兵部・刑部・工部の六部に定まる。

丞相（じょうしょう） 天子をたすけて一切の政務を処理する官で、尊貴の官として非常の際におかれた。

尚書令（しょうしょれい） 尚書の長。もと天子の秘書官長であったが、のちには中央の政務執行官庁であった尚書省の長として宰相の位になった。

尚書郎（しょうしょろう） 尚書省に配属された郎で、政策の立案と命令の下達に当たった。

司隷校尉（しれいこうい） 漢代に国都を中心とする数郡の非違を取り締まるためにおかれた行政監察官。権限は十三州部の刺史よりはるかに大きく、しだいに行政官化した。東晋では司隷校尉をおかず、揚州刺史がこれを代行した。

侍郎（じろう） はなはだ多様な職を指す。文官的な郎が議郎・中郎・侍郎・郎中の四つに分かれる場合の侍郎もあれば、散騎侍郎、また尚書省六部で尚書を輔佐する場合もあり、黄門侍郎や中書侍郎のように後には宰相格となる侍郎さえ出現する。

征西将軍（せいせいしょうぐん） 四征〔征東・征西・征北・征南〕将軍の一つ。

西曹書佐（せいそうしょさ） 州における人事担当の属僚である、功曹書佐のこと。

総管（そうかん） 督軍の官。北周時代におかれた。

太尉（たいい） 三公の一。軍事をつかさどるので大司馬ともよばれた。のち太尉と大司馬とが並んでおかれ、更に太尉は大司馬の下におかれるようになった。

太学博士（たいがくはかせ） 首都に設けられた政府直属の最高学府である太学の教授のこと。出世コースとしては第二級であった。

大鴻臚（だいこうろ） 九卿の一。中央政府の直轄地以外の諸侯および異民族の事をつかさどったが、南朝梁ころからは鴻臚卿と称されることが多くなる。

太宰（たいさい） 三公の第一に位した太師を、晋では景帝の諱をさけて太宰と称した。位は当時の三公より高いが実権はなかった。

太子家令（たいしかれい） 東宮の倉穀や飲食などの実務をあずかり天子の司農少府に比せられた。六朝時代には太子の官属はおおむね清官であったが、これは例外で、一流貴族は就任しなかった。

太子舎人（たいししゃじん） 太子の官属で天子の郎に比せられた。太子洗馬とともに清官として知られ、一流貴族が就くポストであった。

太子庶子（たいししょし） 太子の官属で天子の散騎常侍に比せられた。

太子洗馬（たいしせんば） 太子の外出の際、その先導をつとめ、天子の謁者に比せられた。晋以後、太子の図書、講経のことなどをつかさどり、第一流の貴族が用いられた。

太子中舎人（たいしちゅうしゃじん） 太子舎人の中の才学のすぐれた者

を中舎人とし、天子の黄門侍郎に比せられた。

太子中庶子（たいしちゅうしょし）　太子の官属で天子の侍中に比せられた。六朝時代、班位は高いが、清官という点で太子洗馬、太子舎人に及ばなかった。

大司農（だいしのう）　九卿の一。銭穀金帛のことをつかさどった。六朝以後は司農卿と称された。少府が天子個人の帝室財政をつかさどったのに対し、これは中央政府としての国家財政をつかさどった。

大司馬（だいしば）　三公の太尉と似た職。大将軍とともに〈二大〉と併称され、三公の上とされた。

太守（たいしゅ）　郡の長官。六朝時代では、州の刺史の権力が増大し、太守はその監督を受けるようになった。

大将軍（だいしょうぐん）　部隊の指揮官である将軍の最高の者を称する。三公と同等であり、時には三公の上に位した。

太常卿（たいじょうけい）　天子の宗廟の祭祀をつかさどる太常の長官で、九卿の首におかれた。

太常博士（たいじょうはかせ）　祭祀の礼を議するために太常におかれた学官。

太中大夫（たいちゅうたいふ）　光禄勲に属し、天子に侍従して議事にあずかる役。定員のない官僚予備軍であって、光禄大夫に次ぐ実権のない名誉職。

太傅（たいふ）　三公の一。太師に次ぐ位。のちには三公より位は高くなって上公と称されたが、実権はなかった。

太府卿（たいふけい）　九卿の一。金帛などの財物の管理や関津市肆のことをつかさどった。

太僕（たいぼく）　九卿の一。牧場・牧畜を管理して軍馬や牛羊を供給することをつかさどった。牧場の少ない南朝では省かれた時もある。

大理卿（たいりけい）　九卿の一であった廷尉が改称された。

度支尚書（たくししょうしょ）　魏晋以後におかれ、北斉にいたり全財政を統括した。隋では民部尚書、唐では戸部尚書と改められる。

中尉（ちゅうい）　もともと京師の治安維持をつかさどる官であったが、北魏では御史中丞を御史中尉と称したので、中尉と略称される。

中軍将軍（ちゅうぐんしょうぐん）　天子の直属下にある近衛軍団指揮官の一。

柱国（ちゅうこく）　北魏の末、西魏時代に国家に武勲のあった八人の者に与え、〈八柱国〉と称された。

中散大夫（ちゅうさんたいふ）　光禄勲に属し、天子に侍従して議事にあずかる職。定員のない官僚予備軍であって、太中大夫に次ぐ実権のない名誉職。

中書（ちゅうしょ）　漢武帝は宦官を用いて尚書のことをつかさどらせ、中書謁者と呼んだ。三国魏の文帝は中書省を設け、詔命をつかさどらせて政治の機務に参与させた。

中書監（ちゅうしょかん）　中書令とともにおかれた中書省の長官。

中書侍郎（ちゅうしょじろう）　中書令・中書監の属官で、清官であった。

中書令（ちゅうしょれい）　三国魏以後、天子の秘書官として枢機にあずかった中書省の長官。内大臣にあたる宰相の任である。

中書郎（ちゅうしょろう）　中書侍郎の略。

中正（ちゅうせい）　州や郡におかれ、その地方出身の人物の才能、徳行を一品から九品まで評定した郷品を与えた。司徒府や吏部が官吏候補者を選考するときには、この郷品の等級にふさわしい官品を与えた。

中領軍（ちゅうりょうぐん）　領軍将軍に肩書の低い者が任命されると、中領軍将軍という。

中郎将（ちゅうろうしょう）　光禄勲に属し、郎を統括する官。文官の五官中郎将、左右中郎将の外に、武官の虎賁中郎将、東西南北の四中郎将などがあった。

長史（ちょうし）　六朝時代、都督府の総元締めとして軍管区の全権を握るとともに、その治所の郡太守を兼ねたので、司徒左長史に匹敵するほどの高い地位と目された。

著作郎（ちょさくろう）　国史の編纂をつかさどる官で、三国魏の明帝の時に初めておかれた。就任の際に名臣伝一人を撰せしめるという試験があるので、貴族たちには喜ばれなかった。

鎮西将軍（ちんせいしょうぐん）**・鎮東**（ちんとう）**将軍・鎮南**（ちんなん）将軍　いわゆる四鎮将軍で、それぞれの方面を鎮める任務をもつ。四征将軍に次ぐ職。

通直散騎常侍（つうちょくさんきじょうじ）　散騎常侍より一格下のポスト。

通直散騎侍郎（つうちょくさんきじろう）　散騎侍郎より一格下のポスト。

廷尉（ていい）　九卿の一で、刑獄をつかさどる長官。のちに大理卿と改称された。

都官尚書（とかんしょうしょ）　南朝宋以後、軍事と刑獄を担当した尚

別駕（がべつ）　別駕従事史の略。州の刺史の属官で最高職。刺史を輔佐し、諸部局を総括する。地位が重いばかりでなく、清官でもあった。刺史と乗り物を別にするので、この名がつけられた。

奉朝請（ほうちょうせい）　元来は官名ではなく、天子に謁見することで、駙馬都尉などの三都尉の総称であったが、やがて官名になった。

牧（ぼく）　州、とりわけ首都の長官をいう。魏晋以後は刺史と称されることが多かった。

北中郎将（ほくちゅうろうしょう）　四中郎将の一。虎賁中郎将とともに光禄勲に属す。前者が中央を担当するのに対し、これは地方を担当。刺史を兼任することもあり、南朝では重んじられた。

僕射（ぼくや）　尚書僕射のことで、尚書令とともに宰相の任となった。左僕射と右僕射とがある。

歩兵校尉（ほへいこうい）　上林園門の屯兵をつかさどった武官であるが、文官と同様に取り扱われた。営中の厨房に酒が多いという評判があった。

民部尚書（みんぶしょうしょ）　財政を統括した度支尚書を、隋初に民部尚書と改称した。

都督（ととく）　都督府の長官で、数州以上の軍政を統べる。三国時代に始まり、南朝では都督の軍府は監察、民政、軍事の三官属を有して、はなはだ重きをなした。

内史（ないし）　王国におかれた官で、民政担当の責任者。郡の太守に相当する。

南蛮校尉（なんばんこうい）　護南蛮校尉ともいい、湘州で異民族の国防を分担する官。荆州都督がこの官を兼任すると湘州を指揮することができた。

秘書監（ひしょかん）　宮中の図書をつかさどる秘書省の長官。

秘書丞（ひしょじょう）　秘書省の次官。丞と名のつくのは本来、美官ではないが、秘書丞のみは天下第一の清官とされた。

秘書郎（ひしょろう）　秘書省の属官。超一流貴族の子弟が最初に任官したポストとして有名。

驃騎将軍（ひょうきしょうぐん）　武官であるが、大将軍とともに丞相に次ぐ重職であった。

撫軍将軍（ぶぐんしょうぐん）　将軍の中で、かなり高位の称号。この肩書で天子を輔佐することがあった。

平西将軍（へいせいしょうぐん）　四平将軍の一。西方平定の任務をもつ。

部尚書と改称した。唐では太宗李世民の諱を避けて戸部尚書と改める。

右衛将軍（ゆうえいしょうぐん）　衛将軍の下の左衛、右衛の軍隊を掌握するために、左衛将軍とともに設けられたもの。

右軍将軍（ゆうぐんしょうぐん）　前後左右将軍の一。

吏（り）　官吏を意味する場合と、下級役人をさす場合がある。後世では、単なる官庁の雇い人にすぎない庶民をさすことが多い。

吏部尚書（りぶしょうしょ）　尚書省の分局の筆頭にある吏部の長官をいう。吏部は官吏の選任権をもっていたから最も重要な官であった。

吏部郎（りぶろう）　吏部尚書の下にあり、下級官の人事をつかさどった。官僚の出世コースとして珍重された。

領軍将軍（りょうぐんしょうぐん）　領軍は護軍とともに中央政府の一部分をなす軍府の名。領軍の指揮者を領軍将軍という。僕射に匹敵するほど重要な職。肩書の低い者が任命されると中領軍将軍という。

令（れい）　一万戸以上の県の長官。一万戸以下の県の場合は長と称した。

礼部尚書（れいぶしょうしょ）　尚書省の分局で、礼儀や祭祀などに関する政務をつかさどった礼部の長官。東晋以後、祀部尚書といっていたが、隋代になって礼部尚書と称した。

列侯（れっこう）　漢では秦制を受け継いで二十等爵の第一位を徹侯といったが、武帝の諱を避けて列侯と称した。

郎（ろう）　元来は天子の宿衛に当直する士で、秀才、孝廉の及第者が任命された。文官的な三署郎と、武官的な羽林郎、虎賁郎とがある。定員なく、官僚予備軍を形成する。

郎中令（ろうちゅうれい）　諸王国におかれた国官に、〈国三卿〉と称される郎中令、大農、中尉があり、朝廷の九卿に擬せられた。

録事参軍（ろくじさんぐん）　元来は公府の属官であったが、晋代以後は郡の属官として文書を担当して、州の主簿と同様の職務をおこなった。

録尚書事（ろくしょうしょじ）　総録尚書省事の略。行政の全権を握った最高権力者。尚書とは文書をつかさどることを意味した。

世系略図

㈠ 司馬氏・王氏・謝氏・蕭氏について、本書に登場する人物を中心に取捨して作成した。

㈡ 本書に伝が立てられている詩人はゴシック体で示した。

㈢ 人名に異なる表記がある場合もしくは改名した場合は、後代の避諱によるものを除き、異名を［ ］で示した。当時の避諱などによってもっぱら字が通行している場合は、字を〈 〉で示した。

㈣ 男子は生年順とし、正史の記す「第…子」には必ずしも従わない。名が不明の場合は「〇」で示した。女子は男子の後に記し、名が不明の場合は「女」とした。

㈤ 養父子間は═══で示し、もとの実父子間を⋯⋯⋯で示した。

㈥ 皇帝には在位年を記し、①②③…で即位順を示した。后妃については、本書にとくに関わるものについてのみ、示した。なお、司馬氏の八王についてのみ、王名を記した。

＊世系略図の作成にあたっては、司馬氏・王氏については堂薗淑子が、謝氏・蕭氏については大平幸代がそれぞれ担当し、齋藤希史が全体の整理修訂にあたった。

河内温県司馬氏世系略図

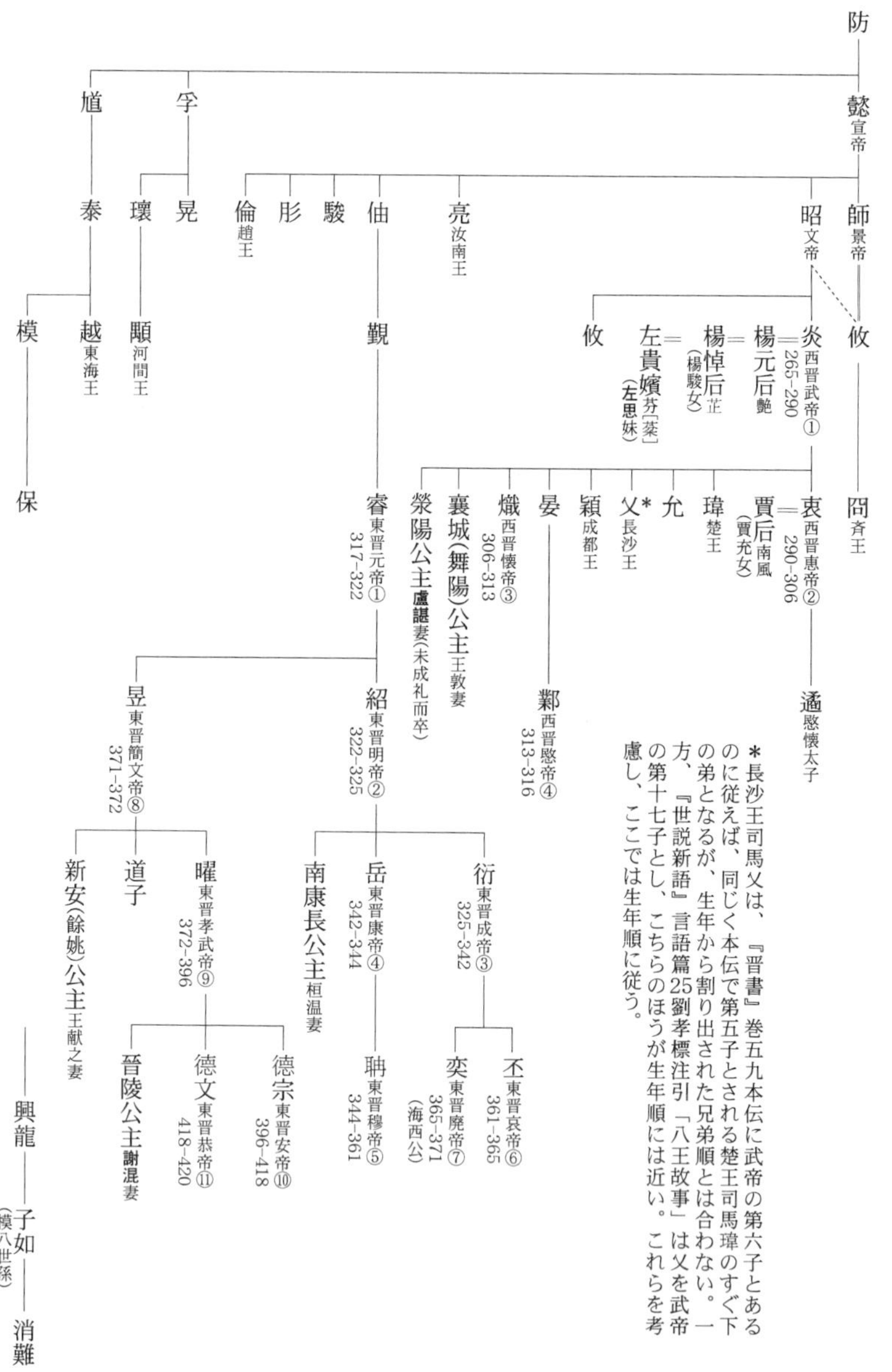

＊長沙王司馬乂は、『晋書』巻五九本伝に武帝の第六子とあるのに従えば、同じく本伝で第五子とされる楚王司馬瑋のすぐ下の弟となるが、生年から割り出された兄弟順とは合わない。一方、『世説新語』言語篇25劉孝標注引「八王故事」は乂を武帝の第十七子とし、こちらのほうが生年順には近い。これらを考慮し、ここでは生年順に従う。

琅邪臨沂王氏世系略図

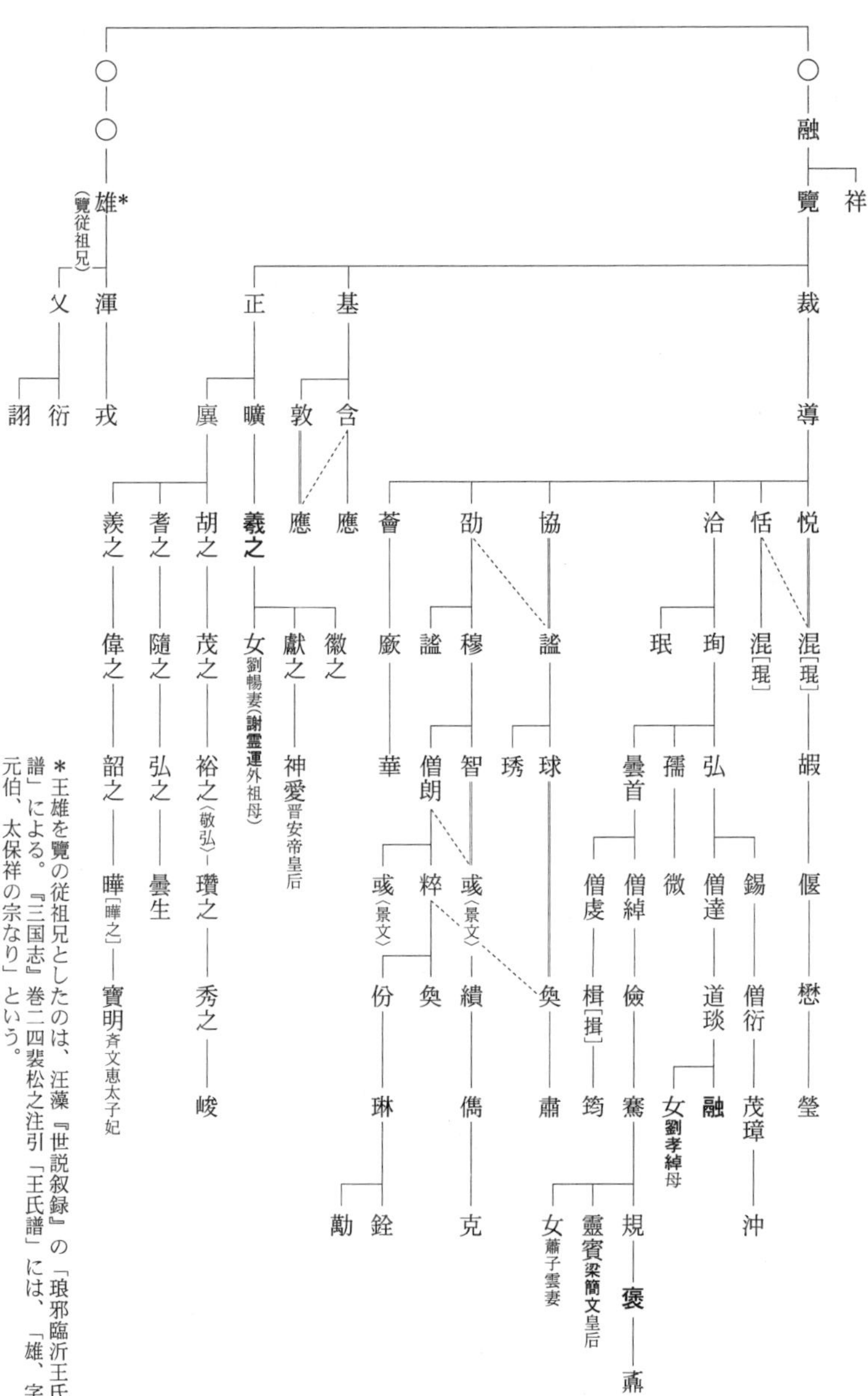

＊王雄を覽の従祖兄としたのは、汪藻『世説叙録』の「琅邪臨沂王氏譜」による。『三国志』巻二四裴松之注引「王氏譜」には、「雄、字元伯、太保祥の宗なり」という。

陳陽夏謝氏世系略図

蘭陵蕭氏世系略図

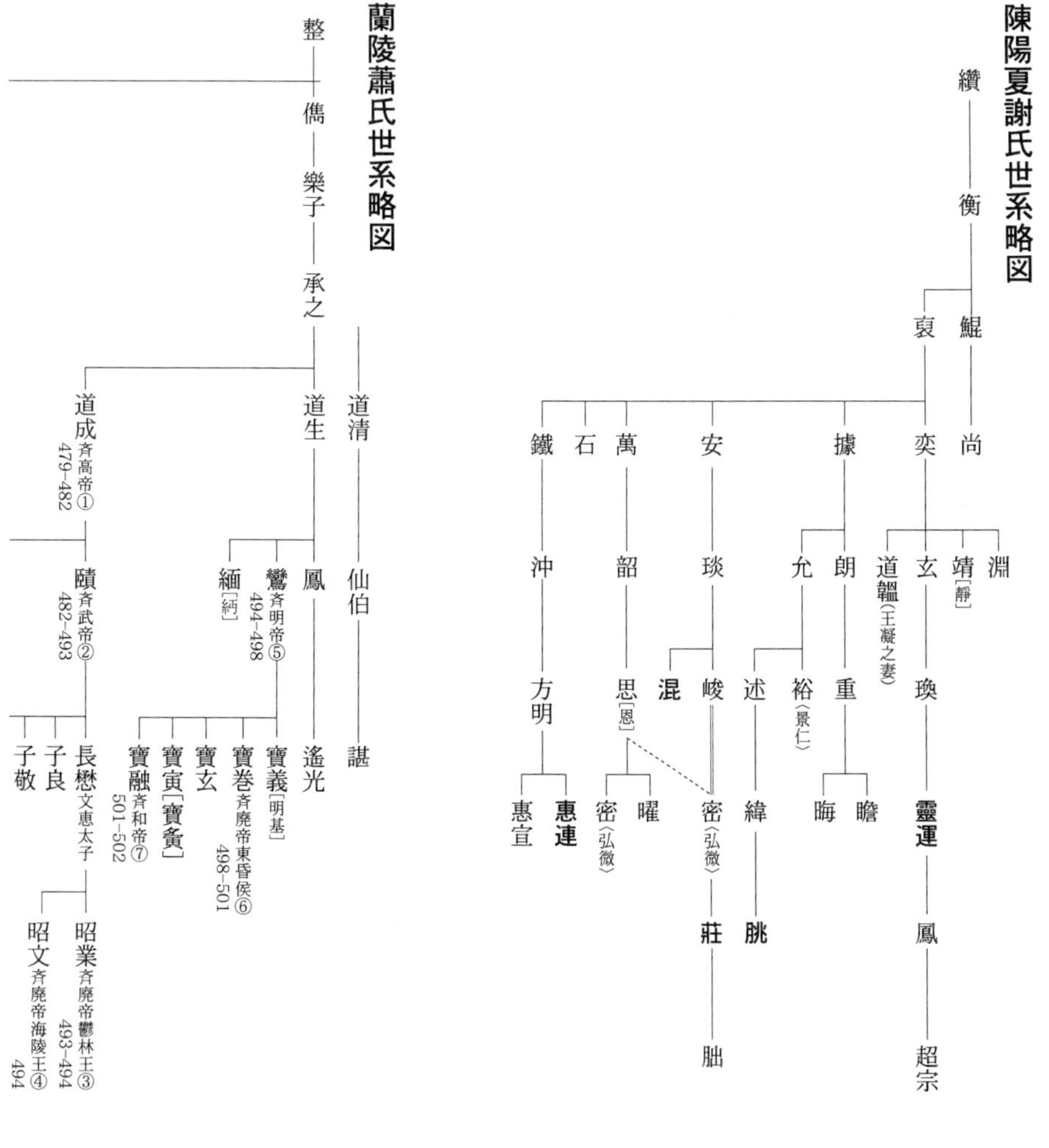

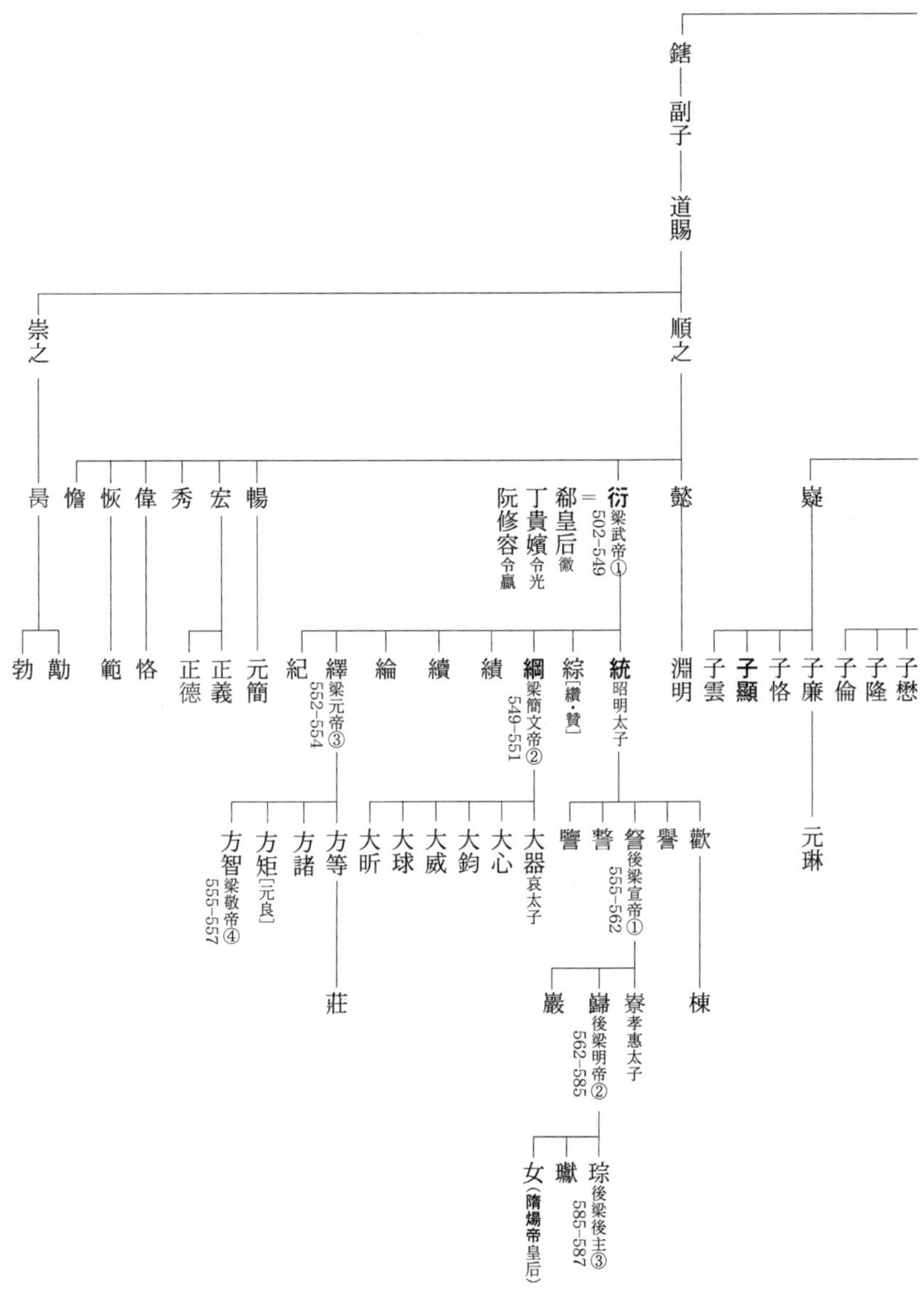

鍗
副子
道賜
順之
崇之
嶷
懿
衍 梁武帝① 502–549
＝郗皇后 徽
丁貴嬪 令光
阮修容 令嬴
暢
宏
秀
偉
恢
憺
昺
子懋
子隆
子倫
子廉
子恪
子顯
子雲
淵明
統 昭明太子
綜[纘・贊]
綱 梁簡文帝② 549–551
績
續
綸
繹 梁元帝③ 552–554
紀
元簡
正義
正德
恪
範
勱
勃
元琳
歡
譽
詧 後梁宣帝① 555–562
警
譼
大器 哀太子
大心
大鈞
大威
大球
大昕
方等
方諸
方矩[元良]
方智 梁敬帝④ 555–557
棟
嵠 孝惠太子
巋 後梁明帝② 562–585
巖
莊
琮 後梁後主③ 585–587
瓛
女(隋煬帝皇后)

参考文献（基礎史料は含まない）

王伊同『五朝門第』附「高門権門世系婚姻表」（中文大学出版社　一九七八年重刊第一版、もと金陵大学中国文化研究所刊、一九四三年）
稲田尹「王謝の系譜㈠～㈩―世説を中心として―」（『鹿児島大学文科報告』四・五・七～十・十三・～十六　一九六八～一九八〇年）
楊勇「謝霊運年譜」附「陳郡陽夏謝氏世系表」（劉躍進・范子燁編『六朝作家年譜輯要』黒龍江教育出版社　一九九九年、もと『饒宗頤教授南游贈言集』一九七〇年）
杉村邦彦「琅邪臨沂王氏世系表」（『王羲之書蹟大系』解説・研究篇　東京美術　一九八二年）
小松英生「六朝門閥陳郡陽夏謝氏の系譜とその周辺」（『中国中世文学研究』一五　一九八一年）
森野繁夫『王羲之伝論』（白帝社　一九九七年）
佐藤正光『南朝の門閥貴族と文学』（汲古書院　一九九七年）
胡徳懐『斉梁文壇与四蕭研究』（南京大学出版社　一九九七年）
丁福林『東晋南朝的謝氏文学集団』（黒龍江教育出版社　一九九八年）

六朝詩人関係年表

㈠ この年表は、各詩人の伝記を横につなぐことを旨とし、詩人の交流に関する記事を努めて収録した。詩人の個別の行跡や、作品の繫年に関しては、各詩人の伝記を参照されたい。

㈡ 本書に立伝されている詩人については**ゴシック**で示した。また、文学・文化にかかわった人物について、年齢（数え年）のわかるものはアラビア数字で注記した。

㈢ 年の途中で皇帝の即位や年号の改元があった場合は、丸数字でその月を示した。年の始めに即位ないし改元した場合は、月を示していない。

たとえば、二二六年の魏の欄（黄初七）に**明帝**⑤とあり、翌二二七年に太和元とあるのは、二二六年五月に魏明帝が即位し、翌年年始に太和と改元したことを示す。

なお、年の途中で改元した場合、改元までは当然前の年号が用いられたことに留意されたい。ただし、一年に何度も改元した場合は、繁を避けて一部省略した。

㈣ 『宋書』『魏書』以降の正史では、皇帝を廟号でよぶことが多い。そこで、宋・北魏以降の皇帝で廟号のあるものは［　］で示した。

㈤ 自らは皇帝にならなかったものの、死後子孫が建てた王朝から帝号を贈られた場合は、没年の記事にその帝号を〈　〉で示した。

＊ 作成にあたっては、大平幸代と堂薗淑子が、それぞれ東晋以前と宋以後を担当して項目の拾い出しを行なった。本書に伝のある詩人に関しては、各伝の記述や注における考証に準拠し、谷口　洋が全体の体例を定め、両名の原稿に取捨・補訂を加えて稿をなした。

西暦	干支	年号	文学・文化の動き	政治・社会の動き
		後漢		
一五三	癸巳	桓帝 永興元⑤	孔融生まれる。	
一五五	乙未	永寿元	曹操生まれる。	
一五八	戊戌	延熹元⑥		
一六三	癸卯	6	「絶交論」の著者朱穆64没。この頃『潜夫論』の著者王符没。	
一六五	乙巳	8	この頃阮瑀生まれる。	
一六六	丙午	9	経学者馬融88没。	第一次党錮の禍。李膺ら「党人」二〇〇人が宦官により投獄される。九月、大秦国王安敦（ローマ皇帝アントニウス）の使者来朝。
一六七	丁未	永康元⑥		六月、党人を釈放する。
一六八	戊申	霊帝 建寧元		九月、陳蕃・竇武、宦官討伐に失敗し誅される。
一六九	己酉	2	孔融17、侯覧に追われた張倹を助けて名をあげる。	十月、第二次党錮の禍。李膺ら党人が再び捕らわれ、刑死・流罪・禁固多数。
一七〇	庚戌	3	徐幹生まれる（一説に一七一）。	
一七二	壬子	熹平元⑤		五月、宦官侯覧、専権驕奢を指弾され自殺。
一七五	乙卯	4	三月、蔡邕44ら五経のテキストを校訂し石に刻む（熹平石経）。	
一七七	丁巳	6	王粲生まれる。詩人酈炎28没。	
一七八	戊午	光和元③	『春秋公羊伝』の注釈者何休54没。	
一八二	壬戌	5		
一八四	甲子	中平元⑫	孔融32、大将軍何進の掾となり、賓客辺譲と交わる。	二月、張角率いる宗教集団、黄巾の乱をおこす。三月、党錮の禁を解く。
一八六	丙寅	3	繆襲生まれる。	
一八七	丁卯	4	曹丕生まれる。	
一八九	己巳	6	七月、陳琳、大将軍何進に宦官即時討伐を促すが容れられず、のち	四月、少帝即位し、何太后臨朝。八月、何進、

西暦	干支	年号	文学	歴史
		少帝④ **献帝**⑨	袁紹のもとに移る。	宦官に殺される。袁術・袁紹ら宮門を焼き、宦官を殺す。九月、董卓、献帝を立てる。
一九〇	庚午	初平元	**孔融**38、北海国の相となる。**何晏**・**応璩**生まれる。	正月、袁紹を盟主とした董卓討伐軍が起こる。**曹操**36これに参加。二月、董卓、献帝に逼り長安に遷都、洛陽を焚く。
一九二	壬申	3	**蔡邕**61（一説に60）獄死。**曹植**生まれる。『風俗通義』の著者応劭（**応瑒**・**応璩**の伯父）この頃在世。	正月、孫堅戦死（一説に一九一）。四月、王允・呂布、董卓を殺す。十二月、**曹操**38、黄巾の降兵を受け入れ、青州の兵を組織する。
一九三	癸酉	4	**王粲**17、劉表を頼り荊州に赴く。	
一九四	甲戌	興平元		
一九六	丙子	建安元	**孔融**44、許昌に召され、将作大匠となる。「禰衡を薦むる疏」を書く。	八月、**曹操**42、献帝を許昌に迎え、十一月、司空となる。孫策、会稽太守となる。
一九七	丁丑	2		春、袁術、天子を称す。
一九八	戊寅	3	**禰衡**26、黄祖に殺される。	
一九九	己卯	4		六月、袁術没。
二〇〇	庚辰	5	**陳琳**、「袁紹の為に豫州に檄す」で**曹操**46を悪罵。経学者鄭玄74没。	四月、孫策没し、弟孫権つぐ。十月、**曹操**46、袁紹を官渡に破る。
二〇一	辛巳	6	『孟子』の注釈者趙岐没。	劉備、**曹操**47の来襲を聞き、荊州の劉表の下に走る。
二〇二	壬午	7		五月、袁紹没。
二〇三	癸未	8		
二〇四	甲申	9	この頃**王粲**28、荊州にあり、「登楼賦」「七哀詩」を書く。**孔融**52、**曹丕**18が袁熙の妻を奪ったのを風刺。この頃**陳琳**、**曹操**51に帰し、**阮瑀**とともに司空軍謀祭酒として文書を司る。『呂氏春秋』『淮南子』の注釈者高誘この頃在世。	八月、**曹操**50、袁尚を破り鄴に入る。
二〇五	乙酉	10		正月、**曹操**51、袁譚を殺す。
二〇六	丙戌	11		
二〇七	丁亥	12	**曹操**53、匈奴に囚われていた蔡邕の娘蔡琰（蔡文姫）の身をあがなう（一説に二〇二）。**孔融**55、**曹操**の烏桓征伐と禁酒令を嘲笑し、	八月、**曹操**53、袁尚らを追い烏桓を攻める。禁酒令を敷く。諸葛亮、隆中にて劉備に天下

西暦	干支	年	文学事項	歴史事項
二〇八	戊子	13	一時免官される。徐幹38この頃曹操に帰すか。七月、陳琳・阮瑀・応瑒・劉楨・徐幹39、曹操54の南征に随う。八月、孔融56、路粋の上奏により処刑される。九月、王粲32、丞相掾となり、関内侯を賜る。	三分の計を進言する。六月、三公を廃し、曹操54、丞相となる。七月、曹操、南征し劉表を討つ。八月、劉表病没。十月、劉備・孫権、曹操を赤壁に破る。
二〇九	己丑	14	『漢紀』『申鑒』の著者荀悦62没。	
二一〇	庚寅	15	阮籍生まれる。	冬、曹操56、鄴に銅雀台を築く。
二一一	辛卯	16	正月、曹丕25、五官中郎将となる。曹植20、平原侯となる。劉楨・徐幹42・応瑒、相前後して五官将文学・平原侯庶子となる。 ［この頃、曹氏父子を中心とする文学集団がさかえ、曹植・王粲・劉楨・応瑒らの公讌詩、劉楨・徐幹の贈答詩などが作られる。その剛毅な詩風は、後世「建安の風骨」と称賛される。］	十二月、劉備、益州に入る。
二一二	壬辰	17	曹操58、鄴の銅雀台に登り、諸子に賦を作らせる。阮瑀没。	
二一三	癸巳	18	十一月、王粲37、侍中となる。	五月、曹操59、魏公となり九錫を受ける。
二一四	甲午	19	曹植23、臨淄侯となり、徐幹44その文学、劉楨その庶子となる。また丁儀・丁廙・楊脩40ら補佐役となる。	五月、劉備、成都を占領し益州牧となる。
二一五	乙未	20		劉備と孫権対立し、荊州を分割する。
二一六	丙申	21	曹植25、「楊徳祖に与うる書」。	五月、曹操62魏王となる。十月、呉に出兵。
二一七	丁酉	22	正月、王粲41呉への遠征の途上で病没。徐幹48没（一説に二一八）。傅玄生まれる。応瑒・陳琳・劉楨、疫病により没す。	十月、曹丕31、皇太子となる。
二一八	戊戌	23	曹丕32、王粲らの文集を編む。また呉質42との往復書簡で建安七子の文章を論じる。文人繁欽没。	
二一九	己亥	24	楊脩45、曹操65に殺される。	七月、劉備、成都にて漢中王を称す。十一月、孫権、関羽を討ち荊州を平定。
		魏		
二二〇	庚子	文帝⑩ 黄初元⑩	正月、曹操〈魏太祖武帝〉66没。この頃孫楚生まれる。仲長統41没、その著『昌言』を繆襲35が推薦。この頃、曹丕34の命により、繆襲ら『皇覧』を編纂。丁儀・丁廙、曹丕に殺される。	魏国、九品官人法を行う。十月、漢滅び、魏文帝曹丕34即位。

			呉	蜀		
二二一	辛丑	2		**昭烈帝**④ 章武元④	**曹丕**35、**曹植**30を安郷侯に貶し、以後頻繁に改封す。	四月、劉備、即位し蜀漢を建てる。諸葛亮、丞相となる。
二二二	壬寅	3	**大帝**⑩ 黄武元⑩	2		十月、孫権、呉王を称す。
二二三	癸卯	4	2	**後主**⑤ 建興元⑤	**曹植**32、京師に朝す。この折「洛神賦」「上りて躬らを責むる詩」「応詔詩」「白馬王彪に贈る」詩を作る。	四月、劉備没し、太子劉禅立つ。魏の任城王曹彰、京師にて没。
二二四	甲辰	5	3	2	**嵆康**生まれる。	
二二五	乙巳	6	4	3		
二二六	丙午	7	5	4	五月、**曹丕**40没。	
二二七	丁未	**明帝**⑤ 太和元	6	5	**曹植**37「自ら試みられんことを求むるの表」。	諸葛亮、「出師表」を奉り魏を伐つ。
二二八	戊申	2	7	6		
二二九	己酉	3	黄龍元④	7		四月、孫権、皇帝を称し、九月、建業に遷都。
二三〇	庚戌	4	2	8	呉質54没。	
二三一	辛亥	5	3	9	**曹植**40「親親を通ぜんことを求むるの表」。	
二三二	壬子	6	嘉禾元	10	二月、**曹植**41陳王となる。十一月、**曹植**没。	
二三三	癸丑	青龍元②	2	11	**張華**生まれる。この頃**何晏**43「景福殿賦」をつくる。	
二三四	甲寅	2	3	12		四月、魏の司馬懿と蜀の諸葛亮、五丈原に戦う。八月、諸葛亮、陣中に没す。
二三五	乙卯	3	4	13		
二三六	丙辰	4	5	14		

二三七	丁巳	景初元③	6	15		
二三八	戊午	2	赤烏元⑧	延熙元		倭国の卑弥呼の使者魏に至り、金印を賜わる。
二三九	己未	3	2	2	何晏50、これ以後曹爽のもとで尚書として力をふるう。傅咸生まれる。	二月、曹爽、司馬懿を太傅に移し、実権を奪う。
二四〇	庚申	**斉王**① 正始元	3	3	[この時期、**何晏**・王弼・夏侯玄らが、清談の風を開き、後世「正始の音」と称される。]	
二四一	辛酉	2	4	4		
二四二	壬戌	3	5	5		
二四三	癸亥	4	6	6	この頃、**嵇康**20入洛し、向秀と「養生論」をめぐって論争するか。	
二四四	甲子	5	7	7		
二四五	乙丑	6	8	8	**繆襲**60没。**傅玄**29、著作郎となり、『魏書』を編纂する。	
二四六	丙寅	7	9	9		
二四七	丁卯	8	10	10	**潘岳**生まれる。	三月、曹爽の専制始まる。
二四八	戊辰	9	11	11	この頃**応璩**59「百一詩」で曹爽の専横を風刺。	
二四九	己巳	嘉平元④	12	12	正月、**何晏**60、曹爽とともに誅される。『易』の注釈者王弼24没。**石崇**生まれる。	二月、司馬懿、曹爽を殺して政権を握る。
二五〇	庚午	2	13	13	この頃**潘尼**生まれる。 [この頃、**阮籍**・**嵇康**・王戎・向秀・山濤・劉伶・阮咸ら、竹林で清談にふけったといわれ、世に「竹林の七賢」と称す。]	秋、孫権、太子孫和を廃し、魯王孫覇に死を賜る。
二五一	辛未	3	太元元⑤	14		七月、司馬懿〈晋宣帝〉没。司馬師、撫軍大将軍となる。
二五二	壬申	4	**会稽王**④ 建興元④	15	**応璩**63（一説に62）没。	四月、孫権没し、太子孫亮立つ。

二五三	癸酉	5	2	16	この頃**左思**生まれる。	二月、夏侯玄ら司馬氏誅殺を企て殺される。
二五四	甲戌	**高貴郷公** 正元元⑩	五鳳元	17		十月、司馬師、帝を廃し高貴郷公曹髦を立てる。
二五五	乙亥	2	2	18	**阮籍**46、東平相となる。のち歩兵校尉。この頃、**阮籍**・**嵆康**32、隠士孫登と交わるか。	正月、毌丘倹、司馬氏打倒に失敗。閏正月、司馬師〈晋景帝〉没。司馬昭、大将軍となる。
二五六	丙子	甘露元⑥	太平元⑩	19	魏の学者王粛62没。	
二五七	丁丑	2	2	20		
二五八	戊寅	3	**景帝**⑩ 永安元⑩	景耀元		二月、諸葛誕、司馬昭に敗れ、反司馬勢力駆逐される。九月、孫綝、孫亮を廃し、孫休を立てる。十二月、孫休、孫綝を殺す。
二五九	己卯	4	2	2		
二六〇	庚辰	**元帝**⑥ 景元元⑥	3	3		五月、高貴郷公曹髦、司馬氏打倒に失敗し殺される。
二六一	辛巳	2	4	4	山濤57、**嵆康**38を推挙する。**嵆康**「山巨源に与えて絶交する書」を著し、拒絶する。**陸機**生まれる。	
二六二	壬午	3	5	5	**陸雲**生まれる。	
二六三	癸未	4	6	炎興元⑧	**嵆康**40、呂安を救おうとして投獄され、「幽憤詩」を作り、処刑される。**阮籍**54没。	十月、司馬昭、相国・晋公となる。**阮籍**54勧進の文を書く。十一月、魏、蜀を滅ぼす。
二六四	甲申	咸熙元⑤	**末帝**⑦ 元興元⑦		**孫楚**45、将軍石苞の参軍となり、孫皓に降伏を求める書簡を書く。	三月、司馬昭、晋王となる。七月、孫休没し、孫皓即位する。
		晋				
二六五	乙酉	**武帝**⑫ 泰始元⑫	甘露元④			八月、司馬昭〈晋文帝〉没し、子の司馬炎つぐ。十二月、司馬炎、禅譲をうけ晋を建てる。
二六六	丙戌	2	宝鼎元⑧		敦煌の僧竺法護、長安に至る。**傅玄**50、晋の郊祀歌を作る。	

西暦	干支	晋	呉	文学	歴史
二六七	丁亥	3	2		
二六八	戊子	4	3	正月、**潘岳**22「藉田賦」を作る。二月、武帝華林園に宴し、群臣詩を賦す。**応貞**「晋武帝華林園集詩」。	
二六九	己丑	5	建衡元⑩	**傅玄**53・**張華**38・成公綏39、晋の雅楽を作る。**応貞**没。	
二七〇	庚寅	6	2	蜀の学者譙周70没。	
二七一	辛卯	7	3	**劉琨**生まれる。	
二七二	壬辰	8	鳳凰元	**左思**20、妹左芬が後宮に入ったのを機に都に移る。	
二七三	癸巳	9	2	**張華**42、晋の舞歌を作る。成公綏43没。呉の学者韋昭70没。	
二七四	甲午	10	3		
二七五	乙未	咸寧元	天冊元	この頃、**傅玄**59、**張載**「濛汜賦」を賞賛。	この頃山濤71の人物評「山公啓事」名高い。
二七六	丙申	2	天璽元⑦	**郭璞**生まれる。	
二七七	丁酉	3	天紀元		
二七八	戊戌	4	2	**傅玄**62没。**潘岳**32「秋興賦」を作る。	
二七九	己亥	5	3	十月、汲郡にて竹書が発見され、『竹書紀年』『穆天子伝』など世に出る（二八〇または二八一とも）。	
二八〇	庚子	太康元④	4	この頃**左思**28「三都賦」なるか。**陸機**20・**陸雲**19、呉の滅亡に遭い雌伏。**陸機**「辯亡論」。	三月、呉滅び、晋の天下統一なる。
二八一	辛丑	2			
二八二	壬寅	3		学者皇甫謐68没。	
二八三	癸卯	4		正月、竹林七賢のひとり山濤79没。	
二八四	甲辰	5		閏十二月、『左伝』の注釈者杜預63没。**盧諶**生まれる。	
二八五	乙巳	6		この頃、**張載**、蜀に入り「剣閣銘」をつくる。	
二八六	丙午	7			
二八七	丁未	8			
二八八	戊申	9			
二八九	己酉	10		この頃、**陸機**29・**陸雲**28、洛陽に入り、**張華**58の知遇を得る。**陸機**「洛に赴く」詩。	

西暦	干支	年号	文学	歴史
二九〇	庚戌	**恵帝**④ 永熙元④	［太康の詩壇の有力者を称して、三張（**載・協・亢**）二陸（**機・雲**）両潘（**岳・尼**）一左（**思**）とよぶ。］ **傅咸**52、楊駿に諫言。	四月、武帝没し、恵帝立つ。外戚の楊駿が実権を握る。
二九一	辛亥	元康元③	**張華**60「女史箴」をつくり、賈皇后の専横をいさめる。	三月、賈皇后、楚王瑋を使って楊駿の一族を殺し、ついで楚王瑋を殺す。
二九二	壬子	2	**潘岳**46長安令となり、赴任の途上「西征賦」を作る。	
二九三	癸丑	3	**孫楚**74没。この頃**傅咸**55、司隷校尉として王戎らを弾劾。	
二九四	甲寅	4	**傅咸**56没。	
二九五	乙卯	5		
二九六	丙辰	6	正月、**張華**65司空となる。**石崇**48、金谷にて宴を催し、**潘岳**50・**劉琨**26ら集う。**潘岳**「金谷の集にて作れる詩」。 ［この頃、賈謐の下に、**石崇・陸機・陸雲・潘岳・欧陽建・左思・劉琨**ら集い、「二十四友」と号す。］	
二九七	丁巳	7	『三国志』の著者陳寿65没。	
二九八	戊午	8		
二九九	己未	9	この頃、処士魯褒、「銭神論」で世相を風刺。	十二月、賈皇后、太子遹を廃す。
三〇〇	庚申	永康元	四月、**張華**69、趙王倫に殺される。**潘岳**54・**欧陽建**・**石崇**52処刑される。**欧陽建**「臨終詩」。**劉琨**30、趙王倫の記室となる。この頃**陸機**40、「歎逝賦」「文賦」などを作り、**陸雲**39、機への書簡でこれらを論評。左芬没。	四月、趙王倫クーデターをおこし、賈皇后を殺す。
三〇一	辛酉	永寧元④	**陸機**41、趙王倫に与した罪で捕えられるも、成都王穎らのとりなしで許される。**潘尼**52、一時斉王冏の参軍となる。	正月、趙王倫、帝を称する。四月、趙王倫、斉王冏らに殺され、八王の乱はじまる。
三〇二	壬戌	太安元⑫	**陸機**42平原内史、**陸雲**41清河内史となる。この頃、**張翰**、斉王冏の掾を辞し、江南に帰る。	十二月、斉王冏、長沙王乂・河間王顒・成都王穎に殺される。
三〇三	癸亥	2	十月、**陸機**43、長沙王乂に大敗、**陸雲**42と共に刑死。**王羲之**生まれる。	八月、河間王顒・成都王穎、長沙王乂を討つ。
三〇四	甲子	永安元		正月、長沙王乂殺される。十一月、成都王穎、

西暦	干支	年号	文学	歴史
三〇五	乙丑	永興2	六月、竹林七賢のひとり王戎72没。	恵帝を伴って長安に入る。
三〇六	丙寅	光熙元⑥ 懐帝⑪	『続漢書』の著者司馬彪没。	五月、東海王越、恵帝を洛陽に迎える。六月、李雄、成都にて皇帝を称し、大成と号す。この年、成都王穎・恵帝・河間王顒殺され、八王の乱終結。
三〇七	丁卯	永嘉元	**劉琨**37、幷州刺史となる（一説に三〇六）。この頃**張協**、黄門侍郎に召されるも就かず。この頃**左思**55没。	慕容廆、大単于を称す。九月、琅邪王司馬睿、建鄴に入る。
三〇八	戊辰	2		十月、劉淵（劉元海）、漢帝を称す。
三〇九	己巳	3		正月、劉淵、平陽に遷都。
三一〇	庚午	4	この頃**張載**没。**郭璞**35、この頃江南に渡るか。	春、呉興の乱。七月、劉淵没、劉聡即位。
三一一	辛未	5	**盧諶**28、**劉琨**41のもとに向かう途中、劉聡の子劉粲に捕えられる。この頃**潘尼**62没。『文章流別集』の編者摯虞没。	四月、石勒、晋を襲い、王衍ら殺される。六月、劉聡、洛陽を陥し、懐帝捕えられる。
三一二	壬申	6	**劉琨**42、劉粲に襲われ父母を失うが、代公猗盧の援軍に救われる。**盧諶**29、**劉琨**のもとに入る。『荘子』の注釈者郭象この頃没。	
三一三	癸酉	建興元④ 愍帝④		二月、劉聡、懐帝を殺す。四月、愍帝長安で即位する。
三一四	甲戌	2	この頃**孫綽**生まれる。	三月、石勒、王浚を滅ぼし河北を制す。
三一五	乙亥	3	二月、**劉琨**45司空となり、**盧諶**32を主簿とする。	
三一六	丙子	4	十二月、**劉琨**46、石勒に大敗、幽州刺史段匹磾の下に走る。	十一月、劉曜、長安を陥し、愍帝を連行。
三一七	丁丑	（東晋） 建武元③ 元帝③	**劉琨**47ら、司馬睿に「勧進表」を奉る。葛洪35『抱朴子』成る。干宝『捜神記』の編纂をはじめる。	三月、司馬睿、建康にて晋王となる。これより東晋とよぶ。十二月、劉聡、愍帝を殺す。
三一八	戊寅	大興元③	五月、**劉琨**48、段匹磾に拘禁され、「重ねて**盧諶**に贈る」詩を作り、ついで殺される。**郭璞**43、この頃「江賦」を書く。	三月、司馬睿、帝位につく。七月、劉聡没し、八月、劉粲殺され、十月、劉曜つぐ。
三一九	己卯	2		六月、劉曜、国号を趙と改める（前趙）。十一月、石勒、趙王を称す（後趙）。
三二〇	庚辰	3		

西暦	干支	年号	文学・学術	事項
三二一	辛巳	4	**盧諶**38、段末波（段匹磾の弟）の長史となる。**郭璞**46、尚書郎となり、温嶠・庾亮らと並び遇される。	
三二二	壬午	永昌元		正月、東晋の大将軍王敦、武昌にて反乱をおこし、三月、石頭城に入る。
三二三	癸未	**明帝**閏⑪ 太寧元③	**郭璞**48、この頃王敦の記室参軍となる。	
三二四	甲申	2	**郭璞**49、王敦に処刑される。	六月、王敦再び挙兵するも、七月、病に没す。
三二五	乙酉	3		
三二六	丙戌	**成帝**閏⑧ 咸和元②		
三二七	丁亥	2		冬、蘇峻・祖約ら反乱をおこす。
三二八	戊子	3	**袁宏**生まれる。	十二月、石勒、洛陽にて劉曜を殺す。
三二九	己丑	4		二月、温嶠・庾亮・陶侃ら、蘇峻の乱を平定。九月、石勒、前趙を滅ぼし、華北を掌握。
三三〇	庚寅	5		九月、石勒、皇帝を称す。
三三一	辛卯	6		
三三二	壬辰	7		
三三三	癸巳	8		七月、石勒没し、子の石弘つぐ。
三三四	甲午	9		六月、東晋の将軍陶侃没。成の李雄没。十一月、石虎（石季龍）、石弘を廃す。
三三五	乙未	咸康元	天竺の僧仏図澄、後趙の国師となる。	九月、後趙、鄴に遷都する。
三三六	丙申	2		
三三七	丁酉	3		十月、鮮卑の慕容皝、燕王を称す（前燕）。
三三八	戊戌	4	**盧諶**55、石虎に降り、中書侍郎となる。	四月、成の李寿、国号を漢と改める。
三三九	己亥	5		七月、東晋の丞相王導没。
三四〇	庚子	6	**王羲之**38、寧遠将軍・江州刺史となる。	正月、東晋の将軍庾亮没。
三四一	辛丑	7		
三四二	壬寅	8 **康帝**⑥	［東晋初期には、『老子』『荘子』『易』の哲理を語る「玄言詩」が一世を風靡した。**許詢**・**孫綽**らがその担い手であった。］	

西暦	干支	年号	文学	事件
三四三	癸卯	建元元		
三四四	甲辰	2		
三四五	乙巳	**穆帝**⑨ 永和元		八月、桓温、西府の長となる。十二月、張駿、涼王を称す（前涼）。
三四六	丙午	2		
三四七	丁未	3		三月、桓温、成漢を滅ぼし、長江流域が晋の支配下に入る。
三四八	戊申	4	**王羲之**46、護軍将軍となる。十二月、後趙の都鄴にて仏図澄没。**袁宏**21、この頃「詠史詩」によって認められ、謝尚の参軍となるか。	八月、桓温、征西大将軍となる。九月、慕容皝没し、子の慕容儁つぐ。
三四九	己酉	5		四月、石虎病死し、内紛が起こる。
三五〇	庚戌	6	**盧諶**67、冉閔に随い、陣中に殺される。この頃、**許詢**・**孫綽**37・李充・支遁37・謝安31・**王羲之**48ら会稽に遊ぶ。	閏正月、冉閔、石氏を殺して魏帝を称す。三月、前燕、首都を薊に移す。
三五一	辛亥	7	**王羲之**49、この頃右軍将軍・会稽内史となり、**孫綽**38を長史とする。	正月、苻健、長安にて大秦天王・大単于を称す（前秦）。
三五二	壬子	8		四月、冉閔、慕容儁に敗れ、魏滅ぶ。
三五三	癸丑	9	三月、**王羲之**51、会稽の蘭亭において曲水の宴を設け、**孫綽**40・謝安ら集う。	十月、殷浩、前年よりの北伐に失敗し、勢力を失う。
三五四	甲寅	10		二月、桓温、北伐し関中に入る。
三五五	乙卯	11		六月、前秦の苻健没し、子の苻生つぐ。
三五六	丙辰	12	**袁宏**29、桓温の北伐に従い「北征賦」を作る（一説に三六九）。	八月、桓温、洛陽を回復し、荊州に帰還する。
三五七	丁巳	升平元		六月、前秦の苻堅、苻生を殺し、天王の位につく。十二月、前燕、鄴に遷都する。
三五八	戊午	2		
三五九	己未	3		
三六〇	庚申	4	八月、謝安41、桓温の司馬となる。	
三六一	辛酉	5	**王羲之**59没。	
		哀帝⑤		

年	干支	年号	文学	事項
三六二	壬戌	隆和元	**孫綽**49、桓温の洛陽遷都案に反対する。	
三六三	癸亥	興寧元②	『抱朴子』の著者葛洪81没（一説に三四三）。	五月、桓温、大司馬となる。
三六四	甲子	2		三月、東晋、土断法を施行、戸籍を整理する。
三六五	乙丑	3	**陶淵明**生まれる。	三月、洛陽、前燕に占拠される。
三六六	丙寅	**廃帝**② 太和元	僧支遁53没。この頃敦煌の莫高窟、開鑿はじまる。	十月、会稽王司馬昱、丞相となる。
三六七	丁卯	2		
三六八	戊辰	3	この頃**謝混**生まれる。	
三六九	己巳	4	**袁宏**42、桓温の北伐に従い「北征賦」を作る（一説に三五六）。	九月、桓温、再び北伐するも前燕の慕容垂に敗れる。十一月、慕容垂、前秦に亡命する。
三七〇	庚午	5		十一月、前秦の苻堅、前燕を滅ぼす。
三七一	辛未	**簡文帝**⑪ 咸安元⑪	この頃**孫綽**58没。	十一月、桓温、会稽王司馬昱を立てる（簡文帝）。
三七二	壬申	2		
三七三	癸酉	**孝武帝**⑦ 寧康元	九月、謝安54、尚書僕射となる。	七月、桓温没。
三七四	甲戌	2		
三七五	乙亥	3		
三七六	丙子	太元元	**袁宏**49没。	前秦、八月に前涼を、十二月に代を滅ぼす。
三七七	丁丑	2		
三七八	戊寅	3		
三七九	己卯	4	僧道安66、苻堅に捕えられ、長安に送られる。	
三八〇	庚辰	5		
三八一	辛巳	6	僧慧遠48、廬山に精舎を建て、のち白蓮社を結成する。	
三八二	壬午	7		
三八三	癸未	8		苻堅、東晋を攻めるも、十一月、肥水で大敗。
三八四	甲申	9	**顔延之**生まれる。	正月、慕容垂、燕を再興（後燕）。
三八五	乙酉	10	八月、謝安66没。**謝霊運**生まれる。道安72、長安にて没。	八月、苻堅、姚萇に殺される。

西暦	干支	東晋	北魏	文化	事項
三八六	丙戌	11	**道武帝**［**太祖**］登国元	書家王献之43（**王羲之**の子）没。	四月、拓抜珪、魏王となり、北魏起こる。姚萇、長安にて帝位につく（後秦）。
三八七	丁亥	12	2		
三八八	戊子	13	3		
三八九	己丑	14	4		
三九〇	庚寅	15	5	**高允**生まれる。	
三九一	辛卯	16	6		
三九二	壬辰	17	7		十一月、殷仲堪、西府の長となる。
三九三	癸巳	18	8	**陶淵明**29、この頃最初の出仕。	
三九四	甲午	19	9		
三九五	乙未	20	10		
三九六	丙申	21	皇始元⑦	画家・彫刻家、「釈疑論」の著者戴逵没（一説に三九五）。	
三九七	丁酉	**安帝**⑨ 隆安元	2		北魏、黄河以北の華北を制す。
三九八	戊戌	2	天興元⑫		七月、北魏、平城に遷都。十二月、拓抜珪、皇帝となる。
三九九	己亥	3	2	僧法顕63、印度に取経の旅に出る。	十一月、孫恩の乱おこる。桓玄、殷仲堪を殺して西府の長となる。
四〇〇	庚子	4	3	この頃、**謝混**33・**謝霊運**16ら謝氏の子弟、烏衣の遊をなす。	
四〇一	辛丑	5	4	『春秋穀梁伝』の注釈者范寧63この頃没。	
四〇二	壬寅	元興元	5		三月、孫恩敗死。
四〇三	癸卯	2	6		十二月、桓玄、皇帝を称し、楚と号す。
四〇四	甲辰	3	天賜元⑩		五月、桓玄、劉裕の軍に敗れ殺される。
四〇五	乙巳	義熙元	2	後秦の姚興、鳩摩羅什62を国師とする。八月、**陶淵明**41、	

西暦	干支	東晋・宋	北魏	文学	政治・社会
四〇六	丙午	2	3	彭沢令となり、十一月辞任、「帰去来辞」を書く。	六月、赫連勃勃、夏を建てる。
四〇七	丁未	3	4	画家顧愷之62没（一説に三四一～四〇二）。	
四〇八	戊申	4	5	**謝恵連**生まれる。詩人殷仲文、劉裕に殺される。	
四〇九	己酉	5	**明元帝**⑩ [**太宗**] 永興元⑩	**袁淑**生まれる。	四月、劉裕、北伐を開始する。十月、後燕、北燕に滅ぼされる。
四一〇	庚戌	6	2		二月、劉裕、南燕を滅ぼす。
四一一	辛亥	7	3		
四一二	壬子	8	4	**謝混**45、劉毅に与した罪により誅殺される。**謝霊運**28、大尉劉裕の参軍となる。	九月、劉毅、劉裕に攻められ自殺。
四一三	癸丑	9	5	鳩摩羅什70没。法顕77、帰国し、『仏国記』を著す。	六月、南涼滅亡。
四一四	甲寅	10	神瑞元	僧肇没。この頃**鮑照**生まれる。	
四一五	乙卯	11	2	**顔延之**32、この頃尋陽にあり、**陶淵明**51と交わる。	
四一六	丙辰	12	泰常元④	**謝霊運**32、彭城に劉裕を訪ね「撰征賦」を作る。**顔延之**33、晋の使者として入洛。「北のかた洛に使いする」詩。慧遠83没。	二月、後秦の姚興没。十月、劉裕、後秦の内乱に乗じて洛陽を陥れる。
四一七	丁巳	13	2	**陶淵明**54、この頃著作佐郎に召されるも辞退する。	九月、劉裕、長安を陥落させ、後秦亡ぶ。
四一八	戊午	**恭帝**⑫ 14	3		六月、劉裕、宋公となる。十一月、夏の赫連勃勃、長安で即位。十二月、劉裕、安帝を廃す。
四一九	己未	元熙元	4	［宋には玄言詩衰え、山水詩さかんになる。**謝霊運**・**顔延之**が詩壇の中心であった。］	七月、劉裕、宋王となる。
		宋			
四二〇	庚申	**武帝**⑥ [**高祖**] 永初元⑥	5		六月、劉裕即位、宋建つ。七月、西涼滅亡。
四二一	辛酉	2	6	**謝荘**生まれる。	

西暦	干支	宋	北魏	文学	事項
四二二	壬戌	**少帝**⑤ 3	7	この頃**謝霊運**38・**顔延之**39・僧慧琳ら、廬陵王劉義真と交わる。七月、**謝霊運**、永嘉太守となる。**顔延之**、始安郡太守に赴任する際、**陶淵明**58を訪問（四二三、四二四とも）。法顕86この頃没。	
四二三	癸亥	景平元	8 **太武帝**⑪ ［**世祖**］	**謝霊運**39、この春「池上の楼に登る」詩を作り、のち永嘉太守を辞して始寧に帰る。北魏の崔浩、道士寇謙之59を推薦、北魏で道教隆盛。	閏四月、司州のほか兗州・豫州の諸郡、北魏領となる。
四二四	甲子	**文帝**⑧ ［**太祖**］ 元嘉元⑧	始光元	**謝霊運**40、この頃、会稽太守謝方明を訪れ**謝恵連**18・何長瑜と会う。また隠士と交わり、「石壁精舎より湖中に還りて作る」詩・「山居賦」を作る。	六月、徐羨之ら、宋少帝・劉義真を殺す。
四二五	乙丑	2	2		
四二六	丙寅	3	3	三月、**謝霊運**42、再び召し出されて秘書監となる。	正月、宋文帝、徐羨之・傅亮を誅す。
四二七	丁卯	4	4	**陶淵明**63没。**顔延之**44、「陶徴士誄」を作る。	
四二八	戊辰	5	神䴥元②	十二月、**謝霊運**44、再び会稽へ帰る。この頃、**謝恵連**22・何長瑜ら四友と詩文の集いを催し、山水に遊ぶ。	
四二九	己巳	6	2	北魏、崔浩らに『国記』編纂を命ず。	正月、宋の彭城王劉義康、司徒となり執政。
四三〇	庚午	7	3	**謝恵連**24、彭城王劉義康の法曹参軍となる。この頃、「古冢を祭る文」「雪賦」を作る。	
四三一	辛未	8	4	**謝霊運**47、この頃臨川内史に移される。九月、北魏太武帝、漢人名族を徴し、**高允**42、中書博士となる。	六月、吐谷渾、夏を滅ぼす。九月、北魏の崔浩、司徒となる。
四三二	壬申	9	延和元	范曄35、宣城太守に左遷。この頃『後漢書』を著す。	
四三三	癸酉	10	2	**謝恵連**27没。**謝霊運**49、流刑先の広州にて処刑される。	
四三四	甲戌	11	3	**顔延之**51、「三月三日曲水詩序」。永嘉太守に拝するも「五君詠」詩で劉湛・劉義康の怒りを買い七年間蟄居。	
四三五	乙亥	12	太延元		
四三六	丙子	13	2		三月、宋の武人檀道済族滅。五月、北燕滅ぶ。
四三七	丁丑	14	3		
四三八	戊寅	15	4	宋の国学に玄・史・文の三学館建ち、儒学と並び立つ。	

西暦	干支	宋	北魏	文学	歴史
四三九	己卯	16	5	四月、臨川王劉義慶、江州刺史となり、**袁淑**32・何長瑜・**鮑照**26らを招く。この頃、『世説新語』成る。	この年、北魏華北を統一。
四四〇	庚辰	17	太平真君元⑥		十月、宋の劉湛誅せられ、劉義康都を出る。江夏王劉義恭、司徒となる。
四四一	辛巳	18	2	**沈約**生まれる。	
四四二	壬午	19	3		
四四三	癸未	20	4	宋の隠士宗炳69没。	
四四四	甲申	21	5	**江淹**生まれる。	正月、臨川王劉義慶42没。
四四五	乙酉	22	6	十二月、范曄48、劉義康の謀にかかわり誅せられる。	十二月、劉義康擁立の謀失敗、庶人とされる。
四四六	丙戌	23	7	三月、北魏太武帝、仏教弾圧の詔。三武一宗の法難の初め。	
四四七	丁亥	24	8	**釈恵休**、この頃南兗州刺史徐湛之の文学サロンに参加。 宋の学者何承天78没。	
四四八	戊子	25	9	北魏の道士寇謙之84没。	
四四九	己丑	26	10		
四五〇	庚寅	27	11	六月、『国記』が北魏拓跋氏の忌諱にふれ、司徒崔浩ら誅せられるも、**高允**61は処罰を免れる。	七月、宋文帝、北伐。北魏軍、宋を攻め、十二月、建康近郊の瓜歩に至る。
四五一	辛卯	28	正平元⑥	**范雲**生まれる。『三国志』の注釈者裴松之80没。	正月、劉義康死を賜る。六月、北魏の皇太子拓跋晃［恭宗］没。
四五二	壬辰	29	**南安王**② **文成帝**⑩ ［高宗］ 興安元⑩	十二月、北魏文成帝、太武帝時の仏教排斥を緩和。この頃、**謝荘**32・**袁淑**45、ともに東宮の官にあり賦を競作。	二月、宗愛、北魏太武帝を弑し、十月、誅される。この年、宋の皇太子劉劭・始興王劉濬らが関わる、女巫厳道育の巫蠱事件発覚。
四五三	癸巳	30 **孝武帝**④ ［世祖］	2	**袁淑**46、元凶劉劭を諫め、殺される。	二月、劉劭、宋文帝を弑し、自ら帝位に就く。五月、劉劭・劉濬の二凶、誅される。
四五四	甲午	孝建元	興光元⑦		
四五五	乙未	2	太安元⑥		

西暦	干支	宋	北魏	文学	事項
四五六	丙申	3	2	**顔延之**73没。	七月、宋、土断を行い、流寓の人戸籍に入る。
四五七	丁酉	大明元	3		北魏、正月、禁酒令を出す。五月、地方官の貪穢を厳禁。
四五八	戊戌	2	4		
四五九	己亥	3	5	**鮑照**46、この頃「蕪城賦」を作る。	
四六〇	庚子	4	和平元	**任昉**生まれる。北魏にて雲岡石窟の開鑿始まる。	
四六一	辛丑	5	2		正月、北魏、再び地方官の貪穢を禁ず。
四六二	壬寅	6	3	**鮑照**49、荊州刺史臨海王劉子頊の前軍参軍となる。殷淑儀没し、**謝荘**42「宋孝武宣貴妃誄」を作る。祖沖之34、大明暦を作る。	
四六三	癸卯	7	4		
四六四	甲辰	8	5	**謝朓**・**丘遅**・**蕭衍**（後の**梁武帝**）生まれる。	
四六五	乙巳	**前廃帝**閭⑤ 永光元 **明帝**⑫ [**太宗**] 泰始元⑫	6 **献文帝**⑤ [**顕祖**]	**謝荘**45、九月頃、殷貴妃の誄を書いたことを追及され、一時収監される。	五月、北魏の乙渾、丞相となり専横す。宋前廃帝、九月に殷貴妃の墓を暴くなど凶行やまず、十一月、弑される。
四六六	丙午	2	天安元	二月、**高允**77、馮太后に招かれる。この頃「徵士頌」を作る。北魏、各郡に郷学を立てる。**鮑照**53、臨海王劉子頊の死に際し、乱兵に殺される。**謝荘**46没。**劉勰**、この頃生まれるか。	正月、宋の晋安王劉子勛、帝を称す。二月、北魏の馮太后、乙渾を誅殺、摂政となる。八月、劉子勛斬られ、九月、臨海王劉子頊、死を賜る。
四六七	丁未	3	皇興元⑧	**沈約**27、郢州刺史蔡興宗の参軍・記室となる。**江淹**24、この頃建平王劉景素の獄に入り、「建平王に詣りて上る書」で許される。**王融**生まれる。**何遜**この頃生まれる。	
四六八	戊申	4	2	**鍾嶸**、この頃生まれる。	
四六九	己酉	5	3	**呉均**生まれる。	正月、北魏軍、青州・斉州平定。五月、北魏、青州・斉州の民を都平城に移す。
四七〇	庚戌	6	4	**高允**81、北魏献文帝に従い、「北伐頌」を奉る。	九月、北魏、柔然に大勝。

西暦	干支	宋・南斉	北魏	文学	歴史
四七一	辛亥	7	**孝文帝**⑧ [**高祖**] 延興元⑧		北魏献文帝、老荘・仏道を好み時務を顧みず、帝位を譲る。
四七二	壬子	泰豫元	2	閏七月、**江淹**29、劉景素に従い京口に赴く。	
四七三	癸丑	**後廃帝**④ 元徽元	3	**范雲**23、この頃父に従い郢州に滞在、**沈約**33・庾杲之と知り合う。八月、王倹22、図書目録『七志』を完成。	
四七四	甲寅	2	4		
四七五	乙卯	3	5		
四七六	丙辰	4	承明元⑥		六月、北魏献文帝急死、馮太后再び摂政。
四七七	丁巳	**順帝**⑦ 昇明元⑦	太和元	**江淹**34、蕭道成に招かれる。	七月、宋の平南将軍蕭道成、宋後廃帝を弑す。十二月、荊州刺史沈攸之反乱。
四七八	戊午	2	2		正月、沈攸之誅される。
		南斉			
四七九	己未	**高帝**④ [**太祖**] 建元元④	3	**高允**90、律令を議定。	四月、南斉高帝蕭道成即位、南斉建つ。
四八〇	庚申	2	4		正月、南斉竟陵王蕭子良、司徒となる。
四八一	辛酉	3	5	**劉孝綽**生まれる。	
四八二	壬戌	4	6	この頃**沈約**42、文恵太子蕭長懋の文学サロンに参加。	
四八三	癸亥	**武帝**③ [**世祖**] 永明元	7		
四八四	甲子	2	8	**任昉**25、衛将軍王倹33の主簿となる。	
四八五	乙丑	3	9	正月、南斉、国学を立つ。**鍾嶸**18、この頃国子生となり、祭酒王倹34に認められる。**蕭衍**22もこの頃東閣祭酒。七月、南斉の書家王僧虔60没。	十月、北魏、均田法を実施、民に土地を均等に貸し与える。

四八六	丙寅	4	10	**何遜**20、この頃秀才に挙げられ、**范雲**36と忘年の交わりを結ぶ。	二月、北魏、三長制を実施。隣・里・党の三段階に長をおき民を組織。
四八七	丁卯	5	11	正月、**高允**98没。**蕭子顕**・**庾肩吾**生まれる。 ［竟陵王蕭子良、この頃鶏籠山の西邸で文学サロンを形成。**王融**・**謝朓**・**沈約**・**任昉**・**范雲**・**蕭衍**・蕭琛・陸倕、「八友」と称される。彼らの技巧的で華麗な詩風は、「永明体」とよばれる。］	
四八八	戊辰	6	12	二月、**沈約**48、『宋書』の本紀・列伝を完成、表上。	
四八九	己巳	7	13	王倹38没。	
四九〇	庚午	8	14	八月、随郡王蕭子隆、荊州刺史となり、**謝朓**27・庾於陵（**庾肩吾**の兄）・張欣泰・**蕭衍**27らを招く。	九月、北魏の馮太后没し、文明太后とおくり名される。
四九一	辛未	9	15	**王融**25、「三月三日曲水詩序」。	正月、北魏孝文帝、親政。華化政策始まる。
四九二	壬申	10	16	陶弘景37、茅山に隠棲し、『真誥』編纂を始める。	四月、北魏、律令施行される。
四九三	癸酉	11	17	七月、**王融**27、竟陵王蕭子良擁立を企て失敗、死を賜る。 十一月、**謝朓**30、新安王蕭昭文の中軍記室に転任。	正月、南斉文恵太子蕭長懋没。九月、北魏、洛陽遷都を決定。
四九四	甲戌	**鬱林王**⑦ **海陵王**⑦ **明帝**⑩ ［**高宗**］ 建武元⑩	18	四月、南斉竟陵王蕭子良35没。**任昉**35、「斉竟陵文宣王行状」を書く。**劉孝綽**14、この頃父の仲間**沈約**54・**任昉**・**范雲**44らに会う。北魏にて竜門石窟の開鑿始まる。	七月、南斉の蕭鸞、鬱林王を弑し、新安王蕭昭文を皇帝とし、**蕭衍**31を寧朔将軍とする。九月、晋安王蕭子懋兵を挙げるも敗れる。十月、蕭鸞、自ら帝位を奪う（南斉明帝）。
四九五	乙亥	2	19	**謝朓**32、この頃宣城太守となる。**温子昇**生まれる。	六月、北魏、朝廷における胡語の使用を禁止。 九月、北魏、後宮・百官を悉く洛陽に移す。
四九六	丙子	3	20		正月、北魏、王室の姓拓跋氏を元氏と改め、北方諸族の姓も改めさせる。
四九七	丁丑	4	21		八月、北魏、南伐開始。**蕭衍**34・崔慧景、雍州救援に向かう。
四九八	戊寅	永泰元④ **東昏侯**⑦	22	五月、**謝朓**35、岳父の大司馬会稽太守王敬則の謀反を告発した功により、尚書吏部郎に転任。	三月、**蕭衍**35・崔慧景大敗。七月、**蕭衍**、輔国将軍・雍州刺史となる。
四九九	己卯	永元元	23	八月、**謝朓**36、蕭遙光擁立の陰謀に巻き込まれ刑死。	三月、南斉、再び北魏に敗れる。南斉の始安

五〇〇	庚辰	2	宣武帝④［世宗］景明元	暦学者・数学者祖沖之72没。	王蕭遙光、帝位をねらい、八月、誅される。三月、崔慧景、挙兵するが失敗。十一月、**蕭衍**37、兄の蕭懿の死を聞き挙兵、義師おこる。
五〇一	辛巳	**和帝**③ 中興元③	2	九月、**江淹**58、**蕭衍**38の下に走る。**蕭統**生まれる。文人孔稚珪55没。	三月、**蕭衍**38、江陵にて和帝を立てる。十二月、東昏侯を弑す。
		梁			
五〇二	壬午	**武帝**④［**高祖**］天監元④	3	梁への禅譲の過程で、**任昉**43、**沈約**62、**丘遅**39が詔勅を起草。十一月、**蕭統**2、皇太子に立てられる。僧祐58のもとにあった**劉勰**37、この頃『文心雕龍』を著すか。	正月、南斉の宣徳太后、摂政。**蕭衍**39を相国とする詔下る。四月、**梁武帝蕭衍**即位、梁建つ。**沈約**62・**范雲**52ら要職につく。
五〇三	癸未	2	4	五月、**范雲**53没。十月、**蕭綱**（後の**梁簡文帝**）生まれる。	五月、梁の尚書左丞徐勉・右衛将軍周捨、ともに国政に与る。
五〇四	甲申	3	正始元	**任昉**44、義興太守となり、到漑27・到洽27兄弟と山水を遊覧。呉興太守柳惲39、主簿**呉均**35とともに詩作。	四月、**梁武帝**41、道法を捨て仏法に事えることを宣言するも、陶弘景49は重用され、「山中宰相」と呼ばれる。
五〇五	乙酉	4	2	臨川王蕭宏、**鍾嶸**37を参軍に、**劉勰**39を記室とする。**任昉**45、この頃御史中丞。**劉孝綽**24・陸倕35・殷芸34・到漑28・到洽28らと交わり「蘭台の聚」と呼ばれる。**丘遅**42、臨川王蕭宏の諮議参軍・記室。**江淹**62没。	十月、梁の臨川王蕭宏、北伐。
五〇六	丙戌	5	3	正月、**蕭綱**4、晋安王となる。三月、**丘遅**43、「陳伯之に与うる書」でその投降を促す。**魏収**生まれる。	三月、北魏の陳伯之、寿陽にて梁に投降。九月、梁の臨川王蕭宏、梁城を捨て逃げ帰る。
五〇七	丁亥	6	4	四月、**劉孝綽**27、安成王蕭秀の記室となる。五月、昭明太子**蕭統**7、東宮に移る。**劉孝綽**、太子洗馬となる。**呉均**39、揚州刺史建安王蕭偉の記室参軍。閏十月、**沈約**67、尚書令となり、太子少傅を兼任。**徐陵**生まれる。**梁武帝**44、群臣・僧侶に范縝「神滅論」への反論をさせる。	
五〇八	戊子	7	永平元⑧	八月、**蕭繹**（後の**梁元帝**）生まれる。**任昉**49・**丘遅**45没。**劉峻**（劉孝標）47、**任昉**の遺児が顧みられないのに憤り「広絶交論」を書く。	正月、**梁武帝**45、吏部尚書徐勉に命じて百官九品を新たに十八班に区分させる。

西暦	干支	梁	北魏	文学	一般
五〇九	己丑	8	2	この頃徐摛36（**徐陵**の父）、晋安王**蕭綱**7の侍読となる。**庾肩吾**23もその国常侍となる。	
五一〇	庚寅	9	3	建安王蕭偉、江州刺史となる。**何遜**44、書記を司り、**呉均**42、国侍郎となる。	
五一一	辛卯	10	4	この頃**劉勰**46、東宮通事舎人を兼任、昭明太子**蕭統**11に親しく遇される。	
五一二	壬辰	11	延昌元④		
五一三	癸巳	12	2	閏三月、**沈約**73没。**鍾嶸**46、これ以後の数年間に『詩品』を著す。九月、**何遜**47・**呉均**45、**梁武帝**50に推薦される。**庾信**生まれる。**王褒**、この頃生まれる。	
五一四	甲午	13	3	十月、**蕭繹**7、湘東王に封ぜられる。	
五一五	乙未	14	**孝明帝**① [粛宗] 4		九月、北魏の胡太后摂政。
五一六	丙申	15	熙平元	胡太后、永寧寺を建立。北魏の仏教隆盛。**温子昇**22、この頃御史中尉元匡の下で御史となる。	
五一七	丁酉	16	2	柳惲53没。	
五一八	戊戌	17	神亀元②	二月、安成王蕭秀没。王の門に遊んだ王僧孺54・陸倕49・**劉孝綽**38・裴子野50、碑文を作る。**鍾嶸**51、晋安王**蕭綱**16の記室参軍となり、まもなく没す。**何遜**52、この頃没。『出三蔵記集』『弘明集』の著者僧祐74没。	
五一九	己亥	18	2	**江総**生まれる。僧慧皎23、この頃『高僧伝』を著す。	二月、北魏、羽林の兵千人あまりが反乱。
五二〇	庚子	普通元	正光元⑦	**呉均**52没。	七月、北魏の侍中元叉、胡太后を幽閉。
五二一	辛丑	2	2	**劉勰**56、この頃出家し、まもなく没（五三二あるいは五三九とも）。劉峻（劉孝標）60没。	七月、梁、大匠卿裴邃を遣わして北伐。
五二二	壬寅	3	3	**劉孝綽**42、この頃太子僕。『昭明太子集』を編む。王僧孺58没。	

西暦	干支	梁	北魏	文学	北方
五二三	癸卯	4	4	〔昭明太子**蕭統**のもとには、**劉孝綽**をはじめ、殷芸・陸倕・王筠・到洽らの文学サロンが形成され、書籍の多さも梁代随一であった。このような環境で六朝を代表するアンソロジー『文選』が編纂された。〕 晋安王**蕭綱**21、雍州刺史となり、**庾肩吾**37、徐摛50らを厚遇、**徐陵**17も参軍事となる。また徐摛・鮑至ら「高斎学士」を招く。阮孝緒45、図書目録『七録』を完成。	北魏の沃野鎮の民、破六韓抜陵が挙兵。六鎮の乱の始まり。
五二四	甲辰	5	5		
五二五	乙巳	6	孝昌元⑥		四月、北魏の胡太后、再び摂政となり、元叉、死を賜る。
五二六	丙午	7	2	九月、**温子昇**32、葛栄に一時抑留される。十一月、昭明太子**蕭統**26・晋安王**蕭綱**24の生母丁貴嬪没。陸倕57没。これ以後数年の間に『文選』の編纂行われる。	九月、北魏の賊党葛栄、自ら天子を称して国号を斉とする。
五二七	丁未	大通元③	3	三月、**梁武帝**64、同泰寺に行幸、捨身。以後たびたび捨身す。『水経注』の著者酈道元没。到洽51没。	
五二八	戊申	2	**孝荘帝**④ ［**敬宗**］ 永安元⑨		四月、北魏の尒朱栄、胡太后及び幼帝元釗以下二千余人を虐殺、尒朱氏の乱おこる。六月、北魏の邢杲、漢王を称す。九月、尒朱栄、葛栄を討つ。
五二九	己酉	中大通元⑩	2	殷芸59没。	北魏の大将軍上党王元天穆、四月、邢杲を破り、閏六月、皇帝を称する臨淮王元顥を破る。
五三〇	庚戌	2	**長広王**⑩ 建明元⑩	九月、**温子昇**36、孝荘帝の謀略に関与、大赦の詔を起草する。**蕭子顕**44、長兼侍中となり、**梁武帝**67に礼遇される。裴子野62没。	九月、北魏孝荘帝、尒朱栄・元天穆らを殺すも、十月、尒朱兆らに弑される。
五三一	辛亥	3	**節閔帝**② 普泰元② **安定王**⑩ 中興元⑩	四月、昭明太子**蕭統**31没。七月、晋安王**蕭綱**29、皇太子に立つ。**庾肩吾**45、東宮通事舎人を兼ね、徐摛58、家令となる。この頃文徳省が開かれ、**庾信**19・**徐陵**25・鮑至ら学士に選ばれる。**魏収**26、北魏節閔帝のもとで散騎侍	二月、尒朱世隆ら、長広王を廃し、北魏節閔帝（前廃帝）を位につける。六月、北魏の高歓挙兵、十月、安定王（後廃帝）を擁立。

五三二	壬子	4	**孝武帝**④ 永熙元⑫		郎となり、国史・起居注を編纂する。**顔之推**生まれる。**盧思道**この頃生まれる。 ［**蕭綱**を囲む東宮の文学サロンでは、宮廷生活や恋愛感情を歌う艶雅な詩風が流行し、「宮体」とよばれた。**徐摛**・**徐陵**、**庾肩吾**・**庾信**父子にちなみ「徐庾体」の称もある。］	閏三月、高歓、尓朱軍を大いに破る。四月、高歓、後廃帝を廃し大丞相となる。
五三三	癸丑	5	2		十月、侍中・国子祭酒**蕭子顕**47、吏部尚書となる。**蕭綱**31とも交わる。	
五三四	甲寅	6	3	**東魏** **孝静帝**⑩ 天平元⑩	**魏収**29、この頃**温子昇**40・邢卲39とともに「北地三才」として名声を博す。湘東王**蕭繹**27、「法宝聯璧序」を書く。この頃**徐陵**28、『玉臺新詠』を編むか。	七月、北魏孝武帝（出帝）、高歓に敗れ、長安の宇文泰の下に奔る。十月、高歓、孝静帝を擁立。以後東魏とよぶ。鄴に遷都し、幕府を晋陽におく。閏十二月、宇文泰、孝武帝を弑す。
五三五	乙卯	大同元	**西魏** **文帝** 大統元	2		正月、宇文泰、元宝炬を擁立（西魏）。十一月、梁の徐勉没、朱异・何敬容、実権を握る。
五三六	丙辰	2	2	3	蕭子雲50（**蕭子顕**の弟）、梁の郊廟歌辞を作る。陶弘景81（一説に85）・阮孝緒58没。	
五三七	丁巳	3	3	4	**蕭子顕**51没。	
五三八	戊午	4	4	元象元		
五三九	己未	5	5	興和元⑪	**劉孝綽**59没。**魏収**34、梁に使いす。	
五四〇	庚申	6	6	2	**江総**22、この頃張纘42・王筠60・劉之遴64らと忘年の交友を結ぶ。**薛道衡**生まれる。	

				北斉		
五四一	辛酉	7	7	3	**顔之推**12、この頃**蕭繹**35のもとにあり、『荘子』『老子』の講義を聴く。	西魏の蘇綽44、「六条詔書」を作る。
五四二	壬戌	8	8	4		
五四三	癸亥	9	9	武定元		
五四四	甲子	10	10	2	**魏収**39、散騎常侍・中書侍郎となり、国史の編纂・詔勅の起草に従事。**温子昇**50、大将軍高歓の諮議となる。三月、顧野王26『玉篇』成る。	三月、高歓、高澄を大将軍として中書監を兼任させ、権力を彼に集中させる。
五四五	乙丑	11	11	3	**庾信**33、東魏に使いする。西魏の宇文泰、蘇綽48に命じ、『尚書』にならって「大誥」を作らせる。『論語義疏』の著者皇侃58没。	
五四六	丙寅	中大同元	12	4	**盧思道**16、この頃邢邵に師事。蘇綽49没。	
五四七	丁卯	④太清元④	13	5	正月、鎮南将軍・江州刺史湘東王**蕭繹**40、鎮西将軍・荊州刺史となる。八月、**温子昇**53、元瑾らの謀に与したことを疑われて獄死。	正月、高歓〈北斉高祖神武帝〉没。二月、侯景、梁に降り、大将軍・河南王となる。八月、東魏の元瑾ら、高澄暗殺を企て失敗。十一月、梁の蕭淵明、東魏に大敗、捕虜となる。
五四八	戊辰	2	14	6	五月、**徐陵**42、東魏に使いし、**魏収**43の応接を受ける。侯景の乱勃発し、そのまま東魏に留まる。十月、東宮学士**庾信**36、朱雀航を守るも、戦わずして退く。到溉72・劉之遴72没。	二月、東魏の高澄、梁に通好と捕虜蕭淵明の返還を申し入れ、**梁武帝**85受諾。八月、侯景の乱おこり、十月、台城包囲される。十一月、侯景、臨賀王蕭正徳を帝位につける。
五四九	己巳	3 **簡文帝**⑤ [太宗]	15	7	三月、**庾信**37、江陵へ逃走。五月、**梁武帝蕭衍**86、侯景占領下の浄居殿に没す。**梁簡文帝蕭綱**47即位。**蕭繹**42、江陵に拠り、簡文帝の年号を使わず抵抗。**庾肩吾**63、一時宋子仙に囚われる。王筠69・張纘51・蕭子雲63没。	正月、梁の高官朱异没。三月、台城陥落。侯景、自ら丞相となる。七月、侯景、蕭正徳を殺す。八月、東魏の高澄〈北斉世宗文襄帝〉殺される。**魏収**44、高氏の邸宅で機密に参与。十二月、侯景の将宋子仙、会稽を攻める。

西暦	干支	梁・陳	西魏・北周	北斉		
五五〇	庚午	大宝元	16	**文宣帝**⑤ [**顕祖**] 天保元⑤	秘書監**魏収**45、北斉への禅譲の文書を撰述。七月、**江総**32、会稽の龍華寺に難を避け「修心賦」を作り、のち広州に移る。九月、**顔之推**20、**蕭繹**43の世子蕭方諸の外兵参軍となる。	正月、西魏、梁に侵攻し、漢水以東を奪う。五月、高洋即位、北斉を建てる。六月、**蕭統**の子岳陽王蕭詧、西魏に後押しされ梁王を称す。九月、侯景、相国・漢王を称す。
五五一	辛未	2	17 **廃帝**③	2	四月、**顔之推**21、侯景軍の捕虜となる。八月、**梁簡文帝蕭綱**49、永福省に幽閉され、十月、殺される。**魏収**46、詔を受けて『魏史』を撰述。**庾肩吾**65・徐摛78没。	四月、宋子仙・任約、郢州を攻撃、刺史蕭方諸を捕らえる。八月、侯景、**梁簡文帝**49を廃し、**蕭統**の孫豫章王蕭棟を帝位につける。十一月、侯景、蕭棟を廃し、自ら皇帝となる。
五五二	壬申	**元帝**⑪ [**世祖**] 承聖元⑪	**廃帝**元	3	**王褒**40・**顔之推**22、**梁元帝**45の即位をうけ、江陵に移る。この頃周弘正57・**王褒**・**顔之推**・**庾信**40ら、秘閣にて校書。	三月、侯景、梁軍に敗れ、四月、殺される。十一月、湘東王**蕭繹**45、江陵にて皇帝の位につく（**梁元帝**）。
五五三	癸酉	2	2	4	十一月、**陳叔宝**（後の**陳後主**）、江陵にて生まれる。この頃、**梁元帝**46『金楼子』なる。	
五五四	甲戌	3	**恭帝**元	5	四月、散騎常侍**庾信**42、西魏に使いして帰れずに長安に留まる。この年、**魏収**49、『魏書』を奏上するも、内容が公平さを欠くとして「穢史」と批判される。**盧思道**24ら『魏書』批判で罪にあたる。『高僧伝』の著者慧皎58没。	正月、西魏廃帝、宇文泰の誅殺を謀るも逆に廃される。十一月、**梁元帝**47、**王褒**42に軍を任せ西魏と戦うも、江陵陥落。蔵書十余万巻を焼き払う。十二月、**梁元帝**殺され、**王褒**らを長安に連行。**顔之推**24、弘農に送られる。
五五五	乙亥	**敬帝**⑩ 紹泰元⑩	2	6	五月、**徐陵**49、蕭淵明に随行して南へ還る。	正月、梁王蕭詧、西魏を後ろ盾として江陵で即位（後梁宣帝）。五月、王僧辯、北斉が送り込んだ貞陽侯蕭淵明を建康で皇帝とする。九月、陳覇先、王僧辯を殺害、蕭淵明を廃す。
五五六	丙子	太平元⑨	3	7	**顔之推**26、北周より北斉に出奔。	十月、西魏の宇文泰〈北周太祖〉没。
五五七	丁丑	陳 **武帝**⑩ [**高祖**]	北周 **孝閔帝**元 **明帝**元⑨	8	**徐陵**51、陳の九錫文を書く。**魏収**52、太子少傅となり、国史・律令を編纂する。書家	正月、宇文泰の子宇文覚（孝閔帝）、北周を建てる。九月、大司馬宇文護、孝閔帝を廃す。

		永定元⑩	[世宗]		『藝文類聚』の編者欧陽詢（〜六四一）生まれる。	十月、陳覇先、陳を建てる。
五五八	戊寅	2	2	9	十月、北斉の都鄴の宮殿、三台が完成。**魏収**53、邢劭らと賦を競作。書家で『北堂書鈔』の編者虞世南（〜六三八）生まれる。	
五五九	己卯	3 **文帝**⑥ [**世祖**]	武成元⑧	10 **廃帝**⑩	十月、北斉文宣帝没するにあたり、**盧思道**29・**魏収**54・陽休之51・祖孝徴ら挽歌を作り、**盧思道**の作最も多く採用される。	
五六〇	庚辰	天嘉元	2 **武帝**④ [**高祖**]	乾明元 **孝昭帝**⑧ 皇建元⑧	**陰鏗**・**張正見**、この頃侯安都のサロンに参加。陳の使節周弘正65、北周を訪れる。**王褒**48、弘正の弟にあてた「周弘譲に与うる書」を託す。	八月、北斉の大丞相高演、自ら皇帝の位を奪う。
五六一	辛巳	2	保定元	**武成帝**⑪ [**世祖**] 大寧元⑪		
五六二	壬午	3	2	河清元④		二月、後梁宣帝蕭詧没し、明帝蕭巋即位。
五六三	癸未	4	3	2	**江総**45、中書侍郎として陳の朝廷に戻る。	正月、陳の司空侯安都、死を賜る。
五六四	甲申	5	4	3		三月、北斉、律令成る。北周の晋国公宇文護、北斉討伐に乗り出すも、十二月、大敗。
五六五	乙酉	6	5	**後主**④ 天統元④	**徐陵**59、文帝の弟、司空安成王陳頊（のちの宣帝）を弾劾する。	四月、北斉武成帝、帝位を譲る。
五六六	丙戌	天康元② **廃帝**④	天和元	2	五月、**徐陵**60、吏部尚書となる。	
五六七	丁亥	光大元	2	3		
五六八	戊子	2	3	4	十二月、北斉武成帝没し、**魏収**63、大赦の詔を書く。	十一月、陳の安成王陳頊、帝を廃す。
五六九	己丑	**宣帝** [**高宗**]	4	5	正月、**陳叔宝**17、皇太子となる。**江総**51、東宮の側近となる。他に姚察37・顧野王51ら学	

		太建元				
五七〇	庚寅	2	5	武平元	者多く集う。記室**張正見**、この頃「文会の友」と相集い詩作する。**楊広**（後の**隋煬帝**）生まれる。**江総**52、友人欧陽紇の遺児、欧陽詢14に教育を施す。**薛道衡**31、五礼を編集。	二月、広州で反乱を起こした欧陽紇処刑され、一族も皆殺しになる。
五七一	辛卯	3	6	2		
五七二	壬辰	4	建徳元③	3	八月、北斉、**顔之推**42のかかわった『聖寿堂御覧』（『修文殿御覧』）完成。**魏収**67没。	三月、北周武帝、宇文護を誅殺、親政を開始。
五七三	癸巳	5	2	4	二月、北斉後主、文林館を設立（一説に五七二）。李徳林43・**顔之推**43・**盧思道**43・**薛道衡**34らが入る。	三月、陳の将軍呉明徹、北斉討伐。
五七四	甲午	6	3	5	五月、北周武帝、仏・道の二教を禁止。三武一宗の法難の二。『五経正義』の編者孔穎達（〜六四八）生まれる。	
五七五	乙未	7	4	6	陳と北周が友好を通じ、江南の士は帰還を許されるも、**庾信**63・**王褒**63は留め置かれる。	七月、北周武帝、北斉討伐の詔を発し、自ら大軍を率いて河陰に向かう。
五七六	丙申	8	5	隆化元⑫	**王褒**64、この頃没。	十二月、北周武帝、北斉軍を破り、北斉後主敗走して皇太子に帝位を譲る。
五七七	丁酉	9	6	**幼主** 承光元	北斉滅び、陽休之69・**盧思道**47・**顔之推**47・李徳林47・**薛道衡**38ら、北周の都長安に入る。**盧思道**47の「聴蟬鳴篇」、**庾信**65に評価される。**顔之推**47、これ以降に「観我生賦」を作る。	正月、北周軍、鄴を攻め落とし、北斉滅亡。**魏収**の墓暴かれる。十月、陳宣帝、呉明徹に北周討伐を命じる。
五七八	戊戌	10	宣政元③ **宣帝**⑥		閏六月、**盧思道**48、盧昌期の乱に加担するも、文才により許される。**庾信**66、この頃「哀江南賦」を作るか。	二月、呉明徹敗れ、囚われる。閏六月、幽州の盧昌期、北斉の王族を擁して挙兵するが失敗。
五七九	己亥	11	**静帝**② 大象元②			十二月、江北の地、ことごとく北周の所領となる。

西暦	干支	陳	隋	文学	事項
五八〇	庚子	12	2	『隋書』の編者魏徴（〜六四三）生まれる。	十二月、北周の随国公楊堅、随王となる。
五八一	辛丑	13	**隋** **文帝②** **[高祖]** 開皇元②	**盧思道**51、この頃「労生論」を著す。**庾信**69・顧野王63没。『**漢書**』の注釈者顔師古（**顔之推**51の孫、〜六四五）生まれる。この頃、**顔之推・蕭該・盧思道・薛道衡**42ら、陸法言の家で音韻を論じ、『切韻』の基を築く。	二月、隋文帝楊堅即位、隋を建てる。**楊広**13、晋王に立てられ、并州総管となる。九月、隋、五銖銭を鋳造して貨幣を統一。十月、隋、新律を施行。
五八二	壬寅	14	2	**盧思道**52、この頃没。	正月、**陳後主陳叔宝**30即位。
五八三	癸卯	**後主①** 至徳元	3	十月、**徐陵**77没し、**江総**65、墓誌を書く。陸徳明、この頃『経典釈文』の編纂を始めるか。	三月、隋、龍首山に造営した新都に遷る。十一月、隋、郡を廃止。
五八四	甲辰	2	4	十一月、**薛道衡**45、隋の大使として陳に赴き、「人日帰るを思う」詩を作る。**陳後主**32、この頃**江総**66ら「狎客」と日々後宮で遊宴、詩作にふける。	六月、隋、広通渠の開鑿を命じる。
五八五	乙巳	3	5	唐の詩人王績（〜六四四）生まれる。	五月、後梁明帝蕭巋没し、太子蕭琮つぐ。
五八六	丙午	4	6	十月、尚書僕射**江総**68、尚書令となる。	
五八七	丁未	禎明元	7		正月、隋、各州に命じ毎年三人を推挙させる。九月、隋、梁国（後梁）を廃す。
五八八	戊申	2	8	三月、隋文帝、**陳後主**36の数々の罪状を述べたてた詔を出す。	十月、隋文帝、晋王**楊広**20を最高司令官とし、陳討伐に乗り出す。
五八九	己酉		9	**陳後主**37・**江総**71・姚察57、虞世基・虞世南32兄弟、隋軍とともに長安に入る。**江総**、上開府儀同三司となる。	正月、**陳後主**37、隋兵に捕らわれ、陳滅亡。四月、晋王**楊広**21ら諸軍、長安に凱旋。
五九〇	庚戌		10		十一月、汪文進ら、江南にて反乱。晋王**楊広**22、揚州総管となり、江都に駐在。
五九一	辛亥		11	**顔之推**61、この頃『顔氏家訓』を書き終え、没。	
五九二	壬子		12	七月、吏部侍郎**薛道衡**53専権を追及され、一時嶺南に流される。	
五九三	癸丑		13		
五九四	甲寅		14	**江総**76没。	

西暦	干支	年号	文学	事項
五九五	乙卯	15		三月、仁寿宮完成し、隋文帝行幸。
五九六	丙辰	16		
五九七	丁巳	17	唐の太宗皇帝李世民（〜六四九）生まれる。	
五九八	戊午	18		二月、隋文帝、高麗遠征。
五九九	己未	19		四月、東突厥の突利可汗、隋に帰属。
六〇〇	庚申	20		十月、皇太子楊勇、晋王**楊広**32・楊素らに廃される。十一月、**楊広**、皇太子となる。
六〇一	辛酉	仁寿元	陸法言『切韻』成る。**薛道衡**62、この頃襄州刺史に転じ、顔師古21と会う。	
六〇二	壬戌	2	『大唐西域記』の著者僧玄奘（三蔵法師、〜六六四）生まれる。	
六〇三	癸亥	3	王通20、文帝に建策するも用いられず、『中説』著述に専念。	
六〇四	甲子	4	**薛道衡**65、この頃番州刺史となり、楊素に詩を贈られる。**陳後主陳叔宝**52、洛陽にて没。	十一月、**隋煬帝**36、龍門から中原に達する堀を掘らせ関を置く。洛陽の東京、建設開始。
六〇五	乙丑	**煬帝**⑦ 大業元	**薛道衡**66、「高祖文皇帝頌」で**隋煬帝**37の不興を買い、司隷大夫に移される。陸徳明、この頃秘書学士。孔穎達32、明経高第に挙げられる。	三月、各地の富豪数万を東京に移す。西苑から黄河を経て淮河に至る通済渠を開鑿。
六〇六	丙寅	2	姚察74没。	正月、東京成る。四月、「十科挙人」の詔。進士科のはじめといわれる。七月、楊素没。
六〇七	丁卯	3	四月、**隋煬帝**39、北方巡幸に出る。八月、啓民可汗の帳に行幸して詩を賦す。	四月、大業律令施行。五月、太行山を鑿ち、并州に達する馳道を作る。七月、長城を築く。
六〇八	戊辰	4	唐の詩人上官儀（〜六六四）この頃生まれる。	正月、黄河から北に通じる永済渠を開鑿。三月、倭国の小野妹子、**隋煬帝**40に謁見。
六〇九	己巳	5	**薛道衡**70没。	五月、吐谷渾を破る。
六一〇	庚午	6	北魏・北斉・北周・陳の楽人を太常に配す。	十二月、京口より餘杭に至る江南河を開鑿。
六一一	辛未	7		
六一二	壬申	8		正月、第一次高麗遠征。七月、遠征軍大敗す。
六一三	癸酉	9		三月、第二次高麗遠征。六月、楊素の子楊玄感反乱。これ以後各地で反乱多発。

六一四	甲戌	10	この頃虞世南57、十年秘書郎の官にあり、『北堂書鈔』を編む。	三月、第三次高麗遠征。七月、高麗降伏。
六一五	乙亥	11		
六一六	丙子	12	七月、**隋煬帝**48、諫言をきかず江都宮に行幸。「江都宮楽歌」。	
六一七	丁丑	**恭帝**⑪ 義寧元⑪	『中説』の著者王通（文中子）34没（一説に六一八）。	五月、唐公李淵挙兵。十一月、李淵、長安を占拠し、恭帝を帝位につけ、自ら唐王となる。
六一八	戊寅	2	三月、**隋煬帝楊広**50、宇文化及に殺される。虞世基も殺される。	五月、高祖李淵即位。唐を建てる。

文心雕龍　606
文徳論　822
文賦　966
幷州刺史と為りて壺関に到り上る表　308
聘游賦　839
遍略→華林遍略
辯亡論　265
方言注　332
補闕子　717
法身義　613
法寶連璧　692
北征賦　383
北伐頌　805
卜韵　332
穆天子伝注　332

【ま】

摩訶般若波羅密経(大品経)　749
摩訶般若波羅蜜経(大品)義記　672
名字論　802
毛詩拾遺　810
毛詩答問　672
濛汜賦(濛汜詠)　193, 198
文選　624

【や】

維摩詰所説経(浄名)義記　672
幽憤詩　117
陽給事誄(楊瓚)　967
養生論　116

【ら】

蘭亭序　356
虜使に接するの語辞　497
両都賦　294
梁書　753
臨終詩(臨命作詩)　262, 430
礼大義　692
歴贊　198
連山　717
老子義　692
老子講疏　672, 717
労生論　887
六十四卦　672
論雑解　810

蔡子篤に贈る詩(飛鸞諸製) 966
塞上翁詩 786
朔風詩 966
雑詩(朔風之句) 956
雑伝 558
三慧諸経義記 672
三月三日曲水詩序 487, 497
三蒼注 332
三国名臣頌 383
三都賦 293, 294, 373
山居賦 418
算術 810
子虚賦 294, 332
子虚上林賦注 332
四愁詩(桂林湘水) 966
四声譜 573
詩経(風, 雅什) 956, 966
詞林 717
詩品(詩評) 590
諡例 573
爾雅音義 332
爾雅図譜 332
爾雅注 332
邇言 573
式賛 717
七哀詩(覇岸之篇) 956
七命 197
暫く下都に使いし夜に新林を発して京邑に至り西府の同僚に贈る詩 507
首丘賦 188
周易講疏 672, 717
周処子に贈る詩(贈弘譲詩) 873
修心賦 754
十二州記 601
述懐詩 753
春秋荅問 672
諸王伝 692
序卦等義 672
尚書大義 672
招隠詩(左思) 618
昭明太子伝 692
鵩鵩賦 203
象経 873
上林賦 332
乗輿箴 304
蜀都賦 293
神武碑 827
晋書 573
晋書限断 234
新書 283
新成安楽宮賦 725
新林 332
瑞室頌 589
斉紀 573
筮経 717
斉敬皇后哀策文 508
斉史 547, 631
斉春秋 601
斉書 638
斉都賦 293
制旨孝経義 672
正序 624
征西の官属が陟陽侯に送られしとき作る詩(零雨之章) 956
西征賦 234
声無哀楽論 118
釈奠頌 304
藉田賦 233
雪賦 410
山海経注 332
先帝記 792
銭唐先賢伝 601
撰征賦 415
楚辞 332
楚辞注 332
蘇武に与うる詩(離辞) 966
宋書 573
宋文章志 573
荘子義 736, 692
荘子注(注荘子) 343
続文釈 601

【た】

大師箴 118
大人先生伝 141
太祖記 792
大般涅盤経(涅盤)義記 672
代都賦 802
達荘論 141
丹陽尹伝 717
地記 558
竹林名士伝 383
中庸講疏 672
中論 39
忠臣伝 717
長春義記 692
長春殿義記 736
徵士頌 805
聴蟬鳴篇 887
枕中記 858
通史 601, 631, 672
丁儀王粲に贈る詩(函京之作) 956
庭誥 451
庭竹賦 832
天台山賦 373
典論 948, 967
典引 294
冬至受朝詩 983
東征賦 382, 383
東都を建つる詔 983
桃葉辞 775
洞林 332
道徳論 104
僮約 967

【な】

内典博要 717
南郊賦 322
南狩賦 832
二繋 672
二京賦 294, 373, 802
二諦義 613

【は】

馬汧督誄 967
博物志 226
發蒙記 967
百一詩(詩) 112
百官箴 294
廟記 601
傅子 155
普通北伐記 632, 638
舞馬歌 475
文言 672
文章英華 624
文章志 107

梁武帝→蕭衍
緑珠 257
臨孝存 10
路粋 18, 39, 637
魯広達 776
魯爽 475
盧毓 266
盧欽 203
盧元明 839
盧玄 786
盧志 266, 267, 283, 342
盧思道 **886**, 887, 911, 985
盧詢祖 850
盧昌期 887
盧諶 313, 317, **342**, 343
盧赤松 887
盧仲宣 815
盧斑 266
盧道亮 886
盧陽烏 886

【わ】

和姓は「か」を見よ

書名・作品名索引

【あ】

安身論 304
永安記 827
詠懐詩 141
詠史詩 382
詠徳賦 226
越公に与うる書 983
燕歌行 869
老を告ぐる詩 805

【か】

河清頌 462
華林遍略(遍略) 590
懐旧伝 717
懐離賦 849
還りて梁城に至りて作る詩(道中作詩二首) 445
楽社義 672
権論 193
重ねて劉琨に贈る詩 313
重ねて盧諶に贈る詩 313
甘露頌 497
閑居賦 234
勧進表 311
漢書注(注漢書) 717
翰林 948, 966
観我生賦 906
帰去来辞 401
帰沐詩 642
貴倹伝 638
擬飲馬長城窟 983
魏起居注 849
魏書(魏史) 154, 848, 850, 886
魏都賦 293
議何鄭膏肓事 810
北のかた洛に使いする詩(道中作詩二首) 445
客傲 322
九錫 749
旧郷に還る詩 666
玉韜 717
今記 792
金谷詩 234, 357
金策 672
金楼子 717
銀甕啓 497
屈原を祭る文 446
荆南地記 717
剣閣銘 193
顕宗頌 383, 966
元紀 311
阮公詩に効う十五首 535
子に命ずる詩 401
子の儼らに与うる疏 401
古今全徳志 717
古今同姓名録 717
孤鴻賦 887
五経義 632
五経講疏 692
五君詠 451
五等諸侯論 266
五柳先生伝 400
五礼 910
呉都賦 293
後漢紀 383
後漢書 631, 638
孔子正言 672, 753
広絶交論 558
江南を哀しむ賦 879
江賦 322
孝徳伝 717
侯山祠堂碑文 815
皇居新殿台賦 849
皇覧 82
郊居賦 572
香茗賦 467
貢職図 717
高士伝賛 118
高祖紀 573
高祖集 632
高祖文皇帝頌 917
鴻序 637
鴻序賦 631
豪傑詩 141
豪士賦 266
豪士賦序 266
告誓文 364
国記 786
国僑賛 910
国書 792

【さ】

左氏公羊釈 810
祭法 343

李義　181
李虚　791
李金才　940
李景　931
李元操　985
李孝伯　469
李志　692
李充　356, 966
李重　181
李庶　839
李翥　850
李奨　816
李神儁　816, 831
李慎　832
李崇(継伯)　839
李徹　925
李徳林　911, 985
李斌　176
李平　849
李穆(顕慶)　895
李邪輸　839
李膺(元礼)　3, 373
李陵(少卿)　966
陸雲(士龍, 二陸)　197, 266, 267, **282**, 283, 294, 308, 873
陸蔚　267
陸夏　267
陸機(二陸)　197, 225, 226, **265**, 282, 294, 308, 456, 822, 873, 948, 956, 966, 967
陸抗　265, 266
陸杲　697
陸襄　617
陸倕　643, 655
陸操　827
陸遜　265, 266
陸澄　539
陸麗　800
柳惲　601
柳津　691
柳世隆　517, 539
柳仲礼　684
柳晉　985
劉彧(宋明帝, 湘東王)　456, 479, 697, 981
劉絵　642
劉轂　869, 873
劉逵　293
劉毅　181, 394, 414
劉義季(衡陽王)　435
劉義恭(江夏王)　475, 479
劉義慶(臨川王)　435
劉義康(彭城王)　410, 430, 435, 451, 815
劉義真(廬陵王)　418, 446
劉義宣(南郡王)　470
劉義符(豫章公世子, 宋少帝)　415, 418, 445, 446
劉義隆(宋文帝, 太祖)　410, 422, 436, 451, 456, 469
劉向　955
劉協(後漢献帝)　50, 64, 107
劉緄　**605**
劉虞　69
劉群　313, 318
劉恵端(敬皇后)　508
劉景素(建平王)　534
劉喧　508
劉憲之　445
劉顕　716
劉宏(後漢霊帝)　63
劉孝威　697
劉孝儀　697, 735
劉孝綽(冉, 阿士)　596, 617, **642**
劉孝標(峻)　558
劉琨(二劉)　**308**, 342
劉琨妻　342
劉粲　342
劉子業(宋前廃帝)　479
劉子頊(臨海王)　462
劉子勛(晋安王)　479
劉思逸　831
劉鑠　469
劉秀之　605
劉峻→劉孝標
劉悛　543
劉濬(始興王)　436, 455, 456, 469
劉駿(宋孝武帝, 世祖)　436, 456, 462, 470, 475, 479, 484, 486, 654
劉遵　313, 697
劉尚　605
劉松　886
劉劭(元凶)　107, 436, 456, 470
劉紹(廬陵王)　469
劉勝(中山靖王)　308
劉子鸞(新安王)　479
劉之遴　716, 754, 601
劉素景(建平王)　534
劉琮　50
劉聡　342
劉岱　68
劉惔(真長)　365, 394
劉湛　435, 451, 455, 469
劉誕(竟陵王, 随王)　410, 469, 470
劉楨(公幹)　**38**, 39, 59
劉蕃　308
劉備　10, 72
劉表　50, 51
劉渢　508
劉秉　552
劉卞　212
劉勔　642
劉辯(後漢少帝, 弘農王)　64
劉模　805
劉芳　849
劉放　203
劉穆之　445
劉邁　308
劉裕(宋武帝, 高祖)　394, 395, 401, 414, 445
劉輿(二劉)　252
劉蘭　815
劉柳　401, 445
劉伶　117, 451
劉霊真　605
龍季猛　313
呂安　117
呂熙　786
梁睿　911
梁簡文帝→蕭綱
梁元帝→蕭繹
梁習　81
梁祚　802

繆襲　**107**, 637
繆紹　107
繆徵　107
繆播　107
繆斐　107
閔鴻　282
閔湛　791
愍懐太子→司馬遹
符劭→徐劭
傅咸　155, **172**, 967
傅幹　154
傅晞　182
傅毅　383, 637, 966
傅玄　**154**, 193, 198
傅弘　697
傅縡　911
傅纂　182
傅祗　246
傅燮　154
傅暢　343
傅摽　822
傅敷　182
傅黙　802
傅隆　424
傅亮　445
普富盧　72
無臣氏　72
馮氏(文明太后)　805, 810
伏滔(袁伏)　382, 383
文恵太子→蕭長懋
文献独孤皇后→独孤伽羅
文宣太后→石令贏
文明太后→馮氏
邴原　10
辟閭嵩　317
卞氏(卞太后)　73, 89
辺章　64
辺譲　4
慕容垂　785
宝誌上人　735
房延祐　849
房景高　487
房彦謙　917
封懿　785
彭瑑　10
彭儁　684
鮑宏　775
鮑至　697
鮑照　**462**, 467, 967
鮑信　68
鮑泉　704
鮑僧叡　739
鮑令暉　**467**
龐通之　401
北魏景穆帝→拓跋晃
北魏献文帝→拓跋弘
北魏孝荘帝→元子攸
北魏孝武帝→元脩
北魏孝文帝→元宏
北魏節閔帝→元恭
北魏太武帝→拓跋燾
北魏道武帝→拓跋珪
北魏文成帝→元濬
北周孝閔帝→宇文覚
北周武帝→宇文邕
北周文帝→宇文泰
北周明帝→宇文毓
北斉後主→高緯
北斉孝昭帝→高演
北斉孝文帝→元宏
北斉神武帝→高歓
北斉武成帝→高湛
北斉文襄帝→高澄
北斉文宣帝→高洋
卜天與　436
穆貴嬪→丁令光

【ま】

明山賓　617, 672
毛恵秀　487
孟顗　427
孟玖　267, 283

【や】

庾易　878
庾於陵　697
庾肩吾　**697**, 878
庾弘遠　543
庾杲之　516
庾純　155, 172
庾信　697, 873, **878**, 887, 981
庾闡　948
庾曇隆　543
庾翼　357
庾亮(元規)　322, 332, 349, 357, 374, 966
游雅　786, 803
余氏(東昏侯余妃)　525
羊鴉仁　667
羊祜　204
羊氏(献皇后)　155
羊琇　252
羊璿之　424
姚察　776
姚襄　349
陽休之　849, 886, 887
陽慧朗　926
陽固　849
楊暕(斉王)　932
楊橋　313
楊堅(隋文帝, 高祖)　767, 775, 776, 879, 887, 911, 925, 926, 940, 983
楊広(隋煬帝, 晋王)　767, 775, 917, **925**, 983
楊賜　10
楊芷(晋恵帝皇太后)　212
楊脩　39, 88, 89
楊駿　176, 212, 234, 245, 266
楊遵彦(愔)　739, 822, 840, 849, 886, 910
楊済　177
楊素　767, 917, 926, 940
楊侑(隋恭帝, 代王)　936
楊勇　906, 926, 940
楊雄(子雲)　28, 955, 966
楊諒(漢王)　917, 926

【ら】

来和　925
雷華　226
雷煥　225, 226
欒布　29
李淵(唐武帝, 唐公)　936
李遠(陽平公)　895
李楷　816
李諧　839

張平　203
張方　294
張遼　72
張林　220
張麗華(張貴妃)　767, 775
張綰　711
趙固　321, 322
趙載　321
趙含　10
趙浚　283
趙驤　283
趙同(同子)　456
陳煒　3
陳瑩　704
陳温　68
陳頊(陳宣帝, 安成王, 高宗)　739, 745, 749, 754, 766, 767
陳群　81
陳喧　754
陳元帝→陳蒨
陳後主→陳叔宝
陳叔虞　766
陳叔堅　766
陳叔儼　766
陳叔重　766
陳叔慎　766
陳叔達　766
陳叔宝(陳後主)　745, 749, 754, **766**, 776, 911
陳叔明(宜都王)　731
陳叔熊　766
陳叔陵　766
陳述　331
陳深　775
陳宣帝→陳頊
陳蒨(陳文帝, 世祖)　725, 739, 749
陳道談(昭烈王)　766
陳覇先(陳武帝, 高祖)　731, 739
陳廃帝→陳伯宗
陳伯山(鄱陽王)　731
陳伯之　566
陳伯信(衡陽王)　731
陳伯宗(陳廃帝)　745
陳伯茂(始興王)　725
陳武帝→陳覇先
陳文帝→陳蒨
陳稜　940
陳琳(孔璋)　34, 38, 39, **45**, 59
丁儀　39, 88, 89
丁貴嬪　612, 617
丁氏(太王后)　78
丁廙　39, 88, 89
丁蘭　716
丁令光(穆貴嬪)　691
鄭玄→鄭玄(じょうげん)
鄭子産　204
鄭鮮之　445
鄭太(公業)　910
鄭伯　831, 832
鄭望生　430
禰衡　18
翟黒子　792
杜韡　172
杜懐宝　691
杜崱　704
杜超　785
杜徳霊　410
杜預　321, 850
東魏孝静帝→元善見
東昏余妃　525
到溉　557
到洽　557, 643
唐武帝→李淵
唐勒　637
陶淵明(潜)　**400**
陶侃　383, 400
陶丘洪　4
陶胡奴　383
董卓　10, 64
董当門　691
鄧禹　496, 667
鄧淵　792
鄧長顒　906
竇瑾　802
竇遵　802
独孤伽羅(文献独孤皇后, 隋文帝妃)　925, 940

【な】

二十四友　234
二陸三張　197

【は】

馬日磾　349
馬超　72
馬融　637, 791
裴楷　140, 212, 233
裴忌　745
裴頠　212, 220, 966
裴憲　343
裴讞之(裴讞)　910
裴昂之　849
裴子野　716
裴氏(任遥妻)　552
范雲　**516**, 571, 572, 595, 642, 655, 661
范栄期　373
范汪　516
范希栄　684
范孝才　642
范抗　516
范岫　508
范泰　422
范曄　601
班固　28, 293, 948, 955, 956
樊毅　775, 776
樊猛　775, 776
潘岳(安仁)　**233**, 246, 257, 357, 456, 948, 956, 967
潘徽　985
潘摠　235
潘勖　304
潘瑾　233
潘尼　235, **304**
潘釈　235
潘詵　235
潘伯武　235
潘芘　233, 234
潘豹　235
潘満　304
繁欽　39
畢義雲　857
繆胤　107
繆悦　107
繆施　154

宋孝武帝→劉駿
宋少帝→劉義符
宋前廃帝→劉子業
宋武帝→劉裕
宋文帝→劉義隆
宋弁 487
宋明帝→劉彧
宋游道 827
宗欽 791, 792
宗懍 869, 873
曹叡(三祖) 78, 81, 96, 948, 955
曹鑒 81
曹奐 132
曹義宗 691
曹休 81
曹洪 34, 68
曹参 63
曹志 96
曹彰(任城) 72, 81, 96
曹植(陳思王, 平原侯, 子建) 59, 81, **88**, 89, 96, 691, 822, 848, 955, 956, 966
曹真 81
曹仁 72, 73, 89
曹嵩 63
曹操(魏武帝, 太祖, 三祖) 10, 17, 34, 38, 45, 50, **63**, 78, 88, 89, 104, 539, 948, 955
曹爽 112, 132
曹騰 63
曹丕(魏文帝, 子桓, 三祖) 17, 28, 38, 59, 72, **78**, 88, 89, 96, 948, 955, 966
曹毗 948
曹馥 172
曹髦(高貴郷公) 132
曹霖 81
棗嵩 283
僧祐 605
臧氏(徐陵母) 735
臧盾 644
束晳 967
孫郁 165
孫恵 266
孫卿子 155
孫搴 815, 816, 839
孫権 18, 73, 81, 88
孫宏 165
孫晧 165, 265
孫策 716
孫纂 166
孫資 165
孫綽 166, 356, **373**, 956, 967
孫秀 219, 226, 234, 257, 304
孫衆 166
孫洵 166
孫拯 267
孫世山 165
孫楚(子荆) **165**, 956
孫登 117, 141
孫統 166
孫万寿 985

【た】

太史慈 10
戴若思 266
大彭 849
拓跋猗盧 342
拓跋翰(秦王) 791
拓跋珪(北魏道武帝, 太祖) 785
拓跋弘(北魏献文帝, 顕祖) 805, 810
拓跋晃(北魏景穆帝, 恭宗) 791, 792, 800
拓跋子推(京兆王) 805
拓跋燾(北魏太武帝, 世祖) 785, 786, 791, 792, 800, 849
拓跋範(楽安王) 786
拓跋丕(楽平王) 786
湛海珍 667
譚儼 521
段孝信 896
段叔軍 313
段匹磾 311, 313, 317, 342
段末波 311, 313, 342
段遼 342
郗愔 357
郗鑒 348, 374, 394
郗慮 18
褚霊媛(恭思皇后) 451
刁柔 849
長孫倹 712
張偉 786, 803
張禕 226
張軆 220, 226
張佚 704
張音 78
張華 **203**, 266, 267, 282, 283, 294
張蓋之 730
張翰 **187**, 188, 198
張奇 479
張貴妃→張麗華
張協(三張) **197**
張倹 4
張儼 187
張亢(三張) 197
張皐 822
張衡(平子) 293, 373, 940, 948, 955, 956, 980
張載(三張) **193**, 197, 235, 293, 948
張纘 716, 753
張芝(伯英) 357
張昕 966
張種 745
張収 193
張脩礼 730
張昌 283
張邵 446
張饒 10
張嵊 644
張尚柔(献皇太后) 672
張稷 525, 573
張正見 **730**
張瞻 283
張長公 697
張暢 469
張邈 68
張飛 72
張敏 193, 198

蕭氏(蕭皇后, 隋煬帝妃) 931, 940
蕭秀(安成王) 595, 643
蕭順之(梁文帝, 文皇帝, 太祖) 654, 672
蕭序 638
蕭詔 704
蕭昭業(鬱林王, 太孫) 496, 497, 543, 553
蕭昭文(新安王) 507
蕭琛 571, 655
蕭諶 655
蕭正義(臨川王) 666
蕭正徳(臨賀王) 644
蕭績 605
蕭続(廬陵王) 595
蕭大威 684
蕭大器(宣城王) 672, 684, 754, 864
蕭大球 684
蕭大昕 684
蕭大鈞 684
蕭大心(当陽公) 684, 698
蕭憺(始興王) 617
蕭長懋(斉文帝, 文皇帝, 文恵太子, 世宗) 486, 497, 530, 570, 572
蕭琛 655
蕭棟(豫章嗣王) 684
蕭統(昭明太子) 605, **612**, 643, 683
蕭道賜 654
蕭道成(斉高帝) 521, 539, 654
蕭範(鄱陽嗣王) 684, 840
蕭斌 436
蕭副子 654
蕭緬 530
蕭方晷 704
蕭方諸 895
蕭方智 712
蕭方等 703, 704
蕭宝巻(東昏侯) 508, 525, 547
蕭宝義(晋安王) 508, 589
蕭宝玄 508
蕭宝融(斉和帝) 573, 661
蕭勃 717, 754
蕭勱 753

蕭摩訶 775, 776
蕭誉 704
蕭遥光(始安王) 508, 589
蕭鸞(斉明帝) 496, 497, 508, 521, 543, 553, 571, 655
蕭綸(邵陵王) 631, 637, 684, 704, 730
蕭令嫕(義興昭長公主) 716
鍾雅 589
鍾会 117, 132
鍾岏 589, 590
鍾嶸 **589**
鍾蹈 589
鍾嶼 589, 590
鍾繇 72, 81, 293, 357
常景 815
鄭玄 10, 791, 850
沈客卿 767, 926
沈昭略 508, 543
沈僧杲 644
沈婺華(沈后, 沈氏) 766, 775
沈璞 570
沈約(記室) 508, 516, 525, 553, 557, **570**, 595, 596, 606, 601, 631, 642, 643, 655, 697, 822, 857, 980
沈攸之 516, 539
沈林子 570
辛元植 849
辛術 910
辛冉 220
辛雄 832
晋簡文帝→司馬昱
晋恵帝→司馬衷
晋景帝→司馬師
晋元帝→司馬睿
晋孝武帝→司馬曜
晋武帝→司馬炎
晋文帝→司馬昭
晋明帝→司馬紹
晋陵公主(謝混妻) 394
甄皇后→甄氏
甄子然 10
甄氏(甄皇后) 17

任夔 72
任敖 552
任忠 266, 775, 776
任東里 558
任昉(彦昇) **552**, 571, 572, 642, 643, 655, 822, 857, 980
任約 711, 712, 739
任遥 552
睦仲讓 849
隋恭帝→楊侑
隋高祖→楊堅
隋文帝→楊堅
隋文帝妃→独孤伽羅
隋煬帝→楊広
隋煬帝妃→蕭氏
鄒陽 637
斉高帝→蕭道成
斉世祖→蕭賾
斉武帝→蕭賾
斉文帝→蕭長懋
斉明帝→蕭鸞
斉和帝→蕭宝融
石演 257
石虎(季龍) 342
石崇 234, **245**, 308, 357
石統 245
石苞 165, 245
石令贏(文宣太后, 阮修容) 703, 716
石勒 311, 317
薛孝通 910
薛聡 910
薛道衡 **910**, 985
宣德皇后→王宝明
鮮于嗣 203
冉閔 343
祖英伯 887
祖孝徴 886
祖珽 850, 857, 904
祖逖 317
祖納 308
蘇威 917
蘇興寿 810
蘇峻 332
宋玉 637, 948, 955
宋護 887

脂習　28
摯虞(仲治)　225, 966
尒朱栄　822, 831, 849
尒朱兆　822
車仲遠　451
謝安　349, 356, 365, 383, 394
謝緯　507
謝晦　394, 418, 445
謝瑍　414
謝恵宣　410, 486
謝恵連　**410**, 424
謝玄　414
謝弘微　418, 469
謝混(叔源)　**394**, 414, 956, 967
謝述　507
謝尚　382
謝荘　**469**, 967
謝朓(玄暉)　**507**, 571, 572, 596, 655, 697
謝超宗　565
謝斑　840
謝万　365
謝朏　543
謝曜　418
謝霊運　410, **414**, 456, 822, 956
釈恵休　**484**, 967
釈慧琳　456
朱异　617, 672
朱振　234
朱買臣　711, 869
周顗　348
周昕　68
周弘譲　873
周弘正　745, 869, 873
周捨　573, 617, 643
周浚　283
周旌　63
周続之　446
習鑿歯　374
荀緯　39
荀隠　282
荀愷　176
荀顗　150
荀況　948
荀勖　204, 446
荀済　827
荀綽　343
荀崧　198
荀赤松　455
荀雍　424
淳于量　745
諸葛亮　716
如綏　313
徐幹(偉長)　38, **59**
徐君　225
徐藝　521
徐晃　73
徐孝嗣　508, 571
徐紇　816
徐子建　775
徐子才　840
徐嗣徽　739
徐劭(符劭)　165
徐棐　573
徐世譜　711, 712
徐析　926
徐羨之　422, 446, 451
徐湛之　436, 484
徐摛　697, 735, 739, 878
徐超之　735
徐悱　644
徐勉　572, 573, 617, 643, 644
徐陵　697, 725, **735**, 754, 840, 878, 981
向秀　117
尚子平　349
昭明太子→蕭統
焦氏(寶遵母)　802
焦僧度　730
蔣済　131
蔣道秀　661
蕭偉(建安王)　595, 601
蕭繹(梁元帝, 湘東王, 世祖)　596, 643, 697, **703**, 725, 730, 736, 739, 754, 865, 869, 879, 895, 981
蕭延　654
蕭衍(梁武帝, 梁王, 高祖)　525, 530, 547, 557, 565, 571, 572, 573, 601, 612, 613, 617, 618, 624, 631, 632, 643, **654**, 661, 683, 691, 703, 704, 716, 717, 753, 822, 864
蕭淵明　739
蕭何　654
蕭恢(鄱陽王)　525, 864
蕭愷　638
蕭恪(南平王)　704, 736
蕭巌　767
蕭紀(武陵王)　753, 869
蕭軌(番禺侯)　618
蕭嶷(豫章王, 文献王)　507, 631
蕭瓛　767
蕭元簡　589
蕭元琳(豫章王)　661
蕭宏(臨川王)　525, 565, 589, 605
蕭綱(梁簡文帝, 晋安王, 太宗)　383, 589, 635, 672, **683**, 697, 698, 704, 730, 735, 736, 864, 879, 981
蕭賾(斉武帝, 世祖)　486, 487, 496, 497, 507, 529, 530
蕭詧(岳陽王, 後梁宣帝)　704, 711, 712
蕭子雲　716, 864
蕭子恪　631
蕭子敬(安陸王)　497
蕭子顕　**631**
蕭子懋(晋安王)　486
蕭子隆(随王)　507, 655, 672
蕭子良(竟陵王, 司徒公)　486, 496, 497, 521, 525, 529, 530, 552, 557, 571, 655
蕭子倫(巴陵王)　654

孔恂 150
孔淳之 418
孔稚珪 497
孔宙 3
孔覇 3
孔伯魚 775
孔範 754
孔褒 4
孔伷 68
孔融 **3**
江淹(文通) **534**, 980
江革 717
江祀 508
江祏 508, 521
江蒨 753
江総 **753**, 767, 776
江湛 436, 753
江統 283, 753
江範 767
江紑 753
侯音 73
侯景 667, 684, 698, 703, 704, 717, 725, 739, 754, 840, 864, 869, 879, 895
侯覧 4
皇甫陶 154, 155, 293
耿紀 72
高阿那肱 906
高緯(北斉後主) 904, 906, 911
高允 **785**, 786, 791, 792, 800, 802, 805, 809
高演(北斉孝昭帝) 849
高歓(北斉神武帝) 832, 839, 849
高貴郷公→曹髦
高熲 767, 776, 780, 917, 940
高元海 857
高湖 785
高光 181
高孝幹 849
高忱 810
高泰 785
高湛(北斉武成帝) 857, 910
高誕 246
高智慧 926
高仲密 839
高澄(北斉文襄帝) 827, 839, 840
高韜 785
高徳正 840
高漵(彭城王) 910
高洋(北斉文宣帝, 顕祖) 840, 849, 858, 896
高隆之 839, 848
黄羅漢 869

【さ】

左興盛 508
左思 **293**, 373, 948, 966
左丞祖 10
左芬 293
左雍 293
崔駰 637, 955
崔悦 317, 343
崔季舒 840, 904
崔慧景 543
崔廠 858
崔宏(玄白) 785
崔昂 849
崔浩 786, 791, 792, 800, 805
崔孝芬 832
崔聖念 840
崔暹 839
崔肇師 849
崔㥄 832
崔霊恩 815
蔡興宗 570
蔡克 283
蔡徵 776
蔡邕(伯喈) 18, 34, 50, 294, 955, 956, 967, 980
索敞 802
山濤 117, 233, 373, 451, 572
支遁 356, 373
司馬晏(呉王) 81, 266, 283
司馬瑋(楚王) 212, 234
司馬懿(晋宣帝) 81, 132
司馬昱(晋簡文帝, 会稽王) 349
司馬遹(愍懐太子) 212, 213, 220, 234
司馬允(淮南王) 234, 257, 304
司馬睿(晋元帝) 311, 322, 342, 348, 394, 895
司馬穎(成都王, 三王) 266, 267, 283, 305
司馬越(東海王) 150
司馬炎(晋武帝) 78, 93, 132, 150, 154, 155, 165, 172, 193, 204, 233, 245, 252
司馬雅 220
司馬乂(長沙王, 三王) 193, 266, 267, 283, 305
司馬顒(河間王, 三王) 266, 305
司馬冏(斉王) 187, 188, 234, 257, 266, 283, 294, 304
司馬晃(下邳王) 212
司馬子如 839
司馬師(晋景帝, 世宗) 132
司馬駿 166, 245
司馬相如(長卿) 294, 487, 775, 776, 948, 955, 966
司馬昭(晋文帝, 太祖) 117, 132, 141, 165, 203
司馬消難 775, 776
司馬紹(晋明帝) 322, 331
司馬泰(高密王) 308
司馬衷(晋恵帝) 166, 176, 212, 213, 225, 245, 257
司馬徳文(琅邪王) 414
司馬攸(斉王) 204
司馬肜 219
司馬曜(晋孝武帝) 394
司馬亮(汝南王) 177, 212
司馬倫(趙王) 219, 226, 234, 257, 266, 283, 304
豕韋 849
施文慶 767, 775, 926

郭衍 931
郭槐(広城君) 246
郭彦文 534
郭公 321
郭弘(河間王) 911
郭鶩 333
郭氏 81
郗昌 267
郭璞 **321**, 967
葛栄 816
葛洪 267
干宝 322
毌丘倹 117
邯鄲淳 39, 637
桓彝 332, 382
桓温(元子) 349, 374, 382, 383, 394, 716
桓玄 394
桓和 667
管亥 10
管恬 791
関羽 89
韓抛 317
韓抛女 317
韓擒 775
韓遂 64
韓馥 68
灌均 89
顔延之(延年) 401, 436, **445**, 487, 822, 956, 966, 967
顔含 445, 895
顔緦 895
顔顕 445
顔之推 857, **895**
顔思魯 906
顔師伯 479
顔竣 456
顔敏楚 906
顔約 445
紀僧真 497
綦儁 832
暨慧 926
義興昭長公主→蕭令嫕
魏季景(二魏) 839, 840, 858
魏収(伯起, 二魏) 739, **831**, 839, 886, 911, 980
魏舒 172, 173
魏冄(穰侯) 486
魏澹 985
魏仲同 832
魏武帝→曹操
魏諷 51, 73
魏文帝→曹丕
吉本 72
丘遅(希範) **565**
丘霊鞠 565
牛弘 917
去卑(右賢王) 72
許允 339
許詢 **339**, 356, 373, 956, 967
許善心 985
許邁 364
許攸 63
恭思皇后→褚霊媛
橋玄 63, 81
橋瑁 68
具慶 470
虞世基 917, 985
屈原(平, 騒人) 955, 956
君苗 267
邢杲 821
邢子明 858
邢卲(子才) 822, 832, 840, 849, 857, 858, 886, 980
嵇喜 116, 140
嵇康 **116**, 140, 451
嵇紹 118
敬皇后→劉恵端
滎陽公主 342
郄嶽 791
建安七子 948
牽秀 266
献皇后→羊氏
献皇太后→張尚柔
元淵(陽王) 815, 816
元暉業(済陰王) 822
元凶→劉劭
元匡(東平王) 815, 816
元恭(北魏節閔帝) 831, 832
元瑾 827
元景亮 711
元宏(北魏孝文帝, 高祖, 魏主) 487, 805, 809, 832
元顥 821
元賛 832
元子攸(北魏孝荘帝, 敬宗) 821
元脩(北魏孝武帝) 832
元濬(北魏文成帝, 高宗) 800, 805
元善見(東魏孝静帝) 839, 840
元天穆(上党王) 821
阮瑀(元瑜) **34**, 38, 39, 59, 131
阮咸(仲容) 117, 141, 446, 451
阮渾 141
阮修容→石令嬴
阮籍 117, **131**, 132, 140, 141, 203, 451
阮武(文業) 131
阮裕 348
厳忌 637
厳匡 72
厳植之 672
呼廚泉 72
胡広 294
胡昭 293
胡僧祐 704, 711, 869
胡方回 791
胡孟康 322
顧栄 182, 187, 266
顧顗之 475
顧協 617
呉延 792
呉均 **601**
呉質 38
呉明徹 745
呉蘭 72
後漢献帝→劉協
後漢霊帝→劉宏
斛律孝卿 911
公師藩 267
公孫宏 234
公孫質 791
孔毓 172
孔貴人 767, 775
孔子袪 672

王悦 348
王華 422
王繢 543
王畡 529
王愷 246, 252
王奐 496
王唏 849
王規 864
王貴嬪(王氏) 716
王羲之 **348**, 374
王球 451
王據 317
王璩 112, 150, 967
王匡 68
王龔 50
王昕(元景) 822, 839, 849
王敬則 508
王倹 486, 507, 552, 589, 654, 864
王献之(子敬) 394, 775
王謙 50, 911
王騫 864
王弘 401, 435
王弘之 418
王曠 348
王克 873, 879
王瑳 754
王粲(仲宣) 39, **50**, 51, 59, 425, 955, 956, 966, 980
王讚(正長) 956
王肅 873
王秀之 507
王琇 427
王脩纂 684
王戎 117, 181, 212, 451
王叔英 644
王粛 739, 850
王述 364
王珣 383, 394
王承 348
王韶(項城公) 925
王粋 266
王正 348
王済 166, 233, 266
王銓 716
王闓 267
王僧貴 684
王僧綽 436
王僧孺 596
王僧達 486
王僧辯 684, 704, 711, 739, 865
王則 895
王坦之 364
王沖 703, 704
王昶 131
王暢 50
王沈 155
王道琰 486
王導 322, 348, 374
王敦(処中) 252, 317, 331, 332, 348, 394
王曇首 422
王勱 745
王微 469
王必 72
王弼 284, 791
王芬 63
王弁 624
王宝明(宣徳皇后) 661
王褒(子淵) 711, **864**, 879, 955, 967
王茂 525
王莽 220
王融(元長) **486**, 487, 496, 497, 571, 642, 655, 697
王琳(珩) 711, 716
王烈 117
応璩 **112**, 150, 967
応秀 150
応純 150
応紹 150
応詹 150
応貞(吉甫) **150**, 948
応瑒(徳璉) 37, **38**, 59
欧陽建 234, 257, **262**, 308
温暉 815
温恭之 815
温嶠 311, 317, 322, 332, 374, 815
温子昇 **815**, 832, 840, 857, 858, 980

【か】

何晏 **104**
何胤 589
何顒 63
何敬容 753
何憲 654
何氏(何皇后) 45
何詢 595
何承天 595
何進 10, 45, 50, 64, 104
何遜 **595**
何長瑜 424, 425
何稠 931
何点 565
何佟之 672
何攀 181, 245
何翼 595
和嶠 212, 233
和洛興 816
夏侯玄 150
夏侯公韶 775
夏侯駿 172, 177
夏侯惇 68
夏侯湛 948
軻比能 81
賈逵 791
賈誼 155, 637, 948, 955, 956
賈后→賈南風
賈思同 831
賈充 204, 849
賈南風(賈后) 212, 213, 220
賈謐 212, 234, 246, 257, 266, 267, 294, 308
賈棱 267
賀革 717
賀若弼 767, 775, 940
賀循 187
賀縱 558
賀琛 672
賀瑒 672
解結 181
郭奕 165

索　引

㈠ この索引は、人名索引および書名・作品名索引の二部からなる。いずれも詩人伝の本文（原文）のページ数を示す。人名索引において太字で示されたページ数は、当該詩人の伝である。

㈡ 人名および書名・作品名は、原則として六朝期のものに限った。六朝文学にとって重要と判断されたものについては、この限りではない。

㈢ 項目の排列は、第一字の五十音順により、語頭の字が同じ場合は、第二字の音によって先後を定める。いずれも本文の読みに従う。作品名の読み下しは、原則として本文に従う。

㈣ 人名は原則として本名（諱）に統合し、字や号など、本文中に記述された異称・称号・併称は括弧内に補記した。皇帝名・皇后名・皇太子名および一般に用いられる異称は参照項目とした。なお、参照項目の皇帝名については王朝名を冠した。

人　名　索　引

【あ】

韋晃　72
韋載　739
猗盧→拓跋猗盧
乙渾　805
殷芸　558, 643
殷琰　516
殷貴妃→殷淑儀
殷景仁　410, 422, 446, 451, 469
殷浩　349, 374
殷淑儀(殷貴妃)　479
殷仲文　956, 967
殷不害　684, 873, 879
殷祐　322
陰鏗　**725**
陰子春　725
陰智伯　543
于謹　711, 869
宇文毓(北周明帝)　873, 879
宇文化及　940
宇文覚(北周孝閔帝)　873, 879
宇文招(趙王)　879
宇文神挙　887
宇文仁恕　711
宇文泰(北周文帝, 安定公)　711, 873
宇文逌(滕王)　879
宇文邕(北周武帝, 高祖)　873, 879, 887, 911
尉瑾　840
雲定興　931
恵雲法師　735
慧震　606
衛瓘　212
衛権　294
袁遺　68
袁盎(糸)　456
袁熙　17
袁勖　382
袁憲　775, 776
袁彦　767
袁宏(彦伯・袁伏)　**382**, 966
袁山松　394
袁淑　**435**, 469
袁術　68, 89
袁準(孝尼)　117
袁紹(本初)　10, 45, 51, 64, 68, 539
袁照　516
袁湛　435
袁譚　10
袁豹　435
袁猷　382
於士澄　931
王偉　684
王筠　643, 754
王塋　547

執筆者紹介

興膳　宏（こうぜん　ひろし）　1936年生まれ。京都大学文学部中国文学科卒。京都大学名誉教授。文学博士。著書に、『文鏡秘府論・文筆眼心抄』（『弘法大師空海全集』五、筑摩書房 1986年）、『中国の文学理論』（筑摩書房 1988年）、『隋書経籍志詳攷』（川合康三との共著、汲古書院 1995年）など多数。

川合康三（かわい　こうぞう）　1948年生まれ。京都大学。
釜谷武志（かまたに　たけし）　1953年生まれ。神戸大学。

〈五十音順〉

大野圭介（おおの　けいすけ）　1966年生まれ。富山大学。
木津祐子（きづ　ゆうこ）　1961年生まれ。京都大学。
幸福香織（こうふく　かおり）　1962年生まれ。近畿大学。
齋藤希史（さいとう　まれし）　1963年生まれ。国文学研究資料館。
坂内千里（さかうち　ちさと）　1958年生まれ。大阪大学。
佐竹保子（さたけ　やすこ）　1954年生まれ。東北大学。
副島一郎（そえじま　いちろう）　1964年生まれ。名古屋外国語大学。
田口一郎（たぐち　いちろう）　1967年生まれ。新潟大学。
谷口　洋（たにぐち　ひろし）　1965年生まれ。京都産業大学。
中　純子（なか　じゅんこ）　1963年生まれ。天理大学。
西岡　淳（にしおか　あつし）　1963年生まれ。南山大学。
野村鮎子（のむら　あゆこ）　1959年生まれ。龍谷大学。
林　香奈（はやし　かな）　1965年生まれ。金沢大学。
原田直枝（はらた　なおえ）　1964年生まれ。南山大学。
松家裕子（まつか　ゆうこ）　1960年生まれ。追手門学院大学。
道坂昭廣（みちさか　あきひろ）　1960年生まれ。京都大学。
森賀一恵（もりが　かずえ）　1962年生まれ。京都大学。
森田浩一（もりた　こういち）　1963年生まれ。甲南女子大学。
湯浅陽子（ゆあさ　ようこ）　1968年生まれ。三重大学。

［六朝の官職名　執筆］
礪波　護（となみ　まもる）　1937年生まれ。京都大学。

［世系略図・年表・索引作成協力］
大平幸代（おおひら　さちよ）　1968年生まれ。奈良女子大学。
堂薗淑子（どうぞの　よしこ）　1974年生まれ。京都大学。
［地図作成協力］
永田知之（ながた　ともゆき）　1975年生まれ。京都大学。

六朝詩人傳

初版発行――――2000年11月10日

編者――――――興膳　宏
発行者―――――鈴木荘夫
発行所―――――株式会社大修館書店
〒101-8466 東京都千代田区神田錦町3-24
電話 03-3295-6231(販売部)03-3294-2353(編集部)
振替 00190-7-40504
[出版情報] http://www.taishukan.co.jp

装丁者―――――山崎　登
印刷者―――――精興社
製本所―――――三水舎

ISBN4-469-23213-0　　Printed in Japan

地図　凡例

㈠　⦾は、魏晋南北朝のいずれかの時期に都城が置かれた地点であることを示す。同様に、◎は州治、⦿は郡治が置かれた地点を示し、○は県以下の地点を示す。

㈡　本書所収詩人の出身地は色刷りで示す。

㈢　「六朝詩人関係地図」は、『中国歴史地図集』（上海、地図出版社、1982年～）3・4・5分冊に拠り作成した。

㈣　「建康示意図」は、郭湖生「台城辯」（『文物』1999-5の「六朝建康城示意図」、「台城示意図」を参照して作成した。

㈤　「洛陽示意図」は、周祖謨『洛陽伽藍記校釈』（北京科学出版社、1958年）付図を参照して作成した。

㈥　「六朝詩人関係地図」は、本書に現れる地名のうち、詩人出身地および主たる赴任地、その他重要地点を中心に作成した。南北諸朝のいずれかの時期の断代地図ではないことにご留意いただきたい。なお、各王朝ごとの詳しい行政区画、また都市配置については、本地図の基づいた『中国歴史地図集』を参照されたい。

＊地図作製は木津祐子が担当し、地点収集には永田知之の協力を得た。